Dorothy Dunnett

Im Zeichen des Kreuzes

Roman

Deutsch von
Dietlind Kaiser

Rowohlt

Die Originalausgabe erschien 1966 unter dem Titel
«The Disorderly Knights» bei Cassell & Company Ltd., London

Umschlaggestaltung Britta Lembke

Deutsche Erstausgabe
Veröffentlicht im Rowohlt Taschenbuch Verlag GmbH,
Reinbek bei Hamburg, September 1994
Copyright © 1994 by Rowohlt Taschenbuch Verlag GmbH,
Reinbek bei Hamburg
«The Disorderly Knights»
Copyright © 1966 by Dorothy Dunnett
Alle deutschen Rechte vorbehalten
Satz Aldus (Linotronic 500)
Gesamtherstellung Clausen & Bosse, Leck
Printed in Germany
1690-ISBN 3 499 13324 5

In liebevoller Erinnerung
an meine Großeltern Annie und Martin Halliday,
die in La Valetta auf Malta geheiratet haben,
und an meinen Vater Alexander Halliday,
der dort geboren wurde.

Vorbemerkung der Autorin

Wie die beiden früheren Bücher in dieser Reihe beruht auch *Im Zeichen des Kreuzes* auf Tatsachen. Die Angriffe auf Malta, Gozzo und Tripolis fanden 1551 im großen und ganzen so statt wie geschildert. Die Niedertracht des Großmeisters, der Trick, mit dem Mdina gerettet wurde, die Schwäche des Gouverneurs von Gozzo und der Versuch der kalabrischen Rekruten, die Zitadelle von Tripolis in die Luft zu sprengen, sind ebenso historisch verbürgt wie die Rolle, die der französische Botschafter bei der Rettung der Garnison spielte.

Im letzten Teil des Buches sind die Fehde zwischen den Scotts und Kerrs und deren Zuspitzung ebenfalls authentisch, genau wie Paris' Verrat durch Cormac O'Connor. Der Rest ist frei erfunden.

Dorothy Dunnett

DIE HAUPTPERSONEN DER HANDLUNG

Alle folgenden Personen sind mit Ausnahme der mit einem Sternchen gekennzeichneten historisch verbürgt.

Mitglieder des Johanniterordens von Jerusalem, Rhodos und Malta:

Juan de Homedès, Großmeister des Ordens, 1536–1553

Nicholas Durand de Villegagnon, Ordensritter

* Graham Reid Malett (Gabriel), Großkreuzträger und Bailli des Ordens

Leone Strozzi, Prior von Capua und Kommandeur der Mittelmeerflotte des Königs von Frankreich

Francis von Lorraine, Großprior des Ordens in Frankreich und Bruder der schottischen Königinwitwe

* Jerott Blyth, aus Schottland und Nantes, Ordensritter

Galatian de Césel, Ordensritter und Gouverneur von Gozzo

Nicholas Upton, Turkopilier des Ordens und Offizier der englischen Zunge innerhalb des Ordens

Dienender Bruder des Roches, Kommandant des Châtelet in Tripolis

Michel de Seurre, Sieur de Lumigny, Ordensritter

Bailli George Adorne, Ordensritter und Gouverneur von Mdina

Marschall Gaspard de Vallier, Ordensritter und Gouverneur von Tripolis

Sir James Sandilands von Calder, Generalpräzeptor des Ordens in Schottland und Prior von Torphichen

Franzosen oder im französischen Dienst:

Anne de Montmorency, Marschall, Großmeister und Konnetabel von Frankreich

Piero Strozzi, Seigneur de Belleville, Graf von Languillara, florentinischer Infanterieoberst unter dem König von Frankreich und Bruder von Leone Strozzi

Gabriel de Luetz, Baron et Seigneur d'Aramon et de Valabrègues, französischer Botschafter in der Türkei

Henri Cleutin, Seigneur d'Oisel et de Villeparisis, französischer Botschafter und Generalleutnant des französischen Königs in Schottland

Nicolas de Nicolay, Sieur d'Arfeville et de Bel Air, Kosmograph des Königs von Frankreich

Iren:

Cormac O'Connor, Erbe von Brian Faly O'Connor, irischer Rebell gegen
  England
* Oonagh O'Dwyer, seine ehemalige Geliebte
George Paris, ein Agent zwischen Irland und Frankreich

Schotten oder Verbündete der Schotten:

* Francis Crawford von Lymond, Comte de Sevigny
* Richard Crawford, Dritter Baron Culter, sein Bruder
* Sybilla, verwitwete Lady Culter, seine Mutter
* Mariotta, Richards aus Irland stammende Frau
* Kevin Crawford, Junker von Culter, Richards kleiner Sohn
Sir Walter Scott von Buccleuch, Aufseher der Middle Marches und Justitiar
  von Liddesdale
Sir William Scott von Kincurd, Buccleuch der Jüngere, sein Erbe
Janet Beaton, Lady von Buccleuch, seine Frau
Grizel Beaton, Lady (die Jüngere) von Buccleuch, Schwester Janet Beatons
  und Will Scotts Frau
Robert Beaton von Creich, Schloßhauptmann von Falkland, Bruder der
  beiden
Maria von Guise, Königinmutter von Schottland, Mutter der kleinen Köni-
  gin Maria von Schottland
Sir Walter Kerr von Cessford ⎫ Die beiden Oberhäupter der beiden
⎪ Hauptzweige der wichtigen Grenz-
⎬ landfamilie Kerr, mit den Scotts ver-
Sir John Kerr von Ferniehurst ⎭ fehdet
Sir Peter Cranston von Cranston, ein Gutsbesitzer an der Grenze, Nachbar
  der Kerrs und der Scotts
* Joleta Reid Malett, Schwester von Sir Graham Reid Malett
* Evangelista Donati aus Venedig, Joletas Gouvernante und Duenna
Sir Thomas Erskine, Junker von Erskine, Erster Geheimer Rat und Sonder-
  botschafter
Margaret Erskine, geborene Fleming, seine Frau
Lady Jenny Fleming, Mutter Margaret Erskines und ehemalige Mätresse
  des Königs von Frankreich
* Adam Blacklock, Künstler
* Fergie Hoddim vom Laigh, Anwalt
* Randolph (Randy) Bell, Arzt

* Alexander (Alec) Guthrie, Dozent und Humanist
* Hercules Tait, Diplomat und Antiquar
* Lancelot Plummer, Ingenieur und Architekt
* Archie Abernethy, ehemaliger Aufseher der Menagerie des französischen
  Königs
* Thomas (Tosh) Wishart, Akrobat
John Thompson (Jockie, Tamsín), Seeräuber
Hough Isa, eine freundliche Dame, im Tauschhandel zu erwerben

Engländer:

* Kate Somerville, Herrin von Flaw Valleys
* Philippa, ihre Tochter
* Käsewamme Henderson, beider Diener

Türken oder im türkischen Sold:

Dragut Rais, anatolischer Korsar im türkischen Dienst
Salah Rais, Korsar im türkischen Dienst, gleichgestellt mit Dragut
Sinan Pascha aus Smyrna, kommandierender General Sultan Suleimans
Der Aga Morat, Herr von Tagiura und Verbündeter von Sultan Suleiman
* Salablanca, ein Maure aus Spanien, von den Rittern versklavt
* Güzel, Lieblingsfrau von Dragut Rais
* Kedi, eine Amme

Herolde:

William Flower, Herold von England
Adam Maccullo, Herold von Edinburgh
Robbie Forman, Herold von Schottland

Inhalt

ERSTER TEIL

Das Andreaskreuz und
seine Anhänger
13

ZWEITER TEIL

Das achtzackige Kreuz
63

DRITTER TEIL

Das doppelte Kreuz
303

ERSTER TEIL

Das Andreaskreuz und
seine Anhänger

1. Kapitel

Mutters Handschrift
Catslack, Oktober 1548

An dem Tag, an dem die Engländer seine Großmutter umbrachten, war Sir William Scott von Buccleuch in der Melrose Abbey und heiratete seine Tante.

Die Nachricht von dem englischen Angriff kam gegen Ende der Zeremonie, als der junge Scott und seine Tante Grizel glücklicherweise vor dem Gesetz schon Mann und Frau waren. Die Prioritäten waren klar. Als die Gemeinde aus der Kirche drängte, angeführt vom Bräutigam und seinem Vater, und auf den Fersen des Boten davonsprengte, schauten die Neuvermählte und ihre Schwester ihnen nach.

«Ich bin blöd», sagte Grizel Beaton zu Janet Beaton und rückte sich den Kopfputz zurecht, den der Helm ihres Bräutigams verschoben hatte. «Und nach fünf Jahren mit Wills Vater solltest du dich schämen, daß du deiner Schwester gestattet hast, einen Scott zu heiraten. Ich habe ein Paar leere Stiefel geheiratet.»

«So stimmt das nicht», sagte Janet, Lady von Buccleuch, ohne die Stimme in der Gegenwart von zweihundert schwatzenden schottischen Verwandten auch nur im geringsten zu senken, während sie ihren Männern nachblickten. «Ihre Stiefel vergessen sie nicht. Aber ihre leeren Nachthemden werden recht eintönig.»

Weil sie eine Beaton war, ärgerte sich Will Scotts neue Frau zwar, aber sie war nicht im geringsten erschüttert. Der Krieg zwischen England und Schottland war im achten Jahr, und es hatte seit zehn Tagen keinen Überfall mehr gegeben; es hatte danach ausgesehen, als könnten sie in Frieden heiraten. Creich, Grizels Zuhause, war zu weit entfernt. Deshalb hatte Grizel Beaton beschlossen, in Melrose zu heiraten, wo geteertes Segeltuch zwischen den Dachbalken die Löcher vom letzten englischen Überfall stopfte und die Pfeiler ramponiert waren von Arkebusekugeln.

Vorschriftsmäßig verpackt wie Brokkoli, in Batist, Bougram und Plüsch, behängt mit Schnüren aus unebenmäßigen Perlen, hatte sie die Hochzeit genossen, selbst das gedämpfte Klirren der Rüstungen, das die Choräle begleitete. Lord Grey von Wilton hielt mit einer englischen Armee das nur zwölf Meilen entfernte Roxbury besetzt und war seit Anfang Oktober zweimal plündernd und brandschatzend durch die Gegend gezogen. Falls die Hochzeit in Melrose gewünscht wurde – und Buccleuch, erblicher Friedensrichter der Ländereien, zu denen die Abbey gehörte, hatte weniger Einwände als üblich gegen einen Gedanken, der nicht der seine war –, dann mußte die Gemeinde bewaffnet kommen, so war es nun einmal. Die Scotts und ihre Verbündeten, die zwanzig höflichen Franzosen aus Edinburgh, der italienische Kommandant mit dem lahmen Bein hatten ihre Soldaten draußen bei den Pferden gelassen, die federgeschmückten Helme an die Sattelknöpfe gehängt, und falls ein paar Plätze leer waren, wo sich ein Mann aus Hawick oder Bedrule vor zehn Tagen zu spät geduckt hatte, wurde das von niemand erwähnt.

Während sie neben ihrem klirrenden Bräutigam stand, den Blick abgewandt von seinem karottenroten Schopf, hatte Grizel eine Zeitlang geglaubt, die anderen Fehlenden seien seiner Aufmerksamkeit entgangen. Dann, während von Pfeiler zu Pfeiler Alt und Kontratenor erklangen, beugte sich der Rotschopf auf ihrer einen Seite zu dem ungekämmten grauen Kopf zu ihrer anderen und zischelte: «Vater! Wo sind die Crawfords?»

Und Buccleuch zog, wie die Braut aus dem Augenwinkel sah, den Kopf zwischen die Schultern wie ein Bär in sein Fell und sagte nichts. Denn mit den «Crawfords» meinte Sir William nicht Lord Culter und seine Frau Mariotta, auch nicht Sybilla, die erstaunliche Mutter der Crawfords, sondern den einzigen Mann in Schottland, dem Will Scott je ohne Widerspruch gehorcht hatte: Francis Crawford von Lymond.

Und dann, während der Bischof die Buchseiten vortrug, die aus diesen beiden Mann und Frau machten, bewegte sich der angeschlagene Türflügel der Abbey, und ein Mann in der blauen und silbernen Livree der Crawfords trat ein und sprach leise mit einem der Mönche. Die Nachricht wanderte von einem gebeugten, frommen Kopf zum anderen. Lord Grey von England, geführt von einem Schotten, einem abtrünnigen Chief der Kerrs, hatte Buccleuchs Stadt Selkirk niedergebrannt, sein Schloß Newark geplündert und war mordend und brandschatzend am Fluß Yarrow entlang auf dem Vormarsch durch die gepflegten Ländereien der Scotts und ihrer Freunde.

Die Hochzeit ging hastig in einer Woge männlicher Bonhomie und Erleichterung zu Ende. Fünf Minuten später galoppierten Buccleuch, seine Freunde und sein frisch verheirateter Sohn unter den rotäugigen Blicken ihrer Frauen davon, um sich Lord Culter, dem Oberhaupt der Crawfords, und seinem Bruder Francis Crawford anzuschließen und wieder einmal gegen die Engländer zu kämpfen.

Vom Gefühl her, dachte Will Scott, wurde sein Hochzeitstag dadurch vollkommen. Während er locker und langgliedrig durch den Adlerfarn von Ettrick galoppierte, limonengrüne und scharlachrote Blätter an seinen nassen Ärmeln klebten, er die blauen Augen zusammenkniff und Regen das helle, rotgeäderte Scott-Gesicht beschlug, trug ihn eine ungeheure, zornige Freude.

Die Ländereien von Branxholm, Hawick und aller Besitz Buccleuchs in dieser Gegend waren ein beliebtes Angriffsziel gewesen, als König Heinrich VIII. und sein Nachfolger versucht hatten, die Oberhoheit über Schottland zurückzugewinnen und Maria, die kindliche Königin von Schottland, zu entführen und mit Heinrichs Sohn Eduard zu verheiraten, der jetzt Englands junger König war.

Das war trotz des großen englischen Sieges bei Pinkie fehlgeschlagen, auf Buccleuchs Ländereien waren wieder Holz- und Strohdachhäuser entstanden, und die massigen Steintürme – die seines Vaters in Buccleuch und Branxholm, seiner in Kincurd, der seiner Großmutter in Catslack – hatten bis jetzt überlebt. Nach Pinkie hatte sich die englische Armee zurückgezogen und ihre Garnisonen hinterlassen, um das in Aufruhr befindliche Land zu überwachen; und Sir William Scott hatte Branxholm verlassen und sich dem vagabundierenden Haufen angeschlossen, den damals Crawford von Lymond befehligte.

Im folgenden Sommer, als Francis Crawford seinen Trupp auflöste, war aus Buccleuchs Erbe ein harter, fähiger Anführer geworden. Die kindliche Königin Maria hatte man inzwischen aus Sicherheitsgründen nach Frankreich geschickt, wo die Sechsjährige mit dem Dauphin verlobt wurde.

Im Austausch hatte der König von Frankreich Schottland mit Soldaten aus der Gascogne überzogen, mit italienischen Arkebusieren, deutschen Landsknechten, einem französischen General, einem französischen Botschafter und einem italienischen Kommandanten in französischen Diensten, der jetzt links neben Will Scott herritt und dessen florentinisches Englisch beim Reiten noch gebrochener wurde.

«Die kleine Braut hat keine Träne vergossen», sagte Piero Strozzi, Marschall von Frankreich, düster nachforschend. Er ritt mit animalischer Anmut; ein Mann von fast fünfzig, der einen Arkebusenschuß vor Haddington überlebt hatte, durch den ein Bein sein Leben lang kürzer als das andere bleiben würde. Unter der umbrafarbenen Haut wirkten seine Gesichtszüge melancholisch, obwohl er als Witzbold bekannt war: Sein Ruf wurde einzig von seinem Bruder Leone übertroffen. Aber heute, während er gegen den zausenden Wind ritt, es zwischendurch immer wieder regnete und ihm die Federn tropfend vom Barett und nasse, schwarze Locken vor den Ohren hingen, war Strozzis Thema die verlassene Braut.

«Sie kennt Sie erst ein paar Wochen, ist das wahr?»

«Grizel? Ich kenne sie schon lange, Marschall. Ihre ältere Schwester ist die dritte Frau meines Vaters.»

«Zwischen Ihnen ist Sympathie?»

Will Scott grinste. Grizel Beaton hatte ihn viermal geohrfeigt, und von diesen vier kleinen Mißverständnissen abgesehen, hatten sie nie ein persönlicheres Thema erörtert als die Frage, welche Bankerts von Buccleuch zur Hochzeit eingeladen werden sollten. Aber er hatte sie gern; und sie war gut gebaut, was künftige Buccleuchs anlangte, und das war alles, worauf es ihm ankam.

«Sie ist ein fröhliches kleines Ding», sagte Will Scott jetzt zum Marschall. «Aber ein bißchen unhübsch. Kann Lord Culters Frau nicht das Wasser reichen. Kennen Sie die Crawfords?»

Erfolgreich von einem Gespräch über die Braut abgelenkt, sagte Marschall Piero Strozzi: «Ich kenne die Crawfords. Der Lord ist sehr würdevoll, die verwitwete Lady bezaubernd. Und der jüngere

Bruder Francesco könnte es mit meinem geliebten Bruder Leone aufnehmen.»

Ein Lächeln zuckte um Sir William Scotts Mund. Als Prior des Johanniterordens und Kommandant der Flotte des französischen Königs an der nordafrikanischen Küste konnte es Leone Strozzi, wie geübt er auch im Umgang mit Heiden sein mochte, nicht unbedingt mit Crawford von Lymond aufnehmen.

Will Scott sagte nichts. Aber er fragte sich, warum Marschall Piero ebenfalls lächelte.

Sir Walter Scott von Buccleuch war auch glücklich, weil er die Kerrs wieder einmal auf frischer Tat ertappt hatte.

In der Mitte der Region Borders grenzten seine Ländereien an die ihren, und er liebte sie wie die Pest. Die Ermordung eines Kerr von Ferniehurst hatte vor fünfunddreißig Jahren zu dem Gemetzel bei Flodden geführt. Vor zweiunddreißig Jahren hatte sich ein Kerr von Cessford an einem kleinen, von Buccleuch angeführten Scharmützel beteiligt, und Kerr war gefallen. Seither blühte die Fehde zwischen den Scotts und den Kerrs, trotz leidiger Pilgerfahrten auf beiden Seiten und obwohl Buccleuch wie sein Vater vor ihm eine Frau aus der Familie der Kerrs (sie war tot) hatte heiraten müssen.

Daß die Engländer diese Fehde von Zeit zu Zeit schürten war Sir Wat unterschwellig bewußt, aber die Andeutungen seines Sohnes darüber überhörte er lieber. Etliche schottische Gutsherren, die dem reformierten Glauben anhingen statt der alten Religion der Königinwitwe, waren für ein Bündnis mit England aufgeschlossen und hatten nichts dagegen, über die Grenze hinweg Handel zu treiben. Andere, die an der Grenze oder in ihrer Nähe wohnten, hatten den kostspieligen Luxus des Patriotismus schlichtweg aufgeben müssen.

Wieder andere, unter denen die Douglases und die Kerrs manchmal zu finden waren, waren sich nicht ganz sicher, wer gesiegt haben würde, sobald sich der Rauch verzog, und gaben sich nach allen Seiten hin offen. Es gab ziemlich glaubwürdige Hinweise darauf, daß Sir Walter Kerr von Cessford und Sir John Kerr von Ferniehurst, ihre Söhne, Brüder und verschiedene Verwandte den Engländern eine Zeitlang Geheimnisse verkauft hatten... sie waren so glaubwürdig, daß der Gouverneur von Schottland nach dem letzten

Zusammenstoß mit den Engländern bei Jedburgh dazu überredet worden war, die drei führenden Kerrs vorübergehend unter Arrest zu stellen.

Unglücklicherweise war es selten zu übersehen, wenn Buccleuch die Hand im Spiel hatte. Andrew Kerr, Cessfords Bruder, hatte zu Recht den Verdacht, daß der alte Mann den Zwischenfall eingefädelt hatte, ritt sofort zu den Engländern in Roxburgh, schleuste Kerrs in die Garnison ein, wo sie hochwillkommen waren, und stiftete sie dazu an, innerhalb von vier Tagen zweimal in Buccleuchs Land zu brandschatzen und zu plündern, mit einer Truppe, die viel stärker war als jede Streitmacht, die Scott und sein Sohn aufstellen konnten.

Und jetzt, zehn Tage später, fand ein dritter Angriff statt, und Buccleuch kam die Bestätigung zu Ohren, nach der er sich sehnte. Die Kerrs, die Heimlichtuer, waren mit den Engländern im Bunde. Aus Leibeskräften fluchend, was bei Sir Walter immer ein gutes Zeichen war, sprengte er durch die dunstige Pracht des Herbstes, entschlossen, auf Kerrköpfe einzudreschen.

Auf den niedrigen Hügeln über Yarrow, wo die Holzfäller von Selkirk eine Lichtung zwischen den Birken und den gedrungenen, zakkenblättrigen Eichen geschlagen hatten, trieb eine Gruppe von Männern eine Schafherde. Die gebogenen Pfeifen klangen dünn über die Heide, die Hunde liefen durch den hohen Adlerfarn, und die Schafe drängelten sich mit glasigem Blick voran, reckten im Gerangel die schwarzen Nasen.

Die beiden Männer, die ausgestreckt im Heidekraut lagen, beobachteten nicht die Schafe, sondern das Tal darunter, das jetzt von einem feinen Regendunst verschleiert wurde. Beide waren barhäuptig, paßten sich den herbstlichen Farben an, denn das Geglitzer der Helme und die Farbenpracht des hochzeitlichen Federschmucks hätten sie verraten. Ihr Blick war nach Osten gerichtet, auf den Weg nach Selkirk, wo in der Ferne verschwommener schwarzer Rauch hing und Rufe ertönten.

Näher vor ihnen zeigte ein Flammenschein, leuchtend wie ein Sonnenuntergang, durch den Regen aber allmählich blasser werdend, daß hinter dem nächsten Hügel etwas brannte. Der jüngere der beiden Männer regte sich, rutschte dann nach hinten und kam auf die Beine, aber so, daß er von der Straße aus nicht zu sehen war. Und ohne daß er sonst etwas hätte tun müssen, lenkte er damit die Aufmerksamkeit von zwanzig Männern auf jenen Hang, auf dem er stand. Die Feuchtigkeit hatte sein blondes Haar in einen Goldton verwandelt; seine langwimprigen blauen Augen waren auf den leeren Weg weit unten geheftet, auf dem die Engländer reiten würden.

Der Lärm nahm zu. «Da kommen sie», sagte Crawford von Lymond zu seinem Bruder und lächelte, die Straße immer noch im Auge. «Gäa, Göttin der Ehe, Erstgeborene aus dem Chaos, steh uns bei. Die Kerrs und die Engländer sind da.»

Richard, Dritter Baron Crawford von Culter, grinste und stand vorsichtig ebenfalls auf. Der vierschrötige, braunhaarige, muskelbepackte Mann mit einer Haut, die nach einem Sommer auf seinem Familiensitz in Lanarkshire wie gegerbtes Leder war, glaubte, der schwachsinnige Plan seines Bruders werde sie beide umbringen oder ihr Leben lang als Lügner brandmarken. Wenn man Lymond nicht kannte, mußte es einem aberwitzig vorkommen, wenn zwanzig Männer eine englische Armee in die Flucht schlagen wollten.

Die Nachricht, Selkirk werde überfallen, hatte die Gesellschaft aus Midculter auf dem halben Weg ihrer langen Reise zur Hochzeit in Melrose erreicht. Die Crawfords hatten umsichtig gehandelt. Ihre Frauen fanden Zuflucht in den naheliegenden Gebäuden von Talla. Ein Bote wurde nach Melrose geschickt, um Wat Scott von Buccleuch zu warnen, ein zweiter nach Südosten zur alten Burg Buccleuch, um die hundert deutschen Soldaten zu holen, die von der Regierung dort einquartiert worden waren. Es blieb keine Zeit, einen Boten nach Branxholm zu schicken, Buccleuchs Hauptsitz, wo vierhundert weitere deutsche Soldaten müßig warteten.

Inzwischen mußten die Deutschen aus Buccleuch das nächste Tal bei Tushielaw erreicht haben. Sir Wat Scott und sein frisch verheirateter Sohn mußten mit fast zweihundert Schotten Melrose verlassen haben und von der anderen Seite her in das Tal einreiten, wo der Ettrick vom niedergebrannten Selkirk aus durch hohe, bewaldete Hügel nach Tushielaw und dann weiter nach Westen floß. Und hier, über dem Tal des Arrow, warteten Lord Culter, sein Bruder und zwanzig Männer aus Midculter im Hochzeitsstaat, aber Gott sei Dank darunter gepanzert, darauf, die englische Armee auf ihrem Plünderungsmarsch abzufangen, mit zwei Schafhirten, zwölf Arkebusen, ein paar Piken, etwas Angelschnur, einem Ledereimer mit Pulver, Schrotkugeln, behelfsmäßigen Fahnen und achthundert rostigen Helmen aus den Beständen des Wächters in Talla.

Die Engländer kamen nur langsam näher, nicht weil ihnen die Strecke nicht vertraut gewesen wäre, sondern weil es dauerte, die Strohdachhäuser anzuzünden. Sie hatten ein paar Stücke guten Viehs erbeutet, soviel Getreide, wie sie tragen konnten, und den Rest verbrannt. Die meisten Cottages, an denen sie vorbeikamen, waren leer; die Besitzer versteckten sich entweder in den Bergen oder waren in eine der Festungen geflohen. Lord Grey hatte unterwegs Station gemacht und auch zwei Festungen angegriffen, aber mit wenig Erfolg: Die Steinmauern waren dick, hier wäre die Muße einer gut verlaufenden Belagerung erforderlich gewesen.

Aber Newark fiel, was ihn tief befriedigte. Sie hatten das Schloß einmal vergeblich angegriffen: Es gehörte der Königin und wurde von Buccleuchs Leuten verteidigt. Dieses Mal legten sie Feuer und gelangten hinein, obwohl vier von Buccleuchs Männern bis zuletzt kämpften und getötet werden mußten; außerdem wurde eine alte Frau versehentlich von einem Schwert getroffen. Die Murrays auf Deuchar trotzten dem Angriff, und niemand machte sich die Mühe, ihnen übereifrig zuzusetzen; aber Catslack war eine Bastion der Scotts, und die brannten sie nieder, obwohl Andrew Kerr, der in Tinnis noch geplündert hatte, vor Entrüstung schäumend mit einer Schar von Verwandten ankam und sich darüber beschwerte, der Sturmtrupp habe ein Mitglied der Familie Kerr getötet.

«Mein lieber Freund.» William Grey, Dreizehnter Baron von Wilton, kämpfte seit Monaten in Schottland und verabscheute das Land, das Klima und die Einheimischen, vor allem diejenigen, die denen Ärger machten, mit denen er Umgang pflegen mußte. «Sie irren sich. Alle Männer in diesem Turm trugen die Livree der Scotts.»

«Es war kein *Mann*» sagte Andrew Kerr betont. «Es war meine Tante. Ich habe es Ihnen von Anfang an gesagt. Ich riskiere nicht mein Leben, wenn die Meinen nicht in Sicherheit sind.»

«Eine alte Dame», sagte Lord Grey mit einer bösen Vorahnung, «mit Lockenwicklern und einem Haufen fehlender Zähne?»

«Meine Tante Lizzie!» sagte Andrew Kerr.

«Sie hat eben», sagte Lord Grey streng, «einen meiner Männer schwer verletzt.»

«Wie?» Der alte Haudegen machte ein gespanntes Gesicht.

«Von einem der oberen Fenster aus. Das Schloß brannte, er stieg eine Leiter hinauf und bot der Dame an, sie zu befreien. Sie hat ihm mit einem Nachttopf einen Schlag auf den Kopf versetzt», sagte Lord Grey angewidert, «sich zurückgezogen und geschrien, im Himmel brauche sie kein Nachtgeschirr, weil sich Gott der Herr bestimmt am siebten Tag, als er sich ausruhte, bequemere Möglichkeiten ausgedacht habe.»

Ein merkwürdiges Gebell, in dem Lord Grey inzwischen ein Lachen erkannte, kam unter Kerrs Helm hervor. «Aye. Tante Lizzie, wie sie leibt und lebt. Dann ist sie also jetzt tot, die alte Hexe», sagte ihr Neffe. «Und, worauf warten wir noch? Wir haben noch den restlichen Yarrow vor uns.»

Und deshalb trabte Lord Grey mit seiner englisch-deutschen Kavallerie und der kleinen Gruppe rachedurstiger Kerrs im Zwielicht am Yarrow Water entlang auf St. Mary's Loch zu, überschlug im Kopf Zeit, Geschwindigkeit und rechnete sich am frühen Nachmittag eine schnelle Rückkehr am Ettrick entlang nach Roxburgh aus. Dann kamen die Späher aus seiner Vorhut angesprengt. «Reiter auf dem Abhang, Mylord.»

Vertraute Worte. Er dachte über die Möglichkeiten nach. Traquair lag verwundet im Bett. Thirlstane würde ihm keinen Ärger machen. Scott von Buccleuch und die meisten seiner Verwandten waren in Melrose, und Andrew Kerr hatte jeden Cottagebewohner im Umkreis bestochen, die Nachricht nicht durchsickern zu lassen. Es gab in der Gegend viele Widerständler, aber keiner von ihnen wäre so wahnsinnig, mit einer Handvoll von Männern gegen fünfhundert Engländer anzukämpfen, denn die schottische Armee unter dem französischen Kommandanten und dem Earl von Arran, dem Gouverneur, hatte sich nach Edinburgh zurückgezogen.

Falls sie nicht wieder von Edinburgh aus auf dem Vormarsch war. «Was für Farben?» fragte Grey scharf.

«Rot und Weiß, Mylord. Es scheint eine starke Truppe zu sein. Von Traquair aus auf dem Vormarsch vom Craig Hill herunter.»

Aus Traquair. Aus Peebles. Aus Edinburgh. Und in den Farben des Gouverneurs.

Und dann sah Lord Grey sie mit eigenen Augen, durch den Regenschleier hindurch, glitzernd zwischen Eichengestrüpp und Dornenbüschen, wie sie sich durch die nassen Buchen und die flammendroten Büschel der Ebereschenbeeren hindurchschlängelten, vom Hügel herunterströmten wie Kabeljaue aus einer Reuse; Hunderte von Stahlhelmen, mit geschwenkten Schwertern, glitzernden Piken und kleinen Handfeuerwaffen, die hie und da losgingen, während der Feind innehielt und auf sie zielte.

Falls es Arran war, hatte er mindestens tausend Infanteristen dabei und außerdem wenigstens einen Geleitschutz aus leichter Kavallerie. Mit dem Schwung, den der Hügel in seinem Rücken ihm gab, würde er Greys kleinere Streitmacht nach Belieben vernichten. Greys Männer waren müde, sie waren fast fertig mit ihrer Arbeit, sie waren auf diesem Terrain schändlich im Nachteil...

Zu seiner Linken verlief ein Schlammpfad über den Hügel, der Zugang zu Ettrick Water. Lord Grey rief, laut und deutlich. Sein Trompeter blies. Und die englische Armee schwenkte ab, galoppierte nach Süden über den Hügelpfad ins Tal des Ettrick, verfolgt von zwanzig Männern und achthundert Schafen mit Stahlhelmen.

Als Lord Culter und sein Bruder das letzte Stück von Craig Hill zur Straße hinuntersprengten, war die Streitmacht von Lord Grey von Wilton ein dünnes Band, das sich den kahlen Hang hinunterschlängelte, leicht mit Stahl durchsetzt. Lymond zügelte neben seinem Bruder sein Pferd. «Der Wind legt sich.» Es war wahr. Im Tal wurde der weiße Nebel schon dichter. Als zwanzig brüllende Männer hinter ihm ruckend zum Stillstand kamen, fügte er hinzu: «Wir könnten sie verfolgen und den Spaß genießen. Wenn sie uns hören, werden sie noch schneller rennen.»

Richard, scharlachrot im Gesicht, war heiser vom Gebrüll und Gelächter. Er sagte: «Ich wollte sie sowieso verfolgen, und ich bin mir verdammt sicher, daß es dir nicht anders geht. Los.»

Neben ihm sagte eine Stimme: «Los? Ach, Herr, das ist bestimmt nicht recht. Das haben die Schafe nicht verdient.»

Durch die hallende Luft sah Richard einen der beiden Schäfer neben seinem Knie an. «Die Schafe?» wiederholte er. «Wir brauchen sie nicht mehr. Bringt sie wieder auf den Hügel zurück, wo sie vorher waren. Und ich sorge dafür, daß es nicht zum Schaden eurer Herrschaft ist.»

«So aufgeregt, wie die sind, dauert es die halbe Nacht, bis wir sie wieder oben haben.»

«Das tut mir leid. Aber ihr werdet es nicht bereuen, das verspreche ich.»

«Ach, darum geht es nicht», sagte der ältere der beiden Schäfer verdrossen, und ein jähes Grinsen spaltete das stachelige Gesicht. «Ich will bloß nach Hause, ehe es dunkel wird. Beim Anblick von achthundert Schafen mit Stahlhelmen vergeht meiner Alten bestimmt das Saufen.»

Und so, verfolgt von fernem Hufgetrappel, jagte Mylord Grey, was er an jenem Abend beim Bericht an seine lieben Freunde E. Somerset und J. Warwick ausließ, Megs Hill hinauf und den Kip hinunter, um Ettrick Water bei Tushielaw zu erreichen, wo er außerdem auf Buccleuchs hundert Deutsche traf, die schemenhaft im Nebel aus dem Hinterhalt auftauchten und mit furchterregender Begabung ein schwaches Echo der Kampfrufe ihrer Landsleute unter Grey lieferten.

Der teutonische Zusammenstoß nahm ein schnelles Ende; dann floh die englische Truppe das Ettrick-Tal entlang nach Osten, hitzig verfolgt von einem Grüppchen Deutscher zu Pferd, den Crawfords und einem Riesenlärm.

Bei Oakwood umrundete die englische Armee, durchnäßt, erschöpft, das kalte Fleisch wundgescheuert von der Rüstung, einen kleinen Hügel und sah durch das trübe Licht den Stachelschweinkopfputz von Wat Scott von Buccleuch. Mit Pelzen, Federn und Schmuck behängt, mit Silberknöpfen an der geschlitzten, gefältelten Tracht über der Rüstung sah die Hochzeitsgesellschaft Will Scotts wie eine Herde Gürteltiere aus, die sich als Maiköniginnen verkleidet hatten, und stürzte sich mit religiöser Inbrunst auf ihre Beute.

In völliger Übereinstimmung, ohne ein Wort des Befehls, löste sich die Armee von Lord Grey von Wilton auf und raste im gestreckten Galopp zur Zuflucht in Roxburgh.

Viel später, als der ausgelassene Trupp nach Melrose zurückritt, sprach Lord Culter Buccleuch sein Beileid zum Tod seiner Mutter aus. «Catslack stand schon in Flammen, ehe wir hinkamen», sagte er ernst. «Aber offenbar hat sie sich freiwillig zum Bleiben entschieden. Und vorher hat sie dem Feind noch eins übergebraten.»

Sir Walter Scott von Buccleuch tastete unter seinem Kinn herum und schob sich dann den schweren Kopfputz mit einem Ruck aus der Stirn. Er zeigte darauf. «Das hat sie mit mir auch einmal gemacht, der alte Besen. Die Narbe habe ich immer noch. Ein alter Satansbraten mit einem Nachttopf. Hu!» Er zog den Helm wieder herunter. «Die wird noch in der Hölle mit ihren Neffen das Julfest feiern.»

«Andrew Kerr war bei ihnen», berichtete Sir Wat später, als in der Abenddämmerung die Hochzeitsfeierlichkeiten friedlich in Melrose fortgesetzt wurden. «Und der Gutsherr von Linton war dabei und George Kerr von Gateshaw. Und ich habe Robin Kerr von Graden gesehen und natürlich alle wehrhaften Männer aus Cessfords Haushalt und aus Ostteviotdale, die ihm und Ferniehurst einen Gefallen schuldig sind. Heut nacht wird so manch einer sein blessiertes Hinterteil kurieren müssen... Mann, denen haben wir vielleicht Beine gemacht.»

«Ich kann mir vorstellen», sagte Piero Strozzi, das dunkle Gesicht unbewegt, «daß Mylord Greys Armee die Niederlage auch nicht gerade feiert.»

«Oh, aye, die Engländer», sagte Bucceleuch geistesabwesend.

«Schließlich sind wir im Krieg gegen sie und nicht gegen die Kerrs», sagte der Marschall milde.

Auf die Franzosen, die ihr Leben riskierten, um die Engländer aus Schottland zu vertreiben, wirkte eine solche Fehde zweifellos wie ein Luxus zur Unzeit. Für Buccleuch war jeder Kommentar von einem Ausländer nichts anderes als eine verdammte Unverschämtheit. Er sagte: «Und was juckt den Marschall daran? Daß wir hier in Samt und Seide sitzen, heißt noch lange nicht, daß wir die Engländer *und* die Franzosen nicht aus unserem Revier verjagen könnten, wenn's sein müßte, also kümmern Sie sich ja um den eigenen Dreck. So fabelhaft haben Sie sich letzte Woche bei dem Scharmützel bei Haddington auch wieder nicht gehalten, nach der Schande in Edinburgh, wo Sie die armen Leute getötet haben, die auf dem eigenen Damm herumspaziert sind...»

Aber mitten in dieser Rede hatte Lord Culter dem Geiger einen Tritt gegen den Knöchel versetzt, und der Geiger, ein Mann mit Verstand, stimmte eine Tanzweise an, und alle anwesenden Scotts kamen hastig auf die Beine. Unter ihnen war Sir William Scott, Arm in Arm mit seiner Braut, der sich über seinen Vater beugte und sagte: «Du hast wohl ein paar Gläser intus, Vater?»

«Nicht mehr als der!» gab das Familienoberhaupt überrascht und gereizt zurück und deutete auf den Marschall.

«Aye, schon gut. *Ihm* steigt das nicht zu Kopf. Tanz doch mit Janet», sagte Will Scott freundlich und wirbelte mit seiner neuen Frau davon.

Sir Wat sah sich nach einer mitfühlenden Seele um und fand sich tatsächlich Auge in Auge mit seiner Frau wieder. «Unsinn», sagte die Lady von Buccleuch und musterte ihn mit einem abschätzenden Blick. «Wenn du ganz allein gegen die Engländer kämpfen willst, mußt du bei Kräften bleiben. Ich tanze mit Marschall Strozzi, wenn es ihm recht ist.»

Und als der Marschall, ohne sich etwas anmerken zu lassen, aufstand und sich vor ihr verbeugte, nahm Janet Beaton von Buccleuch seine Hand und führte ihn hinüber zu Will Scott und ihrer Schwester Grizel, deren Hochzeitstag, wenn auch denkwürdig, nicht so ausgefallen war, wie eine Frau das erwartete.

Später war es dem Florentiner ein Anliegen, Lord Culter ausfindig zu machen und ihn zum Erfolg des Tages zu beglückwünschen.

Richard Crawford, der alles andere als dumm war, lächelte leicht und sagte: «Ich bin mir sicher, Sie wissen, daß der Plan nicht von mir stammte. Den Phantasiereichtum der Crawfords hat mein Bruder Francis geerbt.»

«Ich bedaure, daß er heute abend nicht hier ist», sagte der Marschall höflich. Lymond war mit den Männern aus Midculter nach Talla zurückgeritten, um seine Mutter und seine Schwägerin abzuholen und sicher nach Hause zu geleiten. Er überließ es Richard, die Familie bei den verspäteten Festlichkeiten zu vertreten. «Sie sind beide nicht ohne, Mylord; das brauchen Sie mir nicht zu sagen. Ich habe mich lediglich gefragt, ob er, als der Jüngere und deshalb Ungebundenere von Ihnen beiden, schon einmal an ein Kommando im Ausland gedacht hat? Ich weiß, daß der König von Frankreich ihn mit Freuden verpflichten würde, und ich bin mir sicher, daß mein Bruder ihm mit den Regeln seines Kreuzritterordens entgegenkäme, falls das erforderlich wäre. Hat Ihr Bruder Ambitionen in Schottland? Steht er Frankreich und der Religion freundlich gegenüber? Oder» – er lächelte flüchtig – «hat er Verpflichtungen, die völlig unvereinbar mit einem Leben unter dem Keuschheitsgelübde sind?»

In den letzten Monaten hatte sich Richard Crawford von Culter an solche Fragen gewöhnt. Um des reinen Anstands willen beantwortete er sie gelegentlich. Er fühlte sich ohnehin nicht dazu berufen. Aber diese Frage kam ohne neugierige Absicht von einem der großen Soldaten Europas.

Er sagte vorsichtig: «Francis hat, wie Sie vielleicht wissen, in diesem Land und im Ausland einen eigenen Trupp befehligt. Aber was die Zukunft anlangt... Ich habe keine Ahnung von seinen Plänen, von seinen Ambitionen. Vielleicht hat er keine. Er hat hier keine Bindungen, von denen ich weiß, nicht über das hinaus, was zu erwarten ist. Was die Religion anlangt...» Lord Culter bemühte sich um Takt. «Wir neigen in Schottland vielleicht zu Extremen. Wir haben einen Anhänger der alten Religion unter uns – vielleicht kennen Sie ihn. Er heißt Peter Cranston –»

«– und ist auf so fanatische Weise religiös, daß alle anderen wie Atheisten wirken. Ich kenne ihn. Ich habe auch etliche Ihrer Lutheraner kennengelernt, die meisten im Gefängnis. Aber Ihre Regierung scheint beide Konfessionen zu tolerieren, es sei denn, die Reformierten drohen damit, sich mit England zu verbünden. Und Ihr Bruder hat schließlich vor kurzem eine Menge riskiert, um Ihre Königin vor den Engländern zu retten. Vielleicht sollte ich ihn als einen Mann mit humanistischen Grundsätzen einschätzen...?»

Er bot mehr Spielraum an, als Richard für seinen Bruder nutzen wollte. Der Johanniterorden, der so verstohlen ins Gespräch gebracht worden war, bildete die überlegenste Kampftruppe der Heiligen Katholischen Kirche. «Im Augenblick möchte ich eigentlich nichts weiter über ihn äußern, nicht einmal, was seine Grundsätze betrifft», sagte Lord Culter lächelnd. «Aber es ist Ihnen unbenommen, es zu versuchen.»

Marschall Strozzi musterte seine gepflegten Hände. «Ich möchte gern, daß Ihr Bruder drei Männer kennenlernt. Der erste ist mein Bruder Leone, der jetzt die Mittelmeerflotte im Kampf gegen die Türken kommandiert. Der zweite ist Chevalier de Villegagnon, ein Soldat und Kapitän zur See, wie es im Johanniterorden keinen zweiten gibt. Und der dritte gehört ebenfalls dem Orden an: ein Großkreuzträger namens Sir Graham Reid Malett, bekannt als Gabriel.»

Als er den letzten Namen aussprach, schaute er auf, sah aber nichts als Lord Culters gewohnheitsmäßig unbeeindruckten grauäugigen Blick. «Ich habe den hiesigen Prior über Gabriel sprechen hören», sagte Richard gelassen. «Er schien ihn manchmal mit dem Papst zu verwechseln.»

«Wenn Sie ihn kennenlernen, werden Sie verstehen, warum», sagte der Marschall schlicht. «Er ist einer der ganz Großen im Orden. Sie sollten stolz auf ihn sein. Seine Vorfahren stammten aus Schottland, aber jetzt hat er keine Angehörigen mehr bis auf eine Schwester, ein Kind von dreizehn namens Joleta. Sie lebt in einem Kloster auf Malta. Und auch sie ist etwas ganz Besonderes.»

Richard stellte sich Francis vor, wie er als Mann mit humanistischen Grundsätzen posierte. Mit mißtrauischer Stimme fragte er: «Eine Schönheit?»

Der Marschall sah ihn an. Dann lachte er unerwartet. «Sie legen weltliche Maßstäbe an», sagte er. «Bei Graham Malett und seiner Schwester geht das nicht. Ihr Bruder wird das begreifen, wenn er die beiden kennenlernt.»

Richard schwieg. Er bezweifelte das. Falls Joleta Reid Malett so unansehnlich und rein war, wie es klang, war sie Gott sei Dank dem Revier seines Bruders Francis entzogen. Denn die Maßstäbe von Bruder Francis waren weltlich, das stimmte. Und hoch.

Nicht lange danach nahm Sir William Scott seine Braut bei der Hand, zog sie aus der Menge und sagte: «Wie du siehst, bin ich zurückgekommen. Hast du dir Sorgen gemacht?»

«Sorgen? Weshalb?» sagte Grizel, und als ihm der Mund offen stehen blieb, fügte sie prosaisch hinzu: «Janet hat gesagt, als Witwe ohne Beschützer müßte ich einen Engländer oder einen Kerr heiraten.»

Die Züge ihres Mannes schienen wieder Fassung zu zeigen. «Und für was würdest du dich entscheiden?» wollte er wissen.

«Nun ja. Die Engländer halten hübsche Reden, sind aber furchtbare Schwächlinge. Und die Kerrs... bei der Auswahl kommt es wohl nicht so darauf an.»

«Und was ist mit mir?», versuchte es Will Scott.

«Mit dir?»

«Ich bin auf Strümpfen sechs Fuß und zwei Zoll groß.»

«Hm. Ich habe nicht gesagt, daß ich eine Bohnenstange aufstellen will. Und von deinen anderen Qualitäten habe ich noch nichts bemerken können.»

«Die spare ich mir auf», sagte er streng, «bis du ein bißchen netter bist.»

«*Oh!*» sagte Grizel Beaton von Buccleuch mit einem entzückten Quietscher. «Will Scott! Ist das unser erster Ehekrach?»

Sie waren zum ruhigen Flügel des Hauses gekommen, zu der Zimmerflucht, in der ihre Kammer war. «Ja, so ist es», sagte ihr Mann, und seine große Hand schloß sich um ihren Arm, während er mit der anderen nach dem Riegel tastete.

«Ich habe es genossen. Und was kommt jetzt?» fragte sie sanft.

«Wir versöhnen uns», sagte ihr Mann, steuerte sie geschickt durch die Schlafzimmertür und ließ sie hinter ihnen zufallen. Die Kerzen flackerten und beruhigten sich wieder, spiegelten sich strahlend wider in Grizel Beatons großen, kritischen Augen. «Sind wir versöhnt?» wollte er wissen.

«Ich bin seit achtzehn Stunden versöhnlich gestimmt, Will Scott», sagte seine Tante. «Und wenn du dir das nicht bald zunutze machst, ist es vorbei damit.»

2. Kapitel

Hough Isa

Crailing, Mai 1549

Im Frühling des nächsten Jahres, als die Familie Culter die Anwesenheit des jüngeren Sohnes allmählich als etwas ermüdend empfand, kam der Chevalier de Villegagnon, Johanniterritter, für vier Monate nach Schottland zurück und kehrte, was nicht unerwartet kam, auch auf Schloß Midculter ein.

Der Krieg mit England hatte sich beruhigt. Zwei schottische Bastionen waren von ihren Besitzern zurückerobert und die Besatzungstruppen hinausgeworfen worden. In den restlichen Festungen verbrachten die Engländer und ihre Söldnertruppen einen grauenhaften Winter und desertierten, wann immer es möglich war. Abgesehen von dem schlechten Essen, den Lungenentzündungen und der Langeweile hatte ihnen London die Zügel angelegt, wo der Protektor Somerset wegen einer innenpolitischen Krise den Kommandanten in Schottland befahl, sich ruhig zu verhalten.

Langeweile war auch der Hauptfeind der französischen Truppen. Ihre Reihen hatten sich durch die Abreise von Piero Strozzi und die Zurückbeorderung eines Teils der Truppen nach Frankreich gelichtet. Im ersten Teil des Winters wurden sie von den Feldärzten der Königinmutter gepflegt und durch den Verkauf der königlichen Juwelen bei Laune gehalten. Dann traf schließlich Verstärkung und Geld ein, und das Problem wurde ein anderes: Wie lenkte man die streitlustigen Instinkte von fünfzehnhundert kriegerischen Franzosen gegen den Feind und nicht gegen die Schotten. Das Land, regiert von Gouverneur Arran auf schottisch und von der Königinwitwe, dem französischen Botschafter und General d'Essé in ihrer französischen Muttersprache, wurde nicht zweisprachig, sondern sprachlos, und wer nachts in Leith ein Boot mieten wollte, brauchte einen Dolmetscher.

In dieser ganzen Zeit beschäftigte sich Crawford von Lymond damit, sich im Kampf zu üben, die Angelegenheiten seiner Familie zu regeln und Sir William Scott aus dem Weg zu gehen; denn er vermutete richtig, daß die Ehe, die so unkonventionell begonnen hatte, am besten gedieh, wenn man sie sich selbst überließ. Einem Scott, wenn er seine Frau erst einmal geschwängert hatte, war zuzutrauen, daß er sie acht Monate lang als abgeschlossenes Geschäft ansah.

Als dann im Frühling der Chevalier de Villegagnon eintraf, der mit seinem seemännischen Können die kleine Königin im Vorjahr nach Frankreich gebracht hatte, kam Thomas Erskine mit ihm nach Midculter, um Francis Crawford im Schloß seines Bruders zu besuchen.

Statt dessen trafen sie seine verwitwete Mutter an. Sybilla, klein, weißhaarig und von altersloser Eleganz, trat nachdenklich in die große Halle von Midculter, wo die beiden Männer warteten, und sagte: «Lieber Tom. Wie freundlich von Ihnen, M. de Villegagnon, daß Sie Francis besuchen wollen, aber meine beiden Söhne sind nicht da. Richard ist in Falkland bei der Königinmutter, und Francis...»

Hier brach die verwitwete Lady Culter ab, rieb sich geistesabwesend mit der schmalen Handfläche den Nacken und sagte: «Aber nehmen Sie doch bitte Platz. Es muß sehr nützlich sein, M. de Villegagnon, wenn man von so hohem Wuchs ist. Und wie geht es Margaret, Tom? Und ihrer Mutter in Frankreich? Leider ist Francis mit Will Scott zusammen, mein Lieber, und wahrscheinlich den ganzen Tag lang fort», schloß Sybilla, die blauen Augen eulenhaft auf Junker Tom gerichtet.

Thomas Erskine war damals ein kleiner, unauffälliger Mann, dessen pummelige Züge, wie seine Nachbarin bestens wußte, einen der schlauesten Köpfe der Gegend verbargen. Gesunder Menschenverstand war Tom Erskines Stärke, und bei seinen vielen diplomatischen Reisen für die schottische Krone hatte er sich eine Reihe von Freunden gemacht, zu denen Nicholas Durand, Chevalier de Villegagnon, gehörte. Und Chevalier de Villegagnon, mit achtunddreißig ein glänzender Waffenexperte und Ritter im kämpferischen Johanniterorden, war für diplomatische Winkelzüge zwar nicht zu begeistern, respektierte sie aber bei Laien.

Auf Sybilla machte ein derart militanter Kirchenmann wenig

Eindruck. Tom fiel auf, daß sie heute etwas Mühe beim Versteckspiel hatte. Nach zwei unaufrichtigen Vermutungen über Lymonds augenblicklichen Aufenthaltsort brach die verwitwete Lady plötzlich in gedämpftes Gelächter aus und sagte: «Es tut mir leid, Tom. Aber ich glaube, er und Will sind bei Hough Isa.»

«Auheisa?» wiederholte der Chevalier, etwas verwirrt.

«Das ist ein Frauenname», sagte Tom Erskine. «Sie hat eine kleine Kate in der Nähe von Roxburgh.»

Der Chevalier grinste unerwarteterweise. «Mylady, wir haben zwar ein Gelübde abgelegt, aber wir sind durchaus von dieser Welt. Ich kann mir denken, wer Isa ist. Nicht alle Damen, die in der Umgebung von Roxburgh, Lauder oder Ferniehurst wohnen, haben den englischen Truppen ihre Gunst widerstrebend geschenkt. Wenn die Garnison in Roxburgh zum Angriff ausschert, gibt es ein paar Häuser in der Gegend, in denen sie hochwillkommen ist; ist das nicht so? Und die Kate dieser Isa ist so ein Haus?»

«Das stimmt», sagte Tom Erskine und löste den Blick widerwillig von Sybillas Gesicht. «Was macht Francis denn dort?» fragte der Junker von Erskine unverblümt. M. de Villegagnons Augenbrauen gingen nach oben.

Sybilla ließ sich Zeit. «Ich fürchte, er macht Jagd auf die Engländer. Sehen Sie, wenn ein Engländer, der in Roxburgh solches Heimweh bekommt, daß er am liebsten desertieren möchte, will er als erstes ein freundliches Gesicht und ein Dach über dem Kopf. Deshalb –»

«Isa und ihre Freundinnen helfen also den englischen Soldaten beim Desertieren?»

«Sie *helfen* ihnen nicht», bemühte sich Sybilla um Präzision. «Sie ermuntern ihre Kunden nur in ihrer Abneigung gegen den Dienst, geben ihnen gute Ratschläge und den Deserteuren Zuflucht. Überraschend viele sind verschwunden, wissen Sie. Wirklich viele.»

«Wenn Francis die freundlichen Damen unterstützt, überrascht mich das nicht», sagte Tom Erskine.

«Und wenn Will Scott auch dabei ist», sagte Sybilla ruhig, «kannst du dir vorstellen, daß nicht alle Engländer, die Hough Isa besuchen, das überleben. Gerechtigkeitshalber muß man sagen, daß nicht alle unbedingt desertieren wollen.»

«Aber wenn sie nicht zurückkommen, denken ihre Kameraden, sie seien desertiert. Was für ein raffiniertes Spiel», sagte der Chevalier de Villegagnon. «Aber man kann es wohl kaum ewig spielen?»

«Deshalb ist Francis dort», gab die Witwe zu. «Er glaubt, die Engländer haben begriffen, was da vorgeht. Möchten Sie, daß er Ihnen seine Aufwartung macht, Chevalier? Er kommt bestimmt bald zurück. Er findet Sie in Leith?»

«Ah, nein», sagte Nicholas Durand, Chevalier de Villegagnon, richtete sich zu seiner mehr als stattlichen Größe auf und griff nach Barett und Umhang. «Ich muß mich früher mit ihm treffen – ich denke, bei Hough Isa.»

Aber als ersten trafen sie Sir William Scott mit einer Schar von Kincurd-Männern bei Bonjedward, wo er fröhlich durch das grüne Teviotdale trabte und seinen letzten Streit mit Grizel rekapitulierte. «Sag das dem Kind ins Gesicht, und ich erschlage dich!» hatte Grizel Beaton geschrien.

Es war kein Kind da – noch nicht. Das hatte er auch gesagt. «Ach, wirklich!» hatte seine junge Frau gerufen. «Ach, wirklich! Und wenn es heute nacht kommt, was soll ich ihm dann erzählen, daß sein Vater mit seinen Freunden in einem Hurenhaus ist?»

«Himmel, ich habe dir doch gesagt, warum ich zu Hough Isa muß!» brüllte Will Scott mit einem Hals so rot wie sein Haar.

«Ja, das hast du», pflichtete seine Frau ihm bei. «Deine Pflicht, hast du gesagt. Und daß sie ausgezeichnet kocht.»

«Ja, das stimmt! Besser als das alte, zerkochte Zeug, das einem hier aufgetischt wird!»

«Dann bring sie doch mit nach Hause, du rotschöpfiger Trottel!» sagte Grizel Beaton, Lady von Buccleuch. «Willst du uns alle verhungern lassen? Und sagt die Kirche denn nicht, daß der Liebesakt eine Sünde ist, wenn er keinem Zweck dient?» Es entstand eine lange, gequälte Pause. «Oder kann sie dich so gut nun auch wieder nicht leiden?» hatte Grizel hinzugefügt und war schreiend vor Lachen weggetrottet, während ihr Mann ihr im Sonnenschein nachsetzte. An die seltsamen Methoden der Frauen hatte sich Will Scott erst gewöhnen müssen, aber das war ihm inzwischen bestens gelungen.

Er dachte immer noch darüber nach, als er Tom Erskine und seinem Freund, dem Chevalier, begegnete, und sie ritten gemeinsam weiter nach Crailing. Etwa um dieselbe Zeit beschloß der englische Kommandant in der Festung Roxburgh, sechs Meilen östlich von Hough Isas Kate, der Dame einen Besuch abzustatten.

Es war ein Entschluß, der bei den exilierten englischen Soldaten unter seinem Kommando nicht unbedingt auf Beifall stieß. Diejenigen, die noch reden konnten, murrten. Die anderen wickelten die Schals um die Wamskragen und krächzten. Mit jedem neuen Befehl des Alten schwanden ihre Aussichten auf eine sichere Rückkehr nach Hause. Der Kommandant hatte herausgefunden, was Isa und ihre Freundinnen trieben. Das heißt, der Kommandant wußte zwar schon über Hough Isa Bescheid, aber nicht darüber, was für eine besondere Rolle sie seiner schwindenden Garnison gegenüber spielte. Und heute war der Kommandant zum Handeln entschlossen.

Deshalb verließ Sir Ralph Bullmer mit seinem Vetter Sir Oliver Wyllstrop und einer Auswahl von Männern, über die merkwürdige Gerüchte im Umlauf waren, das Schloß von Roxburgh und wagte sich in das feindliche Umland, um den allzu gastfreundlichen Häusern alleinstehender Damen mit jeder Menge Geld einen Besuch abzustatten.

Die Königin dieser Damen, Hough Isa, wohnte in einem strohgedeckten Steinhaus außerhalb des Dorfes Crailing. Die Fenster, zum Teil verbrettert, waren sauber und hübsch gestrichen, ihr Kräutergarten war gepflegt, und ihr Kamin aus geschwärztem Stein roch nach guter Suppe und Hammeleintopf, ein Beweis für die Tatsache, daß die einheimischen Schäfer einen herzhaften Appetit und die Mittel hatten, diesen zu befriedigen. Auf dem Küchenboden lagen saubere Läufer, und im Nebenzimmer gab es neben einem Doppelbett, groß wie ein Tisch, sogar einen bemalten Teppich. Auf dem Kopfteil waren die ineinander verschlungenen Initialen des Tischlers und von Hough Isa, obwohl ihre englischen Besucher das nicht wußten.

Auf dem Bett war nichts ineinander verschlungen. Das Haus war leer.

Sir Ralph Bullmer saß hochmütig auf seinem Pferd und befahl, das Haus niederzubrennen.

Es war ein heller, klarer Tag im Spätfrühling, und das Stroh brannte schnell, und während sie zuschauten, wanderten die Schatten des Rauches zu ihren Pferdehufen hinüber. Die Flammen waren nur Verzerrungen in der blauen Luft. Während die englischen Truppen zusahen, sich am Nacken kratzten und die Helme zurückstießen, machten Anekdoten die Runde. Sie fragten sich leise, ob der Bulle etwas wisse von den beiden anderen Damen am Oxnam Water, die gern zu Diensten waren, oder von der Witwe im Dorf Cessford.

Sir Ralph Bullmer kannte sie allesamt nicht, wußte nichts von den Annehmlichkeiten, die sie zu bieten hatten, aber wenigstens war sein militärischer Verstand dem Anlaß gewachsen. Sein blasser, weitsichtiger Blick wanderte zu der Straße südlich hinter der Kate, und er hob den Arm, winkte die Männer am knisternden Gebälk von Hough Isas Haus vorbei und hätte, so entschlossen war er in seiner Absicht, fast die klagende Frau auf dem Hügel dahinter übersehen. Der Schrei einer Frau, gnädig gedämpft durch die Entfernung, wirkte wie der Ruf einer Möwe. Dort, auf dem Abhang hinter dem Haus der freundlichen Isobel, stand Hough Isa, die scharlachroten Stöckelschuhe in den Torf eingesunken, die gestreiften Röcke bis zu den Fesseln hochgezogen, und drohte den englischen Soldaten unter ihr mit dem Arm wie mit einem Nudelholz.

Und sie war nicht allein. Auf einer Seite schrien die Damen von Oxnam Water Flüche. Auf der anderen Seite warf die Dame aus Cessford einen Stein. Und hinter ihnen waren die zweifellos hübschesten Mädchen aus Bonjedworth, Ancrum, Lanton und Bedrule, hüpfend und kreischend. Die Busen waren im Gegenlicht nicht zu erkennen, dafür waren ihre Stimmen um so vernehmlicher. Das Getuschel unter den Engländern wurde schlagartig zum wilden Gejohle. Sir Ralph Bullmer und sein Vetter riefen dazwischen, brachten ihre Leute zum Schweigen und führten sie den Hügel hinauf.

Einen weiteren Augenblick lang kreischten die wütenden Gestalten auf dem Hügel trotzig; dann rückten sie Kleid an Kleid zusammen wie zum Schweigen gebrachte Glocken, als die trommelnden Hufschläge näherkamen. Dann kniete eine nieder; andere sprangen beiseite; etliche lösten sich von der Gruppe und verschwanden auf der anderen Seite des Hügels.

Sinnlose Panik, denn wo konnten sie hin? Welcher Bauer hätte im

Schatten von Roxburgh den Engländern getrotzt und sie aufgenommen? Welche Bäuerin hätte einer Frau beigestanden, die ihr den Mann abspenstig machte?

Sir Ralph Bullmer sagte zu Sir Oliver Wyllstrop: «Was glaubst du, warum haben sie sich bei Hough Isa getroffen?»

Sir Oliver trabte weiter und schüttelte den Kopf. «Ich fürchte, wenn du den Männern befiehlst zu schießen, werden sie nicht gehorchen.»

In einer Rüstung kann niemand die Achseln zucken, aber der Kommandant von Schloß Roxburgh lachte hohl in seinem Helm. Ein ungeöltes Scharnier an seinem Knie quietschte, und er fluchte mürrisch. Da stand ein ganz bezaubernder Bettschatz, wie ein junges Getreidefeld in sonnenbeschienener grüner Seide, das blasse Gesicht gebadet in zerlaufene Wimperntusche und Tränen. Im selben Augenblick mußte sie Sir Ralph auch gesehen haben. Sie zögerte, drehte sich um, wollte weglaufen, dann streckte sie statt dessen, in ihrem wehenden Gewand bebend wie ein getroffenes Schiff, flehend den Arm aus.

Fünf Kanonen, bis jetzt auf dem Abhang von Grasbüscheln und Hough Isas Unterröcken verborgen, schossen gleichzeitig los, jagten vierhundert Pfund Steinmunition wie durch einen Trichter hügelabwärts zwischen die zusammengedrängten Männer und Pferde der englischen Garnison in Roxburgh und töteten ein Drittel sofort. Dann, während das Donnern der Büchsen die Ohren betäubte, sah der Rest von Sir Ralph Bullmers Trupp, wie sich der Rauch hob und mehrere kniende Damen mit schiefem Kopfputz Streichhölzer an die Arkebusen hielten und schossen. Auf einer Seite spannte eine stämmige, bärtige Maid eine Armbrust, und hinter ihr flog ein Pfeilhagel los, bog durch Rauch und Schüsse und ging zwischen den versteinerten Truppen nieder. Dann schossen die fünf Kanonen wieder, und die Engländer, die es noch konnten, rannten wie die Hasen.

Aus Stolz und wegen eines gerissenen Sattelgurts war Sir Ralph Bullmer der letzte, der die Flucht ergriff. Er blutete aus einem Riß in der Wange, erholte sich, als der Sattel nach unten rutschte, trat ihn weg, hielt sich mit den Schenkeln auf dem nackten Pferderücken fest und lenkte den Pferdekopf in die andere Richtung.

Eine leichte Hand auf seinem Arm hielt ihn an. Neben ihm stand die junge Frau vom Gipfel des Hügels, das fließende Gewand verdreckt, und flehte ihn an, die Augen blaue Zisternen voller Angst. Einen Sekundenbruchteil lang musterte Sir Ralph Bullmer sie. Ihre Hände waren leer, das dünne Kleid verbarg keinerlei Waffen. «Schon gut. Sagen Sie mir, was hier eigentlich los ist, sonst setzt es was», sagte Sir Ralph Bullmer hastig und hob sie hinter sich aufs Pferd.

Das Pferd raste hinter seinen Männern her den Hügel hinunter. Von hinten flogen immer noch Pfeile, obwohl der Beschuß allmählich nachließ. Im Augenblick schien es keine Verfolger zu geben. Die junge Frau hinter ihm legte die Wange an seinen Nacken und fing damit an, seine Rüstung aufzuschnallen. Er stieß ihre Hand weg und packte die Zügel, als das Pferd sich aufbäumte und er fast die Herrschaft darüber verlor. Die Finger tasteten sich wieder heran. Sein Küraß stand halb offen. Einige seiner Männer waren langsamer geworden und wendeten, um auf ihn zu warten; Verfolger schien es noch immer nicht zu geben.

Er stieß die Hand der jungen Frau wieder weg und trat mit dem gepanzerten Fuß nach hinten, geriet ins Rutschen und wäre, weil er sattellos war, fast vom Pferd gefallen. Die Frau hinter ihm saß sicher. Sie löste alle Schnallen an seinem Rumpf und machte sein Hemd auf; sein Schlag traf ins Leere. Durch die offenen Flanschen der Rüstung strömte kalte Luft auf seinen schwitzenden Körper. Der Küraß schepperte gegen das Schenkelstück, und Sir Ralph Bullmer sprengte auf seinem Pferd durch das liebliche Teviot-Tal, klappernd wie ein Kesselflickerkarren, und erst, als er anhielt, abstieg und die Reithosen verlor, merkte er, daß niemand mehr hinter ihm saß.

Kurz darauf klopfte ein halbnackter Herr in Reithosen an eine Tür in Upper Nisbet, requirierte mit großem Charme ein Wams und ein Pony und ritt pfeifend nach Jedburgh, wo sich, wie vorher abgesprochen, ein Vetter zweiten Grades von Will Scott um die obdachlose Hough Isa kümmerte und, falls nötig, den Hinterhaltschützen auf der ersten Etappe des Heimwegs Unterschlupf gewähren sollte.

Nicht lange, nachdem Bullmer mit den Überlebenden seines Trupps in die englische Festung in Roxburgh zurückgekehrt war, trafen Will Scott und seine Männer in dem großen Holzhaus seines Vetters ein, legten die Röcke und Häubchen ab und versammelten sich in der Küche, wo Hough Isa und ihre beiden echten Freundinnen schon an den Kochtöpfen standen. Dann, als er seine Männer untergebracht hatte, zog Sir William die eigenen Kleider an und brachte seine beiden unerwarteten Beobachter, Thomas Junker von Erskine und Nicholas Durand de Villegagnon, zum Reden in ein kleines Zimmer im ersten Stock.

Sie unterhielten sich auf französisch. Nicht weil das Englisch des Chevaliers mangelhaft gewesen wäre, sondern weil er an jenem Tag dem mißtraute, was er zu hören bekam. Daß ein Deserteur aus Roxburgh Will Scott vor dem bevorstehenden Überfall der Engländer auf die Damen gewarnt hatte – das verstand er. Daß das möglicherweise die Gelegenheit für einen Hinterhalt bot – auch das war klar. Mit den fünf Kanonen aus Jedburgh hatte man sofort eine größere Zahl von Gegnern ausschalten können, nachdem der Anblick der Damen dafür gesorgt hatte, daß die Engländer den Hügel herauf und in Schußweite kamen, solange die Röcke die Kanonen verbargen. Aber sie hatten, wie der Chevalier de Villegagnon einwandte, die Engländer nicht verfolgt, hatten nicht einmal versucht, Berittene hinter dem Hügel zu postieren, die herübergaloppieren und zuschlagen konnten . . . ?

«Aye», hatte Will Scott auf dem Schlachtfeld gesagt, als sie die verwundeten Engländer auf Karren luden und die Toten nach Geld und Waffen durchsuchten. «Sehen Sie, ich hatte Befehl von der Königinwitwe, mich darauf nicht einzulassen. Sie hat gesagt, wenn ich bei der Verteidigung einer Hure einen Mann verliere, sorgt sie dafür, daß ich ein Jahr ins Gefängnis komme. Deshalb habe ich, als die Engländer kamen, darauf geachtet», sagte Will Scott schlicht, «daß meine Burschen nicht aufs Ganze gingen.»

«Und was wird die Königinwitwe sagen», äußerte Tom Erskine trocken, «wenn Crawford von Lymond gefallen ist?»

«Er trifft sich in Jedburgh mit uns, das wirst du schon sehen», sagte Scott etwas hastig. Und der Chevalier de Villegagnon, der schlaue Beobachter, wählte diesen Augenblick zu der Frage: «Als ich zu Ihnen stieß, hatte M. von Lymond den Hinterhalt schon verlassen?»

Tom Erskine antwortete: «Er war an der Front bei den Damen. Er hat das Signal zum Schießen gegeben.»

«Aber er ist noch nicht zurückgekommen? Welche der Damen war er?»

«Die in Grün, mit der Ralph Bullmer fortgeritten ist», sagte Will Scott und fügte hinzu: «Und falls Ralph Bullmer noch am Leben ist und davon erzählen kann, wär's ihm bestimmt lieber, er hätte sie nicht mitgenommen.»

Sie saßen bei der Suppe, als Lymond eintraf. Eine Stimme drang durch den Lärm in der Küche, und Will Scott verfehlte mit dem Löffel seinen Mund, stand tropfend auf, setzte sich wieder und wischte sich das Kinn ab. Dann ging die Tür auf, und die zarte junge Frau im grünen Kleid kam herein, jetzt in einer braunen Hose unter dem Wams und mit kurzem blondem Haar.

Er trug einen Suppenteller. Als er die Tür zur Treppe zutrat, rief Scott begeistert: «Francis! Was in Gottes Namen hast du mit Sir Ralph gemacht?»

«Bullmer?» Die Stimme war angenehm, die Miene zeigte leichte Überraschung. «Ich glaube, ich habe ihn ausgezogen. Vetter Olly hat sich halbtot gelacht.» Lymond stellte die Suppe ab und sagte, ohne sich zu setzen, zu de Villegagnon: «Was hätten Sie getan?»

M. de Villegagnon, Ritter des Johanniterordens, antwortete auf französisch, eine fleischige Schulter lässig gegen die Wand gestützt. «Waren Monsieur bewaffnet?» fragte er.

«Nein.» Lymond antwortete ebenfalls auf französisch. «Sonst hätte mich der Kommandant nicht auf sein Pferd gelassen.»

Eine Pause entstand. «Wenn es um einen törichten Mann geht», sagte der Chevalier nachdenklich, «ist manchmal nicht Tod, sondern Schande die angemessene Strafe.»

Lymonds von der Schminke gereinigtes hellhäutiges Gesicht war beherrscht. «Das versteht sich von selbst. Es war uns lieber, die armen Teufel, die in der Nähe von Roxburgh leben, nicht der Art von Vergeltung auszusetzen, die London geübt hätte, wenn der englische Kommandant getötet worden wäre. Statt dessen haben wir einen Narren aus ihm gemacht.»

«Aber nach allem, was ich gehört habe, ist Sir Raph Bullmer kein Narr.» M. de Villegagnon konnte auch schmeicheln.

«Zum Glück, sonst hätte er uns angegriffen. Aber sie haben nur Nell von Cessford etwas getan –»

«Sie haben sie umgebracht», unterbrach ihn Tom Erskine unverblümt.

Die Blicke von Lymond und Sir William Scott begegneten sich. Lymond sagte nichts. M. de Villegagnon, der die beiden beobachtete, sah, daß der junge Sir rot wurde; dann sagte Erskine, der im eigenen Land der Direktheit den Vorzug vor der Finesse gab: «Sie war eine Kerr. Francis hat dir gesagt, du sollst Hough Isa nicht erlauben, daß sie Nell mitbringt.»

Will Scott sagte zornig: «Nehmen die Kerrs auch Rache für ihre Huren?»

«Hoffen wir», sagte Lymond, «daß sie glauben, du hast sie beschützen wollen, und daß Grizel nichts davon erfährt, wenn sie einen stumpfen Gegenstand zur Hand hat. Wenn mich jemand M. de Villegagnon vorstellen würde, könnte ich mich setzen...»

In jener Nacht, als Tom Erskine ruhig auf dem Feldbett schlief (sie hatten um das Bett gelost), Will Scott den Rotschopf in seinem Sattel vergraben hatte und leise vor sich hinbrabbelte, stand Nicholas Durand de Villegagnon auf, ging durch das kleine, vollgestopfte Zimmer, das sich die vier Männer teilten, und blieb lautlos am Kamin stehen. Im glimmenden Rot des Feuers, dem einzigen Licht im Zimmer, wirkte seine Größe unmenschlich, seine Fülle maßlos, sein Schweigen unheimlich, wie eine ins Nest zurückkehrende Eule mit ausgerissenen Augäpfeln in den Krallen. «Diese Theaterspielerei von heute macht Ihnen Vergnügen?» sagte er.

In dem geschnitzten Stuhl, den er sich zum Schlafen ausgesucht hatte, änderte sich Lymonds Atmung nicht, und auch sein Gesicht blieb im stumpfen roten Licht gleich. Er sagte knapp: «Sie hat ihren Zweck erfüllt. Wir können nicht alle Schicksal spielen.»

Der massige Körper des französischen Ritters war ebenfalls reglos. «Ich habe gehört, wie ein Mann, dessen Geliebte ermordet wurde, auch so geredet hat», sagte er.

Lymonds Stimme wiederholte ironisch: «Ein *Mann*?» Und im gedämpften roten Licht verzog sich das Gesicht des Chevaliers, als lächle er. «Vielleicht nicht», sagte er. «Aber ansonsten gilt, was ich gesagt habe. Nicht alle von uns plagen sich mit der dynastischen Arbeit ab. Sie zum Beispiel führen zu Hause ein angenehmes Leben und brauchen sich nicht nach edlerer Gesellschaft umzusehen.»

«Ich bin ein großer Verehrer des angenehmen Lebens», sagte Lymond.

Die Schärfe in seiner Stimme befriedigte den Chevalier. «Ich habe lediglich gemeint», sagte er, nach wie vor leise, «daß ich mir für Sie eine noble Zukunft an der Seite der Königinwitwe vorstellen kann, weil Sie frei von den Pflichten des älteren Bruders sind.»

«. . . und Männer des Glaubens sind es nicht», vollendete Lymond seinen Satz, als hätte der Chevalier nichts gesagt. «Außerdem hat die Königinwitwe schon genug Schmeichler an ihrer Seite.»

Neben Lymonds Stuhl stand ein Schemel, warm vom Feuer. De Villegagnon bückte sich und setzte sich darauf, den breiten Rücken dem dunklen Zimmer zugewandt, und band gemächlich sein feines Hemd auf. Er sagte: «Ich weiß natürlich, daß viele Schotten Angst davor haben, Vasallen Frankreichs zu werden. Die Königinwitwe ist nicht Regentin anstelle ihrer Tochter, und dennoch scheinen sie und der französische Botschafter alle wichtigen Entscheidungen zu treffen. Außerdem gehören sie und der König von Frankreich der alten Religion an, und diejenigen von Ihnen, die der reformierten Kirche anhängen, würden Schottland lieber samt Erde, Stein und Mühlengeklapper seinem alten Feind England ausliefern, statt unter Frankreich religiöses Märtyrertum zu riskieren.»

«Sie schmeicheln uns», sagte Francis Crawford, beugte sich vor, griff nach dem langen Haken und schürte das Feuer. Wärme und Licht, leise aufgefrischt, hüllten die beiden Männer ein. Lymond sank in den Stuhl zurück und lächelte. Er sagte: «Wenn Sie sich umschauen, finden Sie vielleicht ein paar Kreuzfahrerseelen, aber nicht in den Familien, die zählen. Die Douglases, die Kerrs und der Rest favorisieren England, weil ihre Ländereien in der Nähe der Grenze liegen und von den Engländern angegriffen werden können, vielleicht auch, weil sie unter der englischen Herrschaft die Chance einer Macht aus zweiter Hand hätten.»

«Und die Crawfords?» fragte der Franzose.

Eine ganz kurze Pause entstand. «Mein Bruder glaubt, wie Tom Erskine da drüben und wie die Scotts, daß sich diese Nation unter französischer Aufsicht so gut erholen wird wie unter jeder anderen, solange sie keine starke eigene Krone hat. Wir sind zu schwach zur Unabhängigkeit, wären es sogar, wenn sich unsere führenden Familien einigen und zusammentun könnten. Und wir sind zu arm, Söldner zu bezahlen. Schließlich stellt uns Frankreich, das bezahlen kann, die fähigsten Techniker und Festungsexperten, die besten Soldaten und Matrosen umsonst zur Verfügung» – Lymond verbeugte sich ernst vor dem sitzenden Chevalier –, «dazu das Geld, sie zu bezahlen.»

«Und Sie?» fragte de Villegagnon schließlich. «Falls die Türken anböten, Schottland zu denselben oder besseren Bedingungen zu schützen, würden Sie annehmen?»

Der andere sah amüsiert auf. «Das haben wir doch schon angenommen, nicht wahr?» Und während de Villegagnon, auf dem falschen Fuß ertappt, eine Weile schwieg, weil er glaubte, das geheime Bündnis zwischen Frankreich und dem Schutzherrn des Islam sei noch nicht allgemein bekannt, fuhr Lymond murmelnd fort: «Sagen Sie mir, ist das Bündnis zwischen Frankreich und der Türkei für Johanniterritter, zum Beispiel für Sie und Leone Strozzi, die gleichzeitig würdige Diener des Königreichs von Frankreich sind, denn nicht besorgniserregend? Oder führen Sie ein angenehmes Leben in Fontainebleau?»

Das folgende Schweigen trat unvermittelt ein. Dann lachte der Chevalier de Villegagnon auf, nach wie vor halblaut. «Ein Treffer. Meine Antwort lautet, das französisch-türkische Bündnis steht nur auf dem Papier, um Frankreich vor der Bedrohung durch Kaiser Karl V. zu schützen. Die Malteserritter sind international. In welchem Land sie auch geboren sein mögen, ihre erste Pflicht gilt Malta und dem Bischof von Rom. Wir alle, Soldaten und Priester, haben dasselbe Gelübde abgelegt, Keuschheit, Armut und Gehorsam, und widmen uns dem Sieg der christlichen Welt über das Heidentum.»

«Zum Kampf mit reinem Herzen für den wahren, höchsten König», zitierte Lymond. Was er dachte, ließ sich nicht erraten.

«Wenn ich Sie heute zum Führer von fünfzehnhundert Söldnern ernennen würde, für wen oder was würden Sie kämpfen?» fragte der Chevalier de Villegagnon plötzlich. Er war bereit, auf die

Antwort zu warten. Erst allmählich wurde ihm bewußt, daß sich der Mann im Stuhl vor Lachen schüttelte.

«Nicht schon wieder! Beim seligen Gerhard, dem Vater der Armen und der Pilger, nicht schon wieder!» sagte Francis Crawford nach Luft schnappend. «Sucht Europa derart verzweifelt Kommandanten aus zweiter Hand, direkt aus dem Kostümverleih, daß jeder Kurier mich unbedingt mit moralischen Grundsätzen ködern will?... Wenn ich fünfzehnhundert Soldaten hätte und versuchen würde, sie für oder gegen die Königinmutter einzusetzen, hätten wir innerhalb einer Woche in Schottland Bürgerkrieg, und nach einer weiteren Woche wären so gut wie keine Schotten mehr übrig.»

«Dann müßten Sie sie eben anderswo einsetzen», sagte der Chevalier unverbindlich. «Sie sind kein Grünschnabel mehr. Was meinen Sie als Mann dazu?»

«Als Mann meine ich», sagte Lymond nachdenklich, «daß ich gern Sir Graham Reid Maletts Schwester Joleta kennenlernen möchte, aber nicht unbedingt mit fünfzehnhundert Söldnern hinter mir.»

Einen langen Augenblick starrte der Ritter den Schotten an. Schließlich stand er auf, zog das zerknitterte Hemd aus und ließ es in der Hand baumeln, rosenfarben erleuchtet vom Feuer. «Ja», sagte er, «ja, mein lieber Herr. Was Sie brauchen, ist ein Treffen mit Gabriel und seiner Schwester.» Und er schlenderte weg, wickelte sich in einen Umhang, setzte sich in eine Ecke und war in fünf Minuten eingeschlafen.

Das Haus war still, das Feuer ausgegangen, als Dandy Kerr von Hirsell und zwanzig Männer über das Kopfsteinpflaster von Jedburgh galoppierten und in das Untergeschoß des Hauses von Will Scotts Vetter eindrangen, um Rache dafür zu nehmen, daß Nell von Cessford auf dem Hügel über Crailing Lebensgefahr und Schande ausgesetzt worden war.

Sie sprangen von den Pferden, brachen die Tür auf und stachen auf die liegenden Körper ein, bis sie merkten, daß es nur Kleiesäcke waren. Als sie dann nach oben laufen wollten, trafen sie auf eine Schar von Scotts, das Schwert in der Hand, die herunterkam. In ihrer Mitte waren Sir William Scott, Franics Crawford, Thomas Erskine und der Chevalier de Villegagnon, die ein furchterregendes Geschrei anstimmten.

Es war eine spektakuläre Verfolgungsjagd, den Berg hinauf, vorbei an der Abbey, hinaus auf die Lichtungen, Moore und Hügel, die sich zwischen Jedburgh und Cessford erstreckten. An der Furt über Oxnam Water, wo die Bäume auf beiden hohen Böschungen dicht im Sommerlaub standen, setzten sich die restlichen Kerrs zur Wehr, und in dem folgenden Kampf im Wasser standen die Pferde bis zu den Sprunggelenken im pfirsichfarbenen Schlamm, bespritzten und durchnäßten die Reiter wie die Abgestürzten, Vögel schrien und Rehe flohen und Schwerter klirrten, bis Dandy Kerr und seine Männer schließlich entkommen konnten und nach Schloß Cessford sprengten. Der größere Teil des Trupps war heil geblieben, was man jedoch von seinem Pferdebestand weniger sagen konnte.

Lymond packte Will Scott hastig am Arm und verhinderte die Verfolgung. «Verdammt noch mal, denk dran, daß wir die Geschädigten spielen sollen. Ich hab dir doch gesagt, Peter Cranston hat uns davor gewarnt, den Allmächtigen zu beleidigen, indem wir Blut auf dem Grab einer Hure vergießen.»

«Der kleine Herr mit der verwundeten Schulter?» fragte M. de Villegagnon mitfühlend.

Tom Erskine antwortete, atemlos vor Lachen. «Francis hat ihn gebeten, heute nacht auf der Straße nach Cessford Wache zu stehen, und er ist sehr erpicht darauf, Francis vor Sünde zu bewahren.»

«Eine Gefahr, die M. Crawford keine übermäßigen Sorgen macht», sagte der Chevalier spitz. «Mir ist aufgefallen, daß er die Langeweile für den Hauptfeind seiner Seele hält. Und es wird ihm gelingen, die Langeweile zu besiegen, da bin ich mir sicher.»

3. Kapitel

Joleta

Flaw Valleys, Mai 1551

Fast zwei Jahre waren vergangen, und zwischen England und Schottland war der Frieden erklärt worden, ehe der Chevalier de Villegagnon wieder einem Crawford begegnete.

Einen Teil dieser Zeit hatte Francis Crawford von Lymond in Frankreich verbracht und im Kreis derer, die am französischen Hof der kindlichen Königin Maria von Schottland dienten, der Langeweile mit beträchtlichem Erfolg getrotzt. Er war dort, als die Königinwitwe von Schottland ihre Tochter besuchte; und er war immer noch dort, als sein Bruder Richard, Lord Culter, seinerseits eintraf, um der kleinen Königin zu dienen, und schließlich dankenswerterweise den französischen Hof wieder verließ, um nach Hause zu reisen.

In jenen Zeiten war Piraterie an der Tagesordnung. Es fuhren nicht häufig Schiffe nach Schottland, und billig waren sie auch nicht. In Dieppe zog Lord Culter, ein ruhiger, aber erfahrener Reisender, eine Reihe von Erkundigungen ein, dann lehnte er sich zurück und spielte Backgammon, bis er eines Tages in seiner Herberge erfuhr, es lege eine französische Galeere nach Schottland ab.

In einer halben Stunde hatte Richard herausbekommen, daß die Galeere als Schiff der Flotte des Königs von Frankreich keine zahlenden Passagiere mitnehme; der Kapitän habe jedoch nichts dagegen; die Entscheidung, ob ein Ratsherr der schottischen Königinwitwe an Bord dürfe, liege bei einem gewissen königlichen Offizier, der jetzt beim Gouverneur im Schloß Dieppe logiere; und dieser Offizier heiße Nicholas Durand, Chevalier de Villegagnon. Eine Stunde später sprach Lord Cutler, adrett in braunes Tuch und goldenen Satin gekleidet, im Schloß Dieppe vor.

Es war ein formvollendetes Wiedersehen. M. de Villegagnon, der sein Armutsgelübde sehr großzügig auslegte, trug eine dreieckige

46

Jacke mit Rüschen am Kragen und den Manschetten und riesigen Ärmeln, geschichtet wie Kohl. Als Richard den Salon betrat, den der Gastgeber dem Chevalier zur Verfügung gestellt hatte, standen mehrere Herren und zwei Pagen in der Livree des Chevaliers auf. Hinter der tragbaren Gebetsbank des Chevaliers rafften außerdem zwei Nonnen und eine alte Dame in schlichter Kleidung die Röcke, erhoben sich und machten einen Knicks. M. de Villegagnon stellte einen der Herren als seinen Sekretär vor, einen anderen als seinen Priester und die alte Dame mit ihrem Namen, ohne jede Erklärung. Dann brachte Richard, der wußte, wann es sich auszahlte, direkt zu sein, sein Anliegen vor.

In dem altmodischen Raum, gefüllt mit Andenken an Reisen der Familie Dieppe, herrschte geschäftiges Schweigen, das M. de Villegagnon mit einer Wiederholung der Frage füllte, um Zeit zu gewinnen. Sein Blick, bemerkte Lord Culter, ruhte auf dem gelassenen Gesicht der alten Dame. Ihr schien das nicht bewußt zu sein, und sie beschäftigte sich weiter mit einer feinen Näharbeit. Sie sagte nur, ohne aufzuschauen: «Es wäre besser für Mademoiselle, wenn sie eine Eskorte hätte, glaube ich.»

Besitzlos zu leben und meine Keuschheit zu wahren, dachte Richard und behielt ein ernstes Gesicht. M. de Villegagnon hingegen lächelte und sagte: «Vergeben Sie mir, Mylord. Das Schiff, von dem Sie sprechen, soll einen besonderen Schützling von mir nach Schottland bringen, eine junge Dame, die meiner Obhut anvertraut worden ist. Sie ist im Kloster erzogen worden und noch sehr jung, deshalb habe ich gezögert, ihren Namen zu nennen. Aber falls Madame Donati einverstanden ist...»

Die alte Dame mit der Näharbeit hob das ungepuderte Gesicht, nickte mit dem altmodischen Kopfputz und sah Lord Culter an.

«Dann sollten wir Mlle Joleta fragen, ob sie es Ihnen gestattet.»

«Sie verrichtet ihre Gebete», sagte eine der Nonnen atemlos.

«Ich hole sie», sagte sie zweite, hob die schwarzen Röcke und ging.

Joleta, dachte Richard. Wo habe ich das schon einmal gehört...?

Dann war sie im Raum, und sein Mund öffnete sich leicht und blieb offen. «Joleta», sagte der Chevalier de Villegagnon ruhig und beobachtete Richard. «Fräulein Joleta Malett, Schwester von Sir

Graham Reid Malett, Ritter des Johanniterordens von Jerusalem und mein berühmtester Freund im Malteserorden.»

Madame Donati, die sich erhoben hatte, ging auf das Mädchen zu und nahm es bei der Hand. «Gabriels Schwester», sagte sie.

Joleta Reid Malett mit dem aprikosenfarbenen Haar war damals erst sechzehn. Lord Culter konnte sich später nicht mehr daran erinnern, was sie getragen hatte. Das Gewand fiel über die kindlichen weißen Handgelenke, leicht von Sommersprossen überzogen, und verhüllte ihren zarten Körper vom Hals bis zum Boden. Darüber, glatt wie Seidengarn, fiel ihr das aprikosenfarbene Haar über die blasse Haut. Er sah ihre weißen Zähne, die sie unbewußt wie ein Kind unter der weichen Oberlippe entblößte, und ihre Augen, weiß bewimperte Aquamarine, die hell leuchteten. Dann, weil er dem Ersticken nahe war, atmete Richard Crawford seufzend ein, füllte die Lungen wieder. Er fing errötend de Villegagnons Blick auf und brachte dann ein Lächeln zustande. Er war solide, intelligent und noch nicht zu lange mit einer hinreißenden Frau verheiratet; aber wenn man nicht blind war, raubte einem Joleta Malett jederzeit den Atem.

Ihre Stimme war klar, fest wie die einer Erwachsenen und voller kleiner, übersorgfältig prononcierter Zischlaute. Sie sagte: «Das ist der Junker von Erskine?»

«Nein, Mademoiselle», sagte Madame Donati, die sie immer noch an der Hand hielt. «Das ist ein anderer Herr aus Schottland, der den Chevalier um die Erlaubnis bittet, auf Ihrem Schiff nach Schottland reisen zu dürfen. Seine Lordschaft von Culter... Fräulein Joleta Reid Malett.»

Ihre Hand war warm. Er küßte sie, und sofort erschien lebhafte Freude auf ihrem Gesicht, der ein Aufblitzen reinen Übermuts folgte. «Ich habe Gabriel von Lord Culter und seinem Bruder Francis erzählt», sagte de Villegagnon neben ihnen. «Ich glaube, Sie hätten Freude an seiner Gesellschaft auf der Reise, und ich bin mir sicher, daß er die Ihre genießen würde. Er kann Ihnen von seinem Sohn erzählen.»

«Ein Kind?» Sie setzte sich, betont mütterlich, und sagte: «Wie herrlich ist es, von jungem Leben umgeben zu sein. Im Kloster habe ich einmal ein kleines Kind betreut. Maltesische Kinder haben ein fröhliches Gemüt. Haben Sie ein gütiges Kindermädchen für Ihren Sohn? Wie heißt der Kleine denn?»

Das junge, sommersprossige Gesicht war vollkommen ernst. Während hundert solcher Gespräche mit den alten Damen von Lanarkshire schwach in seinen Ohren widerhallten, sagte Richard Crawford gleichermaßen ernst: «Er heißt Kevin, Mademoiselle. Kevin Crawford, Junker von Culter.»

«Ihr jüngerer Bruder trägt also diesen Titel nicht mehr?» fragte de Villegagnon.

«Nein. Er ist dem Erben vorbehalten», sagte Richard. Und einen Augenblick später fügte er Joleta zuliebe hinzu: «Aber zu meinem Glück macht es meinem Bruder Francis unter diesen Umständen nichts aus, den Titel zu verlieren. Sie müssen Francis kennenlernen», sagte Richard unbedacht und biß sich dann auf die Zunge. Francis, mit seinem Temperament, seinen Geliebten, seinen Ausschweifungen, war diese Art von lebensfroher Unschuld fremd. Es war sicher besser, die beiden auseinanderzuhalten.

Auf der mittsommerlichen Reise nach Schottland mit Joleta und Madame Donati fand Lord Culter bestätigt, daß Gabriels Schwester schnell von Begriff und wortgewandt war. Sie und ihre Gouvernante aßen jeden Tag mit Richard und dem Kapitän, und danach, an das Heckgeländer geklammert, das aprikosenfarbene Haar im Wind flatternd wie Gaze, erfand sie zur Zerstreuung der beiden Wortspiele, Rätsel und Phantasiegeschichten, die Richard, was ihm gar nicht ähnlich sah, laut zum Lachen brachten, während hinter ihnen, Bank um Bank, die Ruderer gierig zuschauten.

Er lernte auch Evangelista Donati kennen. Madame Donati, eine italienische Dame von unzweifelhafter Herkunft, war schon seit vielen Jahren auf Malta zu Hause und hatte sich mit den Nonnen in Joletas Kloster die Aufgabe geteilt, das elternlose Kind großzuziehen. Da sie kein eigenes Vermögen hatte, war sie, wie Richard annahm, vom Bruder des Mädchens gut dafür bezahlt worden.

Von Sir Graham sprach Madame Donati wenig und mit peinlicher Verehrung. Wie alle kämpfenden Männer hatte Richard Crawford Achtung vor den Johanniterrittern, den Soldaten Christi, die vor vierhundert Jahren für die Armen und Kranken in Palästina gesorgt und die Pilger auf dem Weg in das Heilige Land vor den Sarazenen beschützt hatten. Es war immer noch die Hauptaufgabe des Ordens, gegen die Sarazenen zu kämpfen und die Kranken zu pflegen, auch nach der Einnahme Jerusalems und dem Fall Akkons; die Ritter wurden auf die Mittelmeerinseln vertrieben, brachten ihr Lazarett und ihre Soldaten nach Zypern, dann nach Rhodos und schließlich auf die Insel Malta im Mittelmeer, auf halbem Weg zwischen Gibraltar und Zypern.

Vor einundzwanzig Jahren hatte Kaiser Karl V. Malta dem Orden geschenkt, damit sie in Frieden, zum Nutzen der Christenheit, die Pflichten ihres Glaubens erfüllen und ihre Truppen und Waffen gegen die perfiden Feinde des Heiligen Glaubens führen konnten. Und deshalb legten Männer aller Nationen das Rittergelübde ab und reisten dorthin, wo in Gebet und Demut die Ordensritter lebten, in ihrem großen Lazarett die Armen und Kranken pflegten und kämpften, um die Türken aus dem Mittelmeer und von der nordafrikanischen Küste zu vertreiben.

Aus einer Landstreitmacht wurde die beste Seekampfschule der Welt. Und diese Ritterärzte, Piratenritter, Priesterritter mit ihren Gelübden und ihrer mönchischen Abgeschiedenheit auf den Sandsteinfelsen von Malta unter der heißen afrikanischen Sonne hatten Männer hervorgebracht wie den Chevalier de Villegagnon, wie Leone Strozzi und wie den Ritter Graham Malett oder Gabriel, Joletas Bruder.

Gabriel, Joletas Bruder, der Joleta nach all den Jahren nach Hause nach Schottland schickte. «Nach Hause?» sagte Madame Donati bitter. «Das Kind ist in Malta zu Hause, in der Sonne. Aber er hat Angst um sie. Es gibt immer wieder Gerüchte, daß die Türken Malta angreifen werden, daß ihre Flotte so groß ist, ihre Janitscharen so gnadenlos sind, Dragut so unbesiegbar ist...»

«Dragut ist auch nur ein Mensch», unterbrach Joleta sie schnell. «Ein moslemischer Korsar im Sold der Türken. Wie könnte er die Ritter schlagen, hinter denen ihr Glaube steht?»

«Dragut ist ein Seemann, der es mit jedem im Orden aufnehmen kann», sagte Richard trocken. «Es ist klug, daß Ihr Bruder Sie nach Hause schickt.»

«Bloß daß sie kein Zuhause hat», gab Madame Donati zurück,

und ihre ausgebleichten Augenbrauen warfen die dünne, teigige Haut in Falten. «Wie Sie wissen müssen, ist Sir Grahams Heim in der Nähe der schottischen Grenze in den Kriegen mit England zerstört worden, seine Ländereien wurden verwüstet und seine Pächter vertrieben. Er hat keinerlei Besitz bis auf die Zuwendungen der Schatzkammer auf Malta und seine Juwelen. Er hat sie verkauft, um Joleta hierher zu schicken.»

Und Sie zu bezahlen, dachte Richard. Er kannte den Rest der Geschichte. Das Mädchen sollte zu Sir James Sandilands gebracht werden, dem schottischen Oberhaupt des Ordens. In seinem Heim in Torphichen sollte sie sich von der Reise ausruhen, ehe sie mit der mächtigen Unterstützung des Ordens im besten Kloster untergebracht wurde. Madame Donati würde bei ihr bleiben und sie weiterhin in den schönen Künsten unterrichten; und wenn die Gefahr vorbei war, würde Gabriel sie abholen.

Als Richard diese Pläne hörte, hatte er nichts gesagt, denn er war sich so gut wie sicher, daß Sandilands von Torphichen, faul, üppig lebend und schludrig in Glaubensdingen, der letzte Mensch war, dem ein Großhospitalier des Johanniterordens von Jerusalem ein junges, formbares Mädchen hätte anvertrauen sollen. Weil er gewissenhaft war, machte sich Richard große Sorgen darüber, denn ihm war bewußt, daß er in der Person dieses Mädchens eine Büchse der Pandora in sein Land brachte, dieses Kind, das sich zartknochig wie eine Fledermaus gegen den Ostwind lehnte. Das Naheliegende wollte er nicht tun. Falls Francis zurückkam, wollte er Joleta Malett nicht im Haus seiner Mutter in Midculter haben.

Dann wurde ihm die Angelegenheit aus den Händen genommen, denn das schöne Wetter schlug um, der Wind nahm zu, Madame Donati legte sich ins Bett, und am nächsten Tag wurde die kleine Joleta, der Stürme nichts ausgemacht hatten, die im Wüten des Orkans an Deck geblieben war und arabische Balladen gesungen hatte, bis ihr tanzender Schatten zum Segel hinaufwanderte, ebenfalls plötzlich und unerklärlicherweise krank.

Sie hatten inzwischen die englische Nordküste erreicht, gegenüber von Blyth. Der Kapitän mußte nicht lange zum Anlegen überredet werden; und Richard setzte seine ganze Autorität ein, um Essen, Arznei und Pferde aufzutreiben, und als ihm versichert worden war, das Mädchen überstehe eine kurze Reise sicher, brachte er Joleta und ihre schwache Duenna zu der nächsten Familie, die er kannte: zu den Somervilles von Flaw Valleys.

Das Herrenhaus von Flaw Valleys lag auf der englischen Seite der Grenze, etwa zwei Meilen nördlich von Hexham. Seit der Krieg zwischen England und Schottland zu Ende war, hatten Flaw Valleys und seine Besitzerin Kate Somerville viele schottische Gäste willkommen geheißen, am häufigsten Tom Erskine und die Brüder Crawford von Culter. Es war eine seltsame Freundschaft, gewachsen aus Angst und Empörung während des Krieges, als Kates Mann Gideon noch gelebt hatte und diese Männer in ihr Haus eingedrungen waren. Sie hatte schon seit langem verstanden und verziehen, was sie getan hatten; aber ihrer Tochter Philippa, die jetzt eine dünne, braunhaarige Dreizehnjährige war, hatte Kate nie erklären können, worin die Anziehungskraft dieser ungleichen Brüder bestand. Seit sie ein Kind von zehn Jahren gewesen war, hatte Philippa Angst vor Richard Crawford und haßte seinen Bruder Lymond.

Trotzdem brachte Lord Culter an einem heißen Tag im Mai Joleta Reid Malett und ihre Gouvernante nach Flaw Valleys, um Kate Somervilles Güte in Anspruch zu nehmen. Kate Somerville sah sie kommen.

Seit dem Tod ihres Mannes vor zwei Jahren leitete Kate mit ihrem Buchhalter und ihrem hervorragenden Verwalter das Gut selbst. Nicht daß die Somervilles reich gewesen wären; aber überall in Tyneside gab es Höfe, Mühlen und Katen, die Abgaben an Flaw Valleys zahlten und dafür die Dienste von Kates Straßenbauern, Stellmachern und Schmieden zur Verfügung gestellt bekamen, ihre Kornvorräte in Zeiten der Not und ihre Zuflucht in Kriegszeiten. Kate war eben erst dreißig geworden, klein, scharfzüngig, unansehnlich wie eine braune Henne, für ihre Leute Priesterin und Kindermädchen zugleich und für ihre Freunde eine Legende.

Als sich das schönste Geschöpf in Europa näherte, saß die Herrin von Flaw Valleys rittlings auf dem Zaun, um mit einem Passanten zu sprechen, eine Jätgabel in der Faust und ein Schweinejoch, mit dem ein zum Schlachten verurteiltes Tier weggebracht werden sollte, um den sonnengebräunten Hals.

Als sie durch die Bäume die Farben der Crawfords sah, winkte sie mit der Jätgabel, rief Philippa zu, sie solle in der Küche Bescheid sagen, sprang vom Zaun und streifte das Schweinejoch ab. Dabei löste sich ihre Frisur auf, deshalb steckte sie die Gabel in den Boden und stopfte sich die Haare wieder unter das Netz, als die Reisegesellschaft angetrabt kam.

Sie lächelte breit und hielt Richard die Wange zum Küssen hin; dann wandte sie sich herzlich den beiden Frauen zu. Die ältere, die unter irgendwelchen leichten Beschwerden litt, reichte ihr eine kalte Hand. Die zweite, von Kopf bis Fuß in Richards Umhang gewickelt, wurde von Richards hünenhaftem Diener mit so großer Vorsicht getragen, als wäre sie aus Glas.

Laut Richard litt die zweite Frau lediglich unter der Klimaveränderung und dem ungewohnten Essen. «Würdest du sie aufnehmen, Kate, nur eine Weile – und Madame Donati? Ich muß weiter nach Midculter, aber ich lasse sie holen, sobald sie wieder gesund ist. Joleta!» Er hob die Stimme leicht, und Kate dachte: Väterlichkeit paßt zu ihm, obwohl sie sich nicht sicher war, ob da nicht andere Gefühle mitschwangen.

«Joleta!» sagte Richard noch einmal. «Hier ist Kate Somerville. Sie wird sich um Sie kümmern.» Und als das Bündel in den Armen seines Dieners in Reichweite kam, streckte er die Hand aus und schlug sanft die Kapuze zurück, damit Kate einen Blick auf das Mädchen werfen konnte.

Eine Flut von rotgoldenem Haar strömte über die Wolle, und zwei meerblaue Augen, glänzend von der Hitze, erhellten ein entwaffnend grün verfärbtes Gesicht. Es lächelte. Kate, die sich dabei ertappte, daß ihr der Mund leicht offen stand, machte ihn wieder zu; dann grinste sie und sagte: «Entschuldigen Sie die einfältige Bewunderung. Wir halten uns in dieser Gegend für glücklich, wenn zu beiden Seiten der Nase ein Auge und darunter ein Mund ist.»

Joletas Stimme, die sehr dünn geworden war, sagte: «Sie vergessen, daß ich auch aus dieser Gegend bin. Jedenfalls fast.»

«Wirklich?» sagte Kate Somerville. «Dann schlagen Sie aber ziemlich aus der Art. Kommen Sie. Sie können das Zimmer der Crawfords haben. Das Haus gehört Ihnen.» Und Richard wußte, daß sie es genauso meinte, wie sie es sagte.

«So», sagte Kate am Ende jenes Tages zu ihrer Tochter, als sie endlich allein waren; Richard war auf dem Heimweg, und die Gouvernante schlief im Zimmer ihres Schützlings. «Und was hältst du von diesem Gottesgeschenk aus Malta für die Crawfords?»

«Ich glaube, Lord Culter will sie nicht bei sich zu Hause haben», sagte Philippa abweisend wie immer, wenn sie auf die Crawfords zu sprechen kam.

Kate, der sechs mögliche Antworten gleichzeitig einfielen, sagte: «Sie kann doch nicht zu Jimmy Sandilands, oder? Er würde sie sowieso nicht wollen: Sie könnte ihrem Bruder zuviel darüber erzählen, was Seine Lordschaft mit dem Besitz des Ordens in Schottland macht. Und wo könnte sie sonst hin...?»

«Vielleicht will Lord Culters Mutter sie», sagte Philippa. «Auch wenn Seine Lordschaft sie nicht will. Oder sie könnte zu Tom Erskine.» Sie wartete und sagte: «Du glaubst, daß Lymond bald aus Frankreich zurückkommt, nicht wahr? Ich glaube nicht, daß das eine Rolle spielt. Joleta wird ihn hassen.»

«Oh, *Philippa*», sagte Kate gereizt. «Er hat seine guten Manieren einmal vergessen, als du noch ein Kind warst, und man könnte glauben, er wäre Beelzebubs Bruder. Sie werden bestens miteinander auskommen, wenn sie sich kennenlernen. Außerdem hat er in Frankreich eine Herzdame.»

Eine unvorsichtige Antwort. Das lag nur daran, daß ihr das durch den Kopf ging – Francis und eine Irin, hatte Richard gesagt: eine Frau namens Oonagh O'Dwyer, die ehemalige Geliebte eines irischen Fürsten, dem Francis sie ausgespannt hatte. Oonagh O'Dwyer, und schön...

«*Eine* Herzdame!» sagte Philippa rauh. «Wo er auch hingeht, hat er Hunderte und Aberhunderte von –»

«– Kritikern, die noch nicht so alt sind, daß sie Toleranz gelernt haben. Ach, Kind, lern Toleranz», sagte Kate traurig. «Wie willst du sonst mit deiner fuchtigen alten Mutter auskommen, wenn du so alt bist wie ich?»

Danach lag Joleta Malett zwei Tage lang völlig reglos da, aß, was auch immer ihr gebracht wurde, und gab es sofort wieder von sich. Nur Madame Donati, die über dem Feuer im Schlafzimmerkamin kleine Happen zubereitete, schien es zu gelingen, ihr Nahrung zu-

zuführen; und Joleta war offenbar glücklich, wenn ihre Gouvernante bei ihr war, obwohl sie immer ein paar Worte für Kate herausbrachte und Philippa mit dem Schatten eines Lächelns bedachte. Dann kam Evangelista zu Kate und fragte, ob sie eine Frau in der Gegend kenne, die versiert in Kräuterheilmitteln sei.

«Das sind sie alle», sagte Kate. «Wenn sie jedoch eine wollen, die sich wirklich auskennt, sind die Halbägypterinnen die besten. Aber», sagte sie und musterte das bleiche, aristokratische Gesicht, «mein Hausarzt versteht wirklich mehr davon. Wollen Sie immer noch nicht, daß ich ihn holen lasse?»

Aber wie immer, wenn sie unter Druck geriet, zog sich Madame Donati in eisige Höflichkeit zurück. «Danke, nein. Es ist harmlos. Es geht vorbei. Falls nicht, lassen wir ihn holen. Aber Sir Graham ist abergläubisch, verstehen Sie?» Über das frostige Gesicht ging ein dünnes Lächeln. «Sir Graham möchte nicht, daß Männer das Kind sehen. Und sie wünscht es auch nicht. Ein Instinkt der Unschuld.»

«Trotzdem», sagte Kate, «wird sie nicht viel davon haben, wenn sie daran stirbt, wie züchtig auch immer. Was kann denn Ihrer Meinung nach eine Kräuterfrau tun?»

Das habe eine eigene Logik. Die Gouvernante erklärte, Joletas Körper sei an maltesische Heilmittel gewöhnt: die alten Rezepturen der Nomaden, die ihr sogar in ihrem medizinisch so fortschrittlichen Kloster erlaubt worden seien. Und es sei gut möglich, daß ein Mitglied der Schwesternschaft der Zigeunerinnen sie kenne. «Oje», sagte Kate schließlich. «Dann sollten wir wohl Trotty Luckup holen.» Sie machte eine Pause. «Sie muß aus Yetholm herkommen, und sie ist ein altes Schlitzohr von einer Zigeunerin. Sie werden ihr einen ganz schönen Batzen bezahlen müssen.»

Donna Donati lächelte und nahm sich die Freiheit heraus, mit einer kühlen Hand Kates halb losen Ärmel zurechtzurücken. «Ich habe im Lauf der Jahre mit vielen Schlitzohren zu tun gehabt», sagte sie. «Machen Sie sich keine Sorgen.»

Zwei Tage später traf die Witwe Luckup auf dem Rücken eines Maultiers ein, verbrachte die Nacht bei Joleta und ritt am nächsten Tag ohne Murren zurück, begleitet, wie Kate später herausfand, von zwei Silbertellern und einem Paar der dicken, wollenen Reithosen ihres Mannes; einzig deretwegen weinte sie in ihrem Zimmer, so lächerlich das war, ehe sie sich die Nase putzte und nachsah, wie es Joleta ging.

Joleta, zum Glück sprühend von neuem Leben, hatte seit einer Woche die erste leichte Mahlzeit gegessen und saß von Kissen gestützt im Bett, fuhr mit den Fingern über Kates Laute und extemporierte absurderweise ein Loblied auf Trotty. Richard hatte recht gehabt. Still, krank und noch so jung, wie sie war, hatte man von ihrem Temperament nichts bemerkt. Aber das Mädchen war, ganz abgesehen vom Himmelsgeschenk ihres Aussehens, eine Persönlichkeit.

In den Tagen der Erholung verbrachte Philippa auf Kates Wunsch viel Zeit mit Joleta. Die schroffe Philippa, so direkt wie ihre Mutter, bis jetzt aber noch ohne deren Abgeklärtheit aus Bescheidenheit und Witz, saß ratlos da und musterte das andere Mädchen, während Joleta Reid Maletta, deren Mut dem ihres Bruders gleichkam und deren Selbstdisziplin gelegentlich das Altersübliche weit übertraf, sich zwang, sich besser zu fühlen, aufstand, durchs Zimmer ging, sich anzog und in den Garten ging, sang, spielte und ihrem bösartigen Nachahmungstalent freien Lauf ließ, mit jedem sprach, dem sie begegnete, vom Küchenjungen bis zu Kates sturem Verwalter, und Flaw Valleys heller machte, als strahlte innen eine mediterrane Sonne.

Philippa erzählte sie ein wenig über ihr ruhiges Leben auf Malta, aber sonst sprach sie selten über sich. Sie war erpicht darauf, etwas über Philippa zu erfahren; über Philippas Vater und den Krieg gegen die Schotten; darüber, wie Tom Erskine zum ersten Mal an ihre Tür gekommen war; und über Lymond.

Schließlich fragte sie Philippa direkt, warum sie Lord Culters jüngeren Bruder nicht leiden könne, und Philippa, nach drei Jahren Schweigen mit heißen Wangen, erzählte von dem Überfall im Krieg, als Lymond in das Haus eingebrochen war und sie, ein Kind von zehn Jahren, gegen den Wunsch ihrer Eltern verhört hatte. Das lange Zimmer; Gideon, mit weißem Gesicht, der den Fremden anflehte, das Kind in Ruhe zu lassen; und Kate, die sie auf den Knien wiegte, die Wangen naß von Tränen.

«Aber deine Eltern haben ihm verziehen, nicht wahr?» sagte Joleta mit ihrer vernünftigen, freundlichen Stimme. Sie bürsteten sich gegenseitig das Haar. Joletas kräftige Finger zogen die Bürste schnell und geschickt immer wieder durch Philippas so gut wie nicht vorhandene Locken. Joleta fiel das Haar bis auf die Hüften, und das Gewand schmiegte sich an die sanften Rundungen ihres jungen Körpers. Philippa, vorn so flach wie ein Hering, sagte heftig: «Was tut denn das zur Sache? Er hat es fertiggebracht, ein Kind unter Druck zu setzen, ganz gleich, aus was für Gründen. Und er lebt wie ein Schwein. Ich hasse ihn.» Und zu ihrem Entsetzen brach Philippa in Tränen aus.

Joletas warme Arme umfingen sie, und Joletas sommersprossiges Kinn drückte sich gegen das ihre. «Pippa, hör doch», sagte die klare Stimme in ihr Ohr. «Frauen in einem gewissen Alter bilden sich oft ein, daß sie sich verliebt haben. Das hat gar nichts zu bedeuten. Du weißt doch, wie vernünftig deine Mutter ist.»

Philippa Somervilles Kopf ruckte zurück, dann ihr Körper, als sie sich aus Joletas sanfter Umarmung losriß. Dann stopfte sich Kates Tochter eine nicht übertrieben saubere Hand in den Mund und floh aus dem Zimmer.

Danach kamen sie und Joleta weiterhin zusammen und unterhielten sich, aber das Gespräch berührte nie wieder Kates geheime Gefühle. Um Joleta Gerechtigkeit widerfahren zu lassen, sie schenkte der Angelegenheit nur einen flüchtigen Gedanken. Es war Philippa, die es nicht ertrug, daß ihre Gedanken gelesen wurden.

Schließlich wurde Kate durch Tom Erskine, der nach Wochen der Verhandlungen über die letzten Bedingungen des Friedensvertrags zwischen Schottland und England in Norham auf dem Heimweg war, von ihren Gästen befreit.

Obwohl von ihm nicht behauptet werden konnte, er verstehe Sybilla, die verwitwete Lady Culter, und ihre beiden Söhne, hatte Tom Erskine sie zu seinem Unglück alle gern. Und als er Lord Culters Bitte erhielt, über Flaw Valleys zurückzukehren und die genesene Joleta und ihre Gouvernante zum Familiensitz der Culters, Schloß Midculter, zu eskortieren, fiel es ihm nicht schwer, sich die Streitigkeiten vorzustellen, die diese höfliche Bitte ausgelöst hatte.

Tatsächlich war es zwischen den Culters zu einem Schlagabtausch gekommen, der wie nie zuvor an offene Feindseligkeiten grenzte.

Richard hatte gesagt, nachdem er einen sehr förmlichen Brief von Madame Donati erhalten hatte: «Diesem Mädchen aus Malta geht es wieder besser.»

«So?» hatte seine Mutter wenig hilfreich gesagt, während sich seine Frau ein Lächeln abrang und über ihre Näherei beugte.

«Wo soll sie hin? Hast du sie in einem Kloster untergebracht?»

«Warum, will sie den Schleier nehmen?» hatte sich Sybilla erkundigt, Staunen in den blauen Augen.

Richard hatte eine Pause zum Atemholen gemacht. «Irgendwo muß sie doch wohnen, bis ihr Bruder sie abholt. Wollt ihr, daß er herausbekommt, wir hätten sie in Sandilands' Obhut gegeben, obwohl wir wissen, wie er ist?»

«Dann kommt sie wohl besser hierher?» sagte die verwitwete Lady geistesabwesend und las ein paar Seidenstränge auf, die Mariotta heruntergefallen waren. Ihre Schwiegertochter warf ihr einen raschen Blick zu und beugte sich wieder über ihre Arbeit. Die Erfahrungen mit der schottischen Familie, in die sie eingeheiratet hatte, hatten sie wenigstens gelehrt, wann sie den Mund zu halten hatte.

«Mariotta hat das Kind. Von ihr zu verlangen, daß sie sich um noch ein Kind kümmert –»

«Mariotta sieht ihren Sohn so oft wie du, nicht häufiger; und das ist auch richtig so, wo sich die beste Amme in Lanarkshire um ihn kümmert. Wie auch immer, das Mädchen ist sechzehn, nicht erst ein halbes Jahr alt, und deine wahre Sorge ist, daß wir ein Bordell aufmachen könnten.»

«*Mutter*!» sagte Lord Culter und lief scharlachrot an. Nur Sybilla konnte ihn so weit bringen. Seine Frau ließ ihre Näherei fallen und starrte beide an, die Hände vor dem Mund. Sybilla fuhr nach einem Augenblick gelassen fort. «Francis kann mir nicht weh tun, mein Lieber. Was hast du denn in Frankreich erlebt, daß du so große Angst um dieses Kind hast?»

Lord Culter ging zum Fenster und zurück: ein vierschrötiger, muskelbepackter Familienvater mit jeder Menge Sorge und Verantwortung, der es leid war, sich um das Treiben seines jüngeren Bruders zu kümmern. Schließlich sagte er unverblümt: «Ich habe Angst um beide. Am französischen Hof erwartet man weder Zurückhaltung noch Moral. Freizügigkeit ist Mode, und Francis hat den Ton angegeben. Ich nehme an, du hast von Oonagh O'Dwyer gehört. Sie war noch eine der ehrbareren unter seinen Eskapaden. Ausschweifungen hat er jetzt in Hülle und Fülle gehabt. Jetzt wird er etwas anderes wollen. Etwas», sagte Richard und unterdrückte die Verzweiflung in seiner Stimme nur halb, «wie eine romantische junge Liebe.»

Sybillas spitzes Gesicht bewegte sich nicht. «Natürlich. Warum auch nicht?» fragte sie. «Das Mädchen ist schnell von Begriff und sehr belesen. Lange kann man sie ohnehin nicht mehr beschützen. Oder glaubst du, sie hätte etwas gegen ihn?» Sybilla legte den Kopf schief und beäugte ihren älteren Sohn. «Aber weißt du, es täte ihm ja so gut, wenn sie etwas gegen ihn hätte.»

«Sie ist sehr jung.» Mariotta konnte die Bemerkung nicht unterdrücken.

«Und für wie alt hältst du ihn?» fragte Sybilla friedlich. «Um euch die Wahrheit zu sagen, ich will nicht, daß er den Rest meines Lebens an meinen Unterröcken hängt. Er ist, das müßt ihr zugeben, ein kleiner Störenfried im Haus. Wovor hast du also Angst, Richard? Du glaubst, er hat keinerlei Selbstbeherrschung und die beiden ruinieren sich gegenseitig, ehe die Erwachsenen es verhindern können? Aber mein lieber Junge, das Kind ist religiös erzogen worden, mit einem Bruder in dem strengsten christlichen Orden, den es gibt. Sie ist bestimmt uneinnehmbar. Und Francis... Falls Francis sich nicht sehr verändert hat, wird er eine Weigerung bestimmt respektieren.»

Richard verlor die Beherrschung: «Dann rate ich dir, ein paar wehrhafte, kräftige Hausmädchen einzustellen. Sonst überlasse ich dir die Aufgabe, Sir Graham Reid Malett zu erklären, wie die Culters auf seine Schwester achtgegeben haben.»

«*Das reicht*», sagte Sybilla. Sie war aufgestanden, die Augen auf der Höhe seiner Brust, aber er war einen Schritt zurückgewichen. Ihr Blick duldete keinen Widerspruch. Sie fuhr fort: «Was Francis im Ausland treibt hat er selbst zu verantworten. Was er unter meinem Dach treibt hängt davon ab, was ich und deine Frau ihm gestatten. Mir hat es bis jetzt noch nie an Autorität über meine Söhne gefehlt; und die Unterstellung, ein Gast in diesem Haus könnte in Gefahr sein, ist eine Torheit, die an Bösartigkeit grenzt. Den Rest deiner Bemerkungen wollen wir als ungesagt betrachten.»

Mariotta, selbst bleich im Gesicht, war erleichtert, als die schneidende Stimme verstummt war. Ihr Mann, der mühelos fünftausend kämpfende Männer kommandieren konnte, stand da und sagte nichts, den Blick auf seine Mutter gerichtet, die Schläfen so feucht, als wäre es zu heiß im Raum. Dann sagte er mit Mühe: «Es tut mir leid. Natürlich wird er sie nicht anrühren. Aber sie könnte sich zu *ihm* hingezogen fühlen.»

«Ja und?» Sie war nicht aufgelegt zu Kompromissen.

«Mutter, für diese Art von Herzeleid ist sie zu jung. Du sprichst vom Heiraten. Was glaubst du, was ich dafür gäbe, wenn er verheiratet wäre? Was glaubst du, wie schwer es mir fällt, zuzugeben, daß eine Heirat zwischen Francis und jedem beliebigen, im Kloster erzogenen jungen Mädchen bei Francis' Ruf schon lange nicht mehr in Frage kommt?»

Sybillas Gesicht veränderte sich. Die geschwungenen, blassen Brauen zogen sich zusammen, und sie setzte sich, eine Spur zu heftig, in den Stuhl, den sie eben geräumt hatte. Dann richtete sich ihr direkter blauäugiger Blick wieder auf Richard. «Natürlich, er ist gerissener, als gut für ihn ist. Aber hier wird es zu nichts Bösem kommen. Zu nichts. Das kann ich nicht glauben.»

Lord Culter antwortete nicht. Es entstand ein langes Schweigen, während dessen Mariotta den Kopf gesenkt hielt und das Gesicht der verwitweten Lady immer weißer wurde. Dann, als das Schweigen schließlich drohte, unerträglich zu werden, sagte Sybilla ruhig: «Und wo schicken wir sie dann hin, was schlägst du vor?»

Richards gewaltiges Ausatmen verriet seine ungeheure Erleichterung. Er sagte: «Würde Jenny sie nehmen, in Boghall?»

Das war die Lösung. Lady Fleming, eine vornehme Witwe von königlichem Blut, war eben aus Frankreich nach Schloß Borghall zurückgekehrt, um einen außerehelichen Sohn des Königs von Frankreich zu gebären. Von ihren sieben Kindern vom verstorbenen Lord Fleming konnte nur Margaret, jetzt mit Tom Erskine verheiratet, Jenny Fleming zügeln; und Margaret, die jetzt in Frankreich bei der Königinmutter war, würde bald nach Hause zurückkommen. In Boghall, unter den Augen von Margaret und Tom Erskine, würde Joleta Malett sicher sein.

«Wie ich Jenny kenne, wird sie viel zu erpicht darauf sein, nach

Frankreich zurückzukehren und ihr Alter noch ein bißchen mehr abzusichern, als daß sie sich wegen Joleta groß sträubt», sagte Sybilla. «Joleta wäre in der Obhut der Erskines. Und die Erskines –»

«– wissen besser als alle anderen, wie gefährlich Francis ist, wenn er Zeit zur Verfügung hat», sagte Lord Culter dankbar. Es war eine Tatsache, daß das der erste Streit mit seiner Mutter war, bei dem er je gewonnen hatte, und auch der sinnloseste, was er nur noch nicht wußte.

Deshalb sprach Tom Erskine in Flaw Valleys vor, um Maletts Schwester und ihre Gouvernante nach Boghall zu bringen, sah das Kind, hielt angesichts von Joletas Aussehen den Atem an und stellte fest, daß Kate seit Gideons Tod Gewicht verloren hatte.

Sie war der letzte Mensch, der Mitleid suchte. Er plauderte mit ihr über Jennys Entbindung und die Geburt des anerkannten Sohnes des Königs von Frankreich, und sie lachte; aber nicht über das Wenige, das er ihr über Lymonds Aufenthalt am französischen Hof und die Bemühungen seiner Frau Margaret, ihn zu mäßigen, erzählte.

Ihm fehlte Margaret. Von ihren zwei Ehejahren hatte sie acht Monate bei der Königinwitwe in Frankreich verbracht, und es konnte Oktober werden, bis er sie wiedersah. Kate, eine Menschenkennerin, sprach eine Zeitlang mit ihm über seine Frau, ehe sie plötzlich sagte: «Ich hoffe, sie kommen bald aus Frankreich zurück, Tom. Ich habe das Gefühl, die kleine Joleta wird Hilfe brauchen.»

«Ich nehme an, sie ist recht einsam», sagte Tom. «Wir werden versuchen, sie aufzuheitern. Die jungen Männer werden wie die Bienen um sie herumschwärmen.»

«Um das zu wissen, muß man kein Prophet sein», sagte Kate amüsiert. «In meinem Kuhstall ist es schon zu drei Schlägereien gekommen. Weiß Gott, was geschehen wäre, wenn sie nicht die halbe Zeit krank im Bett verbracht hätte.»

«Trotty Luckup hat sie kuriert, hab ich gehört?»

«So hat es jedenfalls ausgesehen», sagte Kate, ohne sich festzulegen. «Und sie hat ihren Lohn bekommen.»

«Das habe ich auch gehört», sagte Tom erleichtert. «Ich habe die Alte neulich getroffen, im Gefängnis. Sie hat im Suff über die Stränge geschlagen, und sie hatte viel mehr Geld dabei als wahrscheinlich war – du kennst Trotty. Aber ich konnte ihre Geschichte bestätigen und ihr ein Wasserbad ersparen. Sie ist keine Schönheit, aber Gerechtigkeit muß sein.»

«Die Frau wird ein Vermögen verdienen», sagte Kate. «Schau dir bloß an, wie sich ihre Kur hier herumgesprochen hat. Mein Apotheker will nichts mehr von mir wissen. Hättest du nicht Lust, krank zu werden, während du hier bist, damit ich ihm einen Gefallen tun kann?»

«Nächstes Mal», sagte Tom ernst, «falle ich vor deiner Tür vom Pferd.»

«Lieber nicht», sagte Kate offen. «Knochenbrüche machen ihn gar nicht glücklich. Hautausschlag oder so was ist mehr nach seinem Geschmack. Komm, wenn die Äpfel reif sind, und hilf Philippa dabei, sie zu essen.»

«Sie haßt Lymond immer noch, nicht wahr?» sagte Tom Erskine behutsam.

Kate nickte und sagte nach einem Augenblick, fast gegen ihren Willen: «Ich glaube aber nicht, daß das andere Kind ihn hassen würde.»

«Keine Sorge», sagte Tom Erskine fröhlich. «Es ist unwahrscheinlich, daß Joleta und Francis Crawford sich begegnen. Und falls doch, bin ich da und sorge dafür, daß sie dasselbe Mädchen ist wie jetzt, wenn Gabriel sie holen kommt.»

Und er schaute lächelnd über die Schulter dorthin, wo Joleta und Pippa im letzten Augenblick noch ein paar Habseligkeiten auf den Wagen luden. Philippa lachte, Joleta sang ziemlich derbe Lieder, und Tom sah den Schauer nicht, der Kate überlief.

Zweiter Teil

Das achtzackige Kreuz

1. Kapitel

Segelbefehle

Mittelmeer, Juni / Juli 1551

«Und dieser ach so hilfreiche Schotte, wo bleibt der?» fragte der Konnetabel von Frankreich, der auf und ab marschierte.

Der Chevalier de Villegagnon, der wegen der Mittsommerhitze das Fenster schloß, wandte sich wieder dem luxuriösen kleinen Raum zu. «M. Crawford kommt. Es ist noch nicht die verabredete Zeit», sagte er.

«Wir dürfen nicht vergessen», sagte im Schatten eine italienisch-französische Stimme, «daß M. de Villegagnon von dem Herrn beeindruckt ist.»

Eine ältere Stimme mit dem gleichen Akzent antwortete trocken: «Daß die junge Königin von Schottland ihren Aufenthalt hier in Frankreich überlebt hat ist mindestens zum Teil das Verdienst von M. Crawford von Lymond, das mußt du zugeben. Jugend und Tollkühnheit sind wunderbare Gaben, Leone.»

«Am rechten Ort», sagte Leone Strozzi ironisch und schlenderte weg von der Seite seines Bruders, als Stimmen draußen ankündigten, der Besuch des Konnetabels sei eingetroffen.

Francis Crawford von Lymond, über den, ohne daß er es wußte, zur selben Zeit so offen in Flaw Valleys und seinem eigenen Zuhause geredet wurde, war seit acht Monaten in Frankreich; und seine Taten hatten ihn berühmt und berüchtigt gemacht und ihm einen Titel eingetragen, dazu die Aufmerksamkeit der Königinwitwe von Schottland, Maria von Guise, deren langer Besuch am französischen Hof sich jetzt dem Ende zuneigte.

Als er an jenem heißen Junimorgen 1551 auf die Schwelle des Salons von Konnetabel Anne de Montmorency in Châteaubriand trat, konnten nur Piero Strozzi und Nicholas Durand de Villegagnon, die ihn in seinem Heimatland erlebt hatten, die Veränderungen beurteilen, die das von seinem Bruder so drastisch geschilderte

Lotterleben bewirkt hatte. Für die anderen war er ein schlanker, weizenblonder Ausländer mit einem hübsch geschnittenen Gesicht. Er blieb kurz stehen und musterte flüchtig die vier anderen Gäste im Raum – M. de Villegagnon, die Brüder Piero und Leone Strozzi und Francis von Lorraine, Bruder der Königinwitwe –, ehe er eintrat, sich vor dem Gastgeber verbeugte und vorgestellt wurde.

Der Konnetabel von Frankreich, grau und gebeutelt vom Alter und vom Intrigenspiel, lächelte und legte dem Neuankömmling seinen gewichtigen Arm auf die Schulter. «Sie tragen jetzt den Titel le Comte de Sevigny?» sagte er. «Ich möchte Sie unseren Freunden vorstellen. M. de Villegagnon haben Sie vor zwei Jahren in Schottland kennengelernt, hat er mir gesagt, in der Angelegenheit einer Dame namens – namens...»

«Hough Isa», sagte der Chevalier, ebenfalls lächelnd, und reichte Lymond die Hand.

«Und M. Strozzi haben Sie ebenfalls kennengelernt –»

«Anläßlich einer Hochzeit in Melrose. Selbstverständlich erinnere ich mich daran», sagte Lymond sanftmütig, was ihm einen scharfen Blick aus den schwarzen Augen des Florentiners eintrug.

«Aber Sie sind seinem Bruder Leone noch nie begegnet, General der königlichen Galeeren im Mittelmeer. Wie M. de Villegagnon gehört er zu den größten Seekriegern der Welt», sagte der Konnetabel, um ein paar Höflichkeitsfloskeln bemüht.

«Leider war ich nicht in Schottland, als uns Signor Leone seinen denkwürdigen Besuch abstattete», sagte Lymond höflich, und der zweite Strozzi-Bruder, der neben Villegagnons bärenhafter Gestalt wie ein Seehund wirkte und fünf Jahre jünger war als der Chevalier und fünfzehn Jahre jünger als sein Bruder, verbeugte sich, bis der Goldring in seinem Ohr durch die tief einfallenden Sonnenstrahlen zu glitzern begann, und sagte: «Ich habe gehört, Sie sind früher auch zur See gefahren, Monsieur.»

Verärgert nahm der Konnetabel zur Kenntnis, daß es ihm überlassen blieb, diese unzeitige Anspielung auf die unkonventionelle Vergangenheit seines Gastes auszubügeln. Er wünschte sich wieder einmal, Leone Strozzi wäre nicht der Vetter der Königin, und sagte: «Etliche der edelsten Kapitäne auf unseren Meeren haben eine Zeitlang unter der Peitsche gerudert, Signor Strozzi.»

«Zum Beispiel Jean de la Valette», sagte de Villegagnon kalt und brachte den Namen eines der großen Kapitäne von Malta ins Spiel.

«Oder Dragut», sagte Lymond fröhlich. «Ich erinnere mich daran, daß ich ihn einmal vor Nizza getroffen habe. Eine äußerst angenehme Begegnung. Wir fuhren auf verschiedenen Schiffen, waren aber natürlich auf derselben Seite... was der Großprior bestimmt zu schätzen weiß», fügte er ironisch hinzu.

Francis von Lorraine, auf diese Weise angesprochen, stand auf, scharlachrot bis zum Haaransatz. Das Privileg, den Johanniterorden mit sechzehn Jahren als Großprior in Frankreich zu repräsentieren, war eine ehrenvolle und heikle Last, und außerdem nicht unlukrativ. Unsicher und noch unreif, wie er war, schwieg er und erwiderte die Verbeugung des Schotten, bis ihm etwas einfiel und er sich aufrichtete. «Monsieur, wie wir dem König von Frankreich auch verpflichtet sein mögen, unsere erste Verpflichtung gilt Gott. Ich bezweifle, ob ein Mitglied meines Ordens einen mordenden türkischen Korsar *angenehm* nennen würde.»

«Aber ich», sagte Francis Crawford sanft, «gehöre Ihrem Orden nicht an.»

Und Piero Strozzi, ein Mann mit Humor und ohne Bindungen an den Johanniterorden, verbarg seine Heiterkeit und saß erwartungsfroh da. Denn dieser wendige Kopf hatte eindeutig jede Nuance der Einladung hierher verstanden, und für den Konnetabel, der an Hinterhalte auf dem Gebiet der Staatskunst nicht gewöhnt war, standen die Auspizien ungünstig.

Sein Dilemma sah, wie allen Anwesenden, vielleicht mit der Ausnahme des jungen Lorraine, bewußt war, folgendermaßen aus: Die Familie de Guise, deren älteste Schwester Maria Königinwitwe von Schottland war, wurde auch in Frankreich zu mächtig. Und durch die bevorstehende Hochzeit der kleinen Maria von Schottland mit dem Dauphin von Frankreich würden die de Guises die größte Macht hinter den Thronen von Schottland und Frankreich werden.

Die Macht der Königinwitwe in Schottland konnten nur ein paar starke schottische Familien beschneiden, die mit ihren französischen Renten unzufrieden waren oder der neuen Religion und England zuneigten. Aber es waren zu wenige, als daß sie die Königinwitwe hätten in Schach halten können, und hinzu kam, daß sie untereinander zerstritten waren. Und falls Maria de Guise mit einem neuen Herrscher nach Schottland zurückkehrte, einem Mann mit Talent und Elan, der ihr dabei half, Schottland zu behalten und vielleicht auch Irland zum Vasallenstaat des Königs von Frankreich zu machen, hätte die Macht ihrer Familie keine Grenzen mehr gekannt.

Ähnlich sah es aus, falls der König von Frankreich, der wegen Lymonds Verdiensten um das Kind Maria in dessen Schuld stand, sich gemeinsam mit der Familie de Guise dazu entschloß, Lymond zu einem Verbündeten und einem Volkshelden zu machen. Dann würde die Macht des Konnetabels und der französischen Königin, die schweigend die tägliche Gesellschaft der Mätresse ihres Mannes ertrug und zu der Schwangerschaft Lady Flemings schwieg, in aller Stille dahinschwinden.

Und bis dahin – «Wie Sie bemerkt haben», sagte der Konnetabel schließlich zu Lymond, als das Marzipan abgeräumt und das Rosenwasser gebracht wurde, «sind drei Malteserritter anwesend. Das ist kein Zufall. Der Großprior und ich haben M. de Villegagnon und M. Strozzi aus einem besonders ernsten Grund herbestellt.»

Er machte eine Pause. Der Großonkel des Konnetabels war, was keiner der Anwesenden vergessen hatte, der erste Großmeister des Johanniterordens auf Malta gewesen. Das war eine der nützlichsten Beziehungen, über die der Konnetabel verfügte, in einer Zeit, in der Nepotismus nicht nur legitim, sondern notwendig war. Lymond trocknete sich nachdenklich am Handtuch, das ihm gereicht wurde, die Hände ab und sagte: «Ich kann mir nicht vorstellen, aus welchem Grund», und legte das Seidentuch weg. «Es sei denn, Sultan Suleiman schickt eine Korsarenflotte gegen Frankreich.»

Piero Strozzi, der jeden Augenblick der Mahlzeit genossen hatte, fing den großäugigen Blick des blonden Schotten auf und grinste. «Ein bißchen zu hinterhältig, Monsieur», sagte der Florentiner, ignorierte das Schweigen des Konnetabels und fuhr behaglich fort.

«Natürlich ist Frankreich seit Jahren mit der Türkei verbündet. Wir unterstützen den moslemischen Glauben nicht mehr als Suleiman den unseren. Aber angesichts von Kaiser Karl V., dem lieben kleinen Mann, der unser beider Feind ist, gibt es ein militärisches Bündnis, zu Land und zur See. Dazu kommt noch» – Strozzis dunkle Augen schweiften vom sarkastischen Gesicht seines Bruders zu de Villegagnons unverwandtem Blick und dann zum rot angelaufenen Gesicht des Großpriors –, «dazu kommt noch die Tatsache, daß Malta und Gozzo Geschenke Kaiser Karls V. an den Orden waren, der ohne sie heimatlos wäre. Die Johanniterritter leben seit einundzwanzig Jahren pachtfrei auf Malta unter der Bedingung, daß sie die Insel gegen die Türken verteidigen, wie auch die Nachbarinsel Gozzo und Tripolis an der afrikanischen Küste. Deshalb haben die Herren aus Frankreich, die die Ordensgelübde abgelegt haben, gelegentlich die unangenehme Aufgabe, zu entscheiden, ob sie im Interesse des Kaisers gegen die Türken kämpfen... oder Frankreich gegen den Kaiser verteidigen sollen, trotz der Tatsache, daß Frankreichs Verbündete genau die Moslems sind, die auszurotten sie gelobt haben... Habe ich recht?» sagte Piero Strozzi lächelnd zu Villegagnon.

Der Chevalier erwiderte das Lächeln nicht. Er sagte steif zu Francis Crawford: «Der Großprior hat den Standpunkt bereits deutlich gemacht. Für alle Ritter im Orden, welcher Nationalität sie auch sein mögen, kommt an erster Stelle die Verpflichtung gegenüber ihrem Glauben und dem Orden.»

In diesem Augenblick schlug die geballte Faust von Konnetabel Anne de Montmorency auf den Tisch; der Tisch scheppterte, das Silber klingelte, das Leinen bekam graue Flecken vom Rosenwasser. Der massig gebaute, grauhaarige Mann, der älteste im Raum, kam auf die Beine und starrte sie alle an, die juwelenbehängt und lässig um den kleinen Tisch in dem mit Leder tapezierten Raum herumsaßen. «Ist das der richtige Zeitpunkt für Wortklaubereien?» rief er. «Für Salongeschwätz und Streitereien? Habt ihr denn vergessen, worum es geht?»

«*Ich* habe es nicht vergessen», sagte Francis von Lorraine leidenschaftlich und sprang auf. Er ging zu Lymonds Platz, legte die Hände auf den Tisch und beugte sich hinunter. Das helle Haar fiel ihm aus dem Samtbarett in das rot angelaufene Gesicht. «Wenn Sie ein Mann ohne Grundsätze sind, gehen Sie. Wenn Sie ein Mann ohne Glauben sind, verlassen Sie uns. Wenn Sie den Heiden verehren, gehen Sie zu ihm. Aber hören Sie zu. *Die türkische Flotte ist auf See.* Hundertundzwölf Galeeren, zwei Galeassen, dreißig Karavellen und weitere Briggs und Truppenschiffe unter Sinan Pascha mit Dragut, Salah Rais und zwölftausend Mann haben Konstantinopel verlassen und segeln nach Malta. Der Chevalier de Villegagnon reist heute abend ab und fährt zur Insel, um den Großmeister zu warnen. Signor Strozzi bleibt hier, bis allgemein zu den Waffen gerufen wird, falls der Kaiser Frankreich angreift. Wir möchten Sie bitten, als Soldaten und erfahrenen Seefahrer, dessen Urteil keinerlei nationale Vorurteile trüben, M. de Villegagnon zu begleiten und den Großmeister zur Verteidigung von Malta zu bewegen.»

«*Gegen*», sagte Lymond trocken, «Allahs Stellvertreter auf Erden?»

Der Junge richtete sich auf. «Ich habe Ihnen gesagt . . .», fing er an.

«Ihre Verpflichtung gilt Gott, ich weiß», sagte Lymond. «Aber Gott weiß, daß der Sultan ein bißchen verstimmt sein wird, wenn er merkt, daß französische Ritter, ob sie nun im Orden sind oder nicht, seine Janitscharen töten. Wenn es mich zwanzigmal gäbe, könnten Sie vielleicht die perfide Doppelstrategie hinter uns Schotten verstecken, aber ich kann mir nicht vorstellen, wie Sie sich hinter einem einzigen Schotten verstecken wollen.»

«Aber Sie –», fing der Konnetabel etwas verspätet an.

«Ich bin soviel wert wie zwanzig. Ich glaube das. Aber ob Ihr Schatzmeister das glaubt?» sagte Francis Crawford liebenswürdig.

Ein steifes Schweigen entstand. Wie verblümt auch immer, die Forderung war erpresserisch. Sie war verächtlich. De Villegagnon runzelte die Stirn; Leone Strozzi lächelte; und das Gesicht des Konnetabels lief vor Empörung rot an, während er langsam zustimmte, denn zustimmen mußte er. Nur Piero Strozzi sah den Sprecher nachdenklich an, denn er wußte, Francis Crawford war so wohlhabend, daß er keine Bestechungsgelder brauchte, und so kultiviert, daß er solche Spielchen sterbenslangweilig finden mußte.

Er wußte jedoch nicht, daß eben jener Franics Crawford erfahren hatte, eine Irin namens Oonagh O'Dwyer sei an jenem Morgen von Marseille aus Richtung Gozzo in See gestochen. Und daß Francis Crawford nur nach Malta reiste, weil er schon immer nach Malta hatte reisen wollen; nicht um zu kämpfen, sondern um sich zu erholen.

Wie auch immer, für den Orden spielte es keine Rolle. Der Orden hatte bekommen, was er wollte, hätte selbst dann, wenn Lymond abgelehnt hätte und nach Schottland zurückgekehrt wäre, bekommen, was er wollte... denn es gab durchaus einen Grund, daß M. de Villegagnon, Chevalier des heiligen Johannes, Lord Culters besorgten Schultern die Verantwortung für Gabriels Schwester und das aprikosenfarbene Haar aufgeladen hatte.

Lymond brach an jenem Abend mit de Villegagnon und seinem Gefolge nach Marseille auf. Ehe er abreiste, nahm er kurz Abschied: vom König, von seinen Freunden und Anhängern am Hof, von der Königinwitwe und Margaret Erskine, Toms junger Frau.

Die letzten beiden Abschiede waren schnell vorbei. Margaret, die vernünftige Tochter von Jenny Fleming und eine gute Freundin in der Not, war erfreut, glaubte er, wenn sie auch seine Motive nicht verstand. Die Königinwitwe war wütend.

«Und was sage ich meinem Kind?» fragte Maria de Guise. «Daß es Sie jetzt reizt, Abenteuer und Ihr Glück bei ihren Feinden zu suchen?»

«Ich rechne nicht damit», sagte Lymond, «daß ich unter dem Banner von Kaiser Karl kämpfe. Und falls doch, könnte ich mir sicherlich nichts Besseres wünschen, als Schulter an Schulter mit dem Großprior von Frankreich zu stehen.»

Das war ein böser Stich, den Lymond, weil er nun einmal Lymond war, nicht sonderlich bereute.

In Marseille, kaiserblau unter einem kobaltblauen Himmel, lag das Mittelmeer so unbewegt wie ein Fresko. Die Docks dampften von den Gerüchen und dem braunen Fleisch von Matrosen und Sklaven; die gnadenlose Sonne brannte auf die Takelage der Briggs, Galeeren und Galeassen nieder. Sie hatten eine Galeere aufgetrieben, mit Sträflingsruderern und nicht viel besseren freien Matrosen; der Kapitän war doppelt bezahlt worden für die Fahrt nach Sizilien, wo de Villegagnon dem sizilianischen Vizekönig, dem Malta nächsten Repräsentanten Karls V., der gelobt hatte, dem Orden in Notzeiten zu helfen, die erste Warnung überbringen sollte. Vielleicht gingen die Ritter nicht so weit, den Feinden Frankreichs zu helfen, aber es sah ganz danach aus, als wären sie bereit, Frankreichs Gegner zu Hilfe zu rufen.

Ehe sie ablegten, galt es noch einen Besuch abzustatten. De Villegagnon, mit Lymond neben ihm, wartete im Strom der Händler, Bankiers und Geschäftsleute, die bei M. de Luetz vorsprachen, Baron d'Aramon, Seine Exzellenz der Botschafter des Königs von Frankreich in der Türkei, der bald zu seinem Posten in Konstantinopel zurückkehren würde, den Gerüchten nach mit vier, sechs, acht, zehn Maultierladungen Gold als Geschenk für den Verbündeten des Allerchristlichsten Königs, Sultan Suleiman.

D'Aramon stand auf, um die monolithische Erscheinung des Chevaliers zu begrüßen, und lächelte sein mechanisches, abgenütztes Lächeln. Während die levantinische Sonne ihn ausbleichte, hatte er beobachtet, wie seine frischen jungen Glaubenssätze, seine starke Loyalität, sein inbrünstiger Glaube durch die Hitze und durch die Entfernung schrumpften, bis ihm sein Heimatland Frankreich simpel, laut, knallig wie ein Spielzeug vorkam. Trotz der Hofintrige, durch die er seine Ländereien an Diane, die Mätresse des Königs, verloren hatte, war es weiterhin sein Bestreben, sein Bestes für Frankreich zu tun; aber es war nicht das Frankreich des Meßbuchs und des gesalbten christlichen Königs. Es war lediglich ein ehrgeiziges, streitlustiges Land, dessen Bedürfnisse, wenn sie nicht gezügelt wurden, es ins Elend stürzen konnten und andere Länder dazu. Schließlich gab es auf der ganzen Welt nur vier Nationen, die eine Rolle spielten: Frankreich mit Schottland im Schlepptau; Karl V., Oberhaupt des Heiligen Römischen Reiches mit Spanien, Flandern, Teilen Italiens und Deutschlands und dem Papst auf seiner Seite; England mit der Herrschaft über Irland; und der Sultan, dem die Türkei, Ungarn und Ägypten schon gehörten und der die Welt erobern wollte.

Es gab Zeiten, in denen M. d'Aramon glaubte, das Leben wäre leichter, wenn es dem Sultan gelänge, denn er hatte erkannt, was niemand in Frankreich zu bestätigen gewagt hätte: daß der Sultan der Ottomanen wesentlich menschlicher war als jeder christliche Fürst, von dem d'Aramon wußte.

Deshalb war der französische Botschafter in der Türkei mißtrauisch, als einer der führenden französischen Ordensritter bei ihm vorsprach, und fatalistisch, als de Villegagnon ihm von dem erwarteten Angriff berichtete. Aber er sagte nur: «Ist Malta vorbereitet?»

Worauf der Chevalier de Villegagnon mit einem ausführlichen und zweifellos geheiligten Fluch antwortete. «Bei dem spanischen Großmeister, den wir haben? De Homedès hat überhaupt nichts getan. Seit fünfzehn Jahren sind Malta, Gozzo und Tripolis so schlecht befestigt wie damals, als die Ritter sie übernahmen. Jeder Narr», sagte de Villegagnon bitter, «konnte die Gefahr kommen sehen. Hat der Orden denn nicht im letzten Jahr jedesmal, wenn Karl höflich die Galeeren des Ordens anforderte, dem Kaiser geholfen? Der Admiral des Kaisers hat mit der Hilfe des Ordens die Mauren von der halben afrikanischen Küste vertrieben und Dragut vorübergehend vom Meer verjagt; und das lag nicht daran, daß Karl sich besonders große Sorgen über die Ausbreitung des einzig wahren Glaubens gemacht hätte. Es lag daran, daß Dragut die spanischen Besitzungen Sizilien und Kalabrien ein bißchen zu eifrig angegriffen hatte, und Karl wollte ihm eine Lektion erteilen. Und jetzt wird der Orden darunter leiden.»

«Und wo ist der spanische Großadmiral?» fragte Lymond. «Immer noch auf See?»

Der massige Mann, dessen Empörung sich allmählich legte, zögerte, dann lächelte er widerwillig. «Aye. Nachdem ihn Dragut im Frühling auf See zum Narren gehalten hat, war Fürst Doria viel zu beschäftigt damit, Verwandte des Kaisers nach Spanien und zurück zu schiffen, als daß er hätte kämpfen können.» Das Lächeln verschwand. «Und weil deshalb Sizilien ohne Schutz war, hat Karl den Großmeister dazu gebracht, die Galeeren des Ordens unter Pied-de-Fer nach Messina zu schicken. Dort sind sie immer noch.»

«Und sollen natürlich zurückkehren, falls Malta angegriffen wird...», sagte Lymond. «Ihr einäugiger Großmeister muß doch eine ziemlich starke Persönlichkeit sein, wenn er für das alles die Unterstützung des Ordens bekommem hat?»

«Er ist umgeben von einem Kreis spanischer Ritter seines Schlages, noch imperialistischer als der Kaiser», sagte de Villegagnon knapp. «Mit ihrer Hilfe kann er den Ordensrat überreden, so zu stimmen, wie er es will. Und er will dem Papst und dem Kaiser dienen und möglichst keine Rechenschaft ablegen über das Geld, das er in den letzten fünfzehn Jahren ausgegeben hat. Der wahre Grund, aus dem er keine Befestigungsanlagen baut und seine Ritter nicht nach Hause zurückruft, sind die leeren Kassen. Der Orden hat kein Geld, die Kasse wieder zu füllen.»

«Du meine Güte», sagte Lymond milde.. «Ich werde auf eine unbefestigte Insel gebracht, wo die Hälfte der Verteidiger und fast die ganze Verteidigungsflotte fehlen, soll mein Leben zur Verteidigung eines Ordens einsetzen, der inkompetent, wenn nicht verbrecherisch geführt wird, untereinander zerstritten ist, für weltliche Fürsten kämpft und kein Geld hat, für meine Dienste zu bezahlen. Wo bleiben Klugheit, Mäßigkeit, Tapferkeit und Gerechtigkeit? Wo bleiben die acht Tugenden des stolzen weißen Kreuzes? Wo sind die Kreuzritter von früher, keusch und hochgeboren, die freudig für ihre Gelübde in den Tod gegangen sind? Sie klingen», sagte Francis Crawford geistesabwesend, «genau wie die Kerrs.»

«Sie vergessen Gabriel», sagte der Chevalier de Villegagnon und nahm mit einem schnellen Lächeln zur Kenntnis, daß das auch d'Aramons Vorname war. «Reid Malett – de la Valette – Romegas, die Grundpfeiler des Ordens sind immer noch in Malta, wie es sich gehört. Wir sind nur nicht genug – noch nicht.»

«Und wenn Sie Dragut erst einmal dezimiert hat, wird überhaupt keiner von Ihnen mehr übrig sein. Warum lassen Sie Tripolis nicht fallen?» fragte Lymond.

«Weil der Orden Malta nur behält, wenn er sich bereiterklärt, Tripolis zu verteidigen», sagte der Baron d'Aramon. «Es würde dem Kaiser sehr mißfallen, wenn Tripolis aufgegeben würde. Verstehe ich recht», sagte er und musterte Francis Crawford, «daß der Konnetabel von Frankreich Ihnen für Ihre Dienste in diesem Krieg Geld angeboten hat?»

«Er hat mir Geld versprochen, aber was heißt das schon, wenn ich, wie es aussieht, gegen den Großmeister agieren muß», sagte Lymond gleichmütig. «Außerdem hofft er, daß wir, zweifellos inoffiziell, Eurer Exzellenz übermitteln, Goldgeschenke des Königs von Frankreich an die Türkei sollten besser erst später übergeben werden.»

Über das hellbraune, magere Gesicht des Botschafters ging ein müdes Lächeln. «Meine Herren, ich habe mich beim Einschiffen schon verspätet», sagte er. «Und vielleicht erreiche ich nicht einmal vor den Herbststürmen die Türkei. Aber ich kenne Dragut gut.

Wenn es zu dem kommt, was Sie befürchten ... und falls ich dann in der Nähe bin, können Sie mit meiner Hilfe rechnen, wenigstens bei Verhandlungen.»

«Natürlich nur, wenn sich jemand die Zeit für Verhandlungen nimmt», meinte Francis Crawford.

Über die windstille, hyazinthenblaue See trug die Galeere *Sainte-Merveille* Lymond und de Villegagnon nach Messina. Von den Werften Frankreichs über die Häfen Ibizas und Menorcas bis zu den Küsten der afrikanischen Staaten rührte sich kein Korsarenfürst aus seinem Palast; kein Seeräuber lauerte einem Gewürzschiff auf; keine königliche oder kaiserliche schwimmende Festung legte ab, um die Unerwünschten aus der Hauptschiffahrtsstraße der Welt zu vertreiben. Wenn die Seewölfe des Islam auf der Jagd waren, blieben die kleineren Schiffe an Land.

Bis auf eines, das nichts, nicht einmal Dragut abschrecken konnte, schon gar nicht de Villegagnons bescheidene Galeere, die an einem windlosen Tag mit Ruderkraft aus Marseille ausgelaufen war, etwa um die Zeit, zu der sich der Baron d'Aramon der Ankündigung nach mit den vier, sechs, acht oder zehn Maultierladungen Gold einschiffen sollte.

Die *Sainte-Merveille* wurde von ihrem Schicksal ereilt, als die französische Küste schon lange im milchigen Dunst der Mittsommerhitze verschwunden war, weit vom Hafen entfernt. Zunächst sah alles ganz friedlich aus: ein Fischerboot voraus, schaukelnd auf den schmierigen Wogen, während die bunten Fischermützen sich doppelt im Meer und in der diesigen Luft widerspiegelten und die Stimmen der Fischer, gedämpft von der Entfernung, ein Lied probten.

Lymond, der beim Auslaufen aus Marseille im Rammbug ein einsames Plätzchen gefunden hatte und dort saß, die Augen nachdenklich geschlossen, öffnete sie plötzlich und stand auf. Das Fischerboot, das lässig gerudert wurde, kam langsam auf sie zu. Dann, unter seinen Blicken, rückten die buntbemützten Köpfe plötzlich zusammen, als die Ruderer jäh zu einem kräftigen Schlag und dann zu noch einem ausholten. Mit peitschenden Rudern schoß der Kahn auf das größere Schiff zu. Im selben Augenblick tauchten unglaublicherweise an den breiten, gestrichenen Seiten des Bootes die langen, schwarzen Rohre von Kanonen auf, und eine Stimme auf dem Heck rief: «Halt!»

Das Kommando, auf französisch, wurde von allen auf der *Sainte-Merveille* gehört, auch von de Villegagnon, der in den Rammbug gelaufen kam, eine Arkebuse in jeder Hand, und neben Lymond stehenblieb. Auf dem Piratenboot wurde das Kommando wiederholt. «Halt! Oder wir schießen!»

Auf der *Sainte-Merveille* gab es weder Kanonen noch Soldaten. Auf der *Sainte-Merveille* waren über zweihundert angekettete Sklaven, eine Handvoll nervöser Matrosen, etliche Offiziere, darunter der Kapitän, und M. de Villegagnons Reisegesellschaft von sechs Männern, darunter Lymond. Sie hatten außerdem eine Reihe von Bögen, Armbrüsten und Arkebusen an Bord, die jedes Schiff in diesen Gewässern mit sich führte und die de Villegagnons Männer so schnell wie möglich an Deck schafften.

«Wir sind schon innerhalb ihrer Reichweite», sagte der Chevalier, der durch das Eisengeländer der Bugreling längsseits schaute. «Wenn wir lavieren oder passieren, bilden wir nur ein noch besseres Ziel für diese Geschütze. Ich habe den Befehl gegeben, den Kahn zu rammen. Wenn sie aus der Nähe schießen, bekommen sie fast soviel ab wie wir.»

«Ich kann mir eigentlich nicht vorstellen», sagte Lymond, der sich unvermittelt räusperte, «daß sie die Kanonen aus der Nähe abfeuern werden, übrigens auch nicht aus der Ferne. Wenn sie breitseits kommen, werden sie sich auf ihre Arkebusen verlassen.»

«Schon gut», sagte de Villegagnon abrupt. «Wir haben die Wahl, zu fliehen und aus ihrer Reichweite herauszukommen oder uns den Weg freizuschießen. Ich würde lieber schießen.»

«Sie scheinen jedenfalls zu hoffen, daß wir nicht die Flucht ergreifen», sagte Lymond liebenswürdig. Bis jetzt hatte er die Waffe, die de Villegagnon ihm anbot, noch nicht genommen. Er stand nur da und schaute über den Rammbug. Hinter ihnen stockten die Ruderer, die niemand beruhigt hatte, ließen die großen Buchenholzruder los und brachen in eine Kakaphonie aus Arabisch und Hafenfranzösisch aus. Der Kapitän übernahm die Verantwortung, reckte plötzlich den Kopf über das Heck und rief: «Nicht schießen! Wir halten!»

«Sagen Sie ihm», sagte Lymond milde über das gedämpfte Geschepper hinweg, mit dem M. de Villegagnon Armbrüste verteilte, «daß der Baron d'Aramon noch in Marseille ist.»

Über das spiegelglatte Wasser hinweg, auf dem das Piratenboot jetzt klar und deutlich näherkam, wurde die verzweifelte Mitteilung übermittelt. Sie stieß auf einen kühlen Empfang.

«Wenn das so ist, werft eure Waffen ins Wasser!» wurde vom Fischerboot aus erwidert.

«Sauber», kommentierte Lymond und sah sich nach Zustimmung an der Reling um, an der de Villegagnon jetzt stand. Aber der Chevalier, der mit einundvierzig schon mehr Seegefechte überlebt hatte als die meisten älteren, witterte schon, was für eine Farce kommen sollte. Er überließ sich seinem Instinkt, richtete sich zu seiner vollen Größe von sechs Fuß und vier Zoll auf, warf seine Waffe ungeladen auf das Deck und sagte: «Ich glaube, Sir, Sie kennen dieses Boot.»

Lymond grinste, ohne sich umzudrehen. «Ich kenne den Tischler, der die Kanone gebaut hat. *Thompson!*» Er legte die Hände an den Mund. «Holà, Tamsín! Sing die nächste Strophe auf französisch, wenn du dich traust!»

Auf dem näherkommenden Boot verlangsamten sich die Ruder sichtlich. Dann sagte eine scharfe Stimme in sehr derbem Englisch: «Wer zum Teufel ist das?»

«Die Kanonen – mein Gott», sagte der Chevalier de Villegagnon plötzlich. «Die Kanonen sind aus bemaltem Holz.»

Lymonds Lächeln wurde breiter, und er rief dem Piraten wieder etwas zu. «Francis Crawford. Hast du mein Achatsiegel noch?»

Ein verstärkter Lachanfall hallte über den schmaler werdenden Abstand. «Hab's beim Fingerhakeln im alten Gefängnis von Cork verloren. Gehört dir der alte Seelenverkäufer?» Aus der Nähe strahlte das schwarzbärtige Gesicht unter der Mütze, dem eine Bierfahne entströmte, über die Reling des Korsarenschiffs hinweg boshaft gute Laune aus. Die Kanonen aus Holz und Segeltuch, das an den Rändern etwas feucht geworden war, wurden sauber eingeholt.

«Du bist es wirklich!» rief der Mann mit der Mütze, der Lymond jetzt offenbar ausgemacht hatte, und er legte das Bullhorn weg und stützte die beiden großen roten Hände auf die breite Reling. «Heiland», sagte Lymond amüsiert. «Er wird einen hübschen Abdruck im Holz abgeben.»

Aber Tamsín alias Thompson oder der aufgeweckteste ungehängte schottische Pirat auf den Seewegen zwischen Argyll und Irland, in der Ostsee, im Ärmelkanal oder sonstwo auf der Welt machte einen gewaltigen Satz über das aufgewühlte tiefe Wasser hinweg und landete irgendwie auf der *Sainte-Merveille*, während sein Boot sich seinen Befehlen fügte, sich zurückzog und auf diskrete Distanz ging.

«Francis Crawford!» intonierte Mr. Thompson glückselig von den Planken aus, auf denen er saß, kam auf die Beine und umarmte Lymond heftig, mit einem Kuß auf beide Wangen. «Wie es auf dem Kontinent Brauch ist!» rief Mr. Thompson und spuckte über die Reling. Dann trat er zurück und musterte seinen Freund. «Mann, du bist ein erfreulicher Anblick. Hast du schon eine Frau? Ich hab eine Kleine in Algier, die ein Leckerbissen für dich wäre.»

«Wieviel?» sagte Lymond sofort.

Thompson zog sich geistesabwesend die dreckige, salzverkrustete Mütze vom Kopf und kratzte sich. «Ich will dir mal was sagen. Ihr braucht doch nicht diese ganzen Schießprügel. Her mit den Arkebusen und sechs Ruderern, nach meiner Wahl, und du kannst die Kleine haben. Die ist gut beim –», sagte Mr. Thompson, der glaubte, ein gutes Geschäft zu machen.

Der Chevalier de Villegagnon, in der Regel nicht angetan von Frivolitäten, ertappte sich bei einem Lachreiz. «Thompsons Eid?» sagte Lymond und machte ein interessiertes Gesicht.

Mit einer ruckartigen Bewegung, an der die Nase, die Daumen und die Brust beteiligt waren, ratifizierte der Pirat die Vertragsbedingungen. «Und noch mehr dazu. Es ist ein glänzendes Geschäft», sagte er.

«Thompson, du bist ein großartiger Freund», sagte Lymond fröhlich und schüttelte ihm die Hand. «Leider könnten meine anderen Frauen etwas gegen die Sache haben. Komm, lern M. de Villegagnon vom Johanniterorden von Jerusalem kennen, der deine Kanone eben fast in Sägespäne verwandelt hätte.» Und der Geschäftsmann und der Gottesmann, beides gewiefte Taktiker, reichten sich die Hand.

Viel später, während die beiden Schiffe nebeneinander herfuhren und das Licht an der Mastspitze gelb die dünnen Nebelschleier durchstieß, rieb sich der Pirat Thompson den vollen Bauch, seufzte und sagte: «Francis Crawford und ich, wir haben unser seemännisches Können auf die schwerste Weise erlernt, an dieselbe Ruderbank auf einem französischen Schiff gekettet, Bruder. Aber das tragen wir denen nicht nach, er und ich. Diejenigen, die ihn dorthin gebracht haben... die haben für ihren Fehler bezahlt. Und ich – ich hab mich auch voll entschädigt für die Schande, die meinem Namen gemacht worden ist.»

«Thompson, Junge, kein lebender Mann hat einen schlechteren Ruf oder hat ihn so verdient wie du», sagte Lymond ruhig. «Spanische Schiffe, portugiesische Schiffe, venezianische Schiffe, flämische Schiffe... vor der Bucht von Howth hast du auf der Lauer gelegen, auf Galeassen mit Malvasier oder Silber gewartet, die nach Waterford einlaufen... Wie oft hast du denn in Waterford im Gefängnis gesessen, Mann?»

Der Pirat schüttelte grinsend den Kopf, während Lymond mit seiner Rede fortfuhr. «Und Cork; davon haben wir gehört. Er ist am Weihnachtstag mit einer vollen Ladung Wein, Feigen und Zucker in Cork eingelaufen und hat sie *verkauft*... Wo in Gottes Namen hattest du denn die Feigen her, Tamsîn? Der Bürgermeister und die Stadträte von Cork müssen Einfaltspinsel sein.»

«Sie haben den Lord Deputy um Erlaubnis gefragt, und der Lord Deputy hat gesagt, sie dürfen kaufen, solange es nicht danach aussieht, daß die Waren gestohlen sind», erklärte Thompson.

«Das», sagte Lymond zu de Villegagnon, «war, nachdem er und Stephenson, sein Maat, wegen Seeräuberei ein dutzendmal im Gefängnis gesessen hatten. – Wo ist Stephenson?»

«An Bord. Er steuert den alten Kahn», sagte Thompson. «Das Geheimnis war, es war Weihnachten, Friede auf Erden und so weiter, und Großmütterlein kommt zum Abendessen. Sie konnten die Feigen gut gebrauchen. Hast du nichts von der großen Sache gehört, die ich mit Cormac O'Connor anfange?»

Das Schweigen dauerte nicht länger als einen Atemzug, und Lymond rührte sich nicht, aber es reichte dazu aus, daß Nicholas Durand de Villegagnon von seinem Platz aufschaute und sagte: «Cormac O'Connor war eben am französischen Hof. Sie meinen den großen Iren, den Erben von Offaly, dessen Vater wegen Rebellion gegen die Engländer eine Strafe im Londoner Tower verbüßt hat?»

«Genau den meine ich. Ah, es sieht ihm ähnlich, daß er in Frankreich ist», sagte Thompson vergnügt. «Er ist ganz wild darauf, daß jemand die Engländer aus Irland vertreibt. Dazu braucht er das Geld.»

«Welches Geld?» sagte Lymond. «Denk daran, daß M. de Villegagnon eine Säule der Kirche ist und nicht mehr auf seinem Gewissen herumschleppen sollte, als es jetzt schon der Fall ist.»

«Och, das Geld ist fort», sagte Thompson behaglich. «Da haben nur die Versicherungsmakler etwas verloren, und die können sich das sowieso leisten.»

«O Gott», sagte Lymond. «Erzähl's mir nicht. O'Connor nähert sich einer Reihe von Kaufleuten, versichert ihre Fracht auf das Doppelte des Verlusts durch Piraten, die Schiffe werden tatsächlich überfallen und von dir ausgeräumt, und die Kaufleute nehmen die Versicherung in Anspruch, während du dir die Fracht mit O'Connor teilst.»

«Du hörst tatsächlich das Gras wachsen», sagte der Pirat ohne Bitterkeit. «So einfach ist das. O'Connors Mann George Paris übernimmt das Reisen, und wir verhökern die Fracht. Die letzte habe ich in Algier gegen ein großartiges Mädchen eingetauscht..., aber das habe ich dir schon erzählt. Wo ist Cormac jetzt?»

«Zu meiner Freude muß ich sagen, daß er reglos in Châteaubriand im Bett liegt», sagte Lymond knapp. «Er hatte einen Unfall.»

«Davon habe ich gehört», sagte de Villegagnon. «Wie ich erfahren habe, wegen seiner schwarzhaarigen Geliebten.»

«Oonagh? War Oonagh O'Dwyer bei ihm?» Thompson war neugierig, aber nicht überrascht. «Ich habe ihm gesagt, daß sie eines Tages sein Tod sein wird.»

«Unglücklicherweise», sagte Lymond, «war sie nicht sein Tod. Sie hat ihn verlassen, und ich hoffe, diese Bastelei aus Fäden und Blech, die er für seinen Verstand hält, ist auf Dauer außer Gefecht gesetzt. Ich kann dich zur Wahl deines Partners nicht beglückwünschen.»

«Das ist klar!» sagte Thompson völlig ungerührt. «Und wo ist dann die Kleine? Sie ist nicht an Bord?»

«Nein, du alter Straßenkater», sagte Lymond, schließlich doch entnervt. «Ich hatte nicht einmal mehr eine gottverfluchte Feige für den Tauschhandel.»

Kurz darauf drehten die beiden Schiffe bei, und Thompson verabschiedete sich widerwillig. Zu de Villegagnon sagte er: «Sie werden es nicht zu schätzen wissen, aber ich bin stolz darauf, daß ich Sie kennengelernt habe. Mein einziger Lehrmeister war die harte Erfahrung, aber wenn man die Kunst der Seefahrt lernen will, gibt es keine bessere Schule als Malta.»

Mit Lymond unterhielt er sich leise, und die Lichter in der Takelage zeigten kurz die breite Nase und die klaren Matrosenaugen. «Ich bin kein Freund von Cormac, aber ich mache Geschäfte mit jedem, wenn es mir paßt. Hast du es selber auf die Seewege abgesehen?»

Lymonds Kopf, der in der Dunkelheit schimmerte, bewegte sich verneinend. «Ich will in Malta kämpfen. Ich möchte einen Mann namens Gabriel kennenlernen. Und wenn ich Malta verlasse, gehe ich zu meiner Armee in Schottland zurück.»

«Und zu deinen eigenen Schiffen?» fragte der Pirat Thompson leise.

«Falls ich einen Kapitän habe, der auf mein Kommando hört.»

Ein langes Schweigen entstand. Dann: «Seit wir Galeerensklaven waren, hat mir noch niemand Befehle gegeben», sagte Thompson nachdenklich. «Aber das soll nicht heißen, daß ich mir das nicht angewöhnen könnte.»

Wiederum entstand eine Pause. Dann lächelte Lymond plötzlich in der Dunkelheit, gab dem älteren Mann einen kurzen Klaps auf die Schulter und trat beiseite, damit der sich über die Reling schwingen konnte. Noch einen Augenblick lang hoben sich auf beiden Seiten die Stimmen zum Abschied, dann hallte die Nacht wider vom Klang der Pfeife, der Wiederholung von Befehlen, vom Knarren des Holzes und dem rhythmischen Klatschen, als die Ruder in Schwung kamen; und die *Sainte-Merveille* und das Piratenschiff lösten sich voneinander, glitten leuchtend ihren verschiedenen Aufgaben entgegen in die Nacht. Und als die Sonne des neuen Tages ihnen tief und rot ins Gesicht schien, war das Schiff des Chevaliers schon auf dem Weg nach Sizilien.

Von da an hielt sie nichts mehr auf. De Villegagnon, der seinerseits ernste Sorgen hatte, stellte fest, daß sein Begleiter nüchtern, selbstbeherrscht und alles andere als gesprächig war, was ihn beruhigte. Am Ende der Fahrt kamen sie nach Sonnenuntergang nach Messina, endlich doch noch angeschoben von einem schwachen Rückenwind, der sie durch das dunkle, aufgewühlte Tyrrhenische Meer trug. Dann umruderten sie die Landspitze, pflügten durch das strudelnde, wilde Wasser vor dem Porto de Messina und fuhren dann in die grüne Hafenbucht ein.

Dort lagen schaukelnd Bug an Bug mit gelben Laternen, Bullaugen und Geschützöffnungen Handelsschiffe vor Anker, Fähren aus Kalabrien, die bewaffneten kaiserlichen Schiffe, die Fürst Doria hier stationiert hatte, und, wie d'Aramon gesagt hatte, fast die ganze kleine Flotte der Johanniterritter von Jerusalem, im schwarzen Wasser bewegt wie ein Mohnfeld, die scharlachroten Seidenbanner in der Finsternis und im Laternenschein wie glühende Kohlen.

Früher am Tag, als der erste Wachturm ihr Schiff ausgemacht hatte und die schnellen Boote aus Messina längsseits gekommen waren, um die Galeere zu begrüßen und zu identifizieren, hatte de Villegagnon auf der *Sainte-Merveille* seine persönliche blaue Standarte mit drei goldenen Winkeln gehißt, und noch ehe die mit Puffern geschützte Seite der Galeere am Kai anlegte, wartete ein Kurier des kaiserlichen Vertreters in Sizilien mit Eskorte und Lampenträgern neben ihm darauf, an Bord zu kommen. So spät es war, Seine Exzellenz der Vizekönig von Sizilien wünschte den Besuch von M. de Villegagnon.

Lymond kannte Messina offenbar so gut, daß er selbst für seine Abendunterhaltung sorgen konnte. In tressenbesetzte Seide gekleidet, die er in Frankreich gekauft hatte, brach er ohne Eskorte in der Dunkelheit auf, während der Chevalier de Villegagnon, jetzt in der schwarzen Kutte mit dem achtspitzigen Kreuz auf der Brust, mit seinem Gefolge an Land ging und zum Haus des Vizekönigs geleitet wurde.

Wenn Ordensleute in einem Hafen festsaßen, darauf warteten, daß sich etwas tat, standen Rittern, die nicht spielen, nicht im Übermaß trinken und sich die Ungeduld nicht auf die übliche Weise mit einem Goldstück pro Nacht vertreiben durften, nicht viele Möglichkeiten offen. Sie blieben entweder an Bord, wohnten bei Freunden oder, wenn sie es sich leisten konnten, in einem Gasthaus, verbrachten die Zeit im Gebet, beim Streiten oder damit, alte Seegefechte aufleben zu lassen und neue zu erfinden.

Jerott Blyth aus Nantes, dessen Vater von der schottischen Westküste stammte, war in der Kathedrale, als Lymond ihn schließlich fand. Er wartete schweigend, sein Kopf so golden wie die Häupter der himmlischen Herrscharen um ihn herum. Die Handvoll Ritter, die neben Blyth knieten, bemerkten den Fremden nicht, und Blyth selbst, den schönen schwarzen Kopf gebeugt, mit dem goldenen Ring, der dem toten Mädchen gehört hatte, das er hatte heiraten wollen, als einzigem Schmuck, wirkte weit weg und ganz anders als der intelligente, begabte und besonders ungestüme junge Mann, der er gewesen war. Lymond wartete mit ungewohnter Geduld, bis sein Freund aufstand, das Knie beugte und sich umdrehte.

Es war neun Jahre her, seit sie sich zum letzten Mal begegnet waren, und damals waren sie junge Männer in Schottland gewesen, freilich alt genug, Seite an Seite für ihr Land zu kämpfen. Von den beiden hatte sich Lymond, was er vermutlich wußte, stärker verändert. Trotzdem dauerte es nur Sekunden, daß Jerott Blyth, Ritter des Johanniterordens, dastand, klein, lebhaft, vital, und den selbstbeherrschten Fremden vor ihm anstarrte. Dann sagte er langsam: «*Francis Crawford*!» Und er stürzte auf ihn zu und ergriff die kühlen, entspannten Hände.

Es dauerte nur einen Augenblick, bis er erfahren hatte, daß Crawford von Lymond mit de Villegagnon in Messina war und morgen nach Malta aufbrechen würde. Es dauerte etwas länger, bis Jerott Blyth und seine Freunde ihn in das große weiße Haus des Receveurs des Ordens auf Sizilien mitnahmen, wo sie aßen und tranken und wo Jerott sofort hören wollte, was sich seit ihrer Trennung vor neun Jahren alles zugetragen hatte.

Lymond erzählte die Geschichte ohne Einzelheiten und fügte dann sofort die Nachricht hinzu, die de Villegagnon nach Malta führte. «Der Konnetabel von Frankreich schwört, die ganze türkische Flotte sei unterwegs. Sie könnte durchaus Malta angreifen», sagte er. Und als die anderen Männer den Atem anhielten und Jerott ansahen, fügte Lymond hinzu: «Wird de Homedès kämpfen?»

«Womit?» sagte Jerott Blyth bitter.

«Schickt ihm dann der Vizekönig Hilfe von hier?»

«Damit er einen türkischen Angriff auf Neapel und Sizilien riskiert? Der Chevalier de Villegagnon hat eine der überzeugendsten Zungen im ganzen Orden», sagte Jerott. «Aber wenn ich ein Spieler wäre, würde ich meine Börse gegen deinen Hosenknopf wetten, daß er weder vom Vizekönig noch seinem Herrn, unserem lieben Kaiser Karl, Schiffe oder Männer bekommt.»

«Ihr braucht doch sicher Männer, keine Schiffe, nicht wahr?» sagte Lymond und sah, daß sie ihm widerstrebend beipflichteten. Die Flotte, die jetzt die Türkei verließ, war unschlagbar. Seit, außer der eigenen Flotte, auch Dragut und die nordafrikanischen Korsaren unter Suleimans Banner fuhren, war er im Mittelmeer überlegen, falls sich die Flotten des Ordens und des Kaiserreichs nicht zusammentaten, was Karl niemals zulassen würde. Sie brauchten Männer und Waffen, um auf Malta, Gozzo und in Tripolis Bollwerke zu errichten und gegen eine Belagerung zu verteidigen. Und sie mußten verteidigt werden, sagte die Stimme Kaiser Karls, der nach der Ordensregel der irdische Lehnherr des Ordens war.

«Und *wir* sind Männer», sagte einer der Ritter auf gascognisch und stand auf.

«Nicht für den Großmeister», sagte Jerott Blyth ironisch. «In seinen Augen sind du und ich nicht einmal Ordensritter – wir sind abtrünnige Franzosen, denen zuzutrauen ist, daß sie den Sultan in das Zimmer des Großmeisters geleiten. Versuch nur, ohne Befehl nach Malta zurückzusegeln, dann wird dir das Ordenskreuz abgenommen, weil du gegen unseren Herrn und Meister Karl verstoßen hast.»

Aber nach dem Essen, als das hitzige Gespräch allmählich verrauchte, zog Jerott Lymond beiseite und sagte ruhig: «Ich weiß, daß ich nicht die ganze Geschichte gehört habe, aber eins muß ich dich fragen. Hast du daran gedacht, eines Tages in unseren Reihen zu kämpfen?»

Francis Crawford schaute von seinen gefalteten Händen auf und lächelte. «Der Konnetabel gäbe viel darum, wenn er das wüßte», sagte er.

In Blyths Augen stand unverhohlene Enttäuschung. «Dann ist das nichts weiter als ein Gedankenspiel? Ein Schachzug in deiner Karriere?»

«Nicht ganz.» Das war direkt. «Es wurde mir leichtgemacht mitzukommen, weil ich im Augenblick in gewissen Kreisen eine Peinlichkeit bin. Aus einer Reihe von Gründen wollte ich mitkommen. Ich bin bereit, Jerott, in diesem Sommer dem Orden zu dienen. Gott weiß, daß ich im Winter genug gespielt habe. Im nächsten Winter kann ich vielleicht dort am besten dienen, wo ich für die größte Peinlichkeit sorge; falls es so kommt, war meine Zeit hier nicht vergeudet. Inzwischen» – er lächelte wieder, dieses Mal flüchtig – «ist es deinen wahrlich ergebenen Brüdern unbenommen, mich zu bekehren, wenn sie können.»

Und Jerott Blyth, der nicht dem Orden, sondern der Erinnerung an ein Mädchen ergeben war, nahm das hin, ging darüber hinweg, daß Lymond das wußte, und sagte statt dessen impulsiv: «Du must Gabriel kennenlernen. Er hat von dir gehört. Hast du gewußt, daß seine Schwester nach Schottland gereist ist? Ich habe von dir gesprochen –»

Er brach ab. Nach einem Augenblick sagte Lymond amüsiert: «Du hast schon zuviel gesagt, Jerott. Sprich lieber weiter.»

«Mit einer Frau, die gehört hat, wie ich deinen Namen erwähnte», sagte Jerott langsam. «Sie war eben aus Marseille eingetroffen. Sie heißt –»

«Oonagh. Oonagh O'Dwyer», ergänzte Lymond genauso ruhig. «Sie war deine Geliebte?»

«Nein...», sagte Lymond. «Jedenfalls nicht so, wie du das meinst. Sie war die Geliebte von Cormac O'Connor, dem irischen Rebellen. Sie hat ihn jetzt verlassen, was zum Teil mein Werk war, und ich möchte nicht, daß sie darunter leiden muß, das ist alles. Vermutlich ist sie jetzt mit einem anderen Mann zusammen, der nicht halb soviel wert ist wie sie. War es das, was du mit deinem Zartgefühl nicht sagen wolltest?»

«Nicht nur deinetwegen – auch des Ordens wegen», sagte Blyth mit mehr als nur spöttischem Bedauern. «Sie lebt mit de Césel zusammen, dem Gouverneur von Gozzo.»

«Der ritterlich Gehorsam und Keuschheit gelobt hat», sagte

Lymond. «Das wird Oonagh ganz besonders amüsieren. Ist er gut zu ihr?»

«Es ist eher die Frage», sagte Jerott Blyth zornig, «ob sie gut zu ihm ist. Wir sind eine schäbige, ungeistliche Bruderschaft, wie du merken wirst. Ein schwacher Großmeister und seine Clique machen mit uns, was sie wollen. Die Besten haben wir durch die Fehler des Ordens schon verloren, oder weil sie unter Druck in kaiserliche Kriege hineingezogen worden oder in unsere Kommandanturen zu Hause zurückgegangen sind, und de Homedès hat weder den Mut noch das Geld, sie zurückzubeordern. Und dennoch, glaub mir... es gibt immer noch edle Männer und hervorragende Seemänner unter uns, die ihren Dienst im Hospital ableisten und bereit sind, mit bloßen Händen gegen die Türken zu kämpfen. *Wir* sind das Bollwerk der Christenheit. Wenn wir gehen, glaubst du, dann können der arme, kränkelnde Kaiser, sein Truthahn Doria und eine Handvoll schlecht geführter Schiffe unseren Platz einnehmen? Dann würde das heilige islamische Recht die bekannte Welt umspannen.»

Er bebte. Und Lymonds kalte Stimme war so erfrischend wie Gischt. «Und ihr werdet alle Konvertiten und geht in das Paradies der Muselmanen ein, wo der Höhepunkt der Liebe zehntausend Jahre lang dauert. Überleg es dir, Bruder Jerott, wenn du dich traust.»

Bruder Jerott, immer noch scharlachrot, blieb die Antwort erspart. Denn die Tür ging auf, und ein Herr in mittleren Jahren trat ein, der sich als Receveur des Ordens entpuppte: ein italienischer Bankier. Die Höflichkeit, die er an den Tag legte, als Lymond ihm vorgestellt wurde, verbarg seine Beunruhigung nur schwach. Als de Villegagnon erwähnt wurde, setzte er sich plötzlich und bedeutete den Rittern und Lymond, es ihm nachzutun. «Sie sind mit dem Chevalier aus Frankreich gekommen. Ach du meine Güte. Ich brauche Ihnen wohl kaum zu sagen, daß er dem Vizekönig eben schlimme Nachrichten überbracht hat. Sehr schlimme Nachrichten. Die Türken bereiten sich vor. Sie werden bald unsere Küsten angreifen.»

«Die Warnung des französischen Konnetabels lautete», sagte Lymond milde, «daß die Türken gegen Malta und Tripolis segeln».

Der Receveur stieß einen angewiderten Seufzer aus. «Das, M. le

Comte, hat der Chevalier de Villegagnon auch gesagt. Seine Exzellenz – ich sage nur ungern, daß Seine Exzellenz ihm nicht geglaubt hat. Seine Exzellenz hat ihn sogar beschuldigt, er sei der Handlanger des Konnetabels. Offenbar zieht es der Vizekönig vor zu glauben, die Warnung sei eine französische List, um alle Verteidigungskräfte zur See aus Sizilien und Italien abzuziehen, damit der Kaiser einem Angriff der Türken wehrloser ausgesetzt ist.»

Ein schweratmendes Schweigen entstand, in das hinein Lymonds Stimme ohne Überraschung sagte: «Und M. de Villegagnon hat erwidert...?»

«Der Chevalier hat mehrmals geflucht – er war außer sich», sagte der Receveur entschuldigend. «Völlig außer sich. Er hat den Vizekönig daran erinnert, daß der Kaiser gegen alle bestehenden Verträge – mit der Hilfe aller Ritter, französischer, spanischer, italienischer, deutscher, englischer – die Besitztümer des Sultans in Nordafrika erobert und den Korsaren Dragut so in Bedrängnis gebracht hat, daß Dragut nicht nur darum gebeten, sondern sogar Geld für das Privileg angeboten hat, die Ritter in Tripolis und Malta vom Erdboden verschwinden zu lassen. Er hat gesagt, der Sultan sei genauso wütend wie Dragut, und als der Kaiser sich damit herausgeredet habe, er habe mit der Hilfe der Ritter lediglich die Meere von nichtsnutzigen Korsaren gesäubert, die ohne Belang für die ottomanischen Herren seien, habe der Sultan darauf geantwortet, indem er Dragut und seine Freunde mit Staatsämtern überhäuft und öffentlich in seine Flotte aufgenommen hat... Er war äußerst überzeugend», sagte der Receveur skeptisch. «Denn uns auf dieser Insel, Italien so nahe, fällt es schwer zu glauben, daß eine so große Heidenflotte nur zusammengestellt worden sein sollte, um einen Felsen zu zerstören...»

«War der Vizekönig überzeugt, Sir?» sagte Jerotts harte Stimme. «Denn Sie sind es eindeutig nicht.»

Der Receveur, der in einem gewissen Schockzustand lediglich sein Bestes tat, sagte: «Ich – es ist schwierig, alles zu glauben, was M. de Villegagnon unterstellt hat, aber ich glaube es –, ich bin bereit, es zu glauben. Seine Exzellenz hat es auch getan. Er hat versprochen, in Neapel zweihundert Soldaten für Malta anzuwerben.»

«Unter mein Kommando», sagte Jerott Blyth sofort, und im folgenden Stimmengewirr setzte er sich durch, weil er lauter brüllte als die anderen. «Unter meinem Kommando . . . und falls jemand etwas dagegen hat, muß er mit mir die Klingen kreuzen.»

«Da wir alle miteinander auf unserem Felsen sterben sollen», sagte Lymond wie immer mit angenehmer Stimme und brachte den Streit zum Schweigen, «sollten wir da nicht eine einfache Vorsichtsmaßnahme ergreifen? Mit einer List könnten wir die Türken vielleicht täuschen, so subtil ihr Verstand auch arbeitet. Ich gehe davon aus, wie nahe die Flotte des Sultans Malta auch kommt, es ist unwahrscheinlich, daß Karl kaiserliche Schiffe zur Verfügung stellt, um Ihnen zu helfen.»

«Er wird Sizilien und Italien nie ungeschützt lassen», sagte der Receveur voller Überzeugung. «Nie. Und ohne Fürst Dorias Flotte können unsere Galeeren nichts gegen die ungeheure Seemacht von Sinan Pascha und Dragut ausrichten.»

«Und da liegt zweifellos unsere einzige schwache Hoffnung», sagte Lymond geduldig zu dem Kreis aus braunen und bärtigen Gesichtern, die im Lampenlicht vor Schweiß glänzten. «Denn Sie wissen das zwar genau, aber Dragut weiß es nicht. Falls Malta angegriffen wird, könnten die Türken zum Beispiel ein Schiff aus Sizilien abfangen, das dem Großmeister angeblich die Nachricht bringen soll, Doria sei wieder in Messina und Kuriere seien ausgeschickt worden nach Neapel, nach Genua, um Schiffe und Truppen zur Hilfe gegen die Belagerung zu rufen. Es wäre nicht wahr, aber darauf können sich die Türken nicht verlassen. Sie könnten Angst bekommen. Sie könnten sich zurückziehen . . .»

Sie sprachen darüber, und die Stimmen der jungen Männer hoben sich vor Erregung. Der Receveur war skeptisch. Konnte eine solche List die Türken täuschen? Woher sollte er erfahren, wenn Malta angegriffen wurde? Wen konnte er mit einer falschen Nachricht nach Malta schicken? Und wie sollte er gewährleisten, daß das Schiff von den Türken abgefangen wurde?

Sie stritten sich lange, ohne zu einer Schlußfolgerung zu kommen, aber Lymond, der sie beobachtete, fügte seinem Ratschlag nichts hinzu. An seinem Gürtel hing die dicke Börse, die Jerott Blyth ihm schweigend gereicht hatte und in der Goldstücke klimperten. Denn die Johanniterritter waren zwar kein sehr vermögender Orden, aber sie hatten ihren Stolz.

Es waren jetzt nur noch zwei Stunden bis zum Morgengrauen. Als die Sonne aufging, setzte der Chevalier de Villegagnon mit seinem Gefolge, zu dem auch Francis Crawford zählte, auf der schnellsten Brigantine des Vizekönigs von Sizilien die Segel Richtung Malta, der Inselfestung der Heiligen Kirche im Mittelmeer, die Dragut sich als Beute auserkoren hatte.

2. KAPITEL

Gabriels Zunge
Maltesische Inseln, Juli 1551

«Solange ihr dieses Vipernnest nicht ausgeräuchert habt, könnt ihr nirgends etwas Gutes tun.»

Dies hatte vor langer Zeit der Korsar Dragut über Malta gesagt. Und Francis Crawford wiederholte es jetzt lautlos, während er unter dem gestreiften dreieckigen Segel stand, den Blick auf die rosa Sandsteinbrocken weit voraus, vor dem Bug der Brigantine gerichtet, ein Makel im glänzenden blauen Köper der See.

Malta, Comino und Gozzo, die drei Maltesischen Inseln. Melita, Insel des Honigs, Mittelpunkt der großen, gezeitenlosen Wasserstraße. Comino, Insel des Kreuzkümmels und der Gewürze.

Er hatte laut gesprochen. «Und Gozzo», sagte der Chevalier de Villegagnon ernst neben seiner Schulter. «Insel der Kalypso, der langhaarigen Zauberin, die Odysseus mit ihrer Stimme aus dem Nebel lockte.»

Der Name Kalypsos ließ Nicholas Durand und Lymond an zwei ganz verschiedene Frauen denken. Dann kamen sie so nahe an die Insel heran, daß sie die heißen Sandsteinfelsen riechen konnten, geblendet von der See, und unter den nackten Stangen zogen die Ruderer die Brigantine durch Wasser wie beschlagenes blaues Glas. So glitten sie hinein in den langen Fjord, den historischen Hafen von Malta.

Zu ihrer Rechten wehte die scharlachrote Fahne des Ordens und begrüßte sie dann feierlich auf dem Wachturm von St. Elmo unter dem ausgedörrten gelben Berg Sciberras. Der Orden wußte schon, durch ein Schnellboot aus Sizilien, daß de Villegagnon kam und warum.

Aber das war alles. Keine Galeeren fuhren in den langen Meeresarm ein oder aus ihm hinaus, kein Metall glitzerte; nirgends waren Männer zu sehen, die bauten, gruben, verteidigten. Auf der Brigantine sprach niemand außer dem Kapitän und dem Maat, der die Befehle wiederholte, während das Schiff langsam in der glutheißen Mittsommerstille in den Hafen einlief; und rings herum schlief Malta mürrisch.

Der Orden hatte nur eine Vorsichtsmaßnahme ergriffen. Über die mittlere Zufahrt zum Hafen war die Kette gespannt, die handgeschmiedete venezianische Kette, deren jedes Glied die Ritter zehn Golddukaten gekostet hatte. Sie versperrte den Meeresarm zwischen den beiden Landzungen, in dem alle Galeeren und Brigantinen des Ordens meistens lagen. Auf der linken Landzunge war Il Borgo, das Fischerdorf, aus dem die Ritter ein Kloster und die Heimstatt des Ordens gemacht hatten, mit dem Fort St. Angelo an der Spitze. Zur Rechten lag die Halbinsel, die L'Isla genannt wurde, mit einem Wachturm und verstreuten Häusern, die Borgo zugewandt waren.

Jetzt tauchte über den stufenförmig gebauten, fensterlosen Mauern von Fort St. Angelo, das sich weiß zu ihrer Linken über dem Meer erhob, eine zweite scharlachrote Fahne auf, und eine Rauchwolke, der das dumpfe Donnern einer Kanone folgte, meldete in der dahinter gelegenen Stadt Borgo, daß de Villegagnon angekommen war. Ein Skiff fuhr längsseits der flachen Boote, auf denen die riesige Kette über den Meeresarm ruhte, löste das Mittelstück aus den Verankerungen, und die straffe Kette hing durch und fiel, während die Sklaven unterhalb von St. Angelo, die nicht zu sehen waren, ihr Gewicht auf die Pollerstangen verlagerten. De Villegagnon stand schweigend im Bug, drehte sich um, nickte dem Kapitän zu, und die Brigantine gewann langsam Fahrt und glitt über die Kette.

Glitt und hielt dann, denn der Chevalier, der sich über die Reling beugte, hatte gesehen, wie das Skiff wendete und sich neben die Brigantine schob. Unter der olivenhäutigen Besatzung hatte er bleichere Gesichter ausgemacht und das Wehen schwarzen Tuchs. Mittschiffs stand ein Mann, der dem einfahrenden Schiff etwas zurief.

Ohne sich der Reling zu nähern, musterte Lymond de Villegagnon, als die Ruderer die Riemen strichen und das große Schiff langsam zum Stillstand kam. «Eine Willkommensgesellschaft?»

Auf Durand de Villegagnons Gesicht hatte eine Veränderung

stattgefunden. Zum ersten Mal war ihm anzusehen, daß sogar ein solcher Soldat – weitgereist, angesehen, selbstsicher – das Ankommen in Malta als Heimkehr empfand, als Heimkehr zu seiner Kirche und seinen Freunden und zu dem einzigen Altar, auf dem er eine Zeitlang seine Last ablegen konnte. De Villegagnon sagte: «Ja… Danach sieht es aus. Der Ritter links ist der französische Großhospitalier. Neben ihm sitzt der Sekretär des Großmeisters. Der Dicke neben ihm ist Nick Upton, der Turkopolier, verantwortlich für die Verteidigung Maltas – das ist ein Engländer.»

«Und wer ist der Großkreuzträger, der Ihnen zugerufen hat?» Lymond trat neben de Villegagnon und beobachtete, wie unten das Fallreep heruntergelassen wurde, damit die vier Ritter an Bord kommen konnten. Der fragliche Mann, der schon stand, war der erste, der die Hand auf das Fallreep legte. Er schaute nach oben und zog eine Grimasse: ein großer, breitschultriger Ritter Anfang der mittleren Jahre, mit Haaren, die noch leuchtender waren als die Lymonds – ein kurzer, guineengoldener, rücksichtslos gestutzter Schopf mit einem schwachen Schimmer der Aprikosenfarbe seiner Schwester ganz oben auf dem Kopf. «Gabriel», sagte der Chevalier de Villegagnon, aus dessen Stimme die Anspannung verschwunden war. Und so lernten sich Lymond und Graham Reid Malett kennen.

Zwischen den beiden blondhaarigen Männern, zwischen Gabriels Wikingerausmaßen und der wilden, nervösen Persönlichkeit von Francis Crawford kam es zu keinem Beben, zu keinem intuitiven Gefühlsaufruhr. Sir Graham Reid Malett, Großkreuzträger des Ordens der Johanniterritter von Jerusalem, Mönch, Soldat und Seemann, von dem Strozzi, Francis de Guise und de Villegagnon mit solcher Herzlichkeit gesprochen hatten, streckte nach der heftigen Umarmung mit de Villegagnon die Hand aus und vermittelte nur ein freundliches Interesse, das sich zu einem spöttischen Lächeln verbreitete. Malett sagte: «Ich muß einen Augenblick lang Gebete verrichten. Es tut mir leid, das ist unser Brauch. Könnten Sie den Kapitän um Verständnis bitten? Ich weiß, daß er erpicht darauf ist, in die Bordelle von Borgo zu kommen.»

Und derart, auf höfliche Weise von überflüssigen Verpflichtungen befreit, konnte Lymond mit dem Kapitän zum Bug schlendern, während die vier Ritter auf dem Buchenholzdeck, auf dem sie standen, niederknieten und Gott für die sichere Heimkehr des Chevaliers dankten.

Anmut, Intelligenz, Humor und Kraft: Das waren die ersten Eindrücke von Gabriel, die sich einem Fremden vermittelten, dazu seine herrliche Stimme. Als die Gebete zu Ende gingen und das Schiff langsam durch den Meeresarm zum Liegeplatz fuhr, sprach er schnell und ruhig über die getroffenen Vorkehrungen. De Villegagnon und Lymond sollten bei ihm in Borgo wohnen. Im Gegensatz zu den anderen Rittern hatte Gabriel ein Haus für sich allein und lebte nicht im Kloster. Später war ein Treffen des Obersten Rates angesetzt, vor dem de Villegagnon sprechen mußte.

An diesem Punkt machte Sir Graham eine Pause. In dem von der Sonne geröteten Gesicht mit dem kräftigen Kinn und der breiten Stirn, in den meerblauen, klaren Augen hing ein Schatten der Sorge. Er wandte sich an de Villegagnon und sagte: «Sie sind kein Novize, Nicholas. Sie kennen die hiesigen Schwächen und wissen, wie Ihre Kritiker vorgehen werden.»

«Der Vizekönig hat mich ganz ähnlich behandelt», sagte de Villegagnon gleichmütig. Der hilflose Zorn, der ihn seit Messina gepackt hatte, schien sich gelegt zu haben. Statt dessen sah er wie ein Mann aus, dem das Revier seiner Väter zurückgegeben worden ist; und alle Gefühlsausbrüche, die er gebraucht hatte, um wieder ins Gleichgewicht zu kommen, fielen von ihm ab, weil sie unnötig geworden waren. Lymond erkannte, daß de Villegagnon nicht nur auf Gabriels Hilfe vertraute: Er sah Gott hinter Gabriel.

«Nicholas glaubt, ich könne den Großmeister um den Finger wickeln», sagte Gabriel friedlich und nahm damit Lymonds Gedankengang auf. «Aber hier hat niemand Juan de Homedès im Griff, am allerwenigsten der arme Herr sich selbst. Ich habe Mitleid mit ihm, außerdem habe ich Angst um ihn. Ich habe Angst um uns alle. Er und seine spanischen Ritter haben den Orden geschwächt. In diesem Sommer könnten sie in den Augen aller vernünftigen Menschen Schande über uns bringen.»

Der füllige Nick Upton drängte sich in das Dreieck. «Gabriel, ich bin kein vernünftiger Mensch. Ich sage, werfen wir Juan de Homedès hinaus.»

Malett lachte, aber anders als Upton beschränkte er sich auf ein

Gemurmel. «Einen Großmeister hinauswerfen, den Karl V. und der Papst ernannt haben? Angesichts einer spanischen Stimmenmehrheit im Obersten Rat? Und während die ganze türkische Flotte unterwegs ist, um uns zu belagern? Falls sich der Orden je einig sein mußte, Nick, dann jetzt.»

«Lieber eine gesunde Hälfte als ein verfaultes Ganzes», sagte der dicke Engländer verdrossen.

«Eins haben Sie vergessen», sagte Gabriel schnell, den Blick auf den rasch näherkommenden Kai gerichtet. «Wir sind von Beruf Krankenpfleger. Mit der richtigen Arznei könnten wir auch das verfaulte Ganze heilen.»

«Obwohl», sagte Lymond, weil es offenbar keiner der anderen aussprechen wollte, «Juan de Homedès seit fünfzehn Jahren Großmeister ist?»

Gabriel lächelte. «Trotzdem. Denn Durand de Villegagnon ist während dieser Zeit meistens fort gewesen, und das gilt auch für Leone Strozzi und viele andere, die ich nennen könnte. Nicholas ist der erste, der zurückkommt. Schon morgen werden es mehr sein, das werden Sie sehen.»

Upton, der dicke Turkopolier, ließ seine Einwände sofort fallen. «Und M. le Comte de Sevigny stellt uns den Schatz seiner Erfahrungen zur Verfügung», sagte er.

Wieder musterte der kluge, entwaffnende blaue Blick Lymond. «Ich wollte seine wohlbegründete Verachtung nicht herausfordern, indem ich das selbst gesagt hätte», sagte er. «Aber natürlich ist uns das allen durch den Kopf gegangen... Wollen wir an Land gehen?»

Gabriel ersparte Francis Crawford die Antwort, wandte sich ab, ging, trotz seiner Größe, leichtfüßig voran und führte sie auf den ausgetrockneten Sand und Lehm von Borgo.

Nicht einmal eine Stunde später ging der Chevalier de Villegagnon, gebadet und angekleidet, um dem Großmeister seinen förmlichen Respekt zu erweisen, und Lymond, der im Augenblick sich selbst überlassen war, zog sich schnell um und ging in einem unauffälligen dunklen Wams samt passender Hose in die steilen Gassen von Borgo.

Aus dem windstillen Himmel brannte die Sonne auf die weichen gelben Felsen, auf die lange Landzunge, auf der die Ritter ihre hohen, prächtigen Häuser erbaut hatten, gegenüber einem Netz aus Gassen, die von allen Seiten von der Küste her aufstiegen und in denen immer noch die Malteser wohnten, in Blockhäusern und Hütten. Borgo, das zur Siestazeit wie ausgestorben war, bot dem Beobachter, der lautlos zwischen der Pracht der Schmiedeeisengitter und Portikos, der Kartuschen, Erker und Balkone emporstieg, ein verwegenes Bild unter den Bannern, die aus dem Sonnenschein in die schattigen Klüfte herabhingen, durch die er ging.

Erst die Privathäuser mit den Marmortreppen und den schönen Türklopfern, mit frisch gemalten Wappenschildern und Heiligen in den Nischen, die von Gold und Emaille strahlten. Dann die Herbergen, die Gasthäuser der acht Zungen, in die sich der Orden aus internationalen Rittern schon lange aufgespalten hatte, damit jede Nation mit Landsleuten schlafen und essen und wenigstens in der Herberge ihre Muttersprache sprechen konnte.

Seit 1540 stand die englische Zunge im Grunde nur noch auf dem Papier. Es gab auf Malta nur noch zehn englische Ritter. Einer von ihnen war Nick Upton. In London gab es niemanden mehr, der sich zum Orden bekannte. Als sich König Heinrich VIII. vom Papst losgesagt hatte, hatte er sich auch von dem Johanniterorden von Jerusalem losgesagt; er hatte das reiche Kloster des Ordens in Clerkenwell und die ganze Habe der Ritter eingezogen.

Das Kloster in Schottland war nicht angerührt worden, aber nur zwei schottische Ritter waren auf Malta geblieben: Jerott Blyth, im Augenblick auf Sizilien und jetzt zur französischen Sektion zählend, und Graham Malett, Großkreuzträger und Freund der Franzosen, dessen Integrität zur Unterstützung von de Villegagnon an jenem Nachmittag sogar den Großmeister dazu bewegen mußte, zu glauben, daß Malta und Tripolis angegriffen werden würden und daß Malta und Tripolis gerettet werden mußten.

Jetzt, während Lymond beobachtend Borgo durchquerte, rührten sich nur die Malteser.

Zwischen den Palästen der Ritter und derjenigen, die ihnen dienten, zwischen den prächtigen Häusern, die Kirchenmännern und städtischen Beamten gehörten, zwischen dem Backhaus und den Läden der Handwerker, den Arsenalen und Magazinen, den Lagerhäusern und den Häusern der Händler und Kurtisanen aus Italien, Spanien und Griechenland hindurch, vorbei an den bemalten Kapellen und den Höfen, aus schmalen Erdstreifen herausgekratzt und bestanden mit leuchtend grünen, wächsernen Johannisbrotbäumen, einem Feigenbaum, Weinreben, hie und da einem blauen und orangefarbenen Topf mit trockenen, welkenden Blumen und einer angebundenen, blökenden Ziege in einem gefegten Hof, stapften die Erben dieses Felsens, dieses kostbaren Knotens im Welthandel. Umbrahäutig, grauäugig, barfuß und gekleidet wie Araber, mit dem weichen, verschliffenen Dialekt, den Dido und Hannibal gesprochen hatten, schlüpften sie an den bemalten Fassaden vorbei in ihr Borgo aus Fischerhütten und kahlen Häusern im arabischen Stil oder zu ihren Schlafplätzen auf den Veranden, wo sie zusammengerollt neben den Hunden lagen.

Eine große Kirche und ein Stamm von Kriegern war gekommen, um die Bauern und Adligen von Malta zu segnen, die einen Felsen besaßen und Christi Sprache sprachen. Die Malteser schwiegen bitter über die Privilegien, die sie verloren hatten, und dachten daran, daß sie der Kirche schon angehört hatten, ehe die Ritter kamen, und daß sie, ehe die Ritter kamen, keine Verteidiger gebraucht hatten.

Auf dem höchsten Punkt der kleinen, ummauerten Stadt, mit Blick auf den Kanal, der Borgo von der großen weißen Festung trennte, die auf der Landspitze errichtet worden war, blieb Lymond stehen. Das hohe Trillern von Singvögeln in Käfigen war das einzige Geräusch in der Hitze.

Dorthin, in die hohe Festung St. Angelo, wo der Großmeister lebte, zogen sich die Ritter in Zeiten der Belagerung zurück. Dann waren die Zisternen von St. Angelo ihre einzige Wasserquelle, die mit Steindeckeln verschlossenen Kornbehälter ihre Nahrungsreserve und die Sklaven in den Steinverliesen am Kanal ihr Schutz und eine Gefahr.

Auf der langen Reise von Marseille hierher hatte Lymond seine Zeit nicht vergeudet. Er wußte, daß es auf Malta keine Flüsse gab und nur zwei Süßwasserquellen, von denen eine in Borgo war. Er wußte, daß es, von zerstreuten Dörfern abgesehen, nur noch eine nennenswerte Stadt gab, schlecht befestigt, die alte ummauerte Hauptstadt Mdina, die meilenweit im Norden eine breite, staubige

Ebene beschützte. Er wußte, daß auf der dünnen Ackerkrume aus Sizilien nur mit Mühe Baumwolle und Melonen, Feigen, Wein und Oliven gediehen und daß alles Getreide, das Mehl, das Fleisch, der Wein und das Pulver aus Sizilien, Neapel und Candia kamen. Ohne die eigenen Schiffe oder die kaiserliche Flotte würde eine lange Belagerung der Insel schwer zusetzen.

Er dachte nach, überlegte, ignorierte seine durchnäßte Kleidung, den hartnäckigen Gestank nach Ziegen, verschwitzten Kleidern, abgestandenem Essen, nach Öl, scharfem Käse, gesalzenem Fisch und den durchdringenden, beißenden Weihrauchnebel. Dann drehte er sich um und schaute zwischen den weißen Holzhäusern hindurch auf die Stelle, wo der Mittelkanal, silbern und blau gleißend, in den langen Meeresfjord des Hafens mündete.

Gegenüber und ganz in der Nähe, auf dem Staffelfelsen von L'Isla, schmiegten sich Grünstreifen um die vereinzelten weißen Häuser; das silbrige Grau von Oliven, das tiefe Grün von Pinien und Johannisbrotbäumen, die gezackten Muster der Dattelpalmen. Das war ein gewaltiger Unterschied zum Chamäleonsommer an der schottischen Grenze, zu der teuren, höfischen Eleganz der Loire. In dieser Gemeinde aus ergebenen Rittern, in diesem historischen, glanzlos gewordenen Orden, zu Hause in Bordellen und inmitten einer frommen, archaischen, mürrischen Rasse von Phöniziern auf ihrem Felsen zwischen Europa und Afrika, ging ihm hier zum ersten Mal alles auf, was an diesen selbstgefälligen Aristokraten töricht, schäbig und hochnäsig war. Sie waren durch endlose Kriege hart und rauh geworden, und ihren Verstand hatte der Sirup der Religion vernebelt und die tausend strengen Ordensregeln hatten ihn betäubt.

Aber er hatte sich, gleichermaßen mit Absicht, das Hospital und die Kirche bis zuletzt aufgehoben. Jetzt machte er kehrt und ging zurück zum Platz des Heiligen Lazaretts und dem großen Gebäude, dessen Rückseite bis zu den Felsen reichte. Dort wurde Lymond mit der Erlaubnis des französischen Piliers, der außerdem Großhospitalier des Ordens war, in die Hallen der Barmherzigkeit eingelassen.

Sie zeigten ihm alles. Er bekam die Küche zu sehen, wo schwitzende Männer, ausgetrocknet von Hitze und Arbeit, aus den Kupferkesseln Hühnerbrühe in Silberteller löffelten; die Apotheke mit ihren Reihen aus Majolikatiegeln, die Apotheker und ruhigen Novizen, die ohne Siesta arbeiteten, pulverisierten und mischten, während sie Gebete anstimmten. Er ging an den Bettenreihen vorbei, an verwundeten Rittern, deren Glieder zerschmettert waren, an Rittern, die an Ruhr und Typhus und Schweißfieber litten. Er ging durch Räume, in denen klaglos Malteser und Mauren lagen, Sklaven und Freie, arm und reich aller Glaubensbekenntnisse und ohne Glauben. In Armut, Keuschheit und Gehorsam plagten sich die Ritter und Novizen ab, in ihren dünnen Hospitalgewändern, Seite an Seite mit den Ärzten, und schauten nicht einmal auf.

Dann ging er und schritt über den abschüssigen Platz zum schläfrigen Kai und am Wasser entlang, bis er zu seiner Linken die Treppe erreichte, die zur St.-Laurentius-Kirche des Ordens führte. Er stieg hinauf und trat ein.

In der weißen Hitze des Tages nahm er anfangs nur ein schwarzes Gewölbe, Weihrauch, Kühle und ein kaum hörbares Murmeln wahr. Weiter im Innern glitzerte etwas in einem Sonnenstrahl. Dann sah er die übereinander gestaffelten brennenden Kerzen, die Blumen und die Fahnen, die bemalte Decke, den goldenen Altarbaldachin, die Statuen, die Schreine und Grabmäler. Und an den Reihen der karamelbraunen Pfeiler flammte das an den Marmor geheftete Ordenskreuz.

Die Kirche war voll. Auf dem gewürfelten Marmorboden war nicht einmal Platz zum Knien. Und Lymond blieb länger als alle anderen dort, reglos, musterte die gesenkten Köpfe zwischen dem Gold und dem Marmor, die erhobenen Gesichter, die Alter, Geduld, Angst, Mitleid, Schüchternheit, Überzeugung, Stärke zeigten. Von den fünfhundert Rittern des Johanniterordens von Jerusalem, Rhodos und Malta waren die meisten, die in Borgo lebten, hier versammelt und beteten um Erlösung, beteten um das Überleben des Glaubens, beteten um die Kraft, durchzuhalten. *Malta fidei propugnaculum*, Malta, das Bollwerk des Glaubens, war hier vor ihm aufgebaut.

So leise wie er gekommen war ging Lymond wieder. Auf dem Rückweg zu Gabriels Haus, durch den Friedhof und über die steilen, sandigen Straßen, brachte er sein Wissen und seine Gefühle in Einklang mit dem, was er gesehen hatte. Vor Jahrhunderten hatte der

Schlachtruf für einen neuen Kreuzzug gelautet: «*Dieu le veut!*» –
Gott will es.

Aber welcher Gott? fragte sich Francis Crawford nachdenklich in
jeder Gasse mit verschlossenen Türen. Denn wenn der Moslem
ebenfalls fromm und todesverachtend ist, loyal und inbrünstig, mutig und nachsichtig und daran glaubt, er komme sofort in das Paradies, wenn er im Gefecht einen Christen töte, dann mußte beim
bevorstehenden Angriff auf beiden Seiten die reine Zahl entscheiden.

Er sagte nichts davon zu dem Chevalier de Villegagnon, der schon
in Graham Maletts Haus zurückgekehrt war. Aber gleich darauf
kam auch Gabriel herein, hielt auf der Schwelle inne und sah erst
Lymond und dann seinen Ritterkameraden an. «Haben Sie es ihm
gesagt?»

Der Chevalier stand auf, schüttelte den Kopf, und Gabriel, mit
milder Ironie in der Stimme, wandte sich direkt an Lymond. «M.
le Comte, Sie sollen in einer Stunde mit dem Chevalier vor dem
Großrat erscheinen, um M. de Villegagnons Bericht aus Frankreich
zu bestätigen. Sie werden uns, wie es Ihnen sicher am liebsten ist, in
unserer schlechtesten Verfassung erleben.»

Durand de Villegagnon, hinter einem Panzer aus Militarismus
und Gerechtigkeitssinn ein zutiefst leidenschaftlicher Mann,
machte ein unbehagliches Gesicht. Lymond nicht. Er sagte: «Ich
versuche mich nicht auf Gefühle zu verlassen, sondern auf Tatsachen. Zum Beispiel habe ich auf Kosten meiner nicht zum Sitzen
gedachten Glieder Borgo erkundet – ganz Borgo. Außerdem die Or-
denskirche, das Hospital und die Magazine.»

«Und Sie hätten nichts dagegen, in die Kirche oder das Hospital
getragen zu werden?» fragte Gabriel ernst.

«Nicht wenn ich mir sicher wäre, daß mir jede Verletzung eines
Ottomanen die Ewigkeit im Paradies einträgt.»

«Jemand», sagte Gabriel, trat schließlich ganz ein und kniete aus
Gewohnheit vor dem alten, vielgereisten Hausaltar nieder, «hat uns
einmal Söldner des Glaubens genannt. Das ist natürlich wahr. Aber
wir alle riskieren etwas, um etwas anderes zu gewinnen. Das ist
doch besser, als aus Eitelkeit zu kämpfen, aus Ehrgeiz, aus Rache,
verletztem Stolz oder für Geld...?»

«Würden Sie für die Vertreibung des Korans von der Erde kämpfen, wenn die Belohnung für den Tod das Fegefeuer wäre?» fragte Lymond.

Eine lange Pause entstand. De Villegagnon, erzürnt, holte Luft, um zu erwidern, und überlegte es sich dann anders. Draußen ließ die Glut der Sonne nach, und auf der schmalen Straße regte sich Leben. Die Schatten wanderten. «Ich», sagte Gabriel schließlich, seine Augen so gelassen wie die eines Kindes, «habe stets gesündigt und deshalb nie mehr verdient als die Hoffnung auf das Paradies. Aber falls ich mir das Paradies verdient hätte und es aufgeben müßte, weil ich gegen die Türken kämpfe... dann lautet meine Antwort ja. Ich würde für diejenigen kämpfen, die mir folgen, damit sie vielleicht das Himmelreich erlangen, und ich habe vor, zu kämpfen und zu leiden, wie es mir auferlegt wird. Niemand könnte mehr tun.»

«Es gibt jemanden, der all das nicht getan hat», sagte Lymond friedlich und sah, wie Gabriels helle Haut sich vom Hals bis zur Stirn rot verfleckte. Aber statt etwas zu erwidern, bekreuzigte er sich, wandte sich dem Kruzifix auf dem Altar zu und neigte den Kopf im Gebet.

Mit einem Griff, der einen blauen Fleck hinterließ, zog de Villegagnon Crawford von Lymond aus dem Zimmer und ging in dem trüben weißen Flur auf ihn los, Empörung in der Stimme. «Welcher Teufel hat Sie geritten? Dieser Mann hat in ganz Europa nicht seinesgleichen, und Sie beschämen ihn vor seinem Hausaltar.»

Mit milder Überraschung im Gesicht wandte Lymond sich um. «Ich glaube, Graham Malett kann seine Gefechte selbst kämpfen», sagte er. «Ich hielt es nur für wichtig, herauszubekommen, ob wir für die Macht kämpfen oder für die Heilige Kirche. Denn zweifellos hängt die ganze Zukunft des Ordens auf Malta und in Tripolis davon ab, daß wir den Großmeister in diesem einen Punkt überzeugen.»

Und später, als de Villegagnon eine Erklärung und eine Entschuldigung überbrachte, sagte Gabriel: «Er hat recht. Der Ausgang hängt von Ihrer Integrität und meiner ab, von der Integrität la Valettes, de Lescauts und aller Ritter der französischen Zunge – der Ausgang hängt von unserem unerschütterlichen Glauben an den Orden ab.»

«Jedes Kind kann merken», sagte Großmeister Juan de Homedès, ohne sich zu rühren, ohne den dünnen Hals, die dünnen Schläfen, die dünne Nase und die augenlose Höhle unter einer Klappe über dem schwarzsilbernen aragonischen Bart zu wenden, «jeder Schwachkopf kann merken, daß Dragut nichts Böses gegen Malta und Tripolis beabsichtigt. Mit einer so riesigen Flotte stattet er Frankreich einen Besuch ab – wem sonst? D'Aramon, der französische Botschafter in der Türkei, erwartet sie, wie wir wissen, mit Maultierladungen Gold. Sie haben schon einmal in Toulon überwintert – sie werden es wieder tun. Ihr Herr, der Konnetabel von Frankreich, irrt sich, M. le Chevalier de Villegagnon – und Sie irren sich auch.»

Der achtundvierzigste Großmeister des Johanniterordens und Fürst von Malta, im Rang einem Kardinal gleichgestellt und nur dem Papst verantwortlich, war ein arroganter alter Spanier, Christus ergeben, dem Nepotismus und Kaiser Karl V. In Rom wäre er ein scheinheiliger alter Mann gewesen, nicht besser und nicht viel schlechter als der Rest des Kardinalskollegiums. Auf Malta war er ebenfalls scheinheilig und alt, aber er war außerdem ein selbstsüchtiger, ungebührlich eitler Patriarch auf einem Posten, der einen Heiligen erforderte; und er war gefährlich.

Innerhalb der dicken, schlichten Mauern der Halle, die angenehm kühl war, während draußen die Sonne auf das weiße Fort St. Angelo niederbrannte, saßen die dreißig Mitglieder des Großrats – der Bischof, der Prior der Kirche, die Piliers der acht Zungen, mehrere Priore und Baillis und vier Großkreuzritter – an zwei langen parallelen Tischen, oben verbunden durch den Schreibtisch des Großkanzlers, ihres Sekretärs, mit zwei Priestern neben sich.

Neben dem Schreibtisch stand, durch ein Podium erhöht, der mit einem Baldachin versehene Thron Seiner Eminenz Großmeister de Homedès. Darüber hing das rote Seidenbanner des Ordens mit dem schlichten achtspitzigen Kreuz. Alle Anwesenden, darunter de Villegagnon, der in der Lücke zwischen den beiden Reihen aus Rittern dem Großmeister gegenüberstand, trugen Schwarz. Und unter allen Anwesenden waren nur die beiden Priester und Lymond, der im Rücken de Villegagnons außerhalb des Rechtecks wartete, nicht für das heilige weiße Kreuz qualifiziert.

Malta und Tripolis haben nichts zu befürchten. Mehr wollte de Homedès nicht sagen. Vergeblich wiederholte de Villegagnon die Warnung, die Konnetabel von Montmorency aus der Achtung und Zuneigung heraus geschickt hatte, die er für den Orden empfand. Immerhin hatte dessen Onkel, der Großmeister de l'Isle Adam, den Orden in gefährlicher Zeit geleitet. Vergeblich erinnerte Gabriel mit höflicher Vernunft den Großmeister daran, daß nach Auskunft der Brigantine des Ordens, die nach Morea geschickt worden war, alle Gerüchte sich bestätigten. Dragut habe für einen Angriff auf die Ritter gerüstet.

Lymond, der zufällig wußte, daß d'Aramons Mission mitnichten darin bestand, die Türken in Toulon willkommen zu heißen, sondern daß er in die Türkei zurückkehren und den Sultan dazu überreden sollte, Kaiser Karl in aller Ruhe Bône in Nordafrika abzunehmen, konnte das nicht sagen. Und de Villegagnon, der streng und immer bohrender über die wahren französischen Beziehungen zur Türkei befragt wurde, konnte nur erwidern, er wisse nichts davon; aber Bône sei Suleiman gegen das Wort des Kaisers mit Hilfe der Ritter weggenommen worden, und Malta werde darunter leiden müssen.

«Deshalb», sagte der stattliche Ritter, den hohen schwarzen Hut verkrampft in der Hand, «habe ich Frankreich verlassen, mich von meinem König getrennt, meine Karriere aufs Spiel gesetzt, um mich unter dem Banner des bedrohten Ordens einzureihen, auf diese Warnung hin, ohne auf den Ruf Eurer Eminenz zu warten. Ich kann nur meinen unerschütterlichen Glauben daran ausdrücken, daß diese Warnung ernstzunehmen ist.»

«Ich glaube, Sie haben gesagt», sagte die trockene Stimme des Großmeisters in dem altmodischen Spanisch, das er meistens benützte, wenn er das Latein leid war, «daß Tripolis schlecht befestigt ist, wenig Munition hat und, wie Sie sich ausgedrückt haben, mit ein paar kranken alten Herren besetzt ist, die sich der Luft wegen dorthin zurückgezogen haben. Es sei außerdem» – er sprach über das entrüstete Murmeln spanischer Stimmen hinweg – «auf drei Seiten von Wüste und feindlichen Staaten umgeben. Sie glauben, Burg Gozzo solle geschleift und die Bewohner nach Sizilien geschickt werden, statt ihre Insel zu verteidigen. Sie glauben, die zweihundert

Soldaten, die Ihnen der Vizekönig in Messina versprochen hat, klug oder unklug, sollten mit einer Armee meiner jungen Ritter von Malta aus nach Tripolis geschickt werden, um die im Augenblick schwache Garnison abzulösen, während der Vizekönig gleichzeitig unter Druck gesetzt wird, weitere Soldaten und Schiffe zu schicken, wodurch Sizilien und Neapel schutzlos wären. Kommt Ihnen das richtig vor? Und falls der Vizekönig nicht mehr als diese zweihundert Männer schickt – und das wird er nicht tun, M. de Villegagnon, denn das werde ich nicht von ihm verlangen –, kommt es Ihnen dann richtig vor, Gozzo leerstehen zu lassen und Malta zu schwächen, um Tripolis zu stärken?»

«Rufen Sie die Ritter aus den Provinzen hierher», sagte Gabriel. «Das brauchte M. de Villegagnon gar nicht erst vorzuschlagen. Es liegt auf der Hand.»

«Und befestigen Sie Malta.» Die französische Stimme, deren Akzent in den vielen Jahren auf der Insel schwächer geworden war, gehörte Jean de la Valette, den seine Freunde Parisot nannten. Sein graues Gesicht war ungeduldig; sein steifes Bein ragte in einem spitzen Winkel unter den schwarzen Gewändern hervor. «Wir brauchen Söldner, Kanonen, Bollwerke... ein besseres Fort in St. Elmo und eins auf L'Isla, damit wir über den Kanal hinweg Kreuzfeuer geben können. Wenn wir schnell arbeiten, haben wir noch Zeit, etwas zu tun.»

«Aber keine Männer, Chevalier, und kein Geld.» In der trockenen Stimme von de Homedès schwang Triumph mit. «Yo lo siento. Wie Ihnen raubt mir das Schicksal dieser Insel nachts den Schlaf. Im letzten Jahr gab es, wie Sie wissen, in Sizilien eine Mißernte. Der Orden war gezwungen, statt dessen Getreideimporte aus Frankreich zu bezahlen, aus noch weiterer Entfernung. Wir sind nicht reich. Wir hatten keine Reserven. Wir mußten unser Silber verpfänden, damit wir unseren letzten Botschafter nach England schicken konnten. Die Schatzkammer, Brüder, ist leer. Wir können keine Söldner anwerben oder bezahlen; wir können nicht einmal die Rückkehr unserer Ritter aus ihren Kommandanturen finanzieren. Wenn wir die Steuern auf unseren hiesigen Grundbesitz erhöhen, sammeln wir vielleicht eine kleine Reserve für diesen Zweck an; aber im Augenblick hilft uns das nichts.»

«Und könnte uns der Großmeister sagen», sagte de Villegagnon, in dessen dickem Hals die Adern pulsierten und dessen juristische Vorsicht sich langsam, angesichts der höfischen Kaltschnäuzigkeit, auflöste, «wie der Rest des Vermögens ausgegeben worden ist?»

Der Protest, der durch den Raum ging, war, wie er hätte ahnen müssen, nicht mehr Widerspruch. Er war vielmehr der Ausdruck einer rechtschaffenen Entrüstung, weil de Villegagnon gegen alle Regeln verstieß, indem er so mit dem Großmeister sprach. Über alle hinweg sprach Gabriels leichter Baßbariton. «Es gibt Buchhaltungsgepflogenheiten, die Sie nichts angehen, Bruder Nicholas, ebensowenig wie mich, die aber allen damit betrauten Ordensmitgliedern bis zur Übelkeit bekannt sind. Wie auch immer, lassen Sie sich von Ihrer Sorge nicht auf Nebensachen ablenken. Wir alle sind schlaflos, vom Beten wie vom Segeln. Wir können nur Lösungen suchen und diskutieren, bis wir die richtige gefunden haben.»

«Ich brauche keinen Beschützer, Bruder Graham.» Das Gesicht des Großmeisters unter dem schwarzen Hut war vor Zorn leicht rot angelaufen, aber seine Stimme war unverändert. Die schwarze Augenklappe war nach wie vor auf de Villegagnon gerichtet. «Und Sie haben es mir zu eilig, Entschuldigungen für M. de Villegagnon zu suchen. Die Absichten des Königs von Frankreich so mißzuverstehen, wie er es getan hat, deutet auf eine Naivität jenseits des Begreifens hin oder auf ein Bubenstück, für das es keine Entschuldigung gibt. Die Nachricht des Konnetabels, da bin ich mir sicher», fügte de Homedès hinzu, der dieses monotone Spiel schon oft getrieben hatte, «entsprang seinen herzlichsten Wünschen für unser Wohlergehen. Aber der Konnetabel ist nicht Frankreich. Der König ist Frankreich und mit ihm die Familie de Guise, *von der Sie einen Spion hierhergebracht haben, M. de Villegagnon, in diese Zitadelle!*»

Es war geschickt gemacht, so geschickt, daß sich, ohne zu zögern, fünfunddreißig Augenpaare, alt, jung, gereift vom langen Beten, gezeichnet von jahrelangem Segeln auf gleißendem Wasser, leuchtend von Idealismus und den überwundenen Schrecken der Jugend, Lymond zuwandten.

Es hatte so gut wie keine Vorwarnung gegeben. Aber einen Augenblick, bevor der Großmeister die Anschuldigung vorbrachte, verlor Lymonds Gesicht den merkwürdigen, abwartenden Ausdruck, den es den ganzen Tag lang gezeigt hatte. Überraschung und ein zurückhaltendes Lächeln hellten es auf, und er sagte halblaut: «Heiland! So spielt also die Musik!» Als dann im Stimmengewirr mehrere Ritter aufsprangen, riß sich Francis Crawford zusammen, trat vor und richtete mit klarer und deutlicher Stimme das Wort an de Homedès.

«Ich bitte um Verzeihung. Vielleicht kann ich Sie alle am schnellsten beruhigen, indem ich sage, daß ich nicht die Absicht habe, diese Insel zu verlassen, ehe der Angriff vorüber ist – falls er kommt. Und wie könnte ich die Insel auch verlassen? Die Brigantine, die mich hergebracht hat, ist fort, und der Orden überwacht den Hafen von Malta. Selbst wenn ich ein Agent Frankreichs wäre – was ich nicht bin –, könnte ich nichts tun, außer darüber zu berichten, falls ich überlebe, wie sich der Orden gegen die Türken geschlagen hat. Und ich gehe davon aus, daß der Orden dagegen nichts hat?»

Als er schloß, konnte er in Ruhe reden. Gabriels Stimme pflichtete ihm sofort bei. «Der Sieur de Villegagnon hat seine Laufbahn aufgegeben. Sowohl er als auch M. de Lymond haben angeboten, ihr Leben zu opfern, indem sie hierhergekommen sind. Wir laufen Gefahr, unchristlich genannt zu werden, wenn wir diese Tatsachen ignorieren.»

«Wir laufen Gefahr, leichtgläubig genannt zu werden, wenn wir nicht nach anderen Tatsachen Ausschau halten», sagte der Großmeister. «Was soll zum Beispiel diesen jungen Mann davon abhalten, unsere Verteidigungsmaßnahmen zu verraten, falls die Türken landen?»

«Nichts», sagte Lymond milde. Noch näher herangewinkt, war er zwei Schritte weiter in die Mitte der Halle getreten, barhäuptig, die Hände, in denen er das Barett hielt, leicht hinter dem Rücken verschränkt. Er trug kein Schwert. «Nichts. Aber falls die Türken landen, bestätigt sich die Warnung des Königs von Frankreich. Und wenn die Warnung echt ist, warum sollte ich es dann nicht sein?»

Die Augenklappe war auf Francis Crawfords unbewegtes Gesicht gerichtet. «Wollen wir es so ausdrücken», sagte der Großmeister schließlich, die Hände flach auf den Knien, «daß der Großtürke noch nicht ganz unter Frankreichs Kontrolle ist und daß der König von Frankreich möglicherweise einen Agenten an Ort und Stelle wünscht, falls die Ereignisse eine unerwartete Wende nehmen?»

«Drücken wir es unbedingt so aus», sagte Lymond sanft. «Solange Malta gegen genau diese Gefahr befestigt wird, lasse ich mich bereitwillig in Ketten legen, bis der Angriff vorüber ist. Zweifellos würden Ihnen alle meine französischen Kollegen dasselbe sagen. Mit den gegenwärtigen Reserven kann Malta ohne Hilfe von außen nur einer äußerst kurzen Belagerung standhalten. Sie haben die Absicht, die Heilige Kirche nackt in die Reichweite der Heiden zu bringen. Ich kann Sie nur zu Ihrem Glauben beglückwünschen. Erlauben Sie uns, die Kirche mit Maßnahmen zu unterstützen, die in unseren Kräften stehen.»

Ein kurzes Schweigen entstand. In einer unerhörten Rede hatte M. de Villegagnons Begleiter eine Reihe von schlichten Wahrheiten ausgesprochen, deren schlichteste zugleich eine Herausforderung war. «Falls Sie keine Befestigung vornehmen, werden Sie scheitern. Und es wird Ihnen nicht gestattet werden, die Schuld an diesem Scheitern Ihren französischen Rittern oder mir zuzuschieben...»

Der Großmeister regte sich. Unter den grauen Brauen leuchtete das heile Auge scharf und hell. «Ich möchte Sie daran erinnern, mein Herr», sagte er, «daß Sie als einziger der hier Anwesenden kein Gelübde abgelegt haben und nicht zur Zurückhaltung gezwungen sind. Was Ihre... Festnahme anlangt, könnte ich Sie durchaus beim Wort nehmen. Was Ihre Kollegen betrifft, wie Sie sie zu nennen belieben, erwarte ich keine derartige Unverschämtheit. Ich hoffe, daß sie Ihnen die Ihre vergeben.»

Er hob die Stimme. «M. de Lymond, da Sie sich entschlossen haben, auf diese Insel zu kommen, müssen Sie damit rechnen, sie nicht ohne Erlaubnis verlassen zu dürfen. M. de Villegagnon, wir danken Ihnen dafür, daß Sie uns die Nachricht unseres lieben Freundes, des Konnetabels, überbracht haben. Sie haben beide unsere Erlaubnis, sich zurückzuziehen.»

Ohne Beschluß, ohne Planung wurden die beiden Männer entlassen. De Villegagnon, den Hut gegen den Schenkel gedrückt, sagte schroff: «Jean! Graham!» und machte zwei undiplomatische Schritte auf das Podest zu. Einer der Priester am Tisch des Sekretärs trat ihm in den Weg; einer der spanischen Piliers stand hastig auf, stieß seinen schweren Stuhl mit dem gemalten Wappen auf dem Rücken beiseite. Vermutlich hatte de Villegagnon keinen körperlichen Zwang im Sinn; er wollte sich nur Homedès nähern, von Mann zu Mann, und ihn überzeugen. Aber die Spannung im Raum, die belasteten Gewissen, die bittere Gegenwart von mit Gebeten betäubter Angst machten die Lage plötzlich unberechenbar. Lymonds Blick begegnete dem Gabriels, und sie traten nicht vor, sondern zurück, gingen auf die Flügeltür aus Eiche zu, beide mit demselben Gedanken: sie weit zu öffnen und der Szene rasch Einhalt zu gebieten, indem sie sie öffentlich machten.

Lymond, der ihr näher war, erreichte die Tür zuerst. Aber als er sie berührte, bebte das Holz unter einem unsichtbaren Andrang; laute Stimmen waren draußen zu hören und der protestierende Ruf eines Wächters. Der Griff schepperte. Dann, als Lymond zu den Rittern zurückging, die im Aufruhr reglos dastanden, flog die Tür auf, und Jerott Blyth trat ein.

«Oje», sagte Lymond milde in die plötzlich extreme Ruhe hinein. «Sizilien hat die zweihundert Männer nicht geschickt.»

Blyth sah in die Runde. Sichtlich kehrte etwas Röte in sein Gesicht zurück, das weiß vor Zorn war. Die geballten Fäuste lösten sich, er zögerte, dann hob er eine Hand und nahm das Barett ab. Hinter den langen Tischen verweilten die Ritter mit scharrenden Füßen, dann setzten sie sich stühleknarrend langsam wieder und ließen de Villegagnon allein zurück, den Rücken dem Podest des Großmeisters zugewandt. Wie der Großmeister starrte er Jerott Blyths derangierte dunkle Gestalt an.

Es war de Villegagnon, der den eigenen Zorn vergessen hatte und Lymonds Worte wiederholte: «Sie haben die zweihundert nicht geschickt?»

Der kleine dunkle Ritter schritt wortlos von der sich schließenden Tür zum Podest. Dort warf er sein ramponiertes schwarzes Barett auf die Stufen und verschränkte die Arme.

«Sie haben sie geschickt», sagte er. «Ich bin mit ihnen gekommen. Hätten sie euch zweihundert Schafe geschickt, hättet ihr sie essen können. Zweihundert Ziegen hättet ihr melken können. Zweihundert Kanonenkugeln, und ihr hättet damit Türken töten können. Was sie euch tatsächlich geschickt haben», sagte Jerott Blyth und vergaß vor Zorn Latein, Spanisch und die Schicklichkeit, «sind Memmen!»

«Sie haben uns Soldaten versprochen», sagte de Villegagnon, dessen Stimme in der allgemeinen Stille widerhallte.

«Sie haben uns Hirtenjungen geschickt», sagte Jerott, in dessen Blut sich die Erregung jäh legte. «Jungen aus den Bergen von Kalabrien. Waldarbeiter und Ziegenhirten, Weinbauern. Männer, die Sterne deuten und das Wetter vorhersagen können, die sich auf den Anbau von Trauben, Melonen und Granatäpfeln verstehen. Jungen, denen auf dem ganzen Weg von Messina hierher schlecht vor Angst war; Kinder, die noch nie einen Türken gesehen haben; Jungen, die noch nie ein Schwert oder ein Gewehr in der Hand hatten. *Die*», sagte Jerott, wieder mit bebender Stimme, «sollen in Tripolis die Kirche Christi gegen die Heiden verteidigen.»

Aber inzwischen mußte er, so aufgewühlt er war, begriffen haben, daß seine Beredtheit hier keinen Widerhall fand; daß ihm keine Nahrung für seinen Zorn gestattet wurde. Der Großmeister hatte genug von Gefühlsausbrüchen. Jerott Blyth erntete einen eisigen Dank, einen eisigen Tadel, wurde eisig entlassen und fand sich auf der Straße wieder, ohne auch nur eine Stimme gehört zu haben, die einen Kommentar abgegeben hätte; und er begriff erst, als gleich darauf de Villegagnon und Lymond zu ihm kamen, ebenfalls entlassen, in was für eine Situation er hineingeplatzt war.

Sie wußten nicht, daß der Streit im Großrat, den alle drei ausgelöst hatten, den ganzen Nachmittag lang weiterging; daß der Großmeister, als sich die Tür hinter dem Chevalier de Villegagnon schloß, schließlich gelächelt hatte. «Entweder ist dieser Franzose ein Einfaltspinsel des Konnetabels, oder er will uns zu seinen Einfaltspinseln machen.» Und gegen alle Einwände blieb Homedès' Meinung unerschütterlich. Der Sultan Suleiman werde niemals seinen Reichtum dafür verwenden, einen unfruchtbaren Felsen wie diesen einzunehmen. Und er brauche verläßliche Nachrichten über das Gegenteil, ehe er gestatte, auch nur einen *grano* auszugeben. Die türkische Flotte sei nach Italien unterwegs, habe es auf die Besitztümer Kaiser Karls abgesehen. Und diese ganze französische Besorgnis sei nur der Versuch, Sizilien und die italienischen Staaten ihrer Verteidiger zu berauben, indem sie sinnloserweise für die Ritter eingesetzt würden.

La Valettes dringlicher Wiederholung, er müsse in Tripolis junge Ritter unter einem klugen, erfahrenen Großkreuzträger stationieren, die Befestigungsanlagen in Ordnung bringen lassen und nutzlose Esser evakuieren, erwiderte der Großmeister scharf, er habe nicht die Absicht, Tripolis auf Maltas Kosten zu stärken. Wenn man die älteren Ritter entferne, fehle Tripolis nur deren Erfahrung und der ungebrochene, altmodische Kampfgeist, der sich nie geschlagen gebe. Die Ritter müßten bleiben.

«Und Gozzo?» Selbst einer seiner Verbündeten, Piero Nuñes, Bailli von la Boveda, sah sich zu der Frage genötigt. «Die Burg läßt sich nicht verteidigen. Die Menschen müssen jetzt doch bestimmt weggeschafft und nach Sizilien in Sicherheit gebracht werden?»

Gozzo, die Insel der Kalypso: der kleine, fruchtbare Felsen im Norden von Malta, fünfundvierzig Seemeilen von Sizilien entfernt, mit Dörfern, einer kleinen Stadt und einer Burg, einer abbröckelnden Ruine auf einem Felsen.

Der Großmeister äußerte seine Pläne für Gozzo deutlich. «Heiden, die auf flachem Boden vernichtend geschlagen worden sind, sollte man doch von einem Felsen werfen können. Ich habe festgestellt, daß Männer besser kämpfen», sagte der Großmeister des Johanniterordens von Jerusalem, Rhodos und Malta, «wenn ihre Frauen und Kinder in der Nähe sind. Und ich habe das höchste Vertrauen zu meinem Gouverneur, dem Chevalier de Césel... so tapfer, so geschickt, daß nichts zu befürchten ist. Wenn wir Gozzo aufgäben», sagte der Großmeister diktatorisch, «würden wir nur die Inselbewohner ruinieren und dem Orden Schande machen. Außerdem», fügte er hinzu und spielte mit gelangweilter Geduld seinen Trumpf aus, «falls die Türken nicht kommen, wer entschädigt dann die evakuierten Menschen von Gozzo für ihren Verlust?»

Das Schweigen angesichts der vollendeten Tatsache, voller Bestürzung und im Bewußtsein der Niederlage, war die einzige Antwort, die er erhielt.

Durch die windstillen Lüfte der Dardanellen folgte die muselmanische Flotte den hochangebrachten Rudern ihres Flaggschiffs: Galeeren, Brigantinen, dräuende Galeassen mit jeweils tausend Soldaten an Bord; beladen mit Kanonenkugeln, Pulver und Handfeuerwaffen, mit Vorräten an Lebensmitteln, Wasser, Segeltuch und Zelten, mit Leinenballen, Streichhölzern, Schwefeltöpfen, Messern, Krummschwertern, Gewehren, schweren Kanonen, mit Bambusstangen für den Spießrutenlauf, Opium für die Verwundeten, mit Früchten, Rosinen und Zitronen, mit Kaffee, Bogen und Armbrüsten, mit Wimpeln und Fahnen, mit Dattelkuchen und Fässern voller süßer Trauben aus Trapezunt.

Auf dem Flaggschiff fuhr Dragut der Korsar, und Sinan Pascha, der abtrünnige Jude aus Smyrna, hatte das Kommando. Weil die Janitscharen an Bord waren, war es, als wäre der Sultan Suleiman selbst anwesend. Über dem geschnitzten goldenen Heck stand die Standarte des Großtürken: ein Rechteck aus gehämmertem Silber, blendend in der Sonne, und darüber hingen der gelbe Halbmond des Islam und eine goldene Kugel, deren langer Roßhaarbusch müßig hinterherwehte.

Spahis, Korsaren, Diebe und Räuber, abtrünnige Griechen und Levantiner segelten mit den Osmanen in ihrer großen Flotte westwärts. Versklavte Ritter aus Malta arbeiteten an den Rudern, Pfeifen schrillten, Gongs hallten mit den Ruderschlägen über das lapislazuliblaue Wasser wider, und zu den fünf festgesetzten Zeiten ertönte an einem ruhigen Tag nach dem anderen auf den vollgestopften Decks der Adhan, der Ruf zum Gebet.

Die Zwölftausend, die Anhänger des Propheten, kamen näher. Nicht um in Frankreich anzulegen, nicht um Neapel einzunehmen, nicht um Bône zurückzuerobern, sondern um die Johanniterritter ins Meer zu jagen und ihre Bauten zu vernichten.

Seit er, flammend vor Zorn, mit seinen unglücklichen Hirtenjungen nach Malta gekommen war, verbrachte Jerott Blyth aus Neugier viel Zeit an Lymonds Seite.

Er maß der Begegnung nicht mehr Bedeutung zu als Gabriel. Aber er wollte das Gefühl wiederfinden, das er als Junge in Schottland empfunden hatte, vor den Jahren in Frankreich und seinem Eintritt in den Orden: vor Elizabeths Tod.

Bis dahin hatten die Blyths immer Glück gehabt. Wie die Culters waren sie wohlgeboren, vom Schicksal begünstigt und verfügten über genug Geld für die fähigsten Lehrer für Jerott und die beste Ausbildung für den Krieg. Vor der Schlacht gegen die Engländer bei Solway Moss im Jahr 1542 hatte er Lymond nicht gut gekannt; aber er hatte sich wie sie alle gern von der schlagfertigen Phantasie unterhalten lassen, die damals Francis Crawfords Markenzeichen gewesen war.

Ansonsten kannten die meisten Richard, den älteren Bruder, besser. Bis zu Solway Moss, der Tragödie, die mit dem Tod des schottischen Königs kurz nach der Geburt der kleinen Maria, die ihm nachfolgen sollte, geendet hatte. Bei dieser blutigen Niederlage hatte Jerott Blyth seinen Vater verloren und erlebt, daß Lymond, der neben ihm geritten war und mit einer wahnsinnigen Inspiration auf dem Schlachtfeld gekämpft hatte, als Gefangener der Engländer nach London gebracht wurde.

Dann war, kurz vor der Hochzeit, mitten in der Trauer um seinen Vater, auch Elizabeth gestorben, und Jerott hatte kaum auf die Gerüchte über Lymonds wilden Werdegang geachtet. Bis er, schon lange in Frankreich ansässig, wo seine Familie jetzt geschäftlich tätig war, das Ordensgelübde der Malteserritter ablegte, hatte sich Jerott manchmal gefragt, worin die sofortige Affinität bestanden hatte, die er vor neun Jahren bei Solway Moss empfunden hatte, und ob er, jetzt ein Mann und kein Junge mehr, in ihr jetzt eine Kindheitsillusion sehen würde.

Auf der Suche nach Aufklärung heftete sich Jerott Blyth an jenem Abend hartnäckig an die Gesellschaft, die nach dem Abbruch der Ratsversammlung in der Auberge de France zum Essen ging. Außer Lymond waren auch de Villegagnon dabei und Graham Malett mit dem Turkopilier Nicholas Upton, einem Flüchtling aus der nicht mehr vorhandenen englischen Zunge.

Weil es dort kühler war, wurde das Essen im Hof serviert, der von der höher gelegenen Tür aus einsehbar war, deren Bogen sich in einem Rautenmuster auf dem Hof abzeichnete. Für sechzig Scudi im Jahr konnte der Pilier den Hunger seiner Ritter offensichtlich auf angenehme Weise stillen. Die Platte, auf der jedem Ritterquartett das Essen gebracht wurde, war aus Silber; das Essen war ölig, aber überraschend gut gewürzt. Jerott Blyth zerkrümelte das braune, lockere Brot und hörte sich Gabriels sachlichen, genauen Bericht über das an, was sich im Rat getan hatte, nachdem sie gegangen waren. Nichts hatte de Homedès von der Gefahr für Malta überzeugen können, und aus Gründen, die nur er kannte, würde nichts das je bewirken. Er hatte die Erlaubnis für eingeschränkte Sicherheitsmaßnahmen erteilt, und wenn man nicht Gewalt anwenden wollte, konnte er darüber hinaus zu nichts bewegt werden. Es lag bei den Rittern, diese Sicherheitsmaßnahmen soweit wie möglich auszudehnen und ohne Ausrüstung, ohne die Aussicht auf Hilfe von Sizilien oder vom Kaiser die Zitadelle von Malta nach besten Kräften «mit Stroh und Meerwasser» zu befestigen, wie de Villegagnon bitter sagte.

Während des hitzigen Streits hatte sich Lymond, wie Jerott auffiel, mit Kommentaren zurückgehalten. Schließlich war es die schmutzige Wäsche des Ordens, die hier gewaschen wurde. Ein Gedanke ging ihm durch den Kopf. Er beugte sich hinüber und sagte leise: «Warst du schon auf Gozzo?» Von Borgo bis zur Nordspitze von Malta waren es nur etwa zwölf Meilen, und vier Meilen von dort aus über den Kanal hinweg lag die Insel Gozzo, wo diese Frau war. Oder wo sie hätte sein müssen, falls der Gouverneur sie noch nicht leid geworden war.

Seine Hoffnung auf eine bemerkenswerte Reaktion wurde enttäuscht. Lymond, der beobachtete, wie Gabriel über Befestigungsanlagen sprach, schüttelte nur den Kopf.

«Jetzt, wo du die Insel nicht verlassen kannst, wird das doch bestimmt ein bißchen schwierig?» hakte Jerott nach.

Er hatte lauter gesprochen, als seine Absicht gewesen war, und Gabriel, der die verwirrende Gabe hatte, gleichzeitig Gesprächen auf mehreren Ebenen zu folgen, brach ab und sagte: «Wenn Mr. Crawford nach Gozzo übersetzen möchte, kann ich ihn hinbringen.»

Ohne Zögern antwortete Lymond: «Ich möchte gern alle Befestigungsanlagen auf Gozzo und Malta sehen, aber zunächst sollten wir vielleicht unseren Plan entwerfen. Der Turkopilier und Sie verfügen über alle Ortskenntnisse, die wir brauchen.» Und Jerott, dem das Ausweichmanöver auffiel, war befriedigt über das, was er erreicht hatte.

Erst später, als sie sich mit den Einzelheiten der Verteidigung beschäftigten, ging ihm auf, daß Lymond die Wahrheit gesagt hatte, wenn auch nicht die ganze Wahrheit. Was Lymond von den Befestigungen von Borgo und St. Angelo wußte, war jetzt schon auf unbehagliche Weise zutreffend, und sein Urteil verheerend. Nick Upton, in dessen Baillischaft diese Festungen fielen, unterbrach ihn zweimal, das Gesicht vom Zorn erhitzt, bis Gabriel mit seiner tiefen Stimme sagte: «Nick, daran ist niemand schuld außer dem Großmeister. Wenn wir das Beste daraus machen wollen, müssen wir die Tatsachen hinnehmen, wie sie sind. Es ist zu spät, Meerpalisaden zu errichten; die Pfähle sind verfault, und wir haben keine langen Ketten auf Lager. Für Gräben muß Erdreich aus der Marsa hergebracht werden – das bedeutet Säcke, Spaten, Schubkarren und Schiffe. Wasser... Wie viele Wasserflaschen aus Ton haben Sie?»

Nick Upton zog sich neben den vier Männern einen Schemel heran und ließ seinen fülligen Körper darauf nieder. «Wir sollten keine Wasserflaschen brauchen, Sir Graham. Die unterirdischen Zisternen werden reichen.»

Graham Maletts Blick begegnete dem Lymonds, und Lymond antwortete dem Turkopilier. «Nicht wenn die Kanonen den Felsen spalten», sagte er kurz. «Sie werden auch Meerwasser brauchen, alle Fässer, die Sie damit füllen können. Ich glaube, Sinan Pascha setzt gegen bewaffnete Männer gern ein Feuerwerk ein. Was ist mit Ihren Feuerwaffen? Sprengstoff? Munition?»

«Wir haben genug Salpeter», sagte Upton. «Pech, Terpentin, Schwefel, Harz, Öl...»

«Wo?»

Jerott begriff den Sinn der Frage nicht, bis Gabriel sagte: «In einem der Lagerhäuser, die Sie am Kai gesehen haben. Wir brauchen Verstecke, Nick; so viele, wie Sie auftreiben können, und außerdem diese Fässer mit Meerwasser.» Denn das Lagerhaus war, wie Jerott aufging, eine Art Bombe, die sich im Notfall mit klatschnassem Leder schützen ließ.

Das Gespräch ging weiter. Weizen, Gerste, Öl, Fisch, Käse, Wein und Gebäck mußten in die Felsenkeller gebracht werden. Es war zu spät, Minen zu legen, mit nur sechs Fuß Krume über dem Sand und Kalkstein darunter. Waffen mußten überprüft werden – Äxte, Piken, Breitschwerter, Kampfäxte und Dolche und die Beidhandschwerter der Ritter, Pulver, Kugeln und Arkebusen, Geschütze und Sprengstoffe und die Kanonen und Mörser von St. Angelo.

Was für Steine und welche Erde waren am leichtesten zur Befestigung nach Borgo zu bringen? Die Zeit reichte nicht, sich um Mdina zu kümmern, die zweite Stadt, und de Homedès hatte Gozzo Gewehre, Truppen und Verteidigungsmaßnahmen verweigert. Pferde mußten in Mdina stationiert werden, um in Verbindung mit dem Norden Maltas, mit Gozzo und dadurch mit Sizilien zu bleiben. Planken und Gestrüpp zum Versteck von Heckenschützen waren nötig. Etliche der restlichen Galeeren des Ordens mußten so versteckt werden, daß sie zugänglich waren; der Rest mußte in den Kanal zwischen St. Angelo und Borgo gebracht werden. Die Kette zwischen St. Angelo und L'Isla mußte ständig gespannt bleiben.

St. Angelo, die einzige starke Festung und das Heim des Großmeisters, würde alle Ritter beherbergen und, auf drei Seiten vom Meer umgeben, auf der vierten vom schmalen Kanal begrenzt, ihre letzte Bastion sein. Borgo und das sechs Meilen entfernte Mdina, die einzigen Städte, würden alle maltesischen Flüchtlinge aufnehmen müssen, die mit ihrem Vieh und ihrer Habe in eine Zuflucht strömen würden, sobald der Angriff kam.

Dragut würde es bei seinem fünften Angriff auf die Maltesischen Inseln nicht riskieren, in die mit einer Kette versperrte Meereszunge zwischen St. Angelo und der Halbinsel L'Isla einzulaufen. Statt dessen war wahrscheinlich, daß er wie früher einen der anderen beiden Meeresarme wählte – Marsasirocco im Südwesten oder Marsamuscetto, den langen Meeresarm im Norden, der durch den Grat des Bergs Sciberras dem Blick von Borgo und St. Angelo aus entzogen war.

Falls sich Dragut entschied, an der zweiten Stelle zu ankern, brauchte er nur noch den Sciberras zu besteigen, dann lag das Hauptquartier der Ritter unter ihm, über das Wasser hinweg voll im Blick. Er brauchte seine Schiffe und Kanonen nur noch über den Landrücken zwischen Marsamuscetto und dem Mittelkanal zu schleppen, dann konnte er direkt nach Borgo, *hinter der Kette an der Einfahrt zum Kanal* . . .

Je weiter die Gespräche fortschritten, um so deutlicher wurde, wie anfällig die Ritter waren. Und um so deutlicher wurde die seltsame

Übereinstimmung zwischen Gabriel und Lymond: nicht im Stil oder im Temperament, sondern in der analytischen Kälte. Malett, der Ältere, gelassener, weil älter, verfügte über körperliche Vorzüge, von denen Jerott wußte, daß sie zur Entstehung seiner Legende beigetragen hatten, die aber nur die Vehikel seiner besonderen Art von Kraft waren.

Neben ihm sahen sie alle blaß aus. Sogar de Villegagnon mit seinen aufrichtigen Leidenschaften und seiner glänzenden Laufbahn wirkte begriffsstutzig und derb; Nick Upton sah wie ein törichter, dicker Schuljunge aus und Lymond wie ein aschblonder Schreiber mit leiser Stimme, der vor Gericht von Lösungen faselt. Nur Gabriel, bemerkte Jerott, sprach über die Malteser, als ob sie aus Fleisch und Blut wären. Nur Gabriel sprach über das Hospital und diejenigen, die dort dienen mußten; und nur Gabriel sprach mit Schlichtheit über ihre stärkste Verteidigung: ihre Hingabe an Gott.

Und nur in dieser Hinsicht war in Jerotts Augen sein alter und neuer Kampfgefährte eine Enttäuschung. Denn Lymond hatte eindeutig keinen Kreuzfahrereifer im Blut; und im Gegensatz zu Gabriel vermied er es nicht, verletzend zu sein. Statt dessen sagte er eben: «Was meinen Sie, könnten wir den Orden dazu überreden, wie die Soldaten auf Gott zu vertrauen und einfache Harnische oder schlichte Lederjacken zu tragen? Oder ist ein Ritter kein Ritter ohne hundert Pfund Panzermetall, ganz gleich, wie schwer oder wie heiß darunter?»

Gabriel lächelte, kam de Villegagnon zuvor und sagte: «Auf Arkebusenschüsse und Krummschwerter gibt es keine andere Antwort als eine Rüstung, M. le Comte. Unsere Rüstungen werden in unserer hiesigen Waffenschmiede gefertigt. Mit dem Ordensmantel darüber, der uns vor der direkten Sonne schützt, kommen wir ausgezeichnet zurecht ... sind wir seit etwa tausend Jahren ausgezeichnet zurechtgekommen.»

Er machte eine Pause. Lymond fügte nichts hinzu. Upton war damit beschäftigt, Notizen in ein eselsohriges Papierbündel zu schreiben, und de Villegagnon schaute dem Turkopilier über die Schulter. Gabriel sagte plötzlich mit leiser Stimme, aber sehr deutlich: «Mr. Crawford, Sie sind in einer Zeit zu uns gekommen, in der unser Orden Freunde braucht wie nie zuvor. Sie müssen verstehen, daß der moslemische Glaube für Männer, die Gelübde abgelegt und ihr Leben als Opfer angeboten haben wie wir, eine Beleidigung der Kirche ist, die wir verehren; eine Grube, in der alles, was an der Menschheit edel ist, versinken könnte. Wir hier auf diesem Felsenbruchstück sind der Schild der Christenheit, der Kultur, der Menschlichkeit, aller großen Künste, für die Menschen gestorben sind. Bedenken Sie das, und verachten Sie uns nicht. Wir sind keine Einfaltspinsel. Wir sind keine armseligen Geister, die in ein Kloster geflohen sind. Wir sind Männer wie Sie, die den Freuden der Männer abgeschworen haben, die ihr Heim und ihr Leben einsetzen werden, wenn es sein muß, um unser Erbe gegen die Heerscharen des Feinds zu verteidigen.»

Graham Malett atmete schnell und hielt unvermittelt inne. Schweißperlen auf der hellen Haut glitzerten im Lampenlicht, und unter seinen Augen zeichneten sich dunkle Schatten von der Anstrengung des Tages ab. Einen Augenblick lang hob er die zusammengelegten Hände und verbarg das Gesicht vor der Runde aus schweigenden Blicken. Dann ließ er die Hände auf den Tisch fallen und fügte mit nicht ganz klarer Stimme hinzu: «Glauben Sie nicht, daß ich auch nur ein Mensch bin? Glauben Sie, es fällt mir leicht, meine Gelübde zu halten?»

Einen langen Augenblick, allein unter den schweigenden Männern am Tisch, hielt Gabriels angespannter Blick den von Francis Crawford aus. Dann regte sich Sir Graham, schaute schnell in die Runde und sagte mit fast normaler Stimme: «Gott verzeihe mir. Ich habe Sie in Verlegenheit gebracht, mich übrigens auch. Was kann ich tun? Meine Herren, ich schlage vor, daß ich Sie zu mir nach Hause bringe und Ihnen den besten Wein vorsetze, den sich mein Keller leisten kann. Schließlich ist es vielleicht unsere letzte Gelegenheit, ihn zu trinken. Nick – bis morgen können Sie gar nichts tun. Kommen Sie, Mann, und bringen Sie Ihre Listen mit.»

Die Leidenschaft, die Graham Malett dazu bewogen hatte, an einen Fremden zu appellieren, war jetzt gut verborgen. Mit ernsten, aber lockeren Reden machte Gabriel die Last des Abends leichter; und später, als sie sich trennten, um schlafen zu gehen, und Lymond und de Villegagnon schon fort waren, legte er seine leichte Hand auf Jerotts Arm, um ihn zurückzuhalten.

«Warten Sie einen Augenblick, falls Sie Geduld mit mir haben. Ich glaube, Sie sind ein Freund von Mr. Crawford?»

«Ich habe ihn früher gekannt», sagte Jerott.

Gabriel lächelte. «Beurteilen Sie ihn nicht zu hart. Er ist jung. Und er ist reichlich in Verlegenheit gebracht worden. Jerott... Sie schienen Bescheid zu wissen über seinen Wunsch, nach Gozzo zu gelangen. Sagen Sie mir nicht, warum. Aber», sagte der große Graham Malett, machte schnell ein bedauerndes Gesicht und hob mit zwei Fingern ein gefaltetes Stück Papier hoch, zerfetzt und schmutzig vom vielen Hantieren damit, «dieser Brief ist heute abend für Mr. Crawford von Lymond aus Gozzo gekommen, und ich bin mir sicher, es wäre ihm viel lieber, wenn er glaubte, er werde ihm von Ihnen übermittelt statt von mir. Offenbar hat jemand in Gozzo heute morgen mit der halben Bevölkerung von seiner Ankunft aus Sizilien erfahren», sagte Gabriel ernst, «und ihm in aller Eile über mich eine Nachricht geschickt. Leider war die Adresse abgerissen, und deshalb mußte ich den Brief lesen, damit ich den Empfänger kannte, aber ich verspreche Ihnen, ich habe den Inhalt schon vergessen.» Und Gabriel überreichte Jerott den Brief mit ernster Förmlichkeit, nur mit einem schwachen Glitzern der Erheiterung in den Augen, verbeugte sich und wünschte Jerott eine gute Nacht.

Weil er auch nur ein Mensch war, beugte Jerott auf halbem Weg die Treppe hinauf den schönen Kopf und las schnell und verstohlen den Brief, den ihm Gabriel gegeben hatte. Innen war er an den Comte de Sevigny adressiert, was in sich schon bissig war. Der Brief selbst lautete lediglich:

Komm nicht. Ich will Dich nicht sehen. Ich fürchte keine Gefahr mehr als das Elend, das ich hinter mir habe. Falls Du glaubst, das könnte auch nur zum Teil Deine Schuld gewesen sein, dann tue mir jetzt endlich einen Gefallen, und laß mich in Frieden.

Es stand keine Unterschrift darunter, aber die geschwungene, kräftige Schrift war die einer Frau.

Als er Lymond etwas später die Nachricht überbrachte, stellte Jerott Blyth zu seiner Überraschung fest, daß er zu einer direkten Lüge nicht fähig war. Als Lymond, nachdem er den Brief überflogen hatte, sagte: «Oonagh O'Dwyer. Wie ist das in deine Hände geraten?» sagte es ihm der Ritter.

Lymonds blonde Brauen hoben sich. Zum ersten Mal ging Jerott auf, was für ein unangenehmer Feind Lymond sein konnte. Dann lachte der andere Mann plötzlich und sagte: «Gabriels Aufmerksamkeit kennt keine Grenzen. Oder hat er geglaubt, ich könnte den Verdacht haben, er habe den Brief selbst geschrieben? Ein ungestümer Liebesbrief könnte nicht mehr bewirken.» Und dann trat die ganze Angelegenheit am Morgen hinter die Nachrichten aus St. Angelo zurück und war vergessen.

Die Kalabrier hatten rebelliert. Zweihundert junge Männer aus den italienischen Bergen saßen mürrisch auf dem Stroh ihrer stickigen Herberge und weigerten sich entschieden, sich einschiffen zu lassen und in Tripolis für den Johanniterorden zu kämpfen. Der Chevalier de Villegagnon überbrachte die Nachricht grimmig, und Gabriel ging selbst hin, um mit ihnen zu sprechen. Nur einen Augenblick lang legte sich der Proteststurm, aber ehe Gabriel ging, hörte ganz Borgo die Rufe «*sacrifice!*» und das neuerlich hitzige Gebrüll ländlicher Stimmen.

Als er ging, nahm Graham Malett den Hauptmann der bukolischen Armee des Vizekönigs mit und brachte ihn direkt zum Großmeister. Dort brach alles aus dem jungen Italiener heraus, der schwitzend vor Hitze und Anspannung seine Männer verteidigte. Sie seien Hirtenjungen und Landarbeiter. Sie hätten noch nie ein Gewehr gesehen, noch nie ein Schwert in der Hand gehabt. Sie sähen nicht ein, sagte der Hauptmann, dessen Streitlust die Ehrerbietung immer lauter durchbrach, warum sie dorthin sollten, wohin die Ritter nicht wollten, um das Eigentum der Ritter zu verteidigen und an Stelle der Ritter zu sterben.

Gelassen und ohne jedes Mitgefühl, so karg wie der Kalkstein von Malta, musterte das einäugige aragonische Gesicht des Großmeisters de Homedès den jungen Mann. Tripolis, sagte der Großmeister in einem grauenhaften Kauderwelsch aus Spanisch und Italienisch, sei ohne seine armseligen zweihundert Kalabrier vollkommen sicher. Glaube der Hauptmann tatsächlich, der Orden werde einen seiner Marschälle, seine Ritter und deren Soldaten in einer Festung im Stich lassen, die sich nicht verteidigen könne? Die Armee des

Vizekönigs sei nur nach Tripolis beordert worden, weil der Vizekönig das befohlen habe, und der Großmeister sei es zufrieden, wie auch der Hauptmann damit zufrieden sein sollte (falls er seinen Posten behalten wolle), die Befehle des Vizekönigs auszuführen.

Das half genau fünf Minuten lang, so lange, wie der Hauptmann brauchte, aus dem Audienzzimmer und zu seinen Männern zu gelangen. Im nächsten Augenblick sah Seine Eminenz erschrocken, daß die Tür aufflog, ehe er auch nur die Zeit gehabt hatte, vom Thron zu steigen, und sich drei verzweifelte Männer vor seinem Podest auf die Knie warfen. In hysterische Tränen gebadet, flehte die Delegation Seine Eminenz an, Erbarmen mit ihnen zu haben und sie nicht in das Gemetzel zu schicken, zu dem es, wie sie durch die Schluchzer hindurch mit überraschender Schlüssigkeit ausführten, durch ihre Unfähigkeit für alle kommen werde, neben denen sie kämpften, und auch für sie selbst.

Dann schafften die Wächter sie hinaus, und es wäre dem Großmeister fast gelungen, das Problem zu lösen, indem er den Fähnrich holen ließ und ihm für den Fall, er könne die zweihundert Männer zum Einschiffen bewegen, selbst das Kommando versprach, als der Hauptmann, der den Verrat witterte, sich wiederum Zutritt verschaffte und, die Tränen auf seinen Wangen getrocknet, bereit erklärte, mit seinen Männern aufzubrechen, falls der Großmeister etliche seiner Ritter mitschicke, «um uns anzuleiten und zu trösten», wie er mit Pathos schloß.

«Und?» sagte der Chevalier de Villegagnon scharf, als Gabriel zurückkam und sie zusammenrief, um ihnen die Nachricht zu übermitteln.

«Tripolis ist eine leere Hülle, die sich nicht verteidigen läßt», sagte Graham Malett. «Wie Sie alle wissen. Diese Kinder haben recht; es wird ein Gemetzel geben. Der Rat hat dem Großmeister empfohlen, um der reinen Menschlichkeit willen mindestens hundert Ritter mit den Kalabriern nach Afrika zu schicken.»

«Und Malta verteidigungslos zurückzulassen?» äffte Jerott grimmig die Empörung des Großmeisters nach.

«Schickt er denn überhaupt Ritter mit?» wollte de Villegagnon wissen. Lymond hatte nichts gesagt.

Zum ersten Mal senkte Gabriel die Augen, als ob er müde wäre, auf die gefalteten Hände. «In den Gefängnissen von Malta», sagte er, «gibt es fünfundzwanzig junge Ritter, von de Homedès wegen Rebellion eingekerkert. Sie werden freigelassen, um die Expedition nach Tripolis zu führen. Sie und ich dürfen sie nicht begleiten.»

Es gab nichts mehr zu sagen.

Keiner von ihnen ging an den Kai hinunter, um dabei zuzuschauen, wie die zweihundert widerwilligen Jungen an Bord der beiden Galeeren getrieben wurden, die sie zu fremden Wüsten und in den Tod bringen sollten. Statt dessen arbeiteten sie mit Nick Upton, um Borgo und St. Angelo, wie de Villegagnon gesagt hatte, durch Stroh und Meerwasser so gegen die Anhänger von Allahs Stellvertreter zu sichern, wie das angesichts des aberwitzigen Mangels an Vorsicht möglich war. Und selbst die spanischen Ritter arbeiteten schwitzend an ihrer Seite.

Unter den sieben Himmeln – dem grünen Himmel aus Smaragd, dem Himmel aus Silber, dem Himmel aus roten Korallen, dem Himmel aus Perlen, dem Himmel aus Rotgold, dem Himmel aus gelben Korallen und dem siebten und letzten Himmel aus Licht – schwamm die Armada des Islam wie ein Blütenteppich über die Meere nach Osten, und der kleine Felsen, der Malta war, wurde langsam deutlicher und kam näher.

Auf dem Flaggschiff war der Spinnenschatten der Takelage der einzige Schatten, den es gab. Vom gehämmerten Gold der afrikanischen Sonne beleuchtet, blitzten die juwelenbesetzten Turbane, die emaillierten Schnallen und Broschen, die Schilde der Janitscharen, denen die Ehe verboten war und die sich dem Krieg geweiht hatten. Das Geraschel ihrer Büsche aus Reiherfedern ging in dem Tag und Nacht pulsierenden Takt der Trommeln unter.

Und neben den Imams in ihren dunklen Gewändern, mit ihren runden, olivenhäutigen Gesichtern stand Dragut Rais, grau, voller Narben, mit einem harten Oberkörper wie gegerbtes Leder unter den Seidengewändern, und schaute voraus, den grauen Schnurrbart auf den grauen Bart gesenkt, das flache, anatolische Gesicht unbewegt.

Dreimal hatte er Gozzo geplündert und einmal auch Malta. Er war aus der Kate seiner Mutter geholt und in Ägypten von den Türken ausgebildet worden, war Mamelucke gewesen, geübter Bombardier, Kanonenschütze auf Korsarenschiffen und war schließlich zum Besitzer einer eigenen Galeere aufgestiegen und mit Barbarossa gesegelt, hatte eine eigene Schwadron befehligt. Und als Barbarossa vor sechs Jahren gestorben war, erschöpft von seinem Harem und der Jagd auf Christen und Händler im Seeräuberparadies an der afrikanischen Küste, war Dragut sein Erbe geworden.

Korsika, Neapel, Sizilien, Djerba: Seine Erfolge wurden schon zu Lebzeiten zur Legende. Und jetzt war er nicht mehr der Fürst der Korsaren, unabhängiger Seeräuber im Mittelmeer, sondern war von Suleiman Sinan, dem Juden, dem General des Sultans, als rechte Hand zugeteilt worden; und Sinan hatte Befehl vom König der Könige, sich Draguts Erfahrung zunutze zu machen.

Und voraus lag Gozzo, wo vor sieben Jahren der Bruder von Dragut Rais getötet worden war. Der Gouverneur, weit entfernt davon, den Toten zum Einbalsamieren und einer Bestattung nach den Riten seines Glaubens auszuliefern, hatte den Leichnam verbrannt wie einen Hund.

Dragut Rais schaute reglos über das Meer, und die Inseln wurden deutlicher und kamen näher.

3. Kapitel

Die Stimme des Propheten

Maltesische Inseln, Juli 1551

Von der Burg des Gouverneurs auf Gozzo aus sah Oonagh O'Dwyer, das dunkle Haar heiß auf den Schultern, die gestreiften Segel, die blinkenden Schiffe näherkommen.

Auf dem Burgberg über der Hauptstadt Rabat bewachte das Gran' Castello, die Zitadelle ihres Liebhabers, die Mitte von Gozzo, eine Dreimeilenspanne aus spitzen Bergen, einem Flickenteppich aus Ebenen, aus Johannisbrotbäumen und niedrigen, quadratischen Häusern und Steinterrassen, auf denen die Fischernetze trockneten und die Flaschenkürbisse grün und gelb und dick wie Ratsherren auf den Mauern ruhten.

Im Süden, hinter dem Kegel eines erloschenen Vulkans, lag der kurze Meereskanal nach Malta. Innerhalb der Festungsmauern auf diesem Berg, um Oonagh O'Dwyer herum und unter ihr, drängten sich schreiend alle der siebentausend Einwohner von Gozzo, die laufen konnten. Das dünne Gewinsel verängstigter Kinder, wie eine Sterbekapelle aus Übelkeit und Blähungen, betäubte die Ohren. Dieser Balkon mit Blick auf die Kathedrale und den Platz war leer. Ihre Privatgemächer, die sie mit Galatian in seinem Gouverneurshaus teilte, waren noch ungestört.

Er war nicht da. Was tat ein Gouverneur, um Fischer vor dem Feuer, den Pfeilen, den Kanonen, den Krummschwertern von zwölftausend Türken zu beschützen? Was es auch sein mochte, dachte Oonagh O'Dwyer ohne jede Gefühlsbewegung, Galatian de Césel würde es nicht einmal versuchen.

Jahre in Irland als Geliebte von Cormac O'Connor, dem Erben einer der großen Familien des Landes, Rebell, Kämpfer, Ausgestoßener, der alle Mittel, erlaubt oder unerlaubt, dafür einsetzte, die Engländer aus seinem Heimatland zu vertreiben – Jahre des Kampfs in Irland und nach der Ausweisung im Exil; Jahre, in denen sie die immer derber werdende Moral, die verschwommenen Ideale, den Ehrgeiz des dicken, lauten schwarzhaarigen Mannes unterstützt hatte, der der dunkle Dämon ihrer Seele gewesen war –, hatten sie schließlich, angewidert und desillusioniert, dazu bewogen, nach Freiheit, Sonne und Weisheit zu suchen, falls das zu haben war; falls nicht, nach Güte und Freundschaft.

In Marseille hatte sie bei Galatian de Lésel, an den sie sich von einer Begegnung in Irland her erinnerte, eine Zuflucht gefunden. Er hatte ihr gütig eine Passage zu seiner Insel Gozzo angeboten, auf die er, nach einem kurzen Besuch in seiner Heimat, jetzt zurückkehrte. Dort gab es Klöster, und ihm zuliebe würde sie eines auf Gozzo oder Malta aufnehmen. Und dort konnte sie nachdenken, planen und sich darüber schlüssig werden, wo ihre Zukunft lag.

Und deshalb hatte sie gleichmütig an Bord seiner Galeere in der Sonne gelegen, von deren Mast das Banner seines Hauses wehte, hatte die Jahre viehischer Anspannung vorbeistreichen lassen, während Cormacs Schatten schwächer wurde und schrumpfte wie auch der Schatten von Francis Crawford von Lymond, der ihr während seines Aufenthalts mit so verdammenswürdiger Zurückhaltung gezeigt hatte, wer Cormac wirklich war und wer er hätte sein sollen. Lymond war es gewesen, der sie für seine eigenen Zwecke – immer für seine eigenen Zwecke – schließlich von den O'Connors und deren Schicksal entfernt hatte, um die Sicherheit der kindlichen Königin Maria zu gewährleisten. Sie wollte ihn vergessen.

Galatian hatte ihr das Vergessen leichtgemacht. Seine sanfte Berührung brachte ihr Trost. Die flüchtigen Liebkosungen beruhigten sie sogar dann noch, als sie häufiger wurden und ihr bewußt wurde, er sehne sich auf klägliche Weise nach mehr als ihrer Nähe. Sie hatte Mitleid mit seiner Unschuld und seiner einsamen Disziplin, und aus Mitleid war sie in jener schicksalsschweren dunklen Nacht etwas näher gerückt, als er an der Reling ihren Arm berührte, bis ihre glatte Schulter unter seiner Hand lag.

Seine Finger hatten betroffen, mit mitleiderregender Unsicherheit, auf ihrer bloßen Haut innegehalten. Dann war seine Hand plötzlich wie die eines verzweifelten Kindes weiter gewandert, immer tiefer, bis zur warmen Wölbung ihres Busens, wo sie, um ihre Brust geschlossen, bebend verharrte.

Sie hatte nicht damit gerechnet. Wie ein Blitz fuhr das Bedürfnis in ihr Fleisch und packte sie, getrennt von Cormacs brutalen Besitzergreifungen, wie sie es zum ersten Mal war, und ihr Fleisch drängte sich ungebeten gegen seine Handfläche. Galatian de Césel stöhnte, ein seltsamer, verzweifelter Laut, machte seine Hand los und packte sie zitternd um die Hüfte, eilte wankend mit ihr in ihre Kabine unter Deck.

Sie erreichten sie nicht einmal. In der Dunkelheit vor ihrer Tür fing er zu schluchzen an, und einen Augenblick später waren sie auf dem Gang eins geworden. Er hatte, wie sie sich erinnerte, die ganze Zeit geweint.

Danach, als sie auf ihrem Strohsack lag, sein schlafendes Gewicht auf ihrer Brust, hatte sich Oonagh voller Mitgefühl schweigend die Worte zurechtgelegt, mit denen sie sein gepeinigtes Gewissen beruhigen wollte, mit dem sie rechnen mußte, sobald er aufwachte. Aber sie fiel in den Schlaf, ehe er sich regte, und wachte auf, als er sie sanft bedrängte, und dann blieb ihr bei seinem Geschick, unter dem sie dahinschmolz, der Atem weg. Sie kam ihm entgegen, Fleisch zu Fleisch in zwanghaftem Verlangen, und rasend nahm er sie noch einmal.

So blieb es auf dieser schwülen Reise, als bei Tag und Nacht ihre einzige Zuflucht der ungemachte Strohsack unter dem Deck der Galeere war. Aber schon lange vorher wußte sie, daß das schon viele Male geschehen war, daß Galatian de Césel weder ein keuscher noch ein schüchterner oder ein väterlicher Ritter war, sondern ein Ritter, dessen verzweifelten Hunger keine Religion stillen konnte.

Gegen Ende der langen Reise, bei der sie soviel Zeit in Galatians Armen verbrachte, wußte Oonagh außerdem, daß sie schwanger war, und nicht von diesem mönchischen Liebhaber. In ihrem Leib lag ein dickes, schwarzhaariges irisches Bankertkind, das unter der warmen Sonne von Malta in der Dunkelheit und in der Stille wachsen und ihr neues Leben ruinieren würde.

Ausnahmsweise trotzte sie dem starken Fatalismus, der in ihrem Wesen lag, und unternahm dagegen, was sie konnte, aber sie wurde nur krank. Sie sah kaum etwas von Gozzo, als sie dort eintraf, und wurde in der weißgetünchten Kammer neben Galatians Zimmer untergebracht, wo ihr bewußt wurde, daß sie, wenn sie ihn behalten wollte, gesund, schön und seinem willigen Fleisch gegenüber nachgiebig sein müßte. Denn sie brauchte, was er ihr so unbesonnen gegeben hatte und gab.

Ihre Heuchelei hatte Erfolg. Einen Monat lang blieb er bei ihr, unerschöpflich, und sie verbarg, wenn ihr übel wurde. Bis zur letzten Woche, als er, während er sie mit seinen Zärtlichkeiten unvorsichtig machte, ihr eingefallenes Gesicht bemerkte und, was kein Mönch hätte bemerken dürfen, die erste weiche Schwellung ihrer Brust an der seinen.

Er hatte sein Seelenheil nicht mit einem Fluch aufs Spiel gesetzt, hatte sich aber losgemacht und war von ihrem Bett gerollt. *«Du kannst mir deinen irischen Bankert nicht unterschieben!»* hatte er an ihrer Tür laut und deutlich gerufen, und sie hatte gehört, wie es mit offenem Gelächter wiederholt wurde, im Haus und dann auf den Straßen der Zitadelle.

Aber an jenem Tag war in ihr nichts mehr übrig gewesen als das Verlangen nach Vergessen. Sie hatte reglos auf ihrem Bett gelegen, und nach einer Weile – nach einer Ewigkeit –, nachdem der ganze Nachmittag verstrichen war, hatte er die Tür aufgerissen, getrieben, was sie gewußt hatte, von dem Verlangen, das sie teilten. Aber von da an bis jetzt hatte er sie oft so unvorbereitet genommen, wie Cormac es getan hatte, und sie ahnte erst später, daß er nicht nur sein Fieber stillte, sondern auch sein Wissen um das Schicksal, das sie alle erwartete. Sie erfuhr es bald genug. Sie sollten dem Islam zum Opfer gebracht werden, geopfert von den Rittern, um die eigene Haut zu retten; und de Césel hatte Angst in seinem warmen Refugium.

Die Ritter in ihrem heiligen Kloster in Borgo wußten, daß sie hier war. Sie hatte einige von ihnen gesehen: Jerott Blyth, der in Messina gütig zu ihr gewesen war und mit dem sie, benebelt von Sonne und Luxus, über Lymond gesprochen hatte.

In Borgo, wo sie zunächst gelandet waren, hatte sie den Großmeister gesehen, alt und einäugig, und den vom Kämpfen mit Narben gezeichneten älteren Mann, den sie la Valette nannten, und sie hatte von dem ruhigen Mann mit der schönen Stimme und dem guineengoldenen Haar gehört, Graham Malett, und flüchtig gedacht, das sei ein Mann, dem sie vertrauen könne. Dann kam die Nachricht, flog wie immer die wenigen Meilen von St. Angelo in den Norden und über den kurzen, dichtbefahrenen Kanal nach Gozzo, der Chevalier de Villegagnon sei mit einer Warnung vor der türkischen Armada aus Frankreich gekommen, und in seiner Begleitung sei ein Schotte namens von Lymond.

Da hatte sie sich an ihr unkluges Gespräch mit Jerott Blyth erinnert, und Trägheit und Selbstekel entluden sich in Wut auf diesen lässigen, gleichgültigen Mann, der auftauchte wie ihr personifiziertes schlechtes Gewissen. Wie es aussah, würde sie auf ihrem eigenen Weg zur Hölle fahren, und sie wollte keine schneidenden Schimpftiraden von Francis Crawford hören.

Als sie später erfuhr, Jerott, den sie beide kannten, sei auf dem Schiff gewesen, auf das sie bei der Überfahrt von Cape Passero aus an jenem Tag einen Blick erhascht hatten, hatte sie Lymond geschrieben, er solle nicht kommen. Es hätte, dachte sie ein wenig hysterisch, das Faß zum Überlaufen gebracht, wenn sie gewaltsam vom bedrohten Gozzo gerettet worden wäre, während ihr Beschützer starb und die Ritter in ihrer keuschen Inbrust eine leichtlebige Frau auf dem Hals gehabt hätten, noch dazu eine schwangere, leichtlebige Frau.

Gedämpft durch die dicken Mauern des Hauses schlug die Uhr aus Rhodos an den Befestigungsanlagen die Viertelstunde, wie sie es in all den vielen Jahren, seit die Ritter von Rhodos vertrieben worden waren, getan hatte. Vom Platz unten, aus der engen Gasse, deren gegenüberliegende Mauer Oonagh fast berühren konnte, kamen die hohen, orientalischen Klagelaute, eine jähe, kindliche Reaktion der Männer mit Brustkästen wie Fässer und lockigen schwarzen Haarschöpfen. Oonagh O'Dwyer zog sich zurück, verließ das Fenster, ging die weißen Marmorstufen zum Treppenabsatz hinunter, durchquerte das Haus, um die Hintertür aufzumachen, die wahnsinnigerweise unbewacht war, und zu den breiten Befestigungsanlagen hinunterzusteigen, wo die rostigen Kanonen standen und die Uhr aus Rhodos die Stunden zählte.

Sobald die Notlage unerträglich wurde, würde Galatian zu ihr kommen. Nicht um die Segel zu beobachten, nicht um die Kanonen zu befehligen, nicht um seine Verteidigungsanlagen zu überprüfen oder seine Leute zu trösten ... er würde zu ihr gerannt kommen. Sie hörte jetzt seine eiligen Schritte, die Treppe herauf, das Knarren von

Türen... und da kam er. Bleicher als gewöhnlich, das farblose Haar an die Wangen geklebt, das Gesicht auf vertraute Weise aufgelöst, blieb er stehen, als er sie sah, halb durchsichtig vor dem blauen Himmel, und rief sie zu sich.

Sie hörte ihn. Sie ging sogar gleichgültig auf ihn zu, als sie plötzlich statt dessen nach rechts kehrt machte, zu den Treppen, die von den Befestigungsanlagen zur Straße tief darunter führten.

Der Lärm hatte aufgehört. Von unten, aus den vielen verängstigten Kehlen, kam kein Laut bis auf das gelegentliche Schluchzen eines Kindes und das Piepsen junger Stimmen, die dringliche, unbeantwortete Fragen stellten. Dann sah sie, daß alle Gesichter aufschauten zu dem diensthabenden Wächter auf den hohen Befestigungsanlagen, die den Platz überbrückten. Oonagh lief zur Brüstung und schaute hinaus.

Die Flotte Suleimans des Prächtigen, Reihe um Reihe seidene Segel, blitzend von Gold, die Halbmondbanner wie Zirruswolken gegen den blauen Himmel, war immer noch da, weit in der Ferne jenseits der Wachturmhügel. Aber sie war nicht in den breiten, so vertrauten Meeresarm nach Gozzo eingebogen. Statt dessen segelte sie, das strahlende Krummschwert des Propheten, zu den fernen, üppigen Gestaden von Sizilien.

Neben ihr, sein Verlangen vergessen, schaute auch der Gouverneur von Gozzo schweigend zu. Und aus diesem Augenblick heraus, in dieser zweiten Chance, diese quälerische Selbstverachtung zu überwinden, begriff Oonagh wieder deutlich, was sie mit der schweren, halb nebelhaften Gewißheit bei der Trennung von Cormac schon einmal empfunden hatte.

Etwas mußte für diese Menschen getan werden, für diese Kinder. Galatian de Césel würde es niemals tun: Sie war sein Betäubungsmittel und sein Fluch, aber wenn er sie verließ, würde er andere Frauen finden, die in ihrem Zimmer nicht weniger bereitwillig waren. Doch konnte sie ihn nicht andere Tröstungen lehren? Den Trost des Planens, des Handelns, die große Euphorie des Erfolgs? Auf dieser verzweifelten Insel gab es niemanden, der führen konnte, niemand, der wußte, wie ein Anführer sein mußte... bis auf Oonagh O'Dwyer, die neben dem rechten Arm von O'Connor gestanden hatte und davor neben dem rechten Arm seines Vaters.

«Gelobt sei der Herr!» sagte Oonagh unvermittelt, ihr Blick so gelassen und nachdenklich wie früher, das lange schwarze Haar gnädig über die unkeusche Schwangerschaft geworfen. «Ich frage mich, was deine Kommandanten dazu sagen werden, mein tapferes Kind?... Ich lasse den Ratssaal für dich bereitmachen.»

Und er nickte mechanisch, ohne sie zu berühren, den Blick auf die schwindenden bunten Segel gerichtet.

Von Borgo bis nach St. Angelo, von L'Isla bis zu den abbröckelnden Rändern des Felsens, wo die Familien, die mit ihren Bündeln, ihren Kleinkindern, ihren Ziegen zurückgelaufen waren und die heruntergekommenen weißgetünchten Kapellen gefüllt hatten, erklangen die Glocken in der erstickenden Hitze, jubelten über das Wunder ihrer Errettung. Wie Ausrufezeichen standen die Spitzhacken in den unfertigen Gräben; die Schmiedewerkstätten blieben kalt; die Schiffe trieben müßig mit leeren Rümpfen an der Küste der Marsa. Im Kapitelsaal der Festung von St. Angelo entspannte sich der Großmeister auf seinem wappengeschmückten Thron und gestattete sich einen milden Sarkasmus auf Kosten seines Rates.

Seine Ritter hörten ihn, hin und her gerissen zwischen Erleichterung, Beklommenheit und, im Fall von de Villegagnon, la Valette und derjenigen, die Gabriel führte, mit einer Vorahnung, die an Entsetzen grenzte. Durand de Villegagnon sprang auf. «Aber Euer Eminenz, die Gefahr ist zweifellos nur verschoben. Die Flotte kann jederzeit zurückkehren.»

«Man kann auf keinen Fall behaupten, sie sei nach Frankreich unterwegs», meinte Gabriels tiefe Stimme sanft.

«Warum nicht? Warum nicht? Wir sind keine Narren, meine Herren. Wir studieren Karten», sagte der Großmeister. Er wandte den Kopf, und sein Sekretär stand auf und breitete ein Papier auf den erlauchten Knien aus. «Hier», sagte de Homedès. «An der sizilianischen Küste entlang zur Provence und ihrem teuflischen Treffen mit dem französischen Botschafter. Wenn sie der Küste folgen, verkürzen sie die Fahrt um etwa zweihundert Meilen. Das ist der Beweis, Brüder in Christo!»

Ein schmerzliches Schweigen entstand. Schließlich sagte de Villegagnon knapp: «Es ist eine Möglichkeit unter vielen.»

Das eine fürstliche Auge richtete sich auf den Chevalier und ließ seine eindrucksvolle Gestalt wie eine Sünde erscheinen. «Ich gehe also davon aus, Ihr Vorschlag lautet, die ganze Bevölkerung auf diesen Inseln sollte bewaffnet werden; die armen Menschen, die wir beschützen, sollten sich in Borgo und Mdina zusammendrängen, wo die Pest sich verbreiten kann und sie Vorräte und Wasser verbrauchen, während die Lebensmittel in ihren Dörfern verrotten? Haben Sie vor, sie zur Weinernte zurückzulassen oder müssen wir sie ewig hier beherbergen oder bis Ihre großartige ottomanische Armee kommt, damit sie im Kloster des Heiligen Ordens essen, heiraten, zanken, Kinder bekommen und sterben? Von diesem Jahr an soll wohl die Meßglocke schweigen außer bei Alarm; die Brüder werden auf ewig von ihren kirchlichen Pflichten abgehalten, damit sie Schießpulver herstellen und Gräben bauen. Sie waren zu lange in fremden Gewässern, Chevalier. Unsere Pflicht ist nicht, den Kampf zu verherrlichen, sondern das Feuer unseres Glaubens zu bewahren und am Leben zu erhalten. Die Galeeren des Ordens sind in Messina. Die Macht des Kaisers liegt in den westlichen Meeren. Aus ebendiesem Grund haben wir unsere Pflicht getan; wir haben ihn nicht zur Unzeit gedrängt, uns zu helfen. Bruder Nicholas, seien Sie zufrieden mit Gottes Gnade, die dieser Tag uns gezeigt hat, und erzürnen Sie ihn nicht mit Beschwerden.»

Das war alles schön und gut, aber, wie Gabriel später mit unerwartet trockenem Humor sagte, es schien nicht Gott zu sein, der gekränkt war.

Zum üblichen Tagewerk verpflichtet, nicht in der Lage, selbst wenn sie es gewollt hätten, die Malteser und die Söldner dazu zu zwingen, die hoffnungslose, mühselige Verteidigungsarbeit fortzusetzen, versammelten sich die Ritter in Gruppen im Inneren, als die Nachmittagshitze niederbrannte, unterhielten sich beklommen, vermieden Unloyalität, wie es von ihnen erwartet wurde, und beteten stets um Verschonung. Draußen, im schimmernden, verzerrenden Julilicht, hingen den ganzen Nachmittag lang die Berge und Häuser Siziliens in der Luft im Norden; darunter schwebten die bemalten Segel von Suleimans Flotte, und von der Küste stieg eine Rauchsäule nach der anderen auf, bis es wirkte, als wäre ganz Sizilien der Ätna und der Himmel ein Lavameer.

Was auch immer ihre eigentliche Absicht sein mochte, die ottomanische Flotte hatte es nicht eilig, diese Gewässer zu verlassen. Sinan Pascha, Dragut Rais und Salah Rais waren in den Olivenhainen Siziliens an Land gegangen und töteten und brandschatzten ungehindert nur dreiundvierzig Seemeilen entfernt.

An jenem Abend, als die Nachglut wie verwässerter Wein auf dem langen Hafenbecken lag und das rauchige Meer im Osten rosa färbte, liefen zwei Fischerboote ein, vorbei an der Landspitze von St. Elmo, und kämpften sich durch den langen Hafen auf den Mittelkanal zu.

Im klaren, rosigen Licht hatten sie etwas Merkwürdiges an sich. Nicht nur das: Als die Wächter von St. Angelo von den fensterlosen arabischen Mauern herunterschauten, hörten sie Laute, die dünn vom flachen Wasser aufstiegen: einen mißtönenden Chor von Stimmen, die sich zu schrillen christlichen Lobgesängen vereinigten. Die Wächter drängten sich an den Zinnen und beobachteten, wie die beiden Boote mit hohem Bug noch näherkamen, die Landspitze unterhalb von St. Angelo umfuhren und vor der glänzenden Kette über dem Mittelkanal hielten. Dann bewegten sich die Ruder abgehackt im Stauwasser, und die kleinen Lampen auf dem Kai beschienen in der zunehmenden Dämmerung die Ruderer, deren braune Gesichter zum Fort aufschauten, beschienen schwarze, mit Schals verhüllte Köpfe, kräftige braune Arme, Rollen, Pakete, Körbe und Bündel, von denen manche stumm waren, manche sich kräftig bewegten und schrien. Sie beschienen einen ramponierten Korbkäfig, in dem ein Hänfling im Sterben lag, ein schnarchendes Kind, das eine Puppe umklammerte, die nach oben gewandten Augen und ungeübten Kehlen der Frauen und Kinder von Gozzo, die über die Straße von Comino gerudert waren, vorbei an der Bucht Mellieha, jener Bucht, in der vor fünfzehn Jahrhunderten der heilige Paulus Schiffbruch erlitten hatte, und wie der heilige Paulus waren sie auf der Suche nach Zuflucht gekommen.

Gabriel überbrachte dem Großmeister die Nachricht. De Homedès, der zeitig zu Bett gegangen war, war nicht geneigt, ihm zu glauben. Nach einer Erklärung, einer Bestätigung und einer Verzögerung hatte Seine Eminenz sich schließlich angekleidet, war durch seinen Garten gegangen, an seiner Menagerie vorbei und zu dem

Geländer mit Blick auf den Kai und den Felsensims, auf dem das große Spillrad zum Aufwickeln der Kette stand. In der einfallenden Dunkelheit waren die beiden Boote tief unten kaum zu sehen, waren nur zwei Schatten, die die gelben Lichtsäulen von L'Isla versperrten.

Die abgehackten Choräle waren verstummt. Statt dessen kam die dünne Stimme des Sprechers monoton über das Wasser, der im Namen des Gouverneurs von Gozzo, der sie geschickt habe, um Landeerlaubnis bat.

«*Die Kette abnehmen?*» sagte der Großmeister gereizt. «Was soll dieser Unsinn? Das sind Frauen und Kinder.»

«Sie sind den ganzen Weg aus Gozzo gekommen», sagte Gabriel, und selbst in seiner gemessenen Sprechweise war die Schärfe hörbar. «Falls die Türken, wie Sie sagen, fort sind...»

«Haben sie kein Recht, uns hier zur Last zu fallen. Und falls die Türken *nicht* fort sind, wie Sie so gern immer wieder behaupten», sagte Juan de Homedès mit vernichtender Präzision, «was sind sie dann als nutzlose Mäuler, die unsere Garnison behindern?»

«Und falls Gozzo angegriffen wird, nicht Malta?» fragte Gabriel unverblümt.

Der Großmeister wandte sich ab, schlang den Samtumhang verärgert enger um sein dünnes Fleisch. Das achtspitzige Kreuz schimmerte in der duftenden Dunkelheit. «Genau meine Meinung, Bruder», sagte er. «Wie sollen die armen Männer von Gozzo denn kämpfen, wenn das, was sie am liebsten retten wollen, ihnen entzogen ist? Schicken Sie diese Leute zurück.»

Letzteres, an den Ritter gerichtet, der mit der Laterne bereit stand, um das Signal für den Dienst an der Spillwinde zu geben, führte zu absolutem Schweigen. Selbst von den beiden überfüllten Booten, die jetzt in der Finsternis fast unsichtbar waren, erhob sich kein Wimmern, kein Ruf. Der Großmeister hob die Stimme, weil ihn ihre Begriffsstutzigkeit ungeduldig machte, und wiederholte gereizt, was er gesagt hatte: «Rufen sie Ihnen zu! Und sagen Sie ihnen, sie müssen nach Gozzo zurück.»

«Und wenn sie sich weigern?»

Die schwarze Klappe und das kalte Auge wandten sich um und drückten die uneingeschränkte Mißbilligung des Großmeisters aus. «Dann versenken Sie sie», sagte er.

«*Das* für den Orden!» rief Jerott Blyth und warf die Fetzen seines Johannitergewandes auf den Boden, und der Kreis französischer Ritter um ihn herum regte sich, murmelte, wechselte Blicke und sah Gabriel an.

«Sie bringen den Pilier in Verlegenheit, Jerott», sagte Sir Graham scharf. Er hatte ihnen eben die Nachricht von der Pilgerfahrt am vergangenen Abend und von ihrem Ausgang überbracht, und alle Ritter in der Auberge de France hatten sich benommen eingefunden, um sie zu hören.

De Villegagnon sprach und erwiderte Gabriels Tadel fast genauso scharf. «M. Blyths Worte machen keinem von uns Schande. Er hat recht. Der Großmeister ist geisteskrank. Wenn wir ihn so weitermachen lassen, werden wir gleichermaßen zum Gespött der Osmanen wie der Christenheit. Um Himmels willen, Gabriel, übernehmen Sie an seiner Stelle das Kommando. Hier ist kein Mann, der Ihnen nicht bereitwillig folgen würde. Hol der Teufel die Demut! Hol der Teufel die Bescheidenheit! Führen Sie uns, Gabriel!» Und ihm antwortete, ehe Gabriel sprechen konnte, ein Stimmengewirr aus entschiedener, zorniger, männlicher Zustimmung; die tiefe Stimme des Krieges, nicht die tägliche, rituelle Litanei des Ordens.

«Darf ich fragen», erkundigte sich jemand friedlich, «warum Sir Graham uns diese Nachricht nicht gestern nacht überbracht hat?»

Ruhig im Aufruhr um ihn herum begegnete Gabriel Francis Crawfords neutralem blauem Blick über die aufgeregten Köpfe zwischen ihnen hinweg und lächelte. «Glauben Sie wirklich», sagte er, «ich hätte zugelassen, daß alte Frauen und kleine Kinder ohne Ruhepause die Rückfahrt nach Gozzo antreten?»

«Nein», sagte Lymond, nachdem er kurz nachgedacht hatte, und Jerott, der nicht wußte, ob sein Temperamentsausbruch voreilig war, schob sich erbittert aus dem Kreis und griff nach einem Fenstersims. Weißes Licht fiel auf sein Gesicht. «Was haben Sie getan?» fragte de Villegagnon, die dichten Brauen zusammengezogen.

«Sie über Nacht in den Segelschuppen gebracht», sagte Gabriel ruhig. «La Valette und ein Bruder haben mir geholfen. Der Großmeister und die anderen Ritter wissen nichts davon, und die Segelmacher haben Geheimhaltung geschworen. Die Leute aus Gozzo haben heute morgen abgelegt.»

«*Abgelegt!*» sagte Jerott, den das aus seinem Schmollwinkel am Fenster riß.

«Sie sind nach Gozzo zurückgekehrt. Warten Sie!» sagte Gabriel schnell, und ausnahmsweise war seine widerhallende Stimme gewaltig. «Warten Sie, ehe Sie urteilen. Wir haben hier eine Verpflichtung: allen Menschen in Borgo und L'Isla gegenüber, in allen Dörfern im Osten Maltas, allen Frauen und Kindern gegenüber, die hierhergeflohen sind, als wir glaubten, die Türken seien gekommen. Und auch dieser Verpflichtung müssen wir untreu werden, falls – was ich für sicher halte – Dragut auf dem Rückweg angreift. Er wird keine Waffen für Gozzo vergeuden; glauben Sie das ja nicht. Er wird seinen Schlag gegen uns führen, den Orden, wo wir für seine Schiffe zugänglich sind. Ich würde meine Hoffnung auf den Himmel, wenn ich eine hätte, darauf setzen», sagte Gabriel bedächtig, «daß Sinan Pascha und Dragut vorhaben, *uns* zu vernichten, hier in St. Angelo. Sie kennen die genaue Menge unserer Nahrungsmittel, unseren Wasservorrat. Ich hoffe, wir werden kämpfend sterben, an ehrenvollen Wunden. Die Frauen und Kinder bei uns werden an Hunger und Durst sterben oder hilflos den Türken in die Hände fallen. Die Pflicht des Ordens besteht darin, den Islam zu bekämpfen, und im äußersten Notfall hat der Orden im Namen der Religion den ersten Anspruch auf alle Reserven, damit er überlebt... Sie sind auf Gozzo besser aufgehoben.»

Er hatte sie zufriedengestellt, aber nicht von dem neuen Gedanken abgebracht. De Villegagnon sprach ihn noch einmal aus. «Führen Sie uns», sagte er.

Einen Augenblick schwieg Graham Malett, sammelte seine Gedanken. Dann antwortete er mit ungespielter Geduld. «Die Großmeisterwürde erlischt nur mit dem Tod, und neue Meister werden vom vollen Rat ernannt, vom Kaiser und vom Papst. Er ist ein alter, kranker Priester, der seinen selbstsüchtigen Sorgen ein wenig nachgegeben hat, nicht mehr fähig, ausgewogen über seine Schwierigkeiten nachzudenken, nicht fähig, Trost im Gebet zu finden. Haben Sie vor allem Mitleid mit ihm.»

«Haben wir Mitleid mit uns!» gab Jerott bitter zurück.

«Warum?» sagte Gabriel schnell. «Weil Sie in den Zwanzigern sind, jung und hitzig, und der Orden vierhundert Jahre alt und geduldig ist? Der Orden hat schon schwache Führer überlebt. Er wird es wieder tun. Wenn wir Beschwerden haben» – er hob die Hand gegen die Kommentare –, «ist die Zeit, sie vorzubringen, wenn wir Dragut von Malta verjagt haben, und der Ort, sie vorzubringen, ist der volle Rat, im Beisein des Vizekönigs. Ich bitte Sie . . .» Er sah in die Runde, halb bedauernd, halb betroffen von der Dringlichkeit seines Wunsches, sie zu überzeugen: «Ich bitte Sie, tun Sie jetzt nichts. Verstehen Sie denn nicht? In den letzten Wochen hätte der beste Führer der Welt den Kaiser nicht zwingen können, uns Schiffe und Truppen zu geben. Der beste Soldat der Christenheit könnte unsere Verteidigungsanlagen, wie sie seit einem Monat aussehen, jetzt nicht mehr viel verbessern. Durch Rebellion läßt sich jetzt nichts Materielles mehr gewinnen, aber alles verlieren, körperlich und geistlich. Man würde uns des persönlichen Ehrgeizes beschuldigen, uns aufrührerischen Nationalismus, Panik und Feigheit im Angesicht der Gefahr vorwerfen. Wie könnten Sie das abstreiten? Jerrot – Nicholas – Bruder Nick – liebste Kinder in Christo . . . Habt ihr nicht auch einmal gesprochen wie ich: ‹Ich gelobe Gott . . .›» Und der große, blonde Ritter zitierte plötzlich: «‹Ich gelobe Gott, der Heiligen Jungfrau Maria, Mutter Gottes, und dem heiligen Johannes dem Täufer, von nun an und auf ewig durch die Gnade Gottes dem Oberen wahren Gehorsam.›»

Sir Graham Malett machte eine Pause und fügte in dem allgemeinen Schweigen die Worte hinzu, die jeder von ihnen zum ersten Mal bei der Aufnahme in den Orden gehört hatte: «‹Empfange das Joch des Herrn, denn es ist sanft und leicht . . . unter ihm wirst du Ruhe für deine Seele finden.› Nehmen Sie auf sich, Jerott, was Sie gelehrt worden ist, und vergessen Sie nicht leichtfertig, daß wir einen Führer haben, der uns nicht im Stich lassen wird.»

«Gehen wir in die Kirche», sagte Gabriel ruhig. «Und arbeiten wir dann bis zum letzten Blutstropfen an der Verteidigung unserer Insel.»

Am Morgen des 16. Juli, ehe die Sonne noch mehr war als eine milde Strahlung außerhalb der weißen, schlafenden Mauern von Borgo, fingen die Glocken von St. Laurentius zu läuten an und danach, unregelmäßig, langsam, schnell, schrill, sonor, erschallten die Glocken jeder Kirche auf der Insel. Der Klang drang durch die dunklen arabischen Fenster, durch die vergitterten Fenster der Ritter, die offenen Läden und die dunklen Höfe und tanzte in der schlummernden Luft.

Jerott Blyth, der mit schmutzigen Händen dort schlief, wo er sich in Gabriels schöner Gästekammer hingeworfen hatte, schaute hinüber, wo Lymond schlief, ausgelaugt wie sie alle von schwerer, selbstdisziplinierter Arbeit, den ausgebleichten Schopf noch auf dem Kissen.

Dann merkte er, daß auch Lymond wach und angespannt war. Während er ihn beobachtete, rollte sich dieser auf die Beine und ging zur Tür, griff dabei der Schicklichkeit willen nach einem Umhang. Jerott folgte ihm und sah es.

Die Glocken läuteten nicht zur Messe. Sie läuteten wegen der farbenprächtigen Armada Suleimans, Segel um Segel, die an der Einfahrt zum Hafen vorbeifuhr, um in der Bucht von Marsamuscetto vor Anker zu gehen.

Ehe Lymond mit den anderen aufbrach, hielt Gabriel ihn auf, legte ihm für ein paar Sekunden die Hand auf die Schulter.

Gegen den Wunsch des Großmeisters, der den Orden in den Festungen von St. Angelo und Mdina in Sicherheit bringen und dem Eindringling ein unfruchtbares Land und eine kahle Mauer bieten wollte, hatten sich Gabriel, de Villegagnon und la Valette im Großrat durchgesetzt. Ein schneller, heftiger Schlag sollte gegen Draguts Horden geführt werden, wenn sie an Land gingen: ein Ausfall, der den Sultan die Standfestigkeit und den Zorn der Ritter spüren lassen sollte.

Nur ein Wunder hätte Sinan Pascha und Dragut zum Ablegen bewegen können. Aber vielleicht würde die Attacke sie daran erinnern, daß sie keine einfache Belagerung vor sich hatten und daß ihnen nur noch zwei Monate schönen Wetters blieben, in denen sie die Insel erobern und in Sicherheit nach Konstantinopel zurücksegeln konnten. Ein Schlag, und dann würden die Ritter in die Festung von Borgo zurückkehren und auf das warten, was Gott ihnen bestimmt hatte.

Der Ausfall sollte von zwei Seiten ausgeführt werden. Unter dem

Kommandeur de Gimeran aus Spanien sollten dreihundert Arkebusiere und hundert Ritter zu Fuß mit Skiffs von Borgo aus über den Hafen zum Berg Sciberras übersetzen, der felsigen Landzunge, die die lange Hafeneinfahrt des Ordens von der Bucht von Marsamuscetto trennte, wo die ottomanische Flotte vor Anker lag, dort kundschaften und soviel Schaden anrichten, wie sie konnten.

Der zweite Trupp, aus dreißig Rittern und vierhundert Maltesern zu Pferd, unter Turkopilier Nicholas Upton mit Lymond an seiner Seite, sollte um den Kanal herumreiten, die Spitze der Halbinsel mit dem Berg Sciberras überqueren und um das Ende des Hafens herum die Bucht von Marsamuscetto auf dem Landweg erreichen, um den landenden türkischen Truppen zuzusetzen.

Im brüllenden Chaos des Stadtplatzes, wo die Flüchtlinge, Ziegen, Hennen, Kinder, Bündel mit Essen und Krüge mit Wasser gegen die heißen Häuser gedrückt wurden, um Raum für die sich sammelnden Ritter zu schaffen, wandte Gabriel den Blick von den tänzelnden Pferden im Hitzedunst, von den blendenden Rüstungen mit schwingenden Federbüschen, von den Schilden der Auberge und des Ordens und den wehenden Wimpeln. «Da Sie keine Rüstung tragen und kein Symbol des Glaubens, würde Sie unter diesen Umständen der Rat eines Soldaten kränken?» sagte Gabriel zu Francis Crawford. «Ich glaube, Sie haben noch nie gegen die Türken gekämpft.»

Wie immer machte sich Graham Malett, der größer war als die meisten, das nicht zunutze. Jetzt hielt er Lymond die verschlungenen Hände hin, um ihm in den Sattel zu helfen und Zeit für das Zurechtlegen einer Antwort zu lassen. Und Lymond, der beides nicht brauchte, brachte nachdenklich die Höflichkeit auf, beides anzunehmen, und sagte schließlich, zu Gabriel hinunterschauend: «Im Gegenteil. Meine Erfahrung besteht darin, daß ich *mit* ihnen gekämpft habe. Eine Art *bourgeosie de robe*.»

«Natürlich», sagte Graham Malett. «Das hätte mir bewußt sein müssen. Mit türkischen Gefangenen, die von spanischen Schiffen befreit worden waren. Ich wollte Sie vor dem Hieb des Krummschwerts warnen, außerdem davor, daß es Ihre Männer beunruhigen könnte, wenn die Janitscharen schreien.»

Lymond, den das Ganze eher amüsierte, sagte ernst: «Ich schreie auch. Und lauter. Aber ich danke Ihnen für Ihren Rat.»

Graham Malett sagte plötzlich: «Lassen Sie mich wenigstens einen Brustpanzer für Sie auftreiben, Mann. Ihre Pfeile...»

«Mein lieber Sir Graham», sagte Lymond. «Ich bin hinter einem Bollwerk aus dreitausend Pfund Panzerstahl, den der Orden trägt. Wenn ihre Pfeile das alles durchschlagen, haben sie den Erfolg verdient. Meine persönliche Last sind ein fünfundzwanzig Pfund schwerer Helm, eine Brigantinejacke und ein Schwert, und ich brauche nur vom Pferd zu fallen, um einen Türken plattgewalzt zu seinen Huris zu schicken. Was das Kreuz anlangt: Meine Gewohnheit ist es, für das Andreaskreuz zu kämpfen.»

«Dann möge der heilige Andreas und der heilige Johannes Sie beide beschützen», sagte Gabriel ruhig und ließ ihn reiten.

In Schloß Boghall in Biggar, Schottland, entschuldigte sich Joleta Malett, die den ganzen Tag unruhig gewesen war, zum dritten Mal wegen ihrer Unaufmerksamkeit und fügte zur Erklärung hinzu: «Ich spüre, daß etwas nicht stimmt. Ich weiß nicht, was es ist. Wenn ich früher dieses Gefühl hatte, war immer Graham in Gefahr.»

Und Tom Erskine, schottischer Geheimer Rat und Sonderbotschafter, der neue und genaue Nachrichten aus Frankreich hatte, sagte: «Ein Berufssoldat, Mönch oder nicht, ist immer in Gefahr. Versuchen Sie, es zu vergessen. Er ist nicht geworden, was er ist, weil er verletzlich oder töricht wäre.» Und dachte beklommen, daß das auch für Francis Crawford galt, der aus Gründen, die nur er kannte, ebenfalls beschlossen hatte, Malta zu verteidigen, was ihm möglicherweise nicht einmal einen Lohn im Himmel eintrug.

Die Temperatur betrug fast vierzig Grad; der Himmel saugte mit seiner unsichtbaren Hitze die Luft aus den Lungen der Männer. Der Nordwind, der die Flotte aus Sizilien hergeweht hatte, war fort, und unter dem blechernen blauen Himmel des Juli vibrierten die dürren Sandsteinfelsen, die baufälligen Häuser, die Steinterrassen wie Schläge gegen den Sehnerv.

In ihrer vernieteten Rüstung, mit den langen, gesteppten Lederjacken darunter, die vor Schwürfwunden schützen sollten, wurden die Ritter wie von einem Feind von einem noch furchtbareren Element angegriffen: der brennenden Sonne, die bei jedem zufälligen

Stoß gegen den Kniebuckel oder den Harnisch, den Schild oder das Schwert als Buße Blasen auf der Haut forderte. Helle Häute glühten; Schweiß, der sich dick mit Salz in den angestrengten Augen verkrustete, machte die erstickende Benommenheit noch schlimmer, die Hitze und Druck mit sich brachten, die nervöse Anspannung, nie abgelegt, nie zugegeben, in der Stunde vor dem Angriff.

Das war in den vierhundert Jahren seiner Geschichte die Buße des Ordens, der er sich willig unterzog, unter Sonnen, die heißer waren als die Maltas. So kämpften sie, so litten sie; das war, wenn sie gegen die fanatischen Krummschwerter auszogen, der zweite Feind, den sie überwinden mußten. Neben Lymond sagte Nick Upton, massig wie ein Faß, den weder Turnierplätze noch die Ruderbank einschüchtern konnten, mit seiner direkten englischen Art: «Auf dem Schlachtfeld werden Sie uns nicht so mönchisch finden.»

«Ich habe nichts gegen Mönche», sagte Lymond, dessen Blick die Felsen und ausgetrockneten Kakteen vor ihnen musterte, die Sinne auf Geräusche eingestimmt, die weit von ihnen entfernt waren.

Das knollige, freundliche Gesicht, eingebunden in die Laschen des venezianischen Helms, wandte sich ihm wieder zu, ruckend im Gang des Pferdes. «Sind Sie Protestant?» erkundigte sich Upton mit einem milden Ruf.

Lymond, abgelenkt, wandte dieses Mal den Kopf. «Weil ich nicht darum gebeten habe, als Novize aufgenommen zu werden?»

Der Turkopilier gab keine direkte Antwort. Statt dessen sagte er: «Gabriel hält viel von Ihnen.»

«Ich habe gedacht, ich rede mehr, als ihm lieb ist», sagte Lymond. «Aber ich habe gehört, daß er eine hinreißende Schwester hat. Ich muß mich bessern.»

Ein überraschend liebevolles Lächeln ging über das Gesicht des Turkopiliers. «Nichts auf Erden kann Gabriel überraschen oder ihn besiegen», sagte er. «Das werden Sie schon noch herausfinden. Aber er würde Sie liebend gern – wie wir alle – in unserer Kirche willkommen heißen.»

Vor ihnen, winzig in der glänzenden Luft, glitzerte Sonne auf Juwelen und gezogenem Stahl. «O England, du Garten voll der Köstlichkeiten», sagte Lymond, mit Absicht lyrisch. «Vertagen wir diese religiösen Gedanken und jagen wir die Türken.»

Die Janitscharen schrien; das stimmte. Nicht wenn sie getroffen wurden; nicht wenn das beidhändige Schwert durch die aufgebauschte Seide des Turbans fuhr; auch nicht, wenn die hölzernen, mit Branntwein eingeriebenen Feuerreifen die leichten Gewänder aus Musselin und Seide ergriffen und in der weißen Sonne orangefarben Feuer fingen – Gewand, Schärpe, Bart, Augenbrauen und Turban eine weiße Zypresse aus Flammen. Dann riefen sie Allah an, verzückt in der Ekstase, und starben in der sicheren Gewißheit des Paradieses und einer Ewigkeit im Licht. Aber ehe sie angegriffen wurden, als die Truppen von Marsamuscetto aus mit den hervorragenden Arkebusen aus den Ungarnfeldzügen landeinwärts marschierten, mit den Bogen, den Krummschwertern, den juwelenbesetzten Dolchen nach dem Brandschatzen einer Hütte voranstürmten, nach dem Niederbrennen von gelagertem Getreide und Johannisbrotsamen, nachdem sie einen Zitronenhain oder einen Weingarten verwüstet hatten und die Ritter näherkommen sahen – da stießen die Janitscharen ihre hohen, klagenden Schreie aus, und mit glänzenden Zähnen und schwarzen Augen, wehenden Reiherfederbüschen und schwarzen Schnurrbärten unter dem goldenen Halbmond und den dreieckigen Seidenbannern, die in der grausamen Hitze so luftig waren wie ihre weißen Gewänder, griffen die Janitscharen an, und die dunklen Imams trieben die Gläubigen vorwärts.

Mit Upton, der in voller Rüstung unermüdlich in der vordersten Reihe das Schwert und die Axt schwang, sahen die Ritter und die Malteser auf diesem Ritt Trupp um Trupp, der unterwegs zu den Ebenen von Curmi, wo das Gefecht beginnen sollte, die armseligen leeren Dörfer niederbrannte, zerstörte, plünderte. Wegen Upton kamen die ottomanischen Landungstruppen nicht wohlgeordnet in Curmi an, sondern zornig und angeschlagen von den stechenden Angriffen durch Uptons kleine, disziplinierte Armee aus leichter Kavallerie.

Und die Ritter hielten sich erstaunlich gut. Als Gesichter nahm Upton sie kaum wahr, und dennoch war ihm bewußt, daß sowohl sie als auch die Malteser seinen Befehlen gehorchten wie ein einziger Arm, daß keiner seiner Befehle doppeldeutig blieb, daß jeder Ausrutscher ausgebügelt wurde; und später, als er sie zwischen den niedrigen Hügeln am Rand der großen Ebene sammelte, wo unter Schreien und Trommelschlägen die weißen Gestalten zusammenströmten, wurde ihm klar, daß er die ganze Zeit durch den Mund und die Glieder des Schotten Anweisungen gegeben hatte, der in seinem gepanzerten Wams an seiner Seite vor und zurück geritten war. Und es kam ihm ganz natürlich vor, als er voller Anerkennung für den starken Adjutanten an seiner Seite zu Lymond sagte: «Mehr können wir nicht tun, sobald sie sich versammelt haben, es sei denn...»

«Es sei denn, wir tun so, als griffen wir an?» beantwortete Lymond den kühnen Gedanken.

Der Wahnsinn der Überlegung war klar: Nick Upton wollte die Hände an einem Türken spüren. Aber sie war außerdem nicht ganz unvernünftig. Hinter ihnen waren dreißig Ritter und vierhundert Malteser; vor ihnen lag der Sammelplatz von zwölftausend Türken. Nicht alle waren gelandet, nicht alle hatten die Ebene erreicht, nicht alle waren noch so heil oder so entschlossen wie beim Verlassen der Schiffe. Es war möglich, daß sie, ohne Pferde und schweres Geschütz an Land, wenig Lust auf eine offene Schlacht mit der ganzen Streitkraft des Ordens verspürten, nach der die Truppe aussah. Vom Orden hatten sie zu Recht angenommen, daß er bis zur Belagerung in St. Angelo blieb. Vielleicht liefen die Türken davon. Es war gleichermaßen möglich, daß sie standhielten und angriffen. Nicholas Upton hatte nicht die Absicht, die Ebene zu überqueren, aber falls seine List durchschaut wurde, war es durchaus möglich, daß sie bis nach St. Angelo zurückverfolgt wurden.

Bei einem so großen Risiko hatte es keinen Sinn, zu lange zu zögern oder nachzudenken. Sie brüllten so laut, wie es ihre trockenen Kehlen hergaben, was ein donnerndes Gerenne brauner Gestalten zur Folge hatte, die im Timbre der Barbareskenküste «Allah! Allah!» kreischten, und mit der Absicht, so zu wirken, als wären sie mehr und nur die Vorhut weiterer Truppen, jagten die Johanniterritter die niedrigen Hügel hinunter.

Sie wurden gesehen. Einen Augenblick lang, aufgescheucht wie Fische im Teich unter einem Katarakt, rannten die türkischen Truppen ungeordnet über die weite Ebene. Dann bewegten sie sich wahrnehmbar zielgerichteter, vereinigten sich und strömten langsam mit blitzenden Krummschwertern in eine Richtung. Nicholas Upton streckte den Arm aus, und die Kavalkade hinter ihm wurde gehorsam langsamer. Es gab keinen Grund zur Eile; sie mußten nur die Illusion der Hast aufrechterhalten. Die Türken liefen davon.

Sie verließen die Ebene und rannten zurück, zurück durch die rauchenden Trümmer maltesischer Höfe und Häuser, zurück durch Birchircara, zurück zu den tangbewachsenen Felsen, auf denen ihre lederbeschuhten Füße ausrutschten, während das Salz ihre bunten Brokatgewänder verkrustete und die brennende Luft offenstehende Lippen rissig machte. Sie rannten zu ihren Booten und ruderten schnell zu ihren Schiffen zurück.

Mit hämmernden Herzen, ausgedörrt vor Erregung, Hitze und Erleichterung folgten ihnen die Ritter. Nicht so schnell, daß sie den Haupttrupp der Ottomanen überholt hätten, aber so schnell, daß sie jedes versprengte Grüppchen trennen und niedermachen konnten und der Armee auf den Fersen blieben, bis sie ins Meer tauchte.

Sie hatten eben erst damit angefangen, als Nick Upton, von dem zwischen dem Stahl seines Helms nur leuchtende rote Haut zu sehen war, heftig ausatmete und seine gepanzerte Fülle auf die Seite rutschte, so daß sein Pferd stolperte und stehenblieb. Lymond hatte die Hand schnell am Zügel, drehte Uptons Pferd um und stützte den Mann, während er dem eigenen Pferd heftig die Sporen gab. Er spürte durch Uptons schönen scharlachroten Mantel mit dem verstaubten weißen Kreuz darauf das Brennen des Metalls. Dann, als auf ihrer linken Flanke plötzlich das Gefecht losbrach und jemand nach ihm rief, legte er die schwere Last geschickt in andere Arme und führte Uptons Männer ohne ihn weiter. Er konnte Upton keinen Balsam anbieten, nur Ruhe, während das Gefecht weiterging. Und der Trupp des Turkopiliers folgte ihm, mit blutigen Schwertern und schweißgebadeten Pferden, und jagte die Eindringlinge an den Rand des Meeres.

Sie kamen, als es vorbei war, an dieselbe Stelle zurück: müde, jubilierend, aber jetzt mit Zeit für die Sorge. Nicholas Uptons Rüstung war aufgeschnallt worden, und er lag immer noch auf dem Boden, mit dem dicken Bauch nach oben, geschlossenen Augen, das Gesicht von der Sonne aufgedunsen und glasig, die Glieder bebend von schaudernden Seufzern. Francis Crawford kniete nieder, fühlte ihm einen Augenblick lang den Puls; dann stand er ohne Kommentar auf und gab alle erforderlichen Anweisungen. Der Turkopilier wachte nicht auf, als vier Männer seinen leblosen Körper in die Schlinge hievten, und auf dem langsamen Ritt zurück nach Borgo veränderte sich auch sein rasselnder Atem nicht. Den Rittern, die aus dem Torbogen herausritten, um ihn zu begrüßen, allen, die sich neben sie drängten, als sie die steilen Straßen der Stadt hinaufritten, gab Lymond dieselbe Antwort. «Sir Nicholas ist nicht verwundet. Er ist ein dicker Mann, der sich in der tropischen Sonne überanstrengt hatte, während er hundert Pfund Stahlrüstung mit sich herumschleppte. Gebt der Sonne die Schuld. Gebt der Rüstung die Schuld. Gebt euren hohlköpfigen Gewohnheiten die Schuld. Gebt dem Mut eines Mannes die Schuld, dessen Herz viel größer war, als es sein mächtiger Körper je wurde. Aber gebt nicht den Türken die Schuld. Diesen Mann hat der Johanniterorden von Jerusalem, Rhodos und Malta getötet.»

Tatsächlich starb Sir Nicholas Upton aus England an jenem Abend in seinem weiß verhängten Bett im Hospital, das Gesicht der Tür zur Kapelle des Allerheiligsten zugewandt. Einen Augenblick später stellte der französische Arzt den Silberkelch, in den de Homedès' Wappen eingraviert war, weg, stand auf und ging leise hinaus, während der Prior weiter mit leiser Stimme die Sterbegebete sprach und de Villegagnon, Blyth und die beiden Ritter, die dem Turkopilier in seinen Jahren auf Malta am nächsten gestanden hatten, neben dem Verstorbenen knieten und beteten.

Der groteske Tod des dicken Ritters war an jenem Tag der einzige Verlust. Lymond hatte seine Kompanie aus über dreihundert Männern ohne schlimmere Verwundungen zurückgebracht, und ebenso Gimeran, der, auf der anderen Seite des Wassers zwischen den Felsen des Sciberras im Hinterhalt gelegen, die Galeere des türkischen Admirals überrascht hatte, als sie zum Kundschaften eingelaufen war, und sie beschossen hatte, was die Besatzung dazu veranlaßte, im Durcheinander die Ruder fallenzulassen und sich schließlich zurückzuziehen. Sinan Pascha hatte wütend befohlen, auf dem Berg Sciberras zu landen, um den kleinen Trupp von Rittern anzugreifen, aber nachdem sie an Schaden angerichtet hatten, was sie konnten, hatten sich Gimerans Männer klugerweise zurückgezogen und waren mit ihren Skiffs in Sicherheit nach Borgo zurückgelangt.

Seither hallte St. Angelo, angeregt vom Großmeister, vom Lobpreis des spanischen Ritters wider. Jerott Blyth, der die Heimkehr beider Truppen gesehen und beobachtet hatte, wie Lymond sich abwandte, nachdem seine Männer sich aufgelöst hatten und Uptons durchsackende Bahre durch die mit Granatapfelkränzen geschmückte Tür des Hospitals getragen worden war, holte Lymond auf dem Rückweg zu Gabriels Haus ein. «Wie war's?»

Crawford von Lymond, Comte de Sevigny, der Nicholas Upton hoch geachtet hatte, begegnete seinem betont beiläufigen Blick ausdruckslos. «Nach allem, was ich weiß, hervorragend. Herkules, wie du gesehen hast, *brûla son corps, pur se rendre immortel.* Ansonsten kann man kaum behaupten, daß sie ausgeblutet sind. Aber sie haben eine Menge an Gewicht verloren.»

Kurz darauf legte ungesehen ein Skiff vom türkischen Flaggschiff ab, das in der Bucht von Marsamuscetto vor Anker lag, und dann betraten Sinan Pascha und seine Offiziere, deren Juwelen in der Sonne funkelten, die felsige Halbinsel, auf der vor Stunden Gimerans Truppe gestanden hatte, und schauten ihrerseits über den Hafen auf die Festung von St. Angelo hinüber, die hoch auf ihrem meerumschlungenen Felsen lag, mit der Stadt Borgo dahinter.

Und Sinan Pascha, weiß zwischen Turban und Bart, sagte zu dem untersetzten, schweigenden Dragut an seiner Seite: «*Das* soll die Festung sein, von der du unserem Herrn erzählt hast, sie sei so leicht einzunehmen? Bestimmt», Sinan Pascha war bitter, «hätte sich kein Adler einen höheren Felsen für seinen Horst aussuchen können.»

Dann musterten Draguts narbenlidrige, wimpernlose Augen die anderen, musterten Salah Rais, seinen Mitkorsaren, und Sinan den Juden, seinen General, und sie schlossen sich, als das flache Gesicht mit dem grauen Bart unter dem Turban sich zu einem Lächeln verzog.

«Krieger des Glaubens, warum sind wir denn hier?» sagte der alte Mann freundlich. «Die Ungläubigen, die Gottes heilige Stätten bedrohen, sind in Fort St. Angelo, dort vor euch. Liegt ihr im Streit mit Bauern und Fischern? Gott, der Herr der Welt, verlangt von euch, diesen widerlichen Felsen von den Reptilien zu säubern. Gott», sagte Dragut kalt, «und der Schatten Allahs auf Erden, der Sultan Suleiman Khan, Sohn des Sultans Selim Khan, des Sohnes von Sultan Bajesid Khan, wird auf einen Fehlschlag mit dem gerechten Zorn antworten, der tötet.»

Und im Kriegsrat, der unter dem seidenen Baldachin des Flaggschiffs folgte, setzte sich Dragut, das gezogene Schwert des Islam und der verschworene Feind der Johanniterritter, teilweise durch. Ihr Hauptziel würde Tripolis sein. Suleiman hatte seinem General befohlen, Malta und Gozzo einzunehmen, wenn er konnte, aber nichts zu riskieren, was die Eroberung von Tripolis gefährden konnte.

Aber zuerst sollte Kaiser Karl eine letzte Chance bekommen. Deshalb war Sinan Pascha zunächst nach Sizilien gesegelt, um den Vizekönig an die Verträge zu erinnern, die Karl und den Vizekönig banden, und ihn um die Rückgabe der ehemaligen Stadt des Sultans, Bône, zu bitten.

Der Vizekönig erwiderte, weil er Zeit gewinnen wollte, bis das schöne Segelwetter vorbei und die Flotte gezwungen war, sich auf den Heimweg nach Konstantinopel zu machen, er könne in dieser Sache nichts unternehmen und müsse sie seinem Herrn vortragen lassen.

Es war seine letzte Chance, Maltas letzte Chance, Tripolis letzte Chance. Schweigend war der Bote unter Verbeugungen hinausgegangen, schweigend hatte sich Sinan Pascha die Antwort angehört, hatte am selben Abend die Anker gelichtet, war nach Süden gesegelt und hatte brandschatzend und plündernd die sizilianische Küste heimgesucht. Suleimans Befehl hatte gelautet, auf Malta nichts zu unternehmen, was den Angriff auf Tripolis schwächen könne. Aber sie waren keine Weiber oder Badeaufseher. Auf Malta zu landen und mit leeren Händen zurückzukommen hätte sogar denen Schande gemacht.

Dragut konnte sie nicht dazu überreden, Borgo und St. Angelo anzugreifen; nicht einmal seine Redegewandtheit und Ausstrahlung konnten das bei Sinan Pascha erreichen. Aber er konnte ihn wenigstens davon überzeugen, daß er nach Mdina marschieren mußte, sechs Meilen im Nordosten, wohin sich die maltesischen

Adligen mit ihren Leuten und ihren Reichtümern aus Angst zurückgezogen haben mußten. Und so kam es, daß wegen der Tapferkeit von Nicholas Upton und des Spaniers Gimeran der Chevalier George Adorne aus Genua, Kommandant von Mdina, mit dreizehntausend Flüchtlingen, drei Johanniterrittern und sonst so gut wie keinem Soldaten Sinan Paschas Angriff erleiden mußte.

Die kleine Hauptstadt Mdina, die wie eine Felsentaube über den ausgedörrten Ebenen von Malta hockte, hielt sechsunddreißig Stunden lang nach Hilfe Ausschau, die nicht kam.

Von den ersten Anzeichen der Gefahr an – dem fernen Klang von Stahl, den dunstigen Rauchsäulen – hatten sie getan, was sie konnten. Am zweiten Abend, so gut vorbereitet, wie sie irgend hoffen konnten, stand der Gouverneur Adorne, der Einwohner und Flüchtlinge zu einer Behelfstruppe unter seinen drei Rittern zusammengezogen hatte, auf den Zinnen und beobachtete, wie die türkische Armee ihr Lager aufschlug.

Hinter ihm lagen acht mutige Versuche, sie aus einem Hinterhalt anzugreifen. Achtmal hatte er einen Ritter mit einem Trupp seiner besten Männer ausgeschickt, um die näherkommenden Türken zu beschießen. Aber drei Führer waren nicht genug, und mehr hatte er nicht. Blutend schliefen die Ritter im Stehen ein, waren mit ihren Kräften am Ende. Adorne, der selbst zwei Tage und eine Nacht lang nicht geschlafen und mit den anderen unter der spärlichen Zuteilung des kostbaren Wassers gelitten hatte, spürte, daß auch seine Kräfte nachließen. Und in der kleinen Stadt hinter den dicken Mauern, mit ihrem Gewirr aus stillen Gassen, hohen Mauern, wappengeschmückten Torbögen und der gedrungenen Kathedrale mit dem normannischen Turm, überfüllt mit verängstigten, schweigenden Menschen, sank die Hoffnung auch. Trotz aller Warnungen Adornes wurden nachts handgemachte Seile über die Brüstungen geworfen, und eilige Schatten huschten ungelenk darüber, mit Bündel oder Kind, ließen sich in die Gräben hinunter und liefen... liefen ins Gemetzel oder in die Sklaverei, denn jetzt waren die Janitscharen da, umzingelten die Stadt, kamen lautlos immer näher. Von den dreihundert Männern, Frauen und Kindern, die in diesen beiden Nächten versuchten, Mdina zu verlassen, entkam niemand.

Als das erste klare Licht über dem Meer erschien und darunter, wie Irrlichter im Moor, die Feuer des Islam tanzten, schickte der Gouverneur Adorne von Mdina einen ersten und letzten Appell an die Ritter in St. Angelo.

Und der Kurier, ein grimmiger, kleiner spanischer Leutnant, den er schlecht entbehren konnte, kam durch. Einen Arm an den Schwertgurt geschnallt, mit einem Schnitt im Schenkel, der den weißen Knochen zeigte, wenn er niederkniete, kam der zähe Bote aus der belagerten Hauptstadt nach Borgo, während die Sterne noch wie Lampen in der warmen, meeresrauschenden Nacht am Himmel hingen, und stand schließlich vor Juan de Homedès und hörte, wie der Großmeister die Nachrichten, die er gebracht hatte, ruhig, trocken und sarkastisch als Belanglosigkeiten abtat.

«Die Führer reichen nicht aus?» sagte Seine Eminenz mit leisem Tadel. «Doch so groß unsere Berufung auch ist, wir müssen in Demut denken, daß die Tugenden des Muts, der Führerschaft und des Glaubens nicht uns allein gehören. Sehen Sie sich bei den einheimischen Maltesern in Mdina um, mein Kind. Eine solche Gelegenheit zur Tapferkeit, wie sie ihnen geboten wird, kommt so schnell nicht wieder.»

Monoton, entschlossen, dieser unglaublichen Belastung seines Durchhaltevermögens zu trotzen, wiederholte der Leutnant nach jeder Tirade: «Die Malteser in Mdina haben Angst. Sie sind nicht ausgebildet. Unter den Johanniterrittern – unter einem Führer wie M. de Villegagnon hier – werden sie so gut kämpfen wie jede Truppe der Welt. Aber nicht allein. Nicht mehr allein.»

«Jeder von uns», sagte der Großmeister mit melancholischer Stimme, die Augenklappe entsetzt auf die Wand gerichtet, «jeder von uns auf dieser schrecklichen Welt muß lernen zu kämpfen, allein zu kämpfen. Unser großer Orden ist die Bastion Gottes in den östlichen Meeren. Wenn wir der Schwäche kleiner Menschen nachgeben, verleugnen wir unseren Schwur, der Heiligen Kirche beizustehen. Mein Gewissen erlaubt mir nicht, auch nur einen Ritter nach Mdina zu schicken.»

Das dunkle Blut sickerte durch die Reithose und floß zähflüssig am Bein des Spaniers hinunter. Sein Gesicht, weiß unter dem Schmutz und dem Schweiß, war eine Maske, bis auf die eindringlichen, auf den Großmeister gerichteten Augen. «Dann schicken Sie wenigstens M. de Villegagnon», sagte er. «Er wird der Stadt Mut geben wie kein zweiter, während sie stirbt.»

«Falls es M. de Villegagnon wünscht, darf er selbstverständlich gehen», sagte Juan de Homedès unerwartet. «Jemand muß unsere Botschaft ohnehin Bruder Adorne überbringen, und Sie, mein armer Mann, haben genug getan. Sie haben uns zumindest, dessen können Sie sicher sein, von Ihrem Mut und Ihrer Tugend überzeugt. M. de Villegagnon reitet nach Mdina. Seien Sie dessen versichert. Alles wird gut. Kümmern Sie sich um ihn, Bruder», sagte der Großmeister leichthin zu dem Arzt in der Versammlung und wollte aufstehen.

Er hatte die Opposition unterschätzt.

«Euer Eminenz.» Das war Gabriels Stimme, entschlossen und sanft. «Ich bitte darum, daß Sie der Angelegenheit noch einen Augenblick Ihrer Zeit opfern. Sie verurteilen M. de Villegagnon genau wie die Stadt Mdina zum Tod.»

Das dürre Gesicht war völlig gefaßt. «Ich verurteile M. de Villegagnon zu nichts. Ich habe gesagt, er darf nach Mdina gehen, wenn er es wünscht.»

«Er wird Ihrem leisesten Wunsch gehorchen, ob er es wünscht oder nicht», sagte Gabriel offen. Unausgesprochen hingen die Worte in der Luft: *Genau wie die fünfundzwanzig rebellischen Ritter, die Sie in den sicheren Tod nach Tripolis schicken wollen.* Laut fügte er hinzu: «Aber wenn wir M. de Villegagnon entbehren können, können wir mehr entbehren. Ich wünsche, nach Mdina zu gehen.»

«Und ich! Und ich! Und ich!» Endlich hatte er ihnen geschickt die Zunge gelöst. Das Stimmengewirr stieg an beiden langen Tischen auf, vom Pilier und von Großkreuzträgern, von allen großen Offizieren des Ordens.

Juan de Homedès sah sie mitleidig an. «Ich soll die Blüte des Ordens nach Mdina schicken? Lautet so wirklich Ihr Rat?»

«Nein», sagte de Villegagnon mit kräftiger Stimme. Er stand auf, überragte mit seiner gewaltigen Fülle den vergessenen Boten und sprach endlich für sich. «Nein. Ich gehe mit Freuden. Aber falls Mdina gerettet werden soll, wird es nicht von Bauern gerettet, sondern von Männern, die für Religion und Ehre kämpfen, von den Johanniterrittern, die diese Menschen an Kindes Statt angenommen haben, als der Orden Malta zu seiner Heimat machte. Behalten Sie Ihre großen Offiziere. Behalten Sie Ihre Verteidiger. Halten Sie die Wachposten in St. Angelo weiterhin stark besetzt. Aber geben Sie mir hundert Ritter – nicht die hochrangigsten, aber Männer, die bereitwillig ihr Leben opfern würden, um die Türken zu besiegen, und die wissen, was sie tun müssen, damit es den Islam teuer zu stehen kommt. Geben sie mir hundert.»

Der Großmeister lehnte sich im geschnitzten Thron zurück, mit dem schwarzen Hut hoch über dem grauen, leidenschaftslosen Gesicht, die Augenklappe sorglos auf die Versammlung gerichtet. «Ich gebe Ihnen sechs», sagte er mit äußerster Sorgfalt. «Denn ich kann Ihnen die Bürde, unter solcher Gefahr allein zu reisen, nicht auferlegen, lieber Bruder. Nehmen Sie sechs als Begleiter mit.»

Das scharfe, schockierte Einatmen in dem stickigen Raum war das einzige Geräusch, das auf seine Bemerkung antwortete. Plötzlich stand Gabriel auf. Aber er kam zu spät. De Villegagnon, der dem Großmeister direkt ins Gesicht sah, hatte schon gesagt, was er dachte. «Sie erlegen mir und den sechs Männern, von denen Sie sprechen, nichts auf außer einem ehrlosen Tod.»

Der Großmeister stand auf. Für einen so alten Mann kam er mühelos und schnell auf die Beine, und von seinem Podest sah er auf sie alle herunter, die Hakennase fahl, die eingefallenen Wangen vor noblem Abscheu verzogen. Und dieses Mal vermittelte seine schneidende Stimme nur Zorn.

«Bruder Nicholas, hören Sie zu. Von einem Hospitalier des Johanniterordens von Jerusalem, gleich welchen Alters, gleich welchen Ranges, gleich welcher Erfahrung er sich rühmt, erwarte ich Tapferkeit. Ich erwarte Gehorsam. Ich verlange Demut vor dem unergründlichen Willen des Herrn... Ich erwarte keine weinerlichen Einwände. Falls Sie vor der Aussicht zurückschrecken, die vor Ihnen liegt, mit sechs meiner Ritter an Ihrer Seite, dann brauche ich nur die Stimme zu heben und Ritter aufzurufen, die glauben, allein das Sterben für den Orden mache ihnen Ehre. Ich habe keine Zeit», sagte Juan de Homedès beißend, «für Verrätergeschwätz. Wenn Sie gehen wollen, dann besser jetzt, vor Tagesanbruch. Wenn Sie Angst haben, sprechen Sie es aus.»

«*Angst!*» Nicht Respekt vor dem Oberhaupt seines Ordens, nicht

Diskretion, nicht die christliche Demut, zu der er aufgerufen worden war, veranlaßten de Villegagnon zum Innehalten, sondern die ruhige Nachricht in Gabriels blauäugigem Blick. Dann antwortete Nicholas Durand de Villegagnon, die Stimme steif, so verletzt war er, dem Großmeister. «Ich habe so gesprochen, um mich für die Stadt Mdina einzusetzen, für die Ritter und die Malteser in ihr und für die sechs vergeudeten Leben, die zusammen mit meinem geopfert werden, das ist alles. Mein Herr», sagte de Villegagnon und schaute direkt in das eine Auge des Aragoniers, der ihrer aller Oberhaupt war, «ich werde Ihnen beweisen, daß ich noch nie aus Furcht der Gefahr ausgewichen bin. Ich gehe heute nacht nach Mdina, und zwar allein. Damit die Menschen in Mdina in der Gewißheit sterben mögen» – und er machte eine Pause, die Stimme schwer von unpassender Ironie –, «daß durch ihr Opfer die Ritter dieses Ordens sicher in ihrem Schloß in St. Angelo bleiben und der Zukunft mit Zuversicht entgegensehen können, unversehrt.»

Er bekam die Erlaubnis zum Aufbruch, weil der Großmeister immer gehofft hatte, er werde aufbrechen, aber schließlich ging er doch nicht allein. Schneller als der kostbare Rest der Dunkelheit, sein Schild, sich verflüchtigte, hatte sich der Spruch des Großmeisters verbreitet. Sechs Ritter durften mit ihm in das belagerte Mdina reiten. Und als de Villegagnon mit glänzendem Brustpanzer unter dem Gewand, den Helm über das struppige Haar gestülpt, eine Handvoll Mais und eine Arkebusenschnur in der Hand die steile Rampe zum Schloßgraben hinunterschritt und leise nach den Stuten rief, die dort angebunden waren, berührte ihn etwas am Arm, und als er sich umdrehte, sah er nicht das weiche Maul eines Reitpferds vor sich, sondern einen Ritter der französischen Zunge, im Ordensgewand, aber ohne Rüstung, ein grob mit Schnur gezügeltes Pferd neben sich, und hinter ihm fünf weitere Männer. «Wir haben gelost», sagte eine leise, lebhafte Stimme. «Und Sie haben verloren.»

Jerott Blyth. Hinter ihm standen drei in Frankreich geborene Begleiter aus früheren Zeiten, deren grinsende Gesichter plötzlich die eisige Wut in seinem Herzen wärmten. Und hinter ihnen saßen zwei Männer schon zu Pferd, einer von hervorragender Statur, der andere leicht gebaut und weniger groß, beide im Mondlicht mit einem silbrigen Haarschopf. Der eine war Francis Crawford. Der zweite war Gabriel.

Der Großkreuzträger hielt neben de Villegagnon und beugte den goldenen Kopf, und als wäre er getadelt worden, fiel auch de Villegagnon bärtiges Kinn auf seine Brust, und die anderen taten es ihm einer nach dem anderen nach.

«Allmächtiger Gott», betete Graham Malett, die Handflächen um die behelfsmäßigen Zügel der Stute gelegt, und seine leise, tiefe Stimme erreichte nur den kleinen Trupp, dem er sich angeschlossen hatte. «Beschütze diese Deine Kinder, die selbstlos ausziehen, um den Schwachen in der Stunde ihrer verzweifelten Not beizustehen. Wir beten für diesen Orden, darum, daß nichts, was wir tun, seinen Ruhm mindern möge, und darum, daß uns vergeben wird, was wir ungetan lassen. Leite uns, und wenn wir nicht mehr sind, leite alle, die bleiben, die tun, was sie tun, o Herr, aus der ärmlichen Liebe zu Dir und Deinem Sohn. In Deine Hände befehlen wir unseren Geist, unter Deinen Fuß legen wir mit Freuden unser sterbliches Fleisch.»

Ein leises, fünffaches Atmen ertönte, als sie sich regten, sich lösten und zu Pferd stiegen. Kein islamischer Beobachter sah vom Berg Sciberras aus die sieben dunklen Köpfe, die den Kanal durchschwammen, ebensowenig wie die sieben Gespenster, die an Land kamen, die heiße, salzige Luft aus den hohen Mauern von Borgo in den Nasenlöchern zurückgehalten, und niemand hielt sie an, als sie sich durch die dunkle Nacht in die Ebene schlichen, in der Mdinas hohe Zitadelle lag.

Denn kein erfahrener Türke, nicht einmal Dragut, wäre auf den Gedanken gekommen, ein Mann, der keine Armee bei sich hatte, würde jetzt Mdina betreten wollen.

4. Kapitel

Der Raub des Galatian

Mdina und Gozzo, Juli 1551

Irgendwo auf diesem kühnen Ritt nach Mdina, während er ottomanischen Stimmen beim Gebet lauschte, geduckt, die Nüstern seiner Stute mit der Hand abgedeckt, oder wenn er von einem staubigen Grasbüschel zum nächsten sprang, damit nicht einmal das Klappern unbeschlagener Hufe die nächtliche Stille störte, dachte Jerott Blyth darüber nach, warum sie mitgekommen waren.

In der alten Hauptstadt, durch die der heilige Paulus geschritten war, der wichtigsten Stadt auf Malta, zum Schrein der alten Gesetze und Riten geworden, sollten sie im Kampf gegen die Türken ihr Leben lassen. Das war ihre Pflicht als Ritter des Glaubens. Er nahm an, seine drei Kollegen aus der französischen Zunge seien einzig aus diesem Grund mitgekommen. Er, der dem Orden beigetreten war, weil eine Frau gestorben war, hatte sich, wie er wußte, dem Trupp aus Gründen angeschlossen, die wenig mit den Türken zu tun hatten. Er dachte an den Großmeister, der sich seinen auf schmerzliche Weise aufrichtigen Bericht über seinen Wunsch, in den Orden aufgenommen zu werden, angehört und gesagt hatte: «Jünger Christi kommen aus merkwürdigen Gründen zu ihm, mein Sohn. Wir wählen nicht den Mann, der schon mit sich im reinen ist. Wir wählen den Mann, der weiß, daß der Dienst für Gott seine Seele rein machen könnte, und der dieses Ziel anstrebt...» Und derselbe Großmeister hatte sechs dieser sieben Männer erlaubt, heute nacht nach Mdina zu reiten, in der Hoffnung, daß sie starben, und in der Gewißheit, falls sie fielen, lasse sich das Gerücht, sie seien Verräter gewesen, ungehindert verbreiten.

Gabriel... Warum war Gabriel mitgekommen? Im letzten Augenblick war er vorgetreten, hatte die Hand auf den auserwählten Franzosen gelegt und gesagt: «Nein, Bruder. Du wirst für ein besseres Opfer als das hier überleben.» Und ohne Rüstung, wie Lymond in seiner Unbesonnenheit, ohne seinen schönen milanesischen Küraß und den berühmten Helm mit dem weißen Federbusch, hatte Gabriel St. Angelo verlassen, um sich mit den anderen im Graben de Villegagnon anzuschließen. Gabriel, der den alten Großmeister noch gestützt hatte, würde sein Leben in Mdina wegwerfen, obwohl der Großmeister, was Gabriel gewußt haben mußte, zur Gewalt gegriffen hätte, um ihn aufzuhalten, wenn es hätte sein müssen. Warum?

Warum? In diesem Augenblick fiel Jerotts Blick auf Francis Crawford, der eine Begabung zum Führen hatte und der, wie Jerott glaubte, sich aus dem Spaß heraus, den ein verwöhntes Kind am Spielen fand, freiwillig, unaufgefordert für die winzige Schwadron gemeldet hatte; und schließlich überkam Jerott eine Erleuchtung. War Gabriel um Lymonds willen, um Lymonds Bekehrung zur Religion willen, nach Mdina mitgekommen?

Auf demselben verrückten Ritt hielt sich Lymond an den eigenen Rat. Was er auf Felsen und Sümpfen in Schottland gelernt hatte, verhalf ihm zu Lautlosigkeit und Schnelligkeit, und Graham Malett sah ihn kaum, obwohl Lymond, der den Weg nicht kannte, Gabriel und de Villegagnon nie aus den Augen verlor.

Instinktiv ausweichend, sich durchschlängelnd, wendend, in ihrem Wettrennen mit der Nacht zu schnell für Vorsicht, sprengten die sieben Männer nach Mdina: sieben verletzliche Männer, die Armee, auf die Adorne wartete. Und als sich weit im Osten langsam das erste Licht auf dem Meer ausbreitete, sah der Gouverneur, der schlaflos auf der hohen Mauer der Hauptstadt stand, daß sich im Graben etwas regte.

Der Bogenschütze neben ihm hatte den Ellbogen gehoben. Ein wachsendes Beben des Zorns war durch den Wächter hindurchgegangen, als in der Dunkelheit am Grabenrand ein Licht blitzte. Es glomm, flackerte und flammte auf, und in seinem gelben Schein zeichnete sich das bärtige Gesicht des Chevaliers de Villegagnon ab, mit dem weißen Kreuz an seiner Schulter. Die Armee war gekommen.

Auf dem Schutzwall waren sie so klug, nicht zu jubeln. Schnell, wie sie es geübt hatten, wurden die Kanonen aus den Schießscharten zurückgerollt und den Rittern, die unten warteten, neue Seile zugeworfen. Sie kletterten wie Eidechsen, Seeleute, die sie allesamt waren, und George Adorne, hinter dem steifen Gesicht von Gefühlen gebeutelt, zählte, während sie sich über die Brüstung schwangen.

Sieben. Die Pause nach dem siebten Mann dehnte sich zu einer Frage aus, die zu stellen Adorne nicht übers Herz brachte. Es war Gabriel, der mit einem entschuldigenden Blick zu de Villegagnon – einem Blick, der, wie Jerott sah, die ganze wartende Menge umfaßte – sagte: «Die Armee folgt, meine Freunde. Wir sind hier, um Ihnen zu sagen, daß Mdina gerettet werden wird.»

Und deshalb läuteten am Morgen des dritten Tages in Mdina die Glocken. Die aus Freude rufenden und weinenden Menschen drängten sich um die tollkühnen Ritter, die ihnen das Versprechen der Rettung gebracht hatten, und eine große Feuersäule, entzündet auf dem Felsen des heiligen Paulus im schwachen Licht der Dämmerung, sagte dem Großmeister, der von den Mauern von St. Angelo aus zuschaute, daß de Villegagnon und die sechs Männer sicher eingetroffen waren.

Während sich draußen vor dem Tor die jubelnde Menge drängte und innen im zunehmenden Licht die Kerzen ein müdes Gelb ausstrahlten, drehte sich der Bailli um, streckte die Arme aus, um seine Retter an sich zu drücken, und die Erschöpfung, die Verzweiflung, die er seit drei Tagen unterdrückt hatte, raubte ihm in diesem Augenblick der Abgeschiedenheit und der Erleichterung die Stimme, und in seinen lächelnden Augen standen törichte Tränen.

De Villegagnon nahm seine Hände und hielt sie fest. Eine Pause entstand, in der niemand etwas sagte. Dann, als der Gouverneur in dem festen Griff zumindest die unglaubliche Wahrheit zu ahnen begann, ergriff der Chevalier schroff das Wort.

«Die Menschen dürfen nicht verzweifeln, aber es ist Ihr Recht, die Wahrheit zu erfahren. Der Orden bleibt in St. Angelo, um die Christenheit zu verteidigen, und kann nicht mehr als sieben Männer entbehren. Wir sind hier, um in die Bresche zu springen und an Ihrer Seite zu sterben... und mit unserem gemeinsamen Widerstand, Ihrem, unserem, dem der Menschen vor diesem Tor werden wir den Fall von Mdina in der ganzen Welt berühmt machen.»

«Vergeben Sie uns», sagte Gabriel sanft im Zwielicht, als Adorne, losgelassen, langsam in die Knie glitt, beide Hände gegen das Gesicht gepreßt. «Wir sind nicht vierhundert, sondern nur sieben. Dennoch bringen wir Ihnen die Gebete der Christenheit und die ganze Macht unseres Glaubens. Wunder sind schon mit weit weniger vollbracht worden.»

Und über den gesenkten, schweigenden Kopf des Baillis hinweg wollte Lymonds milde Stimme wissen: «Um was für ein Wunder betet Ihrer Meinung nach der Großmeister?»

Mdina, auf drei Seiten durch steile Abhänge und auf der vierten durch einen Graben abgeschottet, verdankte seine Sandsteinmauern den Römern, und seither war an ihnen nicht mehr viel getan worden. Die Mauern hielten Schleudern stand, Arkebusenschüssen und Sturmleitern, aber sie würden wie Pulver bersten, noch ehe die Kanonen, die von der osmanischen Armee Stück für Stück von den Schiffen über die Felsen geschleift wurden, eingetroffen waren.

Die türkischen Kanonenwagen waren bald auf den knochentrockenen Fahrspuren steckengeblieben, die vor Urzeiten von jetzt toten Händen in den Felsen eingemeißelt worden waren. Deshalb wurde Stück um Stück der Kanonen, die Mdina zerstören würden, auf den nackten Rücken der christlichen Sklaven getragen, Kolonne um Kolonne schlängelte sich über die ausgedörrte Ebene, und der Gesang, der sich in der schimmernden Luft hob und senkte, drang durch die engen Gassen der kleinen Stadt, bis die Trompeter des Baillis hoch auf der Mauer die silbernen Mundstücke ansetzten und forsche Zuversicht über die Ebene bliesen.

Die Glocken hatten aufgehört, aber in der sicheren Hoffnung auf Rettung und durch die fleischliche Gegenwart von de Villegagnon und seinem Trupp machten sich die Menschen an die Arbeit, Mdina zu halten, bis der Orden kam.

Hinter den abbröckelnden Mauern wurde ein Graben gezogen, hinter ihm eine zweite Mauer gebaut: ein Wall aus Erde und zerbröselndem Stein, ein Haufen bröckeliger Schutt, in diesem Land der nackten Erde an jenem Morgen aus den Häusern herausgehauen. Handwerker, Edelmann, Richter – jede Familie im bedrohten Mdina zerstörte ihr Haus, und die dunklen, stämmigen Frauen von Malta, denen der Schweiß die Schleier an die Wangen klebte, trugen den kostbaren Schutt in ihren weißen Röcken zu der neuen Mauer. Und als alle Teile der Befestigung fertig waren, wurden Planken hergeschleppt, auf denen die Geschütze postiert werden konnten.

Während er das beaufsichtigte, die kräftige Schulter gegen das schwere Rad gestemmt, mit seiner tiefen Stimme Späße machte und Ermunterungen rief, das guineengoldene Haar bronzefarben vom Schweiß, schaute Gabriel auf und sah Lymond vor sich.

«Ich glaube», sagte Francis Crawford, «am Westhang könnte Ihre unnachahmliche Beredsamkeit wie Balsam wirken. Die heiligen Augustinerbrüder dort drüben drohen, uns mit Blitzschlägen zu strafen, wenn wir ihre Kirche einreißen.»

Gabriel richtete sich auf. «Erklären Sie es ihnen», sagte er.

Lymond schüttelte langsam den Kopf. «Ich glaube, daß sie nur auf jemanden hören werden, der in enger Verbindung mit Gott steht.»

«Dann gehe ich... weil Sie das ja von mir erwarten», sagte Gabriel, und ein plötzliches, freundliches Lächeln ging kurz über sein Gesicht. Er wollte gehen, zögerte aber neben Lymond, mit besorgtem Gesicht. «Ich wünschte, Sie wären nicht so spöttisch», sagte er und legte wie schon einmal flüchtig die Fingerspitzen auf Lymonds Arm. «Denn mein Gott könnte Sie lieben wie kaum einen anderen, und ich auch.»

Bei dem kurzen Kriegsrat, der abgehalten wurde, als die Mauern fast fertig waren, war mit dem bloßen Auge keine Spur dieses Wortwechsels zu entdecken, nicht einmal Jerott Blyth mit seinem lebhaften Einfühlungsvermögen merkte etwas davon. Durch das Feuer, die Stuten im Graben und die Glocken mußten die Türken doch wohl wissen, daß Hilfe gekommen sei, sagte Adorne zögernd.

«Natürlich.» De Villegagnon war ungeduldig. «Aber sie wissen nicht, wieviel Hilfe. Und vielleicht schließen sie aus dem Signalfeuer und den Trompeten – das hoffen wir jedenfalls –, daß weitere Hilfe im Anmarsch ist.»

«Ich frage mich, ob jemand über die Mauer geflohen ist, seit wir gekommen sind», sagte Lymond nachdenklich. «Leider nicht sehr wahrscheinlich. Jetzt warten alle darauf, gerettet zu werden, vielleicht mit Ausnahme...»

«Die Osmanen bekommen durch Folter heraus, was sie wissen wollen», unterbrach Gabriel scharf.

«...vielleicht mit Ausnahme der Augustinermönche», schloß Lymond voller Hoffnung, in einem feindseligen Schweigen, und fügte unbeeindruckt hinzu: «Wer hat Lust, ein paar Kreidekreuze auf schwarzes Tuch zu malen?»

Gabriel lächelte. «Die Schafarmee von Yarrow? Ich habe davon gehört», sagte er, und als Adorne ihn fragend ansah, setzte er ihn ins Bild. «Wir sind zehn Ritter, aber die Türken werden nur Kreuze zählen. Verkleiden Sie jeden Mann, jede Frau, jedes Kind als Ritter. Geben Sie den Großmüttern Helme; malen Sie Musselin mit Silberfarbe an, wenn Sie keine Rüstungen haben. Nehmen wir Stöcke als Arkebusen, Ruten als Armbrüste...»

«Baumstämme als Kanonen», sagte de Villegagnon und hob seinen prächtigen Bart. «Von ganzem Herzen einverstanden. Mit allem, was Sie und M. Crawford sagen.» Er machte ein Pause. «Ich brauche Ihnen nicht zu sagen, daß es nicht so leicht ist, den Türken Angst einzujagen, Sir Graham. Silberfarbe und Stöcke können keine Krummschwerter überwinden.»

«Dann setzen Sie Ihren Glauben», sagte Graham Malett, «in das achtspitzige Kreuz», und er sprach wieder nur Lymond an.

Sie wußten durch den schleppenden Vormarsch der türkischen Kanonen genau, wieviel Zeit sie hatten. Als die Sonne den Zenit erreichte, hallten die Sklavenstimmen im erschöpften Unisono deutlich zur Stadt herauf, und die weiße Karawane aus tödlichem Stahl mit den gegen die blasenwerfende Hitze in Leinen eingewickelten Stein- und Eisenkugeln war bis zu ihrem Ende zu sehen.

Den ganzen Tag lang hatten die Janitscharen in ihren Gewändern Stellung knapp außerhalb der Kanonenreichweite Mdinas bezogen, und Sklaven, die nackten Oberkörper vor der Sonne ungeschützt, hatten unter der Aufsicht türkischer Pioniere mühselig gearbeitet, um Lafetten für die große Scharfmetze und die Mörser mit ihren Achtzigpfundgeschossen zu bauen und Gräben in den hartnäckigen Fels zu hauen. So weit das Auge reichte, breitete sich zu Füßen der Stadt bunte Seide aus, sich langsam bewegend wie ein träges Meeresungeheuer, und der islamische Halbmond, wie eine Himmelserscheinung auf jedem Schild und Banner, verkündete, daß unter dem Schirm des Allerhöchsten die Armee des Spenders von Kronen bereitstand: Das Flammenschwert und die siegreiche Klinge Allahs bedrohten Gottes bescheidene Rüstung.

Dann war alles getan, was für Mdina getan werden konnte. Schweigend unter der Sonne lagen die Ritter, Soldaten, Diener, Männer und Frauen von Mdina auf ihren Posten, und hier und dort sogar das edelste Blut von Malta, die Inguanez, deren Wappen seit hundert Jahren die Tore von Mdina zierte, denn Gabriels Überzeugungskraft hatte ihr Oberhaupt, den Herrn von Gatto-Murino, schließlich doch noch dazu überredet, den verhaßten Rittern, die die Macht an sich gerissen hatten, zu helfen.

Neben der alten Kanone, neben den Stapeln von Schleudermunition, den Kesseln mit Speiseöl, den wenigen Bomben aus zerfetzter Baumwolle und Chemikalien lagen die Verteidiger in ihren Spielzeugrüstungen da und beobachteten, wie weit unten ein Mörser nach dem anderen auf die Lafetten gehoben wurde und sich die dunklen Rohre bedrohlich gegen Mdinas hohe Mauern richteten. Zelte wurden aufgebaut, mit goldenen Schlaufen, und die Pferde, die unter den Seidendächern angebunden wurden, trugen Geschirre, die juwelenfarben blitzten. Dragut, Salah Rais und der abtrünnige Jude aus Smyrna, genannt Sinan oder Teufelstreiber, hatten ihre Kommandoposten eingenommen. Die Zeit war fast abgelaufen.

Jerott Blyth traf bei seiner letzten Runde um die Innenmauer Lymond und Graham Malett gemeinsam an, wie sie die fernen Bewegungen unten beobachteten. Einen Augenblick lang schloß er sich ihnen an, ehe er bitter ihr Schweigen durchbrach. «Und wir haben zehn Ritter, um gegen das da zu kämpfen? Die Armeen Spaniens, Italiens und der Niederlande sollten herkommen, um uns beizustehen. Mein Gott, sind wir Händler, die ein hohes Risiko für ihr Geschäft eingehen, oder reiche Leute, die gierig sind, oder blutrünstige Soldaten, die für Gold töten? Oder retten wir weiße, weiche Haut der christlichen Untertanen des Kaisers um den Preis unseres Lebens, um der Liebe Christi und unserer Mitmenschen willen?»

«Sind Sie deshalb nach Mdina gekommen, Sir Graham?» fragte Lymond, und Graham wandte sich ihm zu, mit verändertem Gesicht.

Es war die erste persönliche Herausforderung, die Lymond ihm bot, und einen langen Augenblick musterte ihn Graham Malett, ohne etwas zu sagen. Dann drehte er sich wieder um, ließ den Blick über die wimmelnden Turbane unten schweifen, die in einem tosenden Wind wie Wollgras wehten, und sein Gesicht war nicht gelassen. «Ich bin gekommen», sagte Gabriel, «um dabei zu helfen, die heidnischen Horden, die Sie dort sehen, ihre eklen Leiber und schwarzen Seelen vom Erdreich zu vertilgen.»

Lymonds Ton blieb sanft. «Ein edler Ehrgeiz. Aber nachdem Sie den Großmeister so würdig unterstützt haben, warum haben Sie St. Angelo dann um einen der wenigen Führer gebracht, die zählen? Mdina wird sowieso fallen. Ich bin mit de Villegagnon gekommen, weil sich der Großmeister, wenn er weniger Verdächtige hat, denen er die Schuld zuschieben kann, dieses Mal anstrengen muß. Mir kommt es überflüssig vor, den Orden zum Gespött der Welt zu machen, ehe er untergeht.»

Ein prickelndes Schweigen entstand. Dann sagte Jerott Blyth: «Ich hatte ganz vergessen, Crawford, daß du die Türken bewunderst. Sag uns: Verzeihst du Dragut *das*?»

Es war nicht nötig, darauf zu deuten. Vor jeder Geschützlafette auf den heißen Felsen unter ihnen stand eine Reihe grob gehauener Kreuze mit daran festgenagelten blauweißen Leichnamen, die Glieder in einer jämmerlichen Parodie des christlichen Symbols ausgestreckt. Die Köpfe fehlten. Die Männer, die letzte Nacht über die Mauern von Mdina geschlüpft waren, hatten weder Sicherheit noch ein stilles Grab gefunden.

Ohne sich umzudrehen, bemerkte Lymond: «Zu Hause ist Schlimmeres geschehen, ehe der Krieg des Protektors zu Ende war. Buccleuch und seine Freunde haben, wie ich mich erinnere, mit den Schädeln ihrer englischen Gefangenen Fußball gespielt.»

«Das ist Ungeziefer», sagte Gabriel, das hellhäutige Gesicht angespannt. «Eine Pest, die die ganze zivilisierte Welt anstecken, alles Gute, Edle und Tugendhafte vernichten würde, was Sie und ich kennen. Würden Sie wegen des Todes einer Ratte Streit anfangen?»

«Ratten beten nicht. Und Türken halten nichts von Feigheit. Außerdem haben sie nicht das beste Beispiel vor sich. Ist es wahr, daß die Ritter ihre Gefangenen manchmal lebendig durch die Kanonen abschießen?»

Es war wahr. Niemand sagte etwas. Sie waren alle müde, erschöpft von der Anstrengung; sie hatten vermutlich nur noch diesen Nachmittag und Abend zu leben. Gabriel schloß die Augen; dann, als Jerott eine besorgte Bewegung in seine Richtung machte, öffnete er sie mit merklicher Mühe und wandte sich nach einem Augenblick mit ruhiger, fester Stimme an Francis Crawford.

«Vergeben Sie mir. Ich habe Sie verloren und meine Integrität. Sie haben recht. Ich habe den Orden verraten: dünkelhaft weggeworfen, was ich nicht hätte niederlegen dürfen...»

Lymond regte sich, und der blonde Ritter ruckte weg, als hätte er ihn berührt, wandte den Kopf ab. «Es ist schwer, immer den sicheren, den vernünftigen Weg, den Weg des alten Mannes zu gehen», sagte Graham Malett. «Ich habe gehofft – es ist nicht immer klug zu hoffen –, daß ein Wunder geschieht.»

«Wer hofft das nicht? Aber für Wunder gelten keine Regeln, ebensowenig wie in der Hölle. Ich schlage vor», sagte Lymond freundlich, «da ganz Mdina uns beobachtet, machen wir statt dessen Gesichter, als wären wir versessen auf das Kämpfen. Ein Taschentuch, Sir Graham?»

Mit immer noch nassen Augen wandte ihm Graham Malett den Rücken zu. Jerott tat das nicht. Mit einem Schwung seiner muskulösen Schulter holte er zu einem Schlag gegen Lymonds Wange aus, und Lymond schlug sie auf halbem Weg so heftig nach unten, daß er ihm fast die Finger gebrochen hätte, und sagte schroff: «Falls sich deine göttlichen Gelübde auch auf das Beten erstrecken und nicht nur darauf, dich in Positur zu werfen, dann fang jetzt besser mit deinen Gebeten an, *Bruder*. Dragut ist herausgekommen.» Und während der Ruf zu den Waffen von der Mauer zum Turm, zum behelfsmäßigen Graben erschallte und die Maskierten zu ihren Posten eilten, scharte Francis Crawford seine Ritter um sich. «Kommt, Kameraden! Kommt, Brüder, und betet. Zeigen wir durch unseren Glauben an die heiligen Sakramente die Todesverachtung, die allein uns unbesiegbar machen kann.»

Und als er seinen Posten erreicht hatte und seine Männer um ihn herum in Stellung gegangen waren, stützte Francis Crawford seinen langen Eibenholzbogen gegen seinen Fuß und spannte ihn fachmännisch, während die Reihen unten sich glatt zum Klang eines Gonges, der deutlich zu hören und hinter dem Erdhügel aufgestellt war, in Bewegung setzten. Eine Pause entstand, dann stiegen die Pfeile mit einem Zischen gegen den Wind wie Dunst zwischen der Zitadelle und der Sonne auf und hagelten auf die Stadt. Dann schoß die erste Kanone. Mdinas Täuschung, die Vorspiegelung falscher Stärke, war sinnlos gewesen. Das war erst das Vorspiel zu einem richtigen Angriff. Und gegen Krummschwerter hatten Stöcke, wie de Villegagon gesagt hatte, wenig Zweck.

Lange danach, als sie alle etwas taub vom Beschuß waren und der sandige Staub ihre Münder verschlammte, kam de Villegagnon vorbei, riesig, leichtfüßig trotz seiner Rüstung, blieb stehen und fragte: «Wo ist Gabriel?» Und Lymond senkte den Arm und sagte mit unerwarteter Stimme: «Ich habe gedacht, er sei bei Ihnen.» Dann legte er den Bogen weg und lief, was noch unerwarteter kam, von der Mauer.

Blyth wollte ihm folgen, aber de Villegagnons bellender Befehl hielt ihn auf, und er kehrte eilig auf seinen Posten zurück. Es reichte, daß zwei ihrer fähigsten Führer verschwunden waren.

Bei allen einfallsreichen Maßnahmen, ein Eindringen zu verhindern, hatte niemand daran gedacht, die Flucht aus Mdina unmöglich zu machen. Als Lymond ihn erreichte, hatte Gabriel ein Seil festgemacht und war einen Augenblick später halb über der behelfsmäßigen Mauer neben dem Graben. Dann schloß sich Lymonds Hand um die seine, und der Großkreuzträger sah auf.

Er hatte sich umgezogen. Im schlichten Wams mit Hose, das gestutzte Haar zerwühlt, mit angespanntem Gesicht, versuchte er einen Augenblick lang, Lymonds Griff zu lösen, dann, als es ihm nicht gelang, warf er sein ganzes Gewicht gegen das Seil, so daß der Jüngere sekundenlang mit dem Kopf voraus mitgezogen wurde. Dann, der Bewegung folgend, ohne den Griff zu lockern, schwang sich Francis Crawford ebenfalls über die Mauer und klemmte Graham Malett mit Arm, Rumpf und Knie gegen das Seil. Einen wahnsinnigen Augenblick lang wollte Malett ihn abschütteln, und in diesem Augenblick gab das ausgefranste Seil unter dem doppelten Gewicht nach.

Wäre es die Außenmauer von Mdina gewesen, hätte das beide umgebracht. So fielen sie nur, immer noch umklammert, Hals über

Kopf, in den Dreck, die Felsbrocken und die bröckeligen Kalksteinblöcke, die vor einem halben Tag aus den zerstörten Häusern von Mdina herausgebrochen worden waren, ehe sie zerkratzt, abgeschürft, blau angelaufen vom Gerangel zusammen in den Graben darunter rollten.

Einen langen Augenblick rührte sich keiner von beiden. In dem tiefen Graben im Schatten der Mauer war es dunkel. Vor ihnen ragte die Außenmauer auf und schützte sie vor der Sicht der Türken. Unglaublicherweise hatte keines der angestrengt auf die Bedrohung gerichteten Augenpaare in Mdina ihren Sturz gesehen.

Lymond kam als erster zu sich. Kurz darauf regte sich Gabriel. Langsam, geduldig sammelte der Großkreuzträger seine Muskeln, bewegte sich, richtete sich auf und kam mit beharrlicher Zähigkeit auf die Beine. Neben ihm, ausgestreckt auf der Erde, lag Lymond völlig reglos da. Einen Augenblick blieb Gabriel stehen, die Hand im Wams, musterte benommen die um ihn herum verstreuten Steine; dann holte er Luft, fuhr herum und wollte weglaufen.

Ein Arm holte aus. Sein Knöchel wurde gepackt und so festgehalten, als wäre er gefesselt wie vorhin sein Handgelenk, und er fiel der Länge nach hin, rollte sich herum und sah, daß sich Lymonds kalter Blick auf sein Gesicht heftete. *Hat Sie mir*, sagte Sir Graham Malett, Großkreuzträger des Johanniterordens von Jerusalem, *Gott oder der Teufel geschickt?* Er machte jetzt keinen Versuch mehr aufzustehen.

«Was hatten Sie vor?» Lymonds Stimme verriet nichts, aber sein Blick, an Einschätzungen gewöhnt, musterte jede Falte des müden, unerschütterlichen Gesichts unter ihm. Vom rechten Auge bis zum Kinn war Gabriels Gesicht blutüberströmt. Seine Kleidung, zerfetzt wie die Lymonds, war damit befleckt. Seine Brust hob sich jäh, als er sagte: «Sie foltern ihre Gefangenen. Ich konnte von keinem anderen verlangen, sich dem auszusetzen.»

Lymond sagte: «Sie wollten sich gefangennehmen lassen?» Und als Gabriel nicht antwortete: «Ich verstehe. Meine überflüssige Bemerkung über die Augustiner. Aber ist Ihnen denn nicht aufgegangen, daß Dragut, wenn er unter Folter aus Ihnen herausgeholt hätte, daß riesige Verstärkung auf dem Weg hierher ist, Sie noch weiter hätte foltern können, bis er die Wahrheit herausgebracht hätte? Sie sind weder unsterblich, noch, verzeihen Sie mir, sehen Sie einem maltesischen Bauern besonders ähnlich.»

«Mit Gottes Beistand spüre ich keinen Schmerz», sagte Graham Malett, die Augen blicklos auf den blauen Himmel gerichtet, während er dalag. «St. Angelo hatte ich im Stich gelassen; Mdina konnte ich nicht länger dienen. Durch ein Opfer erkauft man sich manchmal ein Wunder.» Er sprach, als wäre er allein, als wäre die Stimme neben ihm die eines gefürchteten, körperlosen Gewissens, das ihm sein Leben lang vertraut gewesen war.

Ein langes Schweigen entstand, das Lymond ohne Unterbrechung verstreichen ließ. Dann sagte er: «Manchmal wird das Opfer nicht verlangt. *Il y a des accomodements avec le ciel*. Schauen Sie. Ich glaube, Ihr Wunder ist eingetreten.»

Langsam wandte der Ältere den Kopf. Außerhalb der dicken Außenmauer hatten das Surren der Pfeile, die Trommeln, die Gongschläge, die Rufe, die schrillen Trompeten aufgehört. Statt dessen riefen viele Stimmen, und andere kommandierten; die Erde erbebte von den Bewegungen zahlloser Füße, und hoch über dem Lärm ertönte der Klang, der ihnen den ganzen Tag lang in den Ohren widergehallt und schließlich in einem Schweigen, das schlimmer als Schreien war, geendet hatte, ehe die Bombardierung begann: es war der Klang der großen Kanone, die abgebaut wurde.

Von dem Gedränge an den Mauern von Mdina, aus ausgedörrten, verängstigten, ungläubigen Kehlen stieg ein Ruf auf; dann Schrei um Schrei hysterischer Freude. Aus einer Kirche, dann aus der nächsten erscholl Freudengeläut. In dem tiefen Graben darunter legte Graham Malett, den der Klang auf die Knie brachte, das entstellte Gesicht in die Hände und flüsterte ein ersticktes Gebet.

Das Wunder war geschehen. Die Türken brachen die Belagerung ab.

Weder betend noch weinend stand Francis Crawford da, befühlte geistesabwesend seine Verletzungen und dachte nach. «Wenn ich Dragut Rais wäre und Mdina reif zum Einnehmen vor mir läge, was würde mich dann in die Flucht schlagen? Vielleicht ein massiver Angriff aus St. Angelo. Aber er hat keinen Grund, einen solchen Angriff zu fürchten. Was dann? Wie wäre es mit einer anderen Falschnachricht, Bruder?» sagte Francis Crawford. «Wie wäre es mit einer kleinen Botschaft vom Receveur in Sizilien, angeblich an den Großmeister, in der steht, Fürst Doria sei mit der Seemacht des Kaisers zur Rettung aufgebrochen? Das paßt. Wenn ich Dragut wäre, hätte mich das zum Abzug bewogen. Und wenn ich St. Angelo verschont hätte und wegen der falschen Drohung von Mdina abgezogen wäre, meine Spahis aber erpicht auf Beute wären, wenn ich das gezogene Schwert des Islam wäre, dessen Bruder auf Gozzo in Asche liegt... wo würde ich dann als nächstes zuschlagen?»

Und Lymond wiederholte: «Gozzo», sprach das Wort über Gabriels gesenkten Kopf hinweg und fluchte plötzlich. «Die Insel Gozzo, natürlich. Das Opfer für den Orden wird doch noch gebracht, von Oonagh O'Dwyer und den Frauen und Kindern auf Gozzo.»

Das Ergebnis war dasselbe, obwohl sein Trick gelungen und der Gabriels gescheitert war. Lange ehe Gabriel zu sich gekommen war hatte Lymond seine Absichten erraten, hatte sie bestätigt gefunden in dem Blatt Papier, das halb aus Sir Grahams Wams herausgerutscht war, als er nach ihrem Sturz benommen am Boden gelegen hatte. Eine Seite war türkisch beschrieben. Auf der anderen vermittelte Gabriels große, schön geformte Handschrift eine Nachricht auf englisch. Die türkische Belagerung sei unhaltbar. Der Großmeister habe Mdina benachrichtigt. Die gesamte Streitkraft des Ordens sei von St. Angelo aus unterwegs, um Dragut wie eine Ratte zwischen Mdina und Borgo in die Falle zu nehmen. Falls sie überleben wolle, müsse die türkische Armee fliehen.

Die Lügen sahen überzeugend aus. Die türkische Seite des Blattes war noch stärker formuliert. Das Blatt Papier steckte zerknüllt in Francis Crawfords Wams. Er hoffte, Gabriel werde annehmen, er habe es beim Sturz verloren. «Da mihi castitatem et continentam... Gib mir Keuschheit und Enthaltsamkeit», sagte Francis Crawford mit zusammengebissenen Zähnen und sah hinunter auf den Großkreuzträger zu seinen Füßen. «Aber bitte, Gott, jetzt noch nicht.»

So ging also der Plan, der an jenem Abend auf Sizilien so leichthin vorbereitet worden war, in die Geschichte ein. So gelangte also der unechte Brief des Receveurs in Sizilien wie geplant in die Hände

Sinan Paschas, und statt seine Schiffe unbesetzt in der Bucht von Marsamuscetto zurückzulassen und seine Kanonen vor Mdina, beschloß der türkische General, die Belagerung abzubrechen.

Aber auf Gozzo, dem Landstreifen im Norden von Malta, gab es reiche Höfe und zwei üppig bestückte Paläste, nur von der Zitadelle des Gouverneurs hoch oben auf dem Berg verteidigt, von Gouverneur de Césel, der die Stadt Rabat darunter befehligte. Sinan Pascha erfreute seine Truppen und Dragut gleichermaßen, als er sich zu seinen Schiffen zurückzog und Kurs auf Gozzo nahm. Und dieses Mal stand ihm nichts im Weg.

Von den Zinnen der Zitadelle aus, der Kirche und dem Platz den Rücken zugewandt, sah Oonagh O'Dwyer mit an, wie Rabat türkisch wurde. Wie geschälte Saatkörner ergossen sich die bunten Turbane zwischen den hohen Flachdachhäusern, die Pelzmützen und Kamelhaarumhänge der Vorhut wehten wild im Wind, und die Mauern erbebten unter dem Lärm der Kesselpauken und den Rufen *Allah! Allah! Al-hamdu lillah!*, als die Löwen des Islam eindrangen.

Die näheren Straßen füllten sich. Weiße Zähne waren zu sehen, wehende Kaftane, Schärpen, in denen Dolche steckten, die blitzenden Keulen, die Silberschneiden der Krummschwerter, die lackierten Schilde. Helle und dunkle Gesichter: Kaukasier, Syrer, Griechen und Bosnier, Armenier, Kroaten wie Türken. Kinder des osmanischen Hauses, Soldaten Suleimans des Gesetzgebers, denen verboten war, Rosen zu zertreten.

Sie ging auf die Ostseite. Unter den Zitadellenmauern knallten die Peitschen, und die Sklaven rannten, bis die Mörser Stück für Stück zusammengesetzt waren, wuchsen, Form annahmen und die schwarzen Rohre auf das Fort richteten. Im Westen, unter der steilsten Klippe unterhalb der Festung, machte sich der zweite Flügel der Armee bereit, zwischen ihnen und der breiten Böschung von il-Harrax auf dem Schichtfelsen im Nordwesten.

Sie waren umzingelt. Und außer Galatian de Césel, dem Gouverneur, waren keine Johanniterritter auf Gozzo. Sie hatten vier verrostete Kanonen, aber nur einen Soldaten, der sie bedienen konnte: einen Engländer namens Luke.

Oonagh sollte seinen Nachnamen nie erfahren. Der Ballast von

Galatians Angst und Trägheit hatte sie gereizt, und sie war wütend geworden, als nach ihrer Anstrengung, zwei Bootsladungen Frauen und Kinder einzusammeln und nach St. Angelo zu schicken, St. Angelo die Menschen zurückgeschickt hatte.

Sie hatte für Taten gekämpft, für die allereinfachste Verteidigung, für die schlichtesten Vorsichtsmaßnahmen, und es war vergeblich gewesen. Luke, nach zehn Jahren im Dienst der Ritter, hatte den Mund aufgemacht und sie unterstützt, aber das Aufflackern von Energie, das sie ihrer Meinung nach in Galatian bewirkt hatte, war schnell erloschen. Sie zog zwei Helfer ins Vertrauen: Luke und Bernardo da Fonte, den Mann ihrer Dienerin Maria, einen Sizilianer, dessen Stimme bei den wenigen Händlern auf der Insel Gewicht hatte. Mit ihrer Hilfe gelang es ihr, in Galatians Namen etwas Ordnung im Chaos zu schaffen. Sie wußte, daß das möglicherweise im Augenblick den fehlenden Mut der Menschen kräftigen und die Panik vertreiben konnte, von der sie wußte, daß sie kommen würde. Mehr konnte nicht bewirkt werden.

Schließlich waren es rührenderweise die einfachen Leute, die standhielten, als der erste Aufruf zur Kapitulation erfolgte. Als draußen vor den Toren der Gong verhallte und dem Schweigen das herrische Arabisch des Standartenträgers folgte, waren es die einfachen Leute, die über Generationen hinweg unter den Angriffen der Korsaren und der Türken gelitten hatten, die ihn anschrien, bis er von der Mauer wich, und ihn tollkühn mit Steinen bewarfen.

Dann ging die osmanische Kanone los. Der Lärm, dessen Donner das Bersten getroffenen Mauerwerks unter sich begrub, wurde noch schlimmer durch den Staub, der in dichten Wolken aufstieg, im Haar der Kinder hängenblieb und ihre Nasen und Kehlen verstopfte. Dann kamen sie durch den Dunst, Dickicht um Dickicht aus gedämpften silbernen Halbmonden: Janitscharen, Bostandschis, Spahis, die Klingen erhoben, bereit, von Rabat aus über die zerschossene Zitadellenmauer hinweg und über die Felsen in das Gran' Castello einzudringen.

Einen Augenblick lang legte sich der Rauch, dann meldete sich der Mörser mit den Achtzigpfundgeschossen wieder mit Eisenkugeln. Sie trafen die Mauer, während Oonagh zusah. Einen Augenblick lang zögerten die Steine. Dann wankte die Mitte des alten

Mauerwerks und fiel ein, begrub eine Vielfalt verletzten Lebens unter sich.

Und die Menschen, deren Alternative die Sklaverei war, liefen zu der Bresche, nicht weg von ihr. Ein einzelner Mann, der sie um sich scharte, hätte sie in diesem Augenblick befehligen können, hätte ihnen die Keulen, die Armbrüste, die alten Schwerter zuwerfen können, die in der Waffenkammer verrosteten, damit die zusammengebrochene Mauer eine Stunde lang gehalten, aufgebaut, mit einem Graben hätte versehen werden können – bis eine Vorspiegelung von Widerstand hätte erreicht werden können. Luke, ein einfacher Soldat, konnte sie nicht befehligen. Da Fonte, der Sizilianer, einer der Ihren, konnte sich nicht verständlich machen. Und Galatian de Césel, dessen Namen sie riefen, war hier, klebte an ihr wie ein verängstigter Köter, unter dem Vorwand, er wolle ihre Angst stillen.

In seiner Umarmung sah sie Luke, der mit zerrissenem Wams zu der einen heilen Kanone lief, die noch neben der Bresche stand. Oonagh sah ihn schießen, noch einmal schießen, und hörte, wie das einstudierte Geheul der Janitscharen sich in Geschrei verwandelte, als die Kugeln die dichte Vorhut trafen. Die Welle der verhüllten, sich drängenden Gestalten kam zum Stillstand, zögerte, fiel; und als der Rauch dünner wurde, war der rot und weiß belegte Weg der Schüsse zu sehen. Dann meldete sich die ganze türkische Batterie. Als sich dieses Mal der Rauch legte, waren die Mauern der Zitadelle allesamt eingestürzt, und die Männer, Frauen und Kinder in den Gassen und Häusern hinter ihnen waren tot. Wo die Kanone und der englische Schütze gewesen waren, war nichts mehr.

Niemand nahm seinen Platz ein. Aber ein Mann kam wahnwitzigerweise aus dem Rauch und dem blutigen Schutt heraus, taumelte über die zerstörten Zinnen, wankte die steile Böschung hinunter und marschierte wie eine Maschine direkt auf die ottomanische Armee zu. Selbst vom Palast aus konnte man ihn erkennen: Bernardo da Fonte, eine Arkebuse in der einen Faust, eine Armbrust in der anderen. An einer günstigen Stelle blieb er stehen, legte die Armbrust weg und schoß mit Bedacht erst die eine, dann die zweite Waffe auf den Feind ab. Dann stürmte er mit dem Schwert in der Hand in das Gewirr aus niedersausenden Krummschwertern.

Oonagh blieb in Galatians Armen, bis sie das gesehen hatte. Dann stieß sie ihn jäh weg und ging, um nach Maria da Fonte zu sehen.

Sie fand sie, mit ihren beiden Töchtern, auf der Schwelle ihres Hauses. Ehe er auszog, um zu töten und getötet zu werden, hatte ihr Mann sein Schwert mit wahnwitziger Barmherzigkeit geführt. Maria und ihre Kinder waren tot.

Als Oonagh in den Palast zurückkam, war ein Priester bereits auf Geheiß des Rates zu dem Kommandanten von Allahs Stellvertreter auf Erden gegangen, um unter gewissen ehrenvollen Bedingungen die Kapitulation anzubieten. Als sie das hörte, lachte sie und sprach mit den armen Geistern neben ihr. «Keuschheit, Gehorsam und Armut», sagte Oonagh O'Dwyer. «Ein Ritter gelobt, wenn er für Jesus Christus gegen die Feinde des Glaubens kämpft, niemals vor dem Gefecht zurückzuschrecken, niemals die Fahne des Ordens fallenzulassen, niemals den Rückzug anzutreten, zu kapitulieren oder um Schonung zu bitten. Außerdem darf kein Ritter», fuhr sie fort und zitierte mit ihrer weichen irischen Stimme boshaft die strengen Passagen des Gelübdes, «im übrigen auch kein anderer Mann auch nur im Traum daran denken, Bedingungen für eine Kapitulation zu stellen, ehrenwert oder nicht, solange er sich nicht wenigstens tapfer verteidigt hat... Was hast du denn im Tal der Kalypso verteidigt, Galatian? Deine Keuschheit?»

Und weil sie wie eine Närrin von einem unkontrollierbaren Lachanfall gepackt wurde, lehnte sie kurz die Stirn gegen die kalte Mauer und hielt sich mit beiden Händen den Mund zu, damit sie sich keine Schande machte.

Die Antwort, die der zurückkehrende Priester Galatian überbrachte, erschütterte durch ihre Verachtung sogar diesen hilflosen Mönch. Weit davon entfernt, die Freiheit des Gouverneurs zu gewährleisten und seine Habe und den Besitz der Bewohner von Gozzo zu verschonen, erwiderte Sinan Pascha, falls sich der Hakim Gouverneur nicht sofort stelle, werde er am Tor erhängt.

Hastig wurde der Priester zum General Suleimans zurückgeschickt. Würde Sinan Pascha, Kommandant Suleimans, des Herrn der Herren, wenigstens die Freiheit des Gouverneurs gewährleisten und versprechen, daß zweihundert der bedeutendsten Männer der Insel in Freiheit blieben?

Die zurückgebrachte, knappe Antwort trug Draguts Handschrift, nicht die Sinan Paschas. Unter der Voraussetzung der sofortigen Kapitulation durften vierzig der bedeutendsten Männer Gozzos in Freiheit bleiben. Und, wie erpresserisch hinzugefügt wurde, falls der Unterhändler zurückkomme, werde er gehängt.

Dann gab Galatian de Césel seinen einzigen direkten Befehl: den Türken die Tore zu öffnen.

Völlig von Sinnen war Oonah O'Dwyer in ihr Zimmer gelaufen, während plötzlich moslemische Kleider, wehende leichte Seide, unter ihrem Fenster auftauchten und die fernen Gesichter ausgeprägt und deutlich wurden. Sie konnte die schweren, geölten schwarzen Schnurrbärte sehen, die auf dem Boden schleifenden Schals, die juwelenbesetzten Dolche, die glänzenden Äxte im Gürtel, die Turbanspitzen, die hohen Stiefel, dick eingestaubt, in denen die weiten Hosen steckten. Ein Mann in einer knielangen, bestickten Jacke über einem Kettenpanzer blieb auf der Treppe zum Haus stehen und senkte den Korbschild, während er es musterte, und sie wich vom Fenster zurück und lief weg.

Oben fand sie Marias Schwester, denn seit der Sache mit den Booten war die schwangere Frau des Hakim nicht mehr belastet mit der Schuld, die dem Hakim gegeben wurde. Deshalb bot Marias Schwester der Irin einen Anteil an ihrem kostbarsten Besitz an: an einer einzigen, schwachen Hoffnung auf Entkommen.

Außerhalb der Zitadelle gab es ein Versteck: einen Tunnel, der unterirdisch unter den steilen Kegel des Berges il-Harrax führte, wo niemand sie finden konnte. Aber erst mußten sie auf der steilsten Seite der Festung entkommen, die jetzt, wenn das Schicksal gütig war, nicht von den Türken bewacht wurde. Und das hieß, daß sie die ganze Zitadelle von Südosten bis Nordwesten durchqueren mußten.

Wo Galatian sich zu diesem Zeitpunkt aufhielt war unbekannt. Es ist nicht aufgezeichnet worden, ob seine Geliebte auch nur zögerte. Oonagh, mit dem letzten starken Eindruck von Galatians Feigheit, wankte mit ihrer Retterin aus der Seitentür des Hauses; sie, die Irlands schnellste Reiterin gewesen war, die scharfsinnigste Frau, die eisigste Rächerin, lief von Tür zu Tür, von Gasse zu Gasse, von Versteck zu Versteck, bis sie, das Geschrei überlaut im

Ohr, zum Brunnen kam, zum Torbogen, zu der Biegung, die zu der steilen Treppe zu den Zinnen führte.

Hier drängten sich mehrere Gebäude, stand eine Wand, gab es ein paar Treppen, eine Geschützlafette. Und hier, direkt gegenüber von il-Harrax, stand ein langes, mit Läden verschlossenes Gebäude, dessen Tür kurz aufging, um sie einzulassen. Es war überfüllt mit Menschen, schweigenden, weißgesichtigen Menschen, die darauf warteten, daß sie an der Reihe waren, über die sonnbeschienene Lafette draußen zu rennen, das unsichtbare Seil zu ergreifen und am Felsenabhang entlang außer Sicht zu verschwinden. «Sie plündern jetzt», sagte ihr ihre Freundin ins Ohr. «Sie sind zu beschäftigt, um aufzupassen.»

Ihr Kopf entwirrte die maltesische Sprache, und dabei merkte Oonagh, daß sie außerdem einen sich bewegenden Schatten auf der steilen Gasse darunter anstarrte. Einen Schatten, der sich hinter anderen Schatten versteckte, der zögerte, schrumpfte und wartete, in einem fernen Torbogen in der Falle, bis eine Gruppe von Janitscharen, die eine unbekleidete Frau vor sich herstieß, im Staub verschwand.

Der Kampf zwischen ihrem Stolz und ihrem Willen war nur kurz: Oonagh O'Dwyer war eine tapfere Frau und hatte zu ihrer Zeit Größe gehabt. Lautlos, ohne einen Blick auf die Frau, die sie hergebracht hatte, der Freiheit und dem Leben so nahe, ohne ein Wort zu den anderen, den Glücklichen, die auf dem Weg zur Flucht waren, schlüpfte die Irin von der Schwelle, und mit peinlicher Sorgfalt, ihre Zuflucht nicht zu verraten, ging sie von Ecke zu Ecke und die Treppe hinunter in die Gasse, in der Galatian de Césel lauerte, auf dem Weg in die feige Freiheit.

Sie sah, wie er sie freudig mit den Augen verschlang, als sie sich ihm näherte. Sie signalisierte Gefahr, nahm seine Hand, und er ließ sich eilig von ihr auf leisen Sohlen den Weg zurückführen, den er gekommen war, immer weiter in die Zitadelle hinein. Als sie schließlich stehenblieb, sagte er kläglich: «Haben die Türken es herausgefunden und es vereitelt? Dort ist ein Fluchtweg... Oonagh, hilf mir, dorthin zu kommen! Dann sind wir frei!»

«Frei wovon?» sagte Oonagh, und ihr kalter Blick, den er noch nie gesehen hatte, musterte ihn von Kopf bis Fuß. Und als sie einen

Gläubigen Allahs sah, mit juwelenbesetztem Kaftan und einer goldenen Scheide für das rote Krummschwert, stieß sie Galatian mit einer einzigen, geschickten Bewegung in die Sonne und rief: «Hakim! Gouverneur! Ergreift den Hakim, mein Herr!» Und der Türke mit dem Krummschwert drehte sich um, lächelte sanft und zeigte dabei alle seine verfleckten Zähne, während andere Krieger aus den Häusern gelaufen kamen.

Sie zwangen ihn, der einen Handel mit ihnen hatte machen wollen, die eigenen Kommoden und Möbel aus den leergeräumten Zimmern, die er mit seiner Geliebten geteilt hatte, auf den nackten Schultern bis zu den Schiffen zu tragen. Dann schälten sie ihn aus den verbliebenen Lumpen am Leib und ketteten ihn nackt, auf dem Rücken liegend, wie einen Sklaven im Rammbug an. Über ihn wurde Oonagh gesetzt, die Handgelenke gefesselt. Auf Draguts Befehl war sie weder geschändet noch entkleidet worden, obwohl ihr in der entlegenen Festung ihrer Gedanken beides nichts ausgemacht hätte.

Dreihundert überlebten, indem sie nach il-Harrax flohen. Tausend starben. Und sechstausenddreihundert Männer, Frauen und Kinder von Gozzo wurden an Bord der ottomanischen Flotte gebracht, um im besten Fall in die Sklaverei verkauft zu werden.

Die vierzig bedeutendsten Männer der Insel, denen Dragut so ernst die Freiheit versprochen hatte, entpuppten sich in bitterer Ironie als die vierzig ältesten, denn, wie Dragut milde erklärte, die ältesten seien als die wichtigsten anzusehen. Als sie vom Hafen ablegten, den angenehmen Wind in den Segeln, galten die Abschiedsrufe der Gläubigen der verlassenen Insel Gozzo, die zerstört und rauchend in der hellen Sonne lag und auf der sich der Gestank der Unbegrabenen mit dem Thymianduft mischte. Und vierzig alte Männer, denen übel war, die zitterten, vor Schock dem Tode nahe waren und nicht klar denken konnten, standen schweigend auf den Felsen und sahen die Flotte ablegen.

In Oonagh O'Dwyers ruhige Sinne schlichen sich, während sie blicklos auf das weiße Fleisch Galatians zu ihren Füßen hinunterschaute, die Worte auf einem Grabstein, die sie, nachdem sie völlig verzaubert aus Frankreich auf Kalypsos Insel gekommen war, einmal gelesen und nie vergessen hatte.

Frag dich, ruft Maimuma aus dem Grab, ob es etwas Überdauerndes gibt, etwas, was dem Tod trotzen oder ihn in Bann schlagen kann. Ach, der Tod hat mir mein kurzes Leben geraubt; weder meine Frömmigkeit noch meine Bescheidenheit konnten mich vor ihm retten. Ich war fleißig in meiner Arbeit, und alles, was ich getan habe, wird gezählt und bleibt. O du, der du auf dieses Grab siehst, in dem ich eingeschlossen bin, Staub bedeckt meine Lider und meine Augenwinkel. Auf meinem Lager und in meiner Stätte gibt es nichts als Tränen; und was wird geschehen, wenn mein Schöpfer zu mir kommt?

«Aber da ist mehr», sagte Oonagh O'Dwyer plötzlich, durch eine eigene Erinnerung aufgerüttelt. «Da ist bestimmt mehr, alte Frau, falls meine Sinne mich nicht trügen. Wo ist er jetzt, der geschäftige Herr mit der Sense?»

Vom Meerwasser durchnäßt und blutgerötet von dem Stein, der ihn gefällt hatte, lag Francis Crawford zu den Füßen von Bruder Blyth, der ihn bewußtlos geschlagen hatte; und Jerott Blyth wartete ohne Mitgefühl darauf, daß er sich erholte.

Die Türken waren kaum von Mdina abgezogen, als auch Lymond verschwunden war. «Wo ist er jetzt?» hatte Gabriel schroff gefragt, und Jerott Blyth hatte mit übertriebener Sorglosigkeit erwidert: «Ich nehme an, er will seine irische *amie* retten» und sich dann angesichts von Gabriels Verdruß ins Schweigen zurückgezogen.

Mit noch bleicherer Haut hatte Graham Malett gesagt: «Natürlich...» und dann schnell weitergesprochen. «Sagen Sie Nicholas, ich gehe ihm nach. Es ist hoffnungslos. Francis muß das wissen. Jetzt kann niemand mehr von Gozzo gerettet werden. Er muß aufgehalten werden.»

«Nicht von Ihnen, Sir!» es klang entschieden; in Wahrheit schärfte entsetzte Ungläubigkeit Jerott Blyths Stimme. «Sind wir *Kindermädchen*? Er weiß, was er will. Warum sollten wir ihn aufhalten? Er wird hier jetzt nicht mehr gebraucht.»

«Aber ich brauche ihn, Jerott», hatte Gabriel ruhig erwidert. Und hatte hinzugefügt: «Ich dulde keinen sträflichen Eigensinn. Er muß aufgehalten werden.»

«Dann halte ich ihn auf», hatte Jerott gesagt und war weiß vor Zorn aufgebrochen.

Beim Laufen über das dürre graue Gras und den harten rosa- und silberfarbenen Sandstein, über den Lymond zu Fuß von Mdina weggegangen war, bekam er ihn schließlich wie durch ein Wunder zu sehen, als seine ganze Energie verbraucht war, und als er sich zu der letzten Anstrengung überwand, die nötig war, um mitzuhalten, schneller zu sein, Lymond einzuholen, war er ausgedörrt und wankend an die Nordküste gekommen. Hier, grün durch den blasenwerfenden Dunst, war Comino, und dort, über der blauen Meeresstraße, der lange Felsen von Gozzo.

Auf dem ganzen wahnsinnigen Weg in der prallen Sonne hatten sie niemanden getroffen. Ganz Nordmalta war in den Westen geflohen oder hatte sich versteckt. Als er über die steinigen Abhänge rutschte und in die Täler mit den Terrassen, kam Jerott an den leeren Höfen vorbei, den quadratischen, in den Hügel hineingebauten Häusern mit den dunkelgrünen Melonenfeldern um sie herum. Hier kratzten ein paar Hühner. Dort beobachtete ihn eine Ziege, die ihn mit dem dumpfen Scheppern ihrer Glocke erschreckte, unter dem krummen Ast eines Baumes hervor. Er kam vorbei an weißen, wächsernen Kranzschlingen, deren Duft die Luft erfüllte, und an rosa Passiflora zwischen den Oliven und Johannisbrotbäumen; und die Bäume verbargen ihn vor dem Mann, dem er folgte.

Dann war er in Marfa, auf dem grauen Gras und dem grauen Sand am nördlichsten Küstenstreifen, wo sich der löchrige gelbgraue Sandstein unter Wasser fortsetzte wie versteinerte Schwämme, vom Tang überzogen. Nur ein Boot lag im Hafen von Marfa, und als Jerott ankam, bergab in Sichtweite rannte, war das Boot zu Wasser gelassen, und Lymond, auf dessen ungeschütztem Kopf die Sonne loderte, wollte sich hineinschwingen.

Dann hatte Jerott unter dem schweißnassen Hemd die kräftigen Schultern gelockert, sich gebückt und einen Stein aufgehoben, ihn kurz in der Hand gewogen und dann geworfen. Er zielte auf Lymonds Hinterkopf, und es war ihm ziemlich gleichgültig, wie schwer er ihn traf. Einen Augenblick später ging Lymond in die Knie, seine Hände zerrten an den Seiten des Schiffs, und Jerott platschte durch das flache Wasser und zog Lymond auf den heißen, salzigen Thymian. Als er sich umdrehte, um das Boot zu versenken, war er schon außer Reichweite getrieben. Mit sich hebender Brust, das Fleisch klebrig vom Schweiß, warf sich Jerott Blyth neben sein gefälltes Opfer und wartete, während das Meer an den Sandsteinen saugte und die Grillen schrillten, das einzige Leben, das sich an diesem leeren Strand regte.

Dann öffnete Lymond die Augen und rollte sich herum, nahm Blyths Gegenwart zur Kenntnis, das Boot weit draußen und die schmerzende Wunde in seiner Kopfhaut. Er sagte: «Gabriel hat dich geschickt?», und als Jerott es bestätigte, fügte er hinzu, mit eisiger Wut in der Stimme: «Was für ein Jammer, daß Sir Graham nicht selbst kommen konnte.»

«Ein großer Jammer», pflichtete ihm Jerott grimmig bei. «Vielleicht könnte er eine Seele sehen, die es wert ist, gerettet zu werden, wo ich vielleicht nur Abfall sehen kann.»

Lymond setzte sich auf, mit steifem Rücken, große Schweißperlen auf den Wimpern und dem Kinn. «Und mein Gott, wie hast du das genossen, nicht wahr, aus reinem Schuljungenzorn. Und wie verdammt beleidigt wärst du, wenn ich dich fragen würde, was es für ein Gefühl für dich wäre, wenn Elizabeth dort wäre und ich dich daran hindern würde, zu ihr zu gehen. Selbst Huren haben Seelen, weißt du, *Bruder* ... Worauf warten wir noch? Dieses Spiel hast du mit durchschlagendem Erfolg gewonnen.» Und er stand auf und ging den Weg zurück, den er gekommen war.

Er war die erste Seele, die Gabriel je zu ihnen gerufen und die sich gewehrt und zurückgeschlagen und beim Zurückschlagen schmerzlich ins Schwarze getroffen hatte. Nur auf Gabriels Befehl hatte Jerott einen Finger gerührt, um Lymond zu retten, und an Oonagh O'Dwyer hatte er überhaupt nicht gedacht. Und tatsächlich verriet der Rauchdunst, der sich über dem blauen Kanal ausbreitete, daß es schon zu spät war.

5. Kapitel

Hospitaliers

Borgo, August 1551

Zwei Tage später erfuhr der französische Botschafter, der von Marseille aus nach Konstantinopel segelte, um sein Amt wieder anzutreten, von einem Fischerboot, daß die ottomanische Armee Gozzo überrannt hatte.

Der Berichterstatter, von dem sich merkwürdigerweise herausstellte, daß er Stephenson hieß, hatte eine seltsame Geschichte zu erzählen, und nachdem er ihm mit großem Interesse zugehört hatte, lud ihn Gabriel de Luetz, Baron und Seigneur d'Aramon und de Valabrègues, ein, in seiner Gesellschaft nach Borgo zu segeln.

Seit die Herren de Villegagnon und Crawford von Lymond ihn in Marseille aufgesucht hatten, war M. d'Aramon einen Monat auf See gewesen, und falls er Gold für Suleiman geladen hatte, wäre es jetzt zur Finanzierung des Angriffs auf Malta zu spät gekommen. Der Botschafter verweilte in Algier, legte in Pantellaria an und ließ aus diplomatischen Gründen Zeit verstreichen.

Drei Schiffe hätten Malta nicht gerettet. Sie hätten nur die angespannte Freundschaft zwischen dem König von Frankreich und den Türken gefährdet, ganz zu schweigen von seinen beträchtlichen Handelskonzessionen. M. de Luetz, Baron d'Aramon, ließ sich Zeit; und erst, als er ziemlich sicher war, daß Sinan Pascha Malta verlassen hatte und nicht zurückkehren würde, erlaubte er seinem Kapitän, den Hafen anzulaufen. Dann sah er, daß die scharlachrote Fahne des Ordens immer noch über St. Angelo wehte, und trotz seiner Schulung stand ihm überraschenderweise das Wasser in den Augen. Bald hallten die Willkommenssalven über das ruhige Wasser, und die Schiffe des Botschafters erwiderten den Salut.

In der Nähe von St. Angelo fiel d'Aramon noch mehr auf. Die weißen Mauern des Forts waren unberührt. Dahinter stand Borgo, die Steine nicht geschwärzt vom Feuer, und über dem Mittelkanal war L'Isla unversehrt. Dann kam schnell ein Boot des Ordens längsseits, und darin waren de Villegagnon, der Chevalier de la Valette und Sir Graham Malett, dessen Haar die rote Sonne kupfern färbte.

La Valette war unverletzt, de Villegagnon hatte jedoch eine frische Narbe, und «Gabriel», an dessen Spitznamen er sich erinnerte, weil es sein Vorname war, trug einen dünnen Verband über der Wange. Sie tauschten mit ernster Höflichkeit Begrüßungen aus, dann führte d'Aramon sie in das Zelt auf dem Heck, wo seine Entourage wartete, und hörte die Geschichte der Landung, der Abwehr durch Nicholas Upton und Gimeran, der Verteidigung Mdinas unter de Villegagnon und der Plünderung Gozzos. Während der ganzen Invasion war der einzige Ritter, den der Tod ereilt hatte, Nicholas Upton gewesen; der einzige Ritter, den die Türken verschleppt hatten, war Galatian de Césel, Gouverneur von Gozzo.

Diese ungewisse Geschichte, berichtet von einer Schar zittriger, seniler alter Männer, wurde vom Großmeister korrigiert. Beim Abendessen in St. Angelo, nachdem die Kette gehoben worden war und die Galeeren in aller Ruhe im Kanal vor Anker gegangen waren, erfuhr der Botschafter, wie Galatian de Césel die Zitadelle von Gozzo mit seinem Leben verteidigt habe; wie die Leute von Gozzo, solange er gelebt habe, seinen Befehlen gehorchend und seinem Beispiel nacheifernd, die Angriffe der Heiden mit Tapferkeit abgewehrt hätten, bis ihr tapferer Gouverneur schließlich auf dem Wall von einer Kanonenkugel getötet worden sei. Dann seien die Menschen, die mit ihrem Führer auch den Mut verloren hätten, zur Kapitulation gezwungen gewesen. Der Großmeister bekreuzigte sich, faltete die Hände im gramgebeugten Gebet. M. d'Aramon wiederholte die Geste und beobachtete aus seinen schlauen, von der Sonne verschwollenen Augen die anderen Gesichter an der Tafel.

Die Geschichte klang unwahr. Außerdem herrschte im Orden eine gewisse Unruhe, die er schon gespürt hatte, als la Valette an Bord gekommen war, und die ihn beklommen machte. Er hätte die französischen Ritter nie gedrängt, ihre Loyalität zu spalten, und er erwartete keine Enthüllungen. Aber trotz aller Einzelheiten, der Berichte über die Kornschiffe, die geschickt worden waren, die Gruppen, die auf Gozzo die zerstörte Kathedrale schon wieder aufbauten, die Soldaten, die mit den Maltesern Seite an Seite daran arbeiteten, die beschädigten Häuser und das überfüllte Hospital zu reparieren, und darüber, daß täglich Nahrung, Wasser und Arznei nach Mdina und in die ausgebrannten Städte gebracht wurden – er erfuhr nicht, wie viele Ritter auf Gozzo oder in Mdina gewesen waren, und wie es möglich gewesen war, daß die ganze osmanische Armee sich unbehindert von der Bucht von Marsamuscetto nach Mdina und von Mdina nach Gozzo hatte bewegen können.

Als er danach mit dem Großmeister zu seinem Quartier zurückging, das als Geste besonderer Aufmerksamkeit in der Suite des Großmeisters lag, sagte der Botschafter: «Ich habe eine Bitte, Eure Eminenz. Es geht um die Fischerbarke, deren falsche Nachricht aus Messina die Türken dazu veranlaßte, die Belagerung von Mdina aufzugeben. Offenbar hat Sinan Pascha den Kapitän des Schiffs als Geisel genommen. Sein Leutnant hat mich vor Pantalleria abgefangen, damit ich Sie darum bitte, das Lösegeld für seinen Kapitän zu bezahlen.»

Neben ihm hatte der steife Gang des Großmeisters nicht gestockt, aber im Schein der Laterne des Dieners sah sein Gesicht etwas streng aus. «Der Orden ist nicht verpflichtet, diesen Mann auszulösen», sagte er schließlich. «Das Boot untersteht der Verantwortung des Vizekönigs von Sizilien, nicht unserer.»

Der französische Botschafter wartete einen Augenblick, dann sagte er vernünftig: «Ich nehme an, kein Seemann des Vizekönigs wäre das Risiko eingegangen. Dieses Boot, das nichts zu gewinnen hatte als etwas Geld, wurde von einem Schotten kommandiert.»

«Ein schottischer Fischer im Mittelmeer?» sagte der Großmeister leichthin. «Sie setzen mich in Erstaunen.»

Und inzwischen war sich M. d'Aramon ziemlich sicher, daß dem Großmeister die Identität des Mannes bestens bekannt war, der das größte Risiko eingegangen war, das ein Christ auf sich nehmen konnte: der in die Hände der Türken gesegelt war, damit der irreführende Brief in ihre Hände fiel. «Er heißt Thompson», sagte d'Aramon, der sich vom Großmeister nichts erhoffte, aber plötzlich eine eigene starke Überzeugung hatte.

«Der schottische Pirat! Du meine Güte, M. d'Aramon, Sie sprechen von einem Mann, der alle Züchtigungen verdient hat, die ihm in diesem Leben und im nächsten nur widerfahren können. Er ist die

176

Geißel des Ordens. Ich kann gar nicht mehr zählen, wie oft er unsere Schiffe überfallen hat.»

«Er plündert uns alle aus», sagte d'Aramon geduldig. «Nichtsdestotrotz hat er an jenem Tag Mdina und höchstwahrscheinlich auch Malta gerettet.»

«Eine kleine Buße, die kaum für die geringste seiner Sünden ausreicht. Nein, nein», sagte der Großmeister, ging d'Aramon in seine Kammer voraus und bedeutete ihm, er solle sich setzen. «Ich habe heute abend viel ernstere Angelegenheiten mit Ihnen zu besprechen. Hier, in der Vertraulichkeit dieses Raumes, muß ich Ihnen sagen, was mir von den Überlebenden auf Gozzo zu Ohren gekommen ist. Wir dürfen nicht hoffen, daß der Heide, nachdem er sein schlimmes Werk angerichtet hat, zufrieden mit dem vergossenen christlichen Blut, zu seinem Herrn an der Pforte segelt. Nein. Sinan Pascha, Dragut Rais und die türkische Flotte sind auf dem Weg zu ihrem wahren Ziel, Herr Botschafter, und ihr wahres Ziel ist die Einnahme von Tripolis.

Deshalb», sagte der Großmeister des Johanniterordens, «deshalb muß ich Sie bitten, im Namen Jesu Christi, im Namen des Monarchen, Ihres Herrn, der sich des Titels *Allerchristlichster König* rühmt, sofort nach Tripolis zu segeln und diesen wilden, sündigen Heiden von seinem Plan abzubringen. Sie sind durch Ihr Amt gezwungen, sich mit dieser bösartigen Rasse einzulassen», sagte Juan de Homedès streng. «Jetzt steht Ihnen offen, aus diesem Handel, mit dem Sie sich die Hände beschmutzt haben, gottgefälligen Nutzen zu ziehen. Gehen Sie zu den Heiden, Herr Botschafter, und befehlen Sie ihnen, davon abzulassen.»

Jahre der Intrigen in Frankreich, Jahre des Exils als Militärattaché des französischen Botschafters in Venedig, Jahre an der Pforte, Reisen durch ganz Kleinasien im Gefolge des Sultans, das Feilschen um Rechte in Jerusalem und Verhandlungen mit Wesiren, um ihnen Konzessionen zu entlocken, hatten die politischen Sinne des Barons d'Aramon geschärft. Lange vor seinem unheilverkündenden Gespräch mit dem Großmeister hatte er diskret Ermittlungen bei den Soldaten, den Söldnern, den Maltesern eingeleitet, um herauszufinden, was in Mdina und auf Gozzo tatsächlich geschehen war, ohne den geringsten Erfolg.

Sein Gefolge war groß. Heinrich von Frankreich, der sich schließlich vielleicht doch noch der Behandlung geschämt hatte, die d'Aramon zu Hause als Dank für lange, mühevolle Dienste widerfahren
war, hatte ihn zum Kammerherrn ernannt, ehe er abreiste, und
hatte ihm zwei der am besten ausgestatteten Galeeren der Flotte
gegeben und ihm als Begleiter den Ordensritter Michel de Seurre
zugeteilt. Außer seinen Angehörigen und den Kapitänen waren
mehrere Adelige dabei, mehrere gascognische Edelleute, der Sekretär des Königs und drei Männer, die das östliche Mittelmeer so gut
kannten wie der Botschafter; einer von ihnen war Nicolas de Nicolay, königlicher Kosmograph und ein Freund von de Villegagnon.

Kurz vor dem berühmten Abendessen hatte der französische Botschafter de Seurre und de Nicolay zu sich gerufen und gesagt, als er
die Tür geschlossen hatte: «Es ist mir ein Rätsel, was sich hier abgespielt hat. Uns wird offenbar nicht gestattet, in Borgo Fragen zu
stellen, und ich möchte M. de Villegagnon und seine Freunde nicht
bitten, gegen ihre Gelübde zu verstoßen. Aber M. de Villegagnon
hat einen unabhängigen Beobachter bei sich, einen Schotten namens Crawford.»

«Ich kenne ihn», sagte de Seurre gleichmütig. «Er hat einen gewissen Ruf in Schottland. Ein exzentrischer Mann.»

«Ich habe mir gedacht, daß Sie ihn kennen», sagte d'Aramon erleichtert. «M. de Villegagnon hat mir gesagt, daß dieser schottische
Herr im Augenblick im Hospital ist. Der Grund ist nicht klar. Es
könnte sogar sein», sagte der Botschafter ausdruckslos, «daß der
Patient gar nicht krank ist und nicht im Hospital sein will. Wie das
auch sein mag, es wäre passend, wenn Sie ihn besuchen würden.»

«Würden wir eingelassen?» Das koboldhafte Gesicht des Geographen zeigte Verwirrung, und er fuhr sich mit der Hand durch das
kurze, stachelige graue Haar.

Das Haar blieb oben stehen, und M. d'Aramon musterte ihn
nachdenklich. Er hatte M. de Seurre ausgewählt, weil er von Villegagnon wußte, daß er am schottischen Kampf beteiligt gewesen
und ein Ritter von makelloser Integrität war. Er hatte den Geographen ausgewählt, weil er Schottland kannte, weil er unendlich
neugierig und ein schlauer Menschenkenner war, und weil er die
Art eines unschuldigen, begeisterungsfähigen Menschen hatte.

Der Botschafter machte den Mund auf, aber als er antwortete, schlug sich Nicolas de Nicolay gegen die Brust, drehte sich kurz mit gebeugten Knien im Kreis, fiel dann mit einem Knall, der seinen Stuhl vom Boden hob, rücklings auf den Teppich. Als die anderen aufsprangen, hob er den Kopf und sagte: «Ich scheide hin, *mes amis*. Es gibt nur eine Hoffnung. Das Hospital!»

«Sie Narr», sagte de Seurre ungeduldig. «Das würden sie innerhalb von fünf Minuten merken. Stehen Sie auf. Wir sind keine Kinder.»

«*Sie* sind keine Kinder», sagte Nicolas de Nicolay, setzte sich auf, rieb sich die angeschlagenen Schulterblätter und legte sich dann wieder hin. «Aber ich bin ein Naturkind. Keuschheit und Armut sind nichts für mich. Und vor allem gehorche ich nicht.»

«Das», sagte M. d'Aramon mäßig erheitert, «ist eindeutig. Stehen Sie auf. Wenn wir das tun müssen, machen wir es.»

«Künstlerisch», sagte der Geograph. «Mit Elan. Und äußerst sorgfältig geplant.»

Wie vorherzusehen gewesen war, hatte der Botschafter richtig vermutet. Lymond lag im Hospital, was dem Großmeister gelegen kam, aber dem Großmeister kam weniger gelegen, daß er nicht krank war.

Als sie nach dem unmöglichen Wettlauf Richtung Gozzo nach Mdina zurückkamen, waren sowohl er als auch Jerott Blyth fast blind vor Erschöpfung und Hitze gewesen. Es war eine zähe Auseinandersetzung gewesen, von beiden Seiten in wortlosem Zorn durchgeführt. Blyth war inzwischen viel zu empfindlich, was Gabriel anlangte, als daß er begriffen hätte, wie absurd das Ganze war, und Lymond, der es vermutlich nur allzu gut begriff, hatte genug damit zu tun, auf den Beinen zu bleiben, nachdem ihm der Stein eine Wunde in den Kopf gerissen hatte. Als sie benommen in Mdina ankamen, wurden sie über Nacht in das alte Hospital gebracht, und Jerott erholte sich so rechtzeitig, daß er de Villegagnon und Gabriel nach Borgo zurückbegleiten konnte.

Lymond, erfuhr er mit gemischten Gefühlen, hatte eine unruhige Nacht gehabt und schlief noch. Es verbesserte seine Gemütsverfassung nicht, daß Gabriel, der seinen seltenen Ärger an dem unglücklichen Blyth ausließ, ehe er richtig wach war, ihn wegen seiner Grobheit gründlich ausschimpfte.

«Wie hätte ich ihn denn sonst aufhalten sollen?» hatte Jerott ihn angefahren. Schließlich hatte er, nicht Gabriel, sich bei dem anstrengenden Wettlauf verausgabt.

«Sie hätten ihn umbringen können», sagte Gabriel scharf, drehte ihm den Rücken zu und ging, woraus Jerott den Trost schöpfte, er habe die Logik auf seiner Seite, und Gabriel sei nur seiner Besorgnis wegen auf so ungewohnte Weise aus der Haut gefahren. Sie brachen auf, während Lymond immer noch im Hospital gepflegt wurde, und die Menschen von Mdina liefen neben ihren Steigbügeln her und küßten ihnen die Füße. Später hörte Jerott, Francis Crawford sei auf Befehl des Großmeisters aus Mdina geholt und in das große Hospital in Borgo verlegt worden, dürfe aber keine Besucher empfangen, selbst Gabriel sei die Tür gewiesen worden. Auf Maletts Rat unternahm de Villegagnon keinen Versuch. Nicolas de Nicolay versuchte es jedoch nicht nur, es gelang ihm auch.

Das ganze Krankenhaus machte sich Sorgen um Nicolas de Nicolay. In der ersten Stunde im Krankensaal der Ritter erhielt er Besuche vom Apotheker, dem Prior, dem diensthabenden Arzt, dem Stellvertreter des diensthabenden Arztes, dem Chirurgen, dem Bader und von zwei *barberotti*. Niemand wußte, was ihm fehlte. Angesichts von weiteren zweihundert Kranken, Verwundeten und Sterbenden war den Leuten im Hospital bewußt, daß ihr Gewissen auch den Dienst für andere erforderte, aber sie konnten die nervöse Aufmerksamkeit für den berühmten Patienten nicht abschütteln, der, falls ihm etwas zustieß, dem Ruf des Ordens mehr schaden konnte als Draguts Galeeren.

Nicolas, der d'Aramons Vorschriften, sich zu mäßigen, offen mißachtete, spielte seine Rolle wie ein Scharlatan. Er schrie. Er wälzte sich vor offenkundigem Schmerz. Er umklammerte seinen Magen, seine Kehle, warf Haschee gegen die Vorhänge und beschüttete die Novizen mit Suppe. Er wollte seine Arznei nicht nehmen und schrie nach de Seurre, der ihn in regelmäßigen Abständen besuchte, auf jedem denkbaren Weg, aber ohne eine Spur von dem vermißten Lymond zu entdecken.

Nachdem das einen halben Tag lang gedauert hatte, brachte de

Seurre Neuigkeiten. «Geben Sie die Farce lieber auf und erholen Sie sich», sagte er, während er dasaß und ungeduldig die schlaffe Hand des Geographen hielt. «Wir segeln nach Tripolis. Der Botschafter hat sich bereit erklärt, bei den Türken zu vermitteln.»

Nicolas de Nicolay riß die braunen Augen auf. «Aber das Abkratzen der Schiffe ist doch bestimmt noch nicht beendet? Und sie brauchen Zeit, Wasser und Proviant aufzunehmen.» Die mit Tang überzogenen Galeeren hatten die Säuberung dringend nötig.

«D'Aramon segelt in der leichten Brigantine des Ordens. Wenn die drei Schiffe fertig sind, folgen wir ihm.»

Nicolas de Nicolay sank auf das Kissen zurück und stieß einen mechanischen Ächzlaut aus, als ein Pfleger vorbeikam. «Dann besteht keine Eile.»

Der Chevalier de Seurre sagte gereizt: «Sie haben die Erlaubnis des Botschafters, die Suche abzubrechen. Es ist nicht wichtig.» Er hatte wenig Freude an dieser Aufgabe. Natürlich stimmte hier etwas nicht; man konnte es wittern, wie d'Aramon es gewittert hatte. Er wußte den Takt zu schätzen, mit dem d'Aramon es vermieden hatte, die Erkundigungen hinter seinem Rücken einzuziehen: Das wäre einem Mitglied seiner Reisegesellschaft gegenüber unerträglich gewesen. Aber er fürchtete sich vor dem, was er herausfinden könnte.

Und ihm ging durch den Kopf, der kleine, ältliche Geograph vermutete das. Denn Nicolas de Nicolay sagte entschieden: «Ich soll einen Trumpf aus der Hand geben? Niemals!» und schlief ein. Jedenfalls wurde er für alle praktischen Zwecke unansprechbar. Schließlich, als die Siesta begann, verlor de Seurre die Geduld und ging. Das Hospital kehrte zur üblichen Arbeit zurück, soweit der schwierige Patient das zuließ; und Nicolas de Nicolay wartete schwer atmend und ächzend auf die Stunde, in der die Mönche den ruhigen Saal verließen und in der ein Mann auf der Suche nach Erleichterung versehentlich an mehrere merkwürdige Orte gelangen konnte.

Als der Augenblick kam, stand er auf, stopfte sein Kissen in das Bett, nahm den schwarzen Umhang des Ritters, der im Bett neben ihm schlief, warf ihn sich um und schlurfte im Halbdunkel der verhängten Fenster davon. Dann machte er sich auf die Suche.

Die Leichenhalle des Hospitals der Johanniterritter von Jerusalem

war in den Felsen von Borgo eingehauen: ein kaltes, klammes Rechteck, klein und fensterlos, mit einer einzigen Kerze, die unter dem
Kruzifix an der Wand brannte. Dort lagen auf Brettern aus gescheu-
ertem Holz die Toten; und die Ordenspriester banden in ihrer Frömmigkeit jeden Leichnam mit Lederriemen an der Bahre fest, so
gespannt, daß die leiseste Regung der toten Glieder eine Glocke anschlagen ließ. So lagen die Ritter vierundzwanzig Stunden lang nach
dem Tod da, damit kein lebender Leichnam begraben wurde.

Es war die letzte Station auf der unbeschwerten Wanderung des
Geographen, und als er die unverschlossene Tür aufstieß, war er
etwas nüchterner geworden. Dieser Crawford war in keinem der
Säle. Er war nicht bei den ansteckenden Fällen, bei den Verwundeten
oder den Sterbenden; er war nicht bei den Genesenden im Garten und
nicht unter dem Messer. Er war nirgends im Hospital, wenn nicht
hier.

Und da war er auch, der arme junge Mann. Nicolas de Nicolay
schloß lautlos die Tür zur Leichenhalle und ging an den leeren Brettern vorbei zu dem einen, das belegt war. Farblos in der Dunkelheit
kreuzten sich die Lederriemen an den Knöcheln und Handgelenken,
und der Leichnam war zweifellos der Mann, den d'Aramon und de
Seurre beschrieben hatten. De Nicolay, ein Mann mit Gefühl, fluchte
ausführlich, und der Leichnam öffnete interessiert die Augen.

«*Diable de diable de diable*», sagte der kleine Geograph mit noch
mehr Nachdruck und verbeugte sich mit großer Förmlichkeit. «Nicolas de Nicolay, mit d'Aramons Flotte gekommen, *mon cher*. Hier
werden Sie also versteckt? So *able*!»

«Einigermaßen. *Plûtot souffrir que mourir; c'est la devise des
hommes*», sagte Francis Crawford, ohne sich zu rühren. «*Vive le
Corps Diplomatique* und alle seine Freunde, aber niesen Sie um Himmels willen nicht, ja? Diese Glocke ist so eingestellt, daß sie es sofort
hören, wenn ich aufwache.»

«Damit die Sie wieder einschläfern können, eh? Sie müssen
Krämpfe haben», sagte Nicolas mit bescheidener Einsicht.

«Ja, aber falls Sie –»

«Falls ich meinen Umhang zwischen die Klöppel stopfe, geht alles
gut. Selbstverständlich. Und jetzt», sagte der barfüßige Geograph,
machte es sich auf der nächsten Bahre bequem und schloß die runden

Augen, «erzählen Sie mir alles, wovor der Großmeister solche Angst hat, daß es niemand erfahren soll.»

Die Zeit war kurz, aber sie reichte. Knapp und vernichtend wurde die Geschichte von Gier, Unfähigkeit, Nachlässigkeit und sinnlosen Opfern erzählt. Schließlich sagte der Franzose nachdenklich: «Sie töten Sie nicht, denn sie wollen keine Ermittlung durch die de Guises, und lassen Sie uns nicht vergessen, daß es Männer Gottes sind. Sie bringen Sie lediglich zum Schweigen, bis wir fort sind, erkaufen sich so etwas Zeit. Was soll das nützen?»

«Es ermöglicht ihnen, Gegengeschichten in die Welt zu setzen», sagte Lymond. Er lag in weißem Musselin da wie ein Gespenst und rieb sich methodisch wieder Leben in die verkrampften Glieder. «Jetzt schon ist der Gouverneur von Gozzo auf dem Wall gestorben. In einer Woche wird der ganze Orden zu den Waffen gegriffen, die Türken von Mdina vertrieben und Dragut auf dem Rückzug versenkt haben.»

«Erinnern Sie mich daran, daß ich Ihnen von einem Schotten namens Thompson erzähle», sagte de Nicolay. «Und Sie sind ein bißchen hinter den Neuigkeiten zurück. Sinan Pascha und Dragut sind nicht auf dem Rückzug. Sie sind nach Tripolis gefahren, und M. d'Aramon und ich – und noch ein paar andere – sollen ihnen folgen und sie von einem Angriff abbringen. Auf Vorschlag des Großmeisters.»

«Wann?»

«Legen Sie sich hin. Sie machen mir angst», sagte Nicolas. «Heute, in der Brigantine des Ordens; aber wir anderen sollen folgen, möglicherweise morgen. Kommen Sie mit uns. Der Großmeister kann Sie nicht zurückhalten, und vielleicht ist das Ihre einzige Möglichkeit, Ihre Geschichte außerhalb zu erzählen... Sagen Sie mir», sagte er, das Koboldgesicht von jäher Begeisterung aufgehellt, «sind Sie nicht der Mann, der die englischen Soldaten daran gehindert hat, unserer kleinen Prinzessin Maria von Schottland zu folgen, als M. de Villegagnon sie sicher aus Schottland nach Frankreich gebracht hat? Eine Fahrt mit Galeeren um den wilden Norden von Schottland herum, wie diese Schiffe es noch nie zuvor versucht hatten?»

Lymond sah abgelenkt auf. «Ich hatte etwas damit zu tun.»

«Ich habe es von M. de Villegagnon gehört, der mein Freund ist», sagte Nicolas de Nicolay befriedigt. «Ich habe ihm die Karte zur Verfügung gestellt, die er für diese großartige Fahrt benützt hat.»

«Sie haben eine Karte der Nordküste von Schottland angefertigt?» Der Ton der Frage hatte etwas Lauerndes.

«Aber nein», sagte Nicolas de Nicolay. «Sie wurde von Ihrem Steuermann Alec Lindsé für die Fahrt Ihres toten Königs Jakob V. angefertigt und fiel Lord Dudley, Admiral von England, in die Hände. Der Admiral», sagte Nicolas bescheiden, «hat mir vor fünf Jahren diese so schöne Karte geschenkt. Später, als es darum ging, die Engländer hereinzulegen, damit Ihre kleine Königin entkommen konnte, habe ich sie für M. de Villegagnon an meinen König geschickt.»

«Und deshalb war in Wahrheit», sagte Lymond und fing an zu lachen, «der Graf von Warwick verantwortlich für die Flucht von Königin Maria.»

«Ja. Es ist sehr komisch, aber mir ist kalt. Wenn wir auch nur einen Zeh rühren», sagte der Geograph, «wird die Glocke anschlagen – ich nehme jetzt den Dämpfer weg –, und wir werden entdeckt, unter großem Alarm. Wir werden äußerst zerknirscht sein und uns Vorwürfe anhören müssen, aber was können sie tun, außer uns freizulassen, als ob alles ein Irrtum gewesen wäre? Sie können Nicolas de Nicolay nichts tun», sagte er mit äußerster Heiterkeit. «Und jetzt, nachdem Sie mir alles erzählt haben, sind Sie in meiner Begleitung ebenfalls nicht in Gefahr. Kommen Sie! Rühren wir uns!»

Sie machten sich zum Aufbruch bereit, bis die Tür aufging und der entgeisterte Leichenbeschauer erschien, mit aschfahlem Gesicht.

Später, als zusammenhanglose Erklärungen und Entschuldigungen beiseite gefegt worden waren und die Hospitaliers zu ihrer Erleichterung, wenn auch schwer verspottet, wenigstens nicht mehr von ihrem Opfer und seinem Retter belästigt wurden, verabschiedete sich Lymond von dem Geographen, zog seine alte Kleidung an und ging direkt zu Gabriels Haus.

Graham Malett, reglos vor dem einfachen Altar, hörte nicht, wie er eintrat. Schließlich stand er auf, beugte das Knie, wandte sich um und sah, das Kreuz auf der Brust nur halb ausgeführt, Francis Crawford vor sich.

Alle Bewegungen kamen zum Stillstand. Auf sein Gesicht, vom Beten schon gelassener geworden, fiel Licht, und die Freude war so durchsichtig, daß Jerott Blyth, der hinter dem erst halb wahrgenommenen Neuankömmling herging, an der Tür stehenblieb. «Gott sei gedankt», sagte Gabriel und ging sofort in einen Ton ironischer Entschuldigung über. «Ich nehme an, unsere Fehler sind jetzt der Welt verkündet worden?»

«Natürlich», sagte Lymond. «Aber warum sonst haben Sie dafür gesorgt, daß M. d'Aramon herausbekommen hat, wo ich war?»

«Das haben Sie erfahren, nicht wahr?» Dem offenen Gesicht war einen Augenblick lang die Müdigkeit anzusehen. «Jerott, kommen Sie herein. Er ist wieder da, und ich habe den Verdacht, so stur wie eh und je. Ich möchte Sie», sagte er unvermittelt zu Lymond, «gern Francis nennen. Gestatten Sie mir das? Es entspringt der Zuneigung und einer... rein geistlichen Liebe.»

Bei dem unerwarteten Unterton von Übermut entspannte sich sogar Lymonds unverwandter blauer Blick. «Selbstverständlich», sagte er.

«Dann verzeihen Sie mir, was ich um des Ordens willen getan habe?» sagte Graham Malett schnell. «Ich konnte Sie nicht nach Gozzo gehen lassen.»

«Es spielt ohnehin keine Rolle», sagte Lymond nach einem Augenblick. Dann fügte er mit deutlicher Anstrengung hinzu: «Ich segle nach Tripolis.»

«*Was?*» sagte Jerott Blyth scharf und kam einen Schritt herein. Der ältere Mann am Altar regte sich nicht. «Natürlich», sagte er. «Um die Frau zu retten?»

«Um zu retten, was ich kann», sagte Lymond. «Darunter auch einen schlitzohrigen Helden namens Thompson. Vielleicht werde ich sogar für Tripolis kämpfen.»

Dieses Mal dehnte sich das Schweigen aus. Auf der Straße erklang ein leiser arabischer Wortschwall, ein Hund bellte; irgendwo im Haus sprachen Stimmen über das Geschepper von Töpfen hinweg italienisch. «Dann komme ich mit Ihnen», sagte Gabriel schließlich.

Jerott dachte: Das ist der Todesstoß für den Orden, eine Geste der Selbstzerstörung, die noch schlimmer ist als die in Mdina. Und ihn überkam eine neue Welle des Hasses auf Lymond, der Gabriel, ihre größte Hoffnung, so leichtfertig um seinen Frieden gebracht hatte. Er machte den Mund auf, aber Gabriel kam ihm zuvor.

«Nein», sagte er. «Erwarten Sie dieses Mal keine Heldentaten von mir. Der Großmeister hat den französischen Botschafter, der kein Freund von ihm ist, darum gebeten, die Türken um Schonung für den Orden zu bitten, weil der Orden seine Pflicht, sich zu verteidigen, nicht erfüllen kann. Falls er Erfolg hat, wird er bei den Verhandlungen die Hilfe der Religion brauchen. Falls er scheitert –»

«Wird er der neue Sündenbock», sagte Lymond. «Natürlich. Aber würden Sie gegen Ihren Großmeister aussagen in diesem Fall?»

«Falls wir Tripolis verlieren», sagte Gabriel zähneknirschend, «rufe ich den Orden aus allen Erdteilen hierher, damit er über diesen kläglichen Priester zu Gericht sitzt.»

«Woraufhin alle Spanier kommen und für Juan de Homedès stimmen werden», sagte Lymond gelassen. «Ich fürchte, nichts außer dem Tod wird Sie von Ihrem scheinheiligen Führer befreien, und viele aus seiner kleinen Herde werden noch vor ihm ins Grab trotten. Was Sie brauchen», sagte Francis Crawford, mit unschuldsvollen, großen blauen Augen, «ist ein Meuchelmörder.»

Die Veränderung im Gesicht von Jerott Blyth, der Schatten der Sorge im Gesicht von Gabriel waren fast nicht wahrnehmbar. «Aber ich», fügte Lymond weiterhin ruhig hinzu, «bin dafür nicht der richtige Mann.»

Nach nur zwei Tagen auf Malta legten die Galeeren M. d'Aramons wieder ab, nahmen zwei Ordensritter mit und zum Ärger des Großmeisters in der Person von Crawford von Lymond einen unerwünschten Beobachter.

Unter denen, die ihnen eine gute Fahrt wünschten, war de Villegagnon, abgelöst von einer langen Wache in St. Laurentius, wo er fast die ganze Nacht neben Gabriel gebetet hatte. «Sie werden wissen», sagte er unvermittelt zu Lymond, «daß mir nicht erlaubt wird, abzureisen. Und tatsächlich kann ich dem Orden vielleicht hier am besten dienen. Ich lobe den Mut, mit dem Sie tun, was nicht von Ihnen verlangt wird. Ich erhoffe mir nicht, daß Sie zu uns zurückkehren, selbst wenn Gott Ihnen das Leben schenkt.»

«Ich komme weder um der Ehre noch des Reichtums willen nach Malta, sondern um meine Seele zu retten», zitierte Lymond mit amüsierter Stimme. Das war eine Inschrift auf einem türkischen Armband gewesen, das sie vor Mdina gefunden hatten.

«Die Gründe, aus denen Sie nach Malta gekommen sind, waren völlig aufrichtig. Das muß ich Ihnen lassen», sagte de Villegagnon. Unter der Sonnenbräune war er rot angelaufen, aber seine Stimme war sachlich. «Sie haben sich Ihren Lohn als Hauptmann einer Söldnertruppe verdient. Es wäre mir nur lieber gewesen, wenn man Ihnen nicht die Hände gefesselt hätte. Vielleicht hätte es mehr für Sie zu tun gegeben.»

«Aber Sie müssen zugeben, daß ich in meiner zweiten Eigenschaft recht tüchtig gewesen bin», sagte Lymond. «Als unabhängiger Zeuge für die Schwierigkeiten des Ordens, mit einem starken Vorurteil zu Frankreichs Gunsten.»

Einen Augenblick lang herrschte Schweigen. Dann sagte de Villegagnon, die unterstellte Beschuldigung weder bestätigend noch leugnend: «Ich bin nicht im Rennen um das Amt des Großmeisters.»

«Aber la Valette, glaube ich», sagte der unabhängige Zeuge. «Und Leone Strozzi, der im französischen Sold steht. Und de Vallier, Gouverneur von Tripolis, dorthin beordert, wie ich bestens verstanden habe, damit er dem gegenwärtigen Großmeister nicht in die Quere kommt. Und natürlich Graham Malett. Bis auf die Tatsache, daß kein Franzose oder Bundesgenosse der Franzosen eine Chance im Rat hat, solange Juan de Homedès die spanische Kabale anführt.»

Nach einer Weile sagte der Chevalier de Villegagnon mit schwerer Stimme: «Gabriel hat mir gesagt, Sie hätten geglaubt, Sie seien hierhergebracht worden, um uns durch Gewalt vom Großmeister zu befreien. Jetzt beschuldigen Sie uns, wir hätten Sie durch Arglist dazu bringen wollen. In der ersten Annahme irren Sie sich. In der zweiten...»

Der massige Ritter machte eine Pause. «Falles es ein Unrecht ist, die Welt über die Arroganz, Gier und Grausamkeit eines Möchtegernchristen aufzuklären, liegt die Schuld bei mir. Ich habe gehört, wie Sie mit den Rittern gesprochen haben, ich habe die Fragen gehört, die Sie nicht gestellt haben. Sie wissen so genau wie jeder von uns, daß wir schwach sind. Ich verlange nicht von Ihnen, daß Sie uns als Königsmacher aushelfen», sagte de Villegagnon bitter. «Ich bitte nur darum, daß alle, die das Christentum retten wollen, uns dabei helfen, diese Phase zu überwinden.»

Angesicht zu Angesicht standen sie sich gegenüber, taub für Jerott Blyth, der vor Zorn brennend neben Lymond stand, und für Gabriel, der ruhig an der Tür wartete. Lymond, ausnahmsweise nicht ganz so gelassen, machte ein Gesicht, das de Villegagnon nicht deuten konnte, und sah lange so aus, als wollte er überhaupt nicht antworten. Schließlich sagte er: «Gut. Ich weiß genau, was Sie wollen. Aber ich bin mir nicht ganz sicher, ob die letzte Hoffnung der Christenheit nicht darin liegt, daß der Johanniterorden von Jerusalem von der Erde verschwindet.»

6. Kapitel

Gott führt

Tripolis, August 1551

Die Männer, Frauen und Kinder aus Gozzo brauchten drei Tage, um Nordafrika zu erreichen, denn die ottomanische Flotte aus Türken und Korsaren war groß; hundertdreißig Segel, vermutete Oonagh, obwohl sie schwer zu zählen waren. Nach den ersten Stunden war sie wenig an Deck.

Sie und Galatian, stellte sie fest, waren nicht auf dem Flaggschiff, sondern bei Dragut, dessen Bruder vor sieben Jahren auf Gozzo wie ein Hund verbrannt worden war.

Das war kein Zufall. Für sie zeigte der stämmige alte Krieger mit dem kräftigen Bauerngesicht nur Verachtung. Galatian gegenüber zeigte er eine kindliche Lust an Quälereien. Er hatte ihn mit übertriebenem Respekt losgebunden, als er sich über seine Fesseln beschwerte, und hatte die Wunden eingerieben, nicht mit Öl, sondern mit Salz. Wenn er durstig war, bekam er ein Aloegetränk; wenn er Oonaghs Namen rief und weinte, erzählten sie hörbar Geschichten über seine angeblichen amourösen Abenteuer, die er nach dem Ablegen seiner Gelübde vollbracht und von denen Oonagh noch nie etwas gehört hatte.

Später begriff sie, daß solche Dinge allgemeiner Klatsch der Leute von Gozzo sein mußten, die so oft auf solchen Beutezügen verschleppt worden waren. Und als der Gouverneur stöhnte, sagte Dragut mit jäher Heftigkeit, der Hund dürfe nicht länger unter seinem unschicklichen Jucken leiden, und Galatian wurde aus Oonaghs Blickfeld gebracht. Als er zurückkam, blutüberströmt auf einer Bahre, hatte Galatian de Césel, Johanniterritter, endlich doch noch die Keuschheit umarmt.

Galatians Diener, ein Malteser, der arabisch sprach, sagte Oonagh, sie seien vor Tagiura vor Anker gegangen, zwölf Meilen östlich von Tripolis. Bei ihren Streifzügen in Frankreich und Irland, beim

Kampf um die Souveränität ihrer Nation und letztlich die ihres Liebhabers Cormac O'Connor hatte Oonagh dennoch von dem großen Korsaren Barbarossa gehört, der das Imperium des Sultans in Nordafrika und im Mittelmeer ausgedehnt hatte und schließlich Herrscher in Algerien geworden war, mit zweitausend Soldaten und der Anweisung aus Konstantinopel, jede Armee aufzustellen, die er brauchte, aus Korsaren, Berbern, Mauren oder Abtrünnigen, und sie in den Stand von Janitscharen zu erheben.

So waren in bitteren Kämpfen im Lauf der Jahre die großen Meereshäfen Afrikas zwischen der Türkei und Spanien hin und her gerissen worden; einmal gehörten sie dem Kaiser und waren christlich, dann gehörten sie Suleiman und einer heidnischen Macht. Tagiura, eine üppige Oase in der Nähe von Tripolis, war türkisch, und der Aga Morat, Herr von Tagiura, war Barbarossas Nachfolger und ein afrikanischer Statthalter für Suleiman den Prächtigen, König der Könige. Als die Seidenflotte unter dem weiten Himmel bei Sonnenuntergang einlief, hallten die Salven von den Schiffen zur Küste wider, und das Bankett für Sinan, den Teufelstreiber, und seine beiden Kommandanten dauerte, wie es hieß, die ganze Nacht.

Oonagh sah nichts davon. Manchmal, nachts, wenn sie den fiebernden Galatian pflegte, glaubte sie, sie höre, erstickt von den Deckplanken, das Wimmern der Menschen von Gozzo, das aus den Verliesen der Flotte drang. Auf Draguts Galeasse waren keine Gefangenen außer ihr und Galatian, beide mit einem Dienstboten. Sie kümmerte sich mit mustergültiger Tüchtigkeit um den Patienten; weder Mitleid noch Abscheu gingen über ihr Gesicht, das durch die Hitze, das ungewohnte Essen und die Schwangerschaft nur noch Haut und Knochen war. Wie ein Meerestier konnte sie sich gegen Leid und Schock abschotten, und das tat sie auch, konnte den Schmerz in sich verschließen und ein gleichgültiges Gesicht zeigen.

Für Galatian empfand sie nur Verachtung. Ihr Fieber war so schnell verschwunden, wie es gekommen war. Sie spürte eine nüchterne, kämpferische Ungebundenheit und musterte die fleischigen, fremden Gesichter um sie herum mit neuer Entschlossenheit.

Falls Galatian überlebte, würde er gegen Lösegeld freigelassen werden, und sie wäre vielleicht gerettet. Falls er starb, würde sie ihr Schicksal hinnehmen und versuchen, Haltung zu bewahren. Obwohl sie das Kind von Cormac O'Connor im Leib trug, hatte sie bei jedem Ereignis Francis Crawford vor sich gesehen, unbeschwert und kalt.

Ein paar Tage lang lag die Flotte vor Anker; dann schickte Sinan Pascha eine Botschaft nach Tripolis durch einen weißgewandeten Mauren auf einem ihrer kleinen, schnellen Pferde, der eine weiße Fahne trug. Vor den Toren der Stadt stieg er ab, stieß einen Stock in den fahlen Sand vor dem Graben und befestigte den osmanischen Aufruf, sich zu ergeben, daran.

Ergebt Euch der Gnade meines obersten Herrn, der mir befohlen hat, diesen Ort seinem Gehorsam zu unterstellen. Ich gestatte Euch, Euch mit Eurer Habe an einen Ort Eurer Wahl zurückzuziehen; aber falls Ihr Euch weigert, werde ich mit dem Schwert gegen Euch kämpfen.

Am folgenden Tag kehrte der Kurier mit der Antwort von Gaspard de Vallier, Marschall von Tripolis und Johanniterritter, die am selben Stock befestigt worden war, nach Tagiura zurück.

Die Herrschaft über Tripolis ist mir von meinem Orden anvertraut worden; ich kann sie niemandem übergeben, der nicht vom Großmeister und vom Ordensrat ernannt worden ist; und gegen alle anderen werde ich sie bis zum letzten Blutstropfen verteidigen.

Auf der kurzen Fahrt von Malta nach Tripolis war es Jerott Blyth ohne ungebührliche Mühe möglich, einem Gespräch mit Francis Crawford aus dem Weg zu gehen. Aber während dieser beiden Tage erfuhr Lymond von Gabriel, der dort gedient hatte, und von Nicolas de Nicolay, der eine Karte davon angefertigt hatte, alles, was er über die afrikanische Heimat der Ritter erfahren konnte.

Es gab wenig Gutes. Tripolis, erbaut am Ende des fruchtbaren grünen Streifens von Nordafrika, stand hinter Mauern auf einer Ebene aus Sand und Salzsümpfen, die sich im Osten fünfhundert Meilen weit nach Ägypten erstreckte. Im Westen lag eine Reihe von Korsarenbastionen, die sich mit Außenposten Spaniens abwechselten. Im Süden lag die Wüste, durchbrochen vom blauen Kamm der Berge von Gharjan, einer Bastion der Berber. Dahinter lag die Sahara. Denn Tripolis war der Mittelpunkt dreier großer afrikanischer Karawanenrouten und der Zugang zum kürzesten und sichersten Seeweg nach Europa, über Malta und Sizilien. Aus diesem Grund hatte Karl V. sein Ultimatum gestellt: Falls ihr Malta als Ordensheimat empfangen wollt, müßt ihr Tripolis für das Kaiserreich verteidigen.

Es war ein Befehl, der Heldenmut verlangte. Die grobe Karte, die Nicolas mit dem Dolch in die Schiffsreling ritzte, zeigte einen Felsenvorsprung, der aus den Palmenhainen herausragte und sich um den Hafen zog, den in diesem Land der unberechenbaren Winde eine Felsspitze mit einem Fort darauf schützte.

Im Winkel zwischen der Spitze und der Bucht lag die Stadt, umringt von schrägen Steinmauern, im Süden und im Westen vom Meer umspült, und innerhalb der Stadt, aber von ihr getrennt durch eigene Mauern und Befestigungsanlagen, stand die viereckige Burg, die auf der Meerseite die ganze Bucht von Tripolis überblickte und auf der Landseite die Stadtmauer und die Tore zur Ebene im Osten.

Aber die alte Burg von Tripolis, der Reihe nach von den Römern, Byzantinern und Spaniern erbaut, war ein Wirrwarr aus Höfen, Zimmern, Durchgängen und unzureichenden Befestigungsanlagen, für die weder Karl noch Juan de Homedès ihre Börse geöffnet hatten.

Und ihr Gouverneur, Gaspard de Vallier, war ein alter Mann: ein Ritter der auvergnischen Zunge, der als hoher Würdenträger des Ordens eine Bedrohung für den Großmeister de Homedès darstellte und deshalb hierhergeschickt worden war. Während er Lymond das alles berichtete, hatte Gabriel gesagt: «Alles hängt vom Botschafter ab. Falls er Sinan Pascha nicht dazu überreden kann, von der Belagerung abzulassen, wird Tripolis so gut wie sicher fallen.» Dann schwieg er einen Augenblick und fügte hinzu: «Die Dame... ist sie jung? So jung wie Sie?»

Lymond nahm das, wie Jerott mit Befriedigung feststellte, nicht gut auf. «Jung genug für das Serail, wenn Sie das meinen.»

Gabriel sagte sanft: «Wissen Sie, sie werden gut behandelt. Die Osmanen heiraten gern die Frauen und Töchter ihrer Gefangenen.

Sie sollten sich besser um ihren Piratenfreund kümmern. Vielleicht bringen sie Césel und die Frau an Land, aber die anderen Gefangenen werden sie auf den Schiffen lassen.»

«Er hat Mdina mit seiner falschen Nachricht aus Sizilien gerettet. Der Herr sorgt doch bestimmt für die Seinen?» sagte Lymond und löste, wie er zweifellos wußte, damit einen weiteren Wutanfall aus, nicht bei Gabriel, sondern bei Jerott, der hinter ihnen zuhörte. Gabriel winkte Jerott heran. «Kommen Sie, von hier läßt sich bequemer streiten.»

Jerott Blyth zuckte die Achseln. «Lassen Sie ihn doch witzeln. Mr. Crawford ist hier, wie ich glaube, um sein Heldentum zu zeigen, indem er eine Frau zurückfordert, die so kühn war, aus seinem Bett zu fliehen. Wir sind hier, um Seelen zu retten.»

«Verzeih mir», sagte Lymond. «Ich habe gedacht, als du weinend mit deinen Sorgen zur Mutter Kirche gerannt bist, haben sie dir einen Eid abgenommen zu kämpfen. Ich gehe Risiken ein, um mein Los in diesem Leben zu verbessern; du tust es, um dir Annehmlichkeiten im nächsten zu sichern. Du stehst unter Befehl, ich nicht. Die Türken beten und töten genau wie du; was nimmst du ihnen übel?»

Gerade noch rechtzeitig sagte Gabriel: «*Jerott!*» und fügte dann weniger dringlich hinzu: «Ich habe Sie eingeladen, Ihrem Ärger Luft zu machen, nicht dazu, gewalttätig zu werden.» Und zu Lymond, ein Lächeln in den Augen: «Sie sind gern boshaft, nicht wahr, und kokettieren gern mit der Blasphemie. Die meisten von uns sind aus unwürdigen Gründen in den Orden gekommen. Jerott hat seine Braut verloren; Sie brauchen ihn nicht daran zu erinnern. Ich» – er zögerte – «hatte eine Macht, die ich nicht ausüben wollte; ich fürchtete, auf Abwege zu geraten. Manche wie Strozzi sind, glaube ich, aus persönlichem Ehrgeiz zu uns gekommen, um in der besten Schule der Welt ausgebildet zu werden. Aber wenn Sie sagen, der Orden solle sterben, denken Sie nicht daran oder an unsere klägliche, törichte Führung. Sie denken nicht an Galatian de Césel und Juan de Homedès, sondern an die Waffe, die wir bilden.»

«Gegen die Türken? Ihm wäre es am liebsten, wenn die ganze Welt türkisch würde», sagte Jerott. Bei Gabriels Tadel war er rot angelaufen. «Kannst du dir nicht vorstellen, wie unsere Muezzine fünfmal am Tag auf den Turm von St. Giles steigen: *Allâhu ákbar! Lâ ilâha illa'llâh!*»

Mit entschlossener Geduld schnitt Gabriels Stimme die Rezitation ab. «Bedenken Sie, daß Francis, im Gegensatz zu uns, erst vor kurzem aus Europa gekommen ist, dann werden Sie es begreifen. Der Machtkampf in Europa wird zwischen vier Mächten geführt, zwischen England, Frankreich, der Türkei und dem Kaiserreich. Dieser Orden dient Gott. Er dient außerdem *per se* jeder Macht, die aus guten oder schlechten Gründen die Verbündeten der Türkei vernichten will. Juan de Homedès ist Spanier. Er fürchtet, der Orden könne Malta verlieren, deshalb unterstützt er das Kaiserreich in seinem Kampf gegen das mit der Türkei verbündete Frankreich, christliche Nation gegen christliche Nation. Wir haben die Türken nicht aus Bône vertrieben, weil wir das wollten, sondern weil es der Wunsch des Kaisers war, und deshalb haben wir, nicht Karl, Suleimans Rache auf uns gezogen.»

«Und dadurch dem König von Frankreich in die Hände gespielt», sagte Lymond heiter. «Denn der Orden, schlecht geführt, schlecht organisiert und gründlich demoralisiert, kann sich nicht selbst verteidigen, von Tripolis ganz zu schweigen, und hat den Kaiser gezwungen, die Hälfte seiner See- und Landstreitkräfte in Süditalien und auf Sizilien zusammenzuziehen, gegen einen möglichen Durchbruch der Türken, wenn sie Malta erst einmal überrannt haben. Weil er außerdem durch Frankreich in Norditalien festgehalten, in Deutschland vom Herzog von Guise angegriffen wird und in Ungarn mit der Türkei Krieg führt, ist das Versagen des Ordens im Mittelmeer so ungefähr das Beste, was dem Königreich Frankreich je widerfahren ist. Sie sind jetzt, was jede Gruppe wird, wenn sie die Führerschaft verliert», sagte Lymond ruhig. «Ein Spielzeug der Mächtigen.»

«Also gestatten wir den Osmanen, die Welt zu überrollen», sagte Jerott Blyth, Feuer im Blick.

«Entweder haltet ihr euch heraus und laßt zu, daß sich die sogenannten christlichen Nationen, statt sich gegenseitig die Kehlen durchzuschneiden, vereinigen und den Islam vernichten, oder ihr macht euch so stark, daß ihr eigene Bedingungen diktieren könnt.»

«Unter Juan de Homedès?» fragte Gabriel. Sein Blick war seit langem nicht von Lymonds Gesicht gewichen.

«Nein. Auch nicht unter Graham Malett», sagte Lymond.

Das Blut, das sich unter der goldenen Haut, unter den königlichen Knochen abzeichnete, verfleckte Gabriels Gesicht so, wie es nur wenige je gesehen hatten. Dennoch lächelte Gabriel unverwandt weiter, merkte nichts von Jerotts geballten Fäusten neben ihm. «Sie sind hart», sagte er. «Wer dann?»

«Bis Juan de Homedès stirbt, niemand», sagte Lymond. «Danach ist die Liste jedenfalls sehr kurz. De Villegagnon ist ein geborener Soldat und Seemann, aber ich glaube, nicht eigentlich ein Gottesmann. Strozzi ist stark, aber ehrgeizig und hat persönliche Rachepläne. Romegas ist einfallsreich und tapfer, aber ohne große persönliche Stärke. Damit bleibt –»

«La Valette übrig. Ich habe gedacht, Sie haben kaum mit ihm gesprochen», sagte Sir Graham. Er war immer noch hochrot.

«Von jedem Ritter, mit dem ich sprechen konnte, habe ich von ihm gehört», sagte Lymond. «Das ist manchmal besser, als den Mann selbst kennenzulernen.»

«Und Graham Malett», sagte Jerotts Stimme neben ihm. «Was für Fehler hat der Herr und Meister an ihm entdeckt?»

Aber Gabriel antwortete selbst. Die Röte war verschwunden und ließ sein Gesicht recht bleich zurück. «Weil sie mich lieben», sagte er, «kann ich von den Männern alles verlangen, was ich will», sagte er. «Ich könnte diese Art von Macht zu sehr lieben lernen.»

«Da hörst du es», sagte Lymond friedlich in Jerotts eisiges Gesicht. «Wir alle lieben ihn zu sehr.»

Zum zweitenmal packte Gabriel schnell Blyths Arm, als er ausholte. Lymond rührte sich nicht. «Seid ruhig. Seid ihr Kinder?» sagte Gabriel, schließlich doch noch erzürnt. «Seid ruhig; dort ist Tripolis, dort vor dem Bug.»

Sie drehten sich um. Voraus, ein weißer Bogen aus Mauern und Türmen, lagen die Burg und die Stadt Tripolis mit dem weißen Johanniterkreuz winzig auf den Wällen. Und vor der Felsspitze, sanft vor Anker im tiefen Wasser schaukelnd, die See überziehend mit zarten Baldachinen, goldenen Kordeln und langen, entrollten Bannern in Scharlachrot und Gold, lagen Sultan Suleimans Schiffe.

«O Herr mein Gott», sagte Gabriel, und seine tiefe, ruhige Stimme hallte über das Wasser. «Nimm uns, deine Kinder, in deine Hände, denn wir wissen nicht weiter.»

Blyth, mit hartem, leidgezeichnetem Gesicht, legte sich die Hand über die Augen. Lymond, den Blick auf das Fort gerichtet, das auf der Felsspitze über der Bucht stand, fing lediglich geistesabwesend zu pfeifen an. Es war die Melodie eines schottischen Matrosenlieds.

Er wiederholte es in regelmäßigen Abständen, während die beiden Schiffe, deren Besatzung unbewaffnet an Deck stand und an deren Mast deutlich erkennbar die französischen Lilien wehten, langsam durch die stummen Reihen der türkischen Flotte hindurchruderten, um sich dem Schiff des Botschafters anzuschließen, das allein in der fremden Flotte lag.

D'Aramons Standarte, die neben der französischen Flagge wehte, zeigte, daß er an Bord war. Viel später antwortete der Pirat Thompson mit einem hohen Pfeifen aus einem der türkischen Schiffe auf Lymonds Signal.

Die Kanonenschüsse, als d'Aramons Brigantine einlief, wurden von Oonagh O'Dwyer gehört, die im türkischen Lager an der Seite ihres kranken Liebhabers war, und von dem belagerten Gouverneur von Tripolis. Für Marschall Gaspard de Vallier in seiner Burg hieß das zunächst nur, Sinan Pascha habe das Feuer eröffnet, und sein wohlmeinender Stab habe versäumt, ihn davon zu unterrichten. Dann, als er zu den Zinnen eilte, sah er, daß die Geschütze noch nicht auf Stadt oder Burg gerichtet waren, sondern einer einlaufenden Brigantine Salut gaben, die deutlich die königlichen Farben von Frankreich hißte. Einen Augenblick später, als die Brigantine die Salve erwiderte, erkannte er das Wappen von Luetz d'Aramon, der seit sechs Jahren als französischer Botschafter beim obersten Herrn der Türkei im Mittelmeerraum bestens bekannt war.

Wenn er nicht exkommuniziert werden wollte, konnte der Franzose nicht die Absicht haben, seinen türkischen Freunden aktive Hilfe gegen die Johanniterritter zu leisten. Er mußte gekommen sein, um zu vermitteln. Als die Skiffs ablegten und später die beiden anderen französischen Schiffe einliefen und sich neben ihr Flaggschiff schoben, spürte Marschall de Vallier, wie eine große Last von seinem überanstrengten Herzen wich. Hilfe war nahe.

Geduldig, subtil, durch harte Jahre der Erfahrung auf die orientalische Denkweise eingestimmt, ging der Baron d'Aramon langsam vor. Jede Förmlichkeit wurde bei der Ankunft beachtet. Und dann, ehe er auch nur im Traum daran gedacht hätte, um eine Audienz zu bitten, wurden seine Geschenke für Sinan Pascha, Dragut und Salah Rais überbracht. Sie stammten aus den Kisten, die für den Sultan bestimmt waren: eine Brosche mit Rubinen und Smaragden, eine Börse voller Gold, ein mit Silber und Perlen durchwirkter Samtgürtel und Bahn um Bahn Goldgewebe und Seide.

In gebührender Zeit wurden die Höflichkeiten erwidert. Inzwischen waren die beiden Galeeren aus Malta eingetroffen. Seine Exzellenz der französische Botschafter in der Türkei nahm Michel de Seurre, Nicolas de Nicolay und Graham Malett und nur soviel persönliches Gefolge mit, wie nötig war, um den Status seines königlichen Herrn zu wahren, als er bei Einbruch der Nacht für seine Audienz beim General des Sultans zum osmanischen Lager an Land gerudert wurde. Als sie ablegten, erscholl der *ezân* über das Wasser und verkündete Gottes Allmacht und Einheit. Er erklang immer noch, als d'Aramon zwischen den juwelengeschmückten Kämpfern des Islam zum leisen Schlag der Trommeln an Land ging.

Falls es ihm nicht gelang, diese Männer dazu zu bewegen, den Angriff aufzugeben, konnte es das Ende des Ordens auf Malta bedeuten. Falls es ihm gelang, war höchstwahrscheinlich seine Karriere als Botschafter des französischen Königs in der Levante zu Ende, waren *hiver sans feu, vieillesse sans maison* sein Lohn.

Durch die murmelnde Nacht, gewürzt mit Moschus, Honig und Minze, zwischen den von Lampen erhellten Zelten und den funkelnden, schweifenden Schatten der Kinder des Hauses Osman, vorbei an dem Geruch von Pferdeleibern, der ihnen verriet, wo die kleinen, schnellen Tiere angebunden waren, vorbei an den Gerüchen von Öl, Fisch, Kuttelsuppe und Hammelfleisch, wo die Köche der göttlichen Gnade die Abendmahlzeit zubereiteten, schritt der Baron d'Aramon ernst durch die rituellen Stadien der Begrüßung und kam schließlich zu dem großen, duftenden Zelt, durchsichtig vom Lampenlicht, vor dem die Blattgoldstandarte des Sultans aufgepflanzt war, und wo Sinan Pascha ihn empfing. Sein Gefolge im Schlepptau trat der französische Botschafter ein.

Das Zelt des Generals war, wie er es erwartet hatte, überaus prunktvoll ausstaffiert. Die Gesichter unter den kostbaren Filigranlampen und vor den schönen, mit Bändern gesäumten Leinenvorhängen waren nicht feindselig; es waren die Gesichter von Männer, die Arbeit vor sich hatten, zuversichtlich, kompetent, und die ihren Besuchern gegenüber große Geduld an den Tag legten. Die Franzosen nahmen auf Seidenkissen Platz, gestapelt über dicken Teppichen, und bekamen Süßigkeiten serviert: gezuckerte Pistazien und Ingwer, Honig aus Temeschwar und Rosengelee, frische Datteln und Halva, und als Getränke frische Milch aus Schalen, *kuscháf* aus Krügen, gewürzt mit Ambra und Moschus, Aprikosensaft und Sirup aus rotfleischigen Pfirsichen.

Am Anfang seiner Botschafterzeit war ihm von den zähflüssigen, süßen Flüssigkeiten und von den mit Jasmin getränkten Gewändern der Eunuchen übel geworden, und er hatte angespannt auf die Eröffnung des Gesprächs über die Staatsangelegenheit gewartet, deretwegen er gekommen war. Jetzt empfand er nichts und sprach über Belanglosigkeiten («ein Vorgeschmack des Paradieses»), während die ziselierten Becher gefüllt wurden («Ruhe für die Seele, Nahrung für den Geist»), und wußte instinktiv, wann der richtige Zeitpunkt gekommen war, mit den endlosen, leeren Phrasen anzufangen, die schließlich zu seinem Herrn, dem König von Frankreich, führten, zur Wertschätzung seines Herrn für den Johanniterorden von Jerusalem, unter dessen Mitgliedern Ritter waren, die als seine Untertanen geboren worden waren, zur Bereitschaft seines Herrn, es als günstiges Zeichen zu sehen, wenn die große Armee des obersten Herrn den Blick von Tripolis wenden und ihr mutiges Werk anderswo verrichten würde. Diese Bereitschaft werde in unmittelbarer Zukunft durch einen Beweis der berühmem Großzügigkeit des Königs von Frankreich gezeigt werden.

Sein fließendes Arabisch kam zum Schluß, und er wartete, hörte hinter sich, wie Nicolas de Nicolay seinen Becher schlürfend leerte. Auf den aufgestapelten Kissen von seinen Korsaren flankiert – Dragut schwer und reglos, Salah Rais mit den langen, ägyptischen Händen entspannt auf den verhüllten Knien, der Aga Morat lächelnd –, antwortete Sinan Pascha, der Teufelstreiber, freundlich. Er war mittelgroß, und die steifen Falten seines Gewands raschelten, als er sich vorbeugte und das Unterkleid aus juwelenbesetzter Seide im Licht blitzte. Sein Gesicht, sonnengebräunt und hager, wirkte winzig unter dem Turban aus Goldgewebe, dessen Quaste wie eine Locke auf eine Schulter fiel; aber er benutzte nicht die Hände, wie es Araber tun, um seine Sache zu unterstreichen und ihr Gewicht zu verleihen.

Das hatte er gar nicht nötig. In den gelassenen Kadenzen des Moslems, für den es sich nicht schickt, die Stimme zu erheben oder zu lachen, bedauerte Sinan Pascha, daß der Kaiser (auf dem der Segen von Gott in der Höhe stets ruhen möge!) und der Johanniterorden von Jerusalem (möge Gott ihre Gräber erhellen!) es für richtig gehalten hätten, die Armee des Kommandanten der Gläubigen und des Leutnants des Gesandten Gottes auf Erden hereinzulegen und zu täuschen.

Der Kaiser habe versprochen, der Sultan werde die Schlüssel von Bône erhalten. Deshalb suchten die Offiziere des Sultans sie überall, wo der Kaiser Repräsentanten habe, würden jedoch mit leeren Worten abgespeist oder mit Kanonenfeuer empfangen; selbst auf Malta, wo sie angelegt hätten, um Grüße zu überbringen und Erfrischungen für ihre erschöpfte Truppe zu bekommen. «Mir ist schmerzlich bewußt», sagte Sinan Pascha, während der unveränderte Blick seiner scharfen braunen Augen dem Mitgefühl in seiner Stimme völlig widersprach, «daß der König von Frankreich (Gott sei seinem Haus gewogen!) es ungern sieht, daß wir eine Stadt belagern, die von den berühmten und tapferen Malteserrittern verteidigt wird, aber unglücklicherweise», fuhr er fort, die dunklen Brauen im eingefallenen Gesicht gehoben, «unglücklicherweise sind diese tapferen Männer immer dort, wo mit der Gnade des Allerhöchsten der Sultan selbst sein möchte».

Und da der Sultan beabsichtige, Tripolis zu bekommen, womit er sich lediglich zurückhole, was ihm gehöre, und ihm, Sinan Pascha, mit seinem Siegel den Auftrag dazu gegeben habe, den Seine Exzellenz, der Fürst d'Aramon gern lesen dürfe, würde Ungehorsam ihn, den armen Sinan Pascha, das Leben kosten. «Kämpft Gottes wahren

Kampf, sagt der Koran», schloß der General fromm, und d'Aramon antwortete trocken: «So ähnlich steht das auch in der christlichen Bibel.»

Aber er versuchte es. Und als er sich an der Wand von Sinan Paschas Gleichgültigkeit wundgestoßen hatte und aufgeben mußte, fuhr Gabriel mit seiner tiefen, klangvollen Stimme fort. Er appellierte weniger an Sinan als an Dragut, den alten Kommandanten, sprach gelassen und mit Humor, streute sogar die kleinen, subtilen, harmlosen Bosheiten ein, an denen der islamische Verstand Freude hat.

Er lockte wenigstens einen Schimmer in Draguts scharfe Seefahreraugen, aber Sinan der Jude klatschte in die Hände und sagte: «Deine Silberzunge, o Herr, hätte es fast vermocht, mich auf deine Seite zu bringen; aber was nützt dir oder mir ein kopfloser Leib? Wer dem König der Könige nicht gehorcht, stirbt. Die ganze Welt soll Ihnen Ehre erweisen, der für seine Religion gesprochen hat. Es ist traurig, daß Allah nicht Ihnen zulächelt, sondern mir. Laßt uns essen, damit kein böser Wille zwischen uns bleibt.»

Der Geruch nach Pilaf lag schwer in der heißen Luft, verdrängte den nach Jasmin und Nelken und den darunterliegenden nach schweißnasser Kleidung. Der französische Botschafter stand auf, die lange, enge Hose bis zum Schenkel zerknittert, mit schlaffen Rüschen am Hals und an den Handgelenken. «Der Segen Gottes sei mit dir und mein Dank», sagte er. «Aber wir müssen zurück. Sie haben uns gerecht angehört, und was kommt, wird Gott uns zeigen.»

Einen Augenblick lang herrschte absolutes Schweigen. Weder Sinan Pascha noch jemand aus seinem Gefolge hatte sich erhoben, wie es die Höflichkeit gebot; niemand sagte etwas. Statt dessen neigte sich der weißgoldene Turban nachdenklich, und mit einem silbrigen Rascheln ging der Vorhang hinter dem Botschafter zu und schwankte dort, schloß die Feuer aus, die Zelte, die mondbeschienenen Dünen, die nach Tripolis führten.

Dann blitzte an den fransengesäumten Zeltwänden ringsherum Damazenerstahl auf und wurde zu einem bebenden Schein. Die Janitscharen hatten die Klingen gehoben.

«Der Prophet, der Gesandte Gottes, hat den Weg schon bestimmt», sagte Sinans leidenschaftslose Stimme. «Wir fürchten, die

See zwischen diesem Ort und Konstantinopel ist im Augenblick nicht sicher für die großen Herren des Königs von Frankreich. Und unsere Sorge um ihr Wohlergehen ist so groß, daß wir ihnen nicht gestatten werden, die Ehre von Nationen so leichtsinnig aufs Spiel zu setzen. Wir beschwören euch, gebt uns noch eine Weile die Ehre eurer Gesellschaft. Eßt, schlaft, verführt unsere armen Ohren mit euren erlesenen Gesprächen. Es besteht keine Eile für uns alle, diese Stadt zu verlassen, *solange sie noch steht.*»

Hinter dem Baron d'Aramon waren die Ritter de Seurre und Graham Malett aufgestanden, kurz danach auch Nicolas de Nicolay und der Rest des Gefolges. Sie erhoben sich, die Hände an den leeren Schwertgurten, und standen dann mit steiflippiger Lässigkeit da, während die Krummschwerter schimmerten. Die Falle hatte sich um sie geschlossen, und es war nichts zu machen. Der französische Botschafter und sein Gefolge mußten die Gäste der Türken sein.

Stumm unter den afrikanischen Sternen warteten die drei Schiffe aus Malta darauf, daß d'Aramon und Gabriel zurückkamen, und als der weiße Bogen von Tripolis in der Nacht verblaßte und das lichtgesprenkelte Wasser um sie herum gegen die geschnitzten Rümpfe der türkischen Flotte schlug, die wie verstreute Blumen auf dem warmen Meer lag, musterte Jerott Blyth Lymond.

Seit Gabriel und de Nicolay abgefahren waren, hatten sie nicht miteinander gesprochen. Kurz ehe es ganz dunkel wurde, hatte Lymond lange die Küste von Tripolis beobachtet, so daß auch Blyth darauf aufmerksam geworden war und sie seinerseits musterte. Durch die Dämmerung hindurch sah er schließlich schattenhaftes Treiben: einen dunklen Umriß, der sich langsam über die tangüberzogenen Felsen zwischen Meer und Burg bewegte und dem langsam ein zweiter folgte. Dann, als die Nacht dunkler wurde, füllten stechende Lichter die Felsen.

Dann wußte er, was das war. Galeeren waren an Land geschafft worden, auf Rollen, um als Verstärkungen und als Lafetten für die schweren Geschütze zu dienen, die gegen die Burg in Stellung gebracht werden sollten.

Er rechnete schnell die Entfernungen aus. Der Winkel war zu spitz für die Burgkanone, und die Schiffsrümpfe waren noch nicht in

Reichweite für den Arkebusenbeschuß. Pfeile hätten ihnen nichts ausgemacht, und er nahm an, sie seien zu gründlich gewässert, als daß ihnen Brandsätze etwas hätten anhaben können. Aber...

«Frage: Warum feuert das Fort am Hafenende nicht?» sagte eine angenehme Stimme neben seinem Ohr. «Dort oben ist eine Garnison; ich habe sie beobachtet. Meinst du», sagt Lymond, ohne auf Blyths unbeherrschbare Abneigung zu achten, «daß der Marschall zweihundert unerfahrene kalabrische Hirten dorthin verlegt hat, damit sie, falls sie dazu aufgelegt sind, Orgien der Tapferkeit veranstalten, und falls sie nicht dazu aufgelegt sein sollten, Tripolis wenigstens ihre ansteckende Angst los ist?»

«Vielleicht sind sie ja auch mit der Irin beschäftigt», sagte Jerott Blyth schneidend und ging verdrossen weg.

Nach zwei Schritten holte ihn ein schmerzhafter Griff an seinem Arm zurück. «Sachte, kleiner Mönch», sagte Lymond, immer noch freundlich. «Sag mir – hat dich deine göttliche Berufung auf Erden auch schwimmen gelehrt?»

«Warum?» fragte Jerott, keine Spur weniger zuckersüß, den langen Dolch mit geübter Geschicklichkeit gezogen und ihn zwischen den Fingern haltend.

«Weil ein osmanisches Schiff voller bewaffneter Janitscharen sich uns nähert und von d'Aramon und Gabriel überhaupt nichts zu sehen ist. Etwas ist danebengegangen», sagte Lymond heiter. «Zweifellos hat Allah eingegriffen. Fallst du Lust hast, an Land zu gehen, gibt es jetzt nur noch eine Möglichkeit.» Er hatte den Arm des Ritters losgelassen und zog sich methodisch aus bis auf Hose und Hemd, warf sein Wams auf das Deck und schnallte sich den Dolch vom Gürtel. Lymond warf ihn einmal hoch in die Luft, fing ihn am Griff auf und ging schweigend zur Windschattenreling in der Dunkelheit.

Auf dem Schiff war es still. Der Späher, falls er überhaupt etwas bemerkt hatte, hatte das näherkommende Skiff nicht so gedeutet wie Lymond. Jerott zögerte und drehte sich um, was Lymond auffiel.

«So, so, Mr. Blyth», sagte er mit Mitgefühl in der hellen Stimme. «Wenn Sie nicht für Geld kämpfen wollen und zu große Angst haben, für Jesus zu kämpfen, können Sie jetzt mit mir ein Bad nehmen.» Er hatte den Griff eines Ringers, den der junge Ritter kannte, dem er aber viel zu spät begegnete. Eisenhart prallte Blyths kompakter Körper neben Lymond im Meer auf; und dann war er über seinem Quälgeist, trieb wellenumspült durch das Wasser, den Dolch in der Hand.

Unter ihm drehte sich Lymond, tauchte, und als er sich drehte, umschlang er Jerotts Beine mit seinen und zog. Als das Wasser über seinem Kopf zusammenschlug, spürte Jerott, wie seiner rechtem Hand der Dolch entwunden wurde, und als er röchelnd wieder nach Luft schnappte, merkte er, daß seine beiden Arme mit eisernem Griff auf dem Rücken festgehalten wurden. Seine Beine, schon taub, waren immer noch umklammert und unbeweglich. Er ruckte einmal und wurde sofort unter Wasser gezogen, wo er fast erstickt wäre. Als er danach auftauchte, konnte er nicht sprechen, und eine ruhige Stimme sagte in sein Ohr: «Mach das noch einmal, dann tauche ich dich unter, bis du bewußtlos bist. Die Türken sind auf der anderen Seite der Galeere und können die Planscherei ganz deutlich hören. Hörst du mich?»

Blyth übergab sich, gab das dreckige Hafenwasser und seine letzte magere Mahlzeit gleichermaßen von sich, aber er hatte so gut verstanden, daß er es lautlos tat. Die brutalen Händen ließen ihn los. «Schon gut», sagte Lymond, plötzlich gelangweilt. «Du kannst mich jetzt umbringen, Schätzchen... das heißt, wenn du mich einholen kannst.»

Jerott Blyth, unvermittelt freigelassen, warf sich schwach herum, als ihm sein Dolch zugeworfen wurde, mit dem Griff voraus, und fing ihn auf. Im selben Augenblick schwamm Lymond in einer Welle des schwarzen Meeres davon, und das Wasser teilte und schloß sich über seinem hellen Kopf.

Der Chevalier Blyth hielt nicht inne. Mit dem zurückgewonnenen Dolch zwischen den Zähnen trat er schnell die Verfolgung an.

Es war schon deutlich gewesen, ehe sie die Küste von Tagiura verließen, daß Galatian genesen würde. Bald nachdem er in Tripolis an Land getragen worden war legte sich sein Fieber, und statt dessen schlief er viel – zuviel für Oonagh, die, isoliert durch ihre Unkenntnis der Sprache, mit zorniger Ungeduld auf seine wachen Augenblicke wartete.

Er war für sie nur noch wichtig, weil er arabisch sprach. Außerdem war er, wie sie annahm, ihre einzige Aussicht, nach Europa zurückzukehren. Von allen Menschen aus Gozzo waren sie die einzigen, die an Land in dieses Doppelzelt mit den Kissen, schönen Teppichen und schweigenden schwarzen Dienern gebracht worden waren.

Sie ging nie hinaus. Tag und Nacht wurde das Zelt von den Männern in den Gewändern bewacht, deren Schatten sie auf den Seidenwänden sah. Aber sie waren eindeutig Geiseln, keine Sklaven, und Galatian bekam alles, was er zu seiner Annehmlichkeit brauchte.

Er hatte herausgefunden, was die Salven der Kanonen zu bedeuten hatten, und er war in quengeliger Verzweiflung zusammengebrochen, als sie bei der Befragung ihrer Diener herausbekommen hatten, d'Aramons Vermittlung sei fehlgeschlagen, der Botschafter werde während der Dauer der Belagerung festgehalten. Selbst die Takelage seiner Schiffe war abgenommen worden. Falls d'Aramon freigelassen worden wäre, erklärte Galatian Oonagh bitter, hätte er möglicherweise sogar Suleiman dazu überreden können, seine Befehle zurückzuziehen. «Aber nein, aber nein, Sinan Pascha darf nicht um seine Eroberungen gebracht werden», haderte er und ging zu Oonaghs eisiger Beschämung dazu über, das jedesmal zu rufen, wenn er französische Stimmen in der Nachbarschaft hörte.

Als er schließlich, spät am nächsten Morgen, eine Antwort bekam, wartete er voller wilder Vorfreude darauf, daß jemand aus d'Aramons Gesellschaft sich Zutritt zu ihm verschaffte. Ist ihm denn nicht klar, daß sie auch Gefangene sind? dachte Oonagh. Und glaubt er wirklich, sie wissen nicht, was auf Gozzo geschehen ist?

Sie ertrug seine Nähe, wie sie in Irland die einer kranken Dienerin ertragen hätte, die sie nicht mochte, und war gelähmt vor Zorn, als sie, nachdem sie Galatian hinter den Vorhängen des inneren Zelts in der heftigen Nachmittagshitze dem Schlaf überlassen hatte, die leisen Schritte vieler Menschen näherkommen hörte, einen Wortwechsel auf türkisch und dann das Geräusch, mit dem die Zeltklappe geöffnet wurde. Sie sah das breite, schnurrbärtige Gesicht des Wächters vor sich, den sie kannte, die Axt im Gürtel, gekleidet in das kurze, knielange Gewand unter einem dünnen Wams, die Füße in Ziegenlederstiefeln.

Hinter ihm waren andere, gleich gekleidet. Sie bildeten eine Eskorte für einen großen Mann in dem Schwarz, das sie verabscheute, das weiße Kreuz deutlich auf der Schulter sichtbar. Unter der afrikanischen Sonne war sein Haar ein Schopf aus Gold, und das Blut wich aus ihrer Haut, ließ eine kalte Unsicherheit zurück, die sekundenlang anhielt. Dann sah sie, als er in den Schatten trat, daß es niemand war, den sie kannte.

Sir Graham Malett sah seinerseits vieles, worauf er an diesem heißen Nachmittag im osmanischen Lager nicht gefaßt gewesen war. Er sah, daß die irische Hure, an der nicht nur ein schwacher Ordensritter hing, sondern auch Francis Crawford, dessen einzige von ihm bis jetzt bemerkte Schwäche sie war, eine schwarzhaarige Frau mit geradem Rücken und makellosen, elfenbeinernen Knochen war, die sich deutlich unter der fast durchsichtigen Haut abzeichneten. Ihre Handgelenke waren knochig wie die eines Jungen, aber unter dem angespannten Gesicht und dem schlanken Hals war die Brust üppig. Aus ihrer Reaktion auf die Worte des Wächters schloß er, daß sie kein Arabisch konnte. Er sagte zu dem schwarzen Eunuchen, der aufgestanden war, als Gabriel das Zelt betreten hatte: «Ist sie schwanger?» und der Mann nickte, entblößte die weißen Zähne. Im Hospital und im Serail lernte man viel. Er fügte eine Bitte hinzu, die den Wortwechsel rechtfertigen sollte, und der Eunuch lächelte noch breiter und zog sich zurück.

Zu Oonagh O'Dwyer sagte Graham Malett: «Verzeihen Sie mir. Ich konnte meinen Besuch nicht ankündigen. Ich werde festgehalten, wie Sie. Ich heiße Graham Malett und habe gehört, daß M. de Césel hier ist.»

Sie hatte offenbar über Galatian von ihm gehört, denn sie sah ihn aufmerksam aus wirklich außergewöhnlichen grünen Augen in dem so auffällig bleichen Gesicht an und sagte: «Der Herr beschützt uns. Gabriel, der das Kamel des Propheten aus –»

«– aus Mekka führte», unterbrach er sie sanft. «Ich hatte das Gefühl, Sie wollten Malta sagen.» Er machte eine Pause. «Wir haben dort eine üble Geschichte angerichtet, nicht wahr? Haben sie uns auf Gozzo verflucht?»

«Warum haben Sie keine Hilfe geschickt?» sagte die Frau. Sie hatte sich nicht die Mühe gemacht, aufzustehen, und ihm auch nicht angeboten, sich zu setzen. Er schaute aus seiner stattlichen Höhe auf sie herunter, zögerte, ging dann unvermittelt in die Knie, legte seinen schönen Umhang ab und breitete ihn zu ihren Füßen aus. Darunter trug er ein schlichtes dünnes Wams, das der Hitze wegen am Hals ein Stück offen stand, und eine Kniehose. Er sagte: «Sie müssen mein Gewand hassen. Sprechen wir von Mann zu Frau. Wie schwer verletzt ist Galatian? Wissen Sie, daß es in Malta von ihm heißt, er sei tot?»

Er gebrauchte keine Ausreden und nahm sich auch nicht von der Schuld des Ordens aus. Oonagh sagte: «Ich hasse Ihr Gewand nicht. Die ganze Geschichte ist in meinen Augen noch schlimmer als schändlich. Wird verbreitet, der Gouverneur von Gozzo sei auf seinem Posten gestorben?»

Gabriel nickte, immer noch kniend. «Die Türken erzählen eine andere Geschichte», sagte er.

«Diese Geschichte ist wahr», sagte Oonagh gleichgültig.

«Aber er ist verwundet worden?»

«Auf Gozzo ist ihm kein Haar gekrümmt worden», sagte Oonagh. «Er hat so schnell wie ein Mädchen getan, was sie wollten, und als sie ihn auf See hatten... haben sie ein Mädchen aus ihm gemacht.»

Er zuckte nicht zusammen. Seinem Gesicht war deutlich abzulesen, was er empfand: Bewunderung für ihre Courage. Er sagte: «Er wird freigekauft werden und Sie mit ihm. Sie haben nichts zu befürchten.»

«Obwohl er angeblich auf dem Wall gestorben ist?» sagte sie, Spott in den grünen Augen. «Dieses Jahr wird er nicht freigekauft werden, mein Engel, höchstens im nächsten. Und bis dahin –»

Er sah in ihren Augen, was sie sagen wollte, und ersparte es ihr, machte kein finsteres Gesicht, als sie, wie verächtlich auch immer, das Thema ihm gegenüber zur Sprache brachte. «Bis dahin ist das Kind in Ihrem Leib geboren. Ist es von Galatian?»

Seine tiefe Stimme, frei von Mitleid, schlug endlich den Ton an, nach dem er gesucht hatte. Sie blickte ihn kühl an. «Meinen Sie, ich habe einen Liebhaber für jeden Monat des Jahres? Bis zu diesem Jahr habe ich nie einem anderen Mann gehört als Cormac O'Connor, und ich wollte Irland erobern und die Erde neu gestalten.»

«Was ist geschehen?»

«Irland gehört dem König von England», sagte Oonagh. «Es war Cormac, der die großartige Idee hatte, der König von Frankreich werde eine Menge Geld dafür bezahlen, einen irischen Marionettenkönig auf den irischen Thron zu setzen, und wenn die gewaltige Rebellion auf Kosten der Franzosen vorbei sei, könne der irische Marionettenkönig auch die Franzosen vertreiben, verstehen Sie... Dann hätten wir König Cormac gehabt.»

«Und Königin Oonagh», sagte Gabriel leise. Sie lachte.

«Das glauben Sie?» Und ihre langen Finger strichen der Reihe nach über die Zeichen des Alters in ihrem Gesicht. «Er hat mir seinen Bankert aufgezwungen, nicht seine Krone. Und er wollte auch nicht Irland befreien, sondern er wollte, daß Irland sich vor Cormac O'Connor verbeugte. Er und sein Vater waren in ihrer Jugend königliche Männer», sagte Oonagh O'Dwyer, den Blick in die Ferne gerichtet. «Aber sie waren bald verdorben.»

«Was hat seinen Plan verhindert?»

«Ein Mann namens Francis Crawford von Lymond», sagte die Frau, und jetzt hatte Gabriel alles verstanden.

«Ich verstehe», sagte Gabriel langsam. «Ein Mann des Schicksals, der, so Gott will, nicht verdorben werden wird.»

Ein langes Schweigen entstand, aber schließlich konnte sie nicht widerstehen. «Es heißt, er sei auf Malta», sagte sie.

«Er ist hier», sagte Gabriel sanft und sah, wie sie von der Brust bis zum Scheitel scharlachrot wurde. «Er hat zweimal sein Leben riskiert, um Sie zu retten.» Er wartete und sagte dann in das hilflose Schweigen hinein: «Das Kind ist nicht von Galatian. *Sind Sie sicher, daß es von Cormac O'Connor ist?*»

Eine Erinnerung, die sie verdrängt hatte, kehrte dunkel in ihre Augen zurück: eine Wehmut in ihrem sprechenden Gesicht, in der gleichzeitig Hoffnung, Entsetzen und Angst lagen. Schließlich sagte sie: «Bei der Mutter Gottes, ich bete, daß es von ihm ist», und ihre Stimme war rauh.

Seine war sanft, sanft wie der Tod. «Crawford weiß, daß Sie schwanger sind?»

«Nein. *Nein*!» Sie sprang jäh auf und starrte auf seinen gesenkten Kopf hinunter. «Ah, *Mhuire*; und wenn Sie es ihm sagen, verfluche ich Sie, ob Sie ein Engel sind oder nicht», sagte sie. «Ich will nicht gerettet werden, das wissen Sie. Auch wenn dieses arme Wrack» – und sie ruckte mit dem Kopf dorthin, wo de Césel schlief – «zurück darf, die Schuld wird der Frau gegeben werden, wem sonst? Lassen Sie mich in Frieden... Lassen Sie mich. Ich komme hier genausogut zurecht wie sonstwo.»

«Lymond wird Sie nicht in Frieden lassen.» Graham Malett stand auf, das Gesicht voller Mitgefühl.

«Sie halten sich für schlau, nicht wahr?» sagte sie langsam, und die Nixenaugen forschten in seinen. «Sie wollen einen Mönch aus ihm machen? Das wird Ihnen nie gelingen.»

«Nein. Ich will nur, daß er am Leben bleibt und selbst darüber entscheiden kann», sagte Gabriel ruhig. Sein Blick, unverwandt auf sie gerichtet, hielt den ihren einen langen Augenblick fest; dann hob er nach einem Zögern beide Hände und legte sie leicht auf ihre mageren Schultern. «Sünden müssen bezahlt werden, und besser in dieser Welt als in der nächsten. Wollen Sie ihn retten?»

Einen Augenblick lang ging ein trostloses Lächeln über das bleiche Gesicht. «Ich befürchte nicht, daß er leiden wird, außer an schlechtem Gewissen, aber es würde mich kränken, wenn ich eine Last auf seinem Gewissen wäre», sagte sie. «Wollen Sie dafür sorgen, daß ich in ein Serail komme? Ich bezweifle, daß er sich aufgerufen fühlen wird, mich auch daraus zu befreien.»

«Haben Sie keine Angst vor den Türken?» fragte er, und sie lächelte wieder in die forschenden blauen Augen. «Ich habe vor sehr wenig Angst», sagte sie, und es klang überzeugend.

«Ich werde alles für Sie tun, was ich kann», sagte Sir Graham. «Was Lymond betrifft... Vielleicht erreicht er Sie hier, aber ich sorge dafür, daß er Sie nicht befreit. Und danach...»

«Ja?» sagte sie. Hinter ihr regte sich Galatian, den er hatte besuchen wollen. Sie fühlte sich sehr müde, als wäre sie sehr weit gereist, und ruhig, als wäre ihr die schlimmste ihrer Lasten abgenommen worden.

Graham Malett ließ die Arme fallen. Er nahm sanft ihre Hände in die seinen und hielt sie einen Augenblick lang fest wie im Gebet, erforschte mit den klaren Augen ihr Gesicht.

«Wenn ich ihm sage, Sie seien tot, wird er mir glauben», sagte er. «Aber ich tue es nur mit Ihrer Erlaubnis.»

Ihr Blick ließ seinen nicht los. «Ich bin tot», sagte sie. «Maria Mutter Gottes, ich war in diesen ganzen langen Monaten tot.»

7. Kapitel

Aber Allah lenkt

Tripolis, August 1551

Für die Menschen von Tripolis war das Eintreffen der Schiffe d'Aramons eine Verheißung auf Rettung. Über die Bucht hinweg sahen sie das Skiff, das an Land ruderte und zurückkehrte. Sie sahen, wie der französische Botschafter und sein Gefolge die Brigantine verließen und zu dem lebenswichtigen Treffen mit Sinan Pascha ruderten.

Sie kamen nicht zurück. Und die türkischen Pioniere und Kanoniere, die zwischen den Felsen im Windschatten der Burg arbeiteten, ließen in ihren Anstrengungen nicht nach. Die Rümpfe wurden oberhalb der Küste in Stellung gebracht, Gräben wurden gezogen und drei Geschütze auf jeweils zwölf Einzelteilen aufgebaut, direkt auf die Burgmauern gerichtet. Draußen auf dem Meer war ein schwer bewaffnetes osmanisches Boot zu sehen, das allen drei französischen Schiffen einen Besuch abstattete; unmittelbar danach glitt die Takelage aller drei Schiffe nach unten.

Kurz davor beobachtete Jerott Blyth, mit schmerzenden Armen an den Kiel einer türkischen Galeasse geklammert, die Befreiung des Piraten Thompson. Er half nicht dabei.

Jerott Blyth hatte durchaus schon in unerfreulicher Gesellschaft seine Pflicht getan, und als Ordensritter war ihm bewußt, daß der Korsar dem Orden einen großen Dienst erwiesen hatte und dafür jetzt büßen mußte. Aber inzwischen wußte er, daß er Lymond nicht nur nicht leiden konnte, sondern auch Angst vor ihm hatte; Angst davor, was seine lose Zunge dem Orden und, was, wie er manchmal dachte, möglicherweise noch schlimmer war, Gabriel antun könnte. Deshalb ließ er zu, daß Francis Crawford allein an Bord der türkischen Galeasse ging.

Selbst wenn man davon ausgehen konnte, daß Lymond und Thompson in- und auswendig wußten, wie es auf einem Mittelmeerschiff aussah, war es dennoch ein gewaltiges Unterfangen, einen Mann zu befreien, der nachts im Laderaum eines fremden Schiffes am Knöchel mit fünfzig anderen zusammengekettet war. Den richtigen Mann niederzustechen, um seine Kleider zu bekommen, die Axt für die Fesseln, die leisen Pfeifsignale, um Thompson ausfindig zu machen, das war Lymonds Anteil. Aber wie sollte Thompson den richtigen Zeitpunkt wissen, zu dem er den Berserker spielte, Mitgefangene und Wächter biß und trat, in grauenhaftem Arabisch brüllte und fluchte, bis er um sich tretend unter Sonderbewachung in eine Einzelzelle im Laderaum gebracht wurde?

Dort hatte er bald Lymonds Messer, ihm durch das Gitter zugesteckt, und sein nächster Besucher war sein letzter. Er schnitt die Fesseln durch, versteckte seine Kleidung unter dem Turban und Gewand des Wächters, stieß im dunklen Niedergang zu Lymond, und gemeinsam schlüpften sie lautlos in das dunkle Wasser, wo Jerott wartete.

Unter einem klatschnassen weißen Bündel tauchte Thompsons bärtiges Gesicht neben ihm auf, geteilt von einem glitzernden Lächeln, das die Waffe zwischen seinen Zähnen halbierte. Er wünschte dem Ritter höflich auf arabisch, spanisch und französisch einen guten Abend, dann schwamm er, ohne auf eine Antwort zu warten, dorthin, wohin Lymond schon unterwegs war, zum nächsten Stück Land, der Zunge, auf der das Fort, das Châtelet genannt, so unerklärlich still war. Kurz darauf holte Jerott sie ein, mit mehr Mühe, als er zugegeben hätte.

«Und wie», erkundigte er sich sarkastisch, «wollt ihr in eine Festung des Johanniterordens eindringen, ohne erschossen zu werden?»

«Heiland, Sie haben ja eine Zunge im Kopf», zischte Thompson mit der Messerklinge zwischen den Zähnen. «Und wozu sind *Sie* hergekommen? Wollen wohl an uns Ihr Mütchen kühlen?»

«Du sprichst», sagte Lymond, «mit einem Ritter des Ordens, der dir eine trockene Unterkunft besorgen wird. Sei still. Er ist ohnehin nur hier, weil er einen Groll gegen mich hegt.»

«Hab nicht gedacht, daß er wegen meiner hübschen blauen Augen gekommen ist», sagte der Pirat. «Der Teufel soll mich holen, wenn ich für diesen Haufen noch einmal die Dreckarbeit mache. In dieser Welt erntet man dafür keinen Dank, und mich würd's überraschen, wenn sie mich nicht auch in der nächsten schon verteufelt hätten. Kommt dir die Brigantine da draußen nicht seltsam vor?»

Jerott sah, daß Lymond den Kopf wandte, und hob den Kopf ein Stückchen, um hinzuschauen. Es war sehr dunkel in der Bucht, außerhalb der schaukelnden Lampen von Sinans Flotte. Gegen das schwarze Wasser zwischen den Schwimmern und den trüben Mauern von Tripolis zeichneten sich nur noch einige dunkle Schatten ab; die leeren Schiffe der Bewohner von Tripolis, deren Eigner nicht wagten, sie abzuholen, und die die Türken in Reichweite der Geschütze der Burg nicht wegschaffen konnten. Als sich seine Augen an die Dunkelheit gewöhnt hatten, sah Jerott verschwommen, daß eines dieser Schiffe tatsächlich eine Brigantine war und daß, so unmöglich es schien, auf der Seeseite Bewegung herrschte. Sie brach jetzt ab, und von der Planke der Brigantine löste sich ein kleinerer Umriß.

«Ein Skiff», sagte Lymond. «Unterwegs zum Châtelet, und hoch im Wasser. Sie haben geladen, nicht entladen.»

«Könnten sie von der Brigantine aus auf die Geschütze am Ufer schießen?» Instinkt und Ausbildung vertrieben sofort alle Probleme bis auf dieses eine aus Jerotts Kopf.

«Sie würden aus dem Wasser gejagt, ehe sie nennenswerten Schaden anrichten könnten.»

«Nun ja», sagte Thompson unbeschwert. «Falls sie vorhaben, durch die ganze türkische Flotte zu entkommen, sind sie wahnsinnig.»

«Oder Männer, die nichts vom Krieg wissen und vor Angst verzweifelt sind», sagte Lymond. «Schaut euch das Châtelet an. Niemand deckt ihren Rückzug. Was sie auch tun, es geschieht ohne die Erlaubnis des Gouverneurs. Gibt es auf dieser Seite eine Schleuse?»

«Ja», sagte Jerott. Sie waren lange im Wasser gewesen. Mit der ganzen Wärme des Sommers in ihm fror er nicht, aber er spürte, wie die See auf ihre tückische Art die Kraft aus seinen Muskeln sog. Er sagte: «Das Kommando hat ein Bruder namens des Roches. Ich kenne ihn. Wir können nur hoffen, der Wächter behält eine ruhige Hand, bis ich so nahe herankomme, daß ich ihm erklären kann, wer wir sind.»

«Das wirst du schon schaffen», sagte Lymond ruhig. «Das Schleusentor ist offen, sie erwarten das Skiff. Ich glaube, du wirst feststellen, daß der Wächter und M. des Roches auch nicht auf dem Posten sind. Wir brauchen nur hineinzugehen.»

Und so war es auch. Nach einer kurzen Verwirrung am Schleusentor, das sie unangegriffen hinter sich ließen, und nachdem Jerotts in makellosem Spanisch gestellte Frage nach dem Kommandanten Hysterie ausgelöst hatte, eilte des Roches zu ihnen, hieß sie aufrichtig willkommen und brachte sie in sein Quartier, um ihnen Handtücher, Kleider und etwas zu essen zu geben. Als sie ihre Geschichte erzählt hatten, fragte ihn Jerott nach seiner Garnison.

«Ich habe keine», sagte des Roches. Als dienender Bruder, als Mann ohne Anspruch auf Adelswürden, dem Orden nur als Krieger verbunden, war er einfach im Umgang: ein zäher, gut ausgebildeter Franzose mit kräftiger Gesichtsfarbe und einem krausen, kastanienbraunen Bart. «Ich habe einen Haufen Schafhirten, die der Orden aus Malta geschickt hat, und von denen hat keiner je eine Arkebuse gesehen, von einer Kanone ganz zu schweigen.»

«Die Kalabrier», sagte Jerott und sah gereizt, daß Thompson und Lymond ein ernstes Nicken wechselten.

«Die Kalabrier. Der Hauptmann tut sein Bestes, aber wir haben fast unsere ganze Munition vergeudet, und ich habe den Beschuß eingestellt. Der Schaden ist angerichtet. Wir können die Stellungen dort drüben mit den Geschützen, die wir haben, nicht mehr erreichen; und wenn der Beschuß erwidert wird, fällt die ganze Garnison vor Schreck tot um. Ich habe schon etliche verloren, die nach Tripolis geflüchtet sind; sie verrichten auf der Burg einfachen Wachdienst. Verstehen Sie, hier sind wir den Kanonen der Schiffe ausgesetzt.»

«Und die Brigantine?»

Des Roches machte ein fragendes Gesicht. Er wußte nichts von einer Brigantine. Jerott erklärte, was sie gesehen hatten. Mittendrin wandte sich der Kommandant unvermittelt um und marschierte, die Hände fest auf dem Rücken gefaltet, in dem kleinen Raum auf und ab, hörte zu, bis Jerott fertig war. Dann sprach er, stand vierschrötig da, die Arme immer noch auf dem Rücken verschränkt. «Davon habe ich nichts gewußt. Aber Sie haben recht, da bin ich mir sicher.

Sie bereiten einen Fluchtversuch vor. Wie Sie wissen, gibt es keine Chance, in die Freiheit zu entfliehen, während die Flotte draußen wartet. Das ist Selbstmord. Aber ich kann ihnen diese Hoffnung nicht nehmen. Denn wenn ich es tue, das schwöre ich Ihnen, ergeben sich diese Jungen.»

«Aber wenn sie desertieren...» fing Jerott an.

«Sie bezahlen dafür mit dem Tod durch die Türken. Und das Fort bleibt unbeschädigt, kann mit besseren Männern besetzt werden... Der Krieg ist ein hartes Spiel», sagte des Roches unvermittelt. «Wenn ich sie bitten würde, um ihrer eigenen Sicherheit willen zu bleiben, würden sie mir nicht glauben. Es ist besser, wenn ich mich unwissend stelle. Kommen Sie, lassen Sie uns schlafen, solange wir es noch können.»

Dann hielt er inne, mit angehaltenem Atem. Gelbe und orange-farbene Flammen in der schwarzen Nacht kündigten die erste Kanonade an, und ein ohrenbetäubender Krach folgte ihnen. Des Roches und seine drei Besucher schoben sich durch ein herumirrendes Gewimmel von laufenden, gestikulierenden Männern, erreichten das Dach des Forts und schauten auf Tripolis.

In Licht getaucht flackerten die weißen Mauern, die flachen Dächer, der Kirchturm und das Minarett, die Burg und der Torbogen in einem Beschuß, der das Wasser der ganzen Bucht erhellte und die verstreuten, leeren Schiffe schwarz und deutlich gegen den Flammenschein abzeichnete. Von der Burg kam ein kläglich knatterndes Arkebusenfeuer und, eingefangen vom Licht, ein schwacher Hagel von Pfeilen, der ohne Schaden anzurichten auf den Schiffsrümpfen niederging, dem Bollwerk der türkischen Kanoniere in den Schützengräben.

Die Uferbatterien hatten mit dem Beschuß begonnen und hörten zwei Tage und zwei Nächte lang nur selten damit auf.

Im dämonischen Licht war Lymonds Gesicht von lebhafter Munterkeit. «So», sagte er und schaute mit hochgezogenen Augenbrauen von einem Mann zum anderen. «*Déjà la nuit en son parc amasse un grand troupeau d'étoiles vagabondes.* Du Bellay, zitiert von Sinan Pascha. Gehen wir?»

«Nein», sagte Jerott Blyth.

«Äh...» sagte Thompson, und Lymond hielt inne.

«Ja?»

«Da drüben liegt eine hübsche kleine Brigantine», sagte Thompson. «Die armen italienischen Bürschchen können in diesem ganzen Licht nicht mehr mit dem Boot zu ihr fahren, und schwimmen können sie auch nicht. Es wäre ein Jammer, die Brigantine zu vergeuden.»

«Die Lust am Stehlen vergeht dir wohl nie», sagte Lymond geduldig. «Nicht einmal du kannst diese Brigantine allein durch hundertdreißig feindliche Schiffe segeln, ohne zumindest einen kleinen Ausbruch von Streitlust zu verursachen.»

Glückselig im zuckenden Licht teilte sich das breiige, schwarzbärtige Gesicht des Piraten zu einem Grinsen. «Wollen wir wetten?» sagte er. «Auf See weiß man nie. Das hier ist nicht mein Kampf, Francis Crawford. Mein Geschäft ist die See, und ich habe durch diesen armseligen, geizigen Orden schon ein Schiff verloren. Ich rette meine Haut, solange noch Zeit dazu ist. Außerdem...»

«Außerdem», wiederholte er, musterte Jerott Blyth von oben bis unten und wandte seinen verwegenen Blick wieder Lymond zu, «ein paar von euch sind vielleicht ganz froh über ein kleines Boot, ehe ihr alle erledigt seid.»

Fünf Minuten später war er fort – wohin, wußte niemand zu sagen; und der finstere Ritter blieb mit Lymond allein.

«Gut», sagte Lymond. «Fahr auf deinem eigenen Weg zur Hölle. Blyth, dein Erzengel Gabriel kann fünf Minuten warten. Entweder ist er tot, samt d'Aramon und den anderen, oder Sinan wartet ab, was das Bombardement anrichtet. Mit mir oder ohne mich, du kannst diese Geschütze nicht zum Schweigen bringen, und es ist viel zu spät, hier noch etwas Nützliches zu tun. Sie brauchen später eine Garnison aus erfahrenen Männern, nicht jetzt einen Mann. Da das so ist, gibt es irgendwelche religiösen Einwände dagegen, jetzt nach Tripolis zu gehen, die ich nicht bedacht habe?»

Ein Augenblick ernsthaften Nachdenkens hatte Jerott schon gesagt, wie es aussähe, wenn er sich, statt sich bei de Vallier in der belagerten Stadt zu melden, den französischen Rittern im türkischen Lager anschlösse. Es hätte die Kapitulation nicht leichter gemacht. Er sagte sarkastisch: «Und was ist mit der Irin? Vielleicht kann sie fünf Minuten warten, aber was ist mit den Türken?»

«Daran habe ich natürlich überhaupt nicht gedacht», sagte Lymond, und aus guten Gründen sagte Jerott nichts mehr. Als sie mit einem von des Roches' Männern als Bürge und Führer sicher unter dem ohrenbetäubenden Krachen der Geschütze nach Tripolis kamen und von dort aus durch leblose, unebene, sich schlängelnde Gassen zwischen den verbarrikadierten Häusern zur Burg, wußte Jerott, daß Lymond als Kämpfer ein wertvoller Bundesgenosse war, und im Augenblick kam es ihm nur darauf an.

Als die Morgenhitze weiß aus der Wüste aufstieg, waren sie schon an der mühseligen Arbeit, die sie zwei Tage lang beschäftigen sollte. In der Burg von Tripolis gab es eine ständige Garnison aus fünfundzwanzig älteren Ordensrittern und hundert Mauren, Mohammedanern, die den Türken mißtrauten und dem Orden als Soldaten dienten. Zu ihnen und ihren Sklaven waren die fünfundzwanzig rebellischen jungen Ritter gestoßen, die aus dem Gefängnis in St. Angelo freigelassen worden waren, und jene Kalabrier, die aus dem Châtelet geflohen waren und die jetzt, viel schlimmerem Beschuß ausgesetzt, zu große Angst hatten, als daß sie zurückgekehrt wären.

Der Gouverneur, de Vallier, das Gesicht eingefallen von der Anstrengung und der Schlaflosigkeit, weinte, als zwei kräftige junge Männer aus Malta zu ihm gebracht wurden, und Jerott Blyth, der bis dahin an wenig außer an Gabriels Rettung gedacht hatte, richtete seinen Zorn, der Scham entsprungen, mit einem hübschen Mangel an Logik auf Lymond. Der einzige Trost war die Nachricht, überbracht von einem geflohenen Kameltreiber, d'Aramon und sein ganzes Gefolge seien noch unversehrt. Sinan Pascha wollte keinen Krieg mit Frankreich. Er wollte Frankreich lediglich neutral halten, mit Gewalt, wenn es sein mußte, bis Tripolis gefallen war.

Im Verlauf der Zeit zeichnete sich ein weiteres Gnadengeschenk ab. Die Türken richteten ihren ganzen Beschuß auf das Bollwerk St. Jakob, das beste der Burg. Die Mauer, dick, gut mit Mörtel verfugt und innen verstärkt, hielt Schuß um Schuß stand, ohne zu brechen oder abzubröckeln, und sobald eine Bresche entstand, wurde sie von Sklaven verstopft, die in der Sicherheit des großen Bollwerks arbeiteten.

Während er sich dort mit den anderen Rittern, mit Mauren und türkischen Gefangenen abplagte, Befehle gab, schmeichelte, anleitete, das Gesicht überzogen mit rotem Dreck und Schweiß, bekam Jerott Lymond nicht zu sehen, der, wie er wußte, an den anderen Befestigungen arbeitete, für die kein Geld ausgegeben worden war, und wo der alte Stein, trocken und ohne Mörtel, nicht mehr war als ein fragiles Gewebe, an dem auch der tüchtigste Baumeister jetzt nicht mehr viel ausrichten konnte.

Die Kalabrier waren so weit wie möglich aus dem Beschuß entfernt worden und schaufelten Erde gegen die angeschlagenen Mauern. Lymond ging eine Zeitlang ebenfalls dorthin und kehrte dann zum Bollwerk St. Brandanus zurück.

Jerott fragte sich zynisch, was Lymond dort auszurichten gehofft hatte. Das Problem mit den Kalabriern – das grundsätzliche Problem, das sie seit ihrer Ankunft isoliert hatte – war, daß man sich kaum mit ihnen verständigen konnte. Wenn sie aufmerksam zuhörten, verstanden die Jungen italienisch; aber niemand in Tripolis außer ihrem Hauptmann wurde schlau aus dem kalabrischen Dialekt, der die einzige Sprache war, die sie konnten.

Nach einem Tag und zwei Nächten anhaltenden Bombardements, während dessen sie alles getan hatten, was sie konnten, um die Stadt und die Burg zu stärken, während die Sklaven am Bollwerk St. Jakob, die in Schichten arbeiteten, mühelos mit den Schäden mithielten, übergab Jerott seinen Posten de Poissieu, einem der jungen französischen Ritter, und machte einen Rundgang durch das Fort.

Die Sonne erreichte den höchsten Stand. Wenn man aus dem Schatten der Markisen herauskam, aufgespannt über den hohen, schrägen Gassen auf dem Dach, und über das zerlöcherte, mit Sand aufgefüllte Pflaster ging, war es, als stiege man in kochendheißes Wasser. Nach einer Weile spürte er unter dem Brustpanzer, den er wie alle anderen Ritter über dem schwarzen Ordensgewand trug, die Hitze wie ein Gewicht auf seinen nassen Schultern und schlaffen Beinen, und seine Augen, angespannt gegen das weiße Gleißen gerichtet, spiegelten die heftigen Kopfschmerzen wider, die sie alle vom unaufhörlichen, unnachgiebigen, unerbittlichen Krachen der Geschütze hatten.

Hier und da, an der Stadtmauer, waren die Sklaven noch bei der Arbeit, nackte, ebenholzschwarze Rücken, weiß überzogen von

Schweiß und Staub, neben den stämmigen, olivenhäutigen Oberkörpern der Osmanen, denen eine einzige, strähnige Locke von den rasierten Schädeln hing, und das Scheppern der Eisenketten, die jeweils zwei an den Knöcheln aneinander fesselten, erhob sich ruhig wie stetige, leichte Tamburinschläge über dem donnernden Lärm. In den sekundenlangen Pausen, die hin und wieder eintraten, konnte man in einem der vernagelten Häuser ein Kind weinen hören, die Stimme erstickt vom dicken Sandstein. Die Gassen, sonst überfüllt mit Wasserträgern, Maultieren und Waren, Sklaven, Dienern, Bettlern, Ziegen, Geflügel, Kindern, waren leer; die Straße mit den Läden für die Köche war geschlossen.

Als er ins Freie kam, vorbei an den Tempelruinen neben dem großen römischen Torbogen, sah Jerott im Schutt den Marmorkopf eines Jungen liegen, die geränderten offenen Mandelaugen der Sonne zugekehrt. Er fragte sich, was die angeschlagenen, umkämpften Häuser von Tripolis in vierzehnhundert Jahren an Anmut noch zu zeigen hätten. Er sprach mit allen Rittern an den Mauern, ohne daß er Lymond zu sehen bekam; die wenigen Kalabrier, die er bei der Arbeit an den westlichen Bollwerken gesehen hatte, waren jetzt verschwunden. Ein Ritter aus Genua, das Gesicht von der Sonne in Falten der Erschöpfung gelegt, sagte zu ihm: «Ich glaube, Ihr leichtfüßiger Freund ist im Treibhaus.» Es wirkte lächerlich, aber das Gesicht des anderen zeigte nur Müdigkeit. Ohne jede Begeisterung ging Jerott auf das quadratische, nichtssagende Gebäude zu, auf das der Ritter gedeutet hatte, und stieß die Tür auf.

Als erstes fiel ihm die Hitze auf. Dick wie eine Decke, stickig, stinkend umschloß sie ihn an der Tür, und seine überanstrengten Lungen hoben sich; hinter seinen geblendeten Augen blitzten Lichtstreifen, und er blieb stehen, einen Augenblick lang blind.

Aus der Dunkelheit heraus, von einem Hintergrund aus Männerstimmen und einem vielstimmigen leisen Geräusch, dessen Vertrautheit ihm auffiel, sagte Lymonds Stimme: «Chevalier!», machte eine Pause und fügte auf italienisch etwas hinzu, worin Jerott Blyth, der italienisch konnte, einen äußerst derben Witz auf seine Kosten erkannte. Ein allgemeines Gelächter folgte, ein spontanes, völlig unkultiviertes Gelächter echter Heiterkeit. Jerrot sah wieder klarer. Lymond hatte die Kalabrier bei sich. Acht von ihnen, halbnackt in zerknitterten Kniehosen und zerlumpten Westen, waren über die lange Hütte verteilt, die unrasierten, grinsenden Gesichter Jerott zugewandt. Bauern. Er sah sich um, sah die großen Öffnungen in der Wand und im Dach, verglast und jetzt mit schmutzigen Decken verhängt; trotzdem war die Hitze durch das Glas erstickend. An den Wänden entlang und in der Mitte standen auf langen Bänken aus rohem Holz Dutzende von Tabletts, und auf den Tabletts bewegte sich etwas.

Jerott Blyth trat einen Schritt vor, und während er das tat, holte Lymond aus und berührte ihn. Etwas Kleines und Kaltes traf das klassische Kinn des jungen Ritters und landete gewichtslos auf seiner Brust; das leise Piepsen hüllte seinen Kopf ein. Sein Jähzorn erwachte, und er holte aus.

«Ah, sei nett zu ihnen», sagte Lymond milde auf einer Welle spöttischen Gelächters. «Sie halten dich für ihre Mutter.»

Die winzigen, hauchzarten Geschöpfe krochen über seine Ellbogen, schlüpften unter seinen Panzer, rutschten über sein verschwitztes Gesicht. Es waren neugeborene Küken. Gelb, knopfäugig, nickend füllten sie jede Bank; Lymonds Hände waren voll von ihnen, als er vor ihm stand. «Küken ausbrüten ohne Glucken», erklärte er. «Ein alter maurischer Trick. Die Leute hätten sie in ihrer Angst allesamt sterben lassen, aber diese Burschen kennen sich mit Hühnern aus. Vielleicht verstehen sie nichts von Waffen, aber sie werden der Garnison trotzdem beim Überleben helfen. Gehst du zurück? Ich komme mit.»

Er sah so frisch aus wie in der Nacht, in der er von der französischen Galeere weggeschwommen war. Jerott streifte die Küken von seiner Kleidung und fragte sich, was für eine Arbeit, falls überhaupt eine, dieser Mann in den letzten beiden Tagen und in der Nacht dazwischen verrichtet haben mochte; dann sah er, daß die wohlgeformten Hände, die die Küken zurücksetzten, genauso wund waren wie die seinen. Lymond war ein erstklassiger Söldner; es nützte nichts, das zu übersehen.

Auf dem Rückweg sagte Jerott: «Man braucht keine acht Männer, um eine Handvoll Hühner auszubrüten und aufzuziehen.»

«Sie fühlen sich dort sicherer», sagte Lymond. «Das isoliert ihre Angst von den anderen. Und verhilft ihnen zu einem Treffpunkt.»

«Zur Rebellion», sagte Jerott.

«Natürlich. Zwei der Rädelsführer sind dort drin; die anderen sind nur Jungen. Vielleicht sind im Châtelet auch noch ein paar waghalsige Kerle – ich weiß es nicht. Aus Prinzip ist es mir lieber, wenn ich jederzeit weiß, wo die Verschwörer stecken.»

«Sie scheinen dir zu vertrauen», sagte Jerott vorsichtig.

«Jedenfalls vertrauen sie dir nicht», sagte Lymond. «Ist die Verteidigungsarbeit abgeschlossen?»

Jerott sagte knapp: «Ich will de Vallier vorschlagen, daß die Hälfte der Ritter in die Burg kommt und sich ausruht. Die älteren sind vom Schlafmangel völlig erschöpft. Sonst nützten sie nicht viel bei neuen Angriffen. Die Arbeitsmannschaften lösen sich schon bei der Arbeit und dem Ausruhen ab.»

Wegen des Geschützfeuers schrie er. Innerhalb der Burg nieste Jerott, als die Schatten seinen klatschnassen Körper umfingen, und sagte: «Gott sei Dank schießen sie auf St. Jakob. Wir können wenigstens noch eine Weile durchhalten.»

«*Wir*», sagte Lymond mit derselben trügerisch milden Stimme, «können unendlich lang durchhalten... Warum ist das Gerücht in Umlauf gesetzt worden, hier handle es sich um eine nicht zu verteidigende Stadt?»

«Lieber Himmel», sagte Jerott fromm. «Du hast eben sechsunddreißig Stunden damit verbracht, die Mauer von St. Brandanus zu stützen... Der Mörtel ist mit dem Jahren in der prächtigen Mauer verschimmelt, und unser allerchristlichster Kaiser Karl hat seit Jahren überhaupt nichts getan, um die Mauer zu reparieren. Wir haben...»

«Ihr habt Vorräte für Wochen, unerschöpfliches Grundwasser, Quellen, Brunnen, sechsunddreißig Artilleriegeschütze, die hervorragend funktionieren. Granaten, *pots-au-feu*, ein ganzes Arsenal voller Schießpulver, Gräben, Terrassen und Mauern, die vielleicht nicht der Traum aller Pioniere sind, aber bis auf St. Brandanus bis jetzt allem standhalten, was die Türken haben. Außerdem habt ihr etliche der besten Kanoniere auf der ganzen Welt. Warum ist das Bollwerk St. Brandanus nicht ausgebessert, warum sind die Verteidigungsanlagen nicht in Ordnung gebracht worden, ehe wir herkamen?» sagte Lymond unvermittelt.

Gut, ein erstklassiger Söldner. Jerott hatte nicht die Absicht, die Frage zu beantworten. Lymond gab die Antwort selbst.

«Ausrede eins: weil de Vallier mit Verstärkung aus Malta und Sizilien rechnete, um die Türken abzuwehren. Ausrede zwei: weil er glaubte, d'Aramon werde die Türken zum Abziehen überreden. Ausrede drei: weil er seine spanischen Ritter ohnehin nicht dazu bewegen konnte, zu tun, was er wollte, denn die wollten lieber kapitulieren, als in die Luft gesprengt und danach von den Türken zu Tode gefoltert zu werden. Bis jetzt ist Allah Gott offenbar eine Spur überlegen, selbst wenn Gabriel Gott zu Hilfe kommt.»

«Sei nur blasphemisch, wenn du nicht anders kannst», sagte Blyth erschöpft. «Du wirst deinen Lohn empfangen. Du wirst überleben.»

«Ich werde mich jedenfalls nicht totlachen bei deinem Humor», sagte Lymond, und fast hätte Blyth wieder der Jähzorn gepackt. Bis er sich überraschenderweise an Oonagh O'Dwyer erinnerte.

Jerott Blyth war selbst ein durch und durch kompetenter Kommandant. Die Liste der geleisteten und noch zu leistenden Arbeit, die er de Vallier vorlegte, die Einschätzung von Mannschaftsstärke und Durchhaltevermögen, die Liste der Schwachen, die sich ausruhen sollten, und der Starken, die es aufzusparen galt, war das Ergebnis langer Ausbildung, großen Geschicks und einer Liebe zu seiner Arbeit, die, wie er wußte, die überströmende Liebe zu seinem Schöpfer verringerte.

Er hielt de Vallier für zerstreut. Der alte Mann hatte in den letzten Tagen nicht mehr geschlafen als sie alle, und die Strapazen hatten schon lange davor angefangen. Als Mann, der zu seiner Zeit lange im Dienst gestanden war, dessen aufrichtige, schwerfällige Frömmigkeit ihn schließlich in die Wettbewerber um die Großmeisterschaft eingereiht hatte, empfand Gaspard de Vallier seine dreifache Pflicht – die Ergebenheit an Gott, an die fortschrittlichen Kriegstechniken und an das furchterregende Intrigennetz, zu dem sein großer Orden geworden war – als immer schwieriger. Jetzt schaute er Jerott kaum an, stimmte mechanisch allem zu, was der dunkelhaarige Ritter vorschlug, und hob den blutunterlaufenen Blick nur, als nach einem Klopfen an der Tür de Herrera, sein augenblicklicher Schatzmeister, mit einer Frage eintrat.

«Legt sie in Ketten», sagte der Gouverneur von Tripolis müde, und als der Spanier fort war, stand er auf und ging hinüber zu dem großen Fenster, dessen Läden wegen des Lärms geschlossen waren. «Machen Sie das Fenster auf.»

Überrascht trat Jerott vor, stieß die großen Riegel auf und ließ das schwere Holz zurückschwingen. Verstärkt, so jäh wie ein angreifendes Tier, brüllte sie der Lärm der großkalibrigen türkischen Kanonen an. Rauch, graugelb und beißend, drang durch den Fensterspalt. Unten an der Burgmauer setzten die Arkebusiere und Bogenschützen, die sich auf die andere Seite gewandt hatten, wenigstens den schwachen Beschuß fort, der die türkischen Kanoniere dazu zwang, in Deckung zu gehen. Das Meer ganz unten glitzerte unter dem blauen Himmel wie Goldgespinst. Eine Brigantine, die Decks weiß und leer, trieb in der Bucht. «Unser Freund aus Caraillon ist desertiert», sagte der Marschall de Vallier, und als Jerott seinem Blick gehorchte und die Läden wieder schloß, verdunkelte sich der Raum zu dem trüben Bernsteingelb der Öllampen, als hätten die Worte das Licht gelöscht.

Er kannte den Mann, den der Marschall meinte; ein französischer Ritter aus der Provence, der schon lange in Tripolis lebte. Er kannte außerdem den Klatsch: Es hieß, der Mann habe schon vor langem unter der starken afrikanischen Sonne gegen sein Keuschheitsgelübde verstoßen und habe eine Geliebte in der Stadt, eine Maurin. Er war nicht der einzige.

«Die Frau hat es Ihnen gesagt?» fragte er schließlich.

«Wir haben sie gezwungen, es uns zu sagen. Offenbar», sagte der Marschall ausdruckslos, «war er heimlich schon seit längerer Zeit ein praktizierender Moslem... Er hat ein Pferd genommen, hat dem Wächter am Wüstentor eine Lüge erzählt, damit er ihn durchließ... aber er hat weder Essen noch Wasser mitgenommen.»

«Das türkische Lager», sagte Jerott.

«Ja», sagte der Marschall. Ein langes Schweigen entstand. Ein langes Schweigen und, wie Jerott allmählich aufging, ein zu lastendes Schweigen. Er hob die dunklen, blicklosen Augen und merkte, daß der müde Blick des Marschalls auf ihn gerichtet war. «Machen Sie jetzt die Läden auf», sagte Gaspard de Vallier. Jerott tat es.

Hitze, Sonne, das blendende Meer, die weißen Mauern, die Silberrüstung der Ritter. Schweigen.

Schweigen. Die auf das Bollwerk St. Jakob gerichteten Geschütze hatten das Feuer eingestellt.

Jerott drehte sich um. Der alte Mann hinter ihm hatte sich nicht gerührt; nur sein müder Blick folgte Jerott auf dem Rücken zum Schreibtisch. Als er dort war, sagte Gaspard de Vallier: «Zerreißen Sie Ihre Liste, mein Sohn. Und befehlen Sie jedem Mann, den Sie erübrigen können, auf den Wall von St. Brandanus zu kommen.»

Am Spätnachmittag, während die gnädigen Schatten sich bewegten und zum Meer hin eine Spur länger wurden, während die Sonne im Freien die Haut verbrannte, fing der Beschuß wieder an. Das beständige ferne Grollen klang angenehm im türkischen Lager, wo die gefransten Markisen zwischen den Palmen Teppiche, Kissen, niedrige Tische, juwelenbesetzte Turbane und Kaftane beschatteten. Das Bild war wie ein altes Mosaik im weißen, steinigen Sand. Sinan Pascha und seine Offiziere lehnten sich zurück, um Scherbett und süße Trauben zu sich zu nehmen. während ihre Kanonen das Feuer auf den schwachen Wall von St. Brandanus eröffneten.

«Wir haben zuviel Zeit auf ein Bollwerk vergeudet, von dem wir jetzt wissen, daß es uneinnehmbar ist», sagte Dragut in seinem alles andere als gepflegten Türkisch und brach Mandelpaste mit den Fingern, um sie dem Ritter neben ihm anzubieten. «Außerdem werden unsere Schiffe heute abend das Fort an der Hafeneinfahrt beschießen, das sie das Châtelet nennen.»

Gabriel, dessen Gesicht schmaler geworden war, aber nicht weniger offen, nicht weniger gefaßt, schüttelte den Kopf und lehnte die Süßigkeit ab. «Wie lange wird es dann dauern, bis die Stadt fällt?»

Der alte Korsar, dessen Bart sich beim Kauen bewegte, sah auf die schleichenden Schatten. «*In-schallâh*... Vielleicht heute nacht, vielleicht morgen. Nicht die Kanonen des Islam werden bis dahin ihr Werk getan haben, sondern das Gift der Ungläubigen. In zwei Tagen gehört die Stadt uns.»

«Und die Ritter?»

«Das hängt von den Kapitulationsbedingungen ab. Sinan Pascha ist verstimmt.»

«Und die Menschen aus Gozzo? Sie haben mit den Bedingungen nichts zu tun.»

«Sie werden auf dem Sklavenmarkt verkauft», sagte Dragut Rais. Es klang endgültig. «Ausgenommen natürlich Ihr großer *hakîm*, Ihr Gouverneur, der das Schicksal der Ritter teilen wird.»

«Und die Frau?»

Eine lange Pause entstand. Sie waren schon ein dutzendmal fast an diesem Punkt angekommen, aber es wäre unschicklich gewesen, es laut zu sagen, wie genau Dragut auch wissen mochte, worum er ihn bitten wollte.

Die weitsichtigen Augen des Weisen beobachteten ihn kurz, schauten dann wieder weg. «Sie fragen nicht nach dem französischen Botschafter und seinem Gefolge, auch nicht nach Ihrem Schicksal.»

«Ich vertraue auf Ihre Vernunft, die *fransuzja* nicht zu kränken», sagte Gabriel. Gott sei Dank war sein Türkisch fließend; die Frucht seiner vielen Jahre bei der Karawanserei.

Wieder eine lange Pause, und er gab sich große Mühe, sie nicht zu brechen. Dann sagte Dragut: «Sie sagen, dieser Crawford sei Ihr Freund, und doch wollen Sie ihn täuschen. Ich kann mich noch gut an ihn als Jungen erinnern. Sie wollen ihn für sich?»

Die klaren blauen Augen lächelten, nicht schockiert, nicht schokkierbar. «Nein. Ich will ihn, aber nicht für mich.»

Draguts Kopf deutete ruckend auf das schäbige schwarze Ritterhabit mit dem Kreuz auf der Schulter. «Dafür?» Nicht daß er Gabriel nicht geglaubt hätte, aber obwohl ihm die Höflichkeit nicht gestattet hätte, es auszusprechen, lag in seinen Augen deutlicher Spott über das Bild, das Gabriel entworfen hatte, von vierhundert im Zölibat lebenden Männern ohne die prosaischeren Annehmlichkeiten des Moslems. Nach einer weiteren Pause fügte Dragut hinzu: «Außerdem brauche ich keine Frau; ich habe alle Söhne, die ich mir wünschen kann. Und im Augenblick ist in meinem Haus eine Frau, wie Sie ihresgleichen nie gekannt haben.»

«Diese Frau ist schwanger», sagte Gabriel. Er hatte es sich bis zum Ende aufgespart, das entscheidende Argument, das Oonagh vor der öffentlichen Entkleidung auf dem Sklavenmarkt bewahren würde, vor den Mißhandlungen, die sie und ihr ungeborenes Kind hätten töten können, vor den rücksichtslosen Vergewaltigungen und dem Tod, der sie hätte ereilen können, ehe der Markt auch nur eröffnet worden war. Ein schöner, starker Sohn mit gutem Blut, der im moslemischen Glauben erzogen wurde, damit er für den obersten Herrn kämpfte, in der Kriegsführung und in den Künsten ausgebildet, und reich und mächtig wurde – vielleicht sogar ein Herrscher –, das war die Zukunft, die die Türkei für die Elite unter den Eroberten bereithielt, der Traum jedes Vaters, wenn er alt wurde. Wenn der Junge starb, verfiel sein Reichtum mit ihm. In der Türkei wurden keinerlei Dynastien gebildet außer der des Sultans; es gab keine erbliche Macht, keine Herzogsfamilien, die dem Thron hätten gefährlich werden können. Nur die jungen und ehrgeizigen Fremden, zum Islam bekehrt, die ihre Kraft und ihr frisches Blut ins Land brachten, konnten Suleiman mit der Zeit zum Herrn der Welt machen.

«Schwanger? *Hâmile?*» sagte Dragut. «Was für eine Abstammung?»

«Die beste, die es gibt. Eine Ahnenreihe schwarzhaariger, kämpferischer irischer Könige», sagte Gabriel und sah vor dem geistigen Auge, wie Oonagh ihm Cormac O'Connor geschildert hatte.

«Ich nehme sie», sagte Dragut. «Aber wenn der Sohn Ihrer ist, wollen Sie ihn dann haben?»

«Falls der Sohn blond ist», sagte Gabriel schließlich, und zum ersten Mal senkte er vor dem schlauen Blick des Korsaren die Augen, «falls der Sohn blond ist, geben Sie mir Nachricht, und ich kaufe ihn zu jedem Preis, den Sie nennen. Die Frau braucht es nicht zu wissen.»

«So sei es», sagte Dragut Rais, das gezogene Schwert des Islam, während in Tripolis, über das weiße Gleißen hinweg, die Kanonen die erste Bresche schossen.

Vierundzwanzig Stunden später weigerten sich die schwarzen und türkischen Sklaven, die unter einem Vorhang aus Pfeilen und Arkebusenschüssen Schwerarbeit leisteten, um die Bastion St. Brandanus wiederaufzubauen, noch mehr zu tun, und der Befehl zur Bastonade erging. Jerott, ohne Panzer im dreckigen Hemd und Kniebundhose, hörte das Schreien über das Geschützfeuer und das Gekreisch der Frauen in der Burg hinweg, und in seinem erschöpften Körper wütete der Zorn wie ein Feuer.

De Herrera, der spanische Ritter, war gekommen, um die Bambusstangen zu holen, die dünnen, peitschenden Ruten, mit denen eintönig immer wieder auf die Füße und den Bauch eingeschlagen wurde, bis die gequälten Nerven nachgaben und die Gefäße rissen, was zu inneren Blutungen und zum Tod führte.

Jerott hatte versucht, ihn davon abzubringen, und auch de Poissieu hatte es versucht, aus Vernunft, nicht aus Menschlichkeit. Die Zerstörung der Stadt hinter den abbröckelnden Mauern hatte die Burg zu einer Klagemauer der Flüchtlinge gemacht, an der sich spanische und französische Ritter mürrisch beäugten und wo die Kalabrier in den Winkeln flüsterten.

St. Brandanus war zerstört. Wegen des ständigen Beschusses war es Selbstmord, in den Gräben dahinter zu arbeiten. Gut. Was hatte es für einen Sinn, sagte Jerott leidenschaftlich, die Verteidiger öffentlich zu töten, während die Verteidigungsanlagen nachgaben? Warum um Himmels willen taten sie nicht etwas Positives? Die Geschütze verlegen, auf andere Ziele richten, zum Gegenangriff übergehen. Sie hatten Schießpulver, sie hatten Säckchen, sie hatten Trümpfe. Warum kein Feuer gegen die Janitscharen einsetzen: Granaten, Pech, Schleudern...

«Weil sie mit Feuer erwidern und uns lebendig rösten würden», hatte de Herrera knapp gesagt. «Bis jetzt waren sie vorsichtig, weil sie die Burg unversehrt erobern wollen.»

«Das werden sie auch. Sie brauchen nur zu warten», hatte Jerott gesagt, das Gesicht unter der aufgesprungenen braunen Haut und dem Dreck blutleer. «Sie bekommen Tripolis auf einem Tablett serviert.» De Herrera hatte sich an ihm vorbeigeschoben; und dann fing das Schreien an, und Jerott und seine Handvoll französische Kameraden konnten nichts tun, außer an den Mauern und Zinnen auf Posten zu gehen, in die Hallen und Krankenquartiere, ermahnend, schmeichelnd, ermutigend, schwache Glieder durch stärkere zu ersetzen, Wasser, Streichhölzer, Kugeln, Pfeile heranschaffen zu lassen, während sie ständig das Gemurmel der Aufwiegelei hörten.

Als endlich die brutale Hitze der Sonne wich und dem Schatten der Nacht Platz machte, ging Jerott, verärgert über eine Verzögerung in der Nachschubschlange, selbst zum Magazin, um den

Grund herauszufinden und ein Wägelchen mit Geschossen beladen zu lassen.

Er wurde nicht hineingelassen. Als er durch die dunklen Flure, die unebenen Durchgänge ging, versperrten ihm große Eichen- und Eisentüren den Weg, die der dienende Bruder neben ihm erst aufschließen mußte. Dann erreichte Blyth den offenen Raum vor dem großen, unterirdischen Magazin. Dort hingen die schwankenden Öllampen an korinthischen Säulen, und die verfallenden Wände zeigten Spuren von Terrakotta und die ovalen Augen und dicht gelockten Haare römischer Hetären. Jemand hatte gesagt, das sei ein Bad gewesen. Jetzt diente es als Wachraum.

Drei Ordensritter waren dort; einer an der Tür, die beiden anderen beaufsichtigten türkische Sklaven, die eine Ladung Pulver wegschafften. Die Sklaven waren nackt bis zu den rasierten Köpfen. Die Wachen flankierten sie bis zu der Doppeltür aus Eisen und Holz, die hinter ihnen geschlossen wurde. Einer der Ritter begleitete den Nachschub. Die beiden anderen blieben und sahen Jerott an. Beide waren Spanier, alte Kampfgefährten von Guenara; beide waren voll bewaffnet, mit Helm, Brustpanzer, Dolch und Schwert.

Angesichts der unsicheren Lage in der Garnision wirkte es wie eine kluge Vorsichtsmaßnahme. Ein Haufen verängstigter Soldaten konnte sie mit ein paar Säcken von hier unten alle als Geiseln nehmen. Es wirkte wie eine kluge Vorsichtsmaßnahme, bis Jerott erfuhr, er bekomme zwar, was er brauche, dürfe aber nicht hinein.

«Warum?» Mit hartem braunem Gesicht, das schwarze Haar in einem triefenden Schopf über der zerkratzten Wange, hielt Jerott Blyth das bloße Schwert in den Händen, als er leise hinzufügte: «Und auf wessen Befehl?»

«Beherrschen Sie sich, Bruder. Der Marschall war auch der Meinung, für den Fall, daß die französischen Ritter versucht sein könnten...»

«Versucht wozu? Mit einer richtigen Verteidigung gegen die Türken anzufangen? Bei Gott, wenn ich daran gedacht hätte –»

«Sie lästern Gott», sagte der ältere der beiden Ritter scharf, und Jerott machte den Mund auf, sah das Schwert in seiner Hand und schob es mit gesenktem Kopf in die Scheide zurück. Er holte tief Luft und sagte: «Vergeben Sie mir. Aber in dieser Garnison herrscht ohnehin schon soviel Mißtrauen, da sollte doch nicht noch mehr geschaffen werden?»

«Das ist der Befehl des Marschalls.»

«Der Marschall wäre ohne Hilfe nie auf diesen Gedanken gekommen. Wissen Sie, daß alle Türen zwischen hier unten und den oberen Stockwerken verschlossen und verriegelt sind, und daß der Nachschub doppelt so lang braucht, bis er die Geschütze erreicht?»

Er konnte sie nicht erschüttern. «Im Augenblick sind genug Reserven für alle Geschütze oben. Es ist unsere Aufgabe, dafür zu sorgen, daß die Reserven ständig bereitgestellt werden.»

«Indem Sie niemand ins Magazin lassen?» Jerott war sarkastisch.

«Die Offiziere und Soldaten, die Nachschub hinaufbringen, stehen unter Ihrem Befehl. Sie brauchen ihn nur zu geben.»

«Oh. Und sie werden gehorchen, ja?»

«Solange ich es ihnen sage», sagte der ältere der beiden Ritter. Was er von ihm wußte, hatte Jerott gefallen. Aber Politik und Religion waren jetzt Gegner, wie ihm plötzlich bewußt wurde. Und die Politik hatte gewonnen. Er konnte zum Marschall gehen, aber was hätte das genützt? Dem Marschall waren auch die Hände gebunden. Er wandte sich ab, hob in jäher Furcht die geballte Faust und schlug sie gegen die kalten, grinsenden Freskenreste an der Wand. «Was kann ich tun?»

«Beten», sagte Lymonds Stimme milde in der Düsternis, und er sah ihn vor sich, wie er ihm die dicke Tür aufhielt. «Ich bin vor einer Stunde voller Pläne für ein bezauberndes Sortiment ganz spezieller Granaten hergekommen. Mich haben sie auch nicht hineingelassen. Alles rechtens.» Wie Jerott hatte er sich bis auf das Nötigste ausgezogen. Am einen Arm hatte er eine Reihe aufgesprungener Blasen von Arkebusenläufen oder Geschützrohren, und seine Hemdbrust war mit braunem Blut verfleckt, aber er klang immer noch unmenschlich frisch. «Von einem anderen», erklärte er, als Jerott auf die Flecken zeigte, und ließ es dabei bewenden. Aber als sich die nächste Tür hinter ihnen schloß und der Durchgang heller wurde, fügte er hinzu: «Die Kalabrier dürfen jedoch in das Magazin. Aufschlußreich, nicht wahr?»

«Mein...» sagte Jerott, und hielt inne.

«Gott», ergänzte Lymond. «Ich habe dir doch gesagt, du sollst beten. Sie haben nichts weggeschafft – noch nicht, falls du dir deshalb Sorgen machst. Ich habe sie beobachtet, seit ich es herausgefunden habe.»

«Warum? Was können sie tun, außer uns zu ermorden?» fragte Jerott verständnislos.

«Ich glaube, unsere von Panik gepackten spanischen Freunde hoffen, daß sie uns zur Kapitulation zwingen. Das ist alles, was sie wollen, nicht wahr?» sagte Lymond. Und einen Augenblick später sagte er mit echtem Abscheu in der Stimme: «Eins sage ich dir, wenn es hier ein paar mehr gäbe wie dich und wenn ihr nicht so verdammt heilig wärt, könntet ihr den Marschall und die spanische Clique absetzen, die den Ton angibt, könntet die Kalabrier auf eure Seite bekommen und einen Sandhaufen aus uns machen lassen, ehe wir uns ergeben müßten. Aber wir müßten uns nicht ergeben.»

Jerott blieb stehen. «Du hast auf Malta versucht, Gabriel zum Rebellieren zu bewegen. Er hat dir gesagt, warum er das nicht will, und ich sage dir dasselbe. Es wäre eine offene Rebellion gegen den Orden. Das würde unser Ende bedeuten. Ich habe geschworen zu gehorchen. Ich bin bereit, alles Menschenmögliche zu tun, um diesem Selbstmord ein Ende zu machen, aber wenn sie mir nicht beipflichten, habe ich keine Wahl als den Gehorsam. Verstehst du das nicht?» Er schob sich das dichte Haar aus den Augen und schaute, die Sicht verschwommen vor Müdigkeit, in das glatte, hartnäckige Gesicht. «Du folgst den Regeln der Kriegskunst, Crawford. Wir dienen Christus.»

In dem langen, nachsichtigen Schweigen, das folgte, wurde ihm durch seinen Zorn hindurch plötzlich etwas Unangenehmes bewußt, etwas Beißendes, ein stärker werdender Gestank in dem Steindurchgang, in dem sie standen. Er trat einen Schritt vor und neigte sich zur Biegung des Durchgangs und ins Tageslicht. Eine Rauchwolke kam ihm entgegen, und er zögerte, eine Frage im Blick, und sah Lymond an.

Francis Crawfords blauer Blick starrte kühl zurück. «Die Sklavenleichen von der Bastonade. Sie brennen», sagte er.

8. KAPITEL

Gebratenes Huhn (Das Joch des Herrn)
Tripolis, August 1551

In jener Nacht stellten die türkischen Kanonen den Beschuß wieder ein, zwei Stunden lang. Als die Stille eintrat und anhielt, vermutete die belagerte Garnison, die Pause sei erzwungen. Stetiger Beschuß im Hochsommer konnte bei den Geschützen verheerende Schäden anrichten. Sie wurden sicherlich geschont, geölt und repariert, und die Kanoniere bekamen eine Ruhepause.

Sie konnten es sich leisten. Durch die zerstörte Mauer von St. Brandanus führte die erste Bresche in die Verteidigungsanlagen der Burg. Und die verängstigten Sklaven und die entmutigten Soldaten, die in den Gräben dahinter lagen, unter der Androhung von Folter dorthin getrieben, bildeten ein geringfügiges Hindernis. Je größer die Anspannung wurde, desto größer auch die Wahrscheinlichkeit, daß die Verteidigung in sich zusammenbrechen würde. Der provenzalische Ritter mit der maurischen Geliebten mußte ein beschämend genaues Bild gemalt haben von der Bereitschaft des altehrwürdigen Ordens in Tripolis, für seine Religion zu kämpfen.

Inzwischen schlief jeder vierte Verteidiger auf seinem Posten, trotz des Krachens der Arkebusen und des Zischens der Pfeile, das in der lauwarmen Dunkelheit unter den funkelnden Sternen weiterging, damit die Übereifrigen auf beiden Seiten vorsichtig blieben.

Jerott Blyth, so müde, daß er wußte, er war eine Gefahr für die Verteidigung und für sich selbst, legte sich neben den Männern an der auf das Ufer gerichteten Kanone hin und wurde auf eigenen Befehl nach einer Stunde geweckt. Ihm war übel vom unzureichenden Schlaf, und er war steif. Er machte die Runde, mit immer noch benommenen Sinnen, versuchte, dafür zu sorgen, daß die älteren Ritter, die Verwundeten und die weniger Tüchtigen abgelöst wurden, und erst als er in de Valliers Zimmer ging, um ihm zu berichten, fiel ihm ein, daß er Lymond nicht gesehen hatte. Er erwähnte es. So gleichgültig der andere auch war, im Augenblick war er mit all seiner Erfahrung und Absicht ein unschätzbarer Kämpfer in den Reihen der Verteidiger.

Aber der Marschall schaute ihn nur aus übermüdeten Augen an und sagte: «Er ist hinter Schloß und Riegel. Ich weiß nicht, ob dieser Mann ein Verräter ist, aber er ist ein Individualist, und im Krieg ist das dasselbe.» Er machte eine Pause und fügte hinzu: «Er hat dem Befehl widersprochen, den Mauren der Bastonade zu unterziehen, und als de Herrera eingegriffen hat, hat er ihn mit dem gezogenen Schwert bedroht, bis der Mann freigelassen wurde.»

Jerott kannte den maurischen Gefangenen, den er meinte – einen kräftig gebauten Mann, in der zweiten Garnison im Exil aus Spanien, der bis zu seiner Gefangennahme durch den Orden in Nordafrika für die Türkei gekämpft hatte. Weil Ritterlichkeit offenbar nichts mit Lymonds Handlungsweise zu tun gehabt hatte, sagte Jerott nur: «Warum?»

Der Marschall zuckte die Achseln. «Wir stehen alle unter starker Belastung. Aber wir können nicht dulden, daß die Autorität zu einem Zeitpunkt untergraben wird, zu dem wir sie verstärken wollen. Der Maure hat den Platz seines Bruders unter der Peitsche eingenommen; derlei ist nicht unbekannt. Der schottische Herr hat es für eine sinnlose Vergeudung von Kampfkraft gehalten. Wie auch immer, der Maure und sein Bruder sind entkommen und verstecken sich vermutlich in der Stadt, wo sie höchstwahrscheinlich vom Geschützfeuer getötet werden; Ihr Freund hat uns also auf einen Schlag um die Dienste zweier Sklaven und um seinen gebracht.»

Bei jedem anderen Mann als Lymond hätte man das für grobe Unfähigkeit gepaart mit Sentimentalität gehalten. Jerott sagte: «Ich nehme an, ich finde an dem Herrn auch nicht mehr Gefallen als Sie. Aber ich kann mir nicht vorstellen, daß er unloyal wird gegenüber Leuten, die ihn bezahlen. Und wir können nicht auf ihn verzichten, Herr.»

«Wenn ich ihn freilasse, töten ihn die spanischen Ritter; allermindestens kommt es zu einer Revolte. Er hat zu krassen Mitteln gegriffen. In der Öffentlichkeit», sagte de Vallier und ließ die Feder fallen, mit der er wedelte, als die große Tür krachend aufflog. «Verzeihen Sie, Herr», sagte sein Schatzmeister, das dunkle Gesicht angespannt von Schlaflosigkeit und Zorn, während die dicke, heiße Luft aus dem Durchgang mit ihm in das lampenbeleuchtete Zimmer drang. «Falls Sie über Señor da Laimondo sprechen, es ist nicht nötig, ihn freizulassen. Er ist geflohen. Außerdem ist in das Arsenal eingebrochen und der Wächter niedergemetzelt worden.»

Nichts davon ergab einen Sinn. Während Jerott de Herrera anstarrte, sagte der Marschall: «Suchen Sie nach ihm. Welche Munition ist gestohlen worden?»

«Das wissen wir noch nicht. Die äußere Tür ist offen, aber das Eisengitter ist wieder verschlossen worden, und der Schlüssel fehlt.» Hinter ihm standen Männer im Durchgang; Kameraden des Toten, vermutete Jerott. Was auch immer dieses Mal seine Gründe gewesen sein mochten, Lymonds Überlebenschancen waren gering. Der Marschall verlangte ein diskretes und behutsames Vorgehen, um Panik zu vermeiden. Es stimmte, die Nachricht, eine unbekannte Menge Waffen und Munition fehlte, hätte die Zuversicht der Garnison kaum gestärkt. Wesentlich kälter als vorher wandte sich de Vallier dann an ihn. Bruder Jerott müsse jetzt zugeben, daß sein Landsmann allermindestens ein türkischer Agent oder Sympathisant sei, der die Absicht habe, eine Revolte anzuführen oder sie zur Kapitulation zu zwingen.

Bruder Jerott dachte an Herrera, der hinausging, dringlich redend, die Hand am Schwert. Er hätte schwören können, daß der Zorn in seinem Gesicht echt war. Außerdem war ein Spanier getötet worden. Er stellte sich die Gruppe vor, die er eben gesehen hatte, den Mördertrupp, wie sie sich teilte und lautlos in der heißen Nacht die Burg durchsuchte, die Fackeln, die von Wall zu Wall wanderten, die diskreten Fragen, die ergeben würden – ergeben mußten –, in welche Richtung jede noch so winzige unerklärte Bewegung gegangen war, alle unerwarteten laufenden Schritte in der unheimlichen, erschöpften Stille.

Laut sagte er: «Ich weiß nicht. Ich halte es für unwahrscheinlich. Er ist ein denkbar erfahrener Kämpfer. Habe ich Ihre Erlaubnis, ebenfalls Jagd auf ihn zu machen, Herr?» sagte Jerott plötzlich. «Ich kann vielleicht erraten, wie er denkt. Und bei allem, was mir heilig ist, ich werde Sie nicht hintergehen.»

Einen langen Augenblick dachte er, der alte Mann werde seinen

Vorschlag ablehnen. Dann nickte der Marschall und entließ mit einem angewiderten Winken Blyth und das Thema aus seinem Zimmer. Jerott wußte nicht, als er schnell durch die alte Burg ging und an einem Posten nach dem anderen haltmachte, daß er verfolgt wurde. Seine ganze Aufmerksamkeit galt dem Aufenthaltsort der Kalabrier. Innerhalb weniger Minuten hatte er zu seiner Befriedigung festgestellt, daß sie allesamt verschwunden waren.

Diese Jungen vom Land waren unter allen Menschen die letzten, die es mit den Türken aufgenommen hätten. Sie hatten nur eine Hoffnung, die jetzt, wo der grelle Schein aus den Geschützen am Ufer aufgehört hatte, zum ersten Mal wieder aufgelebt war: die Brigantine. Um sie zu segeln waren mehr als acht Männer erforderlich. Folglich brauchten sie Hilfe vom Châtelet: eine Art Treffpunkt für die Soldaten in des Roches' isolierter Festung am Ende der Landzunge und die wenigen Männer in Tripolis. Irgendwo mußten diese Männer mit der gestohlenen Munition auf das Signal zum Zusammenschluß warten; vielleicht sollten Männer aus dem Châtelet kommen, um beim Tragen des Pulvers und der Waffen zu helfen... Wo würden sie sich treffen?

In Tripolis, der verlassenen Stadt, deren Mauern jetzt nur noch zum Schein Widerstand boten, wo es keine Frauen mehr gab, die schrien und gestikulierten, keine Ritter, die sie aufgehalten hätten. Jerott ahnte, wo sich die Deserteure treffen würden.

In der Augustnacht zu laufen war wie das Gleiten durch eine klebrige Schweißschicht, die den ganzen Körper nach unten zog. Damit er leichtfüßig und lautlos war, trug Jerott keinen Panzer, sondern hatte nur ein dunkles Wams über das Hemd geworfen; den Gurt mit dem Schwert und dem Dolch trug er wie immer. Weil er keinen Wächtern und Toren auszuweichen brauchte und weil er, wenn er wollte, sehr schnell laufen konnte, rechnete er damit, sein Ziel bald nach den fliehenden Kalabriern zu erreichen und lange vor de Herreras Männern, die grimmig jedes mögliche Versteck in der Burg absuchten.

Falls er Zweifel hatte, während er durch die unebenen Straßen zwischen den dunklen Häusern trabte, unter den zurückgelassenen Markisen, durch deren Fetzen die Sterne zu sehen waren, tat er sie ab. Wer auch immer die Tür zum Arsenal aufgeschlossen hatte, mußte erst den Wächter getötet haben, um an die Schlüssel heranzukommen, und er wußte, daß an diesem Bund auch der Schlüssel gehangen hatte, mit dem Lymond befreit worden war... Lymond, der sich als einziger in der Garnison um die Kalabrier gekümmert hatte, der eben öffentlich den Hilflosen beigestanden hatte. Jerott lief durch den leeren Sklavenmarkt, wich den leeren Podesten der Händler unter den dunklen Bögen aus und lief dann ins Freie.

Vor ihm ragte der quadratische Turm des Lentulusbogens mit einem Schimmern korinthischen Marmors in den weiten Himmel auf, und nicht weit davon entfernt sah er die Doppelreihe aus Säulen und die Ruine eines Turms, wo, wie de Vallier gesagt hatte, früher eine Moschee gewesen war.

Daneben stand das Gebäude, in das er wollte. Die merkwürdigen großen Fenster waren verbarrikadiert, kein Licht war zu sehen. Er schlüpfte von Mauer zu Mauer, auf dem Weg hinüber, tauchte ein in die Dunkelheit und wartete auf den Wächter, der so gut wie sicher hier war. Dann sah er ihn. Es war nur einer, ein fülliger Schatten, schwer atmend gegen die fernen, halbherzigen Schußgeräusche auf der anderen Seite der Mauer und das leise und zischende Schlagen der See gegen die Felsen draußen.

Die alten Tricks waren oft die besten, vor allem gegen unerfahrene Männer wie diesen hier. Jerott tastete, fand einen Kiesel zu seinen Füßen, beugte sich vor und warf den Stein, so weit er konnte. Er fiel mit einem schwachen Klicken jenseits des schwarzen Schattens zu Boden, und der Schatten regte sich einmal und verharrte dann, ohne sich zu rühren.

Das tat auch Jerott. Statt ins Sternenlicht zu treten, wie es Jerott erwartet hatte, Jerotts bereiter Klinge den Rücken zugewandt, war der Beobachter immer noch da, kehrte ihm das Gesicht zu.

Wenn er sich bewegte, wurde er gesehen. Blyth blieb, wo er war, mit kaltem Schweiß auf den Haarwurzeln, den Schwertgriff feucht in der Hand, und nach einem Augenblick der Verständnislosigkeit begriff er, daß der verschwommene Fleck vor ihm, der das Gesicht des unbekannten Mannes war, jetzt klarer wurde, daß der Wächter, der sich ganz anders verhielt als ein kalabrischer Bauer, tatsächlich auf ihn zukam.

Der Mann hatte ihn gesehen; er wußte, daß er allein war. Er hatte nur einen Begleiter: das Messer. Als er sah, wie der Schatten den Arm hob, warf sich Jerott zur Seite und nach vorn, und einen Augenblick später packte er mit der linken Hand einen muskulösen Körper, überraschenderweise in Baumwollfalten gewickelt. Mit der rechten schlug er heftig mit dem Schwert zu. Ein Funke blitzte auf, und sein Arm zuckte zusammen. Er war mit einem Dolch abgewehrt worden, mit einem Dolch, der verschwand, als Jerott den Griff wechselte, den rechten Arm des Mannes auf seinen Rücken drehte und ihm geschickt die Füße wegtrat. Der Mann stürzte nach hinten und riß Jerott mit, das Schwert in der Hand. Er ahnte nicht, daß der andere den Dolch schon von der rechten in die linke Hand genommen hatte, bis das Heft sein Handgelenk mit einem Knacken bis auf den Knochen traf. Sein Gegner wälzte sich über ihn. Dann ließ Jerott Blyth das Schwert fallen und umklammerte die erhobene Faust, die den Dolch hielt. Das war seine einzige Chance, mit dem Leben davonzukommen.

Bis auf das Klirren von Metall und den leisen Wirbel ihrer Bewegungen hatte es wenig Geräusche gegeben. Keiner sagte etwas: Blyth, weil er es sich nicht leisten konnte, die Aufmerksamkeit der Männer in dem Gebäude auf sich zu lenken, sein Gegner aus äußerst stichhaltigen eigenen Gründen. Jerott hielt das Handgelenk des anderen steif in sicherer Entfernung, wand sich heftig, damit er nicht abgeschüttelt wurde, versuchte wegen der Gewänder des Mannes vergeblich, ihn zu umklammern, und nachdem er eine bedrängte Sekunde lang eine Hand abgewehrt hatte, deren Finger ihm in die Augen stechen wollte, verlor er den Griff, wälzte sich unter dem kräftigen Körper und kam schließlich unter Einsatz seiner ganzen Kraft hoch, endlich das eigene Messer in der Hand.

Gleichzeitig sammelte sein Bewußtsein mechanisch eine Reihe von erstaunlichen Fakten. Dieser Mann trug Gewänder und hatte einen Bart, war kein Bauernjunge in Hemd und Kniehosen. Was er ihm eben abgerissen hatte, war ein Turban, und unter seiner Hand fühlte er einen nackten Schädel, von dem die einzelne, erniedrigende Haarsträhne des Sklaven herunterhing. Jetzt kam ihm seine Ausbildung im Kampf Mann gegen Mann zugute; und mit drei schnellen, entschlossenen Bewegungen hatte er den Mauren entwaffnet und hielt ihm das Messer an die schwach sichtbare Kehle. Neben ihm murmelte eine verdammenswürdige, vertraute Stimme: «Wie tapfer und schlau, Jerott, mein Herz. Jetzt laß ihn los.» Und ein Schwert, behutsam geführt, stieß gegen Jerott Blyths Rücken.

Ihm war übel vor Anstrenung, seine Brust hob sich, jedes Gelenk seines erschöpften Körpers tat weh, als Jerott sich umdrehte und Lymond ihn mit kräftiger Hand am Arm nahm, lächelnd. «Kommt, Kinder», sagte er.

Die Küken waren tot. In dem Schuppen verrieten das der Gestank, die Stille und die einzige trübe Kerze auf dem Fußboden, deren flackerndes Licht auf den narzissengelben Flaum fiel, die wächserne Krümmung eines Schnabels zeigte, einen braunen, daumennagelgroßen Flügelansatz, die toten Krallen. Auf einer Seite waren die Bänke zurückgeschoben und umgestoßen worden, um Platz für Kisten und Säcke zu schaffen, die den Stempel des Ordens trugen. Daneben lag ein junger Mann mit einem großen Bluterguß auf der rötlichen Haut, mit Schnur an den Beinen und Handgelenken gefesselt. Es war einer der Kalabrier.

«Aus dem Arsenal?» fragte Jerott schließlich, den Blick auf die Kisten gerichtet.

Der große Maure, der den Turban wieder aufgesetzt hatte und der geschlossenen Tür den Rücken zuwandte, schwieg, mit ausdruckslosem Gesicht, aber Lymond antwortete. «Selbstverständlich. Seine Freunde werden bald wieder hier sein. Dann hoffen sie zweifellos, die Waffen, das Pulver und die Streichhölzer von hier in ein kleines Boot verladen und die Brigantine und die unzuverlässige See erreichen zu können, die selten windstill bleibt. Leider» – er warf dem wütenden Jungen auf dem Boden nicht einmal einen Blick zu – «ist das ein sinnloses Unterfangen, wie ich unserem Freund schon gesagt habe.»

Ein italienischer Wortschwall, fast unverständlich sogar für Jerott, der sehr gut italienisch konnte, vermittelte Unglauben, Widerspruch und außerdem überschäumenden Zorn. Jerott wußte, wie dem Jungen zumute war. Nachdem sie sich auf eigene Gefahr die Zeit genommen hatten, Francis Crawford zu befreien, wirkte es ungerecht, daß Francis Crawford gemeinsam mit seinem Spießgesellen, den er von der Bastonade gerettet hatte, danach sein Bestes tat, ihren Plan zu durchkreuzen.

Jerott bezweifelte, ob er das über sich gebracht hätte. Lymond kannte eindeutig keine Gewissensbisse. Er sagte mit milder Fröhlichkeit: «Wir werden es ja sehen. Giulio sagt, seine Freunde seien schon an Bord der Brigantine, bereit zum Ablegen. Ich bin mir sicher, daß er recht hat, nur daß sie feststellen werden, daß nichts da ist, womit sie in See stechen könnten. Wie du auch wüßtest, wenn du aufgepaßt hättest, sind die Segel, die Ruder, die Trossen, alles, was ein Schiff in Bewegung setzt, in den letzten beiden Tagen von der Brigantine entfernt worden. Und von jedem kleineren Schiff im Hafen. Deine Kumpane könnten die Waffen genausogut in ein schwimmendes Grab bringen. Die Brigantine ist eine leere Hülse, mein Freund. Nicht», sagte Lymond friedlich, «daß sie die Gelegenheit haben werden, die Waffen irgendwohin zu bringen, denn du und ich werden sie gleich in die Luft sprengen.»

Jerott wünschte, er hätte den verdammten Mauren getötet. Er nahm sich zusammen und sagte sarkastisch: «Natürlich, wenn du dir selbst die Kehle durchschneiden willst. Du weißt, daß diese Jungen einen Mann getötet haben, um ins Magazin zu gelangen und dich aus deiner Zelle zu befreien. Und die Schuld daran wird dir zugeschoben. Als erstes müssen wir sicherlich den Vorfall melden, die Munition in die Burg zurückschaffen lassen und einen starken Trupp zusammenstellen, der die Kalabrier abfängt, wenn sie zurückkommen, um die Waffen zu holen, was sie auf jeden Fall tun werden, ob sie zur Brigantine hinauskommen oder nicht. In ihren Augen sind sie tot, wenn sie sich nicht wehren. Sie wissen nicht, daß Herrera dir die Schuld gibt.»

«Das macht er wegen meines französischen Akzents», sagte Lymond trocken. Er horchte, wie Jerott bewußt wurde, nach Geräuschen von draußen. Der Maure war wieder hinausgeschlüpft, zweifellos, um Wache zu stehen. Dann kehrte Lymonds Aufmerksamkeit unvermittelt zurück, und er sagte: «Schau. Neun von zehn Malen hast du vielleicht völlig recht, wenn du ein öffentliches Beispiel geben willst, indem du jemanden vor dem gemeinen Volk lebendig rösten läßt – da will ich mich gar nicht mit dir streiten. Aber hier ist Milde die einzige Lösung. Ihr seid körperlich bedroht durch eine Bresche in St. Brandanus, deren Ausmaß noch niemand kennt; und wenn die Verteidigungsanlagen dahinter nicht angemessen besetzt werden, könnte es zu einem Einbruch kommen. Ihr seid politisch bedroht durch die spanischen Ritter, die Angst vor der türkischen Rache haben, und durch die Tatsache, daß sie, wenn sie einen leichten Fluchtweg finden, eine gute Chance haben, die Schuld den französischen Rittern zuzuschieben. Füge dem noch die Schwierigkeit hinzu, zweihundert Bauernjungen Tag und Nacht zu bewachen, weil sie desertiert sind und absolut nichts zu verlieren haben, wenn sie die ganze Garnison ermorden, und das Ergebnis ist eine Katastrophe, aber eine Katastrophe aus Torheit.»

«Was dann?» fragte Jerott. Lymond sprach italienisch, ein einfaches, kunstloses Italienisch, dem der Junge auf dem Boden vermutlich folgen konnte.

«Die spanischen Ritter dürfen also auf keinen Fall herausbekommen, was geschehen ist. Wir kehren mit unserem Freund hier zur Burg zurück und hinterlassen eine brennende Lunte für das Pulver. Arme kleine gebratene Hühnchen, mein Lieber. Den Kalabriern zwischen hier und dem Châtelet oder auf See kann das gar nicht entgehen, ganz gleich, was ihrer Meinung nach die Explosion verursacht hat. Kein Schiff, keine Waffen. Sie müssen zurückkommen, und sei es auch nur, um herauszufinden, was geschehen ist. Und wenn sie merken, daß sie niemand verdächtigt, was können sie dann tun, außer fügsam auf ihre Posten zurückzukehren und zu Gott hoffen, daß niemand merkt, wie naß ihre Füße sind?»

Er ging plötzlich zu englisch über und fügte der schnellen Zusammenfassung etwas hinzu. «De Vallier und des Roches müssen es selbstverständlich erfahren. Und es ist durchaus möglich, daß es unter den Männern zu Schwierigkeiten kommt, sobald der Beschuß wieder anfängt. Aber wenn die Spanier nichts davon wissen, vermeiden wir wenigstens offenen Aufruhr und ein Chaos zum jetzigen Zeitpunkt und haben die Chance, sie auf unserer Seite zu behalten.»

«Und wer», sagte Jerott, «soll den Wächter erstochen und das Pulver gestohlen haben?»

«Salablanca», sagte Lymond ruhig. «Unser großer Freund dort draußen. Du hast übrigens sehr gut gekämpft. Er ist im Nahkampf in keinem Sinn des Worts ein Novize.»

«Ich bin geschmeichelt», sagte Jerott sarkastisch. «Und außerdem ist er ein großer, kräftiger Mann. Er hat das alles allein getragen?»

«Nein. Sein Bruder und eine Handvoll Sklaven haben ihm geholfen. Ich hoffe, daß angenommen wird, sie seien bei dem Brand umgekommen... Tatsächlich fliehen sie ins türkische Lager.»

«Du hast also noch mehr Fesseln aufgeschlossen», sagte Jerott ausdruckslos. Er hatte sein Schwert wieder, fiel ihm ein, und seinen Dolch. Der Kalabrier würde ihm helfen.

«Ich habe zweihundert Soldaten für euch gerettet», sagte Lymond. «Im Austausch gegen sechs Sklaven, von denen einer gestorben wäre.»

«Du hättest ein verdammtes Stück besser daran getan», sagte Jerott scharf, «wenn du sie hättest fliehen lassen und die osmanischen Geschütze sie, die Munition und das Schiff in die Luft gejagt hätten. Dann fielen sie uns nicht mehr als Gefangene oder mögliche Rebellen zur Last.»

Eine kurze Pause entstand. «Das, da bin ich sicher», sagte Lymond, «hätte jeder Mann im Orden getan. Aber ich bin kein Mönch.» Er kniete, strich ein Streichholz an, schaute auf von der langsamen Lunte, die ans Pulver gelegt war, und Jerott sah in dem von unten beleuchteten Gesicht etwas Grimmiges. «Gehen wir zur Burg», sagte Lymond, stand auf, ging zu dem Liegenden hinüber und schnitt seine Fesseln durch. «Verstehst du? Das Pulver wird brennen; deine Freunde können nicht mit dem Schiff ablegen. Wenn sie jetzt zurückkommen, erfährt niemand, was ihr getan habt. Geh schnell und sag es ihnen.»

Der Junge war vielleicht siebzehn, auf keinen Fall älter, und er konnte kaum sitzen, vom Stehen zu schweigen. Lymond stützte ihn, während das Blut in seine verkrampften Glieder zurückkehrte: Er war seemännisch gefesselt worden. Doch trotz der Schmerzen redete er, ehe er aufrecht stehen konnte.

Jerott grinste. Was er von der Sprache verstehen konnte, war selbst für die kernige Ausdrucksweise vom Land starker Tobak. «Er sagt, er glaubt dir nicht. Er sagt, du zerstörst die Waffen, die ihnen das Leben gerettet hätten, und willst sie jetzt an den Gouverneur verraten, um die eigene Haut zu retten.»

«Den Versuch war es wert», sagte Lymond ruhig. Der ganze schäumende Haß neben ihm hatte ihn offenbar nicht aus der Fassung gebracht. «Wer nehmen ihn mit zur Burg. Wenn er merkt, daß wir nicht vorhaben, ihn stückweise zu verkaufen, überlegt er es sich vielleicht anders. Der Maure kann inzwischen die Botschaft überbringen – die anderen Burschen werden ihm vertrauen. Kommt!»

Der Bauernjunge wich zurück und murrte. «In der Burg traut er dir auch nicht», sagte Jerott, der sich etwas fröhlicher fühlte. «Er will jetzt doch zum Châtelet gehen.»

«Danke», sagte Lymond und sah ihn an, «für das Dolmetschen. Meinst du nicht, wir sollten jetzt alle unserer Wege gehen, ehe der ganze verdammte Schuppen in die Luft fliegt?»

Jerott bezweifelte, daß der Junge jedes Wort verstand, aber den Sinn dessen, was Lymond sagte, hatte er eindeutig mitbekommen. Er hörte auf, sich die verkrampften Glieder zu reiben, und stürzte sich wie ein Hund auf die Tür. Doch statt ihn gehen zu lassen, hielt ihn Lymond mit einer schnellen Bewegung auf. Der Bursche wand sich verzweifelt, versuchte, sich freizustrampeln. Lymond hielt ihn fest, wandte plötzlich lauschend den Kopf und sagte dann scharf über das Gerangel hinweg: «Wir haben Gesellschaft. Du bist verfolgt worden, Blyth. De Vallier traut dir offenbar auch nicht.» Und im selben Augenblick, lautlos wie der Flug einer Eule, ging die Tür neben ihnen auf, und der Maure schlüpfte herein. «Wir haben sie gehört. Wie viele?» fragte Lymond, und der kräftige Mann sprach leise. «*Veinte, señor. Debemos pronto...*»

«Hinaus. Richtig. Durch das Fenster, Jerott. Hinten ist ein großes. Wir können nicht gegen zwanzig Männer kämpfen, und wir müssen diesen Burschen aus ihren Augen schaffen... Nein, du Narr!» Das galt dem sich wehrenden Kalabrier. «Schau. Wenn du hier in der Nähe gefunden wirst, bringen sie dich mit der Munition in Verbindung. Jetzt kannst du nicht mehr hoffen, zum Châtelet zu kommen, das übernimmt der Maure. Du kommst jetzt besser mit uns zur Burg...»

Und als der Kalabrier sich mit einer jähen, verzweifelten Bewegung halb losriß, sagte Lymond resigniert: «Schlagt ihn. Wir nehmen ihn bewußtlos mit, wenn es sein muß.»

Was auch immer sie erwartet haben mochten, dieses Mal brachte der Junge mit seiner Erwiderung sogar Lymond zum Schweigen. Denn jetzt, endlich dazu getrieben, hoffnungslos spät, machte er den Mund auf. Im Schuppen zwischen den schwachen, toten Küken beschwor er ein tiefes Schweigen herauf, so absolut, daß alle hören konnten, was Lymond gehört hatte: das undeutliche Füßescharren von Männern, die sich in der Nähe sammelten – vermutlich, dachte Jerott, nur halb bei der Sache, auf dem Marktplatz. Die Explosion konnte ihnen dort nichts anhaben; dafür reichte das Pulver nicht. Lymond sagte sorgfältig auf italienisch: «Sag das noch einmal», und die rauhe Stimme, belegt mit Angst, in einem fast unverständlichen Dialekt, sprach wieder, während sich über seinem zerzausten Schopf die Blicke Jerotts, Lymonds und des Mauren kreuzten.

Die kleine Explosion, die hier zwischen den Küken stattfinden sollte, war nur der Vorläufer einer größeren, die das Ende von Tripolis bedeuten würde. Ehe sie das Burgmagazin verließen, hatten die Kalabrier eine langsame Lunte gelegt, die viel dicker, länger und wichtiger war. Sie war so berechnet, daß sie das erste Pulverfaß erreichte, wenn die Rebellen sicher an Bord waren. Und den Schlüssel zu dem abgeschlossenen Eisengitter, dem einzigen Zugang zum Arsenal, hatten sie ins Meer geworfen.

Lymond stellte nur eine Frage: «Wieviel Zeit haben wir noch? Wieviel Zeit, bis das Arsenal in die Luft fliegt?» Und damit meinte er die ganze Burg von Tripolis.

«Drei Viertel der Lunte müssen verbrannt sein», sagte der Junge, und auf seinem sonnenverbrannten Gesicht erschien ein Schatten von Stolz. Lymond schleuderte ihn weg von sich.

«Soll er seine Chance ergreifen», sagte er. «Er weiß jetzt, wie er sich retten kann. Salablanca, versteck dich und bring die Nachricht zum Châtelet, wenn du kannst. Wenn nicht, sei Allah mit dir. Jerott... Du bist das Gewissen Gottes. Wenn du deinen Leuten helfen willst, dann geh zum Marktplatz, sag ihnen, du hast Sklaven hier drin gesehen, sag ihnen, du hast gehört, daß das Arsenal explodieren wird. Ehe du das zur Hälfte hinter dir hast, habe ich den Schuppen hier in die Luft gesprengt. Und dann tu, was auch ich machen werde – renn wie der Teufel.»

«Ich gehe zur Burg zurück», sagte Jerott, die Stimme angestrengt, während er die schweren Läden zur Gasse hinter dem Schuppen aufschlug und sich mit den anderen auf den Sprung hinunter vorbereitete.

«Bravo!» sagte Lymond ätzend und spürte, wie sein Zorn wieder aufkeimte und die durch seine Angst entstandene Leere füllte. Denn Lymond hatte nur gesagt, er solle rennen; das war die letzte animalische Beschmutzung seiner Ehre. Durch alles, was in jener Nacht noch kommen sollte, bewegte sich Jerott Blyth wie ein Wahnsinniger, dieses eine Wort stets an sich gedrückt.

Jetzt sagte niemand mehr etwas. Einer nach dem anderen ließen sie sich zu Boden fallen, und Jerott raste auf seine ritterlichen Brüder zu, während der Kalabrier und der Maure in die heiße Nacht eintauchten und die angezündete Kerze in Lymonds Hand durch das Fenster zurückwanderte. Dann verlor er sie allesamt aus den Augen. Als de Herrera auf ihn zukam, das Schwert gezogen, und er die Nachricht schreiend verkündete, flog das Treibhaus hinter ihm in die Luft. Ehe die Detonationen zu Ende waren, lief Blyth auf die Burg zu, nachdem er die Nachricht überbracht hatte, und nach nur einem Augenblick des Zögerns folgten ihm die spanischen Ritter. Denn alle Ritter, die Mauren, die Soldaten, die Sklaven, alle reichen Kaufleute und Händler, die Priester, die dienenden Brüder und alle Einwohner von Tripolis, Männer, Frauen und Kinder in der Burg wußten nichts von der Nachricht, bis auf die drei Männer, denen bewußt war, daß die Belagerung in einer Viertelstunde vorbei sein würde. Und daß weder der Islam noch der Orden die Herren über Tripolis sein würden, weil es Tripolis nicht mehr geben würde.

Es war ein Fall, in dem Stärke nichts mehr half, nur noch Geschick. Jerott wußte, daß es im Arsenal genug Pulver gab, nicht nur die Burg, sondern die ganze Stadt zu zerstören. Es hatte keinen Sinn, Warnungen zu rufen, denn es gab keinen Ort, an dem man rechtzeitig hätte laufen können, und Panik hätte nur die kleine Chance verringert, die sie noch hatten. Nur sie hätten eine Chance gehabt, als sie die Nachricht erhalten hatten, und sie hatten die Chance zu entkommen nicht nutzen wollen.

Auf grimmige Weise hielt er das Versprechen, das er Lymond indirekt gegeben hatte. In den wenigen Worten, die er de Herrera im Laufen zurief, erwähnte er nichts von den Kalabriern. Und bald sagten alle nichts mehr, liefen nur noch, mit ausgedörrten Kehlen, stolperten durch die Dunkelheit, über holperige Gassen, prallten von Mauer zu Mauer in dem Labyrinth aus Gassen, das zwischen ihnen und der Burg lag.

Für Männer, die Tripolis bei Tageslicht gut kannten, war das eine Anstrengung von etwa zehn Minuten. Für Jerott Blyth und seine Ritterkameraden war es ein keuchender Alptraum aus versäumten Abbiegungen, versperrten Durchgängen und jäh auftauchenden Mauern von Sackgassen. Ein Karren mit verfaulendem Obst, vor einem Torbogen stehengelassen, hielt sie kostbare Sekunden lang auf; und gleich darauf, als er unter einem dunklen Steg eilig um eine Ecke bog, fand er sich auf einem Hof wieder, irrte zwischen Zitronenbäumen und einem trockenen Brunnen umher, während seine Füße auf den Fliesen widerhallten. Als er wieder draußen war und versuchte, sich zu orientieren, stieß er mit dem Fuß gegen eine Blechschüssel und wußte, daß er in der Gasse der Silberschmiede war, wo er zuvor schon gewesen war – mein Gott, lief er im Kreis? Und die Zeit – die Zeit verrann.

Dann sahen sie endlich, nervenzerreißende Minuten später, die Eckbastion und die hohe, dunkle Außenmauer vor sich, die zum Haupteingang der Zitadelle führte. Mit angespannten Ohren und schmerzenden Augen überquerten Jerott und seine Ritterkameraden den offenen Platz zu dem großen Tor wie schwachsinnige Geschöpfe, verfluchten die Wachen wegen ihrer Fragen und drangen in die Burg ein. Dann schrie Jerott laut auf.

Vor ihnen ragten Türme, Mauern und Zinnen schwarz gegen das unvermittelte brennende Orangegelb des Nachthimmels auf. Eine Sekunde später kam ein Grollen, dann ein zweites, ein drittes, während die flammende Luft bebte und flackerte. Einen Augenblick lang rührte sich niemand aus dem kleinen Trupp, sagte niemand etwas. Dann atmete de Herrera neben Jerott ein wie in einem Schluchzer, packte ihn an der Schulter, und sie stürzten wieder voran.

Was sie sahen, war Geschützfeuer. Die türkische Batterie machte sich wieder ans Werk.

Später erinnerte sich Jerott daran, daß er mit einer Reihe von Leuten zusammengestoßen war, daß er an de Vallier vorbeigelaufen war, der ihnen mit verwirrtem Gesicht nachsah, und schnell durch eine Reihe von Höfen gerannt war, dann durch eine endlose Flucht miteinander verbundener Zimmer und eine Treppe hinunter, die zu einer weiteren Treppe führte, bis sie in dem Labyrinth aus Kammern und Durchgängen waren, die zu dem römischen Badehaus gehörten.

Sie waren jetzt, wie Jerott wußte, in keiner geringeren und keiner größeren Gefahr als oben im Freien. Es war nur, falls das möglich war, ein schlimmeres Gefühl. Jedenfalls hatten sie jetzt überhaupt keine Chance mehr, denn er schätzte und vermutete, die anderen wüßten es auch, daß die Zeit abgelaufen war. Und jede Tür, jeder riesige Eisenriegel zwischen ihnen und der brennenden Lunte war verschlossen und versperrt.

Es war diese Entdeckung, die ihnen fast den Mut geraubt hätte. Ihre Kräfte waren schon verbraucht, obwohl ihnen das nicht bewußt war. Dann sagte de Herrera scharf, mit hoher, erschöpfter Stimme: «Wollt ihr zulassen, daß ein Heide die Religion in Tripolis zerstört?» und stürzte sich wie ein Wahnsinniger auf die schweren Riegel der nächsten Tür. Danach stemmten sie jeden gemeinsam auf, lautlos bis auf ihren keuchenden Atem, und der Langsamste blieb hinter ihnen zurück, um die Türen zu schließen, damit keine Luft eindrang und das Brennen der Lunte beschleunigte.

An der letzten Tür zögerte sogar Jerott. Die brennende Lunte mußte jetzt dem Pulver so nahe sein, daß ein Atemzug es entfachen konnte. Das Öffnen dieser Tür konnte das letzte sein, was er auf dieser Erde tat. Er betete zum ersten Mal seit die Belagerung begonnen hatte und zog die Tür auf.

In dem ruhigen Vorraum vor der großen Tür zum Arsenal beschienen die gelben Lampen friedlich die verblaßten, verschlungenen Tänzerinnen an der Wand, die in tausend Jahren Schlimmeres als das hier gesehen und erlitten hatten. Die von den Kalabriern aufgeschlossene Eichentür war angelehnt, unbewacht: was sollte ein Wächter, wenn die massive Gittertür dahinter abgeschlossen war und der Schlüssel auf dem Grund der Bucht von Tripolis lag?

Aber davor arbeiteten zwei Männer, arbeiteten fieberhaft. Ihre Bewegungen spiegelten sich in lampenbeschienen Wellen im über den Fliesenboden schwappenden Wasser wider. Über das Füßegetrappel der Soldaten hinter seinem Rücken und über das rasende Kreischen der Feile hinweg sagte eine vertraute Stimme unvertraut schroff: «Blyth. Ich brauche einen Schmied, eine Armbrust und Pfeile, Tücher und viel mehr Wasser. Wir haben vielleicht noch fünf Minuten. Äxte verursachen zu starke Vibrationen, und die Feile schafft es nicht rechtzeitig.» Und als de Herrera hinter ihm die Befehle weitergab, fügte Lymond über die Schulter hinweg hinzu: «Zwei von Ihnen kommen herein. Die anderen halten sich bereit für Befehle. Die Flurtüren können offen bleiben. Wir haben versucht, den Boden zu überschwemmen, aber das Wasser ist wegen des schrägen Arsenalbodens zurückgeflossen. Es ist uns nicht gelungen, die Lunte mit nassen Lappen an Stangen zu erreichen; sie ist auf der anderen Seite des Kellers, und die Munition ist im Weg. Ich will versuchen, nasse Baumwolle hineinzuschießen...»

Und Francis Crawford vergeudete keine weitere Zeit, keine weiteren Worte, umwickelte die Pfeile mit tropfnassen Tüchern, spannte den kleinen maurischen Bogen, zielte schnell und jagte den umwikkelten Pfeil durch das Gitter. Er flog wackelnd durch die Luft, über die gestapelten Fässer und Kisten hinweg, vorbei an den Rüstungen und Speeren, den Stapeln von Arkebusen und Äxten im weitläufigen Kellergewölbe, das Ladestraßen durchkreuzten. Ganz hinten im Raum, in einer Nische, die hinter den vollgepackten Gestellen nicht zu sehen war, war ein dünner Rauchfaden im schwachen Lampenlicht des Kellers zu sehen. Und hinter dem Rauch, wo wie monströse Trauben aus Marmor und Eisen Pyramiden aus Kanonenmunition an der Rückwand standen, färbte ein leichter Schein die Kugeln rosig.

Es waren sechs Pfeile. Jerott Blyth beobachtete, wie jeder einzelne die Bogensehnen verließ und durch die Gittertür flog. Er beobachtete auch, wie einer nach dem anderen gegen eine Kiste oder eine Querlatte prallte oder über das Ziel hinaus gegen die Kanonenkugeln stieß. Nur der letzte fiel in die unsichtbare Spalte, aus der der Rauch kam, aber zu weit rechts. Der graue Faden schwankte im langsamen Flug des Pfeils, wurde wieder stetig, wie eine zarte Fischgräte, und richtete sich auf die schimmernde Wand aus Kisten, die ein Drittel des Arsenals füllten: das Schießpulver.

Und die ganze Zeit ließen die dunklen Hände des Mannes vor Jerott, die geduldig feilten, in ihrer Arbeit nicht nach, obwohl die dicke Stange immer noch hielt und, wie Jerott schätzte, noch zehn

Minuten halten würde. Es war, wie er sah, zur Überraschung nicht mehr fähig, der Maure, den Lymond gerettet hatte. Und sie alle hatten nur noch drei Minuten zu leben.

In seinem Rücken rennende Füße. Die zusätzlichen Wasserfässer wurden gebracht. Rauhe Stimmen, Platschen, Getrappel, Hantieren. Tücher waren durchnäßt und eilig gebracht worden, weitere Pfeile. Er sah, wie Lymond sie auffing und abschoß, mit völlig ausdruckslosem Gesicht, sich bei seinen Versuchen auf Schnelligkeit, Geschick und auf – wie Jerott aufging – sein Gehör konzentrierte.

Plötzlich warf Lymond Pfeil und Bogen zu Boden, drehte sich um und griff blitzschnell zu. Die Armbrust war gebracht worden, und gleichzeitig kam ein Mann, dessen keuchender Atem im Keller widerhallte, als er sich vor dem Eisenschloß auf die Knie warf, den schwitzenden Mauren beseite schob und sich mit zitternden Händen zu schaffen machte.

Lymond sagte nur zwei Worte zu dem Schmied, aber sie füllten den Vorraum, wo, jetzt ganz still, de Herrera und seine Männer standen, bis zu den Knöcheln im nutzlosen Wasser. «Wie lange?»

Der Schmied sah nicht auf, und er antwortete auch nicht sofort. Während das Leben verstrich und der Geruch nach versengtem Stoff die reglose Luft erfüllte, gab es kein Geräusch bis auf das verzweifelte Rasseln seines Werkzeugs. Dann sagte er, immer noch arbeitend: «Fünf Minuten, Herr. Schneller läßt es sich nicht öffnen. Reicht das, Herr?» Und während er sprach, bildete sich ein kleiner Wirbel, und der Rauch bewegte sich und berührte die Wand aus Holzkisten.

Alle Männer vor der Tür hielten den Atem an. «Der Rauch ist der Flamme etwas voraus», sagte Lymond. «Aber er kommt aus der langen Gasse vor uns, von links nach rechts, und muß im rechten Winkel auf die Kreuzung treffen, wo das Schießpulver ist. Ich fürchte, wir müssen das hier riskieren.»

«Die Armbrust?» De Herreras Stimme klang merkwürdig. Das Gerät in Lymonds Händen war schon gespannt.

«Wenn die Kanonenkugeln in die richtige Richtung fallen, löschen sie vielleicht die Lunte, ehe sie die Schießpulverkisten aufbrechen. Wenn sie erst das Schießpulver treffen, ist es das Ende. Will jemand mit Murmeln spielen?» sagte Lymond, ein letztes, schwaches, grimmiges Lächeln auf den Lippen; und eine Sekunde lang blitzte es in seinen blauen Augen, Jerott zugewandt, ein Gruß und, wie Jerott annahm, ein Abschied. Dann zielte er, zog durch und schoß.

Das stimmte. Der schwere Bolzen zischte akkurat zwischen Gestellen und Säulen hindurch, vorbei am ganzen nutzlosen Kriegsgerät, überquerte die Stelle, wo die lange, verkohlte Lunte liegen mußte, und traf mit einem widerhallenden Scheppern eine Kugel auf halber Höhe der Pyramide.

Die Kugel löste sich, in einer Wolke aus weißen Splittern, rammte ihre Nachbarn zur Rechten, brachte die wiederum in Bewegung, und wie durch ein Wunder fiel eine heraus, prallte auf den Boden und hüpfte hoch. Ein Beben durchlief den Rest. Alle Kugeln kamen ins Rutschen, bis die ganze Pyramide zusammenfiel und die Kugeln über den Boden des Arsenals kullerten.

Der Lärm, vervielfacht vom Steingewölbe, war so furchterregend, wie es das Bersten eines Damms sein mag. Denn ihn begleitete das Knacken und Krachen splitternden Holzes. Munitionskisten wurden demoliert. Staub, ein Dunst aus verschütteten Chemikalien, ein Hagel von Steinsplittern erfüllten die Luft in der Ferne wie ein zerfetzter Vorhang. Auch Funken waren zu sehen.

In der ganzen geschäftigen, lärmenden Aufregung ging der eine, aufschlußreiche Rauchfaden fast unter. Jerott, der sich mit Fäusten, die weiß bis auf die Knochen waren, an die schlüpfrigen Stangen klammerte, betete mit knirschenden Zähnen. Die Vibrationen durch die Arbeit des Schmieds spürten seine Finger nicht. Lymond neben ihm schwieg, war ausnahmsweise völlig verstummt.

Langsam wurde der Donner leiser und legte sich. Die gigantischen Kanonenkugeln stießen zusammen, rollten, liefen ins Leere und hielten inne. Die letzte Kiste fiel um; der letzte aufgebrochene Kasten spuckte Pfeilspitzen und Kugeln aus. Die Wand aus Schießpulverkisten war mit den anderen ins Schaukeln geraten. Drei waren aus der oberen Ebene gerutscht und schief auf einer tieferen gelandet. Eine war angeschlagen, aber noch nicht offen. Falls die Lunte noch heil war, würde sie jetzt an den Kisten züngeln.

Eine lange Sekunde verstrich. Noch eine. Noch eine.

Es war heiß. Im Arsenal herrschte Ruhe, Friede trat ein. Ob sie ausgelöscht oder vom Weg gebracht worden war, die Lunte war abgelenkt worden.

Hinter Jerott legte der Spanier de Herrera die zitternden Hände auf Lymonds Schultern und sagte mit gebrochener Stimme etwas. Es ging unter in Jerotts Ruf. *«Wartet! Da tut sich etwas!»*

Auf der anderen Seite des Kellers, tief im fallenden Staubvorhang, wo die brennende Lunte gewesen war und zwei Meter von dem Schießpulver entfernt, flackerte ein rosa Schein auf und wurde größer. Unter ihren Blicken wurde er stärker in der Wirkung und in der Farbe; orangefarbene Flammen zeichneten sich in ihm ab, dazu eine Wolke holzkohlenschwarzen Staubes, begleitet von einem schwachen Knacken, wie Eis, das in der Sonne schmilzt.

Aber es war kein Eis, es war Feuer.

Es hatte zweifellos angefangen, als die brennende Lunte, durch eine Kugel gegen eine Holzkiste gepreßt worden war, die ihr den Durchgang versperrte, eine Kiste, die im Vergleich zu den Pulverfässern, zu denen sie gelegt worden war, harmlos war, aber ein Brandsatz, der das gestapelte Schießpulver so sicher erreichen konnte wie die Lunte, und doppelt so schnell, wenn der Zufall ihn in diese Richtung lenkte.

Und selbst wenn das der Zufall nicht wollte, die Flammen, genährt von trockenem Packholz, würden das Schießpulver schließlich erreichen. Lymonds Stimme sagte scharf in Jerotts Ohr: *«Macht die Türen zu!»* Dann sprach er wieder mit dem Schmied: «Wie lange?»

Das rötliche Gesicht des Schmieds schimmerte über der fleckigen, elfenbeinfarbenen und roten Haut vor Schweiß, aber seine Hände arbeiteten stetig weiter, probierten aus, vergeblich, versuchten es wieder. Er sagte: «Gleich... Gott im Himmel, rette uns... Gleich, glaube ich.»

Und auf dieses schwache Versprechen hin mußten sie sich vorbereiten. Die Tücher und Felle waren schon durchnäßt. Jetzt machten sie ihre Kleidung tropfnaß, verteilten Besen und Äxte, Stöcke und Schaufeln, sich dabei bewußt, daß der rote Schein hinter der verschlossenen Tür von Sekunde zu Sekunde stärker wurde, bis, jäh und prasselnd, eine Feuerwand vor ihnen aufstieg und die obersten Kisten zwischen den Flammen und den Männern in den rosigen

Schein tauchten, als sie wie Zunder Feuer fingen. Rauch, gelb und dick, trieb zwischen den Gewölben und über dem Meer aus Kisten auf sie zu, und jemand rief: «Gott rette uns! Maria, Mutter Gottes!»

In dieser Sekunde quietschte das Eisengitter und ging auf.

Wo ihre Augen auf das schwarze Eisenmuster gestarrt hatten wie auf ein Höllentor, das die wachsenden Flammen überlagerte, waren jetzt nur noch offener Raum und dicke gelbgraue Rauchwolken. Dann stürzte sich Francis Crawford in den Nebel, eine Axt in der Hand, ein nasses Tuch um den Kopf geschlungen.

Jerott folgte ihm. De Herrera, einen Schritt hinter ihm, blieb stehen, erschreckt von einer jähen Luftveränderung in seinem Rücken. Im selben Augenblick flog gegen alle seine Befehle die Tür zum Vorraum auf, und der Luftwirbel, der als Sog hereinkam, zeigte an, daß alle Türen im Flur zum Arsenal ebenfalls offenstanden. De Vallier, der zu lange in Unwissenheit gehalten worden war, den Gerüchte über rennende Männer und dringliche Befehle beunruhigt hatten, hatte einen Trupp Soldaten geschickt, angeführt von ausgewählten Rittern, um Nachforschungen anzustellen.

Als sie jetzt in den Vorraum vorstießen, blieben sie gelähmt stehen, und der Flammenschein färbte die erstarrten Gesichter kupfern, dann warfen sie voller Entsetzen die Tür zu. Aber inzwischen war es zu spät. Genährt von der lebensspendenden Luft erwachten die Flammen um die beiden Männer im Arsenal herum zu vollem Leben, wurden zu einer einzigen, riesigen Feuerwand.

Jerott, der plötzlich zwischen einer Pulverwand und einer näherkommenden Brandung aus turmhohen Flammen feststeckte, erschien es unglaublich, daß sie jetzt, mit freiem Zugang zu Wasser, Sand und aller Hilfe, die sie brauchten, scheitern sollten. Lymond, ebenfalls zurückgetrieben, tauchte plötzlich mühsam atmend neben ihm auf, sagte: «Gemütlich, nicht wahr?», zog den rauchenden Burnus aus, warf die feuchten Falten über die nächste Pulverkiste und stürmte hustend wieder voran...

Das Feuer hatte sich zwischen ihnen und der Tür ausgebreitet. Durch es hindurch sah Jerott Gesichter, grimmig, verängstigt, von Übelkeit gezeichnet, erhellt vom Flammenschein, und ein schwaches Zischen stieg hinter dem Knistern und Knacken der Flammen auf. Funken und brennende Einzelteile trieben in Aschewolken durch die Luft. Wie Lymond legte er die schützende Umhüllung ab, warf sie über die Kisten und rannte nach vorn zu ihm.

Das Feuer kam ihnen entgegen, an einer Reihe von Stapeln und Kisten entlang, und zwischen ihnen und dem Brand war jetzt nur noch ein Gestell, das mit Rüstungen beladen war. Lymond hatte keinen Versuch gemacht, die Tür zu erreichen. Statt dessen stand er vor dem Gestell, hackte mit der scharfen Axt energisch auf die oberen Bretter ein. Eine Sekunde später übernahm Jerott den zweiten Pfosten und tat es ihm nach.

Über ihnen fing das Gestell Feuer. Jetzt versengte sie die Hitze. Vom brennendheißen Schutt schon verbrannt und mit Blasen überzogen, arbeitete Jerott jetzt, während um ihn herum Holz splitterte. Ein Holzbalken, losgelöst, streifte seinen Arm; er spürte überhaupt nichts. Hätten die feuchten Kleider sie nicht geschützt, wären die Kisten in seinem Rücken schon explodiert. Die dünnen, eingewebten Falten wurden schon weiß; bald würde der Stoff zundertrocken sein, eine Lunte in sich.

Das Gestell wankte. Plötzlich wurde ihm bewußt, daß der Pfosten, an dem Lymond gearbeitet hatte, zum Einsturz gebracht worden war. Einen Augenblick später war Lymond neben ihm, schlug mit ihm auf einen zweiten Pfosten ein. Das Holz unter der Schneide knarrte, gab dann nach; das hohe Gestell erbebte, und als Lymond schnell sagte: «Gut. So weit zurück, wie du kannst!», schaukelte das sperrige Gestell, neigte sich immer schneller mit den breiten, mit Kettenpanzern und Metall beladenen Brettern weg von ihnen, dann fiel es mit einem scheppernden Lärm mitten in die Flammen.

Im Umkreis schoß ein orangeroter, dachhoher Flammenschein hoch, der dann langsam in einer stampfenden See aus schwarzem Rauch erstarb und murmelnd und tastend neue Nahrung suchte. Die Hitze war so stark, daß die Flammen einen Augenblick später zu neuem Leben erwacht wären. Aber die Männer auf der Schwelle brauchten nur diesen Augenblick. Während er sich geblendet, hustend, benommen gegen die tödlichen Kisten drückte, als das Gestell mit dem scheppernden Metall umfiel, sah Jerott, daß über den Boden zu seinen Füßen Wasser lief. Männer mit nassen Tüchern vor dem Gesicht sprangen über den Schutt auf ihn zu, verspritzten fieberhaft Wasser und verstreuten Sand. Tropfnasse Tuchballen, ringsum ausgerollt, verhüllten die nackten, gefährlichen Kisten hinter ihm, und während die Trupps hereindrängten, unter Dampfwolken den schwindenden Feuerkreis löschten, sah er, daß die Pulverkisten der Reihe nach hinausgetragen wurden. Dann sah er Lymond an.

Lymond sah ihn an. Gegen die Kisten zurückgeworfen, die sie gerettet hatten, das Hemd am Körper verkohlt, das Gesicht voller Blasen, das zerraufte Haar versengt, öffnete Lymond die blutunterlaufenen Augen, sah Jerott Blyth an und intonierte unbesonnen: «Empfange das Joch des Herrn, denn es ist sanft und leicht. Wir versprechen dir Wasser und Brot ohne Leckereien und ein bescheidenes Habit mit wenig Wert... Bist du ausreichend mit Wasser versorgt, Bruder Blyth? Dein Habit läßt etliches zu wünschen übrig.»

Bruder Blyth, der gegen Hysterie, Schmerz und Erschöpfung ankämpfte, war nicht in der Verfassung, das alles zu deuten. Er sagte in einem rauhen Flüstern: «Du solltest Gott auf den Knien danken.» Und als Lymond wider Erwarten nicht antwortete, fügte Jerott hinzu: «Du schöpfst deine Kraft aus dem Teufel, um Männer zu verführen.» Dann schloß er unvermittelt die Augen und vergrub sein Gesicht in den verbrannten Armen.

Lymond regte sich. Männer kamen auf sie zu. Er mußte gehen, reden, denken, handeln. Er sagte: «Mein Gott, Jerott, du hast schon einen Helden zuviel. Steh auf, Bruder. Das ist gut für die Seele.» Und er zog sich steif hoch und ging.

Die Leichenschau, die Ermittlung in dem Grabgewölbe, in dem niemand gestorben war, wurde später im Zimmer des Marschalls abgehalten, in Anwesenheit eines weißgesichtigen des Roches, des dienenden Bruders vom Châtelet, des schweigenden Hauptmanns der Kalabrier, der spanischen Ritter, darunter de Herrera, Fuster und Guenara, und als Vertreter der Franzosen de Poissieu und Blyth. Vor den nicht mit Läden verschlossenen Fenstern schossen unentwegt, in stetiger Kanonade, die türkischen Geschütze, röteten den silbrigen Himmel des Morgengrauens und die unbewegte See mit flackerndem Flammenschein. Für Jerott, angekleidet und verbunden, war das nach der Hölle, die er durchlitten hatte, so kühl und fern wie in einem Traum gehörte Wassermusik. Durch den heftigen Schmerz in seinem Kopf konzentrierte er sich auf die Worte des Marschalls.

Des Roches könne nichts dafür, daß die zweihundert verängstigten Jungen im Châtelet den Kopf verloren hatten; auch der junge Hauptmann könne nichts dafür, daß er erst herausgefunden hatte, daß die Burg in Gefahr war, als sie gestanden hatten, nachdem sie voller Panik von der abgetakelten Brigantine zurückgekommen waren.

Die Nachricht von der Revolte war bis jetzt nicht nach außen gedrungen. Weil die Flucht nun hoffnungslos war, war die einzige Alternative für die Kalabrier, bei der Verteidigung zu helfen. Des Roches unterstrich diesen Gesichtspunkt und sagte entschieden: «Zum Beispiel wissen sie, daß die Garnison, wenn wir gestatten würden, daß dieser hysterische Versuch, alle umzubringen, bekannt wird, sich gegen sie wenden und sie töten würde.»

«Was sie vorhatten war Verrat auf dem Schlachtfeld und Massenmord an unschuldigen Männer, Frauen und Kindern», sagte de Herrera. Wie Jerott waren ihm die Katastrophen der Nacht deutlich anzusehen, aber durch die Striemen und Kratzer in seinem Gesicht war der Zorn unverkennbar. «Sie sind Ungeziefer und sollten wie Ungeziefer erschossen werden.»

«Wenn Sie den Türken helfen wollen, sollten Sie genau das tun», sagte Jerott grimmig. «Was glauben Sie, wie lange würde der Rest durchhalten, wenn bekannt würde, daß ihre Beschützer versucht haben, sie umzubringen?»

Der Marschall wandte sich dem Hauptmann zu. «Bis jetzt haben Sie die Verantwortung getragen. Ist es möglich, diese Männer in den Griff zu bekommen? Oder müssen wir sie, wie der Schatzmeister gesagt hat, als zum Tode Verurteilte behandeln?»

«Das sind Jungen, Herr», sagte der junge Mann. Jerott sah, daß er den Tränen nahe war, obwohl Angst und Stolz ihn bis jetzt aufrechthielten. «Der Lärm, die fremden Stimmen, die Hitze, die Angst vor den Türken und davor, daß die Mauern sie unter sich begraben...

das hat sie zum Wahnsinn getrieben, das ist alles. Sie haben nicht daran gedacht, was das Schießpulver anrichten könnte – sie hatten keine Ahnung von der Gefahr. Sie wollten die Verfolgung verhindern, das ist alles... für eine Ablenkung sorgen und es, wenn Sie wollen, den Männern heimzahlen, die sie gezwungen haben, hierher zu kommen. Sie sind nur –»

«Jungen», sagte der Marschall trocken. «Und die Männer, die ihr Leben riskiert haben, um die Lunte zu löschen, sind nicht viel älter. Vergleichen Sie sie gelegentlich in Gedanken miteinander. Des Roches?»

«Seien wir um unseretwillen und um ihretwillen vorsichtig», sagte der Bruder. «Schweigen wir. Verteilen wir sie in der Garnison, an die Seite der stärksten und tapfersten Männer, die wir haben. Geben wir ihnen Hoffnung und ein Beispiel, vielleicht machen sie gut, was sie letzte Nacht angerichtet haben.»

«Oder sie stecken die anderen an», sagte Jerott. «Das ist die Gefahr. Das wissen Sie so gut wie ich. Aber falls St. Brandanus fällt, brauchen wir alle Männer, die wir bekommen können, für die Gräben dahinter. Ich sehe keine Alternative. Aber ich glaube, wir sollten dafür sorgen, daß sie, falls sie Angst vor uns haben, noch mehr Angst vor den Türken haben. Wir würden dumm dastehen, wenn sie die Tore öffnen und sich ergeben würden.»

«Niemand wird sich ergeben», sagte der Marschall scharf. Blyth hatte gewollt, daß er das sagte. Aber er beobachtete die spanischen Ritter, und ihm entgingen die Blicke nicht, die sie wechselten. Der Marschall sagte: «Wir werden tun, was unser Bruder vorgeschlagen hat, und diese Männer zuverlässigen Soldaten zuordnen. Inzwischen» – sein müder Blick wurde milder – «haben Sie alle mehr getan, als man von Ihnen hätte verlangen können, und Sie müssen sich nach Ruhe sehnen. Sie haben die Erlaubnis, sich zurückzuziehen. Andere werden Ihre Posten einnehmen. Sagen Sie das auch den Männern, die Ihnen geholfen haben... Wo zum Beispiel ist M. Crawford? Ich hoffe, er ist nicht verletzt. Wir verdanken ihm viel.»

«Es geht ihm gut, aber er ist erschöpft wie wir alle», sagte Jerott. Diese Antwort konnte im Augenblick weiteren Fragen vorbeugen – es war ihm zwar gleich, aber er war zu erschöpft, sich Sorgen zu machen, ihnen zu sagen, Lymond sei gar nicht in Tripolis. Daß er, als er sich nach dem Brand erholt habe, festgestellt habe, Francis Crawford und der Maure, den er gerettet habe, seien beide verschwunden, mit einem kleinen Trupp befreiter Sklaven. Und zwar, wie ihm bewußt geworden war, direkt auf dem Weg ins türkische Lager.

9. Kapitel

Das machtlose Kreuz
Tripolis, August 1551

«Der Beschuß hat wieder angefangen», hatte Galatian in der dunkelsten Stunde der Nacht gesagt, als Oonagh, die Gedanken mit Gewalt verdrängend, sich zum Schlafen gezwungen hatte, trotz der Hitze, der Sandfliegen und der anschwellenden Schwere ihres Leibes. Cormac O'Connors Geliebte war ihr Leben lang kräftig gewesen, ohne sich darüber Gedanken zu machen; ihr Fleisch war nur ein Gefäß gewesen für ihren leidenschaftlichen, unbezähmbaren Geist. Sie hatte nie etwas derart Entwürdigendes erlitten und es sich auch nicht vorstellen können. Aber sie ertrug die Tage besser als Galatian, der vor allem Angst hatte und von nichts anderem sprach. Sie hingegen versuchte sich mit Ziegenmilch und Obst zu stärken und schöpfte Kraft aus beinahe mystischen inneren Quellen, die ihr auch schon in früheren Zeiten geholfen hatten. Als sich jedoch kurz nach dem Morgengrauen der Vorhang bewegte und Graham Malett ruhig eintrat, empfand sie nichts als Erleichterung.

In dieser fremden Welt war sie nicht so töricht, Sicherheit zu erwarten. Aber Malett war eine Art Hoffnungsträger für sie. Er war klug auf eine souveräne, distanzierte Weise, was sie besonders beeindruckte. Er verfügte, wie sie herausgefunden hatte, über ein mit Bescheidenheit eingesetztes Geschick im gesellschaftlichen Umgang, von dem er mit Zartgefühl Gebrauch machte. In den kurzen Zeiträumen, die er mit ihr verbrachte, schonten sein Mangel an Sentimentalität und seine völlige Zurückhaltung ihren Stolz. Wie d'Aramons ganze Delegation kam und ging er jetzt nach Belieben. Sinan und Dragut schenkten ihnen zumindest ein eingeschränktes Vertrauen. An der Oberfläche wurden sie wie Gäste behandelt, obwohl in Wahrheit niemand die türkische Wache um das Lager herum hätte passieren können, weder in der einen noch in der anderen Richtung. Als der Ritter den Kopf senkte und hereinkam, stand

Oonagh, die im Gehen schlief, auf, in den Kleidern, die sie bei der Kapitulation von Gozzo getragen hatte, und ging ihm entgegen. «Gibt es Neuigkeiten?»

Mit kühler Haut, selbst in der milchwarmen Stickigkeit nach der Nacht, beugte er sich zu ihr herunter, wie er es manchmal tat, und küßte sie auf die Stirn, ehe er sie sanft in die Kissen setzte. Dann ging er in die Knie, mit dem schimmernden weißen Kreuz auf dem dünnen schwarzen Wams, und sagte: «Die Neuigkeiten sind schlecht. Die türkische Batterie ist wieder in vollem Einsatz. Statt sich die Feuerpause zunutze machen zu können, wie wir gehofft hatten, mußte der Orden gegen eine Revolte in der Burg kämpfen. Sie ist vorbei, könnte sich aber wiederholen.»

«Woher wissen Sie das? Wieder ein Spion aus Tripolis? Ich hoffe, er war diesmal geschickter.» Der letzte Abtrünnige, der sie erreicht hatte, war ungeschickt gewesen. Die türkischen Posten, die ihn sahen, als er aus der Stadt weglief, hatten ihn erschossen, ehe er sprechen konnte. Sie erinnerte sich daran, daß er früher ein Ritter gewesen war, wie Graham Malett, und bereute ihre Worte, als sie sah, daß sich sein Gesicht unter der tiefen Bräune leicht anspannte. Aber er sagte nur: «Dieses Mal sind etliche... rechtmäßige Flüchtlinge entkommen – moslemische Sklaven aus den Verliesen von Tripolis, angeführt von einem spanischen Mauren aus Algier. Sie haben in der Stadt Gewänder und Turbane gestohlen, um ihre Brandzeichen und die rasierten Schädel zu verbergen, und sind während der Aufregung über die Mauern geschlüpft. Mein Kind...»

Sie hatte nachgedacht, aber bei dem veränderten Ton sah sie auf, und das lange, schwere Haar fiel zurück. Gütig wie immer nahm er ihre schmalen Hände in die seinen. «Mein Kind, sie haben Ihren Freund mitgebracht.»

Ein langes Schweigen entstand. Dann sagte die Frau ironisch: «M. le Comte de Sevigny?» Und Graham Malett lächelte plötzlich über den Stolz, den sie zeigte. «Francis Crawford, ja», sagte er.

«Komm, tapfere Seele, und rette die Jungfrau vor dem Drachen», sagte Oonagh. «Ihm ist doch gesagt worden, wie wir es geplant haben, daß die Jungfrau tot ist?»

«Er hatte schon herausgefunden, daß Sie nicht tot sind, ehe ich wußte, daß er im Lager ist», sagte Gabriel. «Nicolay und ich haben ihn bei den anderen gesehen, als sie nach dem Verhör zum Ausruhen in eins der großen Zelte gebracht wurden. Sie sind alle völlig erschöpft, und etliche sind krank; es hat in der Burg Auspeitschungen gegeben. Der Maure ist offenbar sein Freund.»

«Und was schlagen Sie in Ihrer Weisheit jetzt vor?» fragte Oonagh. «Daß ich auf der Stelle sterbe?»

Im stärker werdenden Licht war Gabriels blauer Blick erstaunlich klar. Er hielt immer noch ihre Hände und sagte ruhig: «Er ist hier. Die schlimmsten Gefahren sind vorüber. Vielleicht gelingt es ihm sogar, Sie zu befreien. Offenbar wartet eine Brigantine in der Bucht, auf die Sie gebracht werden könnten, bis der Ausgang der Belagerung bekannt ist.»

«Sie haben mit ihm *gesprochen*?»

«Er ist in meinem Zelt. Nicolas und der Maure haben den Wächter abgelenkt, und wir haben ihn in der Dunkelheit weggebracht... Mein Kind, wir haben über die Gefahr für diesen Mann gesprochen; wir haben über seine Zukunft gesprochen. Jetzt, wo er hier ist, wie wägen Sie das ab gegen eine Chance auf Freiheit?»

Langsam löste Oonagh O'Dwyer ihre Hände aus den seinen; langsam stand sie auf und ging auf die andere Seite des Zeltes. Hinter dem Vorhang schlief Galatian im Innenzelt, mit offenem Mund, roch nach Schweiß, getrocknetem Blut und dem Öl, mit dem sie seine Narben eingerieben hatten. Sie ließ den Samtvorhang fallen und drehte sich um. «Sie sind der Gottesmann. Ich kann nicht mit Heiligen wetteifern. Wenn Sie ihn wollen, tun Sie, was Sie wünschen», sagte sie. «In diesem Klima kann jeder über Nacht krank werden und sterben.»

Auch Gabriel stand auf, füllte mit seiner stattlichen Gestalt das Zelt; die Morgensonne ergoß sich durch das Segeltuch auf sein kurzgeschnittenes goldenes Haar. «Sie hätten eine Königin werden sollen», sagte er. «Sie, die kühlen Kopf bewahren, wenn der Mann, um den es geht, keine zwanzig Meter von Ihrem Bett entfernt ist... Mein Gott ist weder so eifersüchtig noch so hart, mein Kind, daß er Ihnen das abverlangt. Mit unserer Hilfe und dem, was er vorbereitet hat, können Sie bestimmt aus diesem Lager entkommen. Und wenn Sie frei sind, bedenken Sie um des Opfers willen, das nicht von Ihnen gefordert worden ist, daß Ihre Zukunft nicht die seine ist.»

«Das weiß ich schon», sagte Oonagh. «Aber wenn Sie dabei ertappt werden, daß Sie uns helfen, werden die Türken Sie töten. Das kann ich nicht annehmen.»

«Ich biete es Ihnen nicht an», sagte Gabriel sanft. «Das ist *mein* Opfer. Wollen Sie ihn sehen?»

Lymond, der ihre erste und einzige Liebe hätte sein können, wenn sie zehn Jahre später geboren wäre; von dem Gabriel und die anderen annahmen, er habe sie als politische Schachfigur im Ränkespiel am französischen Hof eingesetzt. Aber so war es nicht. In der kurzen Zeit, in der sie sich gekannt hatten, waren sie Feinde gewesen und hatte sich als Feinde respektiert. Bis sie ihn aus eigenen Gründen und um Irlands willen eines Nachts hatte verführen wollen, er ihr aber zuvorgekommen war und ihre Seele in Besitz genommen hatte.

Eine Nacht. Und sie hatten sich seither nicht wiedergesehen, bis jetzt, als sie ruhigen Schrittes neben dem großen Ritter den sandigen Kies zu seinem Zelt überquerte, und mit ihm in das gedämpfte Licht darin trat.

Erst wirkte es, als wäre kein Leben darin: ein hastig eingerichtetes Reisezelt mit Teppichen, Kissen, einem niedrigen Tisch, Gabriels weniger Habe und seinem schäbigen Altar, über dem noch ein Hauch Weihrauch hing. Dann folgte sie seinem Blick.

Zu ihren Füßen lag Francis Crawford, ausnahmsweise für die Welt verloren in einem schweren, unnatürlichen Schlaf, die mit Öl eingeriebene Haut kaum verdeckt von einem lose umgeworfenen Umhang. Der bewegliche Körper, an den sie sich erinnerte, muskulös wie der einer Katze, war mit Verbrennungen überzogen; und im Gesicht unter dem makellosen, kaum zerzausten blonden Haar hatte er frische Wunden. Er mußte reglos liegengeblieben sein, wo er umgefallen war. «Wecken Sie ihn nicht», sagte Oonagh mit rauher Stimme.

«Ich muß ihn wecken», sagte Gabriel. «Sie werden den Zelten bald einen Besuch abstatten.»

«Was wollen Sie tun?»

Graham Malett lächelte. «Weil ich bin, was ich bin, wird mir im abgeschiedensten Teil des Zeltes ein kleiner Altar zugestanden. Hinter seinen Vorhängen ist Platz für mehr als einen Sünder... Er wacht auf. Die Brandwunden sind nur oberflächlich; sie haben alle seit etlichen Nächten ohne Schlaf gearbeitet... Francis! Ich habe Besuch für Sie mitgebracht. Ich bin vor dem Zelt, wenn Sie mich brauchen.»

Leise ging er. Oonagh hörte ihn nicht. Sie sah, wie Lymond sich regte; kurz innehielt, mit geschlossenen Augen, während er die Lage einschätzte, dann bewegte er sich wieder, bis ihr Schatten auf sein Gesicht fiel und seine Hand sich entspannt neben den Dolch legte. Sie sagte: «Auf dieser Welt hat jetzt niemand mehr etwas von mir zu befürchten, am allerwenigsten du. Ich habe gehört, Schottland ist endgültig ein verlorenes Paradies.»

Seine Augen, von einem tieferen Blau als die Gabriels, läuterte die Offenheit nicht. Statt dessen überfiel sie sein Lachen wie ein Schock, spöttisch, verführerisch, echt. Sein Gesicht erwachte dabei zum Leben, trotz der hart gewordenen Haut und der Erschöpfung, die er noch nicht abgeschüttelt hatte. Mit drei Bewegungen stand er, legte ihr die Hände leicht auf die Schultern, lächelte sie an, als ob sie wieder gegeneinander anträten und im Haus ihrer Tante in Neuvy die Klingen kreuzten. «Ich hoffe auf Schottland und das Paradies», sagte er. «Obwohl ich in Irland das Paradies schon gefunden habe... Bedenkt dich Gabriel mit einem keuschen Kuß auf die Stirn?»

«Allerhöchstens», sagte Oonagh. Die Wüste, der heiße Atem des Serails, der Beschuß, alles war weg. «Aber ich habe gehört, du willst selbst die Gelübde ablegen. Das kommt mir wie die traurige Vergeudung eines Naturtalents vor.»

«Dann sollte ich die Sache besser noch mal überdenken», sagte er nachdenklich. Es war eine seltsame Weise, um Erlaubnis zu bitten und sie zu bekommen, aber als er sie in die Arme nahm, hatte sie Zeit, sich daran zu erinnern, daß er genau Bescheid wußte über ihre wilde Beziehung zu Galatian und daß er auf seine amoralische Weise über mindestens genausoviel Zartgefühl verfügte wie Gabriel. Dann küßte er sie auf den kalten Mund, und das Blut lief voller Schmerz und Dankbarkeit durch ihren schönen Körper, und sie weinte, während ihr schwarzes Haar über seine Schultern und seinen Arm fiel und der Puls seines Herzens ruhig gegen ihre Wange schlug.

Und deshalb fand sie die Festigkeit, sich zu lösen, ihre Tränen versiegten, und sie sagte in einem Ton, der ihrer früheren Schroffheit sehr nahe kam: «*Ah Mhuire*... Nostalgie, der Fluch der Iren. Wolltest du über etwas Bestimmtes mit mir sprechen, oder sollen wir beide unter die Altartücher kriechen, wenn Sinan Pascha kommt?»

Er ließ sie los, mit vor Freude strahlenden Augen, und sagte: «Mir ist eingefallen, daß es ohne die Gesellschaft einer Dame eine schale, langweilige Heimreise wäre, und draußen wartet eine schöne Brigantine mit dem übelsten noch nicht gehängten Halunken als Kapitän. Würdest du mitkommen, auch wenn es ein paar Risiken gibt, oder hängst du vielleicht mehr, als ich vermute, an... den Türken?»

Er meinte nicht die Türken, und sie ließ ihm die Beschönigung nicht durchgehen. «Galatian ist in Sicherheit. Er wird schließlich freigekauft werden», sagte sie. Und einen Augenblick später, als er immer noch wartete, fügte sie hinzu: «Ich habe meine Schuld bezahlt.»

«Du würdest mitkommen? Es würde ein bißchen schwierig.»

«Wie?»

«Der Maure und sein Trupp werden morgen zu den Batterien am Ufer geschickt. Dort sind sie in der Reichweite der Burggeschütze und müssen kämpfen oder sterben. Sinan will kein Risiko eingehen, was ihre Loyalität anlangt. Du und ich werden dabei sein, gekleidet wie die anderen Sklaven.»

«Die Kleidung?»

«Der Maure besorgt sie. Niemandem wird die veränderte Zahl auffallen. Und niemand geht freiwillig dorthin, wo gekämpft wird. Und bei Einbruch der Nacht... gehen wir ins Meer. Es ist wärmer, Oonagh, als deine verdammten irischen Brecher. Und auf der Brigantine wartet Thompson auf dich. Sie sieht leer und seeuntüchtig aus; niemand wird dich dort vermuten. Und wenn Tripolis fällt, komme ich nach.»

Sekundenlang füllte sich ihr Kopf mit Fragen, und ihr entging sein letzter Satz. Dann begriff sie, was er unterstellt hatte, und sagte nüchtern: «*Wann?*»

«Tripolis kann sich nicht halten.»

«Keiner von uns kennt den Willen des Herren», sagte Gabriels ruhige Stimme, und die Sonne ergoß sich auf dem Teppich und verschwand wieder, als er hereinkam. «Sind Sie sich so sicher?»

«Mein Gott, natürlich wird Tripolis fallen», sagte Lymond entnervt. «Obwohl die Ritter in die Kapelle rennen wie hysterische Mäuse. Aufruhr, Verdächtigungen und Rivalität, verursacht von leidenschaftlicher Beterei, stinken überall gleich, ob in der Kirche oder auf einer Menschenfresserinsel.»

«Wir wissen, daß Sie keine Scheu vor Gotteslästerung haben», sagte Gabriel müde. «Die Schuld daran trägt der Orden. Falls Tripolis fällt, wird Sie das in Ihrer Haltung nur bestätigen. Ich habe recht, nicht wahr? Wir haben Sie aus unserer Mitte vertrieben. Sie wollen die Dame nach Hause bringen und werden nicht zurückkommen?»

Eine Pause entstand. Oonagh beobachtete die beiden Männer, beide blond, beide selbstgenügsam und überaus begabt, und spürte, daß die Frage dringlicher war, als sie wirkte, daß mehr auf dem Spiel stand als der Zweifel an dem größten Ritterorden, den die Welt je gekannt hatte.

Lymond wußte es auch. Er sagte langsam: «Es liegt im Augenblick bei den Rittern. Bis de Homedès tot oder entlarvt ist, kann nichts mehr getan werden. Das ist nicht meine Sache.»

«Nein... Sie werden nie zurückkommen», sagte Gabriel mit Bitterkeit und verstummte.

«Dazu muß ich erst einmal gehen», sagte Lymond milde. «Fragen Sie mich noch einmal, wenn Dragut in Tripolis ist. Oonagh...»

«Ich muß gehen. Ich vertraue mich dir an. Sag mir, wenn du bereit zum Aufbrechen bist», sagte sie. Und einen Augenblick später: «Wie seltsam wird es sein, wenn wir doch noch auf derselben Seite kämpfen.»

«Wir waren immer auf derselben Seite, du und ich», sagte Lymond. «Nur, *mo chridh*, hast du das nicht immer gewußt.»

Es reichte nicht, in getrennten Zelten, nur zwanzig Meter voneinander entfernt, zu schlafen, in ihrer vielleicht letzten Nacht auf Erden. Denn wie hätte eine solche Maskerade die Türken täuschen können? Selbst in Gewänder gehüllt, das schwarze Haar unter einen Turban verborgen – sie hätte zwar für einen Jungen durchgehen können, aber würden sie ihre sonnenverbrannte Haut für die ihre halten? Sie konnte ihre Sprache nicht. Wenn sie zeitig auf ihre Posten geschickt würden, mußte sie einen ganzen Tag unentdeckt überleben, ehe sie ins Meer schlüpfen konnten. Daß sie mit den türkischen Kanonen nicht umgehen konnte, kam hinzu.

Galatian war unruhig, als ob er etwas ahnte. Und als er schließlich im Innenzelt in beklommenen Schlaf gefallen war, lag Oonagh O'Dwyer da, lauschte den Geschützen und dachte an Lymond, dessen Zukunft sie leichthin zerstört hatte, genau wie es Graham Malett vorausgesagt hatte. Und einzig aus Freundschaft, das hatte sein Kuß ihr verraten. Einzig aus Freundschaft. Gegen ihren Willen hatte sie zu Gabriel gesagt: «Werde ich ihn wiedersehen?» Und Gabriel hatte knapp gesagt: «Er ist kein Kind. Wenn er es will, findet er zweifellos Mittel, zu Ihnen zu gelangen.»

Aber bis jetzt hatte er es nicht gewollt, und sie lag allein da, unter dem schönen Leinenlaken, das Gabriel ihr beschafft hatte, die Kleider des Tages, schon schweißgetränkt, darunter ausgezogen. Sie konnte ihren Körper spüren, glatt, bis jetzt nur schwach gerundet unter dem Tuch; das sie umhüllende Haar wie Seide unter ihrer Wange. Alles vergeudet? Alles vergeudet?

Als spät in der Nacht der Schatten den Sternenschein hinter ihrem schweigenden Lager verdunkelte, als die Tür, flüsternd, einen noch tieferen Schatten einließ, auf leisen Füßen und geschickt, war sie so bereit wie eine Blume, die den Höhepunkt ihrer Blüte erreicht hat. Das war kein verzweifelter, hilfloser Galatian, obwohl die Umstände denkbar ungünstig waren. Im sich schließenden Vorhang leuchtete ein Mondstrahl silbern über dem blonden Kopf auf, als er sie fand und niederkniete. Er sagte einmal: «*Mo chridh...*», in demselben Flüstern, das sie an jenem Tag schon einmal gehört hatte. Atem strömte über ihren sehnsüchtigen Körper, und dann war sie nicht mehr allein.

Einmal schluchzte sie, mit angehaltenem Atem, als Galatian, halb aufgestört von einem Geräusch, schläfrig ihren Namen rief. Sie hätte nichts befürchten müssen. Nichts hätte den Mann, der sie jetzt besaß, aufhalten können. Mit ihm kam sie gegen den Lärm von Galatians Stimme der Schwelle der Glückseligkeit näher, erreichte und überschritt sie.

Vereint im blendenden Frieden hörten sie schließlich, wie die

Stimme des Kranken, der keine Antwort bekommen hatte, im Schlaf verebbte. Und dann regte sich der Mann neben ihr, murmelte an ihrem Mund eine halb ironische Zärtlichkeit und war fort, während sich die Luft wieder freier über ihre Haut bewegte. Lange danach lag sie geistesabwesend und zufrieden da, dachte vage an die Zukunft, und Graham Maletts Stimme sagte vor langer Zeit: «Opfer... Opfer...» Es klang dünn und mönchisch und sogar kläglich, wenn sie an die jüngsten Wonnen zurückdachte.

In späteren, nüchternen Wochen, als sie sich bitter fragte, ob sie je über Anziehungskraft verfügt habe, dachte sie auch darüber nach, ob Lymond bei jener kurzen Begegnung auf Vergessen gehofft habe, wie sie es einmal von ihm empfangen hatte. Denn an jenem Nachmittag brachte ihnen de Seurre, ein Ordensritter und d'Aramons zweiter Kapitän, der wie ein Betrunkener durch den lärmenden Jubel im feindlichen Lager ging, ihnen die Nachricht, in Tripolis wehe die weiße Fahne. Sie erinnerte sich daran, daß Galatian gelacht hatte. Und Graham Malett war wortlos aufgestanden und hatte das Zelt verlassen.

Kurz danach schwiegen die Geschütze, und sie erfuhren, daß zwei Offiziere Sinan Paschas die türkische Aufforderung überbracht hatten, Unterhändler in das Lager zu schicken. Etwas später sahen sie und d'Aramon, Nicolay, de Seurre und Gabriel, die schweigend im Hintergrund zuschauten, das Eintreffen der Ritter, schwer bewacht von marschierenden Janitscharen. Sie hatten den Kommandanten Fuster aus Mallorca geschickt und den Chevalier Guenara, beide Spanier, beide Feinde Frankreichs. Nur Gabriel schlug ein Kreuz, als sie vorbeigingen, und Guenara, der es bemerkte, zögerte und wäre stehengeblieben, wenn ihn die Eskorte nicht mit einer gewissen Schroffheit angetrieben hätte. Der Orden, vermutete sie mit einem gewissen Mitleid, hatte einen Tiefpunkt erreicht.

Bald erfuhren sie die Bedingungen. Die Ritter waren bereit, die Stadt und Burg Tripolis zu übergeben, falls Suleimans General dem Gouverneur, den Rittern, der Garnison und den Einwohnern das Leben und die Freiheit schenkte und ihnen Schiffe zur Verfügung stellte, die sie und ihre ganze Habe nach Malta oder Sizilien brachten. Und Sinan, Kälte in den schwarzen Augen, das dunkle jüdische

Gesicht wachsam, hatte gelacht, und als er ausgelacht hatte, gesagt, während er sich die Nägel schnitt, vielleicht denke er über ihre Wünsche nach, sobald sie vom Orden für alle osmanischen Kosten der Expedition entschädigt worden seien. Die Ritter müßten die Soldaten des Islam für ihre Mühe in Mdina, Gozzo und Tripolis bezahlen.

Nicht einmal Fuster und Guenera konnten dem zustimmen; niemand konnte das. Genau deshalb hatte Sinan es verlangt. Es war Gabriel, der Dragut auflauerte, während die Stimmung hitzig wurde, und ihm wie ein Geschäftsmann die Tatsachen vortrug, die Sinan übersehen hatte. Wenn die Belagerung verlängert wurde, könnte Hilfe die Stadt erreichen. Die reine Verzweiflung könnte die Ritter zu einer letzten, verlustreichen Gegenwehr treiben. Mehr noch: wenn er die Mauern zerstörte, wäre Sinan Angriffen ausgesetzt, wenn er die Stadt in Besitz genommen hatte. Ritter könnten die Stadt wieder einnehmen, ehe ihre Verteidigungsanlagen repariert worden seien, denn die Jahreszeit näherte sich, zu der eine Blockade auf See nicht möglich war.

Er fügte noch etwas hinzu; wieviel ihn das kostete, durfte niemand wissen. «Wie auch immer», sagte Malett, Großkreuzträger des Ordens zu dem türkischen Korsaren Dragut, «sobald der Vertrag unterzeichnet ist, ist Seine Exzellenz der General der Herr und kann ihn nach Belieben einhalten oder auch nicht. Er hat es nicht nötig, kleinlich zu feilschen.»

Und Dragut schlug dem Ritter kameradschaftlich mit seiner breiten Handfläche auf die Schulter und ging, um Sinan Pascha abzufangen, der auf Befehl des Sultans auf seinen Rat hören mußte. Die Delegation, mit gezogenen Schwertern aus dem Zelt des Generals vertrieben, wartete mit weißen Gesichtern, während Dragut und Sinan Pascha miteinander sprachen. Als der Baron d'Aramond und de Seurre unerwartet die Erlaubnis bekamen, sich ihnen zu nähern, stellten sie fest, daß für den Augenblick die Schranke aus Mißtrauen und Haß durch die Angst gefallen war.

Es wirkte jetzt unwahrscheinlich, daß die Unterhändler nach Tripolis zurückgelangen würden, wenn sie sich nicht den schändlichen türkischen Bedingungen fügten. Jetzt kamen die ganzen Katastrophen heraus, die sich seit dem Anschlag der Kalabrier auf das Arse-

nal in der Burg abgespielt hatten. Daß sie die aufständischen Soldaten mit den loyalen vermischten, hatte nur zur Ausbreitung der
Aufwiegelei geführt, bis die jungen Bauern, angefeuert von der
Hoffnung auf Unterstützung, schließlich ihre Posten verlassen,
ihren kommandierenden Offizier überwältigt und mit dem Tod bedroht hatten, bis er den Marschall zwang, Tripolis den Türken zu
übergeben und ihnen allen das Leben zu retten.

Der Marschall, der auf der Treppe zu seiner Kirche, umzingelt
von brüllenden Meuterern, erfuhr, daß sich seine Soldaten weigerten zu kämpfen, hatte sich den Weg zu einem hastigen Kriegsrat
freigekämpft, wo die französischen und spanischen Interessen den
Orden wieder einmal spalteten. Vergeblich wies de Poissieu, der
Sprecher der Franzosen, darauf hin, die Bresche in St. Brandanus
könne immer noch durch gute Gräben geschützt werden, wenn die
Soldaten ihre Pflicht täten. Er wurde von de Herrera und den anderen mit den ganzen alten Argumenten zum Schweigen gebracht. Es
nütze Frankreich, einen hoffnungslosen Kampf zu verlängern.
«Was haben sie unter Ihrem Schutz, M. l'Ambassadeur, schon zu
verlieren?» sagte Fuster jetzt bitter zu d'Aramon. «Während wir,
die Untertanen des Kaisers, nichts erwarten können, wie Sie sehen.»

In seiner Weisheit nahm d'Aramon das schweigend hin; und weil
die beiden Delegierten vor allem das Bedürfnis zu reden hatten,
ging der Bericht weiter. Es war beschlossen worden, eine Inspektion
der Bresche bei Tageslicht zu riskieren, unter der Voraussetzung,
daß die Soldaten auf ihre Posten zurückkehrten. Aber selbst das
Versprechen doppelten Solds richtete schließlich nichts gegen de
Herreras wiederholte Behauptung aus, sie würden hereingelegt: der
Gouverneur habe nicht die Absicht zu kapitulieren und wolle lieber
sterben.

Als sich dann die Rebellen zusammendrängten, Schutz vor dem
unaufhörlichen Beschuß suchten, war Guenara selbst zur Bresche
gegangen, weil keinem französischen Ritter zu trauen sei.

«Und?» sagte d'Aramon ausdruckslos, spiegelte nichts von der
Heftigkeit des leise sprechenden Spaniers wider.

«Es war aussichtslos», sagte Guenara kurz. «Alles, was auf dieser
Seite von der Mauer noch übrig ist, wäre vor Einbruch der Nacht
eingefallen. Falls wir es mit de Poissieus großartigen Gräben ver-

sucht hätten, wäre das eine Vergeudung von Menschenleben gewesen. Die Rebellen hatten das begriffen.»

«Sie haben Sie zur Kapitulation gezwungen?» Die Ironie in de Seurres Stimme war kaum zu überhören.

Fusters Stimme verriet seinen Ärger. «Sie haben verlangt, daß sofort die weiße Fahne gehißt wird. Sonst hätten sie die Ungläubigen selbst hereingelassen.»

«So fällt der Orden in Nordafrika», sagte der französische Botschafter; und dieses Mal war ihm sein Abscheu anzumerken.

Kurz danach ließ ein nachdenklicher Sinan Pascha, mit Dragut an seiner Seite, die Unterhändler wieder holen. Der von dem Marschall de Vallier vorgeschlagene Vertrag solle nun doch noch gelten, und Sinan Pascha war bereit, beim Kopf seines obersten Herrn zu schwören, daß er ihn einhielt.

Auf türkischer Seite hatte er nur eine Bedingung. Der General wünsche, daß der Marschall de Vallier selbst kam, um die Verschiffung der Evakuierten zu besprechen. Ein Offizier müsse als Geisel gestellt werden, um die sichere Rückkehr der türkischen Schiffe zu gewährleisten. Gleichzeitig schickte Sinan Pascha in Begleitung der Unterhändler einen türkischen Offizier als Geisel nach Tripolis.

Die Sinneswandlung kam zu plötzlich, die Bedingungen waren zu glatt. Doch was konnten sie tun? Nur von ihrem Stolz ermutigt, gingen Fuster und Guenara schließlich, mit der sogenannten Geisel, deren Anwesenheit in der orientalischen Philosophie entbehrlichen Lebens nichts zu bedeuten hatte. «Ihr Narren!» sagte der Chevalier de Seurre in die Luft, als er ihnen nachschaute. «Wenn ihr de Vallier herbringt, schaufelt ihr sein Grab.»

Gabriel hatte nur darauf gewartet, das zu hören. Er kehrte wie ein Blinder in sein Zelt zurück, übersah Lymond und fiel vor dem billigen, angeschlagenen Altar auf die Knie, mit gesenktem Kopf.

Offenbar hatte Lymond die Nachricht auch gehört. Er schnürte das saubere Kleiderbündel zu und wetzte mit peinlicher Sorgfalt zwei wunderschöne türkische Dolche, ehe er das Schweigen brach, immer noch ohne aufzuschauen. «Macht der Soldat dem Mönch Vorwürfe oder der Mönch dem Soldaten?» sagte er.

Aber, ob Priester oder Krieger, Graham Maletts Gesicht war in den Ärmeln des Gewandes nicht zu sehen, und obwohl seine betenden Hände auf dem Altar plötzlich weiß aussahen, sagte er überhaupt nichts.

Als Oonagh am nächsten Tag nach dem Spaziergang, der ihr in der milderen Hitze der Morgenstunde gestattet wurde, ins Zelt zurückkam, fand sie in den Kissen versteckt, auf denen in der Nacht ihr Liebhaber gelegen hatte, ein Bündel und darunter einen Dolch. In dem Bündel waren der Turban, das Obergewand und der Gürtel, das Untergewand und die weichen Beinkleider, die sie als Osmane tragen mußte, und ein kurzer Brief. «Zieh das an. Der Mann, der Dich abholt, erledigt, was du nicht kannst. Danach denk daran, daß Du taubstumm bist.»

So einfach nahm er ihr die größte Angst: daß sie kein Türkisch konnte. Ehe sie sich umzog, ging sie ein letztes Mal zu Galatian.

Es ging ihm besser; er konnte schon fast wieder gehen. Wenn er noch ein Mann gewesen wäre, dachte sie, wäre das alles unmöglich gewesen. Indiskret, hartnäckig hätte er Gabriel, jeden Mann von der Schwelle gejagt. Doch er hatte auf ihrer seltsamen, wilden Flucht vor ihrer Vergangenheit für sie gesorgt, hatte sie bei sich aufgenommen und von da an auf Gozzo ernährt. Selbst jetzt bekam sie seinetwegen, was sie aß. Sie sagte, als er hochfuhr wie immer, wenn sie eintrat: «Du bist jetzt in Sicherheit, Galatian. Alle Ritter werden freigekauft.»

Sein schweres Gesicht war verdrossen, schon jetzt von der Hitze verklebt. «Es wird Vorurteile gegen mich geben. Wer weiß, was für Lügen erzählt worden sind.»

Wenn der Mann nur zu dem gestanden hätte, was er getan hatte! Sie versuchte, trotz ihrer Verachtung, die richtigen Worte zu finden. Aber sie hatte weder die Geduld noch das Mitleid dazu. «Wenigstens», sagte sie, die runden Vokale honigsüß in ihrem verächtlichen Atem, «wenigstens kannst du jetzt dein Armuts- und Gehorsamsgelübde noch einhalten, denn keusch sein wirst du von jetzt an sowieso. Leb wohl, Galatian!»

Ein anderer Mann hätte sie verflucht, hätte vielleicht trotz der Schmerzen sogar versucht, sie zu packen. Der Ritter von Gozzo keifte nur, und die kurzatmigen, monotonen Sätze summten ihr in den Ohren, als sie sich umzog.

Gabriel, der mit d'Aramon und seinem Gefolge vor dem Zelt der

Franzosen stand, sah, wie das neue Kontingent aus Mauren und Janitscharen zum Strand marschierte, als die Sonne am Nachmittag an weißglühender Hitze verlor. Lymond erblickte er neben dem großen Mauren, der angeblich die Flucht aus Tripolis angeführt hatte. Im ungewohnten Weiß, den Musselin fachmännisch um den Kopf gebunden, schien er sich wohl zu fühlen; er schaute nicht über die Schulter zurück. Oonagh entdeckte er schließlich hinter ihm, jung und schmal, die Haut leicht getönt wie die Lymonds, um die Bräune zu verstärken. Ohne den schwarzen Haarschleier war ihr irisches Gesicht ganz dem Licht ausgesetzt, zeigte aber keine Furcht. Gabriel wußte gut, daß es kein religiöser Glaube war, der sie stärkte, sondern ein fatalistisches, mystisches Vertrauen – in Francis Crawford.

Kurz danach kehrte der Mann, der als türkische Geisel nach Tripolis geschickt worden war, zurück und richtete Sinan Pascha aus, seine Bedingungen seien angenommen. Marschall Gaspard de Vallier, für die Ritter Gouverneur von Tripolis, komme zum Verhandeln in das türkische Lager, nur begleitet von seinem Freund des Montfort.

Lange bevor der Marschall eintraf hatte sein Herold die Nachricht verbreitet, die christliche Garnison sei jetzt völlig gespalten: gegen alle vernünftigen Einwände sei der Besuch des Marschalls vereinbart worden, damit an diesem ältlichen, bedauernswerten Ritter überprüft werden konnte, wie stark der gute Wille der Türken war.

Keine derart uneinige belagerte Gruppe könne überleben, bemerkte der türkische Offizier voller Ehrerbietung für Sinan Pascha. Was für Vertragsbedingungen auch auf dem Papier stehen mochten, in Wahrheit konnte der General tun, was er wollte.

Oonagh hatte die Aufgabe, Essen, Wasser und Munition von den tiefen Gräben am Ufer zu den Stellungen der Kanonen zu schleppen, die auf dem Holz der an Land geholten, umgedrehten Galeeren ruhten.

Während der Verhandlungen schwiegen die Geschütze, aber die gedrillten, nackten Schützen nutzten jede Sekunde der Feuerpause zum Reinigen, Ölen, Neuaufstellen, Nachladen. Den ganzen Nachmittag lang ging die Arbeit unter der Aufsicht und den Befehlen des Hauptmanns weiter, und sie fragte sich, warum sie sich vor der Entdeckung gefürchtet hatte. Diese Männer hatten zuviel zu tun. Nur der Hauptmann, der sie für den taubstummen Burschen hielt, in den der Maure sie verwandelt hatte, hatte sich hin und wieder die Zeit genommen, sie zu befingern, wenn sie an ihm vorbeikam, und plötzlich wurde ihr das Risiko bewußt, und sie nahm einen anderen Weg.

Lymond arbeitete, wie sie sah, neben dem Mauren, mußte deshalb nicht viel arabisch sprechen, und wirkte, als wäre er sein Leben lang mit Kanonen umgegangen. Vermutlich hatte er das auch getan, dachte sie, und fragte sich, wie er sich fühlte, während er die Geschütze reparierte, die den Tod in diese Festung geschossen hatten und es vielleicht wieder tun würden.

An jenem Nachmittag wuchs ein seltsames Gefühl in ihr. Während sie mit den Lederflaschen, den Ranzen, den Pulversäcken von Stein zu Stein, von Halt zu Halt für die Füße eilte, spürte sie weder Übelkeit noch die Strapazen. Ihre ganze verachtete weibliche Schwäche war verschwunden, und statt dessen empfand sie etwas, was dem Glück so nahekam, wie sie ihm vermutlich je gekommen war.

Als das Licht schließlich im schnellen afrikanischen Zwielicht schwand, war sie benommen, begriff, daß die Zeit des Wartens vorbei war. Inzwischen hatte sie gegessen, grinste wortlos über die mimische Kameradschaftlichkeit schwitzender Männer mit rauhen Schnurrbärten, die sie eben im Gebet ausgestreckt gesehen hatte, so nobel wie die Ritter in den Ordensgewändern in St. Laurentius. Sie behandelten sie jetzt, wo sie Muße hatten, mit einer schlauen, hänselnden Grobheit, auf die ihr harter Kern antwortete. Sie hatte keine Angst. Die Dämmerung verbarg ihre Identität; ihre Phantasie kannte keine Grenzen. Dann war es dunkel.

Lymond kam zeitig, um sie abzuholen. Er sprach wortkarg arabisch, bedeutete ihr, was zu tun war. Er hatte als Tarnung eine Arbeit am Ufer gefunden. Sie hatten kein englisches Wort mehr gesprochen, seit sie aufgebrochen waren. Auch jetzt, als er ihren Ellbogen hielt, während sie über die verstreuten Steine stolperte, sagte er nichts, was nicht jeder hätte hören können. Dann, verborgen hinter einer Böschung, zog er sie auf die Knie, hantierte schnell an ihren schimmernden Gewändern und zog sie ihr aus bis auf das Hemd. Dann zog er etwas Dunkles aus seiner Kleidung, warf es ihr zu und ließ sie damit allein, während er sich auszog. Darunter trug er das gleiche enge Oberkleid, in das sie eben geschlüpft war. Es war, wie sie plötzlich erkannte, etwas von Gabriel. Dann nahm er ihren Arm.

Am Rand des stillen, dunklen Meers, am Rand der Freiheit, wo kein Boot zu sehen war, sprach sie die ersten Worte der wenigen, die sie wechseln sollten. «Ich kann nicht schwimmen. Hast du das gewußt?»

In der Dunkelheit sah sie das Aufblitzen seines Lächelns. «Vertrau mir.» Und er zog sie mit starker Hand mit sich, bis das phosphoreszierende Grün um ihre Knöchel perlte, und tiefer, noch tiefer, bis ihr das milchwarme Wasser, kaum zu spüren, bis zur Hüfte reichte. Sie hörte ihn kräftig fluchen, als das Salzwasser nach ihm leckte und seine Verbrennungen fand. Dann sah sie, wie sein heller Kopf mit einem Rauschen in die ruhige See sank, und im selben Augenblick wurde sie gepackt und nachgezogen, das Gesicht den Sternen zugekehrt, durch die Wellen gezogen, während das Meer wie ihr Haar ihre Wangen umspielte und sein Körper unter ihr sie beide von der Küste wegzog.

Sie waren auf dem langen Weg zu dem schmalen Umriß, der die Brigantine war, mit Thompson an Bord.

Sie wußte nicht, wie lange sie schwammen. Sie konzentrierte sich darauf, ihn nicht zu behindern. Schlaff streiften ihre Glieder über die Oberfläche, und sie holte Luft, wenn sein Schub auf dem höchsten Punkt war; nach dem ersten würgenden Fehlversuch lernte sie, alle Öffnungen gegen das plötzliche Abtauchen zu verschließen, gegen die lästige Welle, die ihr plötzlich über die Wange schlug. Der feste Griff unter ihren Achselhöhlen ließ nie nach, und lange Zeit änderte sich auch nichts an Lymonds Atmung.

Über das leise Planschen und Zischen ihrer Bewegungen hinweg wurde es immer stiller, als sie den Betrieb am Ufer hinter sich ließen. Die Geschütze schwiegen noch. Über ihnen, beleuchtet von einer einzigen, ängstlich flackernden Lampe, hing der weiße Fleck der Kapitulation von den Befestigungsanlagen der Burg herunter.

Lymond hob den Kopf, um die Entfernung abzuschätzen, wie er es von Zeit zu Zeit getan hatte, und erst als er etwas sagte, begriff sie im Schock, wieviel schiere Willenskraft ihn dieses ruhige, zeitlose Schleppen gekostet hatte. «Wir sind fast da», sagte er, glitt herum und stützte sie, damit sie aufgerichtet ebenfalls die hohen Seitenwände der Brigantine sehen konnte, die in ihrem Rücken den dunklen Himmel versperrten. Während sie hinschauten, blinkte immer wieder ein Stecknadelkopf aus Licht, und Lymond lachte, ohne Luft dafür übrig zu haben, und sagte: «Thompson. Wenn er versucht, dich zu kaufen – schick ihn zu mir!»

Und in dieser Sekunde schoß ein Skiff mit lodernden Lampen hinter der Brigantine hervor und kam mit sausenden Rudern direkt auf sie zu.

Lymond sagte ein einziges Wort: *Atmen!*, ehe sich das Wasser über Oonaghs Kopf schloß. Sie hatten die rufenden Janitscharen im Bug des Schiffs gesehen, das Glitzern von Pfeilen und Krummschwertern und zwischen den Ruderern die gefesselte Gestalt eines Mannes in Kniehosen und Hemd, den Mund mit einem Tuch geknebelt. Das war Thompson, der Korsar.

Sie ging mit einem angestrengten Schnappen nach Luft unter, dachte, die Brigantine nütze ihnen jetzt nichts mehr. Erschöpft und waffenlos draußen auf dem Meer hatten sie ein Boot voller bewaffneter Männer gegen sich... Dann, als ihr schwarzes Haar sich um sie herum ausbreitete, dachte sie gar nichts mehr, während sie allmählich ihr Bewußtsein zu verlieren schien. Plötzlich riß der brutale Griff, der sie nach unten gedrückt hatte, sie wieder nach oben, und das Meer schlug gegen ihren Kopf. Sie füllte verzweifelt die Lungen und merkte, daß die Brigantine jetzt über ihnen war und daß Lymond sie beide auf die andere Seite gebracht hatte. Ihre Hand, geführt von seiner, berührte kaltes Holz, schleimig vom Tang, und dann etwas anderes, dick und schlüpfrig, das in ihrer Handfläche lag. Ein Seil.

In ihrem Ohr war seine Stimme nicht mehr als ein Atmen. «Halt durch, so lange du kannst. Ich komme wieder.» Dann war er fort.

Das Schiff drehte sich im Kreis. Oonagh, die Sicht noch versperrt von dem Rumpf über ihr, sah, wie das schiefe Lampenlicht sich drehte und dann wieder in die ursprüngliche Bahn einbog. Ihr wurde bewußt, daß die Janitscharen im Augenblick ihre Spur verloren hatten und wieder nach den beiden Köpfen suchten. Dann hörte sie einen Ruf, ihr Herz brachte ihren tauben, erschöpften Körper zum Erbeben, und sie sah, daß die Ruder schneller wurden, rasch und zielgerichtet auf einen jähen Strudel im Wasser zufuhren: eine Bewegung in der Dunkelheit, die sich als Kopf und Schultern eines Schwimmers entpuppte, der zum Luftholen an die Oberfläche gekommen war, ehe er wieder ins dunkle Wasser glitt. Über dem rasenden Boot erhob sich ein Fächer aus silbernen Teilen, schlug einen Bogen und fiel, und kniende Männer riefen und gestikulierten. Pfeile. Und da, die Nacht durchbohrend wie eine Silbernadel, war die Spitze eines Speers.

Es waren Fischer. Und ihr Fisch war dieser lebende Mann im Wasser.

Noch lebte er; denn weil es plötzlich kein Ziel mehr hatte, drehte das Boot ab, eine glitzernde Fischgräte aus Rudern, wendete dann noch einmal ab, ehe es sich plötzlich, vom Triumph vorangeschleudert, wieder auf sein Ziel stürzte. Das Geschrei, über das Wasser hinweg deutlich zu hören, erreichte einen Höhepunkt und brach dann wieder ab. Der Schwimmer war von neuem aufgetaucht und wieder im Wasser verschwunden.

Es geschah noch einmal und noch einmal; immer in einer unerwarteten Richtung und immer mit einer schlangenhaften Geschwindigkeit, die ihn nach unten brachte, ehe die Geschosse trafen. Und außerdem immer weiter entfernt von der Brigantine, neben der sich die Frau versteckte.

Später begriff sie, daß er auch noch auf etwas anderes wartete. Aber jetzt, als gelähmte Schuldnerin, beobachtete sie das Spiel. Sie konnte nichts tun. Was hätte es für einen Zweck gehabt zu rufen? Es hätte ihn nicht gerettet, und wie sie annahm, wäre er lieber im Meer gestorben. Er verlangte alles von sich, wie es ihm ähnlich sah, und seine Tauchphasen wurden kürzer und immer langsamer, so daß er immer innerhalb der Reichweite dieser Geschosse war. Sie hörte, wie der kommandierende Offizier lachte und einen Befehl gab, und ein Mann, der einen kleinen türkischen Bogen in den Händen hielt, kam in den Bug.

An dem Pfeil war etwas seltsam. Dann sah sie die dünne, gespannte Schnur am Ende und stellte fest, daß es kein Pfeil war, sondern eine Harpune.

«*Bleib unten.*» Mit ihrem keltischen Blut konnte sie ihm doch bestimmt diese stumme Qual übermitteln? «*Bleib unten. Dann lasse ich dieses Seil los und teile deine Ruhe im Meer.*»

Dann sah sie, wie er in der Nähe des Bootes auftauchte, seine ganze Kraft schließlich doch verbraucht, mit zurückgeworfenem Kopf. Sah, wie der Bogenschütze zielte. Sah dann, wie der schwarze Himmel, unten gesäumt von den verstreuten Lichtern des belagerten Tripolis, mit roten Flammen auseinanderbrach, Flammen, die stärker wurden, wuchsen und andere knisternde kleine Feuer entfachten, allesamt am Ufer vereint, wo die türkischen Geschütze standen und Lymond den langen Nachmittag verbracht hatte.

Etwa fünf Sekunden lang richteten sich die Blicke aller Männer im Boot auf dieses flammende, unerklärliche *feu de joie*. In dieser winzigen Zeitspanne erreichte Lymond mit dem letzten Rest seiner Kräfte das Skiff auf der Seite, wo Thompson lag, hilflos gefesselt. Er hatte nur Zeit, einmal auf die gefesselten Handgelenke des Piraten einzuhauen; dann war auch Thompson über Bord, Lymonds Messer in der Hand, und unter Wasser wie ein Aal, wo er seine Knöchel befreite, sich den Knebel aus dem Mund riß und Lymonds Zischen in ihrer gemeinsamen Muttersprache gehorchte. «Die Brigantine... *Hol die Frau.*»

Thompson dachte praktisch. Niemand in den Händen der Türken diskutierte lange, wenn er die Chance auf Freiheit hatte. Niemand, belastet mit einem Mann, der so ausgebrannt war wie Lymond, konnte mehr erwarten als einen baldigen, elenden Tod. Er ließ Lymond im Stich, weil Lymond das wollte, und schwamm mit dem lebensrettenden Messer in der Dunkelheit zur Brigantine, wohin er erst viel zu spät verfolgt wurde, weil Francis Crawford, in der Verfassung eines Schlafwandlers, sein erzwungenes Anbordgehen so giftig gestaltete, daß die Ruderer viel länger zu tun hatten, als ihnen lieb war.

Als Thompson durch das dunkle Wasser geschwommen war, in dem er sich vollkommen zu Hause fühlte, oben wie unten, und die Brigantine erreichte, fand er sie unglücklicherweise völlig verlassen vor. Nachdem er eine Weile getreulich gesucht hatte – denn er erinnerte sich daran, daß Lymond ein Kenner war, was Bettgesellinnen anlangte –, gab er auf und schwamm weiter zu einem weiteren Boot, das er in seiner freien Zeit seetüchtig gemacht hatte, ehe ihn heute abend der kleine Trupp auf der Brigantine überrascht hatte. Ehe er sie verließ, stellte er fest, daß ein weiteres Schiff fehlte. Vermutlich hatte der Wächter, den sie nach seiner Gefangennahme an Bord hinterlassen hatten, die Frau ergriffen und an Land gerudert. Entweder das, oder das arme Weibsbild war ertrunken.

Er ging an Bord, schüttelte sich wie ein Pony, legte die nassen Kleider ab, setzte sich, in ein Handtuch gehüllt, den Becher in der Hand, trank Wein und beobachtete das Feuerwerk am Ufer bis es kurz vor Morgengrauen aufhörte. Dann ging er zu Bett. Ihm war nicht kalt, er war nur angenehm müde.

Es war die letzte Morgendämmerung über Tripolis, die sie alle sehen sollten. Denn inzwischen lag Gaspard de Vallier, Gouverneur von Tripolis, in Ketten an Bord der Galeere Sinan Paschas, nach einem Gespräch, in dem der türkische General, der den Marschall mit einem Minimum an Höflichkeit in seinem Lager empfangen hatte, ihm den Vertrag ins Gesicht geworfen und wieder die sofortige Bezahlung aller Feldzugskosten des Sultans durch die Ritter verlangt hatte. Und als sich de Vallier ungläubig geweigert hatte, war Sinan Paschas Zorn ausgebrochen. Die Osmanen schlössen und hielten Verträge mit Ehrenmännern, nicht mit Christenhunden, die ihr Überleben auf Rhodos der Milde des obersten Herrn zu verdanken gehabt hätten und dem Versprechen, daß der Orden in Zukunft nie wieder die Untertanen des Sultans angreifen oder Seeräuberei auf seinen Meeren betreiben werde. «Aber», schloß Sinan Pascha und spuckte aus, «kaum waren sie frei, kaum hockten sie in ihrem Diebesnest auf Malta, da gingen die großen, ehrenwerten Ritter wieder ihrem Diebesgewerbe nach...»

All das war nicht wahr, aber bei dem Streit ging es schon lange nicht mehr um die Wahrheit. Vergeblich erbot sich der Marschall, de Montforts Arm umklammernd, die Vereinbarung von Rhodos aus Malta holen zu lassen, um zu beweisen, daß solche Bedingungen nicht gestellt worden waren. Vergeblich, zu schwach und zu spät aufbrausend, hatte er angekündigt, er sei willens, den Vertrag von

gestern zu zerreißen, wenn es sein müsse, und den Kampf fortzusetzen. Sinan Paschas Zorn und auch sein Interesse waren ver-
pufft. Mit einer Geste wurde der Marschall entlassen, gegen alle
Etikette; in zwei Sätzen wurden seinem Begleiter de Montfort die
Bedingungen mitgeteilt, die er nach seiner Rückkehr seinen Ritterkameraden vortragen sollte. Entweder wurde dem türkischen General das Geld bezahlt, wie er es verlangte, oder die ganze Garnison
und die Stadt müßten darunter leiden, und sowohl die Soldaten als
auch die Bewohner würden als Sklaven verkauft.

Als de Montfort, teigig im Gesicht und mit großen Augen, mit
seiner Eskorte gehen wollte, wurde sein gefesselter Führer zu ihm
gebracht. «Mein Sohn... sage dem Kommandanten Copier, es ist
mein Wunsch, daß er in dieser Bedrängnis so handelt, wie es die
Ehre allein gebietet... Und er soll den Gouverneur von Tripolis als
tot betrachten.»

Dieses Mal setzten sich wider d'Aramon noch Graham Malett
durch. Trotz allem, was der Botschafter versuchte, wurde de Vallier
an jenem Abend in Ketten wie ein Verbrecher auf das Flaggschiff des
Generals gebracht, während der Ritter de Montfort mit dem Ultimatum des Generals nach Tripolis zurückkehrte.

Während der ganzen Nacht schliefen nur wenige in d'Aramons
Gefolge, Graham Malett überhaupt nicht. Seine Wache teilte Nicolas de Nicolay, der einzige Franzose, der von Francis Crawfords Anwesenheit im Lager gewußt hatte, und der bei Gabriel wohnte, seit
Lymond und Oonagh aufgebrochen waren.

Die Hände über seinem behaglichen Bauch gefaltet, döste der
kleine Geograph auf seinem Lager, als die Explosionen anfingen. Er
rief und kam auf die Beine, aber Malett war schneller, lief durch die
Zelttür und starrte auf den roten Himmel über dem Meer, wurde
angerempelt von rennenden Gestalten, als das Lager plötzlich wie
ein Ameisenhaufen zum Leben erwachte.

Sie standen dort, als Francis Crawford ins Lager geschleppt wurde
und auf dem rauhen Sand neben Sinan Paschas Zelt zusammen-
brach, sich herumwälzte und reglos liegenblieb. Als im Fackelschein
der sonnengebleichte, triefende Schopf sichtbar wurde, trat Graham
Malett einen Schritt vor und blieb dann stehen. D'Aramon, geweckt
von den Explosionen und um seiner Sicherheit willen ahnungslos

vom Vorgefallenen, schob sich vor und sagte: «Ich kenne diesen Mann. Wo haben Sie ihn gefunden?»

In der Dunkelheit glitzerte sein juwelenbesetzter Kaftan, und Draguts kehlige, unbeschwerte Stimme antwortete. «Etliche meiner Männer haben ihn gefunden, die gestern nacht durch unerklärliche Bewegungen auf eine Brigantine in der Bucht aufmerksam geworden waren. Er hatte eine Frau bei sich.»

«*Eine Frau?*» Die völlige Verwirrung in der Stimme des Botschafters war unverkennbar, und Dragut gestattete seinem bärtigem Mund befriedigt ein Lächeln gelassener Verachtung. «Er hat offensichtlich versucht, mit der Frau zu fliehen, die dem Gouverneur von Gozzo gehört. Es ist sehr wahrscheinlich, daß er verantwortlich für das Abschießen der Munition war, ehe er geflohen ist. Sie sagen, Sie kennen ihn?»

«Er ist auf einem meiner Schiffe von Malta hierhergekommen», sagte d'Aramon nach einer Pause. Welchen Schaden diese fehlgeleitete Ritterlichkeit auch angerichtet haben mochte, jetzt war es zu spät, es abzustreiten. «Er ist Schotte, ein Söldner, der vor kurzem zum Orden gestoßen ist, um ihm zu helfen. Ich habe gehört, daß er das Schiff verlassen hat, als es in der Bucht von Tripolis vor Anker lag, und vermutlich ans Ufer geschwommen ist.»

«Und hat er sich seither unter den Muschelschalen versteckt gehalten?»

D'Aramon zuckte die Achseln. «Vielleicht hat er sich der Garnison auf der Burg angeschlossen. Ich habe ihn seither nicht mehr gesehen»

Mit dem leuchtenden rituellen Halbmond am Turban trat Dragut ins Fackellicht und bückte sich. Lymonds Lider waren dicht geschlossen, und seine wunde, mit Brandblasen überzogene Haut glitzerte vom Salz. Sie hatten eindeutig ihren Spaß mit ihm gehabt, aber kein Knochen war gebrochen worden – vielleicht auf Befehl. Unter de Nicolays beklommenem Blick nahm Dragut ein Stück des dunklen Tuchs, das noch am Körper des Schwimmers klebte, zwischen Daumen und Zeigefinger. «Seine Anwesenheit hier ist jedenfalls den Johanniterrittern nicht unbekannt.» Und der Korsar richtete sich auf und trat mit dem juwelenbesetzten Pantoffel gegen den reglosen Körper, so daß er mit ausgestreckten Gliedern wie eine Puppe vor d'Aramons Füße rollte.

De Nicolay hinter ihm zog zischend die Luft ein und hielt sie an, als sich der sirupdunkle Blick des Korsaren erst auf ihn heftete, dann auf de Seurre, d'Aramon, Gabriel... auf alle hellhäutigen, in Seide gekleideten Herren, die um ihn herumstanden. «Er ist dein Liebhaber?» sagte er. «Oder der Lustknabe eines anderen unter euch?»

Aus der Dunkelheit sprach Gabriels tiefe Stimme. «In der christlichen Welt ist so etwas verboten.»

«Wen schert dann, was aus ihm wird?» sagte Dragut. «Er ist kein Ritter. Falls wir herausfinden, daß er schuldig an den unglücklichen Vorfällen am Ufer ist, werden meine Leute Vergeltung verlangen.» Er machte eine Pause. Zu seinen Füßen, vielleicht belebt durch den brutalen Tritt, regte sich Lymond leicht, den Kopf zurückgelehnt, der die kleinen Steine befeuchtete. Im Osten wurde der Himmel hell. «Solche Dinge liegen bitter auf der Zunge», sagte Dragut friedlich, «während Süße angenehm ist. Wascht ihn und fesselt ihn sorgfältig, während wir in dieser Angelegenheit ermitteln. Wenn die Sonne am höchsten steht, paßt es am besten, daß Seele und Körper Draguts Vergeltung zu spüren bekommen – ah, der Hund wacht auf! Dann bringt ihn hinein.»

Lymond schlug die Augen zu Dragut auf. Dann streifte sein verwirrter Blick den Kreis über ihm, hielt nirgends inne und kehrte zu Dragut Rais zurück. Zwei Soldaten traten vor.

Ehe sie ihn anrühren konnten, sagte d'Aramon scharf: «Warten Sie!» Und als Dragut sich umwandte, sagte er: «Was wollen Sie ihm zufügen? Ich warne Sie, dieser Mann ist dem Orden verbunden.»

«Das habe ich verstanden.» Draguts Ton war milde. «Und durch eine Kriegshandlung während des Waffenstillstands zwischen dem Orden und uns hätte er sein Leben verwirkt. Das ist, glaube ich, in allen Ländern gerecht. Und wie ich gesagt habe», sein Bart zuckte, «sein Tod wird süß sein.»

«Wie?» wollte d'Aramon wissen.

Es war Gabriels Stimme, die antwortete. «Es ist ein alter Brauch, Herr Botschafter. Der Verbrecher wird in wilden Honig getaucht und bis zur Hüfte in der Wüste eingegraben, damit er an der Sonne und den Fliegen stirbt.»

Im folgenden unbehaglichen Schweigen sagte Nicolas de Nicolays meckernde Stimme schrill: «Aber das ist barbarisch!»

Dragut drehte sich um. «Aber wir alle sind Barbaren. Warum sind wir sonst hier?»

Doch de Nicolay ließ nicht locker. «Und die Frau? Soll sie das auch erdulden?»

«Ah, die Frau!» Jetzt waren Lymonds Augen plötzlich ganz offen, und Gabriel, der ihn unausgesetzt beobachtete, sah, wie sein Blick und der des Korsaren sich langsam aufeinander hefteten. Dragut lächelte.

«Ich fürchte, die Frau hat etwas weniger Süßes erduldet, wie es ihre Unzüchtigkeit verdient hatte. Die Frau hat gebüßt. Als meine Männer sie fanden, hatte sie sich im Seil der Brigantine verfangen, war untergegangen und schon tot.»

Ein kurzes Schweigen entstand. Unter der allgemeinen Beobachtung regte sich in Lymonds verwundetem Körper kein Muskel. Sein Gesicht wurde auf nicht unangenehme Weise ausdruckslos, die Augen gingen noch weiter auf, zeigten ein schönes, ungewöhnliches Blau. Und dann sagte er leichthin: «Du meine Güte. Und wer sagt es dem Gouverneur von Gozzo?»

«Oh, mein Sohn», sagte Graham Malett ruhig und wandte sich plötzlich ab, in die Dunkelheit. Die anderen schauten zu, während die beiden Spießgesellen Draguts Lymond auf die Füße zogen und zu den Zelten zerrten. Er ging sogar, stur, bis er auf halbem Weg umfiel.

Als Lymond zu sich kam, war er in dem stickigen Zelt mit Dragut allein.

Francis Crawfrod setzte sich auf, ließ sich dabei Zeit. Ihm war äußerst übel. Die Sonne stand hoch. Er war nicht gefesselt. Er war gewaschen, verbunden und in dünne Kleidung gehüllt worden, die vermutlich d'Aramon gehörte. Vor dem Zelt stand ein Wächter, aber nicht in Hörweite. Oonagh war tot.

«Allah sei gelobt, Emîr Giaùr», sagte Dragut gleichmütig. «Wir hatten befürchtet, du hättest in dieser Welt deine Seele gelassen.»

«Dem ist nicht so», sagte Lymond leicht überrascht, die Hände müßig im Schoß. «Viele Türen führen zu Gott. Eine Frau vor Schande zu retten kann ihm unmöglich mißfallen.»

«Es könnte der Frau mißfallen», sagte der alte Korsar ausdruckslos. «Aber ich spreche von deiner unklugen Schlauheit am Ufer. Viel Munition ist verbraucht worden.»

«Aber niemand ist verletzt worden», sagte Lymond im selben Ton. Niemand außer Dragut konnte wissen, daß er sich da nicht so sicher sein konnte.

«Du verfügst wirklich über gefährliche Fertigkeiten», sagte Dragut Rais und ließ das Gespräch unerwartet abbrechen, saß mit gekreuzten Beinen da und dachte entspannt nach. Das Schweigen hatte unglaubliche Ausmaße erreicht, als Dragut schließlich lächelte, sich regte und den ernsten Gruß ausführte, den er bis jetzt unterlassen hatte. «Wie ich mich erinnere, hast du viel Geduld», sagte er. «Möge deine Frau Frieden finden. In deinem Land wirst du schöneren begegnen.»

Der andere erwiderte die Höflichkeit, ohne zu lächeln. «Ich habe nicht an Ihren Worten gezweifelt», sagte er. «Denn das gezogene Schwert des Islam ist scharf und gerecht.»

«Wenn Männer unserer Rasse gestorben wären, hätte ich Gerechtigkeit geübt», sagte Dragut fröhlich. «Das war nicht der Fall. Ohne Beweise kann dich niemand eines Verbrechens überführen, bis auf die Entführung deiner eigenen Frau. Daß sie starb, ist dein Leid. Du läßt dich nicht sehen, bis der Orden geht und ich dich mit ihm fortschicke.»

«Soll ich gehen?» sagte Lymond. «Sollen wir alle gehen?»

Ein kurzes Schweigen entstand. Dann sagte Dragut friedlich: «Du willst, daß ich für dich töte?» Und als Lymond heftig sagte: «Nein!», lächelte er und fuhr gelassen fort: «Für solche Männer ist hier kein Platz. Mir bist du immer willkommen. Aber ein Ungläubiger, ein *giaùr*, kann nicht für den Sultan kämpfen.»

«Sie raten also nicht, daß ich oder ein anderer bleiben?»

«Nein. Ich rate auch nicht», sagte Dragut, «daß du dein Herzblut für diesen Memmenorden vergießt. Jeden Mann ruft der heimische Herd. Vielleicht liegt dort deine Pflicht.»

Die wenige Farbe, die es noch hatte, war aus Lymonds Gesicht gewichen. Er sah plötzlich entsetzlich müde aus, gequält und zweifelnd. Ohne zu antworten stand er auf und durchquerte das kleine Zelt. Dann blieb er stehen und sprach über die Schulter mit Dragut, indirekt, wie es Dragut am liebsten war.

«Am Donnerstag, dem fünften Tag von Allahs Schöpfung, schuf er den Engel Sigad id Din, der Allah aus den fernen Winkeln der Welt Staub, Luft, Feuer und Wasser brachte, und daraus wurde Adam geschaffen. Dann betrat Sigad id Din mit Adam das Paradies und lehrte ihn, die Früchte der Erde zu essen...»

«Wahrlich. Du kennst unsere Schriften gut», sagte Draguts rauhe, ruhige Stimme. «Und dann, wie du dich erinnern wirst, befahl Allah Sigad id Din, Eva zu erschaffen.»

Lymond befingerte mit gesenktem Kopf seinen Gürtel und sagte: «Eine üble Pfuscharbeit.»

«Aber schließlich», sagte Dragut friedlich, «wurde der Pfauenengel von Allah zum Herrn über alle anderen gemacht. Nimm diese Geschichte mit dir. An einem kalten Tag wollte ein Jäger Sperlinge töten, und ihm liefen die Augen über. Sprach ein Vogel zum anderen: ‹Siehe da, der Mann weint.› Sprach der andere: ‹Wende den Blick von seinen Tränen. *Beobachte seine Hände.*›

Ich habe immer gedacht», fügte er plötzlich ermutigend hinzu, «daß in dir die Begabung für einen herrlichen Pfau steckt.»

«Mein Gott, *in Schottland?*» Lymond fuhr herum, die Stimme wieder voller Spott. «Eine Armee aus Engeln würde sich lediglich im Regen auflösen.»

«Dann führe eine Armee aus Männern», sagte der Korsar und hob die dichten, grau werdenden Brauen. «Oder hast du nicht auch schon daran gedacht?»

«Und Sigad id Din?» sagte Lymond.

Dieses Mal stand auch Dragut Rais auf, strich sich die kurze Jacke glatt, als er sich endlich zum Gehen anschickte. «Ich habe alles gesagt», verkündete er.

Einen Augenblick später war er fort, hatte alles erreicht, was er hatte erreichen wollen, und Lymond, der jetzt ruhig dalag, das Gesicht auf den Handgelenken, empfing endlich die Gnade der Einsamkeit.

Für ihn war jetzt die schlimmste Schlacht um Tripolis ausgefochten, als er an jenem letzten Morgen allein war, als er die Entscheidung treffen mußte, die den Verlauf seines Lebens verändern sollte, erschöpft, voller Leid und damals wie immer den Widerhall der eigenen Stimme im Ohr, deutlich und kalt.

«Du meine Güte... du meine Güte... du meine Güte... Und wer sagt es dem Gouverneur von Gozzo?»

Hätte Jerott Blyth erfahren, daß Lymond unter dem Tod einer Geliebten leiden konnte, hätte er schallend gelacht. Er war jedoch nicht in heiterer Stimmung. Denn endlich hatten sich die französischen Ritter und die Spanier doch noch geeinigt, und der empörte Orden hatte de Montforts schändliche Nachricht mit einer einstimmigen Entscheidung beantwortet... bis zum Tod zu kämpfen.

Hätten sie das getan, hätte Europa vielleicht über die Jahrhunderte hinweg widergehallt vom Märtyrertum und Ruhm des Ordens. Wie de Valliers Widerstand kam der Entschluß jedoch viel zu spät. Die Ritter hatten den ehrenvollen Tod auf den Wällen gewählt, aber die Garnison verweigerte den Gehorsam.

Die halbe Nacht lang, angefeuert, erpreßt, bedroht, unter reichlichem Gebrauch von Peitsche und Bastonade, wehrten sich die Zivilisten und Soldaten in Tripolis um ihrer Leben willen. Und schließlich mußten sich die Ritter geschlagen geben. Im Morgengrauen sollte de Montfort zu Sinan Pascha zurückkehren und melden, seine Bedingung lasse sich nicht erfüllen, weil es in der Stadt kein Geld gebe. Aber falls die Belagerer den Ordensbrüdern und weiteren dreihundert Menschen den freien Abzug erlaubten, ergäben sich die Ritter und überließen den Türken die Kalabrier und die ganze rebellische Garnison. Außerdem beschlossen sie, daß die Mauren, die dem Orden so treu gedient hatten, Pferde bekommen sollten und soviel Habe, wie sie tragen konnten, und ihnen erlaubt wurde, die Stadt im ersten Licht durch das St. Georgstor zu verlassen, um nach Tunis oder Goleta zu fliehen.

Dieser Akt der Menschlichkeit trug seltsame Früchte. Etliche Mauren weigerten sich, die Ritter zu verlassen, denen sie schon so lange dienten. Etliche gingen und entkamen. Etliche gingen und wurden, lange ehe sie den Geschmack der Freiheit kosten konnten, von Sinan Paschas Außenposten gefangengenommen. Sie waren es, die in ihrer Angst Sinan Pascha erzählten, die Ritter hätten die Absicht, bis zum Ende zu kämpfen, sich und die ganze türkische Armee in ein Gemetzel innerhalb der Stadtmauern zu verwickeln.

Sinan Pascha wollte keine Leben vergeuden. Und er wollte sich auch nicht um seine Plünderungsbeute bringen lassen. Als gegen alle Erwartungen de Montfort die Bedingungen überbrachte, empfing Sinan Pascha ihn herzlich und war nach kurzem Feilschen einverstanden. Nicht dreihundert, sondern zweihundert vom Orden ausgewählte Menschen sollten die Erlaubnis bekommen, mit allen Rittern frei nach Malta zurückzukehren, und auch der Gouverneur werde freigelassen.

Es war eine charakteristischerweise mit Bosheit durchsetzte Vereinbarung. Als de Vallier erschöpft und zitternd in die Burg zurückgekehrt war, nachdem er mit tückischer Förmlichkeit zum Stadttor eskortiert worden war, berichtete er, wie Sinan Pascha seine Forderung nach Geld wiederholt habe und wie er, der Marschall, darauf hingewiesen habe, er verfüge nicht über die Autorität, der Forderung nachzukommen.

«Ich habe ihm gesagt», sagte de Vallier langsam, während seine geäderten Hände in den nutzlosen Papieren auf seinem Schreibtisch stöberten, «daß ich glaube und hoffe, meine ritterlichen Brüder würden seinen Bedingungen niemals zustimmen, und ich sei bereit, in dieser Hoffnung mein Leben zu lassen.»

Er hob den Blick zu den gequälten, schlaflosen Gesichtern um ihn herum, und Jerott, der den müden Körper an das Fenster lehnte und dem vor Scham und Wut zum Erbrechen übel war, glaubte in dem unrasierten Gesicht einen entsetzlichen, verwüsteten Stolz zu sehen. «Meine Brüder, der Herr hat unsere Gebete erhört. Bei diesen Worten senkte der Türke den Kopf vor einem größeren Willen als dem seinen. Ohne weitere Beschwörungen meinerseits besprach er sich mit seinen Gefährten und erklärte, seine Ehre sei nicht geringer als unsere, deshalb werde er den ersten, im Lager verfaßten Vertrag unterzeichnen. Alle Christen in Tripolis sollen sofort frei sein, sie müssen nur ihre Fahnen und Waffen in der Stadt zurücklassen, wenn sie gehen. Schiffe werden bereitgestellt. Ich bin hier, Brüder in Christo, um euch und alle Männer, Frauen und Kinder unseres Glaubens in die Freiheit zu führen. Gott in seiner Gnade sei gepriesen.»

«Dann hat Gott in seiner Gnade beschlossen, daß wir sie von der Nachhut aus führen», sagte Jerott Blyth mit dünner Stimme von Fenster her. «Eben ist die ganze Garnison von Tripolis abmarschiert.»

Gleich darauf sprachen alle gleichzeitig, bis sie sich um die Schießscharte drängten und sahen, daß es wahr war. Die Soldaten, die Mauren und Kalabrier, die Männer, Frauen und Kinder von Tripolis hatten nicht gewartet, bis der Orden den Befehl zur Kapitulation gab. Sie hatten nicht einmal gewartet, bis die Barrikaden mühselig abgebaut und die Stadttore mit grimmigem Mut geöffnet wurden. Durch die Breschen in den Mauern strömten sie mit Bündeln unter dem Arm über die sandigen Gräben, vorbei an der stummen Kanone, durch die Breschen der einfallenden Festung St. Brandanus und hinunter zum Ufer.

«*Freiheit!*» hatte de Vallier gerufen, als er sich, bedrängt von tobenden Tripolitanern, den Weg vom Stadttor zur Burg freikämpfte. «Freiheit, meine Freunde! Die Schiffe der Türken bringen euch weg. Wartet, dann werdet ihr es hören!»

Aber weil es sich Sinan Pascha leicht anders überlegen konnte, hatten die Einwohner von Tripolis nicht gewartet. In der ganzen alten afrikanischen Bastion Christi blieben nur die ausländischen Ordensritter zurück.

Der Rest war eine bittere Farce. In den zerknitterten Gewändern über der Rüstung, die persönliche Habe hastig zusammengepackt, hungrig, ungewaschen und ohne Schwerter wie gefordert, sammelten sich die Ritter des Johanniterordens von Jerusalem, durch die Anspannung etwas zänkisch, unter ihrer scharlachroten Fahne am Tor der leeren Burg und marschierten durch die zerstörte Stadt Tripolis und das große Tor zum Hafen. Dort wurden sie gründlich und lückenlos umzingelt von einem Trupp maurischer Kavallerie unter dem Aga Morat aus Tagiura, auf Befehl von Sinan Pascha, wie jetzt offensichtlich war.

Die Mauren stiegen ab, mischten sich fröhlich unter die fassungslosen Ordensbrüder, im Verhältnis von acht zu eins, warfen sie zu Boden, zogen sie aus und beraubten sie, dann legten sie die Ritter in sauberen Reihen auf den sandigen Boden, wie Papageien paarweise aneinandergekettet.

Den ungeduldigen Soldaten und Bürgern von Tripolis war offenbar am Strand schon dieselbe Behandlung widerfahren. Dann wurden alle unter der schimmernden Sonne zusammengetrieben, und die übermütige Auswahl der zu bestrafenden Opfer fing an.

Der süße Tod durch wilden Honig, den Dragut vor kurzem Lymond versprochen hatte, war Jerott Blyth am Ende jenes Tages vertraut. Er sah, wie de Chabas, ein alter Kanonier und Kampfgefährte aus der Dauphine, lebendig in den Sand geworfen wurde, die Nase und Fäuste abgehauen, und mit Pfeilen durchbohrt wurde, bis er tot war. Sein Verbrechen war gewesen, daß er Sinans Lieblingsspießgesellen die Hand abgeschossen hatte. Anderen widerfuhr Schlimmeres. Schließlich geblendet von der Hitze, mit Schmerzen, angewidert von den Schreien, wandte Jerott den Kopf, ließ alle Mühe fahren, nach den Schuldigen zu fragen, und wünschte sich nur noch, er wäre tot. Er fragte sich, wie er es sich in Abständen in den beiden letzten Tagen immer wieder gefragt hatte, was für ein zynisches Serail Francis Crawford für sich ausgehandelt hatte, so gut wie sicher unversehrt, ungerührt und begünstigt von der herrschenden Macht, die bereitwillige Geliebte wieder in seinem Bett. Die letzte Ironie, die ihm aufging, ehe er das Bewußtsein verlor, war die Tatsache, daß die Ehre und der Ruf des Ordens heute unbeschädigt gewesen wären, wenn er und Lymond in jener Nacht im Arsenal nicht ganz so eifrig gearbeitet hätten.

Er sah nicht, wie später die Elite der türkischen Infanterie – Spahis, Gurebas, Janitscharen – in schweigendem Triumph, hervorragend ausgebildet, unter den großen Bannern zum Schlag der Trommeln in die eroberte Stadt einmarschierte, an der Spitze Sinan Pascha auf einem Araberpferd, mit blitzendem Turban und einem ärmellosen Umhang, der über dem langen, bestickten Gewand steif über dem Sattel hing. Die Füße der Infanteristen in den weichen Stiefeln bewegten sich im Gleichschritt, weiße Staubwolken stiegen in die Luft und legten sich auf die Gewänder über den gegürteten Hosen, die betreßten Obergewänder, die dunklen, bärtigen Gesichter – fast alle glatt, frisch, unversehrt und feurig vor Verachtung: die Blüte der Armee des Sultans und allesamt, bis auf ein paar Kanoniere, die tatenlosen Eroberer von Tripolis, gegen das sie keinen Schlag hatten führen müssen.

De Vallier beobachtete sie, auf dem Boden liegend wie die anderen, die aufgescheuerten Handgelenke wieder gefesselt. Tränen, die er nicht beherrschen konnte, liefen über sein faltiges, mit Staub überzogenes Gesicht in den Sand. Bis hinter den tänzelnden Pferden

Aga Morats mit den mit Beute vollgestopften Satteltaschen der französische Botschafter mit seinem Gefolge kam, zwischen Reihen bewaffneter Janitscharen; Reihen, die der Sieur d'Aramon, der Gefahr trotzend, durchbrach, als er den Teppich aus Menschenleibern sah, zusammengedrängt, liegend, tobend, bewußtlos, der sich von seinen Füßen bis zum Ufer erstreckte.

D'Aramon blieb nur, bis er, neben dem alten Mann kniend, die Geschichte des Marschalls gehört hatte, dann nahm er seinen Platz in der höhnischen Prozession wieder ein, bis er, rasend vor unterdrücktem Zorn, in der aufgegebenen Burg war und eine Audienz bei Sinan Pascha erzwang.

Jetzt war es an der Zeit, deutlich zu sprechen. «Die Welt wird», sagte der französische Botschafter ohne Vorrede, «von diesem Akt der Ungerechtigkeit und der Besudelung des ottomanischen Eids erfahren. Laut Vertrag sollten diese Männer und zweihundert weitere Menschen frei und ungehindert abziehen, falls sie ihre Waffen niederlegen. Das ist geschehen, und doch liegen sie ausgeraubt und nackt vor dem Tor, erdulden Beleidigung, Folter und Tod. Mein Herr, Seine allerchristlichste Majestät, der König von Frankreich», sagte M. d'Aramon entschieden, «wird Vergeltung üben für jeden seiner Bürger, der so behandelt worden ist. Der Orden wird für seine Ritter dasselbe tun. Von nun an werden Ihre Offiziere, wenn sie in Gefangenschaft geraten, einen Blutzoll für diese Behandlung entrichten.»

De Seurre und den anderen in seinem Gefolge, die schweigend warteten, kam das Geplänkel endlos vor. Mit der sich windenden Vorgehensweise aller Männer, die lange Verhandlungen auf oberster Ebene hinter sich hatten, ging d'Aramon von der Drohung zum Kompliment über, vom Kompliment zum Appell, vom Appell zur Schmeichelei. Und schließlich, um den Preis des ganzen restlichen königlichen Schatzes in d'Aramons Galeere, ließ sich der General dazu bewegen, was er vermutlich von Anfang an beabsichtigt hatte, die meisten Ritter und zweihundert der anderen Gefangenen freizulassen, unter der Bedingung, daß er sie selbst auswählte.

In der grauenhaften Nachmittagshitze thronte der türkische General, an seiner Seite Dragut und Salah Rais, unter einem leichten Baldachin vor Tripolis und traf seine Wahl, während der Botschafter zuschaute.

Unter dem Zeigefinger wurde der Marschall befreit, den de Seurre und d'Aramons Neffe sanft aufhoben und stützten. Auch den älteren französischen Rittern, bei denen es zu berechtigten Vergeltungsmaßnahmen hätte führen können, wenn ihnen etwas zugestoßen wäre, wurden der Reihe nach die Fesseln abgenommen. Zwei aus Deutschland kamen frei, vier aus Italien. Dann wandte sich Sinan von den Reihen der Ritter ab und wählte unter den Männern, Frauen und Kindern aus Tripolis die Ältesten, die Schwächsten, die Ärmsten aus, wie er es auf Gozzo getan hatte. Und alle wurden weggebracht.

Das Schreien der Hundert, die zurückblieben, weckte Jerott Blyth schließlich. Er fand sich in der Sonne wieder, im Lärm, mit einschneidenden Fesseln an Händen und Füßen, mit leerem Sand neben ihm. Weiter weg lagen Gestalten wie die seine verstreut – de Poissieu, der so oft auf einen Kampf bis zum Tod gedrängt hatte; die jüngsten und kräftigsten französischen Ritter, etliche italienische Ritter aus den Staaten Karls V. und alle spanischen Ordensritter.

De Herreras Befürchtungen hatten sich erfüllt. Der ganze Haß des Sultans entlud sich auf die Untertanen des Kaisers, der sein größter Feind in der Christenheit war... Dann sah Jerott, daß Gabriel neben ihm kniete.

«Lieg still, mein Sohn», sagte Graham Malett und zog den anderen in den Schatten seines Körpers zurück. «D'Aramon bittet um dein Leben. Sinan Pascha droht damit, zwanzig Ritter zurückzuhalten, die sein Mißfallen erregt haben. Sie sollen in die Sklaverei verkauft oder zum Islam bekehrt werden. Falls es Sie tröstet», fügte er hinzu, in dem geliebten und vertrauten Ton der Vernunft und der unerschütterlichen Zuversicht, «Sie müssen erstaunlichen Schaden angerichtet haben, ehe Sie zu Boden geschlagen wurden, wenn Sie zu den Auserwählten gehören.»

«Ich glaube, ich habe einen getötet», sagte Jerott mit schwerer Zunge. Er dachte: Mein ganzer Beitrag für die Religion – ein Mann. Es war, als käme man ins Fegefeuer, weil man eine Ameise zerquetscht hatte. «Geht es Ihnen gut? Und den anderen?»

«Sie haben einen üblen Schlag auf den Kopf bekommen», sagte Gabriel sanft. «Wissen Sie gar nichts davon? Ihr Helm ist fort. D'Aramon und ein halbes Dutzend von uns sind hier als Zeugen der... förmlichen Kapitulation. Die anderen sind an Bord der Galeere des Botschafters gegangen. Ihr Freund ist bei ihnen, glaube ich. Oder *war* bei ihnen.»

«*Lymond?*» Jerott setzte sich auf, mit dröhnenden Ohren und blinden Augen, und nach einem Augenblick konnte er Gabriels leicht sonnenverbranntes, sauber rasiertes Gesicht mit der kurzen, geraden Nase und dem schönen, gelassenen Mund deutlich sehen. Malett lächelte.

«M. le Comte de Sevgny. Kein Versagen seines ungeheuren Geschicks; er wurde durch reinen Zufall gefangengenommen, als er versuchte, seine Freundin zu befreien. Zum Glück hat ihn Dragut erkannt, glaube ich, und hat offenbar wegen früherer Dienste dieses Abenteuer übersehen. Er ist frei, wie wir. Wie Sie es auch sein werden, hoffe ich.»

«*War* im französischen Gefolge, haben Sie gesagt», wiederholte Jerott mit fast monotoner Hartnäckigkeit. Ihm barst der Kopf. «Und wo ist er jetzt?»

«Niemand», sagte Graham Malett ernst, «sollte sich je sicher sein, daß er die Gedanken dieses jungen Mannes lesen kann, aber wenn ich wetten dürfte, würde ich erwarten, daß er in diesem Augenblick mit einem Piraten namens Thompson in der Bucht von Tripolis ist und ein verlassenes Schiff seetüchtig macht.»

Danach begriff Jerott, daß Gabriel bei diesem kurzen Wortwechsel nicht nur seinen Körper vor der Sonne geschützt hatte. Hinter ihm war während dieser kurzen Zeitspanne die letzte zänkische Diskussion zwischen Sinan und d'Aramon zu Ende gangen, von der Jerotts Leben und das der Männer in seiner Nähe abhängen mußte – von weniger glücklichen Männern, die wider Willen das zornige Gesicht und die heftigen Gesten des Juden beobachteten.

Dann verließ d'Aramon, das Gesicht hart vor Anspannung, allein den Baldachin, kam auf die am Boden verstreuten Männer zu, blieb stehen und hob die Stimme. Er sagte nur sechs Worte, auf französisch, spanisch und italienisch.

«Brüder des Ordens, ihr seid frei.»

Als an jenem Tag, dem 20. August, die Nacht einbrach, hatten die von Sinan ausgeliehenen türkischen Schiffe die ausgewählten zweihundert Menschen an Bord genommen, und die meisten der vierzig

Ritter aus der Garnison, unter ihnen Graham Malett und Jerott, waren an Bord von d'Aramons drei Schiffen.

D'Aramon war nicht dabei. Steif, von seinem Gefolge flankiert, saß er neben Sinan Pascha in der großen Halle der Burg von Tripolis, während draußen Janitscharen mit Turbanen über den Hof und die Befestigungsanlagen gingen, die noch vor kurzem überfüllt gewesen waren mit sechshundert Christen, Rittern, Soldaten und Flüchtlingen; und Arkebusen und Geschütze, bestimmt zum Kampf für die christliche Religion, donnerten und krachten in Siegessalven in den Himmel.

Auf Sinan Paschas anderer Seite, in der Nähe der anderen Führer, Dragut, Salah Rais, der Aga Morat in schimmernden Stoffen und mit blinkenden Juwelen, saß de Vallier, der besiegte Marschall mit seinem Gefolge; herbestellt wie der Botschafter zu diesem islamischen Festbankett. Während die Milchgetränke und der dampfende Hammel herumgereicht wurden, das Obst, das Geflügel, die Mandelpaste und die Datteln unberührt an dem Gouverneur vorübergingen, fragte sich Nicolas de Nicolay, ob dem alten Mann jetzt aufgehe, wie gesittet diese Eroberungsarmee war, für die Trunkenheit eine Sünde war, deren Soldaten unter Befehl zwar vergewaltigen, plündern, foltern und töten durften, denen jedoch verboten war, beim Marschieren Rosen zu zertrampeln, die weder leichtfertig brüllten oder fluchten, sondern fünfmal am Tag im Liegen ihren Gott anbeteten und ihm dankten. Und der Kosmograph des französisches Königs dachte an alles, was er an jenem Tag auf dem Weg durch Tripolis gesehen hatte – die bezinnten Mauern immer noch heil und stark, mit doppelten Gräben und Schießscharten, die Quellen und Brunnen, das Essen, die Munition, die Artillerie –, und fragte sich, wie die Welt, jetzt schon verwirrt durch widersprüchliche Berichte, über den Orden urteilen würde, der die Stadt ohne Blutvergießen aufgegeben hatte.

Sie hörten während des nicht enden wollenden Festes nicht das Feuern der einzigen Geschütze, die noch die Religion verteidigten. In dem kleinen Fort, genannt das Châtelet, an der Einfahrt zur Bucht hatte der dienende Bruder des Roches als einziger dem Aufruf zur Kapitulation getrotzt, und die dreißig Soldaten aus der Garnison, die die Kalabrier abgelöst hatten, waren ihm zu Hilfe gekommen.

Es war natürlich selbstmörderisch, aber nicht ohne Bedacht. Der Besitz des Châtelets bedeutete die Kontrolle über den Hafen und damit auch über die Burg. Des Roches hatte sich dreimal Sinan Paschas Aufforderung widersetzt, das Fort unversehrt zu übergeben. Statt dessen zwang er die türkische Flotte, das Gebäude zu beschießen.

Das Dach war zum Teil eingestürzt, zehn Männer waren getötet worden und die Munition wurde knapp, als kurz nach Einbruch der Dämmerung ein flaches, schwarzes Boot lautlos das Schleusentor des Forts erreichte, gesteuert vom tüchtigsten Seeräuber der Region, und bei ihm war ein Mann, den des Roches, der hastig geholt wurde, erkannte. Im Geruch nach Kordit, im Staub zermalmten Steins und Mörtels, im Rauch brennenden Holzes, im Krachen der angreifenden Batterien und Explosionen der massiven Kugeln wurde das Châtelet lautlos evakuiert, und die kleine Garnison, ausgebrannt, verwundet und von ihrem Glück immer noch benommen, wurde im Schutz der Dunkelheit zu d'Aramons Galeere gebracht.

Thompson und Francis Crawford kamen mit gebührender Bescheidenheit als letzte an Bord, wurden überschwemmt mit leisen Glückwünschen, mit den anderen unter Deck versteckt, und das Boot wurde auf der dunklen Seite der Galeere festgemacht. Niemand hatte es gesehen. Weil d'Aramons Skiffs lahmgelegt waren und die Küste von Tripolis bewacht wurde, hätte in jener Nacht kein Boot ungesehen ablegen können... bis auf eines, das angeblich leer war, das tief in der leeren Bucht schaukelte, mit dem Piraten Thompson an Bord.

Jerott sah die beiden Männer kurz, sah Lymonds helles Haar im flackernden Lampenlicht schimmern, aber er fing schnell mit anderen ein Gespräch an: mit dem kommandierenden Leutnant in Abwesenheit von Kapitän Coste, mit etlichen der ranghöheren Ritter. Dann ging Graham Malett, dessen stattliche Größe den Raum beherrschte, von dort aus, wo er mit des Roches gesprochen hatte, zu Lymond hinüber. Die beiden Männer besprachen sich kurz. Ein Wirbel von Bewegungen, dann kamen Männer angelaufen, und es war zu hören, wie Lagerräume geöffnet wurden.

Mit Mühe schob sich Blyth schließlich in den magischen Kreis. «Was...?»

«Lieber Jerott», sagte Lymond herzlich. «Bist du denn nicht bei dem Bankett? Nachdem wir die Burg unversehrt für sie gerettet haben? Wenn sie das wüßten, würden sie dir einen Harem schenken und drei Leibwächter. Hättest du denn nicht gern Leibwächter? Ich glaube, wir sollten gehen, Malett.»

«Ja...» Und Gabriel erklärte schnell, was Lymond mit Absicht unterlassen hatte. «Zum Dank für seine Dienste bekommt Thompson ein paar von unseren Matrosen und Vorräten. Er wird versuchen, die Brigantine heute nacht aus der Bucht und nach Malta zu segeln, mit der Nachricht des Falls von Tripolis. Crawford und ich begleiten ihn.»

Und als Jerott protestieren wollte, sagte er ruhig: «Mein Kind, der Großmeister muß es wissen. Vielleicht überfallen die Türken als nächstes Malta. Wir wissen es nicht. Und mir wird er glauben. Falls wir nicht entkommen, ist nichts verloren. Aber je weniger es versuchen, desto besser.» Sein ruhiges Lächeln vertiefte sich. «Wir treffen uns auf Malta, Jerott. Beten Sie für uns alle. Gott ist heute nacht gütig gewesen.»

«Thompson war auch nicht übel», sagte Lymond freundlich und winkte fröhlich zum Abschied.

Kurz darauf glitt eine schwarze Masse lautlos aus der Verankerung und legte unter dem undurchsichtigen Himmel ab, nahm Kurs nach Osten zum anderen Ufer der Bucht, weit entfernt von der ganzen verankerten türkischen Flotte, dem kleinen Trupp der französischen Schiffe und den geliehenen Booten mit den zweihundert Freigelassenen an Bord. Jerott strengte die Augen an und glaubte, er könne das grüne Funkeln der Ruder erkennen. Er wußte, bald konnten sie die Segel der Brigantine setzen, und dann würde sie der Südwind nach Hause tragen.

Sonst sah sie niemand. Am Ende der langen, dunklen Landzunge brannte das Châtelet, rote Flammen glühten hinter den schwarzen Zahnlücken der Mauern, und um den Scheiterhaufen herum waren die angreifenden Geschütze verstummt. In der Bucht hatte das Freudenfeuer aufgehört, obwohl die Burg immer noch hell erleuchtet war und Lichter in Tripolis zeigten, wo Soldatentrupps methodisch Gasse um Gasse durchsuchten und die Häuser ausräumten.

In der Burghalle näherte sich das Bankett dem Ende, und bald würde d'Aramon und de Vallier mit ihrem erschöpften Gefolge gestattet werden, sich für den kurzen Rest der Nacht zurückzuziehen, ehe sie sich im Morgengrauen einschifften.

Und darunter, im Bauch der Burg, zwischen den Fluren und Mosaiken, wo vor so kurzer Zeit der erstickende Kampf gegen das Feuer ausgefochten worden war, füllten Menschen aus Tripolis und Gozzo, die nicht freigelassen worden waren, die Gefängnisse. Manche würden vielleicht freigekauft werden; aber das Schicksal fast aller war so gut wie sicher: Sie würden mit Peitschen aus der Burg zum Sklavenmarkt getrieben und verkauft werden.

Unter ihnen, aber in einem eigenen Raum, seines Rangs und seiner Krankheit wegen, war Galatian de Césel, Gouverneur von Gozzo, der viele Jahre lang kein christliches Gesicht mehr sehen sollte. Und neben ihm, weggeschafft und versteckt, getarnt durch das Doppelspiel von Dragut und die sanfte Überredungskunst von Graham Malett, war die Frau, vor der Francis Crawford gerettet worden war.

Oonagh O'Dwyer hörte die Kanonaden, atmete wie Gift die Luft verächtlichen Triumphes ein, war gezeichnet vom üblichen, verachtungsvollen Verhalten der Sieger. Als sie in jener Nacht zum Schweigen gebracht und vom Seil geholt worden war, ehe Lymond zurückkommen konnte, wußte sie, daß alles eine Falle gewesen war. Es war nie geplant gewesen, daß Lymond und sie entkamen, sie sollten nur getrennt werden, damit ihr Tod überzeugend wirkte. Durch Lymonds unerwartet kraftvolles Schwimmen waren sie nur weiter gekommen und in größere Gefahr geraten, als beabsichtigt gewesen war.

Sie waren getrennt. Der sanfte Mann mit dem eisernen Willen, der Gabriel genannt wurde, hatte bekommen, worauf er im Ernst nie verzichtet hatte: eine unbefleckte, vielleicht edle Zukunft für einen anderen Mann. Lymond war frei, was auch sie sich für ihn wünschte, und hatte keine Bindungen mehr an diese Ufer, an die Weiblichkeit, an menschliche Fehler und Freuden. Lymond sollte dem Orden geweiht werden. Und sie... sie war das Opfer.

Dann hörte sie Draguts Schritt und stand mit trockenen Augen auf, das schwarze Haar schützend vor dem schwangeren Leib.

«Komm, Cormacs Balg!» sagte sie laut. «Du wolltest nicht mir zuliebe ertrinken, und das wirst du bereuen, denn hier werde ich ein Krummschwert für deine Faust schmieden.»

Aber als der Schritt an ihrer Tür vorüberging, legte sie sich plötzlich hin, schloß die großen, graugrünen Augen, erinnerte sich an einen duftenden Garten in Frankreich und an ein stilles Zimmer, an Francis Crawfords leises Gelächter in ihrem Ohr und seine kühlen Hände auf ihrer Haut.

Und während die Brigantine leicht im Wind lag, die dunklen Fluten teilte und floh, lag Oonagh O'Dwyer in schwerer Bedrängnis, bebend, ihr Leid leugnend, unter dem Dach, das Allah durch die geheiligten Wunder Mohammeds von Gott erobert hatte.

10. Kapitel

Gastfreundschaft

Malta, August 1551

Unter lastendem Schweigen überquerten die drei Schiffe von Gabriel de Luetz, Baron d'Aramon, wieder das stille blaue Meer nach Malta, zwanzig Tage nachdem sie es verlassen hatten trugen die vierzig Ordensritter mit sich, die mit solchem Feuer geschworen hatten, die Religion bis in den Tod zu verteidigen. Hinter ihnen lag unter der Flagge des Islam Tripolis, das nach fünf Tagen des Angriffs die weiße Fahne gehißt hatte. Und mit ihnen fuhren, durch ottomanische Erlaubnis, die geliehenen ottomanischen Schiffe mit den zweihundert alten Tripolitanern, die so spöttisch freigelassen worden waren, und mit denen, wie gefühllos vorgeschlagen worden war, der Orden auf Gozzo ein Altmännerhospiz einrichten könne... Es war keine gesprächige Reise.

Als d'Aramons Galeere vor Borgo vor Anker ging, lag die Kette vor der Hafeneinfahrt. Das war der erste Schock. Dann kam kein Salut aus St. Angelo, obwohl sie in der zunehmenden Dämmerung die Brigantine aus Tripolis in der Bucht ausmachen konnten, neben ihr ein weiteres fremdes Schiff, das vermutlich dem Piraten Thompson gehörte. Auf den hohen Zinnen war lediglich ein Gewimmel zu sehen und auf den Wällen rätselhafterweise ein Aufblitzen von Stahl. Die Kette blieb gespannt.

Nachdem sie auf Befehl des Botschafters gewartet hatten, wendeten die drei Schiffe und die türkischen Boote mit Rittern und Flüchtigen an Bord und gingen außerhalb der Sperre vor Anker. D'Aramons Neffe sagte zögernd: «Es ist spät. Sie lassen nach Einbruch der Dämmerung nicht mehr gern Schiffe herein.»

«Aber die Brigantine ist angekommen. Sie müssen von Malett wissen, daß wir Kranke und Verwundete bringen und das ganze nordafrikanische Kommando des Ordens... Wir haben das Glück lange genug in Versuchung geführt», sagte der französische Botschafter, eine Spur Sorge und Wut in der diplomatischen Stimme. «M. de Vallier, können Sie auf irgendeine Weise den Großmeister erreichen, um ihn zu bitten, daß er uns sofort einfahren läßt? Wir sind hier mit der Erlaubnis der Türken, was keineswegs zu ihren üblichen Gepflogenheiten zählt. Sie könnten es sich durchaus anders überlegen, wenn wir diese Operation nicht schnell durchführen. Und wegen des Ordens trete ich schon jetzt meinen Posten mit fast einem Monat Verspätung wieder an.»

«Gott wird es Ihnen lohnen», sagte der Marschall mechanisch, aber sein angestrengter Blick richtete sich auf die Türme von St. Angelo, mit Borgo dahinter. «Ich kann es nicht verstehen. Für jede zurückkehrende Karawane, wie gewöhnlich sie auch sein mag, feuern die Geschütze, St. Laurentius wird erleuchtet, die Ritter warten, das Hospital ist vorgewarnt...»

«Ein Boot kommt», sagte Jerott plötzlich, und als kleine Lichter um sie herum in der eben erst eingebrochenen Dunkelheit zum Leben erwachten, warteten der Botschafter und sein Gefolge und beobachteten.

Es war Graham Malett, Großkreuzträger, allein, in einem von Maltesern geruderten Boot, und als er an Bord kam, bemerkte Jerott mit einer kalten Lähmung der Nerven, daß die Gelassenheit, die diesem Mann sein Leben lang zugeschrieben worden war, einen Sprung bekommen hatte. Bleich im spärlichen Licht war Gabriels Gesicht vom Schock verkrampft; seine Augen hatten sich vom luziden Blau so verfinstert, daß sie fast schwarz waren. Als er sich mit den anderen in der kleinen Kabine am Heck drängte, hörte Jerott d'Aramon ohne Fragezeichen sagen: «Sie bringen schlechte Nachrichten», und Gabriel antwortete: «Es tut mir leid. Ich habe Sie erschreckt.» Und dann, einen Augenblick später: «Ich weiß nicht, wie ich es Ihnen sagen, wie ich meine Brüder Ihnen gegenüber verteidigen soll.»

Die Stimme Marschall de Valliers sagte rauh: «Was ist geschehen? Warum bleibt die Kette gespannt?»

Graham Malett sagte, mit einer Hand an die Balken über seinem Kopf gestützt: «Heute nacht wird die Kette nicht gehoben. Die Burgwachen in St. Angelo sind verdoppelt worden, und der Großmeister hat jeden Ritter auf seinen Posten beordert, als ob der Feind gekommen wäre. Falls Sie morgen eingelassen werden, müssen Sie mit Einkerkerung und Schlimmerem rechnen, Herr Marschall, als Verräter mit seinen Komplizen. Und der Botschafter, vor dem wir in Dankbarkeit auf den Knien liegen sollten… der alles Menschenmögliche getan hat, um die Türken zur Aufhebung der Belagerung zu überreden… der uns alle aus der Sklaverei geführt und durch Gottes Gnade sicher hierhergebracht hat… Sie, mein Herr, werden in Borgo von Haus zu Haus verflucht als der gerissene Anstifter dessen, was *diese skandalöse Kapitulation* genannt wird.»

Ein tiefes Schweigen entstand, das der Botschafter schließlich mit seinem ruhigen Französisch brach. «Das ist das Werk des Großmeisters? Was sagt er sonst noch?»

Gabriel, die Mütze in der Hand, senkte den Kopf mit dem gestutzten Haar. «Daß Sie sich das Vertrauen des Großmeisters erschlichen haben, indem Sie vorgaben, Tripolis retten zu wollen. Daß Sie die Soldaten entmutigt haben, indem Sie die Schwäche der Stadt und die Stärke von Sinan Paschas Truppen übertrieben und den Marschall zu ehrlosen Verhandlungen bewogen haben. Daß Ihre Anwesenheit im türkischen Lager nicht weniger war als eine stillschweigende Billigung der türkischen Vorgehensweise, was das triumphierende Bankett und die Schätze, die aus Ihren Händen in die der Türken übergegangen sind, beweisen. Daß Ihre ganze Absicht in Tripolis darin bestand, die Belagerung schnell zu beenden, um die türkischen Truppen abzuziehen, die der französische König in seinem gegenwärtigen Krieg gegen Karl V. braucht. Sie haben jeden Mann auf meiner Brigantine dazu verhört», sagte Graham Malett, den direkten Blick auf d'Aramon gerichtet. «Sie werfen Ihnen sogar vor, Sie hätten die Türken zur Plünderung der Ritter angestiftet, nachdem sie sich widerspruchslos ergeben hatten.»

«Wie weit verbreitet ist diese Geschichte?» fragte d'Aramon mit derselben ruhigen Stimme.

«Sie ist gezielt in ganz Borgo erzählt worden. Heute nacht wird sie Mdina erreichen. Die Stimmung gegen Sie schwappt schon über.»

«Ich hätte es nicht für möglich gehalten, nicht einmal von dem Orden, wie er heute ist», sagte d'Aramon. Er warf de Vallier einen

Blick zu, der teilnahmslos zurückschaute. Hinter ihnen erwachten Stimmen, Erschrockenheit machte sich breit. D'Aramon sagte: «Um unser aller Willen darf das nicht außerhalb von Malta gehört werden. Ich werde darum bitten, vor dem Großrat erscheinen zu dürfen, um diese ganzen Lügen zurückzuweisen.»

«Das können Sie tun», sagte Gabriel. «Und seien Sie sicher, daß Sie nicht ohne Unterstützung bleiben. De Villegagnon und la Valette haben ihr Leben riskiert, um Sie zu verteidigen. Aber es ist zu spät. Drei Galeeren des Ordens haben heute nachmittag abgelegt, nach Sizilien, Neapel und Bône, mit der Version des Großmeisters über den Fall von Tripolis und Bestätigungsschreiben der spanischen Ritter nach seinem Diktat, gerichtet an alle europäischen Kommandanturen des Ordens. Er dient dem Kaiser bestens. Außerdem...» Er zögerte.

«Mein Gott, kommt noch mehr?» sagte d'Aramon bitter, sank auf einen Stuhl, stützte den Ellbogen auf den mit Papieren übersäten Tisch und drückte sich die Fingerspitzen gegen die geschlossenen Augen.

«Er will die Geiseln nicht freilassen», sagte Graham Malett mit leiser Stimme.

Aber inzwischen hatte der französische Botschafter das Zartgefühl über Bord geworfen. Er ließ die Hand fallen, ließ sie ruckartig um das angespannte, ungläubige Gedränge um ihn herum kreisen und sagte: «Sollen wir diese Männer auf den Sklavenmarkt zurückschicken? Ich, ihr sogenannter Feind, habe mich erniedrigt und arm gemacht, damit sie aus dem Sand aufgehoben und freigelassen wurden, und ihr eigener Orden will die Geiseln nicht hergeben?»

«Was für Geiseln? Was für Geld?» Jerott Blyths Aufschrei übertönte den der anderen.

Graham Malett drehte sich um. «Als Sie und die spanischen Ritter gefesselt dalagen, hat M. d'Aramon um Ihr Leben gebeten. Die Bitte wurde ihm gewährt, indem er alles bezahlte, was er in seiner Privatschatulle hatte, zusammen mit dem Versprechen, daß der Orden im Austausch dreißig türkische Gefangene freiläßt, die jetzt auf Malta sind. Der Großmeister hat sich jetzt geweigert, das zu tun, und deshalb ist M. d'Aramon, der zur Arbeit nach Konstantinopel zurückkehren muß, gezwungen, sein Wort zu brechen.»

«Wir lassen nicht zu, daß er darunter zu leiden hat.» Das war endlich die ältliche Stimme Marschall de Valliers. «Ich und meine Brüder in Christo werden dieser Verleumdung persönlich entgegentreten. Wäre die Burg so besetzt und befestigt gewesen, wie es hätte sein müssen, hätten sie uns erfahrene Ritter, disziplinierte Soldaten geschickt an Stelle der unglücklichen Bauern...»

«Wenn Sie Borgo betreten, Herr Marschall», sagte Gabriel, «bedeutet das Kerker. Es könnte Folter bedeuten. Es könnte Ihnen eine Degradierung einbringen. Vielleicht sogar den Tod. Ich glaube nicht, daß Seine Eminenz unparteiische Zeugen hören wird.»

Daß Graham Malett jede Hoffnung auf Gerechtigkeit und alle Aussichten auf den Triumph des Guten fahren ließ, kam dem äußersten Entsetzen näher als alles, was Jerott je im Leben erwartete. Er sagte: «Haben Sie es ihnen denn gesagt? Jeder bei Verstand weiß, daß zumindest Sie unparteiisch sind. Was ist mit de Villegagnon? Er unterstützt den Großmeister auf keinen Fall bei einer eindeutigen Fälschung. Was ist mit la Valette? Romegas? *Kämpft denn niemand?*»

«De Villegagnon weiß alles, was ich weiß», sagte Gabriel. «Er wird kämpfen bis zum Tod. Und das werden auch die anderen tun, die Sie erwähnt haben, mit ihren Anhängern. Wie Sie wissen sollten, spielt das keine Rolle. Sie sind in der Unterzahl. Was meine Einschätzung als unparteiisch anlangt...» Er lächelte, etwas düster. «M. d'Aramons erfundene Sünden, habe ich gehört, sind auch die meinen. Weil ich mich an seinem schlauen Doppelspiel in der Sicherheit des türkischen Lagers beteiligt habe, bin ich gewarnt worden, daß ich auf eigene Gefahr nach Malta zurückgekehrt bin. Sie und ich, Herr Marschall, werden gemeinsam zu Märtyrern werden.»

«Nein!» Der Ausruf kam sofort und war endgültig, sowohl vom Botschafter als auch von de Vallier. Der Botschafter fügte knapp hinzu: «Märtyrertum hilft dem Orden nicht. Ich werde vor diesem Rat erscheinen. Ob der Marschall das tut, ist seine Angelegenheit. Seien Sie versichert, daß ich für meinen Teil Sie voll rehabilitieren werde. Aber Sie haben schon überreichlich Ihre Pflicht getan, indem Sie unseren Standpunkt vorgetragen und uns diese Warnung überbracht haben. Daß Sie sich der Macht des Ordens unterstellen wollen, während er wahnsinnig vor Angst ist, besessen von dem fieberhaften Bedürfnis, den Kaiser von der Schuld am Fall seiner Stadt freizusprechen... möglicherweise auch erpicht darauf, den Mißbrauch von Geldern zu verschleiern, der einzig und allein die Schuld des Großmeisters sein muß... das wäre Selbstzerstörung. Überlassen Sie es de Villegagnon, überlassen Sie es Parisot, die wenigstens nicht zu Sündenböcken für den Verlust von Tripolis gemacht werden können, das auszufechten, was innerhalb des Ordens ein langer Kampf werden muß. Ich meine, daß Ihre Pflicht eine andere ist.»

«Und welche?»

«Fahren Sie mit de Seurre, der ebenfalls Ritter ist. Bringen Sie meine Briefe nach Frankreich, aus denen der König erfährt, was geschehen ist. Tun Sie etwas gegen dieses sich ausbreitende Lügengespinst. Sagen Sie in ganz Europa die Wahrheit, damit die Dinge gezeigt weren, wie sie sind...»

«Ich soll die Fäulnis innerhalb des Ordens öffentlich machen?» sagte Gabriel.

«Stellen Sie sie bloß, damit sie herausgeschnitten werden kann», sagte d'Aramon ruhig.

«Er ist mein Leben», sagte Gabriel ausdruckslos, und es war Jerott, der vortrat, finster, wütend, energisch, der seinen Arm packte und schüttelte. *Sie dürfen nicht zurückgehen*. Der Orden war auch mein Leben. Aber wenn Sie ihn verlassen, komme ich mit Ihnen.»

Graham Malett schüttelte den Kopf, ein benommener Ritter; ein Mann, der so viele Schläge hatte einstecken müssen, daß selbst sein Gefühl abgestumpft war. «Falls der Marschall und meine Brüder nach Malta gehen, muß ich selbstverständlich zurückkehren. Ich weiß, was für Anstrengungen M. d'Aramon im türkischen Lager unternommen hat...»

«Das haben Sie schon bezeugt; Sie haben es uns gesagt. Und der Großmeister, wie sehr er es auch wünschen mag, kann mir *innerhalb* Maltas nichts anhaben», sagte d'Aramon. «Dort nützen Sie mir nichts. Ich brauche Ihr Zeugnis außerhalb.»

«Ich kann nicht gegen den Orden sprechen», wiederholte Gabriel. Er sah verzweifelt aus. «Ich kann nicht zulassen, daß der Orden in Frankreich in Mißkredit gerät. Und wo könnte ich sonst hingehen?»

«Im Hafen liegt ein zweites Schiff», sagte Jerott; und Graham

Malett wandte den Blick über die gereckten Köpfe der Versammlung hinweg, die sich schon in zischende, streitende Gruppen aufgelöst hatte, und sah zu einer dunklen Brigantine mit erleuchteten Lampen hinüber, die müßig im schwarzen Wasser lag.

Er starrte sie lange an, während eine Welle aus Streit und Besorgnis ihn umwogte; die Stimmen von d'Aramon, dem Marschall, de Herrera und de Poissieu, die sinnlos widerhallten, während sich Jerott an seine Seite schob. Dann sah er, daß der Priestersoldat die Augen geschlossen hatte, daß seine Lippen sich bewegten, und er begriff gequält, daß Gabriel im Gebet nach der Antwort suchte. Also wartete er.

«Da ist etwas», sagte Thompson und ruckte mit dem ungekämmten Kopf über das dunkle Wasser.

Seit einer halben Stunde lehnten er und Lymond müßig an der Reling der Brigantine, verdauten ein vorzügliches Abendessen und machten Konversation, während vor dem Hafen die Lilien von Frankreich an den Masten einer kleinen Gruppe von Schiffen wehten, die in der Dämmerung und unter dem Vollmond herangesegelt waren und sich in der straff über den Kanal gespannten Silberkette widerspiegelten.

«Drei Ruderer», sagte der Pirat, Ausschau haltend. «Und tief im Wasser. Sie haben Gepäck.»

«Wie viele Passagiere?» sagte Lymond, und Thompson, der zu schlau war, als daß ihn die Unbekümmertheit der Frage getäuscht hätte, grinste im Dunkeln. «Kann ich noch nicht sehen, ich bin doch keine Eule. Abwarten, mein Sohn, abwarten.»

Hinter ihnen herrschte rege Geschäftigkeit auf dem Schiff. Die Besatzung aus Tripolis war nach der Landung gegen Thompsons Leute ausgetauscht worden, die auf seine Ankunft gewartet hatten. Sie hatten den ganzen Tag lang Vorräte für die lange Fahrt besorgt, ohne daß Fragen gestellt worden wären, und die Brigantine war jetzt voll beladen: der Großmeister war sich sicher, daß ein Pirat nicht sonderlich glaubwürdig für die Außenwelt war. Und Lymond hatte aus guten Gründen seine Anwesenheit geheimgehalten.

«Zwei Köpfe», sagte Thompson plötzlich.

«Farbe?»

«Sieh selbst hin.»

Hoch auf dem Bug trug das näherkommende Skiff eine Lampe. Der schwankende Schimmer, tief auf dem Meer, ging über zwei gespenstische Gesichter hinweg, angespannt, schweigend, in sich zurückgezogen, und über zwei Köpfe, einer schwarz, der zweite leuchtend golden.

«Malett und Blyth, du hellseherischer Schweinehund», sagte der Pirat ohne Bosheit, tastete nach seiner Börse und warf sie in Lymonds wartende Handfläche. Lymond fing sie auf, ohne hinzusehen. «Natürlich. Es war alles in allem eine ernüchternde Erfahrung.»

Eine Pause entstand, während sie beide das sich nähernde Boot beobachteten. «Morgen steche ich aber trotzdem in See», sagte Thompson schließlich.

«Das ist schon recht», sagte Lymond. «Wir kommen alle mit.»

Thompson runzelte die Stirn. «Eine schöne Sauerei, vor der diese Priester da weglaufen. Wenn die so verdammt gut mit ihren Schwertern umgehen können, möchte man doch meinen, sie hätten den alten Teufel im Handumdrehen runter von seinem Thron.»

«Es ist eine Frage des Gewissens», sagte Lymond. «Sie dürfen keine Großmeister töten, nur Türken. Und falls er tot in seinem Bett gefunden wird, möchte ich nicht in der Nähe sein. Das ist einer der Gründe, wenn du es denn schon wissen mußt, warum ich auch von hier verschwinde.»

«Sie würden dir die Schuld geben?»

«Ich weiß es nicht, und ich will es nicht herausfinden. Denk daran, diese Männer haben geschworen, dem Großmeister zu gehorchen. Es gehört ein bißchen Mut dazu, diesen Schwur zu brechen und nicht gleich ins andere Extrem zu verfallen.»

«Also laufen sie statt dessen nach Hause zu Muttern.»

«Wenn du so willst», sagte Lymond. «Blyth klammert sich an Gabriel, und Gabriel klammert sich an...»

«Dich?» sagte Thompson und lachte derb, denn er hatte ein fröhliches, derbes Gemüt.

«Ich wollte sagen, an Gott», lautete Lymonds gleichmütige Antwort.

«Und was ist mit dir», sagte der Pirat, ein boshaftes Funkeln in den scharfen Augen. «Was führt einen wie dich zurück nach Schottland?»

«Berichte», sagte Lymond. Er winkte heftig dem lautlosen Boot zu, das jetzt neben ihnen hielt. «Verheißungsvolle, aufregende Berichte. Briefe von zu Hause, aus dem Norden, aus dem Westen.»

«Ein Mädchen?» Thompson war gespannt.

«Ein Mädchen. Ein Mädchen», sagte Lymond voller Zartheit, «namens Joleta Reid Malett.»

DRITTER TEIL

Das doppelte Kreuz

1. KAPITEL

Nesseln im Winter

Schloß Boghall, Oktober 1551

An dem Tag, an dem Will Scott heiratete, tat Lymond, ohne es zu wissen, den ersten Schritt auf den Johanniterorden zu.

Dieselbe subtile Ironie wollte es, daß Francis Crawford von Lymond drei Jahre später an dem Tag an den mißtrauischen Busen seines Vaterlandes zurückkehrte, an dem Tom Erskine starb.

Er starb im Schloß Boghall, wohin er gebracht worden war, nachdem ihn auf dem Weg von Stirling nach Süden das Schweißfieber befallen hatte. Er erlebte es nicht mehr, daß seine Frau Margaret mit der schottischen Königinwitwe aus Frankreich nach Hause kam. Statt dessen verbrachte er seine letzten Stunden mit Lady Jenny, ihrer Mutter, in deren prunkvollem Schloß in Biggar. Sie trug ein züchtiges, fließendes Gewand und tupfte ihm geistesabwesend mit einem Tuch die Stirn ab.

Inzwischen wußte er, obwohl er mit jeder Arznei behandelt wurde, die die Flemings auftreiben konnten, daß das Ende nahe sein mußte. In England waren in jenem Jahr fünfzigtausend Menschen an dieser Krankheit gestorben. Er hatte viele davon gesehen, als er als Botschafter, der den Frieden aushandelte, nach Norham und zurück geritten war. Der Krieg, bei dessen Beendigung er mitgeholfen hatte, hatte sein Land vor der Geißel geschützt. Jetzt sah es so aus, als brächte der Frieden ihn um.

Des Friedens wegen war Philippa Somerville in Boghall. Eine Somerville aus Nordengland, deren Familie treue Anhänger von Lord Grey waren, hätte vor achtzehn Monaten die Grenze mit einer Armee überquert oder überhaupt nicht. Philippa, die mit dreizehn wie ihre Mutter in jeder Faser nüchternen gesunden Menschenverstand hatte, war in Schottland, weil sie Lady Jenny mochte, ihre ehelichen Kinder und ihren fünf Monate alten unehelichen Sohn von König Heinrich von Frankreich.

Es war Philippa gewesen, die nach dem Arzt und Apotheker geschickt hatte, als Jennys Schwiegersohn hereingetragen worden war. Jenny war viel zu beschäftigt damit gewesen, für die Sicherheit ihres offiziell anerkannten Prinzen zu sorgen. Er war mit ihren ehelichen Kindern in das drei Meilen entfernte Schloß Midculter gebracht worden, wo sich die Crawfords um sie kümmern sollten. Zwei Grafschaften hörten seinen Aufbruch (er zahnte), und Tom Erskine, der es hörte, rang sich für Philippa ein amüsiertes Lächeln ab. Dann kam Jenny, alterslos bezaubernd in weißem Leinen, um ihm die Hand zu halten.

Er war dankbar, weil sie Margarets Mutter war, über die er sich keine Illusionen machte, und er sprach beruhigend mit ihr, wenn er es konnte. Die Starre war inzwischen gewichen; er spürte jedoch, in ein Nachthemd von Jamie Fleming gekleidet, den wachsenden Druck im schmerzenden Kopf und im verkrampften Magen und gleichzeitig das Feuer des Fiebers. Seine Angelegenheiten waren geordnet, für seine Affären hatte er bezahlt, alle Güter und Liegenschaften waren bestens bestellt. Für das alles hatte er gesorgt, als er mit der kleinen Königin Maria nach Frankreich gegangen war. Aus der eigenen Ehe, die sehr liebevoll war, gab es keine Kinder und würde es jetzt nicht mehr geben. Für Margarets Sohn aus erster Ehe wurde im Zuhause seines Vaters gesorgt.

Er hatte seine Frau seit dem Frühling nicht mehr gesehen, als er in Geschäften der Königin nach Frankreich gereist war. Zu Margaret hätte er sagen können: «Ich habe keine Angst vor dem Tod. Ich habe Angst davor, ein Schiff ohne Lotsen zurückzulassen. England und der Kaiser Karl sind erschöpft vom Krieg und von der Unzufriedenheit, in Frankreich erwacht die Kriegslust wieder, die Türkei ist angriffslustig und reich. Alle alten Kriege sind zu Ende und neue beginnen, mit neuen Bündnissen und neuen Feinden; wer wird uns durch den Irrgarten führen, in der langen Regentschaft, die vor uns liegt? Unter dem Sultan ist die ganze Türkei vereint. Frankreich gehorcht dem göttlichen Willen des Königs; die englischen Adligen werden sich an den Regenten klammern, um am Reichtum und an der Macht teilzuhaben.»

Und was gab es in Schottland? Eine zerstrittene Führung. Die französische Königinwitwe bekämpfte den Grafen von Arran wegen der Statthalterschaft während der Kindheit der Königin Maria, und ob sie es wollte oder nicht, mit jeder französischen Münze, die sie sich lieh, besiegelte sie Schottlands Zukunft als französische Provinz. Und weil England kein zweites Frankreich an der Grenze dulden wollte, war es bereit, jeden schottischen Adligen, von Arran abwärts, zu bestechen, der etwas gegen die Königinwitwe, Frankreich oder den Katholizismus hatte. Eine geteilte Nation, ein geteilter Gott, ein Land alter Familien auf der Suche nach sich selbst, die nach Belieben täglich neue Bündnisse eingingen und aufkündigten und für die der Gedanke einer Nation abwegig war... was konnte sie rechtzeitig zusammenschweißen und von ihrer Selbstsüchtigkeit und ihren kläglichen, ständigen Fehden abbringen?

Eine gemeinsame Gefahr hätte so etwas bewirken können, nur war die Nation zu schwach, einer Gefahr zu widerstehen. Ein starker Führer hätte Einheit schaffen können – aber ohne ausreichend Gefolgsleute mußte er scheitern. Eine gemeinsame Religion hätte es bewirken können, aber wo gab es eine, die eine schottische Besonderheit sein könnte?

Es gab noch ein Heilmittel. Ein Jahrzehnt Frieden für ruhiges Wirtschaften, damit jeder Bauer seinen Kohl und sein Getreide hatte, ohne es vom Nachbarn stehlen zu müssen, damit friedlicher Handel so reichen Gewinn versprach wie der Krieg, damit wieder aufgebaute Schlösser ihre Arbeiter ohne Angst vor verbrannten Ernten beschäftigen konnten, ohne daß sie, wenn es Zeit zum Säen war, die Füße in die Steigbügel stecken mußten, ohne daß ein Jahresertrag an Wolle, Leder oder Heringen von schottischen Fischern geraubt wurde, die zu Piraten geworden waren. «Wie müßte man das angehen? Wie kann man auch nur einen Kerr davon abhalten, einen Buccleuch zu töten?» sagte Tom laut und sah Jenny Flemings fragendem Gesicht an, daß sie etwas ganz anderes gesagt hatte, vermutlich schon seit langem.

Dann ging sie, und er wußte, daß er anstelle seiner Pflegerinnen bald von verlegenen Zeugen seines Sterbens umringt sein würde. Es machte ihm nicht viel aus, denn jetzt brannte das Feuer überall in seinem Körper, und in salzigen, widerlichen Strömen brach der kranke Schweiß aus ihm heraus, der ihn töten würde.

Sie konnten nichts dagegen tun. Wasser lief durch das Laken und in den Matratzendrell. Das trockene Laken und die trockene Matratze wurden frisch getränkt, dann noch einmal; dann ließen sie ihn so liegen. Als sie eisige Wickel brachten, mit Brunnenwasser getränkt, beobachtete er, wie der Dampf um ihn herum zur Decke stieg, und er war nur wenig überrascht, als ein brauner Arm mit Krallenfingern die Wickel wegstieß und ein mit einem Schal verhüllter, vage vertrauter Kopf sich über ihn beugte und zischte: «Die bringen Sie um, nicht wahr, ehe der Herr Sie ruft?» Und als er aufschaute, in das faltige Gesicht von Trotty Luckup, entspannte sich ihr Blick, und sie lächelte und sagte: «Ich kann es Ihnen noch etwas angenehmer machen, mein Lieber, ehe die Sie kalt, kalt ins Grab legen.»

Er trank, was sie ihm zu trinken gab, und ließ sie mit ihm tun, was sie wollte, und vielleicht half es. Er hörte sich auch an, was sie zu sagen hatte, und ihm ging durch den Kopf, Francis Crawford könne mit diesem Klatsch etwas anfangen, aber er lag im Sterben, und Francis war im Ausland.

Es war Philippa, die ihn allein in seinem Zimmer fand, ohne die kalten Wickel, und erfuhr, als sie hinausstürzte und die Frauen beschimpfte, ihnen sei unter Androhung des bösen Blicks verboten worden, die Wickel zu ersetzen, nachdem Trotty gegangen war. Mochte sie auch im Gefängnis gesessen haben, die alte Frau war klug, und Philippa wußte, daß Tom immer sanft mit ihr umgesprungen war. Also mischte sie sich nicht ein, sondern ging langsam in das Krankenzimmer zurück und setzte sich neben den Sterbenden.

Für Tom, betäubt vom Fieber, sah sie ganz wie ihre Mutter aus, wie sie gerade auf dem unbequemen Stuhl saß und ihr das gekämmte braune Haar über das schlichte Kleid fiel. Sie hätte nicht kommen müssen. Ihre Mutter hatte genauso am Totenbett des Mädchens gesessen, das er einmal hatte heiraten sollen, lange vor Margaret.

Seither war er oft in Flaw Valleys gewesen, und Lymond manchmal auch, bis ihn Philippas Feindseligkeit vertrieben hatte... Das oder der Tod von Philippas Vater. Und Philippa oder Kate oder beide hatten oft den Regeln des Krieges getrotzt und waren über die Grenze geschlüpft, um ihn in Stirling oder Boghall zu besuchen...

Lymond, hieß es, habe in Nordafrika gekämpft und werde bald zu Hause zurückerwartet... Würde Philippa so unversöhnlich bleiben? Einen verwirrten Augenblick lang fragte sich Erskine, ob er, gerechtfertigt durch sein nahes Ende, den Friedensstifter spielen könne... aber nein. Haß, gefesselt durch Versprechen Toten gegenüber, war der übelste überhaupt.

Die Zeit verstrich. Das Zimmer war dunkel, und Erskines Füße waren vor Kälte taub. Er fror, und es war zu spät für eine Erklärung auf dem Totenbett. Er hatte ohnehin nichts Bedeutendes zu sagen. Oder doch?

Mit großer Mühe, mit einem Atemzug, der seine Brust kaum hob, sagte Tom Erskine: «Philippa?», und ihre Stimme antwortete ihm, ruhig, von ihrem Platz aus, eingerahmt vom stumpfen Schein des Feuers. Er hechelte nach Luft, dann noch zweimal und fing mit seiner Nachricht an Margaret an, die er mit dem nächsten Atemzug abschloß. Und dann, solange er es noch konnte, fügte er die Nachricht an Lymond hinzu.

Das Wesentliche dessen, was Trotty Luckup gesagt hatte, war nicht schwer zu vermitteln. Er wünschte sich nur mit der den ganzen Tag lang über ihm schwebenden Trostlosigkeit, die er hatte abschütteln wollen, es wäre Margaret, deren ruhiger, nüchterner Verstand diese unappetitliche Wahrheit in sich aufnahm, nicht die junge Pippa. Er hatte die Geistesgegenwart und fand noch soviel Stimme, daß er Philippa danach wegschickte.

Als Jenny und die schnatternde Herde aus Pflegerinnen und Dienstboten auf Philippas Ruf hin kamen, floh das Mädchen. Unten, der Familie treu ergeben, aber im Schatten von Krankheit und Tod zu flüsternden Grüppchen zusammengedrängt, beantworteten die Bediensteten in der Küche ihre Fragen. Ja, Trotty Luckup sei hier gewesen, habe am Feuer einen kräftigen Schluck getrunken und sei in der Dämmerung gegangen... auf den Weg nach Culter, habe sie gesagt.

An jenem Abend ging nur ein Gedanke durch den mausbraunen Kopf von Philippa Somerville: das launische alte Klatschmaul einzuholen und mehr über das zu erfahren, was Tom Erskine ihr gesagt hatte.

Trotty kam bestimmt nicht schnell voran. Bei dem ganzen Bier, das sie getrunken hatte, konnte sie vermutlich nicht einmal gerade gehen. Philippa wartete nicht darauf, daß ihr Pony gesattelt wurde; sie fand es mit einem Seil angebunden in den großen Stallungen und galoppierte durch das Tor davon, während ihr ein hartnäckiger Stalljunge, der sich wegen des unbefestigten Sattels sorgte, auf einem Klepper folgte, mit einem Stock unter einem Arm und einer Stallaterne in der freien Hand. Dann preschten sie beide den Damm durch das dunkle Moor entlang.

Sie fanden Trotty, wo die schlammige Straße aus dem Sumpf zu der kleinen Erhebung vor Midculter führte. Sie lag an der Seite des Grabens und hatte mehr Barchent als Fleisch an sich, als hätte ein Hausierer sein Bündel in der Gosse ausgeschüttet. Sie war tot.

Es war nicht das erste tote Gesicht, das Philippa sah – diese Radierung in krassem Schwarz und Weiß mit offener Kinnlade, die alten, schwerlidrigen Augen im Schein der Fackel. «Bestimmt», sagte der Junge schneidend, «ist sie ausgerutscht und hat sich die alte Rübe an einem Stein eingeschlagen.»

«Bestimmt», sagte Philippa, mit kalten Händen. Die alte Frau stank nach Bier. Ihre Hände, die sanft von zahllosen Kindern die Nachgeburt gelöst hatten, waren vor ihrer Brust gekreuzt, als hätte sie sich schützen wollen. Das Mädchen beugte sich plötzlich über das rauhe Herbstgras, von Schatten überzogen, und richtete sich auf, etwas in der Hand: eine Eisenstange. «Und das war der *Stein.*»

Der Junge war erst fünfzehn. Er starrte die Waffe an und sagte nichts, und die Anspannung seiner Halsmuskeln im Fackellicht sagte Philippa, daß er das Geräusch, das ihrem Herzen zusetzte, auch gehört hatte: das ferne Getrappel von Pferdehufen von Westen her. Sie wußte, das war keine besorgte Verfolgung von Boghall aus; die Reiter hätten gerufen. Aber es konnten doch nicht die Mörder von Trotty Luckup sein, die jetzt schon weit weg sein mußten? Falls ihnen nicht eingefallen war, daß sie die blutbefleckte Eisenstange zurückgelassen hatten...

Es waren viele Pferde. «Mach die Fackel aus», befahl Philippa scharf, während sie überlegte; und sie standen in der windigen Dunkelheit neben der Leiche im Graben und warteten auf die Reiter.

Es waren etwa zwanzig Männer, das konnte man aus dem Geklimper des Geschirrs und dem Trappeln der Hufe auf dem steinigen

Weg schließen. Sie ritten in einem engen Verband, ohne Fackeln, folgten dem letzten Lichtschimmer auf dem Weg. Falls Befehle gegeben wurden, gingen sie im Klacken der Hufe unter. Sie kamen mit gleichmäßiger Geschwindigkeit um die Biegung herum und ritten auf die Stelle zu, wo Philippa und der Junge im dunklen Dickicht des Grabens und der Hecken standen, beschleunigten und waren vorbei.

Halb vorbei. Zehn Schritte von ihr entfernt verharrte die Vorhut des kleinen Trupps reglos, wie auf ein stummes Kommando hin. Die Nachhut blieb genauso unvermittelt stehen. Und aus der Dunkelheit an der Spitze sagte eine Stimme: «Dort. Macht Licht und holt die beiden heraus.»

Es war sinnlos, sich zu wehren. Als sie mit dem Jungen vortrat, geschoben von einer breiten Hand in ihrem Rücken, sah Philippa im Fackellicht, daß alle Männer Brustpanzer und Helme trugen, und sie faßte neuen Mut. Es waren also keine Banditen oder Räuber.

Außerhalb des Fackelscheins saß der Kommandant wartend auf dem Pferd. Er hatte nichts mehr gesagt. Philippa drehte sich um, wollte etwas zu ihm sagen, das gelbe Licht auf ihrem dreizehnjährigen Gesicht, und sein Pferd scheute leicht und beruhigte sich wieder. Dann, ehe sie etwas herausbrachte, sagte er milde: «So, so, die Erbin der Somervilles mit Begleitung. Du hast offenbar Schwierigkeiten. Können wir dir helfen? Das ist doch nicht etwa deine Mutter?»

Sie wußte, wer er war, ehe er auf sie zuritt, ehe das Licht auf das verhaßte Gesicht fiel. Sie sah, daß seine Haut dunkelbraun war, so daß sich alle Falten weiß abzeichneten, und seine Augen und Zähne blitzten, als er lächelte.

Philippas Augen füllten sich mit Tränen des Zorns. Es war Francis Crawford von Lymond, der einzige Mann, der Witze über eine alte Frau machte, die erschlagen im Graben lag.

Der Junge ging auf ihn zu, unter lautstarken Erklärungen, aber Philippa blieb, wo sie war, bis Lymond sie direkt ansprach. «Erinnerst du dich an mich? Dein Lieblingsschotte», sagte er. «Und tu nicht so, als hättest du Angst. Ihr Somervilles seid so unerschrocken wie alte Römer... Sag mir eins, Philippa. Bist du Trotty von Boghall aus hierher gefolgt?»

Er hatte also das Wesentliche der Geschichte des Jungen mitbekommen. Es war äußerst peinlich. Es war ein besonders übler Zufall. Es war furchtbar, dachte Philippa, jämmerlich. Sie erwiderte nach einer Pause: «Ja. Ich bin zu Besuch bei Lady Jenny. Sie hätten rufen können, damit ich gewußt hätte, wer Sie sind. Ich bin Trotty gefolgt», sagte sie kläglich mit klappernden Zähnen, «weil ich unbedingt mit ihr reden mußte.»

Sie wartete. Etwas Leichtes und Warmes legte sich um ihre Schultern – sein Umhang, stellte sie fest. Sie hatte nicht ganz den Mut, ihn abzuwerfen. «Jerott bringt dich sicher nach Boghall und zur Mätresse von Frankreich zurück. Hast du gesehen, wer Trotty umgebracht hat, Philippa?»

«Nein . . . Sie waren schon fort. Ich weiß nichts darüber und ich kann allein nach Hause zurück, vielen Dank.»

Lymond schaute sie an. «Ich glaube schon, daß du das kannst, aber Jerott hat eine Heidenangst vor der Dunkelheit.» Und er fügte die Frage hinzu, auf die es ankam, ehe Philippa darauf gefaßt war. «Warum wolltest du mit ihr sprechen, Philippa?»

Philippa Somervilles große braune Augen wurden völlig leer. In Philippa Somervilles Dickkopf steckte eine Nachricht für Lymond, ihr aufgetragen von Tom Erskine, der sie von der vielbeschäftigten alten Frau erfahren hatte. Es würde Francis Crawford kaum etwas anhaben, wenn sie ihm die Nachricht vorenthielt. Mit Glück konnte das jedoch seine Eingebildetheit beträchtlich schmälern, und sie war Trotty Luckup mit der Absicht gefolgt, mehr zu erfahren.

Dazu war es jetzt zu spät. Philippa fand sich mit dem Verlust ab und erzählte die Lüge, ohne mit der Wimper zu zucken. «Trotty kam, um Sir Thomas Erskine Linderung zu verschaffen, und ging, ohne daß sie bezahlt worden wäre, sogar ohne Dank. Sie wissen, daß Lady Erskine so etwas nicht recht war. Ich hatte Geld für sie, das ist alles.»

Sie hatte zum Glück Geld in der Börse. Lymond schaute nicht nach. Statt dessen sagte er scharf, wie sie gehofft hatte: «*Linderung?*»

«Der arme Sir Thomas liegt mit Schweißfieber in Boghall», sagte Philippa traurig.

Lymond wurde ungeduldig. «Seit wann?» fuhr er sie an, und dann: «Jerott!»

Der dunkelhaarige, sauber rasierte Mann hinter ihm beugte sich herunter. Auf Lymonds Anweisung wurde Philippa in den Sattel des Fremden gehoben, während der Junge hinter Francis Crawford aufsprang, dann wendeten die beiden Pferde und galoppierten nach Boghall, ließen die anderen am Wegrand zurück.

An einer Biegung drehte Philippa sich um und sah, daß sie abgestiegen waren und das Lumpenbündel, das Trotty Luckup war, aus dem Graben holten. Philippas weiches Herz empfand aufrichtiges Mitleid mit Trotty und tiefe Sorge um den Junker von Erskine. Aber als sie in Boghall ankamen, fand sie den Priester und Verwandte, die zu spät gekommen waren, in einer bleichgesichtigen Besprechung vor dem Krankenzimmer vor, sah, wie Jannie Fleming, die geschminkten Wangen silbrig von Tränen, die Arme um Lymonds Hals warf, und begriff als erstes, daß Tom Erskine tot war und als zweites, daß Trotty Luckups Klatsch ihr jetzt allein gehörte.

Trotty hatte Jamie Fleming warnen wollen. Tom Erskine hatte begriffen, daß die Sache auch für Lymond Ärger bedeutete. Philippa, die auf ihrem persönlichen Rachefeldzug war, hoffte lediglich, er habe recht gehabt.

Für Jerott Blyth, der die ganze Zeit verärgerte Langeweile zur Schau getragen hatte, war es kein Vergnügen, mit Lymond wieder auf dem Weg nach Midculter zu sein, Boghall und die trauernde Schwiegermutter in der Dunkelheit hinter ihnen.

Er war wegen Gabriel hier. Graham Reid Malett hatte Wort gehalten und sich in den über zwei Monaten, seit er Malta verlassen hatte, nicht geschont. Er hatte an jedem europäischen Hof vorgesprochen, hatte kraftvoll und gerecht die Geschichte von Mdina, Gozzo und Tripolis erzählt, niemandem die Schuld gegeben, aber die französischen Ritter aus Malta, den Chevalier de Vallier und den französischen Botschafter in der Türkei, M. d'Aramon, gründlich vom Verdacht gereinigt.

Überall, sogar im Vatikan und beim Kaiser, war er angehört worden. Sein über jeden Zweifel erhabener Ruf, der ihm in Frankreich vorausging, hatte für seinen sofortigen Empfang bei Hof gesorgt, wegen des türkischen Bündnisses in dezenter Form. Heinrich II. war nicht unbedingt ein Gönner von M. d'Aramon, aber er war jederzeit bereit, ihn gegen Kaiser Karl zu unterstützen; vor allem, weil nicht schwer zu erraten war, wie zurückhaltend sich Graham Malett auch geben mochte, daß der Großmeister der Bodensatz eines besonders ranzig gewordenen Fasses war.

Gabriel hatte darauf bestanden, seine Pilgerfahrt allein durchzuführen. Verbannt von der Seite des Großkreuzträgers hatte Jerott aus dem Heim seiner Mutter in Nantes von Maletts Erfolgen gehört und schließlich einer herzerwärmenden Wiederbegegnung mit Sir Graham in Paris nicht widerstehen können.

Gabriel war dünner geworden, hatte längeres Haar und einen erschöpften Gesichtsausdruck, hatte sich aber sonst nicht verändert. Der sanftmütige, standhafte Kreuzritter aus Malta steckte immer noch in ihm. Er lächelte über Jerotts dringliche Bitten und sagte schließlich: «Was kommt als nächstes? Wie viele von uns wissen, was als nächstes kommt? Nächsten Monat reise ich nach London und dann nach Schottland. Ich muß Joleta sehen, und ich glaube, ich muß mich ausruhen. Mein Arzt scheint es jedenfalls für klüger zu halten.» Und er fegte Jerotts Besorgnis beiseite und sagte: «Wir könnten uns dort treffen. Sie könnten vorausreisen und auf mich warten. Sie haben dort noch Verwandte. Sie können Joleta besuchen und mir sagen, ob sie und Lymond sich angefreundet haben.»

Das Entsetzen in Jerotts ausdrucksvollem Gesicht hatte ihn wieder zum Lachen gebracht. «Das mißfällt Ihnen? Ich kann mir nichts vorstellen, worüber ich mich mehr freuen würde. Wo ich gescheitert bin, hat vielleicht Joleta Erfolg. Vielleicht können Sie dabei helfen, den jungen Mann davon zu überzeugen, daß man solche Gaben nicht vergeuden darf. Begraben Sie Ihr Mißtrauen gegen ihn, Jerott. Er wird der Religion noch Ehre machen. Der beste Dienst, den Sie dem Orden erweisen könnten, wäre, zu ihm zu stoßen und sich ihn zum Freund zu machen.»

«Welchem Orden?» hatte Jerott Blyth bitter gesagt, und Gabriel hatte gelächelt. «Tun Sie nicht, als wären vierhundert Jahre des Rittertums mit einem fehlgeleiteten alten Mann zu Ende gegangen. Ihnen ist ein Kompliment gemacht worden: Juan de Homedès mag Sie nicht. Lassen Sie uns ihm zeigen, wie seine Arbeit für Christus getan werden sollte.»

Es war ein einnehmender Gedanke, dachte Jerott mißmutig, als er durch die kühle schottische Nacht nach Midculter galoppierte. Aber es war kein Trost für die Art von Lächeln, mit dem Francis Crawford ihn bedachte, als er sich seinem Gefolge beim Einschiffen nach Schottland angeschlossen hatte, oder für den Streit, den sie danach wegen Lymonds nächster Pläne hatten. Lymond war unterwegs zu seinem Besitz in St. Mary. Dort wollte er Männer in der Kriegskunst ausbilden, wie es der Orden tat; und Jerott hatte sich bereit erklärt, ihm dabei zu helfen.

Er wußte nicht, ob das dem entsprach, was Gabriel sich von ihm erhoffte, aber falls er bei Lymond bleiben wollte, konnte er nichts anderes tun. Jerott hoffte Lymond schnell für den Orden zu gewinnen, denn die Alternative – daß Gabriels unschuldige Schwester Joleta ihn bekehrte – war undenkbar. Daher sein Widerwillen gegen den gegenwärtigen Ritt nach Schloß Crawford in Midculter. Sie waren noch nicht einmal einen Tag lang in Schottland, und seiner Meinung nach hätten sie direkt nach St. Mary reiten sollen, wo sich die von Lymond ausgewählten Männer versammelten.

Statt dessen wollten sie einen Besuch in Midculter machen, und er würde gezwungen sein, Gabriels Schwester Joleta in Lymonds Beisein kennenzulernen. Schlimmer noch: Joleta dabei zuzusehen, wie sie Francis Crawford für ihren Glauben gewinnen wollte.

Seit sie Boghall verlassen hatten, hatte Lymond nichts gesagt. Der Tod von Tom Erskine war ein Jammer, dachte Jerott. Die Königin hatte einen treuen Anhänger verloren. Jerott sagte: «Die kleine Somerville ist für ihr Alter ganz schön unerschrocken.» Bis zum Schluß war Philippa nicht zusammengebrochen; und es mußte nicht lustig gewesen sein, als sie allein mitten in der Nacht auf eine tote Frau und einen Trupp bewaffneter Soldaten gestoßen war. Offenbar kannte sie Lymond. Warum um Himmels willen, dachte Jerott mit erneuter Gereiztheit, hatte der Mann dann dem Mädchen gegenüber keine Herzlichkeit gezeigt oder Sorge um sie? Er fügte der vorigen Bemerkung hinzu: «Aber sie ist keine Schönheit.»

Das neben ihm trübe sichtbare Gesicht veränderte sich nicht. Schließlich: «Ich nehme an, Gott gibt einer schlauen Kuh ein kurzes Horn.» Und Lymond gab seinem Pferd die Sporen zum Galoppieren.

Sie waren kurz vor Midculter, obwohl die ansteigende Landschaft den Blick auf das Schloß versperrte und nur die verstreuten Lichter in den Katen durch das dünne Oktoberlaub verrieten, wo das Dorf lag. Archie Abernethy und der Rest von Lymonds Männern würden jetzt dort sein, nachdem sie Trotty Luckup, wie Lymond befohlen hatte, der Obhut des Priesters der Crawfords übergeben hatten. Jerott ging eigenen Gedanken nach und machte einen Satz, als sich aus der Dunkelheit heraus Lymonds Hand stark und kräftig um die seine schloß. Einen Augenblick später war er wie Lymond vom Pferd gesprungen, die beiden Pferde hinter ihnen im Dickicht versteckt, und ging lautlos auf das Getrampel und Geschrei zu, das jetzt deutlich hinter der nächsten Biegung zu hören war, über das hinweg die Stimme von Lymonds Feldwebel Archie Abernethy klar ertönte, laut und klagend. Ein schallendes Gelächter, und einen Augenblick später hatten Lymond und Jerott Blyth ihre vom Weg abgekommene leichte Kavallerie eingeholt.

Es war ein erstaunlicher Anblick. Die meisten Männer waren vom Pferd gestiegen. Der Weg, schwankend beleuchtet von den rauchenden Stallampen, war vollgestopft mit behelmten Köpfen, allesamt lautstark streitend, während keiner auf den baumumstandenen Damm zuging, wo der übel zugerichtete Leichnam von Trotty Luckup lag, neben dem ein junger Mann kniete.

Den meisten Lärm machte Archie Abernethy, Kriegsveteran und ehemaliger Elefantenführer des Königs von Frankreich, der allein mitten auf der Straße stand, das Gesicht seinen Männern zugekehrt, und klagend gegen eine zwei Fuß lange italienische Pistole protestierte, die ohne zu wanken auf seinen Magen gerichtet war. Die Pistole hielt ein Mädchen, das nicht älter als sechzehn war. Das Fackellicht fiel auf rosengoldenes Haar, das von der entschlossenen Stirn bis zur offenen Kapuze ihres Umhangs reichte, und ihr Gesicht in seiner juwelenähnlichen Reinheit wühlte die Sinne auf wie Zymbalmusik. Sie sah wütend aus.

Die Ähnlichkeit war selbst aus dem Dickicht heraus, in dem Lymond und Jerott Blyth ungesehen standen, unübersehbar. Das war Gabriels Schwester Joleta – das mußte sie sein.

Ein kleines, ersticktes Geräusch stieg aus Jerott Blyths Kehle auf, ohne daß er es merkte. Lymonds Arm brachte ihn zum verstummen. «Beherrsch dich, Bruder. Ein Pfirsich, da bin ich ganz deiner Meinung, aber ein gefährlicher Pfirsich.» Und er nahm die Hand weg und verschmolz mit der Nacht. Jerott trat einen Schritt vor, dann einen zurück; und dann blieb er, wo er war, eine Handvoll Dornen in einer Faust.

Er hatte nasse Augen. Und Gott im Himmel, seine rechte Hand war blutüberströmt. Jerott Blyth riß sich zusammen, löste sich von dem Dornbusch, zog die Lederjacke nach unten, zückte das Schwert und ging wieder kriegerisch einen Schritt nach vorn.

Inzwischen war der Lärm verheerend geworden. Während er dem Getümmel lauschte, verstand Jerott bald, was geschehen war. Gabriels erstaunliche Schwester war mit ihren Stallknechten von Midculter ausgeritten und hatte Trotty Luckups Leichnam in den Händen einer Handvoll von bewaffneten Fremden entdeckt. Daß Joleta ihnen die Schuld an der Ermordung von Trotty gab, war nur natürlich. Während ein Diener zurückritt, um Hilfe zu holen, hatte sie den armen Archie sauber isoliert und im nächsten Augenblick eine Pistole aus ihrer Satteltasche gezogen.

Jeder der zwanzig anwesenden Männer hätte sie überwältigen können. Archie hätte, was das anlangte, ein Dutzend alte Tricks einsetzen können. Aber zu dem geringfügigen Risiko (das Mädchen hätte vielleicht wirklich geschossen) kam noch das Widerstreben, einen guten sportlichen Wettbewerb zu beenden.

Ihr Vergnügen war nicht ganz unfreundlich. Ihre bebenden Appelle, Mitleid zu haben, ihre guten Ratschläge an Archie waren allesamt lediglich Entschädigungen für die Tatsache, daß sie hinreißend, wohlgeboren und nicht für sie bestimmt war. Außerdem war es in der Abwesenheit ihres Anführers das äußerste, worauf sie je hoffen konnten.

Cuddie Hob schrie: «Er ist ein alter Mann! Er ist ein alter Mann! Er hat ein schwaches Herz und sechs mutterlose Bälger! Haben Sie Erbarmen, Fräulein!», und Archie Abernethy, dessen kahler Kopf im Fackelschein glänzte, sagte wütend: «Wir haben die Alte gefunden, wir haben sie nicht umgebracht; wir sind jetzt auf dem Weg nach Midculter. Hören Sie um Himmels willen mit diesem Unsinn auf. Mit Verlaub, Eure Ladyschaft, die Pistole könnte losgehen. Wir sind die Männer des jungen Crawford, Mylady, von *Crawford von Lymond* – könntet ihr verdammten Mistkerle jetzt das Maul halten?»

Dann tat Jerott den einen Schritt und blieb stehen, denn Crawford von Lymond hatte zwanzig Schritte hinter dem Rücken des Mädchens den Weg betreten.

Zunächst sahen ihn nicht alle, deshalb erstarb das Geschrei auf natürliche Weise. Nur Archie und das Mädchen, das ihn mit der Pistole bedrohte, bemerkten überhaupt nichts. Umflammt vom seidigen Haar war Joletas milchweißes Gesicht rosig vom Zorn, mit strahlenden Augen. «Das sagen Sie», gab sie zurück. «Warum ist er dann nicht hier? Oder ist es ihm gleich, wenn seine ungehobelten und unbeaufsichtigten Leute eine alte Frau totschlagen?»

«Das ist gelogen. Sie haben ihr Leben lang noch nie eine alte Frau totgeschlagen», sagte Lymonds kalte, protestierende Stimme. Auf dem langen Weg bis zu Joletas Rücken hatte sich kein Kiesel bewegt. Er hatte keine sichtbaren Vorsichtsmaßnahmen ergriffen; mit den Händen im Schwertgürtel hatte er den Eindruck erweckt, er gehe spazieren, und seine Reiter hatten nach einem kurzen, verwirrten Schweigen pflichtschuldigst weitergebrüllt, wenn auch merklich harmloser, bis er schließlich ein Dutzend Schritte von dem Mädchen entfernt stehenblieb.

«Mit jungen Frauen ist das natürlich etwas ganz anderes.»

Es war eine so alte List, daß sie schon fast beleidigend war. Archie Abernethy, der Lymond jetzt bemerkt hatte, hätte beim ersten Ton seiner Stimme bereit sein müssen, Joleta die Pistole aus der Hand zu reißen, als sie herumfuhr. Daraus wurde nichts, weil ein eifriger Fackelträger hinter Lymond mehr Licht herantrug, als Lymond näherkam. Sie sah seinen Schatten, wirbelte herum und schoß.

Ein Schrei, unmenschlich in seinem Schmerz, zerriß die wenig ritterliche Szene und erstarb schluchzend in einer bebenden Leere. Rauch machte sich breit.

Es war unmöglich, etwas dahinter zu sehen. Jerott wollte es auch gar nicht sehen. Gott sollte sie schützen, sie hatte direkt auf die Männer geschossen. In einem lastenden Schweigen wartete er, starr wie die anderen, und kaum merklich teilte sich der Rauchschleier und löste sich langsam auf.

In der Ferne, von Midculter her, wurde ihm Hufgetrappel bewußt. Zweifellos Lord Culter, gekommen, um Joleta zu retten...

Aus dem sich verziehenden Nebel sprach eine Stimme, dieselbe

Stimme wie vorhin, im Ton ungeheuer höflich. «*Mortia la bastia, morta*, hoffe ich, *la rabbia o veneno…*» Und durch den sich auflösenden Rauch sahen sie alle Lymonds einzigartig sorglose Gestalt, die immer noch freundlich sprach. «Das, Cuddie Hob, war deine braune Stute, die den Geist aufgegeben hat. Gib ihr ein schönes Begräbnis. Der Fackelträger, der sich bewegt hat, Archie, wird ausgepeitscht und ohne Sold entlassen. Ich möchte in meinem Zimmer mit dir sprechen, wenn wir nach Midculter kommen. Ah, Richard. Da bist du ja. Du hast den ganzen Spaß verpaßt.»

Das war sein Bruder, von Joleta aus Midculter gerufen, begleitet von zwanzig bis dreißig bewaffneten Männern. Jerott Blyth, der sich an den Richard, Lord Culter, von vor neun Jahren erinnerte, entdeckte wenig Veränderungen an dem stämmigen, sanftmütigen Mann mit dem braunen Haar. Aber wie er seinen Bruder begrüßte war neu, genau wie Lymonds Erwiderung.

Dann sagte Lymond mit derselben sorglosen Stimme: «Stell mich vor, Richard» und drehte sich endlich zu der Stelle um, an der Joleta stand, jetzt benommen, die rauchende Pistole schwer in der Hand. «Versuchter Mord ist nicht ganz ohne, aber für dieses Mal soll es noch durchgehen, auch wenn Cuddie Hobs Pferd das sicher ganz anders sehen würde.»

«Erlauben Sie mir, Ihnen meine herzlichsten Entschuldigungen anzubieten», stotterte Joleta und fiel in Ohnmacht.

«*Francis!*»

«Es war nicht meine Schuld», sagte Francis zuckersüß.

«Wie zum Teufel ist sie denn überhaupt zum Schießen gebracht worden? Erzähl mir bloß nicht, das sei nicht deine Schuld gewesen», sagte Lord Culter, und die vertraute Wachsamkeit trat anstelle der Herzlichkeit der Wiederbegegnung.

«Schon gut, ich lasse das», sagte Lymond. «Jerott, bist du auch erschossen worden? Nein. Dann nimm gütigerweise die Dame in deine priesterlichen Arme und reite mit ihr zum Schloß. Du bist der einzige mit einem Ruf, der das übersteht. Und sag bloß nicht, ich hätte dich nicht fürstlich dafür belohnt, daß du auf deinem verdammten Arsch gesessen und überhaupt nichts getan hast.»

So sah Lymonds Heimkehr aus Malta aus.

Als er mit seiner kostbaren Last über die Schwelle von Midculter trat, wie ein Pinguin, der einen anderen Lebensraum für sein einziges befruchtetes Ei sucht, entging Jerott Blyth die wahre Heimkehr.

Sybilla, verwitwete Lady Culter, schnalzte angesichts der bewußtlosen Joleta mit der Zunge, leitete die Unterbringung von Archie Abernethy und seinen zwanzig Männern, schickte ihren Sohn Richard in die elegante Halle des Schlosses, um Will Scott zu bewirten, und merkte von dem allen so gut wie nichts.

Die Wirklichkeit fing für sie an, als ihr verlorener Sohn Francis strahlend, sonnengebräunt und lebendig an der Tür zu ihrem Salon stand und sie mit liebevoller Stimme sagen konnte: «So, *mon cher*? Ich habe gehört, daß du, schütze der Himmel alle Grafen, zum Grafen ernannt worden bist...?»

Dann schloß Lymond die Tür, und nicht einmal Richard hätte sie jetzt stören dürfen.

2. Kapitel

Gegensätze ziehen sich an
Schloß Midculter, am selben Tag

Als Jerott seine kindliche Last unter der Anleitung einer unerschütterlichen venezianischen Dame, gegen die er sofort eine Abneigung
faßte, sanft auf ihr Bett legte, war Joleta noch bewußtlos. Ihre Haut
war so zart, wie er sah, daß die Adern über ihre Schläfen und ihr
Kinn verliefen. Von der schmalen Nase bis zu ihren unsichtbaren
Augenbrauen, ihrem schwach gewölbten rosa Mund und ihren
herrlichen goldenen Wimpern war nichts Grobes an ihr; und ihr
Haar, leicht hingeweht auf das Kissen, war so hauchzart wie frisch
gesponnene Seide.

Leicht wankend entfernte sich Jerott Blyth aus dem Zimmer und
wäre fast mit Archie Abernethy zusammengestoßen, der den Flur
entlangmarschierte. Aus der Farbe seines Halses war zu schließen,
daß er das angekündigte Gespräch mit seinem Herrn Lymond hinter
sich hatte. Dann kam Francis Crawfords Mutter den Flur entlang,
trippelnd, weißhaarig, mit blauen Augen und herablassender, fein-
gliedriger Eleganz.

«Jerott!» sagte Sybilla, umklammerte mit ihren kleinen Händen
soviel von seinem abgetragenen ledernen Brustpanzer, wie sie erreichen konnte, zog seinen Kopf zur Umarmung nach unten. Sie roch
wunderbar. «Alle besonders schönen Männer werden Priester»,
sagte sie. «Es muß so eine Art Gesetz sein. Ich kann mir nicht erklären, warum das so ist. Was stimmt denn nicht? War Francis unhöflich? Dann mußt du versuchen, das zu übersehen. Ich weiß, du
hältst das für unmöglich, aber der Tod von Tom Erskine macht ihm
wirklich zu schaffen, und wenn Francis Kummer hat, läßt er sich
nichts anmerken und macht statt dessen anderen das Leben zur
Hölle.»

Lächelnd schob sie die kleine, kräftige Hand unter seinen Arm.
«Wie schön, daß du und er euch wiederbegegnet seid. Komm, laß

dich vorstellen, und erzähl mir deine Neuigkeiten. Ist deine Mutter immer noch so gesund und so voller Elan?»

Sie umgarnte ihn mit ihrem Charme, und Jerott versuchte nicht, ihr zu widerstehen. Er schob seine persönlichen Vorbehalte gegen einen Kommandanten beiseite, der, wie erregt auch immer, ohne jeden Grund in der Öffentlichkeit an seinem Leutnant seinen Ärger ausließ, und folgte der verwitweten Lady Culter in die Halle.

In dem Jahr, in dem Lymond fortgewesen war, war es Midculter gut ergangen. Natürlich waren die Crawfords wie Jerotts Familie immer wohlhabend gewesen. Nicht allein ihr Geschick bei kriegerischen Auseinandersetzungen, sondern vor allem die Art, wie sie sich die Dienste verschiedenster Fachleute zunutze machten, hatte ihren Erfolg begründet. Sybilla war immer das Idol ihres Personals gewesen. Richard, der sein Leben für ihre Söhne auf dem Schlachtfeld riskierte, wurde geachtet und war beliebt. Francis Crawford konnten sie kaum kennen. Er verfügte, darauf war Verlaß, über eine gewisse schäbige Anziehungskraft auf die Frauen, was deren Männern bestimmt nicht sehr gefiel. Falls Lymond der Mann wurde, auf den Gabriel hoffte, dachte Jerott befriedigt, mußte diese Anziehungskraft schwinden.

Als Jerott jetzt die Halle von Midculter betrat, waren der Dritte Baron da, seine Frau Mariotta und Sir William, der Erbe von Wat Scott von Buccleuch. Richard, freundlich plaudernd, während er auf seinen Bruder wartete, war sich bewußt, daß Mariotta, die sich hinter ihm tief über eine Stickerei beugte, in einer versteckten Gefühlswallung jedem Schritt auf der Treppe lauschte. Sie war nie unzugänglich für Lymonds zweifelhafte Anziehungskraft gewesen und würde es, das wußte er, genießen, daß ihre Gefühle wieder auf die Probe gestellt wurden. Ihre Ehe war jetzt so gut und gefestigt, daß sie das aushalten konnte.

Auch Will Scott lauschte, das Gesicht unter dem flammendroten Haar rot angelaufen. Seit seiner von den Kerrs gestörten Hochzeit mit Grizel vor drei Jahren war er Vater von drei Kindern geworden und ein Mann, den man an der Grenze besser nicht angriff. Während der alte Buccleuch, sein Vater, immer kurzatmiger wurde, hatte er nach und nach die Pflichten des Wächters an der Grenze zu England übernommen, an der es von Dieben wimmelte. Er sorgte einerseits für eine gewisse Ordnung und versuchte andererseits, das blutige Gezänk auf seiner Seite zu unterbinden.

In den drei Jahren waren drei Kerrs verwundet und drei Güter niedergebrannt worden, die Freunden der Scotts gehörten. Er sagte das seinem Vater nicht immer, denn dann verfärbte sich das Gesicht des alten Mannes über dem Wams, und wenn er ihm nicht zuvorkam, schickte er einen Boten zu allen Gütern, und das Dreschen wurde unterbrochen, schimpfende Männer holten widerwillig die Spieße, Schwerter und Kettenhemden, ließen sich dabei reichlich Zeit, warteten darauf, daß der junge Buccleuch wütend auf seinem schwitzenden Pferd angeritten kam und ihnen knapp befahl, auf die Felder zurückzukehren.

Als sich der französische Griff nach der Königinmutter und damit nach Schottland verstärkte, als die Gefahr wuchs, daß Arran, der schottische Statthalter, sich rächte, indem er sich England näherte, erinnerte sich Will Scott an die Warnung, die Francis Crawford früher immer wieder ausgesprochen hatte.

Falls sie ihre Souveränität wahren wollten, mußte die Handvoll von Herren, die Schottland unter sich aufteilten, sich einigen. Und zwar, ehe die religiöse Spaltung sie für immer trennte. Denn Lymond hatte vor einem Jahr gemeint, der Streit zwischen der alten und der neuen Religion in Schottland sei bis jetzt nichts als wohlfeile Munition für Männer, die sich aus völlig anderen Gründen nicht mochten und mißtrauten. Die Gefahr lag darin, daß die so unbekümmert ausgestreute Saat schismatische Wurzeln schlug.

Das alles hatte Lymond vor einem Jahr gesagt. Inzwischen hatte er an der Seite von Joletas Bruder gekämpft, einem klugen, mutigen, ergebenen Priester der alten Religion, für den Luther und Mohammed gleichermaßen Heiden waren. Und falls Gabriel Francis Crawford nicht bekehrt hatte, dachte Will Scott und fuhr sich mit der großen Hand durch das feuerrote Haar, würde es zweifellos das verdammte Mädchen tun.

Diese drei so verschiedenen Menschen in Sybillas schöner Halle begrüßten Jerott Blyth herzlich und hießen ihn willkommen, als Sybilla ihn in einen ihrer riesigen Kaminstühle setzte. Von Lymond war nichts zu sehen. Beim Plaudern musterte Blyth Lymonds Familie. Sie waren vorzeigbar, dachte er, und intelligent, und sie kannten sich aus in ihrer Welt, das mußte er ihnen lassen. Welches Thema sie auch aufgriffen, und sie hatten ein reichhaltiges Repertoire, sie waren darin bewandert. Es war fast, das mußte er zugeben, wie ein Treffen in Frankreich. Dann ging die Tür auf, und Joleta kam herein, ihre Duenna im Schlepptau.

Sie war unglaublich bleich; die Flut des rotgoldenen Haares und die großen, aquamarinblauen Augen waren die einzigen Farben an ihr. Sie war ganz in Weiß gekleidet.

Jerott sprang vom Stuhl. Richard tat es ihm langsamer nach und sagte gelassen: «Sie haben einen Schock erlitten. Sollten Sie nicht eine Weile im Bett bleiben?»

«Nein», sagte Joleta entschieden. Sie war, wie Sybilla schon herausgefunden hatte, kein Mensch, der lange zum Überlegen brauchte. «Es war kindisch, in Ohnmacht zu fallen. Und es war unverzeihlich, daß ich geschossen habe. Ich hätte Mr. Crawford *töten* können. Ich bin gekommen, um mich angemessen zu entschuldigen. Ich möchte nicht, daß er mich für ein Kind hält.»

«Das wird er ganz bestimmt nicht tun», sagte Richard ernst; und Jerott warf ihm mit neu erwachtem Interesse einen Blick zu. «Aber ich bin mir sicher, er wird sich vergewissern wollen, daß Ihnen nichts fehlt. Setzen Sie sich zu uns. Er kommt bald.» Und lächelnd kam das Kind näher, suchte sich einen Stuhl am Feuer aus und sank darauf, während Madame Donati sich mit einem Seufzer viel näher zu Jerott setzte, als dem Ritter lieb war.

Dann kam Lymond herein. Weltmännisch und schlank, mit den blauen Augen und dem Buttermilchhaar, kam er näher, ohne Joleta auf dem großen, hochlehnigen Stuhl zu sehen, und rief: «Gott, da ist ja der junge Buccleuch. Ich höre, ihr seid fruchtbar wie die Kaninchen, und der ganze Nachwuchs leuchtet wie Orangenmarmelade. Nimmst du denn gar keine Rücksicht auf den traurigen Zustand der Nation?» Er ging ohne Eile auf den großen, grinsenden Schotten zu, schlug ihm auf die Schulter und begrüßte dann seine irische Schwägerin mit einem Kuß auf die Hand und die Wange. *Scharlatan*, dachte Jerott Blyth.

Zuletzt verbeugte sich Lymond tief vor Madame Donati, und falls sein Italienisch sie entwaffnete, ließ sie es sich nicht anmerken, sondern beantwortete streng seine Fragen nach dem Wohlergehen ihres

Schützlings. Sie machte eben den Mund auf, vermutlich, um seine Aufmerksamkeit auf Joleta zu lenken, als Sybilla ihr das Wort abschnitt. «Und was hältst du von Sir Grahams schöner Schwester, Francis?»

Es war ein Risiko, das Jerott, weil er Lymond kannte, niemals eingegangen wäre. Aus Will Scotts heruntergeklappter Kinnlade schloß er, daß Lady Culter auch ihm einen Schreck eingejagt hatte. Lymond, mit dem Rücken zu dem Stuhl, der Joleta verbarg, sagte: «Sie ist ein Pfirsich. Ich habe zu Jerott gesagt, sie ist ein Pfirsich. Er kann sie haben. Bei manchen löst der Kern sich leicht, bei manchen haftet er. Aber jede hübsche kleine flaumige Frucht steckt voller Gift... Ah, da sind Sie ja.»

«Sie haben gewußt, daß ich hier bin!» rief Joleta. Sie hatte den Stuhl nicht umgeworfen, denn um ihn zu kippen, wären zwei starke Männer erforderlich gewesen, aber sie fuhr um die Eichenlehne herum wie ein Wagenlenker, mit wehendem Haar und rosa Wangen. Sie hielt inne. «Ich weiß alles über Sie und Ihren...»

«Liederlichen Lebenswandel? Und ich weiß alles über Sie und Ihre Heiligkeit. Die Buße für den Mord am Sohn eines Thans besteht aus dreiundsechzig Kühen und zwei Dritteln einer Kuh. Das Gesetz der Bretts und der Scotts. Die Buße für versuchten Mord», sagte Lymond, ging um das wütende Mädchen herum und führte es sanft zum Stuhl zurück, «ist nicht festgesetzt, aber ich nehme an, die zwei Drittel wären angemessen. Die Frage ist nur, zwei Drittel von welchem Ende der Kuh?»

«Du redest Unsinn, Francis», sagte die Witwe gleichmütig. «Und deine Manieren sind abscheulich. Das arme Kind wird noch bereuen, daß es schlecht gezielt hat. Hast du gewußt, daß sie hier ist?»

«Ich habe den Weihrauch gerochen. So vertraut mit Gott, mit einer solchen Fülle himmlischer Gebote. Sie muß eine Gefährtin der Engel gewesen sein. Sie ist es bestimmt noch immer. In der Gesellschaft von Männern ist sie auf jeden Fall ein mörderischer Quälgeist.»

Joleta widerstand seinem Arm mit erstaunlicher Kraft und stand immer noch. «Ich habe Ihnen angst gemacht», sagte sie, und die kleinen Zähne unter den herrlichen Aquamarinaugen funkelten. «Es tut mir leid. Und Sie haben einen gewissen Ruf romantischer

Heftigkeit zu wahren. Gütig und konventionell zu sein wäre zu langweilig, nicht wahr?»

«Das ist gelogen», sagte Lymond und ließ sie los. «Ich *bin* gütig und konventionell. In den Dorfkaten machen sich die Mädchen hübsch für mich und nennen mich den jungen Herrn. Wie geht es Gabriel?»

Joletas Augen blitzten. «Gut», sagte sie. «Danke. Er schreibt oft von Ihnen.»

«Bei Gott, tut er das», sagte Jerott, aus der Trance gerissen und zu unpassender Ausdrucksweise verleitet. Die verwitwete Lady machte ein interessiertes Gesicht, und Will Scott, der kein Gefühl für Nuancen hatte, unterhielt sich bestens. «Was schreibt er? Was *kann* er schreiben, wenn er ohne Flüche auskommen muß?»

«Nur», sagte Joleta ernst, «daß er in Francis Crawford einen gewappneten Neutralen, vielleicht sogar einen Feind gefunden hat, einen Feind aus reiner Angst vor der Anziehungskraft der Kirche.» Und als Richards Blick dem seiner Mutter begegnete, schloß Joleta, die Augen züchtig niedergeschlagen: «Und daß ich mir keine Sorgen machen soll, wenn er bei der Begegnung mit mir dieselbe Angst zeigt.»

Die Crawfords hatten es selten erlebt, daß ein vermeintlich ahnungsloses Opfer in einer heiklen Situation die Oberhand gewann. Und noch nie hatte jemand erlebt, daß es Lymond war, der lächerlich gemacht wurde.

Die Reflexhandlung war unvermeidlich. Ohne Rücksicht auf Sybillas Aufschrei, den jähen, schockierten Protest der Duenna, trotz Richards Ruf, Will Scotts Gelächter und Jerott Blyths zornig geballten Fäusten zog Lymond das Mädchen mit einer festen, geschickten Bewegung an sich. «Aber ich», sagte Lymond, «bin einer der neuen Apostel, suche nichts als Wollust und menschliche Freuden, mißbrauche die Welt ...»

Sie schloß die Augen, als sein Mund sich ihrem näherte. Ihre Lippen, leicht geteilt, zeigten die funkelnden Zähne; ihre Wimpern waren bernsteinfarben, und ihr langes, aprikosenfarbenes Haar strömte bis zum Boden.

Francis Crawford holte leicht Luft, ehe seine Lippen die ihren berührten, die Augen auf das unsagbar schöne Gesicht gerichtet; dann richtete er sich auf und löste die Hände von ihr.

«Nein», sagte er. «Nein. Es tut mir leid. Es ist, als küßte man eine Kapelle. Weniger ein Mund, könnte man sagen, eher ein Loch für ein Glockenseil. Sir Graham hat recht. Ich verzichte auf das Angebot.» Und Joleta, im selben Augenblick von seinen Händen und seiner Aufmerksamkeit befreit, setzte sich auf den Boden.

«*Francis!*» sagte Lord Culter heiser. Will Scott prustete. Und während Mariotta mit runden Augen von der vom Donner gerührten Gouvernante zu dem rot angelaufenen, zornigen Jerott schaute und zurück, nahm Sybilla Lady Culter mit aufrechter Würde die Sache in die Hand.

«Madame Donati, ich entschuldige mich. Francis, wir sprechen uns später. Joleta, was geschehen ist, kann Sie kaum überrascht haben. Wenn Sie mich gefragt hätten, hätte ich Ihnen sagen können, ohne daß Sie sich die Mühe des Experiments hätten machen müssen, daß niemand, Heilige oder Sünderin, Francis gegen seinen Willen verführen kann. Unglücklicherweise.»

Und als Madame Donati, gewaltig in ihrem Zorn, die weißgesichtige, gründlich erschütterte Joleta entfernt hatte, empfand Jerott Blyth, der ein grimmiges Gespräch mit Will Scott eröffnete, eine gewisse Befriedigung über die billige kleine Szene. Lymond, der dasaß und auf den Boden schaute, hatte einen Wortwechsel mit der Herrin von Culter vor sich, der so unerfreulich werden würde wie alles, was Lymond selbst an jenem Tag ausgeteilt hatte.

Die Crawfords dagegen genossen eine andere, gleichermaßen erfreuliche Entdeckung. Das schlichte Dorfmädchen war nicht unter den Bann des jungen Herrn gefallen. «Und vice versa», wie Richard später sagte. «Erstaunlicherweise vice versa.»

Später an jenem Abend, als er mit einiger Mühe die Gunst seiner Familie zurückgewonnen hatte, beantwortete Lymond etliche ihrer Fragen über Malta. Und nachdem er zugehört hatte, sagte Buccleuch der Jüngere streitlustig: «Das müssen ja miserable Kämpfer sein, oder du bist mit deiner Warnung zu spät gekommen. Denn sie haben Gozzo und Tripolis verloren, ganz gleich, ob nun die französischen oder die spanischen Ritter schuld daran waren.»

«Sie haben beides verloren, weil Seine Eminenz der Großmeister ein doppelzüngiger Lump ist», sagte Lymond. «Und nachdem er das ganze Geld des Ordens für sich und seine Neffen ausgegeben hat, kann er es sich nicht leisten, den Besitz des Ordens so zu befestigen, wie es sein müßte.»

«Dann muß man ihn absetzen», sagte Will Scott verblüfft.

«Das heilige Amt des Großmeisters endet mit seinem Leben.»

«Und darauf fällt niemandem eine Antwort ein?» sagte Will Scott.

«Aufstände, Handschellen, Gefechte unter Gottes priesterlichen Dienern, und wenn der Staub sich legt, haben die Franzosen das Kommando?» sagte Lymond. «Karl würde sie angreifen, der Papst würde sie verstoßen, und vierhundert Jahre Rittertum wären Schall und Rauch. Und erzähl mir nicht, es gibt Morde und Morde. Falls Juan de Homedès auch nur einen Schnupfen bekommt, rollen sofort die Köpfe.»

Sybilla dachte: Und du hast Malta zurückgelassen, in der Gewalt dieses gierigen alten Mannes und seines Klüngels. Das sieht dir nicht ähnlich, mein Junge. Vermutlich wußten Francis wie Gabriel zuviel über das, was in Tripolis geschehen war, als daß er auf Malta hätte bleiben können. Sie fragte sich, welche Rolle Francis bei Gabriels Rückzug gespielt haben mochte. Von Gabriel hieß es, er könne Menschen in seinen Bann ziehen... obwohl Joletas Bemerkungen so klangen, als hätte sich ihr Sohn widerstandsfähiger gegen den Bann gezeigt, als Graham Malett erwartet hatte... was ein Jammer war. Sie hatte kein Verlangen danach, Francis als Priester zu sehen – bei diesem Gedanken ging ein unwillkürliches Lächeln über ihr Gesicht –, aber sie würde sich wünschen, daß er manchmal ein bißchen nachgiebiger wäre.

Will Scott, der liebe, beharrliche Will, sagte unverblümt: «Und was will Graham Malett unternehmen? Was willst du unternehmen, Francis?»

«Ich habe gehört, Sir Graham kommt lediglich zurück, um seine Schwester zu sehen und sich auszuruhen», sagte Lymond, schloß den Deckel des Spinetts und setzte sich unvermittelt wieder. «Ich richte mich in St. Mary häuslich ein und stelle eine kleine Armee zusammen.»

«Eine kleine Armee von was?» sagte Richard ironisch, aber sein Blick war äußerst wachsam.

«Von Meistern der Kriegskunst», sagte Francis Crawford. «Ausgebildete Ingenieure, Pioniere, Rüstungsfachleute. Arkebusiere, Ulanen, Strategen zu Pferd und zu Fuß. Eine fähige kleine Truppe, bestens ausgebildet und äußerst beweglich, und neun Zehntel davon Offiziere.»

Früher hatte Lymond, mit Will Scott an seiner Seite, eine streifende Truppe angeführt. Damals waren es sechzig gewesen, überwiegend verarmte und geächtete Männer, denn Lymond war damals auch ein Verfemter gewesen. Ein Lager, wie es Lymond jetzt im Sinn hatte, konnte dagegen innerhalb von zwei Wochen des Anwerbens zu einer internationalen Streitmacht werden.

Ein respektvolles Schweigen entstand, gebrochen von Lord Culters angenehmer Stimme. «Wie aufregend», sagte er. «Werden wir Zeugen der Gründung des St.-Francis-Ordens, oder bekommt die Königinwitwe endlich doch noch ihre Armee?»

«Mitnichten. Ihr werdet Zeugen, wie der jüngere Zweig der Familie praktisch denken lernt», sagte Lymond mit unschuldigem Blick. «Im Europa von heute ist eine schlagkräftige Truppe die bestverkäufliche Ware. In einem halben Jahr kommt meine auf den Markt, gewaschen, sortiert, zurechtgestutzt und zum entsprechenden Preis.»

«Eine reine Söldnerarmee?» sagte Will Scott nachdenklich. «Mein Gott, da spielst du mit dem Feuer.»

«Keine Grundsätze, keine Philosophie. Nur zum finanziellen Gewinn», sagte Francis Crawford. «In diesem Jahr reise ich mit leichtem Gepäck.» Und er sah weg vom eulenhaften Blick seiner Mutter und fügte hinzu: «Und jetzt verrate mir, lieber Antonius von Padua, warum Mariotta das Martinischwein herumschleppt?»

Denn die Tür war aufgegangen, und seine Schwägerin, das schwarze, aus dem Netz gelöste Haar lockig um das Gesicht, hielt ein lebhaftes Bündel mit einer schiefen weißen Mütze in den Armen, dessen dicke Hand sich in den Achaten und Perlen seiner Mutter verfangen hatte. Das Gesicht war eine pralle Version von dem Mariottas, aber strotzend männlich.

Lymond stand auf und ging hinüber. «Sag nichts; der Junker von Culter?» Und er nahm das Kind aus ihren Armen, wie er ein Ferkel aufgehoben hätte, sicher und lässig, ließ sie mit leeren Händen zurück, den Blick auf Sybilla gerichtet. Das Kind lachte und sabberte, und in der Feuchtigkeit schimmerten zwei Milchzähne. Lymond musterte es, und es gluckste wieder. «So ist es richtig», sagte er. «Weil du in diese Bande aus Räubern und Vagabunden von Lanark-shire hineingeboren worden bist, tust du verdammt gut daran, spucken oder kichern zu lernen, oder beides.»

Bis dieses Kind geboren worden war, hatte Francis der Titel Jun-ker von Culter zugestanden. Mariotta vergaß das nicht; sie war in vier Jahren gereift. «Danke, M. le Comte», sagte sie ernst, und er warf lächelnd das Kind in die Luft, fing es auf, während es vor Freude sprudelte. Die Augen, mit dunkelblauer Iris, rollten und folgten Lymonds Bewegungen, und Sybilla, die eine unerwartete Erkenntnis über ihren intellektuellen Sohn überkam, setzte sich lächelnd zurück und sah mit einem Blick zur Tür, der ungewöhnlich verschwommen war.

3. Kapitel

Philippas Gewissen

London, Oktober/November 1551

Am Tag nach Tom Erskines Tod brach Philippa Somerville schließlich zusammen und bekam eine freundliche Eskorte nach Flaw Valleys.

Der Anlaß war die Nachricht von Joletas ungestümem Antreten gegen Lymonds Soldaten und der Fortsetzung, willig oder nicht, in Lymonds Armen. Als sie davon hörte, brach Philippa in unansehnliche Tränen aus und erklärte allen, die sie hören konnten, wenn sie auch eine Pistole gehabt hätte, hätte sie sich große Mühe gegeben, Francis Crawford zu erschießen.

Nach zwei Tagen erreichte sie Flaw Valleys. Kate Somerville, im Begriff, der Barmherzigkeit halber nach London aufzubrechen, warf einen schnellen Blick auf das kantige Gesicht ihrer Tochter und beschloß mit einem kurzen Gebet, die Reise wie geplant anzutreten und Philippa mitzunehmen.

London, in bewaffnetem Aufruhr, seit der Graf von Warwick die Macht ergriffen und den Onkel und Statthalter des Königs in den Tower geworfen hatte, war, es mußte gesagt werden, nicht der naheliegende Ort für Ferien. Aber Kates Mann, wenn er noch gelebt hätte, wäre dort gewesen, aus reiner Sorge um die Sicherheit des jungen Königs und aus verzweifelter Treue zu Grey von Wilton, seinem General im Norden, der jetzt wie der Statthalter in Gefangenschaft war.

Als einfache Witwe aus Northumberland konnte Kate nichts tun, um dem König oder dem Dreizehnten Baron von Wilton zu helfen, aber sie meinte, Lady Wilton werde sich freuen, ein freundliches Mitglied der Familie Somerville um sich zu haben.

Kate wohnte also im Hause der Somervilles in London, ergriff aber die erste Gelegenheit, Philippa aus der Stadt zu Gideons Bruder zu schicken, einem alternden Höfling, der einen Fuß in beiden Lagern hatte. So kam es, daß sich Philippa in den letzten Oktobertagen mit ihrem ältlichen Kindermädchen Nell flußaufwärts im Palast Hampton Court wiederfand, wo ihr Onkel, wie er sagte, Haushaltspflichten erfüllen mußte. Weder Philippa noch ihre Mutter ahnten, zu was für einem verheerenden Ergebnis dieser Familienbesuch führen sollte.

Zunächst empfand es Philippa auf melancholische Weise als angenehm, über den regennassen Rasen und durch den großen, schönen Palast des verstorbenen Kardinals Wolsey zu wandern, leer bis auf das wenige Personal und die Schreibstuben, die gelegentlich benützt wurden.

Onkel Somerville hatte wenig zu sagen. Philippa hatte den Verdacht, er sei mit Staatsgeschäften befaßt, die er besser fern von den argwöhnischen Blicken in London erledigte. Besucher kamen und gingen im Salon auf der Rückseite seines Hauses auf dem Palastgelände mit der Aussicht auf die glatt strömende gelbe Themse, während Philippa im Vorderzimmer saß und las.

Nur einmal verlor er unerwartet die Fassung: als aus dem Palast die Nachricht kam, die Königinwitwe von Schottland sei auf ihrer Rückreise aus Frankreich gelandet und wolle die Fahrt auf dem Weg nach Westminster, wo sie vom König empfangen werden sollte, in Hampton Court unterbrechen. Daraufhin hatte Anthony Somerville, ein gelassener Mann mit kräftiger Gesichtsfarbe und dichtem, silbrigem Haar, ein paar scharfe Fragen gestellt, war einigermaßen zufrieden mit den Antworten gewesen und hatte angeordnet, daß die königlichen Matrosen, ohne Livree, sich bereithalten sollten, um am nächsten Tag einen Passagier zum Londoner Hafen zu bringen. Die Königinwitwe wurde offenbar erst in vier Tagen im Palast erwartet, aber Onkel Somerville wollte nichts dem Zufall überlassen.

Philippa wäre nicht menschlich und schon gar nicht dreizehn gewesen, wenn sie sich am nächsten Tag nicht große Mühe gegeben hätte, einen Blick auf Onkel Somervilles heimlichen Besucher zu erhaschen. Sie sah ihn am frühen Nachmittag eintreffen, nach dem Essen, einen großen, hageren Mann mit einer großen Nase und hohlen Wangen, die das kräftige Kinn und den Mund betonten.

Sie wußte da, warum Onkel Somerville nicht wollte, daß der schottische Hof mit diesem Herrn zusammentraf. Es war George

Paris, Geheimagent zwischen Irland und Frankreich und Unterhändler für die irischen Lords, die Lippenbekenntnisse zu England ablegten, jedoch nie die Hoffnung verloren hatten, den König von Frankreich dazu zu überreden, daß er ihnen dabei half, das englische Joch abzuschütteln. Es hätte die Königinwitwe jetzt sehr interessiert, daß George Paris, auf den ein Kopfgeld ausgesetzt war, der angeblich an allen Ecken und Enden als Feind und Spion von der englischen Regierung gesucht wurde, ein sicheres und geheimes Konklave mit einem Höfling des englischen Königs abhielt. Denn offenbar war George Paris ein Doppelagent.

Philippa wünschte sich plötzlich, sie hätte von dem Besuch nichts bemerkt. Seit der Krieg zu Ende war, schloß sie wie Kate Freundschaften auf beiden Seiten der Grenze. Sie würde Kate von der Geschichte erzählen, wenn sie zu ihr zurückkam.

Aber sie mußte ihre Entscheidung früher treffen. Kaum hatten ihr Onkel und der Agent Paris ihre Besprechung aufgenommen, bekam sie selbst Besuch.

Einen Augenblick lang, als ihr Besucher auf der Schwelle stand, glaubte Philippa, es sei Francis Crawford, der sie quälen wolle. Dann sah sie, daß dieser Mann größer war, groß gewachsen, mit leuchtend blondem Haar und schlichter gekleidet, als Lymond das zu tun pflegte. Das Gesicht, das sie anlächelte, war rosa und hatte eine reine Haut, mit klaren Augen. Philippa, jetzt aus einem anderen Grund sehr erschrocken, begriff, daß vor ihr Sir Graham Reid Malett stand, Ritter des Johanniterordens, dessen Briefe an ihre Mutter sie oft gelesen hatte, in denen er seinen Respekt ausdrückte und seinen Dank für die Gastfreundschaft, die Kate seiner Schwester Joleta erwiesen hatte. Und hier war er und wollte Joletas junge Freundin besuchen.

Er sah viel älter als Joleta aus, aber die Familienähnlichkeit war unverkennbar. Stammelnd (lieber Himmel, wie hätte Kate gelacht!) stellte Philippa Nell vor und entschuldigte sich für die Verspätung ihres Onkels. Sir Graham gab ihr weder seinen Segen, noch wurde er widerlich onkelhaft. Statt dessen sagte er fröhlich: «Das Mädchen hatte recht: In dir steckt das gleiche wie in Kate Somerville. Soviel Glück hast du gar nicht verdient.» Und sie fragte sich, ob Joleta derart schmeichelhaft über ihre Mutter berichtet habe oder ob Graham Malett Bescheid wußte über den Ruf der Somervilles an der Grenze. Schließlich war er vor langer Zeit ganz in der Nähe zu Hause gewesen. Dann ging er dazu über, über seine Reise von Frankreich aus in den Schiffen der Königinwitwe zu plaudern und über sein bevorstehendes Treffen mit seiner Schwester, und sie begriff, warum Joleta, deren schnellem Verstand nichts heilig war, ihn trotzdem anbeten konnte, und woher ein Teil ihrer verblüffenden Anziehungskraft kam.

Inzwischen hatte Philippa, die pflichtschuldig Konversation machte, ein Gedanke gepackt. Sie war, obwohl sie eher weniger als die üblichen Sünden belastet hatten, regelmäßig zur Beichte gegangen. Seit ihrer Rückkehr aus Schottland war sie nicht mehr in der Kirche gewesen, und Onkel Somerville hatte es zum Glück nicht bemerkt.

Ihr Problem war, daß ihr ein Sterbender eine Nachricht anvertraut und sie sie nicht übermittelt hatte. Sie hatte auch nicht die Absicht, das zu tun. Philippa schaute in Gabriels ruhiges Gesicht und dachte, wenigstens er, der wußte, wie Lymond war, werde sie davon lossprechen, diese Waffe in Lymonds Hände zu legen.

Ihr Onkel würde bald kommen: das leise Stimmengemurmel im Zimmer nebenan wurde lauter und bewegte sich auf die Tür zu. Sie sagte schnell: «Sind Sie diese ganzen Priestersachen leid, oder meinen Sie, ich könnte Sie etwas fragen?»

Gabriel lachte überhaupt nicht; er machte lediglich ein interessiertes Gesicht und sagte: «Weißt du, im allgemeinen bin ich die ganzen unpriesterlichen Sachen leid. Nichts ist mir lieber, als meinen Verstand für eine Freundin anzustrengen. Was ist denn das Problem?»

«Eigentlich ist es das Problem einer Freundin», sagte Philippa vorsichtig. «Da gibt es einen Mann, den sie nicht ausstehen kann.»

«Und jemand will, daß sie ihn heiratet?» sagte Gabriel hilfsbereit.

Philippa, zu entsetzter Heiterkeit angestachelt, sagte: «O nein! Nein, nein! Sie haßt ihn einfach. Alle hassen ihn. Er verhört kleine Kinder und lacht über alte Frauen, die... die sich verletzt haben.»

«Das klingt abstoßend», pflichtete Gabriel ihr bei. «Ich nehme an, er ist außerdem ein Weiberheld?»

Philippa wurde scharlachrot. «Nun ja ... Das wird angenommen. Verstehen Sie, er hat es also nicht verdient, daß ihm geholfen wird.»

«Wer würde ihm denn schon helfen wollen?» fragte Gabriel.

«Ach, manche Leute. Zum Beispiel ein Sterbender», sagte Philippa hastig. «Ihm hat jemand ein Geheimnis anvertraut, das viel Leid und Elend anrichten könnte, wenn es bekannt würde, außer ... außer ... für ...»

«Den Mann, den deine Freundin so wenig leiden kann.»

«So ist es», sagte Philippa dankbar. «Und meine Freundin wurde gebeten, das Geheimnis weiterzugeben, aber sie hat es nicht getan. Sie kommt doch nicht in die Hölle, oder?»

Gabriels Augen, klar und unverwandt, waren auf die ihren gerichtet. «Ich glaube, ich habe nicht die ganze Geschichte gehört, oder? Und ich will dich nicht weiter ausfragen, sonst würde ich mehr erfahren, als du mir erzählen willst. Aber es gibt zwei Dinge, die du dich selbst fragen mußt. Hat der Sterbende, der das Geheimnis an dich weitergegeben hat, erkannt, daß es für etwas Böses mißbraucht werden könnte? Und hat er es sonst jemandem erzählt?»

«Nein, das hat er nicht getan», sagte Philippa überzeugt. «Außer mir weiß es niemand. Und ich bin mir sicher, daß er nicht an den Schaden gedacht hat, den es anrichten könnte. Wissen Sie, er hat sich völlig täuschen lassen.» Und wieder lief sie langsam scharlachrot an.

«Das ist nun einmal so üblich», sagte Gabriel tröstlich. «Ich hatte das ohnehin schon vermutet. Weißt du, nach allem, was du gesagt hast, glaube ich nicht, daß du es jemandem schuldig bist, jetzt Ärger heraufzubeschwören, indem du dein kostbares Geheimnis preisgibst. Wird es für deinen unangenehmen Freund schmerzhaft werden, wenn er es nicht erfährt?»

In Philippas braunen Augen funkelten Spekulationen, ein Anblick, bei dem Kate gar nicht wohl gewesen wäre. «Er könnte sich ziemlich blöd vorkommen», sagte sie.

«Ist das alles?»

«Umbringen würde es ihn nicht», sagte Philippa. «Es könnte ihm nicht einmal etwas anhaben, außer seiner Eingebildetheit. Es ist nur, weil das Versprechen an einen Sterbenden ...»

«Aber du hast gesagt, der Sterbende kannte nicht alle Tatsachen.

Und falls die Wahrheit tatsächlich zu einem solchen Aufruhr führen sollte, ist es wirklich sinnlos, sie zu erzählen. Es gibt Wahrheiten und Wahrheiten», sagte Gabriel feierlich. «Dich hat das wirklich umgetrieben, nicht wahr? Seit Wochen keine Beichte mehr?»

«Nein.» Mit Scham im Gesicht.

«Jetzt hast du ja gebeichtet», sagte Gabriel fröhlich. «Vergiß es. Wegen dieser Lappalie kommst du nicht ins Fegefeuer, das verspreche ich dir, und die beste Buße, die du tun kannst, besteht darin, deine Abneigung gegen diesen armen Mann hinunterzuschlucken, wer es auch sein mag. Du hast jetzt mit ihm gleichgezogen, und Haß ist eine giftige Bürde, wenn man ihn mit sich herumschleppt. Geh ihm aus dem Weg und versuche, Mitleid mit ihm zu haben. Er weiß nicht, daß er sich zum Narren machen wird.»

Das war tröstlich. Sie hatte die Freiheit, Lymond die Nachricht vorzuenthalten, die Tom Erskine ihm hatte zukommen lassen wollen. Und falls Gabriel ihr seinen Segen dazu gab, ohne die Beteiligten zu kennen, wieviel freudiger hätte er es getan, wenn er die Wahrheit gewußt hätte?

Gleich darauf kam ihr Onkel herein. Niemand hatte durch den dunklen kleinen Flur das Haus verlassen, deshalb mußte der unbequeme Mr. Paris durch die Hintertür hinausgeschmuggelt worden sein. Es war alles ziemlich offensichtlich gewesen, dachte Philippa und hoffte, Joletas Bruder glaube nicht, die ganze Familie Somerville sei in aalglatte Intrigen verstrickt. Wie auch immer, Gabriel blieb nicht mehr lange. Was er an Zeit erübrigen konnte, hatte er in Philippas Gesellschaft verbracht, und er schien es nicht zu bedauern. Als er hörte, daß Philippa und ihr Kindermädchen Nell bald in London zurückerwartet wurden, bot er sogar sofort an, sie beide in der Barke mitzunehmen, die draußen auf ihn wartete. Ohne Nells langes Gesicht wäre sie mitgefahren, aber bei der ganzen Packerei, die sie vor sich hatten, war es im Grunde nicht machbar gewesen, und deshalb ließ sie ihn allein abfahren.

Sie trafen sich noch einmal, ehe Philippa nach Flaw Valleys zurückreiste, als Sir Graham im Haus der Somervilles in London vorsprach, um Kate seine Aufwartung zu machen, und Margaret Erskine dort antraf, außer Dienst, während die Königinwitwe sich vor dem königlichen Bankett ausruhte.

Margaret Erskine war nach einem Jahr mit der schottischen Königinmutter auf der Heimreise, und die teuren Feierlichkeiten, die Maria von Guise der Etikette halber in London aufhielten, ärgerten die englische Regierung nicht halb so sehr wie Tom Erskines Frau.

Daß sie seit zwanzig Tagen Tom Erskines Witwe war, wußten ihre Herrin, der französische Botschafter in London und sonst nur noch wenige. Margaret Erskine ahnte nichts davon, und so sollte es bleiben, hatten die Diplomaten beschlossen, bis sie nach Schottland kam. Die schottische Reisegesellschaft mußte sicher wirken, weltläufig und sorglos. Die Königinwitwe, in weißer Trauerkleidung, hatte eben ihren einzigen Sohn verloren, aber sie gab sich fröhlich. Margaret Erskine, im allgemeinen eine mollige und prosaische junge Frau, war nicht nur fröhlich, sie funkelte vor Leben bei der Aussicht, endlich ihren kleinen Sohn und ihren Tom wiederzusehen.

Kate, die zur Tür ihres Salons ging, als Sir Graham Malett gemeldet wurde, war in düsterer Stimmung. Vor allem empfand sie es als barbarisch, daß Tom Erskines Frau nichts von seinem Tod erfahren sollte, und das hatte sie dem Kammerdiener auch gesagt, den ihr die schottische Königinwitwe an jenem Morgen geschickt hatte. Sie hatte jedoch nicht die Absicht, sich zwischen die arme junge Frau und ihre Königin zu stellen, deshalb war sie gegen ihren Instinkt gezwungen gewesen, Margaret so zu begrüßen, als wäre nichts geschehen. Philippa, die eine starke Neigung zeigte, sich mit großen Augen in Ecken herumzudrücken, wurde weggeschickt, um auf der Laute zu üben, und Kate beteiligte sich lustlos an den förmlichen Gesprächen, als der Diener meldete, jemand wolle sie sprechen. Margaret, die ein Huhn mitgebracht hatte und sich liebend gern mit Rezepten beschäftigte, verschwand prompt und freudig Richtung Küche, während Kate hinunterging und unterwegs der neugierigen Philippa begegnete.

Ihr Besucher war, wie sich herausstellte, der tapfere Kreuzritterheld, Joletas Bruder. Als sie ihn in den kleinen Salon führte, den sie selten benützte, war Kate höflich, Philippa überschwenglich. Kate hatte, wie ihre Tochter wußte, typische Vorbehalte gegen Gabriels Legende, die sich noch verstärkt hatten, als Philippa glühend, wenn auch entsprechend zensiert, von der Begegnung in Hampton Court berichtete. Außerdem hatte Sir Graham das Pech, beim Grafen von Ormond zu wohnen, den Kate nicht mochte.

Kate hatte fast genauso auf Joleta reagiert, als das Mädchen in Flaw Valleys angekommen war: Erst als sie den Beweis dafür hatte, daß Joleta ein normales menschliches Wesen war, hatte sie zu ihrer üblichen sarkastischen Art zurückgefunden. Philippa, die mit erfahrenem Blick zuschaute, sah jetzt, daß sich Sir Graham Malett dieser Zurückhaltung bewußt war und daß sie ihn erheiterte, bis zu dem Punkt, daß er sich für seinen adligen irischen Freund entschuldigte. Ormond, pflichtete er ernst bei Kates reichlich aufgetischten Erfrischungen bei, sei ein trauriger Kostgänger beim Feind seines Landes, aber man müsse nachsichtig sein. Ihm bleibe nichts anderes übrig, sonst werde er gehängt.

Kate, die es nicht mochte, wenn man sie bei Laune halten wollte, wechselte das Thema und ging zu Malta über, aber es gelang ihr nicht, ihn über den Fall von Tripolis oder über das Verhalten des Großmeisters auszuholen. «Was, keine aufgeschlossenen Harems, keine feurigen Sklavinnen, die sicher in die Freiheit getragen wurden? Was für ein langweiliges Leben Kreuzritter doch heutzutage führen», sagte Kate schließlich. «Offenbar werde ich die derbe Seite der Geschichte von Francis Crawford erfahren müssen.»

«Nein», sagte Gabriel nach einem kurzen Zögern. «Das würde ich nicht empfehlen.»

Kate, in Gedanken halb bei Margaret Erskine, die der Köchin zeigte, wie man ein Huhn auf französische Art zubereitete, zwang sich, ihm wieder ihre ganze Aufmerksamkeit zu schenken. «Warum? Ich bin überzeugt, er könnte mit außerordentlichem Geschick einen Handel mit weißen Sklavinnen leiten.»

Sie wünschte sich von ganzem Herzen, daß er ging. Weil er aus Frankreich kam, war es unwahrscheinlich, daß er das mit Tom Erskine wußte, aber sie wollte nicht, daß er Margaret begegnete. Kates Verstellungskunst war nicht besonders groß; seine war vermutlich überhaupt nicht vorhanden. Es wirkte auch nicht anständig, von einem solchen Mann zu verlangen, daß er sich an einem Täuschungsmanöver beteiligte.

Wie auch immer, er war tief in Gedanken mit einem ganz anderen Thema beschäftigt. Nach einer beträchtlichen Pause sagte er unerwartet: «Ich frage mich, Mrs. Somerville, ob Sie einen Mann namens Cormac O'Connor kennen?»

«Ich habe von ihm gehört», sagte Kate knapp. «Er ist ein verfemter Ire, der seit Jahren versucht, französische oder schottische Hilfe bei der Vertreibung der Engländer aus Irland zu bekommen.»

«Er hatte außerdem», sagte Gabriel, ohne sie anzuschauen, «eine sehr schöne Geliebte. Ich habe ihn vor einer Woche in Frankreich getroffen, in Ormonds Gesellschaft, wie ich Ihnen gesagt habe. Er hat sich schließlich von der Frau getrennt – er schwört, wegen unseres unverbesserlichen Freundes Francis. Wie auch immer, es ist eine Tatsache, daß Francis sich in Tripolis mit ihr getroffen und sie verloren hat. Sie war eine unglückliche Frau und außerdem seit Monaten die Geliebte eines Ordensritters, aber die beiden fühlten sich wirklich zueinander hingezogen. Ich erzähle Ihnen das nur, damit Sie das Thema Frauen nicht so leichtnehmen, wenn Sie ihm das nächste Mal begegnen.»

«Ich will ihn nie wieder sehen», sagte Philippa streng.

Gabriel, der auf einem Stuhl saß, der zu klein für ihn war, lächelte Kate an, die lediglich die Brauen hob. Sein Lächeln wurde breiter. «Er scheint allgemein in Ungnade gefallen zu sein», sagte er. «Joleta drückt sich auch so aus, wenn nicht noch stärker. Ich bedaure das, denn ich hatte mir von ihr eine kleine moralische Erpressung erhofft.»

Takt war nicht Philippas stärkste Seite. «Aber Mr. Crawford hat sie *geküßt*!» sagte sie.

«Philippa!» Kate brachte es kaum fertig, die Befriedigung aus ihrer Stimme herauszuhalten.

«Es ist wahr! Es hat sich in ganz Boghall herumgesprochen!»

Graham Malett lachte laut. «Es *ist* wahr. Joleta hat es mir geschrieben. Aber Sie kennen die wesentlichen Tatsachen nicht.» Er sah Philippa an und wurde plötzlich ernst. «Das ist ein hervorragender junger Mann, der in sein Verderben rennt. Ich bin bei ihm gescheitert, wir sind alle gescheitert. Sein Werdegang im letzten Winter in Frankreich war eine traurige Angelegenheit, die man am besten vergißt. Ich hatte geglaubt, Malta werde ihn ändern... Aber er kommt nicht ohne Frauen aus, er kommt nicht ohne Reichtum aus, er kommt nicht ohne Bewunderung aus. Er ist nach Schottland zu keinem besseren Zweck gekommen, als eine einträgliche Söldnerarmee aufzubauen, genau wie er nur nach Malta gegangen ist, weil ihn der Konnetabel bezahlt hat. Ich hatte gehofft, in Joletas Gesellschaft werde er andere Werte lernen.»

«Im ganzen», sagte Kate unverblümt, «habe ich das Gefühl, es ist viel wahrscheinlicher, daß er seinen hervorragenden Verstand dazu benützt, Joleta zu verführen.»

Gabriels weiser, direkter Blick ging von Kate zu ihrer Tochter. «Kein Mann kann meine Schwester entehren. Ich glaube an Joleta, wie ich an den Born meiner Religion glaube. Aber wenn er es wollte, würde ich sie diesem Mann zur Ehe geben, unter der Voraussetzung, daß er als Mitgift seine neue Armee einbringt, als heiliges Werkzeug der Mutter Kirche.»

«Sie würden zulassen, daß er Joleta heiratet, obwohl Sie ihn so gut kennen?» sagte Kate scharf; und Philippa sagte mit bissiger Stimme: «Arme Joleta!» und verstummte unter dem Blick ihrer Mutter.

Gabriel lächelte. «Joleta bewirkt merkwürdige Verwandlungen. Wenn sie ihm versprochen wäre, stünde er ihr an Ehre in nichts nach, da bin ich mir sicher. Aber es wirkt unwahrscheinlich, daß sie ihn will. Sie hat ihn herausgefordert, glaube ich, und er fühlte sich gezwungen, ihr zu zeigen, wie ungeheuer gleichgültig sie ihm ist, und sie hat sich ihrerseits maßlos darüber geärgert... Die beiden sind keine älteren, leidenschaftslosen Diplomaten. Wenn sie das wären, hätten sie es nicht verdient, daß wir uns Sorgen um sie machen.»

Philippas Augen glänzten plötzlich. «Es wäre doch reizend», sagte sie geziert, «wenn Ihre Schwester und Mr. Crawford heiraten würden. Liebe fängt oft mit Haß an, nicht wahr?»

«Nur gewöhnliche Sterbliche wie die Somervilles empfinden gute alte, verderbte Haßgefühle, Liebes», sagte ihre Mutter. «Sir Graham gelingt es, jedermann zu lieben. Er weiß bestimmt nicht einmal, worüber du redest. Nimm ein Brötchen.»

«Er liebt die Türken nicht», sagte Philippa. «Er tötet sie.»

«Das ist kein Haß», sagte Kate Somerville. «Das ist nur ein Herumfeilen an seinen Grundsätzen, damit sie gesund und sauber bleiben. Ich bin mir sicher, er würde dir sagen, daß er keinen persönlichen Groll gegen die Türken hegt; und sie glauben ohnehin, daß sie ins Paradies kommen, also ist es für alle am besten so.»

Mit einer gewissen Erleichterung sah Philippa, daß Gabriel lächelte. «Sie haben eine spitze Zunge», sagte er. «Ich glaube, im Grunde ist Ihnen Lymond lieber als ich. Vielleicht liegen Sie damit gar nicht falsch.»

Kate wurde rot, vom Kragenknopf ihres Winterkleids bis hinter die Ohren. Dann, während sich Philippas zorniger Blick auf sie heftete, sagte sie: «Vielleicht kenne ich ihn nur besser. An seinen Maßstäben ist nichts verkehrt. Er hat lediglich Mühe, wie wir alle, ihnen gerecht zu werden, was manchmal zu haarsträubenden Ergebnissen führt.»

«Während ich Erfolg habe, weil mein Ziel gewöhnlicher ist, und Sie halten mich für selbstgefällig», sagte Gabriel sanft. «Aber wir können nur unser Bestes tun, wie wir geschaffen sind. Sie werden sich und das Kind sehr unglücklich machen, wenn Sie alle Ihre Freunde an diesem charmanten, undisziplinierten Mann messen.»

Kates braune Augen waren weit offen, um sie vor jedem Verdacht der Schwäche zu schützen. «Meine Freunde tun nichts zur Sache», sagte sie. «Nehmen Sie sich ein Brötchen.»

Im selben Augenblick kam, zur Erleichterung der entsetzten Philippa, Margaret Erskine herein, die nach Huhn roch. Sie sagte: «Oh, meine Liebe, das tut mir leid; du hast noch Besuch.» Dann machte sie ein überraschtes, erfreutes Gesicht. «Gabriel!» Philippa erinnerte sich daran, daß er gemeinsam mit ihr aus Frankreich angereist war, obwohl er sich vom Gefolge der Königinwitwe getrennt hatte und früher in London eingetroffen war. Zum tausendsten Mal fragte sich Philippa, wie Jenny Fleming, die vitale Geliebte Heinrichs von Frankreich, ein so zartes kleines Geschöpf hatte hervorbringen können. Mit neunzehn war sie Kriegerwitwe geworden und hatte dann endlich ihr Glück bei dem Junker von Erskine gefunden. Dann sagte Graham Malett, der sie alle bei weitem überragte: «Joleta hat es mir geschrieben. Was kann ich sagen, außer Gott sei gedankt, daß es so schnell vorüber war.»

Ein furchterregendes Schweigen entstand, während die drei Frauen ihn anstarrten, als ob er ein Vollidiot wäre. Gabriel nahm mit ausgestreckten Händen Margarets bemehlte Finger in die sei nen. Dann sagte Kate schnell und rauh: «Hören Sie. Sie hat es noch nicht erfahren. Auf Befehl der Königinmutter. Sagen Sie es ihr schnell, jetzt muß sie es wissen. Margaret, setz dich.»

Aber Margaret blieb stehen, bemerkte, wie Philippa verängstigt sah, nichts außer Gabriels veränderter Miene. Sein Griff um ihre Hände wurde starr, als Kate sprach; eine kurze Pause entstand, dann sagte er mit tiefer Stimme: «Setzen Sie sich, denn ich muß Sie um Vergebung bitten. Ich habe geglaubt, Sie wüßten es. Es ist eine schlechte Nachricht aus Boghall. Das Schweißfieber hat Ihren Mann hinweggerafft. Er ist bei Ihrem Vater, im Frieden mit Gott.»

Ein langes Schweigen entstand, während Margaret, das Gesicht unbewegt, Sir Graham gefaßt ansah. Schließlich sagte sie: «Das kann nicht sein. Nicht Tom. Nicht *auch noch* Tom.»

«Haben Sie geglaubt, das Leben sei immer anständig und gerecht?» sagte Gabriel. «So ist es nicht. Wenn es so wäre, dann wären Sie nicht der Mensch, der Sie sind; Sie wären ein glücklicher Einfaltspinsel. Aber es ist, wie es ist. Tod und Trauer lassen sich nicht aus der Welt schaffen.»

Die Worte bewirkten, was sie bewirken sollten. Nach einem einzigen erstickten Seufzer bedeckte Margaret Erskine, jetzt wieder Margaret Fleming, beide Augen mit den Händen und weinte.

Kurz danach, als sie feststellte, daß sie nicht gebraucht wurde, schlich Kate mit Philippa aus dem Zimmer und trocknete die Tränen ihrer Tochter, schickte sie dann in die Küche, um das Huhn zu Ende zu garen. Dann setzte sie sich und überließ sich selbst eine Zeitlang dem Weinen, während sie das leise Gemurmel von Gabriels schöner Stimme hörte. Margaret hätte jetzt in gar keinen besseren Händen sein können. Sie wünschte sich nur, sein Bann sei weniger stark, was Philippa anlangte. Dabei wurde ihr wieder bewußt, was sie meist zu verdrängen vermochte: daß Philippas Vater tot war. «*Gideon*», sagte Kate leise vor sich hin, während sie lautlos die Luft einsog, und dann stand sie auf und ging in die Küche, um Philippa bei der Zubereitung des Huhns zu helfen.

4. Kapitel

Die Axt wird geschmiedet
St. Mary, Herbst 1551

Jerott Blyth, der sich Gabriel zuliebe Lymond angeschlossen hatte, ritt zum Gut St. Mary in der Nähe des gleichnamigen Lochs in den Central Lowlands von Schottland und blieb den ganzen Winter dort, während eine Legende geboren wurde.

Blyth war kein unerfahrener Junge, als er sich Francis Crawford anschloß. Sobald er mit dem restlichen Trupp aus Midculter in dem Lymond genannten Distrikt ankam, sah er, daß das Land schon halb auf die Belastung vorbereitet war. Auf neu eingezäunten und mit Hecken umfriedeten Weiden grasten in bester Ordnung Widder, Lämmer und Mutterschafe. Es gab Ochsen für die Tafel und den Pflug, Gänse in den Teichen, Vögel in den Taubenschlägen und Kaninchen in den Höhlen. Sie kamen vorbei an mit Hafer, Weizen und Gerste gefüllten Scheunen und an einer Sägemühle, vor der sich Eichenbretter stapelten und an der neue Räder lehnten, Schatten werfend und übersät mit Oktoberlaub.

Dann kamen die Katen und Außengebäude von St. Mary in Sicht, die Stapel aus braunem Torf und Holzkohle, die Schmiede, aus der über das Getrappel der Hufe hinweg der Klang des Hammers zu vernehmen war. Die Stallungen, sauber Reihe um Reihe gebaut, mit überdachten Sattelplätzen davor und einem eigenen Brunnen. Das Backhaus mit dem Brotschieber, den Trögen, Tischen und Mehlfässern. Die Brauerei, wo der warme Malzgeruch schwer in der Luft hing, die glänzenden Kessel durch die Fenster schimmerten und die schwitzenden Fünfgallonenfässer mit Bier zu sehen waren.

Er sah die Reitschule und den dahinter angelegten Turnierplatz, die Schießstände und das Übungsgelände für das Abschießen leichter und schwerer Waffen. In der Nähe lag das Arsenal, vor dem noch unausgepackte Fässer und Kisten standen. Mit einem brennenden Interesse, das sich nicht unterdrücken ließ, hatte er gesehen, wie ihr

Inhalt in Leith vom Schiff geladen worden war: die Munition, die Arkebusen, die Kanonen, die Kisten mit Bogen und Pfeilbündeln, die Knüppel, Dolche, Äxte, die Bleistäbe für die Bogenschützen, die Piken und das Pulver, die Lunten, der Teer, das Pech, die Hellebarden, die Stapel von Kettenpanzern, Helmen, Brustpanzern, die Lunten für Reisigbündel, die Stiele für Kellen, Leder, Brecheisen, Harnischschnallen und Spieße, Siebe, Ladestöcke, Körbe und Scheren – das ganze Rüstzeug des Krieges.

Um das alles anzusammeln und unbeschadet über große Entfernungen zu transportieren war äußerst sorgfältige Organisation erforderlich. Außerdem war ein dicker Geldbeutel erforderlich – ein außerordentlich dicker Geldbeutel, selbst für einen Mann, der zwei Familiengüter und eine Grafschaft im Ausland hatte. Etwa zu diesem Zeitpunkt warf Jerott Blyth einen mutmaßenden Blick auf Francis Crawford von Lymond, der locker neben ihm herritt, und fragte sich, was er sonst noch in den heißen Augustwochen auf Malta und in Tripolis übersehen haben mochte.

Der erste Mensch, dem er im sauberen, schönen Hof von St. Mary begegnete, war Michel de Seurre, Ritter des Johanniterordens. Der zweite war der dienende Bruder des Roches, der das Hafenfort in Tripolis verteidigt hatte, und der dritte der Maure Salablanca. Lymond hatte in Afrika keine Zeit vergeudet.

Die Einsatztruppe, die in Europa berühmt werden sollte, fing mit zweihundert Männern und acht Offizieren an. Später schlossen sich ihr weitere Ritter an und etliche im Ausland lebende Männer wie Jerott, wodurch sich die Gesamtzahl von Männern mit Ritterstatus auf dreißig erhöhte, darunter etliche, die wie de Seurre und Jerott bestens qualifiziert waren.

Für ihre Unterbringung war an St. Mary ein hervorragendes Dormitorium angebaut worden. Jerott hatte das Gut aus den Tagen des Ersten Barons als vom Krieg ramponiertes Bauwerk in Erinnerung; jetzt war es jedoch wiederhergestellt worden, in geradezu florentinischer Pracht. Lancelot Plummer, der Ingenieur und Meisterarchitekt, der es entworfen hatte, wohnte jetzt hier, war aus Neugier ein Schüler in der von ihm erbauten Akademie geworden.

Jerott, der den feinen Herrn in Frankreich kennengelernt hatte, wußte, daß er stahlhart war und einen eisernen Willen hatte, und fragte sich grimmig, wie Lymond glaube, mit ihm fertig werden zu können. Oder mit Fergie Hoddim, dem Advokaten, der vermutlich mehr über Laster wußte als jeder Mann zu seiner Zeit; oder mit Randy Bell, dem Arzt, der auf diesem Gebiet fast genauso beschlagen war, vor allem was die Praxis betraf, und mit Alec Guthrie, der an so gut wie jeder Universität in Italien, Deutschland und Frankreich Latein und Griechisch gelehrt hatte: ein berühmter Humanist.

Und mit Hercules Tait, Antiquar, Diplomat, Sammler und Geschäftsmann, der nicht nur alle gekrönten Häupter Europas kannte, sondern mit den meisten verwandt war; und mit Adam Blacklock, dem Maler, der stotterte und sich trotz eines lädierten Beins das Eislaufen, Reiten und Springen beigebracht hatte, der sich jedoch bisweilen bis zur Besinnungslosigkeit betrank.

Jerott Blyth dachte an die Ordensritter, deren heftige, kriegerische Persönlichkeiten die strengen Regeln der Kirche gezügelt hatten. Er fragte sich mit vorweggenommener Schadenfreude, wie ein öffentliches Soldatenlager, mit Francis Crawford als einzigem Leiter und Anwerber, auf Erfolg hoffen könne.

Er fand es in seiner ersten Nacht in St. Mary heraus. Weil er an das Gemeinschaftsleben gewöhnt war, hatte er bald ein Bett neben Randy Bell gefunden und seine Habe untergebracht; dann machte er sich fürs erste vertraut mit den anderen Ausbildern, den leitenden Technikern, die St. Mary und die Ausrüstung verwalten sollten, und mit den rekrutierten Söldnern, die den Kern der Truppe bildeten.

Es war ein schwerer Tag, und als er schließlich lange nach dem Dunkelwerden zu Bett ging, war er todmüde; zusätzlich zur langen Reise nach Schottland benebelten ihm die vielen neuen Eindrücke und Menschen die Sinne. Die anderen sieben in seinem Zimmer, von denen etliche erst vor wenigen Stunden angekommen waren und noch nicht ausgepackt hatten, waren gleichermaßen erschöpft. Nur wenige Worte wurden gewechselt, als sie nach und nach in die Kammer kamen und sich halb entkleidet oder nackt ins Bett rollten.

Um Mitternacht läutete scheppernd die Alarmglocke. Anfangs glaubte Jerott schlaftrunken, es seien die Türken. Er kam mühsam hoch, den kalten Griff des Schwertes in der Hand, und begriff dann, daß er in St. Mary war und daß die verwirrten Schläfer um ihn herum, die langsam unter der einzigen trüben Öllampe zu sich kamen, genauso ratlos waren wie er. Dann sprach von der Schwelle aus eine kräftige Stimme, eine Stimme, in der Jerott die des Mauren erkannte, den Lymond aus Tripolis gerettet hatte, auf spanisch.

«Meine Herren, Mr. Crawford bittet Sie um Entschuldigung für die Störung. Sie werden gebeten, in fünf Minuten in der großen Halle zu erscheinen – bekleidet. Ich soll Ihnen mitteilen, daß jeder Herr, der später eintrifft, St. Mary auf der Stelle zu verlassen hat.»

Keiner kam zu spät. Aber die Art des Schweigens, als sie grimmig reihenweise in der blendend erhellten Halle von St. Mary saßen, eine Gruppe gestandener Recken, die auf ihren Anführer warteten, war in sich äußerst zersetzend.

Von Lymond war an jenem Tag wenig zu sehen gewesen; die reine Menge des Schreibkrams, der ihn bei seinem ersten Besuch im umgestalteten St. Mary erwartete, mußte seinen ersten Schwung gedämpft haben. Aber jetzt, kaum nachdem sie sich versammelt hatten, trat er schnell auf das leere Podium, barhäuptig und ohne zu lächeln, schaute sich um, zählte die Anwesenden und ergriff dann das Wort, angenehm und ohne die Stimme ungebührlich zu erheben.

«Meine Herren ... Es ist nicht das letzte Mal, daß ich von Ihnen fraglosen Gehorsam verlangen werde. Es ist jedoch das letzte Mal, daß ich Ihnen das ohne vorherige Abstimmung abverlange.»

Schlau gemacht, dachte Jerott bissig. Die Empörung ließ leicht nach, und Lymond spürte es, dessen war sich Jerott sicher. Er ergriff wieder das Wort. «Inzwischen haben Sie sich gegenseitig kennengelernt. Sie sind allesamt intelligente Männer, entschlossene, fähige Männer. Die anderen, die zu Ihnen stoßen werden, sind vom selben Schlag. Zwischen Ihnen wird es keine Ränge, keine Unterschiede geben. Was diese Truppe an Geld auch verdienen mag, es wird gleichmäßig unter Ihnen aufgeteilt werden. Falls wir nichts verdienen sollten, werde ich für Ihre Lebenshaltungskosten aufkommen. Wir sind eine Truppe, die Geld verdienen will, aber das finanzielle Risiko liegt bei mir, und im folgenden werde ich Ihnen die Bedingungen erläutern, zu denen ich es eingehe.»

Zwei Bedingungen, ging dem zusammenzuckenden Jerott Blyth durch den Kopf. Betet mich an und macht mich zu einem reichen Mann.

Als hätte er seine Gedanken gelesen, ließ Lymond seinen Blick einen Augenblick lang auf Jerott ruhen, dann weiterschweifen. Er sagte: «Die Gründe, aus denen Sie sich mir angeschlossen haben, sind Ihre eigene Angelegenheit. Sie sollten meine Gründe dafür kennen, daß ich Sie zu mir geholt habe. Es gibt keine ständige Armee in England, obwohl der Versuch unternommen worden ist, adelige Grundbesitzer dafür zu bezahlen, daß sie Truppen anwerben und bewaffnen und bei Bedarf zur Verfügung stellen. Wenn die Regierung Hilfe braucht, muß sie Söldner unter ihren Hauptleuten aus Deutschland und den Niederlanden anheuern.»

Er machte eine Pause, stellte ihre Geduld auf die Probe: keiner rührte sich. «In Schottland gibt es kein Geld für jährliche Anwerbungen. Selbst wenn es vorhanden wäre, Kriege haben die natürlichen Führer vermindert, religiöse Meinungsverschiedenheiten und der Streit um den Anspruch auf den Thron haben sie gespalten. Es hat Vorschläge für eine ständige Söldnerarmee gegeben; in letzter Zeit ist starker Druck ausgeübt worden, eine offizielle französische Armee zu stationieren. In beiden Fällen würde die Armee zugunsten und unter der Krone operieren, und aus meiner Sicht wäre beides gefährlich...»

Unten regte sich jemand. Alec Guthrie, dessen ergrauender Haarschopf zerzaust war, sagte ungeduldig mit seiner kratzigen Gelehrtenstimme: «Dürfen wir etwas dazu sagen? Mit dem Schutz Schottlands hat noch nie jemand ein Vermögen verdient. Wenn die Franzosen auf diese Weise Geld ausgeben wollen, sollen sie es doch tun.»

«Im Gegenteil», sagte Lymond. «Wenn Frankreich oder sonst jemand für das bißchen Arbeit Geld ausgeben will, sollen sie uns dafür bezahlen. Wir alle wissen, daß Söldner und ausländische Truppen endlosen Ärger verursachen. Wie auch immer, vermutlich würde der Kaiser ohnehin keine weiteren Deutschen oder Schweizer zur Verfügung stellen, und Frankreich braucht seine Truppen für andere Aufgaben, selbst wenn man die Franzosen dazu überreden könnte, hier zu kämpfen...»

«Wir werden also der kämpfende Arm der Königinwitwe», sagte Hercules Tait träge. «Ich hatte schon die ganze Zeit das seltsame Gefühl, daß es so kommt.»

«Wir werden», sagte Lymond, und plötzlich war seine eben noch angenehme Stimme so schneidend wie Glasscherben, «die stärkste *unabhängige* Kampfeinheit, die es auf diesen Inseln je gegeben hat. Wir nehmen Arbeit an, für die wir bezahlt werden, und wir stellen die Bedingungen, zu denen wir diese Arbeit ausführen. Falls wir aus irgendwelchen Gründen, moralischen oder materiellen, die Arbeit für nicht wünschenswert halten, lehnen wir ab.»

«M. le Comte...» Das war die plänkelnde Stimme des Chevalier de Seurre. «Darf ich darauf hinweisen, daß Ihr Vorschlag auf eine Militärherrschaft in Ihrem Land hinausläuft? Sie schaffen als Ersatz für Ihre im Schwinden begriffenen Adeligen eine professionelle Elite. Die Königinwitwe wendet sich demütig an Sie, weil sie eine Armee braucht, beispielsweise, um in England einzumarschieren, und Sie sagen: ‹Nein. Heute habe ich keine Lust, England anzugreifen. Statt dessen jagen wir mit unseren Truppen die Franzosen hinaus.› Und so geschieht es. Was kann sie tun, um Sie daran zu hindern? Sie haben die stärkste Kampftruppe auf diesen Inseln.»

«Und wer trifft überhaupt diese Entscheidungen?» meldete sich Alec Guthrie mit seinem gelassenen Knurren. «Sie allein?»

Jerott merkte, daß er befriedigt lächelte. Soviel zum Aufbau eines Imperiums mit unzureichender Vorbereitung. Lymond sagte liebenswürdig: «Stellen wir eine andere Frage, ehe wir über die Antworten nachdenken. Seit wann ist die Königinwitwe gleichzeitig Diplomat, Anwalt, Fachmann für politische und militärische Strategie, Seefahrer, Philosoph, Beobachter mit klarem Kopf und ohne Vorurteile? Ich bin nichts dergleichen. Sie, weil sie tatsächlich in vielerlei Hinsicht eine bemerkenswerte Frau ist, hat etliches davon. Aber wir, als Einheit, *sind das alles.*»

«Ich wiederhole meine Behauptung», sagte Alec Guthrie, die wilden Augen unter den buschigen Brauen zusammengekniffen auf Lymond gerichtet. «Sie wollen herrschen.»

Die Hände locker hinter dem Rücken verschlungen, dachte Lymond über die Antwort nach. Er gab sie fast sofort. «Ich habe die Absicht, über die Schlachtfelder in Europa oder sonstwo zu ziehen und viel Geld zu verdienen. Meine Bedingung ist, daß wir gleichzeitig diese Nation bewachen und beschützen, so gut wir können, die internationalen Streitigkeiten beilegen, beide Seiten der Grenze von den Dieben und Banditen befreien, Gerechtigkeit üben, wo die Gerechtigkeit aus Angst vor blutigen Fehden bis jetzt versagt hat. Darüber hinaus habe ich nicht den Wunsch, die Autorität der Krone an mich zu reißen. Für diese Dienste erwarte ich Bezahlung durch die Königinwitwe in Schottland und durch die englische Regierung jenseits der Grenze. Aber ich muß Sie jetzt schon warnen, daß die Bezahlung in Säcken voller Pennies bestehen wird. Doch wenn wir unsere Arbeit würdig verrichten, sollten die Ergebnisse für Ihre Söhne und Enkel ihr Gewicht in Gold wert sein.»

Was für eine Überraschung, dachte Jerott im folgenden Schweigen. Jetzt haben sich geistige Werte in die Diskussion eingeschlichen. Es hat geklungen, als wäre das sein Ernst. Es kommt nicht darauf an, ob es sein Ernst ist. Er braucht ein einigendes Prinzip, und er sucht sich einen Kreuzzug aus... jeden beliebigen Kreuzzug. Malta, hier weilt dein Flügel.

«D...» sagte Adam Blacklock und versuchte es, lächelnd und hartnäckig, noch einmal. «Dr. Guthrie hat gefragt, wer entscheiden soll, was die Truppe übernimmt und was nicht.»

Lymond löste die Hände. Jerott sah, daß er jetzt tatsächlich ganz locker war, den großen Künstler anlächelte, einen Blick in den hinteren Teil der Halle warf, wo Archie Abernethy und seine Feldwebel ruhig warteten, und dann den blauen Blick über alle Häupter wandern ließ, rote, braune, blonde, schwarze mit bärtigen oder glattrasierten Gesichtern.

«Wenn dieser Winter vorbei ist, werden Sie, was die Kriegskunst angeht, auf der ganzen Welt unschlagbar sein», sagte er. «Mehr als das, Sie werden Ihr Urteilsvermögen und Ihre Erfahrung untereinander ausgetauscht haben. Politische Fragen werden in freier Diskussion zwischen uns erörtert werden: Wer wäre besser dafür geeignet? Ich lade Sie jetzt ein, meine Positionen und Pläne zu diskutieren. Es ist Ihnen unbenommen, jeden meiner Schritte, den ich als Ihr Führer unternehme, zu überprüfen und zu kritisieren. Unter der Voraussetzung... daß ich Ihr Führer *bin*. Meine Stimme ist ausschlaggebend. Die letzte Entscheidung liegt bei mir, und in Notfällen auch ohne lange Aussprachen. Und sobald ich meine Befehle gegeben habe, ganz gleich, was für offene Diskussionen ihnen vorausgegangen sind, erwarte ich, daß ihnen sofort gehorcht wird. Für

Insubordination gibt es hier nur eine Strafe, den sofortigen Ausschluß. Ich hoffe, das ist deutlich.»

«Ich folge Ihnen zu diesen Bedingungen.» Das war die ruhige Stimme des dienenden Bruders des Roches, der das Châtelet bei Tripolis verteidigt hatte. «Ich folge Ihnen zu allen Bedingungen, Sir. Ich respektiere Sie.»

«Ich Sie auch», sagte Fergie Hoddim gelassen, «falls Sie vorhaben, über jede Entscheidung mit diesem Haufen zu streiten. Sie werden auslosen lassen müssen, wer die Kerzen ausblasen darf.»

«Der Kopf des Juristen», sagte Lancelot Plummer sanft. «Wenn es uns in Schottland langweilig wird, dürfen wir Sie dann absetzen und an einen sonnigen Ort gehen?»

«Ich bezweifle eigentlich», sagte Lymond verbindlich, «daß Sie die Energie für lange Streitereien aufbringen werden. Falls es Ihnen gelingt, mich abzusetzen, kommen Sie zweifellos für eine Reise an einen sonnigen Ort in Frage oder, was wahrscheinlicher ist, an einen ungewöhnlich heißen... Denn während ich bis zum Ende des Winters alle Ihre Tricks kennen werde, bezweifle ich, ob Ihnen das umgekehrt auch gelingt.»

«Sieh an», sagte die kräftige, angenehme Stimme des Arztes Randy Bell, der reglos dasaß, die Daumen in die Jacke gesteckt. «Haben Sie ein sicheres Gegenmittel gegen Arsen? Es ist ein hervorragendes Vorbeugungsmittel gegen Störungen der Nachtruhe.»

«Sie sollten die Bekanntschaft von Archie Abernethy machen», sagte Lymond ungerührt. «Er hat es früher seinen Elefanten verabreicht. Tritt vor, Archie... Kann ich davon ausgehen, meine Herren, daß wir uns einig sind?»

Sie waren sich einig, das sah Jerott: gewonnen durch ein wenig geheuchelte Selbstlosigkeit und die Aussicht auf uneingeschränkte Diskussionen. Sie wollten aufstehen.

«Dann», sagte Lymond mit Bedacht, «sollten Sie die Tatsache zur Kenntnis nehmen, daß Mr. Abernethy eben zweihundertfünfzig unserer jungen Pferde aus dem Stall gelassen und aufs Land getrieben hat. Jedes ist fünfundsechzig Goldstücke wert, und wir können sie hier in der Gegend nicht ersetzen. Deshalb wird jeder hiesige Pferdedieb hinter ihnen her sein und außerdem so gut wie jeder Haushalt, der etwas taugt.

Bedenken Sie, daß wir mit diesen Leuten leben müssen, ohne sie uns zu Feinden zu machen, wenn Sie jetzt damit anfangen, die Pferde zusammenzutreiben. Archie sagt Ihnen gleich, was für Brandzeichen sie haben. Sie bringen die Pferde selbstverständlich bis zum Morgen hierher zurück: Die Ausbildung beginnt pünktlich um sechs Uhr morgens hier in der Halle. Vielleicht bekommen Sie sogar noch etwas Schlaf. Ich», sagte Lymond ruhig, «gehe zu Bett. Gute Nacht, meine Herren. Und viel Glück.»

Es war eine mondlose Nacht, und dazu noch hatte es zu regnen angefangen, als seine ungläubigen Zuhörer sich vor dem Tor wiederfanden. Während er um die matschigen Hügel herumgaloppierte, mit hüpfenden Laternen und sechs wütenden Söldnern hinter sich, schaute Jerott Blyth auf eine schlecht skizzierte Karte und dann in die Nacht vor ihm, in der es wie im Alptraum eines Landschaftsgärtners von pferdeähnlichen Büschen und Umrissen wimmelte, und verfluchte alle Welt bis auf Graham Malett.

Um vier Uhr morgens hatte er ein Dutzend der verschwundenen Pferde gefunden und hatte sich auf den Höfen und in den Katen in dem ihm zugeteilten Gebiet sehr zusammenreißen müssen, um die Höflichkeitsformen zu wahren. Erst jetzt, als er sich dem letzten Haus näherte, fand er heraus, daß Lymond in Wahrheit nicht zu Bett gegangen war. Als er zur Veranda ritt, sagte eine ruhige Stimme in der Finsternis: «Dieses Haus können Sie auslassen. Dort wird eben ein Kind geboren. Wer ist es? Jerott?»

«Ja.» Durch den Regen konnte er Roß und Reiter nur schwach erkennen, reglos vor dem nassen Strohdach.

«Wie viele hast du eingefangen?» fragte Lymond.

«Zwölf. Ich warte auf eine Meldung von der Zählstelle.» Sie hatten einen zentralen Sammelplatz eingerichtet.

«Darauf brauchst du nicht mehr zu warten. Alle Pferde sind wieder da. Du wirst feststellen, daß etliche deiner Kollegen mehr eingesammelt haben, aber du hattest mit Abstand das schwierigste Gelände. Hat es dir Spaß gemacht?»

Schwachsinnige Frage. Jerott Blyth machte den Mund auf, um sie zu beantworten, wie sie es verdient hatte; dann überkam ihn wie schon oft in seinem Leben eine irrwitzige Erkenntnis. «Ja», sagte er.

«Seltsam, nicht wahr?» sagte Lymond ohne Überraschung. «Das

ist, wenn es dir nur bewußt wäre, der Grund, warum es dir Spaß gemacht hat, ein Ordensritter zu sein. Ich kümmere mich um deinen Späher, wenn er kommt. Wenn du jetzt zurückkreitest, bekommst du vielleicht noch eine halbe Stunde Schlaf.»

Um sechs Uhr morgens, wachsam, lebhaft, waren alle zwanzig Offiziere von St. Mary grob gesäubert in der Halle versammelt und unterhielten sich heiser und zerstreut. Lymond war vor ihnen dort; nicht auf der Tribüne, sondern unter ihnen, rittlings auf einem Stuhl. Er blätterte in einem Stapel durchnäßter Notizen. Ihm war nicht anzumerken, daß er überhaupt draußen gewesen war, und er ging den nächtlichen Ritt Schritt für Schritt mit ihnen durch, boshafter und schließlich erheiternder, als Jerott eine solche Nachbereitung je erlebt hatte. Dann ordnete er die Einzelheiten der Tagesarbeit an.

Sie war hart, brutal und typisch für die Strapazen, die ihnen in den nächsten sechs bis acht Wochen bevorstanden, mit einer Ausnahme: sie endete bei Einbruch der Dämmerung. Dann ging das Lager, über-anstrengt und matt, wie überbeanspruchte Gitarrensaiten, zu Bett und schlief zwölf Stunden lang. Das Zusammenschweißen eines großartigen Korps hatte begonnen.

Jerott war von Anfang an klar, daß Lymond das, was ihm in jener Nacht gelungen war, mit Anfängern niemals erreicht hätte. Es lag daran, daß diese Männer, was für Berufe sie auch haben mochten – Philosoph, Architekt, Anwalt, Maler, Arzt, Künstler und Priester –, durch die Zeit, in der sie lebten, gezwungenermaßen auch Soldaten waren und begriffen, daß Geschwindigkeit, Zähigkeit, Geschick und vor allem Selbstbewußtsein sich entwickelten, wenn sie wieder und wieder über das Durchhaltevermögen hinaus angetrieben wurden, bis die Grenze so dehnbar wurde wie ein zusätzlicher, in Reserve gehaltener Muskel. In jener ersten Nacht bekamen sie die erste Kostprobe von der Tüchtigkeit ihrer Kameraden und der Lymonds, und sie stellten fest, daß sie gemeinsam lachen konnten.

In jenem Winter lachten sie viel, atemlos; aber dazwischen gab es Arbeit, die härteste Arbeit, die Jerott seit seiner Zeit bei den Karawa-nen je erlebt hatte, weit aufreibender als sein Noviziat mit den from-men Übungen, der Schwertgefechten und dem Schießen in geord-neter Reihenfolge.

In St. Mary war ihr erklärtes Ziel Vollkommenheit in jedem bekannten Zweig der Kriegführung. Sie wurden unterrichtet von seltsamen Lehrern, die plötzlich wie aus dem Nichts auftauchten und verschwanden, wenn die Übung abgeschlossen war; oder sie tauschten ihre beträchtliche Erfahrung aus, schossen, rangen, liefen und sprangen, kämpften gegeneinander zu Fuß und zu Pferd, mit jeder vorstellbaren Waffe, lernten den Umgang mit Schußwaffen von der Pistole bis zum Geschütz – das Zusammensetzen, Reparieren und Transportieren –, befaßten sich mit Strategie, Feldeinsatz, Lagerorganisation, der Ernährung einer großen Truppe, dem Verarzten, dem Aufbau und der Durchführung von Belagerungen, Pionierarbeit, Minenlegen und Sturmmethoden.

Sie sprachen über Rüstungen, ihre Verwendung, über Pferde und über andere Völker und deren Kampfmethoden. Salablanca überbrachte die Befehle seines Herrn weiterhin auf spanisch, und alle anderen Ausländer, die Lymond herbrachte, sprachen ebenfalls ihre eigene Sprache, ohne Übersetzung. Anfangs entstand ein nervöses Gerangel, um einen Dolmetscher zu finden. Meistens gelang ihnen das, aber nach einem bis zwei Monaten waren sie froh, wenn sie ohne ihn auskamen: auf sprachlichem Gebiet machte Lymond keine Zugeständnisse. Falls sie im Ausland kämpften, wurde selbstverständlich von ihnen erwartet, daß sie die Sprache ihrer Verbündeten beherrschten. Falls sie nicht schon mehrere europäische Sprachen konnten, mußten sie sie lernen.

Von Anfang an ließ er nicht zu, daß jeder seinen eigenen Vorlieben folgte. Wenn Randy Bell ihn wegen der fehlenden weiblichen Gesellschaft hänselte, wenn Fergie Hoddim sich mit ihm über die Verfassungsmäßigkeit ihrer Truppe mit ihm streiten wollte, wenn Tait sich mit Archie Abernethy zu einem Club der Weitgereisten zusammentat, Alec Guthrie versuchte, mit Jerott über seine Seele zu diskutieren, und Adam Blacklock die Rede auf Midculter brachte, schickte sie Lymond einfach zu einer Übung, die drei Tage dauerte und ihre Energie aufdröselte, wie man eine Häkelarbeit aufdröselte. Wenn sie zurückkamen, hatten sie nicht einmal mehr die Kraft, ihn deswegen zu verfluchen.

Inzwischen schlug das Unternehmen sie alle in Bann. Als Lord Culter einmal zu Besuch kam, mit Will Scott und dessen Vater Buccleuch, unterbrach Lymond sofort die Arbeit der Offiziere und ließ sie alle müßig, zum zehnten Mal in jener Woche, dabei zuschauen, wie fünfzig Söldner in knapp zwei Stunden ein vollständiges Lager aufbauten, mit Küchen, Zelten und allem Drum und Dran. Weil keiner sich lange zurückhalten konnte, stritt sich einer bald mit dem alten Buccleuch über das Armbrustschießen, und als nächstes wurden Ziele aufgestellt und jede Menge von heftigen, lautstarken Wettbewerben veranstaltet.

Richard Crawford beteiligte sich kurz am Bogenschießen und zog sich dann zurück, schaute ziemlich still dem Arzt und Adam Blacklock beim Wettkampf zu. Nur Jerott, der auf einem Zaun dahinter saß, hörte, wie er zu seinem Bruder ging und unvermittelt sagte: «Du jagst mir nicht zum ersten Mal eine Wahnsinnsangst ein.»

Lymond, der die Söldner beobachtet hatte, nicht die Schützen, drehte sich schnell um. «Warum? Du kannst immer noch besser schießen als die da.»

«Danke», sagte Richard trocken. «Ich habe gehört, du hast die Geschenke der Königinwitwe zurückgeschickt.»

«Wo hast du das gehört? Es war nicht feindselig gemeint. Ich habe lediglich gedacht, es könne mir ungelegen kommen, sie eines Tages bezahlen zu müssen», sagte Lymond. «Wovor hast du Angst?» Und auf dem Wort ‹du› lag, wie Jerott auffiel, die schwächestmögliche Betonung.

Sein älterer Bruder, die grauen Augen gelassen, hielt seinem Blick stand. «Vollkommenheit macht mir angst», sagte er. «Sie sind zu gut, Francis. Was willst du mit dieser scharfen Axt?»

«*Zuschlagen*», sagte Lymond mit milder Stimme. Sie musterten sich einen weiteren Augenblick lang, ohne zu sprechen, dann brach Richard das Wortgefecht ab und redete über andere Dinge.

Später kam Will Scott zu ihnen, mit etwas wie Neid im Blick, und Lymond brachte ihn dazu, von Grizel und den Kindern zu erzählen und dann von der Unruhe an der Grenze. Wie oft sich die drei schottischen Grenzaufseher auch mit ihren englischen Amtskollegen trafen, feilschten und zu Gericht saßen, der Ärger ging weiter. Lymond sagte: «Wenn ich Grenzaufseher wäre, sollte mich der Teufel holen, wenn ich euch nicht zur Vernunft brächte. Für jeden abgeschlagenen Kopf eines Kerr wäre ein sturer Scott-Schädel fällig. Das würde euch mit der Zeit entweder davon abhalten oder ausradieren.»

«Sieh an. Francis Crawford.» Das war Wat Scott von Buccleuch, Wills Vater, der aus der Entfernung Blut witterte. Die Bärenschultern kampfbereit, den grauen Bart vorgeschoben stand er breitbeinig auf dem nassen, rötlichen Gras. «Und nachdem Tom Erskine von uns gegangen ist, was meinst du, woher die Königinwitwe Hilfe bekommt, wenn die Crawfords nur noch versessen auf Versöhnung und die Scotts nicht mehr da sind? Von Frankreich! Und eins kann ich dir sagen: In den letzten vier Jahren haben mich schon so viele nach Moschus stinkende Franzosen angelabert, daß ich von denen überhaupt nichts mehr wissen will.»

«Dann hört um Himmels willen damit auf, die Kerrs umzubringen», sagte Lymond scharf. «Das ist ein Zeichen für jeden anderen Gutsherrn, wir könnten endlich aufhören mit dieser ewigen Blutrache, die unsere Nation mehr und mehr zugrunde richtet.»

«Das sagt Janet auch», sagte Buccleuch düster. Seine energische vierte Frau (die Schwester der Frau seines Sohnes) war ein Kreuz, das er mit heiterer Verzweiflung trug. «Nur mit anderen Worten.» Seine Miene wurde fröhlicher. «Hast du das mit Sybilla und der Italienerin schon gehört?»

«O ja.» Auch Richard heiterte eine Erinnerung sichtlich auf. «Erinnerst du dich an Madame Donati, Francis? Joletas Duenna?»

«*La plus gaie demoiselle qui soit d'ici en Italie*. Wenn du darauf bestehst, erinnere ich mich an sie», sagte Lymond. «Was ist mit ihr?»

Unter Richard Crawfords mildem Blick lief Buccleuch lila an, verblaßte dann zu Scharlachrot, und als er wieder eine normale Gesichtsfarbe hatte, sagte er: «Na ja, sie hat sich eines Tages auf italienisch mit Joleta unterhalten, der unverschämte Besen, während deine Mutter im Zimmer war, und weil sie nicht wußte, daß Sybillas schlaues Köpfchen voll ist mit unnötigem Wissen, hat sie ihre Zunge nicht im Zaum gehalten. Deshalb...»

«Meine Mutter hätte bestimmt auf keinen Fall zugegeben, daß sie Italienisch versteht», sagte Lymond amüsiert. «Aber worin lag die Beleidigung, Wat, was war es, was einen Buccleuch zum Erröten bringen kann?»

Richard kam Wat so gelassen wie immer zur Hilfe. «Verschone ihn, mein Lieber. Es ging um die alte Geschichte. Sie war der Meinung, wir beide seien uns erstaunlich wenig ähnlich.»

«Und Schlimmeres, nehme ich an», sagte Lymond ungerührt. «Sybilla hat also süße Rache genommen. Wie?»

«Indem sie der Signora erzählt hat, Peter Cranston habe ein Vermögen», sagte Will Scott und brach in schallendes Gelächter aus.

«Erzähl mir nichts darüber», sagte Lymond, in seiner Ruhe aufgestört.

«Doch. Sie ist hinter ihm her wie ein brünstiger Hirsch», sagte Buccleuch befriedigt. «Trinkt ein Glas Wein mit Cranston, wenn sie mit der lieben Joleta in der Nähe vorbeireitet, und zündet so viele Kerzen an, daß dem kleinen Rosenkranzzähler ganz warm ums Herz wird. Er ist blöd. Sie ist noch blöder. Und ist Sybilla nicht ein ganz besonders liebes kleines Miststück?»

«Du sprichst so reizend von meiner Mutter», sagte Lymond. «Kommt herein und trinkt um Himmels willen ein Glas Wein und erzählt mir, wer mit wem schläft und was wir für Kapital daraus schlagen können.» Und sie gingen hinein. Jerott folgte mit Will Scott und hörte Lymond weiter zu.

In diesen ersten Wochen verließ Lymond St. Mary nur einmal, um kurz nach Margaret Erskines Heimkehr nach Schloß Boghall zu reiten. Der vorgeschobene Grund bestand darin, eine Ladung Waffen und Salpeter auf dem Landweg von Leith aus zu begleiten, und Jerott schloß sich Lymond an. Inzwischen war deutlich, daß Gabriel wie meistens recht gehabt hatte. Was Jerott als demütigendes Martyrium vorgeschlagen worden war, erwies sich als eisige Befriedigung. Er genoß die Arbeit mit Lymond. Er hatte die Absicht, ihm gemeinsam mit de Seurre und des Roches zu helfen, erst, um sich unentbehrlich zu machen, dann, um diesen Rüpel in geistlichen Dingen zu verwandeln in... was hatte Gabriel gesagt? Einen Söldner in eine heilige Waffe zu verwandeln.

Lymond nahm außerdem Bell und Guthrie mit, wie es schien, zu seiner persönlichen Erheiterung: den schwer atmenden Arzt, damit er Lady Jenny den Hof machte, und Alec Guthrie, damit er das Ereignis begutachtete.

Die Begegnung zwischen Lymond und Tom Erskines Witwe fand unter vier Augen statt. Jerott interessierte sich nicht für Lady Jenny Fleming, so hübsch und berühmt sie als Mätresse des französischen Königs auch sein mochte. Er machte sich auf, um mit Hilfe seiner Männer die Wagen zu beladen und die Ochsen anzuspannen; Gott sei Dank war das Wetter noch gut und der Boden einigermaßen fest. Heute, während die milde Sonne schien und die träge Luft die gelben Blätter leise von den Bäumen wehte, pfiff Jerott laut weltliche Weisen und war dankbar, als Alec Guthrie, voller Bemerkungen über Randy Bells Männlichkeit, mitkam und ihm bei der Arbeit half.

Lady Jenny hatte sie offenbar reizend begrüßt, aber zur Enttäuschung des Arztes interessierte sie sich nur für die Neuigkeiten aus Frankreich. Gerüchte wollten wissen, sie wolle jetzt, wo der königliche Bastard mehrere Monate alt war, unbedingt zurückkehren, ehe das väterliche Gedächtnis nachließ, damit ein weiterer Bastard gezeugt wurde. Die Gerüchte wollten außerdem wissen, daß sie, um sich einen legitimen Wiederauftritt am französischen Hof zu sichern, M. d'Oisel, dem unglücklichen Botschafter des französischen Königs, schöne Augen mache. Ansonsten geizte sie eher mit ihren Reizen.

Natürlich nicht gegenüber Lymond, dem sie zärtliche Zuneigung entgegenbrachte. Aber das, dachte Jerott in seiner Weisheit, mochte daran liegen, daß sie Margaret, ihre frisch verwitwete Tochter, schützen wollte.

In diesem Augenblick kam ein Mann zu ihm – ein kräftiger, tüchtiger kleiner Mann, dessen Anstrengungen beim Aufladen ihm am Rande aufgefallen waren – und sagte: «Eines der Tiere hat ein schlimmes Bein, das müssen wir schonen, Sir. Wenn Sie gestatten, bitte ich Lady Jenny im Schloß, uns einen anderen Ochsen zu leihen.»

Etwas an dem faltigen Gesicht, der schmächtigen Gestalt und den pfeifenden Bronchien kam ihm bekannt vor. «Sie habe ich schon einmal gesehen», sagte Jerott scharf.

«Aye. Heute morgen. Tommy Wishart – sie nennen mich Tosh. Ich bin erst gestern gelandet», sagte das Männchen.

«Nein. In Frankreich», sagte Jerott, einer Erinnerung nachspürend. «Es hatte etwas mit einem Esel zu tun.»

«Sie haben recht, Sir. Meine Spezialität war ein Balanceakt.»

«Jedenfalls war das die Spezialität der Gegend, in der ich war», sagte Jerott Blyth, dem plötzlich voller Zorn ein Licht aufging, und er hielt das Männchen, ehe es sich rühren konnte, mit geübtem Griff am Handgelenk fest. Tosh, verdutzt und ohne Arg, blieb stehen, wo er war. «Sie sind mir schon in Frankreich gefolgt, ehe ich hierherkam?»

«Jedenfalls sind Sie schlau», sagte Tosh fröhlich. «Ich habe nicht geglaubt, daß Sie dahinterkommen. Aber am Ende ist es doch egal, nicht wahr, Sir?»

«*Was* ist egal?» fragte Jerott gehässig, aber er wußte es. Während er glaubte, er ködere Lymond, köderte Lymond ihn. Er hatte ihn schon vor langer Zeit als Mitglied seiner Armee ausgesucht, und Lymond hatte mit präziser Logik Maßnahmen ergriffen, ihn im Auge zu behalten. Gott allein wußte, wie viele weitere unauffällige Beschatter ihn auf der Reise durch Frankreich beobachtet hatten, bis Tosh in Paris die Verfolgung übernommen hatte. Und er hatte Lymond in die Hände gespielt, indem er sich ihm freiwillig angeschlossen hatte. Wenn er das nicht getan hätte, was hätte Lymond dann unternommen? Verschiedene Antworten, allesamt Beleidigungen seines Stolzes, gingen ihm blitzartig durch den Kopf. Er war davon ausgegangen, ohne daß es ihm ganz klar gewesen war, Lymond sei bewußt, daß zumindest er, zweifellos auch de Seurre und des Roches, Beobachter des Ordens waren. Konnte es sein, daß Lymond seinerseits die Illusion hegte, er habe drei Konvertiten zum Mammon bekehrt?

Es gab nur eine Möglichkeit, das in Ordnung zu bringen. Er schob Tommy Wishart viel zu schroff aus seinem Weg, weil er Spione, für wen auch immer, nicht leiden konnte, und machte sich auf den Weg nach Boghall.

Es war eine unglückliche Fügung, daß Joleta an jenem Tag ebenfalls in Boghall war. Lady Fleming hatte das Leben in Schloß Boghall ohne Joleta durchaus erträglich gefunden; aber ihre Tochter Margaret, als sie äußerst schweigsam nach Hause gekommen war und dem Grab ihres Mannes einen einsamen Besuch abgestattet hatte, von dem sie noch schweigsamer zurückkehrte, falls das überhaupt möglich war, ließ sich die neurotische Neigung anmerken, lieber in Midculter zu wohnen als in Boghall. Obwohl sich Margaret Lady Jennys

Probleme anhörte und äußerst praktische Lösungen anbot, hatte Jenny manchmal das Gefühl, ihre Tochter ziehe Sybillas Gesellschaft der ihren vor.

Als Margaret Erskine von einem dieser Besuche zurückkehrte und Joleta mitbrachte, begrüßte Jenny das Kind mit übersprudelnder Zuneigung und überließ es Margaret, Joleta Gesellschaft zu leisten. Falls Margaret glaubte, es lindere die Spannung in Midculter, wenn Joleta weg war und sich nicht mit Lymond streiten konnte, sollte sie es nur versuchen. Insgeheim glaubte Lady Fleming jedoch, es tue dem prüden kleinen Ding nur gut, der Gegenstand von Lymonds Abneigung zu sein.

Deshalb war die Versuchung zu groß, als sie Francis Crawford in ihrer Halle antraf und Joleta ungesehen und nichtsahnend in ihrem Turmzimmer saß. Es war keine Mühe für Lady Fleming, Randy Bell rufen zu lassen und ohne Argwohn zu ihrem Apotheker zu schikken. Dann ging sie zu Joletas Überraschung zu ihr und setzte sich, nachdem sie in aller Unschuld angeordnet hatte, Francis Crawford solle, sobald er Zeit habe, dorthin nachkommen.

Natürlich konnte sie nicht verhindern, daß ihre Tochter ihn warnte. Es war das erste, woran sich Margaret Erskine erinnerte, als alles über Toms Tod gesagt worden war und nachdem sie, völlig unerwartet für sie und vielleicht auch für ihn, in Lymonds leidenschaftslosen und starken Armen in eine Tränenflut ausgebrochen war. Als das vorbei war, sagte sie: «Du wirst wütend sein, Francis. Es tut mir leid, aber Joleta ist hier im Schloß.»

«Warum sollte ich wütend sein?» fragte Lymond. Er hatte ihr sein Taschentuch gegeben, und sie hatte es ohne Scham benützt, sich die unhübsche Nase am lauwarmen Leinen scharlachrot geputzt. «Kleine Mädchen spielen immer mit Fehdehandschuhen. Oder mit Schlimmerem. Ich muß sie nicht aufheben.»

«Du brauchst aber auch nicht darauf herumzutrampeln», sagte Margaret mit ihrer üblichen Direktheit. «Du hast in aller Öffentlichkeit ihre Vorzüge ignoriert. Du hättest ihr wenigstens einen kleinen Tribut für den Versuch zollen können.»

«Sie ist verärgert, nicht wahr?» sagte Lymond. «Gut. Finden wir ein hübsches Kloster für sie. Ich habe schon genug Sorgen, ohne daß mein Name mit Gabriels Schwester in Verbindung gebracht wird.»

Joleta Reid Malett war eindeutig verärgert. Als Lymond ihr Zimmer betrat, in der Erwartung, sich von Lady Fleming zu verabschieden, und Lady Fleming eine dringliche Angelegenheit anderswo erfand, war Joleta gleichermaßen erschrocken wie zornig, und selbst Lymond war einen Augenblick lang überrumpelt.

Aber gleich darauf ging er weiter, bat mit hochgezogenen Augenbrauen um die Erlaubnis, Platz zu nehmen, suchte sich einen Stuhl aus, setzte sich und sagte: «Wie peinlich. Und wie typisch für die liebe Jenny. Wir werden die Gesellschaft des anderen fünf Minuten lang ertragen müssen. Machen Sie sich nichts daraus.»

Joleta hatte Laute gespielt, das aprikosenfarbene Haar zurückgestrichen, die gesteppten, losen Ärmel hochgerollt. Ihr Unterarm war am Knochen entlang mit Sommersprossen übersät; als sie die Laute weglegte, war das Fleisch auf der Unterseite so weiß wie geronnene Milch. Sie war rot angelaufen. «Ich habe Angst, überhaupt etwas zu sagen», sagte sie zuckersüß, «für den Fall, daß wieder einer Ihrer Lieben gestorben sein sollte.»

«Nein.» Trotz des feuchten Taschentuches in seinem Wams wollte er sie kein zweites Mal herausfordern. «Dieses Mal ist das Kriegsbeil begraben worden. Um die Nerven unserer Freunde zu schonen, schlage ich vor, daß wir auf jeden Fall die Form wahren. Das braucht unserem gegenseitigen Mißtrauen keinen Abbruch zu tun. Spielen Sie dieses Instrument?»

«Ich bin sicher, nicht so gut wie Sie», sagte Joleta mit dünner Stimme. «Und ich habe heute nicht vor, jemandem darauf vorzuspielen, der mich so behandelt hat, wie Sie es getan haben. Verblendete Männer haben keine Anziehungskraft auf mich. Schließen Sie die Tür, wenn Sie gehen.»

«Schon gut», sagte Lymond liebenswürdig. «Aber lassen Sie mich noch etwas erwähnen. Margaret Erskine hat mir gesagt, sie hat Sie wegen der Streiche, die Sie meinem kleinen Neffen spielen, aus Midculter entfernt. Es ist zweifellos ungeheuer erheiternd, mit Alkohol die Amme zu spielen, und Kevin kann es Ihnen nicht heimzahlen. Aber das Kind kann nichts dafür, daß es mit mir verwandt ist. Suchen Sie sich jemand in Ihrer Größe aus, meine Liebe.»

Die großen, meergrünen Augen sprühten vor zornigem Gelächter. «Aber er hat betrunken so lächerlich ausgesehen.»

«Und Sie», sagte Lymond kühl, «würden im Unterrock gleichermaßen lächerlich aussehen, während Sie ausgepeitscht werden. Tun Sie das noch einmal, dann werden Sie ausgepeitscht, von mir.»

«*Von Ihnen?*» Aufgerichtet, glühend vor ungläubiger Wut, starrte Joleta ihren Quälgeist an. «Ich tue, was ich will. Wenn ich will, erteile ich Ihren neugierigen Verwandten eine Lektion. Warten Sie nur, bis Graham kommt! *Mich auspeitschen!* Ich möchte sehen, ob in diesem armseligen Land auch nur ein Finger gegen Graham Maletts Schwester erhoben wird!»

«Möchten Sie das?» fragte Lymond träge und war mit einem kräftigen Satz bei ihr. Als sich seine rechte Hand um ihren Arm schloß, fuhr Joleta mit flammenden Augen herum. Mit zwei Bewegungen hatte sie die Laute vom Stuhl gerissen, das edle Holz zu einem gezackten, messerscharfen Schläger zertrümmert, den sie schwang, als Lymond nach ihrem zweiten Arm griff. Der Stuhl kippte mit einem Krachen um.

Es war ein großartiger Kampf. Jenny bewahrte viele Schmuckgegenstände in ihrem Turmzimmer auf, und Porzellan und Silber, Alabaster, Speckstein und venezianisches Glas übersäten den Teppich, während in dem winzigen Zimmer das Gefecht tobte und die Tischchen zusammenbrachen. Es dauerte lange, bis Lymond, sich windend und ausweichend, die zuschlagende Laute Joletas Griff entwand, und ehe es ihm gelang, hatte er mehr als einen Kratzer von dem peitschenden Instrument abbekommen und ein aufgerissenes Jochbein.

Joleta, das Haar wie Vipern um den Hals gerollt, mit einem abgerissenen Ärmel, mit bloßen Füßen, flink wie die einer Ziege, hatte tiefrote Striemen wie ein Schuljunge, wo sie mit den Möbeln zusammengestoßen war und wo Lymonds stählerne Finger, mit denen er sie festhielt, statt ihr die Knochen zu brechen, das milchweiße Fleisch verfärbt hatten. Und ständig warf sie sich mit zusammengebissenen Zähnen von einer Seite zur anderen, packte jede Waffe, die sie erreichen konnte. Ein Bierkrug aus Zinn krachte gegen seine Schulter, und als er ihn ihr entwunden hatte, griff sie nach einer Glasscherbe, die beider Hände aufschlitzte, ehe sie sie fallen ließ. Mit heulenden Schluchzern, besessen von ihrem Zorn, riskierte sie alles, um ihn abzuwehren, legte sogar die Hände an sein Schwert. Damit reichte es Lymond. Er packte sie heftig und sagte scharf: «Joleta. Sei nicht blöd. Sonst muß ich dir weh tun.»

Ihr rot angelaufenes Gesicht glühte wie ein Stern. «Versuch's doch!» sagte sie und packte das Heft mit beiden Händen. Mit gelassener Miene stieß Lymond sie mit der harten Handkante weg, und als sie schrie, trat er die Beine unter ihr weg. So leicht sie war, sie fiel um wie ein Grabstein und riß mit den schweren, staubigen Röcken die restlichen Möbel mit sich.

Mit halb gezogenem Schwert sah Lymond auf sie hinunter, schnell atmend, wie sie in dem Trümmerfeld lag, im Augenblick völlig vom Kampfgeist verlassen. «Bei Gott, ich sollte dich damit auspeitschen!» sagte er gereizt in genau der Sekunde, in der die Tür hinter ihm krachend nachgab und Jerott Blyth ins Zimmer stürzte.

Jerott war schnell, bestens ausgebildet. Als ihm Lady Jenny unten verdrossen mitteilte, wo er Lymond finden könne, hörte er im Näherkommen den Lärm, den die vierzehn Fuß dicken Wände für den Haushalt unten erstickten. Er kam schnell voran, sah das Schwert in Lymonds Hand blitzen, während er sprach, und vor ihm, weiß und angeschlagen im Staub, das Kind Joleta, mit zerrissenem Gewand, mit blutigen, bloßen Füßen. Unter der Bräune bleicher als das Mädchen, sagte Jerott fassungslos: «*Du widerliche, lüsterne kleine Ratte!*» und sprang Lymond an, der ihn zu Boden warf.

«Ha!» sagte Joleta, kam mühsam auf die Knie und fing etwas schrill zu lachen an.

Jerott, jetzt scharlachrot, die herrlichen Augen zusammengekniffen, setzte wieder zum Sprung an und bekam Lymonds Fuß auf die Hand. «Mein Gott. Beruhige dich, ja? Ein unreifes Kind auf einmal reicht.»

Ohne zuzuhören, riß Jerott sich los, packte die Scheide seines Schwertes und wollte es ziehen. «Mr. Blyth!» Joleta, jetzt auf einem Bein, einen zerschnittenen Fuß in der Hand, keifte: «Seien Sie kein Narr und kümmern Sie sich um Ihre eigenen Angelegenheiten!»

Jerotts Hand fiel nach unten, sein Gesicht wurde ausdruckslos.

«Gut gesagt», bemerkte Lymond anerkennend. Seine Hand entspannte sich ebenfalls und fiel vom Heft.

«Und dasselbe», sagte Joleta und fuhr zu ihm herum, «gilt für Sie! Denken Sie zweimal darüber nach, mein schlauer Freund, ehe

Sie mich auspeitschen wollen. Sonst bekommen Sie eine Erinnerung an mich von mir, und nicht nur einen Kratzer.»

«Ihre Hände bluten?» fragte Jerott ruhig. Seine Brust hob sich noch von der Anstrengung, während er von dem Mann zu dem Kind und wieder zurück schaute, die Fäuste geballt, bereit zu handeln.

«Sie hat sich selbst an dem Glas geschnitten, mit dem sie mir die Augen ausstechen wollte», erklärte Lymond geduldig. «Sie hat sich die Füße an den Trümmern aufgeschnitten und sie hat blaue Flecke abbekommen, weil ich es nicht leiden kann, verstümmelt zu werden.»

Blyth schaute immer noch hilflos von einem zum anderen. «Oh, gehen Sie!» sagte Joleta schließlich, verlor den Rest ihrer Geduld, griff nach der bebenden Tür und riß sie auf.

Zum ersten Mal lachte Lymond. «Das rate ich dir auch. Tritt den Rückzug an, innerlich mit Glauben, äußerlich mit Stahl gewappnet.» Er sah nachdenklich auf Joleta hinunter. «Sie sind ein gewalttätiges, eigensinniges, wohlgeformtes und gefährliches Geschöpf, und mir sind Ihre ehrlichen Wutanfälle lieber als Ihre Schießübungen. Aber wer erklärt es Lady Jenny?»

Zum ersten Mal erhellte auch Joletas goldenes Gesicht ein echtes Lächeln. «Da sind keinerlei Erklärungen nötig. Sie wird glauben, daß Sie mir was antun wollten.» Das Lächeln im Gesicht von Gabriels frommer kleiner Schwester wurde breiter und boshafter. «Sie wird *wütend* sein», bemerkte sie.

Jerott konnte sich später nie mehr klar an jenen Ritt nach Hause erinnern. Er wartete steif auf Lymond, in geistigem Aufruhr, und versuchte, sich alles zusammenzureimen.

Es hatte einen erbitterten Kampf gegeben, und Lymond mußte der Angreifer gewesen sein. Und doch hatte sich das Mädchen keine Angst anmerken lassen, hatte sich über ihren Retter lustig gemacht... beide, hol sie der Teufel, hatten sich über ihn lustig gemacht... und hatte ihn weggeschickt. Was war geschehen? War Lymond ans Ziel gelangt? Hatte sie in ihrer Unschuld den Verstand verloren? Er sah sie wieder vor sich, wie sie zusammengebrochen zu Lymonds Füßen lag, und beschloß, gegen seinen ganzen Stolz, noch einmal hinaufzugehen, als Lymond neben ihm auftauchte.

«Komm mit. Wir haben mit dieser verzogenen Göre genug Zeit vergeudet», sagte er. «Ist die Ladung fertig?»

«Sie war verletzt. Was ist geschehen?» Er mußte es wissen.

«Kratzer. Die Donati trägt dicke Salbe darauf auf. Joleta hat sich in Midculter ungebührlich benommen, und als ich ihr gedroht habe, sie auszupeitschen, ist sie auf mich losgegangen... Es hat ihr auch noch Spaß gemacht. Vielleicht hält Gabriel sie für einen Engel, Bruder in Christo, aber sie ist keiner. Es lohnt sich, das im Kopf zu behalten.»

«Weshalb? Wenn man sich ihr ungebührlich nähern will?» sagte Jerott gehässig und ging weg. Sie hatte ihn angeschrien – dieses zarte Kind, im Kloster erzogen. Gabriel hatte sich geirrt, als er der Kraft seines Glaubens vertraut hatte. Vielleicht hatte er auch die Wirkung seiner Schwester überschätzt.

Seine Gereiztheit nahm zu, als er mit den mühselig vorankommenden Ochsenkarren nach St. Mary aufbrach und beobachtete, daß der galante Arzt seiner angeschlagenen Eitelkeit mit einer Tinktur aus einem Apothekerfläschchen Auftrieb verliehen hatte und auffällig fröhlich war. In der Hörweite der Männer sagte Lymond nichts, aber sein Gesichtsausdruck verhieß Ärger, sobald sie zurück waren: ein Rausch gehörte zu den wenigen Todsünden in St. Mary, und sie hatten erst einmal deshalb Ärger gehabt: mit Adam Blacklock, als ihm sein Bein weh tat.

Alec Guthrie, ein weiterer Mann, der nur in Maßen trank, ließ sich von der Spitze des Zugs zurückfallen und erwähnte bissig, es habe ihrer anstrengenden Arbeit ungeheuren Auftrieb gegeben, als sie gesehen hätten, wie einer ihrer Anführer betrunken von Schloß Boghall zurückgekommen sei, ein weiterer direkt von einer Rangelei mit irgendeiner Frau. Das war offenbar eine Schlußfolgerung, und Joletas Name fiel nicht, wie Jerott zur Kenntnis nahm.

Jedem außer Guthrie wäre der Kopf abgerissen worden. Lymond sagte statt dessen knapp: «Bell können Sie mir überlassen. Die andere Sache war unausweichlich. Ich habe nicht all die Zeit und Mühe in unser Vorhaben investiert, damit ich es leichtsinnig aufs Spiel setze.»

«Sie können sich vorstellen, daß die Männer für sich auch Freiheiten verlangen werden», sagte der Humanist trocken.

«Warum?» fragte Jerott. «Sie sind Soldaten, keine Tiere.»

«Wenn die Zeit gekommen ist, können sie sich ihre Freiheiten herausnehmen», sagte Lymond. Seine Handrücken wiesen die Spuren von Joletas Fingernägeln auf, und aus dem Riß auf seinem Jochbein sickerte etwas Blut. Er wischte es mit dem zusammengefalteten Taschentuch weg und fügte für Jerott hinzu: «Weil sie Männer sind, keine Priester.»

Eine heilige Waffe, dachte Jerott voller Verachtung, und urplötzlich fiel ihm wieder ein, warum er überhaupt nach Boghall geritten war. «Und bekommt Tommy Wishart eine Sondererlaubnis?» wollte er wissen. «Wegen erwiesener Dienste?»

Lymond steckte das Taschentuch weg und wechselte den Griff am Zügel. «Du hast ihn erkannt.»

«Ja. Hast du auch jemand auf de Seurre und auf des Roches angesetzt?» fragte Jerott sarkastisch. «Was wäre geschehen, wenn einer von uns versprochen hätte, sich dir anzuschließen, und nicht gekommen wäre? Wäre ihm die Kehle aufgeschlitzt worden? Oder wäre er durch den Charme von Toshs Konversation überredet worden?»

«Mein lieber Mann», sagte Lymond, «er hat dafür gesorgt, daß sich der Ansturm in Grenzen gehalten hat. Wenn wir keine Vorsichtsmaßnahmen ergriffen hätten, hätte sich der gesamte edle Johanniterorden in St. Mary eingefunden, in der Illusion, er erwerbe sich Verdienste, indem er uns alle zum Kreuz bekehre. Wie es aussieht, kann jetzt jeden Tag ein weiteres halbes Dutzend Ordensritter eintreffen. Alex, nachdem Sie uns jetzt den Kopf gewaschen haben, wäre ich dankbar, wenn Sie nachsehen könnten, was zum Teufel die Spitze des Zugs ohne Sie anstellt. Jerott, bei einem Hinterhalt wäre es uns keine Hilfe, wenn die Nachhut schweigend Qualen wegen Joletas gefährdeter Seele leidet. Vergiß die Göre. Denk daran, wir sind gewöhnliche, grobschlächtige Kämpfer, keine himmlischen Heerscharen.»

Bei den unbekümmerten Worten biß Jerott die Zähne zusammen; sie gingen ihm immer noch nach, als er hinter Lymond in den Hof von St. Mary einritt.

Auf der breiten Treppe erwartete sie bescheiden ein Mann; groß, ruhig, schlecht gekleidet, einzig durch seine Reglosigkeit mit Autorität ausgestattet. Als sie sich näherten, kam er die Treppe herunter, und sie sahen deutlich das Gesicht mit den ausgeprägten Zügen und dem bloßen, goldenen Kopf. Seine Augen, erhellt von Freude, richteten sich ausschließlich auf Francis Crawford. Es war Sir Graham Reid Malett.

Randy Bell war so überwältigt, daß er sich übergab.

«O Gott, wie recht Sie haben», sagte Lymond. «Die Christenheit hat uns eingeholt. Ich habe mich geirrt. Wir sind tatsächlich eine himmlische Heerschar.» Und er ritt gelassen weiter und stieg ab, die Spuren von Joletas Fingern deutlich auf seiner Haut.

5. Kapitel

Gabriels Hand
St. Mary und Djerba, 1551–52

Der Druck von Gabriels Hand auf seiner Schulter, an jenem ersten Abend in St. Mary, als Sir Graham seinen kleinen persönlichen Stab vorstellte und bescheiden um ein Nachtlager auf dem Weg nach Norden zu Joleta bat, verschlimmerte Jerott Blyths schlechtes Gewissen noch. Aber ihm fiel auf, daß Lymonds Begrüßung zwar bissig, aber dennoch freundschaftlich war. Gabriels Lobreden über St. Mary und sein Staunen am nächsten Tag, als er durch das Lager und über die Höfe ging, hörte sich Lymond kommentarlos an.

Sie alle wußten – wollten es aber aus zäher Sturheit, auch aus Aberglauben nicht zugeben –, daß sie in wenigen Wochen Maßstäbe erreicht hatten, die etwas Außergewöhnliches versprachen. Daß es jetzt ein anerkannter Meister wie Gabriel aussprach war wie Wein in der Wüste. Tage und Nächte unangenehmer, schwerer Arbeit lagen hinter ihnen, bis jetzt noch ohne Ruhepause, und es war herrlich, an jenem Tag in kultivierter Gesellschaft zu entspannen, ausnahmsweise nur kurz in der Nachbarschaft zu arbeiten und zu den Mahlzeiten zurückzukommen, Blacklock zuzuschauen, das Zeichenbrett in der dreckigen Hand, wie er den Gast skizzierte, während sie sich unterhielten, Tait zu beobachten, der sonst wortkarg war, wie er Geschichten über die Küche in Algier erzählte, zu hören, wie Gabriel Fergie Hoddim begrüßte und mit ihm über Anwaltsklatsch lachte.

Später war es Lancelot Plummer, der Architekt, der Gabriel liebevoll dabei half, seinen tragbaren Altar aufzubauen, mit Lymonds nicht gerade wortreicher Billigung. Plummer ging als erster zur Beichte. Alex Guthrie, ein interessierter Beobachter, hob die Brauen angesichts der gesenkten Köpfe der Ritter, von Plummer, von Randy Bell, mit rot angelaufenem Gesicht auf den Knien, und von Adam Blacklock, der zögernd am Rand herumlungerte. Und selbst

Guthrie kniff die scharfen Augen zusammen, als Graham Malett auf das Latein verzichtete und sich im weichen Schottisch seiner Heimat an seinen Schöpfer und seine Gemeinde wandte. «Du bist meine Hoffnung, Jehova, meine Zuversicht von Kindesbeinen an... Schau herab auf Deine armen Sünder und gewähre uns Deine Gnade...»

Auch Lymond war da und sah zu. Jerott hob den Kopf und sah sich zu seiner Beunruhigung unter diesem kalten Blick, sah dann, wie der Blick zu Plummer und Bell wanderte, wo er eine Weile verharrte. Er stellte zweifellos Vergleiche über ihre Moral und ihre Frömmigkeit an, dachte Jerott bitter. Morgen würden sie allesamt bestimmt die schmutzigsten Arbeiten im Lager zugeteilt bekommen.

Sie bekamen sie früher, aber ohne das Zutun von Francis Crawford. Ehe der Gottesdienst vorüber war, platzte ein Läufer herein und sagte Lymond, die Belagerungsmaschine, das geliebte Objekt der Nachmittagsarbeit von Plummer und Bell, habe sich aus den Blöcken gelöst und sei nach unten auf Effie Harperfields Hof gerollt, habe einen Jungen getötet und nagle die Witwe Harperfield und vier Kinder im Hinterzimmer fest.

In der kleinen Kapelle sprangen alle auf. «Das kann ich nicht glauben!» sagte Plummer scharf. Der Turm und die Zugbrücke, aus schwerem Holz, waren sein persönlicher Triumph, und Jerott, der mit Bell an der Maschine gearbeitet hatte, wußte, wie gewissenhaft er gewesen war.

Inzwischen gab Lymond Befehle, ohne Zeit auf die Ursache zu verschwenden; das würde später kommen. Gleichzeitig sagte Graham schnell, die Hand auf Lymonds Arm: «Francis, darf ich helfen? De Seurre, Jerott und ich haben viel Erfahrung damit. Wir können sie aufbauen, ehe Ihre ungeübten Männer das schaffen.»

Das stimmte. Alle Männer im Orden waren vertraut mit Belagerungsanlagen. Die Ausbildung auf dem Gebiet der Mechanik hatte in St. Mary eben erst begonnen. Und sechs erfahrene Männer konnten schneller Leben retten als zwanzig ungeübte. Lymond sagte knapp: «Übernehmen Sie... Der Auftrag gehört Ihnen...», und einen Augenblick später ritten die Ordensmitglieder, mit Plummer als Vorhut, dahinter nebeneinander Lymond und Graham Malett, über die Hügel zum Hof der Witwe Harperfield. Hinterher preschten die restlichen Offiziere, Abernethy, die Schreiner und zwei Schmiede mit ihren Werkzeugen und zwölf ausgewählte Männer.

Es war ein kurzer Ritt. Als sie unter dem sonnenbeschienenen Laub abwärts galoppierten, sahen sie den zersplitterten Umriß des Turms über dem Strohdach und den Ebereschenbäumen des Hofs, während die Hennen immer noch flatterten und schrien und Thomas Wishart, der die Entdeckung gemacht hatte, in einer seltsamen Pose halb aus dem Dach herausragte und den vier Harperfieldkindern, die unten in der Klemme steckten, lange Witze aus Aberdeen erzählte. Der Stall war ein Steinhaufen, neben dem ein Bündel lag, das Gesicht mit einem Umhang verhüllt.

Innerhalb von zwanzig Minuten war die Maschine aufgerichtet, verstrebt und auf flachen Boden gerollt. Gabriels kraftvolle Stimme gab stetig und deutlich die Befehle, schwieg nur hie und da aus Respekt vor Plummer und Lymond, ehe sie die Männer weiter antrieb. Das Dach und der Kamin, fachgerecht abgestützt, hielten stand, während sich der große Turm Zoll um Zoll verlagerte und die schaukelnde Zugbrücke sicher befestigt und mit Eisen verstärkt wurde. Und als das Loch schließlich freigeräumt war, drehte Tosh den beweglichen Körper und ließ sich als leichtfüßiger Akrobat nach unten fallen, wo die weinenden Kinder kauerten, und brachte sie der Reihe nach in Sicherheit, während er Effie Harperfield mit dem herrlichen neuen Haus aufzog, das sie als Entschädigung von St. Mary bekommen würde.

Dann war Gabriel schließlich in der Lage, sich aufzurichten. Der Schweiß lief ihm über die Haut, und er sagte außer Atem: «Jetzt ist sie gesichert. Himmel, bin ich müde. Francis, bessere Männer werden Sie niemals finden. Ich habe sie schuften lassen wie die Pferde, ohne daran zu denken, daß sie noch mitten in einer harten Ausbildung stecken . . . Darf ich um eine Ruhepause für die Männer bitten? Ich weiß, Sie hatten ohnehin vor, ihnen bald eine zu gönnen . . . Ich bezweifle wirklich, daß sie nach dem hier ohne Pause weitermachen können.»

«Sie sehen erschöpft aus», sagte Jerott. «Francis, er kann heute abend nicht weiterreiten.»

«Das Alter», sagte Gabriel. «Es ist übrigens mein zweites Abenteuer innerhalb von zwei Tagen. In meiner ersten Nacht in Flaw Valleys fing der Küchenkamin Feuer und dann das Zimmer darüber, und Frau Somerville, die offenbar im allgemeinen einen äußerst unterhaltsamen kühlen Kopf hat, regte sich beim Gedanken, ihr kostbares Musikzimmer könne Schaden nehmen, entsetzlich auf, und wir mußten die Bauern auf dem Land mobilisieren. Das erinnert mich an etwas, Francis. Ihre Tochter Philippa mag Sie gar nicht.»

«Ich weiß», sagte Lymond. Sie gingen mit den anderen zu ihren Pferden. Die Harperfields waren schon lange von Tosh zu Nachbarn gebracht worden, und der Novembermond erschien in der Dämmerung, rauchig rot und riesig wie eine Stadt.

«Dann werden Sie selbst am besten wissen, was zu tun ist», sagte Gabriel milde. «Aber ich muß Ihnen sagen, daß Sie einen törichten Plan hat, mit dem sie Ihre Würde erschüttern will. Ich weiß nicht, worum es sich handelt, und von ihr aus darf ich nicht einmal wissen, daß Sie die Zielscheibe sind. Aber ich würde Ihnen raten, ihr die Chance zu geben, Sie zu vergessen. Mit der Zeit wird sie das können.»

«Ich kann es kaum erwarten», sagte Lymond. «Sie bleiben nach Ihrer hervorragenden Leistung natürlich, solange Sie wünschen, falls das Haushaltspersonal nicht auch Urlaub verlangt.»

«Du ordnest eine Ruhepause an?» fragte Jerott. Muße, während Gabriel hier war, war zu schön, um wahr zu sein.

«Wie ich die Zeichen richtig deute, hat sie sich inzwischen von selbst angeordnet», sagte Lymond. «Ja. Wir gönnen uns drei Tage, um uns von der Schwerarbeit zu erholen. Unter der Voraussetzung, Sir Graham hat Verständnis dafür, daß St. Mary morgen mittag leer ist und alle Soldaten und die Hälfte der Offiziere zum Huren in Peebles sind.»

Im Halbdunkel war Gabriels Lächeln zu ahnen. «Glauben Sie, ich weiß nichts von der menschlichen Natur?» sagte er. «Sie sind an keine Gelübde gebunden. Aber wenn sie lernen, Sie zu respektieren, werden sie sich verhalten wie Sie.»

«Genau davor haben wir alle Angst», sagte Jerott, und er sah, daß die Welle des Gelächters und das Aufblitzen der Heiterkeit auch Lymond erfaßte.

Aber so komisch hatte er es gar nicht gemeint.

Am folgenden Tag reiste Gabriel ab. Ehe er ging, suchte er Francis Crawford auf und fragte ihn, ehrerbietig wie ein junger Lanzenreiter, ob er später nach St. Mary zurückkehren und sich unter sein Kommando stellen dürfe.

Das Gespräch fand auf Gabriels Wunsch unter vier Augen statt; aber an jenem nebligen Morgen wußte jeder Offizier in St. Mary darüber Bescheid und stellte Mutmaßungen darüber an, was Lymond sagen würde. Und Jerott versprach sich, falls Francis Crawfords Antwort Gabriel demütige, verlasse er, Jerott, die Truppe sofort.

Denn was blieb Graham Malett sonst noch übrig? Sein selbsterteilter Auftrag in Europa war erledigt; die Tür nach Malta war verschlossen. Von dem Johanniterritter, der die Königinwitwe aus Frankreich gebracht hatte, wußte Jerott schon, daß der französische Botschafter durch de Villegagnons Anstrengungen auf Malta rehabilitiert worden war; von Gabriel hatten sie jedoch erfahren, daß immer noch ein erbitterter Kampf um das Leben des Marschalls de Vallier geführt wurde, der, ein kranker Mann, in das Felsenverlies von St. Angelo geworfen und dessen Geständnis unter Folter, er sei ein Verräter, nach Frankreich geschickt worden war. Gerüchte über Bestechungen, abgekartete Prozesse und schlangenhafte Täuschung durch den Großmeister de Homedès waren so gut wie sicher wahr.

Weil er weder Geld noch Land besaß, sein schottisches Geburtshaus zerstört und er zu stolz war, sein Schwert an ein ausländisches Kommando zu verdingen, wie es de Villegagnon und die Brüder Strozzi getan hatten, war Graham Malett in sein Heimatland gekommen. Die Abtei Torphichen, seit über vierhundert Jahren der Hauptsitz des Ordens in Schottland, hätte ihn aufgenommen, aber er konnte Sandilands' Güte nicht überstrapazieren. Falls bekannt geworden wäre, daß Sir James freundliche Beziehungen zu einem Ritter unterhielt, der zur Rechenschaft gezogen werden sollte, wäre er die längste Zeit Prior von Torphichen gewesen.

Während sie sich ankleideten, stellten Fergie Hoddim, Tait und Blacklock heftige Spekulationen darüber an, was Gabriel für Gründe haben mochte, seine Dienste einer obskuren, erst halb ausgebildeten Truppe wie der von St. Mary anzubieten. Und als sie plaudernd in die Halle kamen und dort Sir Graham Malett antrafen, einen gestiefelten Fuß auf den Kamin gelegt, während er müßig auf die Gelegenheit wartete, sich von Lymond zu verabschieden, blieben alle drei stehen, versuchten allesamt, nicht zu auffällig die Gedanken hinter zwei unlesbaren Gesichtern zu entziffern.

Dann sah Gabriel, dessen guineengoldenes Haar im Feuerschein flammte, Lymond lächelnd an, und Franics Crawford sagte freundlich: «Wer führt Buch? Fergie? Dann schreib auf, Fergie, daß sich uns in St. Mary bald ein bekannter Diener Christi anschließen wird, Sir Graham Malett. Wie es heißt, haben die Götter zwar möglicherweise tönerne Füße, aber sie haben eiserne Arme. Sir Graham gehört zu den eisernsten. Ich bin hocherfreut, daß er zu uns kommt, und möchte nur darauf hinweisen, daß der Orden diese Armee nicht übernimmt und daß diese Armee auch nicht den Orden übernimmt. Sie folgt lediglich, wie von Anfang an, meinem Befehl.»

Ein kurzes Schweigen entstand.

«Ich glaube», sagte Gabriel mit seiner klangvollen, sanften Stimme, «niemand von uns könnte mehr verlangen.»

«*Warum?*» sagte Adam Blacklock später, als er und Guthrie zum ersten Mal allein waren. «Warum zum Teufel hat er das getan?»

«Was getan?» fragte der Philosoph ohne Erregung. «Hätte er den Johannitern den Fehdehandschuh hinwerfen sollen? Er mußte seinen Standpunkt klarstellen, sonst hätte sie ihr Gewissen dazu aufgerufen, zu bekehren, einen Kreuzzug zu führen oder sich auf andere Weise einen Sesselplatz im Himmel zu sichern. Warum hat er Gabriel überhaupt aufgenommen? Er mußte es tun, mein kleiner Freund; er mußte es tun, sonst hätte er seine besten Männer verloren, darunter Jerott Blyth, der eines Tages fast so gut sein wird wie Lymond selbst. Keine Sorge», sagte Alec Guthrie tröstend. «Keine Sorge. Wenn es einen Mann gibt, der sich auf Geduld und Takt versteht, dann ist es Graham Malett.»

«N-natürlich», sagte Adam Blacklock düster. «Aber versteht sich Lymond darauf?»

Den letzten Kommentar gab Lord Culter ab, als er im ersten Winterfrost nach St. Mary ritt und seinen fluchenden Bruder vom Turnierplatz holte, damit der ihm am Kamin Gesellschaft leistete. Als er sich setzte, sagte Richard Crawford ruhig: «Ich gebe keinen Pfifferling darauf, ob es drei Uhr nachmittags ist und du nur noch eine Stunde verdammtes Tageslicht hast. Du brauchst die Überei nicht, und der Boden ist hart wie Eisen. Du kannst ihren Stolz auch auf andere Weise brechen. Was soll überhaupt die Eile? Vor dem Frühling kannst du nirgends kämpfen.»

«Vor dem Frühling sind wir ohnehin nicht bereit», sagte Lymond grimmig. Er hob den Helm auf, den er beim Eintreten zu Boden geworfen hatte, und gab ihn seinem Diener, der unaufgefordert Glühwein gebracht hatte; dann setzte er sich seinem Bruder gegenüber, fuhr sich mit einer vom Metall geschwärzten Hand durchs Haar und sagte in einem anderen Ton: «Was für eine miserable Begrüßung. Es tut mir leid. Aber draußen ist noch so vieles zu tun, ehe es durch das Wetter vereitelt wird, und wir müssen uns noch mit den ganzen langweiligen Einzelheiten befassen, wobei die ganzen ritterlichen Krieger leicht die Geduld verlieren.»

«Das glaubst du dir selbst nicht», sagte Richard fröhlich. «Du hast diesen kleinen Trupp handverlesen, das weißt du. Gabriel allein ist sein Geld wert. War er wieder hier?»

«Zweimal. Er mußte Joleta besuchen, und Sandilands hat ihm ein Haus in Edinburgh besorgt, in einer Siedlung des Ordens. Bald wird er die meiste Zeit in St. Mary verbringen können.»

«Das freut mich.» Nach einer Weile, in der Lymond nichts gesagt hatte, fügte Richard hinzu: «Unsere Mutter freut sich auch. Dir ist es bestimmt noch nicht aufgefallen, aber er ist das, was du von jeher gebraucht hast: endlich ein gleichwertiger Partner für dich. Vielleicht bist du diesem Mann gewachsen, Francis, aber du wirst dich zum ersten Mal anstrengen müssen, damit du das schaffst.»

«Zu spät. Du ertappst mich beim Rückzug», sagte Lymond knapp. «Wie geht es Mariotta?»

«Sei kein Narr.» Richard ließ sich nicht vom Thema abbringen. «Um Himmels willen, Francis, wirf diese Gelegenheit nicht weg. Komm ihm wenigstens auf halbem Wege entgegen. Er hat Joleta *zum Weinen* gebracht, weil sie mit dir gestritten hat, und er betet sie an und sie ihn... Übrigens, mein Freund, worum ging es bei dieser Meinungsverschiedenheit? Lady Jenny hat gesagt, die Möbel seien Feuerholz gewesen, aber Joleta wollte nichts erklären.»

«Sie brauchte einen Lektion», sagte Lymond kurz. «Du brauchst auch eine. Eben habe ich das Thema gewechselt, denn wenn mir noch jemand mit dem Erzengel Graham Malett kommt, muß ich mich übergeben.»

«Ach, wirklich», sagte Richard Crawford im mildesten Ton, über den er verfügte. «Schließlich ist er der erste, der dir über ist.»

Und er verstummte beschämt, als Lymond, die Augen wild vor Zorn, wie eine Katze auf die Füße sprang, der laschen Hand seines Bruders das Glas entwand und Wein wie Gefäß ins Feuer warf.

«Trinkt darauf, du und er», sagte er.

Im März, auf ihrem Bett neben dem sprühenden Brunnen im schönen Serail des Korsaren Dragut, wo die Filigranwände mit den Gebeten zu Allah sich auf die sonnenbeschienenen Volieren und die Gärten dahinter öffneten, gebar Oonagh O'Dwyer ihren Sohn.

Geduld war etwas, was ihre irische Seele niemals lernen würde. Aber in jenem unendlichen Winter, bettelarm im Luxus, einsam unter Hunderten, klammerte sie sich an eines. An ihre Willenskraft. Es war ihre eigene Entscheidung gewesen, sich von Cormac O'Connor zu trennen, dem verkommenen Sohn von Königen, dessen tyrannisches, dunkles Gesicht sie in ihrem gemeinsamen Kind wiedersehen würde. Daß sie sich gefügt hatte, hatte Francis Crawford befreit, so daß er nach Europa zurückkehren konnte, in sein eigenes Schicksal.

Dragut, der alte, fürstliche Korsar, war ihr wenig zur Last gefallen, und sie hatte gelernt, ihn zu respektieren, und nach Galatian, dem kläglichen Schwächling, verletzte es ihren Stolz nicht, Dragut zu Diensten zu sein. Sie hatte bald herausgefunden, daß er selten im Palast war, den Winter in der Nähe des Sultans verbrachte und beim ersten Anzeichen kampftauglichen Wetters in See stach. Im Serail schlief sie in Seide und hatte Pagen und Sklaven, Schwarze wie Weiße, die ihr jeden Wunsch erfüllten; und gelegentlich kam Güzel, die sie nie ohne Schleier gesehen hatte: Güzel war die einzige, die Dragut nach Djerba, nach Konstantinopel, in den Winterpalast in Aleppo begleitete, die englisch sprach und stets, wohin sie auch ging, umringt von Dienern, Frauen, Sklaven, Dichtern und Sängern, von Gelächter umgeben war.

Güzel, die Unbekannte mit den flüchtigen Besuchen, war es gewesen, die Oonaghs zähen Stolz am Leben erhalten hatte, sie davon abhielt, gegen die widerlichen Füße in ihrem Leib anzuhämmern, die Tag und Nacht gegen ihre zarte Haut anstrampelten, gegen den riesigen Schädel, die runden Gesäßbacken und die kräftigen Fäuste, die den Gang ihres Lebens pressend, quetschend in jammernde Unordnung brachten, gegen den Eindringling, der sie ihrer Ruhe beraubte, ihres Denkens und aller zarten Dinge.

Dann, als sich in der ersten Märzbrise die Kristalle über ihrem Bett regten, spürte sie, daß ihre Last leichter wurde. Sie aß, sie ging und machte Pläne für die Zeit, in der der angeschwollene Schmarotzer fort war und ihr Verstand und ihr Körper ihr wieder allein gehörten. Als der willkommene, leise Schmerz einsetzte, war sie erleichtert, aufgeheitert und ertrug ihn im Triumph bis zur Dämmerung. Aber als aus den sanften, regelmäßig kommenden Schmerzen sich dehnende Qual wurde, ihr monströses Junges ihr wieder den Verstand zu rauben drohte, wälzte sie sich allein in der Dunkelheit unter den seidenen Laken, bis zu dem Augenblick, in dem Güzels Stimme auf arabisch sagte: «Jetzt!»

Und blendendes Licht erhellte das Zimmer, und der Tumult vieler Stimmen, das Zischen von Wasserdampf, das Scheppern von Porzellan und Silber, der Griff gütiger Hände und der Ton freundlichen Jubelns, der Ermutigung und des Entzückens wärmten jäh ihr kaltes Herz.

Zeit, erregte, quälende, herrliche Zeit verflog zum Lispeln von Güzels Stimme. Der Wahnsinn steigerte sich, steigerte sich immer weiter und explodierte in einer riesigen, unwiderstehlichen Welle. Zwischen Güzels unberingten, geschickten Händen stieg eine Reihe von kurzen, schwachen Schreien auf. Schweigen, dann wieder eine deutliche, neuerliche kurze Klage, und zwei Füße, bläuliche Fleischstücke, strampelten verloren in der grenzenlosen Luft.

Oonaghs Kind war geboren. Es war ein Sohn, feingliedrig und vollkommen, einen Tag nach der Geburt mit so weißer Haut wie frische Milch und mit flaumigem goldenem Haar wie ein Küken. In tausend wundersamen Nächten konnte ihn Cormac O'Connor nicht gezeugt haben.

«*Möge Gott Dir Wohlstand schenken*», schrieb Dragut Rais an

Sir Graham Malett in Schottland und befingerte das Lächeln unter dem grauen Bart, während er vor seinem Schreiber auf und ab ging. «Wer seinen Schwur hält, ist dreifach gesegnet. Die Frau aus Irland, die ihr Kind geboren hat, ist durch Allahs Güte mit einem schönen Sohn beschenkt worden, mit Haar so golden wie Mais.

Weil er deshalb von unehrenhafter Abkunft ist, biete ich Dir das Kind zur bescheidenen Summe von tausend Ecu an. Weniger kann ich nicht nehmen, angesichts der Mühe, die wir hatten, sein Leben zu schützen, denn seine Mutter will seinen Tod. Sollte ein Mißgeschick Dich am Kauf hindern, werden wir ihr gestatten, es zu töten, denn nur Allah weiß, in wessen Zelt es gezeugt worden ist. Die Frau verkaufe ich.»

Die Antwort kam, als das Kind sieben Wochen alt war und nackt in einem Baumwollkörbchen lag, mit eben erst gewachsenen goldenen Wimpern um blaue Augen, die jetzt zu lächeln anfingen. Das Päckchen enthielt zehntausend Ecus. «Behalten Sie die Frau und behandeln Sie sie gut», hieß es im Begleitschreiben. «Das Geld ist für ihr Wohlergehen bestimmt und als Preis für das Kind. Ich bitte Sie, ziehen Sie das Kind im Namen des Gottes auf, dem wir beide dienen, bis ich es hole oder anders über es verfüge, und möge es der Allerhöchste Ihnen lohnen...»

Und Graham Malett hatte fest und deutlich unterschrieben.

6. KAPITEL

Die Hand an der Axt

St. Mary, 1551—52

Vorsichtig wie ein Hospitalier bei der Krankenpflege sagte Gabriel zu Francis Crawford kein Wort über die Geburt des Kindes, das Khaireddin genannt wurde; er unterließ es auch, Cormac O'Connor zu benachrichtigen, obwohl er wußte, wo er war. Der einzige Mensch, dem er es sagte, weil sie ihm näher war als alle anderen, war seine Schwester Joleta, während sie sich das leuchtende Haar aus der rot angelaufenen Haut bürstete und von Zeit zu Zeit nach den langen Schleifen griff, die er verlockend knapp außerhalb ihrer Reichweite hielt.

«*Mistkerl!* Gib sie mir! Er glaubt also immer noch, daß die Frau in Tripolis gestorben ist?» sagte Joleta, die, wie Lymond festgestellt hatte, nicht leicht zu schockieren war.

«Ja. Und es ist besser so. Hier gibt es Arbeit für ihn, die viel wichtiger ist. Wie auch immer, ich glaube, die Bindung war eher zufällig; mir kam er nicht vor, als ob er leidenschaftlich an ihr gehangen hätte. Es wäre leicht möglich, daß er sich leidenschaftlich verliebte, und zwar in die falsche Frau. Ich wünschte, du kämst besser mit ihm aus, Joleta.»

Hochrot im Gesicht griff sie wieder nach den Schleifen, und als sie danebenfaßte, warf sie die Bürste zu Boden. «Ich habe es versucht. Ich war in diesem arktischen Lager, um mich zu entschuldigen, und mußte drei Stunden warten, bis ich ihn zu sehen bekam. Er hat gesagt, ich hätte ihn bei seiner glücklichen Stunde gestört.»

Überrascht stieß ihr Bruder ein tiefes Gelächter aus. «Bei *was*?»

«Seiner glücklichen Stunde. Wenn er die Tränen all der traurigen Soldaten trocknet, die er am Morgen ausgeschimpft hat. Innerhalb einer Stunde vom Melancholiker zum Sanguiniker. Er ist gut, nicht wahr?» sagte Joleta unvermittelt, mit strahlenden Augen.

Gabriel nickte, beobachtete sie.

Sie war sich dessen bewußt und bückte sich in einem Wirbel aus Gaze, um die Haarbürste aufzuheben. Als sie sich aufrichtete, begegnete ihr Blick dem seinen. «Ist das Kind von ihm?»

Eine Pause entstand. Dann sagte Gabriel: «Es ist nicht von Cormac. Das steht fest. Es ist auch nicht von de Césel; es muß gezeugt worden sein, ehe die Dame und der Gouverneur sich begegnet sind. Mein reizender Francis hat sich im letzten Jahr in Frankreich skandalös verhalten, wie du weißt; und Oonagh O'Dwyer war eine von vielen, denen er seine Gunst schenkte. Aber nicht einmal Cormac O'Connor, der eifersüchtigste Thronanwärter ohne Krone, den ich kenne, beschuldigt sie, die Mätresse eines anderen Mannes gewesen zu sein. Ja, das Kind hat Francis Crawfords Blut, und ich vermute, es ist sein einziges... Er hat dir eine Lektion erteilt, nicht wahr?» sagte Gabriel sanft. «Daß nicht alle Welt bereit ist, sich von dir um den Finger wickeln zu lassen?»

Joleta setzte sich auf, die blauen Augen riesig. «Er ist der arroganteste...»

Gabriel lachte. «Weil es ihm so leichtfällt, deiner Freundschaft zu widerstehen? Deine Reize, Schätzchen, nutzen sich ab, oder du hast es nicht richtig versucht. Bekehre ihn für mich», sagte Graham Malett, schob das schöne Band unter ihr Haar, schlang es um ihren Hals, zog seine Schwester zu sich heran und küßte sie. «Bekehre ihn. Aber erzähle ihm nichts von Khaireddin, nur weil du ihn ärgern willst. Sonst werde ich böse.» Und er küßte sie wieder.

Es war ein grauenhafter Winter gewesen. Das Wetter blieb nur bis Dezember gut, als die letzten Ritter aus Malta eintrafen.

Dann kam der Frost, von einem metallischen Himmel, und im Morgengrauen lagen die letzten Blätter, trocken und gemasert wie Walnüsse, in starren Haufen auf dem weißen Dach der Schmiede.

Ein Ofen platzte, und der verantwortliche Mann wurde ausgepeitscht, denn Lymond hatte Vorkehrungen gegen das Wetter getroffen wie gegen alles andere. Was er nicht beschützen konnte, waren die Ritter mit ihrem dünnen Blut, verhätschelt in langen Jahren mediterraner Sonne. Selbst Gabriel machte die Kälte wütend. Nacht für Nacht war er draußen, bildete aus und wurde ausgebildet, bis seine Haut wund und voller offener Schrunden war und seine trockenen, schwieligen Hände bluteten. Weil Gabriel nicht wollte, ging schließlich Adam Blacklock zu Lymond und sagte: «Sch-schik-ken Sie heute nacht mich. Sir Graham kann nicht mehr. Wie auch immer, er muß doch bestimmt nichts mehr über Strategie bei Nacht lernen...»

«Im Winter schon. Und in Schottland. Während Sie Erfahrung mit beidem haben, weshalb ich Sie nicht schicke. Hat sich Sir Graham beklagt?»

«Nein.» Lymond, dachte Blacklock, hätte sich auf dem Höhe-punkt seiner harten Ausbildung nicht von einer neuen Eiszeit beein-drucken lassen. Er fuhr fort, das lange Spanielgesicht ausdruckslos. «Er würde sich nie weigern, es sei denn, er bekäme eine Brustfell-entzündung. Und falls er sie bekommt, verscherzen Sie sich den guten Willen der Hälfte Ihrer Männer.»

«Das könnte sein», sagte Lymond und dachte nach. «Aber ich war der Meinung, sein tragbarer Altar hätte die Sache im Griff.»

Der Künstler sagte nichts. Lymond, der in seinem Zimmer war und sich ankleidete, um ebenfalls nach draußen zu gehen, machte eine Pause, hielt den Schwertgürtel, den ihm der Maure Salablanca gereicht hatte, noch in der Hand. «Aber Sie halten das nicht für eine gute Idee», fügte er hinzu.

«Aus mehreren Gründen... Nein», sagte Blacklock.

«Gott sei Dank, daß Sie zu mir gekommen sind», sagte Lymond. «Wenn Jerott mir denselben Appell vorgetragen hätte, wäre ich stark versucht gewesen, ihn mit einem Fußtritt aus dem Fenster zu befördern. Wie der Fall liegt, können Sie Sir Graham, Jerott, den anderen Offizieren und allen im Lager sagen, von denen Sie meinen, sie sollten es wissen, daß wir, *les executeurs de la justice de Dieu*, den Chevalier hiermit von nun an von Nachtübungen befreien und von langwieriger Ausbildung im Feld. Heute nacht übernimmt Plummer die Führung.»

«Das wird ihm nicht gefallen», sagte Adam trocken. «Er hat's gern gemütlich.»

«Dann wird er zweifellos die Schuld dem geben», sagte Lymond, «dem sie gebührt, nicht wahr?»

Die veränderten Bedingungen, obwohl sich Graham Malett ihret-wegen bittere Selbstvorwürfe machte, führten zu einer sofortigen Besserung seines Gesundheitszustands, und die harte Ausbildung tat ein übriges, die Form wiederherzustellen, die er seit seinem Aufbruch von Malta verloren hatte. Die Veränderungen ermöglichten es ihm, St. Mary zu verlassen, wie er es von Zeit zu Zeit geplant hatte, um Joleta und Torphichen zu besuchen und in seiner Wohnung in Edinburgh eine Art Anlaufstelle für die Ritter einzurichten.

Manchmal blieb er länger weg, als das Wetter schlechter wurde, denn zu Weihnachten waren die Schneefälle gekommen, ungewöhnlich heftig, und der Schnee blieb fast einen Monat lang liegen, und neblige Schneestürme über den Hügeln frischten die weißgraue Landschaft immer wieder auf. Dann kamen scharfe Winde und schaufelten den Schnee über den braunen Adlerfarn, verteilten den Rest in verharschten Wehen über Katen und Bäume. Die Ausbildung in St. Mary wurde in Rettungseinsätze umgewandelt, und die Armee machte sich Freunde, die sie auch im Sommer behalten sollte. Im Januar, während einer kurzen Wetterbesserung, kam Joleta, trotzig mit ihrem Olivenzweig, begleitet von Madame Donati und einem starken Trupp aus Midculter, wo sie jetzt wieder wohnte. Sie wurde verschmäht, wie sie später berichtete.

Es war einer der wenigen Anlässe, bei denen sich Jerott Blyth offen mit seinem Kommandanten anlegte. Jerott hatte einen aufregenden Winter verbracht. Als Berufssoldat konnte er weder sich noch anderen vormachen, Lymonds Arbeit sei nicht hervorragend. Er konnte auch nicht leugnen, daß er wegen seiner persönlichen Abneigung gegen den Mann Gabriel im Stich gelassen hatte. Gabriel hatte ihn als seinen Missionar vorausgeschickt, und als er gekommen war, hatte er das Territorium unter dem Kommando des Heiden vorgefunden. Die ganze Arbeit wartete noch auf ihn. Es trieb Jerott zum Wahnsinn, daß Gabriel sich der Führung eines anderen Mannes unterstellte und das so milde erlitt, worin Jerott eine absichtliche Selbstaufopferung sah.

Es war Gabriel, der darauf hinwies, nur die allerhärteste Ausbildung bringe ihn wieder in eine Verfassung, in der er hoffen könne, in einer solchen Armee eine Rolle zu spielen; und als sich seine außerordentlichen Begabungen zeigten, wurde offenkundig, daß nicht einmal Lymond damit rechnen konnte, die anderen – Guthrie, Hoddim, Bell, Tait, Blacklock oder Plummer, von den Ordensrittern ganz zu schweigen – sähen in Graham Malett einen Mitschüler.

Um Lymond Gerechtigkeit widerfahren zu lassen – er hatte auch nie versucht, sich hier die Rolle des Großmeisters anzumaßen. Er hatte Gabriel die Aufgaben zugeteilt, die zu seiner Ausbildung nötig waren, und an Stellen, wo seine Erfahrung dem Rest der Truppe zugute kam. Die anderen Johanniterritter, die seine Methoden schon kannten, wurden von ihm ferngehalten.

Das heißt in der Theorie. In der Praxis trafen sich die Ritter immer, wenn Gabriel in St. Mary war, zur Messe und zu den milderen Übungen, die ihre Gelübde vorschrieben, und oft kamen auch ihre ebenfalls leidenden Mitstreiter, aus Überzeugung oder Neugier.

Lymond erfuhr es nicht, aber Gabriel ließ nicht zu, daß die Lockerheit ihrer Zusammenkünfte zum Lästern über ihren überheblichen Kommandanten genutzt wurde. Im Gegenteil, jeder Kritiker Lymonds mußte mit einer Lektion von Graham Malett rechnen, mit ungewohnter Schärfe, bis sich der Beschwerdeführer verzweifelt die Ohren zuhielt.

Gabriel selbst hatte eine grenzenlose Geduld. Der gebildete Plummer, der Architekt, der nicht wußte, ob er glauben sollte, konnte mit rotem Gesicht und schleppender Stimme seine geheimsten Verwirrungen offenbaren und stieß auf das, wonach er sich sehnte: Gelassenheit und Genauigkeit. Randy Bell, der sich davor fürchtete, die Treffen im Stall zu beichten, die so manchem Krankenbesuch in St. Mary folgten, stellte fest, daß das auch gar nicht nötig war: daß Gabriel Bescheid darüber wußte und nachsichtig war. Hercules Tait, in erster Linie Sammler, in zweiter Reisender und Botschaftssekretär, fand einen ruhigen Zuhörer für die Beschreibung seiner Schätze und bekam unerwarteterweise zur Ergänzung eine Ikone aus Gabriels ramponiertem Gepäck geschenkt, die aus einem türkischen Hort stammte. Und Adam Blacklock, der sich an der Kapellentür herumtrieb, als ihm das schlimme Bein weh tat, wurde schließlich gefunden und in Gabriels Zimmer genötigt, etwas zu trinken.

Der Künstler zuckte hustend vor dem scharfen Schnaps zurück und sagte: «Nein, Sir Graham... Ich weiß, es würde mir helfen, aber es steigt mir zu Kopf. Mr. Crawford schickt einfach Abernethy zum Einreiben, wenn das Bein so schlimm wird...»

Aber der Aquavit brannte schon in seinem Magen, und er konnte das Flehen in seiner Stimme nicht unterdrücken. Gabriel schenkte wortlos ein, reichte ihm das Getränk und behielt den Lahmen bei sich, bis sich die Wirkung in jener Nacht verflüchtigt hatte, schwindelte fröhlich, als Lymond später nach ihm schickte. Am Morgen, als er sich von Blacklock verabschiedete, hatte Gabriel ruhig gesagt: «Sie haben recht, Schnaps ist gefährlich. Aber es muß andere Mittel geben, die helfen. Kommen Sie heute abend zu mir und jedesmal, wenn es so schlimm ist; wir wollen sehen, ob Randy Bell und ich nicht etwas Besseres für Sie finden können als Abernethys schwielige Hände, so geschickt sie auch sind und so schwer sie auch arbeiten.»

Nur Fergie Hoddims Liebe zu juristischen Spitzfindigkeiten trieb Malett manchmal zu gespielter Verzweiflung, und Fergie wartete dann auf Lymond, der sofort sagte, ehe Hoddim den Mund aufmachen konnte: «Ich will keine Einzelheiten hören. Ich will eine klare Frage hören und die Antwort.» Damit zwang er ihn, auf rhetorische Finessen zu verzichten.

Alec Guthrie stellte niemandes Geduld auf die Probe. Allen gegenüber – ob Gabriel oder Lymond – trug er seine Meinung vor, setzte sich dann zurück und wartete auf die Diskussion. Wenn das Thema zu seiner Zufriedenheit abgeschlossen war, verzog er sich kommentarlos. Nach dem ersten Mal ging er nicht mehr zu den Gottesdiensten, aber wenn Blacklock zeichnete, saß er oft schweigend dabei und beobachtete die Kreide.

Jerott stolperte über die beiden, als er am Tag von Joletas Besuch nach dem Abschied von ihr ins Haus stürmte und den Künstler mit gekreuzten Beinen in der Halle antraf, wo er die Zeichnung beendete, die er während Joletas langem Warten auf Lymond angefertigt hatte. Jerott hatte einen Wutanfall und machte kein Geheimnis daraus. Als er eine Pause machte, weil ihm die Luft ausging, mischte sich Alec Guthrie, der auf einem Schemel in der Nähe saß, prosaisch ein.

«Schließlich ist sie kein Mitglied der königlichen Familie, Jerott. Sie ist ohne Voranmeldung hergekommen, und es war ihr Pech, daß ihr Bruder nicht hier war und Lymond hart arbeitenden Söldnern den Vorzug vor der Höflichkeit gab. Was zum Teufel sollte denn eigentlich das ganze Theater, sie müsse sich entschuldigen?»

Jerott, der auf und ab lief und Fußtritte austeilte, antwortete nicht. Gabriels Schwester war mit ihrer kleinen Kavalkade durch die verschneiten Hügel gekommen, bespritzt vom Matsch durch die Pferdehufe, und hatte, rot angelaufen, hinreißend schön und tropfnaß, auf ein freundliches Wort von Lymond gehofft.

Er hatte ihr ausrichten lassen, sie solle warten. Gewiß, man hatte es ihr bequem gemacht, ihr und Madame Donati ein Zimmer zur Verfügung gestellt, in dem sie sich umziehen konnten, und ihnen ein dampfendes Huhn und Süßigkeiten an den prasselnden Kamin gebracht. Die Männer von St. Mary, verlegen, entzückt, lächelten sie an, erinnerten sich mit beschämten Gesichtern an den Tag, als sie auf der Straße auf sie geschossen hatte, und kümmerten sich persönlich um ihr Wohlergehen. Aber Jerott konnte ihre Bestürzung nicht vergessen, als Lymonds Nachricht eintraf, und auch nicht den Augenblick, in dem Plummer, der Narr, gesagt hatte: «Er schießt, im Wettbewerb mit de Seurre und Tait und etlichen Männern, draußen im Schnee. Können Sie sie sehen? Von diesem Fenster aus haben Sie eine gute Aussicht.» Und sie schaute zu, schweigend und immer noch mit erhitzten Wangen, während der verfluchte M. le Comte sich Zeit ließ. Hinter ihrem Rücken lächelte die Venezianerin in die Runde, als wäre das Kind zehn Jahre alt und abgöttisch verliebt.

Doch als Lymond hereinkam, strahlend, naß und unerschütterlich heiter, lag in Joletas Augen ein Ausdruck, den Jerott noch nie gesehen hatte, und ihr Selbstvertrauen, ihre schlagfertige Defensive waren fort. Jerott hatte Zeit zu denken: Bei meiner Seele, sie kann die unsanfte Behandlung, die er ihr verabreicht hat, doch nicht *genossen* haben? Was könnte denn daran anziehend gewesen sein? Und dann sagte Joletas Stimme, die Silben kindlich betonend, entschlossen: «Ich möchte mich entschuldigen für... für...» Und weil sie in Gegenwart von Blacklock, Plummer, Guthrie und Jerott der Mut verließ, war sie fast sofort sprachlos.

Lymond fehlten niemals die Worte. «Für den Versuch, aus dem Ruf Ihres Bruders Nutzen zu ziehen? Ich nehme die Entschuldigung an, obwohl wir aus meiner Sicht der Lage quitt waren, als ich Sie geschlagen habe. Wie auch immer. Und Madame Donati ist doch bestimmt nicht den ganzen Weg hierher mitgekommen, um als Ihre Anstandsdame zu fungieren? Oder soll sie unsere *vivandière* sein?»

Von Mr. Plummer kam ein explosiver Laut, und Madame Donati verfärbte sich gelb. «Glauben Sie mir, Mr. Crawford, ich bin nicht auf eigenen Wunsch hier», sagte Joletas Duenna. «Nach Ihrem widerlichen Betragen auf Schloß Boghall halte ich das Kind für eine Heilige.»

«Nein, nein. Der Heilige ist ihr Bruder», sagte Lymond. «Sehen Sie sich Mr. Blyth an, der dasteht, als wäre er Mohammed, der die Offenbarung empfängt; er wird es Ihnen sagen. Das Mädchen ist jähzornig. Passen Sie auf; sie wird ihre Puppen in Fetzen reißen. Liebe Joleta, ich habe Ihnen verziehen. Machen Sie sich jetzt auf den Heimweg, ja? Die Herren haben zu tun.»

Alec Guthrie, der aufmerksam auf seinem Schemel neben dem zeichnenden Blacklock saß, rührte sich nicht, aber Plummer, der die wohlgeformten Augenbrauen hochzog, nutzte den Zeitpunkt zu einem eleganten Abgang, und Madame Donati, das Gesicht fleckig vor Wut, packte Joletas Ellbogen. Joleta rührte sich nicht, sah Lymond nur an, die meerblauen Augen schimmernd mit unvergossenen Tränen; dann senkte sie den Kopf, so daß ihr das goldene Haar auf die Brust fiel, und ließ sich von der Duenna zur Tür führen.

Lymond folgte, unbeeindruckt redend, und einen Augenblick später ging auch Jerott hinaus, ergriff Joletas Arm, als sie, wieder in den schneenassen Umhang gehüllt, von ihrer Stute herunterschaute, und sagte: «Wir haben eine so bezaubernde Besucherin nicht verdient. Es ist nicht nötig, daß Sie uns verlassen. Mr. Crawford hat das nicht ernst gemeint. Es gibt ein Zimmer, das Sie und die Dame gern benützen können, bis Ihr Bruder zurückkommt.»

Eine deutliche Pause entstand. «Dann muß es dein Zimmer sein, mein lieber Mann», sagte Lymond mit trügerischer Milde. «Ich wüßte sonst keines im Schloß.»

«Gut. Es ist meines», sagte Jerott knapp. «Darf ich Ihnen vom Pferd helfen, Fräulein Malett?» Und er streckte wieder den Arm aus.

«Aber ich fürchte, du wirst heute nacht in deinem Zimmer verbringen», sagte Lymonds Stimme abfällig. «Habe ich dir das noch nicht gesagt? Als Wiedergutmachung dafür, daß du meinen Befehlen widersprochen hast. Und drei in einem Bett, Bruder, sind eine Spur zuviel.»

Er und Jerott starrten sich an. Dann fügte Lymond hinzu, und die Sanftheit war ganz aus seiner Stimme verschwunden: «Wir sind jetzt nicht in St. Angelo. Fräulein Malett muß nur zwei Meilen reiten, bis sie das Haus guter Freunde von mir erreicht, die sich bereit erklärt haben, sie heute nacht aufzunehmen. Es ist alles in allem respektabler, als in einem Lager bewaffneter Männer zu übernachten. Das könnte außerdem zu Schwierigkeiten mit den besagten bewaffneten Männern führen, die nicht alle Johanniterritter sind. Frag Randy Bell.»

Daraufhin machte Jerott kehrt und ging hinein; und gleich darauf zeigte ihm Alec Guthrie, wie sinnlos es war, sich mit Lymond über die Angelegenheit zu streiten. Lymond erwähnte sie nicht wieder, weil er schon beschlossen hatte, welchen Kurs er Chevalier Jerott Blyth gegenüber verfolgen wollte. Die kleine Joleta hatte sich jedoch während ihres kurzen, unglückseligen Aufenthalts in St. Mary mehr Freunde gemacht, als sie wußte.

Dann fiel wieder Schnee, und die Bäche führten zischend und blubbernd Hochwasser unter der bereiften Eisdecke, und wie Wat Scott von Buccleuch sagte – vierschrötig wie ein Tartar in einem bibergefütterten Umhang, Rauhreif im lockigen grauen Bart –, habe ihn an jenem Morgen, als er die Füße auf den Teppich setzte, ein verdammter Eisbär durch das Fenster angestarrt.

Lymond verließ sich auf Buccleuch, das heißt eigentlich auf dessen Sohn Will Scott, als der Frost, was noch nie vorgekommen war, sich bis in den März fortsetzte und ihnen der Brennstoff ausging. Unter der Leitung von Gabriel, der nach einer langen, durch den Schnee und den Ordenspatron St. Johannes erzwungenen Abwesenheit wieder bei ihnen war, wurde großzügig auf die mit Öltuch geschützten Vorräte von Torf und Brennholz vor St. Mary zurückgegriffen, um den dunklen Höfen und Katen in der Nähe Brennstoff für den Notfall zu liefern.

Leben wurden gerettet, aber der starke Abbau, ohne Reserven für die Zukunft, brachte St. Mary selbst in Gefahr, und Gabriel, der sich bis zum äußersten antrieb, hatte keine Zeit gehabt, für Nachschub zu sorgen. Selbst Jerott Blyth, dem Tosh, den er noch immer nicht leiden konnte, an einem frostigen Morgen mitteilte, seit kurzem würden die Vorräte heftig dezimiert, war nicht auf die leere Dunkelheit in den Schuppen gefaßt. Gabriel war früh weggeritten und würde erst spät zurückkommen; Lymond war mindestens bis zum nächsten Tag fort. Jerott rollte ohne Kommentar die Ärmel auf und erarbeitete mit des Roches' Hilfe eine vorläufige, drastische Rationierung, während ihm die Seele weh tat um Gabriel und seine wohlmeinenden Almosen.

Es war ein Fall, in dem der Hospitalier über den Krieger triumphiert hatte, und das konnte man Graham Malett auf keinen Fall verübeln. Aber zweihundertdreißig Männer, die bei jedem Wetter draußen waren und ihr letztes an Kraft gaben, brauchten heißes Essen und Wärme, wenn sie aus der bitterkalten Nacht zurückkehrten, sonst würden sie dorthin gehen, wo sie das bekommen konnten. Trotz des oberflächlichen Bündnisses, das sie geschlossen hatten, bestand kein Zweifel daran, daß es bei Lymonds Rückkehr zum Zusammenstoß zwischen den Gesetzen des Mammons und den christlichen Regeln der Ritter kommen mußte.

Francis Crawford kam an jenem Abend unerwartet zurück und betrat durchnäßt, kräftig und auf bissige Weise heiter aus der verschneiten Nacht kommend ein kaltes, so gut wie dunkles Haus. Inmitten seiner Halle blieb er stehen, legte langsam die letzten Stücke der Reitkleidung ab und reichte sie Salablanca. Die Offiziere, die sich um das schwache Feuer drängten, lösten sich schweigend voneinander und standen auf. Die unangenehmen blauen Augen schweiften an ihnen vorbei. Ohne sich zu rühren, sagte Lymond: «Jerott? Als ich letzte Woche weggeritten bin, war reichlich Holz und Brennstoff bis zum Sommer da.»

Jerott Blyth stand auf. Der rauchige Feuerschein betonte seinen prächtigen schwarzen Kopf. Er sagte, ohne seine Kameraden anzusehen: «Heute morgen wurde mir gemeldet, daß die Vorräte zur Neige gehen. Ich habe sie rationiert, bis wir Nachschub bekommen. Die Einzelheiten liegen auf deinem Schreibtisch, falls du einen Blick darauf werfen willst.»

«Du wirst sie mir sofort zeigen, und zwar hier. Ich möchte, daß der Herr, den du beschützt, wer es auch sein mag, alles darüber weiß. Hätte bis dahin jemand die Güte, mir zu sagen, warum wir keinen Brennstoff mehr haben?»

Ein schweres Schweigen entstand. Dann sagte unerwarteterweise Gabriels Stimme: «Wegen Gottes heiliger Barmherzigkeit», und Graham Malett stand auf der Schwelle, das bleiche Gesicht gezeichnet von Müdigkeit und Kälte, und das geschmolzene Eis von seiner Kleidung bildete eine Pfütze zu seinen Füßen.

De Seurre machte mit ausgestreckter Hand einen Satz auf ihn zu, aber Gabriel schüttelte den Kopf, als ihm ein Stuhl angeboten wurde, und sprach mit Lymond, während er mit einer Hand den Türvorhang umklammerte. «Wissen Sie, was sich draußen auf dem Land abspielt? Die Frau, deren Kind Sie in der Nacht der Pferdejagd beschützt haben, ist tot, und wahrscheinlich stirbt auch das Kind. Effie Harperfield liegt Tag und Nacht im Bett, die Kinder in ihren Armen, steht auf, um ihnen kalten Haferschleim und Speck zu essen zu geben. Sie haben kein Holz und nur noch soviel Licht, daß der Priester der Ältesten die Sterbesakramente geben kann, wenn sie stirbt; sie hustet sich schon die Lunge aus dem Hals.»

Gabriel brach ab, stützte sich und lächelte seinen Kommandanten lange und wehmütig an. «Sie haben mir die Erlaubnis gegeben, in Grenzen der Landbevölkerung zu helfen, wo es nötig ist. Ich bin weit über das Erlaubte hinausgegangen. Aber ich bin nicht Gott, Francis. Ich konnte keine Wahl zwischen den Seelen treffen. Solange ich Leben geben konnte, mußten es alle bekommen...»

Seine Haut war rauh von der Kälte. Der schmelzende Schnee lief ihm immer noch kläglich über alle Kleidungsstücke; ein Zweitagebart, glitzernd wie Goldfäden, überzog sein Kinn. Er sagte mühsam: «Ich habe Ihr Vertrauen geopfert und Ihre Armee hinter anderen zurückgestellt. Ich entschuldige mich aus ganzem Herzen. Außerdem nehme ich jetzt meinen Abschied.» Und Gabriel lockerte plötzlich den stützenden Griff, wankte und fiel stolpernd zu Boden.

Über die scharfen Stimmen der Männer hinweg, die sich ängstlich versammelten, um ihn aufzuheben, sagte Lymond freundlich: «Verzweifelt nicht. Ich habe das Gefühl, wir können aus diesem kleinen Wortwechsel noch Vergnügen und Nutzen schöpfen. Setzt ihn auf den Stuhl am Feuer. Ich bin mir sicher, daß er sich mit etwas Wärme und unter den allgemeinen Huldigungen erholen wird.»

Im feindseligen Schweigen, das folgte, sagte Alec Guthries kratzige Stimme: «Ich kenne Ihre Gründe dafür nicht, aber der Mann ist wirklich erschöpft. Wir wissen nicht, in welchem Zustand er ist.»

Randy Bell, über Gabriel gebeugt, der sich jetzt im Stuhl zurücklehnte, ächzte und stand auf. «Er gehört ins Bett, sonst bekommt er Schwierigkeiten. Sie haben doch bestimmt nichts dagegen.»

Lymonds Stimme schnitt ihm äußerst knapp das Wort ab. «Doch. Er hat jetzt schon Schwierigkeiten. Falls er meine Erlaubnis für unzureichend hielt, hätte er mit mir darüber sprechen müssen. Falls er mich nicht erreichen konnte, hätte er einen Rat seiner Kameraden einberufen müssen. Und falls er gemerkt hat, daß entweder wir oder die Bauern leer ausgehen würden, hätte er wenigstens versuchen müssen, für Nachschub zu sorgen. Mit Geld ist das möglich. Nicht alle Teile des Landes hat es so schlimm getroffen. Es ist eine Sache, ein Märtyrer zu sein», sagte Lymond knapp, den Blick auf Gabriels bleiches Gesicht mit den geschlossenen Augen gerichtet. «Es ist eine andere Sache, ein Narr von einem Märtyrer zu sein.»

Über das weiße Gesicht ging der Schatten eines Lächelns; einen Moment später schlug der Kranke schwerlidrige blaue Augen auf. «Ich versuche, keins von beidem zu sein», sagte er. «Ich bin gekommen, um Ihnen zu sagen, daß mir die Königinwitwe versprochen hat, uns alles an Brennstoff zu schicken, was wir brauchen. Wir müssen nur darum bitten.»

Lymond warf den Kopf zurück und lachte; eine kalte Heiterkeit, die Gabriel zum Zurückzucken brachte und Jerott Blyth einen mißtrauischen Murrlaut entlockte. «Ein Korb mit Torf für zwei Pennys gegen unsere Unabhängigkeit?» sagte Lymond. «Sie schätzen uns billig ein.»

«Sie überschätzen sich», antwortete Gabriel und richtete sich plötzlich mühsam auf, «wenn Sie Ihre Unabhängigkeit über das Leben der Kleinbauern in Yarrow stellen.»

«Ein Überschuß an *Saint-Esprit* hindert den Kopf am klaren Denken, nicht wahr? Ich habe nichts gegen Ihren barmherzigen Besorgungsdrang, aber es gibt mindestens eine Nachschubquelle, die Sie hätten anzapfen können, ohne daß Bedingungen gestellt werden. Wenn Sie sich an Wat Scott in Branxholm gewandt hätten, wäre der Brennstoff inzwischen hier. Er hat reichlich davon und außerdem dreitausend Cousins, die ihm mehr liefern können. Mr. Bell kann hinreiten und darum bitten. Sein Blut könnte etwas Abkühlung vertragen. Sir Graham, Ihren Abschied lehne ich ab.»

Ein unerträgliches Schweigen entstand.

Allen war klar, falls Graham Malett ging, würden alle Ritter und ein Großteil der anderen mit ihm gehen. Ein Großteil, aber vermutlich nicht alle, denn Lymond hatte im vergangenen Winter sein ganzes Geschick darauf verwendet, seine Männer an sich zu binden, während Gabriel viel weggewesen war. In Jerotts Augen würde keiner der beiden Führer eine einsatzfähige Truppe behalten, und dann wäre die ganze mühselige, aufbauende, hervorragende Arbeit im Winter umsonst gewesen.

Jerott Blyth wollte von Gabriel geführt werden, nicht von Lymond. Aber außerdem war er ein professioneller Kämpfer, und er wußte, es wäre ihm jetzt schwergefallen, St. Mary zu verlassen, falls Graham Malett darauf bestand. Und er bestand bestimmt darauf. Für einen Mann von Gabriels Kaliber mußte diese Behandlung empörend sein.

Sie warteten alle, den Blick auf Gabriel gerichtet.

Maletts weißes Gesicht war rot angelaufen, und einen Augenblick lang zeigten die müden blauen Augen echten Zorn. Dann sagte er mit fester Stimme: «Warum? Warum weigern Sie sich, mich gehen zu lassen? Woher kommt diese Sucht zu herrschen, den Orden zu demütigen? Ich bitte Sie, schauen Sie in Ihr Herz. Sie können nicht im Traum daran denken, uns Ihren Methoden zu unterwerfen. Ist es Eifersucht, weil wir einem anderen Herrn als Ihnen gehorchen? Oder haben Sie die Wahrheit herausgefunden, daß Ihre Armee nicht über körperliche Einheit verfügen wird, solange es keine geistige Einheit gibt, und daß es ohne uns und unseren Glauben keine geistige Einheit geben kann?»

Das kleine Feuer war ausgebrannt. Es flackerte, verbarg und entblößte die angespannten Gesichter der Männer, die in der trüben Halle standen; es unterstrich in langen, schwachroten Linien die Gestalt Lymonds, der nachdenklich davor stand, und schien voll auf das erschöpfte Gesicht Gabriels, der aufrecht im großen Stuhl vor Lymond saß. Und wieder nahm Lymond die Herausforderung nicht an, weigerte sich wie schon oft auf Malta, zu zeigen, was unter dem

Panzer steckte. Statt dessen sagte er: «Wir drücken uns etwas ungenau aus, nicht wahr? Sie und ich haben uns aus freien Stücken zusammengetan. Ich kann Sie weder gehen lassen noch festhalten. Meine einzige Bedingung gilt für alle, nicht nur für die Ritter. Ich führe. Darüber, warum, wo und wie ich führe, können Sie streiten, aber die letzte Autorität muß bei mir liegen. Wir können keine zwei Herren haben.»

Die tragende Stimme von Alec Guthrie sagte unerwartet: «Aber wie Sir Graham schon ausgeführt hat, muß jeder praktizierende Christ zwei Herren dienen.»

«Mein Gott... *Ich habe es gewußt*», sagte Lymond. «Das Gespräch wirkt aufreizend auf meine Nerven. Die Lage ist folgende: Sir Grahams zweiter Herr und ich befinden sich in vollkommener Übereinstimmung; doch weil wir menschlich sind, bin ich nicht überzeugt davon, daß das auch für Sir Graham und mich gelten muß.»

Es war Adam Blacklock, der zu lachen anfing, und gegen seinen Willen stimmte Jerott ein. Es war eine Unverschämtheit... Es war letztlich eine blasphemische Unverschämtheit. Aber man mußte bedenken, daß Lymond niemals, zu keinem Zeitpunkt, persönliche Überzeugungen oder Prinzipien derjenigen, die er kommandierte, in Frage gestellt hatte. Bei seiner Meinungsverschiedenheit mit Gabriel war es um schlechte Planung gegangen, nicht um die christlichen Dienste, die er geleistet hatte.

Wider Willen lachte Jerott, und Lymond trat vor und berührte leicht Graham Maletts gebeugte Schultern. «Gönnen Sie sich etwas Ruhe», sagte er. «Geistige Einheit, das sollten Sie wissen, kann aus anderen Dingen entstehen als aus Ihrer kostbaren Religion. Verzweifeln Sie noch nicht an uns.»

Innerhalb von drei Tagen kam Nachschub an Brennstoff aus Buccleuchs riesigen Ländereien, und St. Mary war beleuchtet und warm, und alle kalten Häuser in Yarrow waren versorgt. Als Lymond in Branxholm vorsprach, um sich persönlich bei dem alten Mann zu bedanken, fand Lymond heraus, daß Sir Wat Scott und seine Frau Janet schon über die Auseinandersetzung zwischen ihm und Graham Malett Bescheid wußten.

«Aye, du bist nun einmal ein pietätloser Mann mit lockerem Le-

benswandel», sagte der alte Mann befriedigt, rollte einen seiner Enkel die Sitzbank entlang und nahm, ohne es zu merken, auf einer
Rassel Platz, die einem seiner Söhne gehörte. «Ich habe gehört, du
hast den Chevalier ausgezogen und ins Gefängnis gesteckt, weil er
das mit den guten Werken übertrieben hat?»

«Das ist eine verdammte Lüge», sagte Francis Crawford fröhlich.
Lymond war an jenem Tag von einer wilden Ausgelassenheit, die
weder Will Scott noch seine Stiefmutter je an ihm erlebt hatten.

«Und hast ihn ins Gesicht einen Hornochsen Gottes genannt.»

«Manieren», sagte Lymond tadelnd. «Vielleicht hinter seinem
Rücken. Nicht ins Gesicht.»

«Warum hast du das riskiert?» fragte Buccleuch unverblümt. «Er
hätte dich durchaus verlassen können. Er kocht genug andere Süpp-
chen. Jack Sandilands hat ihn etliche Male zu Ratssitzungen geschickt, wenn er durch eine seiner Mandelentzündungen verhindert
war, und er ist ziemlich eng mit der Königinwitwe in Falkland verbandelt. Janets Bruder Robbie sagt, er ist der einzige unparteiische
Gottesmann, den sie als Berater hat. Sie wird ihn dir wegnehmen,
und seine Ritter dazu.»

«Nein, das wird sie nicht», sagte Lymond liebenswürdig. «Sie
wird warten, bis sie uns alle bekommen kann.»

«Und kann sie das?»

«Gelegentlich», sagte Lymond, entfernte einen Scott-Sohn (oder
Enkel) und setzte sich. «Wenn es mir paßt, nicht wenn es der Köni-
ginwitwe oder Gabriel paßt... Was macht denn Peter Cranstons
Romanze, Janet?»

«Siehst du, das ist Takt, Janet», sagte Janets Gatte anerkennend.
«Da sitzt sie und schnaubt wie ein Pferd, damit sie sich am Gespräch
beteiligen kann. Es geht nicht um Peter Cranston – oh, er und diese
Donati sind so verbandelt, daß es schon nicht mehr anständig ist –,
aber Sybilla könnte einen Besuch brauchen. Richard erzählt ihr dau-
ernd, daß Gabriel und du euch streitet, und Joleta verzehrt sich vor
Kummer, und Masterly hat was Falsches gefressen und ist gestorben.»

Masterly war Lady Culters geliebter Kater, und sein Ende wurde
unter ständigem Geschrei der Lady von Buccleuch erzählt. «Wat
Scott, du Großmaul und Dieb. Das waren meine Neuigkeiten!»

«Du warst eben zu langsam. Du hast ein Maul so groß wie die Bucht im Westen. Benütz es!» sagte ihr Mann selbstgefällig.

Will Scotts neugieriger Blick hatte Lymond nicht verlassen. «Es waren sowieso keine Neuigkeiten mehr», sagte er zu seiner Stiefmutter. «Francis hat in Midculter vorgesprochen und Sybilla besucht – das stimmt doch?»

«Vor zwei Tagen. Ich habe Masterlys Beerdigung geleitet und bin der lieben Joleta ausgewichen», sagte Lymond. «Ich nehme an, sie haben nach Philippa Somerville geschickt, damit sie dem Kind Gesellschaft leistet.»

Will Scott grinste. «Aye. Ich soll sie am ersten Mai in Liddel Keep treffen und den Rest des Weges eskortieren. Dich soll ich dabei meiden wie die Pest.»

Das unheilverkündende Funkeln wurde plötzlich zur Flamme. «Wer sagt das?»

«Dein Hornochse. Gabriel. Er hat einmal in Kincurd vorgesprochen, gegen Weihnachten, als ihn die Nacht überraschte, und Grizel hat ihn aufgenommen und ihm eine Mahlzeit vorgesetzt, wie ich bis dahin und seitdem keine bekommen hatte», sagte Will Scott voller Ärger. «Manchmal macht er bei uns halt, und sie füttert ihn, als würde er gleich auf den Altarstufen ohnmächtig werden.»

«Das weckt die Mutter in ihr», meinte Buccleuch senior unklugerweise.

«Was soll denn das heißen? In Grizel Beaton ist die Mutter schon geweckt worden, als ob manche Leute einen Dachschaden hätten», fuhr Grizels Schwester Janet ihn an und funkelte ihre Männer böse an, als sie in schallendes, dummes Gelächter ausbrachen. «Und warum, bitte, soll Francis Crawford Philippa aus dem Weg gehen?»

«Ich nehme an, sie hat vor, ihm auf irgendeine Weise zu schaden. Das in Flaw Valleys ist doch schon lange her, Francis. Man sollte doch meinen, sie wäre zu Verstand gekommen.»

«Wenn man mit den Crawfords zu tun hat, ist es kein Vorteil, zu Verstand zu kommen», sagte Janet grimmig. «Will erzählt, daß du die Kerrs besuchst. Was soll denn das heißen?»

«Die *Kerrs*?» Buccleuch war das offensichtlich neu. Die verschlagenen Augen, verschleiert von den buschigen grauen Brauen, starrten Lymond an.

«Janet, du verdammte Närrin», sagte ihr Stiefsohn beklommen. «Ich habe dir doch gesagt, der alte Mann soll nichts davon hören.»

Janet erwiderte seinen Blick kalt. «Ich verschweige ihm jeden kleinen Mord, wenn du es willst, aber nicht den Umgang mit den Kerrs. Dein Vater wittert so etwas selbst, wie eine Ratte Fleisch. Das weißt du doch.»

Durch das Zimmer starrten Buccleuch und Francis Crawford sich an.

Lymond sagte langsam: «Ich habe versucht, sie zu überreden, genau wie euch, die Familienfehde zu beenden.»

Wat Scott von Buccleuch stand auf. Er war durch ein schweres Leben, heftige Kämpfe und lebenslangen Dienst als Richter vorzeitig gealtert, aber er konnte sich trotzdem noch aufrichten wie ein Bär, mit vorgeschobenem Bart, Autorität in den knotigen Gliedern. «Du hast dir angemaßt, du dreister Fant, bei den Kerrs *in meinem Namen* um einen Waffenstillstand zu betteln?»

Francis Crawford blieb, wo er war. Aber sein Blick blieb auf Buccleuch gerichtet, ein kalter, unpersönlicher Blick, der Janet jäh dazu brachte, daß sie fröstelte und ihr kleinstes Kind an sich zog. «Betteln, Wat?» sagte Lymond. «Eine Axt braucht nicht zu betteln. Ich habe ihm gesagt, der nächste Scott oder Kerr, der wegen dieser Fehde stirbt, wird von St. Mary gerächt, nicht von der betroffenen Familie. Dasselbe gilt für alle Häuser an der Grenze, deren Herren zu verängstigt sind, die Gerechtigkeit anzurufen. Ich habe die Absicht, diese wahnsinnige Kette des Gemetzels zu durchbrechen, und das werde ich auch tun.»

Ein kurzes Schweigen entstand. Dann lachte Buccleuch, obwohl die Haut zwischen den lockigen grauen Barthaaren lila war; ein tiefes, grollendes Gelächter mit einem grimmigen Unterton. «Misch dich in meine Angelegenheiten ein, Bürschchen, dann ist deine Axt bis zum Sommer stumpf», sagte er. «Die Familie Scott ficht ihre Kriege selbst aus.»

«Ich weiß. Das ist einfacher, als die Kriege anderer auszufechten», sagte Lymond knapp. «Trotzdem wird St. Mary die Aufsicht über die Aufseher übernehmen, Wat. Ich sage dir das jetzt, damit du es dir mit dem Brennstoff anders überlegen kannst, wenn du willst.»

«Du meinst», sagte Janet und warf ihrem Mann, der auf den Boden spuckte, einen bitterbösen Blick zu, «falls Will einen Kerr umbringt, sorgst du dafür, daß er gehängt wird?»

«Er würde nicht gehängt, falls er provoziert worden wäre. Falls nicht, bekäme er alles, was er verdient. Ich würde nur dafür sorgen, daß er zur Rechenschaft gezogen wird, das ist alles. Wenn man sie sich selbst überließe, würden Cessford oder Ferniehurst schlimmere Vergeltung üben, als es ein Gerichtsurteil könnte.»

«Natürlich würden sie das, du hochfahrender Narr. Und wenn Will durch einen Haufen sittsamer Richter ihrem Zugriff entzogen würde, würden sie nicht ruhen, bis sie für einen Kerr ein Dutzend Scotts umgebracht hätten, und Will nach seiner Freilassung dazu.»

«Das würden sie nicht tun, weißt du», sagte Lymond freundlich. «Denn ich würde sie daran hindern.»

«Mit deinem Ausländerhaufen in St. Mary?» Buccleuch drückte seine Meinung mit Nase und Mund aus.

«Du weißt nicht, was er in St. Mary hat», sagte Will Scott unvermittelt. Er stand auf, den hitzigen blauen Blick auf Lymond gerichtet. «Die Ausbildung ist abgeschlossen?»

Lymond neigte den Kopf.

«Dann wird es also eine Militärherrschaft?» fragte Buccleuchs Erbe.

«Nein. Wir handeln nur innerhalb des Gesetzes.»

Buccleuch, die alten Augen zusammengekniffen, war der ganze aufmüpfige Spott vergangen. «Das hier ist ein schwieriges Land, Crawford. Es gibt Leute, die das niemals dulden werden. Lieber rufen sie die Engländer.»

«Dann kommen sie zu spät», sagte Lymond trocken. «Die Engländer haben mich schon gerufen.»

Will Scott brachte ihren Gast hinaus. Als sie auf der zugigen Treppe von Schloß Branxholm standen, über die weiten Lehensgrundstücke von Buccleuch hinausschauten, das Rutschen der Dachlawinen im Tauwetter in den Ohren, sagte Buccleuchs Sohn zu Lymond: «Du weißt, daß es hoffnungslos ist. Der Alte wird sich nicht ändern.»

«Ich weiß. Auch Kerr von Cessford oder von Ferniehurst werden sich nicht ändern. Aber du, wenn du eine Chance zum Leben bekommst, und die nächste Generation der Kerrs.» Lymonds Pferd und Eskorte standen bereit. Er wandte sich plötzlich um, und sein Blick erforschte das ernste Gesicht unter dem Karottenschopf. «Du verstehst, was ich tue?»

«Aye», sagte Will Scott knapp. «Aye, und ich weiß, daß du recht hast. Das Leben wird bloß ohne den Spaß, Hackfleisch aus den Kerrs zu machen, furchtbar langweilig werden.» Er sagte wehmütig: «Du hast bestimmt die neuen Arkebusen, vielleicht auch Pistolen und die unglaublichsten Schützen. Ich wünschte...»

«Wünsch es dir nicht», sagte Lymond kurz. «Deine Arbeit ist hier, du mußt den Namen und die Zukunft einer der großen Familien der Nation schützen. Gott sei gedankt für die Kraft für diese Arbeit und für das Geschenk von Frau und Kindern, die dich darin bestärken.» Seine Stimme kühlte ab zur üblichen Ironie. «Ich bin jedoch froh, daß ich die Frage nicht beantworten muß, warum ein Massenmord aus Prinzip tugendhafter sein soll als ein Überfall auf die Nachbarn aus reinem Vergnügen.»

Er war aufgestiegen. Will Scott reichte ihm lächelnd die Hand hinauf. «Wenn du für die Engländer an der Grenze patrouillierst, begegne ich dir vielleicht einmal in einer finsteren Nacht.»

«Ich patrouilliere für beide Seiten, nicht nur für die Engländer. Wir sind die gepanzerte Faust der Aufseher, greifen ein, wo es Ärger gibt.»

«Und wo es keinen gibt, machst du ihn», meinte Will Scott mit glänzenden Augen und roten Wangen.

«Nein. Im Augenblick», versicherte Lymond grimmig, «habe ich ganz andere Sorgen. Es ist eine Katastrophe.»

7. Kapitel

Der liebliche Mai

Dumbarton, April–Mai 1552

Gesund, durchtrainiert und voller Sehnsucht, ihre Waffen blutig zu machen, gehorchte die Kompanie in St. Mary widerstrebend Lymonds Entscheidung, den ersten Frühling und Sommer ihrer Blüte Schottland zu widmen.

Etliche, zum Beispiel Gabriel, Guthrie und Bell, pflichteten ihm bei, die Arbeit, die er vorhatte, der Schutz, die Überwachung, das Patrouillieren im umstrittenen Land, dem Räuberstreifen zwischen England und Schottland, sei in sich lohnend. Schließlich sahen alle ein, daß die Reihe von kleinen, schwierigen Einsätzen, in die er sie führte, befriedigend war, ihnen Zutrauen zueinander gab und sie schnell zu einer Mannschaft zusammenschweißte.

Offenbar waren sie nicht dringend auf ein Einkommen angewiesen, und das war gut so, denn bis jetzt wurden sie nur auf dem Papier bezahlt. Für ihre persönliche Verpflegung sorgte weiterhin Lymond, und das stellte offensichtlich alle Offiziere zufrieden, obwohl die Söldner das Versprechen forderten – und erhielten –, für das Kämpfen auf dem Kontinent reich entlohnt zu werden, wenn der Sommer vorüber war. Jerott vermutete, daß sie bis dahin von zumindest einem Teil des Geldes lebten, das Lymond vom Konnetabel von Frankreich bekommen hatte. Sie verrichteten Arbeit, für die eigentlich die Garnison des Königs von Frankreich in Schottland zuständig gewesen wäre, aber wenn diese unglücklichen vierhundert Männer das versucht hätten, wären sie auf beiden Seiten der Grenze als Wichtigtuer einer ausländischen Macht von Heckenschützen beschossen worden.

Für die Truppe von St. Mary, die in jenem Winter für Hilfe und für Gerechtigkeit gesorgt hatte, gab es an der Grenze jedoch widerwillige Bewunderung. Viele unabhängige Familien wie die Scotts und die Kerrs hofften darauf, ihren ungesetzlichen Vergnügungen unbemerkt nachgehen zu können, und nahmen Lymonds kühle Besuche in jenem Frühling mit Argwohn auf. Er sprach auch bei Lord Wharton in Carlisle vor und bei den englischen Grenzaufsehern, die mit ihren schottischen Gegenstücken versuchten, die Ordnung aufrechtzuerhalten, Diebstähle zu verhindern und Missetäter zwischen den Nationen austauschten.

Die Straßen trockneten, und an der Grenze mästeten sich die Kühe am Frühlingsgras. Mit St. Marys Hilfe konnten sie auf der Weide kalben. Die Armstrongs, die Grahams, die Elliots und alle verarmten Männer und Freibeuter im umstrittenen Land konnten sich winden wie Aale in einem Boot, um sich der Aufmerksamkeit dieser unheilverkündenden neuen Truppe zu entziehen; als der April sich dem Mai zuneigte, fanden sie sich der Reihe nach zu ihrer empörten Überraschung in Edinburgh oder Carlisle hinter Gittern wieder, und ohne Aussicht auf eine Blutfehde, wenn oder falls sie freigelassen wurden. Es sah gemeinerweise danach aus, als werde das Leben an Spaß verlieren und von nun an nur noch dem Großziehen von Söhnen, der Viehzucht und dem Anbau von Gerste geweiht sein; und sogar die Vorschriften bei Viehdiebstählen sollten überwacht werden.

Diese angenehme Regelung sah vor, daß die Eigentümer gestohlenen Viehs die Grenze bis zu sechs Tagen nach dem Diebstahl überqueren durften, um das Vieh wiederzufinden. Wenn das dem Bestohlenen nicht gelang, gehörte das Vieh dem Dieb. Deshalb verlief die Jagd fieberhaft, die Gefühle wallten heftig, Köpfe rollten, und auf beiden Seiten entstand eine unsichere Rechtslage. Jetzt wurde verfügt, daß ein Trupp, der sich auf die Viehsuche machte, St. Mary benachrichtigen mußte. Und für den Fall, daß das in Vergessenheit geriet, hatte Lymond Beobachter auf der ganzen Länge des umstrittenen Streifens. Es war möglich, daß er einen halben Tag hinter dem aufgebrachten Trupp zurück war, aber das Wissen, daß er hinter ihnen war, sorgte für etwas Zurückhaltung.

Er besuchte außerdem die mächtigen Gutsbesitzer im Südwesten, die Anhänger der Krone waren, und sorgte dafür, daß der Graf von Cassillis, Lord Maxwell und Sir James Drumlanrig genau wußten, was er tat. Das bedeutete lange Stunden im Sattel, einen kurzen Besuch und eine schnelle Rückkehr nach St. Mary, um sich um die anlaufenden Geschäfte zu kümmern, aber es wurde mit Geschick und ohne großes Aufhebens erledigt, im allgemeinen mit nur zwei Offizieren und zwanzig Männern hinter ihm. Als Lymond von einer dieser schnellen Rundreisen zurückkehrte und an die neun Stunden im Sattel hinter ihm lagen, erwartete ihn in St. Mary die Nachricht, Thompson sei seit zwei Tagen in Dumbarton und müsse ihn sprechen, ehe er am nächsten Tag ablege.

Thompson, der bestens bekannte Seeräuber, war, wie Jerott wußte, angeworben worden, um in jenem Sommer Unterricht in Kriegführung zur See zu geben. Er meinte, wie auch Gabriel, die Sache könne warten. Aber Lymond machte nur halt, um das Pferd zu wechseln und kurze Anweisungen zu erteilen, und ritt einfach weiter nach Dumbarton, eine Angelegenheit von fünfundachtzig Meilen und einen vollen Tag in hügeligem Gelände.

Tait und Bell waren mit ihm in Carlisle gewesen. Lymond ließ sie in St. Mary und wählte für den Weiterritt zu Jerotts Verdruß Adam Blacklock und Jerott aus. Und der nachsichtige Rat Gabriels, dem Bruder Blyth voller Verachtung schilderte, wie sich Lymond bei einem früheren Besuch in Dumbarton verhalten hatte, brachte den jungen Ritter dazu, hilflos zu verstummen. Anscheinend hatte Sir Graham Francis Crawfords Ausschweifungen akzeptiert.

Aber als sie St. Mary erst einmal verlassen hatten, gab es so viel zu besprechen und zu planen, daß Jerott seinen Groll aus den Augen verlor und Adam Blacklock sogar das Stottern ablegte. Sie machten in Midculter halt, um Lymonds Bruder abzuholen, der mit Thompson über eine Fracht sprechen wollte, aber zu Jerotts tiefer Erleichterung bekamen sie weder Sybilla noch Gabriels Schwester Joleta zu sehen.

Am späten Abend kamen sie nach Dumbarton und stiegen vor dem *Governor's Barque* ab, wo in den ladenlosen Fenstern des einzigen mietbaren Nebenzimmers im Gasthaus Kerzen brannten und zeigten, daß Thompson gekommen war und wartete.

Innerhalb von acht Jahren hatten schottische Piraten allein der flämischen Schiffahrt an die zwei Millionen Kronen in Gold abgenommen. Thompson, der darüber hinaus noch eine Reihe von phantasievollen Nebengeschäften hatte, wollte aus seinen kurzen Landaufenthalten das Beste machen. Er trug nicht die alte Lederjacke und die fleckige, vom Salz zerfressene Kniehose, sondern war, wie Lymond laut bemerkte, in einem sechspfündigen pelzbesetzten Gewand aufgetakelt wie eine Fregatte, die Goldketten wie Wanten auf seiner Brust. Der schwarze Bart und das zähe Gesicht glänzten vor Fett, während er Ochsenzunge kaute, mit Bordeaux hinunterspülte und über die heutigen Löschgebühren in Dover schimpfte und über die Zöllner, die, weit davon entfernt, dem Wort eines Gentleman zu trauen, mit Eisenstäben durch die Ballen fuhren, um herauszubekommen, ob man Arkebusen versteckt hatte.

«Und hatten Sie welche?» fragte Lord Culter fröhlich. Entspannt, an ihrem privaten Tisch unter den flackernden Kerzen bestens verköstigt, hatten sie Richards Geschäft besprochen, ehe die Mahlzeit halb vorbei war, und er vermutete, sie warteten jetzt nur darauf, daß er sich taktvoll zurückzog, damit sie die Transaktion zwischen Lymond und Thompson abschließen konnten, worin sie auch immer bestehen mochte. Er wußte, daß Thompson die Offiziere von St. Mary im Sommer gruppenweise zur See ausbilden sollte. Es gehörte nicht viel Phantasie zu der Annahme, daß die Ausbildung in Piraterie bestehen würde, ebensowenig wie zu der Vermutung, daß Lymond jetzt hier war, um Schmuggelware in Empfang zu nehmen, damit Thompson bei Laune blieb.

Richard Crawford beobachtete seinen jüngeren Bruder, der den größeren Teil einer Nacht und eines Tages im Sattel verbracht hatte, ohne daß ihm auch nur das Geringste anzumerken war, wie er mit diesem reizbaren Seebären umging wie ein Künstler, während Blacklock, das steife Bein unter dem Tisch ausgestreckt, lächelnd zuschaute und der zweite Mann, der gutaussehende Ritter mit dem glühenden Blick, den Francis immer mit sich herumschleppte, wider Willen in das Spiel hineingezogen wurde.

«Ob ich Arkebusen geschmuggelt habe?» fragte Thompson jetzt, schob den Rotwein beiseite und griff zum Aquavit. «Bei Gott, und ob, aber nicht im Laderaum, sondern in den Fendern. Ich kann Ihnen sagen, an jenem Tag hat mir die Hand ganz schön gezittert an der Pinne, als ich mit der *Magdalena* von der Mole abgelegt habe. Ein Stoß gegen die Planken, und die Waffen wären aus den Fendern gesprungen wie eine stillende Mutter aus ihrem Leibchen . . . Mann, ist irgendwas nicht in Ordnung? Du trinkst ja gar nichts!»

«Ich bin nicht betrunken, falls du das meinst», sagte Lymond brüsk. Thompsons Stimme war wie immer schon früh schwer geworden. Wie immer war unwahrscheinlich, daß sie noch schwerer wurde, denn Thompsons Fassungsvermögen war phänomenal.

Jetzt warf er den Kopf zurück und ließ sich den scharfen Schnaps ohne zu schlucken in die Kehle laufen. Dann stellte er den Becher ab, schenkte sich nach und starrte Lymond an. «Bessere Männer als du, Freundchen, müssen erst noch erleben, daß Jock Thompson betrunken ist.»

Er richtete die blutunterlaufenen Seemannsaugen auf Lord Culter. «Es ist einfach ein Jammer, mit anzusehen, wie ein Freund bis ins Mark weibisch wird. Ich sehe, mein Herr, daß *Sie* der Flasche durchaus zugesprochen haben, und Sie sind so nüchtern wie die Ritter des Papstes.» Er hatte soviel getrunken, daß er streitlustig war. «Das schwächliche Bürschchen wird vom Trinken also närrisch im Kopf?»

Blacklock hob die Brauen und sah auf seine Hände hinunter. Aber Jerott Blyth beobachtete Lymond, ein Glitzern in den schwarzen Augen. Aus dem Klatsch zu Hause wußte er, daß es Lymond im letzten Jahr in Frankreich fast gelungen wäre, durch zügelloses Trinken seine Karriere zu ruinieren. Auf Malta war er mäßig gewesen. Hier in Schottland hatte er ganz mit dem Trinken aufgehört – weil er, das schien klar zu sein, kein Risiko eingehen wollte, in Exzesse hineinzurutschen. Trinken löste in Jerott, dessen Selbstdisziplin vollkommen war, die reinste Verachtung aus.

«... und», fügte der alte Korsar hinzu und verzog das Gesicht, «heutzutage wirst du auch bei den Weibern nichts mehr taugen. Trau dich bloß nicht, eine zu vergewaltigen; die müßte schon verdammt schwach und einsam sein. Heiland, es ist ein Wunder, daß du überhaupt noch mit einem alten Lebemann wie mir zusammensitzt.»

«Ich sitze mit dir zusammen, solange ich dich ertrage, aber der Teufel soll mich holen, wenn ich mich zu Tode langweile, indem ich eine Orgie aufführe, um dein Machtgefühl zu befriedigen», sagte Lymond ohne sichtliche Gefühlsbewegung. «Wenn du mit deiner unappetitlichen Mahlzeit fertig bist, dann lehn dich zurück und betrink dich bis zum Koma, während ich versuche, unser Geschäft zu erledigen.»

Das war für Culter das Zeichen zum Gehen, und er stand auf,

versprach sich, später von Francis zu erfahren, was geschehen war. Thompson hob unerwarteterweise die Stimme und hielt ihn zurück. «Aye. Aber ich mache nur Geschäfte mit *Männern*.»

«Offensichtlich. Mit betrunkenen Männern», sagte Lymond geduldig. «Ich nehme an, du weißt, wenn du noch was schluckst, bist du voll wie eine Sau?»

«Ich kann's vertragen», sagte Thompson kalt, reagierte sofort, indem er den Becher hob und leerte. «Es ist wirklich ein Jammer, daß du kneifst. Jetzt wirst du nie erfahren, nicht wahr, was es Neues über Cormac O'Connor gibt.»

Lymonds Blick begegnete dem seines Bruders, und Lord Culter, etwas nüchterner als vor einem Augenblick, gelang der Rückzug. Blacklock, der sich nicht gerührt hatte, sagte ruhig: «Möchten Sie, daß wir gehen?» Aber ehe Lymond antworten konnte, sagte Thompson jovial: «Gehen? Warum sollten Sie gehen? Wir haben nur Angelegenheiten von St. Mary zu besprechen, wenn es dazu überhaupt kommt. Die Neuigkeiten aus der Gerüchteküche behalte ich einem Mann vor, der die Trinkgewohnheiten eines Mannes hat.»

Im folgenden kurzen Schweigen sah Jerott, daß sich Adam Blacklocks Aufmerksamkeit auf Francis Crawford richtete und daß Lymonds blaue Augen vor Gereiztheit und Zorn blitzten. Lymond sagte mit leiser Stimme: «Du warst zu lange auf See, Freundchen. Du brauchst eine Lektion im Trinken und in Manieren an Land.»

Und als Blacklock mit besorgtem Blick eine eingreifende Geste machte, wandte Lymond sich ihm zu, erhob sich dann und riß die Tür auf. «Aber lassen wir erst die Heiligen abmarschieren, ehe wir uns mit unserem maßlosen Appetit gegen Gott den Allmächtigen versündigen.»

Und schweigend gingen sowohl Jerott Blyth als auch Adam Blacklock.

Lange nach Mitternacht sah ein Mann, der geduldig auf dem dunklen Hof des Gasthauses wartete, wie das beleuchtete Flügelfenster im Zimmer des Piraten Thompson langsam aufging und Lymond schweigend dort stand, die Hand am Riegel, während die halb heruntergebrannten Kerzen sein Haar in Silber tauchten. Der gute Geruch nach Pferden und Leder, der Gestank des Abfallhaufens und der Nachtduft der Bäume und Frühlingsblumen drang aus der Dunkelheit zu ihm.

Hinter ihm saß der Pirat Thompson leicht zusammengesackt im Stuhl, den nassen Bart im nassen Biberfell, und sang leise vor sich hin. Er war nicht merklich betrunkener, als er es beim Abendessen gewesen war; er lächelte nur etwas verschwommen und war übertrieben freundlich. In gewisser Hinsicht hatte er gewonnen. Seit die anderen drei Männer gegangen waren, hatte er Lymond gezwungen, Glas um Glas mit ihm zu trinken. Gezwungen in dem Sinn, daß er über Informationen verfügte, die Francis Crawford dringend brauchte; und Thompsons Instinkt hatte ihn schon davor gewarnt, sie preiszugeben, weil das gefährlich war.

Schon einmal war er in Dumbarton, als er für einen Saphir die Hough Isa gekauft hatte, Francis' Fragen auf diesem heiklen Gebiet ausgewichen. Andererseits mochte er den Mann. Lymond hatte ihm in Tripolis einen guten Dienst erwiesen, und er schuldete ihm einen Akt der Freundschaft. Deshalb hatte Thompson mit der ihm eigenen Art von Logik die Sache auf seine Weise erledigt. Falls Lymond die Würde fahrenließ und mit dem alten Klatschmaul eine Flasche köpfte – mehrere Flaschen –, bis zu welchem närrischen Zustand auch immer, vor dem er sich fürchtete, würde Jockie Thompson seine Nachrichten aus Irland preisgeben.

Und das hatte er, Jockie Thompson, getan. Er hatte sogar etwas früher zu reden angefangen, als er es vorgehabt hatte, weil sie so fröhlich zusammen tranken und seine Geschichten so ungewöhnlich gut ankamen. Jetzt wußte Lymond also, daß er, Thompson, Waffen und englische Silbermünzen nach Irland geschmuggelt und sich im klammen Schloß des Grafen von Desmond mit Cormac O'Connor getroffen hatte, dem irischen Rebellen, dessen Vater in einem englischen Gefängnis saß und der sein Leben bis jetzt dem Versuch geweiht hatte, die Engländer aus Irland zu vertreiben.

Aber Cormac O'Connor, der kräftige, schlaue alte Kämpe, war außerdem Thompsons Partner bei einem hübschen kleinen Schwindel, bei dem versicherte Handelsschiffe, über deren Ladung sie genau Bescheid wußten, von Thompson und seinen Freunden ausgeraubt wurden. Hinterher bekamen sie das Versicherungsgeld und zumindest einen Teil der Ladung.

«Das hast du mir erzählt», sagte Lymond liebenswürdig. «Du hast mir aber nicht erzählt, daß die Kerrs deine Kunden sind.»

Das war schon ein schlauer Bursche, dieser Crawford. «Das waren sie nicht», erwiderte Thompson. «Damals noch nicht. Jetzt sind sie es. Aber wenn sie sich damit brüsten, schlitze ich ihnen die Bäuche auf.»

«Sie brüsten sich damit, aber ich habe sie gewarnt, daß du genau das tun wirst. Du hast außerdem gesagt, daß George Paris als Vermittler agiert hat.»

«Aye.» Es war das über George Paris, den bekannten Geheimagenten, der in den Intrigen der Iren und Franzosen gegen die Anwesenheit der Engländer in Dublin eine so große Rolle spielte, was er Lymond sagen mußte. «Die irischen Exilanten in London verbreiten ein merkwürdiges Gerücht, das Desmond vor kurzem zu Ohren gekommen ist. Ich war dabei, als er es O'Connor erzählt hat. Es heißt, George Paris ist ein Doppelagent.»

«Oh?» Lymond wirkte nicht besonders beeindruckt. Thompson wiederholte ernst: «*Ein Doppelagent*. Er arbeitet auch für die Engländer. Nimmt Geld vom Geheimen Rat. Vielleicht verrät er die ganzen Pläne, die Engländer hinauszuwerfen.»

«Wem soll das schon Sorgen machen?» sagte Lymond. «Frankreich versucht jetzt, sich mit England anzufreunden; die Franzosen werden jetzt ganz bestimmt nichts Dummes versuchen, gleich, was Freund Cormac sich erhofft. Die einzigen irischen Verschwörer, die George Paris denunzieren könnte, sind schon Rebellen, und die schottische Regierung bietet zwar aus ganzem Herzen Unterstützung an, hat aber noch nichts Aktives unternommen, um dem besagten Hinauswurf auf die Sprünge zu helfen. Aber wenn du besorgt bist, warum erzählt Cormac das nicht alles seiner Freundin, der schottischen Königinmutter, damit sie Paris unter irgendeiner erfundenen Anklage einsperren lassen kann?»

«Er ist in Frankreich», sagte Thompson und wich seinem Blick aus.

«Jetzt. Aber Anfang des Jahres war er in London, hat dem englischen König Geschenke des Königs von Frankreich überbracht... Jockie, mein edler *écumeur de mer*, das muß natürlich der Zeitpunkt gewesen sein, zu dem der Geheime Rat entschieden hat, ihn zu verpflichten. Danach ist er hierhergekommen und hat sich mit der Königinmutter verschworen. Ich habe gehört, er habe Cormacs Vater sogar Ringe, Botschaften und geheime Ergebenheitsadressen ins Gefängnis geschickt – der abscheuliche Betrüger», sagte Lymond fröhlich. «Warum hat es die Königinwitwe damals nicht erfahren? Oh, *Jockie*, Cormac will das Geld von den Versicherungen und kann es nicht ertragen, Paris' Hilfe zu verlieren? Irland, Irland! Was ist aus deinen wahren Söhnen geworden?»

Thompson war im Augenblick nicht erheitert. «Jedenfalls habe ich ihm gesagt, daß die O'Dwyer tot ist», sagte er unbekümmert. «Er hat nicht gewußt, daß sie nach Tripolis gebracht worden war, und es hat ihm gar nicht gefallen, wie du seiner Meinung nach am Ende das Weib losgeworden bist. Ich habe ihm gesagt, du hast es nicht absichtlich getan, aber ich bezweifle, daß er ein Freund von dir ist.»

«Das war er nie», sagte Lymond. Wie sich Thompson erinnerte, stand Francis Crawford daraufhin plötzlich auf, schenkte einen ganzen Becher Aquavit ein, machte mit eisernem Zeigefinger und Daumen den Mund des Piraten auf und leerte den Becher in seinen Schlund.

Mit der Eleganz langer Übung öffnete sich Thompsons Kehle, und der Schnaps floß friedlich hinunter. Danach sagte Jockie Thompson entrüstet: «Das wäre nicht nötig gewesen! Ich kriege mein Maul ohne Hilfe auf.»

Lymond ließ die Hand fallen, sah auf ihn hinunter und lachte, wie es schien, wider Willen. «Davon gehe ich aus», sagte er, warf den Becher zu Boden und ging zum Fenster.

Er ging vielleicht eine Spur zu vorsichtig, und seine Augen waren eine Spur zu strahlend; aber der Blick des Korsaren folgte ihm mit offener Bewunderung. Wer wußte schon, was die Zurückhaltung beim Trinken für einen Grund gehabt hatte? Aber es gab keinen Zweifel daran, daß Francis Crawford trinken konnte.

Dann machte Lymond das Fenster auf und sah den Mann, der unten stand und sie beobachtete.

Hätte der Beobachter auch nur fünf Minuten länger verweilt, was er nicht tat, hätte er gesehen, wie die Kerzen gelöscht wurden, als sich

Thompson, voll bekleidet, glücklich ins Bett rollte, und kurz davor hätte er gesehen, wie Lymond, eine Kerze in der Hand, von Fenster zu Fenster über den langen Flur zu seinem Zimmer ging.

Aus dem Schatten hinter seiner angelehnten Zimmertür sah Adam Blacklock, der eine lange Wache hinter sich hatte, wie Lymond seine Tür erreichte, sie öffnete und erstarrt stehenblieb, während der Feuerschein eines nicht sichtbaren Kamins sein Gesicht erhellte. Eine Pause entstand, dann sprach Francis Crawford scharf mit irgend jemandem im Zimmer.

«*Was hast du hier verloren?*»

Falls eine Antwort kam, konnte Adam Blacklock sie nicht hören. Hinter ihm atmete Jerott Blyth gleichmäßig weiter. Blacklock wartete, bis Lymonds Tür leise zuging, dann schloß er die seine gleichermaßen lautlos und ging wieder zu Bett.

Wäre er nüchtern und einigermaßen frisch gewesen, hätte Lymond vermutlich überhaupt nichts gesagt. In seinem jetzigen Zustand hatte er die Geistesgegenwart, die Tür zuzumachen, sich dagegen zu lehnen und durch das kleine Gasthauszimmer seinen ungebetenen Besuch anzuschauen.

Joleta Malett saß in hartnäckigem Unbehagen am Kamin, den verschwitzten Reitumhang um sich gezogen, und wartete. Lymonds eisiger blauer Blick fiel auf sie, Lymonds verschliffene Stimme sagte: «*Was hast du hier verloren?*» Und große, klare aquamarinblaue Tränen traten in ihre Augen und fielen glitzernd auf ihre rosafarbene Kinderhaut. Mit einer Art ersticktem Ächzen drückte sie den Rücken eines Handgelenks gegen die Nase, wühlte mit der anderen Hand verzweifelt in ihren Röcken und stieß einen verzweifelten Schluchzer aus. «*Mein Taschentuch!*»

Lymond blieb, wo er war. «Ich habe keins», sagte er. «Putz dir die Nase an deinem verdammten Ärmel. Ich schaue nicht hin. Ich nehme an, ganz Lennox und Umgebung weiß, daß du hier bist?»

Sie schüttelte die zerzauste aprikosenfarbene Mähne. «Luke und Martin sind gestern mit mir hierhergekommen. Lady Culter und Madame Donati glauben, ich bin bei Jenny.» Sie stieß einen weiteren Schluchzer aus und unterdrückte ihn. «Du warst *stundenlang* weg.»

«Dafür entschuldige ich mich selbstverständlich», sagte Lymond höflich. «Aber mir war gar nicht bewußt, daß ich dich eingeladen habe. Woher hast du gewußt, daß ich hierherkomme?»

In der starken Hitze im Zimmer züchtig in den pelzbesetzten Umhang gewickelt, konnte sie sogar schön sein, wenn sie schnüffelte. «Graham hat gesagt, Thompson wartet auf dich, du bist im Süden und kommst bestimmt bald hierher. Deshalb bin ich gekommen, um auf dich zu warten.»

«Im Glauben, daß niemand eine junge Dame ohne Eskorte zur Kenntnis nimmt, die mit zwei Stallburschen in einem Hafengasthaus absteigt. Du kannst deine züchtigen Reize ruhig von der Außenhülle befreien. Mein junges heißes Blut kann das aushalten. Und dein Ruf ist vermutlich ohnehin ruiniert. Du bist gekommen, um auf mich zu warten. Warum?»

Langsam nahm Joleta den Umhang ab. Ihr Kleid darunter war lindgrün. Die kleinen, glitzernden Zähne, die jeden Satz mit Zischlauten begleiteten, nagten an der Unterlippe. Es fiel ihr schwer, den Umhang abzulegen; es war ihr peinlich: Ihre goldene Haut war tiefrosa.

Lymond unternahm keinen Versuch, ihr zu helfen. Erst als der Umhang zu Boden fiel, sie sich inmitten des Wiesengrüns setzte und die Hände rang, holte er lange und ruhig Luft und atmete wieder aus, ehe er wiederholte: «Warum?»

«Um zu sagen, daß es mir leid tut.» Sie reckte das Kinn, das dem Gabriels so ähnlich war; ihre Augen, denen Gabriels so ähnlich, waren flehend und trotzig auf ihn gerichtet. «Das mit Kevin tut mir leid. Es t-tut mir leid, daß ich aus der Haut gefahren bin. Ich will nicht, daß du mich haßt.»

Lymond verlagerte leicht die Haltung an der Tür. «Sir Graham will nicht, daß ich dich hasse.»

Sie wurde wieder rot und dann bleich, so daß die gelblichen Sommersprossen auf dem feingeschnittenen Gesicht hervortraten. «Ich weiß. Aber ich bin nicht hier, um Gabriel eine Freude zu machen. Und du mußt wissen, daß Gabriel es mir nicht erlaubt hätte.»

«Warum denn nicht?» sagte Lymond ironisch. «Du bist völlig in Sicherheit; nur dein Ruf ist ruiniert. Ich bin ein bißchen betrunken und habe wenig Appetit auf Fleisch.»

Tränen standen in ihren Augen, liefen aber diesmal nicht. Sie stand auf. «Du verzeihst mir nicht.»

«Nein», sagte Francis Crawford leichthin, «ich verzeihe dir nicht. Ich kann dich nicht leiden, Joleta.»

Einen Augenblick lang war sie völlig überrascht, geradezu konsterniert. Dann kullerten, von ihr unbemerkt, die Tränen aus ihren riesigen, weit geöffneten Augen, ihr Kinn sackte nach unten, und sie sagte: «Aber es ist unmöglich, daß du mich nicht leiden kannst!»

In den kühlen blauen Augen regte sich eine Spur Hohn. «Das war wenigstens echt», sagte er. «Überanstreng dich nicht beim Versuch, es zu glauben. Aber ich bin ein Mann, mit dem man besser nicht herumspielen sollte; das ist alles.»

Ihre Bestürzung hatte Joleta durch das kleine Zimmer getrieben. Vor ihm stehend, sagte sie: «Begehrst du mich nicht?» und lief wieder scharlachrot an.

An die Tür gelehnt, die Augen schwer vom Wein, musterte Lymond sie von der milchweißen Kehle bis zu den grün beschuhten Füßen. «Liebe Joleta», sagte er. «Du hast zu viele italienische Bücher gelesen. Weißt du, es gibt so etwas wie eine Verführung aus Haß.»

«Das glaube ich nicht», sagte Joleta ruhig. «Liebe ist stärker als Haß. Liebe ist stärker als alles. Wo Liebe ist, kann nichts Böses sein.»

«Vielleicht», sagte Francis Crawford. «Aber ich bin nicht verliebt, Schätzchen.»

«*Aber ich*», sagte Joleta Malett verzweifelt. Und sie zog mit geballten Fäusten an der Seidenkordel, die ihr hochtailliertes Kleid zusammenhielt, riß erst den Gürtel auf und dann die Knöpfe, bis der grüne Stoff, offen bis zur Taille, von ihren nackten Schultern rutschte und ihr über die Ellbogen hing, wie das Gewand einer Kurtisane.

Sie trug nichts darunter. Ihr Fleisch atmete Milde und Wärme, und ihre sechzehnjährigen Brüste, rund und rosig im Feuerschein, lagen hoch und reif im grünen Blütenkelch. Zu drei Vierteln nackt, bebend, die Augen dunkel in einer seltsamen Ekstase, halb missionarisch, halb nicht, nahm Joleta Lymonds kalte, geschickte Hand und ließ sie über ihr warmes Fleisch gleiten.

Eine geladene Pause entstand. Sie spürte, wie er sich nach dem ersten, schnell atmenden Schock beruhigte; dann griffen seine Finger, die so passiv in ihren gelegen hatten, wie ein Schraubstock zu. Sie ächzte und hörte im selben Augenblick, was er gehört hatte: galoppierende Hufe in der Ferne, die immer näher kamen und deutlicher wurden, bis gleich darauf ein wieherndes Pferd unten auf dem Hof mit rasselndem Zaumzeug zum Stillstand kam. Eilige Schritte, dann hämmerte ein Schwertknauf wieder und wieder gegen die große Eichentür des Gasthauses, während eine rauhe Stimme Einlaß begehrte.

Es war die Stimme von Randy Bell, und er rief Lymonds Namen.

Die Rufe zerrissen den schlummernden Frieden der Nacht; das Gebrüll, als der zornige Wirt zur Schwelle stürmte, weckte alle im Flügel. Auf der anderen Seite des Flurs fuhr Jerott Blyth im Bett hoch, und einen Augenblick später stieg Blacklock murrend aus dem Bett. Er sagte: «Heiland, es ist Randy. Schau, du bist wenigstens angezogen. Geh hinunter und laß ihn ein, ehe er die Tür aufbricht. Ich sage Lymond Bescheid.»

«Lymond Bescheid sagen?» Jerott war kalt. «Das kann er kaum überhört haben, falls er nicht tot ist.»

«Vielleicht ist er nicht tot, aber höchstwahrscheinlich ist er sturzbetrunken», sagte Adam aus gutem Grund. «Geh schon. Du hast die ganze Nacht im Bett gelegen. Dir ist bestimmt warm.»

Und Jerott unterdrückte ein starkes Verlangen zu fluchen und ging. Als er die Treppe hinunterlief, überquerte Blacklock den Flur und hämmerte gewaltig gegen Lymonds Tür. «Francis? Schicken Sie sie raus. Ich bringe sie nach nebenan. Das Zimmer ist leer.»

Ehe er ausgesprochen hatte, war die Tür offen. Innen schob Lymond mit seltsamer Miene, halb Übermut, halb Bosheit, eine schmale, goldhaarige, in einen großen Umhang gehüllte Gestalt auf Blacklock zu. «Passen Sie auf, sie ist halbnackt», sagte Lymond ruhig. «Und wenn Sie ihr etwas antun, Sie lüsterner Kritzler, erklären Sie es Gabriel, nicht mir.» Und halb gezogen, halb getragen wurde Joleta Malett weggeschafft.

Zwei Minuten später war Randy Bell, der drei Stufen auf einmal genommen hatte, oben, mit Jerott im Schlepptau, der ihn mit Fragen bestürmte. Sie ließen sich kaum Zeit zum Klopfen und kamen in Lymonds Zimmer.

Lymond war hellwach, legte am Kamin sein Buch weg und hieß sie ernst willkommen.

«Es geht um einen Viehdiebstahl!» sagte Randy Bell. «Die Grenzaufseher haben ihn heute in St. Mary gemeldet. Jemand hat eine große Herde der Kerrs geraubt, und Cessford und Ferniehurst reiten heute nacht über die Grenze.»

«Wie aufregend», sagte Lymond, den Blick auf den keuchenden Arzt gerichtet. «Aber ich glaube, das reicht nicht aus, mir mein bescheidenes Nachtlager vorzuenthalten. Ich nehme doch an, daß Sir Graham schon die nötigen Schritte unternommen hat?»

Randy Bell warf seinen Helm auf seine Sitzbank und setzte sich mit einem Krachen. «Das ist nicht alles. Die Freibeuter haben auch in Buccleuch Vieh gestohlen. Die Hälfte der Scotts aus der Gegend von Branxholm sind ebenfalls unterwegs zur Grenze. Alle, Gott sei Dank, bis auf den alten Mann. Er ist nach Paisley verreist und hat es nicht erfahren.»

«Das», sagte Lymond mit veränderter Stimme, «ist nun wirklich eine Neuigkeit.» Und er stand schnell auf und öffnete die Läden. Es war eine klare Frühlingsnacht, in der Jupiter wie ein Diamant am Himmel strahlte. «Lassen Sie mir eine Stunde Zeit, damit ich zu Ende bringen kann, was ich hier zu tun habe. Jerott, zieh dich an und reite sofort mit Blacklock und Bell nach St. Mary. Wenn ich soweit bin, komme ich nach. Dort können wir alles Nötige erfahren und frische Pferde bekommen, und mit etwas Glück holen wir Sir Graham ein, ehe die Scotts und Kerrs ihre Herden wiederfinden oder aufeinandertreffen... Es ist ein Jammer, daß die Nacht so klar ist. Randy, es tut mir leid, aber Sie müssen mit uns zurückkommen. Könnten Sie schnell Postpferde auftreiben, während die beiden anderen sich anziehen?»

«Was hast du hier noch zu tun?» fragte Jerott Blyth. Wenn man sich Lymonds Augen aus der Nähe anschaute und den Geruch seines Atems einfing, war deutlich, daß Thompson ihm die hochmütigen Grundsätze gründlich ausgetrieben hatte.

«Ich gehe ins Bett», sagte Lymond, was die schlichte Wahrheit war.

Fünf Minuten später verabschiedete sich Lymond unten von Blyth und Bell und ging zu Adam Blacklock, der sich hastig anzog.

Er war in den Finger gebissen worden. «Sie w-wollte schreien», sagte er. «Also habe ich ihr den Mund zugehalten. D-der Umhang ist aufgegangen.»

«Das kann ich mir vorstellen», sagte Lymond. «Und dann w-wollte sie wieder schreien?»

Daraufhin ging auch Blacklock auf, daß Lymond nicht vollkommen nüchtern war. Francis Crawford neigte im allgemeinen nicht zu Hänseleien, nicht zu so billigen Nachäffereien. Der Künstler sagte knapp: «N-nicht meinetwegen, das kann ich Ihnen versichern.»

Lymond sah unvermittelt auf und forschte in Blacklocks Gesicht; dann veränderte sich seine Miene. «Es tut mir leid», sagte er. «Ich habe Sie nicht deshalb verhöhnt, sondern weil Sie ein verdammter Narr sind, Adam. Was ist geschehen? Sie konnten nicht schlafen und haben gesehen, wie Joleta in mein Zimmer gegangen ist? Wie auch immer, Sie haben sich Verdienste erworben. Zwei Minuten später wären Blyth und Randy Bell im Zimmer gewesen und hätten Stielaugen gemacht.»

«Und jetzt?» sagte Blacklock. Dem Wirbel unten und dem Hufegeklapper auf dem Pflaster konnten sie entnehmen, daß die anderen bereit zum Aufbruch waren.

Er hatte eine Schnalle vergessen. Lymond befestigte sie behutsam, bedachte sie mit seiner ganzen Aufmerksamkeit und trat dann bewundernd zurück. «Jetzt», sagte er, «gehe ich in meiner betrunkenen Lust zu Gabriels Schwester, *candidior candidis*, zu der jungfräulichen Joleta. Und wenn ich erst einmal dort bin, genieße ich mit Muße ihre sechzehnjährigen Reize.»

Durch den Kopfschmerz hindurch, die ihn den ganzen Abend lang gequält hatten, schaute Adam in die eisigen blauen Augen. Lymond, weltlich wie er war, mußte bestimmt aufgefallen sein, was ihm aufgefallen war. «Sie ist in Sie verliebt», bemerkte Adam.

«Ist sie das? In einer Stunde werden wir das wissen, nicht wahr?» sagte Lymond geistesabwesend.

Aber er verbrachte mehr als eine Stunde mit Joleta. Als Bell, Black-lock und Blyth aus dem Hof sprengten und das Gasthaus wieder zur Ruhe kam, schloß Lymond das Zimmer auf, in dem Adam Gabriels Schwester versteckt hatte. Innen war es kalt und dunkel, und das in den Umhang gehüllte Kind war nur schwach am heftigen Atmen zu erkennen.

Wortlos ging Lymond durch das Zimmer, hob sie auf, ohne daß sie sich wehrte, und trug das zerknitterte, stumme Bündel in sein warmes, helles Zimmer nebenan. Dort legte er sie sanft auf das Bett, breitete das aprikosenfarbene Haar auf dem Kissen aus und wickelte sie behutsam aus dem Umhang, enthüllte wieder im Feuerschein die bloße Seide ihres schönen Körpers. Dann ging er weg und setzte sich.

«Gut. Fasziniere mich», sagte er und lehnte sich im Stuhl zurück.

Joleta setzte sich auf.

«Ein hübscher Anfang. Vielleicht ein bißchen zu stürmisch für die vollkommene Wirkung. Wir dürfen das Programm nicht zu ha stig absolvieren, weißt du.»

«*Was für ein Programm?*» sagte Joleta. «Wer waren diese Män-ner? Sie haben versucht...»

«Das war Adam Blacklock, der deine Ehre gerettet hat», sagte Lymond behaglich. «Der Neuankömmling war aus St. Mary, um mir zu sagen, daß dein Bruder in den Kampf gezogen ist, bewaffnet bis zum Heiligenschein. Ich sollte mitkommen. Ich habe es vorgezo-gen, engelsgleiche Schwester, hierzubleiben.»

Sie saß kerzengerade da in einer Fülle aus grüner Wolle, golde-nem Haar und weißem Fleisch und blieb ihm keinen Blick schuldig. «Obwohl du mich nicht leiden kannst?»

«Ich bin schnell zu bekehren», sagte Lymond. «Ich habe gedacht, ich versuche es mit Liebe. Stärker als Haß, weißt du noch? *Tant que je vivrai en âge fleurissant, servirai amour, le dieu puissant.*»

Joleta hielt sich im Flammenschein ihres Haares aufrecht wie ein Rehkitz. «Ich habe geglaubt, du machst dir Sorgen um meinen Ruf.»

Lymond lachte. «Nachdem du die ganze Nacht lang in meinem Schlafzimmer ein und aus geflattert bist? Dieses Gasthaus ist tat-sächlich ein Liebesnest, Schätzchen, obwohl es in St. Mary vielleicht noch nicht bekannt ist. Wenn das so ist, warum machen wir dann keinen Gebrauch davon?»

Ein kurzes Schweigen entstand. Dann verbarg Joleta ihr Gesicht plötzlich hinter ihren Händen und sagte: «Hilf mir. Hilf mir. Ich liebe dich.»

«Gut», sagte Lymond ermunternd. «Jetzt zieh dich weiter aus.»

Langsam gingen ihre Hände nach unten, schwebten über der Gürtelschnalle und hielten dann inne. Zwei Tränen liefen ihr über die geröteten Wangen. «Ich weiß nicht, wie es geht.»

«Wunderschön», sagte Lymond anerkennend. «Jetzt sollte ich hinüberkommen und den Gürtel aufmachen. Ich bin müde. Mach du es.»

Sie weinte stärker, lautlos, und die Rinnsale versilberten die festen kleinen Brüste. «Ich habe gemeint... ich weiß nicht, wie das mit der Liebe geht.»

«Joleta!» sagte Lymond. «Wunderbares Mädchen. Du hast es verdient, in einem Stück aufzutreten.» Er stand auf, die Augen blendend blau, der Gang nicht ganz sicher, und kam näher. *«Dann werde ich es dich lehren müssen.* Sagen sie das nicht alle?» Und lächelnd schob er ihre Hände beiseite und öffnete mit lächelnder Heftigkeit die restlichen Schnallen ihres Gewandes.

Unter ihm waren ihre weiß bewimperten Augen offen und klar; das Blut pulsierte in ihrer weißen Kehle. Das tränenfeuchte Haar wickelte sich um ihren Hals und verfing sich im feinen Stoff seiner Kleidung. «Sei sanft», sagte sie, und Lymond packte sie und schüttelte den blonden Kopf.

«Mit dir, engelhafte Schwester, nein; mit dir nicht. Denn was du brauchst, meine Joleta», sagte Francis Crawford, und einen Augenblick lang blitzten die Zähne weiß in seinem harten Mund auf, «ist ein Meister.»

Drei Stunden später erwachte Richard Crawford im anderen Flügel des Gasthauses aus dem Schlaf der Gerechten, als der Wirt gegen die verschlossene Tür hämmerte.

Von diesem beunruhigten Herrn erfuhr er, daß zwei der Männer aus St. Mary das Gasthaus um Mitternacht verlassen hatten und daß Thompson, zweifellos in eiligen Angelegenheiten, später ebenfalls abgereist war und vergessen hatte, seine Rechnung zu begleichen. Nachdem er den Mann mit einem englischen Goldstück und dem Anblick weiterer Münzen beruhigt hatte, wurde Richard ihn los, kleidete sich an und marschierte zum Flügel seines Bruders, um Nachforschungen anzustellen.

Lymonds Tür war abgeschlossen, und sein Klopfen blieb unbeantwortet, trotz deutlicher Geräusche von innen. Nachdem er sich vergewissert hatte, daß Blacklock und Jerott Blyth tatsächlich verschwunden waren, kehrte Lord Culter zum Zimmer seines Bruders zurück, rüttelte dieses Mal gereizt am Riegel und sprach mit Lymond. «Francis, du zügelloser Wüstling. Laß von ihr ab, wer sie auch ist, und komm heraus.»

Hinter der Tür brach etwas zusammen, und Lymond gluckste. Ein kurzes Schweigen, dann die Geräusche eines Gerangels, und er lachte wieder. Als er sprach, war seine Stimme nahe an der anderen Seite der Tür. «Es ist alles in Ordnung, Richard. Die anderen sind zurückgerufen worden, und ich folge ihnen in fünf Minuten. Zahl die Rechnung, wenn Thompson es nicht tut, ja? Ich rechne später mit dir ab.»

«Falls du am Leben bleibst», sagte Richard trocken. Etwas traf die Innenseite der Tür und ging krachend zu Boden. «Was ist passiert? Hast du vergessen, Geld einzustecken?»

Lymond antwortete nicht. Statt dessen wurde am Schlüssel gerüttelt. Richard hörte, wie sein Bruder kurz und brutal etwas sagte, in einem Ton, den er von ihm noch nie in einem Schlafzimmer gehört hatte. Eine äußerst gewalttätige Bewegung, dann die Stimme einer Frau, sofort erstickt. Dann drehte sich der Schlüssel, und die Tür ging schwerfällig auf.

Auf der Schwelle, mit wildem Blick, zerrauftem Haar, ein zerfetztes Laken um den nackten sechzehnjährigen Körper geschlungen, stand wankend Gabriels geliebte, kindliche Schwester.

Richard Crawford stand sprachlos da und starrte entgeistert erst das Kind an, dann seinen jüngeren Bruder, der sich unvermittelt umdrehte, einen Weg durch die Trümmer bahnte und zum Kamin zurückging.

Die Farbe wich aus Richard Gesicht, und er streckte schweigend beide Hände nach dem Mädchen aus.

Joleta erwiderte seinen Blick. Das Laken hing von ihren mit blauen Flecken übersäten Armen herunter, und ihre Wangen waren fleckig und schmutzig von Tränen. «Es ist zu spät», sagte sie. «Die

Hilfe kommt zu spät.» Und ehe er sich rühren konnte, glitt sie zu Boden, lag reglos da, das goldene Haar auf seinen Schuhen.

Langsam kniete Richard nieder. Er hob das leichte Gewicht auf, faltete sanft das zerrissene Laken um sie, trug sie in Lymonds Zimmer und legte sie auf das verwüstete Bett. Dann schloß er gleichermaßen langsam die Tür, lehnte sich dagegen, wie es Lymond Stunden zuvor getan hatte, und sagte ruhig zu Lymonds immer noch reglosem Rücken: «Das ist also bei allem herausgekommen. Deshalb hat Tom Erskine dich verschont, deshalb ist Christian Stewart gestorben, deshalb hat Gabriel versucht, dich zu retten... deshalb. Francis, ich hätte lieber herausgefunden, daß du tot bist.»

Sein Bruder drehte sich um. Das blonde Haar zerzaust, die Augen blendend hell, atmete er immer noch schwer, und das schöne Hemd hatte sich aus den Schnüren gelöst. «Ich wünsche bei Gott, es wäre jeder andere gewesen als du», sagte er. «Denn um meinetwillen und wegen Joletas Ehre wirst du nichts darüber erzählen, nicht wahr?» Seine Stimme war bitter. «Du wirst nach Hause gehen und Trübsal blasen, damit Sybilla sich auch bestimmt fragt, was du hast. Du wirst nicht auf den Gedanken kommen...» Er brach ab.

Richard stellte fest, daß er nicht nur fror, sondern vor Schock, Abscheu und Angst bebte. «Auf welchen Gedanken werde ich nicht kommen?»

«Daß sie ein Miststück ist», sagte Lymond. «Einfach ein Miststück, das eine Lektion brauchte.»

Er wartete, ohne sich zu rühren, während Richard auf ihn zukam, und er wehrte sich nicht, als dieser ihn mit einem eisernen Griff packte, der bis auf die Knochen weh tun mußte.

«Es wäre besser, wenn ich dich schlagen würde, nicht wahr?» sagte Richard schließlich. «Ich schlage dich nicht. Ich will lediglich klarstellen, daß sie Gabriels Schwester und ein Gast unter dem Dach deiner Mutter ist, und wenn sie die dreigesichtige Hekate wäre.»

Er lockerte den Griff und trat zurück. «Aber sie ist nicht Hekate, nicht wahr? Sie ist sechzehn, im Kloster erzogen und ein bißchen verwöhnt, und du hast Angst vor ihrem Bruder, deshalb hast du sie benutzt... du hast sie benutzt wie eine alte Hafenhure.»

Er hielt inne, verlor plötzlich die Beherrschung über seine Stimme. «Es war mein Ernst, was ich gesagt habe. Es wäre mir lieber, du wärst vorher gestorben.»

Eine Sekunde lang tauchte tödlicher Spott in Lymonds ausdruckslosen Augen auf. «Ich glaube nicht, daß *sie* stirbt», sagte er und brach dann unter dem Blick seines Bruders ab. Nach einem Augenblick fügte er knapp hinzu: «Bringst du sie nach Midculter zurück? Sagst du nichts zu Sybilla? Das Mädchen wird von sich aus nichts sagen, falls du nicht davon anfängst.»

Richard, dem das kurze braune Haar ins Gesicht gefallen war, kniete neben Joleta, dem schroffen, klugen, strahlenden jungen Mädchen, mit dem er aus Frankreich hergereist war, und nahm die blutenden Handgelenke in die Hände. «Du kannst dich wie immer auf mich verlassen», sagte er. «Du weißt natürlich, daß es nicht klug wäre, dich je wieder in Midculter blicken zu lassen.»

Er sah sich nicht um, und es schien lange zu dauern, bis Lymonds Stimme sagte: «Was willst du dann Sybilla erzählen?»

Nach einer Weile hatte Lord Culter Joleta angezogen, sie in Tücher und Decken gewickelt, danach in den zerfetzten, zerknitterten pelzbesetzten Umhang. Ihre Augen waren immer noch geschlossen. Richard nahm Joleta Malett wieder in die Arme und sah auf, während das rosengoldene Haar über seine Arme floß. «Daß du ins Ausland gehst. Ich gehe davon aus, daß du das tust. Ich kann mir nicht einmal von dir vorstellen, daß du Gabriel je wieder unter die Augen kommen willst.»

«Dann hast du eine ungewöhnlich schwache Phantasie», sagte Lymond mit einer Art von sturem Stolz. «Ich kann aller Welt unter die Augen kommen, möglicherweise mit der Ausnahme von Sybilla. Ich reite direkt zurück nach St. Mary. Warum nicht? Hier habe ich nichts mehr zu tun. Zum Markt, zum Markt, ich will ein Pflaumenbrötchen auf die Faust...»

Die Tür schlug zu.

«Wieder zu Haus, wieder zu Haus», fuhr Francis Crawford im leeren, mit Trümmern übersäten Zimmer geziert fort. *«Der Markt ist aus.»*

8. Kapitel

Die Verfolgung der Viehdiebe

Die schottische Grenze, Mai 1552

Der einzige Mensch, der in jener Nacht zu beiden Seiten der schottischen Grenze ungestört schlief, war Philippa Somerville, die in Liddel Keep mit einer kleinen Eskorte und einer von Kates Dienerinnen auf Will Scott wartete, der sie am nächsten Tag nach Midculter bringen sollte.

In Wahrheit hatte Will Scott sie vergessen, weil er in jenem Augenblick äußerst beschäftigt war. In der Nacht davor waren die Schafe und das Vieh der Kerrs von einer Gaunerfamilie namens Turnbull gestohlen worden, die schon lange aus Philiphaugh hinausgeworfen worden war und jetzt den Grenzstreifen unsicher machte. Am Morgen machte sich die Familie Kerr, angeführt von Sir Walter Kerr von Cessford und Sir John von Ferniehurst, mit ihren Söhnen, Neffen und Cousins auf, um ihr Eigentum zurückzuerlangen, folgte einer falschen Spur dem Jed Water entlang und verbrachte die dreißigste unergiebige Verfolgung mit dem Herumstreifen in der Nähe von Redesdale.

Deshalb stießen sie nicht auf die Scotts, die ihr Vieh etwas später am selben Tag einbüßten, und die schließlich, angeführt von Sir William Scott, aufbrachen, um Tyneside und Liddesdale zu durchkämmen. Dabei durchquerten sie sogar das schäbige Lager der Turnbulls, fanden es aber bis auf die Frauen leer vor, weil die Turnbulls gar nicht nach Hause gekommen waren, sondern klugerweise ihre Beute in einem stillen kleinen Tal nördlich der Grenze versteckt hatten. Das Interessante war, daß sie, wenn sie das Vieh sechs Tage lang im Besitz hatten, es für immer behalten konnten, weil den unglücklichen Verlierern nur so lange gestattet war, südlich der Grenze nach den Tieren zu suchen.

Deshalb verbrachte die Familie Turnbull, gerissen wie chinesische Schachspieler, die beiden Tage nach dem Diebstahl damit, leichtfüßig hügelan und hügelab zu wandern und sich erfolgreich aus der Reichweite der Kerrs wie der Scotts herauszuhalten, während sie sich gleichzeitig unauffällig Richtung Süden bewegte, entschlossen, wenn die Zeit reif war, die erschöpften Tiere in den umstrittenen Grenzstreifen und dann nach Hause zu treiben.

Es wäre ihnen fast gelungen, aber schließlich scheiterten sie doch noch an einer Unvorsichtigkeit: Will Scott hatte Späher postiert. Als der Mann, der den Paß bei Canobie beobachtete, in der Abenddämmerung des ersten Mai den langsam vorankommenden, blökenden Schattenstreifen in einem fernen Tal auftauchen sah, der sich mühselig auf das Lager der Turnbulls zubewegte, gab er seinem Pferd die Sporen, und keine Stunde später waren die Scotts unterwegs.

Inzwischen war Randy Bell bei ihnen. Weder er noch Jerott, noch Adam Blacklock hatten in der Nacht zuvor den Ritt zurück nach St. Mary besonders genossen, obwohl die letztgenannten beiden wenigstens geschlafen hatten, seit sie auf dem Weg nach Norden über ähnlichen Boden geritten waren. In St. Mary hatten sie, wie erwartet, erfahren, Sir Graham sei schon lange mit einem Trupp unterwegs, um die Suche nach dem Vieh zu überwachen. Boten berichteten ihnen, er habe die Kerrs ausfindig gemacht und sei bei ihnen, aber die gestohlenen Tiere seien noch nicht gefunden worden. Bis jetzt war es ihm noch nicht gelungen, die Spur von Will Scott und seinen Leuten aufzunehmen.

Lymond hatte befohlen, alle drei Offiziere sollten sich unverzüglich Gabriel anschließen. Falls die Scotts und die Kerrs eine getrennte Suche durchführten, hatte er angeordnet, daß Gabriel, Bell und Jerott bei dem einen Flügel bleiben sollten, während Blacklock und Guthrie den zweiten Trupp bildeten; die restlichen Offiziere und die Männer von St. Mary sollten gleichmäßig aufgeteilt werden.

Es war jedoch klar, als die drei Männer in St. Mary ankamen, daß der doppelte Ritt nach Dumbarton und zurück mehr war, als ohne Pause von dem Arzt erwartet werden konnte, so zäh er auch war. Er brauchte wenigstens eine Stunde Ruhe, ehe es nach Süden weiterging. Außerdem fanden sie heraus, daß Scotts Aufenthaltsort noch unbekannt war. So kam es, daß sich Jerott nach einer kurzen Mahlzeit aufmachte, um zu Graham Malett und der ganzen Kompanie von St. Mary zu stoßen, die bei den Kerrs war, während Blacklock sein schwaches Bein ausstreckte und sich neben der schnarchenden Gestalt von Randy Bell zwei Stunden Ruhe gönnte.

Der nächste Bote, der eintraf, als sie sich regten, brachte Neuigkeiten über Will Scott. Die gestohlene Herde war im Land der Turnbulls ausfindig gemacht worden, und dorthin waren die Scotts zu Pferd unterwegs. Bell und Blacklock hielten nur inne, um Gabriel eine Nachricht zu schicken, dann folgten sie den Scotts.

Sie holten sie ein, ritten nach Einbruch der Dunkelheit durch Liddesdale, und Buccleuchs Erbe, ohnehin schon gereizt über ihren Vortrupp, wirkte bei ihrem Anblick alles andere als erfreut. Es war deutlich, daß Will Scott gehofft hatte, diese kleine Expedition ohne Einmischung aus St. Mary abzuschließen, und die Nachricht, Graham Malett sei mit der gesamten Kompanie unterwegs, um ihm bei der Zurückgewinnung seines Viehs zu helfen, war ihm fast noch unwillkommener als die Nachricht, die Kerrs seien ebenfalls Opfer und kämen in Gabriels Begleitung.

Adam Blacklock hatte Mitgefühl. Er verstand den kräftigen, rothaarigen Schotten mit der kleinen, scharfzüngigen Frau; er erheiterte ihn; und Adam wußte, daß Buccleuchs Erbe nach einem Jahr bei Francis Crawford durchaus auf sich selbst aufpassen konnte und hohen Wert auf seine Unabhängigkeit legte. Doch er wußte außerdem, daß die Turnbulls, sobald Will sie eingeholt hatte, aller Wahrscheinlichkeit nach der Lynchjustiz zum Opfer fallen würden, und daß es, falls sich die Kerrs und die Scotts unbeaufsichtigt trafen, nur eines falschen Wortes bedurfte, um ein Massaker zu provozieren. Die Gesetze der Grenzaufseher mußten gewahrt werden. Adam ritt neben dem schweigsamen Will her und fragte sich, wie nahe Gabriel sei. Vielleicht wäre es sogar besser, wenn die Scotts als erste die gestohlene Herde erreichten, ihr Vieh zurückgewannen und nach Hause aufbrachen, in jedem Graben tote Turnbulls zurücklassend, als daß die Kerrs und die Scotts aufeinandertrafen. Er und Randy allein konnten die Scotts kaum davon abhalten, daß sie taten, was ihnen beliebte.

Es lag in Gabriels Händen. Falls er eine Verzögerung für diplomatisch geschickt hielt, würde er zweifellos dafür sorgen. Dann dachte

Adam zum erstenmal seit mehreren Stunden an Gabriels junge Schwester, wie er sie zum letzten Mal gesehen hatte, mit weißem Gesicht, halbnackt, im Zimmer neben dem Lymonds in Dumbarton, und erinnerte sich an Lymonds verbindliche Stimme: «Ich gehe ins Bett.»

Lymond war nicht nach einer Stunde gekommen. Im vollen Bewußtsein, daß zwei der streitlustigsten Stämme an der Grenze auf der Suche nach Ärger das Land durchstreiften, war Francis Crawford in Dumbarton geblieben, während Gabriel an seiner Stelle zum Schwert griff. War ziemlich betrunken bei Gabriels Schwester Joleta geblieben.

Dann sagte der kräftige Arzt an diesem Punkt seiner Gedanken: «Adam? Was ist mit dir?», und er versuchte, die Kopfschmerzen abzuschütteln, die ihn schon den ganzen Tag plagten, und zu lächeln. Der Mond war aufgegangen und schien sehr hell. Hinter dem nächsten Hügel lag das Land der Turnbulls.

Zwei Jungen der Turnbulls taten Dienst als Außenposten, aber sie wurden fast sofort aufgespürt und überwältigt. Dann, als in den schlammüberzogenen Schuppen und torfgedeckten Hütten Lichter angingen und flackerten, stürzten die Scotts den Hügel hinunter wie eine gefällte Buche.

Die Diebe hatten nicht damit gerechnet. Sie ließen die Frauen, die Alten und die Kinder zurück, stiegen im hellen Mondschein auf die Pferde und ritten in die Hügel.

Sie hatten nicht die geringste Chance. Will Scott, taub für die Zurufe von Blacklock und Bell, führte seine Männer hinter ihnen her, und wen sie nicht gefangennehmen konnten, den brachten sie um. Adam sah den alten Turnbull, ein Mann wie ein Baum, der schließlich sein Pferd zügelte und verzweifelt nach ihm und dem Arzt rief, die einzigen Männer unter den Angreifern, die keine Scotts waren. Randy Bell, der ihm näher war, gelang es, sich neben ihn zu drängen, aber als Blacklock hinkam, war auch der alte Mann tot, und Randy Bell saß auf der jungen Heide und verfluchte die Scotts, alle Mitglieder der Familie Scott.

Dann sprengte der ganze Trupp mit den wenigen Gefangenen, die sie gemacht hatten, zur Siedlung zurück. Ihre Schafe und ihr Vieh fanden sie, wo sie die Tiere schon vermutet hatten: in einer großen

Herde am Hügelhang. Gefurchte Spuren zeigten, daß ein paar Mitglieder des Clans sich mit der einen oder anderen Färse aus dem Staub gemacht hatten; eine Abordnung der Scotts suchte in der Dunkelheit und hatte die Tiere bald zusammengetrieben.

Die Überlebenden vom Clan der Turnbulls, weit davon entfernt, ihre Toten zu betrauern, dachten wie immer praktisch. Kälber waren in den Holzstapeln versteckt, Widder unter den Betten, Lämmer in den Kaminen, und eine Milchkuh war an einem Dach festgebunden und mit Stroh zugedeckt. Es war eine mühsame Arbeit, aber schließlich war die Habe der Scotts, aus Kincurd und Branxholm und aus dem ganzen langen Tal des Yarrow, mit dem Brandzeichen der Scotts versehen, zusammengetrieben, und die Besitzer waren bereit zum Aufbruch. Erst da schlug sich Will Scott, rot angelaufen und in Hochstimmung, die schlechte Laune seit langem verflogen, mit der großen Hand gegen die Stirn und rief: «*Heiland!* Philippa Somerville!»

Offenbar hatte er sie in Liddel Keep abholen sollen, keine fünf Meilen entfernt, und er wurde seit dem Morgen dort erwartet. «Ich reite hin», erbot sich Randy Bell. «Soll ich sie am Morgen nach Midculter bringen?»

Eins stand fest: Je früher die Scotts die Gegend verließen, desto besser. Gabriel und die Kerrs waren noch nicht eingetroffen, konnten aber jeden Augenblick hier sein. Wie auch immer, Adam Blacklocks Blick begegnete dem Will Scotts, und Will sagte hastig: «Vielen Dank, aber nein. Kate würde mich bei lebendigem Leib häuten, wenn ich mich nicht selbst um Philippa kümmern würde. Sie kennt mich, verstehen Sie. Ich reite gleich hin. Ich habe gedacht, Sie hätten gesagt, Francis Crawford kommt nach?»

«Vielleicht ist er statt dessen mit Graham Malett geritten», sagte Blacklock schnell. Es war möglich. Er hoffte, es sei wahr. Gemeinsam konnten Lymond und Gabriel den Teufeln Dantes Einhalt gebieten, ganz zu schweigen von einem aufgescheuchten schottischen Familienclan. Ihm fiel ein, daß er kein Vieh der Kerrs gesehen hatte, obwohl der Späher, der die Herde als erster ausfindig gemacht hatte, berichtet hatte, sie setze sich aus den Beständen der Scotts und der Kerrs zusammen. Er hatte gesehen, daß Will Scott die Brandzeichen gewissenhaft überprüft hatte.

Das Vieh der Kerrs mußte weiter von der Siedlung entfernt sein. Die Scotts waren nun zufrieden und hatten in den entlegeneren Tälern nicht nachgeschaut. Will Scott sagte jetzt schnell: «Ich bin schon fort. Ich kann Ihnen sagen, ich habe keine Lust, Francis Crawford zu begegnen und ausgeschimpft zu werden wie ein Hund, weil ich Ihnen nicht Bescheid gesagt habe. Sagen Sie ihm, er kann ein andermal kommen und mir das warme, gepanzerte Fäustchen halten.»

«Sagen Sie ihm das», sagte Adam Blacklock und winkte flüchtig, als der kräftige junge Mann grinsend aufstieg und wegritt. Randy Bell begleitete ihn. Adam, dem ein halbes Dutzend Scotts aus Sicherheitsgründen anvertraut worden waren, hatte beschlossen, auf die Männer aus St. Mary und die Kerrs zu warten.

Als Francis Crawford, allein unterwegs, aus Dumbarton nach St. Mary kam, war es der Nachmittag des ersten Mai, und er hatte den größten Teil zweier Nächte nicht geschlafen und seit der Morgendämmerung des Vortags an die zweihundertfünfzig Meilen zurückgelegt. Er machte zu Hause halt, um eine Mahlzeit zu sich zu nehmen und eine Flasche von dem stärksten Schnaps, den er auftreiben konnte, damit er sich im Sattel halten konnte, aus keinem anderen Grund. Nachdem er gegessen und getrunken hatte, machte er die Runde durch das Schloß und sprach mit den wenigen verbliebenen Männern, dann ritt er sofort nach Liddesdale.

Für solche Vorhaben war er bestens abgehärtet, war es jedenfalls zu Beginn der Strapaze gewesen. Er wußte außerdem genau, wie lange er noch damit rechnen konnte, daß sein Kopf ohne Ruhepause klar blieb und seine Muskeln reagierten. Vermutlich so lange, daß er Will Scott eine Tracht Prügel verabreichen konnte, weil er den Verlust nicht in St. Mary gemeldet hatte, vielleicht so lange, daß er das Ende der Übung mit ansehen konnte. Dadurch, daß der gesamte Trupp aus St. Mary bei den Kerrs war, wirkte es unwahrscheinlich, daß etwas Unerwünschtes geschehen konnte.

Das war jedoch, wie er im Hinterkopf wußte, eine Rechtfertigung. Ohne Joleta wäre er jetzt dort gewesen.

Er versuchte nicht, Gabriel in der Dunkelheit zu suchen, sondern ritt statt dessen direkt zum umstrittenen Grenzstreifen, wo die Basis

der Turnbulls war. Dort traf er anstelle von Will Scott Adam Blacklock an, der es sich mit sechs Scotts in einem leeren Schuppen vor
einem großen Fenster gemütlich gemacht hatte, und auf das Eintreffen von Gabriel, Jerott Blyth und den Kerrs wartete.

Alle Vorbehalte, die Adam vorher gegen Lymond gehegt hatte,
verschwanden, als der andere voller Neugier in die Hütte kam.
Adam berichtete, und Lymond hörte zu, bis er zu der Stelle mit dem
fehlenden Vieh der Kerrs kam. Dann sagte er: «Warten Sie. Als der
alte Turnbull nach Ihnen gerufen hat, was hat er da gesagt?»

«Nichts über die Kerrs», sagte Adam überzeugt.

«Was dann? Können Sie sich auch nur an ein Wort erinnern?»

Adam konnte sich nicht vorstellen, was das für eine Rolle spielte,
da die Kerrs doch ohnehin an der ganzen Grenze entlangreiten mußten, um in der Nacht ihr Vieh zu finden. Die Tiere der Scotts und
ihre Besitzer waren fort, und Gott wußte, daß der Diebstahl voll
gerächt worden war. Er sagte trotzdem: «Er hatte Angst, das ist
alles. Er hat versucht, etwas zu versprechen, glaube ich. Vielleicht
irgendeine Entschädigung. Was es auch war, wir konnten ihn nicht
retten.»

«Randy konnte ihn nicht retten. Sie haben es gar nicht versucht.
Wer ist hier noch übrig?»

«Etwa ein Dutzend Frauen», sagte Blacklock steif. «Zwei bettlägerige Männer, ein Krüppel und ein paar Kinder. Das ist alles. Die
Scotts haben ihre Gefangenen mitgenommen.»

Als Lymond dieses Mal sprach, war es von Angesicht zu Angesicht, und der Schnapsgeruch war unverkennbar, obwohl seine
Worte deutlich waren. «Holen Sie mir eine Mutter und ein Kind.
Am besten eine Mutter, die nur einen Sohn hat.» Und als Adam
zögerte: «Ich muß das Vieh finden, Blacklock. Die Frauen wissen
bestimmt, wo es ist.»

«Tun Sie das selbst», sagte Adam.

Einen langen Moment, die Augen funkelnd vor kalter Wut,
starrte Lymond den anderen an; dann machte er kehrt und ging
hinaus.

Adam zählte nur fünf Minuten, bis er zurückkam mit zwei frischen Pferden von der Weide der Turnbulls. Er warf Blacklock den
Zügel des einen zu, sagte: «Kommen Sie!» und als er aufstieg, rief

er den Scotts zu: «Folgt mir!» Dann fand sich der Künstler in einem höllischen Galopp durch die Nacht wieder, auf Lymonds Fersen.

Es war ein kurzer Ritt. Blacklock holte Lymond nicht ein und hatte deshalb keine Ahnung, was er erfahren hatte. Er wußte nur, daß er, nachdem er im Bogen einen flachen Hügel hinauf- und auf der anderen Seite hinabgeritten war, die Schenkel fest schließen mußte, um dem anderen auszuweichen, der sein Pferd plötzlich zügelte, vor einem großen Hindernis, das sich schwarz am Hang auftürmte. Als nächstes sah er, daß das, was er in der Dunkelheit für Stechginstersträucher gehalten hatte, andere leblose Dinge waren, die das ganze Tal vor ihm übersäten. Dann hörte er dünn und schwach durch die Frühlingsluft die Laute von schmerzgequälten Tieren, und auch da erriet er nicht sofort, was geschehen war.

Lymond, Blacklock und die sechs Männer stiegen ab und gingen schweigend vom einen Ende des Tals zum anderen, vorbei an allen toten oder sterbenden Tieren, die den Kerrs gehört hatten. Aufgeschlitzt, mit durchschnittenen Sehnen, erschlagen, erstochen oder geköpft, jedes Tier war niedergemetzelt worden oder sinnlos verstümmelt, ohne Rücksicht auf die Qualen oder den Wert. Fleisch, das in Cessford und Ferniehurst für den ganzen Sommer gereicht und dazu halb Edinburgh ernährt hätte, lag vernichtet hier im Gras. Lymond hatte gleich am Anfang einen Span angezündet und nach dem Brandzeichen geschaut. Sie fanden es, und es wies jedes Tier als Besitz der Kerrs aus. Dann sahen sie zum erstenmal das triumphierende S, das jedes Zeichen überragte, von den Schlächtern grob in jede Flanke geschnitten. Und in dieser Gegend stand S ausschließlich für «Scott».

Lymond schirmte die Flamme mit der Hand ab, richtete sich auf und begegnete Adams angespanntem Blick. «Sie waren mit den Scotts zusammen, vor ihrem Überfall auf das Lager, während des Angriffs und danach?»

«Ja. Das haben sie nicht getan. Sie hatten keine Zeit dazu. Ihre einzige Sorge war, die Turnbulls zu bestrafen und ihr Vieh zurückzubekommen.»

«Aber Sie haben gesagt, daß sie schon einmal durch Liddesdale gekommen sind, und zwar allein.»

«Ja. Aber das war gestern. Das hier ist heute geschehen. Die Tiere sind noch warm.» Adam fügte rauh hinzu: «Wie auch immer, falls die Scotts das getan hätten, wären sie dann nicht gleich mit ihrer Herde nach Hause gezogen? Warum hätten sie zurückkommen sollen? Noch dazu, nachdem sie ihr Werk unterzeichnet hatten?»

Lymond starrte ihn an. «Gut gesagt», sagte er. «Damit sind alle Einwände erledigt. Jetzt sagen Sie mir, wie wir die Kerrs daran hindern sollen, zu Berserkern zu werden, wenn sie über diese Hügel reiten und das hier vorfinden.»

Daraufhin verstummten sogar die erhobenen Stimmen der sechs Männer neben ihnen. Dann sagte Adam langsam: «Wir können sie nicht daran hindern. Aber wenigstens sind bis dahin die Scotts auf dem Heimweg. Das heißt –» Durch die wolkigen Kopfschmerzen fiel ihm ein, was er vergessen hatte.

Er fuhr fort: «Das heißt, erst wollten sie noch einen Besuch machen. Die kleine Somerville ist in Liddel Keep, und Scott wollte dorthin, um das Mädchen nach Norden zu eskortieren.»

Nach einem Augenblick sagte Lymond knapp: «Wann sind sie aufgebrochen?»

«Keine zehn Minuten, bevor Sie eingetroffen sind.»

«Mit dem Vieh?»

«Ja.»

«Dann sind sie noch nicht dort. Und wenn sie hinkommen, werden sie über Nacht bleiben. Sie werden denken, dann sind die Kerrs weg, und die Tiere und die Männer bekommen eine Ruhepause.»

Blacklock sagte gereizt: «Wieso ist das so dringend? Vielleicht bringt Gabriel heute nacht nicht alle hierher. Er weiß inzwischen, daß die Turnbulls die Schuldigen sind, aber vielleicht sagt er das den Kerrs nicht, solange er sich nicht sicher ist, daß Scott fort ist. Und selbst falls sie kommen, es ist durchaus möglich, daß ihnen diese Tat bis zum Morgen entgeht. Sie haben es auch erst gemerkt, als es Ihnen gesagt worden ist. Und selbst falls sie es finden, wird es Morgen, bis sie anhand der Markierungen auf dem Vieh den Scotts auf die Spur kommen. Und von dem allen einmal abgesehen», sagte Adam Blacklock mit bleierner Geduld, «was kann sich eine undisziplinierte Grenzfamilie, wie wild auch immer, schon im Kampf gegen ganz St. Mary erhoffen?»

Das Licht war ausgegangen. Lymond, der immer noch neben ihm stand, sagte: «Wollen Sie eine Antwort hören? Wer auch immer diese Tiere niedergemetzelt hat, wird dafür sorgen, daß die Kerrs inzwischen darüber Bescheid wissen. Deshalb ist es geschehen. Das Gemetzel ist übrigens von den Turnbulls begangen worden, gegen Entgelt. Der Mann, der ihnen das Geld gegeben hat, bestand darauf, beim Abschlachten zuzusehen, und sie gingen davon aus, es sei ein Scott. Wenn die Kerrs kommen, werden sie folglich ganz bestimmt alle übrigen Turnbulls töten. Dann werden sie mit ihren Fackeln Will Scott nach Liddel Keep folgen... *Es ist zu spät*», sagte Francis Crawford in einem Ton, bei dem Adam eine Gänsehaut bekam. «Es ist zu spät. Wenn ich zwei Stunden früher hier gewesen wäre... Aber wir können es versuchen... Adam, Sie müssen losreiten und versuchen, Gabriel zu warnen. Vielleicht errät er, wo Scott ist... Heiland, sogar ich hätte es gewußt, wenn ich den Verstand gehabt hätte, mich daran zu erinnern. Aber wenn er weiß, was möglicherweise geschehen wird, ist er vielleicht in der Lage, es zu verhindern. Falls nicht, falls diese schlauen alten Teufel die Nachricht zuerst bekommen, werden sie ihn austricksen.»

«Und Sie?» sagte Blacklock. «Sie reiten zu Scott und warnen ihn?»

«Das wird einer seiner Männer tun», sagte Lymond, stieg auf und griff nach dem Zügel. «Um meiner verdammten Sünden willen muß ich erst zwölf Frauen, einen Krüppel, zwei bettlägerige Männer und acht Kinder verstecken.»

Adam Blacklock hatte recht gehabt. Nachdem er erfahren hatte, daß die gestohlenen Herden in Liddesdale waren und daß die Scotts hinritten, um sie zu finden, ließ Gabriel Zeit verstreichen, ehe er die Nachricht mit seinen Glückwünschen an die Kerrs weitergab. Die beiden alten Männer behandelten ihn, wie Jerott auffiel, mit Zurückhaltung. Walter Kerr und John Kerr hatten ein ausgeprägtes Mißtrauen, und nur deshalb hatten sie ihr reifes Alter erreicht.

Die jüngeren Kerrs mochte Jerott. Seit er sich Gabriel und seinen Freunden angeschlossen hatte, war der üble Geruch aus Dumbarton von ihm gewichen. Er hatte es genossen, mit den ganzen wilden, in Lederjacken gekleideten jungen Männern aus Cessford und Ferniehurst loszureiten, so naßforsch, lautstark und ungehobelt sie auch waren, auf der Jagd nach einer Herde, die, wie es schien, zum Himmel gefahren war.

Dann, als Gabriel ihnen die Neuigkeiten mitteilte, tauchte der erste beklommene Schatten auf. Lymond war noch nicht gekommen. Als er gefragt wurde, sagte Jerott die ganze Wahrheit. Lymond sei nicht bereit gewesen, das Gasthaus in Dumbarton zu verlassen, habe behauptet, er komme in einer Stunde nach. Auf weitere Fragen fügte er hinzu, Mr. Crawford habe getrunken gehabt und vermutlich schon weitere Vergnügungen für die Nacht veranlaßt. Wie auch immer, es war klar, daß er nicht nachgekommen war. Weil er nicht da war, wurde beschlossen, den Kerrs den Aufenthaltsort ihrer Herde zu verschweigen.

Dann, als Lymond immer noch nicht kam, erfuhren die Kerrs die Wahrheit. Danach wurde immer deutlicher, daß Graham Malett sich Sorgen machte, sowohl wegen Lymonds Ausbleiben als auch wegen seiner angemaßten Rolle als Befehlshaber. Die Lektion mit dem rationierten Brennstoff hatte ihn offenbar bitter getroffen. In jedem Stadium fand sich Jerott gemeinsam mit de Seurre, Hoddim, Plummer, Tait und Guthrie in einer Besprechung am runden Tisch über den nächsten Schritt wieder. In St. Mary wäre das gutgegangen. Im Feld, mit mehreren Hundert von kräftigen Kerrs, die unter Kontrolle gehalten werden mußten, ging es auf seltsame Weise daneben. Alles, was Gabriel tat oder vorschlug, war eindeutig und genau richtig. Aber er wollte nichts unternehmen, ehe er es nicht, wie es Lymond so bissig gefordert hatte, seinen Kameraden vorgetragen hatte. Und sie hielten immer nach Lymond Ausschau.

Als sie sich in der Dämmerung Liddesdale näherten, war Lymond immer noch nicht gekommen. Später wußte Jerott nicht zu sagen, wann er begriffen hatte, daß etwas nicht stimmte. Plötzlich war die Luft kalt und voller Geflüster. Die Kerrs, die in heiterem Ungestüm neben ihm hergetrabt waren, scherten aus und ritten in Grüppchen, unterhielten sich leise. Es war um so merkwürdiger, als ein Späher, den Gabriel vorausgeschickt hatte, zurückgekommen war und gemeldet hatte, die Scotts seien eindeutig nach Einbruch der Dunkelheit in der Siedlung gewesen, hätten ihr Vieh geholt und seien abgezogen, nachdem sie zuerst jeden wehrhaften Turnbull gefangengenommen oder getötet hätten. Das Vieh der Kerrs hatte der Späher nicht entdeckt.

Das entband sie allem Anschein nach von ihren Verpflichtungen, jedenfalls auf diesem Ritt. Die Turnbulls hatte das Verhängnis vorzeitig ereilt, aber wenigstens konnte das nicht zweimal geschehen. Die Scotts waren aus dem Weg. Es ging nur noch darum, das gestohlene Vieh der Kerrs zu finden.

Als die Überlegungen so weit gediehen waren, sahen alle Guthrie an, der sagte: «Es gibt nur noch eine wichtige Frage. Ist es möglich, daß die Scotts das Vieh der Kerrs mitgenommen haben?»

«Nein», sagte Gabriel. Und «nein» sagte Jerott, gleichermaßen überzeugt. «Darauf können Sie sich verlassen. Sie hätten es vielleicht getan, wenn Buccleuch dabeigewesen wäre. Aber Will Scott weiß gut, daß die Fehde ein Ende nehmen muß.»

«Dann», sagte Guthrie, der wie immer die Meinung der Gruppe artikulierte, «wird es den Kerrs eine Lehre sein. Ich glaube, sie meinen, daß wir ihnen etwas verheimlichen. Ich schlage vor, wir bringen das in Ordnung, indem wir sie ziehen lassen.»

«Sie allein lassen? Ich bin unter allen Umständen dagegen», sagte Gabriel. «Aber wer ist Ihrer Meinung?»

Sie machten vor der letzten Etappe eine Pause, um Brotfladen zu essen und Wasser, vielleicht auch einen Schluck Wein zu trinken. Nach zwei Tagen, wenn auch mit angemessenen Ruhepausen, waren sie etwas steif und freuten sich jetzt auf das Ende. Hier in der Dunkelheit, mit den trüben Umrissen ihrer Männern vor ihnen und dem Trupp der Kerrs, murmelnd und kauend, neben ihnen, beantworteten sie Gabriels Frage leise. Keiner war der Meinung, sie sollten die Kerrs allein lassen. Aber sie waren sich einig darüber, sich aufzuteilen.

Vor einer Weile hatte sich Walter Kerr schnarrend mit dem Vorschlag an Gabriel gewandt, in kleinen Trupps verlaufe die Suche viel schneller. Jetzt, wo sie mit Bestimmtheit wußten, daß die Herden der Kerrs nicht in der Siedlung waren, war es nur vernünftig, die ganze Gegend abzusuchen.

Als Walter und John Kerr, bleich vor Wut darüber, daß sie fragen mußten, wiederum forderten, die Leute aufzuteilen und die Gegend zu durchkämmen, gab Gabriel deshalb dieses Mal seine Zustimmung.

Angesichts der Informationen, über die seine Kompanie jetzt verfügte, hätte niemand anders entschieden. Aber als Adam Blacklock, erschöpft in der Dunkelheit, eine halbe Stunde später auf sie zujagte, begriffen sie, daß die Kerrs Bescheid wußten über das Schicksal ihres Viehs – es mußte ihnen heimlich berichtet worden sein, während sie an ihrer Seite ritten. Und alle Kerrs, die jetzt außer Sicht waren, darunter Cessford und Ferniehurst, ihre Söhne, Mark Kerr von Littledean und die anderen, waren direkt zum Schauplatz des Gemetzels geritten.

Daraufhin übernahm Gabriel schließlich das Kommando. Er ließ alle Kerrs innerhalb ihrer Reichweite unter Bewachung stellen und führte mit ihrer letzten Fackel die Jagd zum Schauplatz der Schlächterei an. Bis auf die schwarzen Monolithen, die im Fackellicht schwankten, regte sich nichts auf den Feldern.

Gabriel und die Männer aus St. Mary ritten ohne anzuhalten hindurch. Über die beiden Hügel kamen sie zu den Hütten der Familie Turnbull. Sie standen in Flammen. Klares Orangerot zeigte sich in den Fensterhöhlen, und das hell lodernde Feuer linderte den Gestank. Im Licht, hell wie am Tag, waren die Spuren vom Vieh der Scotts zu erkennen, die nach Westen in Richtung Liddel Keep führten.

Das konnte den Kerrs kaum entgangen sein. Schweigend folgte Lymonds Armee, geführt von Graham Malett, ihrerseits den Spuren, so schnell das in der Dunkelheit möglich war.

Philippa Somerville war verärgert. Ihren Freunden, den Nixons, denen Liddel Keep gehörte und bei denen Kate sie für eine Nacht untergebracht hatte, hatte sie Sir William Scott genau geschildert, seine Größe, sein Können, seinen Status und seine allgemeine Eignung als Philippa Somervilles Eskorte von Liddesdale nach Schloß Midculter.

Und der besagte William Scott war nicht gekommen.

Sie schäumte den ganzen Morgen jenes ersten schönen Tages im Mai, und am Nachmittag ließ sie sich dazu hinreißen, ihre allgemeine Unzufriedenheit über Schottland zu äußern, Joletas langweiliges Temperament zu erwähnen, ihre starke Abneigung gegen ein Mitglied der Familie Crawford und das launische, unzuverlässige Wesen des besagten William Scott. Sie gab zu, die verwitwete Lady Culter sei anbetungswürdig, Mariotta nett, und sie möge den Kleinen.

Am Spätnachmittag erklärte sie, Seine Lordschaft von Culter sei ein sehr netter Mann, im Wesen eher ruhig als vulgär. Er sei außerdem sehr reich. Sie, Philippa, sei im Grunde mit dem Besuch nur einverstanden gewesen, um ihm Sorgen zu ersparen, weil seine Mutter sich Sorgen um Joleta machte. Deshalb sei es im Grunde nur angemessen, wenn der besagte Richard, Baron Culter, selbst komme und sie abhole.

Es war jedoch nicht nötig, nach Lord Culter zu schicken. Kurz nach Mitternacht traf Sir Will Scott ein, hämmerte gegen die Tür und weckte den ganzen Haushalt. Um ihn herum wimmelten in der Dunkelheit dreihundert brüllende Scotts, bis an die Zähne bewaffnet, und außerhalb der Mauern blökte und muhte etwas, was ein ganzer Viehmarkt zu sein schien.

Frau Nixons Verwalter öffnete die Tür, und nach einer Weile ging Johnny Nixon nach unten, im Nachthemd und nicht besonders guter Laune. Philippa, deren Zöpfe über das Treppengeländer baumelten, konnte sehen, daß Sir William Scott, weit entfernt von lässiger Herrlichkeit, in einer schlammigen Rüstung steckte, und in einer blöden, ausgelassenen Hochstimmung war, die sie dem Alkohol zuschrieb, später jedoch für reine Dummheit hielt.

Beschämt und wütend hörte sie, wie Herr Nixon dem Trupp kalt die Erlaubis gab, im Hof zu schlafen, während Will Scott und drei seiner Cousins zusammen mit einem kräftigen, glatthaarigen Mann mit fröhlichem Gesicht, der als «Bell» vorgestellt wurde, ins Haus trampelten. Sie hörte, wie sie die Treppe zu den kleinen Turmzimmern hinaufstapften, wo Frau Nixon ihre Klappbetten aufbewahrte, und kurz darauf ging ein Diener mit heißem Wasser, Fleisch und einem Krug Wein hinauf. Bald danach trat Stille ein, auch die erschöpften Tiere draußen waren ruhig, obwohl außerhalb der Mauern das Sternenlicht hin und wieder auf den Helm des Wächters fiel, den Scott dort postiert hatte. Philippa ging wieder zu Bett.

Es war so gut wie keine Zeit verstrichen, so wirkte es jedenfalls, als wieder gegen die Vordertür gehämmert wurde, dieses Mal noch dringlicher und länger. Unter Verwünschungen, die durch die Luft flogen, innerhalb und außerhalb der Mauern, wachte die Burg schlagartig auf. Philippa lehnte sich wieder über das Treppengeländer und sah, wie Johnny Nixon, scharlachrot im Gesicht, zur Tür marschierte, während ein Rotschopf und ein klirrendes Schwert auf der Wendeltreppe zum Turm Will Scotts Wachsamkeit verkündeten.

Es war ein weiterer Cousin von ihm, ein Mann, den er mit fünf anderen und jemandem namens Adam Blacklock bei den Turnballs zurückgelassen hatte. Das sagte Philippa so wenig wie Johnny Nixon, aber der Neuankömmling schnaubte wie ein weißer Wal und brachte offenbar sensationelle Neuigkeiten. Einen Augenblick später hatten sie sie erfahren. Francis Crawford war bei den Turnbulls eingetroffen. (Philippa zog sich ein Stück zurück.) Die gestohlene Herde, nach der die Kerrs suchten, war abgeschlachtet worden, und die Schuld daran würde den Scotts gegeben werden. Inzwischen hatten die Kerrs die Tiere bestimmt gefunden und folgten Scotts Spur nach Liddel Keep, wo sie zweifellos bis aufs Blut gegen die Scotts kämpfen wollten.

Lymond hatte Befehle geschickt. Will Scott und seine Männer sollten sich im Turm verschanzen und die Leiter hochziehen, soviel Wasser mitnehmen, wie sie tragen konnten. Alle Waffen sollten hineingeschafft werden. Alles, was als Ramme dienen konnte, sollte ebenfalls in die Burg gebracht werden. Sie sollten außerdem soviel Brennstoff wie möglich hineinschaffen. Die Pferde und das Vieh sollten ihrem Schicksal überlassen werden. Und Philippa Somerville und alle Bewohner von Liddel Keep sollten so bald wie möglich die schnellsten Pferde besteigen und zu Philippas Zuhause in Flaw Valleys reiten, in der Nähe von Hexham, und dort auf die Nachricht warten, sie könnten zurückkehren.

Der Grund sei, sagte Will Scotts Cousin, der zum Ende seines Berichts kam und dem gleichzeitig die Luft ausging, daß Graham Malett mit der ganzen Kompanie von St. Mary den Kerrs auf den Fersen sei. Falls die Burg eine Stunde lang dem Angriff mit Waffen und Feuer standhalten könne, komme ihr die am besten ausgebildete Armee der Insel zur Hilfe.

Will Scott stellte zwei Fragen. «Wissen die Kerrs, daß Gabriel sie verfolgt? Und wo ist Crawford von Lymond?»

«Die Kerrs wissen es», sagte sein Cousin und würgte. «Deshalb werden sie alles versuchen, schnell hier einzudringen. Crawford und der Rest von uns sind geblieben, um sich um die Turnbulls zu kümmern, aber gleich danach kommen sie hierher. Die liefern sich bestimmt ein Rennen mit den Kerrs.» Sein Gesicht war grün und schweißüberströmt, aber in den großen, schlichten Augen glomm eine schreckliche Freude. «Mann, wenn du bloß die Tiere gesehen hättest. Bei keiner Kuh war noch ein Stück, wo es hingehörte. Cessford macht sich in die Kniehosen, wenn er das sieht.»

«Aye, aye», sagte Will Scott trocken. «Es wird ein großartiger Kampf.» Und er hob die Stentorstimme und weckte den Haushalt zum Krieg.

Als Francis Crawford und die fünf Scotts eintrafen, die im gestreckten Galopp geritten waren, standen Bogenschützen an jedem Fenster des hohen, grauen Turms, und an der Hofwand brannten helle Laternen. Im Haus fiel Lymonds erster Blick auf Philippa.

Mit den Worten, die er erst vor kurzem in Dumbarton benutzt hatte, aber mit ganz anderer Stimme fuhr er sie an: *«Was hast du hier verloren?»*

Philippa stieß das Kinn vor. Sie war angezogen, trug aber keinen Umhang, und ihre flache Brust hob sich wie der Brustkasten eines Hengstes. «Ich gehe nicht. Somervilles laufen nicht weg.»

«Natürlich, bleib nur», sagte Lymond brutal, «wenn du willst, daß Männer für dich sterben. Wo ist dieser Narr Nixon?»

«Ich kann sie nicht zum Gehen bewegen!» verteidigte sich Philippas Gastgeber, weiß im Gesicht. «Ihr Pferd ist bereit. Alle anderen sind schon aufgestiegen.»

«Dann gehen Sie doch!» sagte Philippa. «Ich stehe nicht unter Befehl. Ich weiß, wie man kämpft. Ich kann sogar schießen. Ich bin so gut wie Joleta...»

Jemand sagte zwei Stockwerke höher in einem wilden Wirbel: «Sie kommen!»

«Du kannst dich von Joleta fernhalten», sagte Lymond schnell. «Du kannst Midculter in Zukunft in Frieden lassen. Du gehst nach Flaw Valleys zurück, wenn es dir gesagt wird, und falls du meinen

Befehlen nicht gehorchen willst, mußt du die Folgen tragen, *zum Beispiel das*...»

Er schlug schnell und gezielt zu, und unter seiner Faust schloß sich ihr Mund. Einen Augenblick später war sie in Nixons Armen, der sie die Leiter hinunterbrachte. Und einen weiteren Augenblick später waren die Besitzer von Liddel Keep, heimatlos, ohne Habe, südwärts in der Dunkelheit verschwunden, ließen ihr Zuhause und alles, was sie besaßen, als Schlachtfeld für die Scotts und die Kerrs zurück.

Während viele Hufe donnernd näherkamen, zog die Familie Scott die Leiter hoch, schloß die schwere Eichentür ab und verbarrikadierte sie, und Lymond drehte sich um und sah Randy Bell grinsend neben sich. «Willkommen», sagte er. «Mein Gott, Sie glauben mit Frauen umgehen zu können? Sie müssen sich das eine oder andere von mir beibringen lassen, falls wir hier herauskommen.»

«Ich weiß schon alles», sagte Lymond freundlich und wechselte eine lange, wortlose Begrüßung, in der kein Lächeln lag, mit Will Scott, der alles darüber wußte, wie Lymond mit Frauen umgehen konnte, und sein Bestes getan hatte, etliches davon zu übernehmen und mit Erfolg bei Grizel anzuwenden. Dann hatten sie alle Hände voll zu tun.

Keine langjährige Fehde kann die ganze Zeit mit voller Wucht geführt werden. Die Rivalität zwischen den Scotts und den Kerrs entflammte, legte sich und entflammte neu mit den Ereignissen, und es gab Zeiten, in denen ein Affront nicht zu einem Gegenschlag führte, während zu anderen Zeiten eine eingebildete Kränkung die Situation eskalieren lassen konnte. Vermutlich war noch nie zuvor wie in jener Nacht die ganze Familie in so weißglühende Wut geraten, weil die Scotts, Mitgeschädigte bei einem Diebstahl, die Gelegenheit ergriffen hatten, wie die Kerrs glaubten, ohne Grund ihr ganzes Vieh abzuschlachten. Und außerdem noch das Selbstvertrauen gehabt hatten, sich dazu zu bekennen. Mit den ruinierten Tieren in ihrem Rücken waren die Kerrs nur auf eines aus: die Burg zu erreichen und die Scotts niederzumetzeln.

Der Haupteingang zur Burg Liddel lag im ersten Stock und war über eine Leiter zu erreichen, die jetzt entfernt worden war. Im Erdgeschoß war ein Steingewölbe mit einem Brunnen, wo Vorräte und Vieh untergebracht werden konnten und sich in Notzeiten auch Pferde verstecken ließen.

Die Nixons bewahrten dort ihr Getreide auf. Dazwischen hatte Scott einen Teil des Brennstoffs geschoben, die zusätzlichen Leitern und den frisch gefällten Baum aus dem Holzschuppen, der bestens als Ramme dienen würde. Zeit für mehr war nicht gewesen. Bell hatte kaum noch Zeit, die große Holztür über dem massiven Eisengitter abzuschließen und sich mit den anderen in die Burg hinaufziehen zu lassen, als die ersten Kerrs das Tor erreichten.

Sie kamen als graue, altertümlich wirkende Schar, gepanzert, bösartig, blutrünstig wie die roten Hunde des Hades, und strömten schreiend in den Hof, schleuderten dabei Vieh und Schafe beiseite. Sie löschten die Laternen, tauchten den Hof in Dunkelheit, so daß Scotts Männer an jedem dunklen Fenster in den ersten Augenblicken nur Schatten als Ziele hatten: schattenhafte Gestalten, gut instruiert, gut organisiert, die von Gebäude zu Gebäude rannten, um einzusammeln, was sie brauchten.

Lymond hatte recht gehabt. Cessford und Ferniehurst wußten, daß sie keine Zeit zu vergeuden hatten. Falls Liddel Keep genommen werden sollte, mußte es rücksichtslos gestürmt werden, und sofort.

Der Angriff nahm schnell Gestalt an. Die Burg war umzingelt. Der Lärm stieg auf wie ein Teufelsgesang, und dazu kam Poltern von Holz, als alles Brennbare um die Mauern aufgetürmt wurde. Bis jetzt hatte die Tür im Erdgeschoß gehalten, obwohl die Kerrs sie jetzt wiederholt angriffen und sogar versuchten, durch die Fenster einzusteigen, womit sie die Scotts zwangen, Männer in jedem Raum zu postieren und Pfeile zu vergeuden. Dann flogen die Brandpfeile aus dem Hof, erst gegen die Fenster, dann in weiten Bögen gegen die beiden Türen.

Innen traten sie die Brandpfeile aus, wo sie es konnten, und benutzten für den Rest sparsam Lymonds kostbares Wasser. Zwei Männer, die sich hinausgelehnt hatten, um Brandsätze abzufangen, waren inzwischen erschossen worden, und im Hof waren etliche Kerrs, die nie wieder bei einer Blutfehde kämpfen würden. «Wir schaffen es», rief Will Scott zuversichtlich über den Tumult hinweg. «Wenn es nicht länger dauert als eine Stunde, schaffen wir es.»

«Heiland, ich hoffe, es tut dir leid, du hirnrissiger Vollidiot», sagte Lymond. «Habe ich dir nicht immer wieder gesagt, daß so etwas verdammt kindisch ist, und hast du mir nicht immer beigepflichtet?» Er hatte seinen Bogen Scott gegeben, und schaute zu, wie der junge, rothaarige Hüne sich ein Ziel für jeden Pfeil aussuchte, ruhig und genau zielend.

Will Scott spannte den Bogen und schoß, und ein Mann, der auf das niedrige Dach des Brauhauses geklettert war, stieß einen Schrei aus und stürzte zu Boden. «Batty Home von Cowdenknowes», sagte er. «Ein Cousin von Tom Kerr. Erzähl mir nicht, daß dir das keinen Riesenspaß macht.»

«Dein verdammtes Kindermädchen hätte dich lehren sollen, was meines mich gelehrt hat», sagte Lymond. «Was dir am meisten Spaß macht, ist nicht gut für dich. *Mauldicte soit trestoute la lignye*. Ich gehe und inspiziere die Reihen der Unerfahreneren.»

Eine Sekunde später war er wieder da und hatte keine Worte zu vergeuden. «Das Unmögliche ist geschehen. Sie sind unten eingedrungen. Du wirst etliche Männer verlieren, Will. Wir brauchen ein Kreuzfeuer, das niemand lebendig durchbrechen kann, sonst stecken sie das Erdgeschoß in Brand.»

Sie verloren acht ihrer besten Männer, die schossen, so schnell sie konnten, um die Flut der Kerrs, die ihnen auswichen und mit allem Holz, das sie beschaffen konnten, in das Lager stürmten, einzudämmen. Die großen Türflügel, aus Eiche und Eisen, hingen schief in den Angeln. Lymond rief Randy Bell aus dem ersten Stock, wo er die Nachhut im Auge behalten hatte. «Sie können jetzt ihre Gebete sprechen. Falls Malett nicht bald kommt, brauchen sie nur unten Feuer zu machen, und wir werden geröstet. Oder vorher ersticken, was wahrscheinlicher ist. Will, was von dem Zeug, das du hereingeschafft hast, brennt am leichtesten?»

«Da draußen war ein Faß mit starkem Schnaps», sagte Buccleuchs Sohn hilfsbereit. «Das meiste davon habe ich in den Brunnen gegossen, aber rechts von der Tür steht noch etwas davon.»

«Bei Gott, ist das so?» sagte Lymond. «Dann müssen wir damit auskommen. Sie haben alle Leitern hinausgeschafft und scheinen damit beschäftigt zu sein, alles hoch aufzustapeln, damit der Brand die Chance hat, das Gewölbe zu sprengen. Es gibt doch eine Falltür nach unten?»

Es gab eine, verschlossen und verriegelt. «Gut», sagte Lymond. «Wenn wir uns ergeben, werden uns sowieso die Kehlen durchgeschnitten. Verabschieden wir uns in einer Gloriole des Ruhms. Aber erst legen wir das Feuer.»

Unter Lymonds Anleitung wurde erst der Holzboden über dem Erdgeschoß mit ihrem letzten Wasser übergossen. Dann, als der Lärm darunter den Höhepunkt zu erreichen schien, wurden die rostigen Riegel der Falltür zurückgezogen. Sekundenlang beobachtete Scott beim Hinunterschauen ein Dutzend wütende Kerrs, die eifrig an dem Scheiterhaufen arbeiteten. Dann warf er seine Fackel nach unten. Sie fiel in den großen Krug mit Schnaps, und die offene Tür vom Lager zum Hof war mit einem Flammenvorhang verschlossen.

Will Scott nahm sich nicht die Zeit, nachzusehen, ob etliche seiner Belagerer entkommen waren. Er warf die Falltür zu und verriegelte sie wieder, dann stand er auf und folgte den anderen die Wendeltreppe hinauf zum höchsten Punkt des Turms. Dort drängten sie sich in der frischen Luft der Luken und bereiteten sich stoisch auf ihr Ende vor.

Als es erst einmal brannte, vermochte nichts, das Feuer unten zu löschen. Bald züngelten die Flammen durch den alten Stein. Sie würden bald das Stockwerk darüber in Brand stecken, und der Rauch würde kurz darauf hindurchdringen und sie ersticken. Jetzt würde kein Kerr mehr versuchen, sie anzugreifen. Sie würden einfach warten.

Sich zu ergeben, einer nach dem anderen durch die enge Tür und die schmalen Fenster hinunterzusteigen, hätte den Tod bedeutet. Ihr Leben lag jetzt in Gabriels Händen.

Fünf Minuten späger war das Knistern weit unten in der Burg ein gedämpftes Prasseln geworden, und beim Hinausschauen konnten Scott und seine Männer sehen, daß der Hof rot flackerte und die Kerrs in feuerbeschienener Rüstung Abstand hielten und zusahen. Niemand machte sich die Mühe zu schießen.

Bald erreichte sie der Rauch, was ihnen verriet, daß der erste Stock Feuer gefangen hatte. Der Rauch war schwarz und beißend. Die ganze Zeit erhielt Lymond am Schauplatz eine wilde Ungebrochenheit aufrecht, die Stimme heiser vom Husten, hielt nur einmal inne, um einen röchelnden Jungen von einem Sims zurückzuzerren.

«Hier hast du eine kleine Chance, da unten überhaupt keine. Komm statt dessen nach oben und hilf uns, Sachen hinunterzuwerfen. Den Kerrs krümmt das zwar kein Haar, aber die Nixons befreit es von einer höllischen Menge geschmackloser Möbel.»

Sie liebten ihn. Man konnte es spüren, trotz der schlimmen Lage, in der sie waren, und vor allem, weil er das Feuer entfacht hatte, nur um etliche Kerrs festzunageln. Vielleicht begriffen nur Will Scott und Randy, daß sie, falls er das nicht getan hätte, wie die Lemminge aus der Burg geströmt wären, um dann im Freien zu sterben. So konnten sie möglicherweise alle überleben. Falls Gabriel kam.

Die Flammen waren auf halber Höhe der Steinmauern, als sie es hörten, das Getrappel vieler Hufe, die schnell durch die Nacht kamen. Die Kerrs hörten es auch. Eine Armee kam, eine Armee, die sie umzingeln und in Fesseln legen, die Scotts befreien und die Kerrs auf immer an der Rache für das Unrecht hindern würde, das ihnen heute angetan worden war. Die Tür war niedergebrannt. Die Leitern lagen draußen auf dem Gras. Als Graham Malett die Kompanie aus St. Mary so schnell, wie die Pferde laufen konnten, über den dunklen Boden zum Turm führte, stürzten die Belagerer, unempfindlich für den Schmerz, in das brennende Gebäude und durch das einstürzende, flammende Stockwerk zur Treppe. Als die Kompanie eintraf, in vollkommener Formation, den Hof umzingelte und alle restlichen Kerrs gefangennahm, war die Burg ein flammender Finger im dunklen Tal, und innen erhoben sich das Gerassel von Schwertern und die Schreie der Verstümmelten über das gleichmäßige Prasseln des Feuers.

Befehle, weitere Befehle. Blacklock, Guthrie, Tait, Plummer, Hoddim, de Seurre, des Roches, die das Kommando über ihren jeweiligen Aufgabenbereich übernahmen, machten sich mit Leitern und Stricken daran, durch jede mögliche Bresche einzudringen, während vom Hofbrunnen aus eine Kette gebildet wurde, um ihre Rückkehr zu sichern. Innen, die Körper wund von Verbrennungen, in ungebrochener wilder Wut, wanden sich die Scotts und Kerrs im Kampf Mann gegen Mann, auf einem Raum, der kaum für das Schwert ausreichte. Gabriels Männer fingen sie der Reihe nach, trennten sie nach Familien und ließen sie nolens volens an den Stricken hinunter oder jagten sie die Treppe hinunter und durch die verkohlte Tür, über Stufen, die klebrig vom Blut waren.

Lymond und Gabriel begegneten sich von Angesicht zu Angesicht auf den Zinnen, wo Stricke aus den tiefen Scharten baumelten und Tait den Verkehr nach unten und nach oben dirigierte. Das Feuer breitete sich weiter aus, aber der Lärm war viel geringer geworden. Einzelne Kämpfe waren nur noch in den obersten Zimmern im Gang, und auch sie würden bald ein Ende nehmen. Die einzigen anderen Laute kamen von den Verwundeten und Sterbenden. Das Spiel, das die Scotts und die Kerrs trieben, war ein tödliches.

Gabriel lächelte. Er war bleich, aber seine Augen leuchteten in der flammengesprenkelten Dunkelheit wie eh und je. «Sie sind also sicher zurückgekommen», sagte er. «Wir haben uns Sorgen um Sie gemacht.» Dann fügte er mit schärferer Stimme hinzu: «Sind Sie verwundet?»

Unter Lymonds zerfetztem Wams, überzogen mit Dreck und Flecken von oberflächlichen Kratzern und Brandwunden, war auf seinem Hemd eine Linie aus getrocknetem Blut zu sehen. Lymond starrte sie an, als hätte er sie noch nie gesehen, und sagte dann: «Ich glaube nicht», und Adam Blacklock, der neben ihn trat, sagte, ohne sich etwas dabei zu denken: «Nein, das haben Sie sich in Dumbarton geholt» und hütete dann seine Zunge.

Gabriel machte natürlich ein überraschtes Gesicht. Lymond nahm es nicht einmal zur Kenntnis. Er ging an beiden vorbei, dorthin zurück, wo Gabriel ihn gefunden hatte, in eine Ecke des Zinnenkranzes. Im rosigen Feuerschein war zu sehen, daß dort schon mehrere Männer waren, kniend oder ausgestreckt. Blacklocks Blick begegnete dem Graham Maletts, und sie folgten Lymond.

Will Scott lag auf dem schwitzenden Boden, das rote Haar flammend im Licht, das Gesicht grauweiß, und die ganze ausgelassene, eigenwillige Energie war aus ihm gewichen. Seinen rechten Arm und seine Flanke ersetzten blutgetränkte Verbände. Auf einer Seite kniete Randy Bell und hielt sein Handgelenk, während auf der anderen Seite Archie Abernethy, dessen Hände daran gewöhnt waren, behutsam mit seinen Tieren umzugehen, aufhörte zu verbinden, was zu verbinden sinnlos war.

Ein tiefes Schweigen entstand, gelegentlich von fernen Stimmen unterbrochen. Die Kämpfe hatten aufgehört. Gabriel sagte ruhig: «Wie ist das geschehen?»

Lymond sagte nichts. Randy Bell sagte, ohne aufzuschauen: «Er hat beim Sturm auf die Treppe das schlimmste abbekommen. Ich war auf halber Höhe, Crawford oben, als sie eindrangen, und er hat sich an uns allen vorbeigedrängt. Es war sein Kampf, verstehen Sie.»

Sein Blick ging von Gabriel zu Francis Crawford und wieder zurück. «Sie brauchen ihn aber nicht zu bedauern. Er wird es nicht mehr erleben, daß ihm der Arm fehlt. Und er wird im Kampf gegen die Kerrs gestorben sein. Ist das nicht ihre Vorstellung vom Ruhm?»

«Nein», sagte Lymond unvermittelt und unhöflich. Er fügte hinzu: «Bleiben wir hier, bis der verdammte Turm einfällt?» Und dann: «Archie? Was ist damit?»

«Wir müssen ihn die Treppe hinuntertragen», sagte Abernethy und sah mit Eulenaugen von seiner Aufgabe auf. «Wir können ihn nicht an einem Seil runterlassen.»

Und deshalb bückte sich Lymond, während der Rest der Burg geräumt wurde, und hob mit unendlicher Geduld Buccleuchs ältesten Sohn auf. Die sandfarben bewimperten Lider öffneten sich nicht, als Will Scott von seinem letzten Schlachtfeld getragen wurde, auch nicht, als er, schlaff auf einer Bahre, in ihrer Mitte aus dem Hof gebracht wurde.

Er wußte nicht, wie viele Kerrs in dieser Nacht des Gemetzels, das er als einziger aus seiner Familie hatte verhindern wollen, getötet worden waren. Er wußte nicht, wie viele Scotts mit ihm auf der Treppe gestorben waren. Und als einziger in der stummen Kompanie, die mit Lymond nach St. Mary zurückzog, schaute er sich an der letzten Hügelbiegung nicht nach dem Wahrzeichen von Liddel Keep um, dem hohen Turm inmitten der Trümmer, der als krumme Feuersäule in die leere schwarze Nacht ragte.

Etwas später brach Gabriel zusammen, glitt wortlos zu Boden. Die Wunde, die sie an seiner Schulter entdeckten, war nicht gefährlich, aber er hatte viel Blut verloren. Lymond ließ ihn auf eine zweite Bahre legen, und mit Jerott als Anführer und Guthrie als Nachhut setzten sie den langen Weg nach Hause fort.

Die anderen Scotts hatten sich mit ihren Toten und Verwundeten und ihrem Vieh bald von ihnen getrennt, unterwegs nach Branxholm. Die Kerrs ließ Lymond bewachen, bis sie nach zwei bis drei Meilen zu einem alten Fort kamen, mit Licht im Fenster, und Lymond den Trupp anhalten ließ, um alle Mitglieder der Familie Turnbull herauszuholen, die bei der Jagd nach den Viehdieben verschont geblieben waren.

Die Geschichte von dem Abschlachten des Viehs, von dem Bestechungsgeld, das ein Fremder bezahlt hatte, im Beisein Cessfords wiederholt, war nicht völlig überzeugend, aber sie reichte aus, alle zu einer Pause zu bewegen. Es hätte eine List ihrer Feinde gewesen sein können. Gott wußte, daß sie genug davon hatten. Und wieder bei Verstand nach dem Kampf wußten Sir Walter Kerr von Cessford und Sir John Kerr von Ferniehurst beide, daß die Ereignisse dieser Nacht einen eigenen Preis fordern würden.

Kurz danach ließ Lymond auch die Familie Kerr frei.

Es war Mittag, als sie St. Mary erreichten, und auf dem ganzen Weg war Lymond von vorn nach hinten geritten, hatte mit den wenigen Verwundeten gesprochen, diskutiert, geplaudert. Er versucht, verlorenen Boden gutzumachen, dachte Jerott Blyth, in seiner Erschöpfung gereizt über das pausenlose Gemurmel.

Natürlich hatte die neue Kompanie bei dieser ersten größeren Aktion katastrophal versagt. Die Räuber, die sie gegen Bezahlung der Gerechtigkeit überantworten sollten, waren vorher von den Ausgeraubten gefunden und getötet worden. Die beiden Familien, die sie unbedingt hatten auseinanderhalten wollen, hatten mit sinnlosen Verlusten auf beiden Seiten gegeneinander gekämpft. Und Will Scott, der einzige erwachsene Erbe all der Ländereien von Buccleuch, lag im Sterben.

Ohne Graham Malett wären alle Scotts im Turm von Liddesdale gestorben. Lymonds verspätete Befehle an die Scotts, der Belagerung standzuhalten, waren alles andere als eine Hilfe gewesen; sie hätten beinahe den ganzen Clan in den Tod geschickt. Es wäre weit besser gewesen, sie im Freien auf die Kerrs stoßen zu lassen, Mann gegen Mann. In gleicher Stärke hätten sie vermutlich am Ende weniger gelitten.

Das mußten alle denken. Und diese nervösen Aufmerksamkeiten

würden bestimmt nicht auslöschen, was die Männer gehört und gesehen hatten... Das dachte Jerott Blyth, bis der Vogelgesang in der
Dämmerung anfing und er im ersten Licht Lymonds Gesicht sah.

Lymond war sich der Lage bestens bewußt, er versuchte nicht, sie
zu beschönigen. Er war nur so unruhig, wie Jerott ohne Mitgefühl
sah, weil er müde war.

Viel später ritten sie in den ordentlichen Hof von St. Mary mit
den neuen, stattlichen Gebäuden um sie herum, rosig in der Früh-
lingssonne; und Jerott vergewisserte sich, wie es Lymond während
der Nacht immer wieder getan hatte, daß Will Scott bewußtlos war,
aber noch lebte, und daß es Gabriel noch gutging.

Gabriel war nicht nur ausgeruht, sondern wach und hatte sich
recht gut erholt. Als sie von den Pferden stiegen, kam er von der
Bahre hoch und ging ohne Hilfe steif dorthin, wo Lymond immer
noch auf dem Pferd saß. Graham Malett legte ihm die Hand auf das
Knie.

«Francis, könnten wir, ehe wir uns auflösen, ehe wir unsere Aufmerksamkeit anderen Dingen zuwenden, ehe unsere Erinnerungen
abgestumpft sind, darüber sprechen, was heute nacht danebengegangen ist?» Und als Lymond ihn anstarrte, ohne etwas zu sagen,
fügte Sir Graham sanft hinzu: «Wissen Sie, es war nicht gerade ein
durchschlagender Erfolg, trotz der ganzen wunderbaren Arbeit, die
Sie im Winter geleistet haben. Wir müssen wissen, warum. Wir
sind alle müde. Ich weiß, daß Sie es auch sind. Aber die Zukunft der
Truppe könnte davon abhängen.»

«Sie haben möglicherweise recht», sagte Lymond. Seine Stimme
war völlig ohne Timbre, und sein Gesicht, ausdruckslos wie eine
Specksteinmaske, war dem Hof zugewandt, wo Salablanca hätte sein
sollen.

Statt dessen kam Archie Abernethy und sagte: «Scott lebt noch,
Sir, obwohl ich keine große Hoffnung habe.» Gabriel sagte: «Francis?» und Lymond wandte den Kopf. «Ja, ich habe Sie gehört», sagte
er. «Ich bin einverstanden. Ich muß nur absteigen und mich übergeben, dann stehe ich Ihnen wie immer zur Verfügung.»

Einen Augenblick später packte er nach Archies Schulter, stieg ab,
überquerte den Hof und übergab sich sofort, die Hände gegen die
hohe, hübsche Mauer gestützt. Einen Augenblick blieb er dort ste-

hen, ohne sich umzudrehen, und Gabriel, den verwundeten Arm linkisch ins Wams gestopft, schleppte sich auf ihn zu, bis Abernethy ihm barmherzig den Weg versperrte. «Vielleicht hat er nur etwas Falsches gegessen.»

«Oder getrunken», sagte Jerott Blyth.

«Oder es liegt daran», sagte Adam Blacklock scharf, «daß er ohne Schlaf dreihundert Meilen geritten ist und gekämpft hat.»

Gabriel sagte schneidend: «Was?» Und dann: «Warum habe ich nichts davon erfahren? Selbstverständlich muß er sich ausruhen, und zwar sofort. Ich übernehme die Besprechung, falls er es mir gestattet.»

«Ich werde die Besprechung überleben», sagte Lymond ruhig. Er war so gelassen zurückgekehrt, wie er gegangen war, und schokkierte Lancelot Plummer mit einem wissenden Blick. «Ein dickes Fell und ein gewisses fehlgeleitetes *sang-froid*», fügte er hinzu, und Plummers Gesicht wurde scharlachrot. «Mein *sang* ist im Augenblick wunderbar *froid*. Kommen Sie, meine Herren.» Er lächelte sie an, mit einem Schatten der Ironie, und führte sie hinein.

Die Analyse ihrer letzten Aktion oder Fehlaktion, wie Gabriel sich reumütig ausdrückte, dauerte nicht einmal eine Stunde. In ihrem Verlauf wurde jeder Aspekt ihres Scheiterns diskutiert, bis auf einen: der Mangel an Führerschaft. Statt dessen nahm Graham Malett die ganze Schuld für den wesentlichen Fehler bei der Aktion auf sich: Die Entscheidung, den Kerrs zu erlauben, daß sie unbewacht auf dem Land der Turnbulls nach ihrem Vieh suchten.

Die anderen wollten nichts davon wissen. «Nein.» Alec Guthrie, die kleinen Augen verschwollen vom Schlafmangel, richtete die kratzige Stimme an Lymond. «Sir Graham war dagegen. Wir anderen haben ihn überredet, und er hat sich dem Urteil der Mehrheit gefügt, wie Sie es befohlen haben. Das war der Ursprung des Fehlers.»

Graham Maletts Stimme mischte sich ruhig ein. «Ich bin anderer Meinung. Wie Mr. Crawford einmal gesagt hat, sind wir ein Rat aus Fachleuten, keine Diktatur. Hier gibt es keinen Platz für einen Großmeister.»

«Wirklich?» sagte Lymonds kalte Stimme. «Was tun Sie auf den Galeeren, wenn eine Galeasse mit tausend Türken an Bord Sie angreift? Halten Sie erst eine Konferenz ab? Im Feld führt nur ein Mann, zum Guten wie zum Schlechten. Besprechungen wie jetzt halten wir in St. Mary ab. Es ist Wahnsinn, die beiden Situationen durcheinanderzubringen.»

Ein kurzes Schweigen entstand. «Dann fürchte ich, daß sich keiner von uns gestern ausgezeichnet hat», sagte Gabriel reuig. «Wenn Sie das nächste Mal ... fort sind, verzichte ich zugunsten von Jerott auf das Kommando.»

«Es war ein Jammer», sagte Lymond kühl, «daß Sie die Scotts nicht schnell gefunden und Ihre Truppe nicht zwischen ihnen und den Kerrs aufgeteilt haben. Mir scheint, die anderen Fehlschläge bei der Aktion hatten nichts mit Ihrem Kommando zu tun. Jemand hat für völlig unerwarteten Ärger gesorgt, indem er die Turnbulls dafür bezahlt hat, die ganzen Tiere zu töten und zu markieren. Und es war ein ganz unerwartetes Glück für die Kerrs, daß sie in das Erdgeschoß von Liddel Keep einbrechen konnte.»

«Sie haben die Schlösser mit Arkebusen aufgestemmt», sagte Jerott verächtlich. «Vielleicht waren auch die Angeln verrostet. Es ist ein alter Turm.»

«Beides stimmt nicht», sagte Lymond. «Sie hatten einen Schlüssel. Vielleicht bewahren die Nixons den Schlüssel unter der Matte auf. Ich weiß es nicht. Aber das war der dritte unglückliche Zufall, wenn man es so nennen kann.»

«Was meinen Sie damit?» Es war Gabriels Stimme, leise, aber streng.

«Daß jemand weder die Scotts noch die Kerrs leiden kann. Ich habe keine Ahnung, wer – vielleicht die Engländer? Oder eine rivalisierende Familie an der Grenze? Ich sage das mit aller Vorsicht», sagte Lymond, und ließ gleichzeitig alle Vorsicht fahren, «und auf die Gefahr hin, mißverstanden zu werden, das ist mir bewußt. Aber wir haben aus äußerst ungewöhnlichen Gründen versagt, die nichts mit unseren Fähigkeiten zu tun haben. Angesichts der Informationen, die wir hatten, haben wir uns richtig verhalten. Ich persönlich bereue nichts, was ich getan habe.»

«Oder nicht getan?» Das war wieder Jerott Blyth, aber leise. Es entging Francis Crawford nicht, der den Kopf wandte und lächelte. «Ich habe gedacht, du hast etwas gegen meine Exzesse, nicht gegen meine Unterlassungen», sagte er trocken. «Sir Graham, falls Sie meinen, daß wir alles Nötige besprochen haben, glaube ich, es lohnt nicht, weiterzureden. Ihre Wunde muß Sie schmerzen.»

Sir Graham stand auf, das Gesicht unter dem goldenen Haarschopf bleich. «Es gibt Dinge, die mich mehr schmerzen», sagte er unvermittelt. «Sie haben Glück, daß Sie sich nichts vorzuwerfen haben.» Einen Augenblick lang blieb er stehen, den klaren, weltmüden Blick auf Lymonds unbeeindruckte Augen gerichtet; dann kniff er die Lippen zusammen und ging.

Alle standen auf. «Was kann er nur damit gemeint haben?» sagte Plummer im Vorbeigehen zu Lymonds gesenktem Kopf. Lymond stand auf, so abrupt, daß Plummer einen Schritt zurücktrat. «Daß es untreue Knechte gibt, die sich gierig die Bäuche vollstopfen», sagte er. «Was wollten Sie und Tait denn unbedingt aus Nixons Kapelle retten?»

Plummers Körper wurde steif, aber obwohl sein Blick schnell zu Hercules Tait wanderte und zurück, wurde er nicht rot. «Ach, das», sagte er. «An der Wand hing eine wunderschöne Zierplatte mit einem Bruchstück eines Kreuzes und Engeln darauf. Der arme Mann hatte offenbar keine Ahnung, was für ein schönes Stück das ist – man braucht sich ja nur den Schund anzusehen, den er überall sonst verteilt hatte. Hat sie vermutlich aufgehängt, um ein Loch in der Wand zu verdecken. Aber für jeden Kenner... Sie müssen mein Wort darauf nehmen», sagte Plummer, der endlich die Fassung zurückgewann. «Es wäre ein Sakrileg gewesen, das Stück verbrennen zu lassen.»

«Ich habe es gesehen», sagte Lymond. «Es war eine Staurothek aus Silber und Gold. Etwa vierhundert Jahre alt. Mit einem thronenden Christus in Email, umgeben von Engeln. Ich reise manchmal auch, wissen Sie... Ich nehme an, Sie hatten vor, das Stück Ihrer Kirche St. Giles zu stiften?»

«Ich – selbstverständlich», sagte Plummer langsam. Seine Augen, schwer vom Schlafmangel, trübten sich gekränkt.

«Aber es ist natürlich das Eigentum von Herrn Nixon, den wir auf jeden Fall dafür entschädigen müssen, daß wir die Zerstörung seines Hauses zugelassen haben. Da Sie das Gefühl haben, die Kirche sei ein Besitzer, der die Staurothek mehr zu schätzen wisse als Herr

Nixon», sagte Lymond, die Stimme immer freundlich, «müssen Sie Herrn Nixon nur noch den Wert des Stücks ersetzen. Wenn Sie und Hercules Tait mir morgen eine Anweisung für Ihre Banken geben, werde ich mit Freude dafür sorgen. Und Plummer!» sagte Francis Crawford sanft, als sich der Architekt mit geröteten Wangen abwandte. «Denken Sie daran, Diebstahl ist Diebstahl, ob nun vom alten Turnbull begangen oder von jemand anderem.»

Er sah ihnen nach, wie sie aus seinem Zimmer schlurften, allesamt müde Männer, die nicht viel sprachen, und schaute Salablanca zu, der die Schemel an ihren Platz zurückstellte, den Tisch entfernte und unaufgefordert ein leichtes Gewand vor das Feuer legte. Die Sonne, gesprenkelt mit Schatten, fiel durch das große Fenster und auf das Bett, ein schlichtes mit weißen Leinenlaken, gelüftet und zurückgeschlagen, und einer schönen Decke aus weicher blauer Wolle. Lymond stand auf.

Der große, leichtfüßige Maure ließ alles stehen und liegen, kam zu Lymond. «*Quiere Vd comer? Está servido un poquito, poquito...?*»

«Nein», sagte Lymond. Er sagte auf spanisch: «Ich möchte Ihnen einen guten Rat geben. Tadeln Sie nie, wenn Sie unter Druck stehen. Dann sagt man zuviel. Andererseits» – er bedachte den Mauren mit einem ausdruckslosen Blick –, «glaube ich, daß die allgemeine Diskussion ganz gut verlaufen ist. Ich nehme es jedenfalls an. Ich kann mich nicht an viel erinnern, aber ich hoffe, die Diskussion ist ganz gut verlaufen... *Cómo está el Señor Scott?*» fragte er unvermittelt.

«Da verändert sich nichts», sagte der Maure ruhig. «Will der Señor schlafen?»

«Erst gehe ich zu ihm», sagte Lymond und ging zum Krankenrevier.

Will Scott lag allein in dem großen Raum, bis auf Randy Bell, tief eingesunken in einem Stuhl neben dem Bett, und Abernethy, der mit gekreuzten Beinen auf dem Boden saß. Lymond sagte sofort: «Bell, Sie sind erschöpft und können gar nichts tun. Gehen Sie und schlafen Sie eine Weile.» Und als der Arzt nach nur vorgeschobenen Bedenken langsam ging, setzte sich Lymond vorsichtig auf seinen Platz.

Der junge Gutsherr von Buccleuch hatte keinen weiten Weg mehr vor sich. Das Karottenhaar, die orangefarbenen Augenbrauen, die sandfarbenen Wimpern, die weißen Stoppeln des heftig sprießenden jungen Bartes hatten auf dem Kissen allesamt dieselbe Farbe, und die kräftige Gestalt, von dem alten Mann auf Branxholm dazu erzogen, seinen großen Namen weiterzuführen, gerechte Taten zu vollbringen, geleitet von einem einfachen, aber klaren Verstand, lag jetzt schon so reglos da wie die Eildons.

Aber noch atmete er. Abernethy, das vernarbte, nußähnliche Gesicht unbewegt, sagte: «Es kann noch lange dauern. Aber jetzt wird er nicht aufwachen.»

«Er könnte aufwachen», sagte Lymond. Einmal hatte Scott ihn verabscheut, wie es etliche seiner Hauptleute immer noch taten. Nein, das war eine Übertreibung. Das waren kluge, erfahrene Männer. Sie wußten zu schätzen, was St. Mary war, und er hatte sie zum Lachen gebracht; sie trauten ihm aber noch immer nicht so, wie sie beispielsweise Gabriel trauten... «Wahre Offiziere des Teufels», sagte Lymond laut, und der Schock seiner Nerven verriet ihm, wie nahe er am Einschlafen gewesen war. Er stand auf und ging langsam in dem sonnenbeschienenen Raum auf und ab.

Scott hatte schließlich mehr getan, als ihm zu vertrauen. Er hatte Lymond vor vier Jahren aus der Acht befreit. Und er war immer bereit gewesen, sich an jedem Abenteuer zu beteiligen, sogar damals an seinem Hochzeitstag. Aus der Ehe mit seiner vierten Frau hatte der alte Buccleuch nur Kleinkinder. Und Wills Söhne waren noch Säuglinge. Aber er hatte wenigstens Söhne...

Lymond hörte mit dem Herumlaufen auf. Im Raum war ein seltsamer weißer Dunst, in seinem Kopf tönte ein Wehklagen; es war nichts als das Rauschen seines Bluts, das, wie er vage dachte, genauso klang wie das trostlose, schluchzende Weinen eines Kindes. Aber in St. Mary gab es keine kleinen Kinder.

Danach versagte sein Gleichgewichtsgefühl. Ihm waren die heftigen Schläge bewußt, erst gegen die Schulter, dann gegen sein Knie, als sein Körper auf den Boden prallte, und er merkte sogar, daß jemand schon an seiner Seite war und den Sturz linderte. Aber danach wußte er nichts mehr.

Francis Crawford schlief im eigenen Bett bis zur Abenddämmerung. Er hatte nicht gemerkt, wie ihn Salablanca und Archie dorthin geschafft hatten, und er hätte noch länger dort gelegen, wenn er nicht mit Gewalt geweckt worden wäre. Sein erster Eindruck war tatsächlich, jemand schüttele ihn so heftig, daß sein erschöpfter Körper rebellierte und ihn, nur halb bei Bewußtsein, zu einem unwiderstehlichen Hustenanfall zwang.

Einwirken von außen brachte das sofort zum Stillstand, mit einem Krug kaltem Wasser, das ihm ins Gesicht geschüttet wurde. Um Luft ringend setzte Francis Crawford sich auf, wischte sich mit beiden Händen die Augen und öffnete sie.

Es war Nacht. Und das Gesicht vor ihm, das grimmige graue Gesicht mit dem struppigem Bart, in dem jede Falte tief eingefurcht war, erfüllt von Schmerz, war das Gesicht von Buccleuch.

Lymond ließ die Hände fallen und rührte sich nicht.

«So, du hast geschlafen?» sagte Will Scotts Vater und stellte den leeren Krug weg. Er verschränkte die Hände hinter dem breiten Rücken und musterte im Stehen die prächtige blaue Bettdecke. «Und auch eine Menge getrunken, wie ich sehe», sagte er einen Augenblick später. «Wenigstens riechst du nach einem ordentlichen Schnaps. Dir geht es bestens, nicht wahr?»

Lymond sagte nichts. Das Gewand, das er trug, stank nach Schnaps, und in seinem Gesicht stand die Frage, die zu stellen er kein Recht mehr hatte. Sir Walter Scott von Buccleuch beantwortete sie.

«Du wirst es nicht wissen; mein Sohn ist tot. Sie haben bedauert, daß du ihn so bald verlassen hast, damit du was trinken und in die Pantoffeln steigen kannst; ich bin mir jedoch sicher, das hattest du dir verdient. Als er zu sich gekommen ist, konnten sie dich offenbar nicht wach bekommen, damit du noch ein paar gütige Worte zu ihm sagst, bevor er starb.»

Ein langes Schweigen entstand. Dann sagte Lymond: «Ich hätte... Ich habe es nicht gewußt. Sie können es nicht versucht haben.» Er war weiß.

Der graue, verfilzte Bart nickte. «Er war nicht mehr ganz klar im Kopf. Er hat nach dem Junker von Culter gefragt, als ob du sein Kommandant wärst, und als sie ihm gesagt haben, du kannst nicht kommen, hat er gesagt, du hast bestimmt alle Hände voll zu tun, und wir sollen dir ausrichten, es macht nichts. Aber sie haben gesagt, er hat die ganze Zeit gehofft, du kommst... Doch das spielt keine Rolle. Sie haben mir gesagt, er und die anderen haben sich auf deinen Befehl in der Burg verbarrikadiert. Ich will nur eins von dir wissen: Welcher Kerr hat ihn getötet?»

«Wat...» sagte Lymond und hielt inne. Während er gesprochen hatte, waren Buccleuch ohne Unterbrechung die Tränen über das Gesicht gelaufen. Er merkte das gar nicht, das war deutlich, während er sich mit dem abquälte, was er zu sagen hatte. Auch die Bitterkeit seiner Worte bildete keinen Widerspruch dazu. Nur Lymond, ausnahmsweise sprachlos, mußte seine Gefühle in den Griff bekommen, ehe er sprechen konnte. Dann sagte er ruhig: «Ich weiß es nicht, Wat. Vielleicht ist es gar kein Kerr gewesen.«

«Aye.» Der alte Mann war nicht überrascht. «Natürlich, du hast ja vom Himmel den Auftrag, dafür zu sorgen, daß nichts die beiden Familien in Zukunft entzweit. Meinst du, das wirst du bald schaffen? Es ist also vielleicht kein Kerr gewesen», sagte er, und die Tränen glitzerten in den traurigen Augen. «Aber ich kenne die. Es war bestimmt einer von denen.»

Dazu gab es nichts zu sagen. Lymond ließ es auf sich beruhen. Er sagte: «Wat, erlaubst du mir, daß ich es Grizel sage?»

«Die jüngere Lady von Buccleuch dürfte es inzwischen wissen», sagte Sir Wat und erhob sich mit der neuen, schmerzlichen Förmlichkeit. «Dein Freund Malett ist sofort weggeritten, um es ihr zu sagen, trotz der verwundeten Schulter. Erst habe ich ihn noch ein Gebet für den Jungen sprechen lassen... Er hat doch nicht wieder für dich gearbeitet, oder? Will?»

«Nein», sagte Lymond.

«Oh, ich habe gedacht, vielleicht hat er es getan, weil er offenbar deinen Befehlen gehorcht hat. Dann hast du nichts dagegen, daß seine Cousins und ich die Leiche nach Hause bringen?»

«Wat, hör um Himmels willen damit auf», sagte Lymond. Er schwang sich neben dem alten Aufseher aus dem Bett und ergriff die steifen, kräftigen Arme. «Eines Tages werde ich dir sagen, was geschehen ist. Aber bis dahin glaub nicht, daß es mir gleichgültig ist. Ich hätte meinen rechten Arm dafür gegeben...»

«Aber statt dessen hast du seinen genommen», sagte Buccleuch.

Die beiden Augenpaare begegneten sich und hielten sich fest. «Gut», sagte Lymond schließlich und ließ seine Arme los. «Aber gib mir die Schuld, nicht den Kerrs.»

«Zwischen denen und dir gibt es offenbar keine großen Unterschiede», sagte der alte Mann gleichgültig. Er griff nach seinem Barett und drehte sich um, aber auf halbem Weg zur Tür blieb er stehen. «Es gibt zwei Häuser in diesem Land, die du von diesem Tag an nicht mehr mit deinen Füßen beschmutzen wirst. Midculter und Branxholm. Ich habe gehört, dein Bruder hat dir sein Haus verboten.»

«Wirklich? *Wer hat dir das gesagt?*» fragte Lymond, und Buccleuch, eine Spur gereizt, sah ihn aus trüben Augen an. «Es ist das Tagesgespräch von Biggar», sagte er. «Und es heißt, die Ladywitwe speit Gift und Galle. Ich habe gehört, daß sie und Culter sich deswegen zerstritten haben. Soll dich doch der Teufel holen; warum verläßt du nicht das Land und läßt uns alle in Frieden? Wohin du auch gehst, du verbreitest nur Lügen und Leid.»

«Ich lade gern Freunde ein, wenn ich mich an Blut berausche», sagte Lymond mit jäher, unerträglicher Giftigkeit. «Sag es weiter. Wer gegen mich kämpft, widersteht dem Herrn, der euch um eurer Sünden willen mit Ruten züchtigt... Ich bin hier, Buccleuch. Ich bleibe hier. Mindestens bis zum Winter.»

«Ach ja?» sagte Buccleuch. «Ich glaube das nicht. Ich wette den Ring meines Sohnes gegen den Saphir, den du trägst, daß die Königinwitwe dich vorher hinauswerfen läßt... Diesen Ring hier. Er ist wertvoll. Der würde dir gutes Geld einbringen», sagte Buccleuch und warf den dicken Goldreif auf das Bett.

Er lag zwischen ihnen, leer glitzernd, deutete den jungen, grobknochigen Finger an, an den er gehörte. «Dein Gabriel», sagte Buccleuch plötzlich, und das Wasser lief ihm wieder über das überraschte, zornige Gesicht. «Er hat mir ein Gebet gesagt, das ich sprechen soll. Ich habe es immer wieder gesprochen, wenn ich daran gedacht habe, immer wieder. Es lautet: ‹Möge Gott mir einen zweiten Jungen schenken wie dich... und mich dann mit dir zur Ruhe betten.›»

Und er hob den Ring auf und ging hinaus, immer noch voller Gedanken.

Kurz danach sprang Adam Blacklock, allein in seinem Zimmer, auf die Beine, als die Tür krachend aufging und sein Kommandant eintrat, der sie zuwarf und auf Adam zukam, mit einer Flasche in der Hand.

Trotz der Heftigkeit seines Eintretens war Lymonds Stimme ziemlich leise, als er sprach. «Adam? Das hier ist neben meinem Bett hinterlassen worden, und ich habe keine Verwendung dafür. Nehmen Sie es, und werfen Sie um Himmels willen das andere Zeug weg.» Und als Blacklocks geweitete Augen sich auf ihn hefteten, fügte Francis Crawford, immer noch ruhig, hinzu: «Haben Sie gedacht, ich weiß das nicht? Oder Abernethy? Sie gefährden das Leben anderer Männer, nicht das Ihre.»

Adam lief rot an. «Falls Sie das glauben, können Sie jederzeit von mir verlangen, daß ich meinen Abschied nehme.» Die Flasche, die Lymond ihm gegeben hatte, enthielt Aquavit. Er fügte hinzu: «Was soll der plötzliche Kreuzzug? Ich habe gedacht, ich soll keinen Schnaps trinken? Oder wollen Sie ihn nicht allein trinken?»

«Oh, ich will schon», sagte Lymond leichthin. «O doch. Aber ich habe ein strenges Gewissen.»

«Nicht wenn es um kleine Mädchen geht», sagte Blacklock. Er zögerte und sprach dann weiter. «Falls die Männer hier das mit Maletts Schwester je herausfinden, bricht die Hölle los; das wissen Sie.»

«Ich weiß es», sagte Lymond. Er hörte zu, weiß im Gesicht und mit dunklen Flächen unter den Augen.

«Dann lassen Sie sie in Ruhe!» Zorn und Mitleid, seltsame Gefährten, flackerten in den Augen des anderen auf. «Warum riskieren Sie das alles für ein... ein Gerangel in einem billigen Gasthausbett? Wenn Sie auf Alkohol verzichten können, können Sie auch auf anderen Gebieten Selbstbeherrschung üben. Oder gefällt es Ihnen einfach, wie ein Kind zu leben?»

«Falls Sie es unbedingt wissen wollen», sagte Lymond, «gefällt mir heute das Leben überhaupt nicht. Aber das ist nur eine vorübergehende Unpäßlichkeit. Morgen bin ich wieder so munter wie eine Bettwanze.»

Während er sprach, redete unten auf dem Hof jemand; dann knallte eine Peitsche, Hufe klapperten, ein Rad knarrte beim Anfahren. Einen Augenblick später hörten beide deutlich das Poltern eines

Wagens mit einer starken Reitereskorte, der über das unebene Pflaster fuhr. Er passierte das Tor von St. Mary und bog nach Südosten ab, wo Kincurd und Branxholm lagen.

Er war nicht mehr eifrig; Will Scott lag still und reglos im Wagen, bekleidet mit Gabriels berühmtem Habit, mit dem Johanniterkreuz auf der Brust. Er hatte sich für immer von Lymond getrennt und kehrte nach Hause zurück.

9. KAPITEL

Terzett
Flaw Valleys, Juni 1552

Im ersten möglichen Augenblick nach der Jagd auf die Viehdiebe, aber einige Wochen später, als er gern gewollt hätte, ritt Lymond nach Flaw Valleys, Philippas Zuhause im Norden Englands.

Angesichts ihrer Erlebnisse und dessen, was Lymond in einem ironischen Brief an Kate seine schlechten Manieren genannt hatte, war es keine Überraschung, daß Philippa nicht wieder versucht hatte, nach Midculter zu reisen. Die Nixons, von den Kerrs und den Scotts unter Protest als Teil ihrer Buße großzügig entschädigt, waren wieder in Liddeshale und kauften mit dem Erlös des Verkaufes der Staurothek an Lancelot Plummer und Hercules Tait noch geschmacklosere neue Möbel. Die überlebenden Turnbulls waren im örtlichen Armenhaus, verhärmt über den einzigen wirklich bösen Streich, den ihnen das Schicksal gespielt hatte: Als sie ihr Blutgeld liebevoll aus dem Loch holten, das sie hastig gegraben hatten, als ihre wehrhaften Männer getötet wurden, stellten sie fest, daß die Goldmünzen falsch waren.

In St. Mary war viel zu tun gewesen. Sowohl die Selbsteinschätzung der Kompanie als auch ihr Ruf im Ausland hatte Schaden genommen. Lymond gab ihnen so gut wie keine Zeit zur Erholung, suchte Arbeit, teilte sie für kleinere Aktionen in Gruppen auf und setzte für größere die ganze Truppe ein und verschob aus diesem Grund die Ausbildung zur See, die jetzt hätte anfangen sollen. Vor allem überließ er sie nicht wieder sich selbst und delegierte nichts. Die Wirkung war eine doppelte. Er trieb sie härter an, als sie ihre gleichgestellten Kameraden je angetrieben hätten. Und in vierundzwanzig Stunden gab es nur wenig Zeit, die er nicht im Sattel oder am Schreibtisch verbrachte.

Er ging nicht zu Will Scotts Beerdigung, obwohl Sybilla, schweigend und mit trockenen Augen, mit ihrem älteren Sohn daran teilnahm. Sie ließ nicht zu, daß Joleta mitkam, wegen ihrer Jugend und wegen der Blessuren, die sie kürzlich erlitten hatte, als ihr Pferd auf dem Weg von Boghall nach Midculter gestürzt war. Lady Fleming und ganz Boghall, die wußten, daß Joleta Malett seit Wochen nicht in ihrer Nähe gewesen war, hörten die Erklärung mit schwach verhohlenem Interesse; und Margaret Erskine, Jennys verwitwete Tochter, nahm Richard Crawford in der Kirche beiseite. Sie äußerte sich unverblümt.

«Lord Crawford... Weil Sie sie zurückgebracht haben, wissen Sie vermutlich, wo Joleta war und wie ihr Pferd gestürzt ist. Ich sollte Ihnen sagen, daß meine Mutter Joleta offenbar versprochen hat, die Geschichte zu bestätigen, sie sei in Boghall gewesen. Natürlich war Joleta nicht dort. Alle in Biggar wissen es. Ich will nicht wissen, wo sie tatsächlich war, aber Sie kennen Jenny. Joleta will das Rätsel offenbar nicht erklären, und meine Mutter meint, sie habe sich nicht an ihren Teil der Abmachung gehalten. Sie ist wütend, und es ist sehr wahrscheinlich, daß sie Sie ausfragt.»

Seit der Abreise des Botschafters des französischen Königs, M. d'Oisel, war Lady Jenny der Möglichkeit beraubt, ihre Rückkehr nach Frankreich zu planen. Margaret wußte, daß es ihr Spaß machen würde, eine Lüge Joletas aufzudecken. Joleta war jung. Das Geheimnis bestand vermutlich lediglich in irgendeiner Überraschung für ihren Bruder Graham; vielleicht wußte sie nicht, was für Spekulationen sie dadurch auslöste. Aber Lord Crawford mußte es wissen.

Dann fiel Margaret Erskine auf, daß Richard Crawford ungewöhnlich bleich war, und außerdem, daß der Grund dafür äußerster Zorn war. Mit einer Schroffheit, die ihr an ihm ganz fremd war, sagte Lymonds älterer Bruder sofort: «Falls sie das tut, bekommt sie bei ihrem Gestocher nicht mehr heraus als Sie. Joletas Aufenthaltsort in jener Nacht ist meine Angelegenheit.»

Es gab nur einen Menschen, der ihn derart in Rage bringen konnte. «Oder Ihre und Lymonds?» sagte Margaret Erskine. «Sie brauchen es nicht zu erklären. Aber Sie sollten sich eine bessere Geschichte ausdenken, wenn Sie nicht wollen, daß die Leute zwei und zwei zusammenzählen. Es wird auffallen, daß er nicht mehr nach Hause kommt.»

«Gott sei Dank», sagte Sybilla, die unerwartet zu ihnen gekommen war. Mit ihrem weißen Haar und in ihrer weißen französischen Trauerkleidung sah sie bezaubernd und unwirklich aus, bis auf die dunklen Ringe unter ihren Augen. «Es ist schon schlimm genug, daß die Stallburschen wie die Widder um Joleta kämpfen, da braucht nicht auch noch Lymond sich von ihr angezogen zu fühlen. Obwohl sie eine sehr erfreuliche Schwiegertochter wäre, wenn es auch ein bißchen schwierig ist, mit ihr zu leben, und natürlich hat sie Launen – wer nicht?»

«Ich sehe, daß ihre Duenna trotzdem hier ist», sagte Margaret schnell. Sybilla in Sorge war etwas, was sie ungern sah.

«Das liegt natürlich daran, daß es eine Beerdigung ist», sagte die verwitwete Lady Culter und schaute durch das dunstige, von Kerzen erhellte Innere der neuen Kollegienkirche von Biggar dorthin, wo Evangelista Donati, den glatten schwarzen Kopf gesenkt und das teigige Gesicht verborgen, neben einem eifrigen kleinen Mann in übertrieben herausgeputzter Kleidung kniete. «Und Peter Cranston ist hier. Die Mischung aus religiöser Trauer und Peter Cranston muß unwiderstehlich sein. Wie auch immer, Graham Malett wollte allein mit seiner Schwester sprechen, deshalb wird sie nicht vermißt werden. Eigentlich ist es ziemlich traurig», sagte Sybilla nachdenklich. «Ich würde sie auch nicht vermissen. Ich glaube, niemand würde sie vermissen, bis auf Peter Cranston, und er kann den Verlust jederzeit überbrücken, indem er seine Perlen zählt, sein Geld oder beides. Ich muß gütiger zu ihr sein. Ich wäre nicht gern ein Mensch, den niemand vermißt.»

Was, dachte Margaret Erskine, der Gipfel der Barmherzigkeit war, wenn man bedachte, daß die Dame und ihr Schützling seit etwa neun Monaten fast ohne Unterbrechung in Midculter residierten, und daß während dieser Zeit Madame Donatis einziger Beitrag eine abfällige, um nicht zu sagen anzügliche Bemerkung auf italienisch über Sybillas zwei Söhne gewesen war.

Mitte Juni reiste Gabriel ab, um Jimmy Sandilands bei einem Treffen mit der Königinmutter in Falkland zu vertreten, und weil keine Aufgabe unmittelbar bevorstand und es inzwischen Anzeichen dafür gab, daß seine vermeintliche Schreckensherrschaft eher zu Rebellion als zu dem zornigen Elan führen würde, den er sich wünschte, gewährte Lymond etlichen aus seiner Truppe Urlaub, den Rittern, unter ihnen Bell und Fergie Hoddim, und beschäftigte den Rest mit einem Minimum an Arbeit.

Dann brach Lymond an einem heißen Sommertag, der die blaue Küste von Il Borgo vor nicht einmal zwölf Monaten heraufbeschwor, mit dem Mauren, Abernethy und ein paar bewaffneten Männern nach Flaw Valleys auf.

Unterwegs machte er eine Reihe von Besuchen bei allen großen Gutsherren an der Grenze und bei einer Frau: Janet Beaton, Lady von Buccleuch. Es war nicht das erste Mal. Seit Wills Tod hatte Lymond Branxholm nie mehr betreten, wenn Wills Vater dort war, obwohl er sofort einen Besuch in Kincurd gemacht und Grizel Beaton, Janets Schwester und Wills Witwe, von Angesicht zu Angesicht einen objektiven und genauen Bericht vom Tod ihres Mannes erstattet hatte. Sie hatte ihm mit ihrer üblichen Zurückhaltung gedankt, mit nassen Augen, und hatte hinzugefügt: «Ich verstehe. Es mußte so kommen. Du hast dir nichts vorzuwerfen.» Es war ein Satz, der ihm nicht unvertraut war.

Kurz danach, nachdem er sich vergewissert hatte, daß der alte Mann fort war, hatte Lymond Tosh zu Buccleuchs Frau Janet in Branxholm geschickt und fragen lassen, ob sie ihn empfange. Sie empfing ihn, und nachdem sie ätzende fünf Minuten lang auf ihren Mann und Lymond geschimpft hatte, ging sie sofort auf Lymonds Vorschlag ein. Als er ging, ließ er Thomas Wishart zurück, angeblich als neuen Leibdiener. Tatsächlich war er nur aus einem einzigen Grund dort: um Buccleuchs Leben mit dem seinen zu schützen.

Das war vier Wochen her. Heute hatte Lymond teils bei Lady Buccleuch vorgesprochen, um sie zu beruhigen, teils, um zu erfahren, ob der alte Mann, als Aufseher der Middle Marches, am March-Tag teilnehmen werde. Die Bewohner der Grenzregion strömten in Scharen zu diesen regelmäßigen Sommertreffen der Aufseher, um zu beobachten, wie internationales Recht gesprochen wurde, und falls es keinen Streit zwischen den beiden Nationen gab, der sich fortsetzen ließ, gab es jede Menge Streitigkeiten untereinander. Bei den March-Treffen waren Schwerter und Messer zugelassen: Mord und Totschlag waren an der Tagesordnung.

Aller Wahrscheinlichkeit nach war die nächste Aufgabe von St. Mary, das Treffen der Aufseher in Hadden Stank zu überwachen. Unter anderen würde auch Lord Wharton dort sein. Und die Kerrs. Und zweifellos auch die Scotts. Es blieb abzuwarten, ob der alte Wat unter ihnen sein würde.

«Bestimmt», sagte Janet bitter. «Darauf wette ich. Wird die Ellbogen ausfahren, Kerrs über seinen großen Zeh stolpern lassen und dazu bringen, daß sie ihn wieder einen Bankert nennen, was angesichts der Tatsache, daß seine Mutter eine Kerr war, und seine erste Frau Ferniehursts Schwester, ziemlich leichtsinnig von den Kerrs ist. Aber in der jetzigen Situation wird beiden Seiten kein Anlaß zu gering sein, um einen blutigen Streit vom Zaun zu brechen.»

«Wenn du eine liebe, gute kleine Frau wärst, Janet», hatte Lymond gesagt, «bekämst du an jenem Tag eine schwere Krankheit oder würdest wenigstens seine Stiefel verstecken.»

«Francis Crawford, du bist blöd! Was hat denn je einen Scott vom Kämpfen abgehalten? Frauen? Stiefel? Wenn er tot wäre, würde er seine Zeit im Himmel damit verbringen, durch das Perlentor hindurch Kerrs abzuschießen.»

«Darin liegt eine Unterstellung», hatte Lymond mißbilligend gesagt, «die wir lieber nicht vertiefen wollen. Janet, falls er erfährt, daß wir dort sind, fängt er bloß zum Spaß einen Krieg an. Machen wir lieber eine hübsche Überraschung daraus.»

«Ach, das wird nicht schwierig sein», sagte Janet grimmig. «Daran sind wir in dieser Gegend gewöhnt. An hübsche Überraschungen.»

Auf dem Weg nach Süden durch die Cheviots war es kühler, und auf den höheren Hügeln zwitscherten und trillerten Lerchen hoch am Sommerhimmel, und der Wind rauschte durch das trockene Gras und über das Meer. Dann kamen sie durch den Paß von Redesdale hinunter in das grüne Tyneside Richtung Hexham. Ein paar Meilen vor der Stadt bogen sie ab zu Kate Somervilles wogenden Feldern.

Sie hatte zutiefst gehofft, Lymond werde kommen, seit jenem atemberaubenden Tag, an dem die Familie Nixon mit ihren Dienstboten und Kindern mit wildem Blick durch das Tor hereingejagt war, mit Philippa, weiß im Gesicht und mit einem blauen Fleck von der Größe eines Jahrmarktsabzeichens im Gesicht.

Viel später, nachdem die Nixons ins Bett gepackt waren und sie Philippa in den Armen hielt, erfuhr sie die Geschichte, und Tränen waren geflossen. Dann war Kate, obwohl sie Lymonds Vorgehensweise verstand, wütend auf ihn geworden, denn er hatte sie wieder in seine Privatangelegenheiten hineingezogen.

Philippa hatte genug durchgemacht: die Leiche im Graben außerhalb von Boghall, das Feuer zu Hause, dem sie fast nicht entkommen wären; und jetzt war sie in eine Blutfehde hineingeraten und war im wahrsten Sinne des Wortes mit einem blauen Auge davongekommen.

Weil sie Philippa kannte, sah sie theoretisch ein, daß diese grobe Behandlung ihrer Tochter das Leben gerettet hatte, und Lymonds kurzer Entschuldigungsbrief hatte das näher erklärt. Aber in ihrem Herzen litt sie mit beiden.

Als sie die blauen und silbernen Farben der Crawfords sah, mit der Bordüre des zweiten Sohnes, lief Kate Somerville also weg vom Fenster und schlenderte in den Garten, wo Philippa ihre Rosen mit Seifenwasser übergoß und Gebete gegen die Blattläuse anstimmte. Sie schickte das Kind mit einem Auftrag ins Dorf. Dann kehrte sie ins Haus zurück, wie immer ohne Zeit, ihr aufgelöstes mausbraunes Haar in Ordnung zu bringen oder das Kleid zu wechseln, ehe ihre Besucher kamen. Es war fleckig von den Himbeeren, die sie bis eben eingemacht hatte. Lymond wartete im Musikzimmer auf sie.

Er hatte sie nicht gesehen. Sie war auf leisen Sohlen gekommen und blieb an der offenen Tür einen Augenblick stehen, dachte über das Feingefühl nach, das ihn in solchen Dingen selten im Stich ließ, und das in solchem Gegensatz zu der Brutalität stand, mit der er manchmal vorging. Sie musterte seinen Rücken. Hatte er sich verändert? Vielleicht war das Haar, ausgebleicht von stärkerer Sonne, etwas heller; vielleicht war seine Gestalt, die zwischen den Fenstern auf und ab ging, durch die Reife hagerer und härter geworden. Aber er war so gepflegt wie eine Katze, makellos, obwohl ihr Diener Charles gesagt hatte, sie seien seit drei Tagen unterwegs und müßten in einer Stunde weiter.

Dann spürte Lymond, daß sie da war, und wandte sich um, mit dem breiten Lächeln und dem überschwenglichen Charme, den er gewohnheitsmäßig dazu benutzte, sie zu immer trockener werdendem, sarkastischem Witz zu provozieren. «Kate, meine Liebe? Deine Himbeeren sind ja dieses Jahr ganz wunderbar gediehen. Komm und laß dich ablecken; ich habe noch nicht zu Abend gegessen», sagte er.

Kate schaute an ihrem fleckigen Kleid hinunter. «Ich weiß. Ich sollte es den Hausmädchen überlassen», sagte sie. Dann nahm sie seine Hände, als er zu ihr kam, und drehte ihn so, daß das Licht aus den großen Fenstern auf sein Gesicht fiel.

Eine kleine Pause entstand. «Deine Flecken sind auch zu sehen», sagte Kate. «Traust du deinen Dienstboten auch nicht, oder trauen sie dir nicht?»

«In unserem Teil der Welt ist Vertrauen ein weltliches Wort», sagte Lymond. Er zog sich leicht zurück. «Wir operieren mit dem Glauben. Mit dem himmlischen Licht.»

«Und mit einem Pfahl für öffentliche Auspeitschungen?»

«Das ist leider nötig», sagte Lymond. «Sonst würden die Söldner natürlich desertieren.»

«Und deine Priester in Rüstung beschweren sich nicht darüber?» sagte Kate mit scherzhafter Stimme; reinen Kummer in den Augen. Selbst ihre Sorge um Philippa war verflogen.

«Ein Orden, der seine Sklaven mit Bastonaden bestraft? Es wäre Gott sei Dank schwierig für sie, sich darüber zu beschweren. Ich habe schon genug Ärger damit, daß es in den unteren Rängen gärt. Es scheint, als ob man uns in Truppen des Lichts und der Finsternis aufteilen wollte. Es macht mir nichts aus, wenn man mich als teuflisch abstempelt, aber es macht mir etwas aus, wenn man mir nachsagt, ich hätte kein Glück. Die einzige Antwort darauf liegt in einer Reihe von Erfolgen. Die wir hatten.»

«Aber nicht durch Glück. Ich weiß, daß du dich nicht setzen willst», sagte Kate schnell. «Ich weiß, daß du über das, was geschehen ist, nicht reden willst. Ich weiß, daß du kurz mit mir über Philippa sprechen und gehen willst. Aber falls du Wert auf die Meinung einer Außenstehenden legst, ich meine, erst *solltest du ins Bett gehen*.»

Ein feindseliges Schweigen entstand. Sie hätte es natürlich besser ausdrücken können. Aber wenigstens würde ihr die naheliegende Antwort erspart bleiben. Schließlich sagte Lymond lediglich: «Danke, aber nein. Ich muß zurück.»

«Um jemandem die zitternde Hand zu halten?»

«Um jemandem die zitternde Hand mit einem Dolch darin zu halten», sagte er.

Das war der Punkt, an dem sie es hätte auf sich beruhen lassen sollen. Kate tat das nicht. Sie sagte unumwunden: «Du hast St. Mary drei Tage lang sich selbst überlassen. Wenn du es nicht wagst, länger wegzubleiben, nach all der Zeit, die du aufgewendet hast, muß dir klar sein, daß du versagt hast.»

Lymond sagte leise: «Das ist das einzige, was du zu mir nicht sagen darfst... Kate, wunderbare Kate: *Ich lasse mich nicht bemuttern.*»

«*Bemuttern!*» Kates kleines, unauffälliges Gesicht war finster vor Ärger. «Lieber würde ich einen Vampir bemuttern. Ich versuche lediglich, auf etwas hinzuweisen, was deinem tyrannischen Theoretiker in St. Mary bestimmt schon aufgefallen ist. Falls du nicht genug Ruhe bekommst, wird erst dein Urteilsvermögen verschwinden und dann jede andere Fähigkeit, die du zum Führen benötigst.»

In seiner Nähe standen zwei große Stühle. Kate setzte sich auf die Lehne eines der Stühle und sagte: «Ich kenne dich gut genug, als daß ich angenommen hätte, du wärst hergekommen, um dich zu etwas Vernünftigem überreden zu lassen. Niemand wäre verblüffter gewesen als ich, wenn du die Einladung angenommen hättest.»

«Diese Art von Stolz habe ich nicht», sagte Lymond und lächelte. «Ich reite zurück, Kate, sobald wir geredet haben, du und ich. Ich habe sechs Monate damit verbracht und ein kleines Vermögen für die Ausbildung ausgegeben, damit ich oder jeder andere in St. Mary recht lange mit einem Notfall zurechtkommt und die Erschöpfung danach einigermaßen gut verkraftet. Das hier ist, wenn du willst, ein Notfall. Wenn ich ihn überstanden habe, lege ich mich liebend gern mit einem Krug Wein und einer Nymphe nieder.»

«Das glaube ich dir», sagte Kate kalt. «Wie Terminus: ohne Füße und Arme... Ich nehme an, bis dahin darfst du wenigstens etwas essen? Deine Soldaten werden verköstigt, und du wirst ein bißchen sonderlich wirken, wenn du auf dem Heimweg feierlich Halt zum Essen machst, falls du jetzt nichts willst. Ich verspreche, die Schweinekoteletts nicht zu vergiften. Ich werde nicht einmal darauf bestehen, daß du dich zum Essen hinsetzt, obwohl mir schon ganz schwindlig davon ist, daß du wie eine Schmeißfliege im Zimmer herumschwirrst.»

«Oh, Heiland», sagte Lymond unhöflich und setzte sich auf den zweiten Stuhl. «Bist du jetzt zufrieden? Kate, ich bin hergekommen, um über Philippa zu sprechen. Ich weiß, daß sie sicher aus dem Turm zurückgekommen ist. Hast du meinen Brief verstanden?»

«Ich habe verstanden, daß du bedauerst, sie bewußtlos geschlagen zu haben», sagte Kate. «Der Rest war ein bißchen doppeldeutig. Ich habe vermutet, du willst, daß ich sie zu Hause festhalte, unter meinen Augen. Das habe ich getan.»

«Das hast du. Wo ist sie zum Beispiel jetzt?» fragte Lymond.

«Im D- äh, im Hühnerstall», sagte Kate, ohne rot zu werden.

«Du bist eine Lügnerin. Sie ist im Dorf, und Archie Abernethy paßt auf sie auf. Kate, mir gefallen diese kleinen Unfälle nicht, die Philippa zustoßen. Wenn ich dir das unter vier Augen sage, ist es mein Ernst. Bis du von mir hörst, will ich, daß du sie bewachst oder von jemandem, dem du vertraust, bewachen läßt, bei Tag und Nacht. Sonst...»

Zum ersten Mal zögerte er, und Kate biß die Zähne zusammen. Wenn sie ein Mann gewesen wäre, hätte sie ihm einen Schlag ins Gesicht versetzt, wie er es mit Philippa gemacht hatte. Aber Philippa war ihr Kind, und sie war kein Mann. Sie schäumte innerlich, aber ließ ihn weitersprechen. Er sagte langsam: «Ich habe gezögert, ob ich kommen soll, denn es bringt dich in eine undankbare Lage. Aber um Philippas willen muß ich es versuchen. Jemand hat vor ein paar Monaten mir gegenüber angedeutet, Philippa verfüge über Informationen, die mir schaden könnten. Ich nehme an, es handelt sich nicht um eine tödliche Gefahr. Es klang wie ein kindischer Versuch, meine Selbstsicherheit zu untergraben... und Gott weiß, wenn sie das von ihrer Angst vor mir heilen könnte, wäre es mir gleich, wer mir den Teppich unter den Füßen wegzieht. Das ist nicht wichtig. Nur erscheint es als immer möglicher, daß Philippas schmutziges Geheimnis, was es auch sein mag, die Ursache dieser seltsamen Unfälle sein könnte. Angenommen, Kate, sie hat etwas erfahren, was jemand geheimhalten will?»

Kate war völlig überrascht. Sie starrte Lymond finster an. «Nichts, wovon ich wüßte», sagte sie. «Und Gott im Himmel, dir würde sie es jetzt natürlich nicht erzählen, weniger denn je. Ich glaube... ich glaube, du solltest mir sagen, wer dir das gesagt hat.»

«Graham Malett.»

«Oh.» Kates braune Augen wurden starr. Gabriel. Sie sagte: «Sir Graham und Philippa haben sich in Hampton Court kennengelernt, im Haus meines Schwagers, und sind Geschwister im Geiste geworden. Ich frage mich... *George Paris' Bestechungsgeld*!» rief Kate in einem Ausbruch der Erkenntnis und lief bis zum himbeerfleckigen Kragen purpurrot an.

Ein kurzes Schweigen entstand, währenddessen sich Lymonds Miene veränderte, und sie sah, daß die Erschöpfung ihn niederdrückte wie ein Panzer. Er sagte: «Gut. Das habe ich nicht gehört. Ich habe vergessen, daß wir auf verschiedenen Seiten stehen. Vielleicht hilft es dir, daß ich es schon wußte, falls du mir das glaubst. Falls Philippa wirklich Beweise dafür hat, daß Paris ein Doppelagent ist, und Paris das weiß, dann könnte er die Ursache eurer Schwierigkeiten sein. Oder... du solltest das wissen... unabhängig von seiner Spionage zwischen Frankreich und Irland und England und Schottland ist er an einer kleinen, privaten und völlig illegalen Transaktion beteiligt, bei der ein Mann namens Cormac O'Connor und ein schlauer alter Seemann seine Partner sind. Der Seemann würde Philippa mit dem allergrößten Vergnügen verführen, aber er würde sie niemals überfallen und auch keine Leute wie – mein Gott», sagte Lymond und brach selbst unvermittelt ab. «Die Kerrs.»

Kate sagte eisig: «Wir stehen nicht auf verschiedenen Seiten. Es war nicht nötig, dich in vollen nationalen Federschmuck zu werfen und mir das alles zu erzählen. Ich wollte es dir ohnehin sagen. George Paris war in Onkel Somervilles Haus und wurde bezahlt, als Sir Graham Philippa besuchte. Trotz aller Anstrengungen von Onkel Somerville gingen Paris und Sir Graham etwa um dieselbe Zeit, und es kam zu einem Unglück auf dem Fluß. Paris fiel ins Wasser – er kann nicht schwimmen –, und Sir Graham sprang aus seinem Boot und rettete ihn. Überschwenglicher Dank an Gott und Sir Graham, und schließlich trennten sich die beiden. Paris hat Gabriel gegenüber allerdings einen falschen Namen angegeben. Das sagt Philippa. Sie wußte, wer er war, hat es Sir Graham aber nicht gesagt... Wir stehen *nicht* auf verschiedenen Seiten», wiederholte Kate zornig angesichts von Lymonds Miene. «Es schien damals nur diplomatisch zu sein. Wie auch immer, als Sir Graham, klatschnaß, sich gesammelt und seine Sachen zusammengesucht hatte und die Bootsfahrt fortsetzen wollte, stellte er fest, daß er Paris' Umhang hatte. Und im Umhang steckte eine Tasche, die eine große Summe in Gold enthielt, in englischer Währung, und etliche Schreiben vom englischen Geheimen Rat...»

«Hat Paris erraten, was damit geschehen ist?» fragte Lymond.

Kate schüttelte den Kopf. «Die Tasche war sehr schwer. Er muß angenommen haben, sie sei auf dem Grund gelandet.»

«Und was hat Sir Graham dann mit dem Umhang und dem Geld gemacht?» fragte Lymond.

«Er hat natürlich versucht, den Besitzer zu ermitteln, unter dem Namen, den Paris ihm genannt hatte. Und natürlich konnte er ihn nicht finden. Deshalb ist er zu Onkel Somerville zurückgegangen und hat ihn gefragt, ob er den Umhang und das Geld seinem Besucher zurückgeben könne. Onkel Somerville kannte den Namen nicht, den Graham ihm nannte, aber er erkannte den Umhang, das Geld und die Schreiben des Geheimen Rates und hat gesagt, er werde natürlich dafür sorgen, daß sie an die richtige Adresse gerieten.»

«Und sind sie das?» fragte Lymond gespannt.

«Du kennst Onkel Somerville nicht», sagte Kate. «Oder den Geheimen Rat. Das Geld ging direkt an die Schatzkammer zurück. Und als der arme Paris mit seiner Leidensgeschichte auftauchte, um eine neue Börse aus ihnen herauszuquetschen, haben sie ihm erklärt, er solle schwimmen lernen, ehe er das nächste Mal mit Gold in der Tasche eine Bootsfahrt antrete.»

«Sauber», sagte Lymond. Sie konnte seine Miene nicht deuten. Wenn es ein anderer gewesen wäre, hätte sie gesagt, er sehe völlig verwirrt aus. Er sah sie nach einer Weile zum ersten Mal wieder an und sagte: «Du mußtest Sir Graham also abtrocknen und den sanften Segen seines Dankes entgegennehmen. Hat er viel gebetet?»

Der Ton schärfte Kates klugen Blick. Sie dachte einen Augenblick lang nach, dann kam ihr endlich die Erleuchtung. «Er hat bei Ormond gewohnt, nicht bei mir. *Francis*! Führt Graham Malett die Truppe des Lichts an? Ist es *Gabriel*, von dem du befürchtest, deine Jünger an ihn zu verlieren?»

Soviel zu ihren Plänen. Als der einschläfernde Sonnenschein seinen Stuhl umfing, sprang Francis Crawford mit solcher Wucht auf die Beine, daß der Stuhl hinter ihm auf den Boden krachte. Er sagte: «Tut mir leid, Kate!» ohne stehenzubleiben, und stürzte weg von ihr, quer durchs Zimmer.

Dort hielt er inne, kämpfte um Gelassenheit und drehte sich nach einem langen Schweigen mit offensichtlichem Widerstreben um. Kate war aufgestanden und hatte etwas sagen wollen. Statt dessen starrte sie ihn an, dachte betäubt an heiße Milch und Decken und sagte kein Wort.

Er mißverstand ihre Miene. Er sagte schnell: «Hab keine Angst. Du siehst aus, als hättest du erwartet, daß ich dich schlage...» Und dann, die Augen aufgerissen im müden Schock: «Hast du das geglaubt? Hast du das tatsächlich geglaubt, Kate? O Gott, was spielt es dann noch für eine Rolle?» sagte er und fiel neben der heißen Fensterbank auf die Knie, beide Hände fest auf die Augen gedrückt, die Ellbogen in Kates alten Kissen vergraben.

Über dem weißen Voile seines Hemdes schlug sein Puls schnell unter der hellen Haut. Einen Augenblick später sagte er, ohne sich zu rühren: «Gibst du mir ein Bett, wenn ich dich darum bitte?»

«Mein Lieber, mein Lieber», sagte Kate, aber nur zu sich, «ich würde dir meine Seele in einem Heidelbeerkuchen geben, und ein Messer zum Aufschneiden dazu.»

Tatsächlich schlief er dort ein, wo er in die Knie gegangen war, und sie mußte ihn dazu überreden, sich überhaupt noch einmal zu rühren. Als er erst einmal nachgegeben hatte, war er zu müde, sich auszuziehen, zu müde, noch etwas zu denken. Kate hatte richtig vermutet: Er war überarbeitet. Er hatte ihr nichts gesagt von den sinnlosen, ständigen, ärgerlichen Belanglosigkeiten, die seinen Schlaf unterbrachen, so daß eine Stunde ungestörter Schlaf ein Nirwana war und mehrere Stunden stetiger Schlaf etwas, was er nicht mehr kannte.

Schließlich schlief er also auf jener Fensterbank, den Kopf in den

Kissen vergraben. Zu Philippa, die währenddessen trotzig hereinstolzierte, sagte Kate zischend: «Sag *ein* Wort, und ich schicke dich zu den Nixons.»

«Ich bin nur gekommen, um mich zu vergewissern, daß er dich nicht geschlagen hat», stellte ihre Tochter von der Sicherheit der Schwelle aus hochnäsig fest und marschierte hinaus.

Zwei Stunden später, als Kate Somerville, ihren Nerven zuliebe, in einem anderen Teil des Hauses etwas für Philippa zu tun gefunden hatte und versuchte, ihre Aufmerksamkeit auf etwas anderes zu lenken als auf das stille Zimmer im ersten Stock, kündigte das Hufeklappern auf der trockenen, staubigen Straße zwei, vielleicht drei Reiter an, die schnell nach Süden kamen, offenbar unterwegs nach Flaw Valleys.

In einem von ihnen erkannte Philippa, die mit erstaunlicher Geschwindigkeit aufgetaucht war, sofort Jerott Blyth. Die anderen waren Soldaten.

Am Torhaus vergeudete Bruder Jerott, mit dem lockigen rabenschwarzen Haar und der Adlernase über dem schönen florentinischen Küraß, keine Zeit. «Crawford von Lymond – ist er hier?»

Kate sah, daß ihr Kind die lange Zufahrt entlangrannte und winkte. «Mr. Crawford? Er ist hier!»

«Er ist hier», wiederholte Kate dem unfreundlichen jungen Mann in ihrem Flur gegenüber. «Aber es tut mir leid, er darf bis zum Morgen nicht gestört werden. Falls Sie es wünschen, sind Sie bis dahin Gäste von Flaw Valleys. Sonst bin ich selbstverständlich bereit, Ihre Nachricht zu übermitteln.»

«Es tut mir leid», sagte Jerott, den Blick anderswohin gerichtet. Wo lag denn hier der Reiz, in Gottes Namen? Es war doch bestimmt nicht die kleine Frau in dem fleckigen Kleid? Oder die unhübsche Vierzehnjährige, die in der Nacht, in der Trotty gestorben war, so mutig gewesen war? Er sagte, als er die Treppe entdeckt hatte: «Er ist da oben, nicht wahr? Es tut mir leid, aber er wird anderswo gebraucht.»

«Es tut mir auch leid», sagte Kate in ihrem drohendsten Ton. Durch irgendein Wunder stand sie auf der untersten Stufe, mit Charles, sechs Fuß groß, zwei Stufen hinter ihr. «Mr. Crawford darf *unter gar keinen Umständen* vor dem Morgen gestört werden.»

Das weckte Jerotts Aufmerksamkeit. «Warum, wer ist denn bei ihm?» und Philippa, die ungesehen hinter ihm stand, holte gewaltig Luft, um im reinen Frohlocken loszukrähen, und wäre dann fast daran erstickt, ohne einen Laut von sich zu geben. Denn in den Augen ihrer Mutter standen Tränen blanker Wut, und das Gesicht ihrer Mutter wandte sich ihr zu. «Philippa, geh in die Küche», sagte Kate mit einer Stimme, der Philippa sich niemals widersetzen würde. Und zu Jerott: «Mr. Blyth, ist es Ihrer Aufmerksamkeit und der Ihrer anderen, kräftigen, tüchtigen und ergebenen Gefährten der Johanniterritter völlig entgangen, daß Ihr Kommandant krank vor Erschöpfung ist?»

«Ach, er ist krank?» sagte Jerott. Er klang nicht überrascht. «Ich nehme an, er wird es trotzdem wissen wollen. Der March-Tag nächste Woche ist auf morgen vorverlegt worden. Offenbar sind wir letzte Woche gewarnt worden, aber die Nachricht hat uns nicht erreicht. Mr. Crawford hatte die Absicht, daran teilzunehmen. Aber falls er krank ist», sagte der dunkelhaarige junge Trottel fröhlich, «wird er zweifellos einen anderen hinschicken.»

«Oh», sagte Kate. «Morgen? Wann muß er dann aufbrechen?»

«Jetzt», sagte Jerott höflich. «Ich muß Sie wirklich bitten, ihn zu wecken.»

«Und falls», sagte Kate verzweifelt, «Mr. Crawford zu krank sein sollte, das Kommando zu übernehmen, wie wird sein Stellvertreter dann gewählt?»

Jerott starrte sie an. «Da gibt es nur eine Wahl, Mrs. Somerville. Falls Mr. Crawford nicht die Führung übernehmen kann, fällt sie an Sir Graham Reid Malett.»

«Dann gehen Sie besser hinauf», sagte Kate daraufhin ungnädig. «Er ist nicht krank – noch nicht, aber meiner Meinung nach leidet er an schwerer Überlastung und natürlich an Schlafmangel.» Ihre scharfen braunen Augen suchten und forschten im braunen Gesicht des gutaussehenden jungen Mannes, der während der widerlichen Episode mit der alten Frau gütig zu Philippa gewesen war und so unbekümmert über seinen Kommandanten sprach. «Sie kennen Mr. Crawford noch nicht lange?» fragte sie.

«Wir waren als Jungen ... Bekannte», sagte Jerott. «Und sind uns letztes Jahr auf Malta wieder begegnet. Ich hatte nicht die Absicht, gefühlskalt zu wirken. Ich habe, was ich kaum zu sagen brauche, einen riesigen Respekt vor Mr. Crawfords Können.»

«Aber nicht vor seinem Charakter?» sagte Kate. «Mr. Blyth, Sie sollten eines bedenken. Ein zölibatäres Inselleben im Kampf gegen die Türken ist keine Gewähr für frühe Reife. Nehmen Sie den Rat einer Frau an, die Ihre Tante sein könnte, und urteilen Sie nicht vorschnell.»

Jerott musterte sie mit seinem prächtigen, kalten Blick. «Da haben Sie vermutlich recht. Sir Graham Malett zum Beispiel bewundert ihn und hegt eine starke Zuneigung zu ihm.»

Die christusähnliche Naivität von Sir Graham war eindeutig eine schmerzliche Angelegenheit. Immun gegen den Sarkasmus, kam Kate plötzlich darauf zu sprechen. «Ich nehme an, das Gefühl ist gegenseitig... Sir Graham hat keine Neigung, die Führerschaft an sich zu reißen?»

«Sie an sich zu reißen?» Jerott lachte. «Mrs. Somerville, Gabriel ist nur nach Schottland gekommen, um Lymond aus seinen abstrusen Beschäftigungen in ein Leben zu ziehen, das seiner und seiner Gaben würdig ist.»

«Und die Armee?» fragte Kate. «Wenn Francis Crawford seine Gelübde ablegt, was wird dann aus der Armee?»

Von der Stufe über ihr sah Jerott Blyth ungeduldig auf Kate herunter. «Es ist seine Armee. Er würde sie führen, wie jetzt. Aber als heilige Waffe. Für großartige Ziele, nicht für Söldnerlohn.» Er schaute hinauf und ironisch wieder zu Kate zurück, bevor er in Lymonds Zimmer trat.

Den gewaltsam zu wecken war für niemanden ein Vergnügen; er war zu erschöpft, als daß sanfte Methoden etwas genützt hätten. Es dauerte lange, bis er sich im Schlaf regte und schließlich protestierte; aber bald darauf hatte er sich herumgewälzt, den Kopf in den Händen, und hörte sich Jerotts Geschichte an. Dann stand er auf und machte sich bereit zum Aufbruch.

Kate führte noch ein kurzes, letztes Gespräch mit Francis Crawford, nachdem sie allen eine schnelle, großzügige Mahlzeit serviert und ihre Pferde hatte satteln lassen. «... wegen Philippa», sagte sie, als er aufhörte, so zu tun, als esse er, und darauf wartete, daß sie aufstand. Jerott und die anderen waren schon draußen.

«Ja?» sagte Lymond. «Du möchtest, daß ich mich bei ihr entschuldige? Natürlich tue ich das. Aber ich glaube nicht...»

«Nein, nein. Was könnte das schon Gutes bewirken? Aber ich möchte gern», sagte Kate ungeachtet der drängenden Zeit und gegen Lymonds stummen Widerstand, «die ganze Geschichte von der Verfolgung der Viehdiebe hören. Vielleicht könnte das zur Erklärung beitragen. Was war zum Beispiel mit dem Kind, das du bei den Turnbulls fast umgebracht hättest?»

Der kornblumenblaue Blick neben ihr erwachte langsam zum Leben. Die blonden Brauen hoben sich zu einer unglaublichen Höhe. «*Kate!*» sagte Lymond. «Ich weiß, daß wir einen Hang zum Melodramatischen haben, aber ich habe noch nicht damit angefangen, Kinder zu fressen, nicht einmal Kinder der Turnbulls. Wer hat denn diese unerhörte Geschichte verbreitet?»

Kate lachte. «Philippa hat es von dem kräftigen Arzt erfahren – wie heißt er? Bell? Als er eines Tages vorbeigekommen ist, um zu sehen, wie es ihr geht. Sie schwört, er hat gesagt, daß du ein Kind gequält hast, um aus der Frau herauszubekommen, wo das Vieh der Kerrs war. Und du weißt, das ist Philippas...»

«*Bête noire* nennt man das, glaube ich», sagte Lymond. «In einem gewissen Sinn ist sie nicht weit von der Wahrheit entfernt. Ich habe von der Mutter erfahren, was ich wissen mußte, aber ich brauchte das Kind nicht anzurühren. Ich habe ihr nur gesagt, falls sie mir nicht helfe, ließe ich das Kind nach Edinburgh bringen und das arme, halbverhungerte Ding zu einem wohlgenährten, braven Bürger erziehen. Das hat die Gottesfurcht in ihr geweckt.» Er schüttelte den Kopf. «Gib auf, Kate. Was du ihr auch erzählst, sie wird jetzt nur glauben, was sie glauben will.»

Er stieß behutsam den Stuhl zurück, und sie stand auf. Als er ihren Arm nahm, um mit ihr auf den Hof hinaus zu gehen, schaute sie auf und sagte: «Warum ist das March-Treffen so wichtig? Es *ist* wichtig, nicht wahr?»

«Aus drei Gründen», sagte Lymond. «Erstens, weil der alte Wat Scott von Bucchleuch dort sein wird, darauf erpicht, einen blutigen Kampf mit den Kerrs zu provozieren, von denen er glaubt, sie hätten seinen Sohn ermordet. Zweitens, weil die Creme der nordenglischen Kommandanten dort sein wird, auf die wir Eindruck machen müssen. Und drittens, weil es jemand für der Mühe wert gehalten hat, daß uns zwei verschiedene Nachrichten über das veränderte Datum nicht erreichten, eine vom englischen Aufseher, die andere von Tosh, meinem Mann, der Buccleuch bewacht.» Auf der Schwelle blieb er stehen. «Kate Somerville, ich danke dir. Du hast es gegen deinen Willen getan. Aber wenn du Jerott nicht hereingelassen hättest, damit er mich weckt...»

«Hätte Gabriel das Kommando übernommen», sagte Kate sanft. «Wäre das so schlimm gewesen?»

«Ja», sagte Lymond, und unvermittelt lag kalte Wut in seiner leisen Stimme. «Ja, das wäre es gewesen.»

An jenem Abend beim Essen war Kates Tochter keine erfreuliche Gesellschaft. Und weil auch sie angespannt war wegen der Ausführungen, die sie machen mußte, hatte sie ebenfalls erstaunlich wenig Appetit. Die Mahlzeit verlief äußerst trübselig.

Sie war dankbar, als Philippa plötzlich sagte: «Ich bin nicht in der Küche geblieben.»

«Oh?» sagte Kate und ging im Geiste schnell mehrere Gesprächspassagen durch.

«Nein. Ich habe gehört, was dieser Mann über den Viehdiebstahl gesagt hat.»

«Oh», sagte Kate.

«Du hast ihm *geglaubt*, als er gesagt hat, er hat das Kind nicht mißhandelt», sagte Philippa.

«Wohl arg vertrauensselig», pflichtete Kate bei.

Eine Pause entstand. Philippas kleines, teigiges Gesicht mit den Ringen um die braunen Augen war bleich, und eine Strähne des lehmfarbenen Haares fiel ihr unbemerkt über die Wange. Sie sagte schließlich: «Er hat sich bei dir bedankt. Du hast ihn geweckt, und es war grauenhaft, aber er hat sich bei dir *bedankt*.»

Kate hatte nicht gewußt, daß Philippa bei dieser kleinen Übung in Grausamkeit dabeigewesen war. Sie sagte: «Die Pflicht hat ihn gerufen, Schätzchen. Das war wichtiger als Schlaf.»

«Aber er ist zum Schlafen hergekommen. So war es doch?» sagte Philippa.

«Nein», sagte Kate, deren Magen wie eine Schlangengrube war.

«Komm, setzen wir uns in den Garten, ehe du alles vollkrümelst.» Und als sie im Gras unter den Apfelbäumen saßen, während beider Kleider unentfernbare Flecken bekamen, wiederholte sie: «Nein. Er ist nicht zum Schlafen hergekommen. Er ist hergekommen, um sich zu vergewissern, daß du in Sicherheit bist, und er hatte vorher nicht geschlafen. Er glaubt, daß jemand dir etwas antun will.»

«Mir etwas antun!» Philippa riß die Augen auf, und ihr Mund verzog sich zu einem reizenden, hemmungslosen Grinsen. «Aber das ist doch blöd! Er hat mir selbst etwas angetan.»

«Du hast gehört, warum er das getan hat», sagte Kate kurz. «Er hat es für einen großen Zufall gehalten, daß die Siedlung der Turnbulls und Liddel Keep so nahe beieinander liegen. Und er hat gedacht, das Feuer hier bei uns sei viel zu rätselhaft gewesen. Deshalb wollte er dich schnell aus dem Turm weghaben. Es war dein eigener Fehler, daß du nicht getan hast, was er dir gesagt hat... Er hat mich gefragt», sagte Kate und lavierte sich hindurch zwischen ihrer Verantwortung und dem Rest ihres Gewissens, «warum jemand vorhaben könnte, dich aus dem Weg zu räumen. Mir ist nur George Paris und sein kleines Geheimnis eingefallen.»

«Das hast du ihm also gesagt?» sagte Philippa nachdenklich.

«Ja. Er wußte es schon», sagte Kate defensiv. «Ich habe also nicht gerade den Geheimcode der Regierung verraten. Aber er wußte nicht, daß du es weißt.»

«Und er glaubt», sagte Philippa erheitert, «daß Mr. Paris *mich* ermorden will?»

«Ich meine, es fällt ihm etwas schwer, das zu glauben. Aber es ist nicht ausgeschlossen. Bis wir es wissen, habe ich jedenfalls versprochen, dich an die Kette zu legen, Philippa. Keine Gänge ins Dorf mehr ohne mich. Keinerlei Besuche auswärts. Und Charles oder eine andere unglückliche Seele muß sogar im Garten auf dich aufpassen. Wir gehen keinerlei Risiken ein.»

Sie verließ der Mut, als sie merkte, daß ihre Tochter zielsicher auf die einzige Schwachstelle losging. Oh, Francis...!

«Aber», sagte Philippa, «Mr. Crawford braucht doch nur George Paris als Doppelagenten zu denunzieren, dann läßt ihn die Königinmutter von Schottland ins Gefängnis stecken, und ich bin in Sicherheit.»

Es wäre leicht gewesen, zu behaupten, sie habe Lymond aus verspätetem Patriotismus das Versprechen abgenommen, das nicht zu tun. Statt dessen sagte Kate unverblümt die Wahrheit. «Einer der Männer, die wegen einer kleinen Gaunerei mit Paris im Bunde sind, ist ein Freund von Mr. Crawford. Er kann Paris nicht auffliegen lassen, ohne seinem Freund zu schaden.»

«Und warum läßt dann Sir Graham Malett Paris nicht auffliegen? Ihm sind Mr. Crawfords kriminelle Freunde bstimmt gleichgültig», sagte Philippa.

«Er weiß nicht, wer Paris ist», rief Kate ihr geduldig ins Gedächtnis. «Der hat ihm einen falschen Namen genannt, weißt du noch? Es war alles sehr erwachsen und kompliziert.»

«Ich glaube nicht, daß es sehr erwachsen war», sagte Philippa nach einem Augenblick. «Ich... Oh. Ich verstehe. Schon wieder Sarkasmus. Schon gut. Aber», sagte Kates Tochter und blieb hartnäckig bei der Sache, «warum hast dann du Paris nicht denunziert?»

«Weil», sagte Kate, die aufstand und das gemähte Gras und Insekten von ihrem Rock schüttelte, «ich noch ein paar Fetzen von Respekt vor meiner Nation habe, wenn auch nicht für die skandalösen Kreaturen, die im Augenblick versuchen, sie zu regieren. Falls George Paris als Doppelagent enttarnt wird, kann er nicht mehr für den König von England arbeiten.»

«Ich muß schon sagen», sagte Philippa und stand auf, «Mr. Crawford scheint sich keine Sorgen zu machen. Ihm muß viel mehr an seinen Freunden liegen als an seinem Land.»

«Hm», sagte Kate und musterte ihr Kind im milden Schein der späten Sonne, deren Licht ein hübscher Hintergrund für die Blätter des Apfelbaumes war. Philippa sah entsetzlich aus. Sie nahm an, daß sie selbst auch entsetzlich aussah. Sie beschloß, ein neues Kleid zu kaufen und etwas, was ihrem Haar Halt gab, überlegte es sich aber sofort anders. Es kam auf den Charakter an. Sie sagte: «Wenn du meinst, Mr. Crawford mache sich keine Sorgen, bist du blind. Er ist vor Sorge fast von Sinnen.»

«Um sich», sagte Philippa. «Das Ärgerliche an Mr. Crawford ist, daß er kein soziales Gewissen hat.»

«Das Ärgerliche an Mr. Crawford ist», sagte Kate, «daß er sich

mit seinen Feinden arrangiert und seinen Freunden fröhlich Streiche spielt. Komm. Gehen wir hinein, ehe meine Mutterliebe nachläßt und ich dir ein blaues Auge auf der anderen Seite verpasse.»
Und Kate Somerville zog ihre Tochter ziemlich verzweifelt an sich und ging hinein.

10. Kapitel

Hadden Stank

March-Treffen, Juni-Juli 1552;
Algier, August 1552

Hadden Stank, eine sumpfige Weide fast genau an der schottisch-englischen Grenze und ein paar Meilen von den englischen Schlössern Carham und Wark entfernt, war nicht der Lieblingsort der Engländer für ein Aufsehertreffen. Das hing damit zusammen, daß zwölf Jahre zuvor eine englische Armee aus dreitausend tapferen Reitern auf dem flachen Abhang, in dessen Schatten die Weide lag, geschlagen worden war. Hadden Stank war auch bei den Douglases nicht beliebt, die damals auf der englischen Seite gestanden hatten.

Deshalb bereitete es Wat Scott von Buccleuch, der von Branxholm aus nach Norden zum Treffen ritt, ein großes, unverhohlenes Vergnügen, als er auf Jamie Douglas von Drumlanrig stieß, Baron von Hawick und jetzt das aktivste Mitglied dieser großen Familie, der verdrossen vor ihm herritt, um seinen Platz als schottischer Aufseher und Justitiar der Middle Marches einzunehmen. Bis vor zwei Monaten hatte Buccleuch dieses Amt innegehabt. Er hatte es, zusammen mit anderen öffentlichen Verpflichtungen, aufgegeben, als sein Sohn Will starb. Seine Frau sah, während sie jetzt neben ihm herritt, daß Buccleuch, wie er so Sir James hänselte, es nicht bereute, daß er auf das Amt verzichtet hatte, auch wenn es fast uneingeschränkte Macht bedeutete.

Ihr Argwohn war geweckt. Mit über sechzig, ein Leben voller Gewalt hinter sich, war Buccleuch nach dem Vorfall von Liddel Keep ein gebrochener Mann gewesen. In letzter Zeit strahlte jedoch ein zielstrebiger Glanz in seinen Augen, und behende wie ein vierschrötiger Kobold war er ständig aus Branxholm verschwunden und wieder aufgetaucht, bis ihnen das Essen ausgegangen war.

Wat Scott von Buccleuch wußte sehr gut, daß es ernste Schwierigkeiten für seine Familie nach sich gezogen hätte, wenn er unprovoziert Hand an die Kerrs gelegt hätte. Der Mörder seines Sohnes war nicht gefunden worden; und die Justiz hatte entschieden, daß die Kerrs, weil sie im wenn auch unzutreffenden Glauben gehandelt hatten, die Scotts hätten ihr ganzes Vieh getötet, wegen der Vergeltungsaktion nicht zur Rechenschaft gezogen werden konnten. Mit einer hohen Geldbuße von Cessford und Ferniehurst war der Fall abgeschlossen worden.

Janet Beaton, Lady von Buccleuch, glaubte trotz ihrer alarmierenden Vorhersage Lymond gegenüber nicht, daß Wat Walter oder John Kerr direkt provozieren werde. Auf anderen Gebieten mißtraute sie ihm bis zum äußersten, und mit ihrer unnachgiebigen Ausstrahlung auf ihrer Stute zwischen Buccleuch und Sir James Douglas, die sie beide mit grimmigen Blicken bedachte, veranlaßte sie Sir Wat schließlich zu unklugen Bemerkungen. «Es ist schon ärgerlich genug, daß das Bier so teuer geworden ist, mußt du zusätzlich noch die ganze Zeit ein so langes Gesicht ziehen?»

«Mein Gesicht ist meine Sache. Du solltest lieber darüber nachdenken, was für ein alter Narr du bist», sagte seine Frau sofort. «Jetzt könntest du zu Hause sein, das Wams ausgezogen, die Füße in Pantoffeln und einen Becher guten Wein in der Faust. Wozu willst du dich denn in Sir James Douglas' Angelegenheiten mischen?»

«Ich war schlecht beraten, als ich mich hab überreden lassen, dich alte Schachtel mitzunehmen!» sagte Sir Walter wütend. «Du wirst die einzige Frau dort sein, bis auf die Huren!»

Lächelnd nickte seine Frau mit dem hübschen Kopf. «O Wat! So ein Treffen ist der Traum aller jungen Mädchen!»

«Du bist aber kein junges Mädchen!» brüllte Sir Wat. «Dreimal verheiratet und sechsfache Mutter! Die werden dich in den Zelten herumzerren wie Fischer, die einen Lachs an Land ziehen wollen, und du brauchst mich gar nicht erst zu Hilfe zu rufen!»

«Wat, Wat!» sagte Lady Buccleuch tadelnd. «Du beleidigst Sir James. Wir sind unterwegs zu einem seriösen, bestens veranstalteten March-Treffen, nicht zu einem Bordell.»

Sir James Douglas von Drumlanrig lächelte, vielleicht eine Spur säuerlich. Er war ein schlanker, attraktiver Mann, gut und teuer gekleidet, und hatte, wie Janet wußte, die Reihen der Scotts und Cousins, die Sir Wat folgten und bescheiden mit Schwert und Messer bewaffnet waren, schon mit einem schlauen Blick gestreift. «Es sollte», bemerkte er schließlich, «ein ungewöhnlich friedliches Treffen werden. Ich glaube, die neue Armee von St. Mary ist gerufen worden, um Wache zu halten.»

Soviel zu Mr. Crawfords hübscher Überraschung, dachte Lady Buccleuch und fing den Blick ihres Dieners Tosh auf, der diskret hinter ihnen ritt. Aber Sir Wat sagte hochmütig: «Oh, ich weiß, ich weiß. Der alte Wharton muß nicht mehr ganz bei Trost sein, daß er diese leichtsinnigen jungen Adelssprößlinge und diesen Haufen Priester hergerufen hat. Ich hoffe, sie müssen sich nicht übermäßig anstrengen, das ist alles. Es würde mir gar nicht gefallen, wenn sich der junge Herr Graf ein Hemd durchschwitzen müßte.»

«*Wat*!» sagte seine Frau Janet warnend.

«Eh, meine Liebe?» sagte Sir Wat. «Wir sind fast da. Ich glaube, du solltest meinen kleinen Dolch einstecken. Deine Keuschheit ist die Ehre von Buccleuch, denk daran. Und falls es zu unanständigen Reden kommt, solltest du dir einfach die Ohren zuhalten.»

«Wat Scott von Buccleuch!» schrie seine Frau. «Glaubst du, nach all den unanständigen Reden, die mir und deinen armen, unschuldigen Bälgern schon zu Ohren gekommen sind, gibt es auf Gottes Erdboden noch ein einziges unanständiges Wort, das mir nicht vertraut ist?»

«Halt den Mund», sagte ihr Mann liebenswürdig und ritt an den ersten Katen von Hadden vorbei. Vor ihnen, flach zwischen dem Fluß und dem Hügel, lag Hadden Stank mit den wehenden March-Bannern. Er stellte fest, daß die Homes angekommen waren. Außerdem die Elliots, die Armstrongs, die Veitches, die Burunets, die Haigs und die Tweedies, die Todfeinde der Veitches, die außerdem mit den Burnets zerstritten waren. Mitten auf dem Feld, strahlend in der frühen Sonne, wehte außerdem die Standarte von Richard, Dritter Baron Culter, Lymonds Bruder.

Schlag elf ritt der englische Aufseher auf das Feld. Inzwischen waren auch alle englischen Familien eingetroffen: die Dodds, die Charltons, die Milburns und die anderen Freibeuterfamilien; die Ridleys, die Robsons, die Halls und die Grahams, die zu beiden Seiten der Grenze wohnten.

Inzwischen waren die Zelte aufgeschlagen, und an den Marktständen, Reihe um Reihe, konnte man alles kaufen, von der Peitsche bis zum Kupferkessel. In der Mitte stand unter einem Baldachin die Tribüne, wo die beiden Aufseher von Schottland und England mit ihren Stellvertretern, Schreibern und Offizieren sich Fälle anhörten und Urteile sprachen. Auf der schottischen Seite der Tribüne standen ihr die Scotts und die Kerrs am nächsten. Hinter dem Platz von Sir James Douglas auf dem Podium standen die Männer aus Drumlanrig auf dem staubigen Gras. Hinter dem englischen Aufseher standen abgestiegen die hundert Reiter der leichten Kavallerie, die Lord Ogle zur Erfüllung seiner Pflichten zustanden.

Aber Lord Ogle war krank, wie sie alle wußten, und Lord Dacre, den er vertrat, war im Tower. Das Amt des Aufsehers in den Middle und East Marches war für ein Salär von tausend Pfund im Jahr dem Grafen von Warwick zugefallen, dem Retter Englands.

Weil der Graf wegen dringlicher Pflichten in London, die in erster Linie darin bestanden, die Regierung zu hängen, sein Amt nicht persönlich ausüben konnte, übernahm es gewöhnlich ein Stellvertreter. In diesem Fall war der Stellvertreter, den sowohl die Neugier als auch die Pflicht hergeführt hatte, Thomas Lord Wharton, Oberbefehlshaber der Three Marches, direkt aus Carlisle, begleitet von Sir Thomas Palmer und William Flower, dem Herold von England.

Er war klein, zäh, hatte sich aus eigener Kraft hochgearbeitet und hatte zu den Peers gehört, die im vorigen Jahr den Herzog von Somerset, Protektor von England, vor Gericht gestellt und verurteilt hatten; bei allen Kriegen, die es in letzter Zeit an der schottischen Grenze gegeben hatte, war er dabeigewesen. Er war ein alter Feind Lymonds. Lord Wharton ritt auf das Feld, den Helm aus dem grimmigen, rotbraunen Gesicht zurückgeschoben, die Hand zum traditionellen Zeichen des guten Willens hoch erhoben. Francis Crawford, der liebenswürdig plaudernd zu seiner Rechten geritten war, ließ sich zurückfallen und blieb auf einer Seite des Podiums zu Pferd sitzen, während sich hinter ihm die sanft schimmernden Reihen von St. Mary neben den Männern des Aufsehers verteilten, flankiert von Offizieren, ebenfalls zu Pferd.

Das Treffen mit Wharton war ein Zufall gewesen. Aber nicht die Stabsarbeit, die Jerott und Lymond mit der Kompanie zusammengebracht und hierhergeführt hatte, voll bewaffnet, mit Verpflegung und präzisen Anweisungen versehen. Jerott war in Hochstimmung, während er neben Graham Malett saß, beobachtete, wie die Aufseher über das grüne Gras kamen, sich einander näherten und sich umarmten. Um sie herum überzog das Metall der Rüstungen, blendend unter der freundlichen gelben Sonne, die weiche Erde und die Blumen des Hochsommers.

Sie hatten das Unmögliche geschafft. Und Crawford war gut. So gut, daß er getan hatte, was getan werden mußte, trotz der zwei Stunden Schlaf, die er sich gegönnt hatte. Auf die Minute zwei Stunden, und dann war die alte Schärfe wieder da gewesen. Heiland, dachte Jerott, Wharton mußte sich gefragt haben, wie das zugegangen war, als sie sich begegneten. Er hatte danach nicht wieder versucht, sie überheblich zu behandeln.

Jerott schaute hinter sich auf die reglosen Reihen seiner Männer. Er hob den Blick zum Himmel und sah dann hinüber zum sonnenbeschienenen, klassischen Profil Gabriels, der ruhig auf seinem Pferd saß. Im selben Augenblick schaute sich Graham Malett um und lächelte.

Jerott Blyths weiße Zähne blitzten beim antwortenden Grinsen. Mochte kommen, was da wollte, sie waren gerüstet.

Bei einem March-Tag wurden Verbrechen an der Grenze verhandelt, die zu belanglos waren, als daß die Regierung damit befaßt worden wäre. Alle Diebstähle, Raubüberfälle, Verwüstungen, Morde, Brandstiftungen und ähnlich grausame, grauenhafte und ungeheuerliche Verbrechen, die von den Einwohnern dieser Gegend an den treuen Untertanen Ihrer Majestät begangen worden waren, wurden dem Generalgouverneur und Justitiar von Liddesdale übergeben, dem alten Buccleuch. Denn als Aufseher der Middle Marches konnte er Verbrecher gefangennehmen und Gericht über sie halten, mit allen Schreibern, Polizisten und Richtern, die er brauchte.

Zu seiner Zeit war das Aufseheramt ein kleines Vermögen wert und wurde nur Günstlingen verliehen. Auch jetzt wurde die Auswahl mit Bedacht getroffen. Die Aufseher führten Verhandlungen von höchster Wichtigkeit. Ein Ausrutscher konnte zu einem Krieg führen, was in der Vergangenheit auch des öfteren geschehen war.

Sie bestraften Verbrecher nach dem Gesetz des Landes, in dem das Verbrechen begangen worden war. Sie mußten Flüchtlinge ausliefern, falls das verlangt wurde, und dabei immer auf einen Rüffel von der Regierung gefaßt sein, wenn sie es mit allzu großer Bereitwilligkeit taten. Sie mußten für Entschädigungen sorgen und Fehden über die Grenze hinweg unterbinden.

Es funktionierte, aber es war mit hohen Risiken behaftet. Vor jedem angekündigten Treffen schickten geschädigte Parteien Beschwerdebriefe an ihren Aufseher, der sie an sein Gegenstück jenseits der Grenze weiterleitete. Der dortige Aufseher ließ die beschuldigten Männer entweder verhaften oder lud sie zum nächsten March-Treffen vor, wo jeder mit zwei Zeugen und seinem Gefolge erschien, vor Gericht gestellt, verurteilt oder freigesprochen wurde. In Kriegszeiten brachten die Aufseher eigene Herolde mit, die förmliche Waffenruhe bis zum Sonnenuntergang des nächsten Tages erbaten und zugestanden. In Friedenszeiten wie heute war der Wortwechsel zwischen dem englischen Herold in seinem Gewand aus rotem, blauem und goldenem Tuch und dem schottischen Herold reine Formsache. Als die Kläger hereinströmten und ihre Plätze auf den beiden langen Bänken einnahmen, die den Opfern, schottischen und englischen, vorbehalten waren, die durch Diebstahl, Blutvergießen, Raub, Vertreibung und gewaltsames Eindringen geschädigt worden waren, wie Fergie Hoddim verlas, musterten die beiden Aufseher, die jetzt nebeneinander unter dem Baldachin saßen, mit bedächtiger Gleichgültigkeit die Hauptdarsteller des Tages.

Unter ihnen waren viele Frauen. Lord Wharton, der Stellvertreter des englischen Aufsehers, wandte sich dem kräftigen Tommy Palmer neben ihm zu und fragte leise: «Haben Sie Ogles Liste der Kläger dabei? Sind diese Frauen miteinander verwandt?»

Sir James Douglas von Drumlanrig an seiner Seite überflog ebenfalls die Papiere, die Buccleuch ihm übergeben hatte. Sir Wat stand mit verschränkten Armen unter den Scotts auf der rechten Seite. Eine Bewegung von Buccleuchs Bart bewog Sir James zu der Annahme, Lord Whartons Frage sei ihm nicht entgangen. Er beugte sich diskret hinüber. «Und? Sind sie verwandt, Wat?»

«Nur im Mißgeschick, Jamie. Nur im Mißgeschick», antwortete der alte Buccleuch. Sir James seufzte.

Der Morgen verlief jedoch harmlos. Es ging um zwei bescheidene Fälle von Wilderei, einen Diebstahl von Torf und Haferstroh aus der Scheune, Lachsfischerei während der Schonzeit und die feierliche Rückkehr zweier lautstark fluchender Rebellen, die in Kelso gefaßt und vom schottischen Aufseher mit Vergnügen ihrem Schicksal auf der anderen Seite ausgeliefert worden waren. Die schweren Delikte, der Diebstahl von Pferden und Vieh, die Einbrüche, die Brandstiftungen und alle Arten vom Gemetzel, von ungeplanten, im Affekt begangenen oder vorsätzlichen Schwerverbrechen waren dem Nachmittag vorbehalten, wenn die Konzentration nachließ und die streitlustigeren Zuschauer sich möglicherweise gelangweilt den Ständen, den Zelten und der behelfsmäßigen Sportarena zugewandt hätten, wo die Aufmerksamkeit verführerischer angelockt wurde.

Jerott hatte weisungsgemäß damit angefangen, das Feld langsam zu Pferd zu umkreisen, als die Verfahren eröffnet wurden, überprüfte seine Männer, die diskret über das Gelände verteilt waren, gemeinsam mit Ogles hundert ausgescherten Reitern. Gabriel tat dasselbe.

Bis jetzt hatte es keinen Ärger gegeben. Lancelot Plummer, der mit einem starken Trupp direkt hinter den Kerrs stationiert war, winkte, es gebe nichts zu melden, wirkte aber um die Wangenknochen herum ungewöhnlich rot angelaufen. Jerott zögerte, ritt aber weiter. Der englische Herold («Nennen Sie mich Billy») hatte beschlossen, neben ihm die Runde zu machen, und Jerott legte keinen Wert darauf, dem verschlagenen Blick des kleinen Mannes aus Yorkshire etwas Persönliches zu zeigen.

Fergie Hoddim, der nächste Posten, führte ein juristisches Streitgespräch mit einem Mann in Schwarz und war, wie Jerott sah, nur mit halbem Auge bei seiner Arbeit. Der Disput wurde auf Lateinisch ausgetragen; «*continuatur ex partium consensu*», sagte Fergie hitzig, und «*essoin de malo lecti*»; und dann fing er damit an, ein zweifellos brillantes Streitgespräch über Prozeßführung und juristische Streitfälle in Gang zu bringen. Wenn er sein Thema gefunden hatte, war er nicht mehr zu bremsen.

«Fergie!» sagte Jerott.

«Gott möge Sie mit Fieber strafen!» sagte Fergie Hoddim und wandte dem Ritter sein langes, schwarzbärtiges Gesicht zu. «Der

Herr Graf von Sevigny hat uns schon aufgesucht, um uns dasselbe zu sagen», und er äffte Lymond überraschend gut nach, als er sagte: «In einer Schriftstellerklause kann man kein Schwert führen, Fergie. Entweder das eine oder das andere, Salomon; Sie müssen sich entscheiden.»

«Er versteht sich ausdrücken, dieser Mr. Crawford, nicht wahr?» sagte der englische Herold mit erfreuter Stimme. «Das haben wir in Frankreich festgestellt. Ein tüchtiger Bursche. Und was er erreicht hat!»

«Sie sollten erst sehen, was er hier erreicht», sagte Jerott gelangweilt. «Fergie... ich muß zugeben, daß unser tapferer Kommandant recht hat. Passen Sie auf, Mann. Sie können hinterher über Ihre juristischen Streitfälle mit Gabriel sprechen, wenn Sie eine gründliche Diskussion wollen...»

Hercules Tait war außer Dienst, eigentlich zum Essen, aber tatsächlich kaufte er geheimnistuerisch etwas aus dem Bündel eines Händlers. Jerott konnte nicht sehen, was es war. Alec Guthrie war grimmig auf dem Posten, außerdem de Seurre, des Roches und Adam Blacklock, allesamt in der Nachbarschaft von Buccleuch. «Hat ganz allein einen Keiler niedergekämpft», sagte Billy Flower, der englische Herold. «In Angers. Ganz allein.»

«Sie waren dabei?» fragte Jerott. Das gab ihm wenigstens Gesprächsstoff. Er hatte Gabriel bemerkt, der auf dem trockenen Gras saß und mit dem alten Buccleuch plauderte, während sie beide aßen. Unter der Mittagssonne glänzte sein Kopf wie ein neugeprägtes Goldstück, und seine gravurenverzierte Rüstung, seinen einzigen wertvollen Besitz, trug er zwar noch, aber aufgeschnallt. Er winkte.

«Und ob ich dabei war. Und ich hatte das Privileg, mit anzuhören, wie der Herr seine anderen Begabungen vorgeführt hat, vor den Majestäten, verstehen Sie. So ein Künstler, so ein gutes Ohr! Ich habe auch einmal Laute spielen gelernt, das heißt in meiner Jugend», sagte der englische Herold, mitgerissen von seinen Erinnerungen. «Aber sie klang anders. Ja, ich muß gestehen, das konnte man überhaupt nicht miteinander vergleichen.»

Jerott, der abstieg, ohne zuzuhören, sagte: «Da waren also *zwei* Keiler? Herold – *Billy*», fuhr Jerott voller Abneigung fort. «Kommen Sie, lernen Sie Sir Graham Malett und den Sir von Buccleuch kennen. Beides tüchtige Burschen.»

Und der Herold, der es in seiner Heiterkeit nicht zur Kenntnis nahm, stieg ab, als Graham Malett eben sagte: «Haben Sie schon gegessen, Jerott? Nein? Dann gehe ich gleich wieder zum Dienst. Warten Sie, Sie bekommen hier etwas zu essen», und er schickte einen Läufer weg, um Essen zu holen. Der Mann brachte reichlich für Flower und Jerott und dazu etwas Wein, und Gabriel verweilte einen Augenblick, sprach mit dem Herold, während sich sein Schatten auf dem flachgetretenen Gras abzeichnete und er die Rüstung zuschnallte. Buccleuch, den ein Gedanke überkam, mischte sich ohne Förmlichkeit in das Geplauder ein. «Haben Sie das Ding da aus Italien?»

«Meine Rüstung?» Gabriel schaute auf. «Aus Deutschland, Sir.»

«Sitzt hervorragend um die Hüften», gab Sir Wat seine Meinung ab. «Haben Sie für Ihre Schwester auch so etwas anfertigen lassen?»

«Joleta?» Sir Graham lächelte, aber in seinem Gesicht stand ein leicht verwirrter, forschender Ausdruck. Adam Blacklock, der plötzlich zum Leben erwachte, regte sich und stand auf.

«Aye», sagte Sir Wat hilfsbereit. «Vielleicht sind Sie in letzter Zeit nicht in Midculter gewesen. Das Mädchen ist neulich in einem üblen Zustand nach Hause gekommen. Ist von ihrem Pony gefallen. Hat sie gesagt.» Gabriel war damals verwundet einundzwanzig Meilen geritten, um Janets Schwester Grizel zu trösten. Im Prinzip hatte Buccleuch nichts gegen Sir Graham. Was ihm nachging, jetzt wie immer, war die Tatsache, daß St. Mary Will nicht gerettet hatte.

Adam Blacklock, der die verwirrten Gefühle des alten Mannes so gut deuten konnte wie jeder andere, machte den Mund auf. Aber ehe er etwas sagen konnte, sagte Gabriel ruhig: «Wenn meine Schwester das sagt, ist es selbstverständlich wahr. Übrigens war ich in Midculter. Sie wird nie wieder ohne angemessene Eskorte aufbrechen, nicht einmal nach Boghall.»

«Aber sie war nicht in...» fing Buccleuch an und brach ab, als Blacklock ihm die Hand auf den Arm legte. «Ich glaube, Sir, es geht weiter.»

«So?» Sir Wat drehte sich im knarrenden Sattel um. «Nein, es ist noch nicht soweit. Francis Crawford spricht mit Wharton, und Culter hält sich fern von ihnen auf der anderen Seite des Feldes. Das bringt mich wieder darauf. Sie war nicht in . . .»

«Wat!» sagte seine Frau Janet, die forsch aus dem Zelt kam, in das sie wutschäumend zu Beginn der Pause geschoben worden war.

«Ich wollte eben erwähnen», sagte Sir Wat, der gekränkt einen Teil seines Plans aufgab, «daß ich heute morgen nicht gesehen habe, daß sich die beiden Crawfords unterhalten hätten. Culter muß diesem ungezogenen jungen Heißsporn immer noch die Tür verschließen.»

Alles, was mit Lymond zu tun hatte, das wußte Jerott und Blacklock bemerkte es inzwischen auch, zog stets Gabriels volle Aufmerksamkeit an. Er sagte jetzt, immer noch ruhig: «Ich bin mir nicht sicher, was Sie meinen. Gibt es Ärger zwischen Francis und seinem Bruder?»

«Wat!» sagte die weibliche Stimme des Verhängnisses über Buccleuchs Schulter hinweg.

Er überhörte sie. «Oh, aye. Sie haben sich gestritten!» sagte er heiter. «Culter hat seinen Bruder aus Midculter hinausgeworfen, und Sybilla hat ganz schön daran zu kauen. Hat Joleta das nicht erwähnt? Ganz Biggar rätselt herum, wieso . . . Ah, Sie haben recht gehabt, Adam. Da kommt das Signal. Sie sollten mit Ihrem jungen Freund darüber sprechen, Sir Graham. Einem Gottesmann wie Ihnen, der den ganzen Kopf voller Bibelsprüche hat, sollte das nicht schwerfallen.» Und Buccleuch richtete sich auf, nickte und reichte seiner scharlachrot gewordenen Frau einen eisernen Arm.

Graham Maletts Gesicht, glatt wie ein vom Meer abgeschliffener Stein, glatt wie das Gesicht eines Mannes, der in geistiger Hinsicht völlig mit sich im reinen ist, spiegelte den Schatten der Sorge wider. Aber er lächelte den alten Mann dennoch an und sagte: «Glauben Sie das? Ich denke nicht, daß M. le Comte de Sevigny Ihrer Meinung wäre.» Und als Buccleuch mit einem rätselhaften Grinsen abzog, seufzte Gabriel, fing den Blick Jerotts und den Adam Blacklocks ein und lächelte wehmütig. «Heute wird mir alles ein wenig zuviel. Lancelot Plummer hätte fast einen Schlaganfall bekommen, als ich zu ihm gestoßen bin, wegen eines kleinen Streiches, den er und Tait sich in Liddel Keep gegönnt hatten.»

Der Diebstahl von Nixons Staurothek, dachte Jerott, sagte es aber nicht. Statt dessen bemerkte er: «Hat Lymond den Kerrs davon erzählt?»

«Das halte ich für unwahrscheinlich», sagte Gabriel. «Aber Plummer glaubte, er hätte es getan. Und dann war Fergie Hoddim verärgert, weil er wörtlich beschuldigt wurde, mit seiner Kenntnis der Gesetze zu prahlen – nicht ohne Grund, glauben Sie mir», sagte Gabriel mit einer Spur von Gereiztheit in der klangvollen Stimme. «Aber falls Sir Francis seine Intelligenz darauf verwenden würde, seine Arbeit etwas mehr zu delegieren und seine Gesundheit zu schonen, dann wäre er in der Lage, sich und uns etwas lockerer zu führen... Alec!» Er drehte sich lächelnd um, als Guthrie hinter ihm auftauchte und essen wollte. «Ich werde alt. Ich halte Vorträge über die Verbissenheit der Jugend.»

«Sie kritisieren den Kommandanten, eh?» sagte Alec Guthrie trocken. «Das ist ein altes Spiel. Großspurigkeit, Intoleranz und Grausamkeit, das sind allesamt Fehler der Jugend, das stimmt schon, aber nicht nur der Jugend. Sie haben gewußt, was Sie tun, als Sie sich seinem Kommando unterstellt haben.»

Gelassen schnallte Gabriel seine Rüstung zu. «Natürlich habe ich das gewußt. Ich wollte so schnell wie möglich alle Fertigkeiten wiedererlangen, über die ich auf Malta verfügt habe, und vielleicht wollte ich Francis auch ein wenig helfen. Ich glaube, das ist mir gelungen. Ich weiß, daß er mir mehr geholfen hat, als er selbst weiß. Es ist nur so... abgeschlossen von allem Geistigen, von aller Kunst, von aller Anmut in dem harten Leben, das er geführt hat, ist es manchmal etwas schwer, sich mit ihm auszutauschen... bei Dingen, die mir wichtig erscheinen und ihm, vielleicht ganz zu Recht, nicht.»

«Ein sensibler Söldner wäre ein Widerspruch in sich, meinen Sie nicht?» sagte Guthrie. «Falls er sonst nichts bewirkt, er macht uns wenigstens unsere Schwächen bewußt. Ich weiß, ich bin ein streitlustiger alter Mistkerl, der dazu neigt, durch sein Geschwätz den Gang der Dinge aufzuhalten. Wie jetzt. Sollten Sie nicht alle auf Ihren Posten sein?»

Er hatte recht. Sie verteilten sich, grinsend, und Jerott, der den Rundritt zurück zum Podium abschloß, sah, daß Wharton und Drumlanrig wieder auf ihren Stühlen saßen, samt ihren Schreibern, und daß Lymond wie vorher wieder dicht hinter ihnen auf dem Pferd saß. Er sah jetzt, da er danach Ausschau hielt, Richards Familienbanner auf der anderen Seite von Hadden Stank und schließlich Lord Culters ernste Gestalt im Wortwechsel mit seinen Nachbarn, ohne daß er sich auch nur einmal die Mühe gemacht hätte, in die Richtung seines jüngeren Bruders zu schauen.

Es mußte also wahr sein. Sie hatten sich gestritten. Aber worüber? Seit Wills Tod kochte Buccleuch vor Wut auf Lymond. Er hätte sich jeder Verleumdung bedient. Aber warum hatte Adam Blacklock so besorgt eingegriffen? Und Lady Buccleuch? Jerott beschloß, zumindest mit Blacklock zu reden, ehe der Tag zu Ende war.

Aber natürlich war der Tag noch nicht zu Ende.

Jerott fragte sich, was die Aufseher von St. Mary erwarteten, falls es zu Blutvergießen kam. Sir James Douglas, der viel über Francis Crawford wußte, war auf wachsame Weise freundlich gewesen. Lord Wharton, der in der Vergangenheit zu oft hereingelegt worden war, als daß er für Lymond etwas anderes als reine Abneigung empfunden hätte, war in den letzten Monaten durch gründliche Nachforschungen zu einem widerwilligen Respekt vor seinem Können gelangt. Sie konnten sich, wie sie es auf dem ganzen Weg nach Hadden Stank getan hatten, über die Führung von Armeen unterhalten. Was persönliche Dinge betraf und alles, was mit dem letzten Krieg zwischen ihren beiden Ländern zu tun hatte, schwieg Lymond taktvoll und Wharton verstockt.

Jerott war außerdem aufgefallen, daß Lord Wharton zu den wenigen völlig humorlosen Menschen gehörte, die Lymond mit seinem Witz verschonte. Daraus schloß er, erfahren, wie er war, daß Lymond gleichermaßen respektierte, wie der kleine Mann aus Cumberland seine Arbeit tat. Im ganzen glaubte er, die Aufseher würden es genießen, St. Mary in Aktion zu sehen, trotz ihrer Vorbehalte gegen den Kommandanten.

Der Nachmittag zog sich hin. Jetzt kamen die schwereren Fälle vor das Tribunal: Fälle von Raub und Blutvergießen, Fälle, in die ganze Familien verwickelt waren, ähnlich wie bei den Turnbulls, Familien, die im sumpfigen Ödland lebten, auf das beide Länder keinen Anspruch erhoben, und die sich auf illegale Weise ihren Lebensunterhalt zusammenkratzten. Es gab jede Menge rauhe Zurufe, etliche kräftige Flüche und betrunkene Raufereien sowie lautstarke Kommentare und Beleidigungen in der Zuschauermenge, aber keine Massenbewegungen hatten stattgefunden, weder gegen noch für die Kläger oder die Beklagten, und die verfehdeten Familien, die kalt die Anwesenheit der anderen ignorierten, hielten sich für sich.

Am Fluß wurde Sport getrieben: Ringen, Schießen, Gefechte mit Schwert und Knüppel. Die Stände leerten sich allmählich von Waren, als das Handeln und Feilschen zu Ende ging, und die Männer dazu übergingen, ihr Geld für die Akrobaten auszugeben, für die Jongleure, die Wahrsager und natürlich für die leichtlebigen Frauen, von denen sich zahlreiche hier eingefunden hatten.

Im Lauf des Nachmittags bemerkte Gabriel, dessen Herrlichkeit zu Pferd keine selbstauferlegte Zurückhaltung trüben konnte, zu Jerott: «Ich fürchte, man lacht über uns. Kommt es Ihnen nicht auch so vor, als übte unser respektierter Führer wieder einmal sein Recht aus, uns in Form zu halten? Mit anderen Worten, March-Treffen sind eine großartige Gelegenheit, kleinen Jungs die Langeweile zu vertreiben...»

Der Gedanke war Jerott auch schon gekommen. Ehe er sprechen konnte, sagte jedoch Adam Blacklock: «Sie w-waren vor zwei Jahren nicht hier. Wenn sich da Leute von beiden Seiten der Grenze trafen, haben sie gegeneinander gekämpft und hinterher den nackten Toten die Augen ausgestochen. Ich habe gesehen, wie die Douglases und die Scotts auf den Straßen von Kelso mit abgeschlagenen Engländerköpfen Ball gespielt haben.»

Gabriels klare blaue Augen wandten sich ihm zu. «Was haben Sie dort getan? Es gezeichnet?»

Der Künstler lief rot an.

Graham Malett nahm es zur Kenntnis, aber seine Stimme war mild. «Und was hat Ihnen das eingebracht? Sind Sie ein besserer Künstler geworden, Adam, indem Sie nur gewalttätige Männer gezeichnet und sich an ihren brutalen Aktionen beteiligt haben? Haben Sie erwartet, dagegen abgestumpft zu werden? Das wird Ihnen nie gelingen. Sie haben ein zu gutes Herz.» Graham Maletts tiefe, klangvolle Stimme wurde einen Augenblick lang hart. «Es ist nichts Romantisches daran, für Geld zu töten.»

Aber Adam Blacklocks hageres Gesicht mit dem zerzausten Haar war ausdruckslos. «Es kommt darauf an, wen man tötet», sagte er.

Mit einem halb verzweifelten, halb amüsierten Ächzen schlug sich Gabriel mit der freien Hand gegen die Stirn. «Wieder Francis», sagte er. «Wissen Sie, daß Sie alle zu seinen Nachahmern werden? Ich werde keinen von euch bekehren, ehe ich nicht sein gottloses Herz gewinne.»

«Er hat keins», sagte Blyth knapp. «Weder gottesfürchtig noch gottlos.»

«Er hat etwas», sagte Gabriel milde. «Warum folgen wir ihm sonst? Warum verschweigt Adam, was er weiß? In Dumbarton ist etwas geschehen, etwas so Schmerzliches, daß Lord Culter sich mit seinem Bruder entzweit hat. Muß ich Culter selbst fragen?»

«Warum fragen Sie nicht L-Lymond?» sagte Adam Blacklock, dessen Blick entschlossen dem Jerotts auswich.

«Weil ich glaube, daß er mich haßt», sagte Gabriel, und sein Blick wanderte an ihnen vorbei zu dem fernen, selbstbewußten Reiter, der sich herunterbeugte, um mit Whartons Schreiber zu reden, und dann zur Seite ritt, wo Buccleuch stand, um mit ihm zu plaudern. Lymonds Kopf, *jaune-paille* im klaren Sonnenschein, war ohne Helm.

«. . . Ich glaube, er haßt mich», wiederholte Gabriel, ausnahmsweise mit Bitterkeit in der tiefen Stimme. «Graham Malett ist ein guter Priester, ein geschickter Hirte. Aber diesen Mann kann ich nicht erreichen.»

Die Worte blieben bleiern in der Luft hängen und gruben sich in Jerotts Gedächtnis ein. Denn als sie gesprochen wurden, kam der englische Aufseher Thomas, Lord Wharton, zum Fall der drei Reihen Frauen.

Es waren Engländerinnen, mit guten Namen an der Grenze. Sie entstammten Bauernfamilien oder dem Kleinadel. Keine Ladies mit Ahnentafeln, aber andererseits auch keine leichtlebigen Frauen oder Zigeunerinnen. Sie trugen züchtige Barchentkleider und das Haar offen, um zu zeigen, daß sie nicht verheiratet waren, und sie saßen auf den Bänken, die den Klägern vorbehalten waren. Bei ihnen, schreiend, kreischend, raufend, sabbernd und wiederkäuend, waren ihre Kinder.

Die Fakten wurden allmählich klar, während die schwächer werdende Stimme des Schreibers keuchend die Liste der Fälle vortrug; und als er fortfuhr, wurde die verminderte Menge um das Gericht unter freiem Himmel merklich lebhafter, und in einer aufbrausenden Bewegung wurde sie wie Hafermehl auf dem Herd dicker, brodelte und verbreitete sich, bis drei Viertel der March-Besucher, das heißt alle, die nichts anderes Dringliches zu tun hatten, um das Gericht herumstanden.

Die Anklagen, die erst jetzt bekannt worden waren, lauteten alle gleich. Nell Hudson, früher wohnhaft in Baxter Raw, Carlisle, klagte Gilbert Kerr von Greenhead an, er habe ihr die Ehe versprochen und sie geschwängert, dann das besagte Versprechen infam gebrochen, sie weder in allen Ehren in sein Bett und an seinen Tisch aufgenommen noch das Kind anerkannt und versorgt. Nell Hudson bat die Aufseher, Gilbert Kerr von Greenhead dazu zu verurteilen, daß er sie heiratete, in aller Eile, oder, falls ihn eine schon geschlossene Ehe daran hindere, seinen Sohn anerkannte und für ihn aufkam.

Gilbert Kerr von Greenhead, der fünfundfünfzig war und acht Kinder von seiner (lebenden) dritten Frau hatte, war kaum damit fertig, das brüllend abzustreiten, als der nächste Fall vorgetragen wurde.

Bess Storer aus Little Ryle klagte Sir Thomas Kerr von Ferniehurst an, Erbe von Sir John Kerr, er habe ihr die Ehe versprochen und sie geschwängert, habe besagtes Versprechen gebrochen und sich nie zu seinen Verpflichtungen bekannt noch für besagtes Kind gesorgt... Sir Thomas Kerr, der siebzehn war, stand rosa wie ein Flamingo inmitten des Geschreis seiner Freunde und sah gleichermaßen überrascht wie erfreut auf, als er den Kopf verrenkte, um die besagte Bess Storer anzuschauen – erfreut, bis er das finstere Gesicht seines Vaters sah.

Meg Hall aus Screnwood beschuldigte George Kerr von Linton, Allie Lorimer aus Haggerston George Kerr von Gateshaw oder Robin Kerr von Graden – sie war sich nicht sicher, welcher es gewesen war. Sir Andrew Kerr von Littledean, ein hünenhafter und nüchterner Bürger, bis vor kurzem Bürgermeister von Edinburgh, hatte zwei Mädchen gezeugt, wurde behauptet. Walter Kerr von Dolphinton, Gilbert Kerr und Andrew Kerr von Primsideloch wurden allesamt als widerstrebende Väter benannt, und der junge Gutsherr Andrew Kerr, Cessfords Sohn, wurde beschuldigt, Zwillinge in die Welt gesetzt zu haben. Der Höhepunkt kam, als eine halbe Stunde später Wat Kerr von Cessford als Vater der vier Söhne von Sue Bligh aus Bamburgh genannt wurde.

Bis auf eine Sache hätte es ganz harmlos sein können. Ob die Frauen logen oder nicht, jede hatte zwei Zeugen mitgebracht. Und die Beschuldigung gegen Kerr von Cessford war wahr, und alle Anwesenden wußten, daß sie wahr war, obwohl es noch niemand hatte beweisen können.

Es war keine Überraschung, daß das schallende Gelächter, das nach der dritten oder vierten Anklage eingesetzt hatte und jede neue Anschuldigung begrüßte, im Fall von Sir Walter noch eskalierte und die Moorhühner vom hundert Meter entfernten Tweed verscheuchte. Dann brach es ab wie ein geköpfter Flaschenhals beim Anblick von Walter Kerrs grobem, von Kämpfen genarbtem Gesicht, als das Oberhaupt der Kerrs von Cessford klirrend das Schwert aus der Scheide zog und vor dem Podium der Aufseher in den Boden stieß.

«Der Teufel soll Sie holen. Sind Sie blöd? Ist das hier ein March-Treffen oder eine Versammlung liederlicher Frauenzimmer? Die Frauen sind gekauft, die Zeugen lügen eindeutig. Schon die bösartige Nennung fast aller Mitglieder meiner Familie und der Ferniehursts zeigt, daß Falschheit und Bosheit dahinterstecken, und bei Gott, Sie brauchen nicht weit zu suchen, um den Schuldigen zu finden!» Und Cessfords blutunterlaufener Blick richtete sich auf den struppigen Bart von Buccleuch.

Dann verharrte er schweigend. Als die Worte dünn in der weiten Luft verhallten, sagte Lord Wharton in seinem Stuhl scharf: «Ich muß Sie bitten, diesem Gericht die Achtung zu erweisen, die ihm gebührt. Die Häufung der Fälle ist nicht unbemerkt geblieben. Die Beweise müssen überprüft, die Zeugen noch einmal gehört werden. Der Urheber der Bosheit wird gesucht werden, falls bewiesen ist, daß es Bosheit war. Bis dahin wird über Sie so geurteilt, wie Sie es wünschen, nur mit harten Beweisen.»

Er brachte Cessford dazu, das Schwert aus dem Boden zu ziehen und ein paar Schritte zurückzutreten, während die Befragung weiterging. Aber die Reihen der Kerrs hatten sich plötzlich merklich geschlossen, und die Reihen der Scotts standen so geordnet da wie von Anfang an. Hinter beiden Familien, von Lymond lautlos bei der Eröffnung des Falls dorthin beordert, standen zwei Drittel der Offiziere und Männer von St. Mary, die sich, da war Jerott sicher, die Namen der Kontrahenten einprägten.

Jerott, der mit etlichen seiner Männer wieder am Fluß war, gegenüber dem Aufseherpodium, hörte fasziniert zu, als Wharton und Drumlanrig, mit sorgfältiger Objektivität, unter einem Arpeggio aus empörtem Geschrei, die Beweise überprüften. Es war gut vorbereitet worden. Während offenbar kein Kerr, nicht einmal Sir Walter, in flagranti ertappt worden war, ließ sich nicht beweisen, daß die Aussagen der Zeugen der betrogenen Frauen falsch war.

Nun blieben noch die Kinder als Beweis. Drumlanrig ließ einen verzweifelten militärischen Blick über die strampelnden Reihen von Bündeln schweifen, in Kniehosen und ohne, in verschiedenem Alter und wenig anziehend. Er vertrat die Meinung, da jeder Kerr entweder verheiratet oder anderweitig versprochen sei, gehe es lediglich darum, ob sie die Kinder anerkannten und für sie bezahlten.

«*Diese Bälger*!» sagte Cessford mit unverhohlenem Abscheu. Und Ferniehurst wiederholte mit noch stärkerem Ekel: «*Diese Bälger*! Lieber gehe ich ins Gefängnis.»

«Das ist Ihnen unbenommen», sagte der schottische Aufseher milde. «Ich gebe zu, sie sind nicht gerade die Blüte des Menschengeschlechts. Aber nach allem, was wir ermitteln konnten, könnte durchaus das Blut der Kerrs in ihren Adern fließen.»

«Pah!» sagte Walter Kerr von Cessford. Ferniehurst, dessen Temperament ausgeprägter war, benutzte eine Reihe von anderen Worten. «Mylord!» sagte Buccleuch bescheiden.

Der englische Aufseher beugte sich nach unten. «Ja, Sir Wat?»

Buccleuch murmelte etwas.

Lord Wharton richtete sich auf. «Eine ausgezeichnete Idee. Gute Frauen, stehen Sie auf und bringen Sie Ihre Kinder her. Sie sollen ein kleines Geschenk bekommen. Ein paar Süßigkeiten, um sie friedlich zu stimmen und für ihre Geduld zu belohnen. Bitte, erlauben Sie den Kleinen, sie anzunehmen.»

Eine Tüte Zuckerwerk, hastig aus einer Satteltasche gezogen, wurde jedem der kleinen Kinder gereicht, und das Weinen hörte auf. Die fast leere Tüte wurde Lord Wharton gebracht, der ein Stück nahm und die Tüte Drumlanrig reichte. «Es wird Ihnen aufgefallen sein», sagte er trocken, «daß jedes Kind die Süßigkeit *mit der linken Hand* genommen hat.»

Der Aufruhr danach dauerte lange und bestand im wesentlichen aus Cessfords ständig wiederholtem Einspruch, ohne Beweise könne ihn niemand zwingen, einen Haufen englischer Bankerte aufzunehmen und als Kerrs aufzuziehen. Als Wharton schließlich mit der Peitsche auf den Tisch schlug, dauerte es volle zwei Minuten, bis der Lärm sich legte, und der Mann aus Cumberland, dem zu seinem Zorn nur allzu bewußt war, daß es sich um einen Riesenscherz handelte, hatte schlechte Laune. Als halbwegs Ruhe einkehrte, sagte er fuchtig: «Der schottische Aufseher und ich bieten zwei Lösungen an.» Er sah Sir James Drumlanrig an, der nickte, dann wieder die von stiller Heiterkeit geschüttelte Menge. «Es gibt keinen Zweifel daran, daß diese Beschuldigungen aus Bosheit gegen die Familie Kerr zusammengetragen worden sind. Aber daraus können wir nicht schließen, daß die Familie Kerr keine Schuld trifft. Wie auch immer, die wahren Leidtragenden scheinen diese unschuldigen Kinder zu sein.» Lord Wharton wandte den Blick von den unschuldigen Kindern ab und sah Buccleuch finster an, der zurückgrinste.

«Deshalb schlagen wir vor, daß entweder das ganze Verfahren bei einem weiteren March-Treffen fortgesetzt wird, wenn vielleicht weitere Beweise vorliegen und der Fall von neuem erörtert werden könnte...»

«Das heißt, daß das Verfahren bis zum nächsten Treffen *sub spe concordiae* schwebt, in der Hoffnung, daß sich die Parteien einigen», sagte Fergie Hoddim. «Das nennt man einen englischen Liebestag.» Und er machte ein überraschtes Gesicht, als Lancelot Plummer neben ihm plötzlich röchelte und auf den Rücken geschlagen werden mußte, damit sein Husten aufhörte.

«...ein englischer Liebestag», fuhr Lord Wharton fort, weniger unschuldig als Fergie, an dem er grimmig vorbeischaute. «Das ist die eine Lösung. Die zweite ist von Sir Walter Scott von Buccleuch vorgeschlagen worden. Weil diese armen Frauen nicht in der Lage sind, ihren Nachwuchs aufzuziehen, und folglich das beste Blut von Schottland – seine Formulierung – geschwächt und vergeudet werden könnte, schlägt Sir Wat vor, daß er und seine Familie diese kleinen Kinder, die keine Unterstützung von ihren mußmaßlichen Vätern bekommen, großzügig und ohne jede Bezahlung bis auf seinen Lohn im Himmel aufnehmen und in Branxholm aufziehen, unter dem stolzen Namen Kerr.»

«Nur über meine Leiche!» schrie Cessford.

Whartons Gesicht war so unbewegt wie braunes Holz. «Sie erheben Einspruch dagegen, daß Buccleuch für diese Kinder aufkommt?»

«Er kann aufkommen, wofür er will ... Ich durchschaue dich, du grinsender Teufel ... aber er wird diesem Haufen verlauster rotznasiger Bälger nicht den stolzen Namen Kerr geben!»

Sir James Douglas' kühler Blick streifte den alten Mann. «Übereilen Sie nichts», riet er. «Denken Sie nach. Sir Walter erweist dem Staat und uns einen großen Dienst. Es wird nicht billig, die Schar zu ernähren, ob es nun Kerrs sind oder nicht. Wenn er den Pfeifer bestellt, ist es nur recht, daß er den Ton angibt.»

«Dann bin ich für den Liebestag», sagte Cessford nach einem kurzen Gespräch mit seinem Bundesgenossen Ferniehurst unheilverkündend. Lord Wharton sah die beiden mit zusammengekniffenen Augen an.

«Um bis dahin die Damen oder die Scotts zu terrorisieren? Falls das Ihre Absicht sein sollte, muß ich Sie enttäuschen, meine Herren. Auf Sir Walters Vorschlag hin bitten wir Mr. Francis Crawford, die Bürgschaft dafür zu übernehmen, daß die Antragstellerinnen und ihre Freunde unbehelligt bleiben. Das heißt, Mr. Crawford bürgt dafür, daß vor dem nächsten March-Treffen keinerlei ungesetzliche Gewalt ausgeübt wird, weder diesen Frauen noch ihren Zeugen gegenüber. Falls die Bürgschaft nicht eingehalten wird, bezahlt Mr. Crawford das erforderliche Bußgeld, hat aber außerdem selbstverständlich das Recht, von Ihnen Entschädigung zu verlangen. Mr. Crawford, ich gehe davon aus, daß Sie bereit sind, das zu übernehmen?»

Über den flachgetretenen Boden hinweg sah Jerott, wie Lymond bestätigend nickte, konnte aber nicht hören, was er sagte.

«Also?» sagte Lord Wharton zu den Kerrs.

Sir Walter Kerr von Cessford wandte sich ab von der Stelle, an der er sich leise mit Sir John Kerr von Ferniehurst beraten hatte. Steif und ohne jemanden anzuschauen außer Seiner Lordschaft auf dem Podium sagte Cessford: «Wir haben uns entschieden, Mylord. Wir sind verantwortlich für den Unterhalt und die Erziehung dieser ganzen Kinder. Aber wir haben nicht die Absicht, ihnen den Namen Kerr zu geben.»

Er hatte kaum ausgesprochen, als auf der Seite der Scotts neben dem Podium ein Jubel losbrach, der die Wächter auf Burg Wark auf die Posten jagte. Als der Jubel in Gelächter überging und auf der ganzen Wiese eine Kette aus Bemerkungen und Rufen auslöste, sagte Lord Wharton, sich finster umschauend: «Ich glaube, unter den Umständen ist Ihre Entscheidung recht lobenswert. Meiner Meinung nach ist die einzige Voraussetzung dafür, daß die Mütter ihr Einverständnis geben. Die Kinder werden den Namen Kerr nicht bekommen.»

Die Mütter, die mit Mühe einen gewissen Jubel unterdrückten, waren einverstanden. Vor dem zufriedenen Gesicht von Buccleuch, dessen Frau Janet sprachlos an seinem Arm hing, wankten vierzehn unterernährte, schlecht erzogene Kinder in die ordentlichen Reihen der Kerrs, die sich gähnend öffneten, um sie aufzunehmen, und sich dann schlossen wie eine Falle.

Fergie Hoddim, der an Jerotts Schulter Tränen lachte, konnte schließlich wieder sprechen. «Gekaufte Zeugen! Das Aufspüren von Wickelkindern! Wat Scott von Buccleuch muß ein Vermögen ausgegeben haben... ein *Vermögen*, Mann, damit er das geschafft hat, aber das war es wert! Keinerlei Provokation. Alles ganz redlich und legal, ohne daß Buccleuchs Name erwähnt worden wäre, und die Kerrs hilflos... hilflos! Und das Schönste an dem Scherz...» Fergie, für den Liebestage eine ernste Angelegenheit waren, begriff die komische Seite dieser Sache. «Das Schönste daran – Lymond, der Sir Wat ganz schön wütend gemacht hat, weil er sich zu Buccleuchs Wachhund ernannt hat, hat jetzt die Aufgabe, den Frieden zu wahren zwischen den Kerrs und allen Frauen, die Buccleuch bestochen hat... *darunter Sue Bligh aus Bamburgh!*»

Das Treffen löste sich allmählich auf. Die Kerrs, umzingelt von einer massiven Wand aus Männern aus St. Mary, zogen in eine Richtung, die Scotts in eine andere. «Gut, das war Buccleuchs Tag», sagte Jerott. «Während wir alle wie die Narren in eleganten Rüstungen herumstanden und auf ein Gemetzel warteten, hat Sir Wat die Kerrs straflos reingelegt und St. Mary gezwungen, ihn zu beschützen. Ich hätte viel darum gegeben, das Gesicht unseres tüchtigen Kommandanten zu sehen, als ihm die Wahrheit aufging.»

«Lymond? Ich habe ihn gesehen», sagte Fergie. «Gabriel war die ganze Zeit an seiner einen Seite und ich an der anderen.»

«Was hat er getan?» fragte Jerott.

«Er hat sich an den Hals seines Pferdes geklammert und sich scheckig gelacht», sagte Fergie. «So kommen Sie ihm nicht bei.»

«Andererseits», sagte Jerott Blyth, «ist es eine ziemlich schlaue Methode, sich beliebt zu machen, meinen Sie nicht auch?»

Es war in Wahrheit ein unglückseliger Luxus gewesen, dieser unwiderstehliche Lachanfall, und die Nachwirkungen waren entsetzlich. Als er sich aufsetzte, immer noch von schwacher Heiterkeit über Buccleuchs ausgekochte Unverschämtheit geschüttelt, stellte Francis Crawford fest, daß Gabriel von seiner Seite verschwunden war.

Bis auf eine schnelle Runde um das Feld in entgegengesetzten Richtungen hatte Lymond Sir Graham Malett fast den ganzen Tag lang an seiner Seite festgehalten. Ihm war aus der Ferne das Zwischenspiel zwischen Scott von Buccleuch und Graham Malett aufgefallen, zu dem er keinen Kommentar abgegeben hatte, und vielleicht hatte er in Adam Blacklocks kurzem Blick eine Art Warnung gelesen. Wie auch immer, als Graham Malett jetzt verschwunden war, suchte er nur an einem Ort nach ihm und fand ihn sofort, mit glitzernder Rüstung, den Helm abgenommen, den prächtigen Kopf der Sonne ausgesetzt.

Als die Menge sich plaudernd um sie herum auflöste und die Kompanie von St. Mary, seit langem genau über ihre Pflichten instruiert, sich verteilte und in geordneter Ruhe nur ganz leise Meinungsverschiedenheiten über die verschiedenen Heimwege austauschte, gab Lymond nach einem denkbar kurzen Abschied von den Aufsehern seinem Pferd die Sporen, entlang an dem sumpfigen

Abhang, wo Graham Malett stand, ins Gespräch mit Lymonds Bruder Richard Crawford vertieft.

Lord Culter, der mit dem Zügel in der Hand vor seinem Gefolge stand, bereit zum Aufsteigen und Heimreiten, sah Francis näherkommen. Er sah ihn, aber obwohl er sich stark verfärbte und seine kalten Augen noch kälter wurden, unterbrach er die leise Heftigkeit von Gabriels Tirade nicht. Graham Malett, dem näherkommenden Reiter den Rücken zugekehrt, sagte immer wieder, mit den Händen Culters Lederärmel umklammernd: «Was zählt schon ein kleines Fehlverhalten gegen Brüderlichkeit wie die Ihre? Was es auch sein mag, ist es das Elend im Gesicht der Mutter wert? Wenn das Christentum einen Sinn haben soll, ist es doch bestimmt die Vergebung?» Er machte eine Pause und fügte hinzu: «Zu meinem Kummer habe ich keinen Bruder. Aber ich habe eine Schwester, die mir teurer ist als meine Seele, und die so übermütig wie gesund ist, wie es sich für das Kind gehört, das sie ist... Wenn das übermütige Kind mir Kummer macht, glauben Sie, ich vergesse dann den liebevollen Geist dahinter? Ich vergebe ihr, ehe ich mich ärgere, tröste sie, wenn sie mich hintergeht; denn sie ist meine Schwester, und sie könnte nichts auf dieser Welt begehen, was uns entzweien würde.»

«Sie haben großes Vertrauen zueinander», sagte Lord Culter ruhig. Nur wer ihn gut kannte, hätte den ungläubigen Zorn hinter dem gelassenen Ton erraten, den Zorn darüber, daß er, weil er zu unmoralischem Schweigen verpflichtet war, es jetzt in der Öffentlichkeit unter dem wohlmeinenden Angriff genau des Mannes wahren mußte, den sein Bruder hintergangen hatte... Und hier war Francis, machte das unerhört Schäbige noch schäbiger, indem er herkam, um ihn zu überwachen.

«Ich habe Vertrauen zu Joleta», sagte Sir Graham lächelnd, «aber nicht unbedingt zur gesamten Weiblichkeit. Sie ist anfällig für die kleinen Sünden des Fleisches. Und Gott hat ihr ihre Schönheit geschenkt; keine leichte Gabe für ein Kind... Falls sie Ihr Zuhause zerstört hat... falls Ihre Trennung von Ihrem Bruder auf irgendeine Weise Joletas Schuld ist, dann bitte ich Sie, sagen Sie es mir. Ich werde Joleta selbst fragen... Ich werde auf einer Antwort bestehen.»

«Ja, sag, Bruder, ist es Joletas Schuld?» sagte Lymonds träge

Stimme. Er saß immer noch anmutig zu Pferd, trabte in Gabriels Blickfeld und blieb zwischen den beiden Männern stehen. «Vielleicht eine dieser kleinen Sünden des Fleisches? Wohin gehst du, du hübsches Mädchen mit dem weißen Gesicht und dem goldenen Haar?»

Er strich durch das lange, seidige Haar der Mähne seines Rotfuchses. Dann stieg er lächelnd ab. «Sag's ihm, Richard. Wie du mich eifersüchtig von deiner Tür verjagt hast.»

Ohne Eile wandte Gabriel den Kopf und musterte Lymonds Gesicht. Er sagte ruhig: «Wenn ich Mariotta nicht gesehen hätte, hätte ich das vielleicht geglaubt. Es liegt nicht an einem Wettbewerb mit ihr, daß Joleta krank aussah, als ich sie zum letzten Mal besucht habe, und daß ihr Gesicht weiß vom Weinen war. Ich glaube eher das Gegenteil.»

Francis Crawford rief: «Sie ist in *Richard* verliebt!» und ein halbes Dutzend Leute in der Nähe, darunter Adam Blacklock und Jerott Blyth, die beklommen auf Befehle warteten, schauten her. In Lymonds blauen Augen blitzte die Phantasie auf. «Und hat einen Grund erfunden, aus dem Richard mich aus dem Weg räumen soll!»

Mit einer schnellen, unerwarteten Bewegung fing Graham Malett Lymonds gestikulierende Hände auf und hielt sie fest. «Ich flehe Sie an... spotten Sie nicht», sagte er, und in seiner Stimme lag tiefer Kummer. «Sie liebt Sie... sie sehnt sich nach Ihnen. Wissen Sie das nicht? Und sie ist doch noch ein Kind. Sie dürfen nicht grausam sein.»

«*Tout animal n'a pas toutes propriétés*», bemerkte Lymond. «Manche mögen es grausam.» Er hob die Hand, die jetzt in der Gabriels lag, und drückte sie fest auf die großen, knochigen Finger des anderen. «*Io baccio la sua cortese e valorosa mano* – und manche mögen es höflich.» Gabriel zog die Hände zurück, als wäre er gestochen worden. «Und manche mögen es höflich, werden aber lieber hart angefaßt. Die Geschmäcker sind verschieden... Sie sollten einen Mann für sie finden.»

«Ich habe geglaubt, das hätte ich schon», sagte Gabriel, und aus seiner Stimme war alles Leben gewichen.

«Aber», sagte Lymond und intonierte mit sanftem Spott:

«Der spanische König ein Heide ist,

und hat sich Allah ergeben;
sagt, warum wollt Ihr die schöne Maid
dem heidnischen Hundsfott geben?»

«Ich habe keine Vorbehalte gegen Sie», sagte Gabriel. Er stand mit hängenden Armen da, den Rücken mechanisch leicht gebeugt, um seine prächtige Größe zu verringern. «Mit Gottes Hilfe habe ich genug Glauben für uns alle.» Er hielt inne und sah Richard an, die schöne Haut leicht faltig vor Müdigkeit. «Wollen Sie nicht auch von Ihrem Glauben Gebrauch machen und ihn wieder aufnehmen? Wollen Sie nicht wenigstens zulassen, daß ich Ihnen helfe?»

«Es tut mir leid», sagte Lord Culter mit einer Stimme wie Eis. «Das kann ich nicht annehmen. Wenn Sie wissen wollen, warum, fragen Sie meinen Bruder.»

«Erklärungen», sagte Lymond entschieden, «sind ein Fehler. *Ich bin rundum glücklich. Si non caste, tamen caute.* Von mir der Samen, von dir der Segen, der fruchtbar macht. Gewähre ihn, gewähre ihn, o Herr!»

Niemand sagte etwas. Jerott hörte, wie Adam Blacklock neben ihm zischend die Luft einzog. Gabriel, der den Sprecher ansah, machte einen Augenblick lang ein leicht verwirrtes und angewidertes Gesicht. Aber Jerotts Blick heftete sich auf Lymonds Bruder. In Lord Culters Gesicht stand körperlicher Ekel: eine so heftige und so jähe Abneigung, daß er sich am liebsten übergeben hätte. Statt dessen machte Richard Crawford einen Augenblick später kehrt, schwang sich in den Sattel, riß wortlos sein Pferd herum und ritt in die Reihen seiner Männer.

Gabriels ernster, liebevoller Blick folgte ihm und kehrte dann zu Lymonds sorgloser Miene zurück. «Verzeihen Sie mir», sagte er. «Ich habe Sie zornig gemacht. Und das hat die Dinge nur verschlimmert.»

«Ja, nicht wahr? sagte Lymond. «Aber das ist immer so, wenn man sich in fremde Angelegenheiten einmischt.»

Gabriels Stimme blieb ruhig. «Ich habe mich entschuldigt. Ich war so töricht, wie Sie mich gern hätten. Aber ich wollte nur aus ganzem Herzen helfen.»

«Ich», sagte Lymond kühl, «bin ein Mann, der sich selbst hilft. Falls Sie sich von den Angelegenheiten meiner Familie losreißen könnten, es gibt ein bißchen Arbeit zu tun... Interessiert, Blacklock?»

Neben Jerott Blyth und vom Ort des Streites schon so weit entfernt, wie es die Menge erlaubte, lief Adam Blacklock scharlachrot an, sagte aber unerschrocken: «Ich habe eine N-Nachricht für Sir Graham. Der französische Botschafter ist hier und wünscht Sir Grahams Gesellschaft auf dem Weg nach Edinburgh.»

«Hier? In Hadden Stank?» Lymonds Blick schweifte über die Menge und kehrte, plötzlich unergründlich, zu dem Künstler zurück. «Dann muß er incognito hier sein. Ich sehe sein Banner nicht. Sind Sie sicher?»

Aber Blacklock kannte wie sie alle die große, knochige Gestalt von M. d'Oisel, dem französischen Botschafter in Schottland, der die rechte Hand von Maria von Guise war und auf dem Rückweg vom französischen Hof durchaus Station bei einem March-Treffen hätte machen können, um Beobachtungen anzustellen. «Es war M. d'Oisel», sagte er.

Gabriels Stimme war sanft. «Ich glaube, ich habe ihn gesehen. Aber ich war mir nicht sicher; Sie werden sich daran erinnern, daß Sie mich fast den ganzen Tag an Ihrer Seite haben wollten... Er ist ein kultivierter Mann. Buccleuchs kleinen Scherz mit den Kerrs hat er bestimmt genossen.» Er zögerte. «Wenn Sie es nicht wünschen, muß ich ihn nicht begleiten. Ich habe ihn nur recht gut kennengelernt, als ich Sandilands im Rat vertreten habe, das ist alles.»

«Was, Sie wollen dem französischen Botschafter nicht gehorchen?» sagte Lymond. «Führen wir das Schicksal nicht mit Ketzereien in Versuchung. Gehen Sie. Gehen Sie unbedingt, und möge Ihr Mund voller Erklärungen sein, auf französisch und englisch, was Buccleuchs kleinen Scherz mit den Kerrs anlangt.»

Er ging nicht zu M. d'Oisel, als dieser mit seinen beiden Adjutanten aus der Menge trat, um den Aufsehern seinen Respekt zu erweisen, und schließlich wegritt, um sich mit Gabriel seinem wartenden Gefolge anzuschließen. Mehr als alles andere, was bisher geschehen war, unterstrich das den Status und das Prestige von Sir Graham Malett.

Der mächtigste Mann in Schottland hatte nicht um ein Treffen mit Lymond gebeten. Und falls es ihm nachträglich eingefallen wäre, Lymond rufen zu lassen, wäre Lymond nicht dagewesen. Denn als Gabriel abgeritten war, hatte Francis Crawford das Kommando ohne Erklärung Jerott übergeben und sich zurückgezogen.

Das blaue und silberne Banner von Culter, dunkel gegen die westwärts wandernde Sonne, war schon ein gutes Stück auf der Straße nach Kelso, und die polierten Helme der Männer, die dem Banner eilig folgten, schimmerten wie Quecksilber im ruhigen Wasser des Tweed, als Lymond seinen Bruder einholte.

Unter so vielen klappernden Hufen hörte Richard Crawford ihn nicht näherkommen, sah ihn erst, als neben ihm, wo, wie er verlangt hatte, niemand ritt, mit gestrecktem Hals ein braunes Pferd auftauchte, so gut wie seines, das er – *Gott*! – kannte. Seine Kehle wurde kalt, sein Unterleib schien plötzlich in seiner Brust zu sitzen, und Lord Culter trieb die Sporen wie ein Flüchtling in die Flanken seiner prächtigen Stute. Sie riß die Augen auf, weiß um die schwer atmenden Nüstern, und verlängerte die gestreckten Galoppschritte. Lymonds Brauner hielt mit.

Richard, wie von Sinnen, sah seinen Bruder nicht einmal an. Während über hundert Männer atemlos folgten, während über zweihundert Augen zuschauten, trieb er das Pferd über das Wiesenland an, und er wußte, daß er Francis ebenfalls zwang, erbarmungslos von den Sporen Gebrauch zu machen. Endlos, wie es schien, waren sie Seite an Seite. Dann zog Lymonds Pferd vorbei, das einen leichteren Mann trug, aber nicht, wie Richard wußte, in einer kindischen Gewitterwolke verletzten Stolzes, einen besseren Reiter.

Das war unerträglich. Er biß die Zähne so zusammen, daß der Schmerz, wie er erst später merkte, in jedem Knochen seines Kopfes bohrte, und trieb die Stute an. Sie war ein gutes Tier, und ihm lag viel an ihr. Sie gehorchte, und sie waren wieder auf gleicher Höhe.

Als er spürte, daß die Stute wieder an die Spitze wollte, war Richard bereit. Mit den Sporen, mit der Peitsche, mit Knien und Schenkeln wie Eisenklammern hielt er die Geschwindigkeit der Stute aufrecht, bis sie Nase an Nase mit dem Braunen lag, und steigerte sie dann: Sie hatte die Nase vorn, die Ohren, den Hals, dann die Schultern. Und schließlich, mit bebenden Flanken, hatte sie deutlich eine Länge Vorsprung vor seinem Bruder.

Richard Crawford, mit schlüpfrigem Griff, die Kniehosen getränkt mit dem Schweiß, der ihm das Rückgrat entlanglief und vom Kinn, von den Augenbrauen und der Nase auf den Küraß tropfte, sah sich um und lachte. Weit hinten, in einer donnernden Staubwolke, bemühte sich seine mit Rüstungen und Waffen beschwerte Kompanie, ihm zu folgen. Eine Länge – jetzt zwei Längen – hinter ihm hatte Lymond den Griff gelockert, während sich die Flanken des Braunen hoben und Schaum das Gebiß überzog.

Während Richard aufgelöst und schlaff war, klebte Lymond das kurze, dichte Haar verschwitzt an der Stirn; seine Augen strahlten in der Hochstimmung des Augenblicks in einem Gesicht, das so weiß war wie Richards. Dann, als das führende Pferd nachließ, das Rennen gewonnen war und die Anstrengung verpuffte, gab Lymond dem Braunen die zweite Luft, die er so sorgfältig aufgespart hatte. Mit hörbarer Anstrengung ging das große Pferd wieder vom Trab in den Galopp über und dann in den vollen, gestreckten Galopp.

Dieses Mal konnte Richards Pferd nicht mehr reagieren. In der Sekunde, die Culter brauchte, um die Stute zu sammeln, wußte er, daß sie schon zu entspannt war. Als er sie unter Druck setzte, bockte sie, und ein weniger hervorragender Reiter als Richard wäre kopfüber vom Pferd geflogen. Dann, als sie sich erholte und tapfer wieder in die Gänge kam, war der Braune dicht neben ihr. Einen Augenblick später beugte sich Lymond hinüber, packte den Zügel der Stute fest am Gebiß und zwang beide zum Stillstand.

Inzwischen waren die hundert Männer, für die Lord Culter verantwortlich war, all die vertrauten Gesichter und vertrauten Namen aus ganz Midculter, weit hinter ihnen, und Richtung Fluß, in Richtung des Hügels zu ihrer Linken und auf dem Weg nach Kelso waren nur Fremde; ferne, eilige Gruppen, Männer, die eigene Sorgen hatten.

Einen Augenblick lang, überwältigt von der Anstrengung und zweifellos von anderen Gefühlen, schwiegen die beiden Männer zu Pferd, die sich so ähnlich und so unähnlich waren. Dann ließ der jüngere Bruder den Zügel los, mit immer noch strahlenden Augen vom Ritt, und lachte unerwartet. «Armer Richard. Immer mußt du darunter leiden, daß du ein so verdammt schlechter Schauspieler bist. Ich habe gedacht, dir wird übel. Ich muß dir eine Frage stellen. Nur eine.»

Erst da fiel ihm wieder ein, daß Francis äußerst selten ohne Absicht handelte. Lord Culters Pferd war zu erschöpft, das andere hinter sich zu lassen. Und jetzt hatte Richard nicht mehr die Kraft oder den Willen, seinen Bruder mit Gewalt zum Schweigen zu bringen. Er starrte ihn einen Augenblick länger schweigend an. Dann sagte Lord Culter: «Gut. Weil du das Treffen erzwungen hast, stell die Frage. Dann habe ich Neuigkeiten für dich. Falls die Zeit reicht.»

Lymond sagte schnell: «Sag mir die Neuigkeiten.» Aber Richard wartete lediglich, in ablehnendem Schweigen, mit hochgezogenen Brauen, während hinter ihnen die donnernden Hufe beiden sagten, seine Männer seien nahe und ihre Zeit unter vier Augen begrenzt.

Dann sagte der Graf von Sevigny unvermittelt, wie er das tun mußte: «Gut. Richard, wie kommt es, daß unsere... Meinungsverschiedenheit so allgemein bekannt ist? Hast du es verbreitet? War es Sybilla?»

Richards Stimme ließ sich nichts von der Überraschung anmerken. Er sagte: «Mutter wußte nichts davon, ehe sie die Gerüchte gehört hat.»

«Wer hat die Gerüchte ausgestreut?» So schnell, so gelassen, so präzise schien es kaum die Stimme zu sein, die erst vor kurzer Zeit erklungen war und die heilige Schrift des Islam so unsäglich parodiert hatte. Richard sagte: «Vermutlich du, im Suff.»

«Nein. Und wenn du nichts gesagt hast und ich auch nicht, wie hat sich dann die Geschichte verbreitet, daß Joleta ohne Anstandsdame, unbegleitet, eine unerklärte Nacht verbracht hat und wir uns am nächsten Tag mit Grund gestritten haben? Meine Abwesenheit von Midculter ist nicht aufgefallen; ich hatte gar keine Zeit. Trotzdem hat Buccleuch davon gehört, alle haben davon gehört. Nicht alle haben bis jetzt die beiden Tatsachen miteinander verbunden, aber sie werden es tun. Wenn Gabriel vorhin eine Spur überzeugender gewesen wäre und ich etwas weniger unempfänglich, wäre Joleta für immer ruiniert gewesen.»

«Ich weiß nicht. Es ist mir auch gleichgültig», sagte Richard. Die Vorhut seiner Kompanie hatte sie fast erreicht. «Sybilla weiß es schon. Es ist jetzt zu spät, sie abzuschirmen. Und bald werden es auch alle anderen wissen. Ich hätte es Graham Malett selbst gesagt, genau wie du es befürchtet hast, aber ich habe es nicht ertragen... ich habe es nicht ertragen...»

Er hielt inne, statt das Unmögliche zu versuchen. Es war unmöglich, jemandem wie Francis Güte zu erklären, Milde, Bescheidenheit und Liebe. Und es war gleichermaßen unmöglich, einem großartigen, großzügigen Mann wie Gabriel zu erklären, daß die kleine, zarte Joleta von seinem eigenen Bruder vergewaltigt worden war.

Gegen den dunkler werdenden Himmel im Osten zeichneten sich die Pferde aus Midculter ab, noch nicht in Hörweite, aber eifrig im Beobachten. «Ich glaube also, es wäre besser, wenn du nach Hause kämst», sagte Richard ruhig. «Und bald. Es gibt etliches, was geregelt werden muß.» Und als Francis, reglos auf seinem Pferd, ihn weiterhin anschaute, ohne etwas zu sagen, mußte Richard, voller Abneigung, die Neuigkeit in Worte kleiden. «Es wird dich mit Stolz erfüllen, daß deine Mutter es herausgefunden hat. Joleta bekommt ein Kind von dir.»

Richard war nicht auf Reue gefaßt gewesen. Vielleicht auf Schock und bestimmt auf Bestürzung. Statt dessen wurde er gewahr, daß das helle, ebenmäßige Gesicht ihm gegenüber mit reinem Ärger erfüllt war, mit einer Gereiztheit, die nicht einmal das schwächer werdende Licht dämpfen oder verbergen konnte.

«Das habe ich mir gedacht. Gott verdammt noch mal, das habe ich mir gedacht», sagte Lymond bitter. «Sie ist schwanger, die miese Schlampe.»

Und er blieb sitzen, stirnrunzelnd, als Richard in aller Eile weggeritten war.

An jenem Tag war der Einsatz von St. Mary so gut wie vollkommen gewesen. Jeder Mann, jede Frau, jedes Kind, für die ihre Truppe verantwortlich gewesen war, war sicher nach Hause gekommen und in Sicherheit geblieben. Schließlich kehrten alle, die keinen Wachdienst hatten, fröhlich in der Abenddämmerung nach St. Mary zurück, und die Reihe der Fackeln, wie Hermelinschwänze in der Nacht, tanzte im Spiegel des Sees, als sie sich St. Mary näherten, und zum Sprühen der Funken gesellten sich Lieder und Gelächter.

Lymond führte sie. Von der bissigen Laune des Nachmittags war keine Spur zurückgeblieben. Statt dessen ermunterte er sie zu immer wilderen Witzen, zum Singen, zum Pfeifen, zum Rezitieren.

Und in ihrer Reaktion auf Lymond erkannte Jerott, schweigend im Hintergrund, eine Jovialität, die vorher gefehlt hatte. Es lag nicht am Erfolg, denn in letzter Zeit hatten sie mehr Erfolge gehabt, auch nicht am Gefühl, effektiv geführt zu werden, denn dieses Gefühl war auf wachsame Weise seit den Mißgeschicken im Winter und der Katastrophe bei der Verfolgung der Viehdiebe gewachsen. Es war, mutmaßte Jerott, genau das, was auch er als versöhnlich empfunden hatte: Lymonds hilfloses Gelächter, nachdem er dabei zugeschaut hatte, wie Buccleuch ihn völlig zum Narren machte.

Als er jetzt Francis Crawford beobachtete, vergoldet vom Feuerschein, schlagfertig, ruhelos, überallhin von schallendem Gelächter verfolgt, begriff Jerott zum ersten Mal ein wenig davon, wie die Maschine funktionierte.

Gabriel war fort, folglich warb Lymond um ihre Zuneigung. Doch gleichzeitig hatte seine Nachsicht Grenzen. Ob sie es begriffen oder nicht, alles hatte im Rahmen zu bleiben, keinerlei Exzesse waren erlaubt, an denen die Kirche Anstoß genommen hätte. Das gefiel Blacklock, Bell und Plummer und dem geistlichen Flügel, genau wie die Weltläufigen der Spaß an einem Scherz auf seine Kosten zu ihm hingezogen hatte… Ein Schritt aus der Reihe, und die Schärfe wäre in seine Stimme zurückgekehrt. Eine sekundenlange Pause im Jubel, und seine Augen wurden eisig, hart wie blauer Stahl.

Er, Jerott, hatte also gegen den Wind gekämpft. Von einer Maschine konnte man keine menschlichen Werte erwarten. Auf eine Maschine wurde man nicht wütend, man war von ihr nicht enttäuscht, fühlte sich von ihr nicht verraten. Man behandelte sie gefühllos und mit Neugier, wie jeden seelenlosen Gegenstand.

Zwei Wochen später wurde in Algier, in der Augusthitze, das Kind Khaireddin gebrandmarkt. Das weißglühende Eisen, mit dem Dragut seine ganze Habe kennzeichnen ließ, trug das erste Wort eines berühmten Verses aus dem Koran und das Initial des alten Korsaren. Es wurde auf einem Kohlenbecken vor den Frauengemächern des Palastes erhitzt und sorgfältig auf die Kinderhaut über den Rippen unterhalb des rechten Arms gedrückt. Während es heiß wurde, lächelte das Kind wie immer in das schwarze Gesicht der Frau, die es hielt, deren Milch ihn in den fünf Monaten seines Lebens genährt hatte. Der spärliche, lockige Flaum auf seinem Kopf drückte sich gegen ihren Arm, als Khaireddin nach oben schaute, die blauen Augen fröhlich, die blätterzarte Zunge lachend im rosigen Mund. Dann zielte der Eunuche sorgfältig und drückte das Eisen in seine Haut.

Das Schreien dauerte lange. Ihm folgte ein monotones, kratziges Krähen, wie die Hysterie eines großen, wütenden Vogels. Es wiederholte sich den ganzen Morgen lang, wurde immer heiserer, setzte eine Sekunde, fünfzig Sekunden lang aus, wenn das Kind in den Schlaf glitt, aus dem es der Schmerz riß, so daß es wieder und wieder schrie. Der Lärm weckte sogar Oonagh O'Dwyer aus dem Fieber, aber sie hatte von der Brandmarkung nichts erfahren, und es war unwahrscheinlich, daß sie die Stimme ihres Sohnes erkannte.

Seit seiner Geburt war ihr erster Instinkt gewesen, ihn zu töten. Aus diesem Grund hatte sie jede Beziehung zu ihm abgelehnt, hatte ihn nie im Arm gehalten, ihn nie gestillt. Auch wenn sie es gewollt hätte, zunächst war sie zu krank gewesen.

Und dann war Dragut Rais zu ihr gekommen, hatte geistesabwesend mit den Fingern nach dem Kind geschnippt, leichthin eine Bemerkung über seine Blondheit gemacht und sie gefragt, ob Francis Crawford ihn gezeugt habe oder der Ungläubige, der sie in ihrem Zelt besucht hatte. Und sie hatte ihn angestarrt, begriffsstutzig vor Schwäche, und dann war ihr aufgegangen, daß in den heißen Nächten vor Tripolis nichts der Aufmerksamkeit ihrer Wächter entgangen war.

Einen nächtlichen Besucher hatte sie gehabt, in einer kostbaren Nacht äußersten Friedens. Und von Dragut Rais erfuhr sie, daß ihr Besucher nicht Francis Crawford gewesen war, es nicht hatte sein können.

Als sie danach den ersten Versuch unternahm, erst das Kind, dann sich umzubringen, verpfuschte sie es. Die Frau Güzel war zu früh gekommen, hatte das Kind weggebracht und gerettet, und als sie das nächste Mal die Schwarze Kedi überredet hatte, ihr das Kind zu geben, war die Schwarze zu Güzel gelaufen, und sie hatten ihr es wieder weggenommen.

Dieses Mal hatte sie ihn angeschaut, richtig angeschaut, von dem sanften Puls, der im silbrigen Flaum an seinen Schläfen schlug, bis zu den zusammengeballten Fingern, nicht größer als das oberste Glied der ihren. Ein Rinnsal Milch, nicht die ihre, schwamm im rosigen Mund, und die Wimpern, die so dicht und erstaunlich wachsen sollten, sprossen erst leicht über den dunkelblauen, unfertigen Augen. Dann spielte ein Luftzug mit den unentwickelten Nerven, und ein milchiger Mundwinkel verzog sich zu einem fröhlichen, übermütigen, ironischen Grinsen. In vier Jahren würde er mit Absicht so grinsen. Jetzt war er in aller Unschuld das herzzerreißende Ebenbild des Mannes, der sein Vater war.

Es war ein Fehler gewesen, ihn anzuschauen. Danach war es ihr nie wieder gutgegangen, und sie hatten das Kind von ihr ferngehalten, damit es allein in der unbekannten Barbarei lebte, falls sie starb; damit es eine Bedrohung der Sicherheit und des Glücks seines Vaters wurde, was auch geschah. Für Francis Crawford war dieser unbekannte Sohn eine Tragödie, von der er nichts erfahren durfte. Oonagh O'Dwyer hatte ihn glauben lassen, sie sei tot, um ihren Stolz von seinem Mitleid zu befreien. Sie hatte nicht den Wunsch, weiterzuleben als Mutter seines ungewollten Sohnes.

Aber sie lebte weiter, die Zeit verstrich, die Hitze wurde stärker. Dragut und sein Haushalt waren umgezogen, aber anfangs war sie zu krank zum Reisen, und dann konnte sie nur bis nach Algier geschafft werden. Sie wußte, daß irgendwo im Palast für Khaireddin gesorgt wurde, aber es waren noch mehr Kinder dort, und sie wußte nicht, ob das blubbernde Schnurren eines satten, zufriedenen Säuglings, das sie nachts hörte, das seine war.

Kürzlich hatte sie etliche Male Kedis leises Singen und das Gelächter eines Säuglings gehört. Es war ein unerwartetes, tiefes, kehliges Glucksen, bei dem ihr die Luft wegblieb und ihr törichte Tränen in das schwarze Haar liefen. Aber Khaireddins Schreien kannte sie nicht, ebensowenig wie den Laut, den Francis Crawford ausgestoßen haben mochte, als er einmal für die Galeeren gebrandmarkt worden war. Sie ahnte also nichts. Und als Kedi, das Gesicht vom Weinen verquollen, ihr eines Tages sagte, das Kind sei schwer krank, fragte Oonagh nicht, warum, sondern war nur auf stoische Weise froh.

«Weder er noch ich werden überleben und seinem Vater zur Last fallen», hatte sie vor Monaten abgestumpft zu Güzel gesagt, die vor ihr stand und das nichtsahnende Bündel in den Armen wiegte.

Und sie hatte gespürt, wie die andere sie hinter dem Schleier musterte, und ihr bedächtiges Englisch gehört: «Das glauben Sie? Nach meiner Erfahrung gibt es keinen Menschen, der neben einem Kind nicht aufblüht. Vielleicht werden Sie erkennen, daß Sie Ihrem Freund das Kostbarste gestohlen haben. Wer wird je etwas über Khaireddins Säuglingszeit wissen, außer Kedi?»

Und sie vermutete, tatsächlich wisse niemand etwas darüber, außer Kedi, der er sein erstes Lächeln schenkte und die er anlachte. Die fröhliche, großzügige Kedi, die dennoch alles tat, was die Eunuchen befahlen.

Kurz darauf machte Dragut auf dem Rückweg in die Türkei kurz in Algier Station, und die dritte Frau, die das Brandmarken befohlen hatte, wurde verstoßen und verkauft. Güzel war nicht bei ihm. Der Korsar, der bei seinen Sommerräubereien zwölf Pfund abgenommen hatte, ging zu dem stummen Bettchen, in dem das blondhaarige Kind lag, jetzt weder schlafend noch schreiend, mit seidenen, zartblauen Flecken unter den gequälten, dunkelblauen Augen. Er befragte Kedi, die verängstigt in fehlerhaftem Arabisch plapperte, und sprach mit dem Mädchen, das sich täglich um Oonagh kümmerte. Dann kehrte er in sein mit Seide behängtes Zimmer zurück, rief seinen Schreiber und diktierte einen Brief nach Schottland.

«Das Kind wird wahrscheinlich sterben, die Frau ebenfalls. Ich sende Dir Dein Geld zurück, weil beide so schlechter Gesundheit sind, daß es sich nicht zu lohnen scheint, sie am Leben zu erhalten. Solange die Frau lebt, bin ich bereit, um der Ehre willen, in der ich Dich halte, sie bleiben zu lassen. Das Kind wird, falls es überlebt, wie ich befürchte, von keinerlei Wert für seine Eltern sein und weniger als wertlos für den Sultan. Ich habe deshalb die Absicht, es zu verkaufen.»

Und als Dragut sein Siegel auf das Papier drückte, das Siegel mit seinem Initial und dem ersten Wort eines Verses aus dem Koran, lag auf seinem bärtigen Gesicht ein äußerst liebenswürdiges Lächeln.

11. Kapitel

Die Krone und der Anker

Schloß Falkland und die Kyles
von Bute, August 1552

Während Draguts Brief an ihn geschrieben wurde, war Sir Graham Malett immer noch mit dem französischen Botschafter und der Königinwitwe von Schottland in Falkland, wohin er nach dem March-Treffen vor zwei Wochen gebracht worden war, um M. d'Oisel Gesellschaft zu leisten.

Maria von Guise legte Wert auf den Rat des großen Ritters. Und als schließlich das Thema St. Mary zu ihrer Zufriedenheit erschöpft war, stellte sie fest, daß er in vielen Fragen eine intelligente Meinung hatte und auf zurückhaltende Weise hilfsbereit war in der Angelegenheit der Einkünfte des Johanniterordens, die Sandilands, vom Ischias geplagt, dankbar in seine Hände gelegt hatte.

Die Königinwitwe von Schottland, die nicht dumm war, hatte von den Seiten aufgeschaut, auf denen sauber die beträchtlichen Einnahmen der Ritter in Schottland verzeichnet waren, und gesagt: «Und Sie sagen, der verlangte Zehnte soll auf dem üblichen Weg nach Malta gehen? Aber wie ist das möglich, wenn das englische Priorat in Clerkenwell aufgelöst wird?»

«Es ist nicht möglich», hatte Gabriel gesagt, den klaren Blick mit einem leichten Lächeln auf sie gerichtet. «Außer wenn einer von uns das Geld hinbringt. Eine riskante Reise, und ein Ziel, das nicht weniger... gefährlich ist.»

Maria von Guise hatte alle Berichte über den Großmeister gehört. Sie sagte mit einer Stimme, die so ruhig war wie die seine: «Zu gefährlich, meine ich. Und inzwischen sammelt sich das Geld an?»

Gabriel verbeugte sich. «Es ist für die Kommandantur ein ständiger Grund zur Sorge. Sir James meint...» Er zögerte.

«Ja?»

«Weil diese Gelder dazu bestimmt sind, Mutter Kirche zu stär-

504

ken, sollten sie in die Hände gelangen, die am besten dazu in der Lage sind. Und verzeihen Sie mir, aber in Schottland halten Sie einen Außenposten der Religion, der so heftig belagert wird wie Malta. Zugunsten der heiligen Kirche und Seiner allerheiligsten Majestät, der sie unterstützt, wäre das Priorat von Torphichen gern bereit, seinen ganzen Zehnten Eurer Gnaden zu übereignen.»

«Anstelle Seiner Eminenz dem Großmeister? Ihnen ist doch bewußt, Sir Graham», sagte die Königinmutter, die sich ihrer Einkünfte gern sicher war, «daß der Orden ernsthaft dagegen protestieren und sogar Sie und Sir James absetzen könnte?»

Gabriels Mund zog sich zusammen und entspannte sich dann wieder zu einem leicht wehmütigen Lächeln. «An dem Tag, an dem der Orden so stark ist, Protest einzulegen und fähig, sich damit durchzusetzen, gehe ich nach Malta zurück», sagte er.

Maria von Guise, größer als die meisten Frauen, erhob sich und sah zu ihm auf, als er aufstand. «Gut», sagte sie trocken. «Ausgezeichnet. Dann dürften wir Sie, wie es scheint, noch eine beträchtliche Zeit bei uns haben.»

Gabriel war immer noch in Falkland, als Lymond nach einer Reihe von kleinen, lohnenden Aufträgen schließlich doch noch nach Westen aufbrach, mit einem Viertel seiner Kompanie, um sich dem Piraten Thompson anzuschließen. Er nahm den Mauren Salablanca mit, Jerott, Alec Guthrie, Adam Blacklock, Fergie Hoddim und Abernethy. De Seurre und des Roches, erfahrene Seemänner, blieben in St. Mary zurück, außerdem Bell, der Arzt, Plummer und Tait.

Jerott, der ohne Bescheidenheit auf seine Erfahrung hinwies, erfuhr kurz, er komme als Ausbilder mit. Bell, der unerwartet in Greenock auftauchte, wäre fast zurückgeschickt worden, aber nachdem er, rot im Gesicht, erklärt hatte, er wolle in Irland eine Frau besuchen, durfte er mitkommen, und an seiner Stelle wurde Fergie Hoddim zurückgeschickt. Dann nahmen sie ein Schiff nach Nordwesten, fuhren aus der Mündung des Clyde zum vereinbarten Ort am Nordzipfel der Insel Bute, in das von Seen wimmelnde Delta, wo Tamsíns geräumiges Handelsschiff, die *Magdalena*, wartete.

Das Wetter war gut, und Jerott, der die letzten Wochen genossen hatte, war auf grimmige Weise fröhlich. Wie immer hatten ihm

Gabriels Nähe, seine Frömmigkeit, sein sanfter Humor und seine unfehlbaren Instinkte im Feld jeden Tag gefehlt. Die schärfere Disziplin, das rasselnde Tempo unter Lymond waren jedoch eine Herausforderung, die ihm gefiel, obwohl manchen die selbstbewußte, schneidende Intelligenz auf die Nerven ging. Lymond machte Tait, Hoddim und Plummer gegenüber keinerlei Zugeständnisse. In St. Mary behandelte er sie als Gleiche unter Gleichen. Im Feld verlangte er fraglosen Gehorsam und bekam ihn auch, jetzt sogar von Alec Guthrie. Wenn Einwände kamen, dann erst im nachhinein. Nur der Künstler Blacklock, leise meuternd, hatte zu trinken angefangen und gab es trotz Warnungen mit gedämpftem Trotz nicht auf. Als er offenbar damit anfing, dem Alkohol auch noch eine Droge hinzuzufügen, warf Lymond ihn hinaus.

Er ging nicht. Schweigend, grimmig vor Verlegenheit, gingen die anderen Offiziere von St. Mary ihrer Arbeit nach, während sie wußten, daß Adam Blacklock, die zitternden Hände verschlungen, vor dem leeren Kamin saß, allein, ohne etwas zu tun, daß er durch die Ställe wanderte, die Pferde streichelte oder seinen Freunden beim Schießen zuschaute und sich auf die Lippe biß.

Am Ende des ersten Tages ging er wie üblich zu Bett, aber ohne seine Drogen, und wachte schreiend auf, mit einem Gesicht wie ein Kind. Bell kam schnell zu ihm und hielt ihn fest, aber Jerott ging sofort zu Lymond.

Es war nicht nötig, ihn zu wecken. Lymond war noch auf, voll bekleidet, und Archie Abernethy war bei ihm. Als Jerott sprach, hörte er, wie Abernethy hinausschlüpfte, und einen Augenblick später war er zurück. Hinter ihm war Salablanca, mit Blacklock in seinen Armen. Dann wurde Jerott weggeschickt.

Jerott erfuhr nie, was sich in Lymonds Zimmer abgespielt hatte; aber am nächsten Tag war der Künstler wieder unter ihnen, weiß wie Papier, aber einigermaßen sicher auf den Beinen, und es ging ihm jeden Tag besser. Daß er auf See mitgenommen wurde war, wie Jerott vermutete, weniger eine Bereicherung seiner Ausbildung, als eine realistische Hinnahme der Tatsache, daß er Lymond nie freiwillig aus den Augen ließ. Laut Randy Bell, der dabei grinste, lag es daran, daß Lymond und Archie Abernethy ihm die doppelte Drogenmenge gaben. Jerotts Meinung nach war es ein weiterer Schritt in Lymonds Kampf, Gabriel auszustechen. Und weil die Maschine sein Interesse immer mehr auf sich zog, kam er auf dem Weg zur Westküste auf das Thema zu sprechen. «Befriedige meine Neugier. Wenn du ihn so wenig leiden kannst, warum hast du dann Graham Malett aus Malta hergebracht? Und wenn du so darauf erpicht bist, ihn zu übertreffen, warum hast du dann nicht versucht, ihn auf Malta zu verdrängen? Fast bis zuletzt hat er versucht, den Großmeister zu schützen. Du hättest eine hübsche Revolte anführen können, wenn du gewollt hättest.»

Lymond wandte die ernsten blauen Augen in seine Richtung. Während sie sich durch die niedrigen Hügelpässe im Norden und Westen fädelte, war die Kompanie weitläufig verteilt, mit Spähern überall, und Alec Guthrie war die Führung überlassen worden, damit Lymond sich bewegen konnte, wie er wollte. Im Augenblick ritt er ein Stück neben seinen bewaffneten Männern und außer Hörweite, und Lymond hatte eine vollkommene Gelegenheit, Erklärungen abzugeben, falls er wollte.

Und offenbar wollte er, denn nach einem Augenblick sagte er, mit deutlich amüsiertem Unterton in seiner Stimme: «Eine verführerische Analyse, Jerott. Wenn ich auf Malta so verdammt eifersüchtig auf deinen Freund Gabriel gewesen wäre, wie ich es hier zu sein scheine, was hätte ich dann getan, um ihn auszustechen…? Zum Beispiel hätte ich nichts gegen den Großmeister unternommen. Im Gegenteil. Man muß die Spitze infiltrieren, mein Lieber. Ich hätte den Großmeister zu meinem unentbehrlichen Freund gemacht.»

«Das hättest du nicht gekonnt», sagte Jerott unverblümt. «Juan de Homedès vertraut nur spanischen Rittern.»

«Dann», sagte Lymond fröhlich, «hätte ich ihm meine bestens bekannte Imitation eines spanischen Ritters vorgesetzt und sein Vertrauen gewonnen und danach damit angefangen, die Heiligmäßigkeit von Freund Gabriels Zielen und die Qualität seiner Führerschaft in Zweifel zu ziehen. Und weil ihn natürlich in beiderlei Hinsicht nie auch nur der Hauch eines Zweifels gestreift hat, hätten die Beweise gefälscht werden müssen.»

«Wie?» sagte Jerott.

Lymond sah ihn an. «Es ist nicht schwer, jemanden inkompetent wirken zu lassen», sagte er. «Wenn man sich wirklich Mühe gibt.

507

Denk daran, wie Sir Graham zu Weihnachten ausgesehen hat, als er unseren ganzen Brennstoffvorrat aufgebraucht hatte.»

«Aber –» fing Jerott an.

«Das war nicht seine Schuld, wolltest du sagen. Genau», sagte Lymond amüsiert. «Außerdem hätten seine Freunde beeinflußt werden müssen. Zum Beispiel du. Wenn du eine Schwäche hättest, und Gott weiß, daß du keine hast, würde ich darauf herumhacken, bis du dich auf mich verlassen würdest, und nur noch auf mich.»

«Wie Adam Blacklock?» sagte Jerott.

«Vielleicht», sagte Lymond, aber diesmal nicht ganz so bereitwillig, wie Jerott zu seiner Freude feststellte, und der schräge Blick war ziemlich scharf. Aber er sprach trotzdem weiter. «Gut. Ich hätte das Vertrauen seines Chefs untergraben, seinen professionellen Ruf, die Achtung seiner Freunde. Ich ergreife zwei weitere Maßnahmen. Ich werfe einen Schatten auf die Reinheit seiner Moral und verwickle ihn und seine Freunde in etwas, was dem Wohlergehen des Großmeisters schadet.»

«Aber –»

«Aber seine Moral ist makellos, also müssen wir ihm eine Nonne ins Bett legen und ihn zu etwas leicht Verwerflichem bringen, das er einem Freund zuliebe tut.»

«Zum Beispiel den Schutz eines Haufens von englischen Huren?» sagte Jerott.

«Vielleicht. Und schließlich», sagte Lymond mit Bedacht, «hätte ich meine Stellung als rechte Hand des Großmeisters gefestigt, indem ich alle Rivalen beseitigt oder aufeinander gehetzt hätte, und wenn sich der Staub gelegt hätte, hätte ich unverletzlich in den Gemächern des Großmeisters in Il Borgo gesessen.»

«Aber du hast nichts dergleichen getan», sagte Jerott. «Auf Malta hast du abseits gestanden und zugeschaut. Warum?»

Lymond, der sein Pferd in leichten Trab gebracht hatte, um wieder neben der Truppe herzureiten, sah sich um. «Ein andermal, Torquemada.»

Eine neue Stimme sagte: «Nein. Ich möchte das auch wissen.» Und Adam Blacklock ritt zwischen ihnen.

Mutmaßend sah Lymond hin und her zwischen Blacklock und Blyth. «Ich verstehe. Wieviel haben Sie gehört?»

«Alles. Warum haben Sie auf Malta nicht gekämpft? Ich habe geglaubt, Sie hätten gekämpft.»

«Das habe ich auch geglaubt. Jerott meint, warum habe ich Juan de Homedès nicht ganz allein gestürzt. Die Antwort darauf lautet, Jerott, daß ich als Beobachter für Frankreich dort war. Und ich wollte sehen, was euer Glaube bewirkt.»

Jerotts schwarze Brauen waren ein Strich. «Unsinn. Warum drehst du jetzt die ganze Geschichte um? Du weißt, warum Gabriel tatsächlich hier ist. Du weißt, warum er deine ganze verdammte Unverschämtheit und das ganze Herzeleid einsteckt, um dich zu gewinnen. Würdest du denn an seiner Seite kämpfen, um Malta zurückzugewinnen?»

Über Blacklocks schweigenden Kopf hinweg richtete sich Lymonds Blick voll auf seinen hartnäckigen Jugendfreund. «Hat Malett dir geraten, mich das zu fragen?»

«Nein», sagte Jerott zornig. «Das hat er nicht getan. Ich möchte trotzdem gern eine Antwort hören. Würdest du es tun?»

«Wenn Gabriel mich danach fragt», sagte Lymond, «sage ich es ihm.» Er sah, plötzlich müde, Blacklock in die Augen, aber Jerott merkte nichts. Er machte den Mund auf, aber Lymond, der leicht lächelte, kam ihm zuvor.

«Ich glaube», sagte er, «was Malta retten wird, ist ein großer, selbstloser Führer und ein Mann des Glaubens.»

Die verächtliche Miene, die über Jerotts prächtiges Gesicht gegangen war, veränderte sich nicht. «Du und Gabriel, Seite an Seite?» sagte er. «Bleiben wir um Gottes willen bei den Tatsachen. Zweifellos gibt es irgendwo einen großen, selbstlosen Führer. Aber du bist ein Söldner.»

«Ich habe eigentlich nicht geglaubt, daß du Gabriels Plan billigst», sagte Lymond und lächelte plötzlich. «Aber gegen deine Definition habe ich trotzdem etwas einzuwenden. Ein Söldner kämpft für seinen Lebensunterhalt und aus Liebe zum Gefecht.»

«Na und?» Jerott war nicht beeindruckt. «Du hast, nehme ich an, andere Geldquellen. Aber das hier macht dir Spaß.»

Er wedelte mit dem Arm. Um sie herum blitzte im leuchtenden, tiefen Grün des Adlerfarns, im purpurn schimmernden Salbei der Heide, zwischen braunen Wurzeln und grünem Moos der Stahl der

Rüstungen bewaffneter Männer. Um sie herum, über das Plätschern der Bergbäche, das Zwitschern der Brachvögel und das Trillern der Lerchen hinweg hörte man das Einsinken und Herausziehen von Hufen auf weichem Boden, das Klirren von Schwertern, das Knarren von Leder, das Klappern von Geschirr und das Murmeln von Stimmen. Und die ganze Zeit, während sie ritten, beobachteten die braunen, gesichtslosen Männer, wohin Lymonds Pferd mit seinen beiden Kameraden ging. Eine erhobene Hand, ein Zeichen, und sie bewegten sich nach seinem Willen, hätten ein Gefecht unterbunden oder angefangen, Leben gerettet oder genommen. «Das alles macht dir Spaß!» sagte Jerott.

«*Macht mir Spaß!*» sagte Lymond, und Adam Blacklock schaute mit scharfem Blick auf.

Francis Crawford lächelte leicht ironisch und senkte die Stimme. «Ein bißchen viel Mutmaßungen. Es tut mir leid. Die Antwort lautet, Jerott, daß ich das hier nicht besonders genieße.»

Jerotts Blick ließ ihn nicht los. «Was fehlt dir? Frauen?»

Lymond sah nach vorn. «Du scheinst immer darauf hinauszuwollen, Jerott, daß sie mir nicht im ausreichenden Maß fehlen. Nein, die Gesellschaft des schönen Geschlechts vermisse ich nicht. Schau dir an, was ich statt dessen habe.»

«Was also fehlt dir?» hakte Jerott nach und ignorierte Blacklocks stummen Rat, den Mund zu halten.

«Jerott, um Himmels willen! Machst du das für eine Wette?» sagte Lymond. «Was verlangt denn jedermann vom Leben? Für was für eine Mißbildung hältst du mich eigentlich? Mir fehlen Bücher, gute Gedichte und Gespräche. Mir fehlen Frauen, mit denen ich reden kann, nicht zum Vergewaltigen, Kinder, Männer, die Dinge schaffen, statt sie zu zerstören. Und von der Zeit, in der ich aufwache, bis zu der Zeit, in der ich nicht schlafen kann, ist eine Leere – die verdammte Leere, in der es heute keine Musik gegeben hat, gestern keine und keine Aussicht darauf, daß es morgen, übermorgen oder im gottverfluchten nächsten Jahr welche geben wird.»

Er hielt inne. Adam Blacklock, der nichts sagte, senkte den Blick, und nach den ersten Augenblicken sah auch Jerott weg, der besorgt nach Lymond geschaut hatte. Dann, während ihre Pferde gleichmäßig trabten, sagte Jerott Blyth ausdruckslos: «*Musik?*»

Aber Lymond, was für Motive er auch gehabt haben mochte, reichte es jetzt. Er gab seinem großen Pferd die Sporen, ohne zu antworten, und Blyth und Blacklock ritten schweigend hinter ihm her.

Es war sofort deutlich, daß es Thompson gutging. Die *Magdalena*, die unter nackten Stangen unter einem belaubten Ankerplatz in den Kyles von Bute trieb, war ein großes, geräumiges Handelsschiff mit Laderäumen für Salz, Pech, Pottasche, Wolle, Leder, Malvasier und gesalzenen Fisch und mit einem guten doppelten Boden für Schmuggelware. Jerott, der das Schiff musterte, während er darauf wartete, die Leiter hinunterzusteigen, dachte, es könne zu einer äußerst beruhigenden Geschwindigkeit auflaufen, ganz zu schweigen von den Waffen, über die es sicher verfügte. Von seinem Platz aus blitzte ein Messinggeschütz in der Sonne, nicht einmal zugedeckt.

Unten in Thompsons Kabine, neben der, die er und Lymond sich teilen würden, saß Jerott auf einem indischen Gebetsteppich, einen angeschlagenen Tonbecher mit Wein in der Hand, und brachte einen Trinkspruch auf die bevorstehende Fahrt aus. Thompson, dessen Becher aus massivem, ziseliertem Silber war, leerte ihn und sah den vollen Becher, den Lymond müßig in der Hand hielt, herausfordernd an.

«O nein», sagte Lymond und stellte den Becher ab. «Das mache ich nicht noch einmal durch. Jockie, ich habe eine Bedingung. Ich will, daß diese Männer gute Kämpfer zur See werden. Ich will nicht, daß sie im Gefängnis von Waterford enden.»

«Davon habe ich noch nie etwas gehört», sagte der Kapitän der *Magdalena* gleichmütig. Massig, unverändert, braun wie ein Bootsmann über dem schwarzen, salzverkrusteten Bart, nagelte er Lymond mit dem verschlagensten Blick der Irischen See fest und stellte den Becher ab.

«Nein. Du hättest es fast geschafft, das Gefängnis zu leiten, du verdammter Lügner», sagte Lymond. «Was hast du für eine Ladung?»

«Keine. Wir sind auf dem Weg nach Lambay zum Laden. Leinengarn und Wolle für Antwerpen.»

«Ich habe gedacht, der Head von Howth war Logans Revier»,

sagte Lymond. «Und wie in Gottes Namen willst du ungehängt nach Antwerpen kommen und wieder zurück? Jeder Zöllner in der Nordsee würde nichts lieber tun, als dich zur Strecke zu bringen.»

«Die *Magdalena*», sagte der Pirat Thompson und riß die schwarzen Augen weit auf, «kann man mit Logans alten Kähnen nicht vergleichen, wenn es darum geht, Leute anzuhalten und denen ihre Kostbarkeiten zu stehlen. Die *Magdalena* ist ein sauberes Schiff, das Gebühren zahlt und Flagge zeigt, wenn es nötig ist, und ihr Kapitän ist Stephenson. Im Hafen, verstehst du . . . Ich war erst letzte Woche in Antwerpen.»

«Das ist eine verdammte Lüge», sagte Lymond.

«Dort habe ich eine Ladung Schießpulver und fünfzig Fässer Schwefel abgeholt», sagte Thompson.

«Aus Antwerpen?» sagte Jerott und wich Lymonds Blick aus. «Aber das ist ausgeschlossen. Der Kaiser braucht verzweifelt Munition für seine eigenen Zwecke. Er hat schon vor Monaten alle Schießpulverexporte aus den Niederlanden unterbunden. Wo in Gottes Namen haben Sie es hingebracht? Nach England?»

«Nein», sagte Thompson befriedigt. Er schnüffelte, hob die Flasche und goß den guten Wein in seinen Becher und den Jerotts. «Die würden zwar einen anständigen Preis zahlen, weil sie auch verzweifelt sind, aber die kennen mich und Stephenson. Nein, ich habe es –» Er brach ab. «Aye, aye, ich hatte ganz vergessen, daß du Francis Crawford bist. Fast hättest du mich hereingelegt. Kümmere dich um die eigenen gottverfluchten Angelegenheiten.»

Lymond hob ungerührt die Hand mit dem Saphir. «Willst du ihn wiederhaben?»

«Nein, nein. Das war ein gerechter Handel. Und für die Kleine, die damals bei dir war, würde ich dir noch einen geben.»

«Nicht vor den Kindern», sagte Lymond, «du verflucht neugieriger alter Wüstling. Und du warst in Djerba. Dort stinkt es nach Johannisbrotsamen, und ich kenne den Mann, der dem Frauenhinterteil auf deinem Becher die Grübchen eingekerbt hat . . . Es gilt als unmoralisch, den Heiden Waffen zu liefern. Das wird Jerott dir sagen. Aber ich wette alles, was du willst, darauf, daß sie dich mit französischem Geld bezahlt haben.»

Thompson stieß einen rauhen Laut aus, den Jerott einen Augenblick später als ein Lachen erkannte, und hievte sich dann hoch. «Schlau wie eine Ratte bist du, nicht wahr? Es wird eine großartige Fahrt werden. Ich garantiere, daß diesmal niemand Thompson verhaftet, aber der Spaß wird uns trotzdem nicht ausgehen... Ein Freund von dir ist hier. Hat in Brest vorbeigeschaut und ließ sich nicht daran hindern mitzukommen, als er hörte, daß du an Bord kommst.»

«Dann hoffe ich zu Gott, er ist diskret», sagte Lymond und sah Thompson an. Der Pirat trat vor und riß die Tür auf.

«Ich bin Franzose, deshalb von Natur aus diskret. Vor allem», sagte Nicolas de Nicolay, Geograph Seiner allerchristlichsten Majestät von Frankreich, und trat über die Schwelle, das braune, neugierige Gesicht vor Freude strahlend, «wenn ich auf unsicherem Boden bin. Wie geht es Ihnen, *mon brave?*» Und er machte einen federnden Satz und küßte erst Lymond und dann Jerott auf beide Wangen.

Aber die Wiedervereinigung sollte nicht lange dauern. Sie hatten Zeit, sich an das Hospital in Malta zu erinnern, wo de Nicolay Lymond aus der Leichenhalle befreit hatte, an das türkische Lager in Tripolis, die zum Scheitern verurteilte Rückreise nach Malta. Jerott, der mehr als einmal die klugen Augen des kleines Mannes auf sich spürte, neugierig unter dem grauen Haarschopf, fragte sich, ob seine Desertion von Malta, nachdem er ein so ergebener Ritter gewesen war, auf einen Außenstehenden seltsam, wo nicht gar verabscheuenswürdig wirken mochte.

Aber man konnte es kaum eine Desertion nennen. Malta lag hinter ihm, weil es nicht mehr der Mittelpunkt seines Glaubens war. Es hatte seine Bündnistreue nicht länger verdient; sie galt einem Ideal, seinem Glauben, wie ihn Gabriel hier verkörperte.

Ansonsten war St. Mary sein Leben. Er empfand es als befriedigend, es füllte ihn aus. Er war stolz auf die Kompanie und seinen Anteil daran. Er freute sich auf das, was sie bewirken konnte. Aber ihre Ziele waren rein weltlich, und in gewisser Weise graute ihm davor, wie Lymond so schlau erraten hatte, graute ihm davor, diese freie Bruderschaft könne in die Form der Religion gezwängt werden. Und um Malta wiederherzustellen, das sah er allmählich ein, genau wie es Lymond einsah, war wahrer Glaube nötig. Wenn man es realistisch sah... Was dachte er da? Er mußte seine Gedanken wieder der *Magdalena* zuwenden und Thompson, der endlich ablegen wollte... Aber was er eben gefolgert hatte, war bestimmt trotzdem wichtiger. *Wenn man es realistisch sah, hatte man vielleicht gar nicht den Wunsch, Malta wiederherzustellen.*

Es war in jenem Augenblick, daß Fergie Hoddim, dessen Gerichtssaalstimme aus einem fernen Dingi über das glatte Wasser des Kyle hallte, erst Thompson und dann seine Gäste an Deck rief. Nach einer Reihe von Zurufen wurde ihm eine Leiter zugeworfen, und er kam an Bord, mit der Geschwindigkeit eines Mannes, der in St. Mary ausgebildet worden war. Er stieg an Deck, wühlte in seinem Wams und förderte ein gefaltetes Päckchen für Lymond zutage.

Es war eine Nachricht von der Königinwitwe von Schottland, in Falkland geschrieben, nach St. Mary geschickt und dann nach Greenock gebracht, wo der irische Herold, der grün im schaukelnden Boot saß, dankbar gewesen war, daß er einen von Lymonds Männern antraf.

Es war ein bindender Befehl an Francis Crawford von Lymond, Comte de Sevigny, sich sofort in Schloß Falkland einzufinden, um Ihrer Gnaden gegenüber gewisse Aktivitäten zu rechtfertigen, für die er in letzter Zeit verantwortlich gewesen war.

Lymond warf Jerott den Brief zum Lesen zu und wandte sich an den Kapitän der *Magdalena*. «Gute Reise», sagte er. «Du fährst ohne mich. Jerott wird dir erklären, warum. Adam, Sie kommen mit Salablanca mit mir an Land und reiten mit mir nach Falkland. Jerott, du hast unter Thompson das Kommando über die Männer von St. Mary und bist der Verbindungsoffizier zwischen ihnen und dem Kapitän. Ich werde hier sein, wenn die *Magdalena* zurückkommt, oder ich schicke Adam, falls ich nicht kommen kann. Jockie, ich muß dir unter vier Augen ein paar Ratschläge geben, die du nicht verdient hast...»

Den Männern auf den überfüllten Decks, die zuschauten, kam der Wortwechsel zwischen Thompson und Lymond lang und erstaunlich humorlos vor. Als Lymond die Leiter hinunterkletterte und den anderen an der Reling kurz zuwinkte, war Adam Blacklock mit seinem Gepäck schon im Boot, und Salablanca half am kleinen Segel aus, während Robbie Forman, der schottische Herold, steif darunter saß. Dann, nur einen Augenblick später, wie es schien, drehte sich der Mast, das Segel straffte sich, und das kleine Boot fuhr an und verschwand hinter den grünen Bäumen.

Wegen des Herolds behielt Adam Blacklock während der Fahrt flußaufwärts seine Gedanken für sich, und Lymond sagte so gut wie gar nichts, bis auf flüchtige Konversation mit Forman. Später, im Stall von Dumbarton, fragte er Adam, ob der lange Ritt nach Falkland zuviel für sein schlimmes Bein werde. Adam antwortete knapp, sobald er die Konsonanten herausbrachte, dem sei nicht so, und sie waren unterwegs, schneller, als ihm lieb war, mit Salablanca und den Packpferden hinter ihnen.

Bei Einbruch der Nacht waren sie in Stirling, und um die protestierenden Knochen des Herolds zu schonen, der schließlich eben erst durch die halben Lowlands geritten war, um sie einzuholen, erlaubte Lymond ein paar Stunden Rast in Gasthausbetten. Dann brachen sie wieder auf, mit frischen Pferden.

Kurz davor, als sie mit Salablanca darauf warteten, daß Robbie Forman auf den Hof kam, machte sich Adam den Augenblick zunutze, um wenigstens eine seiner Fragen zu stellen. «Wozu die Eile? Die Königinwitwe erwartet doch bestimmt nicht mehr als normale Reisegeschwindigkeit?»

«Jemand ist vor uns», sagte Lymond.

«S-Sie wollen ihn einholen?»

«Ich will vor ihm in Falkland sein. Hier kommt Forman», war alles, was Lymond sagte.

Zwei Stunden später, grau vor Erschöpfung und von den Schrecken des Clyde-Deltas, stürzte der Herold am Wegesrand, und als er die Miene sah, mit der Lymond von ihm Abschied nahm, verfügte er sich ächzend in das Bett eines Freundes in Kinross. Plötzlich erfaßte Adam mindestens einen der Gründe für die Eile. Weil Geduld eine der wichtigsten Eigenschaften des Künstlers ist, wartete er, ritt schweigend, bis Lymond kurz sagte: «Sie brauchen nicht so verdammt taktvoll zu sein. Sie haben seit vier Tagen nichts mehr getrunken. Oder?»

«Nein.»

«Und Bells Mittelchen sind aufgebraucht. Sie können sich also als vertrauenswürdig ansehen. Haben Sie je von George Paris gehört?»

Darüber wußte jeder Bescheid, der je in Frankreich gewesen war. «Er war ein Agent», sagte Blacklock und vergeudete nicht mehr Zeit als Lymond. «Für jene irischen Herren, die f-französische oder schottische Hilfe suchen, um die englische Herrschaft über Irland zu stürzen. Ich weiß nicht, was er jetzt macht.»

«Er ist ein Doppelagent», sagte Lymond. «Jetzt, wo das französische Interesse nachläßt, versucht er, sich seine Pension in England zu verdienen. Thompson hat durch etliche alte irische Kumpel, die es von Exilanten in London gehört haben, Wind davon bekommen. Leider sind Thompson die Hände gebunden, weil er mit Paris und einem von Paris' Freunden unter den irischen Rebellen in illegale Geschäfte verwickelt ist, mit Cormac O'Connor . . .» Er schaute sich um.

«Oh», sagte Adam Blacklock, einen Augenblick zu spät.

«Ich hatte vergessen», sagte Francis Crawford prononciert, «was für verdammte alte Klatschweiber Soldaten sind. Ich nehme an, die ganze Kompanie weiß über Oonagh O'Dwyer Bescheid?»

Eine sekundenlange Pause entstand. «Ich weiß, daß sie die Geliebte von Cormac O'Connor war», sagte Adam.

«Ich bin mir verdammt sicher, daß Sie das wissen, und zwar so genau, daß Sie ein Buch darüber schreiben könnten. Dann ist Ihnen also bewußt, daß Cormac O'Connor nicht gerade ein Blutsbruder von mir ist, weil ich ihr geholfen habe, von ihm wegzukommen. Als sein Versuch, sich zum Retter Irlands aufzuschwingen, gescheitert ist, hat er sich auf kleine Intrigen verlegt und schnelle Methoden, zu Geld zu kommen, zum Beispiel Thompsons Versicherungsbetrug. Weil er in die Sache verwickelt ist, wollen seine Freunde in Irland Paris nicht verraten, und er wird es auch nicht tun, falls er nicht dazu gezwungen wird. Paris hat bei diesem Versicherungsschwindel zu viele Beweise gegen ihn. Andererseits, falls Paris auffliegen würde, könnte O'Connor vorher eingreifen, in der Hoffnung, daß sich niemand für einen kleinen Schwindel interessiert, wenn er einen Doppelagenten auf einem Silberteller überreicht.»

«Und ist es wahrscheinlich, daß Paris auffliegt?» fragte Adam.

«Es ist nicht . . . unwahrscheinlich», sagte Lymond und machte zum ersten Mal eine Pause. «Ich habe Thompson gesagt, er soll seine Verbindungen mit den beiden und allen anderen Kunden sofort lösen. Viel nützen wird das allerdings nicht. Paris muß gegen Thompson so viele Beweise haben, daß er ihn lebenslänglich ins Gefängnis schicken könnte.»

«Und Paris lebt in Irland? Warum stattet ihm dann Thompson oder sonst jemand keinen Besuch ab und zwingt ihn, falls nötig, ihm alle belastenden Papiere zu übergeben?» sagte Blacklock, und als er Lymonds ironischem blauen Blick begegnete, wurde ihm bewußt, daß er naiv gewesen war.

«Warum zum Teufel glauben Sie, daß ich mir fast den Hals gebrochen hätte, um noch diese Woche mit Ihnen allen auf der *Magdalena* in See zu stechen? Paris kommt nächsten Monat nach Schottland, und ich gehe jede Wette darauf ein, daß alle Skiffs der *Magdalena* in jedem irischen Bach Jagd auf ihn machen. Thompson war höchst beunruhigt, als wir ihn gestern verlassen haben, und genau das hat der gerissene, liederliche alte Kerl auch verdient.»

«Und wenn er Paris in Irland nicht findet?»

«Dann müssen wir warten, bis Paris nach Schottland kommt, und meinen Lieblingsagenten dazu überreden, daß er uns seine Aufzeichnungen übergibt, nicht wahr? Was ihn wiederum davor warnen wird, daß er demnächst auffliegt, und uns zu seinen kriminellen Komplizen macht... Abmachungen mit Thompson erweisen sich als ziemlich teuer», sagte Francis Crawford nachdenklich. «Ich habe das Gefühl, daß unser Wohlbefinden, Ihres und meines, der größeren Sache geopfert werden soll, und ich bin noch nicht bereit, das zuzulassen. Warum bleiben Sie bei mir?»

Es war die Art von unvermittelter Frage, die sein Stottern verschlimmerte. Schließlich brachte Adam heraus: «Ich m-möchte Sie zeichnen. Sagen wir es so.»

«Sie haben mich hundertmal gezeichnet. Sie haben einen sechsten Sinn für das Böse, nicht wahr, Adam? Gabriel hatte recht, als er sagte, Sie hätten nicht Soldat werden dürfen. Ihre Augen sagen Ihrem Verstand zuviel. Ich hätte Sie an Bord lassen sollen. Sie haben Randy nicht gezeichnet. Und in letzter Zeit auch sonst niemanden in St. Mary.»

«Nein», sagte Adam. Ein langes Schweigen entstand, das Lymonds leises Lachen unterbrach. «Ihre Gesellschaft ist äußerst entwaffnend, Adam. Wie viele Wutanfälle hätte Jerott inzwischen bekommen? Aber Sie haben wenigstens das Recht auf Beantwortung der naheliegenden Frage.»

Adam Blacklock lächelte. «Ich b-bekomme nicht gern Ärger, das ist alles. Gut. Wer ist der Mann, dem wir gefolgt sind und den wir jetzt überholt haben, weil unsere Geschwindigkeit nun nicht mehr ganz so mörderisch ist?»

Lymond grinste. «Ja, wir haben ihn überholt. Haben Sie ihn nicht gesehen, einen schwarzen Baum von einem Mann an der letzten Poststation, auf einer zusammengebrochenen Mähre? Das arme Vieh trägt einen König, mein Junge. Dieser große, kräftige Mistkerl von einem Iren, der ebenfalls auf dem Weg nach Falkland ist, ist mein brutaler Freund Cormac O'Connor.»

«Ah. Wir m-müssen uns auf Unerfreuliches gefaßt machen», sagte Adam Blacklock.

«Ich fürchte, darauf müssen wir uns in jedem Fall gefaßt machen», sagte Lymond fröhlich. «Die Königinmutter verschickt solche Befehle nicht nur, damit Robbie Forman seekrank wird... Was liegt Ihrer Meinung nach im Augenblick in St. Mary im argen?»

«Warum sollte in St. Mary etwas im argen liegen?» sagte Blacklock nach einem Augenblick.

«Ja, warum?» sagte Lymond. «Ich gerate leicht in Panik, das ist alles. Ich weiß nicht, wie lange die Königinwitwe mich aufhalten wird, aber falls Gabriel noch in Falkland ist, suchen Sie ihn besser auf und warten, bis ich komme.»

«Und O'Connor?» sagte Adam.

«Thompson hat ihn mitgebracht. Er war auf der *Magdalena*, als sie einlief, ist aber, ermuntert von Jock, an Land gegangen, ehe wir an Bord kamen. Thompson glaubt, er sei lediglich gekommen, um die Königinmutter um Geld für die Rebellen zu bitten, und es sei ein kurzer Besuch. Andererseits beschließt er vielleicht, Paris bald zu verraten. Und falls er das vorhat, will ich es ihm lieber ausreden... aber ohne den Herold an meiner Seite, wenn es geht... Es wäre nett, Adam, wenn Sie Cormac O'Connor für mich zeichnen könnten.»

«Warum? Ist es wahrscheinlich, daß ich ihm begegne?»

«Mein lieber Mann, Falkland ist ein Dorf um einen Palast herum», sagte Lymond. «Nicht mehr. Wenn Cormac O'Connor auf einer Nebenstraße in London herumliefe, würden Sie ihm in einer Viertelstunde begegnen. Er ist diese Art von Mann.»

12. KAPITEL

Die Krone und der Einsiedler

Schloß Falkland, August 1552

Falkland war voll. Die gedrungenen Türme des Palasts, die Statuen und die hübschen, vergitterten Fenster ragten aus dem blauen Dunst. Jede Herberge und jedes Gasthaus in der kleinen Stadt war voll von Mitarbeitern und Höflingen der Königinwitwe. Nur weil er kein Zimmer brauchte und über einen tödlichen Charme verfügte, wenn er wollte, bekam Francis Crawford beim Eintreffen im größten Gasthaus an dem kleinen Platz ein Essen für sich und seine Begleiter.

Er brauchte kein Zimmer, weil er zwei Einladungen vorgefunden hatte: eine von Sir Graham Malett, der in der Ordensherberge in Falkland wohnte, und eine von Robert Beaton von Creich, Aufseher von Falkland, der außerdem der Bruder von Janet Beaton war, Buccleuchs Frau. Und er hatte Zeit zum Essen, weil er erfahren hatte, als er sich im Palast meldete, die Königinwitwe sei noch nicht bereit, ihn zu empfangen.

Im Gasthaus waren Leute, die er kannte: eine seltsame Mischung aus Höflingen, die dienstfrei hatten, Händlern, Kirchenmännern und Gutsherren aus Fife, den Lothians und dem Merse. Salablanca war verschwunden. Adam, der angenehm ermüdet in der Spätnachmittagssonne vor der Gasthaustür saß, einen Krug Wein und ein Stück Brot und Hammelfleisch auf dem Tisch vor ihm, wurde einer Reihe von Fremden vorgestellt, die aus dem verrauchten Gewühl im Gasthaus kamen, um seinen Kommandanten zu begrüßen. Zweimal kamen auch Freunde von Adam her.

Es war unvermeidlich, daß er Lymond nach einer Weile ganz an die Gesellschaft im Gasthaus verlor. Während er durch das offene Fenster beobachtete, wie Lymond, einen Becher Wein in der Hand, lässig von Tisch zu Tisch ging, vermutete Adam, er sondiere insgeheim die Atmosphäre im Palast. Er streckte behaglich die gestiefelten Beine aus und überließ das Geschäftliche Lymond. Dann, als er müßig die gepflasterte Straße musterte, die am Palast vorbeiführte, sah er eine kleine Gruppe von Reitern, die sich durch die Menge schob, und erkannte im Anführer den kräftigen, schwarzhaarigen Umriß, von dem Lymond gesagt hatte, das sei Cormac O'Connor.

Er hatte vielleicht einen Augenblick lang Zeit, sich zu fragen, ob es ein Zufall sei, daß Oonagh O'Dwyers ehemaliger Liebhaber direkt auf das Gasthaus losging, in dem Lymond war. Dann, als die Gruppe näherkam, abstieg und ihn schweigend umzingelte, begriff er, daß auch Cormac O'Connor auf dem Ritt von der *Magdalena* aus Gebrauch von seinen Augen gemacht hatte, und daß er, vor dem Gasthaus sitzend, als Wegweiser getaugt hatte. Dann fiel der Tisch, auf dem sein Fuß lag, krachend um, und eine geballte, behandschuhte Faust wanderte lässig zu seiner Magengrube. «Sieh mal an, wir wissen, daß du laufen kannst», sagte O'Connor, während seine Begleiter lachten. «Kannst du genausogut springen?»

Adam Blacklock mochte müde gewesen, vom Essen schwerfällig geworden sein, und ganz bestimmt hatte er Schwächen. Aber nach einem halben Jahr in St. Mary gehörte ein Mangel an Kampftechnik nicht dazu. Die Faust des kräftigen Iren stieß nicht bis zu dem Stoff über Adams angespanntem Bauch zu. Statt dessen packte Adam sein Handgelenk in einem eisernen Griff; zwei schnelle Bewegungen, dann prallte Cormac, ehe das Grinsen aus seinem Gesicht verschwunden war, krachend hinter Blacklock gegen die Wand des Gasthauses, und Adam, sowohl Schwert als auch Dolch gezogen, den umgeworfenen Tisch zwischen sich und O'Connors sechs Männern, wartete wachsam darauf, daß O'Connor sich aufrappelte.

Die Tür zum Gasthaus war in seinem Rücken, aber Adam machte sich nicht die Mühe zu rufen. O'Connors nächstem Angriff begegnete er mit dem Ellbogen und dem Schwert, und er drehte sich rechtzeitig um, damit er mit der Dolchspitze den Mann durchbohren konnte, der sich über den Tisch hinweg auf ihn stürzte. Der Mann schrie, und O'Connor beschimpfte ihn auf gälisch, als er den Tisch mit einem Fußtritt aus dem Weg räumte und mit gezogenem Schwert mit zwei anderen Männern auf Adam losging. Eine Stimme hinter Adam sagte mit sanftem Tadel: «Lieber Cormac, Sie wollen doch nicht gegen uns alle kämpfen, oder? Es ist viel zu heiß zum Herumhüpfen.» Und Lymond, der mit einer wachsenden Zuschauermenge auf der Schwelle des Gasthauses stand, sah den Iren mit hochgezogenen Brauen an, dessen Schwerthand langsam nach unten fiel. «Heiland, das ist der singende Akrobat, der hinter dem Rücken seines Kindermädchens Katzenmusik spielt», sagte Cormac O'Connor, ignorierte gleichermaßen Blacklock und die eigenen Männer, die wachsam auf Befehle warteten, und ging langsam auf Francis Crawford zu.

Lymonds gelassener blauer Blick wich nicht von der großen, bronzefarbenen, schwitzenden Gestalt. Er wartete, mit seiner besonderen Eleganz, die Adam abzubilden schon lange aufgegeben hatte, und sagte schließlich: «Adam verteidigt sich, nicht mich, und er tut das äußerst geschickt, wie Ihnen aufgefallen ist. Würden Sie sich die Mühe machen, Ihren Freund aufzuheben? Sie mögen hier keine Abfälle, die im Weg herumliegen.»

«Das wollen ausgerechnet Sie mir sagen?» sagte Cormac O'Connor. Er sagte es ganz leise, aber jedes Wort fiel wie ein kleiner, ausgehungerter Egel in das klatschsüchtige Falkland. «Und was glauben Sie, wird man hier über einen Mann denken, der eine Frau stiehlt, sie verstößt und im Tang eines Meeres untergehen läßt, damit sie an Küsten angetrieben wird, in immer ferneren Ländern? Legen sie in Tripolis Wert auf Sauberkeit, wenn sie ihren Körper und ihr langes schwarzes Haar mit dem Netz einfangen?» sagte Cormac O'Connor.

Adam Blacklock hörte schweigend zu, während die Iren hinter ihm mit den Füßen scharrten, und fragte sich, ob die anderen Männer wußten, daß sie über Oonagh O'Dwyer sprachen. Nicolas de Nicolay hatte sie eine grünäugige Sirene genannt und außerdem vom Elend ihres Lebens mit diesem Cormac O'Connor gesprochen und von den blauen Flecken, die sie von Kopf bis Fuß gehabt hatte, als sie sich nach Malta einschiffte. Und doch standen Tränen in Cormac O'Connors Augen, während die Lymonds blau und unverhohlen verächtlich blieben. Francis Crawford sagte: «Natürlich. Ich hatte ganz vergessen, daß wir etwas gemeinsam haben. Übrigens, wissen Sie, daß Sie aller Wahrscheinlichkeit nach verhaftet werden, wenn Sie hier Unruhe anzetteln?»

Der Ire lächelte, und seine große Hand im groben Fellhandschuh tätschelte den Griff seines Schwertes. «Das wäre es mir wert», sagte er.

«Und Ihre sechs Freunde? Denken die auch so?»

«Das hier ist etwas zwischen Ihnen und mir», sagte Cormac O'Connor.

«Und George Paris», sagte Lymond und lächelte wieder. «Dem bestens bekannten Freund von Schottland und Frankreich. Sie haben in letzter Zeit einen Rotschopf bei sich, habe ich gehört. Ja? Dann geben Sie ihr nicht meine Adresse, wenn die Königinwitwe Sie holen läßt; mehr verlange ich nicht.»

Aber die große Hand hatte sich schon um den Schwertgriff gelegt, und die nassen, runden Augen kniffen sich zusammen. «Ich sollte vielleicht an meine liebe, christliche Mutter denken und das Unrecht vergessen, das mir andere zugefügt haben. Wollen Sie kämpfen?»

«Offen gesagt», sagte Lymond, «will ich auch nicht verhaftet werden. Könnten wir nicht die Toten ruhen lassen und statt dessen einen Becher Wein leeren?» Und wachsam, Seite an Seite, gingen sie in das Gasthaus, drängten sich durch die fröhliche Menge, während O'Connors sechs Männer in den Hof abzogen und Adam Blacklock, leicht überrascht, sich im Mittelpunkt eines Grüppchens wiederfand, das ihm Essen brachte und ihn beschwor, sie der Reihe nach durch die Luft zu werfen.

«Wie ich es gemacht habe?» sagte Lymond später, als O'Connor gegangen war und sich das Gasthaus wegen der Abendaudienz leerte, so daß sie den Schankraum fast für sich allein hatten. «Wie bewirkt man etwas bei dieser Sorte? Angst und Eigennutz, das ist alles. Der Verrat von Paris ist die Münze, mit der er sich von dem Versicherungsschwindel freikaufen will. Ich habe ihn im Zweifel darüber gelassen, ob die Königinwitwe das mit Paris nicht schon weiß. Er ist sich nicht sicher, wieviel ich weiß, aber er ist sich außerdem nicht sicher, ob er nicht, falls er mich richtig verstanden hat, das Kapital, mit dem er sich die Gunst der Königinwitwe erwerben will, bereits verloren hat. Es war», sagte Lymond ernst, «ein äußerst doppeldeutiges Gespräch.»

«In dieser Umgebung hat das bestimmt ganz plausibel gewirkt», sagte Blacklock. Lymonds List erschütterte ihn etwas, wie immer. Er sagte: «Sie haben sich ihn zwar nicht gerade zum Freund gemacht, aber immerhin haben Sie ihn gezähmt. Und falls er glaubt, die Königinwitwe wisse alles über Paris, ist er jetzt nicht erpicht darauf, sich im Palast zu präsentieren... Und am Anfang hätte er Sie umbringen können.»

«Er könnte es sich anders überlegen», sagte Lymond. Er lehnte sich im flackernden Kerzenlicht im Stuhl zurück, während er auf Graham Maletts Besuch wartete, und klang träge wie eine Katze. «Oder jemand könnte ihn dazu bringen, daß er es sich anders überlegt. Das ist Ihr kleiner Auftrag. Und daß er mich hätte umbringen können –»

Lymond machte eine Pause, und Adam dachte: Natürlich. Das Können von St. Mary. Allein hätte O'Connor keine Chance gehabt. Und ihn durchlief ein Schauer der Freude, als er daran dachte, wie gekonnt er O'Connors Angriff abgewehrt hatte, und der Stich der Angst wegen jener Freude, der immer folgte.

«In jener ersten Sekunde», sagte Lymond, halb zu sich selbst, «hätte er mich wirklich umbringen können, was auch passiert wäre, und Adam Blacklock zum Trotz... wenn er Oonagh wirklich geliebt hätte. Er hätte mich durchbohren können, mit einem Arm und mit zwanzig Männern gegen ihn.»

Einen Augenblick war Adam sprachlos. Dann sagte er: «Haben Sie das geglaubt, als Sie hinter meinem Rücken aus dem Gasthaus gekommen sind?»

Francis Crawford musterte ihn neugierig. «Ja, natürlich», sagte er. «Warum? Verstellung ist eine Kunst, die Widerlinge lieben. Trotzdem...» Er brach ab, schien es sich anders zu überlegen.

«Was?» sagte Adam knapp.

«Sie wissen nicht», sagte Lymond trocken, «wie nahe ich daran war, ihn umzubringen.»

Später kam Graham Malett, um seine Einladung zu wiederholen, und Robert Beaton und seine Schwester Grizel folgten ihm auf den Fersen.

Während Adam im leeren Schankraum Lymond und Gabriel beobachtete, erfuhr er, daß er bei Gabriel in der hohen, schiefen Johanniterherberge wohnen sollte, während Lymond ein Dutzend Meilen entfernt in Beatons Burg Creich logierte. Gabriel glaubte,

Lymonds Audienz werde am Morgen stattfinden, und ehe die anderen eintrafen, gab der große Ritter mit seiner sanften Stimme Lymond Ratschläge; über den Wunsch der Königinwitwe, Schottland für ihre Tochter mit französischer Hilfe zu regieren, über ihre Bereitschaft, jeder Partei ihre Gunst zu erweisen, die ihr dabei half, gleich welche.

«Ich habe auch schon ein paar Gerüchte darüber gehört», sagte Lymond, und Gabriel schlug sich verzweifelt gegen die Stirn. «Natürlich. Ihr Bruder ist im Rat. Und vermutlich haben Sie die Königinmutter in Frankreich gut kennengelernt... Ich bin ein Narr. Es ist kindisch. Die Illusion, im Mittelpunkt großer Dinge zu stehen, hat mir den Kopf verdreht; in Wahrheit bin ich mit nichts dergleichen befaßt, ich bin nur Jimmy Sandilands' kleiner Stellvertreter.» Und Graham Malett lächelte von der niedrigen Lehne, auf die er sich gesetzt hatte, zu Lymond auf und berührte ihn sanft am Arm. «Sie sehen gut aus. Ich bin froh. Gott sei Dank haben Sie einmal geschlafen.»

Ein düsteres Schweigen entstand. «Im Augenblick wünschte ich, ich schliefe», sagte Lymond dann, zog seinen Arm weg und ging zur Gasthaustür, wo Blacklock wartete, hochrot im Gesicht, um Gabriel nach Hause zu begleiten.

Graham Malett blieb, wo er war. «Nein. Ist es nicht an der Zeit, daß wir offen darüber reden?» sagte er ruhig. «Blacklock macht das nichts aus. Sie haben das Gefühl, ich sei ein Rivale, Francis, eine Art Wettbewerber im Rennen um Ihre Führerschaft. Es hat jetzt solche Ausmaße angenommen, daß Sie nicht mehr schlafen können, ohne sich einzubilden, ich wolle Ihnen die Führerschaft entreißen... Ihnen ist bewußt, nicht wahr, daß Sie krank geworden wären, wenn ich nicht dafür gesorgt hätte, daß ich immer wieder abberufen worden wäre?»

«Ihre Rücksicht», sagte Lymond, «kennt keine Grenzen. O wie gütig du meiner gedenkst, allmächtiger Gott! Wie groß ist die Zahl deiner Wohltaten! Ich würde sie aufzählen, aber es sind mehr als Sand am Meer, und ich glaube, Adam möchte gehen...»

Daraufhin erhob sich Graham Malett zu seiner vollen Größe. «Francis... Sie sind St. Mary. Sie und kein anderer. Es klingt abgedroschen, aber es ist die reine Wahrheit. Ich kenne Ihr Geheimnis nicht. Zwischen Ihnen und Ihrer Kompanie gibt es kein geistiges

Band, keinen gemeinsamen Glauben, keine Riten, keine Regeln der Ritterlichkeit. Wie gelingt es Ihnen trotzdem?»

«Durch den Charme meiner Persönlichkeit», sagte Lymond. «Großzügig ausgeteilt. Blacklock und ich sind durchaus überzeugt davon, daß Sie keine Absichten auf St. Mary haben. Stört es Sie, wenn...?»

«Es stört mich», sagte Gabriel. Er war ziemlich bleich. «Gott weiß, wie es mich stört, daß Sie keinen Glauben haben. Sie beten die Kraft an, nicht wahr? Wollen Sie nicht glauben, daß sich die Kraft, verbunden mit dem Glauben, verzehnfacht? Die ganze Geschichte der heiligen Kirche beweist es.»

Bisher hatte Lymond dieser besonderen Herausforderung stets widerstanden, hatte sich nie in Gabriels Diskussionen hineinziehen lassen, war tolerant und neutral geblieben. Jetzt sagte er, während er reglos an der Gasthaustür stand: «Die Geschichte zeigt auch große Leistungen des Durchhaltevermögens, die nichts Rätselhaftes an sich haben. Gute Vorbereitung kann das Vertrauen in den Glauben durchaus ersetzen.»

«Ich hoffe, wir alle streben nach Vollkommenheit», sagte Gabriel. «Schlampige Arbeit hat sicherlich keine Wunder verdient. Aber wir sind menschlich. Unser Wirken hat Grenzen. Wenn wir wissen, daß die Gnade Gottes mit uns ist, können wir vielleicht mehr als menschlich werden, das ist alles.»

«Warum wollen Sie alles Gott zuschreiben?» fragte Lymond. Er sprach ganz ruhig, ohne Leidenschaft, und obwohl er Blacklocks Anwesenheit vergessen zu haben schien, fragte sich Adam plötzlich, ob nicht ein Teil davon für ihn bestimmt sei, wie an jenem Tag auf dem Ritt nach Bute, wo Lymond in die Runde gesprochen und Jerott gemeint und Jerott es nicht verstanden hatte. «Warum?» fragte Lymond also, kam zurück, schlenderte zum Kamin und drehte sich um, milde Neugier in den verschleierten Augen. «Eifer, Kraft und Hochstimmung können so viele Quellen haben, die von Gott weit entfernt sind. Der Glaube an die Sache, an den Anführer, an die Liebe kann dasselbe bewirken.»

Unter Gabriels reiner, feinporiger Haut war eine Spur Farbe zu sehen. Er sagte mit seiner tiefen Stimme: «Diese Dinge sind alle fehlbar.»

«Natürlich sind sie das», sagte Lymond. Draußen auf dem Hof konnten sie Schritte und Stimmen hören, was hieß, daß Robert Beaton gekommen war. «Aber ist die heilige Kirche immun gegen Fehler? Ihre Priester, ihre Ämter, sogar ihre Glaubenssätze sind nicht frei von Fehlern. Ihre Dolmetscher sind nur menschlich, und die meisten Seelen, so gutgewillt sie auch sein mögen, folgen dem menschlichen Werkzeug, nicht dem Glauben... Falls der Glaube der Soldaten an Gabriel erschüttert würde», sagte Francis Crawford verbindlich mit einem kleinen Lächeln, «würden sie dann einem abstrakten Glauben genauso bereitwillig in die Schlacht folgen?»

Eine kleine Pause entstand. Dann sagte Gabriel, und der schönen Stimme war erstmals die Anspannung anzuhören: «Francis... Natürlich öffnen sie ihre Herzen den Stellvertretern, der Identität, die sie kennen und verstehen. Aber durch sie sprechen die Heiligen; sie haben den größten Anführer aller Zeiten, der sie niemals im Stich läßt: unseren Herrn Jesus Christus.»

Die Stimmen draußen erreichten die Tür. Lymond warf Adam einen Blick zu, ging zur Tür und legte die Hand an den Riegel. «Was sagen Sie dazu?» sagte Graham Malett.

«Wer ist Jerott Blyth wichtiger?» sagte Lymond kühl. «Sie oder Christus?» Und er ignorierte Gabriels wortloses, gequältes Flehen und öffnete die Tür.

Grizel Beaton hatte Lymond seit dem Tod ihres Mannes einmal gesehen. Buccleuch hatte Francis Crawford tobend die Schuld an seiner Ermordung gegeben, aber Janet, ihre Schwester, hatte ohne Umschweife gesagt, Wat Scott habe wie üblich voreilige Schlüsse gezogen.

Sie neigte dazu, Janet zu glauben. Es war eine wunderbare Ehe gewesen, aber auf prosaische Weise, aus Erfahrung klug geworden, hatte sie nicht damit gerechnet, daß sie ewig währte. Männer führten ein riskantes Leben, und die Scotts ganz besonders. Sie hatte ihre Kinder. Es gab zwei Dinge, die sie bedauerte. Sie hatte ihn eben dazu gebracht gehabt, die Dinge auf ihre Art zu erledigen, und das war umsonst gewesen. Und er war ein ungewöhnlich lieber Mann gewesen.

Also drückte sie Francis Crawford die Hand und begrüßte Adam Blacklock, während sich ihr Bruder vorstellte. Und erst dann, als sie in den Raum hineinschaute, sah sie die große, zurückhaltende Gestalt des Ritters, der ihr Gast in Kincurd gewesen war und vor drei Monaten, selbst verwundet, zu ihr geritten kam, um ihr die Nachricht von Wills Tod zu überbringen.

«Graham!» sagte Grizel Beaton, die energische Stimme gedämpft vor reiner Überraschung. Und sie ging auf ihn zu, rot im Gesicht, und hielt ihm die Wange zum Kuß hin.

Frauen! dachte Adam Blacklock angewidert und fragte sich, ob Lymond es bemerkt hatte. Männer waren unbeständige und unergründliche Wesen. Und Frauen standen ihnen darin weiß Gott in nichts nach.

Kurz darauf, als Beaton und seine Schwester fort waren und Lymond mitgenommen hatten, ging auch Adam Blacklock und begleitete Gabriel zu seiner nahen Herberge.

Graham Malett sah müde aus. Über die seltsamen zehn Minuten im Gasthaus, als er und Lymond metaphysisch die Klingen gekreuzt hatten, hatte weder Blacklock noch Gabriel etwas gesagt, aber das Leuchten, das dabei aus Maletts ruhigem Gesicht verschwunden war, war nicht zurückgekommen. Und obwohl er Adam mit vollendeter Höflichkeit in seiner bequemen Kammer unterbrachte, dauerte es nicht lange, bis sich der Großkreuzträger sanft entschuldigte, und als Adam kurz darauf an der offenen Tür von Gabriels Zimmer vorbeiging, sah er ihn mit gebeugten Schultern, das Gesicht verborgen, schweigend vor dem alten Altar knien, den er in seinem Gepäck durch halb Europa geschleppt hatte.

Um acht am folgenden Morgen wurde Francis Crawford in den Audienzsaal von Maria von Guise, Königinwitwe von Schottland, gerufen. Und niemand konnte wissen, ob er in diesem Augenblick dankbar für Gabriels Rat oder seine Gebete gewesen wäre.

Schloß Falkland, das alte königliche Jagdschloß, in dem ihr Mann gestorben war, gehörte der Königinwitwe jetzt ganz allein; die schöne Fassade mit den vergitterten Fenstern, der Hof, auf drei Seiten umschlossen von den Flügeln, die der Vater und der Großvater ihres Mannes gebaut hatten, mit den Medaillons und den üppig verzierten Mansardenfenstern, mit den Schießscheiben, den Ställen und dem dichten, mit Blumen übersäten Park von Falkland, in dem die Stimmen der Stuarts zwischen den Rasenflächen und dem Fluß widerhallten. Es gehörte ihr, und hier wohnte sie am allerliebsten.

Und weil es überfüllt, weil es abgelegen war, weil es ihr gehörte, verabscheuten es die Lords des Geheimen Rats und ihr Gouverneur. Aber Maria von Guise war hier, und ihr Freund, der französische Botschafter, war hier, und Seine Gnaden, der Graf von Arran, Gouverneur von Schottland, war im Juni nach Norden gereist und würde noch mindestens einen Monat in Aberdeen bleiben. Deshalb hatte die Königinmutter nicht die Absicht umzuziehen.

Sie hatte auch nicht die Absicht, Francis Crawford länger am Leben zu lassen, ohne daß er sich der Macht des Thrones beugte. Er stand auf der Schwelle des königlichen Audienzsaals, als sein Name aufgerufen wurde, und machte die erste vorgeschriebene Verbeugung, deren dritte und letzte ihn zum Podest mit ihrem Stuhl brachte. Der Diener schloß die große Tür. Umringt vom Kammerherrn, ihren Sekretären und ihren Hofdamen schaute die Königinwitwe von Schottland, unter der perlenbesetzten Haube, die großen Hände auf den Knien, auf Lymond herunter. Das stumpfe Morgenlicht, das durch die Butzenscheiben im Westen hereindrang, sprang von Ring zu Ring, als sich ihre Hände verkrampften. Sie sagte: «Bleiben Sie auf den Knien, M. le Comte. Das wird Sie daran erinnern, daß ich von königlichem Geschlecht bin.»

«Euer Gnaden», sagte Lymond gehorsam, «ich habe einen Handschuh, der unserer Majestät, Ihrer Tochter, gehört und mich täglich daran erinnert.» Sein Blick, der einen Moment lang am Podest vorbeihuschte, erkannte Margaret Erskine, die an jenem Tag ihren Dienst wieder angetreten hatte, und kehrte dann zum unfreundlichen Gesicht der Königinmutter zurück.

Die Anspielung auf seine früheren Dienste für die kindliche Königin Maria war im Augenblick nicht das, was sie hören wollte. Mit ihrer kräftigen französischen Stimme sagte Maria von Guise: «Sie haben, wie ich höre, eine voll ausgebildete, bewaffnete Armee, deren Lager Ihre Burg ist, bestehend aus dreißig Offizieren und jetzt sechshundert Söldnern, deren Zahl Sie nach Bedarf erhöhen?»

Über Dritte hatte er im ganzen Winter und Frühling immer wieder ihr Angebot erhalten, ihn und seine Kompanie zu kaufen. Es war die ständige Armee, nach der sie sich sehnte. Hinter ihr ging lautlos eine Tür auf, und der Baron d'Oisel, der Botschafter des französischen Königs in Schottland, schlüpfte herein. «Sie sind richtig informiert worden», sagte Lymond.

Die blaßblauen Augen musterten sein ruhiges Gesicht und die Hand, die offen und entspannt auf dem erhobenen Knie lag. Der kleine Federbusch seines Hutes, den er locker in der anderen Hand hielt, ruhte reglos auf dem Boden. Die Königinwitwe holte tief Luft durch die knochige Nase. «Dann», sagte sie und neigte den Kopf zu M. d'Oisel, der neben sie getreten war, «muß ich Ihnen sagen, daß diese Kompanie ausbezahlt und aufgelöst werden muß. Die Offiziere müssen abziehen, die Söldner auf Ihre Kosten dorthin verschifft werden, wohin sie auch gehören mögen. Darüber hinaus werden die Gebäude von St. Mary abgerissen, bis auf die Burg, in der Sie wohnen, und die dort gelagerten Waffen von der Krone konfisziert.»

Zehn Monate hervorragende und bitterharte Arbeit hatten sich mit einem Atemzug aufgelöst. Einen Augenblick lang trat völliges Stillschweigen ein. Margaret Erskines Hände schlossen sich um den härtesten Gegenstand, den sie bei sich hatte, eine gravierte Duftkugel, und drückten sie, bis es weh tat.

Lymonds gelassenem, respektvollem Gesicht war keinerlei Veränderung anzusehen. Er sagte: «Ist es dem bescheidenen Diener Eurer Hoheit gestattet, zu erfahren warum?»

Die Königinmutter warf M. d'Oisel wieder einen Blick zu. «Wir erachten eine derart gründlich ausgebildete Truppe unter einem Kommandanten wie Ihnen als Gefahr für die öffentliche Sicherheit. Ihr Vieh hat Schaden angerichtet; Ihre Maschinen haben Menschenleben vernichtet; kleine Streitigkeiten zwischen den Familien an der Grenze sind durch den Einsatz Ihrer Truppen zu einem Massenblutvergießen eskaliert, bei dem wir die Besten unserer jungen Männer verloren haben. Und diejenigen, die sich unter Ihrem Schutz wähnen, haben die Gelegenheit ergriffen, den Männern, deren Pflicht es ist, den Frieden an der Grenze zu wahren, Unverschämtheit und Respektlosigkeit zu erweisen. Darüber hinaus –»

«Madam!» sagte Margaret Erskine und brach mit einem grimmigen Entschluß alle höfischen Regeln.

Und weil Tom Erskines Witwe eine der wenigen intelligenten

Frauen in ihrer Umgebung war, außerdem eine, die sie mochte, hielt die Königinwitwe inne, wandte den Kopf und sagte lediglich: «Uns war nicht bewußt, daß wir Dame Margaret die Erlaubnis zum Sprechen erteilt haben.»

«Nein. Verzeihen Sie mir. Gnädigsten Pardon, Euer Gnaden», sagte Margaret Erskine unumwunden. «Aber die Kerrs sind so provoziert worden, daß sie jeden Scott im Königreich umgebracht hätten, auch ohne eine Armee, die versucht hätte, sie daran zu hindern. Ohne die Angst vor St. Mary wäre in diesem Krieg zwischen vielen verfehdeten Familien dasselbe geschehen. Und wenn St. Mary nicht gewesen wäre, wären die Familien in der Gegend von Yarrow im letzten Winter verhungert.»

«Von diesem Akt der Barmherzigkeit habe ich gehört.» Das war M. d'Oisels Stimme, aber er sprach mit Lymond, nicht mit Margaret Erskine. «Ausgeführt, wie ich glaube, von Sir Graham Malett, ohne Befehl. Wir leugnen nicht, daß auch Gutes getan worden ist. Schließlich hat M. de Sevigny einen äußerst kompetenten Berater. Wir fragen uns jedoch, ob er über den Charakter verfügt, davon zu profitieren.»

Ein kurzes Schweigen entstand. Vermutlich dachten alle Anwesenden, meinte Margaret, atemlos vor Zorn und Schreck, an Lymonds berüchtigtes Verhalten in Frankreich, als die Königinwitwe dort zu Besuch gewesen war. Alle wußten, daß ihn der eigene Bruder inzwischen hinausgeworfen hatte. Und laut den Kerrs hatte Lymond in Liddel Keep vor der Schlacht, die Will Scott das Leben gekostet hatte, getrunken. Selbst Adam Blacklock hatte das unter Druck widerwillig bestätigt. Der einzige Mensch, der sich in den letzten Monaten stets für Lymond eingesetzt hatte, war Graham Malett gewesen, vor dem Lymond – Richard Crawford hatte es gesagt, einmal auch Adam Blacklock, und jetzt, konfrontiert mit allem, was sie gehört hatte, hielt sie es für wahr –, *vor dem Lymond Angst hatte.*

Und als hätte sie diesen Gedanken aufgegriffen, fügte die Königinwitwe plötzlich hinzu: «Trotz allem, was Sir Graham Malett zu Ihrer Unterstützung zu sagen hatte, halten wir Sie weder für so gefestigt noch für so gemeinnützig veranlagt, als daß Sie diese Männer in einem kleinen Land führen könnten, vor allem in Zeiten, in denen sie müßig sein müssen – Sie dürfen sich erheben», sagte die

Königinwitwe und beobachtete, vielleicht mit einer Spur von Neid, wie er genau das tat, aus der verkrampften Haltung heraus, ohne zu wanken.

«Darf ich fragen, auf wessen Meinung sich diese Einschätzung stützt?» fragte Lymond. Hinter den verschleierten Augen war immer noch keine Spur von Gefühl zu sehen.

«Auf die Berichte Ihrer Nachbarn und der tonangebenden Gutsherren. Auf das, was Ihre Soldaten sagen. Auf die Beobachtungen neutraler Männer wie M. d'Oisel.» Maria von Guise machte eine Pause, für den *coup de grâce*. «Und auf meine Beobachtungen Ihres Temperaments.»

Lymond schien einen Augenblick lang nachzudenken, den Blick auf M. d'Oisel gerichtet; dann wandte er sich wieder der Königinmutter zu. «Die tonangebenden Gutsherren, wie Sie sie nennen, sind seit Jahren zu dem Glauben erzogen worden, Macht und Reichtum entspringe nicht einer gut geführten Nation, sondern dem Krieg und den Streitigkeiten mit einem anderen tonangebenden Gutsherrn. Deshalb haben sie natürlich etwas gegen jeden, der diesem Glauben entgegentritt. Was meine Soldaten anlangt –» Lymond machte eine Pause. «Ich erkundige mich nicht bei seinem Diener oder seinem Pagen, wenn ich mir eine ausgewogene Meinung über, sagen wir, über M. d'Oisels Charakter bilden will. Sie unterliegen seiner Disziplin und sehen nur, was ihre Angelegenheiten betrifft, und auch das nicht unbedingt mit dem richtigen Verständnis. Ich würde M. d'Oisel auch nicht unbedingt neutral nennen. Er steht in Beziehung zur Krone, und die Politik der Krone in diesem Land hat darin bestanden, zu teilen und zu herrschen. Ich halte», sagte Lymond höflich, «sogar alle diese Urteile für voreingenommen, mit Ausnahme dessen Eurer Gnaden, und was das anlangt, wage ich zu hoffen, daß Ihnen Beweise meiner... Gemeinnützigkeit in der Vergangenheit vielleicht noch einfallen.»

Maria von Guise hatte rote Flecken auf den Wangen und lächelte nicht. «Möglicherweise haben Sie die besten Absichten. Aber solange Ihre Fähigkeiten dahinter zurückbleiben, ist diese Truppe zu anfällig für Mißbrauch. Und wenn Sie Alexander wären, Sie sind sterblich. In was für Hände könnte sie fallen, wenn Sie sterben?»

«In die von Sir Graham Malett?» sagte Lymond mit Interesse.

«Da haben Sie einen gemeinnützigen Mann. Es bleibt nur die Frage, in welche Hände die Truppe fallen könnte, wenn er stirbt?»

«Sir Graham Malett hat nicht den Wunsch, St. Mary zu kommandieren», sagte M. d'Oisel etwas steif.

«Oh?» Lymond begriff schnell. «Sie haben ihn also gefragt?»

Die Königinmutter griff ein. «Das war kaum nötig. Er hat seine Ansichten seit Wochen offen dargelegt.»

«Darf ich», sagte Lymond ruhig, «dann das Privileg für mich in Anspruch nehmen, einen Tag lang dasselbe zu tun? Ich glaube, St. Mary hat mehr geleistet, als Sie wissen. Es ist dokumentiert. Ich hätte gern die Zeit, die Fakten Eurer Gnaden vorzulegen.»

Die Ringe aus schwerem Metall blitzten; die Perlen auf ihrer Haube ruckten, als die Königinmutter langsam den Kopf schüttelte. «Die Fakten, auf die es ankommt, liegen mir vor. Wie wohlmeinend, wie erfolgreich auch immer, diese Armee in privater Hand ist eine Gefahr. Sie muß aufgelöst werden. Und Sie, Sir, bleiben in unserer Obhut, bis das geschehen ist.»

Margaret Erskine beobachtete Lymond und fragte sich, was sich hinter dieser Fassade abspielte. Falls er seine Truppe nicht auflöste, würde es ohne ihn geschehen, und die ganze großartige, gewaltige Leistung war umsonst gewesen. Wenn seine Söldner verstreut waren und er nach diesem törichten Spruch das Vertrauen seiner Offiziere verloren hatte, konnte er seine Truppe nie wieder um sich sammeln.

Und dahinter steckte noch mehr. Er mußte wissen, wie sie es wußte, daß unter der französischen Herrschaft Ärger wartete – genauer gesagt, unter dem, was auf eine französische Herrschaft hinauslaufen würde, wenn Maria von Guise zur Regentin ernannt und der künftige Mann ihrer Tochter Maria zum König von Schottland und Frankreich ausgerufen würde. Dann würde Maria von Guise alle bewaffnete Hilfe brauchen, die sie bekommen konnte. Sie hatte gewollt, daß Lymond eine Privatarmee für sie aufbaute. Sie wollte nicht riskieren, daß eine Armee da war, die sich vereinigen und sogar die mächtigen Familien Schottlands gegen sie unterstützen konnte. Gott sei Dank, dachte Margaret bitter, daß Gabriel ist, was er ist. Aber nicht einmal Gabriel konnte etwas gegen den Druck nationalen Zweckdenkens unternehmen.

Und während sie das dachte, wurde aus einer geflüsterten Beratung vor der Tür eine Ankündigung; die Königinwitwe stellte scharf eine Frage, M. d'Oisel machte eine Bemerkung dazu; und dann betrat den Saal Graham Malett, in seiner dunklen, billigen Kleidung, den gestutzten Kopf gesenkt, die Miene grimmig entschlossen.

Er warf Lymond einen flüchtigen Blick zu und ging dann neben ihm auf ein Knie. «Vergeben Sie mir, Euer Gnaden. Bestrafen Sie mich, wenn ich Anstoß errege. Aber im Namen der Wahrheit und im Licht meiner Gelübde und um der liebevollen Freundschaft willen, die ich für diesen Mann empfinde, muß ich sprechen. Francis –»

«Sir Graham!» Die Stimme der Königinwitwe konnte, wenn sie es wollte, so kratzig werden wie Metallspäne. «Wir sprechen danach unter vier Augen darüber.»

Graham Malett erhob sich und sagte, ohne ihr zu antworten: «Francis. Man hat Ihnen befohlen, die Truppe aufzulösen?»

«Ja.» Lymond musterte neugierig das angespannte Gesicht neben ihm.

«Es gibt noch eine Chance –»

«Sir Graham!»

Wieder ignorierte Gabriel die Königinwitwe. Und die reine Kraft seiner Persönlichkeit war so stark, daß niemand aus dem ganzen im Saal versammelten Hofstaat vortrat und ihn entfernte. Statt dessen sprach er schnell weiter: «Ich wollte es Ihnen nicht sagen. Aber es ist nicht der richtige Zeitpunkt für verletzten Stolz. Auf Bitte des Königs von Frankreich soll eine schottische Truppe zusammengestellt werden, die auf dem Kontinent kämpft. Ich bin darum gebeten worden und habe es abgelehnt, Sie abzusetzen und St. Mary selbst dorthin zu führen. Die Alternative bestand darin, die Kompanie aufzulösen. Es gibt eine dritte Möglichkeit. Beweisen Sie Ihrer Gnaden im nächsten Monat ohne den Schatten eines Zweifels, daß St. Mary eine großartige Truppe ist, was wir beide wissen, und führen Sie sie dann unter dem Banner der Königinwitwe nach Frankreich. Aus Ihrem dortigen Verhalten wird sie schließen können, ob es besser für Schottland ist oder nicht, wenn Sie zurückkehren. Falls sie immer noch nicht glauben kann, daß aus Ihrer Idee nur Gutes entstehen wird, dann sind Sie frei und können mit Ihrer Armee hingehen, wo Sie wollen, und Ihren Preis nennen.»

Mit bleichem Gesicht, das Feuer des Appells in den blauen Augen, wandte sich Graham Malett der Königinwitwe zu. «Vergeben Sie mir», sagte er noch einmal. «Aber Sie wissen nicht, was Sie zerstören. Wollen Sie uns diese letzte Chance nicht geben? Der König von Frankreich wird eine Waffe bekommen, für die er sein Leben lang in Ihrer Schuld sein wird. Und ich bürge für Mr. Crawford, bis die Truppe aufbricht.»

«Sie sind beredt.» Die Königinwitwe war schroff. «Die Truppe, die Sie glaubten erwähnen zu müssen, könnte erst im Herbst bereit zum Aufbruch sein.»

«Sie zweifeln an meiner Integrität? Reicht Ihnen mein Wort nicht, bis es soweit ist?»

«Mein Gott», sagte Lymond daraufhin, und die schiere Ungläubigkeit seines Tons verriet endlich doch noch die Heftigkeit seiner wahren Gefühle. «Darf ich etwas sagen, oder was meinen Sie? Ich kann mich nicht daran erinnern, daß ich jemanden gebeten hätte, mir zu vertrauen, mir eine letzte Chance zu geben, oder auch nur, selbstlos für mich zu bürgen. Außerdem verhandle ich nicht durch Vermittler.»

So jäh, wie sein Zorn aufgeflammt war, unterdrückte er ihn wieder. «Es ist sogar möglich», sagte Lymond nachdenklich, «daß die Königinwitwe diesen Vorschlag selbst gemacht hätte.»

Eine kleine Pause entstand. «Spielt das eine Rolle?» sagte die Königinwitwe schließlich. Beide Augenbrauen waren zu einer scharfen Linie des Mißvergnügens verzogen. Margaret vermutete, sie hatte nicht gewollt, daß die französische Expedition schon jetzt öffentlich erörtert wurde. Wie hoch sein Rang auch sein mochte, dafür würde Sir Graham einen Tadel einstecken müssen.

«Sie haben Glück», sagte Maria von Guise zu Lymond, «daß Sie einen so standhaften Freund haben, trotz Ihrer Unhöflichkeit ihm gegenüber. Ich spreche jetzt ohne Vermittlung mit Ihnen. Würden Sie und Ihre Armee sich einer solchen Expedition anschließen, einem von mir gewählten Führer unterstellt» – («*Cassillis*», flüsterte Gabriel schnell in Lymonds Ohr) –, «und außerdem in den Wochen vor dem Aufbruch einer solchen Armee von allen Kämpfen Abstand nehmen und meine endgültige Entscheidung darüber, ob Sie und Ihre Kompanie zurückkehren dürfen, als bindend betrachten?»

Zu Margarets Erstaunen schien Lymond darüber nachzudenken. «Wenn wir in dieser Pause angegriffen werden, dürfen wir uns dann verteidigen?» erkundigte er sich.

«Wenn Sie beweisen können, daß Sie aus Notwehr gekämpft haben. Verstehen Sie Ihre Gnaden richtig», sagte le Seigneur d'Oisel et de Villparisis gewichtig. «Es wird keinen Ärger geben, während Sie in St. Mary warten. Sie dürfen helfen, ja. Sie dürfen beschützen, ja. Sie können nach Wunsch mit der Ausbildung fortfahren und Ihre Waffen vorbereiten. Aber kein Blutvergießen. Keine feindseligen oder kriminellen Aktionen. Sonst bin ich gezwungen, mit meiner Garnison gegen Sie vorzugehen, und wie Ihre Gnaden gesagt hat, Ihre Truppe würde aufgelöst und Sie würden in Haft genommen werden. Was die schottische Expedition anlangt, kann ich edle Aussichten und keinen geringen Lohn versprechen. Einzelheiten kann ich noch nicht nennen, aber ich kann Ihnen versichern, daß die Kriege Seiner Majestät des Königs ruhmreich verlaufen werden und daß es eine Ehre sein wird, dabei zu sein.»

«Ich bin dabei», sagte Lymond trocken.

«Sie stimmen diesen Bedingungen zu?»

«Es wäre mir ein Greuel, Randy Bell zu entlassen», sagte Lymond. «Die Blumen des Waldes wären keine Blumen mehr.»

«Sie sind einverstanden?»

«Ja», sagte Lymond fröhlich. «Unter der Voraussetzung, daß sich Sir Graham förmlich verpflichtet, daß weder die Königinwitwe noch Sie darunter leiden müssen. Er ist der Bürge, denken Sie daran, nicht ich.»

Kurz danach war es vorbei. Adam Blacklock, von Gabriel über den Ausgang unterrichtet, packte seine Sachen, verabschiedete sich und traf sich wie angewiesen mit Lymond bei den Ställen. Lymond, der sein Gepäck an jenem Morgen aus Creich mitgebracht hatte, war schon da, hatte das Abschiednehmen hinter sich. Er hatte herzlich mit Robert Beaton und Margaret Erskine gesprochen und flüchtig mit Gabriel. Graham Malett sollte noch etliche Tage in Falkland bleiben. Dann sollte er nach St. Mary zurückkehren und Lymond dabei helfen, den Frieden mit der Königinwitwe aufrechtzuerhalten. Er sagte nicht, und Lymond fand es auch nicht heraus, daß er am frühen Morgen ein diskretes Gespräch mit dem abreisenden Cormac

O'Connor geführt hatte; außerdem erwähnte er an jenem Tag den Namen von Oonagh O'Dwyer nicht.

Als Adam Blacklock zu den Ställen kam, während ihm hundert stotternde Fragen auf der Zunge lagen, stand Lymond innen, neben seinem Pferd, und las einen Brief, einen Arm auf dem Sattelknopf. Neben ihm stand ein Junge, den Adam bestens als einen der Boten von St. Mary kannte. «Neuigkeiten?» fragte Adam. Und dann musterte er Lymonds Gesicht etwas gründlicher. «Ärger?»

Lymond las noch einen Augenblick lang weiter und sagte nichts. Dann steckte er die Seiten schnell in sein Wams, überprüfte die Zügel, schwang sich in den Sattel, warf dem Jungen eine Silbermünze zu und sagte: «Gut gemacht. Bis morgen, wenn du eine Nacht lang geschlafen hast. Laß die Mädchen in Ruhe – die haben schon Kummer genug. Adam!»

«Ja?» Er hatte seine Stute hinausgeführt und war damit beschäftigt, sie zu satteln. Salablanca schlüpfte lautlos von Lymonds Seite, nahm ihm die Aufgabe ab und schnallte methodisch Adams Gepäck fest, während sein Maultier und das Ersatzpferd geduldig warteten und Blacklock zu Lymond hinüberging.

«Ärger», bestätigte Lymond. «Ich habe die Rechnung für uns beide bezahlt. Ruhig durch die Stadt, und reiten Sie dann um Ihr Leben. Denn in diesem Land gibt es viele Raubtiere.»

«Was für Raubtiere?» sagte Blacklock, die Stimme unbekümmert, die Hand aber plötzlich zittrig.

«Zum Beispiel Jock Thompson, Pirat», sagte Lymond. «Und Jim Logan, von derselben Bruderschaft, der die irischen Zöllner zur *Magdalena* gebracht hat, vor dem Head of Howth. Und die Hälfte der Offiziere von St. Mary, die jetzt in Dublin im Gefängnis sitzen könnten, unter der Anklage, die irischen Rebellen mit Schießpulver beliefert zu haben, wenn sie nicht das Zollboot versenkt, Logans Schiff in die Luft gesprengt und die *Magdalena* jubelnd nach Dumbarton zurückgesegelt hätten, mit Thompsons ganzer Fracht, darunter seine Schmuggelware.»

Adam Blacklocks graue Augen waren klar und fest auf Lymond gerichtet. «Sir Graham hat gesagt, falls es weitere Zwischenfälle gebe, habe die Königinwitwe damit gedroht, Ihre Truppe zu zerschlagen.»

«Ja. Stimmt. Das ist kein Zwischenfall, das ist eine Katastrophe», sagte Lymond. «Es ist noch schlimmer. Es ist das Ende eines Alptraums. Kommen Sie, Adam. Sie müssen rechtzeitig zurück sein, um St. Mary die Totenmaske abzureißen.»

«Wie lange wird es dauern, bis die Nachricht den Palast erreicht?» fragte Adam. Alle drei ritten gesetzt durch die kleine Stadt und unterhielten sich flüsternd.

«Falls es der Garnison in Dumbarton zu Ohren kommt... nur einen Tag. Falls Thompson diskret ist, und ich glaube, das ist er, wird sie über Dublin nach London gelangen und dann hierher. Das wären zwei Wochen. Falls die Expeditionstruppe im September aufbricht – sagen wir, in einem Monat – hat die Königinwitwe noch zwei Wochen Zeit, uns – wie war der Ausdruck? – zu zerschlagen. Falls sie will. Und um mich gefangenzunehmen. Falls sie das kann.»

Ein kurzes Schweigen entstand, in dem sie offenes Gelände erreichten, und dann eine lange Pause, in der sie schweigend im gestreckten Galopp dahinjagten. Bei der ersten Rast sagte Lymond, offenbar im Glauben, er setze das Gespräch fort, aber ohne die geringste Erklärung: «Es ist wirklich äußerst saubere Arbeit.» Sein Ton war voller Bewunderung. Er sagte, während er ständig um Adam, den Künstler, herumging, der mit ausgestreckten Armen im hohen Gras lag, ein halbgegessenes Hörnchen auf der Brust: «Und Joleta.»

Das war der letzte Name, auf den Blacklock gefaßt war. Er hob die Hand, nahm das Hörnchen langsam vom Wams und biß ein Stück ab. «Ja?»

«Ach, kommen Sie, Adam», sagte Lymond spöttisch und blieb vor ihm stehen. «Sie sind Künstler. Sie haben sie in Dumbarton gesehen. Sechzehn, im Kloster erzogen und das Licht in Gabriels Leben. Der Familienstolz hat meinen Bruder davon abgehalten, Graham Malett die entsetzliche Nachricht zu überbringen, aber Sie hatten keinen Grund, sie ihm vorzuenthalten. Und doch haben Sie ihm nichts über meine Nacht mit seiner Schwester gesagt, nicht wahr? Warum?»

Hörnchenkrümel gerieten in seine Luftröhre. Als er nicht mehr würgte, setzte sich Adam auf, scharlachrot im Gesicht, mit Tränen in den Augen. «Es g-g-ging mich nichts an», sagte er.

«Weil Sie dasselbe gesehen haben wie ich», sagte Lymond sanft. «Was haben Sie gesehen, Adam?»

«Gut», sagte Blacklock unvermittelt und zornig. Er kam auf die Knie, fegte Krümel vom Leder und stand dann auf, von Angesicht zu Angesicht mit Lymond. Beide Männer wichen nicht von der Stelle.

«Gut», wiederholte Adam grimmig. «Als ich Joleta in jener Nacht in Dumbarton gesehen habe, war sie schon schwanger, und es war übrigens nicht ihre erste Schwangerschaft.»

«Adam!» sagte Lymond, hielt dann inne und sagte in einem milderen Ton: «Das Auge des Meisters. Von nun an bis in Ihr hohes Alter bekommen Sie aus meinen persönlichen Vorräten Stifte, Tusche, Papier, Ölfarben und jede Menge schwangere Frauen zum Zeichnen. Sie war nicht mehr Jungfrau und hatte schon einmal ein Kind bekommen. Außerdem war sie schwanger. Was heißt, daß sie jetzt im fünften Monat schwanger mit dem Kind sein muß, das sie mir unterschieben will . Kein Wunder, daß es Sybilla aufgefallen ist.»

Adam setzte sich verwirrt. «Woher wissen Sie, daß Sie es Ihnen unterschieben will?»

«Weil sie, seit ich zurückgekommen bin, alles in ihrer Macht Stehende getan hat, um mir den Kopf zu verdrehen, und als das fehlschlug, mich schlichtweg kompromittieren wollte.» Er lächelte schwach. «Jene Nacht in Dumbarton war ein klassisches Beispiel dafür. Ich glaube, sie hoffte immer noch, mich wider Willen durch ihre Reize in ihren Bann zu ziehen. Und ich habe vermutlich dasselbe gedacht. Wir haben uns beide geirrt. Es gab aufregende Augenblicke, aber sie hat den Verstand und die Moral einer Dschungelkatze. Es gefiel ihr nicht, einen... Artgenossen zu treffen.»

«Sie will also Rache nehmen?»

«Falls ich sie nicht heirate, unter Gabriels liebevollem Beifall, hat sie gedroht, mich als ihren Verführer zu nennen. Der Höhepunkt von Gabriels freundlicher Kameradschaft mit Crawford von Lymond.»

«Und Ihrer Führung von St. Mary», sagte Adam Blacklock langsam. «Sie und Gabriel sind für mindestens die Hälfte Ihrer Männer mystische Glückssymbole. Sie werden Sie verlassen, wenn das auch nur als Gerücht durchsickert.»

«Mitte September wird es mehr als ein Gerücht sein», sagte Lymond und rechnete. «Selbst wenn sie Tischtücher trägt... Ich frage mich, von wem es ist.»

«Es ist nicht von Ihnen?» fragte Adam. Aber er wußte schon, aus dem kühlen Satz: *Was hast du hier verloren?*», den er in jener Nacht in Dumbarton gehört hatte, daß es nicht Lymonds Kind war.

«Nein. Und ich nehme an, das ließe sich beweisen. Aber in einer solch aufgeregten Situation spielt das keine Rolle. Es ist zu spät, wenn sie einen kleinen Berber bekommt oder einen Wurf Mauren. Die armen Dinger. Sybilla wird etwas für sie tun.»

«Ich würde Ihnen raten», sagte Adam nachdenklich, «Ihre Mutter dazu zu bewegen, daß sie Joleta für lange Zeit in ein Kloster einmauert.»

«Gabriel würde sie sofort besuchen», sagte Lymond. Nach dem trotzigen Triumph war er ruhig geworden. «Was für ein seltsamer Gedanke, daß in vier Wochen, höchstens in fünf, alles vorbei sein wird. St. Mary wird es nicht mehr geben. Oder es wird unter meinem Kommando weiter bestehen, ohne Gabriel. Oder unter Gabriel, ohne mich. Wie würde es Ihnen gefallen, unter Graham Malett zu kämpfen, Adam?»

Adam Blacklock blickte so gelassen, wie er konnte, in Lymonds klare blaue Augen. «Es ist also so gekommen, nicht wahr?» sagte er langsam. «Davor haben Sie sich die ganze Zeit gefürchtet? Es kann nur einer von Ihnen sein, es können nicht beide sein. Graham Malett wird Sie nie an seiner Seite dulden.»

«Ja, es ist so gekommen», sagte Lymond. Er war wieder beiseite gegangen, ohne Blacklock anzusehen, und seine Stimme war schroff. «Die Königinwitwe hat es mit Erfolg auf die Spitze getrieben, aber die letzte Wahl liegt nicht bei ihr. Sie liegt bei St. Mary und darin, ob wir hervorragende Arbeit geleistet haben oder nicht. Wenn ich sie zu Männern gemacht habe, werden sie sich wie Männer verhalten.»

«Man kann ein Mann sein und Gott trotzdem fürchten», sagte Adam ruhig.

Auch Lymonds Gesicht war ganz ernst, während er in die Ferne schaute, über die niedrigen Hügel von Fife. «Ich weiß. Aber auch ich habe auf Malta eine Lektion gelernt. *Achte nie auf ihre Augen...*

Beobachte ihre Hände! Adam, ich muß nach Midculter und mit Joleta sprechen. Dann reite ich nach Boghall, wo Margaret Erskine bald bei ihrer Mutter eintreffen und auf mich warten wird. Ich habe auch etliche andere gebeten, sich dort mit mir zu treffen. Falls Sie sich ihnen anschließen wollen, würde ich Sie... willkommen heißen. Falls Sie lieber direkt nach St. Mary zurückkehren, verstehe ich es. Ich bitte Sie nur darum, daß Sie nichts von dem Treffen in Boghall sagen. Wie auch immer, unsere Wege trennen sich jetzt. Ich gehe allein nach Hause.»

Adam Blacklock sah auf seine Hände. «Kleine, subversive Treffen im Verborgenen? Das ist nicht St. Mary, wie wir es gekannt haben.»

Lymonds antwortender Blick war beunruhigend scharf. «Aber St. Mary war nie eine Armee», sagte er. «Nur ein Schlachtfeld. Das muß Ihnen doch bewußt gewesen sein?»

13. Kapitel

Die Axt wird gegen sich selbst gerichtet

Midculter, Flaw Valleys,
Boghall, September 1552

In der Zwischenzeit hatte das Unwohlsein, das St. Mary, Falkland und mehrere Orte an der irischen Küste befallen hatte, in Midculter die Ausmaße einer Pest angenommen. Sybilla, Ladywitwe Culter, wirbelte wie eine kleine, wütende weiße Fledermaus über die Treppen und Flure ihres luxuriösen Schlosses und war durchaus in der Stimmung, ihren unglücklichen Sohn anzuspucken, der sich eben in die grandiose Halle gesetzt hatte, um sich die Stiefel auszuziehen.

«Wenn Madge Mumblecrust noch einmal die Treppe herunterkommt und ein Stück Geflügelleber mit Ingwer oder gepreßtes Fleisch mit Mandelmilch verlangt, ziehe ich mich in ein Hexenhäuschen im Wald zurück und verwünsche Venedig, damit es auf ewig im Meer versinkt, und Madame Donati dazu. Die Kirche», sagte Sybilla entschieden, «sollte junge Mädchen exkommunizieren, die den Deckel klebriger Gläser nicht wieder zumachen und sich jeden Tag das Haar waschen.»

«Sie geht dir auf die Nerven», sagte Richard scharfsinnig. «Warum kommt sie denn nicht herunter und geht an die frische Luft? Jetzt ist es einen Monat her, daß sie sich da oben verbarrikadiert hat. Sie wird noch krank werden.»

Sybilla setzte sich. Ihr Lachen war eine Spur hysterisch, aber es war wenigstens ein Lachen. Als sie sich erholt hatte, sagte sie: «Ja. Weißt du, mein Lieber, sie will nicht gesehen werden.»

«Warum?» sagte Richard. Er dachte an Joleta, wie er sie vor einem Monat zum letzten Mal gesehen hatte, als das Kind zum erstenmal bemerkbar wurde und Sybilla ihm grimmig die Nachricht vermeldet hatte. Weiß gekleidet, das leuchtende Haar über die Arme fallend, hatte das Mädchen wie durch ein Wunder die unberührte, wundersame Anmut behalten. In all den Wochen hatte sie nichts Unfreundliches über seinen Bruder Francis gesagt. Und als Sybilla sie verhört hatte, mit steifem, bleichem Gesicht, hatte Joleta schlicht geantwortet, ohne Vorwürfe. Nur einmal, als Lady Culters Zorn einen Augenblick lang durchschimmerte, hatten sich die Augen des Mädchens mit Tränen gefüllt.

Dann hatte sie ihnen allen das Versprechen abgenommen, Graham Malett nichts zu sagen, solange es Francis nicht erfahren hatte. Aber dann hatte Francis es erfahren und nichts unternommen. Deshalb sagte Richard gereizt: «Warum? Warum will sie nicht gesehen werden? In drei Monaten werden es ohnehin alle wissen.» Dann, als er den Ausdruck im Gesicht seiner Mutter sah, stellte er den Stiefel weg, den er eben ausgezogen hatte, ging leise über den gebohnerten Boden zu ihr und kniete zu ihren Füßen nieder. «Schau... Es ist durchaus möglich, es zu verstehen, auch wenn es unverzeihlich ist. Sie ist von einer Schönheit, die – die – jeder Mann würde tun wollen, was er getan hat. Der Unterschied ist nur, weil Francis ist, wie er ist, und keinen Regeln und keinem Meister gehorcht, hat er es getan. Und weil sie ihn liebt, hat sie ihm die Gelegenheit gegeben.»

«Weil er keinem Meister gehorcht. Das ist das Problem, nicht wahr?» sagte Sybilla unvermittelt. Sie hatte die Hände, die denen ihres jüngeren Sohnes so ähnlich waren, hart und weiß im Schoß zusammengepreßt. «Ich vermute, er hat auf Malta einen Meister gesucht.»

«Er hat einen gefunden», sagte Richard ruhig. «Aber er kann es nicht zugeben.» Er lächelte sie an, stand auf, streckte die Hände aus und zog die ihren an sich. «Wenn er jetzt hereinkäme und Joleta fragte, ob sie ihn heiraten will, was würdest du dann tun?»

«In Ohnmacht fallen», sagte Sybilla knapp.

Später, im Balsam der frischen Luft, schaute Richard beim Pflügen zu, wo sich die Ochsen auf den breiten Feldern unter Möwenschwärmen abmühten und die schimmernde, frische braune Erde langsam unter der Pflugschar zum Vorschein kam, als das leise Trappeln von Hufen in der klaren Luft zwei von Osten her kommende Reiter ankündigte. Einen Augenblick später rief jemand auf einem fernen Feld einen Gruß, und er sah, wie die Filz- und Lederhelme seiner Pflüger ruckten und sich umdrehten. Jemand, den sie alle kannten, jemand, der zum Schloß gehörte... Francis, den blonden Kopf barhäuptig, und hinter ihm der große, schweigsame spanische Maure. Lord Culter fragte sich, während sich seine Muskeln schon in der Erwartung der bevorstehenden Heimsuchung anspannten, welche unbeschwerte Lösung des Problems Lymond vorschlagen würde. Adoption... Abtreibung... oder vielleicht Heirat? Richard, der mit harten Augen am Wegrand auf seinen Bruder wartete, sagte zu ihm: «Kommst du nicht etwas spät?»

Lymonds Gesicht, dem Sybillas so ähnlich, erstrahlte in gespielter Freude. «Du lieber Himmel, sie hat eine Fehlgeburt gehabt!» sagte er. Woraufhin Richard, der schweigend zu Fuß zum Schloß folgte, wußte, daß ein unerfreulicher Nachmittag bevorstand.

Sonnenschein durchflutete die Halle mit der bemalten Decke, den eleganten Schnitzereien und dem traurigen, einfältigen Portrait des Zweiten Lord Culter, Sybillas Mann, als die Ladywitwe eintrat, von Richard gerufen. Sie warf nur einen flüchtigen Blick auf ihren jüngeren Sohn und sagte lediglich: «Ich glaube, Richard, Joleta sollte hergebracht werden, ehe wir versuchen, etwas zu besprechen. Falls du keine stichhaltigen Einwände dagegen hast, Francis?»

Lymond machte ein erstauntes Gesicht. «Das würde ich nicht wagen», sagte er. «Hier bin ich, damit ich mich bessern lasse. Es ist Zeit zur Demut.»

«Es ist bei dir wie immer Zeit für Unverschämtheiten», sagte Sybilla scharf. «Hol sie, Richard.»

Schließlich brachte Madame Donati, furchterregend in wattiertem Schwarz, sie nach unten und stützte sie, als sie allen entgegentrat. Joleta, den ganzen Tag allein in ihrer Kammer, trug spitzenbesetzte weiße Schleifen im seidigen, aprikosenfarbenen Haar, und Schleifen schimmerten im reinen Voile ihres Kleides. Sie war stark angeschwollen. Aber über der weiblichen Wölbung, die das weiße, kindliche Kleid trotz des Schals grausam verriet, war Joletas Gesicht blendend vor Glück. Sie löste sich sanft von ihrer Duenna und ging langsam und schwerfällig auf Francis Crawford zu.

Und der kühle, schlanke, teuer gekleidete junge Mann sah nicht sie an, sondern die klägliche Wölbung. «Mein Gott, Mutter», sagte er, mit gespieltem Entsetzen in seiner Stimme. «Das ist mehr als ein kleiner Fehler. Sie setzt einen Wurf in die Welt.»

Für ihre Zeit waren die Crawfords eine weltläufige Familie. Aber eine derartige Gefühllosigkeit war in ihren Hallen unerhört. Joleta stieß nur einen kurzen Schrei aus und unterdrückte ihn dann. Sybilla holte Luft, als hätte es ihr den Atem verschlagen, und Richard Crawford wandte sich seinem Bruder zu und hob den Arm. Er war dicht davor, gewalttätig zu werden.

Lymond, der schließlich vorgewarnt war, duckte sich geschickt und lief statt dessen gegen die flache Hand von Evangelista Donati, die ihn klatschend traf. «Hurenbock!» sagte Joletas Duenna mit einer Stimme, die zu einem Schreien anstieg. «Antichrist! Wolf! Wünschen wir, dich zu sehen? Wünschen wir, mit dir zu sprechen? Ersauf doch in einer Jauchegrube, du uneheliches Schwein!» Und als Lymond, durch den unerwarteten Schlag aus dem Gleichgewicht gebracht, sich äußerst plötzlich auf den Stuhl direkt hinter ihm setzte und aufreizend zu lachen anfing, lief Joleta mühsam zur Tür.

Lymond setzte sich auf, ignorierte Madame Donati, die drohend neben ihm stand, und Richard, der den Kopf zornig zurückgeworfen hatte, Sybillas Hand auf seinem Arm, gleichermaßen. «Komm zurück! Oh, komm zurück!» sagte Francis Crawford, stand auf und rieb sich mit einer Hand das Kinn. «Ich bin bußfertig. Nur, wie wollen wir die Bankerte loswerden, wenn du sie gleich im Dutzend bekommst?»

Joleta blieb stehen.

«*Loswerden!*» sagte Sybilla.

Lymond wandte sich ihr zu, die blauen Augen weit offen. «Falls sie ihnen kein Mütterchen sein will? Ein unverheiratetes Mütterchen?»

«Ich bin froh», sagte Madame Donati im folgenden Schweigen, «daß Sie das Kind wenigstens nicht mit einem Heiratsantrag beleidigen.»

«Gütiger Gott, nein», sagte Lymond behaglich und setzte sich wieder. «Setz dich, Joleta, setz dich, leg die Last ab... Lieber Himmel, Mädchen, wein doch nicht wieder. Aber die Heirat mit dieser göttlichen, frischen Blume der Weiblichkeit würde mich zu Gabriels Schwager machen, nicht wahr? Und ich glaube nicht, daß Gabriel das verkraften könnte. *Joleta!* Wir machen *Pläne!*»

«Raus mit dir», sagte Richard kurz. Er hatte, so unglaublich das war, sein Schwert aus der Scheide gezogen.

«Nein», sagte Sybilla. «Nein. Er ist hergekommen, um etwas zu sagen, und du mußt ihn anhören, um Joletas willen. Was auch immer du danach zu tun wünschst, ich werde dich nicht daran hindern. *Lymond*, was wünscht Sir Graham Malett in dieser Angelegenheit?»

Es war, vermutete Richard, das erste Mal in seinem Leben, daß Francis von seiner Mutter so angeredet worden war. Es vertrieb einen Sekundenbruchteil lang das Lächeln von seinem Gesicht. Dann war es wieder da, noch boshafter als vorher. «Er weiß es nicht», sagte er. «Was ist die Strafe bei Verführung? Man wird an ein Feuerrad am Himmel genagelt. Aber Gabriel ist ein gütiger Mönch. *Jeune, galant, frisque, dehait, bien adèxtre, hardi, adventureux, delibéré, hault, maigre, bien fendu de gueule, bien advantagé en nez. Et cetera.* Er wird nur verlangen, daß ich den Herrn preise und Joleta heirate.»

Joleta drehte sich um. In dem zarten Gesicht waren die graublauen Augen gefüllt mit unvergossenen Tränen, und die kleinen, glitzernden Zähne bohrten sich in die weißgewordenen Lippen. «Ich würde dich heiraten», sagte sie. «Wenn du mich fragst.»

Lymonds nachdenklicher Blick blieb auf ihr ruhen. «*Où est la très sage Hellois*», sagte er. «*Pour qui chastré fut, et puis moyne?* Ich habe nicht die Absicht, dich zu fragen», fuhr er fort. «Ich sage es im Beisein aller. Ich nehme nichts Beschmutztes mit in mein Bett, es sei denn, ich will mir eine Stunde die Zeit vertreiben.»

Vielleicht war es ein Glück, daß das zuviel für Madame Donatis unsicheres Englisch war. Während Richard Crawford mißtrauisch, aber verständnislos, von Lymonds spöttischem Gesicht zu Joletas weißem blickte, sagte er: «*Nichts Beschmutztes!* Was willst du mit dieser Gemeinheit andeuten?»

«Mein lieber Mann», sagte Lymond kühl. «*Ouëz, ouëz, ouëz. Et vous taisez si vous pouvez.* Joleta Reid Malett ist eine leichtlebige kleine Dame mit übler Laune, die ein Kind bekommt, dessen Vater sie vermutlich nicht einmal selbst kennt. Es ist jedenfalls ganz bestimmt nicht von mir. Das Kind wird viel früher geboren werden als in drei Monaten. Laß mich dir versichern, daß Joleta Malett, weit davon entfernt, in Dumbarton entjungfert worden zu sein, nicht einmal eine Jungfrau war. Sie war schon schwanger.» Und als das Mädchen, wild im Gesicht, das Ungeborene umklammerte, fügte Lymond mit metallischer Stimme hinzu: «Und ich frage mich, wie es Sir Graham Malett, Großkreuzträger des Ordens, gefällt, wenn er *das* erfährt.»

Joletas Ruf: «Er wird es nicht glauben!» fiel zusammen mit Sybillas ruhigerer Stimme. Die Ladywitwe sagte langsam: «Als Beweis haben wir nur dein Wort gegen Joletas. Wenn du ihn so haßt, warum hast du dir dann nicht das Vergnügen gestattet, es Sir Graham zu sagen?»

«Weil es eine Lüge ist!» sagte Madame Donatis schockierte und wütende Stimme.

«Weil er will – so ist es doch, Francis? –, daß es der letzte, vernichtende Schlag wird, mit dem er Gabriel abschüttelt. Was hat die Königinwitwe zu dir gesagt, Francis?» fragte Richard schroff. «Wir wissen, daß sie dich gerufen hat. Ist sie auch der Meinung, daß St. Mary unter einem Mann ohne Disziplin und Prinzipien zu gefährlich ist?»

«Aber *Graham* will St. Mary nicht! Er will nur... will nur dein Bestes, weil er dich so bewundert.» Joleta, deren Tränen getrocknet waren, starrte Lymond aus großen Augen an. «Du würdest ihm doch nicht so weh tun?»

«Ein bißchen weh wird es ihm tun, nicht wahr, ganz gleich, was wir machen», sagte Lymond vernünftig. «So kann er wenigstens seine allgemein bekannte Achtung vor mir behalten, während er beweist, daß er St. Mary nicht will.»

«Das», sagte Lord Culter leise, «ist Erpressung.»

Lymond sagte freundlich: «Ja, das ist es, nicht wahr? Es ist ein bißchen verdrießlich, weißt du. Die Würfel sind gegen mich gezinkt. *Nil est tam populare,* könnte man sagen, *quam bonitas.*»

Aber Joleta, die näher kam, das goldene Haar zerzaust über der reinen Stirn und den Wangen, sagte mit jäher, hastiger Dringlichkeit: «Du willst, daß Graham geht? Wenn Graham wegginge, sofort – wenn Graham verspräche, nie zurückzukommen... würdest du mich dann heiraten?»

Und Lymonds Gesicht, klug und sarkastisch, verlor die ganze Erheiterung, die ganze eisige Freundlichkeit, den ganzen gesellschaftlichen Charme, als er ihr in die Augen schaute. «Meine liebe Schwester in Christo und werdende Mutter, vielleicht bin ich, was Buccleuch über mich gesagt hat: eine Hure. Aber eine Hure, die wählerisch ist, meine Liebe.» Und er streckte blitzschnell einen Arm aus und entriß ihrem Griff geschickt eine schöne Glasvase Sybillas, mit der sie schon ausgeholt hatte. «Man signiert sein Werk nicht zweimal», sagte er leise. «Das bringt Unglück.» Und er beobachtete, wie Joleta, vom Schwindel ergriffen, in Donna Donatis schützende Arme sank.

Die Duenna hielt sie fest und sah über den seidigen Kopf hinweg Francis Crawford an, das gelbliche, überzüchtete Gesicht hohl vor Verachtung und Wut.

«Ihr Leben ist nichts wert», sagte sie. «Von nun an wird jeder anständige Mann genau wie die gesegneten Engel im Himmel jeden Atemzug verfluchen, den Sie tun. Wir sagen es ihrem Bruder. Dieser gute, heilige Mann wird Ihnen in seinem Kummer vielleicht vergeben, was Sie getan haben. Aber seine Brüder werden es Ihnen nicht vergeben. Was auch aus der Kleinen und ihrem Kind werden wird, sie wird gerächt werden.»

Die Venezianerin warf ihm noch einen Blick zu, mit einer Art von Verachtung in den kalten Augen, dann schob sie den angeschwollenen Körper des jungen Mädchens sanft vor sich her und schloß hinter beiden die Tür.

Niemand sagte etwas. Sybilla, den silbrigen Nacken gebeugt, starrte blicklos auf den gebohnerten Boden, die schlanken Finger gegen den Mund gepreßt. Richards vierschrötige, ruhige Gestalt, die hinter Sybillas Rücken an der Wand lehnte, das dichte braune Haar wie immer im Gesicht, direkt über der gerunzelten Stirn, schwieg völlig. Und Lymond, den blonden Kopf gegen die hohe Stuhllehne zurückgeworfen, den Blick auf die geschlossene Tür gerichtet, hatte sich nicht gerührt.

Die Tür ging auf, nach einem ganz leisen Klopfen, und der Maure Salablanca kam herein und machte sie hinter sich zu. «*Señora… Señores… Están en el cuarto*», sagte er.

Lymond antwortete auf spanisch. «Gut. Warte draußen. Richard?»

Lord Culter sagte nichts. Lymond wandte den Kopf und kam mit einer einzigen, unerwarteten Bewegung auf die Beine, stellte sich seinem Bruder. «Mein Gott, glaubst du, ich fühle mich nicht auch schlecht?» sagte er. Und tatsächlich sah Richard, der ihn nun doch noch musterte, mit stumpfer Neugier das Spiegelbild seines eigenen, angewiderten Zorns in Lymonds weißem Gesicht. Dann sagte Lymond, der von seiner Mutter zu Richard schaute und wieder zurück: «Ich hoffe, daß ich euch nie wieder so etwas antun muß. Ich hoffe, daß ihr mir eines Tages verzeiht. Versucht euch, jetzt in diesem Augenblick, daran zu erinnern, daß ich handeln mußte. Versuche, Richard, dich daran zu erinnern, daß ich dir gesagt habe, ich könne dir deiner Ehrlichkeit wegen nicht alles anvertrauen... Sybilla, alles, was ich tun muß, hängt von einer einzigen Sache ab. Daß du mir trotz allem, was du gehört hast, einen halben Tag länger vertraust.»

Sybilla, Ladywitwe Culter, schaute nicht auf. Statt dessen öffnete sie die schlanken Hände, schloß sie wieder und sagte: «Wobei soll ich dir vertrauen?»

Lymond sagte, die Stimme nun ganz emotionslos und klar: «Ich will jetzt gehen und nach Boghall reiten. Margaret Erskine wird morgen dort sein, Janet Beaton und andere, die du kennst. Ich möchte, daß du und Richard morgen mittag hier aufbrecht, ohne Diener, ganz formlos, und nach Boghall reitet, zu mir. Erwähnt niemandem gegenüber, daß ich dort sein werde. Falls jemand fragt, gebt ihr vor, ich sei nach St. Mary zurückgekehrt. Irgendwann wird Joleta ihrem Bruder eine Nachricht über ihre Kümmernisse schicken wollen. Laßt ihren Boten gehen.»

«Sie wird Graham Malett jetzt nicht mehr darum bitten, dich zu verlassen», sagte Richard mit jäher Verachtung. «Sie wird zulassen, daß du sie in aller Öffentlichkeit ruinierst, statt dein kostbares Kommando zu stärken. Dir vertrauen? Es ist mir gleich, was für einen hinterhältigen Plan du dieses Mal ausgeheckt hast. Wir sind von dir befreit, und so soll es auch bleiben. Geh, wohin du willst. Graham Maletts Freunde werden dafür sorgen, daß Joleta gründlich gerächt wird.»

Sybilla hob den Kopf. Sie war sehr bleich, fast so weiß wie ihr porzellanfarbenes Haar, und hatte Ringe unter den blauen Augen. «Da ist etwas, was ich dich fragen möchte», sagte sie. «Du hast unter anderem behauptet, du hättest Joletas Kind nicht gezeugt. Ist das wahr?»

Lymonds Antwort war kurz. «Ja. Sie war im Mai schon schwanger.»

«Du hast sie leichtlebig genannt. Ist das wahr?»

«Ja.»

«Ich bin weder ein Kind noch ein Kleriker, Francis», sagte Sybilla scharf. «Ich möchte das, was du sagst, anhand eigener Fakten überprüfen. Du hast sie leichtlebig genannt. Warum?»

«Wegen ihrer Praktiken. Sie hat Erfahrung», sagte Lymond knapp. «Sie scheint enge Beziehungen zu ihren Stallknechten zu unterhalten. Du könntest zweifellos mehr herausbekommen, wenn du dich für die Methode interessieren würdest. Sie markiert ihre Bettgesellen: mit einem Kreuz.»

«Mit einer Glasscherbe?» sagte Sybilla, und zum erstenmal wurde Lymonds Stimme etwas hitzig. «Oder mit einem Messer. Sie kann gut mit Waffen umgehen», fuhr er gelassen fort. «Und sie ist jähzornig. Einer meiner Männer, Cuddie Hob, hat sie einmal ausgelacht. Sie hat sein Pferd erschossen.»

«Sie hat meine Katze getötet», sagte Sybilla träumerisch. «Ich habe es dir nicht gesagt, Richard. Und seit Margaret Erskine es unterbunden hat, war sie nie wieder mit Kevin allein. Eine angeborene grausame Ader. Vermutlich liegt es an ihrer Erziehung. Und immer das Vorbild des himmlischen Gabriel vor Augen. Jeder mit ihrem Wesen würde dagegen rebellieren...»

«Sie hat deine Katze umgebracht!» sagte Richard ungläubig, und Lymond sagte müde: «Ich weiß, es ist nicht zu fassen. Es scheint die Herrlichkeit des Universums zu verspotten. Eine Schönheit wie sie werden wir nie wieder sehen. Sie ist bezaubernd, jung und wunderschön, aber moralisch völlig verdorben. Frag Mutter. Sie hat die ganze Zeit hier gesessen, zum Wohl der Familie zur Heirat geraten und sich ständig gefragt, ob sie ihr ganzes Leben damit verbringen muß, ihre Schwiegertochter dazu zu erziehen, keine Katzen zu töten... Ich brauche dich morgen, Richard, falls du es über dich bringen kannst zu kommen.»

«Um mich mit dir gegen Gabriel zu verschwören?» fragte Richard. «Das kannst du ohne mich tun.»

Aber Sybilla war aufgestanden, und obwohl sie noch sehr bleich war, ging sie auf Lymond zu. «Wir behalten uns ein letztes Urteil noch vor», sagte sie. «Aber die Tatsachen *scheinen* eher zu deinen Gunsten als für Joleta zu sprechen, und wir wissen, daß du dir Sorgen um Richards ehrliches Gesicht machst. Andererseits bin ich eine hervorragende Heuchlerin. Du könntest nicht vielleicht eine kleine Konferenz mit mir abhalten?» Und als Lymond den Kopf schüttelte, seufzte sie. «Wenn das so ist, warte ich bis morgen. Ich komme nach Boghall, Francis, und Richard kommt mit. Falls nötig, schleife ich ihn mit einem Seil hinter mir her.»

Er war flüchtig amüsiert, ging aber sofort, nach einem ganz kurzen Abschied. Danach fing Sybilla zu zittern an, und Richard, der mit außergewöhnlicher Heftigkeit fluchte, hob sie sanft aus dem Stuhl, hielt sie fest und brachte sie in ihr Zimmer.

Am nächsten Tag, weiß der Himmel, von welcher Vorahnung angetrieben, kehrte Gabriel aus Falkland nach St. Mary zurück. Die Herzlichkeit der Begrüßung erhellte wie immer sein Gesicht, und mit der Hand auf Jerotts Schulter hörte er sich schweigend die ganze Geschichte über Thompsons illegale Fahrt und die Verfolgung der *Magdalena* durch den Piraten Logan an. Jerotts dunkles Gesicht glühte bei der Erinnerung, und er sagte: «Thompson war großartig. Wenn uns die irischen Boote nicht umzingelt hätten, wären wir ohne jeden Kampf entkommen. Schließlich konnten wir doch noch fliehen, aber er hat seine Geschütze verloren. Vielleicht war es keine lange Reise, aber bei Gott, sie haben alle einen Geschmack von der See bekommen. Sie wollen wieder hin. Randy Bell sagt, er will der erste Seeräuberarzt werden.»

«Ich habe ihn gesehen», sagte Gabriel. Sein Lächeln, klar wie immer, hatte etwas leicht Erschöpftes und Besorgtes an sich, und Jerott wurde daran erinnert, daß der Zwischenfall aus der Sicht der Behörden natürlich schädlich für St. Mary gewesen war. Seine Gedanken mußten lesbar gewesen sein, denn Gabriel sagte: «Unser Verhalten macht der Königinwitwe Sorgen. Sie wird erfahren, falls wir vorsichtig sind, daß sie uns trauen kann ... Wo sind die anderen, die bei Ihnen waren? Wo ist Francis?»

Jerott grinste. «Wir haben geglaubt, es wäre ganz gut, wenn wir uns etwas verteilen, für den Fall, daß uns offizielle Klagen zugestellt werden. Als respektables Mitglied der Schiffsbesatzung bleibe ich, um ihnen meinen Rosenkranz vor die Nase zu halten. Lymond...» Er machte eine Pause. «Er müßte heute abend hier sein. Er hat ausrichten lassen, daß er unterwegs in Midculter Station macht.»

«Um Joleta zu besuchen?» Graham Maletts Gesicht war plötzlich wolkenlos. «Dann ist er in Sicherheit. Das Kind wird ihm helfen. Er hat nicht zugelassen, daß ich in Falkland etwas ausrichte.»

«War es unangenehm?»

«Uns ist ein Ultimatum gestellt worden. Keine Nachlässigkeit, keine Disziplinlosigkeit, einen Monat lang keine Prügeleien mehr, dann bekommt Francis die Gelegenheit seines Lebens: St. Mary mit einer großen Expeditionsarmee nach Frankreich zu führen.» Er schwieg einen Augenblick und sagte dann: «Es *war* unangenehm, denn er ist nicht bescheiden und wollte nicht einlenken, und der Ire Cormac O'Connor, den die Königinwitwe respektiert, hat sich in der Öffentlichkeit mit ihm gestritten... Das muß anders werden. Bis dahin...» Er hielt inne. «Er ist wirklich nach Midculter geritten?»

Jerott war zu diesem Zeitpunkt nicht der einzige in Hörweite. In dem großen Raum herrschte eine Spur Beklommenheit, nicht mehr. Sie alle kannten das Gerücht, Lymond dürfe sein Zuhause nicht mehr betreten. Jerott sagte, nach einer Pause: «Vermutlich, um seine Mutter zu besuchen. Vielleicht verbringt er nicht viel Zeit mit Joleta.»

«Aber er wird von ihr hören», sagte Gabriel. «Wenn ich gewußt hätte... Es spielt keine Rolle.»

«Was?» sagte Jerott ruhig.

«Oh, vielleicht hätte ich ihn gebeten, sie mitzubringen. Es gibt soviel zu tun... und wir dürfen keinen Ärger bekommen. Ich muß bleiben. Ich will nur sagen», sagte Gabriel lächelnd, «daß ich Joleta einen Monat lang nicht mehr gesehen habe. Sie fehlt mir.»

«Aber das ist einfach», sagte Jerott. «Ich hole sie. Jetzt.» Und er übersah hochmütig Graham Maletts Proteste, stand sofort auf und ging hinaus. Nach zehn Minuten wartete sein Pferd, und er war bereit. Als er aufstieg, Cuddie Hob und seinen Stallburschen hinter sich, trat Gabriel neben ihn und legte ihm die Hand aufs Knie. «Möge Gott mit Ihnen sein», sagte er. «Und verzeihen Sie mir, ich hätte Sie zurückhalten können... Ich hätte Ihnen die Mühe ersparen sollen. Aber Joleta ist meine einzige Zuflucht auf Erden.»

Er hob die Hand und trat zurück: «Aber sagen Sie ihr das nicht, ja?» sagte er lächelnd. «Ich will nicht den Rest meines Lebens gehänselt werden.»

Lange ehe Jerott Blyth an jenem strahlenden Septembertag Schloß Midculter erreichte, war Lymonds Mittagstreffen in Boghall vorbei, und Francis Crawford hatte die ersten Schritte unternommen, um die scharfe Axt, die er in St. Mary geschmiedet hatte, von sich abzuwenden.

Sybilla war da, wie er es gewußt hatte, war die vertrauten drei Meilen zu Lady Jenny Flemings großem Schloß geritten, ihren Sohn Richard schweigend an ihrer Seite. Vor fünf Jahren hatte Lady Jennys Mann sein letztes Treffen in der großen Halle in Boghall abgehalten, ehe er im Kampf gegen die Engländer bei Pinkie fiel. Vom Dach aus hatte Richard über die hügelige Sumpflandschaft hinweg den Rauch aufsteigen sehen, als Lymond, mit Feuer und Schwert, zum erstenmal in das Zuhause seiner Mutter zurückgekehrt war.

Jetzt war Lady Jenny, die Sybilla aufgeregt und eine Spur ängstlich die breite Steintreppe hinaufführte, eine Witwe und die Mutter des Sohns des französischen Königs. Jetzt hatte ihre Tochter Margaret, die auch bei Pinkie zum erstenmal zur Witwe geworden war, vor neun Monaten hier im Haus ihrer Mutter ihren zweiten, geliebten Mann Tom Erskine verloren. Und in dem großen Saal oben fiel das bunte Licht auf Gesichter, denen diese lieblichen Wände fremd waren. Thompson war da, Seeräuber, Händler, Navigator, in jedem Hafen der Irischen See, in der Ostsee und im ganzen Mittelmeer gesucht, das Kinn mit dem schwarzen Bart in die Luft gestreckt, die Arme über der salzverkrusteten Brust verschränkt. Neben ihm saß Fergie Hoddim vom Laigh, der auf der von einem Unstern begleiteten Ausbildungsfahrt der *Magdalena* nicht dabeigewesen war, sich aber eindeutig wünschte, er wäre es gewesen.

Gegenüber saß Nicolas de Nicolay, Sieur d'Arfeville et de Bel Air, Kosmograph des Königs von Frankreich, der mit koboldhafter Inbrunst Janet Beaton, Lady von Buccleuch, zuhörte, und sein Nachbar war Alec Guthrie, Humanist und Philosoph, der mit niemandem sprach, das fleischige Gesicht mit den groben Zügen und dem vorzeitig ergrauten Haar auf die Brust gesenkt, die Daumen im Gürtel. Margaret Erskine trat ruhig neben ihn und setzte sich. Sybilla nahm nach kurzem Zögern zur Linken des Stuhls am Kopfende Platz, neben dem zurückgelehnten Korsaren, der sich mit einem knappen Salutieren aufsetzte und grinste, als sich die kleine, straffe Person neben ihn setzte. Sie bemerkte, daß Richard am Fußende des Tisches einen Platz gefunden hatte, zwischen de Nicolay und Fergie Hoddim; und Lady Jenny, die mit der Hilfe eines großen, hageren, leicht hinkenden Mannes, der, wie Sybilla erfuhr, Adam Blacklock war, die Vorstellungen übernommen hatte, setzte sich neben Richard Crawford an das andere Ende. Den leeren Platz neben dem Stuhl am Kopfende nahm nach einem leichten Zögern Blacklock ein, als die Tür aufging und Lymond schnell und ruhig hereinkam und stehenblieb. Hinter ihm schlossen Archie Abernethy und der Maure Salablanca die Tür und stellten sich neben sie.

Lymonds Gesicht verriet ihnen nichts, ebensowenig wie seine Stimme, als er sprach; geschulte Augen sahen ihm jedoch an, daß er weit und schnell geritten war. «Sie sind alle hier», sagte er. «Das freut mich. Lady Jenny, es ist Ihr Zuhause. Der Platz am Kopf der Tafel steht Ihnen zu, wenn Sie es wünschen.» Er wartete, solange es die Höflichkeit erforderte, auf ihre geschmeichelte Weigerung, dann nahm er seinen Platz in dem schwarzen, mit Schnitzereien verzierten Stuhl ein, auf dem Lord Malcolm früher den Vorsitz geführt hatte. Seine Füße brachten dabei die Streu, die auf dem Boden verteilt war, kaum zum Rascheln.

In tiefstem Schweigen legte er die Hände auf den Tisch und sah sich zum erstenmal an der langen, polierten Eichentafel um. Zehn Gesichter, zehn Mienen, in denen Sorge stand, Mißtrauen, Angst, Furcht und beherrschte Ausdruckslosigkeit, die gar nichts verriet, erwiderten seinen unpersönlichen Blick. Als er schließlich Luft holte und zum Sprechen ansetzte, fühlte sich Sybilla unwiderstehlich an die Kollegienkirche von Biggar erinnert, wenn sich der Priester über die Kanzel lehnte, erfüllt mit ernsten Ermahnungen. «Wir haben uns hier versammelt, liebe Kinder in Christo, um den Herrn zu preisen.»

«Wir haben uns heute hier versammelt», sagte Lymond ruhig, die schönen Hände verschlungen und reglos auf dem Tisch, «um Sir Graham Reid Malett zu vernichten.»

Kate Somerville hatte jetzt seit über zwei Monaten, im schönsten Teil des Sommers, seit dem Treffen in Hadden Stank, ihre Tochter Philippa im Haus gehalten, und falls sie überhaupt ausging, gab sie ihr den größten, kräftigsten Knecht mit, den sie hatte.

Nichts war geschehen, bis auf die Tatsache, daß Philippa drei Paar Stiefel und einen Männersattel beim Würfeln gewonnen und sich die Achtung aller Nachbarschaftskinder eingetragen hatte, die, was nicht verwunderte, überzeugt davon waren, das Mädchen müsse die Erbin eines Vermögens sein. Falls es Kate verdroß, daß sie keinen Ausflug planen konnte, bei dem sie unter sich geblieben wären, sagte sie nichts darüber zu Philippa, und falls es auf Philippa inzwischen wider Willen Eindruck machte, daß ihre praktische Mutter meinte, es sei der Mühe wert, Francis Crawfords Anweisungen zu folgen, sagte sie überhaupt nichts darüber.

Sie hätte vielleicht auch nichts unternommen, wenn Sue Bligh aus Bamburgh nicht auf den Markt von Hexham gekommen wäre, um ihre regelmäßige Unterstützung von Wat Kerr und die stattliche Gefahrenzulage, die sie nach Hadden Stank von Wat Scott von Buccleuch bekommen hatte, auszugeben, und leicht beschwipst den neuesten Klatsch aus dem Norden erzählt hätte.

Er kam Kate schon am nächsten Tag zu Ohren, liebevoll zugetragen, und nachdem sie zwei Blumentöpfe zerschlagen und sich beim Versuch, in einem Sturm die Gartenwege mit Sägemehl zu bestreuen, die Seele aus dem Leib gehustet hatte, marschierte Frau Somerville ins Haus und sagte zu ihrer eingesperrten Tochter: «Du wirst einen großartigen Anblick bieten, wenn du Joleta durch den Kirchengang folgst, mit Henderson in voller Rüstung hinter dir.» Und als Philippa verständlicherweise ein erstauntes Gesicht machte, sagte ihre Mutter gereizt: «Es ist kaum eine Überraschung, oder? Es heißt, Francis Crawford heiratet Joleta. Ich nehme an, sie will dich dabeihaben. Du bist das einzige Geschöpf ihres Geschlechts, mit dem sie sich je die Mühe gemacht hat, Umgang zu pflegen.»

Eine lange Pause entstand. Dann sagte Philippa: «Wann?»

«Davon weiß die Gerüchteküche nichts.»

«Warum?»

Kate Somerville wandte langsam den Kopf und sah ihrer Tochter in die Augen. «Das ist eine seltsame Frage. Irre ich mich, wenn ich mich daran zu erinnern glaube, daß du Sir Graham Malett in London mitgeteilt hast, es wäre wunderbar, wenn Lymond und seine Schwester Hand in Hand ins gemeinsame Leben träten?»

«Ja. Aber», sagte Philippa und ging schnell zum Wesentlichen über, «hat Sir Graham denn nicht gesagt, sie mögen sich nicht?» Und mit dem klaren, perfiden Blick, den Kate mit geschlossenen Augen vor sich sehen konnte, fügte das Mädchen hinzu: «Falls sie ihn nicht *bekehrt* hat. Hat sie das?»

«Nein», sagte Kate. Und einen Augenblick später, widerstrebend: «Es ist umgekehrt.»

Philippa gegenüber war es nicht nötig, überdeutlich zu werden. Sie wurde ziemlich bleich, was Kate mit Bedauern sah, und sagte dann liebevoll: «Das habe ich nicht geahnt, sonst hätte ich dich nicht gezwungen, es zu sagen. Er *muß* sie heiraten?»

Kate Somerville, die mit Philippas Zöpfen gespielt hatte, ließ die langen braunen Haare plötzlich los und drehte das Mädchen sanft zu sich um: «Warum hast du das gesagt?»

«Was?» Philippa hatte das offenbar für den Gipfel des Takts gehalten. Sie wurde rot. «Was meinst du?»

«Du hast gesagt», sagte Kate langsam, «daß *er* sie heiraten muß. Du hast doch bestimmt kein Mitleid mit Lymond?»

Philippas Gesicht, schon rot, lief scharlachrot an. «Nein. O nein», sagte sie. «Sie haben einander verdient. Das glaube ich. Glaubst du das auch?»

Im Kampf zwischen Güte und Aufrichtigkeit war Kates unauffälliges Gesicht ein Bild für die Götter. «Nein...» sagte sie schließlich. «Ich glaube nicht, daß ich das glaube. Betrachten wir das Thema als erledigt, bis auf das Hochzeitsgeschenk. Vielleicht etwas Geschmackvolles mit Gift darin. Obwohl ich mir nicht vorstellen kann, wer von beiden es mehr verdient hat.»

Zwei Morgen später betrat Kate das Zimmer ihrer Tochter und war verblüfft darüber, wie flach das Bett war, und dann über den Anblick eines gefalteten Blatt Papiers, das mitten auf dem unbenützten Kissen lag. Als sie es entfaltete, stellte sich heraus, daß es eine witzige, köstlich geschriebene Entschuldigung ihrer Tochter dafür war, daß sie den Haushalt durcheinanderbringe, versehen mit der Mitteilung, sie habe in unmittelbarer Zukunft etwas Lebenswichtiges im Norden der Grenze zu erledigen und sich deshalb die Freiheit genommen, ein paar Tage fortzubleiben, ohne Erlaubnis, weil sie wisse, daß Kate ein Theater gemacht und sie daran gehindert hätte. Sie komme bald mit Heidekraut zurück, und Kate solle sich keine Sorgen machen und nicht mit fremden Männern sprechen. Sie habe, schloß Philippa, Henderson mitgenommen und sei dadurch zum einzigen ihr bekannten Flüchtling geworden, der seinen Wächter dazu überredet habe, ebenfalls zu fliehen.

Es war ein für die Familie Somerville typischer Brief, und unter anderen Umständen hätte Kate zweifellos schon die Orthographie bezaubert. Statt dessen alarmierte sie die ganze Nachbarschaft im Umkreis von zehn Meilen, und kein rüstiger Engländer verbrachte jene Nacht oder die folgende im eigenen Bett.

Es nützte nichts. Es war Philippa mit vollkommener Gründlichkeit gelungen zu verschwinden. Und während sie auf ihrer nutzlosen, grimmigen Suche hin und her ritt, sah Kate Somerville, ohne Zusammenhänge herzustellen, daß der kräftige Kesselflicker, der den Sommer damit verbracht hatte, auf ihrer Wiese unter einem Lumpenzelt Töpfe und Besteck zu reparieren, seine Habe jetzt eingesammelt hatte und verschwunden war.

Philippa Somerville verschwand am Festtag des heiligen Kreuzes und wurde am nächsten Tag immer noch vermißt, am 15. September, als Jerott Blyth nach Norden ritt, um Joleta zu ihrem Bruder zu bringen.

An jenem Tag sprach außerdem Cormac O'Connor in St. Mary vor, womit er widerwillig auf einen scharfen Befehl von Gabriel reagierte, und als Friedensangebot brachte er eine ganz besondere Wagenladung aus seinem Lagerhaus mit Schmuggelware in Leith mit.

Gleichzeitig kam Lymonds kalter, zielgerichteter Angriff auf Graham Malett hundert Meilen weiter nördlich zum unausweichlichen Ende.

«Wir haben uns heute hier versammelt», hatte er gesagt, «um Sir Graham Reid Malett zu vernichten», und die folgenden Erörterungen fingen damit an, daß ein Stuhl krachend umfiel, als Lord Culter sich erhob. «Bei Gott, haben wir das?» sagte Lymonds Bruder, und Sybillas schneller Atem stockte. In die Augen von Margaret Erskine, die reglos neben Alec Guthrie saß, traten Tränen.

Es war Fergie Hoddim, der trocken sagte: «Das wird sich herausstellen, wenn wir zur Beweisführung schreiten. Solche Einfaltspinsel sind wir allesamt nicht, daß wir einen Mann aus reiner Bosheit verurteilen – weder den einen noch den anderen. Soll er doch seinen Kopf fordern. Wenn er sonst keine Hoffnung für St. Mary sieht.»

«Setz dich, Richard», sagte Lymond, ohne aufzusehen. «Wie du siehst, hast du durchaus angemessene Unterstützung. Die Beweislast liegt bei mir, weil ich euch überzeugen muß. Ich bin mit drei recht deprimierenden Handicaps geschlagen. Keiner der Ordensritter, die sonst hier wären, um Gabriels Aktionen auf Malta zu bestätigen, will mir wohl. De Nicolay ist der einzige neutrale Beobachter, den ich anzubieten habe, falls er bereit ist, für mich auszusagen. Zweitens habe ich im Augenblick nicht alle Beweise parat, die ich brauche, um Graham Malett zu stürzen. Wenn ich sie hätte, würde ich jetzt mit der Königinwitwe sprechen, nicht mit Ihnen. Und drittens habe ich genug eigene Gründe, mir um jeden Preis zu wünschen, daß Graham Malett aus dem Weg geräumt wird, was in sich so gut wie alles, was ich sage, unglaubwürdig machen muß.

Daraus können Sie schließen», sagte Francis Crawford und sah mit unveränderter Miene auf, «daß ich die Risiken kenne und Ihnen etwas vortrage, was ich für wichtiger halte als persönliches Scheitern, sogar für wichtiger als Leben und Tod eines einzelnen. Und falls Sie am Ende dieses Treffens überzeugt sein sollten» – ein flüchtiges Lächeln erschien in seinen Augen –, «werden Sie einsehen, daß ich so handeln mußte.»

Es war eine eindrucksvolle Eröffnung, dachte Adam Blacklock, während er die Augen mit seiner Hand abschirmte. Und dann sagte Janet Beatons Stimme, zutiefst unbeeindruckt: «Wie auch immer, wir sollten zu einer Meinung kommen. Denn er will Grizel heiraten.»

«*Tu dis!*» Nicolas de Nicolay, der mit offenem Mund zugehört hatte, ergriff vor Aufregung das Wort. «Aber was ist mit den Keuschheitsgelübden?»

«Priester dürfen heutzutage heiraten, ist das nicht interessant?» sagte Margaret unerwartet. «Und wenn er nicht nach Malta zurück kann, solange Juan de Homedès Großmeister ist, könnte er sich durchaus mit einem weltlichen Stand begnügen. Und auf alle Fälle, wie Francis unbedingt ausführen will...»

«Indem er Will Scotts Witwe heiratet, hat er dessen Kinder im Griff und dazu alle Ländereien von Buccleuch, falls Wat stirbt. Es ist alles logisch», sagte Lymond höflich, «falls Sie zur Kenntnis nehmen, daß er schon jetzt so gut wie die ganze Macht über den Besitz des Ordens in Schottland ausübt. Sir James Sandilands ist krank, träge und nicht bereit zu reden, aber ich habe erfahren, daß die Königinwitwe schon jetzt einen Teil der Einnahmen erhält, zur Beschwichtigung. Mit der Unterstützung der Königinwitwe, mit den Einnahmen des Johanniterordens, mit den Ländereien und Ämtern von Buccleuch und mit der Waffe von St. Mary hinter ihm verfügt Sir Graham Malett, ich glaube, darauf können wir uns ohne lange Diskussionen einigen, über die Aussicht, eine maßgebliche Macht in Schottland zu werden, vor allem dann, wenn die anderen wichtigen Grundbesitzer wie die Kerrs oder meine Familie enterbt werden oder aussterben.

Die Frage ist», sagte Lymond, und sein Blick, so unpersönlich wie seine Stimme, wanderte am langen Tisch entlang, «falls er, wie unschuldig auch immer, eine solche Macht erlangen sollte, halten wir ihn dann für einen Menschen, der geeignet ist, sie auszuüben?»

«Im Mittelmeer», sagte unerwartet Nicolas de Nicolay, «ist er seit vielen Jahren als große und gottesfürchtige Persönlichkeit bekannt. Seinem Mut kommt jedenfalls niemand gleich.»

«An seinem Mut», sagte Lymond sofort, «gibt es keinen Zweifel. Oder an seinem Können. Ich habe beides immer wieder auf die Probe gestellt. Ich wünschte, es gäbe Zweifel daran... Lady Jenny, was haben Sie für einen Eindruck von ihm?»

Bestürzt faltete die kleine, rothaarige Frau, mollig und hübsch, die porzellanblauen Augen weit aufgerissen, die Hände unter dem Kinn. Ihre Ringe blitzten, und sie starrte kläglich de Nicolay an.

Jenny Fleming mochte nicht durch ihren Verstand auffallen, aber sie sagte, was sie dachte. «Er sieht aus wie Gott», sagte sie schlicht.

Alec Guthrie, dessen Gesicht sich unfreiwillig zu einem Lächeln verzog, räusperte sich. «Er klingt auch wie Gott», sagte er. «Die Frauen werden Sie nie auf Ihre Seite bekommen, Crawford.»

«Das glauben Sie? Margaret?» sagte Lymond.

Margaret Erskine, sehr bleich, hob den Blick. Die Tränen in ihren braunen Augen waren getrocknet, aber ihre Stirn und die fest verschlungenen Hände zeigten die Anspannung. Sie sagte: «Er hat mir nichtsahnend die Nachricht vom Tod meines Mannes überbracht. Es war nicht seine Schuld, er hatte keinen Grund zur Annahme, ich wüßte es noch nicht. Aber ich kann mir nicht helfen...» Sie brach ab und sprach dann mit fester Stimme weiter. «Ich kann mir nicht helfen, ich bringe ihn offenbar mit meinen damaligen Gefühlen in Zusammenhang, obwohl er äußerst gütig war. Es tut mir leid, Francis. Ich mag ihn nicht, aber dafür gibt es keinen bestimmten Grund. Ich muß mich als voreingenommen einschätzen.»

«Oder als sensibler als die meisten von uns», sagte Sybilla plötzlich mit seltsamer Stimme. Bis jetzt hatte sie weder etwas gesagt noch ihren Sohn auf dem Stuhl am Kopfende angesehen, sie hatte nur die Reihen der Gemälde der Flemings an der Wand gemustert, während sie mit geradem Rücken dasaß, das kleine Gesicht verschlossen. «Graham Malett hat gewußt, daß dir Toms Tod verschwiegen worden war, Margaret. Die Königinwitwe hatte es ihm mitteilen lassen, ehe er dir jenen Besuch abstattete. Ich habe zufällig mit ihrem Boten gesprochen, als die Hofgesellschaft nach Norden kam.»

Und während Margaret Erskine, einen neuen Ausdruck im Gesicht, die Ladywitwe anstarrte, sagte Lymond langsam: «Dann...» Er brach ohne Vorwarnung ab und sagte: «Margaret, es tut mir leid. Das habe ich nicht gewußt. Es gibt keinen Grund, dich einer solchen Belastung auszusetzen, falls du nicht bleiben möchtest.»

«Aber ich möchte bleiben», sagte Margaret Erskine, und überraschenderweise war eine neue Festigkeit in ihrer Stimme. «Ich möchte es mehr denn je.»

«Dann... ja, er war grausam, dieser Gottesmann», sagte Lymond ruhig. «Überraschend grausam und überraschend amoralisch im

Umgang mit seinen irregeleiteten Brüdern. Wir haben alle unsere Schwächen, und trotz seiner Predigten und seiner Gebete scheint er wenig getan zu haben, um sie zu überwinden... Stimmt das, Adam?»

Adam, der rechts von Lymond saß, nahm die schützende Hand vom Gesicht und sah, wie sie zitterte. «Ist das eine öffentliche Bloß-stellung?» fragte er.

Eine Pause entstand. «Natürlich», sagte Lymonds leidenschafts-lose Stimme. «Es ist der Stoff, aus dem Bloßstellungen gemacht werden. Für uns alle. Am allermeisten für mich. Es ist eine Aufzäh-lung kleiner Gemeinheiten, eine lange, schmutzige, kleinliche Ge-schichte, deren einziges Ziel die Vernichtung ist. Ich bedaure», sagte Lymond, dessen Stimme sekundenlang schärfer wurde als sein bis-heriger gelassener, bedächtiger Ton, «daß ich Ihnen dieses Mal nicht die noble Qual einer prächtigen Hölle bieten kann. Nur die Peinlich-keit, in der Vertraulichkeit dieses Raums, darüber zu sprechen, daß Graham Malett Sie betrunken gemacht hat, wann immer er konnte.»

Adam, die verräterischen Hände zwischen die Knie geklemmt, erwiderte nichts.

«*Ist das wahr?*» fragte Lymond und wandte sich ihm zu, um ihm voll ins Gesicht zu sehen.

Adam Blacklock hob den Kopf. «Ja. Ja, es ist wahr. Aber nur, weil Abernethys Behandlung so langsam wirkte, und die Schmerzen... O Gott. Ich will mich nicht herausreden. Machen Sie daraus, was Sie können», sagte er. «Es war jedenfalls nicht seine Schuld. Er hat versucht, mich davon abzubringen.»

«Aber weil Sie süchtig nach Schnaps waren, was er gewußt haben muß, konnten Sie nicht aufhören. Deshalb hat er Sie in seiner Her-zensgüte auf Drogen umgestellt.»

Adam sagte nichts. Das Schweigen zog sich hin. «Die wer gelie-fert hat, Adam?» sagte Lymond ruhig. Und als Blacklock nicht ant-wortete, sprach er weiter. «Randy Bell, nicht wahr? Der, wie Archie Abernethy mir gesagt hat, eindeutig selbst süchtig ist und über Un-mengen importierter Drogen verfügt, wie sie im allgemeinen nur in Mittelmeerländern erhältlich sind. Was Sie auch sagen mögen, Ga-briel hat dabei keine gütige Rolle gespielt. Wenn er an Ihren Verstand appelliert hätte statt an Ihre Emotionen, hätte er Sie innerhalb eines Monats entwöhnen können. Wie Sie es jetzt sind. Und wie Sie es bleiben werden, ganz gleich, wie das hier ausgeht. Außerdem geht es um Plummer.»

Alec Guthrie sagte: «Der Diebstahl in Liddel Keep?»

«Ja. Ich wüßte gern, wie Sie davon erfahren haben?» fragte Lymond.

«Es war auf dem March-Treffen in aller Munde. Es hieß, Sie hätten es verbreitet, um ihn in seine Schranken zu verweisen.»

«Ich habe andere, direktere Methoden, Lancelot Plummer in seine Schranken zu verweisen», sagte Lymond. «Weder an Plummer noch an Tait gibt es etwas auszusetzen außer ihrer recht esoterischen Vorliebe für einen obskuren Landsitz in Schottland. Statt ihnen das in Aussicht zu stellen, hat sich Malett ihr kulturelles Exil zunutze gemacht, indem er ihre Gier nach materiellen und immateriellen Dingen geweckt hat, von denen er wußte, daß sie im Augenblick von mir nicht befriedigt werden konnte. So kam es zu dem Diebstahl der Staurothek in Liddel Keep. Bei jeder Gelegenheit war Tait darauf erpicht, sich etwas billig unter den Nagel zu reißen. Plummer stellte sich schließlich auf die Seite der Engel, und in ein paar Monaten hätte er sich nicht von den Knien gerührt, falls er noch Zeit zum Niederknien gehabt hätte, wenn Dschingis-Khan und seine Horden vor dem Tor erschienen wären. Was ist Ihnen angeboten worden, Alec, dem Sie so bewundernswert widerstanden haben?»

«Die Gelegenheit, Francis Crawford zu analysieren», sagte Guthries gelassene Stimme. «Das haben Sie bestimmt erraten.»

«Ja.» Unvermittelt stieß Lymond den Stuhl zurück, stand auf und ging zum Fenster. Er wandte sich um, eine schwere Vorhangquaste in der Hand. «Dann sagen jetzt besser Sie, warum Sie hier sind.»

Alec Guthrie hob die Brauen. Ein stämmiges gestiefeltes Bein über das andere gelegt, die Daumen im Gürtel, das Rückgrat im Stuhl zurückgelehnt war er der entspannteste Mann im Raum. «Sie sind der gerissenste versoffene Lüstling, den ich kenne, und der einzige, der mir die Gelegenheit geben würde, es zu sagen», sagte er.

«Falsch», sagte eine schwere Zunge milde.

Guthrie grinste.

Thompson, der Korsar, hob den verfilzten Bart vom Wams und schaute Guthrie an. «Falsch», sagte er noch einmal. «Stocknüchtern wie ein Eisblock.»

«In Dumbarton?» sagte Lord Culters kalte Stimme.

«Einmal», sagte Thompson ruhig. «In fast einem ganzen Jahr. Ich habe eine kleine Regel. Ich mache keine Geschäfte mit einem nüchternen Mann. Ich sage Ihnen noch etwas. Ich mache nie wieder Geschäfte mit Francis Crawford, betrunken oder nüchtern. Ich hatte am nächsten Morgen furchtbares Schädelbrummen und so ein Gefühl, zweitklassig verhandelt zu haben, das mir gar nicht gefallen hat. Ich muß etliches ausgeplaudert haben. Daran habe ich keinen Zweifel.»

«Etliches mit Absicht», sagte Lymond, lächelte leicht, kam zurück und setzte sich, als Janet unumwunden sagte: «Wenn wir so pingelig sein sollen wie du, sollte ich erwähnen, daß du in jener Nacht, du weißt schon, welcher, laut Wat nach Whisky gestunken hast. Nicht daß ich es dir verüble.»

In jener Nacht hatte Lymond, der hervorragende Schütze, in Liddel Keep seinen Bogen Will Scott gegeben, weil er seinen Händen nicht traute, glaubte Adam. In jener Nacht war Will Scott gestorben, und Lymond hatte allein eine ganze Flasche Aquavit geleert.

«Falls ich sprechen darf?» sagte Archie Abernethy hölzern an der Tür.

«Nein. Du bist ein Partisan», sagte Lymond ruhig.

«Aber», der braune, zernarbte kleine Mann blieb hartnäckig, «Mr. Hoddim wird sich daran erinnern. Wir versuchten, Sie zu wecken, als der Junge im Sterben lag. Das ganze Zimmer stank nach Schnaps. Das war Sir Graham.»

«Jemand», sagte Lymond langsam, «hat die Flasche neben mir hinterlassen?»

«Das war Sir Graham», bestätigte Fergie Hoddim mit gebanntem Gesicht. «Aber unter den Umständen war das vernünftig.»

«Unter den Umständen», sagte Lymond, «war das eine gottverfluchte, berechnende Gemeinheit, die...» Er brach ab.

«Die Ihren Bruch mit Buccleuch besiegelt hat, wollten Sie sagen», sagte Alec Guthrie unverblümt. «Aber Graham Malett hat Ihnen auf keinen Fall je wissentlich geschadet. Er hat seine Zuneigung zu

Ihnen nie verborgen. In allen Gesprächen mit mir hat er sich für Sie eingesetzt; manchmal war er der einzige, der das getan hat. Wie wir alle wissen, ist der einzige Kummer in seinem Leben, daß er Ihnen nicht zur Erleuchtung verhelfen kann. Vielleicht haben Sie bewiesen, daß er ein übertriebenes Geschick im Umgang mit Menschen hat, daß er vielleicht ehrgeizig ist und daß er vielleicht die eine oder andere Marotte hat, die er verheimlichen will. Aber viel mehr haben Sie nicht bewiesen.»

«Ich habe noch gar nicht angefangen», sagte Lymond, und seine leise Eindringlichkeit brachte alle zum Schweigen. «Haben Sie Geduld mit mir... Haben Sie nur Geduld mit mir.»

Die Sonne wanderte. In der großen Halle ging das bunte Licht über die zehn angespannten Gesichter, während er sprach und sie alle beobachtete. Gelegentlich wandte er sich an einen von ihnen, als er Punkt für Punkt kalt verdeutlichte.

«Sprechen wir über die Belagerungsmaschine», fing er an. «Die Belagerungsmaschine, liebevoll von Plummer und Bell gebaut, die sich aus der Verankerung löste, sich überschlug, einen Jungen tötete und Effie Harperfield und ihre vier Kinder im Haus festnagelte. Die Belagerungsmaschine, die Gabriels besonderes Geschick erforderlich machte, um die Familie zu befreien. Thomas Wishart hatte den Unfall entdeckt und hat bei der Befreiung der unglücklichen Leute geholfen... Tosh?» fragte Lymond.

Buccleuchs Leibwächter löste sich leichtfüßig und grinsend von Abernethys Seite. Er habe die Maschine untersucht. Die Bremse sei gelöst gewesen. Sie habe zunächst auf einem ebenen Stück unterhalb des höchsten Punkts der Böschung gestanden. Von dort aus sei sie, wie die Erdspuren angezeigt hätten, auf die Böschung gezogen und losgelassen worden. «Das war kein Unfall», sagte Tosh mit eindeutigem Vergnügen. «Das war Absicht, und zur Hölle mit Effie Harperfield und ihren Kleinen.»

«Es mag so gewesen sein, aber Sir Graham hatte keine Gelegenheit, es allein zu tun», sagte Fergie Hoddim scharf. «Jemand war an jenem Tag die ganze Zeit bei ihm.»

«Das stimmt», sagte Lymond. «Wenden wir uns jetzt jedoch der merkwürdigen Geschichte mit Philippa Somerville zu. Philippa hat herausgefunden, wie, spielt keine Rolle, daß Georg Paris ein Doppelagent ist, der für England und für uns arbeitet. Ich hoffe, Thompson, mein Freund, du hast die Beziehungen zu ihm abgebrochen, denn die Zeit ist jetzt bald abgelaufen. Philippa wußte außerdem, daß Graham Malett bekannt war, daß Paris ein englischer Agent ist. Sie wußte nicht, was ich von Tosh wußte: Daß sich Malett mehrmals mit Paris in Frankreich getroffen hatte und wußte, daß er vermutlich außerdem für Schottland und Irland arbeitete. Es hat den Anschein, daß Malett aus irgendeinem Grund von seinem Wissen nichts bekannt werden lassen will. Zum Beispiel wäre die Königinwitwe aufgebracht darüber, daß Gabriel von Paris' Verrat weiß und nichts dagegen unternommen hat.»

«Hast du etwas dagegen unternommen?» fragte Richard Crawford, und Guthrie lächelte.

«Vielleicht hätte ich es getan», sagte Lymond. «Die Aktivitäten der Königinwitwe Richtung Irland haben jedoch im vergangenen Jahr nicht die geringste Rolle gespielt, und es kam mir viel wichtiger vor, Gabriels Spiel zu durchschauen. Außerdem hätte ich kaum etwas unternehmen können, ohne Thompson hineinzuziehen und damit auch St. Mary, durch die Verbindung mit Thompson. Es liegt auf der Hand, daß alle meine Vorsichtsmaßnahmen in dieser Hinsicht durch Thompsons törichtes Verhalten in Irland jetzt null und nichtig geworden sind. Aber das ist wieder etwas ganz anderes. Der springende Punkt ist, daß Philippa in den Augen Graham Maletts eine Gefahr gewesen zu sein scheint. Er hat etliche erfolglose Versuche unternommen, sie an den einen oder anderen Ort zu eskortieren, und als er einmal bei den Somervilles wohnte, wäre zu seiner Bestürzung fast das Haus abgebrannt. Das Treffen in Liddel Keep mit Will Scott war sein Vorschlag, und es scheint mehr als ein Zufall zu sein, daß die Turnbulls, die praktischerweise so nahe bei Liddel Keep wohnten, ausgerechnet zu diesem Zeitpunkt für das bezahlt wurden, was sie taten. Was uns auf die Jagd nach den Viehdieben bringt.»

«Aber Will wurde von einem Linkshänder getötet», sagte Janet Beaton von Buccleuch plötzlich.

Einen Augenblick lang sagte Lymond nichts. Dann fragte er leise: «Warum hat Will jene Route genommen, als er die Turnbulls verfolgte, Janet? Er hat zwei Tage und eine Nacht gebraucht, bis er sie gefunden hatte. Zugegeben, sie sind ihm die ganze Zeit ausgewichen, aber im Aufspüren war er sonst besser.»

«Es war keine Angelegenheit, die ihm bei seiner Rückkehr noch Sorgen gemacht hätte, also werden wir es nie erfahren, nicht wahr?» sagte Janet unerbittlich. «Ich kann mich jedoch daran erinnern, daß die anderen etwas über frische Hufspuren gesagt haben, die ihnen an jeder Biegung in die Augen gesprungen sind.»

«Man könnte fast meinen, nicht wahr, daß sie absichtlich in die Irre geführt worden sind?» sagte Lymond. «Würden ein paar Fragen an die Männer, die bei der Verfolgung dabei waren, etwas nützen, was meinst du, Janet?»

«Ich könnte es versuchen», sagte sie. Die kräftige, unerschütterliche Frau mit dem eigenen Kopf fing Sybillas Blick auf und runzelte nachdenklich die Stirn.

«Alec? Fergie?» sagte Lymond. «Sie waren beide bei Gabriel. Ist es möglich, daß er Sie an jenen zwei Tagen von Scott weggeführt hat?»

Fergie Hoddim sagte schließlich vorsichtig: «Es ist möglich. Aber falls Sie sich daran erinnern, das eigentliche Hemmnis war Ihre Abwesenheit und Sir Grahams Weigerung, das Kommando zu übernehmen, wegen dieser Geschichte mit dem Brennstoffvorrat.»

«Meine Abwesenheit . . . Ja», sagte Lymond kurz. «Adam, jetzt kommen Sie ins Spiel.»

Adam Blacklock umklammerte die Lehnen seines Stuhls. Seine schärfer gewordene Stimme, die sagte: «Darüber will ich nicht sprechen!», stieß zusammen mit der Lord Culters, als Lymonds Bruder am Fußende des Tisches aufsprang und sagte, die Stimme schroff von zornigem Ekel: «Mein Gott, das müssen wir uns nicht anhören. Hast du Graham Malett nicht schon genug mit Dreck beschmiert, mußt du auch noch seine Schwester hineinziehen?»

«Aber meinst du nicht», sagte Lymond scharf, «daß Graham erstaunlich erfolgreich dabei war, mir Übles anzuhängen? Bei jeder Gelegenheit wurde auf mein Trinken hingewiesen, wurden meine Moral, mein Organisationstalent und meine allgemeine Eignung als Kommandant von St. Mary in Zweifel gezogen. Wills Tod wurde mir in die Schuhe geschoben; an Philippas Tod wäre ich zweifellos ebenfalls schuld gewesen. In seiner brüderlichen Sorge um mich hat er nichts getan, etwas an Philippas Abneigung und Mißtrauen mir gegenüber zu ändern, und er hat mit beträchtlichem Erfolg die unglückliche Beziehung verschlimmert, die sich zu Jerott Blyth entwickelte. Falls sich die Ereignisse in Dumbarton abgespielt hätten wie geplant, hätte Jerott Blyth eine Krise ausgelöst, die das Ende meiner Karriere in St. Mary gewesen wäre. Tatsächlich war es jedoch Richard, der dazukam, und als mein Bruder hat er es für sich behalten. Was Sir Graham überhaupt nicht paßte. In Hadden Stank wäre es ihm fast gelungen, Richard so zuzusetzen, daß er meine Schande der Welt verkündet, aber nicht ganz. Obwohl ich aufsässig werden mußte, Richard, um dich zum Abbruch des Gesprächs zu bringen, ehe es zum Schlimmsten kam. Falls du auf eine Entschuldigung Wert legst, ich biete sie dir öffentlich an. Falls wir je aus diesem verfluchten Chaos herauskommen, haben wir es dir zu verdanken. Adam, Ihr natürliches Zartgefühl macht Ihnen Ehre, aber wenn es um Gabriels bezaubernde Schwester Jolcta geht, sind Sie der einzige Zeuge der Verteidigung.»

Lymond machte eine Pause. Rund um den langen Tisch herum war die Steigerung der Aufmerksamkeit deutlich zu sehen. Er näherte sich dem Unverzeihlichen, etwas, von dem sie, bis auf de Nicolay, alle wußten oder es vermuteten, und sie warteten angewidert darauf. Unter den Frauen sah Jenny als einzige weniger beunruhigt aus, und Thompson rutschte mit einem Glucksen tiefer in den Stuhl. Margaret Erskine, das Gesicht betont ruhig, schickte der Ladywitwe von Culter über den Tisch hinweg ein schweigendes Hilfsangebot.

Lymond fuhr fort, die kalte Stimme unverändert. «Wie mir schien, bestanden zwei der wichtigsten Schritte, um die Macht an sich zu reißen, darin, an zwei Fronten gleichzeitig anzugreifen: die Regierung gegen mich aufzubringen – in diesem Fall die Königinwitwe, was er getan hat – hast du wirklich geglaubt, Thompson, Logans Angriff auf dich sei ein Zufall gewesen? –, und mich schließlich bei der Kompanie in Mißkredit zu bringen. Der einzige Mensch in seiner Nähe, den ebenfalls ein Heiligenschein umgab und der außerdem über Jugend und Schönheit verfügte, war seine Schwester Joleta.»

«Ah, das goldene Kind. Ich kenne sie», sagte Nicolas de Nicolay sehnsüchtig. «Aber wollen Sie damit sagen, Sie verdächtigen Sir Graham, er beschuldige Sie, seine Schwester belästigt zu haben? Ihre Exposition entzückt mich, aber es fällt mir schwer, das zu glauben.»

«Sie brauchen sich keine Mühe zu geben. Es ist wahr», sagte Lymond trocken. Der schneidende blaue Blick hielt nach dem Erschaudern Ausschau und entdeckte es auf allen Gesichtern um den Tisch herum. «Der springende Punkt ist», fuhr er fort und starrte sie an, «daß Graham Malett mit ziemlicher Sicherheit schon des öfteren Männer beschuldigt hat, Joleta entjungfert zu haben, seit sie begehrenswert ist. Joleta ist keine Jungfrau. Sie hatte Erfahrung, als sie aus Malta hierherkam. Außerdem hat sie, wie Adam Ihnen später bestätigen wird, mindestens ein Kind geboren. Sie ist jetzt schwanger, aber nicht von mir. Das sind Tatsachen, wie unerfreulich auch immer. Es gibt außerdem weitere Charakterzüge, die etliche von uns Ihnen vortragen können und die Sie vielleicht zu der Erkenntnis bewegen, daß sie nicht das gewinnende Geschöpf ist, als das sie erscheint. Außerdem müssen Sie sich davon überzeugen... daß Gabriel es weiß.»

«Daß Gabriel es weiß! Aber das ist gotteslästerlicher Unsinn!» Die Stimme, voller Verachtung, war die Lord Culters. Aber unmittelbar nach ihm sprach Alex Guthrie. «Es wird Ihnen schwerfallen, das aufrechtzuerhalten. Wenn es wahr wäre, hätte er sie niemals hierhergebracht. Viel zu gefährlich.»

Lady Jenny sprühte vor Freude. Falls ihre Aufmerksamkeit während des Gesprächs etwas abgeschweift war, bei der Erwähnung Joletas war sie erstaunlich lebhaft geworden. «Gefährlich? Mit Francis?» sagte sie, mit ganz leichter Bosheit im Ton. «Ich möchte meinen, Joleta war Sir Grahams größter Trumpf.»

Unerwarteterweise lächelte Lymond zurück. «Das hat er geglaubt», sagte er. «Keine Anstrengung wurde gescheut, mir den Gedanken aufzudrängen, Joleta sei meine Rettung. Wenn ich in ihren Bann geraten wäre, hätte er an Heirat gedacht. Es hätte ihm eindeutig beträchtliche Mühe erspart, wenn ich ein liebevolles Familienmitglied geworden wäre. Joleta hat ihr Bestes getan... Mein Gott, was für ein Schauspiel. Feurig, verächtlich und einladend wie die Hölle. Das war vor Gabriels Ankunft. Sehr zu ihrer Überraschung habe ich die Einladung abgelehnt. Es gab immer noch die Möglichkeit, daß er nicht gekommen wäre, weil der erste Angriff fehlgeschlagen war. Damals kannte ich noch nicht das ganze Ausmaß seiner Eitelkeit. Er muß ihr geschrieben und ihr Vorwürfe gemacht haben, und sie gab die intellektuelle Annäherung auf und kam in ihrem Elend nach St. Mary, wo sie, falls es ihr nicht gelang, über Nacht zu bleiben, wenigstens als verliebte Unschuld in Erinnerung blieb. In Wahrheit war sie wütend, auf ihn und auf mich. Dann zog er schließlich in St. Mary ein, und der Kampf wurde gemeinsam fortgesetzt.»

«Dumbarton?» sagte Adam Blacklock. Es war zu sehen, daß alle dachten, es passe so sauber zusammen. Es paßte so sauber zusammen, daß nur ein Meisterstratege es geplant haben konnte. Aber welcher von beiden? Der sanfte, verleumdete Gabriel, der aus Malta geflohen war? Oder Francis Crawford, der seinen Meister gefunden hatte und es nicht zugeben wollte?

«*Mille douceurs, mille bon mots, mille plaisiers:* Dumbarton. Gabriel bestand mit so sanfter Hartnäckigkeit darauf, ich solle nicht dorthingehen, daß ich in die Falle tappte. Also kamen Jerott, Adam, Richard und ich nach Dumbarton, um uns mit Thompson zu beraten. Joleta war schon dort und konnte sich in mein Zimmer schleichen, ehe ich dorthinkam. Woher wußte sie, daß ich dort war? Richard war nach ihr aufgebrochen. Aber die Nachricht, Thompson erwarte mich, wurde mir von Gabriel überbracht. Gabriel hätte es ihr rechtzeitig sagen können. Gabriel hätte außerdem die Turnbulls dafür bezahlen können, daß sie den Viehdiebstahl genau zum richtigen Zeitpunkt begingen, damit Bells Eintreffen in Dumbarton mit der Neuigkeit meine glückliche Vereinigung mit Joleta unterbrach. Das war übrigens genau das, was geschah. Wenn Adam nicht gewesen wäre, der sie für mich versteckte, wäre das ganze schmutzige Geschäft schon damals herausgekommen, und vor Jerotts Augen, Gabriels ergebenem Jünger: der arme Jerott, in zwei Hälften gerissen... Er sollte Gabriels Täufer sein und mich absetzen, ehe er kam, war Ihnen das bewußt? Zum Glück ist Jerott sowohl intelligent als auch ehrlich, und es ist nicht geschehen. Ich habe mir unter anderem versprochen, Jerott heil aus dieser Sache herauszubringen.»

Lymond machte eine Pause. Adam hatte diese Art von Marathon

schon oft erlebt. Wenn er in der richtigen Lautstärke sprach, wurde Lymonds Stimme nicht müde, und er hielt seine Konzentration ohne merkliche Anstrengung aufrecht. Selbst jetzt, während das, was er sagte, gleichermaßen unangenehm wie emotional und so ungeheuer wichtig für seine Zukunft war, sprach er wie bei einer seiner präzisen Einsatzanweisungen. Adam fragte sich, wer in der Familie Culter Sybillas ungeheuren Vorrat an Wärme geerbt haben mochte. Er hatte Witz – ja, wenn er wollte –; aber den Pfahl zum Auspeitschen gab es auch. Falls die Geschichte über Joleta wahr war – und Adam hatte mehr Grund als alle anderen zu der Annahme, sie könne wahr sein –, hatte er, falls er überhaupt Mitleid mit einem von beiden hatte, Mitleid mit dem leichtlebigen Miststück, das Joleta war.

Die Tür klickte. Der Druck war so stark gewesen, daß niemand gemerkt hatte, wie Margaret Erskine aufgestanden und hinausgegangen war. Jetzt kam sie zurück, hinter ihr der Maure Salablanca, der ein Tablett mit Zinnbechern und einem Krug hereinbrachte. Schweigend verteilte er die Becher, und in der kleinen Lockerung der Spannung stießen sie die Stühle zurück, streckten sich und tauschten Gemeinplätze untereinander aus.

Lymond, am Kopf der Tafel, rührte sich nicht, schaute auf seine Hände hinunter, und er griff auch nicht zum Becher, als er neben ihn gestellt wurde. Margaret blieb neben seinem Stuhl stehen und sagte knapp: «In deinem ist Wasser.»

Da drehte er sich um, und in den blauen Augen blitzte ein erschreckendes Gelächter auf. «Meine Liebe, meine Liebe. Du bist die Königin der Frauen», sagte er. «Denn du hast recht, für das hier muß ich entweder völlig nüchtern oder sehr betrunken sein.»

Sybilla zu seiner Linken hatte es gehört. «Ich glaube, alles in allem», sagte die Ladywitwe und sah ihren Sohn gelassen an, «wäre es mir lieber, daß du nüchtern bleibst und *wir* uns völlig betrinken.» Das brachte, wie Adam auf seiner anderen Seite auffiel, Francis Crawford wirkungsvoll zum Schweigen.

Danach gab es keine Zwischenspiele mehr. Thompson, nach dem dritten Becher munter geworden, kehrte scherzhaft zum Thema zurück, indem er bemerkte: «Du bist also in Dumbarton mit der Kleinen ins Bett gestiegen und hast mich allein zurückgelassen, du Ratte. Aber sag mal, warum, wenn du eine Falle gewittert hast? In jener Nacht hat sich ein Kerl auf dem Hof herumgetrieben, der sich sehr für dein Fenster interessiert hat. Hast du den nicht gesehen?»

«Der Zeremonienmeister. Doch, ich habe ihn gesehen», sagte Lymond. «Schau, in dem Augenblick, in dem das Mädchen das Gasthaus betreten hat, von meinem Zimmer ganz zu schweigen, habe ich die Chance verloren, meinen ohnehin wackligen Ruf zu wahren. Der Schaden war angerichtet. Ich habe nicht eingesehen, warum sie nicht dafür bezahlen soll. Und da war noch die Chance, recht unwahrscheinlich, wie ich zugebe, daß ich *sie* bekehrt hätte.»

«Und hast du das getan?» Das war Lord Culter, bitter und unaufrichtig.

Eine Sekunde lang war die zornige Falte zwischen Lymonds blonden Brauen zu sehen; dann glättete sich sein Gesicht, wieder beherrscht. «Ganz eindeutig nicht», sagte er. «Aus der Vorstellung zu schließen, die sie abgeliefert hat, als du hereingekommen warst und hinterher. Du hast die Gerüchte über mein Verhalten in jener Nacht nicht verbreitet, Richard, ebensowenig wie ich. Und Gabriel war nicht in der Lage, zuzugeben, er wisse, was sich abgespielt habe – noch nicht. Es muß, auf irgendeine plumpe, ungeschickte Weise, Joleta selbst gewesen sein.»

«So war es», sagte Lady Jenny strahlend. «Ich habe ein kluges Mädchen noch nie so schlecht lügen hören.»

«Und sie ist eine hervorragende Lügnerin», sagte Sybilla. «Das kann ich bestätigen, falls es etwas nützt. Aber warum hat sie die Gerüchte überhaupt ausgestreut?»

«Um den Boden vorzubereiten. Wie Sie alle wissen, bekommt sie ein Kind. Es ist nicht von mir, und ich nehme an, ich könnte beweisen, daß es nicht von mir ist, aber ich werde beschuldigt werden, es gezeugt zu haben, und in einer derart mit Emotionen aufgeladenen Atmosphäre muß die Vernunft einfach völlig hinweggefegt werden. Und der Wirkung halber muß es bald geschehen. Jetzt kann Joletas Zustand jeden Augenblick öffentlich werden. Damit die Enthüllung Gabriel und nicht mich trifft, muß der Schlag gegen ihn zuerst kommen. Inzwischen wird er sich wegen der kleinen Szene in Midculter von gestern in Sicherheit wähnen; daß ich Joleta verschmäht und meine Familie gegen mich aufgebracht habe, ohne daß ich einen Verdacht gegen ihn zu hegen scheine. Das war bis jetzt tatsächlich meine einzige Stärke – daß er eitel ist und zu sehr von seinem Erfolg überzeugt.

Vielleicht ist es ein Glück», sagte Lymond mit einem ironischen Lächeln, das seine Augen nicht erreichte, «daß ihm durch die Fülle meiner Fehler meine einzige Stärke entgangen ist, die Hartnäckigkeit. Joleta kann nicht reisen, aber jetzt kann jeden Tag die Nachricht verbreitet werden, wer auch immer neben der Rose gelegen habe, habe die Blüte gestohlen, wo nicht gleich den ganzen Busch. Bis dahin hat die Nachricht von Thompsons kleiner Affäre die Königinwitwe erreicht, und sie wird tun, womit sie gedroht hat – sich auf St. Mary stürzen, um es auszuradieren. Statt meiner wird sie, nehme ich an, St. Mary unter dem alleinigen Regiment von Sir Graham vorfinden, bitter, aber tapfer. *Sie* haben vielleicht nichts dagegen», sagte Lymond scharf, «aber falls ich mein Leben so verlieren sollte wie Will Scott, möchte ich wissen, daß klar ist, warum.»

Ein kurzes Schweigen entstand. Dann sagte Janet Beaton vorsichtig: «Will ist auf der Treppe von Liddel Keep gestorben, als er die Burg gegen die Kerrs verteidigt hat. Er ist am Schwerthieb eines Linkshänders gestorben, der ihm den rechten Arm abgeschlagen hat.»

Lymond schaute wieder auf seine Hände. «Adam», sagte er, «Sie waren dabei. Erinnern Sie sich an Randy Bells Bericht darüber, wie Will gestorben ist? Er war ziemlich genau. Er hat gesagt: ‹Er hat beim Sturm auf die Treppe das schlimmste abbekommen. Ich war auf halber Höhe, Crawford oben, als sie eindrangen, und er hat sich an uns allen vorbeigedrängt.› Stimmt das?»

«Ja», sagte Blacklock.

Lymond schaute auf, und jetzt sahen sie in den zusammengekniffenen Augen einen Teil der Wut, die er bis jetzt unterdrückt hatte. «‹Ich war auf halber Höhe›, hat Bell gesagt. Ein linkshändiger Schwerthieb von unten, Janet, ist kaum von einem rechtshändigen Schwerthieb von oben zu unterscheiden... bis auf den Winkel des Schlags. Will Scott ist von einem *nach unten* geführten Schlag getötet worden.»

«*Bell!*» Langsam kam Alec Guthrie auf die Beine und starrte, die schweren Hände auf die Platte gelegt, zum Kopfende des Tisches. «Will Scott ist von *Bell* getötet worden?»

«Natürlich», sagte Lymond. «Denken Sie nach, mein Freund. Wer hat Adam mit Drogen versorgt? Wer hat mit Plummer an der Belagerungsmaschine gearbeitet, die fast die Harperfields getötet hätte? Wer ist mit einem so hervorragenden Zeitgefühl in Dumbarton erschienen, um mein Tête-à-tête mit Joleta zu unterbrechen? Wer hat den alten Turnbull getötet, während er zweifellos protestierte, er habe nur auf Befehl gehandelt, und das Umbringen von Turnbulls sei im Plan nicht vorgesehen gewesen? Sie haben nicht gesehen, daß ein Scott den alten Mann getötet hat, Adam. Sie haben es nur angenommen. Es war Bells Pech, daß ich tatsächlich von Dumbarton aus nach Liddel Keep kam und daß er nicht wie geplant vor dem Angriff hinausschlüpfen konnte. Ohne den Kellerschlüssel wären die Kerrs nicht in den Turm gekommen. Wer hat ihnen den Schlüssel überlassen? Wer hat die Turnbulls bestochen? Bell müßte das wissen, genau wie Gabriel. Es war Bell, der versuchte, den Aufbruch aus St. Mary zu verzögern, um Scotts Alibi für das Abschlachten des Viehs noch weiter zu erschüttern. Auch Philippa wäre gestorben, wenn ich sie nicht hätte wegbringen lassen. Tatsächlich wäre der Clan der Scotts fast geröstet worden wie auf einem Herd, und die Herde wurde abgeschlachtet, um Buccleuch den Schutz von St. Mary zu entziehen. Wie du weißt, Janet, war Tosh seither ständig bei Wat. Denn Gabriel manipuliert die Sorgen der Scotts und der Kerrs. Wenn Tosh nicht gewesen wäre, hätten sich die beiden Familien ohne unseren Schutz bei Hadden Stank gegenübergestanden; zwei Benachrichtigungen über das Datum haben uns nicht erreicht, weil sie von Gabriels Männern konfisziert worden waren. Weil Buccleuch sich auf die Farce mit den Kindern beschränkte, war es unwahrscheinlich, daß das March-Treffen tödliche Folgen hatte. Aber das war nur ein kleiner Scherz der Vorsehung. Denn der nächste Schritt ist bestimmt Buccleuchs Tod.»

Höflich, aber bestimmt räusperte sich Nicolas de Nicolay. «Zu dem allen möchte ich Ihnen gern eine Frage stellen. Sie sagen, und ich glaube Ihnen, als Sie Malta verließen, haben Sie befürchtet, Sir Graham Malett habe die Absicht, Ihren Platz an der Spitze Ihrer fertigen Armee einzunehmen. Warum haben Sie ihm dann überhaupt gestattet, zu Ihnen zu stoßen? Wenn Sie ihn von Anfang an äußerst höflich abgewiesen hätten, hätte er weder die Zeit gehabt, sich Jünger zu suchen, noch Ihre Autorität zu untergraben. Ist das nicht seltsam?»

Dieses Mal entstand eine lange Pause. Lymonds Gesicht, wieder ausdruckslos, war den hohen Fenstern zugewandt, wo die kühlende Dämmerung die bunten Farben dämpfte. «Diesen großartigen Priester und Kämpfer abweisen, berühmt in der ganzen Christenheit? Ja, vielleicht hätte ich das tun sollen. Dann hätte ich die meisten meiner besten Männer verloren und alle Johanniterritter, und die anderen hätten allen Grund gehabt, zu glauben, ich hätte Angst vor seinem Format. Aber bedenken Sie – oder versuchen Sie, es sich vorzustellen –, daß ich, so unglaublich es klingt, in ihm einen Mann mit bösen Absichten erkannte: klug, mächtig, verschwenderisch im Umgang mit seiner Gabe, seine Mitmenschen zu inspirieren und zu manipulieren.

Vielleicht war er früher all das, was er zu sein scheint. Vielleicht ist er zu früh an die falschen Orte des Glaubens und der Gewalt gekommen; vielleicht wurde ihm sein hervorragendes Können langweilig; vielleicht, wie er mir einmal gestand, hat die schiere Liebe zur Macht korrumpiert, was nie schwer zu korrumpieren war... Vielleicht ist er wahnsinnig. Aber er ist nicht, was er scheint. Er ist ein mächtiger und gefährlicher Mann, und wenn ich ihn in St. Mary abgewiesen hätte, glauben Sie, er hätte das auch nur einen Augenblick lang hingenommen? Er hat nie befürchtet, nicht einmal am dramatischen Abend der Brennstoffkrise, daß ich ihn gehen lasse. Andererseits, wenn ich an jenem Abend nicht mit fester Hand das Kommando ergriffen hätte, hätte ich es an Malett verloren. Von da an mußte er versuchen, mich loszuwerden. Er hat das Angebot der Königinwitwe, mich abzusetzen, abgelehnt, aber nur, weil er sich der Unterstützung aller Männer von St. Mary sicherer sein kann, wenn es mich nicht mehr gibt. Schließlich ist seine Trophäe Schottland strategisch so günstig gelegen und mit großen Möglichkeiten, mächtig zu werden. Wenn sein Plan mit St. Mary gescheitert wäre, hätte er anderswo seine Armee gefunden und sie mit Männern aufgebaut, die weniger entbehrlich sind als ich oder weniger intelligent als Sie.

Ich hatte», sagte Lymond, den Blick immer noch auf die Scheiben gerichtet, «im Grunde nur zwei Möglichkeiten. Ich hätte Graham

Malett töten oder gegen ihn kämpfen können. Vielleicht hätte ich ihn getötet, aber ich hätte keinen guten Grund dafür angeben können, und ich nehme an, ich habe kein größeres Verlangen als jeder andere, mich in der New Bigging Street mit einem Strick um den Hals von dieser unsicheren Welt zu verabschieden. Und es wäre das Ende von St. Mary gewesen, und ich hatte – habe sie noch – große Hoffnungen für St. Mary. Deshalb habe ich mich für den Kampf entschieden. Ich habe vermutlich verloren.»

Die Gesichter um den Tisch herum waren Gespenster in der Dämmerung, nur Umrisse. Niemand sagte etwas, obwohl Thompson lautstark das Gewicht im Stuhl verlagerte, eine Hand auf den Tisch legte, und in die Runde schaute. Plötzlich sagte Sybilla, Ladywitwe Culter, mit leiser spöttischer Stimme: *«Keine Prinzipien und keine Philosophie.»* Sie zitierte, was er über die Ziele von St. Mary gesagt hatte. «Und nur für Geld.»

«Dragut Rais hat es gewußt, nicht wahr?» sagte Nicolay. «Sie haben mich nicht gefragt, was ich aus Malta und Tripolis weiß.»

«Später, wenn es Ihnen recht ist», sagte Lymond mit matter Stimme. Plötzlich strengte ihn das Sprechen eindeutig an, aber sein Verhalten war immer noch wie das Sybillas von unerbittlicher Kälte. «Dragut Rais hat es gewußt, ja. Schließlich hat Malett für ihn gearbeitet. Aber ganz würde es vielleicht nur Jerott Blyth verstehen. Der vorliegende Fall steht oder fällt mit dem, was wir hier in Schottland beweisen können. Der Fall für die Regierung liegt anders. Aber ich kann ohne Beweise nichts unternehmen, und ich bin jetzt an dem Punkt angelangt, an dem ich ohne Hilfe keine Beweise bekomme. Ich stehe zu kurz vor dem Ende.»

«Ich verstehe.» Das war Guthries ruhige Stimme. «Natürlich. Wenn wahr ist, was Sie sagen, kann er Sie nicht am Leben lassen, nicht wahr? Ihr Tod würde Ihnen zwar recht geben, wäre aber ein Jammer.»

Lymonds halbes Lächeln war in der Düsternis zu spüren. «Ich muß gestehen, es käme mir... gelegener, wenn ich Sie jetzt überzeugen könnte. Falls nicht, können Sie wenigstens etwas tun. Richard... Falls mir etwas zustößt, gehört Lymond dir. Tu das, womit die Königinwitwe gedroht hat. Zerstöre es. Laß die Nebengebäude und das ganze Lager schleifen, verkaufe das Vieh, zerstöre die Waffen. Es ist mit meinem Geld geschaffen worden, es gehört nicht Graham Malett oder der Königinwitwe, sondern mir. Ich würde es niemandem verzeihen, am allerwenigsten einem Mann mit meinem Blut, wenn etwas, was ich geschaffen habe, als Messer an der Kehle meines Landes mißbraucht würde. Und wenn du dann überzeugt bist, verfolge Gabriel, verfolge ihn bis ans Ende der Welt, denn wo er auch ist, er richtet nichts als Verheerung an.»

«*Nein*», sagte Lord Culter und stand auf.

Die emotionslose Stimme neben Adam Blacklock schwieg, und er spürte im Finsteren, daß Lymond sich regte, aber sofort wieder im Griff hatte. Es war seltsam, dachte Adam, daß Lymonds schärfster Gegner sein Bruder war und daß beide Männer solche Macht hatten, sich gegenseitig zu verletzen.

Ein Geräusch an der Tür brachte sie wieder dazu, sich umzuschauen. Es war Margaret, mit drei Männern, die Kerzen brachten. Licht breitete sich von Leuchter zu Leuchter im Raum aus, fiel auf die Tapisserien an den Wänden und verwandelte den Tisch in einen rötlichen Spiegel, um den herum die hellen, fleischigen Gesichter über Leinen, Gaze und eleganter Spitze sich mutmaßend und erleichtert ansahen. Wie würden die anderen urteilen? fragte sich Adam. Margaret Erskine, bleich und großäugig, war schon voreingenommen gegen Gabriel und, wie Adam wußte, seit vielen Jahren eine loyale Anhängerin Lymonds. Sybilla war trotz ihres scharfen, unsentimentalen Verstands ein Herz und eine Seele mit ihrem jüngeren Sohn, und Lady Jenny hätte schon aus Eifersucht jeden Mann unterstützt, der etwas Schlechtes über Joleta sagte. Dazu noch Janet Beaton mit dem verständlichen Wunsch, jemanden – irgend jemanden – zu finden, der das Elend wegen des Todes ihres Stiefsohnes aus der Welt schaffte. Man konnte davon ausgehen, daß die Frauen auf Francis Crawfords Seite waren.

Damit war zu rechnen gewesen, und im Rat der Königinwitwe und angesichts der Macht ihrer Männer – der Flemings, der Grahams, der Scotts – war das keine Kleinigkeit. Aber Adam wußte, und Lymond wußte es auch, falls er die Männer hier nicht überzeugt hatte – Fergie Hoddim, Alex Guthrie, Thompson, der keine Prinzipien hatte, an die sich appellieren ließ; seinen Bruder Culter und, wie Adam annahm, auch er selbst, dem Lymond schließlich doch noch vertraut und dessen Selbstachtung er gerettet hatte, indem er ihm vertraute... Falls er diese Männer nicht durch Logik, durch stärkere Indizien, durch die Stringenz der Anklage mit ihren kalten Schlußfolgerungen nicht davon überzeugt hatte, was er sage, treffe zu, war er geschlagen.

Und Lymonds Gesicht, zum ersten Mal seit Richards Ausruf deutlich sichtbar, war anzumerken, daß er sich für die ersten Anzeichen seines Scheiterns wappnete. Die Ellbogen auf dem Tisch, das Kinn auf die Daumen gestützt, saß er ruhig da, die Wimpern gesenkt, die Lippen gegen die verschlungenen Finger gedrückt. Er regte sich nicht, als Richard deutlich wiederholte: «Nein. Dann oder irgendwann in der Zukunft wird es nicht mehr nötig sein, Graham Malett zu verfolgen. Wir müssen ihn jetzt niederstrekken.»

Die schweren Lider hoben sich. Nach einem langen Augenblick senkte Lymond bedächtig die Hände vom Gesicht auf den Tisch und sagte: «Warum?» Adam fiel auf, daß Tränen aus Sybillas blauen Augen strömten.

Auf Lord Culters angenehmem, unauffälligem Gesicht lag leichte Ungeduld. «Weil du alles getan hast, um den Fall neutral vorzutragen, und dir das nicht gelungen ist. Weil du um Hilfe bittest und du es verabscheust, um Hilfe zu bitten. Wegen der Aussage deiner Mutter, wegen Blacklocks Aussage und Margarets Aussage und wegen der Tatsache, daß du Guthrie und Hoddim gerufen hast, und der Tatsache, daß sie gekommen sind. Vielleicht ist das», sagte Richard mit unerwarteter Ironie, «ein Kreuzzug, den die Familie Culter allein mit einem Trupp von Abtrünnigen führt, aber ich bin auf deiner Seite.»

«Gut ausgedrückt», sagte Fergie Hoddim. «Sie könnten hinzufügen, daß die Argumente äußerst stichhaltig waren, und daß wir des weiteren die Aussage des schätzenswerten Zeugen M. de Nicolay haben, die hier noch nicht vorgetragen worden ist. Es gibt eine Grundlage für weitere Ermittlungen, daran besteht kein Zweifel. Darüber hinaus scheint es sich um ein vorsätzliches Verbrechen zu handeln.»

«Blacklock?» sagte Richard. «Ich weiß es schon seit einiger Zeit», sagte Adam. Es war, als hätte er es schon immer gewußt und als hätte er mit seinem Vertrauen in Gabriel alles verloren, woran er je geglaubt hatte. «Und Guthrie?»

Alec Guthrie, dessen Beruf Waffen und dessen größte Lieben Aufrichtigkeit und Gerechtigkeit waren, sagte: «Ich habe diese beiden Männer ebenfalls gegeneinander abgewogen, schon lange vor dem heutigen Tag. Wir müssen alle bedenken und im Gedächtnis behalten, daß es nicht um den Kampf zwischen der Kirche und dem rebellischen Intellekt geht, ebensowenig um einen Kampf pervertierter christlicher Werte gegen die Größe des Glaubens.» Alec Guthrie machte eine Pause, den Blick auf Lymonds regloses Gesicht gerichtet, und grinste.

«Für meinen Geschmack war der Vortrag manchmal etwas selbstgefällig, und falls es im Distrikt einen Mann gibt, dessen Seele so weiß ist wie frischgefallener Schnee, dann ist es nicht Francis Crawford. Aber Graham Malett ist ein Priester, der so falsch ist wie ein Diamant aus Straß. Ich schließe mich Ihrem verlorenen Haufen an.» – «Ich auch!» sagte Thompson und schlug mit der geballten Faust so heftig auf den Tisch, daß die leeren Becher schepperten. Und als Richard sich setzte, mit befriedigter Miene, und die Frauen zustimmend nickten, ergriff Lymond ruhig das Wort.

«Wir sind uns also einig. Gemeinsam sind wir stark, und falls wir uns gegen die Kirche versündigen, werden wir gemeinsam in der Hölle husten. Es gibt noch Fragen, die Sie mir und de Nicolay stellen wollen werden, und Aufträge, die ich Ihnen erteilen muß. Das hat Zeit bis später. Ich habe gehört, es wird Essen gebracht. Vergessen wir Graham Malett für kurze Zeit.»

Es war vorbei. Adam streckte sich mühsam und fragte sich, ob er der einzige mit Rückenschmerzen sei oder ob es den anderen genauso ergehe. Die Anspannung war gelegentlich unerträglich für ihn gewesen; die Zusammenfassung, als er jetzt darüber nachdachte, war mit Absicht kurz verlaufen.

Neben ihm stand Lymond auf. Alle erhoben sich, stampften mit den Füßen, lächelten, etwas gedämpft, auf Grund dessen, was sie erfahren und sich vorgenommen hatten. Thompson hievte sich neben Sybilla aus dem Stuhl und hob eine behaarte Hand, um ihrem Sohn auf den Rücken zu klopfen.

Aber Lymond war fort, hatte sich unbemerkt zwischen Stuhl,

Tisch und der aufgelösten, plaudernden Gesellschaft im flackernden Licht davongemacht. Die Tür schnappte ein, und Adam, der sich schnell in ihre Richtung drängte, kam an Archie Abernethy vorbei, der nachdenklich auf einem Hühnerschenkel herumkaute. Der ehemalige Menagerieaufseher nahm das Bein aus dem Mund und sagte schmatzend: «Einen Augenblick, Sir. Er kann nicht weit sein.» Adam machte die Tür auf.

Es stimmte. Ein Stück unter ihm, wo die Treppe breiter wurde, war Lymond stehengeblieben und sah durch ein Fenster hinaus, eine Hand auf die Schnitzereien gelegt.

Die Finger dieser Hand waren weiß vom Druck. Adam Blacklock trat schnell zurück, schloß schweigend die große Tür, ging um den Tisch herum und beglückwünschte Sybilla.

14. Kapitel

Die Axt fällt
St. Mary, September 1552

Käsewamme Henderson war ein kräftiger Mann, dem Spitznamen, den er seinem Kugelbauch verdankte, zum Trotz. Er war nicht der erste in seiner Familie, der den Somervilles gedient hatte; er war aufgewachsen mit Gideons gütiger Strenge und verehrte seine Witwe Kate. Aber vor allem war er Wachs in Philippas Händen, der er beigebracht hatte, für ihre Ponys und Haustiere zu sorgen, und die ihm ihrerseits den familieneigenen bissigen und liebevollen Humor beigebracht hatte.

Als Philippa zum ersten Mal von ihm verlangt hatte, ihr dabei zu helfen, Kate zu entkommen und nach St. Mary zu reiten, hatte er sich entrüstet geweigert. Jetzt war er dabei, weil er zu seiner Verblüffung herausgefunden hatte, daß sie verzweifelt und ohne weiteres in der Lage war, auch ohne ihn loszureiten. Warum sie es sich in den jungen Kopf gesetzt hatte, sie müsse unbedingt zu diesem Crawford, wollte Käsewamme gar nicht wissen. Aber nachdem er sich bitter klargemacht hatte, daß er a) seine Stellung verlieren würde, und daß b) Kate nie wieder mit einem von ihnen sprechen würde, ihn c) die Lumpen im umstrittenen Grenzstreifen umbringen würden, daß sich d) Philippa durch eine Erkältung den Tod holen würde, kam er mit, den Gürtel voller Messer, außerdem seine Sachen wie die ihren in den beiden Satteltaschen hinter seinen kräftigen Schenkeln, während Philippa gelassen neben ihm auf einem kleineren Pferd ritt, grün vor Erregung, die Pistole ihres Vaters um ihre Hüfte geschnallt.

Sie hatten einen langen Weg vor sich. Für September war es eine milde Nacht, und die dampfende Wärme ihres Pferdes und der stetige Trab, den Käsewamme vorlegte, der nicht von seinen Dienerkollegen eingeholt werden wollte, ehe die junge Dame dort war, wohin sie unterwegs war, hielten Philippa warm. Als sie am North

Tyne vorbeiritten, das Laub klatschnaß unter den Hufen ihrer Stute, Hendersons beruhigende Körperfülle neben sich, seine kräftige Hand bereit, die ihre am Zügel zu festigen, spürte Philippa, wie sich ihr angesichts dessen, was sie sich vorgenommen hatte, wieder der Magen umdrehte.

Nach reiflicher Überlegung, nach den empfangenen Mitteilungen, durch ihre zunehmende geistige Reife war sie zu dem Schluß gekommen, sie habe falsch geurteilt.

Einmal, es war lange her, hatte Francis Crawford ihr das nackte Entsetzen eingejagt, und als diese Episode vorbei war, hatte sie darunter gelitten, daß das für Kate offenbar kein Grund gewesen war, ebenjenen Francis Crawford nicht zu ihrem Freund zu machen.

Er war nicht Philippas Freund. Sie hatte das deutlich zum Ausdruck gebracht, und der Gerechtigkeit halber mußte sie einräumen, daß er das respektiert hatte. Er hatte sogar, wenn man darüber nachdachte, seine Besuche bei Kate eingeschränkt, obwohl die Tatsache, daß Kate sich darüber ausschwieg, Philippa nur noch wütender gemacht hatte.

Er war in Boghall gemein gewesen. Er hatte sie in Liddel Keep geschlagen. Er hatte sie wochenlang am Ausgehen gehindert.

Er hatte ihr das Leben gerettet.

Das war unbestreitbar.

Er hatte sich im Fall der armen Trotty Luckup genau richtig verhalten, während sie ziemlich unhöflich gewesen war, und er hatte sich ihr nicht aufgedrängt, sie nur mit seinem Umhang gewärmt.

Er war nach Liddel Keep gekommen, um sie zu warnen, und als sie in ihrer Bockigkeit nicht hatte gehen wollen, hatte er das einzig Richtige getan (Kate hatte recht), um sie dazu zu zwingen.

Und dann war er nur nach Flaw Valleys gekommen, um sich zu vergewissern, daß sie in Sicherheit war, und er war so erschöpft gewesen, daß Kate geweint hatte, als er gegangen war. Und dann war ihr plötzlich aufgegangen, fest und tief in ihrer flachen Brust, so heftig, daß ihr Herz hämmerte und ihr die Tränen in die Augen stiegen, daß sie vielleicht im Unrecht war. Zähl alles zusammen, was du über Francis Crawford weißt. Zähl zusammen, was du in Boghall und in Midculter gehört, was du in Flaw Valleys gesehen hast, und das Ergebnis ist ein riesiges, die Seele zerschmetterndes Ganzes.

Sie hatte sich geirrt. Sie hatte ihn nicht verstanden, sie war noch nie jemandem wie ihm begegnet; sie begriff erst ganz allmählich, was Kate, die arme, verleumdete Kate, in all den Jahren hinter seinen Redereien erkannt haben mußte. Es blieb eine Tatsache, daß er über sich hinausgewachsen war, und sie hatte es ihm damit vergolten, daß sie sein Leben in Gefahr brachte.

In diesem Monat vor einem Jahr hatte Sir Thomas Erskine ihr auf seinem Totenbett eine Nachricht an Lymond aufgetragen. Es war sein Recht, diese Nachricht zu erfahren. Und wie wütend er über die Verzögerung auch sein mochte, wie gefährlich die Reise auch werden mochte, Philippa war fest entschlossen, die Nachricht zu überbringen. Mit dem Herzen einer Löwin, ihre Ängste verscheuchend, trabte Philippa weiter.

Bei Tarset machten sie Rast, um Brot und Käse zu essen, von Henderson vorsorglich in die Satteltasche gepackt, und tranken Bachwasser, obwohl Käsewamme, wie Philippa sah, auch in dieser Hinsicht vorgesorgt hatte und einen verkorkten Schlauch zum Vorschein brachte, aus dem er an dem kleinen, flackernden Feuer trank, das er angezündet hatte. Bis auf die leisen Geräusche der Tiere, die auf den Weiden grasten, war es ganz ruhig, nachdem der lärmende Fluß nicht mehr zu hören war. Als sie nach der Rast zum Fluß zurückkehrten, hielt Käsewamme einmal an, eine Hand auf ihrem Arm, und beide lauschten, aber das Geräusch, was es auch gewesen sein mochte, hatte aufgehört, und bald stiegen sie wieder auf und ritten weiter.

Käsewamme hatte gesagt, sie würden die ganze Nacht lang reiten, und im Morgengrauen könnten sie die Cheviot Hills überquert haben und in Schottland sein, wo sie sich in Liddlesdale ein kleines Gasthaus zum Ausruhen suchen konnten. Falls Mrs. Somerville nach ihnen suchen lasse, werde sie nie auf den Gedanken kommen, sie könnten so weit entfernt sein. Morgen nachmittag würden sie dann, um das kleine Fräulein nicht zu übermüden, nach Hawick reiten und in Buccleuchs Haus in Branxholm Station machen, wo sie willkommen sei und nicht gezwungen werde, nach Hause zurückzukehren. Dann, nach einer Nacht Schlaf, würden die Scotts sie nach St. Mary bringen.

Philippa kam der Plan gut vor, bis auf die Ruhepause für das kleine Fräulein, die sie für überflüssig hielt. Aber lange ehe ihre Stute, jetzt im Schritt, die langen, grauen Ausläufer der Grenzhügel überquerte, ertappte sie sich dabei, daß sich eine kleine, köstliche Vision in ihren Kopf einschlich, wie sie, in ihrem dicksten Nachthemd, die Bettsocken an und mit einem heißen Ziegelstein, sich auf ihrer mit Federn gefüllten Matratze zusammenrollte, unter der gestreiften Wolldecke und der Baumwollsteppdecke, die Bettvorhänge zugezogen, mit einer Kerze und einem Buch neben dem Bett und nichts außer ihrem warmen Atem um sich. «Ich habe eine Blase am Hintern», sagte Philippa. «Singen wir ein Lied.» Und weil Käsewamme Henderson ein einfacher Mann war und außerdem nett, sangen sie.

Der große Kesselflicker hatte ein Bergpony, unbeschlagen. Auf dem weichen Boden war der leise Hufschlag kaum zu hören, und er hatte das Zaumzeug und die Steigbügel mit Lumpen umwickelt. Er reiste mit leichtem Gepäck, hatte seine weltliche Habe sorgfältig an einer markierten Stelle bei Tyneside versteckt und nur einen Ranzen mit Essen dabei, ein langes Messer und einen am Sattel festgebundenen Schwarzdornstock.

Er ließ sich Zeit. Er wollte über diesen Henderson nachdenken und erst zuschlagen, weit entfernt vom Verkehr in Northumberland, an einer Stelle, wo der Schutz der Natur die halbe Arbeit für ihn erledigte. Er folgte also vorsichtig und zog sich bei Tilsit zurück, wo die Katenbewohner zu neugierig waren, und dann, als der Fluß dünner und ruhiger wurde, ließ er sich zurückfallen und ritt leise hinter Philippa und Käsewamme her, auf den richtigen Augenblick wartend.

Nachdem sie gegessen hatten, war das Treffen in Boghall schnell zu Ende gegangen. Als erster war Lymond aufgebrochen, direkt nach St. Mary, und Nicolas de Nicolay folgte ihm bald. Janet, mit Tosh als Eskorte, wollte nach Branxholm zurück, und Lady Jenny, die ihre Sorge um Wat kannte, ließ sie gehen. Alec Guthrie war gleichzeitig abgeritten. Und auch Thompsom, Hoddim und Blacklock, die etwas zu erledigen hatten, waren aufgebrochen.

Während sie mit ihrem schweigenden älteren Sohn neben sich nach Hause ritt, war Sybilla wider Willen die Anspannung der letzten Stunden anzumerken. Sie hatte sich bittere Sorgen gemacht, weil Francis jetzt nach St. Mary zurückkehrte. Sammle unbedingt deine Beweise zusammen, hatte sie gemeint, und wenn du sie hast, lege sie der Königinwitwe vor und laß sie handeln. Aber warum gehst du selbst zurück, wenn du weißt, daß die Falle gleich zuschnappt? Gabriel wird bald mit Joletas Hilfe die Hand nach der Führung ausstrecken. Wenn die Königinwitwe das mit der *Magdalena* hört, wird sie um des Friedens mit England willen gezwungen sein, ihn zu unterstützen. Wozu dein Leben riskieren?

«Spaß muß sein», hatte Francis knapp gesagt. Als sie ihm zusetzte, hatte er weitere Gründe genannt. Seine Stärke sei gewesen, sei es immer noch, daß er vermeintlich nichts über Graham Maletts Wesen wisse. Bis die nötigen Beweise gesammelt seien, dürfe er Gabriel nicht argwöhnisch machen. Weil Nachrichten zwischen Joleta und St. Mary und zwischen London und Falkland ausgetauscht werden müßten, habe er vermutlich noch etliche Tage Zeit, bis etwas geschehe. Joleta könne nicht reisen, das liege auf der Hand. Die Nachricht – die erschütternde Nachricht, sagte Francis ironisch, mit hartem Blick – werde mit maximaler Wirkung verbreitet werden, und wenn er, Gabriel und so viele Männer wie möglich anwesend seien. In Gabriels Augen müsse Lymond jetzt damit rechnen, daß Joleta ihrem Bruder nun gestehen werde, was Lymond ihr angetan hatte. Falls Lymond jetzt wegbleibe, sei das unverhohlene Feigheit, aus der Gabriel soviel Kapital schlagen könne, wie er wolle. Andererseits…

«Es ist durchaus möglich, weißt du, daß er sich überschätzt», sagte Francis ruhig, während er ihre Röcke unter den Damensattel schob. «Er ist nicht der einzige *rhétoriceur* in diesem kriecherischen Distrikt. Und obwohl ich Joleta nicht bloßstellen kann als das, was sie ist, stellt sie sich vielleicht selbst bloß. Wie auch immer, es ist ein Kampf, dem ich mich stellen muß. Denn ich kann von meinen Männern nicht verlangen, daß sie mir folgen, solange sie nicht wissen, welcher Sache sie folgen. Sie sind schließlich handverlesen und keine Narren. Ich habe nichts zu fürchten bis auf die Hysterie des Augenblicks, und ich glaube, mit der werde ich fertig.»

«Ein Gutes hat das Ganze», sagte Sybilla jetzt beim Reiten nachdenklich zu ihrem anderen Sohn. «Ich muß nicht mehr versuchen,

Madame Donati zu mögen.» Und als er schweigend weiterritt, sagte sie mitfühlend: «Du hast Sir Graham gemocht, nicht wahr? Es scheint ein Jammer zu sein, aber es ist mir wirklich lieber, wenn du zu Francis hältst.»

Richard sagte trocken: «Ich nehme an, es ging mir wie dir mit Evangelista Donati: Ich hatte das Gefühl, ich müsse ihn mögen. Er ist der einzige Mann, den ich je kennengelernt habe, der die Statur hatte, Francis zu zügeln, und der einzige, den ich kenne, vor dem Francis Angst hat. Es ist eine Tragödie für Francis wie den Orden, daß das Ergebnis so aussieht. Falls er überlebt, behält er fraglos das Kommando. *Aber er braucht einen Herrn.*»

«Oder eine Herrin», bemerkte Sybilla.

In der Nähe der Grenze wurden sie gesehen, als sie den Kielder Burn überquerten, aber Käsewamme sagte, das spiele keine Rolle. Inzwischen war Philippa fast zu müde, sich im Sattel zu halten, und Käsewamme war anzusehen, daß er ebenfalls einen Teil seines Selbstvertrauens verloren hatte, sonst wäre er nicht vom Hauptweg durch die Berge abgebogen, um die Schneise durch den Wauchope Forest zu nehmen.

Erst vermittelten das Gebüsch und die windzerzausten Kiefern, schwarz im grau werdenden Licht, die Illusion von Wärme und Schutz vor dem lästigen Wind in der Dämmerung, aber dann fröstelte Philippa wieder, und Käsewamme hielt beide Pferde an, hob sie aus dem Sattel und entfachte für sie beide ein prasselndes Feuer am steilen Berghang, dessen Flammen flackernd vor den schwarzen Kiefern aufstiegen, während sie darauf warteten, daß es hell wurde.

Auf dem weichen, harzigen Boden konnte man leise gehen. Das erste, was Käsewamme von der Anwesenheit des Kesselflickers merkte, war ein heftiger Schlag gegen den Rücken, der ihn Hals über Kopf umwarf. Augenblicke später, Mann gegen Mann, verklammert mit Knien, Ellbogen und breiten, muskulösen Händen, während sie sich zwischen dem Eichengestrüpp und dem Dornendickicht herumwarfen und wälzten, spürte er, als der Schmerz des Schlages nachließ, den nadelspitzen Stich, wo das Messer des Kesselflickers zugestochen hatte und Blut floß.

Philippa sah das Messer zwischen Käsewammes kräftigen Schultern. Als die beiden Männer an ihr vorbei den Abhang hinunterrollten, die Stimmen zu wortlosen, gutturalen, zornigen Lauten erhoben, sprang sie auf, packte einen brennenden Stock aus dem Feuer und sprang ihnen nach. Sie sah, wie Käsewammes Gesicht, eine Lithographie in Grau und Schwarz, sich wie das einer Marionette über die massige Gestalt des Kesselflickers erhob und sich die Schultern des Kesselflickers vom Boden hochschoben. Mit der ganzen Kraft ihres Armes hieb ihm Philippa den brennenden Stock über den Kopf.

Er explodierte wie ein Feuerrad. Flammende Splitter, die in die Haut drangen, in das verschwitzte Haar und die Kleidung, sprühten feurig über den Kesselflicker hinweg, während der noch nicht brennende Rest des Stockes, ein Schläger in ihren Händen, auf ihn einprügelte, als er sich wehren wollte, beide Hände vor dem Gesicht.

Mit abgewandtem Gesicht, die Augen fast geschlossen in einer Grimasse aus wahnsinniger Angst und der schieren Entschlossenheit der Somervilles, schlug Philippa weiter auf ihn ein, bis es dem Mann, der jetzt wirklich brüllte, gelang, sich auf die Vorderseite zu wälzen und, immer noch brennend, die Hände vor dem wunden Gesicht, auf die Knie zu rappeln. Dann ließ sie den Ast fallen und lief zu Käsewamme.

Er war auf den Beinen, wankend. Im trüben Licht verwandelten ihn die schwarzen Rinnsale und Flecken des Blutes in ein formloses Mosaik; selbst sein Gesicht, wo es verschmiert war, überzogen grotesk unterschiedliche Schichten. Philippa sagte mit zittriger Stimme: «Es ist eine Menge Blut, aber das ist gut, wissen Sie. Es spült den Dreck weg. Ich glaube, wenn Sie auf Ihr Pferd steigen können, könnte ich Sie eine Weile stützen, bis... bis wir Hilfe bekommen. Falls Sie», sagte Philippa Somerville, aus deren Stimme plötzlich ein Gutteil der Überzeugung verschwand, «falls Sie nicht meine Pistole benutzen wollen?»

Aber erstens war klar, daß Käsewamme Henderson weit davon entfernt war, mit ihrer Pistole zu zielen und zu schießen, und zweitens, daß der blutende, benommene Wahnsinnige, der sich krachend durch das Gestrüpp schob, plötzlich wieder zu Verstand kommen und vollenden würde, was er angefangen hatte. Mit gefühllosen Fingern gelang es Philippa schließlich doch noch, die

Gurte beider Pferde festzuziehen und Käsewamme in den Sattel zu helfen, indem sie ihn zwischen ihren Körper und eine dickstämmige, krumme Kiefer klemmte. Dann ritten sie los.

Sie wußte nicht, wohin sie reiten sollte. Sie fragte Henderson, aber er sprach so gepreßt, daß sie kaum etwas verstand, und weil er offenbar beim Atmen Schmerzen hatte, vom Sprechen ganz zu schweigen, wagte sie es nicht, ihm weitere Fragen zu stellen.

Er brauchte Hilfe. Aber wen konnte sie darum bitten? Das war kein zufälliger Überfall gewesen; dazu kannte sie diesen unrasierten Hünen zu gut. Wochenlang hatte er in Flaw Valleys sein Lager aufgeschlagen gehabt, hatte die Felder nach Resten durchsucht, im Dorf gebettelt. Er war ihnen gefolgt, um sie zu töten.

Ihr junger Arm, der um Käsewammes durchsackenden Körper lag, tat ihr weh, als ihre Pferde schneller wurden. Philippa zwang ihren müden Kopf zum Denken. Abwärts. Wenn sie abwärts ritt, die Sonne zu ihrer Rechten, war sie in Schottland, wenn sie nicht schon dort waren. Auf den niedrigen Ausläufern der Hügel mußte es Katen und Bauernhäuser geben, und später stieß sie vielleicht auf den Fluß Slitrig Water, der direkt nach Hawick führte. In Hawick gab es viele Scotts, und ein Stückchen außerhalb lag Branxholm. Dort war sie in Sicherheit.

Die Hauptsache war, in Bewegung zu bleiben. Sie hatte keine Ahnung, wie schlimm der Kesselflicker verletzt war, falls überhaupt. Sie hatte gesehen, wie Käsewamme sein Messer benutzt hatte. Aber vielleicht kam er ihnen nach; er hätte den Hufspuren folgen können. Und sie brauchte Hilfe für den kräftigen Mann.

Philippa zog den Arm weg, legte seine Hände auf den Sattelknauf seines Pferdes, suchte nach dem Schlauch und fand ihn. Käsewamme trank beim Reiten daraus, und obwohl etliches davon über seine fleckige Jacke lief, wirkte er etwas kräftiger als davor. Die Blutung schien dort, wo das Messer zugestochen hatte, zum Stillstand gekommen zu sein, aber sie machte ihre Satteltasche auf und stopfte ein Hemd unter das steif werdende Leder, um sicher zu gehen. Er sah seltsam aus mit einem Buckel auf dem Rücken, und er hatte leise gewimmert, als sie es tat, aber danach ritt er schweigend weiter, und sie mußte nur hin und wieder mit ihm reden. «Es dauert nicht mehr lange», sagte Philippa fröhlich, im Ton ihrer Mutter. «Sie wissen doch, was Bess sagt. Es gibt nichts auf der Welt, was ein Schluck Aquavit in einem Schlauch nicht heilen könnte. Die Somervilles mit einem *Messer* aufhalten wollen! Dazu braucht man eine *Artillerie*.» Und sie putzte sich heftig die Nase.

Gabriels Rückkehr nach St. Mary verlief immer wie die Rückkehr eines verehrten, aber strengen Schulleiters zu seiner Klasse: ein Trost für die Offiziere und Männer. Seine ungeheure Kompetenz verbreitete Sicherheit, auch wenn er sie, wie jetzt, unerbittlich zur Arbeit antrieb.

Die Tüchtigkeit von St. Mary war angezweifelt worden. Deshalb mußten sie, ehe Gesandte der Königinwitwe oder des französischen Botschafters sich auf sie stürzen konnten, ihr Haus vollkommen in Ordnung bringen. Sobald Jerott Blyth aufbrach, um die zarte Joleta zu ihrem Bruder zu bringen, rief Gabriel die Männer zu sich und schickte sie an die Arbeit.

Es war unvermeidlich, daß während seiner und Lymonds Abwesenheiten die von ihnen beiden gesetzten strengen Maßstäbe lockerer geworden waren. Mit Umsicht machte sich Gabriel daran, sie wiederherzustellen, gab harte Befehle, umrundete das große Gut zu Fuß und zu Pferd, um zu sehen, ob sie ausgeführt wurden, um Ratschläge zu geben und zu helfen. Er verlangte, daß sie fertig waren, ehe Lymond eintraf. Das verlangte Tempo war mörderisch. Als die Dunkelheit einbrach, machten sie weiter, im Fackelschein, aßen beim Arbeiten.

Um Mitternacht war alles in St. Mary in Ordnung. Nirgends gab es noch eine eingefallene Wand oder einen nicht reparierten Zaun; die Tiere waren versorgt und lagen auf sauberem Stroh, die Vorräte und Waffen waren neu registriert, die Gebäude außen frisch getüncht und innen geputzt und gestrichen. Das Haupthaus roch nach Seife, und die Unordnung des Alltagslebens war verschwunden.

Für Gabriel wurde das bereitwillig getan, aber auch mit einem Anflug insgeheimen Ärger. «Zum Teufel mit der Königinwitwe», sagte Lancelot Plummer einmal und warf Block und Stift zu Boden. «Ich habe mich dieser Musterarmee nicht angeschlossen, damit ich Heringsfässer, Heuballen und Schweine zählen muß und Rechenschaft ablegen über jeden Ballen Gerste, den wir den Nachbarn zehn

Shilling unter dem Marktpreis verkauft haben. Unser lüsterner Freund Crawford hat es geschafft, daß wir seiner Gewohnheiten wegen alle auf der schwarzen Liste des alten Weibs stehen. Ich sehe nicht ein, warum wir ihm dabei helfen sollten, von der Liste gestrichen zu werden.»

Der Chevalier de Seurre, der ihm bei der Arbeit half, sah von den Säcken auf. «Ich kann Ihnen einen hervorragenden Grund dafür nennen», sagte er. «Weil Graham Malett das verlangt.»

Cormac O'Connor, der zuschaute, fand den Anblick äußerst erheiternd. Er war widerstrebend zu Besuch nach St. Mary gekommen. Beim Gedanken an Francis Crawford sträubten sich ihm die Nackenhaare, und außerdem hatte er Angst davor, wie seine Stellung gegenüber dem Piraten Thompson eingeschätzt wurde. Aber wie sie alle hatte Gabriel auch ihn beruhigt und getröstet, und in dieser gütigen Gegenwart war er bereit, er wußte nicht recht, warum, bis morgen zu warten und sogar Crawfords Anwesenheit zu ertragen, falls der kam. Als sich endlich, nach getaner Arbeit, die Kompanie draußen in der sternenhellen Septembernacht versammelt hatte und dann ins Schloß gerufen wurde, fand sie auf Gabriels Befehl in der großen Halle ein üppiges Abendessen vor, dessen appetitlicher Dampf mit der Hitze des prasselnden Feuers an die schöne Holzdecke stieg. Cormac nahm zwischen ihnen an der langen Offizierstafel auf dem Podium Platz. Gabriel, an seinem Platz neben Lymonds leerem Stuhl, wartete stehend, um sie zu begrüßen, und als sie auf seinen Befehl nach dem Fleisch griffen, dankte er ihnen mit seiner herrlichen Stimme für das, was sie eben getan hatten. Alles, was zu sagen war, wurde ausdrücklich gesagt, ohne ein Wort des Tadels für die Unterlassungen ihres Kommandanten und mit uneingeschränktem Lob für die Kompanie. Dann, nachdem er sparsam gegessen hatte, zog er sich zurück und überließ sie dem schrankenlosen Vergnügen.

«Das ist ein Gentleman», sagte Cuddie Hob anerkennend.

«Das ist ein Heiliger», sagte ein anderer und musterte seine Schwielen. «Aber trotzdem, wenn ich in den Himmel komme, möchte ich nicht in seiner verdammten Arbeitsgruppe sein.»

Dann lud Cormac O'Connor seine gestiftete Schmuggelware ab, die aus zwanzig Kisten unverschnittenen Sherry bestand.

Anderthalb Stunden später, als der Lärm über die dunklen Hügel von Ettrick nach Yarrow widerhallte, rollte Graham Malett aus seinem schmalen Bett, schnürte sich schnell das Wams über das zerknitterte Hemd und die Kniehose und ging nach nebenan, wo die Offiziere schliefen. Im ersten Zimmer lag de Seurre in seinem Bett; der Ritter, den Kopf in einem Berg aus Decken vergraben, war nicht aufgewacht. Im nächsten Zimmer fand er drei andere, zwei davon vom Orden. Von den anderen war nichts zu sehen. Dann lief er, leichtfüßig trotz seiner Größe, die Treppe zur Halle hinunter.

Der große Raum mit den schönen Tapisserien, der bis jetzt nur bei seltenen Anlässen von den Söldnern, den Soldaten und Offizieren von St. Mary benutzt worden war, wirkte nach der kühlen Dunkelheit der Schlafsäle so hell, daß Gabriel die Augen weh taten. Mit dem Licht fiel ihn der Lärm an. Zwischen drei- und vierhundert Mann unterhielten sich, riefen, sangen, stampften mit den Füßen und stritten sich in Grüppchen. Auf einem Tisch führte einer einen lebhaften Freudentanz auf. In einer Ecke kämpften zwei Bogenschützen mit verlangsamten Bewegungen ernst und konzentriert gegeneinander, und in einer anderen Ecke übergab sich einer. Hie und da und unter den Bänken waren die weniger Trinkfesten schon zusammengesackt. Alle waren in Hochstimmung.

Graham Malett stand unbemerkt auf der Schwelle und sah es sich an. Dann ging der Großkreuzträger schnell zum Tisch auf dem Podium, fand die breite, muskulöse Schulter von Randy Bell und legte die Hand darauf. Der Arzt sang. Er sah sich um, ohne mit dem Singen aufzuhören. Als er Gabriels klarem Blick begegnete, versagte ihm einen Augenblick die Stimme. Dann, mit unsicherer, aber unbekümmerter Miene, lehnte er sich zurück und grölte weiter. Er war schwer betrunken.

Das galt auch für Lancelot Plummer. Mit den breiten, goldenen Sherryströmen, die über das schöne Tischtuch flossen, vermischten sich seine Tränen und tropften ihm unbemerkt auf die Hände, in denen er den leeren Becher drehte. «Niemand», sagte er mit schwerer Zunge, «kann sich einen Mann nennen, wenn er die Kunscht ... die Kunst nicht liebt. *Und armseliges Bettelvolk liegt uns auf der Tasche!*» rief er mit plötzlicher Leidenschaft, wild artikulierend, seinem Nachbarn zu.

Hercules Tait hob den Kopf von den Armen. «Wir *sind* armseliges Bettelvolk», sagte er vernehmlich und schloß die Augen wieder.

Der dienende Bruder des Roches, der sich über ihn gebeugt hatte, richtete sich auf, und als er Sir Graham sah, kam er in reuiger Erleichterung zu ihm. «Es ist ein Chaos», sagte er. «Es tut mir leid. Ich habe getan, was ich konnte, aber sie sind nicht in der Stimmung, mäßig zu sein. Es war O'Connors Wein.»

«Der Sherry?» sagte Gabriel scharf. «Ich habe gesagt, sie dürfen davon trinken, aber damit habe ich einen Becher pro Mann gemeint. Ich habe nicht befohlen, daß sie sich die ganze Wagenladung in den Rachen schütten.»

«Dann haben O'Connor und die anderen Sie mißverstanden, Sir», sagte des Roches direkt. «Sie haben geglaubt, sie dürften ihn austrinken. Das haben sie jetzt fast geschafft.»

Gabriel lächelte. «Sie sind Kinder, nicht wahr? Ebenso schlau wie töricht. Lassen Sie mich sehen, was ich ausrichten kann.» Und er kehrte zu seinem Platz zurück, griff nach einem Weinkrug aus Zinn und schlug damit auf den Tisch.

Des Roches und die wenigen Nüchternen sollten sich ihr Leben lang an diese Rede erinnern, als Beispiel dafür, wie man mit einer schwierigen Situation fertigwerden konnte. Am Anfang konnte Graham Malett nicht einmal in Ruhe reden. Geschrei und betrunkenes Gelächter unterbrachen die verstohlenen Warnungen derjenigen, die noch in der Lage waren, ihn zu erkennen. Doch als der Sprecher fortfuhr, seine Stimme gewaltiger und vor Zorn tiefer wurde, erstarb der Lärm, und er sprach in völliger Stille.

Als erstes sagte er sachlich, alles, was in jener Nacht geschehen sei, werde Lymond bei seiner Rückkehr gemeldet werden. Sie wußten, was das hieß. Sie hatten keinen Grund, sich zu beschweren. Eine hervorragend ausgebildete Truppe wie die ihre konnte weder erfolgreich operieren noch sich gegen andere verteidigen, wenn sie nicht selbst den strengsten Maßstäben folgte. Ihm scheine, sagte Gabriel und sah auf die ruinierten Tische, den verfleckten, stinkenden Boden, die verschobenen und bespritzten Tapisserien und die schiefen Leuchter, sie seien an jenem Tag ihrer Arbeit nachgegangen wie gewöhnliche Soldaten, zufrieden damit, gegen die Befehle zu murren, ohne jeden Gedanken an deren Sinn.

«Sie», sagte Gabriel ruhig, «sind die vielen Klingen des schönen Werkzeugs, das wir St. Mary nennen. Vor einem Jahr sind Sie einberufen worden, eine ungeformte Truppe, eine weltliche Truppe, nicht mehr als eine Idee im Kopf Ihres Kommandanten, und jetzt ist es eine Kompanie geworden, die Ruhm in der ganzen Christenheit verdient hat.» Er schilderte im wartenden Schweigen etliches, was sie geleistet hatten: ihre Dienste für das Land, die Aktionen, die ihnen am besten gelungen waren. Er erwähnte die Fehlschläge nicht, sondern betonte immer wieder Lymonds Namen als den des Mannes, dessen Weitsicht und Können sie ihre große Zukunft zu verdanken hätten.

Niemand könne etwas dafür, sagte Gabriel schließlich, daß die Königinmutter es für notwendig erachtet habe, Beweise ihrer Kompetenz und Integrität zu verlangen. Sie verfügten über beides. Einen Monat, nicht länger, müsse man ihnen das auch anmerken. Sie müßten exemplarische Arbeit leisten und darin, wenn es nicht anders gehe, eine Buße für früheres Fehlverhalten sehen. «Niemand», sagte Gabriel und lächelte endlich ein bißchen, «verlangt von Ihnen, daß Sie nach Ihrer Bewährungszeit so unnatürlich weitermachen. Für Männer, deren Geschäft Gefahr und Entbehrungen sind, ist es schwerer als für andere, der Sünde zu widerstehen. Das habe ich jedenfalls festgestellt, und ich nehme es hin. Ich schlage nur vor, um Ihres Seelenfriedens willen, daß Sie, wenn Sie mit der Armee der Königinmutter nach Frankreich gehen, sich mit Ihren Sünden an jemanden wenden wie mich, der Sie von ihnen befreit. Ich möchte Sie mir gern fröhlich, tapfer und unbeschwert vorstellen, wie Sie es auch jetzt sein sollten. Lassen Sie diese Spielereien, diese kindischen Exzesse hinter sich.»

«Aber Sie werden doch bei uns sein!» sagte des Roches, und seine erschrockenen Worte, unbeabsichtigt deutlich, hallten durch den Saal.

Graham Malett sah hinunter. «Ich... werde in Frankreich nicht bei Ihnen sein», sagte er sanft. «Auch danach nicht. Ich verlasse St. Mary.»

Ein Tumult brach los. Plummer, der schielend zuschaute, erinnerte sich später, es sei gewesen wie eine lange, träge Welle, die sich an Land ergoß und an einer Klippe brach. Gabriel unterbrach den

Aufruhr mit einer Hand. «Ich weiß, St. Mary ist ein Teil meines Lebens geworden wie des Ihren, und es fällt Ihnen schwer, sich daran zu erinnern, daß ich nur versprochen habe, hier zu sein, solange ich helfen konnte, und St. Mary dann dem Mann zu überlassen, der es geschaffen hat. Ich habe Gelübde abgelegt. Ihnen allein – und vor allem Ihrem Kommandanten – habe ich es zu verdanken, daß ich jetzt besser gewappnet bin denn eh und je, um sie zu halten. Ich hoffe, eines Tages den Kreuzzug anzuführen, der meinen Glauben erwartet. Bis dahin...»

Sir Graham Malett machte eine Pause, die Schultern zurückgeworfen, musterte sie aus seiner stattlichen Höhe mit seinen klaren Augen und fuhr sich wie ein Schuljunge mit den Fingern durch das schlecht geschnittene goldene Haar. «Bis dahin muß ich etwas finden, wovon ich leben kann. Der Orden hat alles beschlagnahmt, was ich besitze, und obwohl ich wenig brauche, muß ich an meine Schwester denken... Aber das sind Sorgen, die Sie nicht zu bedrükken brauchen. Sie bedrücken mich wenig; mein Gott wird mich nicht verlassen. Ich nehme also mein Schwert und verkaufe es überall, wo es gebraucht wird, um die Kirche Christi zu schützen... Vielleicht werde ich eines Tages eine Kompanie finden, die dieser gleichkommt. Ich bezweifle es. Sie alle werden mir fehlen.»

Sir Graham Malett holte tief Luft. Seine blauen Augen, übernatürlich strahlend, wichen von der lärmenden, pulsierenden, lauter werdenden Reaktion und richteten sich langsam in angenehmer Überraschung auf den Eingang zur Halle. «Jerott! Schon?» Und dann, das ganze Gesicht vor Freude leuchtend: «Joleta ist hier?»

Man hätte erwartet, daß Jerott Blyth müde gewesen wäre. Schließlich war er seit dem Nachmittag die Strecke zwischen St. Mary und Midculter zweimal geritten. Aber in den Augen derjenigen, die die Köpfe reckten, verärgert darüber, daß sie Gabriels Aufmerksamkeit verloren hatten, sah er wie ein Mann aus, der hinter Dieben her ist. Des Roches dachte: Das Mädchen ist tot. Und dann, ehe er sich daran hindern konnte: Ah, dann wird er wohl bleiben?

Dann sagte der junge Mann an der Tür, grau im Gesicht: «Ich konnte sie nicht daran hindern. Sie hätte bleiben sollen.» Und weil ihm Gabriels veränderte Miene vielleicht bewußt machte, daß er furchterregenden Unsinn redete, riß sich Jerott sichtlich zusammen, die Hände verkrampft auf den Schenkeln, und sagte: «Hätten Sie einen Augenblick Zeit für mich, Sir Graham? Ihre Schwester ist bei mir, aber es geht ihr nicht...»

Er sagte «gut», als Joleta langsam, traumwandlerisch vor Erschöpfung, hereinkam und sich neben ihn stellte. Über dem pelzbesetzten Umhang, den sie trug und dessen schlammiger Saum über den Boden schleifte, war ihr Gesicht bleich wie eine Anemone und überzogen von dünnem Schweiß. Ihr langes Haar, ein zerzauster Strang über der Schulter, war bronze davon. «Sie haben es ihm nicht gesagt», sagte sie.

Ihre Stimme klang vernünftiger und war nur leicht höher als üblich. Jerott sagte: «Wir sagen es ihm gemeinsam, wenn er allein ist. Sie dürfen ihm hier keine Sorgen machen. Kommen Sie mit in sein Zimmer.»

«Nein.» Obwohl sie mit Jerott sprach, waren Joletas beschlagene blaßblaue Augen auf ihren Bruder gerichtet. Sie sagte: «Sagen Sie es ihm.»

Zum Podest führten zwei Stufen. Graham Malett nahm sie mit einem Satz und war schon auf halbem Weg zu ihnen, als Joleta ausrief: «Nein! Bleib, wo du bist. Alle Männer sollen es hören!»

«Joleta!» sagte Blyth verzweifelt. Sie war nicht imstande zu reisen. Sie hätte auf keinen Fall herkommen dürfen. Er hatte die Hölle mit ihr durchlebt und dann Schlimmeres als die Hölle, als er sich diesen Augenblick vorstellte. Er hatte sie auf seinen Armen durch die Nacht aus Midculter getragen, und sie hatte immer wieder gesagt: «Ich sage es ihnen allen. Ich sage es ihnen allen. Alle sollen wissen, was er aus mir gemacht hat.» Ihm war übel vor Abscheu, übel vor Ekel, nachdem er inmitten seines Schocks die unnütze Duenna angeschrien und getobt hatte, weil Richard und Sybilla nicht da waren und er sie nicht beschimpfen konnte, und schließlich fügte er sich Joletas Verzweiflung.

Jetzt ließ sie ihn an der Tür stehen und ging durch die lange Halle. Auf beiden Seiten, befangen, bewundernd, lüstern im letzten Sherrynebel, musterten sie die Männer, die kindliche Schwester, die kleine Blume der Nonnen, Graham Maletts strahlende Joleta. Dann blieb sie vor ihrem Bruder stehen, und ihre weißen Kätzchenzähne funkelten. «Ich habe einen Heiligen zum Bruder», sagte sie. «Beneiden Sie mich nicht?» Und sie lachte.

Gabriel, dessen Kinderhaut plötzlich weiß war, trat einen Schritt vor. «O nein», sagte Joleta und trat zurück. «Mein Bruder ist ein Heiliger. Der sagen wird: ‹Dieser arme junge Mann, der immer noch nach seinen Sinnen lebt, kann von uns beiden lernen, den Blick erhabeneren Dingen zuzuwenden.›» Durch ihre Zischlaute wirkten Gabriels klangvolle Kadenzen rauh. «Laß dir Zeit, mein Kind. Lerne ihn kennen, denn ich weiß, er wird lernen, dich zu lieben. Und wenn du eines Tages entdeckst, daß er deine Liebe erwidert, gibt es keinen auf der Welt, den ich lieber zum Bruder hätte...»

Dann stockte ihre Stimme und versagte, aber ihre Augen, die geweitet in Gabriels fassungsloses Gesicht starrten, waren völlig trokken. «Das hast du von Francis Crawford gesagt», sagte sie mit bebender Stimme. «Er ist gekommen. Und ich habe gelernt, ihn zu lieben, o ja. Und er hat mich gelehrt, ihn in meinem Bett zu trösten, denn die heilige Macht seiner Liebe zu mir hat ihm so zugesetzt, wenn wir beteten...»

Joleta schleppte sich weiter, befreite einen kindlichen Arm aus dem Umhang und schlug Gabriel wirkungslos, wie ein dünner Dreschflegel, gegen die glatte Wange. Gabriel rührte sich nicht. «Das ist für meine Jungfräulichkeit», sagte sie. «Willst du ihn immer noch zum Bruder? Ich habe ihn gebeten, mich zu heiraten – so weit ist es mit meinem Stolz gekommen. Er lacht und sagt, die Landschaft habe den Reiz der Neuheit verloren. Schau her, Graham. Er hat mich damals in Midculter mit seinem Bankert geschwängert, aber mehr Mühe hat er sich nicht gemacht.»

Sie ließ den Umhang fallen. Das zerknitterte Nachthemd über der kläglichen Leibesfülle war schmutzig vom Ritt und vom Schweiß. Körperlich wirkte sie erschöpft, krank und mißhandelt. Aber ihr Gesicht, trotz der Flecken der Müdigkeit, hatte seine ganze reine Schönheit bewahrt. Die Haut war reizvoller, als Jerott sie je gesehen hatte; ihre schönen Brauen, die langen Wimpern und die schmale, wohlgeformte Nase unterstrichen noch das Ergreifende ihres Zustands.

Gabriel, der sie nicht aus den Augen ließ, während sie sprach, schwankte einmal, und Jerott glaubte, er werde ohnmächtig. Aber dann blieb er still, hörte zu, obwohl er ständig tief und erschaudernd Luft holte, als lasse ihn sein Körper im Stich, als versagten seine Lungen den Dienst. Schließlich sagte er mit leiser Stimme: «Du bist sehr müde. Aber ich bin froh, daß du gekommen bist. Du weißt, daß du von nun an nichts mehr zu befürchten hast. Ich hin hier.» Er streckte zögernd die Hand aus und legte sie auf ihren dünnen Arm. «Komm, geh jetzt schlafen.»

Weil er sich völlig auf Joleta konzentrierte, ignorierte er, wie Jerott merkte, den Lärm der Kommentare um sie herum, und für Joleta schien das gar nicht zu existieren. In dem heißen, überfüllten Raum, in dem die schweren Ausdünstungen des Weines und der Menschen hingen, die Emotionen aufgewühlt, verstärkt vom Alkohol und von der Erregung, empfand jeder Mann genau wie Jerott Schock und Empörung über Joletas jämmerliche Geschichte. Wie ein hilfloses Publikum hörten sie Joleta mit derselben zwanghaften Deutlichkeit sagen: «Wo ist er? Er sollte deinen Neffen sehen, nicht wahr?» Und plötzlich brach es aus ihr heraus, zum ersten Mal mit Tränen der Wut, die über ihre feuchte Haut strömten: «Er haßt dich! Begreifst du das nicht? Deshalb hat er das getan! Er haßt dich und alles, wofür du eintrittst! Und du hast geglaubt, du kannst ihn *bekehren*!» Und sie stand in ihrem schmutzigen Gewand da, lachte und schluchzte gleichzeitig, mit lose herunterhängenden Armen.

Es war Jerott, der, als er sah, daß Gabriel nicht wagte, sie zu berühren, ihren Umhang aufhob, ihn um sie legte und sie mit seiner vom Ritt verfleckten Schulter stützte. Gabriel, die herrliche Stimme unsicher, sagte: «Ich habe nicht gehofft, ihn... zu bekehren. Das wäre übereifrig gewesen. Joleta... Joleta, ich wollte nur, daß er dich so verehrt wie ich. Mit diesem Licht in seinem Leben hätte er nur Gutes bewirken können.»

«Was er bewirkt hat, ist deutlich zu sehen», sagte Joleta bitter. «*Wo ist er?*»

«*Wir* gehen, bevor er kommt», sagte Gabriel schnell. «Ich wollte ohnehin gehen. Wir müssen nur etwas früher gehen, als ich dachte. Grizel Scott wird uns aufnehmen.»

Jerott, das schwere Gewicht des Mädchens am Arm, sagte knapp: «Sie kann nicht reisen. Und um Himmels willen, Sie werden doch nicht zulassen, daß Lymond sie hinauswirft? Oder Sie hinauswirft, was das anlangt.»

Immer noch verschliffen, aber verständlich mischte sich die Stimme von Lancelot Plummer ein. «Das ist also sein kleiner Zeitvertreib – unser Energiebündel von einem Grafen, der so pingelig ist, was die Manieren anderer anlangt. Ich glaube nicht», sagte der Architekt voller Abscheu, «daß ich Wert darauf lege, in seiner unerbaulichen Kompanie zu bleiben. De Seurre?»

«Er wird zweifellos ein paar Männer nach seinem Geschmack finden», sagte Michel de Seurre unvermittelt, wie alle anderen von einem schweigenden des Roches aus dem Schlaf gerissen. «Ich werde nicht zu ihnen gehören.»

«Ich auch nicht», sagte Tait, und das Murren wurde aufgenommen und hallte an den überfüllten Tischen wider, wo die Männer von St. Mary in Grüppchen und Gruppen vortraten.

Gabriel hob den Kopf. «Warten Sie...», sagte er, aber jetzt lag keine Überzeugungskraft in seiner Stimme, dafür Dringlichkeit und neue Kraft in der Jerotts, als er sagte: «Warten? Worauf? Wer wird danach Francis Crawford noch folgen wollen? Welcher Narr würde ihm vertrauen?»

Und Randy Bell, der grimmig neben ihm stand, sagte: «Sie haben nicht gehört, wie Sir Graham vor kurzem zu uns gesprochen hat, über die Gefahren eines lockeren Lebenswandels und lascher Disziplin in einer kämpfenden Truppe. Er hat nicht darüber gesprochen, wie oft uns unser tapferer Führer schon im Stich gelassen hat. Es stimmt, er haßt Sir Graham. Fräulein Joleta hat recht. Denken Sie nur an die Winterkampagnen, an denen Sir Graham gezwungenermaßen teilnehmen und so leiden mußte; denken Sie an den Abend, als er von seinem barmherzigen Akt mit dem Brennstoff zurückkam. Denken Sie an die Jagd auf die Viehdiebe, als Crawford ihm die ganze Arbeit überlassen und ihn der Gefahr ausgesetzt hat – wissen Sie, warum? Wissen Sie, daß das die Nacht war, die Nacht vor Will Scotts Tod, in der Lymond in einem Gasthaus in Dumbarton Gabriels Schwester vergewaltigt hat?»

Er machte eine kurze Pause, und einen Augenblick lang trat in der häßlichen, betrunkenen Versammlung Ruhe ein. Dann, als das Unheil in der Luft lag, hob Randy die Stimme zu einem Gekläff. «Denken Sie daran, und denken Sie daran, wie Sir Graham Lymond immer wieder gerettet und ihn geschützt hat. Wenn Gabriel nicht gewesen wäre, wären Effie Harperfield und ihre Kinder dann an jenem Tag entkommen, an dem sich die Belagerungsmaschine selbständig gemacht hat? Hätten wir bei der Jagd nach Viehdieben auch nur das wenige erreicht, was uns gelungen ist? Hätten wir den Segen der Kirche und die Achtung der Königinwitwe und von M. d'Oisel? Ich sage Ihnen, wenn Gabriel an jenem Tag in Falkland nicht gesprochen hätte, gäbe es St. Mary jetzt nicht mehr, und keiner von uns hätte eine Zukunft.»

Entflammt vom Trinken und einer überwältigenden Wut sah Randy Bell die tobende Menge um sich herum finster an. «Wie viele der hervorragenden Arbeiten, von denen wir gehört haben, waren *Graham Maletts* Werk, nicht das Lymonds? Graham Maletts Werk, mit Gottes Hilfe!»

«Das weiß Gott allein», sagte eine träge Stimme, kühl und vertraut, hinter ihnen. «Aber wenn ich mich hier so umschaue, muß ich sagen, daß Gabriel oder der Saint-Esprit ihre besten Zeiten als Haushälter hinter sich haben… Guten Abend», sagte Lymond höflich zu allen feindseligen Gesichtern, als sie sich ihm zuwandten. «Möchten Sie mich lieber von vorn oder von hinten erstechen? Ich bin hier, bereit, wie eine reife Frucht in den Schoß der Ewigkeit zu fallen.»

Im zurückzuckenden, sekundenlangen Schweigen ergriff Joleta als erste das Wort. Sie schob sich von Jerotts Schulter weg, trat, die Augen auf den Sprecher gerichtet, neben ihren Bruder und umklammerte mit den beiden schmächtigen Händen fest seinen Arm. «Es ist Francis Crawford», sagte sie, die junge Stimme rauh. «Tötest du ihn für mich?» Und als um sie herum der schwerfällige Lärm von Männern aufstieg, die ihren Zorn durch Alkohol, Reden und das Ankämpfen gegen die Müdigkeit aufrechterhielten, senkte Jerott Blyth den Kopf, zog glatt sein Schwert aus der langen Lederscheide und drehte sich als letzter um.

Völlig unaufgeregt stand Francis Crawford im mit Schnitzereien verzierten Torbogen und betrachtete, höflich forschend, die Reihen der unordentlichen Tische, an denen sich feindselige, mürrische Gesichter drängten, den langen, erhöhten Tisch auf der anderen Seite, wo Plummer stand und beobachtete, mit Tait und Bell neben ihm, wo Cormac O'Connor es sich bequem gemacht hatte, ein verkniffenes Lächeln auf dem fleischigen, unrasierten Gesicht, und schließlich das Grüppchen, das zwischen ihm und dem Podest stand: Gabriel, die schmächtige, angeschwollene Gestalt seiner Schwester am Arm, und Jerott neben ihnen, das Schwert zwischen den beiden Handflächen balancierend. Dann hob Lymond die Hände zum Kragen seines kurzen Umhangs, löste den Verschluß und warf den Umhang beiseite, gleich darauf auch seinen Schwertgurt.

«Für den Fall, daß jemand nervös ist», sagte Lymond. «Ich gehe davon aus, daß ihr *alle* betrunken seid?» Und als er die wimmelnden Männer anschaute und die Trümmer seiner eleganten Halle, zuckte sein langer Mund. «Ah, ja», sagte Lymond. «Unsere lieben Herren, die Kranken, Mr. O'Connor war zu großzügig.»

Jerott, in seiner Absicht kurz unterbrochen, sagte scharf: «Woher weißt du das?» Und dann: «Dein Umhang ist trocken!»

«Die Gesellschaft ist es leider nicht», sagte Lymond freundlich. «Ich bin seit einer halben Stunde hier. Ich habe dich unterwegs überholt. Ich habe gedacht, unter den Umständen gönne ich lieber Sir Graham als mir das Vergnügen, die Gefallenen zu tadeln... Es geht nicht darum, Joleta, sich um deine Ehre zu streiten. Darüber gibt es beweisbare Tatsachen, die noch nicht einmal Sir Graham kennt. Es wird ihn nicht viel glücklicher machen, wenn er sie erfährt, aber schließlich war diese öffentliche Bloßstellung nicht meine Idee. Er und ich werden später zweifellos Frieden schließen...»

«*Frieden schließen!*» Graham Maletts gelassene Stimme klang völlig fremd. Er rührte sich nicht, das Gesicht, steif und ausdruckslos, seinem auserwählten Novizen zugewandt. Er sagte langsam, mit den Worten von König Clodoreus zu seinem Sohn: «Du verfluchte Hure! Falls das wahr ist, dann ist nichts auf dieser Welt noch von Bedeutung. Und Ihnen bleibt nichts als der Tod.»

Das Schwert in Jerotts Händen blitzte, als er es streichelte. «Es ist wahr, nicht wahr?» sagte er. «Thompsons Weiber waren dir ein bißchen zu derb. Du hast lieber eine Fünfzehnjährige gelehrt, dir zu dienen, und sie sorglos geschwängert. Hätten wir das je erfahren, wenn ich heute nicht in Midculter vorgesprochen hätte und deine kostbare Mutter und dein Bruder nicht zu Hause gewesen wären? Was wollten sie mit dem Kind nach seiner Geburt tun? Es ertränken? Joleta drohen, damit sie den Mund hält?»

«Mein lieber Jerott», sagte Lymond. «Vielleicht bin ich der Inbegriff der Lüsternheit, aber weder ich noch meine Familie sind naiv. Joleta zu schwängern hätte das Ende meiner Karriere in St. Mary bedeutet. Selbst wenn meine Angehörigen nicht die Säulen der Tugend wären, die sie leider sind, wäre es niemandem gelungen, die Geburt des Kindes zu verheimlichen, was für Phantasien du auch im Kopf haben magst. Mein Gott, die halben Lowlands sind jetzt schon eine Gerüchteküche. Benutz deinen Verstand, Jerott. Falls das Kind von mir wäre, hätte ich sie doch bestimmt geheiratet.»

Sekundenlang zogen sich Jerotts schwarze Brauen zusammen. Dann lachte er, mit blitzenden Zähnen im weißen Gesicht. «Sie *geheiratet*? Du hast sie gehört. Sie will deinen Tod.»

«Schrei nicht. Natürlich», sagte Lymond. «Weil ich sie nicht heiraten will. Könnten wir uns nicht alle setzen?»

Die Spitze von Jerotts Schwert funkelte vor Lymonds weicher, entblößter Kehle. «Noch nicht», sagte Jerott knapp. «Haben wir recht verstanden, daß Joleta dich je heiraten wollte?»

«Frag sie», sagte Lymond. «Und frag meine Mutter und meinen Bruder. Frag Madame Donati. Frag dich, ob sie in Boghall, als du uns gefunden hast, oder in Dumbarton um Hilfe gerufen hat. Sie hätte in Dumbarton nur zu schreien brauchen, und du hättest uns in flagranti ertappt, wie Fergie Hoddim sagen würde. Und außerdem würde er sagen, daß es unter solchen Umständen eine klare Rechtslage gibt. *Volenti non fit injuria*, Jerott. Bei Einverständnis gibt es kein Unrecht.»

«Oh, hört ihn euch an», sagte eine weiche irische Stimme im Hintergrund. Am übersäten Tisch auf dem Podest beugte sich Cormac O'Connor vor, die stark behaarten Hände gefaltet, voller Eifer im braunen, fleischigen Gesicht. «Gebt ihm die Gelegenheit, und er flicht etwas Latein ein. Was meinen Sie, war es ein Fall von *volenti non fit injuria*, als er mir meine Frau Oonagh O'Dwyer gestohlen hat?»

Lymonds Kopf hob sich langsam, bis er dem Blick des kräftigen Iren begegnete. «Sie haben keine Frau, O'Connor.»

«Da haben Sie recht. Seit Sie sie umgebracht haben», sagte O'Connor freundlich. «Sie haben sie in der Bucht von Tripolis ertrinken lassen, während Sie sich in einem türkischen Boot gerettet haben. Ich habe gehört, die Türken waren voller Güte und Mitgefühl und haben dafür gesorgt, daß niemand unhöflich mit dem Finger auf Sie gezeigt hat. Aber schließlich habe ich außerdem gehört, daß Sie und Dragut gemeinsam Sklaven waren. Der König von Frankreich hat, wie ich außerdem gehört habe, ein hübsches Sümmchen dafür bezahlt, daß Sie und Ihresgleichen die Johanniterritter vor dem Angriff der Türken warnen. Und trotz allem, was ein edler Prinz wie Sie hätte tun können, wurde Gozzo niedergemetzelt und Tripolis fiel... was waren Sie doch für ein großer Krieger!»

«Ein Verräter... ein Verräter im Konvent. Haben Sie deshalb in Mdina versucht, mich daran zu hindern, daß ich über die Mauer klettere? Haben Sie sich deshalb in Tripolis ständig mit den Kalabriern abgegeben – vorgetäuscht, Sie wollten das Fort retten, um Ihren Ruf zu schützen, während Sie die ganze Zeit wußten, daß es fallen würde?» Graham Malett hob den benommenen, herrlichen Kopf vom rötlichgoldenen Haar seiner Schwester, und seine Stimme erschallte, wurde tiefer und fester, bis sie schließlich das Timbre erreichte, das sie alle aus der ruhigen Kapelle von St. Mary kannten.

«Natürlich. Thompson war Ihr Partner, aber die Türken haben ihn nicht angerührt, nicht wahr? Oonagh O'Dwyer wußte, was Sie sind, deshalb mußte sie sterben. Hat Nicholas Upton in Ihnen auch eine verdammte Seele erkannt?» Und Graham Malett, aus dessen Gesicht die Gelassenheit völlig verschwunden war, lachte kurz auf.

«Was war ich doch für ein Narr, geharnischt nur mit meinem Glauben, daß ich geglaubt habe, Sie kämpften auf meiner Seite, wollten den Orden vom Makel reinigen. Hier habe ich Ihnen mein Herz und meiner Hände Arbeit angeboten, und als Sie meine Arbeit annahmen und mein Herz verlachten, habe ich gedacht, das sei die Arroganz der Jugend und jugendliche Grausamkeit, beides werde vorübergehen. Und deshalb habe ich Ihnen Joleta anvertraut...» Sein Ton veränderte sich.

«Oh, schweigen Sie!» fügte Gabriel unvermittelt hinzu und fuhr herum, und die Männer, die er und Lymond geführt hatten, hatten sich von Bänken und Tischen erhoben, erregt und drohend, füllten jetzt den ganzen Raum um sie herum und hinter ihnen und sahen sein angespanntes Gesicht und die beiden glänzenden Spuren der Tränen auf seinen Wangen. «Schweigen Sie! Ist das ein Thema für betrunkene Soldaten?»

«Ich glaube, es ist ein Thema für das ‹schöne Werkzeug, das wir St. Mary nennen›», sagte Lymonds unaufgeregte Stimme. «Lassen wir unsere Enttäuschung beiseite, Sie können nicht bei einem Saufgelage mitten in der Nacht die Führung wechseln und trotzdem hoffen, eine Kompanie zu bleiben – wie haben Sie gesagt? –, ‹die Ruhm in der ganzen Christenheit verdient hat›. Ich entkomme Ihnen nicht. Ich glaube, ich habe Antworten auf die meisten Anschuldigungen, die Sie bedrücken, und es ist durchaus zu meinem Vorteil, wenn ich bleibe. Dann können Sie im kalten Licht der Nüchternheit und Gerechtigkeit beide Seiten hören.» Sein aufmerksamer Blick streifte sie alle und ruhte schließlich auf den Männern, die schweigend neben ihn getreten waren und jetzt schwer atmend an seiner Seite standen. Einer trat zurück.

«Ich bin auch nur ein Mensch», sagte Lymond milde. «Wie Ihre Entscheidung auch ausfällt, ich werde mich an sie halten. Und falls Sie es wünschen, bekommen Sie dadurch die Gelegenheit, Sir Graham zu überreden, als Ihr Kommandant zu bleiben. Im Augenblick ist sein einziger Wunsch zu gehen.»

Mit einem Zischen von Stahl wurde vor Lymonds Augen ein zweites Schwert neben dem Jerotts aus der Scheide gezogen. «Nein», sagte Randy Bell brutal. «*Sie* werden gehen.» Und der Kreis um sie zog sich immer enger zusammen. Joleta trat zurück, zwischen Jerott und Bell, die Hände auf ihre Schultern gelegt. «Du hättest mich heiraten sollen», sagte Joleta mit leiser Stimme.

«Reuegefühle, Joleta?» sagte Lymond. In Reiterkleidung, weißem Hemd und ärmelloser Lederjacke, die weichen Wildlederstiefel hoch über die Kniehose gezogen, mit leeren Händen barhäuptig, sah er inmitten des Gewühls geduldig und gebieterisch aus. Noch hatte niemand Hand an ihn gelegt. Sein blauer Blick, diamantenhart, richtete sich auf das atemraubende Gesicht des Mädchens. «Warum sagst du Sir Graham nicht die Wahrheit? Es wird nicht angenehm, wenn er sie herausfindet, sobald ihr allein seid. Hier hast du dreihundert Beschützer.»

«Was für eine Wahrheit?» sagte Graham Malett langsam, wandte den Kopf und musterte das schmale Gesicht seiner Schwester. Und immer noch mit derselben, fast liebkosenden Stimme: «Warum hast du nicht um Hilfe gerufen, Joleta?»

Nicolas de Nicolay, der unbemerkt hinter ihnen allen eingetreten war, holte gerade noch rechtzeitig Luft, ehe er erstickte. *Diable de diable de diable de diable* ... Der Junge versuchte es. Meine einzige Hoffnung, hatte er gesagt, besteht darin, einen Keil zwischen Joleta und ihren Bruder zu treiben. Aber wie konnte er das, ohne alles zu enthüllen, was er wußte? Wenn er halb bewiesene Entschuldigungen für sein Verhalten hier und auf Malta anführte, würden sie die Geduld verlieren und ihn angreifen. Er brauchte Zeit, damit seine Zeugen und seine Beweise unbelästigt hergebracht werden konnten. Falls er also diesen mächtigen Gabriel auf den Gedanken bringen konnte, er könne seiner Schwester nicht trauen ... falls seiner Schwester bewußt gemacht werden konnte, ihr Bruder könne ihr etwas antun, dann war es möglich, vielleicht möglich, daß sie von Sir Graham abrückte und sich auf die sichere, siegende Seite stellte ...

«Verstehen Sie», hatte Lymond gegen Ende des Treffens in Boghall gesagt, «sie sollte mich in Dumbarton bloßstellen. Blacklock hat sie nicht zum Schweigen gebracht. Sie hätte schreien sollen.»

«Und warum hat sie es nicht getan?» hatte Lady Jenny mit gewaltiger Züchtigkeit gesagt. «Hatte sie vielleicht Grund zu der Hoffnung, sie könne Sie möglicherweise ... doch noch zähmen?»

«Das hat sie vermutlich Sir Graham erzählt», hatte Lymond nachdenklich erwidert, die großen Augen auf Jennys kleines, hübsches Gesicht gerichtet. «Ich ... ich bezweifle es.»

Jugendliche Arroganz, hatte Gabriel gesagt. Es war etwas daran. Francis Crawford kannte seine Stärke genau. Und doch hatte er Gabriel von Anfang an nicht unterstützt. Er hatte Angst; er hatte in Boghall kaltblütig von seiner Furcht vor Graham Malett gesprochen. Nicht vor Verletzungen, nicht einmal vor dem Tod, nur davor, daß Gabriel gewinnen würde, wenn er starb. In dem Duell hier, das jetzt seinen unvermeidlichen Höhepunkt erreichte, wußte nur Lymond, der mit allen Künsten kämpfte, über die er verfügte, was vom Ausgang abhing. Für Gabriel, voller Verachtung, mit dem hochmütigen Selbstbewußtsein, das er haben mußte, war das hier nicht mehr als das abschließende Beiseitefegen einer Schachfigur, die er ausgewählt und mit der er gespielt und die sich nur als eine Spur widerspenstiger erwiesen hatte, als er erwartet hatte. «Warum hast du nicht um Hilfe gerufen, Joleta?» fragte Sir Graham, und Lymond, den Blick immer noch auf das Mädchen geheftet, sagte sanft: «Weil sie sich nicht getraut hat. Adam Blacklock wird es Ihnen sagen, wenn er kommt. Es tut mir leid, Sir Graham. Ich war nicht der erste. Und ich werde auch nicht der letzte sein. Das Kind ist nicht von mir.»

Nicolas de Nicolay schluckte und spürte einen Augenblick lang ein Stechen ungewohnter Kälte. Lymond wußte, daß das nicht der Grund war und daß das sowohl Gabriel als auch seine Schwester wußten. Und doch trug er es mit Absicht vor, wie das in seiner Unwissenheit von ihm hätte erwartet werden können, verstärkte den kleinen Reibungspunkt zwischen Gabriel und seiner Schwester. Hatte sie in der wilden Grausamkeit eine Affinität zu Lymond entdeckt? Würde sie ihren Bruder verraten? Das mußte Gabriel denken.

Und dann, urplötzlich, zeigte der große, goldene Ritter seine Meisterschaft, zeigte, daß Lymond mit Recht Angst hatte. Er zog Joleta zu sich heran, drückte sie fest gegen sein schäbiges Wams, ihr seidiges Haar an seiner Brust, und sagte heiser: «Sie versuchen, uns auseinanderzutreiben. Es ist nicht wahr. Ich werde das niemals glauben. Und ich werde es neben seiner Leiche beweisen.» Und er schaute über Joletas regloses, zu Boden gewandtes Profil hinweg Lymond an und sagte: «Gebt ihm sein Schwert.»

Und das konnte nur ein Ergebnis haben. Die lautstarken Rufe um ihn herum verstärkten sich zu rauhem Widerspruch, und Jerott, ein Fels in der tobenden Brandung, hob ebenfalls die Stimme und sagte: «Tot oder geächtet können Sie St. Mary nicht führen. Wir sollten diesen Mann der Gerechtigkeit überantworten.»

«Unter der Voraussetzung», sagte de Seurres dünne, schneidende Stimme, Schulter an Schulter mit Plummer, Tait, auch mit dem weißgesichtigen des Roches, die mit ihrem breiten Rücken den ungeduldigen, heftigen Ansturm von hinten aufhielten, «unter der Voraussetzung, daß St. Mary erst selbst Gerechtigkeit üben darf.»

Nur Jerott Blyth zögerte. Er sah nicht, wie de Nicolay sich mit dem Schwert in der Hand wie ein verzweifelter Maulwurf durch die Menge zu Lymond kämpfte, im Wissen, daß es zu spät war; Lymond mußte gewußt haben, daß sie jetzt auf nichts mehr hören würden, was er sagte. Jerott zögerte, und in jener Sekunde fing er unglublicherweise ein halbes Lächeln auf, als Lymonds blaue Augen kurz auf ihm ruhten, und ein leichtes Achselzucken, als nehme er die menschliche Torheit resigniert hin. Aus demselben Impuls heraus hob Jerott sein Schwert, drehte es um und schob es in die Scheide zurück. Dann wandte er sich um, drängte sich durch die Menge, bis er das Podest erreichte, und sprang hinauf.

«Lieber Jerott», sagte Lymond. De Nicolay, nicht weit entfernt, sah, daß er ziemlich weiß war, aber seine Augen, leuchtendblau, waren so ruhig wie seine Stimme. «Er wird allen sagen, daß sie um ihrer Seelen willen das Kriegsbeil begraben und statt dessen die ehrlichen, christlichen Fäuste benutzen sollen. Hört ihn an, St. Mary darf seinen Kommandanten nicht ermorden. Ein hervorragendes Argument. Ich scheine mich daran zu erinnern, es selbst benutzt zu haben. Doch das Vergehen darf nicht ohne Strafe bleiben. Ein Jammer. Der Einfluß von Freund Gabriel und seines furchtbaren, goldenen Gesichts. Folglich... Oh, Jerott», sagte Lymond, sprach halb mit sich und halb mit den unfreundlichen Gesichtern, die sich hinter den verschränkten Armen seiner Offiziere drängten. «Ich habe selbst daran gedacht, aber ich hatte gehofft, deine Phantasie wäre nicht so abgedroschen. *Nicht* der Auspeitschpfahl!»

«Aber ja», sagte der Chevalier de Seurre, ließ Randy Bells Hand los, trat beiseite, was ihm seine Offizierskameraden sofort nachtaten, und ließ die Männer, die Lymond ein Jahr lang gehorcht hatten, dorthin strömen, wo er stand.

Oder gestanden hatte. Denn plötzlich war er auf dem Tisch hinter ihm, einen Leuchter in der einen Hand, einen schweren Krug in der anderen, schwenkte beides versuchsweise, das Feuer des Gefechts im Gesicht und wildes Gelächter. «Zum wiederholten Mal der unehrerbietigen Ausdrucksweise gegenüber der Obrigkeit überführt», sagte Lymond, «leistete der Angeklagte Widerstand gegen die Festnahme, schlug drei Nasen blutig und brach einen kleinen Finger... Kommt schon, Kinder. Ihr müßt mich erst einmal zum

Auspeitschpfahl bringen – oh, Jerott! wie konventionell –, ohne mich unterwegs zu töten. Eine Bagatelle. *Vive la bagatelle!*»

Aber jetzt stürzten sie sich auf ihn. Er richtete mehr Schaden an, als seine Offiziere, die zuschauten, in den wenigen Sekunden, die ihm zur Verfügung standen, für möglich gehalten hätten. Dann folgten alle, Gabriel mit weißem Gesicht, Joleta fest am Arm, der drängelnden, betrunkenen Meute aus der Halle, die Treppe hinunter und zur großen Tür, als die Soldaten ihren gesprächigen Kommandanten mit den Füßen voraus in die kühle Dunkelheit draußen schleppten.

Der Pfahl, ein massives, mit Ketten versehenes Eichenkreuz, stand wie eine strenge Lehrerin auf den breiten, erleuchteten Ausläufern des Hofes. Der Regen hatte aufgehört. Die von den Vorsorglichen mitgebrachten Fackeln brannten hell. Der Lärm, der in der Halle so widerhallend laut gewesen war, wurde dünn und körperlos, unterbrochen von seinem Echo im Freien, und dann heftiger, als die frische Luft dem Sherry zusetzte.

Zweimal hatte Jerott eingegriffen, einmal Lancelot Plummer, als die Angriffe auf Lymond eine Raserei erreichten, die wenig Hoffnung ließ, daß es bei einer Bagatelle bleiben würde. Jerott dachte an diese spöttische Bemerkung, während er fluchend seine Männer abwehrte. Während er sie machte, hatte er ausgesehen wie ein Mann, der einen Kampf gewonnen, nicht verloren hat. Bei all seiner Boshaftigkeit, seiner Unberechenbarkeit, seiner Unverschämtheit hatte er schieren, mörderischen Mut, der Jerott an der Kehle packte. Das beschwor für ihn andere Zeiten herauf – er *hatte* in jener unterirdischen Hölle in Tripolis sein Leben riskiert, hatte es mehr als zehnmal riskiert, und – das ließ sich aus der Zahl jener schließen, die jetzt, als ihre Leidenschaft nachließ, aus der Menge zurückfielen und, wie Jerott, am Rand zögerten – auch andere erinnerten sich an Lymonds Taten in St. Mary. Aber den Kern bildeten diejenigen, die der bittere Groll Gabriels weiter vorantrieb, die unter Lymonds erbarmungsloser Zunge gelitten, die selbst an diesem Pfahl gebüßt hatten. Und diejenigen, wie Bell, Plummer, Tait und die Ordensritter, die gesehen hatten, was er an Gutem bewirkt hatte, wollten es sich nicht eingestehen.

Die ganze Zeit war Francis Crawford einigermaßen bei Bewußtsein. Sie waren in jedem Fall erpicht darauf, ihn wiederzubeleben, falls die Behandlung schlimmer wurde, als er ertragen konnte. Er hatte ein paarmal halb das Bewußtsein verloren, leistete aber weiterhin mechanisch einen hochentwickelten Widerstand, der sie zu ihrer Verlegenheit ein paar Dinge lehrte, die sie selbst in St. Mary noch zu lernen hatten. Dann schafften sie ihn zum Pfahl und traten ihn, damit er ruhig blieb, während sie ihn anketteten, und da schrie er einmal auf und würgte, unentrinnbar vor ihren Augen festgehalten, an der Übelkeit von dem Schlag.

«So empfängst du deinen Lohn», sagte Graham Maletts tiefe, schöne Stimme. Die Menge am Pfahl teilte sich, nachdem ihr Werk getan war, und trat ein Stück zurück, als Graham Malett nach vorn kam, eine Fackel in der Hand, seine Schwester Jerotts Arm übergab und um den Pfahl herumging, um dem Mann ins Gesicht zu sehen, mit dem er sich angefreundet hatte.

Ausgestreckt an seinem eigenen Pfahl, heftig atmend, das Gesicht wütend unter der blutigen, zerschlagenen Haut, ohne Jacke, das schöne Hemd in Fetzen, schaute Lymond unter den langen Wimpern zurück, noch würgend vom letzten Schlag. «... Und die Welt ist Zeuge deiner Leichtfertigkeit, liebloser Freund, der du gewesen bist», schloß Gabriel düster.

«Fragen Sie sich», sagte Nicolas de Nicolays Stimme mit dem französischen Akzent ruhig neben Jerott, «fragen Sie sich vielleicht, warum M. Crawford überhaupt zurückgekommen ist?»

«Warten Sie», sagte Jerott, ohne zuzuhören. Es kam ihm vor, als wäre Gabriels Stimme unerklärlicherweise tonlos geworden, und der Hüne, dessen guineengoldenes Haar im Fackelschein leuchtete, schaute nicht in Lymonds Gesicht, sondern tiefer. Unterhalb des langen Halses, hell erleuchtet von den Fackeln, zeichneten sich die Schlüsselbeine golden und schwarz verschmiert ab, war die Brust entblößt, wo das Hemd bis zu den Schultern aufgerissen worden war.

In die schöne Brusthaut eingeschnitten, eine frische Narbe, scharf und schwarz im Licht, war der derbe Versuch eines achtspitzigen Kreuzes. Jerott kannte die Vorgeschichte nicht, obwohl Adams Blacklock sie ihm hätte erzählen können und außerdem Lymonds Familie in Midculter. Er wußte nur, wie etliche von ihnen, daß Lymond das Zeichen, was es auch sein mochte, seit dem Tag der Jagd auf die Viehdiebe und des Todes von Will Scott trug.

Vielleicht lag es an der Erinnerung an Lymonds betrunkenes Debakel bei jenem Anlaß, daß sich Graham Maletts sanftes Gesicht im Fackelschein veränderte, daß er sich, wie er es selten tat, zu seiner ganzen Größe aufrichtete, die Hand ausstreckte und selbst die starke, verknotete Lederpeitsche vom Haken nahm, die Lymond, wenn es nötig war, für die Rücken seiner Männer benutzte.

«Bete», sagte Grahem Malett zu dem Mann, der allein in der Dunkelheit vor seinem eigenen Haus angekettet war und dessen Männer ihn mit erhellten Gesichtern und schlurfenden Füßen umringten. «Und bereue. Denn wir sind hier, eine kleine Schar aus Rittern und Richtern, um dich in deiner Lasterhaftigkeit Gottesfurcht zu lehren und Schmerz als den Lenker zu ihm zu empfangen. Laß uns», sagte Gabriel, die weißen Zähne plötzlich zusammengebissen, «jetzt deine anzügliche Eleganz, deinen Hochmut und deine olympische Ironie kosten.»

Und aus seiner ganzen Höhe, die Unterarme angespannt unter den Ärmeln, ließ er die Peitsche niedersausen.

15. Kapitel

Tod einer Illusion

St. Mary, September 1552

Es schien so gut wie sicher zu sein, daß Käsewamme Henderson tot war. Er hatte lange nicht mehr geantwortet, wenn Philippa mit ihm sprach, und wenn sie ihm einen Stups gab, während er vornübergesunken auf dem Hals ihrer Stute lag, regte er sich nicht mehr. Es wäre vernünftig gewesen, ihn auf respektvolle Weise auf den Boden zu hieven und dann selbst aufzusteigen, denn ihre Schuhe waren auseinandergefallen, und sie ging barfuß durch den dürren Farn und das drahtige Heidekraut dieser wegelosen schottischen Hügel. Aber falls er nicht tot gewesen wäre, glaubte Philippa nicht, daß sie ihn ohne seine Hilfe wieder auf die Stute bekommen hätte. Und sie hatte das Gefühl, falls sie nicht bald Essen und Unterkunft für sie beide bekam, würde sie vermutlich auch sterben. Und das hätte Kate gar nicht gebilligt.

Beim Gedanken daran ging ein wäßriges Grinsen über Philippas weißes, verschwollenes Gesicht, und wie so oft blieb sie stehen, damit sie und das Pferd ausruhen konnten, aber hauptsächlich, um das kindische Abschweifen ihrer Gedanken zu unterbinden und sich streng an ihre Pläne und ihre Pflicht zu erinnern.

Sie hatte sich verirrt, als sie Wauchope Forest verlassen hatte, das wußte sie. Sie hätte jetzt schon lange auf eine Kate oder auf eine Burg stoßen müssen, oder auf das Zuhause von Dieben, die wie die Turnbulls die Gegend unsicher machten. Aber sie hatte niemanden getroffen, und die Sonne war kurz erschienen und gleich darauf wieder verschwunden, hatte einen grauen Mittag hinterlassen, der sich mit unglaublichem Pech zum Nebel verdichtet hatte. Schließlich hatte sie sich nur hingesetzt, und Käsewamme war sehr schwach gewesen, aber sie hatte ihn dazu gebracht, vom Pferd zu steigen; er hatte ein Feuer angezündet, und sie hatten das letzte Essen gegessen.

Sie waren in der klammen Dämmerung geblieben, bis die schwere Feuchtigkeit, die in ihr Haar tropfte und in Käsewammes braunen Bart, sich unmerklich in Regen verwandelte und sie Käsewammne irgendwie mit seiner Hilfe wieder auf die Stute brachte. Sie kamen durch den sich hebenden Nebel zu einem Ring aus Bäumen, der in der Ferne schwach zu sehen war.

Inzwischen ging sie zu Fuß, weil sie ihn nur so im Sattel halten konnte, und es spielte so gut wie keine Rolle, als Hendersons Pferd sich losrieß und lautlos im grauen Gespinst der Bäume verschwand.

Als der Regen aufhörte, wurde die Sicht besser; jedenfalls hatten sie das namenlose, wogende Land im Norden aus einer anderen Perspektive vor sich, denn Henderson, der sich ständig heiser entschuldigte und rauh atmete, was Philippa beides ängstigte, glaubte, er kenne das Terrain. Er zeigte auf eine Linie durch den Sumpf, und sie hielt sich daran, weil er kurz darauf keinerlei Interesse mehr zeigte, und Philippa, hartnäckig marschierend, blieb nichts anderes übrig, als mit ihren auseinanderfallenden Schuhen weiterzugehen.

Als die Nacht einbrach, marschierte sie immer noch, geleitet von ihrem gesunden Menschenverstand und von den Sternen. Ob es nun Kesselflicker waren, ob es Feinde waren, Philippa Somerville hatte die Absicht, jeden ersten verirrten Katenbewohner anzuhalten, jeden ersten verirrten Hausierer, jeden Zigeuner, jedes Wesen auf zwei Beinen, um Hilfe zu erbitten. Es war ihr Glück, das sie sich wahrlich verdient hatte, daß der erste Mensch, dem sie in jener Septembernacht begegnete, Adam Blacklock war.

Sie begegnete ihm, weil er nach dem herzbewegenden Treffen mit Lymond in Boghall direkt unterwegs zum letzten Versammlungsort der Turnbulls war, denen er etliche äußerst stichhaltige Fragen stellen wollte. Und er fand Philippa, weil er gehört hatte, ohne es deuten zu können, wie ein müdes, schwer beladenes Pferd näherkam, begleitet vom schlurfenden, trappelnden Schritt eines ebenfalls müden Fußgängers, der schlecht auf den Beinen war und beklagenswert schlechtes Schuhwerk hatte.

Adam Blacklock bog mit seinem Pferd aus der Schneise ab und ritt sacht, die Hand am Schwert, in die Richtung des Geräuschs.

Es hörte auf. Aber das Bild, das er als Schattenriß gegen die hellen Felsen des Hügels vor sich sah, bestand aus einem durchsackenden

Pferd mit einem Mann darauf, daneben eine schmächtige Gestalt, eine Frau offenkundig. Er hob die Stimme und rief klar und deutlich über die schwachen, wilden Nachtgeräusche hinweg: «Sind Sie in Not? Haben Sie keine Angst. Ich will Ihnen nichts Böses. Aber falls Sie in Not sind, helfe ich Ihnen.»

Die Stimme klang gütig. Philippa Somerville, die nicht leicht einzuschüchtern war, legte das arme, verschwollene Gesicht an die nasse Flanke ihrer Stute und brach in unkontrollierte Tränen aus.

Als das Auspeitschen eine Weile gedauert hatte, wurde Joleta übel, und Randy Bell brachte sie, nach einem zögernden Blick zu ihrem Bruder, zu den kalten Stufen und legte sie auf seinen Umhang. Gleichzeitig versuchte Jerott Blyth, eine Hand auf Gabriels Arm gelegt, ihn zum Innehalten zu bringen.

Es war nötig. Bei den Karawanen im Mittelmeerraum hatte Jerott gesehen, wie Männer zu Tode gegeißelt wurden. Er kannte das Verfahren, Schritt für Schritt, und erinnerte sich daran, daß auch Lymond es kennen mußte; er mußte oft erlebt haben, wie Männer daran starben, und mußte in seiner Zeit als Galeerensklave die Auspeitschung oft erlebt haben.

Deshalb mußte er im Gegensatz zu den meisten Männern genau wissen, was er ertragen konnte. Zunächst einmal war man auf sich allein gestellt. Der Rücken war dem Quälgeist zugewandt. Solange man den Kopf aufrecht halten konnte, gegen den kalten Pfahl gedrückt, war auch die Qual in den Griff zu kriegen. Man wappnete sich gegen jeden Schlag und trieb schließlich den Schmerz mit der Stimme aus.

Francis Crawford rührte sich nicht, als Gabriel den Arm zum ersten Schlag hob; als der Schlag kam, zogen sich nur seine geschlossenen Lider eine Spur zusammen. Vor Jerotts faszinierten Augen hob sich die Peitsche, rollte sich dann zusammen und sauste wieder nach unten, dann ein drittes Mal ohne Wirkung. Lymond spürte bestimmt den Schmerz – die drei Schrunden auf seinem Rücken, die sich langsam mit Blut füllten, legten Zeugnis davon ab. Aber es wirkte, als hätte er sich mit Willensanstrengung von dem Vorgang abgekoppelt.

Vielleicht war auch Gabriel zu dieser Schlußfolgerung gekommen, aber sie bewog seinen Arm nicht zum Wanken. Wie ein strafender Gott hob und senkte er die Faust, und um ihn herum, von seiner Gewalttätigkeit und seinen Regeln befreit, tauchten fröhlich die Sherryflaschen wieder auf, wurden von Kehle zu Kehle gereicht, und der ganze wiederhergestellte *salon des singes*, wie Nicolas de Nicolay als matter Zuschauer bemerkte, stürzte sich in druidenhaftem Wahnsinn tollend, grölend und singend im Kreis um den stillen, erleuchteten Pfahl herum, brüllte bei jedem Schlag.

Wie lange, fragte sich Nicolas de Nicolay, hatte sich Graham Malett schon danach gesehnt, das zu tun? Zwölf Monate lang hatte Lymond ihm standgehalten. Ein Jahr lang hatte er den stärksten Schmeicheleien widerstanden, die menschenmöglich sind, hatte Gabriels Annäherungsversuche mit Ironie erwidert, Graham Maletts selbstbewußte Pläne vereitelt und schließlich unter ständigen, listigen Attacken einen Mut und ein Durchhaltevermögen gezeigt, die diesen Gott von einem Mann, der seine Mitmenschen so verachtete, in Rage gebracht haben mußten.

Und bis jetzt hatte keiner der beiden Männer sein wahres Gesicht gezeigt. Statt dem Bösen Vorschub zu leisten, hatte Lymond es lieber selbst bekämpft, bis er die Mittel hatte, es zu vernichten. Und erst jetzt, sicher in seinem Triumph, getragen von einer Woge des Hasses, so gut vorbereiteter betrunkener Emotion, nachdem er Lymonds Stellung hier so gut wie ruiniert hatte und ihm der Zorn der Königinwitwe galt – erst jetzt konnte Sir Graham seinen hilflosen Zorn öffentlich in einer Züchtigung entladen.

Die Peitsche knallte und schlug befriedigt zu, bis Graham Malett erreicht hatte, was er wollte. Die Unempfindlichkeit war gebrochen, konnte nicht länger durchgehalten werden. Als Gabriels nächster, sorgfältiger Schlag traf, regte sich Lymond wider Willen, das Gesicht plötzlich verkrampft, und Gabriel, die Lippen zu dem Lächeln verzogen, das in der ganzen Christenheit bekannt war, erhöhte sofort die Geschwindigkeit seiner Schläge.

Von da an war das Weitere unvermeidlich: selbst ein Mann aus Eisen hätte ihm nicht entgehen können. Das schweigende Zurückzucken, das sich nicht mehr beherrschen ließ, das bebende Luftholen, das dem Körper zwischen dem blendenden, zuschlagenden Schmerz gerade noch möglich war ... die Übelkeit und der Schwindel, die immer häufiger kamen und mit schlau verabreichten Eimern mit kaltem Wasser bekämpft wurden, das sich seltsam mit dem entblößten, schwammigen Rot des Rückens vermischte.

Daraufhin wurde Joleta übel, und Jerott sagte: «*Das reicht!*», packte Gabriels eisernen Arm und bekam zum Dank für seine Mühe die Peitsche voll ins Gesicht.

Jerott taumelte nach Luft ringend zurück, die Hand auf der Wange. Er sah, daß der Schlag völlig mechanisch gewesen, daß Gabriel sich seiner sowenig bewußt gewesen war, als hätte er eine Mücke abgewehrt. Und zu einem Chor quälender Ächzlaute, manche ermutigend, manche gedämpft schmerzlich, wandte sich Graham Malett, das schöne Gesicht völlig aufgelöst, wieder dem Pfahl zu, hob den Arm und schlug mit seiner ganzen Kraft wieder und wieder auf den Rücken seines Feindes ein.

Das sah Philippa Somerville, als sie in Blacklocks Armen aus der Dunkelheit ritt, aus dem Regen, der auf das Pflaster prasselte, das Zinn und die schmutzigen Lederschultern der rufenden, gestikulierenden Gestalten vor dem großen Schloß, auf den überfüllten Hof, erhellt von flammenden Lichtern und auf die zentrale, herrliche Gestalt Gabriels, allmächtig, unentwegt seiner Rache frönend.

Sie sprang aus Adams lockerer Umarmung und rannte wie eine geköpfte Henne schreiend auf den Pfahl zu.

Durch den ganzen Lärm und die Schmerzen hindurch mußte Lymond sie gehört haben. Er öffnete die Augen, und Jerott löste sich aus dem Schock und folgte der Richtung seines Blicks. Er machte einen Satz und schloß das schreiende Mädchen in die Arme. «Was zum Teufel hast du hier verloren? Er hat Joleta verführt, das ist der Grund. Geh ins...»

Und dann begriff er, was sie sagte.

Gabriel hatte es auch gehört. Seine Hand hielt inne, und er schien zu erstarren, wo er stand, erwachendes Entsetzen im Gesicht. Dann trat Graham Malett an die Stelle, wo Jerott und Philippa standen, und stammelte: «Was habe ich getan? Jerott... O Gott, das Böse breitet sich aus. Ich glaube, seine Keime sind in uns alle eingedrungen...»

Aber er sah Philippa an, und Philippa, deren mausbraunes Haar in mausbraunen Strähnen an ihrem Hals klebte, offenbarte endlich das

Geheimnis, das Trotty Luckup aus Dankbarkeit für die Gunst, die er ihr früher erwiesen hatte, dem sterbenden Tom Erskine anvertraut hatte. Sie hatte es ihm gesagt, weil sie wußte, daß Jamie Fleming Joleta mochte. Und der Sterbende hatte gewünscht, daß es Francis Crawford erfuhr, damit er vorgewarnt war.

Die Wahrheit war – de Nicolay kannte sie schon – die Tatsache, daß Joletas Krankheit in Flaw Valleys nichts anderes als die Folge einer Abtreibung gewesen war und daß sie, wie Trotty ihren Fieberphantasien entnommen hatte, schon einmal ein Kind bekommen und auf Malta viele Männer gekannt hatte. Eine einfache Tatsache, jetzt aber mit allem, was damit zusammenhing, von diesem verzweifelten Mädchen bestätigt, das keinen Grund hatte, Lymond zu lieben. Eine Tatsache, die allem, was Lymond getan hatte, den Stachel nahm. Und gleichzeitig die Blicke aller neugierigen Zuhörer dorthin lenkte, wo Graham Malett stand, keuchend, fahl im Fackellicht, die aufgerissenen Augen auf die Treppe gerichtet, auf der seine Schwester kauerte.

«Philippa!» sagte Lymonds Stimme. Nicolas hatte die Pause genützt, um ihm mit behender Effektivität die Ketten abzunehmen und ihn auf den Boden zu legen, während er die ganze Zeit wild auf ihn einredete, gedankenloserweise auf französisch. «Hören Sie mich, Francis? Sie hatten recht. Jemand hatte Angst vor Philippas Geheimnis. Aber das gefährliche Wissen, über das sie verfügte, war das hier, nicht Paris' dumme Affäre.» Nicolas de Nicolay machte eine Pause, schnalzte mit der Zunge, dann beugte er sich auf seinen nassen Knien vor und legte seine warmen Hände auf die eisigen Lymonds. «Damit sind Sie rehabilitiert. Begreifen Sie es? Das Kind, das Joleta erwartet, könnte von allen möglichen Männern sein!»

«Sie klingen, als ob... Sie es vorher nicht geglaubt hätten», sagte Francis Crawfords Stimme, erstickt, aber nicht weit von ihrem üblichen Ton entfernt. Er richtete sich ein Stückchen auf und sagte deutlicher: «Falls das Blut ist, müßte ich tot sein; o Gott, nein, es regnet... Ich kann mich nicht umdrehen. Sagen Sie mir, was sich tut.»

«Jerott kommt hierher. Gabriel sagt nichts, starrt nur zu Joleta hinüber, und Joleta ist in aller Eile aufgestanden. Bell ist nicht mehr bei ihr.»

«Sie hat Grund zur Angst. Jetzt wird er sie verstoßen. Das muß er tun, um seiner selbst willen. Schock, christliche Empörung, zerstörte Liebe – und so weiter. Entweder das, oder er muß zugeben, daß er die ganze Zeit ihr Zuhälter war.»

Daraufhin rief er nach Philippa, und sie stürzte zu ihm; zögerte dann, machte ein finsteres Gesicht und kniete langsam neben ihm nieder. Blut strömte rosig, mit Regenwasser vermischt, über sein zerschlagenes Gesicht, und Blut, flüssig und schwarz, schimmerte durch den leichten Umhang, den de Nicolay über seinen Rücken gelegt hatte, aber er wandte sich langsam um, das Gewicht auf den Ellbogen gestützt, und sagte: «Du hast gewußt, daß du vielleicht umgebracht wirst, wenn du Flaw Valleys verläßt... Das hätte Kate gar nicht glücklich gemacht. Mich auch nicht.»

«Man muß für seine Fehler bezahlen», sagte Philippa unerschrocken. Ihr weißes Gesicht war im trüben Licht rot wie Klatschmohn geworden.

Lymond sagte ruhig: «Du hattest gute Gründe, mich zu hassen. Das habe ich immer verstanden. Ich weiß nicht, warum du jetzt anders über mich denken solltest, aber paß auf. Mach dir kein zweites falsches Bild. Vielleicht bin ich jetzt das malerische Opfer, aber wenn ich die Peitsche führe, bin ich genauso brutal, wenn nicht schlimmer. Ich habe keine hübscheren Fehler als die der anderen. Nur manchmal ein Ziel.» Er machte eine Pause und sagte: *«Est conformis precedenti.* Ich habe den Somervilles schon viel zu verdanken.»

Philippas unverwandter brauner Blick flackerte leicht bei dem Latein und beruhigte sich dann wieder. «Ich hätte es Ihnen früher sagen müssen. Sie sind mir nicht böse?»

«Wenn du es mir früher gesagt hättest, hättest du mich vielleicht nicht zum Freund haben wollen. Ich bin dir nicht böse», sagte Francis Crawford und sagte ausnahmsweise die nackte Wahrheit.

Dann wurde sie ins Haus gebracht, benommen von der Reaktion. Käsewamme war in Sicherheit, zurückgeblieben in einem Haus, das Adam kannte. Und sie war rechtzeitig gekommen – jedenfalls so rechtzeitig, daß sie einen Teil des Schadens hatte abwenden können. Und sie hatte einen Freund gewonnen.

Sobald sie fort war, regte sich Lymond mit schwerem, durchnäßtem blondem Kopf, erst auf die Knie, dann auf die Fersen, dann, mühselig, von Blacklock und dem Geographen hochgezogen, auf die Beine. Als sein Rückgrat das Gewicht spürte, holte er tief und schluchzend Luft und stand völlig reglos da. «*Le malheureux lion, languissant, triste et morne… Peut à peine rugir*», sagte er, obwohl er die Augen geschlossen hatte. Er öffnete sie. «Es hat ihm gar nicht gefallen, als er Joletas Markenzeichen gesehen hat, nicht wahr? Ich frage mich, ob ich es hinüber zu Joleta schaffe?» Und im Vorübergehen warf er einen flüchtigen Blick auf die durchnäßten Feiernden um ihn herum, die Betrunkenen, die herumalberten wie Kinder in einem Brunnen. «Dabei komme ich mir uralt vor», sagte Lymond und gab den Versuch auf, weiterzugehen. «Hier ist Jerott.»

Es war eine beklommene Begegnung. Francis Crawford packte de Nicolays Schulter, begegnete Jerotts glänzenden schwarzen Augen fast ausdruckslos, und Jerott sagte mit schwerer Zunge: «Du hast es gehört? Das Mädchen sagt, Joleta sei… sei…»

«Das ist sie auch», sagte Blacklock knapp. «Ich habe sie in Dumbarton gesehen.» Und er fügte ein kurzes, sorgfältig ausgewähltes Schimpfwort hinzu.

«O Gott, vergeudet doch damit keine Zeit», sagte Lymond müde. «Glaubt ihr nicht auch, daß sie ihre Strafe bekommen wird, und schlimmer, als sie es verdient hat?»

Und er schüttelte Blacklocks helfende Hand ab und humpelte in jäher Ungeduld schnell und krumm dorthin, wo Gabriel, der sich endlich bewegte, durch die zurückgedrängte, murmelnde Menge ging, zu seiner Schwester auf der Treppe.

Dort, auf dem Aufgang zum großen Tor von St. Mary, standen Graham Malett und seine Schwester Joleta ganz allein. Was für lüsterne Blicke die grotesken, durchnäßten Gestalten, die immer noch auf dem Hof herumtollten, der Treppe auch zuwerfen mochten, keiner von Gabriels Waffenbrüdern wollte dabei stören, wie ihm alle Illusionen über seine Schwester geraubt wurden.

Die Nachricht hatte sich so schnell verbreitet wie das strömende Wasser auf dem dunkler werdenden Hof. Was Lymond angedeutet hatte, war wahr. Die kleine Somerville, deren Abneigung gegen Lymond allgemein bekannt war, war barfuß aus Hexham gekommen, um es zu berichten. Die reine, bezaubernde Joleta, der Magnet in Gabriels Leben, war eine Hure, eigensinnig und unbekümmert wie ein junges Tier. Was er angebetet hatte, war entweiht. Was er geliebt hatte, hatte ihn insgeheim verspottet. Kein Wunder, daß er im Licht aus dem großen Tor von St. Mary zu wachsen schien, sich vor Qual versteifte und verhärtete, während ihm das Wasser unbemerkt über die breiten Schultern lief, die weiten Ärmel, das lange Wams und die Kniehose über den kräftigen, wohlgeformten Beinen durchnäßte.

Graham Malett hob den schweren Löwenkopf, bis der Regen gegen seine Kehle, seine geschlossenen Lider und sein nasses rotgoldenes Haar trommelte. Dann, mit pulsierender Kehle, die Brust angeschwollen vom Atmen, stieß er einen lauten Schrei aus, einen wortlosen Ruf des Herzens, der alle, halb ernüchtert, halb schlaff vor Erschöpfung, dort festhielt, wo sie standen. Die geballten Fäuste ausgestreckt, die Augen langsam öffnend, sagte Gabriels tiefe, tragende Stimme: «Ich hätte dir mein Herz zu essen gegeben. Und du hast es mir mit Unflat gelohnt. Geh hinein. Geh.»

Durch den Umhang bis auf das Nachthemd durchnäßt, hohlwangig vor Erschöpfung, die namenlose Leibesfrucht umklammernd, die sie trug, starrte Joletta ihn an, mit dunklen Ringen unter den Augen. Die glatte, nasse Flut ihres Haares, tropfend um die schmale Schulter gerollt, betonte die vollkommene Form ihres Kopfes, die schöne Linie von Kinn und Hals. Sie sagte unvermittelt und rauh, mit einer Stimme, die niemand erkannte: «Nein! Ich bleibe lieber hier.»

Eine Pause entstand. Dann sagte Graham Malett leise: «Du bist unberührbar. Keiner würde es wagen, zwischen uns zu treten.»

«Ein Mann würde es wagen», sagte Joleta. Die Augen in ihrem blutleeren Gesicht waren so, wie Jerott sie einmal gesehen hatte, in Boghall, als sie vom Boden aus Lymond angeschrien hatte: wild vor Zorn und einer Art von wahnsinniger Erregung. «Soll ich mit ihm sprechen, Graham? Soll ich ihn um das Herz meines Bruders als Morgengabe bitten? Ich würde mich von ihm auspeitschen lassen, Graham. Das wäre doch nur gerecht, nicht wahr?» Und als Gabriel, dessen Gesicht plötzlich ruhig war, eine kleine Bewegung auf sie zu machte, sagte Joleta: «Sei vorsichtig, du scheinheiliger Ritter.» Sie lachte, behielt ihn weiter im Auge und stieg schräg die Stufen über ihnen empor, die zum Tor führten. «Unter dem Joch von Francis Crawford hat man seinen Spaß», sagte sie und lachte wieder. Graham Malett ging ihr nach.

Unten stieß Adam Blacklock den Atem aus und holte tief Luft. «Sie ist von Sinnen. Sie wird ihn dazu treiben, über sie herzufallen.»

«Sie warnt ihn lediglich davor», sagte Nicolas de Nicolay, «daß es in ihrer Macht steht, ihn zu verraten, falls er ihr etwas antut. Ich glaube, sie tut es mit unkluger Heftigkeit. Das liegt vermutlich in ihrem Wesen.»

Jerott hatte es nicht gehört. Er starrte wie ein Mann in einem Alptraum die verschwindende Gestalt seiner Träume an. Joleta, der gegenüber ihr Bruder so laut aufgeschrien hatte. Und die diesen Aufschrei schlagfertig und grausam mit Spott erwidert hatte.

Dann kam Lymond unglaublicherweise mit übermenschlichem Durchhaltewillen am Fuß der Treppe an, schaute hinauf und rief, mit einem langen, mühsam gesammelten Atemzug: «Joleta! Komm hierher!» Und als sie zögernd stehenblieb, sagte Francis Crawford vernünftig: «Du darfst Sir Graham nicht mit der Sünde belasten, dir etwas anzutun. Komm hierher. Jerott... bring Sir Graham auf sein Zimmer.»

Es war ein Befehl. Und so sehr sie froren, so naß und müde sie auch waren, keiner murrte. Nur wenige Menschen, dachte Adam Blacklock, dem die Kehle eng wurde, hätten einem Führer unähnlicher sein können als der Mann, der sich mit solcher Willenskraft am Fuß der Treppe zu seinem Haus aufrechthielt – ein Mann, den sie eben mißhandelt und ausgepeitscht hatten. Warum lachte dann keiner über den Befehl? Weil er, was auch sonst gegen ihn bewiesen werden mochte, Gabriels kindlicher Schwester nicht mutwillig die Unschuld geraubt hatte? Oder weil sie wie Adam Gabriels Gesicht gesehen hatten, als er, die Peitsche in der Hand, zurückgetreten war und Lymond am Boden angestarrt hatte?

Jerott hatte diesen Blick auch gesehen. Er trat langsam vor, aber ehe er den Fuß der Treppe erreichte, drehte Gabriel sich um. Gottähnlich in seiner Verzweiflung und Qual sah er niemanden an außer Lymond. «Unter dem Joch von Francis Crawford hat man seinen

Spaß», sagte er, die tiefe Stimme ausdruckslos. «Wirklich? Als Francis Crawford herausgefunden hatte, was sie war, hat er keinen Versuch unternommen, sie zu retten, oder? Er hat sie niemandem anvertraut, der sie an Leib und Seele hätte wiederherstellen können; mein Frieden liegt ihm so am Herzen, daß er mir keine Gelegenheit gegeben hat, mein eigen Fleisch und Blut zu retten. Er hat das Geschenk genommen, das ihm so wunderbar angeboten wurde... er hat eine mannstolle Frau genommen und...» Seine Stimme wurde dünner und brach.

«Schicken Sie sie herunter», sagte Lymond.

«Wenn Sie heraufkommen», sagte Sir Graham Reid Malett heiser.

Was dann geschah, sollte keiner von ihnen je vergessen. Als Lymond zögerte, den Blick auf Joleta gerichtet, die reglos auf dem obersten Absatz stand, den Rücken gegen das Geländer gepreßt, kam Jerott schnell nach vorn. *«Ich* bringe sie nach unten.»

«Du Narr. Vorher bringt er sie um», sagte Lymond und humpelte eilig die Treppe hinauf, Jerott hinter sich.

Gabriel lachte. Es war ein unfrohes, herzbrechendes Lachen, das Jerott zum Stillstand brachte, wie Blacklock, de Nicolay und die anderen hinter ihm. Sie alle begriffen, daß er nur mit Lymond um Joletas Leben handeln wollte. Und nur die Eingeweihten wußten, warum Lymond sein Leben riskierte, um sie zu retten. Denn wenn Joleta am Leben blieb und gestand, war Gabriel geschlagen.

Aber dieses Mal machte Francis Crawford zwei furchtbare Fehler. Er überschätzte die Kraft, die er noch aufbringen konnte. Und er unterschätzte Gabriels Geistesgegenwart im Angesicht des Angriffs. Das Gesicht maskenhaft von der Willensanstrengung, überwand Lymond die Stufen und blieb ein Stück vor Jerott, bis er in Gabriels Reichweite war.

Und gegen alle Erwartungen versuchte Gabriel nicht sofort, ihn zu packen, ihn zu schlagen, die ganze Leidenschaft, die nackt in seinem Gesicht stand, an seinem Fleisch zu stillen. Statt dessen fuhr Gabriels berühmter Arm, der das gezogene Schwert führte, herum und schleuderte den hartnäckigen, wankenden jungen Mann zu seinen Füßen mit der flachen Klinge die restlichen Stufen hinauf und in Joletas Arme. Sie schrie auf, als Lymond gegen sie prallte, dessen

Atem durch den Schlag gegen seinen aufgerissenen Rücken in schluchzenden Stößen ging; dann packte sie ihn als willkommenen Schild, den Rücken gegen das Eisengeländer auf dem hohen Treppenabsatz über dem überfüllten Hof gepreßt, während Gabriel ihnen nachsetzte, lächelnd, das Schwert nicht mehr als einen Meter von Lymonds entblößter Brust entfernt.

Blacklock und de Nicolay, die zuschauten, hatten keinerlei Zweifel an seinen Absichten. Er wollte Francis Crawford töten, gerechtfertigt durch diese abstoßenden Enthüllungen, während Lymond Joleta schützte. Oder Francis Crawford dazu zwingen, sich jetzt als Feigling zu entlarven, indem er sich rettete und Joleta dieser mörderischen Klinge aussetzte. Denn Graham Malett wollte Joleta beseitigen, die ihn verraten und gestehen konnte. Und Lymonds einzige Chance, für ihre Sicherheit zu sorgen, bestand darin, selbst durch Gabriels Schwert zu sterben.

Inmitten der Gesichter unten, angespannt, entsetzt, sagte Plummer plötzlich: «Großer Gott! Spring!» Blacklock, grau im Gesicht, schätzte, der Platz zwischen den Geländerstangen reiche für einen schlanken Mann gerade aus, hindurchzuschlüpfen und sich zu Boden fallen zu lassen. Für eine Frau, eine schwangere Frau, reichte der Platz nicht. Und deshalb lag die Wahl, während das große Schwert vor ihm ruhiger wurde und sich hinter ihm, gefärbt vom Blut aus seinem Rücken, das grausame unzähmbare Kind namens Joleta schluchzend gegen das Geländer drückte, bei Francis Crawford.

Mit glänzenden Augen und farblos, das Haar klatschnaß vom Regen, ließ sich Francis Crawford lange Zeit für die lebenswichtige Entscheidung, die letzte Biegung des Weges, für den er sich vor dreizehn Monaten, allein in Draguts stillem Zelt, entschieden hatte. Er konnte weiterleben, Gabriel bekämpfen, um den Preis des Lebens dieses perversen Kindes; um den Preis, alles wegzuwerfen, wofür Philippa ihr Leben riskiert hatte. Oder er konnte sterben und darauf vertrauen, daß Joleta durch Jerotts starken Arm überleben und den Beweisen gegen Graham Malett, die bald vorliegen würden, ihr vernichtendes Zeugnis hinzufügen würde. Wie auch immer, Gabriel hatte sich tatsächlich als Meister erwiesen.

Jerott Blyth schloß die Augen. Dann, mit der ganzen Kraft seiner starken Schultern, führte Gabriels Schwert den Hieb.

Schnell, ruhig, leicht und schwerelos wie eine Möwe glitt Lymond nach unten und zur Seite, rollte sich mit einem Stoß zwischen den niedrigsten Geländerstangen hindurch und fiel als wie ein loser Haufen auf den Hof darunter.

Über und hinter ihm fuhr das Schwert, dem er entkommen war, in das Herz des Mädchens und durch es hindurch.

Niemand rührte sich. Unten, in einer Wüste aus schimmerndem Pflaster, lag Lymond, wo er hingefallen war. Nach dem ersten ungläubigen Reflex, in dem er den Schwertarm zurückkriß, während der Regen die blutige Klinge schon abspülte, stand Graham Malett da, den Rücken gegen die Schloßmauer gedrückt, ebenfalls in Reglosigkeit erstarrt. Joleta schrie dreimal, dünn und heiser, die Hände starr wie leuchtende fleischfressende Pflanzen von sich gestreckt. Dann fiel sie vornüber und prallte zu Füßen ihres Bruders mit der Schulter auf die oberste Stufe. Das rötlichgoldene Haar peitschte ihre Wange, als sie mit grotesker Langsamkeit schwerfällig von Stufe zu Stufe nach unten rollte.

Sie wäre an Jerott vorbeigerollt, aber er ging in die Knie und hielt sie mit den kräftigen Händen auf. Er entfaltete die verwickelte Kleidung, strich das seidige Haar zurück und sah ihr ins Gesicht. Die Augen waren offen, und ein Ausdruck überraschter Wut, furchterregend in seiner Bosheit, erhellte das tote Gesicht. Unter seinem Blick verschwand der Ausdruck. Jerott legte das schönste Kind der Christenheit, das schwer auf seinen Händen lastete, nieder und stand auf.

«Sie ist tot. Gehen Sie hinein», sagte er unvermittelt, und nach einem Augenblick regte sich Gabriel, selbst wie ein Toter, und ging wortlos ins Schloß.

Jerott drehte sich um. Unter ihm umklammerte Adam Blacklock mit abgewandtem Gesicht das Geländer. Neben ihm sagte der Geograph, das Gesicht ungewöhnlich bleich, in die leere Luft: «Es war richtig. Was hätten ihm Beweise genützt, wenn er gestorben wäre? Gabriel war von Sinnen. Er hätte seine Schwester auch umgebracht, oder sie wäre gestürzt. Stimmt das nicht?»

Blacklock, dessen Gesicht nicht zu sehen war, schüttelte den Kopf. Die anderen hinter ihnen sagten nichts. Nur ihre Blicke wandten sich, wie Jerott bemerkte, der Reihe nach ihm zu. Mit zitternden Händen, die Eingeweide wie Wasser im Leib, sagte Jerott gefaßt: «Bringt Mr. Crawford her und schafft ihn ins Haus. Er ist immer noch festgenommen, muß sich gegen Anklagen verantworten. Was er eben getan hat... ist natürlich kein Fall für die Justiz.»

Aber es war auch kein Fall, den die Männer von St. Mary, denen Gabriels geisteskranke Gewalttätigkeit und Joletas Falschheit neu waren, verkraften konnten. Ehe ihre Offiziere, die es nicht eilig hatten, das bewußtlose Bündel auf dem dunklen, regennassen Hof erreichen konnten, das die anzügliche Eleganz, den Hochmut und die olympische Ironie von Francis Crawford enthielt, waren die Männer schon dort. Und obwohl Plummer, de Seurre, Bell und die anderen mit schneidender Stimme Vergeltung der unerfreulichsten Art versprachen, unternahmen sie nicht viel, um Lymonds eigene Männer daran zu hindern, daß sie ihn, vom Sturz frisch verwundet und blutig, wehrlos in seiner Bewußtlosigkeit, unter dem regennassen Geländer hervorzogen, zum Auspeitschpfahl schleppten und die Handgelenke und Knöchel wieder mit den Ketten fesselten, die ihm vor kurzem abgenommen worden waren. Dann warfen sie ein paar Gegenstände nach ihm, aber inzwischen hatten sie ihre Vorgesetzten, wie zögerlich auch immer, eingeholt, legten ihnen Handschellen an und führten sie im trommelnden Regen endlich über den Hof zu ihren Unterkünften.

Inzwischen war die letzte Fackel erloschen. Im trüben Licht aus den Schloßfenstern und der noch brennenden Laternen am Torhaus und an der anderen Seite der Mauern überprüfte Jerott mit seinen Kameraden, daß kein Betrunkener schlafend im Schlamm lag.

Auf seinen Befehl war Randy Bell zu Gabriel ins Schloß gegangen, und zwei von Jerotts Ritterkameraden hatten mit sanften Händen die Aufgabe übernommen, Joleta hineinzutragen und auf sein Bett zu legen. Die Trümmer in der großen Halle wurden beseitigt, ebenfalls auf seinen Befehl. Niemand ging zu dem dunklen Pfahl in der Mitte des Hofes oder schaute den Mann an, der dort angekettet war. Nach einem scharfen Wortwechsel war Adam Blacklock grimmig in die andere Richtung gegangen. Deshalb war Jerott, wie er es geplant hatte, allein, als er schließlich mit eingefallenen Augen und vor Müdigkeit pulsierenden Nerven langsam zum Pfahl hinüberging.

Der Regen hatte aufgehört. Nur noch wenige Lichter aus dem Schloß fielen auf das Pflaster. Aus der Ferne waren unter vielen Dächern die dünner werdenden Stimmen müder Männer zu hören.

Auf dem Hof herrschte völlige Stille. Er versuchte, abzuschätzen, wieviel Blut Lymond verloren hatte, bei der Auspeitschung, den Mißhandlungen, dem Sturz. Sie hatten darauf geachtet, ihm nicht die Knochen zu brechen, und er war locker gefallen; er war, glaubte Jerott, ohnmächtig geworden, ehe er auf dem Boden aufschlug.

Randy würde sich um ihn kümmern müssen; das würde ihm vielleicht nicht gefallen. Und sie würden ihn vor Gabriel schützen müssen. Falls Graham Malett vorhin seinen Tod gewollt hatte, wie mußte er sich dann jetzt fühlen? Sie würden auch ihn vor den Männern schützen müssen. Abgesehen davon, daß sie am Morgen an wenig anderes würden denken wollen als an ihre Kopfschmerzen. Wie er hoffte, würden sie sich kaum daran erinnern, daß sie Lymond im Regen gelassen hatten.

Adam Blacklock hatte ein wichtiges Anliegen zur Sprache gebracht: den Tod der alten Trotty Luckup zu untersuchen. Er würde Philippa befragen. Noch besser, er würde sie nach Midculter bringen und Joletas zwei Stallburschen ausfragen. Philippa ging es gut. Seit alles vorbei war, hatte er ein halbes Dutzend Male jemanden ins Schloß geschickt, um nach ihr zu sehen. Sie war dampfend vor dem großen Feuer eingeschlafen, und jemand hatte gütig ihren nassen Umhang mit einem trockenen vertauscht und sie in eine Decke gewickelt. Sie war nicht aufgewacht. Im Vorübergehen hatte er sich kurz gefragt, warum Nicolas de Nicolay darauf bestanden hatte, bei ihr zu bleiben, kam aber zu dem Schluß, Franzosen seien nun einmal seltsam, und diesem könne man trauen.

Während er langsam durch die Dunkelheit ging, dachte er schließlich an die Hoffnungen, die sich in ihm geregt hatten, als er Francis Crawford in Sizilien wiederbegegnet war. Und an danach, in Il Borgo und Mdina. Und dann an die herrliche, überschattete Affinität, die sie in jenem Arsenal in Tripolis fast gefunden hätten. Und zuletzt dachte er daran, wie er Lymond beim Aufbau seiner Truppe beobachtet hatte.

Gabriel hatte angeblich gehofft, diesen außergewöhnlichen Geist einzufangen und zu zähmen. Statt dessen hatte Gabriel ihn mit bloßen Händen töten wollen. Jerott fragte sich unumwunden, ob er ein schlechterer Christ sei als Gabriel oder ein nicht so strenger.

Hier war der Pfahl. Er wappnete sich, legte eine aufgeschürfte Hand auf den Kreuzbalken und tastete mit der anderen nach dem Mann, der in der Dunkelheit angekettet war.

Seine Finger trafen auf nichts. Er kam näher heran, fuhr schnell mit den Händen über das Holz, dann über den Boden, für den Fall, die Glieder seien gerissen und der Gefangene in seiner Schwäche zu Boden gefallen.

Auf dem Boden war nichts. Der Auspeitschpfosten war leer. Und als er eilig eine Laterne holte und nachsah, waren die Ketten, die Lymond oben und unten hätten festhalten sollen, alle sauber aus dem Holz herausgeschraubt, mit intakten Schlössern.

Aber das war eine halbe Stunde Arbeit. Kein Mann in ganz St. Mary war so lange allein am Auspeitschpfahl gewesen, seit die unerträgliche Geschichte angefangen hatte.

Bis auf einen. «Wie *konventionell*, Jerott!» hatte Lymond gesagt, mit erheitertem Blick, als Jerott seine gespreizte Ansprache auf dem Podest gehalten hatte. Lymond hatte ihn und Joleta unterwegs überholt. Sehr wahrscheinlich hatte er gewußt, was geschehen könnte. Und er hatte sich in der halben Stunde Wartezeit, während Gabriel den Zuchtmeister für ihn gespielt und seine Männer ausgeschimpft hatte, damit amüsiert, die Ketten zu lockern.

Was hieß, falls er gewollt hätte, hätte er der Auspeitschung entgehen können.

Aber nein. Er war umzingelt gewesen und hätte kaum fliehen können. Aber dieses Mal war es anders gewesen. Es mußte ein seltsames Gefühl für Lymond gewesen sein, dachte Jerott, ausgerechnet an dem einen Ort zu sich zu kommen, von dem er wußte, daß er ihn verlassen konnte. Oder vielleicht war es überhaupt kein Zufall gewesen. In dem zügellosen Haufen waren ein paar bekannte Gesichter gewesen.

Lymond hatte also seine Chance genutzt. Wo er auch sein, was er auch tun mochte, Francis Crawford war nicht mehr in St. Mary.

Das war alles, was Jerott wichtig war, und außerdem meinte er, es gehe keinen anderen etwas an. Er überließ den leeren Auspeitsch-pfahl, an dem die erfinderisch konstruierten Ketten baumelten, der Nachtluft und den Sternen, ging über das Pflaster zu St. Mary zu-rück und stieg die finstere Treppe hinauf.

16. Kapitel

Jerott wählt sein Kreuz

Die schottischen Lowlands,
September–Oktober 1552

Am nächsten Tag, im strahlenden, rötlichen Sonnenschein des späten Vormittags, ritt Philippa Somerville zur Zuflucht in Midculter, die Nase verschwollen vom Weinen, die Augen rot von Tränen und Erschöpfung. Mit ihr ritten Jerott Blyth und Nicolas de Nicolay, nur von ihrem persönlichen Stab begleitet.

Sie ließen ein nachdenkliches St. Mary zurück. Graham Malett, der an jenem Morgen zusammengebrochen vor seinem ramponierten Altar gefunden worden war, wurde mit Gewalt ins Bett gebracht, in dem er mit offenen Augen und schweigend lag, und gab keinen Kommentar ab, als Jerott erklärte, warum sie nach Midculter wollten. Er hatte nichts über Trotty Luckup gesagt. Adam Blacklock war früh am Morgen fortgeritten, ohne Erklärungen abzugeben, und Archie Abernethy und Salablanca waren um dieselbe Zeit wie Lymond diskret verschwunden.

Als er Gabriel an jenem Morgen zögernd in seinem Zimmer besuchte, um Joletas Beerdigung und die Meldung ihres Todes zur Sprache zu bringen, stellte Jerott fest, daß er von Francis Crawfords Flucht schon erfahren hatte. Was die Behörden zu Joletas Tod sagen könnten, schien Sir Graham völlig gleichgültig zu sein; er war in eine Lethargie versunken, in der es keine Emotionen mehr gab. Und außerdem hatte er nicht viel zu befürchten, selbst wenn es kein Unfall gewesen war. Was für Verbrechen sie auch begangen hatten, Ordensritter wurden in Malta verurteilt, nicht nach dem geltenden Recht ihres Heimatlandes.

Jerott, der schweigend aufstand und ging, beschloß insgeheim, Lady Culter um ihren klugen Rat zu bitten. Denn hier fand er keine Hilfe, nur den beißenden Gestank des Mißtrauens und der Entfremdung. Alkohol, lockerer Lebenswandel, Inkompetenz – über Lymond war ein vernichtendes Urteil gefällt worden, und sein letzter Akt des Eigennutzes, daß er sein kostbares Leben um den Preis von Joletas Leben gerettet hatte, ließ selbst die weniger Empfindlichen vor ihm zurückschrecken.

Aber andererseits hatte Joletas Makel auf ihren Bruder abgefärbt. Etliche sagten, kein Gottesmann habe so ungezügelte Gewalt gegen Lymond und dann seine Schwester anwenden dürfen; er habe nicht das Recht gehabt, Lymond zu einer solchen Wahl zu zwingen. Die Kompanie war gespalten, nicht mehr auf so brutale Weise einig wie vor Philippas Ankunft... wie auch Jerott im tiefsten Inneren gespalten war. Vielleicht war deshalb das Schweigen, in dem er nach Midculter ritt, belastender, als es hätte sein müssen. Deshalb wechselten seine beiden Begleiter mehrmals Blicke, und schließlich sagte Philippa entwaffnend, vom Blick des kleinen Geographen ermutigt: «Sir Graham ist ein böser Mann, nicht wahr? Wie konnte er nur versuchen, einen Unbewaffneten mit dem Schwert zu durchbohren, noch dazu ohne Prozeß?»

«Wen durchbohren? Zum Beispiel Lymond?» sagte Jerott gereizt, aus seinen Sorgen zurückgeholt. «Du weißt doch, was er Joleta angetan hat.»

«Natürlich. Aber wir wissen jetzt, daß er nicht der einzige war, daß sie das nur erfunden hat. *Joleta* hätte das Auspeitschen verdient gehabt. Und schon viel früher», sagte Philippa, die nervös in ein Echo von Kate zurückfiel, um sich vor der Erinnerung an das zu schützen, was tatsächlich mit Joleta geschehen war.

«Sei nicht albern», sagte Jerott Blyth knapp. «Sir Graham ist auch nur ein Mensch, wie wir alle. Man kann sich nicht einfach umdrehen und innerhalb eines Augenblicks von einem Mädchen losreißen, das man sein Leben lang geliebt hat. Lymond hätte Gabriel auf irgendeine Weise sagen müssen, was seine Schwester geworden war. Statt dessen hat er sie zurück in die Gosse gestoßen.»

«Aber Sir Graham *wußte*, was seine Schwester war», sagte Philippa hartnäckig. Und als Jerott herumfuhr, ungeduldig und verächtlich, fuhr sie unbeeindruckt fort: «Er hat ihr das Mittel geschickt, das die Fehlgeburt ausgelöst hat. Fragen Sie Lord Culter. Er hat einmal zu ihr gesagt, als ich bei ihm zu Besuch war, er hoffe, sie habe das Kästchen weggeworfen, das ihr Bruder ihr geschickt hatte und von dem sie seekrank geworden war. Trotty hat auch von einem Kästchen gesprochen. Es ist ihr gezeigt worden, als Joleta dachte, sie stirbt, und sie hat das Mittel erkannt.»

«Du bist ja ganz besessen von der Sache», sagte Jerott direkt, aber nicht unfreundlich. «Hör mal, denk an etwas anderes. Wen auch immer die Schuld an diesem verdammten Chaos trifft, es ist nicht Graham Malett.»

Dann erreichten sie Midculter und fanden den eleganten Wohnsitz in ungewöhnlicher Aufregung vor, denn jemand hatte bei einem frühmorgendlichen Gang in den Stall entdeckt, daß die Hälfte der wertvollen Pferde losgebunden und zwei Stallburschen totgeschlagen worden waren.

Es waren Joletas Stallburschen gewesen. Diese Nachricht brachte Jerott zum Schweigen, und er führte seine Kavalkade mit erhöhter Eile vom Torhaus zum Schloß, und er hatte es kaum betreten, de Nicolay und Philippa hinter sich, als er mit Mühe den Schock von Madame Donatis Ansturm überstand. «Fräulein Joleta? Warum sind Sie zurückgekommen? Ist sie sicher bei Sir Graham angekommen? Wahnsinn! Wahnsinn!» sagte Evangelista Donati schroff. «Eine Reise so kurz vor der Geburt!»

Dahinter war die Treppe, und auf der obersten Stufe, den schmalen Rücken aufrecht, das Gesicht fest unter Kontrolle, stand Sybilla. Jerott schob sich an der aufgeregten Venezianerin vorbei, ging die Treppe hinauf und blieb ein paar Stufen unterhalb von Lymonds Mutter stehen.

«Ich hätte nicht gedacht», sagte Sybilla, ohne sich zu rühren, «daß Sie diese Schwelle je wieder überschreiten.»

«Ich bin klüger geworden», sagte Jerott mit gedämpfter Stimme. Er hatte vergessen, sich auf dieses Gespräch vorzubereiten, das in ihren Augen dem Besuch in ihrer Abwesenheit auf dem Fuß folgte, bei dem er Madame Donati angeschrien hatte und wütend mit der weinenden Joleta nach St. Mary zurückgeritten war.

«Was haben Sie gesagt?» sagte die scharfe Stimme der Duenna neben ihm. «Wo ist Joleta? Was ist geschehen?»

«Die Treppe», sagte eine entschiedene Somerville-Stimme unter ihnen, «ist kein Ort für Gefühlsausbrüche. Man könnte stürzen. Ich bin's, Philippa, Lady Culter. Dürfen wir heraufkommen?»

Und Sybilla, mit einem kleinen Funkeln von Humor im Blick, sagte: «Du meine Güte, die Stimme der Vernunft ist wieder unter uns. Natürlich. Komm herauf. Und das ist M. de Nicolay, nicht wahr? Wir haben uns bei Hof kennengelernt. David, bringen Sie bitte Wein in die Halle...» Und sie ging ihnen nach oben voran.

Aber ehe der Wein kam, stellte sich Jerott Blyth ans Fenster, strich sich das rabenschwarze Haar aus dem Gesicht, reckte die Hakennase in die Luft und sagte unumwunden: «Joleta ist tot.»

Evangelista Donati, die Hände züchtig im Schoß gefaltet, öffnete den sittsamen Mund und schrie.

«Wie?» fragte Lady Culter kurz, und als das Schreien nicht abriß und Jerotts Antwort übertönte, stand sie auf, verabreichte der Wange der Duenna einen jähen, schmerzhaften Schlag und setzte sich wieder, als plötzlich Stille einkehrte. «Hat sie das Kind verloren?»

Jerott stellte zornig fest, daß seine Stimme die Hälfte ihrer Kraft eingebüßt hatte. Beim zweiten Versuch sagte er kratzig: «Es hat... einen Kampf im Hof von St. Mary gegeben. Sie... wurde getötet.»

«Getötet!» Sybillas Stimme, ungewöhnlich hoch, stieß mit der von Evangelista Donati zusammen. «Getötet! Aber wer hat sie getötet?»

«Es tut mir leid... es war Sir Graham», sagte Jerott, und Sybillas Hände fielen in ihren Schoß.

In das tiefe Schweigen hinein sagte Joletas Gouvernante langsam: «Sie getötet? Sir Graham? Aber das ist das letzte, was er tun würde. Sie ist nicht tot! Das ist eine Lüge! Eine Lüge, die mich so erschrecken soll, daß ich...»

Sie brach mitten im Satz ab, als Nicolas de Nicolay sagte: «Es ist wahr, Signora. Wir haben einen Teil der traurigen Geschichte des armen Mädchens entdeckt, die Sie schon kennen müssen. Sir Grahams Entsetzen über den Betrug seiner Schwester war so groß, daß er sein Schwert zog und in ihr Herz stach. Sie liegt dort in der Kapelle, das arme Kind.» Und de Nicolay seufzte.

Jerott starrte ihn mißtrauisch an und dachte über diese zensierte Fassung vom Tod des Mädchens nach. Lymond wurde nicht erwähnt. Aber in Sybillas Beisein war das vielleicht gut so. Es erweckte nur den Eindruck...

«Das ist wahr?» Die rauhe Stimme der Frau war dringlich. «Mr. Blyth, ist es so? Ihr Bruder hat sie getötet, wegen ihrer Vergangenheit?»

«Weil sie ein Kind geboren hatte und ein weiteres verloren, ehe sie in diesen traurigen Zustand gekommen war», sagte de Nicolay bekümmert. «Der junge Mr. Crawford wollte sie beschützen. Er hat die Arme nach ihr ausgebreitet, und sie wäre hineingelaufen, weil sie große Angst hatte.» Er ließ die Arme fallen, sein Gesicht eulenhaft durch die Verfinsterung. «Aber es war zu spät.»

«*Sia maledetto*», sagte Evangelista Donati mit leiser Stimme und setzte sich. «Ihre jämmerliche, hilflose Gier nach Liebe ist bekanntgeworden, also mußte er sie verstoßen, damit er unbeschmutzt blieb. Und er mußte mehr tun, als sie zu verstoßen, denn vielleicht hätte sie aus Rache der ganzen Welt erzählt, was dieser glorreiche Herr, dieser aufrechte Priester, dieser gottähnliche Ordensritter in Wahrheit ist!» Und sie ließ auf ihrer italienischen Zunge ein Wort zergehen, das sogar Sybilla überraschte.

Sehr sorgfältig setzte sich Lady Culter in ihrem Stuhl zurück, und Jerott, bestürzt, wurde schweigend ein Platz angewiesen, wie auch Philippa. «Sagen Sie uns», sagte Sybilla sanft, freundlichstes Interesse im Ton, «wie Sir Graham ist.»

Danach, als Jerott, der sich fühlte, als hätte er eine Zeitlang an Francis Crawfords Auspeitschpfosten verbracht, am hohen Fenster stand und blind hinausschaute, als Madame Donati gegangen war, das Gesicht häßlich vom Weinen, um sich in ihrer erschöpften Wut ins Bett zu legen, als Philippa, weggetragen von einer erschrockenen Mariotta, nach unten gebracht worden war, damit sie etwas zu essen bekam, sagte Sybilla mit Bedacht: «Aber Sie haben nichts über Francis gesagt?»

«Er ist entkommen», sagte Nicolas de Nicolay sanft. «Das war richtig. Er konnte nichts mehr tun, und viele in St. Mary sind so aufgebracht, daß sein Leben in Gefahr gewesen wäre. Außerdem wird die Königinwitwe, wenn diese Nachricht und das mit der *Magdalena* sie erreicht, nach ihm schicken und ihn festnehmen lassen. Das kann er nicht riskieren, ehe alle Beweise gegen Sir Graham Malett zusammengetragen sind. Sie verstehen?»

«Jetzt verstehen wir», sagte Jerott Blyth bitter, drehte sich um und sah Sybilla an, die Knöchel in einer kindischen Geste gegen die Lippen gedrückt. «Ich bin ein begriffsstutziger Narr gewesen.»

«Ich weiß. Aber es ist ein solcher Trost, wenn man nicht der einzige war, meinen Sie nicht?» sagte Sybilla, nicht ganz bei der Sache. «Glauben Sie, Sie könnten mir jetzt ganz einfach erzählen, was geschehen ist?»

Und am Ende jenes Berichts, der ihn mehr erschöpfte, als er zugegeben hätte, und nach dem Sybilla kreidebleich war, brach Nicolas de Nicolay wieder sein rücksichtsvolles Schweigen. «Da ist noch etwas, was Sie vielleicht wissen sollten, weil Thompson es weiß und das Gerücht in jedem Mittelmeerhafen zu hören ist.» Er brach ab, was ganz untypisch war.

«Über Malta?» sagte Jerott unumwunden. «Sir Graham hat gesagt, Lymond habe uns auf Malta verraten.»

«Hat er das gesagt? Aber das war doch von ihm zu erwarten, nicht wahr? Mein Eindruck», sagte der Geograph, «war ein anderer, und Ihrer zweifellos auch. Aber nein. Hier geht es um die Frau, Oonagh O'Dwyer.»

«Es heißt, sie sei O'Connors Frau gewesen», sagte Jerott schnell. Sybillas Gesicht war deutlich anzusehen, daß das Schicksal von Oonagh O'Dwyer kein Geheimnis für sie war.

«Das weiß ich nicht. Wenn ich ein Urteil darüber abzugeben hätte, würde ich das für ein kleines Mißverständnis von seiten O'Connors halten», sagte de Nicolay leichthin. «Aber ich habe etwas anderes gemeint. Es heißt, sie sei nicht tot.»

«Sie ist ertrunken!» sagte Jerott. «Als Lymond… als Francis gezwungen wurde, von ihr wegzuschwimmen.»

«Ich bin froh, daß Sie daran glauben», sagte der Kosmograph, um dessen Mund ein Lächeln spielte. «Ich bin mir sicher, es ist wahr. Aber ich habe gehört, sie sei nicht ertrunken, obwohl er das glauben sollte, sondern äußerst vorsichtig von Dragut Rais gerettet und in seinem Harem gepflegt worden, als die Schiffe der Ritter abgelegt hatten.»

«Warum?» sagte Sybilla, weiß im Gesicht, schmerzhaft kurz atmend.

De Nicolay hob die Schultern. «Wer weiß? Vielleicht ist er dafür

631

bezahlt worden. Aber es ist wahr. Ich habe jemanden getroffen, der sie gesehen hat, Monate, nachdem sie angeblich gestorben ist. Sie können sich vorstellen, daß man eine Weiße, eine Irin, in Afrika nicht lange verstecken kann. Und schon gar keine Weiße mit einem Kind.»

Eine Spur Abfälligkeit lag in seiner Stimme, eine vielleicht absichtliche Andeutung, die Jerott schon wachsam gemacht hatte. Aber Sybilla, einen einzigen, blockierten Augenblick lang stumm, sagte nur: «Du meine Güte. Natürlich. Der Nachwuchs des seiner Frau beraubten Mr. O'Connor. Sie war also schwanger, als sie gefangengenommen wurde, ja? Die Arme.»

Nicolas de Nicolay zögerte.

«Ja?» sagte Sybilla, und ihre Unterlippe zitterte plötzlich.

«Ich habe gehört», fuhr de Nicolay fort, ohne seinen Überschwang, die Stimme tonlos, «daß das Kind, ein Junge, in der Größe und im Umfang nichts von O'Connor hat, und auch nicht das schwarze Haar von ihm und Oonagh. Ich habe gehört, er sei das blondeste Kind, das je in Afrika oder anderswo gesehen worden ist, mit blauen Augen und Haar so hell wie Flachs. Sie will nicht sagen, wer der Vater ist, deshalb ist es Khaireddin genannt worden.»

In dem langen folgenden Schweigen schauten beide Männer Sybilla nicht an. «Weiß es Francis?» sagte die Ladywitwe mit klarer Stimme und hartnäckig, während sich die Tränenflecken dunkel auf ihrem Kleid ausbreiteten.

«Nein, Madam», sagte de Nicolay kurz. «Ich glaube, der junge Mann hat schon genug Sorgen. Als ich nach Schottland kam, hatte ich nicht die Absicht, es ihm oder Ihnen zu sagen. Aber jetzt muß ich es sagen. Denn das ist eine Waffe. Seien Sie auf der Hut. Sagen Sie nichts. Aber beten Sie zu Ihrem Gott und zu dem Gott der Türken, daß Gabriel nicht weiß, was wir wissen.»

Kurz darauf traf Alec Guthrie ein, erst äußerst mißtrauisch Jerott gegenüber, dann ganz geschäftsmäßig. Er kam von Lymond, dem er Bericht erstattet hatte, als seine Arbeit in Branxholm erledigt war. Sie hatten Gabriels Verbindung zu der Jagd auf die Viehdiebe aufgespürt. Die Route, die der Trupp aus St. Mary und die Scotts auf der Suche nach den verschwundenen Herden eingeschlagen hatten, war alles andere als zufällig gewesen: Sie hatten die Männer gefunden, die bestochen worden waren, damit sie beide Trupps durch falsche Spuren auf den verkehrten Weg führten. Falls Adam Blacklock bei seiner Befragung der Turnbulls Erfolg hatte, konnten sie beweisen, wie das Scheitern der Jagd auf die Viehdiebe geplant worden war.

Er brachte weitere Neuigkeiten. Eine große französische Streitmacht unter M. d'Oisel, mit Artillerie und Hunden, war in St. Mary eingetroffen, hatte die Gebäude abgeriegelt und alle Bewohner unter Arrest gestellt – und eine landesweite Fahndung nach Francis Crawford war eingeleitet worden. Offenbar hatten Nachrichten über die *Magdalena* Falkland erreicht. Guthrie hatte Befehl, Nicolas de Nicolay und dem Chevalier Blyth, falls es die Umstände erlaubten, zu sagen, daß Cormac O'Connor wieder nach Falkland aufgebrochen war. Außerdem dürfe nur Nicolas de Nicolay, der nicht verdächtigt werde, nach St. Mary zurückkehren, falls er es wünsche. Alle anderen, die am Vortag mit Lymond in Boghall gewesen waren, sollten wegbleiben, weil sie der Botschafter in St. Mary möglicherweise ihrer Freiheit beraubt hätte.

«Mr. Guthrie», sagte Sybilla. «Sagen Sie es mir. Wie haben Sie Francis gefunden?»

Der Soldat und Gelehrte grinste. «Voraussicht, Mylady. Kurz bevor er Boghall verließ, hat er eine Route entworfen und sie uns allen eingetrichtert. Ein Tag in diesem Blockhaus, zwei Tage in jener Höhle, zwei Tage unterwegs, drei auf einem freundlichen Bauernhof. Wir alle wissen an jedem beliebigen Tag, wo er ist, können ihm Bericht erstatten und unsere Befehle entgegennehmen. Und diejenigen, die St. Mary beobachten, erstatten ihm auch Bericht.»

«Wie geht es ihm?» sagte Sybilla mit Fassung. «Ich habe gehört, er hat eine Tracht Prügel bekommen. Ich bin mir sicher, die hatte er verdient.»

«Ja. Aber nicht in dieser Größenordnung», sagte Guthrie und sah zu Jerott und de Nicolay auf. «In den nächsten Wochen kann ihm niemand einen Klaps auf den Rücken geben. Aber sonst kommt er ganz gut zurecht. Er hat zu essen und zu trinken und alle Decken, die er braucht», fügte er gütig der Ladywitwe zuliebe hinzu. «Und ein Ziel, das ihn auch dann durchhalten ließe, wenn er durchlöchert wäre wie ein Sieb. Ich fürchte, Madam, Sie und Ihr Mann haben einen überheblichen Despoten großgezogen.»

«Den Verdacht habe ich schon lange», sagte Sybilla. «Machen Sie kein so nervöses Gesicht, mein Lieber. Wenn ich ein Wollhemd hätte und einen Blechkanister mit Arznei, würde ich Ihnen beides mit Freuden geben, damit Sie in den Genuß kämen, zu sehen, wie er sich krank lacht. Sagen Sie ihm... ich habe eine neue Katze.»

«Ist das alles?» sagte Jerott und stand unbehaglich auf. Guthrie sollte ihn zu Lymonds Versteck bringen.

«Und daß ich gehört habe, daß Paris heute in Dumbarton gelandet ist», sagte Sybilla. «Er hat vor, bald nach Edinburgh zu reisen.»

«So!» sagte Nicolas de Nicolay, plötzlich ungeheuer interessiert. «Es fügt sich also doch noch alles zusammen. Meinen Sie, das ist einer der letzten Schachzüge Gabriels?»

«Ich hoffe es», sagte Sybilla kühl, und sie meinte es in keiner Weise doppeldeutig.

Die heutige Station auf seiner festgelegten Route verbrachte Francis Crawford in einer Schäferhütte aus Lehm und Flechtwerk, tief in den Hügeln von Tweedsmuir.

Archie Abernethy, das von der Sonne ausgedörrte Gesicht gelassen, hielt Wache. Als Jerott mit Alec Guthrie, der ihn führte, an ihm vorbeikam, packte ihn der Wunsch, an jedem anderen Ort zu sein, nur nicht hier.

Die Beweise gegen Graham Malett, der Zeit seines Lebens sein Vorbild gewesen war, schienen erdrückend. Er war bereit, mit dem Kopf daran zu glauben, wenn auch noch nicht mit dem Herzen. Andererseits ähnelten seine Gefühle für Lymond ein wenig dem, was seine Männer letzte Nacht empfunden hatten. Ein unlogischer Groll darüber, daß Lymond, mit all seinen Fehlern, der *deus ex machina* sein sollte, der Gabriels gewaltigen Ruf zerstörte.

Für Lymonds kühlen Verstand war es unvermeidlich. Er mußte sich schon lange entschlossen haben, Graham Malett bloßzustellen. Er hatte nichts unterlassen. Er hatte die Tollkühnheit besessen, im Schlußakt der Auseinandersetzung zwischen Joleta, Gabriel und ihm alles auf eine Karte zu setzen, in der Hoffnung, Joleta werde vor Angst gestehen; er hatte sich sogar mit derselben mechanischen Zielstrebigkeit als Prügelknabe angeboten, um Gabriel dazu zu bringen, daß er seiner Leidenschaft ungezügelt freien Lauf ließ.

So war er an den Punkt gekommen, an dem Graham Malett, dem sowohl Lymond als auch seine Schwester Joleta lästig geworden waren, auf der Treppe von St. Mary eine schlaue Lösung gefunden hatte.

Es war wiederum logisch. Es war logisch, daß Lymond vernünftigerweise auf Kosten des Mädchens sein Leben gerettet hatte. Auf Joletas Befehl war die alte Frau Trotty getötet worden. Aus Sybillas ruhigem Bericht wußte er, was Gabriels Schwester sonst noch getan hatte. Sie war wild, grausam und verdorben. Wenn er den mörderischen Stoß mit dem eigenen Körper abgefangen hätte, wäre es genau das gewesen, was sich Gabriel kühl erhofft hatte. Jerott konnte Lymonds Verstand bewundern, aber er hatte kein besonderes Verlangen, ihn jetzt oder überhaupt jemals wiederzusehen.

Er war nicht angekündigt worden. Deshalb hörte Jerott, als er auf der Schwelle zögerte und in das düstere Innere schaute, Lymond mit seiner üblichen Stimme sagen: «Kommen Sie herein, Alec. Ich bedauere die duftende Dunkelheit, der Schafsgestank hatte etwas mehr Stil. Aber Archie tritt mir auf die Finger, wenn ich mich hinauswage... *Jerott!*»

Er schwieg einen Augenblick lang. Jerott trat vor, sich zornig bewußt, daß Guthrie draußen mit noch etwas Unerwartetem beschäftigt war, und nahm eine flackernde Kerze in der Ecke der fensterlosen Hütte wahr. Papiere bedeckten den behelfsmäßigen Tisch, auf dem sie stand, und Lymonds Hände lagen darauf, voll im Licht der schwankenden Flamme. Sein Gesicht war in Jerotts geblendeten Augen lediglich eine bleiche, fragende Maske, deren Umrisse und Hohlräume vom Licht tief eingraviert waren. Dann sagte er unerwarteterweise: «Es tut mir sehr leid.»

Jerott ließ das Fell an der Tür hinter sich zufallen und ging weiter hinein. «Madame Donati hat uns alles gesagt, was sie über Sir Graham weiß», sagte er. «Aber der Stallbursche, der Trotty Luckup umgebracht hat, ist tot. Dein Bruder glaubt, er kann herausfinden, wer ihn ermordet hat.»

Lymond schaute nach unten, griff nach der Feder, die er benutzt hatte, und balancierte sie nachdenklich zwischen Zeige- und Mittelfinger. Er sagte, ohne aufzusehen: «Und du glaubst Evangelista Donati? Denk daran, sie war Joleta ergeben.»

«Sie hätte nicht erfinden können...» Jerotts Stimme ließ ihn im Stich. «Ich habe ihr geglaubt», sagte er kurz. «Ich habe außerdem das mit der Jagd auf die Viehdiebe gehört. Und es gibt andere... Unstimmigkeiten.» Er machte eine Pause. «Er hat Doggen auf dich angesetzt.»

«Ja.» Lymond legte die Feder vorsichtig weg. «Am Martinstag schlacht ich mein Schwein, zur Weihnacht trink ich roten Wein. Nicht gerade ein Akt christlicher Nächstenliebe. Aber der Krieg gegen die Ungläubigen ist die Hauptaufgabe des Ordens, nicht wahr, Jerott?»

«Keuschheit auch», sagte Jerott, die kräftige Stimme noch immer von der Verzweiflung geschwächt. Er holte tief Luft und fügte hinzu: «Ich bin gekommen, um dir zu sagen, daß ich zu Sir Graham nach St. Mary zurückkehre.»

Unter der Kerzenflamme, die heller wurde, während die Hügel draußen der Nacht entgegendämmerten, bewegten sich Lymonds Hände langsam aufeinander zu und vereinigten sich dann mit großer Sorgfalt. Als er aufschaute, waren die von unten beleuchteten Wimpern stachlige Schatten auf seinem Gesicht, wie bei einer Puppe. «Nein, Jerott», sagte Lymond. «Manche von uns könnten Gabriel täuschen, du niemals.»

Aus dem seltenen Vorteil der Höhe heraus starrte Jerott Blyth den Sitzenden an. «Ja, natürlich, das mußtest du ja denken», sagte er. «Daß ich vorhabe, für dich zu spionieren.»

Die Hände im Kerzenlicht rührten sich nicht. Lymond sagte: «Jetzt gibt es bestimmt nur noch zwei intelligente Gründe für eine Rückkehr zu Gabriel. Der eine ist, für mich zu spionieren. Der andere wäre, mich zu verraten. Ich bin davon ausgegangen, daß du mich im zweiten Fall kaum besucht hättest, um mir das zu sagen.»

Jerott Blyth hatte die schwarzen Brauen über den verschatteten Augen zusammengezogen und die Lippen aufeinandergepreßt, ehe er endlich antwortete. «Ich habe keinen intelligenten Grund. Ich habe gesehen, was Intelligenz anrichten kann.»

«Ah, ja», sagte die angenehme Stimme. «Mein Herz trägt schmerzlich Trauer um ihren Tod, denn sie war eine schöne Frau, und jung dazu. Außerdem eine kaltblütige kleine Schlampe. Verlaß mich, Chevalier, weil ich ausgewichen bin, aber fühl dich in Gottes

Namen nicht berufen, die Flecken von der Mörderhand abzuwaschen.»

«In Gottes Namen», sagte Jerott Blyth, «bin ich dazu berufen, mich um Graham Maletts beschädigte Seele zu kümmern, nicht dazu, ihn zu weiteren Exzessen zu treiben.» Mit Mühe brachte er seine Stimme dazu, sachlich zu klingen. «Selbstverständlich bekommt er von mir keine Informationen über deinen Aufenthaltsort und über deine Pläne. Und ich werde dafür sorgen, daß die Jagd auf dich abgeblasen wird.»

«Gegen die ganze französische Armee, darunter M. l'Ambassadeur du Roi d'Oisel? Sei doch kein phantasierender Narr, Jerott», sagte Lymond. «Es ist Gabriels Händen jetzt entzogen, genau, wie er es gewollt hat. Benutz deinen Verstand. Das ist kein auf Abwege geratener Riese. Das ist ein schlauer, mächtiger Mann, der Spaß hat an seinem despotischen Plan. Der Orden hat ihn gelehrt, die Ungläubigkeit zu töten, und beim Himmel, er benutzt dieses Wissen uns allen gegenüber, die ihm im Weg stehen. Ich habe große Achtung vor der Macht des Gebets, alle Teufel zu vertreiben, aber in diesem Fall wären mir hundert Arkebusen lieber.»

«Wie St. Mary uns gelehrt hat», sagte Jerott. «Es gibt bei euch immer nur das eine oder das andere, nicht wahr?» Seine dunklen Augen verweilten auf den unordentlichen Papieren auf dem beleuchteten Tisch. «Wenn du die Beweise zusammen hast, wird er hängen, ohne jeden Gedanken an alles in ihm, das großartig ist. Du hättest ihn selbst getötet, das weiß ich genau, es kam dir bloß nicht gelegen, ihn zum Märtyrer zu machen. Du hast ihn in seiner großen Zeit auf Malta nicht erlebt, predigend, kämpfend... Sein Name erscholl im ganzen Mittelmeerraum.»

«Ehe er die Hoffnung aufgab, den Großmeister abzusetzen», sagte Lymond, entfaltete die Hände und schob mit einer unerwartet heftigen Bewegung den Tisch beiseite, stand auf. «Sobald du ihn auf den Pfad der Rechtschaffenheit führst, wird er dich entweder töten, weil du zuviel weißt, oder er wird sich sofort bekehren, genau so lange, wie es ihm paßt, bis er sein Ziel erreicht hat. Wie auch immer, euer beider Seelen werden dabei ein paar Eselsohren abbekommen. Du setzt unschuldige Leben aufs Spiel, um in einer ziemlich hoffnungslosen missionarischen Aufgabe zu schwelgen.»

Die Hütte war nicht heizbar. Als die Schatten länger wurden und die Kerze beim Herunterbrennen flackerte, sah Jerott von seinem Gegenüber nur die beleuchteten Hemdsärmel und die lange glatte Linie der dunklen Kniehose, gegen die rauhe Lehmwand gelehnt, die Hände in den Hosenbund gesteckt. Schwer atmend, mit rot angelaufenem Gesicht spürte Jerott die Kälte nicht. Er sagte: «Hast du gezählt, wie viele ihr Leben verloren haben, seit du die große Sache von Graham Malett ganz allein in die Hand genommen hast? Er hat dich beschuldigt, Joleta in die Gosse zurückgestoßen zu haben. Was hast du ihm für eine Chance gegeben?» Mit bebender Stimme sagte er weiter: «Man hätte ihn zu seiner Rettung den klügsten Köpfen im Orden anvertrauen können. Jetzt muß ich – muß *ich* ... Ich bin seine einzige Hoffnung. Glaubst du, das ist leicht?»

Mit gesenktem Kopf musterte Lymond den unsichtbaren Boden zu seinen Füßen. Nach einem Augenblick sagte er: «Es ist sehr traurig, aber niemand mit theologischer Ausbildung wird je glauben, daß der Rosenpfad in neun von zehn Fällen am besten für den Charakter ist, nicht der dornige Weg. Dir ist natürlich bewußt, daß er, Ritter oder nicht, schließlich wegen dessen, was er getan hat, sterben wird. Und daß du, falls er nach der Beichte sterben soll, nur noch ein oder zwei Wochen Zeit hast, in denen du ihn bekehren kannst. Bis dahin habe ich alle Beweise, die ich brauche; mehr, als er abstreiten kann.»

Er schaute unvermittelt auf. «Willst du, daß er für seine Verbrechen bezahlt, Jerott? Oder hast du vor, ihn nach Süden zu bringen, wo er vielleicht im von Gebeten erfüllten Frieden das Licht der Buße sehen und eines Tages zurückkehren könnte, um euren Orden zu erleuchten? Du könntest sagen, der Mann ist nicht schlechter als andere, die heute herrschen, der vor nichts zurückschreckt, um Macht zu erlangen. Er verfügt über alle Tugenden, Mut, Führungskraft und einen weitreichenden Verstand. Aber außerdem ist er ein Mann, der Nationen mit seiner Stimmgewalt und der religiösen Inbrunst, die er inspirieren kann, erschüttern könnte. Mein Gott, Jerott: Denk an den Schaden, den ein guter, einfacher Mann unter diesen Umständen anrichten kann. Was kann deiner Meinung nach ein böser und verheerend intelligenter Mann bewirken? Nein, *mon Chevalier*», sagte Lymond deutlich und langsam. «Du gehst nicht zu Graham Malett zurück, nicht jetzt und niemals wieder.»

Danach begriff Jerott, daß ihm, geblendet vom Zorn, die schwachen Geräusche entgangen waren, auf die Lymond gewartet hatte: die sich nähernden, zögerlichen Schritte von Archie Abernethy und Guthrie, die mit Ungeduld darauf warteten, daß das lange Gespräch zu Ende ging, und schließlich, bewogen von Neugier und dann von Mißtrauen, herangekommen waren und zugehört hatten. Lymond bewegte sich lautlos, während er sprach, und erreichte schließlich die dunkle Ecke der Hütte, wo ihm Archie Abernethy ein Bett aus trockenem Heidekraut gemacht hatte, wo die Decken noch so zurückgeschlagen waren, wie er sie beim Aufstehen hinterlassen hatte. Daneben lag, unsichtbar im schwindenden Licht, sein Schwert, was Jerott hätte wissen müssen.

Jetzt machte Lymond eine jähe Bewegung, richtete sich auf, den Schwertgriff in der Hand, und wich, immer noch sprechend, schnell zurück, zwischen Jerott Blyth und die Tür. «Dein Schwert, Jerott», sagte Francis Crawford ruhig zu seinem Jugendfreund, und Jerott Blyth, in dem ungläubige Wut aufstieg, fand sich wieder, die ruhige, silberne Schneide von Lymonds Stahlschwert anstarrend.

Mit einem Instinkt, so sicher und schnell, wie ihn der Orden in all den Jahren der Ausbildung schulen konnte, warf er sich herum, packte den behelfsmäßigen Tisch und schleuderte ihn auf Lymond zu, während er mit einem Zischen sein Schwert aus der Scheide zog. Lymond, der damit gerechnet hatte, sprang beiseite. Der Tisch prallte dort auf, wo Lymond eben noch gewesen war, und versperrte den Zugang zur Hütte.

Einen Augenblick lang trat eine Pause ein, während die beiden Männer, schnell atmend, die langen Schwerter bereit, auf entgegengesetzten Seiten der Hütte standen, dann wurde außen der Fellvorhang aufgerissen, und Abernethy, Guthrie hinter ihm, legte die Hände an den umgekippten Tisch, um ihn beiseite zu hieven und hereinzuspringen.

«Gut», sagte Lymond. Er war atemlos, aber sein Blick ließ Jerotts wildes Gesicht nicht los. «Das ist meine Angelegenheit. Alec, diese Papiere enthalten die Beweise gegen Graham Malett, soweit ich sie bisher kenne. Sie wissen, was Sie damit anzufangen haben. Archie, warte draußen mit Mr. Guthrie. Versteh mich recht, was auch geschieht, der Chevalier darf nicht nach St. Mary zurückkehren. Er darf auch keinerlei Schaden erleiden. Es ist nicht seine Schuld, daß er von lasterhaften Drahtziehern und käuflichen Seelen umgeben ist. Jerott, es ist ausgeschlossen, daß einer von uns auf diesem engen Raum danebentrifft. Leg dein Schwert weg.»

«Geschwätz!» sagte Jerott Blyth mit zusammengebissenen Zähnen. «Ich habe das Geschwätz satt, ohne jede Achtung vor Ehre oder Gelübden. Ich habe nicht vergessen, daß du lieber eine lebendige Frau als Schild benutzt hast, als dein Leben für die Gerechtigkeit zu opfern, von der du redest. Ich riskiere kein Leben bis auf mein eigenes, und wenn es mir gelingt, wird meine Trophäe ein Mann sein, von dessen Statur du noch nicht einmal etwas ahnst.» Die dunklen Augen funkelnd hielt der junge Ritter inne, dann hob er das schwere Schwert mit beiden Händen, schleuderte es plötzlich durch die Hütte, wo es dumpf gegen die nackte Wand prallte und dann zu Boden fiel. «Halt mich auf, wenn du es wagst», sagte er und ging stur auf Lymond und die Tür zu.

Lymond zögerte nur eine Sekunde lang. Dann, einen Augenblick, bevor der andere ihn erreichte, hob Lymond ebenfalls ruhig sein Schwert und ließ es sacht hinter den umgekippten Tisch neben sich fallen. Hinter ihm sagte Alec Guthries Stimme scharf: «Crawford! Lassen Sie ihn gehen!», und Archie Abernethy rief laut.

Jerott achtete nicht darauf. Er sah, daß Lymond im offenen Eingang zur Hütte stand, mit den Händen das umgekippte Brett in seinem Rücken umklammernd, und vor dem gewitterdunklen Himmel dahinter die verschwommenen Gestalten von Guthrie und Abernethy. Dann sprang er.

Sie waren im selben Alter, vom selben Körperbau, und sie kannten beide alle möglichen Griffe, mit denen man einen Mann zu Boden werfen und am Boden festhalten konnte. Lymond, mit großen, dunklen Augen, wich aus, wie Jerott das erwartet hatte, und deshalb tänzelte Jerott um den dunklen Umriß des Tisches herum, statt mit voller Wucht dagegen zu krachen. Er kassierte nur einen flüchtigen Schlag, den ihm Lymond von hinten verabreichte, dann war er schon um Lymond herum und hinter ihm, ehe der sich aufgerichtet hatte, und ergriff die Gelegenheit, mit dem Knie und zwei kräftigen Händen, die Arme seines Kommandanten mit seiner ganzen Kraft nach hinten zu reißen und ihn in Abernethys Gesicht zu schleudern.

Vielleicht hätte er es geschafft, trotz eines Tritts gegen den Knöchel, der ihn zum Ächzen brachte, wenn Lymond nicht den genau richtigen Augenblick gewählt hätte, um sich zu bücken und den anderen mit den verklammerten Händen als Hebel zu Boden zu schleudern.

Mit leisem, schnellem Atem, wie es sein mußte, kam Jerott auf die Beine wie eine Katze. Stück für Stück vergaß er seinen Zorn bei den eingeübten Bewegungsabläufen. Er duckte sich, bereit zum Klammern, als die Kerze ausging.

Und er begriff, daß Lymond darauf vorbereitet war, in der letzten Sekunde Licht schon seinen nächsten Griff geplant hatte, und aus der Wucht des Angriffs, der Jerott jetzt in die entgegengesetzte Ecke der Hütte schleuderte, war zu erkennen, daß er entschlossen war, ihn hier und jetzt zu überwältigen, mit der Dunkelheit als Verbündetem.

Dann war Jerott am Boden, wie er in den Jahren der Ausbildung so oft am Boden gewesen war. Er reagierte richtig darauf. Er benutzte seine jäh unwiderstehliche Kraft, um eine Hand freizubekommen, und schlug mit der gußeisernen Kante seiner Rüstung gegen die Kehle über ihm im Hemd mit offenem Kragen, und als Lymond sich zur Seite rollte, um dem Schlag die Wucht zu nehmen, richtete sich Jerott auf, trat mit den Füßen zu und warf sich mit seiner ganzen Kraft über seinen Kommandanten und wirbelte ihn dann, die Hände in dessen Schultern verkrallt, immer wieder über den unebenen Boden, bis Lymond unter Jerotts heftigem Druck gegen den umgekippten Tisch krachte. Als sein Rücken die ganze Wucht des Aufpralls abbekam, schrie er auf.

Es folgte tiefes Schweigen, in dem Rufe widerhallten, die jäh abbrachen. Von Lymond, der ausgestreckt unter Jerotts Händen dalag, kam kein weiterer Laut mehr, und Jerott kam auf die Knie, strich sich gewohnheitsmäßig das Haar aus den Augen und betrachtete, was er angerichtet hatte. Es war Absicht gewesen. Schließlich war er ein *homme de métier*.

Die dunkle Gestalt schob sich von draußen über den Tischrand, vorbei an Jerott, der immer noch kniete, suchte eine Kerze und zündete sie an. Archie Abernethys Gesicht wirkte, angestrahlt von der Kerze, die er in den Händen hielt, wie eine dämonische Maske. «Ich würde Sie den Möwen zum Fraß vorwerfen, wenn ich Zeit dazu hätte», sagte Archie. «Aber ich habe keine. Raus hier.»

«Nicht so hastig, Archie.» Alec Guthries tadelnde Stimme von der Schwelle her strömte kalt in die kleine Hütte. «Wir haben Befehl, den Chevalier *unter keinerlei Umständen* nach St. Mary zurückkehren zu lassen. Mr. Blyth hat einfach Glück, daß Sie gerade die Kerze anzünden und ich hier Maulaffen feilhalte, die perfekte Zielscheibe für einen Schlag.»

Vielleicht hatte Mr. Blyth Glück, aber er machte es sich nicht zunutze. Statt dessen schaute er immer noch schwer atmend auf Francis Crawford hinunter, der reglos dalag, die Haut gerötet, mit schweren Lidern, die Lippen rissig vom Fieber.

Jerott verlagerte das Gewicht. Archie Abernethy fluchte und ging, einen Schwamm in der Hand, neben dem Mann in die Hocke, den Jerott so geschickt gefällt hatte. Jerott wich beklommen zurück. Er sagte zornig: «Er wollte kämpfen. Hat er etwa geglaubt, ich komme zu ihm zurückgekrochen, überwältigt von Reue?»

«Eine gütigere Annahme wäre», sagte Alec Guthries kratzige Stimme, «er hat nicht gewollt, daß seine Freunde in seinem Streit zu Schaden kommen. Außerdem hatte er Grund zu glauben, er könne Ihnen mit hohem Fieber und vier lahmen Gliedern eine angemessene Lektion erteilen. Er hat sich geirrt, das ist alles... Gehen Sie, oder müssen wir Sie hinauswerfen?»

«Er wird wütend sein», sagte Archie mit leiser Stimme. Unter seinen vorsichtigen Händen gab Lymond jäh einen wortlosen Laut von sich, und seine geschlossenen Augen zogen sich zusammen.

«Aber andererseits», sagte Guthrie kühl, «wird er nicht in der Verfassung sein, seine Wut an uns auszulassen. Ich bin mir sicher, Mr. Blyth hat recht. Mr. Blyths gegenwärtigen Belastungen auch noch Reue hinzuzufügen, wäre unerträglich. Machen wir es uns einfach. Hinaus mit Ihnen.»

Jerott Blyth zögerte noch einen Augenblick. Dann stand er auf, mit grimmigem Gesicht, nahm seine Waffe an sich und ging.

So schlau, so kompetent, so abgehärtet sie auch waren, weder Guthrie noch Archie Abernethy waren auf den Sturm gefaßt gewesen, der losbrach, als Lymond schließlich zu sich kam und merkte, daß Blyth fort war. Francis Crawford, vor Schwäche schwankend, führte den beiden schweigenden Männern vor Augen, was sie getan hatten. Und selbst Guthrie erkannte, während er den strafenden Blick Lymonds ertrug, wann es Zeit war zu schweigen, zuzuhören und nur noch zu hoffen, daß er nicht entlassen wurde.

Aber am Ende wurden sie natürlich entlassen, endgültig, um, mit Thomas Mores bitteren Worten, hinzugehen und die Geistlichkeit abzuschlachten, Priesterköpfe so billig zu verkaufen wie Schafköpfe, drei für einen Penny, kaufe sie, wer wolle. Es war Abernethy, der das Wort ergriff, als die Tirade endete und Lymond sich zur Wand drehte, zitternd vor überflüssiger Anstrengung.

«Oh, Sie sind jähzornig», sagte Archie bedächtig. «Und es hat Ihnen Spaß gemacht, Ihre Wut an uns auszulassen, und es war ja auch gerechtfertigt. Aber denken Sie einmal nach. Wollen Sie Graham Malett vor Gericht auf einer Bahre anklagen oder an zwei Stöcken wie eine Frau mit Arthritis? Wenn Sie aufrecht gehen wollen, wie es sich für einen Herrn wie Sie geziemt, brauchen Sie etwas Pflege, würde ich sagen. Ich fürchte also, daß Guthrie und ich die besseren Karten haben.»

Er war auf eine heftige Antwort gefaßt. Francis Crawford, der aus reiner Notwendigkeit auf die zerwühlten Decken auf seinem Strohsack gesunken war, saß jedoch nur mit steinerner Sturheit da und zitterte, während Alec Guthries rauhe Stimme sanft weitersprach. «Archie hat recht. Mein lieber Junge, Sie brauchen alle Hilfe, die Sie bekommen können; werfen Sie sie nicht weg. Es war falsch, Blyth gehen zu lassen. Ich gebe es zu. Aber er weiß jetzt, was er riskiert. Ich glaube, er wird zu Ihnen zurückkommen. Ich glaube, alle werden zu Ihnen zurückkommen. Aber es sind Sie und Gabriel, die sich in diesem ganzen traurigen Kampf als Gegner gegenüber stehen. Keiner von uns kann Ihren Platz einnehmen.»

Lymond drehte sich um. Seine Augen glänzten vom Fieber. Er lächelte. «Warum sollten sie zurückkommen? Es sind keine Einfaltspinsel. Wenn ich fähig war, Joleta sterben zu lassen, welcher Narr sollte mir da noch trauen? Wer wird zwischen Feigheit und moralischer Zweckdienlichkeit unterscheiden können, wenn nicht einmal ich mir im Rückblick sicher bin... *Das* hat Blyth vertrieben. Nur das.»

«Das ist Unsinn», sagte Guthrie scharf. «Es gab keine Garantie dafür, daß nach Ihrem Tod alle Beweise gegen Gabriel vorgelegen hätten. Es ist weit wahrscheinlicher, daß der Fall an Interesse verloren hätte. Wenn Sie nicht die Treppe hinaufgelaufen wären, wäre Joleta trotzdem durch Gabriels Hand gestorben. Es war Kalkül – infames, gerissenes Kalkül –, Sie zu dem zu zwingen, was Sie getan haben, um die Zweifel zu untergraben, die die kleine Somerville ausgestreut hatte. Niemand hätte sie mehr verachtet als Gabriel, wenn Sie sich seinem Schwert gestellt hätten...»

Die kratzige Stimme zögerte. Guthrie sagte freundlich: «Wie Sie gesagt haben... wir sind nicht alle Einfaltspinsel. Die Sache, der Sie sich jetzt stellen müssen, ist viel schwieriger, als Gabriels Schwerthieb oben auf der Treppe hinzunehmen. Was Sie gewählt haben, war nicht der einfache Weg.»

«Nein. Das Dornengestrüpp», sagte Lymond mit der Tonlosigkeit äußerster Erschöpfung.

Dann begegnete Guthries Blick dem von Archie Abernethy, der mit einem Becher in der Hand herankam. Und bald danach, behandelt mit einem Mittel, das stärker war als jedes andere, das Archie ihm je verabreicht hatte, war Francis Crawford tief eingeschlafen.

Das nach Gabriel und Lymond ausgeworfene Netz zog sich allmählich eng zusammen.

Zwei Wochen lang jagte die schottische Justiz mit Männern und Hunden, unterstützt von Seigneur d'Oisel und seinen Franzosen, Francis Crawford und seine Freunde in den Hügeln, wo das Getreide in prallen Garben stand, wie es in neun Kriegsjahren und den beiden Jahren danach nicht mehr gewesen war. Es war ein seltsames, langwieriges Spiel, in dem sich französische und schottische Flüche in der milden Luft mischten und nur die Hauptakteure stumm blieben.

Für Lymond war es eine Zeit der Genesung, trotz der fast täglichen Ortsveränderungen, die notwendig waren. Weitere Beweise wurden gesammelt. Adam Blacklock kam triumphierend aus Liddesdale zurück und brachte einen ungesunden Turnbull mit, der einen Diener Gabriels als denjenigen identifizieren konnte, der die Turnbulls bezahlt hatte, damit sie das Vieh der Kerrs abschlachteten. Und Adam trug stotternd noch etwas vor: die beeidete Aussage des großen Kesselflickers, der Käsewamme Henderson angegriffen hatte und den er, was durchaus logisch war, krank in einer der abstoßenden Lehmhütten der Turnbulls gefunden hatte.

An jenem Tag hatte Fergie Hoddim Dienst. Als Blacklock seinen Bericht beendet hatte, setzte ihm Fergie heftig zu. «Jetzt zu den Beweisen. Solange Sie den besagten Diener nicht zur Identifizierung nach Liddesdale gebracht haben, wie konnte sich dann ein alter Dieb sicher sein, daß er es auch war? Haben Sie ihm Silber dafür bezahlt, daß er es beschwört?»

Als Antwort zog Adam die Ledermappe unter dem Arm hervor, die er bei sich hatte, und legte sie auf den Boden. Er entnahm ihr mehrere dicke Papierbogen, die allesamt, zart mit roter Kreide ausgeführt, ein Männergesicht zeigten. Das Gesicht auf dem ersten Bogen war erkennbar das des Dieners, über den sie sprachen. «Es ist ganz nützlich... manchmal», sagte Adam und begegnete lächelnd Lymonds Blick.

Auch Fergies Gesicht hatte sich aufgehellt. «Ja. Das ist besser. Da Ihre Feindschaft zu Gabriel so bekannt ist, brauchen wir alle neutralen Beweise, die wir sammeln können – Beweise, die über jeden Zweifel erhaben sind, wenn Sie mich recht verstehen.» Er sah nachdenklich Francis Crawfords unbeeindrucktes Gesicht an. «Sie könnten sogar Schmerzensgeld von ihm bekommen, weil er Sie geschlagen hat. Nicht mehr als fünfzig Pfund, aber das ist auch nicht zu verachten. Ja. Ich rate Ihnen, Schmerzensgeld zu fordern; das wäre überhaupt keine Schwierigkeit.»

Eine kurze Pause entstand, und dann lachte Lymond, zu Adams Erleichterung, ein echtes Lachen. «Gut gemacht, Fergie», sagte er. «Ja, selbstverständlich. Was auch geschieht, *ad lucrandum vel perdendum*, holen wir uns das Schmerzensgeld. Für ein verdammtes Grabmal wird es reichen.»

Niemandem fiel das Warten leicht. Philippa, die sich trotz Sybillas sanftem Drängen, sie solle nach Hause zurückkehren, entschlossen in Midculter festsetzte, beschäftigte sich in aller Stille damit, Mariotta zu helfen und sich um das Kind zu kümmern. Sie erschien lediglich, wenn Adam Blacklock kam, was häufig geschah, um Neuigkeiten von seinem Kommandanten zu bringen.

Kate hatte erfahren, sobald Lady Culter einen Reiter schicken konnte, daß ihre Tochter in Sicherheit war, dazu alles Vorgefallene, und weil sie Kate war, blieb sie nägelkauend, wo sie war, und überließ es Philippa, ohne Einmischung erwachsen zu werden.

Sybilla verlor nur einmal die Nerven, als sich Adam eines Tages verabschiedete.

Sie fing ganz milde an. «Ich nehme an, Francis ist noch nicht auf den Gedanken gekommen, daß er jetzt die Anklageerhebung gegen Graham Malett in der relativen Behaglichkeit eines Gefängnisses abwarten könnte?»

Adam Blacklock warf Philippa einen Blick zu und schaute wieder weg. «Er will, daß Gabriel vor ihm festgenommen wird», sagte er. «Und das will er erst, wenn alle Beweise gegen ihn vorliegen. Graham Malett ist ein äußerst schlauer Mann. Mr. C-Crawford will nicht riskieren, daß ein Hintertürchen offen bleibt. Deshalb warten wir jetzt auf Jock Thompsons Bericht. Die offizielle Beschwerde aus England über den Waffenschmuggel nach Irland muß jetzt eingetroffen sein, und vielleicht steht uns deshalb eine schwere Anklage wegen bürgerlichen Ungehorsams bevor. Wenn wir zeigen können, daß Gabriel ein Komplize dabei war, wird ihm die Königinwitwe wenigstens nicht gleichzeitig ihr Vertrauen und das Kommando von St. Mary schenken.»

Die Ladywitwe strich mit dem Finger über das Farnmuster ihres Gewandes. Ohne aufzuschauen sagte sie: «Und falls Sie, Mr. Guthrie, Mr. Hoddim oder mein anderer Sohn jetzt die Beweise vorlegen würden, wäre natürlich Ihr Leben in Gefahr, weil Sir Graham Sie angreifen würde. Solange Sie sich verstecken, sind auch Sie in Sicherheit.»

«Das bedenkt er, Lady Culter», sagte Adam Blacklock mit einem direkten Blick aus den braunen Augen. «Wenn wir es für sinnvoll gehalten hätten, hätten meine Freunde und ich Sir Graham schon lange angeklagt.»

Sybilla ließ ein geistesabwesendes Lächeln aufblitzen. «Was seid ihr doch für ein sturer Haufen», sagte sie. «Das Kommando von St. Mary! Was spielt das schon für eine Rolle? Was können sie ihm schon tun, weil er eine wilde Truppe angeführt hat, ungehorsam war und in Irland für Ärger gesorgt hat? Vielleicht können sie ihn mit einem Bußgeld belegen und ihn im Gefängnis festhalten, bis sich seine Wut abgekühlt hat. Selbst wenn das Schlimmste eintritt und Gabriel straflos ausgeht, ist es äußerst unwahrscheinlich, daß Francis dem Gesetz nach sein Leben verwirkt hat. Dieses ganze Unternehmen, diese ganzen Gefahren dienen also nur einem einzigen Grund: dem Kommando über eine ausgezeichnete kleine Truppe, von der Francis nicht ertragen könnte, daß sie in die falschen Hände gerät. Spielt das wirklich eine Rolle?» Sie drehte sich um und schaute dem Künstler ins Gesicht, den weißen Kopf mit der adretten Haube schiefgelegt, die Brauen zusammengezogen. «Oder ist Francis einfach verhext von dem, was er geschaffen hat?»

Die Antwort kam von Richard Culter, der kräftig und ruhig auf der Schwelle stand und zuhörte. «Francis weiß genau, was er getan hat. Er hat in einer kleinen Nation wie der unseren ein Schreckensinstrument geschaffen, das das Gleichgewicht unter den Völkern gefährden und Könige stürzen könnte. Und er hat diese Macht den Händen von Graham Malett überlassen. Sollte Graham Malett erfahren, was gegen ihn geplant wird, und fliehen, wäre er immer noch in der Lage, die Truppe mitzunehmen, so gut wie intakt. Diese Axt könnte zum Ruhme Gabriels immer noch über mehr wehrlosen Häuptern schweben, als wir uns träumen lassen.»

«Dazu wird es nicht kommen», sagte Adam Blacklock unvermittelt, verbeugte sich, küßte Sybillas Hand, drückte sie und ging. Und als danach das Schweigen, das die Kehlen zusammenschnürte, anzudauern drohte, sagte Philippa schnell: «Denken Sie nicht daran. Sehen Sie, hier ist Kevin.» Und sie stürzte zur Tür, nahm aus den Armen seines vorübergehenden, überraschten Kindermädchens das zapplige rote Bündel, das Kevin Crawford, Junker von Culter, war, und setzte ihn auf den Schoß seiner Großmutter.

«Mutter sagt immer», sagte Philippa, «wenn es zum Schlimmsten kommt und einem die Knie schlackern, gibt es nichts Besseres als ein kleines Kind, damit man wieder einen Sinn für Proportionen bekommt.»

Sie wußte damals nicht, warum die Taktik diesmal fehlschlug. Sie wußte nur, daß Lord Culter neben ihr stumm seinen Sohn anstarrte und daß Sybilla, den rundlichen kleinen Jungen umarmend, mit den roten Wangen, den schwarzen, flaumigen Locken und den blauschwarzen Augen seiner Mutter Mariotta, ihren Kopf senkte und weinte.

In Boghall und Branxholm warteten sie auch. Jenny Fleming, durch ihre Geschichte an Schloß Boghall gekettet, weit entfernt vom Hofe, ging in ihrem Zimmer auf und ab, besuchte ihren königlichen Bankert im Kinderzimmer und schrieb lange, flehende Briefe an den Konnetabel von Frankreich. Ihre Tochter Margaret, die schweigend auf Nachrichten aus St. Mary wartete, wußte, daß ihre Mutter besessen war von ihrem Bedürfnis, nach Frankreich zurückzukehren, zur Liebe, zur Macht, zur Fröhlichkeit und Bewunderung. Alles, selbst der höfliche Respekt, mit dem M. d'Oisel sie behandelt hatte, war Öl ins Feuer ihrer Entschlossenheit.

Als Frau des französischen Botschafters in Schottland hätte sie mit ihm nach Frankreich zurückkehren können, an einen Platz in der Gesellschaft, der ihr zweifellos auch die Aufmerksamkeiten des Königs gesichert hätte, wie diskret auch immer. Diane war alt. Die Königin wurde immer dicker und unansehnlicher. Oder falls Francis Crawford ein nicht ganz so wankelmütiger Glücksritter gewesen wäre... Er war wohlhabend. Er hatte einen Grafentitel....

«Sei nicht so unruhig, Kind», sagte Jenny Fleming gütig zu ihrer Tochter, als sie Margaret zum dritten Mal an jenem Tag dabei antraf, wie sie ergebnislos aus dem Fenster zu den Dächern von Midculter schaute. «Sobald Sir Graham abgesetzt ist, wird die Königinwitwe Francis bitten, seine Kompanie nach Frankreich zu führen. Er wird sich einen Namen machen, da bin ich mir sicher.»

Margaret Erskines Seufzer war lautlos. Sie drehte sich um. «Du hast nicht zufällig daran gedacht, ihn zu begleiten?»

Lady Flemings lebhaftes, immer noch schönes Gesicht glühte. «Was soll das, du langweiliges Kind? Meinst du, er hätte etwas dagegen?»

Die Verschwörung währte schon lange. «Ich weiß, daß er nichts dagegen hätte», sagte ihre Tochter forsch. «Ich habe dir zuliebe sogar mit ihm darüber gesprochen. Er hat gesagt, es wäre ihm recht, unter der Voraussetzung, daß du dich teurer verkaufst. Villeconnins Mutter, hat er gesagt, habe vom letzten König von Frankreich für einen Sohn zweihunderttausend Kronen auf die Bank bekommen.»

Sie kannte ihre Mutter zu gut, als daß sie befürchtet hätte, ihre *amour propre* könne Schaden nehmen. Jenny Fleming machte lediglich ein verärgertes Gesicht. «Diesem jungen Mann», sagte sie, «sollte man seinen Stolz austreiben und ihn auf einem Dornbusch aufspießen. Als wir uns das letzte Mal begegnet sind, hat er mir jemand als den königlichen Pornographen vorgestellt.»

Was wenigstens den Vorzug hatte, ihre Tochter zum Lachen zu bringen, wenn auch etwas hysterisch.

In Branxholm hatte Janet Beaton die ganze Sache fest im Griff.

Stück für Stück hatte ihr Mann von Gabriels Freveln erfahren dürfen und von Joletas Fehlern. Von seinem Anteil an Wills Tod sagte Janet nichts. Lymond hatte nur gesagt: «Mach ihn wachsam. Erzähl ihm etliches. Aber um Himmels willen nichts, was ihn schäumend nach St. Mary jagt, mit der Schlinge in der Hand. Wir wollen weder, daß Buccleuch stirbt, noch daß Gabriel verschwindet.»

Es war eine Frage der richtigen Einschätzung, aber Janet kannte ihren Buccleuch. Als sie das Thema zum ersten Mal zur Sprache brachte, nannte er sie einen närrischen Schwachkopf, wies sie darauf hin, unter dem Bett liege massenhaft Staub, und sie solle sich um die eigenen Angelegenheiten kümmern, ehe sie anderen Leuten an den Schottenrock gehe.

Aber er dachte darüber nach, und obwohl er beim nächsten Versuch ebenfalls Hohn und Spott ausgoß, wußte sie, daß er es sich anders überlegen würde. Und bald sagte er, die Brauen zusammengezogen, unverblümt: «Dann hat dein Freund Crawford ja ein ganz schönes Durcheinander angerichtet. Und bei Gott, Sandilands ist genauso schlimm, weil er dem Satansbraten erlaubt hat, hierherzukommen.»

«Jimmy Sandilands ist ein habgieriger alter Fuchs», sagte Janet mit Nachdruck. «Es hat ihm gefallen, sich die Einnahmen des Ordens in die eigene Tasche zu stopfen, und er glaubt, er hat eine Möglichkeit gefunden, die Schuld einem anderen zuzuschieben. Auf dem Heimweg von Falkland aus hatte Francis die Gelegenheit, durchblicken zu lassen, wie sich die Dinge entwickeln könnten, aber der alte Narr hat nur über die Gicht in seinem Fuß gejammert und die Heilige Schrift zitiert, bis man hätte meinen können, er sei verrückt. Francis konnte auch die Kerrs nicht umstimmen.»

«Das will ich doch hoffen», sagte ihr Mann entrüstet und ließ ein Enkelkind von seinen Knien rutschen. «So eine bewährte Fehde kann man doch nicht ausblasen wie ein Streichholz. Das ging schon lange so, ehe Graham Malett sich eingemischt hat.»

«Oh, das wissen wir alle», sagte Janet zornig. «Wenn einem Scott auch nur ein Haar gekrümmt wird, findet sich schon jemand, der die Kerrs dafür zur Rechenschaft zieht. Aber er hat darauf hingewiesen, sehr überzeugend, daß ihr mit euren ewigen Auseinandersetzungen nur anderen in die Hände spielt, Leuten, die wirklich machtversessen sind und sich um Titelfragen einen Dreck scheren. Cessford hat gesagt», fügte sie geistesabwesend hinzu, «weil die Scotts kein richtiger Adel seien, spiele es keine Rolle, wenn die Kerrs von ihrer Überlegenheit Gebrauch machten und sie aus dem Land verjagen.»

Es dauerte bis zum nächsten Tag, ehe sie auf das Thema zurückkommen konnte, und Buccleuchs Gefühle waren immer noch ungewöhnlich aufgewühlt, aber er erklärte sich schließlich murrend bereit, beim Umgang mit der Familie Kerr Vorsicht walten zu lassen. Und außerdem, mit noch größerem Widerstreben, den Ausführungen von Crawford von Lymond ein Ohr zu leihen, wenn der Zeitpunkt gekommen war.

«Gott sei Dank», bemerkte Janet in diesem Stadium und fächelte sich mit einem Kinderhemdchen Luft zu. «Du bist ein sturer alter Bock, Buccleuch. Aber mit der Zeit kommst du zur Vernunft.»

«Vernunft! Wo mir das ewige Gemecker das Blut vergiftet! Kannst du nicht ein wenig anständige Zurückhaltung üben, Weib? Aber nein, du mußt jede Stunde Lärm schlagen wie die Kapellenglocken. Vernunft!» kläffte Buccleuch. «Einen Beutel Gold darauf, wenn es in diesem Haus je etwas wie Vernunft gegeben hat!»

Aber Janet war zufrieden.

Und so rückte der entscheidende Zeitpunkt näher, und in St. Mary empfing Gabriel Boten und sandte sie aus, spielte lächelnd mit M. d'Oisel Schach und schaute mit dem französischen Botschafter dabei zu, wie die Elite seiner Männer, selbstbewußt durch ihre Ausbildung und ihr Können, sich bei jeder Übung im Turnierkampf und im Scheibenschießen übertrafen. Denn M. d'Oisel sollte herausfinden, was für eine Waffe Sir Graham besaß und wie gut er sie im Griff hatte.

Und die ganze Zeit war Jerott Blyth Gabriel zur Seite. Er hatte dem einfachen Weg widerstanden und war zurückgekommen, um endlich zurückzuzahlen, was ihm der Orden gegeben hatte, als er nichts besessen hatte als eine begrabene Vergangenheit. Er hatte Lymond gesagt, was er vorhatte. Er wollte Graham Malett retten, wollte Gabriel die Chance geben, die seiner Schwester niemand gegeben hatte. Und doch, wenn er halten wollte, was er Lymond bindend versprochen hatte, mußte er es tun, ohne zu verraten, was er wußte und wie dicht die Hunde Gabriel schon auf den Fersen waren.

Es war nicht möglich. Es wäre niemals möglich gewesen, obwohl Jerott Wort hielt und sich bei ihren gemeinsamen Gebeten, in den langen Gesprächen über alle großen Themen der Religion und der Ethik, die er erzwang, nicht anmerken ließ, seine Sorge gelte Graham Maletts Wohl in geistlichen Dingen.

Aus demselben Grund fiel nichts, was er tun konnte, ins Gewicht. Wenn er in Gabriels ungetrübtes Gesicht sah, das sich so schnell vor Schmerz verfinstern konnte, wenn Joleta oder Lymond erwähnt wurden, kam es Jerott unglaublich vor, daß ein Mann eine derartige Verstellung durchhalten konnte, daß er, den Arm um Jerotts Schulter gelegt, in der Kapelle knien und für Francis Crawfords schwarze Seele beten konnte. Und daß ein solcher Mann, darum gebeten, den Befehl, Lymond mit Bluthunden aufspüren zu lassen, zurückzuziehen, ruhig sagen konnte: «Jerott... haben Sie nicht gelernt, daß das Fleisch und seine Leiden weniger als nichts bedeuten? Seine Verbrechen gegen meine Schwester, die bitteren Auswirkungen eines schamlosen Ehrgeizes... das sind weit schlimmere Krankheiten der Seele als jeder Schaden, den sein Körper nehmen könnte. Er ist krank», sagte Graham Malett sanft und drückte Jerotts Schulter. «Verweigern Sie ihm nicht die Heilung, die er braucht.»

Daraufhin dachte Jerott grimmig, während er in die aufrichtigen Augen aufschaute: Er *ist* krank. Und *ich* habe ihm die Heilung verweigert, die er braucht. Aber nur körperlich, Sir Graham. An Francis Crawfords Gespür in den entscheidenden moralischen Fragen gibt es nichts auszusetzen und viel zu bewundern. Während...

Während in Gabriel, wie er schließlich angewidert erkannte, eine

Macht des Bösen herrschte, mühelos aufrechterhalten, die nur einer völlig abartigen Seele entstammen konnte.

Kein Ordensritter konnte hoffen, dagegen anzukommen. Hätte er gefleht, enthüllt, was er wußte, wäre Malett die Flucht möglich gewesen, und Jerott hätte alle künftigen Opfer Maletts auf dem Gewissen gehabt. Er hatte sich geirrt, Lymond hatte recht gehabt. Die Aufgabe, Graham Malett ins Licht der Gnade zurückzuführen, war der Traum eines Narren.

Jerott kehrte nicht zu Lymond zurück. Nach mehreren Tagen brutaler Selbsterforschung suchte er jedoch Nicolas de Nicolay auf, der nach St. Mary zurückgekehrt war, beschützt von seinem berühmten Namen und von seiner angeborenen Neugier dazu getrieben, den Ausgang des Duells zu beobachten. Und Nicolas de Nicolay, der rüstig auf einem Faß in der Ecke der Brauerei saß und dabei zuschaute, wie es in den großen Kesseln arbeitete, drehte sich um und sagte mit Befriedigung in seinem gnomähnlichen Gesicht: «Ah, die Kuh hat sich wieder in Io verwandelt. Ich hoffe, Sie sind gekommen, um mich nach Malta zu fragen. Ich habe Ihnen viel über Malta zu sagen. Und über Tripolis. Kommen Sie. Machen wir einen Spaziergang.»

Und so wurde Jerott Blyth, während er mit gesenktem Kopf über ein leeres schottisches Moor ging und der junge, kalte Oktoberwind frisch durch seinen Umhang wehte, zurückgeführt zu seinem Konvent auf Malta, mit dem dunstigen blauen Meer, dem messingfarbenen Himmel und den heißen bröckeligen Mauern, die sich cremerosa gegen beides abzeichneten. Und er hörte die Geschichte von Draguts Angriff, wie Francis Crawford und de Nicolay sie sich gemeinsam erschlossen hatten.

Wenn man darüber nachdachte, war es die Geschichte eines kaltblütigen Machtstrebens ohne Beispiel. In Graham Malett war nichts von dem dynastischen Ehrgeiz, der das Haus Guise groß gemacht hatte, der die Brüder der Königinwitwe zu einer Mischung aus Priestern, Diplomaten und Geschäftsleuten gemacht hatte. Im Gegensatz zu Päpsten und Kardinälen vor ihm war er auch kein Mann der Religion, der Geschmack an weltlicher Macht und Intrigen gefunden hatte. «Was Sie», hatte Nicolas de Nicolay gleich am Anfang gesagt, «angebetet haben wie einen Magnolienbaum, ist nicht mehr als ein unterentwickeltes Stück Natur. Wir meinen, daß in ihm nicht die Spur von Mitgefühl für seine Mitmenschen zu finden ist. Wenn ihm das fehlt, dann ist alles, was er ist, was er tut, unecht, und am unechtesten ist sein blasphemisches Schauspiel vor dem Altar.

Denken Sie», hatte Nicolas de Nicolay gesagt, während er über einen kleinen Bach sprang, stehenblieb, um ein Weidenröschen aus dem Gebüsch zu pflücken und zwischen den Fingern zu drehen. «Denken Sie darüber nach. Es ist möglich, daß ein Mann die Gelübde ablegt und daß sein Leben einen anderen Verlauf nimmt, so daß die Gelübde überlagert werden und in Vergessenheit geraten. Es ist traurig, aber häufig. Aber hier ist ein Mann, der täglich, stündlich auf den Knien seine Gelübde und Beteuerungen erneuert, der Gott als seinen liebsten Vertrauten und Freund anruft und die fromme Maske durch nichts, sei es auch noch so tragisch oder überraschend, auch nur eine Sekunde lang verrutschen läßt. Das ist ein wahrer Fürst der Finsternis, nicht wahr? Man sollte sich stets vor ihm in acht nehmen.»

«Denn unter allen Männern könnte Gott Sie lieben, und ich Sie auch.» Das hatte Gabriel ganz am Anfang zu Francis Crawford gesagt, in der Erwartung, Lymond werde ihm folgen.

«Warum?» sagte Jerott plötzlich. «Warum hat Sir Graham, als er erkannt hat, daß Lymond Gott und seiner Religion widerstehen würde, einfach den Druck verdoppelt? Warum hat er überhaupt zuerst versucht, ausgerechnet Lymond zu seinem Jünger zu machen? Eine persönliche Herausforderung?»

«Eine Herausforderung?» Der kleine Geograph blieb unvermittelt stehen, drehte sich um und schaute ihn an. «Gibt es so etwas? Nicht für Gabriel. Jedenfalls nicht für den Gabriel von damals. Ah, nein. Man möchte meinen, es sei lediglich einer der vielen Züge gewesen, die unser Freund Sir Graham damals in seiner wachsenden Enttäuschung über den Orden ausprobierte. Er ist ein Großkreuzträger. Er hätte mit Recht erwarten können, daß er als Großmeister in Betracht kam, und dann wäre die Welt vor ihm zurückgewichen und hätte das Knie gebeugt! Aber da ist der alte Mann de Homedès, der nicht sterben will, der den Ordensschatz plündert und Gabriels rechtmäßiges Patrimonium schwächt. Was also wird ihm auf Malta bleiben, wenn die Türken damit fertig sind? Noch schlimmer, neue

Namen tauchen auf: la Valette, de Romegas, sogar Leone Strozzi. Es ist in keiner Weise sicher, ob er am Ende überhaupt Großmeister werden wird. Also betrachtet er die Möglichkeiten. Es gibt zwei. Entweder stirbt der Großmeister, oder Gabriel sucht seinen Aufstieg anderswo. Wo? Indem er als erstes zu den Türken übergeht. Falls die Türken Malta erobern, ist Graham Malett gut beraten, wenn er auf der Seite der Türken ist. Oder er kann sich anderswo einen Platz suchen, ein anderes Fürstentum, das er vielleicht eines Tages zu seinem Reich machen kann.

Also hat er sich aus zwei Gründen für unseren jungen Freund interessiert. Vielleicht kann er Lymond durch religiöse Inbrunst dazu anstiften, den Großmeister zu töten oder eine Rebellion anzuzetteln, die zu dessen Tod führt. Gabriel selbst kann das nicht tun und weiterhin hoffen, mit derart beschmutzten Händen vom Kaiser oder vom Papst in das Amt eingesetzt zu werden. Vielleicht bekommt er aber auch aus dem jungen Mann soviel wie möglich über Schottland heraus und erfährt, ob ein seit langem verlorener Sohn, der möglicherweise gezwungen ist, seine lebenslängliche Berufung aufzugeben, dort willkommen wäre. In diesem Fall kam noch etwas dazu: Er fand heraus, daß Lymond Dragut kannte, und konnte so den alten Korsaren einschätzen, ehe er ihm sein Angebot machte.

Vielleicht hätte Graham Malett sein Glück bei den Türken gesucht, wenn er nichts von Lymonds geplanter Armee in St. Mary erfahren hätte. Er hatte den Türken schon Avancen gemacht. Deshalb hat er von Befestigungsanlagen abgeraten, deshalb hat er den Rittern eingeredet, die Türken würden St. Angelo angreifen und nicht Gozzo. Deshalb war Sir Graham einer der sieben Männer – der sieben tapferen Männer, mein Freund –, die de Villegagnon aus Il Borgo in das belagerte Mdina begleiteten. Hätte Lymond ihn nicht während des ganzen Ritts im Auge behalten, hätte Dragut am Morgen gewußt, daß nur sieben Männer in Mdina eingetroffen waren. Hätte Lymond ihn nicht unter Lebensgefahr daran gehindert, wäre Gabriel am nächsten Tag über die Mauer von Mdina geklettert und hätte Dragut verraten, die Nachricht über eine Verstärkung sei falsch. Und Sie werden sich daran erinnern, daß Graham Malett in Tripolis äußerst bedacht darauf war, außerhalb der Zitadelle zu sein, nicht in ihr – mit anderen Worten, im Lager der Türken, wo er und kein anderer Sinan Pascha von der schwachen Bastion berichtet haben muß. Sie haben geglaubt, Sie in der Zitadelle, das habe ein entkommener Deserteur verraten, nicht wahr? Aber jener Deserteur wurde getötet, ehe er sprechen konnte.

Denn Gabriel wollte den Sturz des Großmeisters», sagte Nicolas mit angenehmer Stimme. «Während er ihn so großmütig unterstützte, untergrub er sacht, ganz sacht das Fundament. Die Kalabrier, die sich so unglücklich dagegen wehrten, Il Borgo zu verlassen – er konnte nichts tun, um sie zu beruhigen, dieser Priester mit der goldenen Zunge. Er ließ sie in schlimmerer Verfassung als vorher zurück und unterstrich lediglich die Grausamkeit des Großmeisters, indem er betonte, Tripolis sei ohne Verteidigung. Aber das hat er geschickt gemacht. Verstehen Sie, Sir Graham wollte nicht führen, für den Fall, daß der Orden einer Niederlage und Katastrophe entgegensteuerte. Im Gegenteil, er wollte das Lob dafür, daß er ihn scheinbar zusammenhielt.»

Sie hatten die Hügel von Yarrow erreicht und die lange Schlucht des Craig Hill, wo an einem nebligen Oktobertag vor vier Jahren zwanzig Männer und eine Schafherde mit Helmen Lord Grey und seine Engländer in die Flucht geschlagen hatten. Jetzt schlängelte sich der Fluß braun und heiter durch die noch grünen Wiesen in der Herbstsonne, und Nicolas de Nicolay, mit einem Freudenruf angesichts des Anblicks, legte die Arme auf das rauhe Holz einer Schafkoppel und hielt, Jerott an seiner Seite, Ausschau, während er sprach.

«Aber Sir Graham hatte nicht vergessen, daß sich Lymonds Dienste als noch wertvoller erweisen könnten. Er ergriff Maßnahmen, seine Rivalen aus dem Weg zu räumen: alles, was den anderen Mann hätte festhalten oder seine Pläne durchkreuzen können. Er hat mir von einem Brief von Fräulein O'Dwyer erzählt, an den Sie sich vielleicht erinnern, der sorgfältig zugestellt und in aller Unschuld von Gabriel geöffnet wurde. Ich glaube, Sie selbst waren das Werkzeug, das ihn auf Gabriels Wunsch daran gehindert hat, nach Gozzo überzusetzen, wo er entweder durch die Türken sein Leben verloren oder die Frau gerettet hätte, für die er von da an verantwortlich gewesen wäre. So sehr mich der Gedanke kränkt, es war auch Gabriels Werk, nicht nur das meine, daß Mr. Crawford sicher aus dem Hospital in Il Borgo geschafft wurde, wo der Großmeister ihn versteckt hatte. Ich bin mir sicher, daß Gabriel damit die schlimmsten Absichten verband. Mr. Crawford sollte nicht das Opfer von Juan de Homedès werden. Er sollte ein schimmerndes kleines Werkzeug in den geschickten Fingern Gabriels werden.»

«Und deshalb sollte Oonagh als tot gelten», sagte Jerott. Er hatte die ganze Zeit, mit bleichem Gesicht, de Nicolays flüssigen, freundlichen Vortrag weder mit einer Frage noch mit einer Bemerkung unterbrochen.

«Deshalb wurde sie dazu überredet, sie müsse Lymond zuliebe für tot gelten, müsse ihn, wenn sie erst einmal verschwunden sei, in dem Glauben lassen, sie sei tot. Sie und ich wissen, wie Lymond sie in Tripolis zu retten versucht hat. Es hätte sie beinah beide das Leben gekostet. Er ist ein ausgezeichneter Schwimmer, und sie hatten nicht damit gerechnet. Aber wer hätte etwas von ihrem Fluchtversuch wissen können? Nur zwei Menschen: Gabriel und der Pirat Thompson. Aber es ist unwahrscheinlich, daß Thompson der Verräter war. Er verdankte Lymond sein Leben; Lymond hat ihm zur Flucht aus der türkischen Galeere verholfen. Deshalb muß es Gabriel gewesen sein, der beschlossen hatte, Lymond solle allein nach Schottland zurückkehren, seine großartige Armee für ihn vorbereiten und Graham Maletts Jünger oder sein Opfer werden, sobald die Armee ausgebildet war. Den Rest kennen Sie.»

Lange Zeit sagte Jerott Blyth nichts. Dann sagte er schließlich mit heiserer Stimme: «Sie sagen, Lymond habe ihn beobachtet. Wo konnte er das? Wie hat er erraten, besser als einer von uns, was Gabriel war?»

Der kleine Mann musterte ihn mitfühlend. «Das ist hart für Sie? Er hat keine Inbrunst, keinen Glauben, und doch wittert er etwas Falsches, etwas zu Vollkommenes, etwas, das ihn sich fragen läßt: ‹Wenn dieser Mann das alles ist, was er zu sein scheint, warum sind ihm dann nicht alle Trophäen der Welt in den Schoß gefallen? Warum ist er nicht der Leitstern des ganzen Ordens, spanische Clique hin oder her? Warum erniedrigt sich Juan de Homedès nicht vor ihm, voller Scham?›» Die funkelnden Augen des kleinen Mannes erforschten Jerotts Gesicht, und seine dunklen Augenbrauen tanzten. «‹Liegt es daran, daß diese völlig beherrschten Reaktionen etwas Unmenschliches an sich haben, diese überirdische Ausstrahlung?›

Soll ich Ihnen sagen», sagte Nicolas de Nicolay und wedelte mit den Armen, «warum Lymond damit anfing, Ihren priesterlichen Freund zu hassen – zu *hassen*, wohlgemerkt? Er hat es mir erzählt. Es war, als Graham Malett erlaubt hat, daß die Frauen und Kinder nach Gozzo zurückgeschickt wurden.»

«Das hätte er nicht verhindern können», sagte Jerott verblendet. «Der Großmeister hatte das Kommando. Die spanischen Ritter waren uns gegenüber in der Überzahl.»

«Das bestreitet Mr. Crawford nicht», sagte de Nicolay sanft. «Er sagt lediglich, falls Gabriel gewesen wäre, was er zu sein schien, *hätte er auf dem Landungssteg sterben müssen*.»

Ein weiteres langes Schweigen entstand. Und dann stellte Jerott seine dritte und letzte Frage. «Sein Sohn. Oonaghs Sohn», sagte er. «Wer hat das Kind?»

«Ich weiß es nicht», sagte Nicolas de Nicolay. «Ich kann niemanden finden, der es weiß. Lymond hat nichts von der Existenz des Kindes erfahren, und ich hoffe, er wird nie davon hören. Falls Sie noch an das Gebet glauben, falls Sie wissen, wer Sie erhören könnte, möchte ich Ihnen raten zu beten, daß das Kind tot ist.»

Danach ließen sie sich Zeit mit der Rückkehr nach St. Mary, und als sie gegen Mittag ankamen, fanden sie das Lager in Aufruhr vor. Es gebe Grund zu der Annahme, sagte Graham Malett knapp, daß Francis Crawford mit seinen aus der Kompanie ausgetretenen Freunden in Edinburgh gesehen worden sei. M. d'Oisel habe jedenfalls lange genug Soldaten dort stationiert. Die unmittelbare Suche nach Lymond werde abgebrochen, und die ganze Kompanie von St. Mary, mit der französischen Truppe als Schutz gegen Zwischenfälle, werde nach Edinburgh verlegt.

«Wo Heiterkeit wohnen, Vergnügen, Ergötzen und Spiel», sagte Lymond, als er das drei Stunden später in dem baufälligen Turm, der für zwei Tage sein Zuhause war, von Jerotts Diener erfuhr. «Aber ich bin nicht in Edinburgh und bin nicht in Edinburgh gewesen; warum will Gabriel also, daß d'Oisel dort ist? Was meint Mr. Blyth?»

«Mr. Blyth meint, es ist ein Trick», sagte Jerott. Eine letzte Hemmung hatte ihn bewogen, seinen Diener hineinzuschicken, statt selbst zu gehen. Aber Lymond war allein und recht erholt. Als Jerott bewaffnet auf die Schwelle trat, erhob sich Francis Crawford von der Schießscharte, von der aus er gesprochen hatte, und kam langsam auf ihn zu. «Ah. Eine Konversion», sagte er tonlos. «De Nicolay, nehme ich an.»

«Ja... Ich ergreife Maßnahmen, auf meine Ritterwürde im Orden zu verzichten», sagte Jerott gleichermaßen tonlos. «Ich habe Sir Graham nichts darüber gesagt, auch nichts über andere, sein Verhalten betreffende Dinge. Ich reise sofort nach Frankreich ab.»

Lymond drehte sich um, schlenderte geistesabwesend über den mit Stroh bestreuten Boden und setzte sich wieder auf seinen Platz am unverglasten Fenster. «Auf dem üblichen Wege kommst du nicht dorthin», sagte er. «Du warst auf der *Magdalena*, weißt du noch? Niemand wird dich außer Landes lassen, ehe nicht die englische Kommission Bericht erstattet hat. Zum Glück ist Thompson etwa um dieselbe Zeit, als die englische Beschwerde Falkland erreichte, hier angekommen. Logan ist dafür bezahlt worden, daß er die Zustellung verzögert...»

«Dein Fall ist also abgeschlossen», sagte Jerott. «Und die Hunde sind zurückgepfiffen worden, du kannst also nach Falkland reisen und ihn vortragen.»

«Glaubst du das?» sagte Lymond. «Vielleicht. Wie auch immer, Thompson legt in zwei Tagen ab. Von ein paar Hänseleien abgesehen, bin ich mir sicher, daß er dich nach Frankreich bringen kann, wenn er entsprechend bezahlt wird.» Er machte eine Pause. «Ich bin ungeheuer froh, daß ich von der Evakuierung von St. Mary weiß. Zu deiner Absicht, den Orden zu verlassen, habe ich nichts zu sagen, sollte ich nichts sagen. Wie du einmal bemerkt hast, haben Gabriel und ich eines gemein: die Tatsache, daß wir dich mit vereinten Kräften deiner Religion beraubt haben.»

«Nein. Das hätte keiner von euch beiden tun können», sagte Jerott, dessen finster zusammengezogener Blick plötzlich ruhig wurde. «Aber ihr habt mir gezeigt, mit vereinten Kräften, daß ich nur ein humpelnder Novize bin. Der Orden verlangt mehr, als ich geben kann.»

«Er verlangt mehr, als irgend jemand geben kann», sagte Lymond, dessen Verhalten sich plötzlich veränderte, und stand auf. «Ist das wahr? Du siehst durch Gabriels Schatten hindurch das Ideal des Ordens? Und durch meinen hindurch... was ich tun will, nicht, was ich tue?» Er lächelte, wenn auch nicht mit den Augen, kam herüber und stand neben Jerott auf der Schwelle. «Du wirst deinen Platz finden, Jerott. Viel Glück. Und Gott sei mit dir auf der Reise nach Frankreich.»

Er berührte den Scheidenden nicht, und in seinem Blick lag nichts von Gabriels strahlender Offenheit, aber Lymonds Stimme war, wie Jerott sie selten gehört hatte, völlig ohne Spott, und ein wenig von der Herzlichkeit, die er unterdrückte, war ihr anzumerken.

Und aus einem unerfindlichen Grund brachte das Jerotts ganzen Mechanismus des Redens, der Gefühle und des Handelns bebend zum Stillstand. Er stand da, während sich ihm der Magen umdrehte, und hörte, wie Lymond, die Stimme wieder kühl, hinzufügte: «Wie unglaublich verlogen das klingt. Was für ein Los für die Sprachen der Welt, daß nach Gabriel alles Wahre, Einfache, Gewissenhafte wie Urschleim klingen muß.»

Daraufhin überwand Jerott wenigstens den Krampf in seinem Magen und den Kloß in seinem Hals und erklärte, ohne Rücksicht auf alle Pläne, die er gemacht hatte: «Ich möchte bleiben. Darf ich?»

«O Gott, Jerott», sagte Francis Crawford, und das Blut stieg ihm verräterisch in das farblose Gesicht. «Ja... aber... o Heiland, ich bin froh. Aber wenn du meinen Rücken noch einmal anrührst, mußt du die ganze verdammte Prozedur selbst durchmachen.»

Er hatte es sich gerade noch rechtzeitig überlegt. Eine halbe Stunde später kam die Nachricht aus Midculter, Madame Donati sage, die Kerrs seien von Graham Malett gerufen worden, und Peter Cranston habe sich ihnen angeschlossen. Sie seien unterwegs nach Edinburgh.

Bald darauf erschien, auf die angellose Tür zugaloppierend, Janet Beaton von Buccleuch, mit einer Handvoll kräftiger Scotts im Gefolge, und brachte eine schlimme Nachricht, durch die sich das Bild vervollständigte. Thomas Wishart war getötet worden – Tosh, den Lymond in Braxholm eingeschleust hatte, damit er Buccleuch mit seinem Leben beschützte. Und Buccleuch, der von dem Mord nichts wußte, war ohne Eskorte und ohne Toshs Schutz allein aufgebrochen.

Während sie ausgefragt wurde, stampfte Janet auf dem Boden des Turms herum und kratzte sich unter der hochgeschlagenen Hutkrempe den Kopf. «Ich war mit Grizel bei Andro Murray, verstehst du. Sybillas Idee, und das Mädchen ist angetan von ihm, dem Herrn sei gedankt. Ich habe von dem Ganzen erst gehört, als ich zurückkam. Aber es lief darauf hinaus, der Lord Kommandeur habe ihn rufen lassen, auf Anweisungen der Königinwitwe in Falkland.»

«Buccleuch wohin rufen lassen?» fragte Lymond. «Nach Falkland? Kaum. Dann hätte er ein Gefolge mitgenommen. Aber er ist allein aufgebrochen.»

«Er hat nicht einmal einen Schürhaken mitgenommen», bestätigte Janet mit ihrer kräftigen Stimme. «Könnte das nicht für einen Ort sprechen, an dem er Waffen und Wäsche hat? Er hat ein Haus in der High Street, wo es an beidem nicht mangelt.»

«Die High Street, wo?» Jerott sprach vor Erregung schnell.

«In Edinburgh. *Edinburgh*», sagte Lymond. «Du hast Gabriels Trumpf gehört. Gabriel ist ein Prophet. D'Oisel ist in Edinburgh, meine Truppen sind in Edinburgh. Und die Kerrs. Und Buccleuch, der arme, eigensinnige, tapfere alte Mann, unbeschützt und ganz auf sein knurriges Selbst gestellt. Deshalb ist es selbstverständlich...»

«Du gehst nicht», sagte Jerott schnell.

«Ich brauche Nicolas», sagte Lymond und ignorierte ihn. «Und die drei Offiziere und meinen Bruder. Ist der Mann aus Midculter noch draußen? Archie und Salablanca werden direkt Bericht erstatten. Richard soll Madame Donati und Philippa mitbringen... Ist das anständig? Ja, ich glaube, Philippa muß dabeisein. Und Janet... kommst du mit? Aber nur mit den Männern, die du zu deinem Schutz dabei hast, nicht mehr...»

Jerott packte ihn am Arm. *«Du gehst nicht!»*

Lymond wurde unter seiner Hand völlig reglos. «Was im Leben», sagte Francis Crawford und betonte dabei jede Silbe, «könnte deiner Meinung nach das Wissen versüßen, daß ein weiterer Scott von Buccleuch gestorben ist, wenn ich es hätte verhindern können? Oh,

Gabriel weiß, die Nachricht von Toshs Tod wird mich auf der Spur von Buccleuch nach Edinburgh führen. Aber er weiß nicht, daß ich sein Todesurteil mitbringe.»

Jerott ließ den Arm fallen, als Janets kräftige, gequälte Stimme sich einschaltete. «Die Kerrs sind in Edinburgh, hast du gesagt? Ist das wieder ein Schachzug von Gabriel?»

«Ja. Du wirst sehen», sagte Lymond, bückte sich, hob seinen leichten Sattel auf den breiten Fenstersims und fing damit an, mit schnellen Fingern, die Taschen beiderseits zu füllen und festzuschnallen, «daß George Paris in Edinburgh ist, in irgendeinem Quartier, und Cormac O'Connor ist in Falkland bei der Königinmutter und betört sie auf Gabriels Wunsch mit der Nachricht, daß George Paris nicht der treue Unterhändler ist, für den sie ihn immer gehalten hat, sondern in Wahrheit ein Doppelagent, der auch für England arbeitet.

Und weil George Paris so gut wie sicher in seinem Quartier eine Menge Dokumente aufbewahrt, die nicht nur ihn anschwärzen, sondern auch die Verschwörung der Königinwitwe und der irischen Lords gegen die Engländer ans Licht bringen werden, wird sie äußerst erpicht darauf sein, diese Papiere nicht in die Hände der englischen Regierung geraten zu lassen. Deshalb wird sie vermutlich die erste Gelegenheit ergreifen, Paris in Edinburgh festnehmen und die Papiere beschlagnahmen zu lassen, vermutlich durch die Behörden, ihren Botschafter aus Frankreich oder vielleicht sogar, falls Cormac O'Connor das vorschlägt, durch einen loyalen und unabhänigen Adligen, bei dem sie sich darauf verlassen kann, daß er ihren Anteil an der Affäre verschweigt. Und dem um der Geheimhaltung willen gesagt worden sein könnte, er solle keine Diener mitnehmen...»

«Buccleuch», sagte Janet. Sie putzte sich die Nase. «Ich habe etliche Männer hinter ihm hergeschickt. Wenn sie ihn bis nach Edinburgh verfolgen können, werden sie das Stadthaus aufsuchen.»

«Er wird im Quartier von Paris sein», sagte Lymond. «Und Paris' Papiere finden. Und hast du vergessen, was Paris' Papiere sonst noch verraten? Politische Intrigen internationalen Ausmaßes. Im übrigen gibt es höchstwahrscheinlich Unterlagen über Thompsons großartigen Plan mit den Schiffsversicherungen und die Namen seiner Mitbetrüger, *zu denen die Kerrs gehören.*»

Danach gab es Befehle, jede Menge Befehle, bei denen der Mann aus Midculter und zwei von Janets kräftigen Scotts als Boten fungierten, und inmitten des Ganzen tauchten Abernethy und Salablanca auf und erfuhren, was sie zu tun hatten.

Dann, nur Augenblicke später, wie es den Anschein hatte, sprengten sie wie ein überhitzter Topf mit Linsen auseinander, ihren verschiedenen Aufträgen entgegen, und Blyth und Lymond, mit den beiden Männern hinter sich, ritten ohne Ruhepause und offen direkt in das Netz.

17. Kapitel

Gabriels Trumpf

Edinburgh, 4. Oktober 1552

Die Kerrs, mit der linken Hand sehnsüchtig die Schwerter streichelnd, waren äußerst wütend. In ihren Köpfen gingen alle früheren Morde und alle Kränkungen aus neuerer Zeit um: die Schlappe bei Ettrick, die Ermordung von Nell von Cessford, das Gemetzel in Liddesdale, die Farce mit den Kindern in Hadden Stank. All das würden sie nie vergessen. Zudem hatte es den Anschein, als wollte sich der alte Dieb Buccleuch selbst übertreffen. Die Gerüchte behaupteten, er sei eigens nach Edinburgh geritten, um den unappetitlichen Anteil der Kerrs an den Plänen von Jock Thompson, Cormac O'Connor und George Paris zu enthüllen.

Die Kerrs waren an jenem vierten Oktobertag also unterwegs, durch das liebliche Land zwischen Cessford und Edinburgh, mit ihren Freunden und Verbündeten als Gesellschaft.

Als sie Edinburgh erreichten, war es dunkel. Sir John Kerr von Ferniehurst und sein Bruder Walter von Cessford waren schlau. Eine grimmige Kompanie, voll bewaffnet und in den Farben der Kerrs, wäre am Bow aufgehalten worden. Deshalb schlängelten sie sich langsam hindurch, paarweise, und die ersten, die hineinritten, waren diejenigen, die den Auftrag hatten, George Paris zu finden, ihn umzubringen und alle Papiere zu vernichten, die sie auftreiben konnten.

Deshalb gingen elf Kerrs durch den West Bow und die steile Serpentine zum Lawnmarket hinauf, unter ihnen Cessford und sein Bruder Andrew, Ferniehurst und sein Bruder und sein Schwager und Dandy Kerr von Hirsell, jetzt Inhaber von Littledean, und sein Sohn. Etliche Diener waren dabei, ein paar angeheiratete Verwandte, Sir Peter Cranston und drei Mitglieder der Familie Hume, ebenfalls eine wichtige Grenzerfamilie, die sich mit den Kerrs nicht zerstreiten wollten.

Robert Kerr und zwei andere gingen zu Buccleuchs Haus. Ferniehurst, mit Andrew Kerr von Primsidloch, George Kerr von Linton und Littledean und sein Sohn schlugen den Weg zu George Paris' Quartier am Lawnmarket ein. Und Sir Walter Kerr von Cressford, das alte Familienoberhaupt, schlenderte mit John Hume von Coldenknowes an seiner Seite die Hauptstraße von Edinburgh entlang, die Schloßmauer in seinem Rücken. Ausnahmsweise hielt er sich fern von den zu beiden Seiten aufgehängten schwachen Laternen, die das Holzgerüst der hohen, kaminähnlichen Häuser und die Außentreppen rötlich färbten, deren schmale Stufen oben in der Finsternis verschwanden.

Auf den Pflastersteinen verursachten ihre weichen Wildlederstiefel keinerlei Geräusch; sie ließen außerdem anders als üblicherweise kein Licht vor sich hertragen. Nur wenig Leute waren unterwegs. Im Oktober wehte nach acht Uhr abends eine frische Brise vom Westen her, die den Nor' Loch kräuselte, und die Franzosen tranken zuviel in den Kneipen und suchten auf den Straßen Ärger. Die eine oder andere Frau war draußen, hin und wieder schien ein Licht, wurde gelacht, leise oder laut geklatscht, während eine Gasthaustür sich bewegte. Ein Wachmann der Bürgerwehr kam vorbei, schwenkte seine Waffe und beobachtete die Kerrs neugierig.

Hinter ihnen war auf dem Lawnmarket unter den geschnitzten Laubengängen kein Lärm losgebrochen: Die Sache mit Paris mußte gut verlaufen sein. Cessford und Hume schritten ohne Hast von dem weitläufigen Markt in den engen Kanal der Queen's High Street von Edinburgh. Dort nahmen sie den schmalen und dunklen Durchgang rechts von Luckenbooths, wo der hohe Umriß von Tolbooth, gleichzeitig Gefängnis, Gericht und Parlament, dunkel in der Nacht aufragte. Zwei der trüben Fenster waren erleuchtet. Und daneben hing im normannischen Portal der St.-Giles-Kirche eine Lampe, und die seltsamen Fratzen in den Portalbögen gähnten und grinsten, und aus dem stattlichen Gebäude mit dem hohen Grat der Krone drang Weihrauchgeruch, und die große Glocke von St. Giles, die nach der Katastrophe bei Flodden die Trauer der Nation verkündet hatte, würde heute nacht und in jeder Nacht um zehn vierzigmal schlagen, eine Warnung an die Bürger Edinburghs, den

Straßen fernzubleiben. Die Kerrs mußten bis dahin getan haben, was zu tun war, und die Stadt wieder verlassen haben.

Punkt neun hatten Kerr und Coldenknowes das Ostende von Stinkand Style erreicht, vorbei an den Ständen und der Kirche, und kamen in die High Street, mit Mercat Cross zu ihrer Linken und dem Eingang zu Conn's Close zu ihrer Rechten. Conn's Close führte hinunter zum Cowgate, wo George Hoppringle, von einem Jungen begleitet, gerade in David Lindsays Schmiede seine Pferde beschlagen ließ. Unterhalb davon lag zu ihrer Rechten der Tron und daneben das hohe Haus mit den konsolengeschmückten Erkern, dessen Stockwerke hoch und krumm über den Köpfen der Männer aufragten und in dem Buccleuch eine Wohnung hatte.

Dann gingen die Lichter aus. Laut Gesetz mußte jeder Haushalt bis neun eine Lampe brennen lassen, und die Hausherren dachten an den Preis des Lampenöls und sorgten dafür, daß das Hausmädchen sofort die Treppe hinunterlief und keinen Augenblick vergeudete. Zur selben Zeit kündigten Schritte aus der Richtung, aus der sie gekommen waren, einen Diener Ferniehursts an, der langsamer wurde, als er sie im letzten erlöschenden Licht sah, und ihnen mit leiser Stimme die Nachricht seines Herrn ausrichtete.

Sie hatten George Paris' Wohnung gefunden und die Tür aufgebrochen. Aber sie waren zu spät gekommen. Paris war fort, seine Papiere mit ihm. Er befand sich im Gewahrsam der Polizei von Edinburgh unter dem Lord Kommandeur, der Wat Scott von Buccleuch bei sich hatte.

Die Komplizenschaft der Kerrs mit Paris ließ sich nicht länger verheimlichen. Aber sie hatten Zeit, sich zu rächen, alle Zeit der Welt.

Dieses Mal zögerten weder Hume noch Cessford. Unter den frommen Motti und den unsichtbaren Statuen aus der schottischen Geschichte liefen sie leichtfüßig die Treppe zu Buccleuchs Wohnung hinauf, den Diener im Schlepptau, und hoben die Fäuste, um gegen die Tür zu schlagen.

Sie waren nicht die ersten. Robert Kerr, Ferniehursts Bruder, trat aus dem Schatten, seine Freunde schweigend hinter sich, und sprach mit leiser Stimme. Buccleuch war nicht da. Aber Robert Kerr und seine Freunde waren bereit, auf ihn zu warten, die ganze Nacht, wenn es sein mußte. Sir Walter Kerr ließ ihn dort, kehrte mit seinem Bundesgenossen John Hume auf die Straße zurück, und sie gingen langsam wieder die High Street entlang auf die Stinkand Raw zu.

Dort lief ihnen Wat Scott über den Weg, nachdem er George Paris unter Bewachung im Tolbooth zurückgelassen hatte. Er umrundete den Friedhof hinter St. Giles und kam auf dem Rückweg zu seiner Wohnung am Marienportal vorbei.

Er war allein. Cessford und Hume sahen ihn zunächst als stämmigen, dunklen Schatten, der an der hellgrauen Masse der Kirche vorbeistapfte; dann, als sie näherkamen, zeigte das schwache Licht vor der Marienstatue den vertrauten, vollbärtigen Aufseher, das Barett flach auf dem Kopf, das weite, kurze Obergewand wehend, als er mit klirrenden Sporen über den Durchgang schritt.

Er sah ihre Gesichter recht deutlich, als sie sich auf ihn stürzten, John Hume voran, und wenn ihm eine Sekunde mehr Zeit geblieben wäre, hätte er seine Stentorstimme zu einem Gebrüll erheben können, das ihm vielleicht das Leben gerettet hätte. Aber Humes dicke Hand klammerte sich um seinen bärtigen Mund, und Humes und Cessfords gemeinsames Gewicht wälzte den alten Mann wie eine sperrige Last über den Boden, tretend und stolpernd, zwischen die Stände, in die High Street und wieder zwischen die Stände. Dann zog John Hume sein Schwert.

Buccleuch war ein starker alter Mann. Aber der Tod seines Sohnes hatte an seiner körperlichen und geistigen Kraft gezehrt. Er rollte über den Boden, stieß mit den Beinen zu, halb erstickt, stimmlos, und sah vermutlich das Glitzern von Coldenknowes' Klinge und die jähe Bewegung, als Kerr von Cessford, der Bedenken bekam, zurückwich und Hume mit wütender Stimme leise rief: «Stoß zu, *Verräter*! Ein Stoß um deines Vaters willen!»

Mit einer heftigen Bewegung kam Wat Scott von Buccleuch auf die Knie, im selben Augenblick, in dem das Schwert auf ihn zukam, und er packte John Humes Schenkel mit verkrampften Händen, um ihn abzuwehren.

Es war zu spät. Während Cessford zögerte, fluchte Coldenknowes, stieß Buccleuch mit der linken Hand weg und trieb das Schwert durch dessen Körper. Es war eine grauenhafte Wunde: tödlich, aber ohne die Gnade des sofortigen Todes. Einen Augenblick lang zappelte er zu ihren Füßen, im stinkenden Abfall der Markt- stände, dann blieb er mit einem Ächzlaut reglos liegen, während sein Blut und sein Leben schnell verebbten.

John Hume steckte das Schwert in die Scheide, bückte sich, tastete nach einem kräftigen bestiefelten Bein, fand es und fluchte, als der Sporn seine Handfläche aufschlitzte. Dann zog er Wat Scotts leblo- sen Körper mit beiden Händen hinter die lose in den Angeln hän- gende Tür eines Standes, in den Gestank verdorbenen Gemüses und Fleisches, der schwer in der Dunkelheit hing. «Lieg hier, von mir verflucht», sagte er leise. «Denn lieber komme ich an dein Grab als an deine Tür.» Und mit dem schweigenden Cessford im Gefolge verließ er schnell und leise den Style, ging Conn's Close entlang zum Cowgate, wo die Pferde warteten.

Eine halbe Stunde später war Robert Kerr es leid, auf Buccleuch zu warten. Er verließ das Haus neben dem Tron und hielt mit drei Männern, Kritkon, Ainslie und Pakok, der Diener in Humes Haus- halt war, auf der High Street Ausschau nach ihm. Zur gleichen Zeit verließ ein Junge, im voraus großzügig bestochen, auf den Fersen von Cessford und Hume den Cowgate Port und ritt nach Südosten zum Nachtlager des französischen Generalleutnants, M. d'Oisel, mit seinen französischen Truppen und der ganzen Kompanie von St. Mary außerhalb der Stadtmauern. Die Nachricht, die er in das Zelt brachte, in dem der Seigneur d'Oisel und Sir Graham Malett beim Abendessen saßen, lautete, Buccleuch sei ermordet worden. Fünf Minuten später ritt d'Oisel, Sir Graham an seiner Seite, schnell durch St. Mary's Port Richtung High Street, die Hälfte seiner leich- ten französischen Kavallerie hinter sich.

Lymond verfehlte sie um etwa fünf Minuten, denn er nahm den direkten Weg zum West Bow, um schnell den Lawnmarket zu errei- chen, wo George Paris wohnte. Inzwischen hatte die große Glocke von St. Giles ihre vierzig dumpfen Schläge ertönen lassen, und die vielen Tore Edinburghs waren normalen Passanten verschlossen, aber Francis Crawford hatte sich ein Entrée mitgebracht: den gicht- geplagten Sir James Sandilands von Calder, Großprior des Jo- hanniterordens in Schottland, der mit allem Nachdruck, den Jerott aufbringen konnte, aus seiner Bequemlichkeit in Torphichen geholt worden war. Und auch Jerott trug über dem Küraß das schwarze Ordensgewand, das in seiner Kiste gesteckt hatte, seit er aus Malta abgereist war, und der achtzackige Stern schimmerte schwach an seiner linken Schulter.

Die drei Männer, hinter denen das Gefolge des Großpriors aus acht bewaffneten Männern ritt, fegten durch das Tor, galoppierten den steilen Abhang von Castle Hill hinauf und erreichten den Lawnmarket. Sie stellten ihrerseits fest, daß Paris fort war. Lymond ließ Sandilands zurück, verwirrt, zornig und etwas ängstlich, damit er im Tolbooth nachfragte, und ritt, Jerott hinter sich, über den weitläufigen Lawnmarket, um Buccleuch aufzusuchen.

Sie kamen an den Marktständen vorbei, als Robert Kerr eben dort, die drei Männer im Schlepptau, angelangt war, auf der Suche nach Wat Scott von Buccleuch. Sie hörten schließlich ein klagendes Geheul, ein leises, kehliges Jaulen, das von einem Hund hätte stammen können, sich aber als Buccleuchs Stimme erwies, der sich in seinem Blut wälzte und flüsternd um Hilfe bat und Rache forderte. Dann, als Lymonds und Jerotts Hufschläge schwächer wurden, zog Robert Kerr sein Schwert und betrat den Stand.

Mit Schwert und Dolch beendeten die drei Männer mit Kerr das Werk, das John Hume begonnen hatte, immer wieder, Stich um Stich, bis die blutige Masse nicht mehr von dem Unrat um sie herum zu unterscheiden war. Dann zogen sie die blutigen Kleidungsfetzen von der verstümmelten Leiche, formten ein Bündel daraus und liefen in der Dunkelheit ebenfalls zu Conn's Close.

Nur wenige Menschen in Edinburgh·hätten sich um diese Zeit und in diesem Jahr die Mühe gemacht, eine Gruppe von Männern anzuhalten, die in der Finsternis am Mercat Cross vorbeirannten und von denen einer ein Bündel Lumpen trug. Adam Maccullo, Herold von Edinburgh, auf dem Weg von Holyrood zum Castle Hill, war eine Ausnahme. Als das Licht seines Laternenträgers erst auf zwei Reiter fiel, schnell bergab unterwegs, und dann auf die Männer, die aus der Booth Raw kamen und schnell Richtung Conn's Close schlüpften, rief er sofort: «Was gibt's?»

Nur John Pakok, Coldenknowes' Diener, hatte den Mut zu antworten. «Da ist einer umgefallen», bemerkte er und ging pfeifend weiter, den anderen nach, das steile Gefälle zum Cowgate hinunter.

Aber Maccullos Laterne und das Geräusch der Stimmen hatte Lymond schon in einem weiten Bogen vom Tron neben Buccleuchs verlassener Wohnung zurückgebracht. Jerott folgte ihm und sah, daß Lymond abgestiegen war und mit Maccullo an seiner Seite zu den finsteren, aneinandergepferchten Ständen lief, deren Farbe abblätterte und deren schmutzige Bänder im ruckenden Licht der Lampe in der Luft wehten. Jerott schwang sich seinerseits vom Pferd, band beide Tiere locker an die Steinpfeiler der nächsten Arkade und folgte schnell den beiden Männern, als Maccullo aufschrie.

Jetzt tauchten vorsichtig Lichter in den Häusern oberhalb der Stände und der Kirche auf, Läden gingen knarrend auf, und Kerzenschein glitzerte erst auf einem hohen Balkon, dann auf einem zweiten, beschienen die Gaffer, die sich oben die Hälse verrenkten. Dann kam Maccullos Junge, ohne die Laterne, aus der Booth Raw gelaufen und bog Richtung Tolbooth ein, als wären alle Gespenster des Friedhofs hinter ihm her, und Jerott, der endlich dazukam, wäre fast über den Herold gefallen, der stumm an der kaputten Tür eines Stands verharrte, in dem, das Haar von der Laterne beschienen, Lymond schweigend kniete. Neben ihm, im Dreck, lag der verstümmelte Leichnam, naß, warm, grob aufgeschlitzt wie weiches Obst, der Körper, der fast siebzig Jahre lang dem heldenhaften Geist von Walter Scott von Buccleuch gehorcht hatte.

Jerott sah, daß Maccullo Lymond erkannt hatte; er starrte ihn an, während er da kniete, die Hand unsicher am Schwertgurt. Lymond achtete nicht darauf, und obwohl die Linie zwischen seinen Augen sich im grellen Licht finster zusammenzog, war seine Stimme ruhig, als er sprach. «Er ist keine zwei Minuten tot. Er hat gelebt, als wir vorbeigeritten sind.» Er sah auf, mit flammenden Augen. «Da hast du eine Blutfehde, Jerott», sagte er. «Einen Ochsen würden sie sauber schlachten, aber niemals eine lebende Beleidigung ihres Stolzes. Welcher alte Mann hat solchen Haß verdient?»

«*Da ist er. Ergreift ihn*», sagte Gabriels Stimme hallend, vom Haß verzerrt, aus der Dunkelheit. «*Ergreift ihn, in Christi Namen, mit Händen, die wieder rot sind vom Blut eines Mannes.*» Und plötzlich, mit einem Zischen gezogenen Stahls, schienen sich die trampelnden Füße einer Armee auf Lymond zu stürzen, und die High Street, die Stände, die Stinkand Raw und der dunkle Friedhof, der zum Cowgate hinunterführte, waren mit Soldaten bevölkert.

Jerott wartete nur solange, bis Lymond, weiß und geschmeidig, auf die Beine sprang, das Schwert gezogen, und er war froh darüber, daß er nicht zu dem Trupp gehörte, der Francis Crawford hier und jetzt festnehmen sollte. Dann drehte sich Jerott um, zur Tür, die schwarzen Augen funkelnd, und schlug mit seinem Schwert gegen die erste Klinge, die in das Laternenlicht kam, während Lymond hinter ihm einen Satz über Buccleuchs Leiche machte, sich mit Klinge und Schulter durch die verfaulte Rückwand schob und in die Dunkelheit dahinter sprang.

Jerott hielt sie ein paar Sekunden lang in Schach. Dann wurde er beiseite gestoßen, genau wie Maccullo, dessen Ausruf unbemerkt blieb, als d'Oisels Franzosen schreiend hereinströmten. Der junge Ritter, dem der Umhang halb von der Schulter gerissen worden war, stellte sich spreizbeinig über Buccleuchs wehrlose Leiche, die von allen Seiten zertrampelt wurde, und versuchte angestrengt, durch die wimmelnden Körper hindurch zu sehen, ob Lymond entkommen war, während er mit der flachen Klinge erbittert die stampfenden Füße abwehrte und sich vor groben Zugriffen schützte.

Er sah, daß der Herold plötzlich eine Entscheidung traf, sich den Weg dorthin freikämpfte, wo Jerott die Pferde gelassen hatte, eines losband und Richtung Conn's Close galoppierte, mit drei Männern hinter ihm. Der Junge mußte aus dem Tolbooth zurückgekommen sein, mit einem Sergeant und etlichen Männern. Die Kerrs, falls die Kerrs die Schuldigen waren, würden nicht weit kommen. Dann drehte sich Jerott ebenfalls um, wollte Lymond und den Franzosen dorthin folgen, wo das Geschrei am lautesten war, wo Holz splitterte, als die Stände zusammenbrachen, und Glas barst, während Männer gegen die kleinen Fenster der Häuser prallten. So fand sich Chevalier Blyth von Angesicht zu Angesicht mit einem riesigen Schatten wieder, der schweigend in der Lücke der weggerissenen Rückwand stand: dem Schatten eines großen Mannes, dessen weißer Federbusch in der Nachtluft wehte und dessen Küraß wie

Jerotts hell glitzerte unter dem langen schwarzen Gewand mit dem Stern auf der Schulter, dem Gewand eines Großkreuzträgers des Johanniterordens.

«Mein armer Junge», sagte Graham Malett sanft. «Sie tragen Ihr Gewand, obwohl Sie gegen jedes Ritterlichkeitsgelübde verstoßen haben, das der Orden verlangt. Sie haben sich entschieden, jenem eigensinnigen, einsamen jungen Mann zu folgen, und kein Gebet kann Sie jetzt noch retten . . . Hören Sie zu?» Denn hinter ihnen, über den Lawnmarket wirbelnd, wo sich an jedem Fenster die Menschen drängten, jede Treppe überladen war, hatte der Lärm der nachtblinden Verfolgung ein schreiendes Crescendo erreicht. «Ich bezweifle», sagte Graham Malett ernst, «daß er das Gefängnis Tolbooth lebendig erreicht.»

Da glaubte Jerott zum ersten Mal wirklich alles, was er über Graham Malett erfahren hatte, hätte es sogar geglaubt, wenn er nicht, ein Funkeln in Gabriels Hand, den Dolch gesehen hätte, den er mitgebracht hatte und benutzen wollte. Danach wußte er, daß er sein Leben der Bürgerwehr und den Polizisten aus dem Tolbooth verdankte, die eben jetzt in die verwüstete Luckenbooth stolperten, mit den Laternen den alten Mann beleuchteten, der zu ihren Füßen lag, und dann die Mönche vom Maison Dieu oben auf Bell's Wynd rufen ließen, damit sie die schwere, entstellte Leiche in ihre Kapelle trugen.

Inzwischen war Jerott gegangen, kämpfte sich durch das Getümmel, um den wilden, kämpfenden Mittelpunkt zu erreichen, sich ständig des großen, prächtigen Mannes bewußt, der lächelnd folgte. Wie viele von Gabriels Männern mochten vorn lauern? Natürlich wollte Gabriel dafür sorgen, daß Lymond das Tolbooth nicht lebend erreichte. Aber Francis Crawford hatte die Nacht auf seiner Seite. Er kannte in Edinburgh jede Gasse und jeden Winkel, und falls er in den ersten Sekunden den Vorsprung erlangt hatte, den er brauchte, hatte er wenigstens eine Chance zur Flucht.

Zur Flucht wohin? Zu Gabriels Mördern, *les enfants de la Mate*, wie Lymond sie ironisch nannte? «Einen anderen Lohn als den Tod sollst du nicht bekommen», hatte Graham Malett einmal gesagt. Hier, im Gefühlaufruhr der Jagd, nach Buccleuchs Ermordung durch noch unbekannter Hand, hatte Gabriel seine größte Chance, sein Ziel zu erreichen.

Da wurde Jerott bewußt, daß er und Graham Malett hinter ihm an Stinkand Raw vorbeigeschoben wurden, an der Kirche und am Tolbooth, und daß die Menge, die um die Westecke des hohen Gefängnisses herumwirbelte, sich auf den Friedhofsweg dahinter ergoß, zwischen den grauen Grabsteinen, flackernd im Licht der vielen Laternen und über die grauen Strebepfeiler von St. Giles stolpernd. Die Menge verharrte und war am dichtesten vor der breiten Treppe, die zum Südportal der Kirche führte. Schiebend und stoßend erreichte Jerott Blyth die Treppe. Oben stand d'Oisel, seinen Leutnant und einen Offizier der Stadtwache neben sich, das Gesicht rot vor Sorge. Crichton, der Provost von St. Giles, war nicht da, aber man konnte drei verzierte Soutanen erkennen und den in goldenen und blauen Samt gekleideten Diakon, der eindeutig die Absicht hatte, seines Amtes zu walten. Mit etwas Nachhilfe durch die französischen Soldaten und die Offiziere der Stadtwache blieb die Menge, schwankend und drängelnd, am Fuß der Treppe.

Dann spürte Jerott hinter sich, deutlich unter tausend anderen, die Präsenz, auf die er wartete. Geduldig, unbekümmert, leicht amüsiert trat Graham Malett neben ihn und legte seine schöne Hand auf Jerotts Schulter. «Zuflucht», bemerkte er liebenswürdig mit seiner klangvollen Stimme. «Der törichte junge Mann hat Zuflucht gesucht. Die Kirche wird ihn natürlich schützen, solange er zu bleiben gedenkt. Aber falls er nicht vorhat, dort zu sterben, muß er wissen, daß er eines Tages herauskommt, und dann schließen sich die Fesseln... Armes, tollkühnes Geschöpf. Sollen wir hineingehen, Sie und ich», sagte Gabriel, und plötzlich verstärkte sich der Druck seiner Hand gegen die Sehnen in Jerotts kräftigem Hals. «Sollen wir hineingehen und seiner Seele den wahren, selbstlosen Weg weisen?»

Er ließ die Hand fallen. Und Seite an Seite, mit flatternden Gewändern, stiegen die beiden Johanniterritter die breite Treppe hinauf, zwischen den geballten Laternen, und betraten die herrliche Kirche von St. Giles.

Auf über vierzig Altären erweckten die hohen, weißen Kerzen mit ihren kleinen Flammen die Schätze aus Juwelen und Malereien zu Leben; es gab silberne und goldene, zarte, handgenähte Stoffe und sonderbare, gemalte Masken, mit denen die Gänge und Kapellen des zweihundert Meter langen Schiffs geschmückt waren.

Jerott Blyth betrat das flüsternde Schweigen der Kirche, ließ die lärmende Erregung der Menge, leicht gedämpft, hinter sich, verdrängte den Kreis aus gerechten, gierigen Gesichtern am Südportal und schritt mit dem Mann, den er früher angebetet hatte, an dem gemeißelten Becken vorbei, an dem er getauft worden war, wandte den sieben Kapellen im Westflügel und den vereinzelten, knienden Bittstellern den Rücken, ging mit Gabriel über den Steinboden des Schiffs, vorbei an dem normannischen Portal, vorbei an der Kapelle, in der das Blaue Banner hing, unter dem die Bürger für ihre Stadt kämpften, vorbei an den herrlichen Steinsäulen mit den Wappen und den Altären, vorbei an den Gängen und den Altären von St. Christophorus, St. Petrus, St. Kolumba und St. Sebastian – an den Altären, die von den Gerbern, den Ärzten, den Maurern, den Handwerkern, den Schafscherern, den Hutmachern und allen Großen der Vergangenheit gestiftet worden waren, um für Erfolge zu danken oder für Sünden zu büßen.

Sie kamen an der Orgel vorbei und an dem schönen, geschnitzten Chorgestühl, wo die Würdenträger der Kirche, die Kaplane in ihren Gewändern und die Männer und Frauen, die nur zum Beten hergekommen und in die seltsamen Ereignisse der Nacht hineingeraten waren, flüsternd in Grüppchen beiseite getreten waren. Dann konnte Jerott die Stufen des Hochaltars sehen, dessen Kronleuchter flammend erhellt war, mit den Altardecken aus schwarzem und rotem Samt und aus Goldgewebe, dahinter der Baldachin aus rotem Satin mit dem Wappenmuster.

Auf den Altarstufen, über den sich drehenden Köpfen des halben Dutzends Soldaten, die d'Oisel hereingelassen hatte, stand Lymond. Er hatte sie gesehen, und über die ganze Distanz hinweg warf er einen Blick voll von abschätzigem Spott in Jerotts Richtung.

«Ich bin hier», sagte Lymond liebenswürdig. «Ein Flüchtling vor der Meute. Kommt, laßt uns St. Giles anrufen, den großen griechischen Heiligen Ägidius, damit er die Dämonen aus uns allen vertreibt.»

Einen Augenblick lang schaute auch Jerott zum bemalten Gesicht der großen Statue auf, gekleidet in ein goldenes Gewand und ein

Pluviale aus rotem Samt, aufgestellt über dem juwelenbesetzten Schrein, der seine Reliquien enthielt: einen Armknochen und eine Hand mit einem Diamantring, der locker am Finger saß. Neben Jerott bekreuzigte sich Gabriel, und Jerott tat es ihm nach, im Bewußtsein, daß sich hinter ihnen langsam Menschen hereinschoben, die Gänge und das Chorgestühl füllten.

Er drehte sich um. Der Sieur d'Oisel war nach vorn gekommen, mit ihm die Stadträte und der Lord Provost. Da waren Gesichter, die er nicht kannte, französische Gesichter, schottische Gesichter, und dann plötzlich ein ganz vertrautes Gesicht: Adam Blacklock, ein Mädchen mit einer Kapuze über dem Kopf am Arm. Philippa. Dann kam Henri Cleutin, Seigneur d'Oisel, an das Altargeländer und sagte forsch: «Dieser Unsinn muß ein Ende haben. Mr. Crawford, Ihre Gnaden die Königinmutter hat mir befohlen, Sie in die Sicherheit von Tolbooth zu bringen, bis Ihr Status und Ihre Loyalität untersucht worden sind. Sie brauchen keinerlei Ungerechtigkeit zu befürchten. Ich schlage vor, daß Sie sich meiner Obhut unterstellen, um Ihre Unschuld verteidigen zu können.»

«Ehrlich gesagt», sagte Lymond, die Stimme immer noch spöttisch über die Anspannung hinweg, «möchte ich lieber mit einem schlechten Ruf leben als mit einem guten sterben. *Vive la bagatelle.* Ich trete hier ein, Herr Botschafter, für Frieden, Einigkeit und brüderliche Liebe zwischen ehrlichen Menschen. Gestattet mir der Herr von Torphichen, daß ich das Wort ergreife?»

Neben Jerott wurde Sir Graham Malett reglos. «Aye», sagte eine schwere Stimme, etwas schroff. «Sandilands hält sein Wort, und vor allem ist er für Gerechtigkeit. Sie haben die Erlaubnis des Ordens, ihre Sache vorzutragen.»

Sir James Sandilands von Calder, Großprior des Johanniterordens in Schottland, hüllte sein schwarzes Gewand um sich und setzte sich. «Ich habe von einer Anklage gehört», sagte er und sah d'Oisel an und nicht einmal in die Richtung von Graham Malett. «Ich kann nicht sagen, ob Mr. Crawford sie erhärten kann. Aber ich schlage vor, ihn sprechen zu lassen.»

«Eine Anklage?» Der General des französischen Königs in Schottland war völlig ahnungslos. «Gegen wen?»

«Gegen Sir Graham Reid Malett», sagte Lymond sanft und legte beide Hände auf das glänzende Messinggeländer in seinem Rücken. «Sehen Sie sich um, Sir Graham. Ihre Ankläger sind alle da.»

Und Jerott sah, wie der Reihe nach ihre Freunde hereinkamen, verstaubt vom schnellen Reiten, wie sie nach dem vorher abgestimmten Plan an den einzigen Ort kamen, an dem sie sicher waren. Fergie Hoddim vom Laigh schlüpfte herein, winkte und setzte sich. Neben ihm war die breite Gestalt von Guthrie und hinter ihnen Nicolas de Nicolay, der französische Kosmograph. Er sah Archie, das schwarze Gesicht von Salablanca und Cuddie Hobs verkrampftes Grinsen und fragte sich, mit welcher Bestechung oder welchem Trick die Wache bewogen worden war, sie alle hereinzulassen.

Neben Jerott sagte Gabriel in bestürzter Verzweiflung: *«Anklage!»*, und er warf den Helm mit dem Federbusch, den er beim Eintritt in die Kirche abgenommen hatte, auf einen Chorstuhl und trat vor, sein Haar im Licht der Altarkerzen wie geschmolzenes Gold. Er schaute auf zu Francis Crawfords Gesicht und sagte: «Ich bitte Sie. Es haben schon genug unschuldige Menschen gelitten. Ziehen Sie keine weiteren Namen in den Schmutz, um Ihren Ruf zu retten. Lassen Sie uns in Frieden gehen, reißen Sie statt dessen Ihren Mut zusammen und suchen Sie Ihre Erlösung wie ein Mann.»

«Was ich zu sagen habe, hat nichts mit geistlichen Disputen gemein», sagte Lymond und schaute in Gabriels glänzende, besorgte Augen. «Es entzieht sich der Aussage buchführender Heiliger. Es geht, falls ich das nicht schon deutlich gemacht habe, um Beweise. Sie, Sir, sind ein Verräter, ein Mörder und ein abtrünniger Priester Ihres Ordens, und in diesem Augenblick möchte ich nichts lieber hören, als daß Sie versuchen, es zu leugnen.»

Einen langen Moment lang hielt Sir Graham Malett dem direkten Blick stand. Dann wandte er sich ab, stellte fest, daß d'Oisel in seiner Nähe war, und sprach ihn ruhig an. «Der junge Mann hat den Verstand verloren. Ich weiß es schon seit einiger Zeit. Ich habe mit der Königinwitwe über diesen tragischen Fall gesprochen, und sie hat in ihrer Güte meiner Diskretion vertraut. Gestatten Sie mir jetzt, ihn mitzunehmen. Ich verbürge mich persönlich für sein Verhalten und werde ihm mit Hilfe der heiligen Kirche die Pflege angedeihen lassen, die er braucht.»

«M. d'Oisel...» Jerott Blyth, die Hand am Schwert, trat vor, an seinen selbst gewählten Platz an Gabriels Seite. «Die jetzt anwesenden Zeugen können alles bestätigen, was Mr. Crawford zu sagen hat, und werden außerdem beschwören, daß er bei geistiger Gesundheit ist. Der Gerechtigkeit halber sollte Sir Graham ihm gestatten, daß er spricht.»

«Mir liegt nur daran», sagte Malett müde, «die Gefühle derjenigen zu schonen, die unser Freund in diese Geschichte hineingezogen hat. Selbstverständlich habe ich keinerlei Einwände. Ich möchte jedoch zeigen, wieviel Gewicht seiner Anklage beizumessen ist, indem ich meine Entdeckungen über Mr. Crawford vortrage.»

«Schwestern, ich erkenne ihn schon von weitem an seinem roten Herzen unter der Silberhaut. Tragen Sie Ihre Entdeckungen vor», sagte Lymond. «Und ich werde wie ein altes Weib auf einem Krankenstuhl dabeisitzen und staunen.» Und er ließ sich behend auf die Stufen fallen und wartete, die Arme um die Knie geschlungen.

Vielleicht fing Gabriel wegen Jerott Blyth seine Anklage, vorgetragen mit klangvoller, tiefer Stimme, die jeden in der großen Kirche erreichte, mit Lymonds Verhalten auf Malta an. Voller Sachlichkeit, die nur hin und wieder erschüttert wurde, wenn sich seine Hände verkrampften und sich das weiße Kreuz auf seiner Brust mit seinem Atem hob und senkte, erzählte Graham Malett noch einmal die Geschichte des türkischen Angriffs, betonte aber dabei vor allem Lymonds Verrat.

«Der Orden sollte vom Angesicht der Erde verschwinden... Erinnern Sie sich daran, daß Sie das gesagt haben?» wollte Gabriel von Lymond wissen, der die Hände leicht um die Knie gefaltet hatte. «Sie sind direkt vom französischen König nach Malta gekommen, mit Befehlen, das zu bewirken. Von Anfang an waren die Türken Ihre Verbündeten... Wissen Sie noch, Jerott, wie er versucht hat, sich am türkischen Angriff auf Gozzo zu beteiligen? Wer hat Ihrer Meinung nach dafür gesorgt, daß der törichte de Césel, der Gouverneur von Gozzo, von Francis' ehemaliger Geliebten verführt wurde? Wer hat in Mdina sein Bestes getan, um über die Mauer zu kommen und die Türken davor zu warnen, aus Sizilien komme eine falsche Nachricht: und das hätte er auch getan, wenn ich nicht das Glück gehabt hätte, ihn daran zu hindern. Wie ist Nicholas Upton gestorben? Wie kam es, daß Francis so enge und freundliche Beziehungen zu einem bestens bekannten Piraten unterhielt?

In Il Borgo wollte er, daß uns unnütze Mäuler zur Last fallen; am Abend des Ablegens nach Tripolis hat er sich im Hospital versteckt, weil er nicht mitkommen wollte. Und erinnern Sie sich nicht daran, wie er in Tripolis die kalabrischen Soldaten bestochen hat, damit sie ihn aus der Haft entkommen ließen – die Kalabrier, mit denen er so freundlich umging, und die schließlich versuchten, die Burg in die Luft zu sprengen und auf dem Seeweg zu desertieren? Erinnern Sie sich nicht mehr an den geheimnisvollen Spion, der den Türken mitteilte, sie sollten das Bollwerk St. Brandanus beschießen, nicht St. Jakob?... Was meinen Sie, wer hat ihn bezahlt? Erinnern Sie sich daran, wer immer wieder versucht hat, die französischen Ritter in der Garnison gegen den Marschall und die spanischen Ritter aufzuhetzen, damit sie Tripolis allein verteidigen sollten? Was meinen Sie, wie lange hätten die Franzosen ausgehalten? Für wen war es so einfach, nach Belieben mit seinem Haufen befreiter Sklaven aus der Stadt zu entkommen und unbeschadet das türkische Lager zu erreichen? Wer ist ein zweites Mal den Türken entkommen und ließ seine Geliebte ertrinken?

Ich wollte die Macht nicht!» rief Gabriel und hob in seiner Verzweiflung die tiefe Stimme. «Jeder kann Ihnen sagen, daß ich vor dem Kampf auf Malta gebeten wurde, die Führung zu übernehmen, und es abgelehnt habe. Ich habe geschworen, nur einem Herrn auf Erden zu gehorchen, und diesen Schwur halte ich. Aber dieses... dieses Tier in Samt und Seide, diese schlaue, bösartige Hure... dieser wütende, törichte junge Mann wollte einen großen Orden vernichten, und jetzt versucht er, eine große Nation an sich zu reißen, sie mit seinen kläglichen, fehlgeleiteten Fingern zu Schutt zu zerbröseln, über den er dann stolzieren kann...» Er hob die Stimme gegen einen jähen Tumult, der durch die offenen, vollgestopften Türen hereindrängte und sich mit dem Murmeln der Versammlung im Inneren vermischte. «Soll ich fortfahren? Muß ich fortfahren?»

«Bitte, fahren Sie fort», sagte Lymond höflich, plötzlich mit leuchtenden Augen. «Und entschuldigen Sie den Lärm draußen. Offenbar ist die halbe französische Truppe aufgebrochen, um Jagd auf die Kerrs zu machen, und ein großer Teil unserer Freunde aus St. Mary ist zu uns gestoßen. Außerdem meine Familie aus Midculter. Und außerdem Madame Donati.»

«Evangelista?» sagte Malett langsam. «Von Sinnen über den Tod meiner Schwester. Was sind denn das für Zeugen? Wie auch immer, wir brauchen sie nicht. Wir alle wissen, wie Will Scott zu Tode kam. Und jetzt sein Vater, weil er zuviel wußte. Ich frage mich, was stand in George Paris' Papieren? Beweise dafür, daß Sie als Freund Thompsons und als Verräter gemeinsame Sache mit Paris machten, weshalb Sie in Falkland sogar zu Cormac O'Connor sagten, die Königinwitwe wisse über Paris' Doppelspiel Bescheid, damit er ihr nicht die Wahrheit sagte? Den Saphir, den Sie sonst tragen – heute fehlt er seltsamerweise –, hat Ihnen Thompson geschenkt – warum? Von einem eingefleischten Korsaren gibt es nichts umsonst.»

Ehe Lymond sprechen konnte, hatte Jerott, schlecht beraten, schon darauf geantwortet. «Er hat ihm eine Frau abgekauft. Ich war dabei.»

Malett schaute sich mit angewidertem Gesicht um. «Für ein derart wertvolles Juwel! Und warum hat er den Ring dann heute versteckt?

«Er ist nicht versteckt.» Das war, deutlich und unverblümt, die Stimme von Janet Beaton, deren Gesicht vom Weinen verschwollen war, aber ihr Schritt war fest, und sie trug das Kinn hoch, als sie das Kirchenschiff entlangkam, ihre Schwester zögernd hinter ihr. Neben Gabriel blieb sie stehen, schaute zu den Altarstufen auf und sagte mit veränderter Stimme: «Ich komme von meinem niedergemetzelten Mann, Francis Crawford, und ich habe etwas für dich. Das hier habe ich von seiner Hand genommen: es war der Ring seines toten Sohnes, und ich will, daß du ihn bekommst. Den hier» – und im stetigen Schein der Kerzen hob sie einen Saphir, dessen Feuer loderte – «hat er nicht getragen, als er Branxholm verließ. Gehört er dir?»

«Ja», sagte Lymond, sonst nichts. Aber Jerott erinnerte sich mit plötzlicher Erleuchtung daran, wie er über die schweigende, kniende Gestalt im Marktstand gestolpert war und gesehen hatte, wie Lymond, als er sich aufrichtete, Buccleuchs kräftige, blutverschmierte Hand mit den langen, schlanken Fingern, die verbargen, was sie getan hatten, zurückgelegt hatte.

Aber welchen Grund Lymond auch gehabt haben mochte, er hatte eindeutig nicht die Absicht, ihn zu nennen, und es war auch nicht nötig. Janets Geste, nachdem sie eben von der Bahre ihres Mannes kam, genügte. Und als sie sich von Lymonds reglosem Gesicht den hellen, besorgten Zügen Gabriels zuwandte, war sie völlig beherrscht, obwohl ihre Augen naß waren, ihre Nase verschwollen und rot. «Ich habe von Robert gehört», sagte Janet Beaton verächtlich, «wie Sie der Königinwitwe Märchen über Lymonds Charaktermängel erzählt haben, obwohl Sie ihn in der Öffentlichkeit so edel verteidigt haben. Zweifellos haben Sie in St. Mary dasselbe getan. Zweifellos haben alle gehört, wie Will Scott gestorben ist, weil Francis Crawford in Dumbarton gehurt und in Liddesdale getrunken hat und die Truppe, trotz ihrer ganzen Arbeit, schlecht geführt und schlecht ausgebildet in den Kampf ziehen mußte.»

Sie fuhr herum, mit rauher Stimme, und wandte sich nicht nur an Graham Malett, sondern an die gebannten Gesichter in jedem Winkel der großen Kirche hinter ihr. «Soll ich euch sagen», sagte sie, «wie und warum Will Scott gestorben ist? Und soll ich euch sagen, wie und warum Buccleuch heute wie ein Hund in der Gosse gestorben ist?»

Und so wurde die Geschichte von der Jagd auf die Viehdiebe erzählt und Stimme um Stimme, von Platz zu Platz von denjenigen bestätigt, die Beweise für die Wahrheit hatten. Und danach wandte sich Janet Lymond zu, und er schilderte mit kühler Stimme die Ereignisse des Tages und wie, mit voller Absicht, die Kerrs ausgeschickt waren, um Buccleuch zu ermorden. Wat Scott wußte nichts – und Lord Provost Hamilton, der sich steif erhob, bestätigte es – von Verbrechen, die von den Kerrs begangen worden waren und aus Paris' Papieren bekannt werden konnten. Die Kerrs waren in der Hoffnung nach Edinburgh beordert worden, daß sie den Mord begehen würden, und als sie die Stadt verließen, wurde d'Oisel die Nachricht geschickt, Buccleuch sei tot, obwohl er nicht tot war und niemand außer den daran beteiligten Kerrs wissen konnte, daß auf ihn eingestochen worden war.

«Sie wußten», sagte Lymond, mit ruhiger, modulierter Stimme, «daß George Paris ein Doppelagent war. Sie haben sich in London sein Geld und seine Papiere angeeignet – Miß Somerville kann das bezeugen. Und weil Sie bei Ormond wohnten, war es einfach für Sie, Verbindung mit Cormac O'Connor aufzunehmen und ihn über Paris' Verrat auszuhorchen. Denn natürlich wußten Sie, wer Paris war – Sie hatten ihn in Frankreich mindestens einmal gesehen, obwohl er Sie nicht kannte. Thomas Wishart wußte das. Er hatte, seit Sie Malta verlassen haben, den Auftrag, Sie nicht aus den Augen zu lassen. Jerott glaubte, er beschatte ihn, aber so war es nicht. Wir wollten genau wissen, Sir Graham, was Sie taten, und was Sie taten, war äußerst interessant.

Wie auch immer», sagte Lymond, entfaltete die Hände, kam langsam auf die Beine und schaute mit gesenktem Kopf auf Gabriel hinunter. «Wie auch immer, Tosh wurde ermordet, und zwar von Ihren Männern. Auch Trotty Luckup wurde ermordet, weil sie zuviel über Joleta wußte... Madame Donati hat uns alles gesagt, was wir darüber wissen müssen. Und weil Philippa Somerville über dieselbe Information verfügte, wurde sie ebenfalls überfallen und hat Glück, daß sie am Leben ist... Über das alles haben wir Beweise.»

Gabriel regte sich. «Muß ich mir das anhören?» sagte er. «Mit den Juwelen, die Sie offenbar besitzen, mit dem Reichtum, den Sie als Sold empfangen haben, können Sie sich jede falsche Zeugenaussage kaufen. Was Sie auf Malta und in Tripolis getan haben, läßt sich nicht leugnen. Nichts, was Sie erfinden, kann das aus der Welt schaffen.»

«Soll ich Nicolas de Nicolay bitten, daß er etwas dazu sagt?» sagte Lymond leise. «Oder möchten Sie das hier sehen, was ich an jenem Tag, als *Sie*, nicht ich, versuchten, aus Mdina in das türkische Lager zu fliehen, aus Ihrer Kleidung genommen habe? Ein Stück weißes Papier, Sir Graham. Ein schmutziges, blutbeflecktes Stück Papier mit einer Nachricht auf englisch auf einer Seite, mit der loyalsten Absicht. Und auf der anderen eine von Ihnen handgeschriebene Nachricht auf arabisch, die den Türken alles verriet, was sie über die falsche Botschaft des Receveurs aus Sizilien wissen mußten.»

Das war die Niederlage. Mit feuchten Augen angesichts der Vernichtung dessen, was in Wahrheit nie existiert hatte, sah Jerott Blyth, wie Gabriel sich, was er selten tat, zu seiner vollen, prächtigen Größe aufrichtete, den goldenen Kopf hoch erhoben; alle Gedanken, seine ganze Aufmerksamkeit auf den Jüngeren gerichtet, der reglos auf den teppichbelegten Stufen stand.

«Du meine Güte», sagte Gabriel milde, die mächtige Stimme nur für Francis Crawford bestimmt. «Was sind Sie doch für ein hartnäckiger junger Mann. Ich glaube, Sie haben mich jetzt mehr als genug Zeit gekostet. Bei anderer Gelegenheit werde ich das Thema gern weiter mit Ihnen erörtern. Im Augenblick... de Seurre!»

Da begriff Jerott, daß er an St. Mary appelieren wollte. Die großartige Kompanie, auf deren Bündnistreue er so zuversichtlich baute, war hier, über die ganze Kirche verteilt, bei der ersten Gelegenheit von den Offizieren hergebracht, als d'Oisels gesamte eskortierende Truppe abgezogen worden war. Es war Verlaß darauf, daß de Seurre, des Roches und die anderen das ohne Blutvergießen getan hatten. Ihr Ziel war nicht zu fliehen, sondern dafür zu sorgen, daß Gerechtigkeit geübt wurde, bei dem anwesend zu sein, was sie lebenswichtig anging: dem Femegericht ihrer beiden Führer.

Aber sie konnten nicht damit rechnen, schweren Anklagen zu entgehen, wenn sie sich jetzt Gabriels Kommando unterwarfen. Die Axt war zu scharf und zu sorgfältig gepflegt, als daß sie hätte fehlschlagen können. Die Franzosen waren zwar tapfer, aber falls der Orden jetzt zusammenhielt, falls die Ritter jetzt nicht wankend wurden in ihrer Ergebenheit Gabriel gegenüber, falls Plummer, Tait, alle Seelen, die Graham Malett verzaubert hatte, jetzt seinem Ruf gehorchten und ihre Armee mit sich brachten, würden die Franzosen dahinschmelzen wie Achat auf der glühenden Klinge, und die Waffe, die Lymond geschmiedet hatte, würde unter Gabriel in der Welt wüten.

«De Seurre», sagte also Graham Malett mit fester Stimme, das helle Gesicht ernst und gefaßt. «Der Antichrist ist hier. Ich kann nichts mehr gegen ihn ausrichten und auch nichts gegen die armen Seelen, die mich verleumden. Reichen Sie mir die Hand. Kommen Sie mit mir. Vereinen Sie Ihren großen Geist und Ihre Gebete mit meinen, bringen Sie alle mit sich, die rein, loyal und unbeschmutzt vor Gottes herrlichen Thron treten wollen... Sprich uns los, o Herr, wir flehen zu dir», sagte Graham Malett, groß und reglos am Fuß der Stufen zum Hochaltar, den Kopf zurückgeworfen, den Blick auf das Kreuz gerichtet. «Sprich die Seelen deiner Diener von ihren Sünden los, auf daß sie in der Herrlichkeit der Auferstehung unter den Heiligen und ihren Erwählten leben mögen.»

Das Echo der wunderbaren Stimme, von Pfeiler zu Pfeiler getragen, wurde schwächer und erstarb. Niemand sprach. Draußen war die Menge in murmelndes Schweigen verfallen, und die Männer von St. Mary, angespannt auf ihren Posten, beobachteten das Hauptportal der Kirche, wo die Offiziere standen und hörten, wie der Orden seine Ritter rief.

Dann regte sich de Seurre. Hart, prosaisch, tief religiös, war er Gabriels stärkste Unterstützung in dem kalten, unsichtbaren Kampf gewesen, und sein Gesicht, haarlos wie geöltes Leder, verriet nichts von dem Konflikt, in den ihn Anklage und Appell, so unmittelbar hintereinander, gestürzt haben mußten. Als er sich Gabriel näherte, sagte M. d'Oisel, dem, wie Jerott wußte, das ganze Ausmaß der Bedrohung durch St. Mary bewußt war, dennoch in seinem ausgezeichneten Englisch: «Es kommt nicht in Frage, daß Sir Graham jetzt geht. Die Anklagen auf beiden Seiten sind viel zu schwerwiegend, als daß sie ignoriert werden könnten. Sir Graham Malett und Mr. Crawford werden beide die Güte haben, ihre Schwerter abzugeben.»

Graham Malett schaute ihn nicht einmal an. «Also», sagte er zu de Seurre.

Der Chevalier de Seurre sah sich um. Dort im Schiff, schweigend und angespannt beobachtend, waren die Männer, die Graham Malett verlassen und Lymonds Partei ergriffen hatten: Blacklock, Guthrie, Hoddim, Salablanca und Abernethy. An der Tür standen, gleichermaßen angespannt, diejenigen, die wie er unerschütterlich bei ihrem Glauben und ihren Gelübden geblieben waren. Er wartete einen Augenblick und wandte sich dann um. «Sir Graham. Im Namen der Gerechtigkeit glauben wir, daß Sie bleiben und sich gegen diese Anklagen verantworten müssen», sagte der Chevalier. «Unser Gewissen verbietet es uns, sich Ihnen anzuschließen oder zu folgen.»

Die schönen Aquamarinaugen gingen weit auf. Die reine Haut wurde erst blutleer und lief dann nelkenrot an, als Graham Malett die goldenen Brauen hob und die Zähne zusammenbiß, bis Mund

und Kinn sich verzogen. Dann: «Ich *muß*!» sagte er lächelnd und in einem Ton, den keiner der Anwesenden je gehört hatte. «Ich muß, du Narr, du fetter, von Gott besoffener Idiot. Es gibt nichts, was Graham Malett tun *muß*, außer die Läuse aus seinem Weg räumen.»

Neben ihm holte Jerott tief und erschaudernd Luft, den Blick zu Lymond gewandt. Aber Lymond hatte nur Augen für Gabriel und den Chevalier. Seine Stimme sagte scharf: «*De Seurre!*» und durchschnitt die jäh ansteigende Erregung innerhalb und außerhalb der Kirche, während die seelenlose, sorgfältige Verstellung derart unvermittelt ein Ende nahm, schnell und schrecklich wie ein Riß im Eis.

Lymond rief, aber Michel de Seurre brauchte eine Sekunde zu lange zum Reagieren. Als er sich umdrehte, schnitt Gabriels gezücktes Schwert durch de Seurres Schwertgurt und entwaffnete ihn in einem einzigen Augenblick, während Graham Malett gleichzeitig mit der freien Hand den Arm des Chevaliers weit nach oben verrenkte und ihn als lebenden Schild vor sich hielt. Dann ging Gabriel rückwärts, die Klinge vor sich schwingend, bis er auf den Stufen und außerhalb der Reichweite von Lymonds Schwert war.

Falls er schnell war, hätte er es schaffen können, um den Altar herumzuschlüpfen, vorbei an der Heiligkreuzkapelle und durch das Marienportal aus der Kirche hinaus, ohne auf mehr Gegenwehr zu stoßen, als er meistern konnte. Um das zu tun, mußte er sowohl Lymond als auch de Seurre außer Gefecht setzen. Der Chevalier mußte gespürt haben, als Gabriel rückwärts ging, daß sich seine Muskeln anspannten, und obwohl auch er mit jedem Zoll der kräftigen Muskeln kämpfte, über den er verfügte, mußte er gewußt haben, daß ihn sein Großkreuzträger, im Vorteil, was Breite und Größe anlangte, einfach hochheben konnte, wenn er das wollte, unbewaffnet, wie er war, mit einem auf dem Rücken verdrehten Arm.

Dann stieß sich Lymond wie ein Geschoß vom Altargeländer ab. Es kam so unerwartet, daß nicht nur de Seurre überrascht war. Graham Malett ließ sein Opfer los, ging unter der Wucht des Aufpralls, als Lymond landete, in die Knie, taumelte gebückt nach hinten und sprang hoch, das Schwert in der Hand. De Seurre rollte aus dem Weg, stieß gegen seinen Schwertgurt, setzte sich auf und versuchte rasch, das Schwert aus der Scheide zu ziehen und aufzustehen, als die harte Hand von Sieur d'Oisel sein Handgelenk festhielt. «Nein. Das ist ein

Fall für einen Zweikampf, wenn es je einen solchen Fall gegeben hat. Mehr davon, und die ganze Kirche wird zum Schlachtfeld. Das hier ist seit einer Weile fällig, nehme ich an. Hören und sehen wir zu.»

Und de Seurre kam mühsam auf die Beine und zog sich neben Jerott Blyth zurück, während die Menge zurückwich. M. d'Oisel und die Elite seiner französischen Truppen bildeten vorn einen Kordon um die Menge, bis vor dem Altargelände, auf den Stufen, auf dem schönen Orientteppich vor den Stufen niemand mehr war außer den beiden Männern, die sich nur um wenige Schritte getrennt gegenüberstanden, das Schwert in der Hand.

Und mehr als hundert Fuß über ihren Köpfen, über dem Chorgewölbe, über der überfüllten, gelb erhellten High Street, zwischen den dorischen Giebeln fing die Totenglocke zu läuten an, schickte ihre Botschaft der Trauer über Edinburghs Hügel und hinaus in die Dunkelheit zum Fluß Forth.

Den stattlichen, goldenen Kopf zurückgeworfen, die breiten Schultern unter dem locker über dem weißen Hemd verschnürten Umhang angespannt, das Schwert leicht und fest in der Hand, sah Graham Malett, Großkreuzträger des Johanniterordens und nach Draguts Prophezeiung Sigad id Din, hinüber zu seinem zum Scheitern verurteilten Gegner, begegnete dem ausdruckslosen blauen Blick über dem Schwert, das er in beiden Händen balancierte, und lächelte. «Liebliches, heißblütiges Geschöpf», sagte er. «Ich hatte keine Ahnung, daß du ein Hirn hast. Du hättest dich mir anschließen sollen. Ich hätte einen kleinen Prinzen aus dir gemacht.»

Er seufzte, die klaren blauen Augen zärtlich. «Und jetzt muß ich mir einen anderen suchen.» Er bewegte die Hand, und die Spitze seiner Klinge, glühend im Kerzenlicht, beschrieb in der reglosen Luft ein kleines, ungeduldiges Muster. «Komm, mein Blümchen. Niemand wird eingreifen. Du hast deine Unschuld noch nicht ganz bewiesen, ich habe meine Schuld noch nicht bewiesen, aber du hast recht – überraschenderweise hast du recht –, ich kann es mir nicht leisten, mich aufhalten zu lassen, während sie herausfinden, ob deine Vermutungen richtig sind. Ah, Sir, Sie wollen sich *einmischen*!»

Das galt dem Diakon, der seinen ganzen Mut unter dem goldenen Tuch zusammengenommen hatte und d'Oisels Ausruf ignorierte, nach vorn zwischen die beiden blonden Männer lief und die Hand auf Gabriels Arm legte. «Das ist ein Gotteshaus, Sir! Und Sie mit dem Kreuz auf der Brust ziehen nackten Stahl vor dem Altar unseres Herrn! Stecken Sie das Schwert ein! Und Sie auch!»

Lymonds Blick ließ den Graham Maletts nicht los. «Liebend gern», sagte er. «Falls der Großkreuzträger das auch tut.»

«Liebend gern», wiederholte Gabriel sofort. Er machte nur eine kleine Bewegung, aber die Spitze seines Schwerts drang in die Schulter des alten Mannes ein und durchfuhr sie mit einer Geschwindigkeit, die den Diakon in d'Oisels Arme warf, das glitzernde Gewand blutüberströmt. Gabriel trat zurück, die glänzende Klinge befleckt vom Blut, und wandte sich lächelnd wieder Francis Crawford zu.

«Jetzt hat es eine Scheide», sagte er. «Wie ich gesagt habe, niemand wird eingreifen. Und nur ein Mann außer mir braucht seine Freiheit und hat nichts dagegen, dich davor noch umzubringen... *Randy*!»

Dann sahen sie alle die Bewegung hinter der achteckigen Säule links vom Altar. Sie alle sahen hilflos zu, wie sich Randy Bell, Arzt und Mörder von Will Scott, aus dem Schatten schob, mit gezogenem Schwert, und auf Lymonds Rücken zielte.

Aber wegen Gabriels Ruf war Lymond, was Gabriel voll bewußt war, etwas vorgewarnt; es reichte, daß er Bells Angriff parieren konnte, während er rückwärts die Treppe hinaufging und sein Blick zwischen Malett auf der einen und Bell auf der anderen Seite hin und her flackerte.

Bell hatte Angst. Als er das Glitzern von Lymonds Augen einfing, während er auf ihn einstechen wollte, auswich und wieder ausholte, erinnerte sich Jerott daran, wo er diesen Blick schon einmal gesehen hatte. Joleta hatte auf dem regenüberströmten Hof von St. Mary diesen Ausdruck gehabt, als sie Gabriels Absicht in seinen Augen las.

Aber Randy Bell hatte keine andere Wahl. Wenn er blieb, würde er hängen. Und seine einzige Fluchtchance bestand darin, daß er Gabriel beistand. Gabriel spielte jedoch jetzt sein eigenes, amüsantes Spiel, kam etwas näher, zwang Lymond, der jetzt voll mit Bells Klinge beschäftigt war, außerdem auf Gabriels Schwert zu achten, holte von Zeit zu Zeit mit Absicht zum Schlag aus, so daß Lymond sich, schnell atmend, auf beiden Seiten gleichzeitig schützen mußte und wußte, was für ein Ausgang geplant war. Denn Lymond war Bell mit dem Schwert überlegen, und Bell, der verzweifelt Ausschau nach Hilfe von Gabriels geschickter Klinge hielt, wußte es. Aber Gabriel unterstützte Randy Bells Angriff nicht. Er war lediglich entschlossen, wie Jerott plötzlich mit unglaublichem Abscheu erkannte, den unbequemen Arzt sauber für sich töten zu lassen, während das an Lymonds Kräften zehrte.

Bei diesem Spiel wollte Lymond nicht mitmachen. Unter Jerotts Augen setzte er Bell plötzlich unter äußerst starken Druck, während er gleichzeitig Gabriels Getändel beobachtete. Schließlich trat Bell mit ringender Brust, hochrot im Gesicht, hinter den großen Kandelaber rechts auf den Stufen zurück. Er sah den Kandelaber im selben Augenblick, in dem dieser auf ihn fiel, von Lymonds Schulter und Knie gestoßen, ihn über der Schulter traf, so daß er die restlichen Stufen hinunterrutschte, immer wieder aufprallend, bis zum Teppich, wo er d'Oisel vor die Füße rollte.

Nur wenige sahen zu, als grob Hand an ihn gelegt und Randy Bell unter Janet Beatons steinernem Blick durch das Gewühl zum Nordportal geschleppt wurde, um im Tolbooth eingekerkert zu werden. Statt dessen sahen sie schwankend und rufend alle mit an, wie Lymond kurz auf ein Knie fiel, Gabriels erstem, in gereizter Wut unbedachtem Stoß auswich und mit der linken Hand ausholte und zustach.

Graham Malett rollte am Altargeländer entlang, wütende Überraschung in den leuchtenden blauen Augen und das weiße Hemd naß von Blut, wo Lymonds Dolch, schnell aus dem Gürtel gezogen, das Kleidungsstück mit einem langen Schnitt aufgeschlitzt hatte, der bis zum Schlüsselbein reichte. Bloß unter dem schwarzen Umhang hob sich die verschmierte Haut seiner Brust, als er sich sammelte; sein Schwert schwankte, als er Lymonds schnell folgenden Angriff parierte, bis er, wieder bei Kräften, festen Halt auf den Beinen hatte und sich nach einem Augenblick lösen konnte, mit dem Rücken zum Geländer. Dann sah Jerott mit allen, die in der Nähe waren, was das zerrissene Hemd enthüllte, was eingeritzt, durch die vergangene Zeit weiß vernarbt, auf seiner Brust zu sehen war.

Lymond sah es auch, und die angewiderte Erkenntnis mußte ihm anzusehen sein, denn Gabriels Erheiterung erhellte sein schönes Gesicht, das wieder Farbe bekommen hatte. «Warum so prüde, Herzchen? Evangelista hat es dir doch bestimmt erzählt? Wenn Trotty nicht gewesen wäre, hätten die Schwestern von Sciennes ein ganz erlesenes Kind zum Aufziehen bekommen... Was mich an etwas erinnert...» Die lächelnden Augen unter dem gestutzten goldenen Haar musterten Lymond. «Ich habe eine kleine Neuigkeit für dich, mein dreistes Kind. Aber noch nicht. Noch nicht. Erst, Francis Crawford, muß ich dich und andere deinesgleichen lehren, mir aus dem Weg zu gehen.»

Mit ruhigem Arm parierte Lymond den ersten Schlag. Für Jerott, für alle seine Männer, für Sybilla, die zuschaute und der bei Gabriels Worten kalt ums Herz geworden war, wirkte sein blauer, gelassener Blick nicht anders, als sie ihn oft gesehen hatten. Er sprach deutlich und direkt: «Ihr Schwert ist keine Sicherheit, und Sie können nicht entkommen, wenn es vorbei ist. Sie kämpfen für Ihren Stolz, aber ich habe nicht getan, was ich getan habe, um hier unter Ihrer Klinge zu sterben. Nur ein Narr, Malett, oder ein Mann, *der den Verstand verliert*, macht denselben Fehler zweimal.»

Das war zweifellos Absicht. Es berührte, wie Jerott merkte, was vermutlich Gabriels einzige Angst war. In dem offenen, nachsichtigen Gesicht stieg ein kalter Zorn auf, wie Jerott ihn noch nie gesehen hatte, nicht einmal am Auspeitschpfahl in St. Mary, und Graham Malett sagte mit flammenden Augen leise: »*Jabatek unmek wahad f'il-dunya*... Deine Mutter hat dich einzigartig auf der Welt gemacht, ein wahres Wort, du Flegel, Bankert, namenloser Emporkömmling. Du willst dich mit mir anlegen? Du willst Hand an mein Leben legen?» Er brach ab, mit blitzenden weißen Zähnen. «Komm her, Francis Crawford, der du, wie ich gehört habe, auch zwei Dinge anbetest: Macht und Musik. Hab keine Angst. Ich werde dich nicht töten. Aber der Armknochen von St. Giles, der Dämonen austreiben kann, wird bald Gesellschaft haben... Erst schlage ich dir die rechte Hand ab, mein Lieber. Und dann, zum richtigen Zeitpunkt, die linke...»

Und immer noch lächelnd griff er an.

So gut wie keiner der sich drängenden Männer von St. Mary, die murmelnd und drängelnd aus dem Kirchenschiff zuschauten, hatte diese beiden Männer je gegeneinander kämpfen sehen. Jerott begriff, daß Francis Crawford dem bewußt ausgewichen war. Sie waren zwar oft Gegner an der Schießscheibe oder auf dem Turnierplatz gewesen, hatten aber nie im körperlichen Kampf die Kräfte gemessen. Und das taten sie jetzt, Gabriel, an Größe, Reichweite und Selbstbewußtsein überlegen, machte den kleinen Fehler, den er immer wieder gemacht hatte: Er unterschätzte seinen Gegner. Richard Crawford, der besser als jeder andere Lymonds Geschick mit dem Schwert kannte, holte tief Luft, während Gabriel ständig den abgewetzten Teppich umrundete, von Stufe zu Stufe sprang, nach oben, zur Seite und nach unten, die Spitze auf Lymonds glänzendes Schwert gerichtet und auf seine flinken, geschickten Hände, den Dolch wie Lymond in der Linken. Eine Sekunde lang übertrieb er die Tändelei. Lymonds Faust mit dem Dolch fuhr nach oben, die lange Klinge senkte sich, und Gabriels Schwert, aus seinem Griff gerissen, flog blitzend am Messinggeländer entlang, schlitzte die rote Seide des Altartuchs auf und blieb bebend im geschnitzten Holz dahinter stecken.

Lymond verfolgte den Flug und hätte fast verpaßt, wie Gabriel ihm mit voller Wucht in die Lende treten wollte. Es gab nur eine Möglichkeit, auszuweichen: Er warf sich die breite Treppe hinunter und wurde im Schwertarm tief von Gabriels Dolch getroffen. Adam Blacklock packte das Kind Philippa an der Schulter, sah Lymond stolpern, sah, wie sich sein Griff um das Schwert lockerte und Gabriels Dolch zielte und nach unten blitzte, mit der rasiermesserscharfen Klinge blitzschnell in das Fleisch und die Sehnen des Armes fuhr. Lymond ließ das Schwert fallen, riß die Hand zurück, während Blut aus seinem rechten Arm strömte, und stach mit der linken Hand nach Gabriels entblößten Rippen, die er fast getroffen hätte.

Bei der Anstrengung verloren beide Männer das Gleichgewicht. Mit nur einem unverletzten Arm konnte Lymond seinen Sturz nicht richtig steuern. Wie Gabriel prallte er mit der Schulter auf, aber als er sich herumwälzte, um wieder auf die Beine zu kommen, mußte er mit dem Rücken gegen die Kante einer Stufe geschlagen sein, und als er sah, daß Gabriel, halb aufgerichtet, ihn wieder angriff, umklammerte Lymond seinen Gegner, preßte sich gegen die

Wunde auf dessen Brust und versuchte den Griff anzusetzen, der Graham Malett außer Gefecht setzen sollte.

Doch der hatte nie Angst vor Schmerzen gehabt. Er widerstand mit ungeheurer Kraft, bis Lymond müde seinen Griff lockerte, ohne den einen Nerv gefunden und abgedrückt zu haben, auf den es ankam. Mit finsterer Entschlossenheit im Gesicht ließ Graham Malett seine letzte Waffe fallen und versuchte mit beiden Händen, Lymond den Dolch zu entringen.

Jerott, der inmitten sich verrenkender Köpfe und drängelnder, rufender Menschenleiber zuschaute, unter denen, auffällig durch ihr Schweigen, Lymonds Offiziere und Soldaten waren, Jerott sah, wie die beiden Männer wieder zu Boden stürzten, sich wälzten und den Altarteppich mit ihrem Blut befleckten. Es gab ein brutales, wirkungsvolles Repertoire, das er kannte, und das Gabriel früher ebenfalls gegen Männer eingesetzt hatte, die in den Bagnios von Konstantinopel Ringen gelernt hatten. Er sah, wie Gabriel kunstgerecht ans Werk ging, wie die Muskeln seines linken Arms unter dem zerrissenen Hemd sich anspannten, während er Lymonds Hand mit dem Dolch in Schach hielt. Lymond blieben nur noch die Füße, aber die setzte er so geschickt ein, daß er Gabriel damit überraschen konnte. Du hast vergessen, dachte Jerott, daß Lymond das Mittelmeer nicht auf dem Hüttendeck befahren hat; er war unten gewesen, in Ketten, wo man wie ein Barbar kämpfen mußte, wenn man überleben wollte.

Deshalb hatte er jetzt Gabriels Griff um seinen Schenkel abgeschüttelt und, was noch wichtiger war, um seine linke Hand mit dem Dolch. Mit einem Stoß schleuderte er seinen durchtrainierten Gegner auf den Rücken, setzte sofort nach, mit den Knien, Füßen, den Handkanten in einer Sequenz, der keiner der Anwesenden folgen konnte, einer Sequenz, die der goldenen Kehle ein heiseres Stöhnen entlockte und dem hellblauen Blick Graham Maletts weißglühenden Haß. Der spannte die Muskeln des prächtigen Körpers an und kämpfte, wehrte die Schläge ab, die seine Glieder lähmten und seine Nerven betäubten, jetzt nur noch versessen auf völlige Vernichtung. Mit dem Riesenvorteil seines Gewichts wäre ihm das vielleicht gelungen, hätte nicht Lymond, der ihn nach einem Schlag gegen die Luftröhre losließ, keuchend, den linken Arm gehoben und

seine einzige Waffe, den Dolch, zu Gabriels Schwert am Altar ge-
schleudert. Dann biß Francis Crawford die Zähne zusammen,
schloß die Finger des verletzten Arms um eine der dicken weißen
Kordeln von Gabriels zerfetztem und zerknittertem Rittergewand,
packte mit der heilen Hand das andere Ende und zog die Kordel zu.

Es gehört eine besondere Art von Durchhaltevermögen dazu,
einen solchen Griff nicht zu lockern, wenn einem der Arm mit kaltem Stahl durchbohrt worden ist und der Mann unter einem entschlossen ist, um nichts in der Welt aufzugeben. Vielleicht half Lymond die Tatsache, daß Gabriel genau wie er erschöpft und verletzt
war und durch den Schlag und den Druck schon kaum mehr Luft
bekommen hatte und deshalb nicht voll bei Bewußtsein war. Aber
was Lymond durchstand, während sich die Kordel straffte und das
schöne, gerötete Gesicht nach Luft röchelte, war, dachte Jerott, nur
durch seine Ausbildung möglich und durch die Art, wie sein Verstand arbeitete, trotz der Schwäche der letzten Wochen.

Dann kam der Augenblick, in dem Graham Maletts mächtige
Arme nach unten fielen und sich seine blutunterlaufenen Augen
schlossen; und Lymond ließ ihn los, tastete, vor Schmerz halb blind,
nach dem Dolch, fand ihn und legte die scharfe Klinge auf die verkrampften Sehnen von Gabriels purpurn angelaufener Kehle.

Langsam kehrte die Luft in Graham Maletts leere Lungen zurück; langsam öffneten sich seine Augen und begriffen, was die
kalte Linie an seiner Kehle zu bedeuten hatte, erfaßten ungläubig
die Niederlage. Einen langen Augenblick herrschte Schweigen in
der großen Kirche, gebrochen nur, Sekunde um Sekunde, von den
langsamen, dumpfen Schlägen der Glocke. Dann sagte Lymond,
dessen angestrengte, atemlose Stimme allen fremd in den Ohren
klang: «Ich nehme Ihre Hinrichtung auf mich, Graham Malett. Ich
rufe Sie alle als Zeugen auf, daß ich, falls ich dafür büßen muß, das
Verbrechen allein begangen habe. Am Schauplatz kann ich nichts
ändern... jedoch ist unter diesem Dach Ihre Leiche schicklicher als
Ihr lebender Körper, Gabriel. Wegen Will Scott, wegen seines Vaters Wat Scott, wegen Thomas Wishart und Trotty Luckup, wegen
des Leids, das Sie den Somervilles angetan haben, und weil Sie Ihre
Schwester verdorben und getötet haben, erkläre ich Ihr Leben für
verwirkt.»

Aus dem Kirchenschiff kam leise die Stimme von de Seurre, stimmte in Lymonds eisige Intensität ein. «Wegen dessen, was Sie auf Malta und in Tripolis getan haben, erkläre ich Ihr Leben für verwirkt.»

«Wegen dessen, was Sie den Menschen an der Grenze angetan haben, die jetzt eine Generation lang nicht wieder zusammenwachsen werden», sagte Lymonds blutleere Stimme. «Wegen dessen, was Sie den Männern unter Ihrem Einfluß angetan haben, die zu Unmenschen geworden sind; wegen der Leben, die Sie aufs Spiel gesetzt und vergeudet haben; wegen der Gefühle, die Sie geweckt und ausgenützt haben, wegen der Werte und Überzeugungen, die Sie durch Ihre Maskerade zerstört und beschmutzt haben; wegen der Armee, die uns zu einer einigen Nation hätte machen und der starke Arm der Königinwitwe hätte werden können; wegen all Ihrer Verbrechen gegen die Menschlichkeit und gegen alles, was weit höher steht als der Mensch, erkläre ich Ihr Leben für verwirkt, Graham Malett...»

Mit Mühe, mit dem letzten Atem, der in der verletzten Kehle brennen mußte, sagte Sir Graham Malett heiser: «Ich hatte vergessen, Söhnchen, daß du vom Abschaum der Meere gelernt hast. Was für ein Jammer, daß deine irische Schlampe und ihr sabbernder Bankert niemals erfahren werden, was ihnen entgangen ist.»

Sybilla, die klein und zitternd neben ihrem Sohn Richard stand, hörte, wie Francis es endlich doch noch erfuhr. Jerott, der es auch begriff, senkte den Kopf und bedeckte die schmerzenden Augen mit den Händen. Die Männer, die Lymond gut kennengelernt hatten – Hoddim, Guthrie –, regten sich beklommen, und Adam Blacklocks Künstlerhände legten sich fester um Philippa, die dastand und niemanden ansah, Elend in den Augen mit den dunklen Ringen.

Die Glocke schlug. Dann sagte Lymond, den Dolch immer noch ruhig in der Hand: «Ich verstehe. Ich hatte nicht ganz begriffen, warum Sie so zuversichtlich waren. Sagen Sie mir lieber geradeheraus, was Sie meinen.» Und als Graham Malett lächelte, die schönen, langwimprigen Augen auf den Dolch gerichtet, nahm ihn Lymond langsam von seiner Kehle, setzte sich auf die Fersen zurück, die Dolchspitze fest auf Gabriels Herz gezielt, und sagte: «Sprechen Sie.»

Graham Malett stützte sich auf den Ellbogen. Um seinen Hals war im verschwollenen, lila Fleisch deutlich der Ring zu sehen, den die Kordel hinterlassen hatte; unter dem zerfetzten Umhang und dem zerrissenen Hemd lief stetig Blut über die gezeichnete Haut; aber auch fleckig, angeschlagen und abgeschürft, kurzatmig und heiser, die Haut gerötet, das guineengoldene Haar dunkel von Schweiß und Staub, sah er immer noch prächtig aus: ein gefallener Engel, ein rächender Gott. «Hast du geglaubt, Bauerntölpel, die O'Dwyer sei wirklich gestorben?» sagte Gabriel mit dick aufgetragener Verachtung. «Sie hat überlebt und ein Kind geboren. Aber natürlich hat sie verstanden, daß dieses Wissen Francis Crawfords stolze Zukunft nicht belasten darf...»

«Es ist wahr», sagte Nicolas de Nicolays Stimme ungewöhnlich ernst hinter d'Oisels Schulter. Lymond sah sich nicht um.

«Es ist wahr», pflichtete Gabriel lächelnd bei. «Ich habe zwei Briefe von Dragut bei mir, die es beweisen.» Er griff unter den Umhang, des Dolches wegen langsam, und warf zwei eselsohrige Päckchen auf den Boden, arabisch adressiert. «Die wirst du mit großer Aufmerksamkeit lesen, da bin ich mir sicher. Du wirst daraus erfahren, daß ich das Kind gekauft habe, das auf meine Bitte hin samt seiner Mutter unter Draguts Dach lebt. Inzwischen sind, wiederum auf meine Bitte hin, die O'Dwyer und ihr Kind aus dem Palast an einen sichereren Ort gebracht worden...

Interessiert dich das?» fragte Graham Malett träge, während die blauen Augen dem unverwandten Blick über ihm standhielten. «Es sollte dich interessieren. Denn das Kind ist nicht von Cormac O'Connor. Es ist ein Junge, fünf Monate alt, mit Draguts Zeichen gebrandmarkt, wie ich höre, und er trägt den Namen Khaireddin. Es ist dein Sohn.

Aber zweifellos», fügte Graham Malett leise hinzu und machte es sich im Liegen etwas bequemer, «hast du mehrere solcher Kinder, von denen du ebenfalls nichts weißt. Falls dich dein Sohn nicht interessiert, liegt es bei dir. Töte mich, dann werden die Frau und das Kind unauffällig beseitigt. Laß mich gehen, dann findest du sie vielleicht.»

Lymond zog sich zurück, immer noch beherrscht von seinen trainierten Kämpferinstinkten. Sein Gesicht verriet nichts. Seine Hand hielt den Dolch wie vorher, völlig ruhig. Aber Sybilla, die ihn am besten kannte, glaubte, sie könne sehen, wie sein Herz stillstand.

Oonagh O'Dwyer war nicht durch seine Schuld gestorben. Sybilla konnte sich vorstellen, was das für ihn bedeutete. Aber was bedeutete es für Gabriels Leben, daß Lymond diese stolze Frau zurückgelassen hatte, damit sie sein Kind als gewöhnliche Habe des armenischen Seeräubers Dragut Rais austrug, daß das Kind, sein erster und einziger Sohn, wie ein Tier gekauft, wie ein Tier gebrandmarkt worden war und jetzt wie eine schmutzige, wertlose Münze verhökert werden sollte, statt in seiner liebevollen Zuneigung zu gedeihen, die er jetzt schon auf so vorbehaltlose Weise Kevin geschenkt hatte?

Sie sah, daß Francis mechanisch wieder atmete. Über der zerrauften Kleidung, dem Blut, dem verletzten Arm, der kalten Drohung des Dolches, war sein Gesicht reglos. Er wirkte älter, als er war. Und doch, trotz seiner Reife und seines ganzen Geschicks, verfügte Francis Crawford nicht über Gabriels undurchdringliche Maske, die sprechen, lächeln und für ihn beten konnte. Der Schock, die halb ungläubige Qual seiner Seele waren ihm anzumerken, als er jetzt mit bebendem Atem, mit gefurchter Stirn, in Gabriels lächelnde, befriedigte Augen sah.

Die Glocke verhallte. Geflüster, scharrende Füße, Gedrängel raschelten in der nach Kräutern duftenden Luft der Kirche, gewärmt von vielen Leibern und von den Kerzen, die vor den Altären niederbrannten, zischend und flackernd. Hinter den beiden Männern glitzerte das massive vergoldete Silber auf dem Hochaltar, und der scharlachrote Samt, von der Zugluft aus den offenen Türen bewegt, dämpfte den Kerzenschein des Kandelabers. Die Glocke war verstummt.

«Nein», sagte Lymond schließlich, und seine Stimme war äußerst deutlich. «Nein... und noch einmal nein. Ich bin bereit, alles zu geben... selbst das, worüber ich nicht verfügen kann... damit Sie tot sind. Ich glaube, Oonagh O'Dwyer hätte den Mut, mir beizupflichten. Für das Kind... falls da ein Kind ist... falls es von mir ist... muß ich mich anderswo verantworten.»

Und eine Kinderstimme, die der seinen antwortete, sagte: *«Nein!»*

Adam Blacklock griff vergeblich nach Philippas Umhang, als sie sich aus seinen Armen freimachte, sah, wie Lymonds Gesicht sich anspannte, obwohl er sich nicht umdrehte, als Philippa laut rufend nach vorn lief und das braune Haar ihr Gesicht peitschte.

«Nein, Mr. Crawford!» rief Philippa wie verzweifelt, duckte sich unter den Armen, die sie aufhalten wollten, und lief nach vorn. «Nein! Was kann Sir Graham denn jetzt noch Böses anrichten? Was soll aus dem kleinen Jungen werden?» Und sie sank auf die Knie und schüttelte heftig Lymonds blutbefleckten Arm.

«Sie geißeln die Kerrs, die Scotts und die anderen, aber was ist das hier anderes als sinnlose Rache? Er kann uns nichts tun, er kann Schottland nichts tun, er kann Malta nichts tun. Es geht um ein *Kind*! Sie können Ihren Sohn nicht im Stich lassen!»

Die Antwort kam von Gabriel. Seine blauen Augen lächelten Lymond an, obwohl er mit Philippa sprach. «Er läßt ihn nicht im Stich», sagte er. «Er schließt sich ihm an. Hast du das nicht verstanden? Er bringt mich um, dann richtet er den Dolch gegen sich selbst. Sonst wäre es der Opferung Joletas ein bißchen zu ähnlich, nicht wahr? Nicht wahr, Söhnchen?»

«Was in Gottes Namen...?» sagte Jerott mit angehaltenem Atem. Dieser spöttische Ton klang, als ob Gabriel getötet werden wollte.

Neben ihm sagte der Sieur d'Oisel: «Nichts davon geschieht in Gottes Namen. Er hofft, die Stimmung so zu manipulieren, daß man ihn gehen läßt, um die Frau und das Kind zu retten.»

«Dann machen Sie dem ein Ende», sagte Jerott leise. «Bringen Sie Malett ins Tolbooth. Man kann ihn doch bestimmt zwingen, zu sagen, wo das Kind ist.»

D'Oisel drehte sich um. «Glauben Sie das?» sagte er. «Ich glaube es nicht. Wenn Malett mit mir ins Tolbooth kommt, muß er wissen, Ritter oder nicht, daß er hängen wird. Er handelt hier um sein Leben. Ob er jetzt die Wahrheit sagt oder nicht, solange Gabriel lebt, gibt es Hoffnung, das Kind zu finden... Falls M. le Comte sein Leben verschont, hat Malett wenigstens noch die Chance, der Kirche zu entkommen. Das ist der Krone bewußt, und die Krone überläßt die Entscheidung M. Crawford. Gott weiß, daß er sich das Recht erworben hat, sie zu treffen.»

Adam Blacklock, der ruhig neben Jerott getreten war, hatte es gehört. «Verstehen Sie denn nicht? Die Autoritäten fürchten beide Männer», sagte er sanft. «Was glauben Sie, wozu ist der Kordon gezogen worden, den nur ein unbewaffnetes Mädchen durchqueren durfte? Lymond, loyal Schottland gegenüber, könnte demnächst eine noch größere Bedrohung für die Macht Frankreichs sein – *Philippa*!»

Und ein wortloser Ausruf, wie ein Aufschrei bei einem Hahnenkampf, stieg zwischen den Steinpfeilern auf und verhallte gedämpft in den alten, staubigen Bannern über dem Chordach. Denn Philippa Somerville, die an Taten glaubte, wenn Worte nicht ausreichten, hatte sich über Lymond gebeugt und ihm den Dolch aus der linken Hand gerissen.

Darauf hatte Gabriel nur gewartet. Er rollte sich auf die Seite, kam auf die Beine, sprang die Stufen zum Altargeländer hinauf und darüber zum Tisch des Herrn. Auf seinem triumphierenden, gespannten Gesicht war nichts zu sehen von dem Band zwischen dem Kruzifix und dem Kreuz auf seiner Brust, nichts von den Jahren der Gebete, nichts von den heiligen Handlungen, die er so demütig, so spöttisch verrichtet hatte, nichts von den erhabenen Namen, die er so vertraut im Mund geführt hatte. Der massive Tabernakel mit den goldenen Glöckchen, perlenbesetzt, stand direkt vor ihm. Graham Malett spannte die breiten Schultern an und hob ihn hoch, stemmte ihn über den Kopf und warf ihn scheppernd auf das Geländer, wo Lymond ihm rasend auf den Fersen war, den Dolch wieder in der Hand.

Der schwere Kasten traf ihn an der Schulter. Als Philippa, ein paar Stufen weiter unten, aufschrie, stolperte Lymond und fiel mit dem Tabernakel rollend die Stufen hinunter.

«Hast du geglaubt», sagte Graham Malett, «ich lasse mir diesen großen Plan meines Lebens von einem billigen Jakob wie dir nehmen? Geh nur hin und such deinen Sohn. Du wirst ihn nicht finden. Ebensowenig wie Cormac O'Connor, der Oonagh als seine Frau beansprucht... und jedes Kind von ihr als seinen Sohn... ist das nicht witzig?»

Lymond regte sich, und Gabriel drehte sich lächelnd um und nahm die lange, glänzende Klinge seines Schwertes vom zerstörten

Altar. «Du wirst ihn nicht finden», sagte er, «weil er einen neuen Herrn bekommt. Er wird den Auspeitschpfahl kennenlernen, Herzchen, wie du ihn nie kennengelernt hast. Er wird lernen, meinen Dreck zu schleppen und in meinem Bett zu schlafen, wenn es mir gefällt. Das wird dich lehren», sagte Gabriel und ging mit dem Schwert langsam zu den Schatten am Marienportal, «dich an Graham Malett zu erinnern.»

Draußen mußte ein Pferd gewartet haben. Wie sie später herausfanden, lag ein Schiff im Hafen von Leith vor Anker. Und weil der General des französischen Königs in Schottland keinen Ärger mit dem französischen König oder mit dem Orden wollte und er den Verdacht hatte, Lymonds Anwesenheit in Schottland könne peinlich für ihn werden, kam der Befehl, die Verfolgung aufzunehmen, nicht so prompt, wie er hätte kommen können, und Graham Malett erreichte sowohl das Pferd als auch das Schiff.

Lymond hatte sich auf ein Knie erhoben, mit Philippas verängstigtem Gesicht an seiner Schulter, als die Männer von St. Mary merkten, daß Graham Malett die Flucht erlaubt wurde. Sie wollten die Verfolgung aufnehmen, doch die Franzosen hielten ihre Absperrung noch geschlossen.

Von denen, die vorn standen, handelte Jerott als erster. Mit flammendem Blick im weißen Gesicht stieß er den Schwertarm des Franzosen weg, der vor ihm stand, und lief nach vorn, drei Männer, das Schwert in der Hand, auf seinen Fersen, als Lymond schwankend auf die Beine kam und Jerott im Vorbeilaufen packte, ihn umdrehte und vor die aufgebrachte, schreiende Menge stellte.

«Halt!» Seine Stimme mobilisierte alle Autorität, die ihm zur Verfügung stand. «Halt, ihr kohlköpfigen Narren. Seid ihr eine Armee oder ein Pöbelhaufen, daß ihr hier mit euren Verbündeten Streit anfangt?» Er machte eine Pause, und als Philippa plötzlich nach seinem Arm griff, schüttelte er sie nicht ab. «Ihr hattet einen Führer, der euch verraten hat. Dafür hat er sich mir gegenüber verantwortet, für euch alle. Für den Rest wird das Gesetz sorgen, in M. d'Oisels Händen...»

Hinter ihm zogen endlich d'Oisels Truppen, angeführt von ihrem Leutnant, mit dem Schwert in der Hand aus der Kirche ab. D'Oisel selbst wartete im Chor, nachdem er seine Befehle erteilt hatte. Er wartete, bis unter Lymonds Worten die Gewaltbereitschaft abebbte, Lymonds Männer unsicher innehielten und sich und ihre Offiziere und diejenigen unter ihnen, die Graham Malett zum Führer gewählt hatten, musterten.

«Ich stehe in Ihrer Schuld», sagte M. d'Oisel unvermittelt. «Und ich bin sprachlos. Ich hätte geglaubt, es würde Monate kosten, diese Männer wieder in den Griff zu bekommen.»

Lymonds Gesicht war völlig farblos. «Sie schulden mir nichts», sagte er. «Sie haben es für Ihre Pflicht gehalten, Graham Malett entkommen zu lassen. Die Männer von St. Mary wissen jetzt, daß er ein blasphemischer Heuchler ist. Wenn Ihre Männer und meine in diesem Rennen aufeinandergestoßen wären, hätte Graham Maletts Tod mehr Leben gekostet, als ein Mann wert ist... Lassen Sie ihn gehen. Ich habe ebenfalls Vorsichtsmaßnahmen ergriffen. Vielleicht können wir ihn nicht aufhalten, aber vielleicht gelingt es uns, seine Spur aufzunehmen... Wir müssen es versuchen.»

«Um so mehr verneige ich mich vor Ihrer lobenswerten Disziplin. Es könnte jedoch eine Warnung sein, nicht wahr», sagte M. d'Oisel forsch, «was ein Werkzeug wie St. Mary in den falschen Händen anrichten könnte.»

Etwas an diesen Worten kam Jerott vertraut vor – was? Dann erinnerte er sich. Vor langer Zeit, auf Malta, hatte Lymond etwas über Menschen wie Graham Malett gesagt, als er über den Zustand des Ordens sprach. «Ihr seht jetzt, was aus jeder Sekte werden kann, wenn sie die Führerschaft verliert. Ein Werkzeug.» Er hatte die Schwäche des Ordens erkannt und sie damit verhöhnt; aber hatte er nicht mit der Erschaffung von St. Mary dieselbe Gefahr in sein Land gebracht, das Risiko, daß die Truppe in Zukunft von weniger fähigen, weniger selbstlosen Händen geführt wurde? Ein großer, ritterlicher Orden, verbunden durch den gemeinsamen Glauben, war in den Händen eines korrupten Großmeisters verkommen und entwürdigt worden. War diese Truppe, ohne die Gelübde, die Ideale, die geistliche Disziplin nicht viel anfälliger?

Mit seiner trockenen Stimme mit dem französischen Akzent sagte d'Oisel schon etwas in dieser Richtung. «Sie haben sich dafür entschieden, Ihr Duell mit Graham Malett in diesem Land auszufechten. Sie haben diese große, ruinöse Macht von Malta abgezogen und ihr wahres Wesen ans Licht gebracht... Viele mußten ihr Leben lassen, viele Seelen sind enttäuscht worden; viele, die Gabriel verwerfen, werden jetzt alles verwerfen, wozu sich Gabriel bekannt hat. Ich will damit nicht sagen», sagte der General des Königs von Frankreich, das lange Gesicht überschattet im schwächer werdenden Kerzenlicht, «Sie hätten Graham Malett daran hindern können, Ihnen zu folgen, oder daß Sie, wenn Sie früher um Hilfe gebeten hätten, auf etwas anderes als Unglaube gestoßen wären. Aber diese Kerntruppe, so glänzend für schnelle Erweiterung organisiert, war die Waffe, die Malett schließlich gegen uns alle hätte benützen können, möglicherweise auch gegen Malta.»

«Aber es ist ihm nicht gelungen», sagte Lymond ruhig. «Denn obwohl wir Männer des Glaubens unter uns haben, wir kennen auch andere Maßstäbe für das Denken. Ich glaube, ich habe einmal gesagt, das Beste, was der Orden tun könnte, wäre, den Osmanen freie Durchfahrt anzubieten und dadurch die kriegführenden Länder der Christenheit zur Einigkeit zu zwingen. Wäre der Orden nicht unter der bequemen Decke seiner Gelübde erstickt, hätte er gelernt, daß es etwas Wichtigeres gibt als eintönige Frömmigkeit... *Frieden*.»

«Gut», sagte Jerott plötzlich. «Aber womit willst du die großen Ideale ersetzen, die Disziplin der Kirche? Jede Armee verfolgt ein Ziel. Du kennst deine eigene Macht. In einem Monat wirst du alle Männer von St. Mary in der Hand haben. Ist Heldenverehrung etwa besser? Und was ist, wenn der nächste Führer, dem sie folgen, Gabriel ist oder seinesgleichen?»

«Es wird keinen Nachfolger geben», sagte Lymond schroff, «das ist das *sine qua non*. Wenn ich die Truppe nicht mehr führe, verschwindet St. Mary. Ich habe alle erdenklichen Vorsichtsmaßnahmen ergriffen; durch die Offiziere, die ich ausgewählt habe, durch die finanziellen Vorkehrungen, die ich getroffen habe. Nur wenn die Kompanie als Teil einer nationalen Armee nach Frankreich gegangen wäre, hätte es sich Gabriel leisten können, sie zu bewaffnen und zu unterhalten, und ich glaube, selbst dann hätte ein gutes Drittel ihn abgelehnt und wäre zurückgeblieben... Es war gefährlich.

Natürlich war es gefährlich. Ich glaube, ich wollte eine Schuld zurückzahlen, indem ich meinem Land ein paar Monate lang die Sicherheit gebe, die ihm seit vierzig Jahren gefehlt hat... Aber wir sind immer noch Kinder, Emotionen entladen sich in Gewalt, und Gewalt trifft auf Emotionen, und die Menschen können sich noch nicht einmal vorstellen, daß sie eine Nation sind, mehr als nur Familien... und schon gar nicht können sie sich eine Bruderschaft von Nationen vorstellen, wenn selbst Schwesterreligionen ihre Armeen gegeneinander führen... Nur Mut», sagte Lymond schließlich mit kalter, müder Ironie. «Ich bringe meine Truppe ins Ausland.»

D'Oisel beobachtete ihn. «Wenn Sie wollten, könnten Sie die rechte Hand der Königinwitwe sein.» Und als Jerott das hörte, fragte er sich, ob er richtig vermutete, warum der Konnetabel von Frankreich Francis Crawford nach Malta geschickt hatte: um ihn, vielleicht für immer, vom Einfluß der de Guises zu entfernen. Lymond hatte in dieser kurzen Zeitspanne den Johanniterrittern sein Leben zur Verfügung gestellt – sein Leben, aber sonst nichts. Er hatte sich für ein anderes Schicksal entschieden. Und das hatte ihm jetzt das Angebot eingetragen, das Montmorency vor langer Zeit vorausgesehen hatte.

Lymond schüttelte den Kopf. Das Blut, das er verloren hatte, die lange Anspannung, die Geduld und die Selbstbeherrschung, die er jetzt bei dieser Befragung aufbringen mußte, vom Schwindel ergriffen, von körperlichem Schmerz gezeichnet und niedergeschmettert von der Nachricht, die er eben erfahren hatte – das alles führte ihn jetzt zum Ende einer langen Nacht. Er sagte: «Nein... wir sind auch kein königliches Werkzeug. Wenn es Ihnen an gewalttätigen, willensstarken Männern fehlt, die in Frankreich Ihre Kämpfe ausfechten... schicken Sie die Kerrs hin. Jerott... die Männer sollten in ihre Quartiere zurückkehren. Ich komme bald nach. Philippa, mein liebes Mädchen...»

Philippa Somerville trat einen Schritt beiseite, zog aber ihren Arm nicht zurück. Auf ihrem weißen Gesicht erschien eine Spur mütterlicher Gereiztheit. «Ist hier denn niemand vernünftig? Seien Sie ruhig und setzen Sie sich. Die Welt kann sich eine Nacht lang um sich kümmern, ohne daß Sie auf sie aufpassen.»

«Ich sorge dafür», sagte Richard Crawford ruhig, und Lymond hob den Kopf. «Oh, Richard. Zur rechten Zeit, wie immer. Ich möchte...»

«Ich weiß, was du möchtest», sagte Lord Culter freundlich und schob einen Arm unter die verfleckte Schulter seines Bruders.

«Das bezweifle ich», sagte Lymond trocken. «Ich möchte, daß du mich durch die Kirche führst. Ist Sybilla...?»

«Sie wartet auf dich», sagte Richard. «Später, wenn du bereit bist. Wo willst du denn um Himmels willen hin? Du kannst kaum...»

«Dort hinüber», sagte Francis Crawford. «Zu Lauders Kapelle. Glaubst du, du kannst mir helfen?»

Er schaffte es schließlich dorthin, in die kleine, schöne Kapelle an der Südwestwand von St. Giles, die vor sechzig Jahren Alexander Lauder von Blyth zur Ehre Gottes, der Jungfrau Maria und des Erzengels Gabriel gestiftet hatte.

Und dort, während sich die große Kirche leerte und sein Bruder mit grimmigem Gesicht vor der Kapelle wartete, ging Francis Crawford zum Altar, beugte das Knie und legte die schimmernde Klinge seines Schwerts mit Graham Maletts dunklem Blut darauf auf den Altar. Dann sprach er, die Stimme klar und tief, vor dem Heiligtum, das er gewählt hatte, um seinem Bruder, seiner Mutter und allen im trüber werdenden Kirchengewölbe, die sich in seine Nähe wagten, zu versichern, daß der Altar ewig und unbefleckt die Erinnerung an den Feind überragte, der seinen Namen trug.

«Mein Sohn... mein Sohn», sagte Francis Crawford vor den verschwommenen, verlöschenden Kerzen, deren Licht über seinen zerzausten, gebeugten Kopf, die geschlossenen Augen und die langen, vernarbten Hände flackerte, die flach auf dem Stahl lagen.

«So ein kleiner Geist muß all die Sorgen beherbergen, die die Menschheit über dich gebracht hat. Lebe... lebe... Warte auf mich, verängstigte Seele. Mag die Welt einem kläglichen Tod entgegenrasen, mögen die Wölfe zu deinen Paten gemacht worden sein, ich werde dich nicht im Stich lassen, niemals.»

Edinburgh, Oktober 1963 – Februar 1965

Dorothy Dunnett
Die Farben des Reichtums Der
Aufstieg des Hauses Niccolò
Roman
(rororo 12855)
«Dieser rasante Roman aus
der Renaissance ist ein
kunstvoll aufgebauter,
abenteuerreicher Schmöker
über den Aufsteig eines armen
Färberlehrlings aus Brügge
zum international anerkannten Handelsherrn – einer der
schönsten historischen
Romane seit langem.» Brigitte

Josef Nyáry
Ich, Aras, habe erlebt... *Ein
Roman aus archaischer Zeit*
(rororo 5420)
Aus historischen Tatsachen
und alten Legenden erzählt
dieser Roman das abenteuerliche Schicksal des Diomedes,
König von Argos und Held
vor Trojas Mauern.

Pauline Gedge
Pharao *Roman*
(rororo 12335)
«Das heiße Klima, der
allgegenwärtige Nil und die
faszinierend fremdartigen
Rituale prägen die Atmosphäre diese farbenfrohen Romans
der Autorin des Welterfolgs
‹Die Herrin vom Nil›.» The
New York Times

Pierre Montlaur
Imhotep. Arzt der Pharaonen
Roman
(rororo 12792)
Ägypten, 2600 Jahre vor
Beginn unserer Zeitrechnung.
Die Zeit der Sphinx und der
Pharaonen. Und die Zeit des
legendären Arztes und
Baumeisters Imhotep. Ein
prachtvolles Zeit- und
Sittengemälde der frühen
Hochkultur des Niltals.

T. Coraghessan Boyle
Wassermusik *Roman*
(rororo 12580)
Ein wüster, unverschämter,
barocker Kultroman über die
Entdeckungsreisen des
Schotten Mungo Park nach
Afrika um 1800. «Eine
Scheherazade, in der auch
schon mal ein Krokodil Harfe
spielt, weil ihm nach
Verspeisen des Harfinisten
das Instrument in den Zähnen
klemmt, oder ein ärgerlich
gewordener Kumpan fein
verschnürt wie ein Kapaun
den Menschenfressern
geschenkt wird. Eine
unendliche Schnurre.» Fritz
J. Raddatz in «Die Zeit»

John Hooker
Wind und Sterne *Roman*
(rororo 12725)
Der abenteuerliche Roman
über den großen Seefahrer
und Entdecker James Cook.

Bruce Chatwin
In Patagonien *Reise in ein fernes Land*
(rororo 12836)
Bruce Chatwin hat auf einer langen Reise dieses malerisch schöne, wilde Land am Ende der Welt erkundet.

Jimmy Burns
Jenseits des silbernen Flusses *Begegnungen in Südamerika*
(rororo12643)
Fünf Jahre lang lebte Jimmy Burns in Buenos Aires und bereiste Argentinien, Brasilien, Peru, Ecuador, Bolivien und Chile.
Burns war 1988 Preisträger des Somerset Maugham-Award.

Amos Elon
Jerusalem *Innenansichten einer Spiegelstadt*
(rororo 12652)

Eddy L. Harris
Mississippi Solo *Mit dem Kanu von Minnesota nach New Orleans*
(rororo 12646)

Katie Kickman
Im Tal des Zauberers *Innenansichten aus Bhutan*
(rororo 12651)
Es gibt nur noch wenige Gegenden auf der Erde, die Geheimnisse geblieben sind, und eine davon ist Bhutan. Als eine der ersten Europäerinnen gelang es Katie Hickman, das Land im Himalaya und das wilde Bergvolk der Bragpas zu besuchen.

Ursula von Kardorff
Adieu Paris *Streifzüge durch die Stadt der Bohème*
(rororo 13159)

Bruce Chatwin
In Patagonien
Reise in ein fernes Land

rororo

John Krich
Wo, bitte, liegt Nirwana? *Eine Reise durch Asien*
(rororo 12642)

John David Morley
Grammatik des Lächelns *Japanische Innenansichten*
(rororo 12641)

Charles Nicholl
Treffpunkt Café «Fruchtpalast» *Erlebnisse in Kolumbien*
(rororo 12582)
«Eines der spannendsten Reisebücher überhaupt – und brillant geschrieben!» *New York Times*
Im Goldenen Dreieck *Eine Reise in Thailand und Burma*
(rororo 13173)

Stuart Stevens
Spuren im heißen Sand *Abenteuer in Afrika*
(rororo 12647)

Theodore Zeldin
«Ich liebe das Leben, und das Leben liebt mich» *Was es heißt, Franzose zu sein*
(rororo 12644)

Mario Puzo
Der Pate *Roman*
(rororo 1442)
Ein atemberaubender
Gangsterroman aus der New
Yorker Unterwelt, der zum
aufsehenerregenden Bestseller
wurde. Ein Presseurteil: «Ein
Roman wie ein Vulkan. Ein
einziger Ausbruch von
Vitalität, Intelligenz und
Gewalttätigkeit, von
Freundschaft, Treue und
Verrat, von grausamen
Morden, großen Geschäften,
Sex und Liebe.»

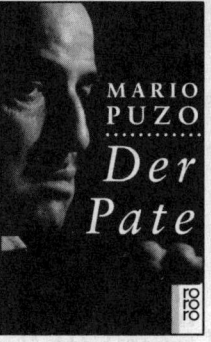

Mamma Lucia *Roman*
(rororo 1528)
Animalisch in ihrer Sanftmut,
aufopfernd in ihrer Fürsorge,
streng und wachsam in ihrer
Liebe – das ist Lucia Santa
Angeluzzi-Corbo, Mamma
Lucia, die im italienischen
Viertel von New York um das
tägliche Brot ihrer sechs
Kinder kämpft.

Rudolf Braunburg
Hongkong International *Roman*
(rororo 12820)
Ein aufregender Roman aus
der Welt der Flieger und
Passagiere vom Bestseller-
autor und früheren Flug-
kapitän Rudolf Braunburg.

Rückenflug *Roman*
rororo 12333)
Während der Trainingstage
beim internationalen Kunst-
fliegertreffen stimmt sich der
bekannte Journalist Achim
Reimers auf die spannungs-
geladene Atmosphäre ein und
macht auf seinen Streifzügen
merkwürdige Beobachungen.
Bald muß er erkennen, daß er
sich ahnungslos in einem
gefährlichen Spionagenetz
verfangen hat.

Josef Martin Bauer
So weit die Füße tragen
(rororo 1667)
Ein Kriegsgefangener auf der
Flucht von Sibirien durch den
Ural und Kaukasas bis nach
Persien. «Diese Odyssee
durch Steppe und Eis, durch
die Maschen der Wächter und
Häscher dauerte volle drei
Jahre – wohl einer der
aufregendsten und zugleich
einsamsten Alleingänge, die
die Geschichte des individuel-
len Abenteuers kennt.»
Saarländischer Rundfunk

James Dickey
Flußfahrt *Roman*
(rororo 12722)
Harmols wie ein Pfadfinder-
unternehmen beginnt der
Wochenendausflug von vier
gutsituierten Duchschnitts-
bürgern - schon am näch-
sten Tag jedoch verwandelt
sich die Kanufahrt in einen
Alptraum...
Unter dem Titel «Beim
Sterben ist jeder der erste»
verfilmt mit Burt Reynolds.